扶颓俗，醒凡心，以此起教化而正人心。

—— 郑瑄

山东航空学院学术出版基金资助

昨非庵日纂

译注·三集

上册

【明】郑瑄⊙著

王立东⊙译注

九州出版社

JIUZHOUPRESS

图书在版编目（CIP）数据

昨非庵日纂译注 . 三集 /（明）郑瑄著；王立东译注 . -- 北京：九州出版社，2024. 8. -- ISBN 978-7 -5225-3215-8

Ⅰ . I242.1

中国国家版本馆 CIP 数据核字第 202476266C 号

昨非庵日纂译注·三集

作　　者	［明］郑瑄　著　王立东　译注
责任编辑	赵恒丹
出版发行	九州出版社
地　　址	北京市西城区阜外大街甲 35 号（100037）
发行电话	(010)68992190/3/5/6
网　　址	www.jiuzhoupress.com
电子信箱	jiuzhou@jiuzhoupress.com
印　　刷	鑫艺佳利（天津）印刷有限公司
开　　本	880 毫米 × 1230 毫米　32 开
印　　张	38.125
字　　数	910 千字
版　　次	2025 年 1 月第 1 版
印　　次	2025 年 1 月第 1 次印刷
书　　号	ISBN 978-7-5225-3215-8
定　　价	158.00 元（全三册）

前　言

　　《昨非庵日纂》的编纂者为郑瑄。郑瑄（约 1602—1646），字汉奉，又字鸿逵，明末福建侯官（今福州）人，天启四年（1624）举人，崇祯四年（1631）进士。崇祯朝曾历任南京户部郎中、嘉兴知府、应天巡抚等职；南明唐王朱聿键隆武时期官拜工部尚书。除《昨非庵日纂》外，郑瑄还著有《抚吴疏草》四卷，今不传。《昨非庵日纂》在四部分类中属于子部杂家杂纂类，为郑瑄的读书札记。因其书斋名"昨非庵"（取义于陶潜《归去来兮辞》"觉今是而昨非"），故命名为《昨非庵日纂》。《昨非庵日纂》内容广泛宏富，涵盖儒、释、道及民间信仰等内容。该书分宦泽、冰操、种德、敦本、诒谋、坦游、颐真、静观、惜福、汪度、广慈、口德、内省、守雌、解纷、悔过、方便、径地、韬颖、冥果二十门类，每类前各有卷首题记。该书有一集、二集、三集各 20 卷，共 60 卷。

　　目前《昨非庵日纂》常见的版本有四个：上海古籍出版社于 2002 年出版的《续修四库全书》编委会编的《昨非庵日纂》，系影印明崇祯刊本，收录最为齐全，是目前所能见到的最好版本。北京图书馆出版社于 1996 年出版的《昨非庵日纂》也系影印明崇祯刊本，但三集第一版缺失，且缺少最后四卷。第三个本子是民国上海进步书局于 1940 印行的《昨非庵日纂》。这个本子是进步书局印行的丛书《笔记小说大观》的子书，因此这个本子也被称为《笔记小说大观》本。该版本系石印本，印刷质量不高，字迹有些模糊。后来，广陵古籍刻印社在二十世纪八十年代用排印与影印结合的办法予以重印出版。该版本著录为 20 卷，将一集与二集相同门类的内容合而为一，实则为 40 卷，缺少三集的 20 卷与三集前祁彪佳的序文。以上三个版本都未曾整理过。第四个本子是中州古籍出版社于 1993 年出版的《昨非庵日纂文白对照全译》（上、下册）本（以下简称对照本）。这个本子是到目前为止唯一整理过的本子，也是最易见的本子。可惜，这却是最没有学术含量的一个本子。这表现在以下几个方面：首先，整理者选了最不应该选的《笔记小说大观》本为底本。由以上版本介绍可知，在三个未经整理的版本中，《笔记小说大观》本最不完整。而且，对照本对《笔记小说大观》本的内容又做了删减，还把本来带有的包括郑瑄自序在内的十二篇序言全部删掉。古籍的序言对整理古籍的重要性自不待言，把所有的序言删掉委实不妥。缺少整个第三集 20 卷内容，对前两集内容又做了删减，且删掉了十二篇序言，这样整理出的本子对《昨非庵日纂》这部古籍来说，学术价值就不大了。其次，书出众人之手，缺少协作。该版本除策划者外，主编及注译人员多达 13 人。13 人有分工，但少有协作。主要表现是体例杂乱多样，似没有统一的标准。给每则文字拟的题目花样繁多，或白话，或文言，或文白间杂，不一而足；出注的条目多寡不一，比如"颐真"和"静观"这两个门类下的四卷中只出 25 条注释，有太多的地方当注而未注；译注者的水平参差不齐，工作态度亦有差异。总之，对照本的整理质量不高，或说很差。细读一过，不难发现对照本的整理者少有建设性的意见，相反，对原文的标点、注释、翻译的错误却层见错出。

　　《昨非庵日纂译注·三集》以上海古籍出版社出版的《续修四

库全书》编委会编的《昨非庵日纂》为底本，对该部古籍的三集进行整理（由作者整理的《昨非庵日纂·一集》《昨非庵日纂·二集》现已出版）。主要做了以下几个方面的工作：

1. 校勘

清代史学家王鸣盛在《十七史商榷自序》中说："尝谓好著书不如好读书，欲读书必先精校书，校之未精而遽读，恐亦多误矣。"作者对底本的各则文字进行严格仔细的校勘，共校出舛讹漏错数百处。主要侧重四个方面：一是校正知识性错误。由于不察，郑瑄收录时弄错了人物的名字、所处的时代、著作等，对这类知识性错误，整理者主要依据正史及郑瑄采编时所依据原始文本予以纠正。二是说明采编失误。郑瑄在摘录时，对好多则文字并非原文摘录，而是进行了编辑剪裁，由于苟且省简、疏忽大意而导致出现了扞格难通、文意突兀、前后龃龉等问题。这就要找出郑瑄依据的原始资料，予以说明。三是对手民误植予以校正。对这类问题要参看《昨非庵日纂》的其他版本及郑瑄抄录的原始资料，并适当进行理校，予以说明。四是说明窜入内容。编纂者郑瑄不慎或不察，在编录文字时窜入其他内容。对这一类问题，整理者仔细比对郑瑄所抄录的原始文字，且探明窜入文字出自何处。

2. 加注

这是《昨非庵日纂译注·三集》的一项核心工作。作者对底本三集中1652则文字及集首祁彪佳序文进行了注释。包括以下几个方面：第一，对校勘的工作成果以注释的形式予以说明。第二，注释人物。对每则文字所涉及的主要人物（人们熟知的除外）一般要出注，大致要注出人物的字号、籍贯、生活时代、居官任职情况等。这类注释主要起按图索骥的作用，如果有人对某则文字感兴趣，可以按照注释去查阅相关资料，因此力求简洁，不求周备，也难以做到周备。这类注释非常有必要，因为郑瑄在编纂时特别喜欢称说人物的字、号、谥号、官职、郡望、爵位等等，对宋代明代的人物尤其喜欢如此。如果不出注，读者往往很难准确知道所说是谁，查阅起来也极为艰难。第三，注出典故的来历出处。不明典故来历，就不能正确理解原文。第四，对少见的难以理解的词语出注。第五，对难以识认的生僻字、异体字出注。注生僻字时要注出读音和意义，以避免翻检之苦（因有的生僻字常见工具书不予收录）。第六，注出称代。郑瑄采编文段时大多不注出处，且对文段里面的代词"余""予"及"我"等常常不加变通予以录入，这会让人误认本就是郑瑄所做。由于郑瑄采用了不少民间故事及谚语格言等，这些东西口耳相传，易于变化，难以查找事涉何人；再者，郑瑄采编时多数文段并非原文录入，而是进行了剪辑加工，甚至加上了自己的感慨。因此，要注明指代者是非常困难的事，尽管困难，也只得勉力为之。实在难以查出，就付诸阙如，不强作解人。第七，有时为文段背景出注。如果不出注，就不能理解文段。

　　3. 标注句读

　　标注句读是古籍整理的重要内容。唐人李济翁在《资暇集》中说："学识深浅观点书。"这说明加句读不是容易事。整理者要对《昨非庵日纂·三集》所收录的1652则文字的白文及祁彪佳序文加标点。如果文段是郑瑄完完整整地从别处录来，那标注句读相对容易些；如果他做了较大改动，又犯了苟且省简等毛病，那加句读是极其困难的事情。必须把他所依据的原文找来，仔细比对，方可看出思路。

　　4. 给所收各则文字命名

　　《昨非庵日纂·三集》三集共收1652则文字，郑瑄收录时没有给各则文字题名，这不便于称说及征引。仿《昨非庵日纂译注·一集》《昨非庵日纂译注·二集》的体例，整理者给每则文字予以题名。题名的原则之一是要能概括每则文字的主要内容，注重简洁明快；原则之二是题名本身要追求典雅，故全用文言。有不少则文字属于清言小品，有的还是联语形式，题名难以全面概括内容，只得勉为其难。

5. 翻译

整理者仿前两集的整理体例，把《昨非庵日纂译注·三集》正文的绝大多数文字及序文都译成了规范的现代汉语。有的文段尽管出了注释，如果不参看翻译，仍然难以很好地理解。之所以翻译，还因为要让《昨非庵日纂·三集》面向更广泛的读者，从而起到更大的社会作用。这也不辜负郑瑄"扶颓俗，醒凡心，以此起教化而正人心"的编纂初衷。翻译的时候，以直译为标准，为求通达，又辅以意译。对少部分浅易的文字没有翻译。

《昨非庵日纂译注·三集》的价值主要体现在以下三个方面。

1. 社会价值

郑瑄在纂录《昨非庵日纂》时就有"扶颓俗，醒凡心，以此起教化而正人心"的初衷。《昨非庵日纂译注·三集》的完成将不辜负郑瑄的初衷，使《昨非庵日纂》这部古籍发挥更大的社会作用。

2. 文献价值

《昨非庵日纂》记录了大量的文化信息，自诞生后，就受到了广泛的关注。清代文人的笔记曾有所引用，比如褚人获的《万历野获编》；大量的研究文章，特别是关于养生保健、风水地理领域的，广泛征引了《昨非庵日纂》的内容。《昨非庵日纂译注·三集》的完成，能为科学文化研究提供一个优良的信息平台，彰显优秀古籍整理版本的价值。

3. 语言资料库价值

《昨非庵日纂》涉及内容宏阔繁富，包容万象，本身就是一个的巨大语料库，有不可低估的研究价值，而《昨非庵日纂译注·三集》的完成，可以使整理本成为进入这个语料库大门的锁钥，成为学海扬帆的宝筏。

时至今日，《昨非庵日纂》这部古籍没有一个像样的整理版本。《昨非庵日纂译注·三集》，从校勘、注释、标点、翻译、为各则文字题名五个方面全方位进行了整理。《昨非庵日纂译注·三集》完成后，与之前已经出版的《昨非庵日纂译注·一集》《昨非庵日纂译注·二集》将成为《昨非庵日纂》这部古籍在海内外最完整、最全面、最具学术含量的整理版本。这是古籍整理领域的一项有成就的工作。

古籍整理本身就是一项艰苦而烦难的工作，加之《昨非庵日纂》内容宏阔繁富，包容万象，因此在整理过程中颇感腹笥空疏。其解说不当，引证失据，至或荒诞悠谬之处，深知难免。恳请海内外方家和读者诸君不吝赐教，以匡正其失误。

凡　例

一、《昨非庵日纂译注》依据的底本是上海古籍出版社 2002
年版《续修四库全书》影印明崇祯刊本。为观其全貌，在《昨非庵
日纂译注》一集、二集、三集前，仿北京图书馆出版社 1996 年版
的《昨非庵日纂》本，附录二十门类之卷首语。

二、《昨非庵日纂译注》为全文译注。为与一集保持一致，二集、
三集每卷卷首依然附录卷首语。《昨非庵日纂译注·一集》已为卷
首题记译注，为免重复，二集、三集卷首题记不再加译注。

三、正文需要校勘处，以括号加汉字数字如（一）（二）等标注。
校勘过的词语如需要注释，就在校勘条目内予以注释，不再单列注
释条目。

四、正文注释处，用带方括号的阿拉伯数字标注。对已注释过
的人物，如重复出现，非有必要，不另出注。

五、原则上对每则正文文字进行翻译，如原文文字太过直白，
则译文省略。如原文为韵文，为避免把韵文译得支离破碎，丧失美
感，一般不予翻译，而代以多加注释的形式。

六、郑瑄采编时偶把两则文字误为一则。遇到此种情况，译文
分为两段。

目　录

冰操卷之二

种德卷之三

敦本卷之四

诒谋卷之五

中　册

坦游卷之六

颐真卷之七

惜福卷之九

汪度卷之十

广慈卷之十一

口德卷之十二

下　册

内省卷之十三

解纷卷之十五

悔过卷之十六

方便卷之十七

径地卷之十八

韬颖卷之十九

冥果卷之二十

卷首题记

宦　泽

每见史册内颠连，窗下几烦擘画。事权在握，可任人入井频呼。思到汉唐间晚季，枕上如切溺焚，痛毒亲尝，得谓嘘枯非我？古之仁人，一事定太平，一念生白骨，一语奏肤功，不得谓异人任也。纂宦泽第一。

冰　操

钱布熏心之场，节傲峨嵋绝顶冰，溽暑不销，一片严凝透骨；品高昆冈千仞玉，纤埃弗染，连城温润无瑕。昔岳武穆有言，文臣不爱钱，天下太平。嘻！微斯人，吾孰与归？纂冰操第二。

种　德

胸次是良田，广植善根，百尺莲台随地建。心头饶谷种，多飞法雨，大千金界自中生。虽势有偏全，未必触水尽波；乃心无慈忍，所能印川皆月耳。纂种德第三。

敦　本

身不托空桑，自家佛不供养及时，迨至废蓼莪而已晚。性岂甘燃豆同根生？不滋培置力，能无歌蝉蟹以生惭？古人急象贤，施干蛊，咏棠棣，赋鹡鸰。每一开函，泫然泪下。纂敦本第四。

诒　谋

粉壁璇题居停主，曾有几时？五更灯火为孙谋，谁来褫夺？铜山金穴，田舍翁终无百世；半亩心田承祖泽，那个坠倾？昔贤谓积书以遗，犹非远计。顾令纳邪长傲、甘舐犊以忝厥先猷乎？纂诒谋第五。

坦　游

惊涛骇浪，贾竖色变，渔父视若安澜；峭壁悬岩，行客车回，樵夫步同平地。噫！忘机以游，鸥鸟且自亲人，从未有褊衷而怒飘瓦者。纂坦游第六。

颐　真

心如朗月连天，净养到后，名缰利锁，欲海爱河，总还乌有先生；性如寒潭止水，同悟来时，玉洞金丹，交梨火枣，不借白衣童子。昔黄帝内视三月而后道成，家有真金，无用餐霞饵药也。纂颐真第七。

静　观

金张谢而许史乘，转盼无不销冰雪；卫霍炎而窦田冷，回头皆倏换沧桑。予齿夺角，丰足杀翼。吾子枉费机心，此公只凭记性。纂静观第八。

惜　福

殿上刻耕夫，一箸半餐，念夏畦几番挥汗；屏中绘织女，寸缣尺帛，思寒窗无数抛梭。昔人示俭有草，戒侈有铭，无非为此身留余地。勿谓布被皆诈也。纂惜福第九。

汪　度

淆弗浊，澄弗清，纳斯世入山薮，奚止容卿百倍？喜不形，怒不见，等此身如蕉鹿，任他过客频来。倘唾面愧娄公，呕茵惭丙相，天下事岂可浅衷办耶？纂汪度第十。

广　慈

广厦卜欢娱，曾念露宿风餐之苦？华堂供宴笑，谁怜釜中砧上之呼？彼厮丐性岂殊？人乃蚩虮，原是佛子，恤孤问疾，渡蚁济蛇，其在吾胞吾与者乎？纂广慈第十一。

口　德

攻隐慝，造蜚谣，舌底逞龙泉，须防鬼瞷；诋潜修，扬中冓，腹间藏蜂虿，自取数穷。彼一语兴戎，何如片言挟纩？吾辈当浑默精深，勿徒效仰天之唾也。纂口德第十二。

内　省

千圣示心灯，三省九思，教我津中觅岸。寸腔悬胆镜，畏衾羞影，尽人衣里藏珠。刻刻提防，念念返照，过于闪电中天，何止闻钟清夜？纂内省第十三。

守　雌

时事如半局残棋，妄斗雌雄，局更何分胜负？世途直一场幻梦，强争头角，醒后那见输赢？袴下兴刘，卧薪返越，《易》所以戒触藩也。为腹不为目，犹龙氏其我师乎？纂守雌第十四。

解　纷

争桑起二国之兵，衅以挑而成钜；受爵致斯亡之祸，事无激而不乖。彼憸人乐败利灾，唯端正息争排难。或缨冠救斗，或微言解颐，要使毒焰肝肠化作清凉世界，其造福非鲜浅也。纂解纷第十五。

悔　过

勿谓镜无鸾，垢去依然鸾在；共知月有兔，云开仍见兔肥。昔阿罗汉半出绿林，而大豪杰曾班蛟虎。乃知放刀成佛，只在念头一转间。慎无以一眚弃终身也。纂悔过第十六。

方　便

路逢险处，为人辟一步周行，便觉天空海阔；遇到穷时，使我留三分抚恤，自然理顺情安。盖甘苦唯易地周知，而痛痒以设身立见。有能广开便门，随见莲生火宅。纂方便第十七。

径　地

此心开百代之祥，金锁玉钩，岂必问平阪于马鬣？寸地造无疆之福，牛眠龙角，何尝恃推步之鸡丸？从来智营力竞，谁甘以尺土让人？而后陵谷忽迁，丰碑频琢。造物若留以有待也，人其清夜一扪心乎！纂径地第十八。

韬　颖

踏层冰而伺禁城晓漏，何如红日三竿，频梦烟霞来往？冒炎日而候贵客寒暄，曾似村醪一斗，任他宦海风波？山色水光，炉烟茗碗，野老渔翁，倘得以闲身，作此中主人，其视刀尖餂蜜者何如？纂韬颖第十九。

冥　果

果报影投形，种兰得香，布棘得刺，定盘星爽过几分？功曹声应响，恶沦诸趣，善证菩提，明镜台放着谁氏？即身前身后，或俟片时；而造福造业，不磨永劫。所愿乘风破浪者牢定枕竿，普告勒马临崖人急收缰勒。纂冥果第二十。

《昨非庵日纂》三集叙

官中聚书抄书为韵事，至著书不少概见[1]。案簿尘鞅[2]，笔彩墨光埋没几尽，公余休暇，狎鹤[3]理琴而已。乃有持世[4]钜公[5]，谓学问经济合则双美，迪惠[6]从吉，矽[7]有潜移。日取古昔懿行芳言，缕析条分，寸积尺累。编辑既殚，梨枣[8]爰[9]繡，如播皇极[10]之遵[11]，宣逍人[12]之铎[13]，盖[14]云救世道人心，意良挚也。则间睹著书，而我公祖[15]鸿逵公昨非庵日纂蔚为三著焉。其初著自司庾时，秕糠目满，精警手披；其次著自守檇李[16]时，烟雨对楼，云霞凝纸；而三著则于吾越之分镇鄞[17]也。越纷华泰[18]甚，风俗薄漓[19]。公至，严禁溺女、锢婢[20]与妇女入庙、倡优演戏。四恶既屏，民用洗涤以承庥[21]。俭岁乃奇荒，公倍愀然[22]。凡通籴平粜[23]，算户算口给粟糜[24]；备医茶[25]，掩骼埋槥[26]以及捕蝗缚虎；劝多种秫麦[27]，罪种秣者；外贩内囤，金生粟死[28]，惩诫森密。雨旸[29]稍愆，辄率属[30]步祷[31]，昕夕[32]靡宁。而焚香告天之隙，退食假寐之余，蒐[33]讨不废，拈录必亲。盖世道人心之救，公无刻不挚，而吾越更为公补救多方，蔚集之成若自谱其仁心惠绩乎！所当与东郊保釐之诰[34]、南国蔽芾之咏[35]并传不朽者矣。治[36]彪佳[37]受而卒读，是用敬识首简，使天下后世读公三著，无或[38]拟诸《说苑》《语林》[39]，抑[40]公著作犹非特此而已也。

治通家[41]弟祁彪佳顿首拜撰

【注释】

[1] 不少概见：很难真正见到。

[2] 尘鞅：世俗事务的束缚。鞅，套在马颈上的皮带。

[3] 狎鹤：养鹤。

[4] 持世：指维持世道。

[5] 钜公：指大臣或大师。

[6] 迪惠：继承仁爱。

[7] 玅：同"妙"。

[8] 梨枣：古代印书的木刻板，多用梨木或枣木刻成，故称。

[9] 爰：于是。

[10] 皇极：帝王统治天下的准则，即所谓大中至正之道。

[11] 遵：此指路径。

[12] 遒人：古代帝王派出去了解民情的使臣。

[13] 铎：以木为舌的大铃，铜质。古代宣布政教法令时，巡行振鸣以引起
     众人注意。

[14] 盖：语气词，无实义。

[15] 公祖：旧时士绅对知府以上地方官的尊称。对地位较高者，亦称老公祖。
     流行于明清。

[16] 檇（zuì）李：古地名，在今浙江嘉兴。

[17] 鄞：今宁波市鄞州区。

[18] 泰：通"太"。

[19] 薄漓：浇薄。

[20] 锢婢：指因婢女难寻，为让婢女终身为主人服务，终身禁锢而不使嫁
     人的习俗。

[21] 庥（xiū）：庇荫，保护。

[22] 愀然：形容神色变得严肃或不愉快。

[23] 通籴平粜：官府在丰年时以平价收购粮食，荒年缺粮时将仓库所存粮
     食平价出售。

[24] 粟糜：米粥。

[25] 医荼：医药。

[26] 掩骼埋槥（huì）：把尸骨装入棺材埋葬。槥，粗陋的小棺材。

[27] 粺麦：大麦。

[28] 金生粟死：因只重视金银等奢侈品而败坏粮食生产。

[29] 雨旸：雨天和晴天。

[30] 率属：率领下属。

[31] 步祷：进行禹步（道士祷神仪礼中常用的一种步法，传为夏禹所创，故称）祷告。

[32] 昕夕：朝暮，指终日。

[33] 蒐：同"搜"。

[34] 东郊保釐（lí）之诰：《书·毕命》："以成周之众，命毕公保釐东郊。"孔传："用成周之民众，命毕公使安理治正成周东郊，令得所。"保釐，治理百姓，保护扶持使之安定。

[35] 南国蔽芾之咏：《诗·召南·甘棠》："蔽芾甘棠，勿翦勿伐，召伯所茇。"蔽芾，树木高大茂密的样子。南国，江南。

[36] 治：治生简称，旅外官吏对原籍长官自称。

[37] 彪佳：即祁彪佳，字虎子，别号远山堂主人，晚明山阴人，戏曲理论家。清兵攻占杭州后，自沉殉国，谥忠敏。

[38] 无或：不要。

[39] 《语林》：东晋裴启著，一部汉魏以来迄于两晋的知名人物精彩应对的记录。

[40] 抑：也许。

[41] 治通家：治，治生简称。通家，世交。

【译文】

略。

宦泽卷之一

宦泽卷首题记

每见史册内颠连，窗下几烦擘画。事权在握，可任人入井频呼。思到汉唐间晚季，枕上如切溺焚，痛毒亲尝，得谓嘘枯非我？古之仁人，一事定太平，一念生白骨，一语奏肤功，不得谓异人任也。纂宦泽第一。

张咏惠政

张咏治蜀，以蜀地素狭，游手者众，稍遇水旱，民必艰食。时米斚直钱三十六，乃按诸邑田税如其价钱，岁收米六万斚^{（一）}。至春，籍城中细民，计口给券，俾输元估[1]籴之。十户为保，一家犯罪，一保皆坐，不得籴济困，因以为禁奸。奏为永制。后虽时有灾馑，民无馁色。

【校勘】

（一）斚："斗"的俗字。据《乖崖集》，为"斛"字之讹。

【注释】

[1] 元估：原来价格。

【译文】

张咏治理蜀地时，因蜀地素来狭窄，游手好闲的人众多，稍微遇上点水旱灾害，百姓必定难以谋生。当时米价每斗三十六钱，张咏依照属下各县应缴纳的田税数额折合成米来征收，每年征收的米有六万斛。到春天时，官府对城中平民造册登记，计算人口发给券契，让他们按原价买米。十户联保，一家犯罪，全保的人都受株连而被治罪，则不能买粮食度过困局，于是就拿这个来禁绝奸邪。张咏把这个上奏皇上定为永久的制度。后来虽然时常有灾厄饥荒，百姓却没有饥饿的脸色。

若水进谏

倪若水[1]为汴州刺史，玄宗遣中官往淮南采捕鸂鶄[2]及诸水禽。若水谏曰："方今九埜[3]时忙，三农[4]并作，田夫拥耒，蚕妇持桑，而以此时采捕奇禽异鸟，供园池之玩。远自江岭，达于京师。力倦担负，食以鱼肉，间以稻粱。道路观者莫不言陛下贱人而贵鸟也。陛下昔龙潜藩邸[5]，备历艰危；今氛祲[6]廓清，高居九五，子女[7]充于后庭，珍奇盈于内府[8]。此外又何求哉？"帝手诏答之。

【注释】

[1] 倪若水: 字子泉，唐朝恒州藁城人，玄宗时官至尚书右丞，出任汴州刺史。

[2] 鸂（jiāo）鶄（jīng）：一种能入水捕鱼的水鸟，又名"鱼鸂"。

[3] 九埜：即九野，九州的土地。埜，同"野"。

[4] 三农：山农、泽农、平地农。山农，指猎户。泽农，指渔夫。平地农，相当于今农民。

[5] 龙潜藩邸：指做藩王。藩邸，藩王第宅。

[6] 氛祲：妖气。祲，不祥之气，妖氛。

[7] 子女：美女。

[8] 内府：皇宫仓库。

【译文】

倪若水做汴州刺史时，唐玄宗派宦官到淮南采买捕捉鸂鶒和其他水禽。倪若水进谏说："方今九州大地都在忙碌，民众们都在劳作，农夫在耕种，蚕妇在养蚕，却在这时采买捕捉奇禽异鸟，向园林池塘提供玩物。翻山越岭，运到京城。路上用尽力气挑担背负，用鱼和肉来喂，间或也用粮食。看到的路人没有谁不认为陛下看轻民众却看重水禽。陛下当年做藩王时，备经艰难危险；现在妖气荡清，高居帝位，美女充满后宫，珍贵奇异的宝物充满皇宫的仓库。这以外还需要什么呢？"皇帝亲手书写诏书答复他（表示禁绝此事）。

德秀救荒

真德秀为江东转运副使，江东旱蝗，广德、太平为甚。德秀遂与留守[1]、宪司[2]分所部九郡，大讲荒政，而自领广德、太平，以便宜发廪。百姓（一）数千人送之郊外，指道傍丛冢，泣曰："此皆往岁饿死者。微公，我辈已相随入此矣。"

【校勘】

（一）百姓：据《宋史》（卷一百九十六），"百姓"前夺"竣事而还"四字，致使文气不畅。

【注释】

[1] 留守：古时皇帝出巡或亲征，命大臣督守京城，便宜行事，谓之"京城留守"。此指南京留守。

[2] 宪司：宋代官名，指诸路提点刑狱公事。此指江东路提点刑狱公事。

【译文】

真德秀做江东路转运副使时，江东路发生旱灾蝗灾，广德和太平两个地方灾情最重。真德秀于是和留守、宪司把所管辖的九个郡分开负责，积极研究救荒工作，自己负责广德、太平这两处，用怎么方便就怎么做的办法开仓放粮。事成返程时，几千百姓把他送到郊外，指着道旁一座座坟墓，流着泪说："这里面都是往年饿死的人。假如没有您，我们这类人已经相继埋在这里了。"

鲁不解担

鲁永清[1]守成都，决狱如流。门外架屋数椽，锅灶皆备，讼者至，寓居之。一见即决，饭未尝再炊，有"鲁不解担[2]"之谣。

【注释】

[1] 鲁永清：字端本，号朴斋，明朝蕲人，曾任成都知府，官至江西参政。
[2] 鲁不解担：诉讼的人不用放下行李担子，鲁永清已经把案子断好了。形容断案快。

【译文】

鲁永清任成都知府时，断案如流水般快捷。他曾在衙门外盖了几间屋舍，屋里锅灶都具备，诉讼人来了，可以住进去。鲁永清一见到诉讼的人就能断决，诉讼的人不曾吃两次饭，有"鲁不解担"的歌谣。

半升太守

陶承学[1]守徽州，民负气好讼。承学察其朴直不诡饰[2]者，稍婉诱教之。庭质时，面谕曰："闻子乡尚气，夫理直而不求自白，隐然胜矣。今蒲伏[3]于庭，侥幸毫厘之伸；即伸，其赢（一）与有几？及今中已，犹可得半。"则息者十五。又曰："此纤微耳，何烦公府？姑归与父老议之，不平更来。"则退者十九。讼杀人（二），必先与约曰："此非汝父，即汝兄弟，不亦皆手足戚？非有沉冤而戮其腐骨[4]，即当与杀者同律。"令具服辞，乃验之，不得实，即重坐，盖法一二人。迄公在，无敢诬杀人者。敏于决断，无宿案。下邑民就谳[5]者止春半升粮，因号曰"半升太守"。月再授状，初至日数百人，二年后则不过数人，有时或竟无一人。郡前食肆俱罢，衢市寂如[6]。士夫无敢以私请，币物不至门。或说曰太峻，承学曰："彼自无求，安用拒？自无馈，安用辞？"人不信，以询之徽人，则曰果也。夫必不听，奚嘱也？必不受，奚馈也？当三殿灾[7]，采木使者来，以徽多木商，将以巨木若干额赋之。承学闻则治席郊迎，盛慰劳，用悦其意，而令父老诉之。徐曰："商者贩木于外耳，郡非产木也。今若责郡出木，则无从出；若令商自所在供之，第即数木以赋，胡问徽也？今愿输千金直如何？"部使大悦，公即以库羡具。直岛夷扰东南，兼之山寇，上江诸郡数有大徭。公以催[8]役意行之，如巨木直，役竟而民不知。或之傍郡，见其疲于兵甲，乃惊曰："吾郡何独无此？"归更相质问，乃知之，因相语泣下。

【校勘】

（一）赢：据《国朝献征录》卷三十四，当为"赢"，获利。

（二）人：字后夺"者"字。

【注释】

[1] 陶承学：字子述，号泗桥，明代浙江会稽人，万历年间官至南京礼部尚书。

[2] 诡饰：指欺瞒掩饰。

[3] 蒲伏：常写作"匍匐"，伏地而行。

[4] 腐骨：尸体。

[5] 就谳：来打官司。

[6] 寂如：静寂的样子。如，词尾，无实义。

[7] 三殿灾：指嘉靖三十六年四月十三日，奉天、华盖、谨身三大殿因雷击失火一事。

[8] 催：同"雇"。

【译文】

陶承学任徽州知府时，徽州百姓赌气时喜好诉讼。陶承学识别出那些质朴不会欺瞒掩饰的人，对他们耐心委婉地进行诱导教化。当堂审问时，他当面教导说："你们乡里风俗喜欢赌气，占有正理却不求得自我表白，在暗地里已经胜过对方了。现在跪伏在大堂上，侥幸靠官府申理获得一点财物；就是胜诉了，又获利多少呢？现在撤诉，还能获得一半财物。"他这样一劝慰，十分之五的诉讼人员也就撤诉了。他又说："这本是极其细小的事，为什么要麻烦官府？姑且回去，与乡亲商量，不能公平处理，再来告状。"撤诉的就占到了十分之九。对起诉他人杀人的，陶承学一定先和他们约定："这死者不是你的父亲，就是你的兄弟，不也是手足一样的亲人吗？如果没有深仇大恨，却伤害到尸体，就与真正的杀人犯同罪。"让起诉的人详细说明情况，官府核验，如果与事实不符，就予以重惩，大概只如此法办一两个人，在陶承学任上，就没有人敢诬陷他人杀人了。陶承学断案非常快捷，没有积压的案子。属下县里的百姓来告状，只需要带半升粮食，于是被称为"半升太守"。每月两次受理诉状，他刚上任时，每个受理日有数百人上诉，两年后不过几个人，有时连一个人也没有。衙门前的饭店都倒闭了，街市上很安静，士大夫不敢拿私事来请托，家里没有人来送礼。有人规劝说这太严厉了，陶承学说："本来没有请托，哪里用得着拒绝？原本没有馈赠，哪里用得着推辞？"人们不相信，就来询问徽州当地人，当地人回答说果真是这样。必定不听从，哪里用得着嘱托呢？必定不收礼，哪里用得着馈赠呢？当三大殿失火后重建时，采办木材的使者到来，因为徽州多木材商人，使者想要向徽州征收若干大木料。陶承学听说后就备办酒席到郊外迎接朝廷的使臣，好好慰劳，来取悦他，让百姓上前述说情况。陶承学慢慢地说："商人从外地把木材运到这里罢了，郡里不出产木材。现在如果要求郡里拿出木材，那是拿不出的；如果让商人从产出地买入，只要计算木材的数量征收就行了，为什么让徽州人都交木材呢？现在愿意拿出千金，怎么样？"朝廷派来的使者非常高兴。陶承学就拿官库里盈余的钱办理此事。适逢倭寇在东南作乱，山寇也有骚扰，江边各郡多次有大的徭役。陶承学以拿钱雇人服役的想法来处理，就像缴纳木料的钱一样，徭役结束了，而徽州百姓还不知情。有人到邻郡去，看到那里的人辛苦服徭役，就吃惊地说："为什么只有我们徽州没有这个？"回来相互一打听，才知实情，于是在相互谈论时感动得流泪。

教化焦通

梁彦光 [1] 为相州刺史，有滏阳人焦通，性酗酒，事亲礼阙，为从弟所讼。彦光弗之罪，将至州学，令观于孔子庙中。韩 (一) 伯瑜母杖不痛，哀母力衰，对母悲泣之像。通遂感悟，既悲且愧，若无容者。彦光训喻 [2] 而遣之。后改过，为善士。

【校勘】

（一）韩：据《隋史·循吏列传·梁彦光》，字前夺"于时庙中有"五字。韩伯瑜，亦作韩伯俞，汉代梁州人，著名孝子。

【注释】

[1]梁彦光：字修芝，安定乌氏人，北周时官至青州刺史，入隋后为相州刺史。
[2] 喻：通"谕"。

【译文】

梁彦光任相州刺史时，有个叫焦通的滏阳（今河北磁县）人，喜欢酗酒，缺乏侍奉亲长的礼节，被堂弟起诉。梁彦光没有责罚他，而是把他带到州学，让他在孔子庙中观看。当时庙中有韩伯瑜母亲打不痛他，他反而为母亲力气衰弱而悲哀，对着母亲哭泣的塑像。焦通于是有所感悟，又悲伤又惭愧，至于无地自容。梁彦光教训开导之后让他回去。后来焦通改过自新，成了好人。

许逵守城

许逵 [1] 为乐陵令，贼刘七等飚起 [2] 圻甸 [3]。逵使民各起墙屋，高过其檐，仍开墙窦如圭 [4]，才可容人。家令一壮者执刀伺于窦内，其余人皆入队伍。又设伏巷中，洞开城门。贼至，旗举伏发，贼火无所施，兵无所加，尽擒斩之。自是贼不敢近乐陵城。

【注释】

[1] 许逵：字汝登，明朝固始人，明武宗时官至江西副使。

[2] 飚（biāo）起：迅猛兴起。飚，暴风。

[3] 圻甸：天子的领地。天子之地方千里，千里之内谓之圻甸。此指京畿之地。

[4] 窦如圭：即圭窦，形状如圭的墙洞。

【译文】

许逵任乐陵县令时，流寇刘七等突然从京城附近起事。许逵命令居民各自在房外筑墙，墙要高过屋檐，还在墙上凿出圭形小洞，只能容一人通过。让各家选一个强壮的人拿刀守候在小洞内，其余的人都编入队伍。又在巷中设好埋伏，大开城门。贼寇一旦到来，旗帜一举，伏兵四起，贼寇的火没有用处，兵器施展不开，全都被擒。从此流寇不敢靠近乐陵城。

王诏化下

王诏 [1] 知定州，定畿内 [2] 地，杂戎夷。诏开诚厘弊，政化大行。有蜀生道过定，遗橐百金，来言诏。曰：“第往，当有为守者。”至则有守者一人。生曰：“何不携而去？”守者曰：“人有弃子（一）者，我守公不忍，为流涕语（二）之。我忍携金去，使公流转于我公之境哉？”梁御史按部 [3]，猝入狱，惟二系囚焉。

【校勘】

（一）子：字后夺"于道"二字。

（二）语：据《明史·循吏列传》，为"活"之误。

【注释】

[1] 王诏：字孟宣，明朝历城人，曾任定州知州，后升任开封府同知。

[2] 畿内：古称王都及其周围千里以内的地区，指京城管辖之地。

[3] 按部：巡视部属。

【译文】

  王诏任定州知州，定州属于京畿之地，汉人与外族人杂处。王诏开诚布公，革除弊政，教化大行。有个蜀地的书生路过定州，丢失了内藏百金的口袋，来告诉王诏。王诏说："只管前去寻找，会有人为你看守。"那书生到丢失口袋的地方，就看到有一人在看守。那书生说："为什么不自己拿走呢？"看守的人说："有人把孩子扔到道路上，我们的知府不忍心，为此流泪，让孩子活了下来。我能忍心把金钱带走，致使您在我们知府的辖区内流浪吗？"有位姓梁的御史来巡察，突查监狱，发现在押犯人只有两名。

寇瑊守法

  寇瑊[1]权知开封府，戚里[2]有殴妻(一)更赦事发者。太后[3]怒曰："夫妻以义合，奈何殴以致死耶？"瑊对曰："伤居限外，事在赦前。既付有司，不敢乱天下法。"卒免死。

【校勘】

（一）妻：据《宋史·寇瑊传》，字后夺"致死"二字。

【注释】

[1] 寇瑊（jiān）：字次公，北宋汝州临汝人，曾任梓州路转运使、权开封府、

权三司使等职。

[2] 戚里：帝王外戚聚居的地方。

[3] 太后：指宋真宗皇后刘娥，即章献太后。

【译文】

寇瑊代理开封知府时，戚里有人殴打妻子致死，后来经过大赦，又被人告发。太后大怒说："夫妻以恩爱相结合，怎么能把妻子殴打致死呢？"寇瑊回答说："伤害的行为超越了限度，可事情发生在大赦之前。既然把这事交付了有司衙门，我不敢扰乱国家的法令。"寇瑊最终免掉了那人死罪。

蒋瑶强项

蒋瑶[1]守扬州，武宗南巡。淮守薛赟[2]拆去沿河民房，以便挽夫，挽绳皆索民间绢帛为之，两淮大扰。过扬州，蒋瑶独不拆房，曰："沿河非圣驾临幸之地，且自有河岸可行，何必毁坏民居？有罪，守自当之。"江彬传旨，要扬州报大户。蒋曰："止有四个大户：其一是两淮盐运司[3]，其二是扬州府，其三是扬州钞关[4]，其四是江都县。扬州百姓穷，别无大户。"江又传旨曰朝廷要选绣女。蒋曰扬州止有三个绣女。江问今在何处，蒋曰："民间并无。知府止有亲女三人，朝廷必欲选时，可以备数。"江语塞，其事遂寝。扬州安堵如故。

【注释】

[1] 蒋瑶：字粹卿，号石庵，明朝归安人，嘉靖朝官至工部尚书，谥号恭靖。

[2] 淮守薛赟(yūn)：指淮安知府薛赟，明武宗去世后，因迎合江彬受到惩处。

[3] 两淮盐运司：即两淮盐运使司，掌握江南盐业命脉，向两淮盐商征收盐税，主官为盐运使。

[4] 钞关：明代内地征税关卡，为疏通钞法而设。因起初系以钞（纸币）交税，故称钞关。

【译文】

　　蒋瑶任扬州知府时,适逢武宗南巡。淮安知府薛赟拆掉沿河民房,以便纤夫拉纤,纤绳都是用从民间搜索而来的绢帛做成的,两淮(淮南和淮北)地区深受骚扰。武宗经过扬州时,只有知府蒋瑶不让拆民房,且说:"沿河的地方,不是圣驾应该到的地方,况且本有河岸可走,为什么一定要损毁民居呢?有罪责的话,我扬州知府独自承当。"江彬传旨要扬州把大户报上来,蒋瑶说:"扬州只有四个大户:其一是两淮盐运司,其二是扬州府,其三是钞关,其四是江都县(今扬州市江都区)。扬州百姓贫穷,没有别的大户。"江彬又传旨说朝廷要选绣女,蒋瑶说扬州只有三个绣女。江彬问在哪里,蒋瑶说:"民间全没有,扬州知府只有三个亲女儿,朝廷一定选绣女的话,可以用来充数。"江彬无话可说,那些事就搁置下来。扬州百姓像原来一样安居。

伯纯远谋

　　孙伯纯[1]知海州,朝廷调发军器,有弩椿[2]箭簳[3]之类。海州素无此物,民请以鰾胶充拆(一)。孙谓之曰:"弩椿箭簳,共知非海州所产,盖一时所须耳。若以土产代之,恐岁岁被科无已时。"知者以为至言。

【校勘】

(一)充拆:据《梦溪笔谈·补笔谈》(卷二),为"充折"之误。充折,抵换。

【注释】

[1] 孙伯纯:即孙冕,字伯纯,北宋人,曾任荆湖南路转运使、苏州知州等职。

[2] 椿:同"桩"。

[3] 簳(gǎn):箭杆。

【译文】

孙伯纯做海州知州时，朝廷征集武装设备，有弩桩箭杆这类东西。海州平素不出产这类东西，老百姓为此苦恼，请求用鳔胶来替换。孙伯纯对他们说："弩桩箭杆，都知道这不是海州出产的东西，大概是一时的需求罢了。如果拿土特产替代，恐怕每年都被科敛，没有停止的那天。"有见识的人认为这是至理名言。

不误农时

程坰〔一〕知沛县，会久雨，平原水出，谷既不登，晚种不入，民无卒岁[1]具。坰谓："俟可耕而种，时已过矣。"乃募富民得豆数千石以贷民，使布之水中。水未尽涸而甲[2]已露矣。是年遂不艰食。

【校勘】

（一）程坰（jiōng）：据《宋史·程颢传》（卷四二七），乃程珦（xiàng）之误。程珦，北宋河南洛阳人，官至龚州知州，程颢、程颐的父亲。

【注释】

[1] 卒岁：度过年终。

[2] 甲：植物果实外壳。

【译文】

程珦任沛县知县时，适逢连日下雨，平原都被水漫过，春天种的庄稼已经不能顺利成熟，晚秋作物也种不上，眼看百姓度过年终的东西都没有了。程珦说："等到地可以耕时再播种，农时已经耽误了。"他于是向富裕的百姓征集豆种，借给贫困百姓，让他们洒在水中。积水还没有完全干涸，豆苗顶着种子的外壳已经出土了。这年百姓生活便不艰难了。

解绥雪冤

刘重威[1]为韶州守，爱民如子。适山寇窃发，备兵[2]金事[3]王部海兵船驻英德河下。海兵稔地利，夜于空僻处踰墙入县，杀守卒，劫帑金，斩邑南门以出。守贼兵追获，贼兵众反以帑金坐民兵。金事冀自全，随海兵所坐坐之。重威闻而泣曰："下觊脱罪，上冀完名，使我杀人以媚人，可乎？"遂力为昭雪，次日解绥归。适直指[4]按韶，亟留之。于是按海兵罪，而脱五十七人之死，金事落职归。

【注释】

[1] 刘重威：明朝人，余不详。

[2] 备兵：驻军。

[3] 金事：明朝武官名，都指挥使属官，秩正三品，与都指挥同知分管屯田、训练、司务等事。

[4] 直指：即巡按，起于明代，非固定职官，临时由朝廷委派监察御史担任，分别巡视各省，考核吏治。

【译文】

刘重威任韶州知府时，爱民如子。适逢山贼秘密起事，驻军金事王某部署海兵船驻扎在英德河河岸。海兵熟悉地形，夜里在防守空虚又偏僻的地方翻墙进入县城，杀死防守的士兵，抢劫官库里的钱，夺县城南门逃出。防守盗贼的士兵追获赃物，抢劫的海兵反而诬陷对方抢劫了官库里的钱。金事希望自我保全，与所属海兵一起诬陷守城士兵。刘重威听后流泪说："下属希望免除罪责，上司希望保全名声，让我杀人来讨好别人，可以吗？"于是他极力为守城士兵昭雪，第二天便辞官回家。适逢巡按巡察韶州，赶紧留下刘重威。于是查清了海兵的罪责，开脱了守城士兵五十七人的死罪，那金事被免官回乡。

决湖溉田

许元[1]知丹阳县，县有练湖，决水一寸，为漕渠[2]一尺。故法，盗决湖者罪比杀人。会岁大旱，元请借湖水溉田。不待报，决之。州守遣吏按问，元曰："便民，罪令可也。"溉民田万余顷，岁乃大丰。

【注释】

[1] 许元：字子春，北宋宣州宣城人，曾任江淮两浙荆湖发运判官，历知扬州、越州、泰州。

[2] 漕渠：人工挖掘或疏浚的主要用于漕运的河道。

【译文】

许元任丹阳（今镇江丹阳）时，把县里的练湖湖堤挖开一寸，就会使漕渠的水降低一尺。依照旧法，挖开湖堤的人罪同杀人。恰逢大旱年景，许元请求借湖水来灌溉民田，没有等到批复，就私下挖开湖堤。知州派人来调查问责，许元说："只要方便了百姓，惩罚我县令是可以的。"灌溉了民田一万多顷，这一年获得了大丰收。

文仲为官

杨文仲[1]通判台州。故事，守贰[2]尚华侈。正月望，取灯民间。吏以白，文仲曰："为吾燃一灯足矣。"劝农东郊，因（一）欲泛湖，文仲即先驰归。通（二）判扬州，牙契[3]旧额岁为钱四万缗，累改（三）增至十六万，开告讦以求羡。文仲曰："希赏以扰民，吾不为也。"尝言："与民之惠有限，不扰之惠无穷。"及元兵度江，畿甸震动，朝士多弃去者，侍从班唯文仲一人而已。

【校勘】

（一）因：依《宋史·杨文仲传》（卷四百二十五），此字前夺"守"字，指知州。

（二）通：二字前夺"添差"二字。宋制，凡授正官，皆作计给禄俸的虚衔，实不任事。内外政务则于正官外另立他官主管，称"差遣"。凡于差遣员额外增添差遣，叫"添差"。

（三）累改：为"累政"之讹。累政，几任，多任。

【注释】

[1] 杨文仲：字时发，南宋眉州彭山人，宋恭帝时授权工部侍郎兼给事中。

[2] 守贰：知州的副职，此指通判。

[3] 牙契：指牙契税。宋朝叶适《经总制钱一》："得产有勘合，典卖有牙契。"

【译文】

　　杨文仲任台州通判。按旧例，通判崇尚华美奢侈。正月十五，要从民间征集灯笼。吏员把这事告诉杨文仲，杨文仲说："替我点一个灯笼就够了。"到东郊举行鼓励农业生产的典礼，知州想要从湖面上泛舟回去，杨文仲（为不扰民）当即打马奔驰而归。杨文仲任扬州通判的添差官，牙契税旧额每年为四万贯钱，多任官员征收增至十六万贯，需要告发检举来征够余下的数额。杨文仲说："希望得到赏赐，却来骚扰百姓，我不做这样的事。"他曾说："给百姓的恩惠是有限的，不骚扰百姓的恩惠是无穷的。"等到元朝军队渡过长江，都城附近人心震动，朝廷官员中有好多抛弃君主离去的，侍从官员的班列中只有杨文仲一人罢了。

唐夔明敏

　　唐夔[1]授新昌令。性资明敏，折狱曲尽隐衷。涖事二三月，庭无留牍，吏胥皆令业屡。门不设禁，有事径入，莫敢犯者。讼有理屈，惟略加扑戒，不附罪立案，曰："倘有未值，俾可他理。"又省事节费，奸弊肃清。吏胥困饥，多辞去。

【注释】

[1] 唐夔：字希韶，明朝广西全州人，曾任新昌县令，官至知府。

【译文】

唐夔被任命为新昌县令。他天资聪明敏锐，断案能曲尽隐情。他上任理事两三个月，大堂上没有积压的卷宗，让手下的衙役编织草鞋来帮助过活。衙门不设门禁，百姓有事可以直接进入说明情况，衙役没有谁敢违犯。打官司理屈的，他只是略加责打惩戒，不以其他罪名立案，他说："如果有不得当的地方，可使另案诉理。"又简省事端，节约费用，奸邪弊端被整肃清除。衙役饥饿困顿，好多要求辞职离去。

戍守阳朔

杨崇[1]为广西桂林郡丞，清戎至阳朔。顾县治瞰江，垣墙卑甚，遂使人辇江中石，大者高其垣，小者积垣下，石取而江深。未几，蛮寇至，莫渡。间有以筏薄垣者，兵民以所积石击之，扶伤而去。

【注释】

[1] 杨崇：字尚贤，明朝江西丰城人，天顺年间举人，曾任广西桂林府同知。

【译文】

杨崇任广西桂林府丞时，为整顿军务到了阳朔。杨崇看到阳朔县城可以鸟瞰江面，可是城墙很低，就让人用车拉江中的石头，大石头用来加高城墙，小石头累积在城墙下，由于取走了石头，江水更深了。不久，反叛的蛮兵到了，没法渡江。间或有用筏子渡江的，一旦临近城墙，守城士兵和民众就用堆积的小石头击打筏上的敌人，叛兵带着伤号退去。

教民种粟

李允则[1]再守长沙。湖湘之地，下田艺稻谷，高田水力不及，一委榛莽[2]。允则一日出令曰："将来并纳粟米秆草[3]。"湖湘之农夫且未知粟米秆草为何物也，或曰："惟襄州有之，可以购致。"湖民皆往襄州，每一斗一束，至湘中为钱一千。自尔誓^(一)以田艺粟。至今湖南无荒田，粟米妙天下焉。

【校勘】

（一）誓：当为"始"之误。

【注释】

[1] 李允则：字垂范，太原府盂县人，北宋将领。

[2] 榛莽：丛杂的草木。

[3] 秆草：谷子的茎秆与叶子，可以做牲口草料。

【译文】

李允则第二次任长沙知府。湖南一带，低洼田地种植稻谷，高的田地，由于缺水，任凭丛杂的草木疯长（即荒芜）。李允则下令说："将来要缴纳粟米和秆草。"湖南百姓尚且不知道粟米和秆草是什么东西，有人说："襄州有这种东西，可以买到。"湖南的百姓都到襄州购买，每买一斗粟米、一束秆草，运到湖南就可卖一千钱。自此湖南百姓开始在地势高的田地上种植谷子。到现在湖南没有荒地，生产的粟米天下有名。

仲宣精敏

许仲宣[1]三为随军转运使[2]，心计精敏，无丝发遗^(一)。征江南，军中之须，曹武惠公[3]仓卒有索，皆随应^(二)。王师将夜攻城，仲宣阴计之曰："永夕运动(三)，宁不食耶？既膳，无器可乎？"预科陶器数十万。夜半爨成，兵将就食，果索其器，如数给之。他率类此。征交州，士死于瘴者十七八，大将孙全兴(四)失律[4]，仲宣奏乞罢兵。不待报，以兵屯湖南诸州，开帑赏给，纵其医饵。谓人曰："吾夺瘴岭客魂数万，生还中国，已恨后时。若更俟报，将积尸于旷野矣。诛一族，活万夫，吾何恨哉？"飞檄谕交人以祸福，交人果送款[5]修贡。仲宣上表待罪，太宗褒诏，大嘉之。

【校勘】

（一）遗：据北宋文莹《玉壶清话》，"遗"字后夺"旷"字。遗旷，指失算，失误。

（二）应：字后夺"给"字。

（三）运动：为"运锸"之误。运锸，挥锸挖土。锸，一种挖土工具。

（四）孙全兴：为"孙金兴"之误。

【注释】

[1] 许仲宣：字希粲，北宋初年青州人，有才略，官至给事中。

[2] 随军转运使：宋代大军出征时负责军需物资供应的官员。

[3] 曹武惠公：即宋初大将曹彬，谥号武惠。

[4] 失律：指战事失利。

[5] 送款：投诚，归降。

【译文】

　　许仲宣三次做随军转运使，心计精密敏锐，没有丝毫失算。征讨南唐时，军中急需物资，武惠公曹彬仓猝之间有所需求，许仲宣都能做到即时供给。王师（北宋军队）将在夜里攻城，许仲宣私自谋划这事说："整夜挥锸挖土，难道不需要吃饭吗？做好饭后，可以没有餐具吗？"预先征收几十万件陶器。夜半战饭做好了，将士要吃饭，果然索要餐具，许仲宣如数供给。其他事务都像这样。征伐交州时，士兵因瘴气而死的占十分之七八，大将孙金兴战事失利，许仲宣上奏请求罢兵休战。还没等到批复，许仲宣就把军队撤回，屯驻在湖南的各个州里，打开官库进行奖赏，任凭将士看医生买药物。他对人说："我挽回了瘴乡几万人的生命，让他们活着回到中原，已后悔有点晚了。如果再等到批复，士兵的尸体都要堆积到旷野了。杀我全族，却可以使上万人活下来，我有什么遗憾呢？"他向交州人发出紧急檄文，晓以利害祸福，交州人果然投降进贡。许仲宣上表等待处罚，太宗皇帝下达褒奖诏书，大力奖赏了他。

好礼进谏

潘好礼[1]举明经[2]高第，雅负风节。开元初，为邠王[3]府司马。王农月出猎，好礼乃卧马下^{（一）}，谏曰："禾稼盈野，王安得非时暴民田？请先践杀司马！"王惭而退。

【校勘】

（一）下：据《旧唐书·列传第一百三十五·良吏下》，为"前"之讹。

【注释】

[1]潘好礼：贝州宗城（今河北广宗）人，唐代良臣，官至监察御史。

[2]明经：汉武帝时设的选举官员的科目，至宋神宗时废除，被推举者须明习经学。

[3]邠（bīn）王：即李守礼，唐高宗李治之孙，章怀太子李贤次子，封邠王。

【译文】

潘好礼高中明经科，平素负有美好的品德。开元（唐玄宗年号）初年，他做了邠王府司马。邠王在农忙时节外出打猎，潘好礼卧在邠王马前，进谏说："庄稼布满田野，王爷怎么能在农忙时糟蹋田间的庄稼呢？一定要出猎的话，请先把我踩死！"邠王惭愧退回。

思诚化下

元吕思诚[1] 尝行田[2]至刘智〔一〕，社民李愬[3]其弟匿羊，思诚叱之退。有王青者，兄弟友爱。思诚造其家，取酒劝酬，欢如骨肉。李之兄弟各悔过，折居〔二〕二十年，复还同爨[4]。

【校勘】

（一）刘智：据《元史·列传第七十二·吕思诚》，此二字后夺"社"字。刘智社为当时蓨县的农村基层组织。

（二）折居：为"析居"之误，因形相近致讹。析居，分家另过。

【注释】

[1] 吕思诚：字仲实，平定人，元朝名臣，曾参与编修过《辽史》《金史》《宋史》三史。

[2] 行田：巡行田间。

[3] 愬：同"诉"。

[4] 同爨：同灶炊食，指同居，不分家。

【译文】

元朝的吕思诚曾经巡行田间时到达刘智社，有一李姓社民起诉他弟弟藏了他的羊，吕思诚把他呵斥退下。有个叫王青的社民，兄弟友爱。吕思诚亲自造访王青家，和王青一起互相饮酒，欢乐得如同是骨肉亲人。李姓兄弟各自悔过，本来已分家另过二十年了，又恢复了共同生活的日子。

罚不可过

刑罚中则民畏死，畏死，由生之可乐也。故可以死惧之，而天下治矣。刑罚过则民不畏死，不畏死，由生之苦也。故不可以死惧之，而天下乱矣。

【译文】

刑罚适中，百姓就害怕死亡，害怕死亡，是因为生活有乐趣。所以可以用死亡去吓唬他们，因而天下太平。刑罚过度严苛，那百姓就不怕死亡，不怕死亡是因为活着太痛苦。所以不可以拿死亡吓唬他们，因而天下大乱。

刘晏有识

唐代宗时刘晏[1]造转运船，每船破钱一千贯。或言所用不及半，虚费太多。晏曰："大国不可以小道理。凡所创置，须谋经久。船场既兴，执事者非一，须有余剩遗力，养活众人，私用不窘，则官物牢固。"乃于杨子县[2]置十船场，差专知官十人，不数年间，皆致富赡。凡五十余年，船场既无破败，馈运亦不阙绝。至咸通末，有杜侍御者，止给合用实数，无复宽盛，专知官十家即时冻馁，而船场遂破，馈运不继，不久遂有黄巢之乱。以此知天下之大计，未尝不成于大度之君子，而败于寒陋之小人。

【注释】

[1] 刘晏：字士安，曹州南华人，唐代理财家。
[2] 杨子县：常做"扬子县"，治所在今扬州南扬子桥附近。

【译文】

唐代宗时，刘晏制造转运船，每条船破费一千贯。有人说实际费用不到一半，虚费太多。刘晏说："大国不可以用小道来治理。凡所创制，必须谋划经久。船场已经建起来，办事人员不是一个，需要有剩余的钱财养活众人，使其个人用度不致窘迫，那么官船就牢固了。"刘晏就在扬子县设置了十个船场，派遣十名专门管理的官员。不过几年，这些官员都很富足。五十多年，船场既没有破败，运送物资也没有缺失断绝过。到了咸通（唐懿宗年号）末年，有个姓杜的侍御史只批给造船所需的实际费用，不再有宽余，专门管理的十个官员家庭当即受冻挨饿，而船场于是破败了，运送物资也跟不上需求，不久就有了黄巢之乱。凭这个知道，天下的大事未曾不是宽宏大度的人做成的，而败坏在见识器量狭小的人手里。

陈临恩广

陈临[1]守苍梧，民有遗腹子，为其父报怨，捕系狱。临伤其无子，令其妻入狱，遂产一男。人歌之曰："苍梧陈君恩广大，令死罪囚有后代。"

【注释】

[1]陈临：字子然，东汉广东香山人，曾任苍梧太守，献帝建安年间官至廷尉。

【译文】

陈临任苍梧郡（郡治在今广西广信）太守时，有一个原本为遗腹子的百姓，为父亲报仇，被捕入狱。陈临为他没有后嗣而伤感，就让他妻子进入监狱同居，后来他妻子生下一个儿子。人们歌颂他说："苍梧陈君恩广大，令死罪囚有后代。"

慎于简尸

简尸[1]与凌迟不异，上干天和，破家荡产又是第二件事。吾辈不可不思。

【注释】

[1]简尸：检验尸体。

【译文】

验尸与凌迟没有不同，向上触犯天和，让人破家荡产还是处于第二位的事。我们这做官的人不可不思。

尧叟惠政

陈尧叟为广南西路转运使。岭南风俗，病者必祷神，不服药。尧叟有《集验方》[1]百本（一），刻石贵州（二）驿舍，地方赖之。又以地气蒸暑，为植柳凿井，每三二十里必置亭舍什器，人免渴（三）死。

【校勘】

（一）百本：据《宋史·列传第四十三》(卷二百八十四)，为"白本"之误。
　　　　白本，只有正文而没有注释的书。
（二）贵州：为"桂州"之讹。
（三）渴：为"暍"之讹。暍（yē），中暑。

【注释】

[1]《集验方》：为南北朝时期医学家姚僧垣所著，共12卷。

【译文】

陈尧叟任广南西路转运使。岭南风俗是病人一定向神灵祈祷，不服药。陈尧叟有白本《集验方》，后把《集验方》刻写在桂州驿站馆舍的石头上，地方群众很是依赖。又因地气蒸腾炎热，他让当地人种植柳树，凿挖水井，每隔二三十里一定建造亭舍，亭舍里备有饮水器具，百姓免于中暑而死。

江逌弭叛

晋江逌为令[1]，深山中有亡命数百家，恃险为阻，前后守宰莫能平。逌到官，召其魁帅[2]，厚加抚谕。旬月之间，襁负[3]而至。逌尝曰："悖逆之民，可以恩接；无知之众，可以理谕。况百姓好治而惧乱，喜安而恶危，苟免饿寒。畴[4]思兵刃，乃朝廷既烦其赋暖[5]，郡邑复益其征求，不得已而劫夺以谋生，是求活也，非求乱也。当事者欲尽举而杀之，匪特有伤仁爱，彼又谁甘敛手以就毙哉？"

【注释】

[1] 江逌（yōu）：字道载，东晋陈留圉人，曾任太末县令。

[2] 魁帅：首领，常含贬义。

[3] 襁负：用布幅包裹小儿而负于背。

[4] 畴：犹曩，以往，从前。

[5] 暖：钱币。

【译文】

　　东晋江逌任太末县令时，有亡命徒几百家，依仗险要地形为阻碍，前后几任郡守县令都不能平定。江逌到任，召见他们的首领，耐心安抚晓谕。满月之后，这些人用布幅包裹小儿背负归顺。江逌曾经说："叛逆的百姓，可以用恩德与他们交往；无知的民众，可以用道理晓谕。何况百姓都喜欢太平而惧怕战乱，喜欢安全而厌恶危险，苟且免于饥寒就够了。以前想拿起兵器反叛，是朝廷赋税太过苛烦，郡县又加码征求，没有办法只得靠抢劫来谋生，这是要活命，不是要作乱。当政的人要把他们全部杀死，不只是有伤仁爱之心，他们又有谁甘心束手待毙呢？"

暇豫留心

　　事无大小，悉当留心。丙吉边吏姓名[1]，陶谷江南图会（一）；尹铎铜柱棘垣[2]，士行竹头木屑[3]；李迪之方寸小册[4]，楚材之遗书大黄[5]；曹玮识元昊于马市[6]，允则寄望楼于浮图[7]；钱塘可灌[8]，

黠虏可用 [9]；拔栗县中 [10]，量绿江上 [11]。先人之智，任事之忠，皆从暇豫 [12] 中养。其一旦之用，悠悠而任，愦愦 [13] 以决，君子耻之矣。

【校勘】

（一）陶……会：陶谷生平无此事，当为樊若水事。樊若水曾向宋太祖献出自己用心测绘的《横江图说》，帮助北宋在长江上架起浮桥，为灭南唐立下了功劳。会，当为"绘"。

【注释】

[1] 丙……名：典出《汉书·丙吉传》。（丙）吉驭吏嗜酒，尝从吉出，醉呕丞相车上。西曹主吏白欲斥之，吉曰："以醉饱之失去士，使此人将复何所容？西曹但忍之，此不过污丞相车茵耳。"遂不去也。此驭吏边郡人，习知边塞发奔命警备事。尝出，适边郡发奔命书驰来至。驭吏因至公车刺取，知虏入云中、代郡，遽归府见吉白状。未已，诏召丞相、御史，问以虏所入郡吏，吉具对。御史大夫猝遽不能详知，以得谴让；而吉见谓忧边思职，驭吏力也。吉乃叹曰："士无不可容，能各有所长。向使丞相不先闻驭吏言，何见劳勉之有？"

[2] 尹……垣：尹铎，少昊后裔，晋卿赵鞅家臣。他曾加高了赵鞅让他拆毁的营垒。

[3] 士……屑：士行，东晋大臣陶侃的字。刘义庆《世说新语·政事》："陶公性俭厉，勤于事。作荆州时，敕船官悉录锯木屑，不限多少。咸不解此意。后正会，值积雪始晴，听事前除雪后犹湿，于是悉用木屑覆之，都无所妨。官用竹皆令录厚头，积之如山，后桓宣武伐蜀装船，悉以作钉。"后以"竹头木屑"比喻可供利用的废置之材。

[4] 李……册：据《宋史·列传第六十九》（卷三百一十）：帝（宋真宗）因问关右兵几何，（李迪）对曰："臣向在陕西，以方寸小册书兵粮数备调发，今犹置佩囊中。"帝令自探取，目黄门取纸笔，具疏某处当留兵若干，余悉赴塞下。李迪，字复古，北宋濮州人，两次官至宰相，谥号文定。

[5] 楚……黄：楚材，即耶律楚材，字晋卿，号玉泉老人，元朝政治家，谥

号文正。据《元史·耶律楚材传》："丙戌冬，从下灵武，诸将争取子
女金帛，楚材独收遗书及大黄药材。既而士卒病疫，得大黄辄愈。"

[6]曹……市：据《智囊全集》：（曹）玮在陕西日，河西赵德明尝使以马
易于中国，怒其息微，欲杀之，莫可谏止。德明有一子，年方十余岁，
极谏不已："以战马资邻国已是失计，今更以资杀边人，则谁肯为我用
者？"玮闻其言，私念之曰："此子欲用其人矣，是必有异志！"闻其
常往来于市中，玮欲一识之，屡使人诱致之，不可得。乃使善画者图其
貌，既至观之，真英物也。曹玮，字宝臣，真定灵寿（今属河北）人，
北宋真宗、仁宗时名将，宋初名将曹彬第四子。元昊，即李元昊，党项
族，西夏开国皇帝，祖籍银州（今陕西米脂）。

[7]允……图：《宋史·李允则传》：岁修禊事，召界河战棹为竞渡，纵北
人游观，潜寓水战。州北旧多设陷马坑，城上起楼为斥堠，望十里；自
罢兵，人莫敢登。允则曰："南北既讲和矣，安用此为？"命彻楼夷坑，
为诸军蔬圃，浚井疏洫，列畦陇，筑短垣，纵横其中，植以荆棘，而其
地益阻隘。因治坊巷，徙浮图北原上，州民旦夕登望三十里。

[8]钱塘可灌：据明朝彭大翼《山堂肆考》的"钱塘可灌"条记载：南宋陈
亮才气超迈，志存经世。隆兴初上《中兴五论》，不报。退居婺之永康，
力学著书。尝环视钱塘谓曰："此城可灌也。"盖以地下于西湖耳。

[9]黠虏可用：《宋史·李允则传》：又得谍，释缚厚遇之，谍言燕京大王
遣来，因出所刺缘边金谷、兵马之数。允则曰："若所得谬矣。"呼主
吏按籍书实数与之。谍请加缄印，因厚赐以金，纵还。未几，谍遽至，
还所与数，缄印如故，反出彼中兵马、财力、地里委曲以为报。

[10]拔栗县中：明人陈继儒《读书镜》记载：常熟知县郭南，（明朝）上虞人。
虞山出软栗，民有献南者，南亟命种者悉拔去，云异日必有以此殃害
常熟之民。其为民远虑如此。

[11]量绿江上：出自何典不详。

[12]暇豫：悠闲逸乐。

[13]愦愦：昏庸，糊涂。

【译文】

略。

居官三戒

清是居官本等^{（一）}，却不可矜清傲浊；慎是做官细心^{（二）}，却不可慎大忽小；勤是从政实地，却不可勤始怠终。

【校勘】

（一）居官本等：据吕本中《官箴》，为"做官本等"。本等，本分。
（二）做官细心：据吕本中《官箴》，为"居上经心"。居上，指做官的人。经心，留心。

【译文】

清廉是做官的本分，却不可以夸耀清廉而傲视贪浊；谨慎是做官应留心的修养，却不可对大事谨慎而忽略小事；勤劳是从政的基础，却不可开头勤奋而最终怠惰。

请蠲积逋

张居正《请蠲积逋疏》^{（一）}曰："所谓带征者，将累年拖欠，搭配分数，与^{（二）}见年[1]钱粮，一并催征也。夫百姓一年所入，仅足供当年之数。不幸遇荒，父母冻饿，妻子流离。见年钱粮尚不能办，岂复有余力完累岁之积逋哉？有司规避罪责，往往将见年所征，那[2]作带征之数，名为完旧欠，实则减新收也。今岁之所减，又是将来之带征。况头绪繁多，年分混杂，征票四出，呼役沓至。愚民竭脂膏以供输，未知结新旧之课，里胥指交纳以欺瞒，适足增溪壑之欲[3]；甚至不才官吏，因而猎取侵渔者，往往有之。夫与其敲扑[4]穷民，以实奸贪之橐，孰若施旷荡之恩，蠲与小民，而使其戴上之仁哉？"

【校勘】

（一）《请蠲积逋疏》：当为《请蠲积逋以安民生疏》，万历十年，张居正向神宗所上奏章，请求停止带征钱粮，对于百姓积欠部分不再追究。蠲（juān）：免除。积逋（bū）：累欠的钱粮。

（二）与：字后夺"同"。

【注释】

[1] 见年：即现年，当年。

[2] 那：通"挪"。

[3] 溪壑之欲：指难以满足的贪欲。

[4] 敲扑：鞭打的刑具，短曰敲，长曰扑。此指敲打鞭笞。

【译文】

　　张居正《请蠲积逋以安民生疏》说："所说的带征，就是把多年拖欠的钱粮，按照一定比例分摊，和当年钱粮一起征收。百姓一年的收入，刚够缴纳当年的数量。不幸遇上灾荒年景，父母就得挨饿受冻，妻子儿女流离失所。当年的钱粮尚且不能办理，哪有余力缴纳以前多年的拖欠呢？主管部门为规避罪责，常常把当年所征收的钱粮，挪作带征的数额，名义上说是缴纳了陈欠，实际上是减少了新征收的数额。今年所减少的数额，又成为将来带征的数额。况且头绪繁多，年份混杂，催征票据向四方发出，呼喊催缴钱粮的差役纷至沓来。愚昧的百姓竭尽民脂民膏用来加纳赋税，不知道是否交完了新旧赋税，乡间小吏拿缴纳赋税进行欺瞒，恰好能够增加他们无穷的欲望；甚至不成器的官吏，趁机猎取侵夺，常常出现这样的情况。与其敲打鞭笞穷困百姓，来填满奸邪贪婪之徒的口袋，哪里赶得上推行宽广浩荡的恩德，给百姓减免积税，从而使他们感戴皇上的仁慈呢？"

所赖公溥

　　真腊国[1]有石塔二座，民人争讼不决，即令各坐一塔中。理屈者头痛身热，不耐而出；其理直者安处如故。佛楼沙国[2]有青玉佛钵，受三斗。贫人以少花投中即满，富人以多花，正复[3]百千万斛，终不满。我中国无此二种物，所恃宰官心胸灵妙公溥[4]，恃为炤[5]曲直之情，平贫富之施耳。而士大夫持心往往不然，将此世界何所恃也？

【注释】

[1] 真腊国：又名占腊，为中南半岛古国，在今柬埔寨境内，中国古书对吉蔑王国的称呼。

[2] 佛楼沙国：又作富楼沙国，今巴基斯坦白沙瓦一带。

[3] 正复：即使。

[4] 公溥：公正广大。

[5] 炤：同"昭"。

【译文】

　　真腊国有两座石塔，百姓争讼不能决断时，就让他们各自坐在一座塔中。理屈的人会感到头痛身热，忍受不住时就会出来；那理直的人就像原来那样安居里面。佛楼沙国有青玉佛钵，能盛三斗东西。贫穷的人拿少量的花投进去，佛钵就能盈满；富人把很多花投进去，即使是百千万斛，终究不会盈满。我们中国没有这两样东西，所依赖的是主管官员内心灵妙，公正广大，靠它来昭显理屈理直的实际情况，平均贫富的措施罢了。而士大夫持心常常不这样，将使这个世界有什么可依靠呢？

宋纁长虑

　　石星[1]与宋纁[2]待漏[3]同坐，欣然语曰："今日查出某省羡金若干。"纁曰："不然。朝廷钱谷，宁可蓄而不用，不可搜索无余。且使主上知各处羡赢之数，或生侈心。"星默然。一日，有人言及太仓陈腐若干，明年漕粮或可改折[4]者。繻曰："太仓之谷，宁使红腐，不可不足。今见少许赢余，便欲改折，一旦脱有不给，从何措置？"言者亦阻。

【注释】

[1] 石星：字拱辰，号东泉，明朝大名府东明人，万历朝官至兵部尚书。

[2] 宋繻：字伯敬，号栗庵，明朝归德府人，官至吏部尚书，谥庄敏。

[3] 待漏：指封建时代大臣在五更前到朝房等待上朝。漏，铜壶滴漏，古代计时器。

[4] 改折：即漕粮改折，是指将应缴纳税粮改用银两来替代。

【译文】

石星与宋繻在朝房共坐，等待上朝，高兴地对宋繻说："今天查出某省有盈余的钱若干，可以拿来为国家所用。"宋繻说："不对。朝廷的钱粮，宁可储存起来不用，不可搜索无余。况且这会使皇上知道各处盈余的钱数，或许会生出奢侈的心思来。"石星沉默不语。一天，有人说到太仓的粮食已经有若干陈腐了，明年的钱粮或许可以改折。宋繻说："太仓的粮食，宁可使其变红腐烂，不能不够用。现在看到有一点盈余，就想改折，一旦如果不能供给，从哪里置办粮食呢？"说这话的人被他阻拦。

高明远猷

都御史（一）高明[1]会黄河南徙，民耕淤地，亩收税（二）数斛。议者欲履亩坐税[2]。明不可，曰："河徙无常，税额不改。平陆忽复巨浸，常税犹按旧籍，民何以堪？"

【校勘】

（一）都御史：据《明史·列传第四十七》，为"右佥都御史"之讹。

（二）税：当为衍字。

【注释】

[1] 高明：字上达，明朝贵溪桐源人，曾官南京右佥都御史、福建巡抚。

[2] 履亩坐税：丈量土地，按丈量亩数纳税。

【译文】

高明任南京右佥都御史时，碰上黄河向南改道，百姓在旧河道上耕种，每亩地有了点收成。有人提议官府丈量土地，按田亩课税。高明认为不行，说："黄河改道没有定准，税收的额度轻易改变不了。平地忽然为大河漫过，还按原来登记的田亩收常规的税，百姓怎么承受得了？"

预出军饷

黄绂[1]巡抚延绥[2]，行道望见川中饮马妇片布遮下体，大惭，俯首叹息曰："我为巡抚，令健儿家贫至此，何面目坐临其上？"亟令预出饷三月。边健儿素贫苦，又素忠朴，闻公惭叹，人人感泣，愿出死力。

【注释】

[1] 黄绂：字有章，号精一道人，明朝平越卫人，官至南京户部尚书兼左都御史。

[2] 延绥：军镇名，明九边之一，治所在今榆林市榆阳区。

【译文】

黄绂任延绥巡抚时，行路时远远看见原野中饮马的妇女仅能用片布遮住下体，非常惭愧，低头叹息说："我做巡抚，让健儿家这样贫困，有什么脸面担任他们的上司呢？"急忙下令让士兵预支三月的军饷。边地健儿素来贫苦，又素来忠诚质朴，听到黄绂惭愧感叹，人人感动得流泪，愿意出死力报效他。

王爌惩恶

王爌[1]为刑部侍郎。时有土豪王冠者,家赀巨万,善交权贵,里人毋敢忤视。尝与方士赤肚子者游,其术取初生婴儿烹噉之,或剉[2]骨成粉,以为延年剂。家畜妾十余人,孕将娩,辄以药堕,而如法饵之。他所阴购而饵者,不知几何人矣。事发,权贵人争为交关[3]求解免。而公一切距[4]勿听,卒据法引律,凌迟处死,畿民大快。

【注释】

[1] 王爌(huǎng):字存约,号南渠,明朝台州府黄岩人,官至南京右都御史。

[2] 剉:古同"锉",剁。

[3] 交关:说情。

[4] 距:通"拒"。

【译文】

王爌担任刑部侍郎。当时有个土豪王冠,家资无算,善于结交权贵,乡里没人敢跟他对视。他曾经与名叫赤肚子的术士交往,那术士的方术是把刚出生婴儿煮熟吃掉,或者是把婴儿骨头剁成粉末服食,认为是长生不老的药物。家里蓄养的十多个仆妾,怀孕将分娩时,就用堕胎药把胎儿打下来,用上面的方法吃掉。其他暗中买来吃掉的婴儿不知有多少了。事情被告发,权贵们争相给他说情开脱。但王爌全部拒绝,不为所动,最终依据法律将王冠凌迟处死,南京附近百姓人心大快。

魏徵故第

李师道[1]请以私财赎魏徵故第。白居易上言:"事关激劝[2],宜出朝廷。师道何人,敢掠斯美?请敕有司以官钱赎还,赐其后嗣。"

【注释】

[1] 李师道：高句丽人，唐朝地方割据军阀，曾任平卢淄青节度使。

[2] 激劝：激发鼓励。

【译文】

　　李师道请求拿私财赎买魏徵的故宅。白居易上奏说："这事事关激发鼓励，应由朝廷出钱赎买。李师道是什么人，敢夺去这样的美事？请朝廷下令让有关部门拿公款买下来，赐给魏徵后人。"

谏止迁坟

　　涨潮[1]当嘉靖初南郊创造圜丘[2]。都御史汪鋐[3]请概迁禁垣外冢墓，上不忍尽迁，限一里内而止。潮亟上疏曰："此即文王泽及枯骨[4]之仁也。今垣南一里之内，坟冢不下千万余区。倘瞻对无妨，悉容仍旧，其恩尤溥。"疏下执政者议，谓亵秽圜丘，匪宜。潮曰："在圜丘似亵，然天无不覆，即远迁何逃？"诘者语塞，得旨罢迁。

【注释】

[1] 张潮：字惟信，号玉溪，明朝四川内江人，官至礼部尚书。

[2] 圜丘：皇帝举行冬至祭天大典的场所，又称祭天坛。

[3] 汪鋐：字宣之，号诚斋，明朝徽州婺源人，嘉靖朝官至吏部尚书兼兵部尚书。

[4] 文王泽及枯骨：见《资治通鉴外纪》。其文曰：（周）文王尝行于野，见枯骨，命吏瘗之。吏曰："此无主矣。"王曰："有天下者，天下之主；有一国者，一国之主。我固其主矣。"葬之。天下闻之，曰："西伯之泽，及于枯骨，况于人乎？"

【译文】

　　涨潮于嘉靖初年在北京城南郊建造了圜丘。都御史汪鋐请求把禁墙外坟墓一律迁走，皇上不忍心把所有的坟墓都迁走，仅限于禁墙外一里地之内。涨潮赶紧上奏章说："这就是像周文王一样仁慈延及枯骨的仁爱之举。现在禁墙以南一里之内，坟墓不少于千万座。如果不影响观瞻，都能保留原样，那恩德极其广大。"奏章下发执政大臣讨论，认为亵渎圜丘，不应该保留。涨潮说："对圜丘来说，似乎有点亵渎，但上天覆盖一切，即使远迁，又能迁到哪里？"反驳的人无话可说，得到了皇帝罢迁的旨意。

进谏败兴

至道元年，太宗以上元御楼观灯，见京师繁盛，自谓太平。宰相吕蒙正避席对曰："乘舆[1]所在，士庶走集，故繁盛如此。臣尝见城都外不数里，饥寒死者甚众。愿陛下观近以及远，苍生之幸也。"

【注释】

[1] 乘舆：旧指皇帝或诸侯所用的车舆。此指京城。

【译文】

至道元年，宋太宗正月十五晚上在御楼观灯，看到京城繁华，自说是天下太平。宰相吕蒙正离开席位回奏说："陛下所在之地，百姓奔走聚集，所以像这样繁华兴盛。我曾在离京城几里地之外，看到因饥寒而死的人很多。希望陛下看到近处，推及远处，那是百姓庆幸的事。"

居官之诀

詹体仁[1]知静江，尝曰："居官之诀尽心、平心而已。尽心则无愧，平心则无偏。"世服其确论。

【注释】

[1] 詹体仁：字元善，南宋建宁浦城人，曾任司农少卿、太府卿等职。

【译文】

詹体仁任静江知府时，曾说："做官的要诀是做到尽心、平心罢了。尽心就没有惭愧，平心就没有偏颇。" 世人佩服这是精到的话。

洁己自守

陈麟[1]知闽县，有势家欲徙人墓。部使者[2]属麟，不从，使者怒。后索翠羽，他邑惟命，独闽无有也。使者愈怒，问："汝何恃敢尔？"曰："惟洁己自守[3]耳。"时与黄琮[4]、翁谷[5]称闽中三循吏。

【注释】

[1] 陈麟：字梦兆，北宋南平人，官至荆湖南路转运判官。

[2] 部使者：即巡按御史。

[3] 自守：自坚其操守。

[4] 黄琮：字子方，北宋后期莆田人，官至漳州通判。

[5] 翁谷：字子静，北宋建安人，曾权知崇安县。

【译文】

陈麟担任闽县知县时，有权势之家想要强行迁移他人坟墓。巡按御史嘱托陈麟，陈麟不答应，御史大怒。后来巡按御史索要翠鸟羽毛，其他各县都听从命令，只有闽县没有进献。巡按御史更加愤怒，问他："你有什么依靠，胆敢这样？"陈麟回答："只是廉洁自爱，自守节操罢了。"当时他和黄琮、翁谷被称为闽中三循吏。

忧喜国事

国初杨士奇每朝罢归邸，或正襟危坐，长吁不已；或独倚阑立；

或月下闲行，通夕不寐。夫人问其故，不答。一日蚤朝回，欣然喜动颜色。夫人问曰："每朝回多忧，今独喜，何也？"曰："主少国疑，担荷重任，惧不克胜，故多忧。今蚤见上聪明，已能览章奏决事。重任可释矣。"

【译文】

明朝初年，杨士奇每当罢朝回归私邸，有时正襟危坐，不停地长声叹气；有时独倚栏杆站立；有时月下闲行，整夜不睡。夫人问原因，他不回答。一天，他上早朝回来，喜形于色。夫人问他说："每次上朝回来，多有忧虑，今天回来是高兴的，为什么？"他说："君主年幼初立，人心疑惧不安，我身担重任，害怕不能胜任，所以多有忧虑。今天早晨看到皇上耳聪目明，已经能够览阅奏章，决断事情。重担可以卸下了。"

徐盈强项

徐盈[1]为嘉兴守，时常熟濬[2]白茅港，当事者檄发郡丁数万。盈曰："白茅水患于吾郡差缓，驱吾民远役，何忍耶？"移文[3]助费，不就征发。巡盐御史行郡，鞭挞[4]亭灶[5]，勒报盐丁[6]。里胥乘机虐民，民大扰。盈争之，御史曰："此有例（一）。"盈曰："例自公作，亦自公止，岂国宪耶？"获止。

【校勘】

（一）例：据《江西通志》，字前夺"往"字。

【注释】

[1] 徐盈：字子谦，明朝江西贵溪人，官至嘉兴知府，有善政。

[2] 濬：同"浚"。

[3] 移文：旧时文体之一，指行于不相统属官署间的公文，亦泛指平行文书。

也指发移文。

[4] 鞭挝（zhuā）：鞭打。

[5] 亭灶：煮盐的灶户。

[6] 盐丁：指古代盐户中承担盐役的丁壮。

【译文】

徐盈担任嘉兴知府时，常熟疏浚白茅港，管事的人发檄文征发嘉兴府几万壮丁。徐盈说："白茅水患对于嘉兴府来说不是紧急事，驱赶我嘉兴府百姓到远方去服役，怎么能忍心呢？"他就向常熟移文，表示可以在财政上予以帮助，但不能出壮丁。巡盐御史到嘉兴府来视察，鞭打灶户，强制上报盐丁。乡间小吏乘机祸害百姓，百姓受到很大骚扰。徐盈与御史争执，御史说："这有先例。"徐盈说："先例是由您订的，也可由您废止，这难道是国家法令吗？"此事得以作罢。

孔戣惠政

唐岭南节度使缺，宪宗问裴度曰："尝论罢蚶菜[1]者，谁欤^(一)？"度以孔戣[2]对，即拜。戣甫下车，奏免岁逋十八万缗、米十万斛，悉裁属吏之剥民者。历十五载，召还，垂橐如故。

【校勘】

（一）欤：据《新唐书·孔戣传》，字后夺"今安在？是可往，为朕求之"十字。

【注释】

[1] 罢蚶菜：《旧唐书·孔戣传》："上谓裴度曰：'尝有上疏论南海进蚶菜者，词甚忠正，此人何在？卿第求之。'度退访之，或曰祭酒孔戣尝论此事。度征疏进之。"

[2] 孔戣（kuí）：字君严，唐朝冀州人，曾任尚书左丞、岭南节度使等职。

【译文】

　　唐朝时岭南节度使出缺，宪宗皇帝问裴度说："曾经议论废止进献柑菜的人是谁呢？"裴度回答是孔戣，宪宗当即就让孔戣当了岭南节度使。孔戣刚一到任，就上奏减免了百姓多年拖欠官府的钱十八万贯、米十万斛，把那些盘剥百姓的属吏全部罢免。过了十五年，孔戣被召回，宦囊像刚来时一样空垂。

苏轼画扇

　　苏轼知杭州，岁值饥疫。力请减价粜常平仓，奏给度僧牒[1]，易米助赈，日遣吏督医四处治病，全活以万计。民有逋税不偿者，轼呼至询之，云："家以制扇为业，遇天寒，所制不售，非故负之也。"轼曰："姑取扇来。"遂据作草书及枯木竹石，须臾就二十余柄。其人才出府门，好事者争以千钱取一扇，因得尽偿所逋。一郡称嗟，至有泣下者。

【注释】

[1] 度僧牒：即度牒，政府机构发给公度僧尼以证明其合法身份的凭证。宋代度牒，不仅有法定的价格，而且其价格还随使用范围的扩大而与日俱增。

【译文】

　　苏轼任杭州知州时，适逢饥荒瘟疫并发的年景。苏轼极力请求减价粜出常平仓储备粮，上奏朝廷给予一定数量的度牒，用以换米，帮助赈灾，每天派出吏员督促医生四处诊治病人，保全救活了几万人。有个百姓拖欠赋税，不能偿还，苏轼把他叫来询问情况，那人说："家里靠制扇子谋生，遇到寒冷天气，扇子卖不出去，不是有意拖欠。"苏轼说："姑且把扇子拿来。"苏轼就在扇面上写上草字，画上枯木竹石，一会儿工夫就画完二十多把。那人刚出府门，喜欢苏轼字画的人争相用千钱买一柄扇子，于是那人能够偿还所欠赋税。全郡的人都称赞苏轼的做法，甚至有人感动得落泪。

子韶磊落

宋张子韶[1]对策，至晡[2]未毕，貂珰[3]促之。子韶曰："未也，方谈及公等。"故其策有"阉寺闻名，国之不祥。竖刁[4]闻于齐而齐乱，伊戾[5]闻于宋而宋危"之语。味"谈及公等"一语，举止何等光明！

【注释】

[1] 张子韶：即张九成，字子韶，自号横浦居士，南宋理学家，官至刑部侍郎，谥文忠。

[2] 晡：晡时，也即申时，相当于下午三时至五时。

[3] 貂珰：貂尾和金、银珰，古代侍中、常侍的冠饰，借指宦官。

[4] 竖刁：春秋时齐国宦官，为向齐桓公表忠心，自行阉割。齐桓公不听管仲遗言，亲信竖刁、易牙等人。桓公病危时，竖刁作乱，致使桓公饿死。

[5] 伊戾：春秋时宋平公宦官，设计害死太子公子痤。后来宋平公查明真相，烹杀伊戾。

【译文】

南宋张子韶回答皇帝策问到晡时还没有完毕，宦官催促他。张子韶说："还没完，正要谈到你们这等人。"原来他对策中有"宦官闻名，国家不祥。竖刁在齐国出名，齐国就乱了；伊戾在宋国出名，宋国就危险了"这样的话。玩味"谈及公等"这句话，举止多么光明磊落！

程琳远谋

程文简公[1]为三司使[2]，时议者患民税多目，吏得为奸，欲除其名而合为一。 公以为合而没其名，一时之便，后有兴利之臣必复增之，是重困民也。议者莫能夺。户部尚书聂昌[3]以国用不足，讽诸路进羡余。密州郭奉世进万缗，昌荐诸朝。公(一)劾奉世曰："一路财用有余不足相补，设使密有余财，当具数闻，部使者[4]通融计会[5]，资兵吏之费。安可不恤大计，不顾他州，进通用之财，徼[6]非道之宠？不罚奉世，无以惩奸；而主计近臣首开聚敛之端，浸不可长。"士论韪之。

【校勘】

（一）公：据《宋史·列传第二百六·向子韶传》及《宋名臣言行录》，当指向子韶。向子韶，字和卿，开封人，累官至京东转运副使，谥号忠毅。郑瑄误把向子韶事当成程琳事。此一则本来是两个人物的两个故事。第一个故事是讲程琳有深远的谋略，第二个故事是讲向子韶刚正守法。

【注释】

[1] 程文简公：即程琳，字天球，北宋永宁军博野人，官至宰相，谥号文简。

[2] 三司使：三司为盐铁、户部、度支的合称，为北宋前期地位仅次于中书省、枢密院的总理财政机构，号称"计省"。其长官三司使，也被称为"计相"。

[3] 聂昌：原名山，字贲远，北宋后期抚州临川人，官至同知枢密院事，谥忠愍。

[4] 部使者：此指京东路转运副使向子韶。

[5] 通融计会：通盘计算。

[6] 徼：通"邀"。

【译文】

文简公程琳做三司使时，议事的官员担心百姓所交赋税名目繁多，吏员得以舞弊，想把众多名目革除，合并为一种。程琳认为合并后，好多名目消失了，不过是一时便利，后来有所谓兴利的官员一定会再增加上，这样反而会加重百姓困苦。议事的人没有谁能改变程琳的意见。

户部尚书聂昌因为国家用度不够，委婉地让各路地方官向朝廷进献盈余钱财。密州（今山东高密）知州郭奉世进献了万贯钱财，聂昌把他推荐到朝廷。向子韶弹劾郭奉世说："一路的财政要使得辖区内有盈余的地方补足有亏空的地方，即使密州财政有盈余，应当把盈余的数目报给转运副使，转运副使通盘计算，作为军队和官府人员俸禄开支。怎么能不顾全盘的计算，不顾辖区内其他州的财政状况，献上本辖区通用的钱财，邀买不合正道的荣宠呢？不惩罚郭奉世，就没办法杜绝奸邪的事情；而主持国家财政工作的近臣首开聚敛钱财的先例，蔓延开来的风气不可以增长。"士大夫认为向子韶的看法是对的。

民争杜衍

宋杜衍[1]知乾州，未期。安抚使察其治行[2]，以公权凤翔府。二邦之民争于界上。一曰："此我公也，汝夺之。"一曰："今我公也，汝何有焉？"

【注释】

[1] 杜衍：字世昌，北宋越州山阴人，仁宗时官至宰相，爵封祁国公，谥正献。
[2] 治行：政绩。

【译文】

北宋的杜衍任乾州（治所今陕西乾县）知州，还没有满期。安抚使考查他的政绩，让他代理凤翔府（治所今陕西凤翔）知府。双方百姓在边界上争夺杜衍。一方百姓说："这是我们的知州，却被你们夺去了。"另一方则说："现在他是我们的知府，哪里会是你们的呢？"

眼泪人事

许应逵[1]为东平守，甚有循政[2]，而为同事所中，得论调去，吏民哭泣不绝。许君晚至逆旅，谓其仆曰："为吏无所有，只落得百姓几眼泪耳。"仆叹曰："阿爷[3]囊中不著一钱，好将眼泪包去，作人事[4]送亲友。"许为一拊掌。

【注释】

[1] 许应逵：字伯浙，号鸿川，明朝浙江嘉兴人，官至太仆少卿，出为道参政。

[2] 循政：善政。

[3] 阿爷：主人。

[4] 人事：礼物。

【译文】

许应逵任东平知州，很有善政，却被同事中伤，被调任离职，东平官吏百姓不断哭泣。许应逵晚上到旅店里，对他仆人说："为官无所有，只获得百姓几滴眼泪罢了。"仆人叹息说："老爷囊中没有一文钱，好把眼泪包去，当做礼物送给亲友。"许应逵对仆人的话鼓掌赞成。

李克明察

魏文侯时，李克[1]为中山相。苦陉[2]之吏上计[3]，入多其前。克曰："苦陉上无山源林麓之饶，下无溪壑牛马之息，而入多于前，是苦吾百姓也。"遂执而免之。

【注释】

[1] 李克：孔子高足子夏弟子，魏文侯时期任中山相。

[2] 苦陉：战国初期古邑名，今河北定州市邢邑镇。

[3] 上计：地方长官定期向上级呈报文书，报告地方户口、赋税、盗贼、狱讼等情况。

【译文】

魏文侯时，李克任中山国（为魏国附属国）国相。苦陉官吏上计，赋税收入比以前多。李克说："苦陉上没有深山树林丰富的物产，下没有溪壑牛马的繁衍，可赋税比以前多，这是折磨了我的百姓。"于是他拿过上计簿册，把多缴的赋税免掉。

誓水之碑

秦李冰[1]为蜀守，凿山导江以去水患。其神怒化为牛，出没波上。君操刀入水杀之，因刻石以为五犀，立之水旁。与江誓曰："后世浅无至足，深无至肩。"谓之誓水碑。

【注释】

[1] 李冰：号称陆海，战国后期秦国著名水利工程专家，任蜀郡太守时修建了都江堰。

【译文】

秦国的李冰任蜀郡太守，凿开山石，引导江水，来去除水患。那江水的神灵变化为牛，出没在水波上面。李冰拿刀入水把牛杀死，于是雕刻了五头石质犀牛，立在江边。对江神发誓说："后世水浅的时候不要没过牛足，水深的时候不要没过牛肩。"这被称为誓水碑。

两公谋国

吕中丞献可[1]病，温公日问疾。公所言皆天下国家之事，忧愤不能忘，未尝一语及其私也。一日，手书托温公以墓铭，温公亟省之，已瞑目矣。温公呼之曰："更有以见属[2]乎？"公复张目曰："天下事尚可为，君实勉之！"温公病中与吕申公简（一）曰："晦叔自结发志学，仕而行之。端方忠厚，天下仰服，垂老乃得秉国政（二）。比日以来，物论[3]颇讥晦叔慎默太过，若此际复不廷诤（三），则（四）入彼朋矣！光自病以来悉以身付医，家事付康[4]，惟国事未有所付，今日属于晦叔矣。"两公谋国，真死而后已者乎！

【校勘】

（一）吕申公简：当为"吕申公公著"之误，夺一"公"字，"简"为讹字，把吕公著当成了吕夷简。吕申公公著，即申国公吕公著，字晦叔，寿州人，太尉吕夷简第三子，哲宗时官至宰相，爵封申国公，谥正献。

（二）政：据南宋赵善璙《自警编》，字后夺"平生所蕴，不施于今日，将何俟乎？"一句。

（三）诤：据《自警编》，为"争"之讹。

（四）则：据《自警编》，字前夺"事蹉跎"三字。

【注释】

[1] 吕中丞献可：即吕诲，字献可，北宋幽州安次人，官至御史中丞。

[2] 属：通"嘱"。

[3] 物论：众人的议论，即舆论。物，众人。

[4] 康：指司马光的过继儿子司马康。

【译文】

御史中丞吕献可病重时，温国公司马光每天去探望病情。吕献可对司马光所说的都是天下国家大事，忧愤不能忘记，不曾有一句话涉及私事。一天，他亲手写信托温国公给自己写墓志铭，温国公急忙看他写的信时，吕献可已经闭上了眼睛。温国公呼喊他说："还有要嘱咐我的吗？"吕献可又睁开眼睛说："天下大事还可以有所作为，君实（司马光的字）好好干啊！"温国公司马光重病时对前来探视的申国公吕公著说："晦叔自从年轻时努力向学，从政后把自己的学问付诸实践。晦叔为人端正忠厚，天下人赞扬佩服，到暮年才得以主持政务。平生的学问修养，不在这个是时候施展，将要等到什么时候？近日以来，舆论很是讥讽晦叔太过谨慎沉默，如果这时不在朝廷上极力争斗，事情一拖延就会被认为是对方一党（指新党）的人了！我司马光从生病以来把自身交给了医生，家事交给了司马康，只有国事没有托付，今天就嘱托给晦叔了。"吕献可和司马光两人为国事谋划，真做到了死而后已啊！

精诚国事

王文正公或归私第，不去冠带，入静室中默坐。家人惶恐，莫敢见者，而不知其意。后公弟以问赵公安仁[1]，赵公曰："见议事，公不欲行而未决，此必忧朝廷矣。"温公初官时，年尚少，家人每见其卧斋中，忽蹶起[2]，著公服，执手板，危坐久之，率以为常，莫识其意。范公[3]从容问之，答曰："吾时忽念天下安危事（一）。"

【校勘】

（一）安危事：据《北窗炙輠（guǒ）录》，此三字后有"不敢不敬"四字。此四字不可省。

【注释】

[1] 赵公安仁：即赵安仁，字乐道，北宋洛阳人，真宗朝官至御史中丞，谥文定。
[2] 蹶（jué）起：急忙起身。蹶，急遽的样子。
[3] 范公：司马光事见于南宋施德操《北窗炙輠录》。据此，指范仲淹儿子范纯仁。

【译文】

文正公王旦有时回到私宅，不摘官帽不脱官服，进入静室默坐。家人惶恐担心，没有谁敢去见他，却不知道他的用意。后来王旦弟弟问赵安仁，赵安仁说："他看到议论的事情，不想去做又没有决断，这一定在为朝廷大事忧虑。"温国公司马光刚做官的时候，年纪不大，家人常常看到他躺卧在书房内，忽然间急忙起身，穿上官服，手拿笏板，坐很长时间，成为经常的事，没有谁能推测他的心意。后来范纯仁在悠闲时问他怎么回事，他回答："我当时忽然想到国家安危的事，不敢不敬。"

必问三事

李昉为相，每见客必问三事：民间有何疾苦，为政有何术业[1]，时政有何缺失。知民疾苦，则必恻然有拯援之心；知为政术业，则晓然明其人之贤否；知时政缺失，则时时有所更废。而民命、国政、人才皆自一问答之间得之，真宰相之度！

【注释】

[1] 术业：方法。

【译文】

李昉任宰相的时候，每当会见客人一定会问三个问题：民间有什么疾苦，处理政事有什么办法，时政有什么缺失。听到民生疾苦，就一定怜悯，从而生发拯救的想法；听到处理政务的办法，就知道那人是不是有才能；听到时政的缺失，就会时时有所补救。而有关民生、国政、人才的情况都会从一问一答之间获得，李昉真有宰相器量啊！

遇事不忽

欧阳文忠语张芸叟[1]云："吾昔官夷陵，彼非人境也。方壮年，未厌学，欲求汉史（一）一观，公私无有也。无以遣日，因取架阁陈年公案，反覆观之，见其枉直乖错不可胜数。以夷陵荒远褊（二）小，尚如此，天下固可知矣。当时仰天誓心[2]：自尔遇事不敢忽也。迨今三十余年，出入中外，忝历（三）三事[3]，以此自将[4]。以人望我，必为翰墨致身；以我自观，亮（四）是当时一言之报耳。"

【校勘】

（一）汉史：据南宋吴曾《能改斋漫录》，为"史汉"之讹。史汉，《史记》

与《汉书》。

（二）褊：为"偏"字之讹。

（三）忝历：为"忝尘"之讹。忝尘，弄脏，此指担任职务的谦辞。

（四）亮：为"谅"之讹。谅，料想。

【注释】

[1]张芸叟：即张舜民，字芸叟，自号浮休居士，北宋邠州（今陕西彬县）人，文学家、画家，曾任龙图阁待制、楚州团练副使、集贤殿修撰等职务。

[2]誓心：心中发誓，立定心愿。

[3]三事：指丞相、太尉、御史大夫。欧阳修官至参知政事，相当于副宰相。

[4]自将：自我保全。

【译文】

文忠公欧阳修对张芸叟说："我从前贬官到夷陵（今湖北夷陵），那不是人居住的地方。当时正当壮年，没有厌学，想找来《史记》《汉书》阅读，但公家私人都没有。无法打发日子，就去取架阁上的陈年案卷，反复阅读，发现里边的冤假错案数不胜数。夷陵荒远狭小的地方，尚且这样，天下的情况本来可想而知。当时仰天立定心愿：从此处理政事，不敢疏忽大意。到现在三十多年了，出入朝廷内外，有愧于担任三事之职，凭借这个自我保全。从别人看来，一定会认为我靠文章获取今天的地位；从我自身看来，料想是当时那句话的报答罢了。"

知州勉诗

王梅溪[1]守泉，会邑宰，勉以诗云："九重[2]天子爱民深，令尹[3]宜怀恻隐心。今日黄堂[4]一杯酒，使君端[5]为庶民斟。"邑宰皆感动。真西山[6]帅长沙[7]，宴十二邑宰于湘江亭，作诗曰："从来官吏与斯民，本是同胞一体亲。既以膏脂（一）供尔禄，须知痛痒切吾身。此邦素号唐朝古，我辈当如汉吏循[8]。今日湘亭一杯酒，便烦散作十分春。"

【校勘】

（一）膏脂：据宋人罗大经《鹤林玉露》，为"脂膏"之讹。

【注释】

[1] 王梅溪：即王十朋，字龟龄，号梅溪，南宋温州乐清人，诗人，曾任侍
　　御史、泉州知州等职，谥忠文。

[2] 九重：天之极高处，喻帝王居住的地方。

[3] 令尹：县令。

[4] 黄堂：古代太守衙门中的正堂，借指太守本人。

[5] 端：专门。

[6] 真西山：即真德秀，字实夫，号西山，福建浦城人，南宋理学家，官至
　　参知政事，谥文忠。

[7] 帅长沙：指担任潭州知州兼湖南安抚使。

[8] 循：良善。

【译文】

　　略。

尧佐为政

　　陈尧佐[1]知开封府，尝谓治烦之术，任威以击强，尽察以防奸，譬于激水而欲其澄也。故公为政，一以诚信。每岁正月夜放灯，则悉籍恶少年，禁锢之。公召谕曰："尹以恶人待汝，汝安得为善？吾以善人待汝，汝安得为恶耶？"因尽纵之。凡五夜，无一犯法者。

【注释】

[1] 陈尧佐：字希元，号知余子，北宋阆州阆中人，官至宰相。

【译文】

　　陈尧佐任开封知府时，曾经谈到处理烦难政务的办法，说凭借威

严来打击强横的人，详尽明察来防备奸邪的人，这就像搅动水流使它澄清一样。所以陈尧佐处理政务，完全靠诚信。每年正月夜里要放灯，就把有劣迹的年轻人造册登记，然后把他们看管起来。陈尧佐召见晓谕他们说："开封的长官把你们当作恶人来对待，你们怎么能做善事呢？我将你们当作善人来对待，你们忍心做恶事吗？"接着把他们全部放掉。总共放灯五夜，没有一人犯法。

可斩群狗

蜀张云[1]立朝謇谔[2]，自比朱云[3]。宣徽使[4]景润澄尝谓曰："昔朱云请斩马剑以斩张禹[5]，今上方[6]只有杀鸡刀，卿欲用乎？"云曰："鸡刀虽小，亦可斩群狗。"

【注释】

[1] 张云：据《十国春秋》，唐安人，曾为前蜀右补阙。

[2] 謇（jiǎn）谔：正直敢言。

[3] 朱云：字游，西汉时人，曾为槐里令，为人狂直，多次上书抨击朝廷大臣。

[4] 宣徽使：唐代以来宫廷服务机构宣徽院的长官，一般由太监充任。

[5] 请……禹：《汉书·传第三十七》（卷六十七）记载：至成帝时，丞相故安昌侯张禹以帝师位特进，甚尊重。云上书求见，公卿在前。云曰："今朝廷大臣上不能匡主，下亡以益民，皆尸位素餐……臣愿赐尚方斩马剑，断佞臣一人以厉其余。"上问："谁也？"对曰："安昌侯张禹。"上大怒，曰："小臣居下讪上，廷辱师傅，罪死不赦。"御史将云下，云攀殿槛，槛折。

[6] 上方：同"尚方"，古代制造帝王所用器物的官署。

【译文】

前蜀张云立朝正直敢言，自比朱云。宣徽使景润澄曾经对他说："从前朱云请求用斩马剑斩杀张禹，现在尚方只有杀鸡刀，你也想使用吗？"张云说："鸡刀虽然短小，也可以斩杀群狗。"

视上趋向

绍兴间，李谊[1]言《汉·循吏传》六人，而五人出于宣帝；《酷吏传》十二人，而八人出于武帝。《唐·循吏传》十五人，而出于武德、正观（一）之时者半；《酷吏传》十二人，而出于武后之时者亦半。吏治视上之趋向如此。

【校勘】

（一）正观：为"贞观"之误。

【注释】

[1]李谊：南宋人，曾任右谏议大、工部尚书、资政殿学士等职。

【译文】

南宋绍兴年间，李谊说《汉书·循吏传》有六人，而五人出自汉宣帝时期，《汉书·酷吏传》十二人，而八人出自汉武帝时期；《旧唐书·循吏传》有十五人，而出于武德（唐高祖年号）、贞观（唐太宗年号）时期的占一半；《旧唐书·酷吏传》十二人，而出自武后时期的也占一半。吏治情况看君主的用人趋向就像这样。

代输钱谷

长泰县学旧取陂塘钱谷以廪士，一塘无虑[1]三千缗。其所入虽微，而并缘[2]科扰[3]，何啻十倍。方禾（一）曰："陂塘灌溉之所，不可秤[4]民户之钱；学校道德之地，不可纳无名之赋。"白于文公[5]，以废寺租入略相当，代其输。人甚德之。

【校勘】

（一）方禾：据《八闽通志》（卷之七十一），为"方壬"，字若水，南宋福建莆田人，曾为长泰县主簿，官至宁乡知县。

【注释】

[1] 无虑：指大约，大概。

[2] 并缘：相互依附勾结。

[3] 科扰：谓以捐税差役骚扰百姓。

[4] 秤（chèn）：赚取。

[5] 文公：指朱熹，因其谥号为文，故称。朱熹任漳州知州，聘请长泰县前
  主簿方壬主管县学。

【译文】

　　长泰（今福建长泰）县学向池塘附近的耕地征收钱粮来作为廪生禄米，一个池塘附近大约能征收三千贯。那收入虽然微薄，但相关人员相互依附勾结，科敛税赋，骚扰百姓，耗费百姓钱财何止是三千贯的十倍。方壬说："池塘是储存灌溉用水的地方，不可以赚取民户的钱财；学校是宣扬道德的地方，不可以征收没有正当名义的赋税。"方壬就向文公朱熹报告了这事，因废弃寺庙的租税收入大体与陂塘钱谷相当，就用这个予以代替缴纳。人们都很感激方壬。

王济惠民

　　王济[1]补龙溪主簿，时调福建输鹤翎为箭羽。鹤非常有之物，有司督责之（一）急，一羽至直数百钱。济谕民取鹅翎代输，仍[2]驿奏其事，诏可其请，仍（二）令旁郡悉如济所陈。县有陂塘数百顷，先为里豪输课而夺其利。济悉取之，引水以溉民田。自是无亢旱之患。

【校勘】

（一）之：据《宋史·列传》（卷六十三），为衍字。

（二）仍：为"因"之讹。

【注释】

[1] 王济：字巨川，北宋深州饶阳人，官至洪州知州兼江南路安抚使。

[2] 仍：多次。

【译文】

王济补任龙溪县（今福建龙溪）主簿时，适逢国家让福建各地缴纳鹤翎制作箭羽。鹤不是常见的鸟，有关官员紧急督责，一根鹤翎价格上涨到几百钱。王济晓谕百姓代缴鹅翎，屡次派驿卒递送陈述此事的奏章，朝廷下诏书准许了王济的请求，于是要求福建其他地方也按照王济的办法去做。县里有池塘几百顷，先被乡间豪强强占用来缴纳自己应缴的税赋，夺取了百姓用来灌溉的好处。王济收归官有，引水灌溉民田。从此，龙溪县不再担心有大旱灾。

待举明察

汪待举[1]守处州日，部民有饮客者。客醉卧空室，中夜酒渴，索浆不得，乃取其花瓶水饮之。次蚤启户，客死矣。其家讼于官。待举究舍中所有物，惟瓶浸旱莲而已。试以饮死囚，立死，讼乃白。

【注释】

[1] 汪待举：字怀忠，南宋衢州人，高宗绍兴年间，任处州知州。

【译文】

汪待举任处州知州时，属下百姓有招客人饮酒的。醉酒的客人睡在空房中，半夜酒渴，找不到水，就喝了房中花瓶里的水。第二天早晨一开门，发现客人已经死了。客人的家属告到官府。汪待举探察客人住宿房子里有什么东西，只有一株瓶浸旱莲罢了。王待举就尝试让死刑犯喝下花瓶中的水，那犯人马上死了，于是案情真相大白。

心系民瘼

齐之鸾 [1] 为陕西佥事 [2]，经潼关，目击晚禾无遗，流民载道。偶见居民刈获 [3]，喜而问之，答曰："蓬也。有绵、刺二种，子可为面，饥民仰此而活者五年矣。"见有以面食者，取啖之，螫口 [4] 涩腹，呕逆移日。遂将小民困苦情状并将蓬子封题，赍献焉。

【注释】

[1] 齐之鸾：字瑞卿，号蓉川，明朝安徽桐城人，嘉靖年间官至河南按察使，有诗名。

[2] 佥事：明代提刑按察使司属官，无定员，分道巡察。

[3] 刈获：收割，收获。

[4] 螫（shì）口：烫嘴。

【译文】

齐之鸾任陕西按察司佥事时，路过潼关，亲眼看到晚秋作物没有收成，流离失所的百姓遍布道路。偶然看到百姓有所收割，高兴地问他收割的是什么，回答说："这是蓬草。蓬草有不带刺的、带刺的两种，种子可以磨成面，饥饿的百姓靠这个活命已有五年了。"齐之鸾看到有食用蓬草子面的，就拿来尝了尝，感到嘴巴火辣，腹内发涩，呕吐了好长时间。齐之鸾就将百姓困苦情况写成奏章，并且把蓬草种子一块儿封装，送给朝廷。

勇于任咎

李秉 [1] 总督边储 [2]，时北敌以剽掠男妇易粮米。朝议大口米一石，小口米五斗，虏不从。秉曰："是重物而轻人也，每口与米一石。"总兵官以为碍例，秉曰："何忍使我赤子为敌人耶？专擅之咎吾自任之。"

【注释】

[1] 李秉：字执中，号迁斋，明朝曹县人，宪宗时官至吏部尚书，谥襄敏。

[2] 边储：指边防用的储备粮食或物资。

【译文】

　　李秉总督边储的时候，适逢北方鞑靼人用抢来的内地男女来跟明政府换粮食。朝廷商议大人给米一石，小孩给米五斗，鞑靼人不答应。李秉说："这是重视财物而轻视百姓的做法，每人给米一石。"总兵官认为这破坏了惯例，李秉说："怎么能忍心使我们的百姓沦为鞑靼人呢？擅自破坏惯例的罪责由我自己来承担。"

正直宽和

　　闵世翔[1]为安福令，邑人御史刘台[2]尝纠江陵削籍[3]。江陵衔之，授意巡按，文致[4]他事谪戍，系追赃。台赤贫，不能输。公至叹曰："杀直臣，媚时相可乎？"力护持之。召台怨家，以赃反坐。一日，与同官他令各言治状。公言一务宽和，他令曰："如此可谓岂弟[5]君子，民之父母矣。若吾邑民俗刁顽，有一人拶[6]落其指，不肯招实，安得不严治？"公曰："如此不亦为乐只[7]君子，民之父母乎？"他令愠讪已，阴揭郡守，不为动。

【注释】

[1] 闵世翔：字仲升，明朝乌程人，曾任安福县令，后升任南京工部主事。

[2] 刘台：字国基，明朝安福人，曾任刑部主事，万历初年初年曾弹劾张居正。

[3] 纠江陵削籍：因弹劾张居正而被罢官。纠，弹劾。江陵，指张居正，因其为湖北江陵人，故称。削籍，革职。

[4] 文致：舞文弄法，致人于罪。

[5] 岂（kǎi）弟（tì）：和乐平易。语出《诗·小雅·青蝇》："岂弟君子，
　　无信谗言。"

[6] 拶（zǎn）：一种酷刑，使用木棍或类似物体夹犯人的手指或脚趾。

[7] 乐只：和美，快乐。只，语助词。语出《诗·小雅·南山有台》："乐
　　只君子，邦家之基。"

【译文】

　　闵世翔任安福县令时，县里有个刘台，此人本是御史，因弹劾张
居正被革职。张居正对刘台心怀怨恨，授意巡按御史，通过其他事舞
弄法令条文使他遭受谪戍，将他捆绑起来追查赃物。刘台非常贫困，
根本拿不出所谓的赃物。闵世翔来到后感叹说："杀正直的大臣，讨
好当时的宰相可以吗？"大力保护刘台。他把刘台的仇家召来，以栽
赃不实罪名加以惩处。一天，他和同僚另一个县令各自谈治理情况。
闵世翔说完全致力于宽大平和，那个县令说："这样可算得上岂弟君子，
百姓父母了。至于我县里，民风刁蛮顽固，有一人被拶掉手指，还不
肯招出实情，怎能不从严治理呢？"闵世翔说："像这样不也是乐只
君子，百姓父母吗？"那个县令很生气闵世翔讽刺自己，暗中向知府
揭发他，知府不为所动。

之奇力言

　　林之奇[1]补校书郎，会朝廷策士，欲参王安石《三经》（一）。
之奇力言："安石《三经》率为新法地[2]。晋人以王衍清谈罪深桀纣，
安石实似之。安可复用其言耶？"

【校勘】

（一）《三经》：当为《三经新义》，以王安石为首的变法派重新注释了《诗》
　　　《书》《周礼》，通称《三经新义》，为王安石变法理论代表作。

【注释】

[1] 林之奇：字少颖，号拙斋，南宋福州侯官人，曾任秘书省校书郎，谥文昭。

[2] 地：基础，根据。

【译文】

　　林之奇补任校书郎时，适逢朝廷策试人才，想要参考王安石《三经新义》。林之奇坚定有力地说："王安石《三经新义》全是新法的基础。晋朝人认为王衍清谈危害之大胜过桀纣，王安石情况实在像王衍。怎么可以再用他的学说呢？"

彦约进言

　　曹彦约[1]知常德，陛辞言："下情未通，横敛未革。"帝曰："其病安在？"对曰："言官不及时政，下情安得通？京国苞苴公行，则州郡横敛，无可疑者。"帝深然之。后以循良课[2]第一。

【注释】

[1] 曹彦约：字简甫，号昌谷，南宋南康军都昌人，官至礼部侍郎，以华文阁学士致仕，谥文简。

[2] 课：考核。

【译文】

　　曹彦约任常德知府，上任前辞别皇帝时说："下情不能上达，横征暴敛未能革除。"皇帝说："弊病出在哪里？"回答说："言官不谈时政，下情怎么能够上达？都城贿赂公行，那州郡里就会横征暴敛，没有什么可怀疑的。"皇帝认为他说得很对。后来曹彦约考核时为循良第一。

务得人情

　　王罕[1]知潭，听讼务得人情，不加威罚。有狂妇数诉事，出言无章，前守每叱逐之，罕独委曲徐问。乃妻某（一），无子；夫死，妾有一子，遂逐妇而据家赀。屡诉不得直，因忿恚发狂。罕为治妾，而反其赀，妇即愈。郡称神明。

【校勘】

（一）乃妻某：据《宋史·王罕传》，为"久稍可晓。乃本为人妻"之苟简。

【注释】

[1] 王罕：字师言，北宋成都华阳人，曾任广东转运使、潭州知州等职。

【译文】

　　王罕任潭州（今长沙）知州时，审问案子时一定要弄清相关人员实情，不用严厉惩罚的手段。有个发疯女人屡次来诉讼，语无伦次。前任知州每次呵斥驱逐她，只有王罕耐心细致地慢慢问她。时间久了，渐渐知道实情。原来她是某人的妻子，没有儿子；丈夫死了，丈夫的妾有一个儿子，那妾把她赶走并且占有了财产。她屡次上诉，由于得不到公正审理，所以发疯。王罕为她惩治了那妾，并且返还了她钱财，那妇人的疯病马上痊愈了。郡里人称赞他如神明一般。

不念私怨

　　刘忠肃公[1]自青社[2]罢职，知黄州，又分司（一）徙[3]蕲州，语诸子曰："上用章丞相，吾势当得罪。若章君顾国事，不迁怒百姓，但责吾曹，死无所恨。第恐意在报复，法令益峻，奈天下何！"忧形于色，初无一言及迁谪也。

【校勘】

（一）分司：据《宋史·列传》（卷九十九），两字后夺"南京"两字。
　　北宋南京指应天府，今河南商丘。

【注释】

[1] 刘忠肃公：即刘挚，字莘老，北宋永静东光人，官至宰相，谥号忠肃。

[2] 青社：指青州，辖境在今山东北部一带，为齐故地。

[3] 徙：即居住，宋时官吏被贬谪，轻者称送某州居住，稍重者称安置，更重者称编管。

【译文】

　　忠肃公刘挚从青州知州任上被罢免观文殿学士的职务，贬为黄州知州，又分司南京，送蕲州居住，对几个儿子说："皇上（宋哲宗）用章丞相（章惇），从形势看我应该获罪。如果章惇顾念国家大事，不迁怒百姓，只是责罚我辈，死了也没有遗憾。只恐怕他意在报复，法令更严厉，让天下人怎么办呢？"忧愁露在脸上，本无一句话提到贬谪的事。

恩威并重

　　刘林州栖楚^{（一）}为京兆，号令严明，人不敢犯。先是，京城恶少，屠沽商贩，多系名诸军，不遵府县法，刘公皆穷治之。甚至有匿军中，名目^[1]自称百姓者。当时人人似头上各有一刘尹，不敢为非。然公与属吏言，未尝伤气，不叱责一官。尝谓府县僚曰："诸公各自了本分公事，晴天美景，任意游赏，勿致拘束。"其又豁达如此。

【校勘】

（一）刘林州栖楚：据唐代赵璘《因话录》，为刘桂州栖楚，即刘栖楚，唐敬宗时授刑部侍郎，改京兆尹，后出为桂管观察使。

【注释】

[1] 名目：名义。

【译文】

　　桂管观察使刘栖楚做京兆尹（京城最高地方行政长官）时，号令严明，别人不敢冒犯。在此之前，京城有劣迹的青年，有些屠夫、卖酒的人及其他商贩，多冒名军籍，不遵守地方府县的法令，刘栖楚都穷纠整治。甚至有藏在军队中，名义上自称是百姓的。人人头上好像有刘栖楚这个京兆尹，不敢为非作歹。可是刘栖楚与属下官员谈话时，不曾伤了和气，没有斥责一个官员。他曾对府县的僚属说："各位做好了本职公务，在晴好的天气可以任意游览景色美好的地方，不要太拘束。"他又这样豁达。

信公镇蛇

　　乐安城西，废井有毒蛇。气所中，辄杀人。忽或时出道上，邀[1]犬豕食之，市里警奔以为神。萧信公[2]至郡，蛇不敢出。公满稚去，三日复出为患。民追公不可返，得其衣履，为位设而拜之，蛇复不敢出。众乃持弓矛往塞其井，覆以大石，就其旁立公祠祀之。

【注释】

[1] 邀：拦截。

[2] 萧信公：即萧琅，字大珍，隋朝人，任千乘尹，后擢青州刺史，有惠政于民，谥曰信。

【译文】

　　乐安城（今山东滨州博兴一带）西，有眼废井里面有毒蛇。人们沾染了毒蛇的毒气，就会被毒死。那毒蛇有时忽然出现在道上，拦截猪狗吃掉，街市上的人害怕奔跑，认为是神物。信公萧琅到郡里来任职，那蛇不敢再现身。萧琅任职期满后离去，三天后那蛇又出来祸害百姓。百姓追赶萧琅没有追回来，找到他的衣服鞋子，做了个神位安放好进行跪拜，蛇再不敢出来。民众拿着弓箭长矛前往塞住那眼废井，盖上大石头，靠近废井建祠堂祭祀萧琅。

陈钢仁政

陈钢[1]为黔阳令。县南山间有三里厓[2]。路狭甚，石坚不可凿。辰沅诸路军往戍靖州，夜每堕崖下死。钢督邮兵积薪烈之，淬以醪酼[3]，拓广其路丈许，外缭以索，行者不害。尝行道过他县境，道旁小儿黏雀为嬉，问知钢名。儿相顾曰："公必恶我辈戕物命。"悉纵雀去。

【校勘】

（一）醪（láo）酼（hǎi）：当为"醪醯（xī）"之误，食醋。

【注释】

[1]陈钢：字坚远，应天人，明朝成化元年乡试中举，授黔阳知县，后任长
  沙通判。
[2]厓：同"崖"。

【译文】

陈钢担任黔阳令。县南山间有三里崖。上面的路非常窄，石头坚固得不可开凿。辰州、沅州路过的军队前往戍守靖州时，夜里常常坠落崖下摔死。陈钢督促驿站士卒在山崖上积柴火烘烤岩石，然后泼上食醋，把道路拓宽到一丈左右，外面缠上铁索，这就使过路人安全了。他曾经路过别县境地，道旁小孩黏雀鸟玩耍，问知是陈钢姓名。孩子们看看他说："您一定厌恶我们戕害雀鸟性命。"就把雀鸟全部放掉了。

钦点君奭

李君奭[1]为醴泉令，为政得人和。上校猎城西，渐入渭水，见父老十数人于村佛祠设斋。上问之，父老曰："醴泉县县令李君奭

有异政，考秩[2]已满，百姓借留，诣府乞未替，兼（一）此祈佛力也。"
上默然还宫，于御扆[4]上大书君奭名。中书两拟醴泉令，上皆抹去
之。踰岁，以怀州刺史缺请用人，御笔曰："醴泉县令李君奭可。"
中外莫测，后始闻其事。

【校勘】

（一）兼：据唐代裴庭裕《东观奏记》，为"来"之误，因形近致讹。

【注释】

[1] 李君奭：唐朝人，初任醴泉令，后由唐宣宗钦点为怀州刺史。

[2] 考秩：指官吏的一届任期。

[3] 扆（yǐ）：指置于门窗之间的屏风。

【译文】

　　李君奭担任醴泉县（今陕西礼泉）县令时，为政能得百姓拥护。
唐宣宗到京城西边打猎，渐近渭河，见几十个百姓在村子旁设斋祈祷。
皇上过问，百姓说："醴泉县县令李君奭有不俗的政绩，任期已满，
百姓想留下借用他，到府里请求不要替换他，到这里来祈求佛力保佑。"
皇上没说什么就回了宫。在屏风上用大字写上李君奭。中书省两次拟
定醴泉县令人选，宣宗都抹去。一年后，怀州刺史出缺，请求人选，
宣宗亲笔批示："醴泉县令李君奭可出任。"朝廷内外没有谁知道这
是怎么回事，后来才听到真相。

段直治泽

　　段直[1]为泽州长官，泽民多避兵未还者。直命籍其田庐于亲戚
邻人之户，约曰："俟业主至，当归之。"逃民闻而还者甚多。归
其田庐，使得安业。素无产者，则出粟赈之；为他郡所俘掠者，出
财购之；暴露者，收瘗之。未几，泽为乐土。

【注释】

[1] 段直：字正卿，金元之交泽州晋城人，后降蒙古为泽州长官。

【译文】

段直做泽州长官时，泽州好多百姓因避战乱而没有回到家乡。段直命令把流民的土地房子登记到其亲戚邻居的户籍上，并约定说："等到业主回来时，应当归还。"逃难的百姓听说后回来的很多。段直让人把土地房子归还给他们，使其安居乐业。平素没有家产的，段直就散发粮食，予以赈济；对被其他郡所停虏房劫掠的人口，段直就拿出钱财，把他们赎回来；对那些尸骨暴露原野的，段直就予以收集掩埋。不久，泽州就变成了乐土。

自责化民

许荆[1]为桂阳太守，行春到耒阳县。人有蒋均者，兄弟争财互讼。荆叹曰："吾荷国重任，而教化不行，咎在太守。"乃顾使吏上书陈状，乞诣廷尉。均兄弟感悔，各求受罪。彬(一)人谢弘等不养父母，兄弟分析，因此皆还供养者千余人。

【校勘】

（一）彬：据《后汉书·循吏列传第六十六》（卷七十六），为"郴"之误。

【注释】

[1]许荆：字少张，东汉会稽阳羡人，和帝刘肇时为桂阳太守，后为谏议大夫。

【译文】

许荆做桂阳太守时，春天巡行到属下的耒阳县。当地有个叫蒋均的人，兄弟因财物而相互争讼。许荆叹息说："我承担国家重任，却对百姓不行教化，过错在太守这里。"于是回头让属下吏员上书陈述情况，请求廷尉对自己予以责罚。蒋均兄弟感动悔悟，各自要求承受责罚。郴州百姓谢弘等人不养父母，兄弟分家，因这事而回来供养父母的有一千多人。

王志化民

王志[1]为宣城内史[2]，清谨有恩惠。郡民张倪、吴庆争田，经年不决。志到官，父老相谓曰："王府君（一）德政，吾曹乃有此争。"倪、庆因相携请罪，所讼地遂为闲田。后为东阳太守，郡狱有重囚十余人，冬至日悉遣还家，过节皆还，惟一人失期。狱司以为言，志曰："此自太守事（二）。"明旦，果自诣狱，辞以妇孕。吏民（三）叹服之。

【校勘】

（一）君：据《梁书·王志传》，此字后夺"有"字。
（二）事：字后夺"主者勿忧"四字。
（三）民：字后夺"益"字。

【注释】

[1] 王志：字次道，南朝琅邪临沂人，梁朝时官至散骑常侍、金紫光禄大夫。
[2] 内史：相当于太守。

【译文】

王志做宣城内史时，清廉谨慎，对百姓有恩惠。郡里百姓张倪、吴庆争夺田地，官府常年不能决断。王志一到任，父老相互说："王内史有德政，我等竟然有这样的争斗！"张倪、吴庆相互搀扶前来请罪，所争讼的田地就成了闲地。后来，他任东阳太守时，郡中监狱里有重刑犯十多人，冬至的时候，王志全部让他们回家，犯人过节后都回来了，只有一人失期。狱官把情况报告王志，王志说："这是太守的责任，主管的人不用担心。"第二天早晨，那犯人果真回到了监狱里，说是为了使妻子怀孕才晚回来的。官吏百姓更加赞叹佩服他。

善干国事

张咏守成都，时城中屯兵三万人，无半月之食。咏访盐价素高而廪有余积，乃下其估[1]，听民得以米易盐。未逾月，得米数十万斛。军中喜曰："前所给米，皆杂糠土，不可食，今一一精好。此翁真善干国事者。"咏闻而喜曰："吾令可行矣。"民有诉主帅帐下卒恃势吓取民财者，其人缒城夜遁。咏差衙较^(一)往捕之，戒曰："尔生擒得，则浑衣扑入井中，作逃走投井申来。"是时，群党讻讻[2]，闻自投井，故不复言。

【校勘】

（一）较：当为"校"之误。

【注释】

[1] 估：价格。
[2] 讻讻：喧争貌。

【译文】

张咏守成都时，城中屯兵三万人，没有半月的存粮。张咏寻访到平素食盐价高而百姓仓库里有余粮，就压低盐价，准许百姓能用米来换取食盐。不满一月，得到几十万斛米粮。军中将士高兴地说："以前供给的米粮，都掺杂米糠和尘土，简直不能食用，现在的都是好米。这老头真会办理国家大事。"张咏听后高兴地说："我的命令能够执行了。"老百姓有上告主帅帐下士卒依靠势力恐吓谋取百姓钱财的，犯事的士兵夜里缒下城墙逃跑了。张咏差衙役前往追捕，告诫说："你们活捉到他后，连带衣服把他扔到井中淹死，当作逃跑投井的样子申报上来。"这时，那士兵的战友正在喧哗争吵，听说那人投井而死，所以就不说什么了。

吴悌刚直

吴悌[1]初令宣城，门无私谒。一日，以县岁额输于郡，库官敲兑[2]，多索羡余[3]，郡守知弗禁。悌曰："已有。"郡守睨视曰："尚无。"悌曰："职立正视，故有；公立邪视，故无。"郡守默然。召为御史，夏公[4]当国，诸御史入私宅见之。夏公服宫锦[5]，诸御史皆赞之，有搴裳而观者，悌独无言。夏公问："吴子心何在？"悌曰："候公衣事毕，当以政务请。"众默然。

【注释】

[1] 吴悌：字思诚，号疏山，江西金溪人，明代理学家，官至南京刑部侍郎，谥文庄。

[2] 敲兑：验收。

[3] 羡余：在正赋外还增征附加额。

[4] 夏公：即夏言，字公谨，明贵贵溪人，嘉靖朝官至首辅，谥文愍。

[5] 宫锦：此指宫中特制或仿造宫样所制锦袍。

【译文】

吴悌当初任宣城县令时，门下没有为私事拜见走关系的。一天，他把县里应缴赋税上缴府里。库官验收时过多索要羡余，知府知情，却不加禁止。吴悌说："已有羡余了。"知府斜着眼回答说："还没有。"吴悌说："遵守职务，正面验看，所以说有；您站着斜视，所以说无。"知府无话可说。（吴悌）被朝廷召见授给御史，适逢夏言主持国政，众位御史都到夏言私宅来拜见他。夏言身穿宫锦做的朝服，各位御史都来称赞，有的甚至撩起下裳观看，只有吴悌不说话。夏言问："你心想什么呢？"吴悌说："等您有关衣服的事完毕，问您政务。"各位御史沉默不言。

陶鲁守城

陶鲁[1]丞新会，方弱冠，时广右猺[2]贼流劫尽雷、廉、高、肇以东之境。鲁召父老于庭，誓曰："贼气将吞吾城，若能率子弟从我，以死守城邑保家族乎？"皆曰："诺。"乃筑塞堡，与民守之。中立以捍东西寇贼之冲，筑辅城以卫厥城，浚外沟以卫厥辅城，布铁蒺藜、植刺竹以卫厥沟。人守其土，分殊死战，别寨分兵相援。一邑之势，如腹心相联络。贼至不得犯。父老咸曰："吾等保妻子，长子孙，皆陶丞之功也。"

【注释】

[1] 陶鲁：字自强，明代玉林人，曾任广东按察副使、广西兵备等职。
[2] 猺：古代统治者对瑶族蔑称，同"瑶"。

【译文】

陶鲁任新会县丞时，才是弱冠之年（二十来岁），当时广西流浪的瑶族反贼把雷州、廉州、高州、肇庆府以东地域洗劫一空。陶鲁把新会县父老召集到院子里，发誓说："反贼气焰将要吞并我们的城池，你们能率领子弟追随我，来死守城池保护家族吗？"众人都说："好吧。"于是修筑营寨堡垒，陶鲁和百姓一起守卫新会县城。陶鲁居于中心位置来捍卫反贼攻击的冲要之地，修建辅城来保卫新会城，疏通挖掘外沟来保卫辅城，撒满铁蒺藜、插上竹杆来守护外沟。人们分守其土，各自拼死作战，各个营寨分兵支援。一座城邑的形势，就像腹心相互联络。反贼到来，无法侵犯。父老都说："我等保护妻子儿女，抚养子孙，全靠陶鲁县丞的功劳。"

石曜献绢

石曜[1]为黎阳守，刺史斛律武都[2]过郡，令左右讽征帛。曜手持一绢，谓武都曰："此老石机杼[3]，聊以奉赠。此外，须出吏人。吏人之物，一毫不敢犯。"武都笑不责。

【注释】

[1] 石曜：字白曜，北齐中山安喜人，官至谯州刺史。

[2] 斛律武都：北齐时朔州敕勒部人，官至相国。

[3] 机杼：此指织物。

【译文】

石曜任黎阳太守时，刺史斛律武都路过黎阳郡，让身边人委婉地索要绢帛。石曜手持一匹绢帛，对武都说："这是我老石家自织绢帛，姑且拿来送给您。此外，那都是出自官吏百姓的。官吏百姓的东西，一丝一毫不敢侵犯。"武都笑笑，没有责罚他。

举毗自罚

荣毗[1]刚鲠有局量[2]，杨素[3]荐毗为华州刺史。素田宅，多在华阴，左右放纵。毗绳以法，无所宽贷。毗因朝集，杨素谓之曰："素之举卿，适以自罚也。"毗答曰："奉法一心者，恐累公所举。"素笑曰："前言戏耳。"

【注释】

[1] 荣毗：字子谌，隋朝北平无终（今天津蓟县）人，官至治书侍御史。

[2] 局量：器量，度量。

[3] 杨素：字处道，弘农华阴（今陕西华阴）人，隋朝权臣，爵封越国公。

【译文】

荣毗刚直有器量，杨素推荐他做华州刺史。杨素田宅，多在华阴县，身边人放荡恣纵。荣毗依法惩治，无所宽容。趁荣毗上朝集会的时候，杨素对他说："我杨素推荐你，刚好是自我惩罚。"荣毗回答说："我全心全意遵守法令，怕辜负了你的推荐。"杨素笑笑说："刚才是玩笑话罢了。"

光霁刚直

朱光霁[1]初受重庆府通判，自奉清约，遇事有执持。一日，监司(一)发银买簪，时方视篆[2]，遂持银入，白曰："通判自幼但知读书，未学造簪。"监司怒且惭而寝。知绵州，州多势家，私役州民，光霁悉禁之。一日，有称尚书府家人征州夫栽田者，霁问曰："公田乎，私田乎？"其人曰："虽私田，旧规也。"公揭律令示之，其人不悟，而索愈固。于是呼吏出罪囚，使领，曰："此数百指可为栽田用。"其人曰："恐不可。"公曰："吾亦以为不可。"闻者哄然。

【校勘】

（一）监司：据《国朝征献录》，为"佥事"之误。佥事，指挥使之助手，
　　　一般分掌训练、军纪。

【注释】

[1] 朱光霁：字克明，号方茅，明朝蒙化府人，嘉靖年间官至西安府同知。
[2] 视篆：掌印视事，官印例用篆文，故称。

【译文】

朱光霁刚任重庆府通判时，自养清廉节俭，遇到事情遵守原则。一天，佥事拿出银两要他买簪子，当时他刚上任理事，就拿着银两进来，报告说："通判自幼只知读书，没有学过制作簪子。"佥事又生气又惭愧，这事也就搁置下来了。后任绵州知州，绵州多有势家大族，私自役使州里百姓，朱光霁严禁这样做。一天，有人声称是尚书府家人，来州里要求征集民夫为他家插秧，朱光霁问："是公田呢，还是私田呢？"那人说："虽然是私田，但那是旧例。"朱光霁举出法令让他看，

那人不醒悟，坚决索要。于是朱光霁呼喊狱吏放出囚犯，让他领着，说："这几百人可以用来插秧。"那人说："恐怕不可以。"朱光霁说："我也认为不可以。"听到的人哄笑一片。

纯仁有信

范纯仁尹洛，谢克庄（一）自河阳来，来至中路，秣马 [1] 歇店中。欲行，以马未尽刍，少待。见老翁负暄 [2] 墙下，有人告曰："黄犊为人所窃矣。"翁因坐负暄，略不向问；须臾，再以失犊告，翁容色自若，徐曰："尔亟（二）求，必邻家戏藏尔。"谢以为有道者，异而就问曰："尔家失犊，再告而不顾，何也？"翁笑曰："范公居此，孰肯为盗？"已而犊果还，谢叹息而去。

【校勘】

（一）谢克庄：据南宋范公偁《过庭录》，为"谢克家"之误。谢克家，
　　　字任伯，两宋之间上蔡人，高宗初年官至参知政事。

（二）亟：据《过庭录》，为"无"字之讹。

【注释】

[1] 秣马：喂马。

[2] 负暄：晒太阳。

【译文】

范纯仁任洛阳知府时，谢克家从河阳过来，来到半路上，在店中喂马且休息。将要上路时，因为马还没有吃完草料，稍作等待。看到一位老翁在墙下晒太阳，有人告诉老翁："你的黄牛被人偷走了。"老翁还是坐着晒太阳，全无向说话人打听的意思；过了一会儿，第二次拿丢失牛的话告诉他，老翁神色自若，慢慢说："你不用给我找，一定是邻家闹着玩藏起来罢了。"谢克家认为老翁是个得道之士，认

为他不俗，靠近来问他说："你家里丢了牛，两次告诉你，你却不在乎，为什么呢？"那老翁笑笑说："范公在这里做官，谁肯做盗贼呢？"不久，那牛果然回来了，谢克家赞叹离开。

唐侃强项

唐侃[1]守武定，以镇静抚绥疲瘵。时清军伍，一州当解者三千余人，并妈告〔一〕解长，且万二千人矣。武定〔二〕户才三万人，若是空半州矣。事得寝。章圣梓宫葬承天[2]，道山东德州，上官裒课[3]民间以供，犹恐不给。侃曰："以半往足矣！"至则舁一空棺内[4]旁舍中。诸阉牌[5]校奴鞭挞州县，宣言供帐不办者死，欲以恐吓取钱。同事者并逃去，侃独不去，急乃谓之曰："吾与若诣钱所受钱。"乃引之旁舍中，指棺示之曰："吾已办死来矣，钱不可得也！"于是诸阉相视，莫能难而事办。诸逃者皆被罪，而侃乃受旌。所居官，率空橐以归。

【校勘】

（一）告：据焦竑《熙朝名臣实录》，为"若"字之误。若，以及。

（二）武定：二字前夺"侃曰"二字。如无此二字，则事与唐侃无干。

【注释】

[1] 唐侃：字廷直，号默庵，明代江苏丹徒人，曾任永丰知县、武定州知州、南京刑部员外郎等职。

[2] 章……天：章圣，嘉靖皇帝朱厚熜生母章圣皇太后。嘉靖十八年五月，朱厚熜派京山侯崔元护送母后灵柩南祔奉天府（今湖北钟祥）显陵（朱厚熜父亲朱祐杬陵寝）。梓宫，皇帝、皇后或重臣的棺材。

[3] 裒（póu）课：聚敛搜刮。裒，聚集。

[4] 内："纳"的古字。

[5] 牌：命令。

【译文】

唐侃任武定州知州，以安定不扰的办法抚慰贫困百姓。当时朝廷清理军籍，武定州全州应当解送三千多人，算上妇女及解送头目，抽调将近一万两千人了。唐侃说："武定户口仅三万人，如果这样，几乎抽空半个州了。"由于唐侃力争，此事作罢。章圣皇太后棺椁要运回承天府安葬时，路过山东德州，上面官员聚敛搜刮民间钱财来保障供应，还是担心供应物资不丰足。唐侃说："以征求的半数送去就够了。"护送太后一行队伍到达时，唐侃让人抬了一口空棺材放在道旁屋子中。随行众宦官命令卫兵奴仆鞭挞州县官员，扬言供应不到位的处死，想借恐吓谋取钱财。唐侃的同事都畏惧逃亡，只有唐侃没有离去，勒索逼迫紧急时对他们说："我和你们到放钱的地方拿钱去。"于是把他们领到旁边放空棺的屋中，指着棺材给他们看说："我已为死做好准备了，钱是没有的。"于是众宦官面面相觑，没有谁能难为他，而事情也得以办理。那些外逃官员都被惩罚，而唐侃却受了表彰。他做官，离任时都是宦囊空空地回来。

元发救灾

滕元发 [1] 知郓州，岁饥，乞淮南米二十万石为备。时淮南京东皆大饥，元发召城中富民，与约曰："流民且至，无以处之，则疾疫起，并及汝矣。吾得城外废营地，欲为席屋，以待之。"民曰："诺。"为屋二千五百间，一夕而成。流民至，以次授地，井灶器用皆具。以兵法部勒 [2]，少者炊，壮者樵，妇女汲，老者休，民至如归。上遣工部郎中王右 (一) 按视，庐舍道巷，引绳棊 [3] 布，肃然如营阵。右大惊，图上其事，有诏褒美。盖活五万人云。

【校勘】

（一）王右：据苏轼所作《故龙图阁学士滕公墓志铭》，为"王古"之讹。

王古，字敏仲，北宋后期人，官至户部尚书。

【注释】

[1] 滕元发：原名甫，字达道，北宋浙江东阳人，三任开封府尹，镇守西北名帅，谥章敏。

[2] 部勒：统帅管理。

[3] 棊：同"棋"。

【译文】

滕元发任郓州知州时，适逢荒年，请求向淮南买二十万石米为备荒物资。后来，淮南、京东一带都闹饥荒，滕元发召集城中富裕百姓，和他们约定说："流民快到了，没地方安置他们，就会产生瘟疫，会连累你们。我在城外找到块废弃营地，想（依靠你们出钱）建成棚屋，来等待安置他们。"富裕百姓说："好吧。"滕元发就建造了两千五百间房子，一夜完工。流民到来，按次序给予住处，井灶及生活用品都早已准备停当。滕元发用军法来统帅管理，年轻人做饭，壮年人砍柴，妇女打水，老人休息，来的流民就像在家里生活一样。皇上派工部郎中王古前来视察，房舍街道，像墨线划分棋子分布一样，整肃得如同营阵一样。王古感到很吃惊，画成图画上奏，朝廷下诏对滕元发进行褒扬。此次救灾救活五万人。

务合人情

当官处事，务合人情。忠恕违道不远[1]，未有舍此二字而能有济者。前辈当官处事，常思有恩以及人，而以方便为上。如差科[2]之行，既不能免，则就其间求所以便民省力者，不使骚扰，重为民害，其益多矣。

【注释】

[1] 忠恕违道不远：语出《礼记·中庸》："忠恕违道不远，施诸己而不愿，

亦勿施于人。"忠，忠实，待人诚恳。恕，推己及人，仁爱待物。道，
这里指中庸之道。

[2] 差科：指差役和赋税。

【译文】

当官处理事务一定要合乎人之常情。忠恕离中庸之道不远，没有
舍弃"忠恕"二字却能不违背中庸之道的。前辈当官理事，往往考虑
施恩惠给别人，而以给人方便为上策。例如差役和赋税这样的事，既
然不能避免，那就在做事中求得老百姓方便省力，不要骚扰百姓，深
重伤害百姓，那好处就很大了。

雪饷妇冤

兖州府单县田作者，其妇饷之，食毕而死。翁姑曰妇意也，陈
于官。不胜棰楚，妇遂诬服。自是，久不雨。许襄毅进[1]时宦山东，
曰："狱其有冤乎？"乃亲历其地，出狱囚遍审之。至饷妇，乃曰：
"夫妇相守，人之至愿；鸩毒杀人，计之至密者也，焉有自饷于田
而投鸩者哉？"遂询其所馈饮食、所由道路，妇曰："鱼汤米饭，
度自荆林，无他异也。"公乃买鱼作饭，投荆花于中，试诸狗彘，
无不立死者。妇冤遂白，即日大雨如注。

【注释】

[1] 许襄毅进：即许进，字季升，号东崖，明朝河南灵宝人，官至吏部尚书，
谥襄毅。

【译文】

兖州府单县有农夫在田里劳作，他妻子来送饭，他吃完后就死了。
公婆认为儿媳有意杀人，于是告到官府。那妇人受不了严刑拷打，只
好屈招。从这以后，单县好很久没有下雨。襄毅公许进当时在山东做官，

说："这大概是因为有冤案吧？"于是亲到单县，将狱中囚犯一一提审。问到这个送饭的妇人时，许进就说："夫妇相守，是人们最大的心愿；而投毒杀人，那谋划最为严密。哪有自己去田间送饭而投毒的呢？"于是问她所送饭食及所过道路，妇人说："送的是鱼汤米饭，从荆林路过，没有别的。"许进就叫人买鱼，制做汤饭，放入荆花，让猪狗试吃，没有不马上死掉的。妇人冤枉得以洗雪，当天就下了倾盆大雨。

德用有识

王德用 [1] 判定州兼三路都部署 [2]，时教士卒习战，人皆可用。契丹遣人来觇，或请捕之。德用曰："吾军整而和，彼得其实以告，是服人之兵以不战也。"明日大阅于郊，下令："具糗粮 [3]，听吾鼓，视吾旗所向。"觇者归告虏中，谓汉兵将大至。和议益决。

【注释】

[1] 王德用：字元辅，北宋赵州人，官至同群牧制置使，谥号武恭。
[2] 都部署：在北宋初年是军事指挥官的重要职称，是前线各路部署的总指挥。
[3] 糗（qiǔ）粮：干粮。

【译文】

王德用做定州通判兼任三路统帅时，时常训练士卒，演习作战，人皆可用。契丹派人来窥探，有人请求逮捕这些间谍。王德用说："我军整肃而团结，间谍把实情告诉契丹，这是不用作战就能让敌人屈服的做法。"次日，王德用在郊区检阅军队，下令："备好干粮，按我的命令行事。"间谍返回契丹，说汉人军队（宋军）将要大举进攻了。此事使契丹讲和的意愿更坚定了。

杨璇破贼

杨璇 [1] 为零陵太守，时苍梧、桂阳贼相聚，攻郡县，贼众多而璇力弱，吏人忧恐。璇乃特制马车数十乘，以排囊[2]盛石灰于车上，系布索于马尾，又为兵车耑[3]彀弓弩，克期会战。乃令马车居前，顺风鼓灰，贼不得视，因以火烧布，布然马惊，奔突贼阵。后车弓弩乱发，钲鼓[4]鸣震，群盗骇散。追逐伤斩无数，枭其渠帅，郡境以清。

【注释】

[1]杨璇：字机平，东汉会稽乌伤人，曾任零陵太守、渤海太守、尚书仆射等职。

[2]排囊：鼓风用的革囊。

[3]耑：同"专"，特地。

[4]钲鼓：钲和鼓，古代行军作战时用以指挥进退的两种乐器。此处为偏义复词，钲无实义。

【译文】

杨璇担任零陵郡太守时，适逢苍梧、桂阳二郡叛军相聚，攻打郡县，叛军众多而杨璇兵弱，官吏百姓忧愁害怕。杨璇便特制几十辆马车，把盛有石灰的鼓风革囊放在车上，在马尾巴上拴上布条，又特地为兵车设置拉开的弓弩，约定日期会战。战时，让马车在前面，顺风鼓灰，贼人无法睁眼，接着就用火点燃布条，布条燃烧，马受惊吓，突入贼阵。后面的兵车弓弩乱射，战鼓响声震天，反贼惊骇四散。杨璇指挥军队追逐，打伤斩杀贼人无数，将头目斩首示众，郡境得以清平安宁。

有功守法

徐有功[1]为政，不忍杖罚人。民更相约曰："犯徐参军杖者，众必共斥之。"武后朝周兴、来君臣辈辄以周内[2]穷诋受责，朝野莫敢正言。独有功数犯颜谏诤，守正持平，力剖冤狱，保全多人。薛季昶[3]劾有功党逆，罪当弃市。有功方视事，令史涕泣走告。有功曰："岂独吾死，而诸人常不死耶？"安步去。后诘而责〔一〕之，曰：“公比断狱多失出，何耶？”有功对曰：“失出，人臣小过；
好生，陛下大德。”后默然悦。凡三坐大辟，终不挫折。将死，晏
然至市临刑，得免。

【校勘】

（一）诘而责：据《新唐书·徐有功传》，当为“召诘”之讹。

【注释】

[1] 徐有功：名宏敏，字有功，唐朝洛州偃师人，武则天执政时官至司刑寺
　　少卿。

[2] 周内：亦作“周纳”。弥补漏洞，使之周密。引申为罗织罪状，陷人于罪。

[3] 薛季昶：唐朝绛州龙门（今山西河津）人，武则天执政时官至御史中丞。

【译文】

　　徐有功处理政务，不忍用杖责人。民众互相约定说：“如果有谁
受到司法参军徐有功杖责，大家一起痛斥这个人。” 皇后武则天执政
时，周兴、来君臣等人罗织罪状，尽力诋毁，陷人于罪，朝野没有谁
敢说正直的话。只有徐有功多次犯颜直谏，坚守正道，维持公平，努
力剖断冤案，保全了好多人。薛季昶弹劾徐有功偏袒谋杀亲人的罪犯，
应该杀头示众。徐有功正在处理公务，属吏哭着跑来把这事告诉了他。
徐有功说：“难道只是我一人会死，而众人长生不死吗？”从容走开。
皇后武则天召见责问他，说：“你近来断案过失在于出脱罪人，为什
么呢？”徐有功回答：“出脱罪人，是臣下小过失；珍爱生命，是陛
下大恩德。”皇后无话可说，但心里高兴。他先后三次被判杀头，总
是不屈服。将要处死时，泰然自若，到闹市上行刑时，得以赦免。

老成之见

　　李文节 [1]《燕居录》云：《老子》曰，治大国若烹小鲜 [2]；《庄
子》曰，闻在宥天下，不闻治天下也 [3]。天下以无事安静为福。曹

参遵何约束 [4]，慎毋扰狱市 [5]。绛灌 [6] 诸公，每事辄曰毋动为大耳。吕蒙正言今上封事 [7] 议制置 [8] 者每多，惟在清净以镇之。李沆不用浮薄新进喜事之人，中外条陈利害，一切报罢 [9]，以此报国。此真老成之见。

【注释】

[1] 李文节：即李廷机，字尔张，号九我，明代晋江人，累官礼部尚书兼东阁大学士，谥文节。

[2] 治大国若烹小鲜：语出《道德经》第六十章。意为治理大国要像煮小鱼一样。煮小鱼，不能多加搅动，多搅则易烂，比喻治大国应当无为而治。小鲜，小鱼、小虾之类。

[3] 闻在……天下也：语出《庄子·在宥》。意为只听说任天下安然自在地发展，没有听说要对天下进行治理的。在宥：任物自在，无为而化。

[4] 曹……束：即萧规曹随。比喻按照前人的成规办事。语出《史记·曹相国世家》。

[5] 慎毋扰狱市：不要干扰狱市。语见《史记·曹相国世家》："参曰：'不然。夫狱市者，所以并容也，今君扰之，奸人安所容也？吾是以先之。'"

[6] 绛灌：西汉初年绛侯周勃与颍阴侯灌婴的并称。

[7] 封事：密封的奏章。古时臣下上书奏事，防有泄漏，用皂囊封缄。

[8] 制置：生发事端。

[9] 报罢：古谓批复所言之事作罢，即言事不准。

【译文】

　　文节公李李廷机的《燕居录》上说：《老子》上说，治大国若烹小鲜；《庄子》上说，只听说任天下安然自在地发展，没有听说要对天下进行治理的。天下以无事安静作为幸福的事。曹参遵循萧何制定的制度，告诫不要轻易干扰狱市。绛侯周勃与颍阴侯灌婴等人，每事都说以不变动为要招。吕蒙正说现在上奏章提议生发事端的居多，只在于要用清净无为的办法予以压制。李沆不用浮浅躁进喜欢多事的人，朝廷内外提议兴利的奏章，一概不予批准，把这作为报效国家的事情。

这真是老成的见识。

通达世故

裴晋公为相，大臣中有与公贫交，约他日显达彼此引重者，怪公不以辅相许。公闻之，笑曰："灵芝、珊瑚皆希世之宝，用于广厦，须杞、梓、樟、楠；庐山瀑布，状如天汉，若以溉良田，激碾硙[1]，功不若长河之水。某公德行文章，器度标准[2]，为大臣仪表(一)；然长厚有余，心无机术，伤于畏法(二)，剸割[3]多疑。前古人民质朴，征赋未分，地不过数千里，官不过数百员；内无权倖[4]，外绝奸诈；画地为狱，人不敢入；以赭[5]染衣，人不敢犯。虽云(三)列郡建国，侯伯[6]分理，当时国之大者，不及今之一县，易为匡济。今天子设官一万八千，列郡三百五十，四十六连帅[7]，八十万甲兵。礼乐文物，轩裳[8]士流，盛于前古。才非王佐，安敢许人？"此真通达世故之言。

【校勘】

（一）表：据《唐语林·识鉴》，字后夺"望之可敬"四字。

（二）法：为"怯"之误，因形近致讹。

（三）云：为"已"之讹。

【注释】

[1] 碾硙（wèi）：古代利用水力启动的石磨。

[2] 标准：规范。

[3] 剸（tuán）割：裁决，治理。

[4] 权倖：亦作"权幸"，指有权势而得到帝王宠爱的奸佞之人。

[5] 赭：赤红如赭土的颜料。赭衣，古时因犯穿赤褐色衣。

[6] 侯伯（bà）：诸侯之长。伯，古通"霸"，古代诸侯联盟的首领。

[7] 连帅：古代十国诸侯之长，泛称地方高级长官。

[8] 轩裳：犹车服，代称有高位的人。

【译文】

晋国公裴度做宰相时，大臣中有个裴度贫贱时交往的朋友，当年曾相互约定异日显达了要彼此援引帮助，责怪裴度没有推荐自己任宰相。裴度听后，笑着说："灵芝、珊瑚都是稀世宝物，用来建大厦的却只能是杞、梓、樟、楠这样的木材；庐山瀑布，样子就像天河，如果用来灌溉良田，推动水磨，功效不如一般的河水。某公德行文章，器量心胸以及遵守规范，可以做大臣榜样，让人尊敬；可是他为人宽厚有余，缺乏心机谋略，遇事胆怯，不够果敢，犹豫不决。上古百姓质朴，征收赋税不加区别，土地不过几千里，官员不过几百人；朝内没有大权在握的奸佞之人，朝外没有奸诈的人；在地上画个监狱，人们都不敢进入；把赭色的衣服做囚衣，人们都吓得不敢犯法。"当时虽然已经设置了郡，建立了诸侯国，让诸侯王来分土管理，当时大的诸侯国，赶不上现在的一个县，容易治理好。现在天子设置官员一万八千人，划分设立三百五十个郡，封疆大吏四十六人，拥有八十万军队。礼乐文物，各色人才，都比前代兴盛。如果没有宰相的才干，怎敢答应人呢？"这真是通晓世故人情的话。

鞫民须宽

夫常求其生，犹失之死，而况求其死也？乃吏以察察博名，吹毫求疵，深文巧诋[1]，令必不得反。而一等修洁之士，又明见其无辜，多远嫌自避，以小民身家性命，全我好修之名。即按臣[2]察大奸猾，苟无则已，非必欲充罪罟[3]也，乃罗织僇佣[4]，文致暧昧，令元凶贿脱；而愚民受诬，虽破产捐躯，莫能自白。彼平原自无[5]者，独何人乎？

【注释】

[1] 深文巧诋：罗织罪名，蓄意毁谤。

[2] 按臣：负责巡察的大臣，像巡按御史之类。

[3] 罪罟：罪网，法网。

[4] 傥佣：才能低弱平庸。

[5] 平原自无：典出《后汉书·史弼传》。

【译文】

常常有人为犯人求生路，仍会因过失而错杀，而偏偏有人初心就是要置犯人于死地呢？竟然有官吏要以明察博取好名声，吹毛求疵，罗织罪名，蓄意毁谤，让人必定不能平反。而一些所谓品行高洁的人，又明明看到当事人无辜，多出于避免嫌疑考虑，用百姓身家性命保全个人爱好修养的名声。即使是负责巡察的大臣看到奸猾高官，如果无可奈何，也不会坚决用法网制裁，竟会罗列编织些诸如某人才能低弱平庸等暧昧不清的话来舞文弄法，让元凶大恶靠贿赂脱身；而让愚昧的百姓受冤枉，即使是破产丧命，也不能说清实情。像史弼一样说"平原自无"的，又哪里有这样的人呢？

除算田镈

河北自五代末即算田镈[1]。吕夷简叹曰："王道本于农，此何名哉？"因表除之。朝廷推其法它路，自是农器无征。

【注释】

[1] 算田镈（bó）：征收农具税。镈，古代的锄类农具。

【译文】

河北路自从五代末年开始就征收农具税。吕夷简感叹说："圣王治理天下以农事为根本，这是什么征税的名堂呢？"他于是上表章废除征收农具税。朝廷把这做法推行到其他各路，从此不再征农具税。

勿妄损益

情有可通，莫于旧有者过裁抑[1]，以生寡恩之怨；事在得已，莫将旧无者妄增设，以开多事之门。

【注释】

[1] 裁抑：削减，抑损。

【译文】

情理上可以通过，对旧有的东西不要过分削减，以致生出刻薄寡恩的怨恨；事情能完成就可以，不要把原本没有的东西胡乱增设，以致开启频生事端的大门。

上官须戒

做上官的只是要尊重：迎送欲远，称呼欲尊，拜跪欲恭，供具欲丽，酒席欲丰，驺从[1]欲都[2]，伺候欲谨。行部[3]所至，万人负累，千家愁苦。即使于地方大有裨益，苍生所损已多。及问其职业，举是虚文滥套。纵虎狼之吏胥，骚扰传邮；重琐尾[4]之文移，督绳郡县；括奇异之货币，交结要津；习圆软[5]之容辞，网罗声誉。至民生疾苦，若聋瞀然，此之谓妖孽。岂不骤贵躐迁[6]？然而显负君恩，阴触天怒，是生民之苦果，而子孙之祸因也。吾（一）党戒之。

【校勘】

（一）吾：此则采编自明代茅坤《呻吟语》，故当指茅坤。

【注释】

[1] 驺从：封建时代贵族官僚出门时所带骑马侍从。

[2] 都：美好。

[3] 行部：巡行所属部域，考核政绩。

[4] 琐尾：琐碎，零碎。

[5] 圆软：圆滑随和。

[6] 躐（liè）迁：越级提升。

【译文】

做上官的只是要属下尊重自己：迎接送行要远，称呼要尊贵，拜跪要恭敬，供应器具要美丽，酒席要丰盛，侍从要美好，伺候要谨慎。巡行所属地方，万人负累，千家愁苦。即使对地方有所补益，百姓受的损害已经很多了。等到问他本职内事务，全是敷衍的陈词滥调。放纵像虎狼一样凶狠的胥吏，骚扰驿站；看重发言辞琐碎的公文，来督促约束郡县；收集奇异礼物，来结交权要；惯于用圆滑随和的话语态度，来沽名钓誉。至于对待民生疾苦，就像是聋子瞎子一样。这就叫妖孽。这样的人做上官，难道不是突然显贵越级提升吗？然而这样的做派显然辜负了君主恩德，暗中招致老天愤怒，这是百姓受苦根源，子孙致祸因由。我们做官的要引以为戒。

平心听讼

我^(一)辈听讼，凡觉有一毫怒意，切不可用刑。即稍停片时，待心和气平，从头再问。未能治人之顽，先当平己之忿。尝见世人因怒其人，遂严刑以求泄己之忿。嗟嗟！伤彼父母遗体 [1]，而泄吾一时忿恨，欲子孙之昌盛，得乎？

【校勘】

（一）我：此则采编自明代茅坤《呻吟语》，故当指茅坤。

【注释】

[1] 遗体：旧谓子女的身体为父母所生，因用以称子女的身体。

【译文】

我们官员审理案子，大凡觉得有一丝一毫怒意，千万不要用刑。当即稍停片刻，等心平气和，从头再问。未能治服犯人顽劣之前，先应平息自己的愤怒。曾经看到世上有人因别人触怒自己，就严刑拷打来宣泄自己的愤怒。唉！伤害他人身体，宣泄我一时的愤怒，要想使子孙昌盛，做得到吗？

洪皓使金

宋两宫远狩[1]，洪皓[2]奉使大金。粘罕[3]迫与副使官伪齐[4]，皓词严不屈。流递递(一)冷山，距房二千余里(二)。苦寒，四月草始生，八月而雪，土庐不满百，皆陈王悟室[5]聚落。悟室使诲其二(三)子，或二年不给衣食。盛夏犹衣帨[6]布，采薪他山。尝久雪，薪尽，至拾马矢煨面而食。所著诗文皆忧国语也。悟室尝得献《取蜀策》，持以问公，公历陈古事梗之。悟室锐欲吞中国，曰："孰谓海大，我力可干，但不能使天地相拍尔。"公正词曰："兵犹火也，弗戢，将自焚。自古岂有四十年用兵不止者？"悟室怒曰："汝作和事官，却口硬，谓我不能杀汝耶？"公曰："自分[7]当死，顾大国无受杀行人[8]之名。此去莲花泺[9]三十里，使之乘舟，一人荡诸水，以坠渊为言，可也。"悟室义而止。后十五年，始南还。

【校勘】

（一）流递递：据《宋史》卷一百三十二，第二个"递"为衍字。流递，流放。

（二）距房二千余里：据《松漠纪闻》，为"冷山去燕山三千里，去金国所都二百余里"。都，指金上京。

（三）二：为"八"字之误。

【注释】

[1] 两宫远狩：徽钦二帝被俘获到金国的婉辞。

[2] 洪皓：字光弼，江西鄱阳人，南宋高宗建炎三年，以徽猷阁待制假礼部
尚书出使金国，艰苦备尝，被扣十五年，始得回还，封魏国公，谥号忠宣。

[3] 粘罕：即完颜宗翰，女真族，本名黏没喝，金朝开国功臣，被追封秦王，
谥桓忠。

[4] 伪齐：国号大齐，简称齐，为北宋叛臣刘豫在金国扶植下所建立傀儡政权。

[5] 悟室：即完颜希尹，曾追随金太祖起兵反辽，官至左丞相，封陈王。

[6] 觕：同"粗"。

[7] 分：料想。

[8] 行人：使者。

[9] 泺（pō）：此处同"泊"。

【译文】

北宋的徽钦二帝被俘获金国后，洪皓奉命出使大金。粘罕逼迫洪
皓与副使在伪齐那里做官，遭到洪皓严词拒绝。洪皓被流放的冷山，
距离燕山三千里，距离金的上都有二百多里。冷山为苦寒之地，四月
草刚发芽，八月就开始下雪，有土屋不满百间，是陈王悟室的群落聚
居地。悟室让他教育自己的八个儿子，有时两年不供给衣食。盛夏还
得穿粗布衣服，到其他山上去拾柴火。曾经有一年雪下得时间太长，
柴火烧完了，就用马粪烤面团来吃。所写诗文都是为国家担忧的话。
悟室曾得到别人献的《取蜀策》，拿来问洪皓，洪皓遍陈古事予以阻
挠。悟室坚决想要吞并南宋，说："谁说海大，我的力量可以使其干涸，
只是不能使天地相合罢了。"洪皓严词说："战争就像是烈火，不克
制的话就会烧到自己。自古以来哪里有四十年不停用兵的呢？"悟室
生气说："你是来讲和的官员，却这样口硬，认为我不能杀掉你吗？"
洪皓说："我自己料定会死掉，只是大国不能担负杀使者的名声。这
里距离莲花湖三十里，让我一人乘船，在湖水里漂荡，说我坠湖而死
就可以了。"悟室认为他言行符合道义，就作罢了。十五年后，洪皓

才回到南宋。

得大臣体

元城[1]论名相得大臣体者惟李沆。李每谓人曰："沆在政府，无以补报国家，但诸处有人上利害，一切不行耳。"此大似失言，然有深意。且祖宗时经变多矣，故所立法度，极是稳便。正如老医看病极多，故用药不至孟浪杀人。且其法度不无小害，但其利多矣。后人不知，遂欲轻改，此其害所以纷纷也。

【注释】

[1] 元城：即刘安世，字器之，号元城，魏人，北宋著名谏臣，谥号忠定。

【译文】

元城论名宰相最得大臣体统的只有李沆。李沆常常对人说："我李沆任宰相，没办法报效国家，只是在各处有人上书陈述利益时，一切搁置都不实行罢了。"这很像说错了话，但有深意。祖宗当时经历变故多了，所以确立的法度，最是稳妥方便。正像老医生看的病症极多，所以下药不至于鲁莽杀人。虽然那法度不无小的害处，但那好处太多了。后人不知，于是想轻易变动，这就是祸害纷纷而出的原因。

认假与真

居官者职业是当然的，每日做他不尽，莫要认作假；权势是偶然的，有日还他主者，莫要认作真。

【译文】

略。

莱公之柏

寇准知归州巴东县，每期会 [1] 赋役，不出符移 [2]，唯具乡里姓名揭县门，百姓莫敢后期。尝赋诗有"野水无人渡，孤舟尽日横 [3]"之句。时以为若得用，必济大川。手植双柏于县庭，至今民以比甘棠 [4]，谓之莱公柏。

【注释】

[1] 期会：按期征集。

[2] 符移：指符教移檄等官府征调敕命文书的统称。

[2] 野水……日横：寇准五律《春日登楼怀旧》颔联。

[3] 甘棠：《史记·燕召公世家》："召公巡行乡邑，有棠树，决狱政事其下，自侯伯至庶人各得其所，无失职者。召公卒，而民人思召公之政，怀棠树，不敢伐，歌咏之，作《甘棠》之诗。"后以"甘棠"称颂循吏美政和遗爱。

【译文】

寇准任归州巴东县县令时，每到按期征收税赋徭役时，不发文书，只把住所姓名张贴在县城门上，百姓没有谁敢误期。他赋诗有"野水无人渡，孤舟尽日横"这样的句子。当时的人认为他如果获得重用，定会大有作为。他在县衙院子里亲手种下两棵柏树，至今百姓比作召公的甘棠，称为莱公（寇准爵封莱国公）柏。

警告惟演

王曾谓后戚 [1] 钱惟演曰："汉之吕后、唐之武氏皆非据大位？其后子孙诛戮，不得保首领。公，后之肺腑，何不入白后？万一宫车不讳 [2]，太子即位，太后辅政，岂不为刘氏之福乎？若欲称制 [3]，以取疑于天下，非惟为刘氏之祸，恐亦延及公矣！"惟演大惧，入白之，其议遂止。

【注释】

[1] 后戚：钱惟演将妹妹嫁给了宋真宗皇后刘娥哥哥刘美。

[2] 宫车不讳：即宫车晏驾，此指宋真宗去世婉辞。

[3] 称制：君主制时代由皇后、皇太后或太皇太后等女性统治者代理皇帝执掌国政。

【译文】

王曾对皇后的亲戚钱惟演说："西汉的吕后、唐朝的武则天不是都有了大位吗？那后来娘家子孙被诛杀，保不住性命。您是皇后的心腹，为什么不入宫对皇后说明呢？万一皇帝去世，太子即位，太后辅政，难道不是刘氏一家的好事吗？如果想称制，来招致天下人疑虑，不只是刘氏祸患，恐怕也会延及您！"钱惟演非常害怕，入宫向皇后说明，皇后称制提议就被搁置了。

吕端审慎

真宗既即位，垂帘引见群臣。吕端于殿下平立不拜，请卷帘，升殿审视，然后降价，率群臣拜呼万岁。

【译文】

宋真宗即位后，垂下帘子接见群臣。吕端在殿下平身而立不行跪拜之礼，请求卷起帘子，走上殿去仔细观看清楚后，然后走下台阶，率领群臣跪拜，山呼万岁。

直谏太后

英宗既自外来[1]，又方寝疾不豫，人情向在太后[2]，韩琦虑宫中有不测者。一日，因对深以言动太后，曰："臣等又（一）在外面，不得见官家。内中保护，全在太后。若官家失照管，太后亦未安稳。"太后惊曰："相公是何言语？自家更是^(二)用心。"公即曰："太后照管则众人自照管。"同列为缩颈流汗。既而，吴奎^[3]曰："语不太过否？"公曰："不得不如此。"

【校勘】

（一）又：据宋人赵善璙《自警编》（卷六），为"只"之讹。

（二）是：为"切"之讹。

【注释】

[1] 英宗既自外来：宋仁宗无子，过继后来的英宗赵曙为嗣。

[2] 太后：即曹太后，宋仁宗皇后，即慈圣太后，真定（今河北正定）人。

[3] 吴奎：字长文，北宋潍州北海（今山东潍坊）人，官至参知政事，谥文肃。

【译文】

宋英宗本非仁宗亲生，又当卧床生病，曹太后那里人心所向，韩琦担心宫内会有不测。一天，韩琦趁奏事机会用意味深长的话来讽喻太后，说："我等大臣只在宫外，见不到皇帝。宫中对皇帝保护，全在太后那里。如果皇帝有失照管，太后也不会安稳。"太后吃惊地说："宰相这是说什么话？我自己更会用心照管皇帝。"韩琦当即说："太后照管，那么众人就自会照管。"同僚为韩琦的话吓得缩颈流汗。不久，吴奎说："你的话不太过分吗？"韩琦说："不得不这样。"

劝谏还政

曹后初未还政，韩魏公力引古以动之，云："前世母后更^[1]聪明者多，莫不以固各权位败名德。太后若脱然^[2]复辟^[3]，则是千古所未有，请阅书史一一可见。" 太后曰："自家何敢望贤人？"公察其意回矣，即连赞成之。后数日批出，云某日更不御殿。公亟令卷帘，撤坐。乃往白上，上曰："莫未否？"公曰："已得亲诏矣。"上遂释然。

【注释】

[1] 更：通"梗"，阻塞。

[2] 脱然：超越寻常。

[3] 复辟：此指还政给皇帝。

【译文】

　　曹太后当初还没有还政宋英宗，魏国公韩琦竭力用古事来打动太后，说："前世母后不英明的人很多，没有谁不是因为贪恋权位败坏了名声德行。太后如果超越寻常还政给皇帝，那么这是千古未有的，请查阅史书，可以清楚看到。"太后说："我怎敢希望超越前贤？"韩琦观察到太后有点回心转意，就不断赞成太后还政。几天后，太后有批示，说某天不再上殿理政。韩琦急忙让人卷起帘子，撤下座位。然后韩琦前去告诉皇帝，皇帝说："事情办成没有？"韩琦说："已得到太后亲下的诏书。"皇帝紧张的心放下了。

自谓偶成

　　韩魏公曰："琦平生仗孤忠以进，每遇大事即以死自处 [1]。幸而不死，皆偶成，实天扶持，非琦所能也。"

【注释】

[1] 自处：对待自己。

【译文】

　　魏国公韩琦说："我韩琦平生仰仗孤单忠诚进身，每遇大事就不考虑活命。幸而没有死掉，都是偶然成功，实在是老天扶持，不是我自己能力所致。"

忠献化下

韩忠献之守安阳，人将斗讼辄自止，曰："吾非畏汝，愧见侍中[1]耳。"郡几无事。

【注释】

[1] 侍中：宋神宗朝韩琦拜司空兼侍中。

【译文】

忠献（韩琦谥号）公韩琦在安阳做官时，人们将要争斗诉讼时往往自己停止，说："我不是怕你，惭愧见侍中罢了。"郡里几乎太平无事。

台谏首事

宋杜莘老[1]尝叹曰："台谏[2]当论天下第一事，若有所畏，姑言其次，是欺其心不敬其君者也。"及任言责[3]，极言无隐，取众所指目者，悉击去之。

【注释】

[1] 杜莘老：字起莘，宋代眉州青神人，高宗时曾任殿中侍御史。
[2] 台谏：指台谏官，即御史台和谏院的官员。
[3] 言责：以向君主进谏为责任，指言官。

【译文】

宋朝的杜莘老曾叹息说："台谏官应当把评论天下作为头等大事，假如有所畏惧，姑且进言次要的事，这是欺骗自心不敬君主的做法。"等他担任了言官，畅所欲言，无所隐瞒，把众人指责的官员，全都攻击下台。

号曾开门

曾公亮[1]知郑州，郡多寇攘。公至，悉窜他境。路不拾遗，民外户不闭，至号公为"曾开门"。尝有使客亡囊中物，移文求盗。公谕以境内无盗，必从者也。索之果然。

【注释】

[1]曾公亮：字明仲，号乐正，北宋泉州晋江人，官至宰相，爵封鲁国公，谥宣靖。

【译文】

曾公亮任郑州知府时，府里多盗贼。曾公亮一上任，盗贼都逃窜到其他地方。老百姓路不拾遗，夜里外户不闭，称他为"曾开门"。曾经有个过路使者丢失了行囊中财物，发来公文要求捉拿盗贼。曾公亮告诉使者郑州境内没有盗贼，定是随从干的。一搜索，果真这样。

明道爱物

江宁当水运之冲，舟卒病者留之，为营以处，曰小营子。岁不下数百人，至者辄死。程明道[1]察其由，盖既留，然后请于府，给券乃得食。比有司文移具，则困于饥已数日矣。先生白漕司[2]，给米贮营中，至者与之食。自是生全者大半。尝云："一命之士[3]苟存心于爱物，于人必有所济。"

【注释】

[1] 程明道：即程颢，字伯淳，人称明道先生，原籍河南府，北宋大儒。
[2] 漕司：即转运司，掌财赋与转运，对地方有监察权，长官称转运使。
[3] 一命之士：职位低的官员。

【译文】

江宁府地处水路运输要冲，船上生病士卒就留下来，官府建造军营安置他们，叫小营子。每年有几百人，一到小营子就死去。程明道察知因由，大概是生病士卒已经留下，然后才向官府请示，官府发给券契才能领到粮食。等到有关部门发送公文，那病卒已经饿了好多天。明道先生向漕司说明情况，预先在小营子中存好粮食，病卒到了马上发给粮食。从此，病卒保全活命的超过一半。他曾说："基层官员如果存心关爱百姓，对世道人心改良必定有所补益。"

视民如伤

程明道作县，于座右书"视民如伤[1]"四字，云："某每日常有愧于此。"龟山[2]云："观其用心，应是不倒错决挞了人。"

【注释】

[1] 视民如伤：指看待人民如身上的伤痛一样，旧时形容在位者关怀人民。语出《左传·哀公元年》。

[3] 龟山：即杨时，字中立，号龟山，北宋南剑将乐人，理学家，官至龙图阁直学士。

【译文】

程明道当县令时，在座位右侧写上"视民如伤"四字，说："我每天常感觉对此有愧。"龟山说："看他的用心，应该不是颠倒错判责打了人。"

明道治绩

治平四年，程明道令晋城。民有以事至邑者，必告之以孝悌忠信。度乡村远近为保伍⁽一⁾，使患难相恤，而奸伪无所容。凡孤茕残疾者，责之亲党，使无失所。行旅出其⁽二⁾途者，疾病皆有养。诸乡皆有校，暇时亲至，召父老而与之语。儿童所读书，为正其句读；教者不善，则为易置。俗始甚野，不知为学，先生择子弟之秀者，聚而教之。去邑才十余年，而服儒服者数百人矣。邑几万室，三年间，无强盗及斗死者。秩满，代者且至，吏叩门，称有杀人者。先生曰："吾邑安有此？诚有之，必某村某人也。"问之，果然。家人惊异，问其故，曰："吾常疑此人恶少之弗革者也。"

【校勘】

（一）保伍：据程颐《明道行状》为"伍保"之讹。伍保，古代官府为维护地方秩序而建立的五户联保制度。

（二）其：为"于"之讹。

【译文】

治平（宋英宗赵曙年号）四年，程明道任晋城县令。百姓有事到县城，程明道必定拿孝悌忠信的道理予以教导。估计乡村远近设立伍保制度，使百姓患难相恤，而奸诈的人无处容身。凡是孤独残疾的人，让他的亲人朋友负责，不致流离失所。出行在外的人，遭遇疾病，能得到养护。各乡都设立学校，闲暇时，他亲自到乡间学校，召见父老，问所疾苦。孩子们所读书籍句读有错误，亲自为他们订正；教书的人不能尽责，就予以替换。当初地方风俗很是粗野，人们不知读书向学，明道先生选拔聪慧子弟，聚拢起来予以教导。他离开晋城才十多年，穿儒服的读书人就有几百人了。晋城接近上万户，明道先生治理的三年中，没有强盗和因斗殴致死的人。他任期已满，继任者将到时，县吏敲门，说有杀人的人。明道先生说："我县哪会有这个？如果真有，必定是某村某人。"经查问，果真这样。家人感到吃惊奇怪，问缘故，他说："我常常怀疑这个人是不肯洗心革面的恶少。"

荐用有别

荐贤于朝与自己用人，又自不同。自己用人，权度[1]在我，虽小人而有才者，亦可器使[2]。若以贤荐于朝，则评品一定，便如白黑；其间舍短录长之意，若非明言，谁复知之？小人之才，岂无可用？如砒、硫、芒硝皆有攻毒破壅[3]之功，但混于参、苓、蓍、术之间，而进之养生之人，万一用之不精，鲜有不误者矣。

【注释】

[1] 权度：权衡度量，分析客观条件做出适当的判断。

[2] 器使：量材使用。

[3] 破壅：消除壅阻。

【译文】

向朝廷推荐人才和自己使用人才，又本有不同。自己用人，权衡度量出于自心，即使小人有才，也可以量才使用。如果把贤才推荐到朝廷，那么评价一经确定，就像黑白一样分明；那里面舍短用长的想法，如果不明白说出，又有谁知道呢？小人的才干，难道就没有用处吗？就像砒霜、硫磺、芒硝这些有毒药物都有以毒攻毒、破除堵塞功效，只是混在人参、茯苓、蓍黄、苍术这类补药里面，一起进献给养生的人，万一用之不当，少有不出失误的。

无好做官

世上没个好做的官。虽抱关[1]之吏，也须夜行早起，方为称职。才说做官好，便不是做好官的人。

【注释】

[1] 抱关：把守城门。关，门。

【译文】

略。

冰操卷之二

冰操卷首题记

钱布熏心之场，节傲峨嵋绝顶冰，溽暑不销，一片严凝透骨；品高昆冈千仞玉，纤埃弗染，连城温润无瑕。昔岳武穆有言，文臣不爱钱，天下太平。噫！微斯人，吾孰与归？纂冰操第二。

廉吏轨范

唐李白^(一)为虞城令，官宅旧井，水清而味苦。公下车尝之，莞尔笑曰："我苦且清，足符吾志。"遂汲^(二)不改，变为甘泉。宋林孝泽[1]居官所至以廉平称。临清漳^(三)，一夕视事竟，有持烛送至闑门[2]内者。泽曰："此官烛也，何可用之私室？"亟命持去。

【校勘】

（一）李白：据李白《虞城县令李公去思颂碑并序》，为"李铭"之误。李铭，字元勋，唐朝陇西成纪人，李白族兄，曾任虞城县令。

（二）汲：字后夺"用"字。

（三）清漳：据《漳州府志》，为"漳州"之误。清漳，水名，漳河上流。

【注释】

[1]林孝泽：字世傅，宋兴化军莆田人，时曾任漳州知州、提点广东刑狱等职。

[2]闑（niè）门：本为郭（外城）门。此指私宅门。

【译文】

唐朝人李铭任虞城（今河南虞城）县令时，官宅里有口老井，井水清澈但味苦。李铭到任，尝尝井水，微笑说："我清廉耐苦，这井水正符合我心愿。"他就汲用这井水，没有换水，后来这井水变得像甘泉一样。南宋人林孝泽做官所到地方都以清廉公平被称道。他任漳州知州时，一天晚上，处理完公事完毕，属吏拿着火烛送到私宅门内。林孝泽说："这是公家火烛，怎么可以用在私宅里？"急命拿走。

惧入耳赃

孙薪[1]擢元祐中第，选教授，不赴。质性清介，与黄葆（一）为太学旧游。后黄以御史出（二）处州，薪不肯诣郡谒黄。约以劝农日，会于洞溪。至期，薪以扁舟来访。时有里胥欲贿黄，将因薪纳之，先俾家僮导意，薪曰："谨勿语，使吾闻，是入耳赃[2]。"

【校勘】

（一）黄葆：据明代蒋一葵《尧山堂外纪》（卷五十六），为"黄葆光"之误。
　　　黄葆光，字元晖，北宋后期徽州黟人，曾任侍御史、处州知州等职。
（二）出：据《尧山堂外纪》，字后夺"守"字。

【注释】

[1] 孙薪：字至丰，北宋后期丽水人，性清介。
[2] 入耳赃：入耳听到的赃物。清朝赵翼《入耳赃》诗："四知金到虽麾去，已是人间入耳赃。"

【译文】

孙薪在元祐（宋哲宗年号）年间被选拔为太学生中等的等第，选官教授（学官），没有赴任。他品行清正耿直，与黄葆光是太学时的朋友。后来黄葆光以御史身份出任处州（今浙江丽水）知州，孙薪不肯到郡里去谒见黄葆光。他们相约劝农日那天在洞溪相会。到了相会的日子，孙薪乘小船来访黄葆光。当时，乡间有胥吏想贿赂黄葆光，打算通过孙薪把贿赂物品送去，先让孙薪家僮传达意愿，孙薪说："千万不要说，让我听到，就是入耳赃。"

彦彬座右

赵彦彬[1]贵(一)溪令，廉以律己，严以御吏，而宽以御民。尝书座右曰："俸薄俭常足，官卑清自尊。"

【校勘】

（一）贵：据《江西通志》（卷六十三），此字前夺"为"字。

【注释】

[1] 赵彦彬：南宋四明人，曾任贵溪知县、信州知州等职。

【译文】

赵彦斌任贵溪县令，用廉洁来约束自己，用威严来驾驭属吏，用宽厚来管理百姓。曾经书写座右铭："俸薄俭常足，官卑清自尊。"

天子门生

赵达(一)，秦州人。绍兴中对策当宁(二)，擢第一，忤秦桧意，外补[1]。帝问达安在，除校书郎。达单车赴阙[2]，关吏迎合桧，搜达橐中，仅书籍耳。比桧卒，迁起居郎。帝曰："卿知之乎？始终皆朕自擢。桧一语不及卿，以此信卿不附权贵，真天子门生[3]也。"

【校勘】

（一）赵达：据《宋史》《夜行船·选举部》《蜀中广记》等，为"赵逵"之误。赵逵，字庄叔，生于资州盘石，官至中书舍人。

（二）当宁：据张岱《夜行船・选举部》（卷六），为"当旨"之讹；据
曹学佺《蜀中广记》为"当帝意"。推测郑瑄选编自曹学佺《蜀中广记》，
先夺"意"字，又因"帝"与"宁"字繁体"甯"形近致讹。

【注释】

[1] 外补：旧时称京官外调。

[2] 赴阙：入朝，指陛见皇帝。

[3] 天子门生：指参加殿试被录取的进士。

【译文】

赵逵，祖先是秦州人。绍兴（宋高宗年号）年间对策符合皇帝心意，
被选拔为第一。由于违背了秦桧意愿，被调出京城为官。皇帝问道赵
逵在哪里时，才按照惯例被授给校书郎职务。赵逵单车陛见皇帝，守
门官员迎合秦桧，搜查赵逵行囊，只有书籍罢了。等秦桧死了，赵逵
被升任起居郎。皇帝说："爱卿知道吗？始终都是我亲自提拔你。秦
桧没有一句话提到你，因此相信爱卿不依附权贵，是真正的天子门生。"

仅载柏子

董士毅[1]为蜀（一）州守，宦十数年许，仅一青布袍，一革靴。
赴任时，诸子请曰："平生志节，儿辈能谅。一切生事，不敢少觊。
第念大人年高，蜀中多美材，后事可为计也。"公曰："唯唯。"
既致政，诸子迎之，间以后事问公，公曰："吾闻之人云杉不如柏
也。"子曰："今所具者柏耶？"公莞尔曰："吾兹载有柏子在[2]，
种之可也。"

【校勘】

（一）蜀：据明朝刘元卿《贤弈编》，为"蓬"之讹。

【注释】

[1]董士毅：字惟远，号三泉，明朝麻城人，先任四川南充县令，后转蓬州知州。

[2]在：语气词，无实意。

【译文】

　　董士毅任蓬州知州时，他已经做了长达十几年左右的官，只是身穿一件青布袍，脚穿一双皮靴。当年赴任南充令时，儿子们请求说："父亲大人的志向节操，我们做儿子的能体谅。一切生计，不敢稍微有所希冀。只是父亲年龄老迈，蜀地好多优质木材，可以考虑一下后事（指准备做棺材木材）。"董士毅说："好吧。"等经退休回来，儿子们去迎接，抽机会拿嘱咐的后事问他，他说："我听人说杉木不如柏木。"儿子们说："现在备办了柏木吗？"他微笑说："我这里载有柏树子，种上就可以了。"

明代包拯

　　杨继宗[1]守嘉兴，有张氏父子号四凶，为民患。庭戒不悛，仍劫桐乡库绢，收捕论死，贿当路求脱。当路以无原告为解，继宗应声曰："请以朝廷为失主，杨某为原告。"当路语塞，竟论死。有孔御史行郡，辄棰楚杀人。宗面数之，不从，因揭示通衢曰："孔御史仗杀人役，赴府报名。"孔切齿之，直入郡舍，视卧内萧然旅次，孔惭谢。朝觐至京，中贵[2]汪直[3]欲一见，竟谢之。司礼[4]张敏[5]者，浙镇守庆之兄(一)。继宗常窘束庆，敏为庆诉上，上曰："此非不要钱杨继宗乎？"敏皇惧顿首。时人比之包拯云。

【校勘】

（一）浙镇守庆之兄：福建同安《张氏族谱》记载："张敏，与其兄张庆、张本为同安房张氏传裔，世居金门青屿……幼年被阉送京城……张

庆以司设太监镇守浙江。"据此,张庆为张敏之兄,曾任司设监("十二
监"之一)太监,被派出镇守浙江。

【注释】

[1] 杨继宗:字承芳,号直斋,山西阳城人,累官左佥都御史,号为"明朝
天下第一清官"。

[2] 中贵:即中官、宦官。

[3] 汪直:广西大藤峡瑶族人,明代权宦之一,曾任御马监掌印太监、西厂
提督。

[4] 司礼:即司礼监,明朝内廷管理宦官与宫内事务的"十二监"之一。

[5] 张敏:福建同安人,明宪宗时太监,曾保护过幼年时的孝宗,后吞金自杀。

【译文】

　　杨继宗任嘉兴知府时,有张姓父子号称四凶,祸害百姓。杨继宗
在大堂上告诫他们,他们却不改过,还抢劫桐乡官库中的绢帛,被逮
捕判死刑。他们向掌权人行贿,希望求得开脱。掌权人拿没有原告为
其开脱,杨继宗应声说:"请把朝廷当失主,把我杨继宗当原告。"
当权人无话可说,张姓父子最终被判死罪。有孔姓御史到嘉兴府来巡查,
动不动就将人严刑拷打致死。杨继宗当面责备那御史,意见不被接受。
杨继宗就在四通八达的街口张贴告示,说:"被孔御史打死百姓差役
的家属,到府里来报名。"孔御史对杨继宗切齿痛恨,径直进入杨继
宗寝室,发现非常简陋,就像是旅店,惭愧道歉而去。杨继宗到京城
朝见皇帝时,大太监汪直想让杨继宗来拜见他,最终杨继宗予以拒绝。
司礼监太监张敏,是镇守浙江太监张庆弟弟。由于杨继宗在浙江时经
常为难约束张庆,张敏就在皇帝面前说杨继宗坏话,皇帝说:"这莫
非是不要钱的杨继宗吗?"张敏吓得直磕头。当时的人把杨继宗比作
包拯。

持身严介

　　于谦持身严介,位至公卿,先世室庐尽畀其弟,惟市屋数间以

居。正室董氏卒，时年未五十，不再娶。居止朝房，留一养子以侍。尝缘疾在告[1]，兴安、舒良奉旨更番来视。见谦自奉简朴，叹息以闻。特为计所资用一切，上方[2]制之，至辍尚膳醯酱蔬菜之属为赐。驾幸万岁山伐竹为沥，以和药丸。言官尝言柄用过重，兴安言："只说日夜与国家分忧，不要钱，不爱官爵，不问家计（一），朝廷正要用人，似此样的寻一个来换于某（二）。"众官默然而退。

【校勘】

（一）计：据明朝焦竑《国朝献征录·兴安传》（卷之一百十七），字后夺"者更有何人"五字。

（二）于某：二字后夺"可乎"。

【注释】

[1] 在告：官吏在休假期中。

[2] 上方：同尚方，泛指宫廷中主管膳食、方药官署。

【译文】

于谦立身严厉耿直，做到了公卿，把先人房屋田产全部给了弟弟，只是买几间房屋居住。正妻董氏去世时，他还没有五十岁，没有再娶。住在值班的朝房里，留下一个养子侍奉。曾经因病休假，太监兴安、舒良奉景帝命令轮流前往探望。他们看到于谦生活过于简朴，深表赞叹并报告景帝。景帝特意命令统计于谦生活所用一切，都由尚方署制作供应，甚至停用自己的酱醋饭菜等物，拿来赐给于谦。景帝又亲自到万岁山，砍竹取汁，赐给于谦配制药丸。言官曾说于谦权柄及受重用程度太过，兴安说："只说日夜为国家分忧，不要钱财，不爱官爵，不过问家产的还有什么人？朝廷正要用人，像这样的找一个来换于谦，能做到吗？"众官员沉默而退。

三人清寂

侍郎杨时乔[1]、李廷机[2]，副都詹沂[3]皆以清节著时。除夕，上谓左右曰："此时廷臣受外觐官书帕[4]，开晏打闹，惟杨、李、詹三人清寂可念。"

【注释】

[1] 杨时乔：字宜迁，号止庵，明代信州上饶人，累官吏部左侍郎。
[2] 李廷机：见本集"宦泽"之"老成之见"条。
[3] 詹沂：字浴之，号鲁泉，明朝宁国府宣城人，官至左副都御史。
[4] 书帕：明代官场送礼，具一书一帕，故称。实际上是指行贿用的金银财宝。

【译文】

侍郎杨时乔、李廷机，副都御史詹沂都凭借清廉节操著称当时。除夕，皇上（指万历皇帝）对左右说："这时朝廷大臣接受地方觐见官员贿赂，正热闹地大摆宴席，只有杨、李、詹三人清冷寂寞，值得可怜。"

邹智清修

庶吉士[1]邹智[2]清修绝伦，因建言下诏狱[3]。《写怀》诗有曰："人到白头终是尽，事垂青史定谁真。梦中不识身犹系，又逐东风送（一）紫宸[4]。"谪广东吏目[5]，《辞朝》诗有曰："尽披肝胆知何日，望见衣裳[6]只此时。但愿太平无一事，孤忠（二）万死更何悲。"

【校勘】

（一）送：据《非所写怀》，为"人"之讹。四句诗为邹智七律《非所写怀》的颈联与尾联。
（二）忠：为"臣"之误。

【注释】

[1] 庶吉士：亦称庶常，源自《书经·立政》篇"庶常吉士"，为明清两朝时翰林院内短期职位，选择有潜质新科进士担任，为皇帝近臣，负责起草诏书，为皇帝讲解经籍等。

[2] 邹智：字汝愚，号立斋，明朝四川合州人，曾官庶吉士，谥号忠介。

[3] 诏狱：即锦衣狱，明代锦衣卫拥有的监狱，由北镇抚司署理，可直接拷掠刑讯，取旨行事，刑部、大理寺、都察院等三法司均无权过问。

[4] 紫宸：宫殿名，天子所居，泛指宫廷。

[5] 吏目：属官名，多掌文书，或佐理刑狱及官署事务。

[6] 衣裳：指圣明君主。语出《易·系辞下》："黄帝、尧、舜垂衣裳而天下治，盖取诸乾坤。"

【译文】

　　庶吉士邹智清高的品行超越同类，因提建议被逮捕入诏狱。《非所写怀》诗说："人到白头终是尽，事垂青史定谁真。梦中不识身犹系，又逐东风入紫宸。"被谪到广东担任吏目，《辞朝》诗说："尽披肝胆知何日，望见衣裳只此时。但愿太平无一事，孤臣万死更何悲。"

廷忠受馈

　　徐廷忠[1]为乌程县丞，一尘不染，出入敝衣敝盖。偶一日，室人遍谪，辄笑曰："诘朝，当有饷馈至庭，若辈徐待之。"届期，则归安一尉，以墨罹法[2]，上台[3]知公廉明，特檄推鞫[4]，蒲伏阶下也。相传为美谈。

【注释】

[1] 徐廷忠：明朝江西鄱阳人，嘉靖年间曾任乌程县丞。

[2] 以墨罹法：因贪污犯法。墨，贪污。

[3] 上台：此指上司。

[4] 推鞫：审讯。

【译文】

　　徐廷忠任乌程县丞，非常廉洁，出门只得穿旧衣，睡卧只得盖旧被。偶有一天，家里人都责备他（不接受馈赠），他就笑笑说："明天早晨，当有礼物送到堂上，你们慢慢等着吧。"到时候一看，原来是归安县一县尉，因贪污犯法，上司知道徐廷忠清廉明察，特意发来公文把这县尉交给他审讯，那县尉已匍匐在大堂台阶下了。当时传为美谈。

俭素率物

　　海忠介为南总宪，风猷 [1] 肃然，与李敏肃公 [2] 掌察事，秉公持正，权贵不少徇。一日，因送表，向三山门 [3] 内一孝廉 [4] 家借坐。孝廉家屋极壮丽，惮公清严，闻其来，尽撤厅事所陈什物，索旧敝椅数张待之。人谓有杨绾令人减驺撤乐 [5] 之风。初来莅任，止携二竹笭箵 [6]，舟泊上河，人犹不知。尝病延医，入视室中，所御衾帱 [7] 皆白布，萧然不啻如寒生焉。

【注释】

[1] 风猷：风教德化。

[2] 李敏肃公：即李世达，字子成，明朝泾阳人，官至南京吏部尚书，谥敏肃。

[3] 三山门：即水西门，位于南京城西南，明南京内城十三城门之一。

[4] 孝廉：明朝清时期对举人的雅称。

[5] 杨……乐：《资治通鉴·唐纪四十一》（卷第二百二十五）：（杨）绾性清简俭素，制下之日，朝野相贺。郭子仪方宴客，闻之，减坐中声乐五分之四。京兆尹黎干，驺从甚盛，即日省之，止存十骑。杨绾，字公权，华州华阴人，唐朝名相，谥号文简。

[6] 笭（líng）箵（xīng）：竹笼。

[7] 衾帱：被子和帐子，泛指卧具。

【译文】

忠介（海瑞谥号）公海瑞任南京右都御史，风教德化整肃，和敏肃公李世达执掌按察事务，秉持公正，对权贵不曾稍微屈从。一天，因送表章，向三山门内一举人家暂坐。举人家房屋极其壮丽，由于害怕海瑞清廉严厉，听说他要到来，赶紧把厅堂里所陈设器物撤掉，换上找来的几把破旧椅子招待他。人们说他有当年杨绾让人削减随从裁撤乐舞的风尚。他刚来上任时，行李只是两个竹笼，船停上岸，人们还不知他到来。曾经生病请医生，医生进来一看，海瑞卧房内被子和帐子都是白布做的，简朴得还不如穷苦书生。

趾美时苗

李重[1]为江西臬副，去任日誓不将一物归。夫人有耳环一双，任中置也。公知之，取投诸水。归里岁余，偶见其仆卧内有朱油床一具，问是官下[2]物，大怒，力命仆载返原任乃已。家徒四壁，溧阳史氏延先生教其子，岁学俸八十金。史念先生贫，私以其俸为置子钱[3]。比岁暮进之，先生仅受八十金，余挥之，不入囊。苗时返犊⁽一⁾，公可趾美[4]矣。

【校勘】

（一）苗时返犊：为"时苗返犊"之误。语出《三国志·魏书·常林传注》：居官岁余，牛生一犊。及其去，留其犊，谓主簿曰："令来时本无此犊，犊是淮南所生有也。"群吏曰："六畜不识父，自当随母。"苗不听。时苗，字德胄，东汉末年河北钜鹿（今河北邢台）人，曾任寿春令。

【注释】

[1] 李重：字符任，号远庵，明朝江宁府人，官至江西按察副使。

[2] 官下：做官的处所或地方。

[3] 置子钱：放债，收取利息。

[4] 趾美：谓继承发扬前辈的事业和美德。

【译文】

李重任江西按察副使时，离任时发誓不带走一件东西。夫人有一对耳环，是李重为官江西时买的。李重知道后，拿来扔到江里。回乡一年多，李重偶然发现仆人卧室里有一张红油床，问后得知是自己为官江西时的公物，非常生气，极力命令仆人送回江西原处才罢休。李重回乡后，家徒四壁立，溧阳史氏请他去教书，一年的报酬是八十两银子。史氏考虑李重家里清贫，私下里先把八十两银钱拿去放债生息，等到年底把本利一起送给李重，李重只收下八十两银子，其余银钱都谢绝了。时苗返犊的风尚，李重可以继美。

行副其名

邵清 [1] 为盐使者，忤刘瑾，被杖系。瑾诛，起官至广西臬金。请告归，家贫无屋，依外氏 [2] 敝庐以居。督学使者林有孚 [3] 慕公廉，尝造之，坐谈良久，竟不能具茗碗，林叹息而去。

【注释】

[1] 邵清：字士廉，明朝江宁（今江苏南京）人，官至按察使司金事，为官清廉。
[2] 外氏：外祖父母家。
[2] 林有孚：字汝吉，明朝莆田人，累官都御史。

【译文】

邵清任巡盐御史时，触怒了宦官刘瑾，被杖责逮捕。等到刘瑾被诛杀，他重新被起用，官至广西按察司金事。后来请假回家，穷得连住处都没有，借住外祖的房子。学政林有孚仰慕邵清廉洁，曾经来拜访他，和他坐谈好久，竟然连茶具也不能备办，林有孚赞叹离开。

文节还礼

马远 [1] 公云："李文节公廷机以清直为神宗特简，家君属门下士。余赴试入燕，家君寄余松江布二疋、羊毛笔二帖，候之。先生不受布，笔止受一帖。明日，反惠余卷资 [2] 二两。次日拜谢，先生曰：'此乃俸金，愧余素餐 [3]，故分之赠公耳。'"

【注释】

[1] 马远：不详。

[2] 卷资：科举时代参加考试的费用。

[3] 素餐：无功受禄，不劳而食。

【译文】

马远先生说："文节（李廷机谥号）公李廷机凭借清廉正直被神宗（万历皇帝庙号）特意选拔，我父亲曾出自他门下。我到北京参加科考，我父亲寄给我两匹松江布，两包羊毛笔，让我以此为见面礼去拜见文节公。先生没有接受布匹，只接受了一包羊毛笔。第二天，他反而赠给我二两银子的考试费用。次日我去拜谢，先生说：'这是我的俸禄钱，惭愧白白接受你的羊毛笔，所以分点钱赠给你。'"

淡薄方好

人须是一切世味 [1] 淡薄方好，不要富贵相。明道先生一见吕微仲 [2] 便曰："宰相吕微仲须做，只是这汉俗。"谢上蔡 [3] 云："为他有贵底相态，便是俗处。"王介甫在政事堂只吃鱼羹饭，因荐两人不行，下殿便乞去，云："世间何处无鱼羹饭？"为他缘（一）累轻，便去住自在。

【校勘】

（一）他缘：据南宋吕祖谦《少仪外传》，为"缘它"。

【注释】

[1] 世味：指功名宦情。

[2] 吕微仲：即吕大防，字微仲，北宋京兆府蓝田（陕西蓝田）人，官至宰相，谥号正愍。

[3] 谢上蔡：即谢良佐，字显道，北宋蔡州上蔡人，人称上蔡先生或谢上蔡，谥号文肃。

【译文】

　　人必须是对所有功名宦情淡薄些才好，不要追求富贵样子。明道先生（程颢）一见吕微仲就说："宰相职位吕微仲必定会做，只是这人有些庸俗。"谢上蔡说："因为他有富贵样子，这便是他庸俗的地方。"王介甫（王安石的字）在政事堂只吃鱼羹饭，由于推荐的两个人没有被任用，便下殿请求辞职，说："世间什么地方吃不上鱼羹饭？"因为那牵累太轻，无论是留下还是离开都轻松自在。

范冉自勉

　　后汉范丹[1]尝省姊病，设食，丹出门，留钱百文，姊追送之。里（一）中刍藁僮[2]更相怒曰："言汝清高，岂范史云辈而云不盗我菜乎？"丹叹曰："吾之微志，乃在僮竖之口，不可不勉！"遂弃钱而去。

【校勘】

（一）里：据《太平御览》（卷四二五）引谢承《后汉书》，字前夺"闻"字。

【注释】

[1] 范丹：字史云，陈留外黄人，东汉名士，谥号贞节。范丹，一作"范冉"，以"范冉"为是。因从古人名与字关系看，"冉"与"云"有关系，"丹"

与"云"无干，"丹""冉"因形近而致讹。

[2] 刍藁僮：割草的僮仆。

【译文】

东汉的范冉曾经去探望姐姐病情，姐姐给他准备了饭食，范冉出门，给姐姐留下了百文铜钱，姐姐追着送还给他。他听到村间割草的僮仆互相发怒说："说你清高，难道是范冉一类人却说没有偷我的菜吗？"范冉叹气说："我的一点志向，竟然出自僮仆嘴里，不可不勉励。"把钱扔掉离开。

处险心亨

忠宣[1]在河工事竣，余费二千金。濒行，藩臬[2]举为公赆[3]，公令籍之府。及刘瑾矫制，逮公狱，经汴，二司拟以前金遗瑾。公曰："此宁能饫[4]彼意？第举残骸畀之耳。"同难者谋行贿纾祸，公曰："宁弃一身耳；如此免死，则累一生，且累子孙。"后得免死，戍肃州。一参将致馈，勒其使不受，曰："吾老，惟一仆，日食不过数钱。若受此，仆窃而逃，不将只身陷此耶？"寻同戍钟尚书橐赀果为仆窃去。噫！公处险难，其庶几于坎之有孚维心亨[5]也哉！

【注释】

[1] 忠宣：即刘大夏，字时雍，号东山，明朝湖广华容（今湖南岳阳）人，官至兵部尚书，谥号忠宣。

[2] 藩臬：指藩司和臬司，明清两代的布政使司和按察使司的并称。

[3] 赆（jìn）：临别赠与的、赠送或馈赠的财物。

[4] 饫（yù）：满足。

[5] 坎……亨：源于《易经》坎卦卦辞："习坎有孚，维心亨，行有尚。"大意为虽屡遇险难，不失己信，内在心志得大亨通，会行有所得。习坎，重险。孚，信。亨，通。

【译文】

忠宣公刘大夏在治河工程结束时，剩余经费有两千两银子。将要回朝时，蕃司和臬司都同意把这笔钱当作刘大夏的路费，刘大夏却命令由官库来登记归公。等到刘瑾假传圣旨，把刘大夏逮捕入狱，经过河南开封时，蕃司和臬司打算拿先前那笔钱来向刘瑾行贿。刘大夏说："这难道能满足他的心意吗？只拿我的残生交给他罢了。"一同遭遇祸事人谋划通过行贿免除灾难，刘大夏说："我现在这样只不过抛弃我自己的命罢了；如果靠行贿免死，那就连累自身并且连累子孙。"他后来得以免死，被贬到肃州（今甘肃肃州）当戍卒。有位参将给刘大夏送礼，刘大夏不接受礼物，并对参将派来送礼的人说："我年纪老迈，只有一个仆人，每天生活费用不过几个钱。如果接受了礼物，仆人偷窃逃走，不让我独自身陷这里吗？"不久，一同被贬为戍卒的钟姓尚书钱财果真被仆人偷窃而去。唉！忠宣公处于艰难险阻时，大概接近《易经》所说的"习坎有孚，维心亨"了吧！

一峰留客

罗一峰[1]家居，偶留客饭，不知绝粮也。夫人乞邻，得湿粟数升，旋炒旋脱。日已西矣，一峰旷然，不以为意。

【注释】

[1] 罗一峰：即罗伦，字应魁，号一峰，明代吉安永丰人，官至翰林院修撰，理学家，谥文毅。

【译文】

罗一峰在家居住时，有次留客吃饭，不知道家里已经断粮。他夫人向邻居借得几升湿稻谷，只得一边炒干一边脱壳。吃饭时，日头已经偏西，罗一峰胸怀旷达，不大在意。

无心跨鹤

钱鹤滩[1]请告，门生有守维扬者，遣使迎公。越期不赴，后始一至。诸大贾争先迎谒，公曰："疾夫来看广陵潮[2]，差有起色，并一问琼花消息耳，无心跨鹤[3]也。"遂潜归，太守追之不得。

【注释】

[1] 钱鹤滩：即钱福，字与谦，号鹤滩，明朝华亭人，曾官翰林修撰。

[2] 广陵潮：扬州一大名胜奇观。广陵，扬州古称。

[3] 跨鹤：即跨鹤扬州，语出南朝梁殷芸《小说·吴蜀人》：有客相从，各言所志，或愿为扬州刺史，或愿多赀财，或愿骑鹤上升。其一人曰："腰缠十万贯，骑鹤上扬州。"欲兼三者。后以"跨鹤扬州"指豪富冶游繁华之地。

【译文】

钱鹤滩告假回家时，有个门生任扬州知州，派人来迎接他。过期不到，后来才到这个门生这里一趟。扬州大商人争先迎接拜谒，钱鹤滩说："我是急忙来看一下广陵潮，广陵潮比原先略有起色，并且探问一下琼花（扬州市花）开放的消息罢了，无心跨鹤扬州。"于是他暗中逃去，那扬州知州没有追上。

章拯知羞

章拯[1]枫山[2]之侄，官至司空[3]，清操淳朴与枫山等。致政归，有俸余四五百金。枫山知之，大不乐，曰："汝此行做一场买卖回，大有生息。"拯有惭色。

【注释】

[1] 章拯：字以道，号朴庵，明朝兰溪人，嘉靖朝官至工部尚书，谥恭惠。

[2] 枫山：即章懋，字德懋，号枫山，明朝兰溪人，正德朝官至礼部尚书，谥文懿。

[3] 司空：工部尚书古称。

【译文】

　　章拯是章懋侄子，官做到工部尚书，节操高洁，纯正朴实，和章懋一样。退休回来时，章拯有剩余的俸禄几百两银子。章懋知道后，很不高兴，说："你这次外出做了趟买卖回来，大有赚头。"章拯脸露惭愧神色。

陆粲化人

　　吕光洵[1]按吴，有给事欲为富人居间。适陆粲[2]在座，不果言而别。语所亲曰："昨日陆公谆谆言地方利病，又劝其奏请蠲租。彼为公激昂吐辞，我乃怀私，嗫不敢言，思之愧。"遂却富人金，曰："吾为陆公所化矣。"

【注释】

[1] 吕光洵：字信卿，号沃洲，明朝浙江绍兴新昌人，嘉靖朝官至兵部尚书，著述甚丰。

[2] 陆粲：字子余，一字浚明，南直隶苏州府长洲人，曾任工科给事中，学问渊博。

【译文】

　　吕光洵按察苏州，有个给事中想要为富人关说。适逢陆粲在座，这个给事中没有把想说的话说出，就告辞了。对亲近的人说："昨天陆粲语言恳切地谈地方利害，又劝吕光洵上奏减免苏州租税。他对着吕光洵慷慨陈词，我竟然心怀私事，话说不出口，想来惭愧。"于是拒绝富人的金钱，说："我被陆粲感化了。"

蒋瑶买鱼

蒋司空瑶[1]守扬州，会武庙南巡，诸省骚动。凡乘舆供御，及宦寺赂遗，莫可赀算[2]。公曰："备亦罪，不备亦罪。备则患及于民，不备则患止于身。"乃仅鸠供应之具，不为媚悦。自衣青布袍，束黄金带，奔走周旋。江彬辈横加折辱，不为动。一日，上捕得大鲤，谋所鬻者。左右正欲中公，曰："莫如扬知府宜。"上乃呼而属之。公归，括女衣并首饰数事，蒲伏进，曰："鱼有值矣。他无所取，惟妻女衣装在焉，臣死罪！"上熟视之，曰："真酸子邪！吾无须此。"亟持以归。

【注释】

[1]蒋司空瑶：即蒋瑶，字粹卿，号石庵，明朝归安人，累迁工部尚书，谥恭靖。
[2]赀算：缴纳钱数。

【译文】

司空蒋瑶当年任扬州知府时，适逢明武宗南巡，骚扰所经各省。大凡皇帝车驾随从供应，以及宦官索取贿赂，百姓都要缴纳钱财，数量无法计算。蒋瑶说："供应周全要受惩罚，供应不周全也要受惩罚。供应周全就要祸害百姓，供应不周全只会祸害自身。"于是，他仅聚集皇帝出巡必用物品，不去巴结讨好。蒋瑶自己身穿黑布袍，腰束黄金带，奔走周旋。江彬（明武宗朝佞幸之臣）等人恣意侮辱，蒋瑶不为所动。一天，武宗捕到一条大鲤鱼，谋划找到买鲤鱼的人。武宗身边的近臣正想陷害蒋瑶，就说："没有谁比扬州知府更适合买鱼。"武宗于是把蒋瑶叫来把鱼卖给他。蒋瑶回家，搜得女人衣服以及几件首饰，匍匐而进，说："鱼钱有了。没有别的办法，只有妻女服饰，我有死罪！"武宗仔细看看说："你真是个穷酸子！我不需要这个。"他赶紧把妻女服饰拿回家去。

自守廉洁

滥受信施[1]，释法[2]必膺[3]冥报[4]；虚縻廪禄[5]，官箴[6]宁贳[7]天刑[8]？是以古人风清莱国，却夜馈之黄金[9]；浪静吴江，载家来之白粲[10]。倘可守长卿四壁[11]，莫携归刘宠一钱[12]。

【注释】

[1] 信施：指信众布施，信众以财物供养佛法僧三宝。

[2] 释法：佛法。

[3] 膺：承受。

[4] 冥报：谓死后相报。

[5] 虚縻廪禄：白白损耗国家俸禄。

[6] 官箴：做官的戒规。

[7] 贳（shì）：宽纵，赦免。

[8] 天刑：天降的刑罚。

[9] 风……金：东汉东莱太守杨震暮夜却金事。

[10] 浪……粲：南朝刘宋孔颐（yǐ）辞米事。白粲，白米。据《太平御览》（卷四百二十五）：道存代颐为江夏内史。时都邑米贵，道存虑颐甚乏，遣吏载五百斛米饷之。颐呼吏载米还彼。吏曰："都下米贵，乞于此货之。"不听，吏乃载米而去。

[11] 长卿四壁：指贫困的生活。《史记·司马相如列传》："文君夜亡奔相如，相如乃与驰归成都，家居徒四壁立。" 长卿，即司马相如。

[12] 刘宠一钱：即东汉的一钱太守刘宠，后代指廉洁官吏。典见《后汉书·刘宠传》。

【译文】

略。

置瓜梁上

苏琼[1]守清河，六载不通馈饷。有先达赵颖献园瓜，琼勉留，置梁上，竟不剖食。人闻受颖瓜，竞献新果。至门，知颖瓜犹在梁上，相顾而去。

【注释】

[1] 苏琼：字珍之，长乐武强人，北魏时任南清河太守，北周时任博陵太守。

【译文】

苏琼任清河太守时，六年与亲朋不通馈赠。有个叫赵颖的有声望先辈把园里自种的瓜献给苏琼，苏琼难以拒绝，把这瓜放在梁上，没有剖开食用。人们听说苏琼接受了赵颖的瓜，都争着来献时鲜果品。到了门内，发现赵颖的瓜还放在梁上，就相互看看离去。

清白自励

孔奂[1]守晋陵，清白自励。妻子不入衙斋，得俸即分赡孤寡。富人殷绮见其俭素，馈以毡。孔(一)奂谢曰："百姓未周，岂容独享温饱？"

【校勘】

(一)孔：为衍字。

【注释】

[1] 孔奂：字休文，南北朝时会稽山阴人，陈朝时曾任晋陵太守。

【译文】

孔奂任晋陵太守时，坚守清白节操。他妻子儿女不得进入公署，领到俸禄后就分开来赡养孤儿寡妇。富人殷绮看到他节俭朴素，赠给他毛毡。孔奂辞谢说："百姓衣食不能周全，我怎能独享温饱？"

戴骥廉平

戴骥[1]洪武间令新昌，公廉平恕。民有讼不决者，或骑驴或乘小肩舆，亲至其处，与之断分。袖怀数饼，食以克饥，持小瓢酌溪流饮之。民献茶汤，不受。退暇，召生徒讲理学史读律令。役夫开圃种菜，一日两食，菜粥而已。在任九年，去之日，行李萧然，百姓哀恋拥道。

【注释】

[1] 戴骥：明朝龙溪人，官至浙江巡按御史。

【译文】

戴骥在洪武年间任新昌县令时，公正廉洁平和宽厚。百姓官司有不能决断的，他有时骑驴，有时坐小轿，亲到现场，给他们剖断。衣袖里装着几张饼，用来充饥，拿着小瓢舀溪水来喝。百姓送来的茶水，他不接受。公务余暇，召集读书人讲求道理，学习史事，研读法律。他让差役开菜园种菜，自己每天吃两顿饭，吃的不过是菜粥罢了。他在新昌做官九年，离任时，行李简单，百姓伤感依恋，塞满了道路。

褚瑶抽竹

褚瑶[1]为乌伤令，罢去，单船而归。故人太子中庶子[2]羊道(一)乞土宜[3]，瑶乃抽船上竹一竿与之，曰："东南之美唯竹箭[4]，最直而有节，幸堪岁寒。"羊道密令人视之，舟中唯竹笠一枚，蓆席(二)数领。遂启用瑶为昭信中郎[5]。

【校勘】

（一）羊道：据隋代虞世南《北堂书钞》（卷第七十八），作"羊衡"。

（二）蓆（xí）席：大席。蓆，大。元人胡炳文撰《纯正蒙求》亦收录此
则故事，此处为"芦襕"，即苇草编织的蓑衣。当以"芦襕"为佳。

【注释】

[1] 褚瑶：字孔珽，三国时期吴国人，曾为乌伤令。

[2] 太子中庶子：太子东宫侍从官。

[3] 土宜：土特产。

[3] 竹箭：细竹。

[4] 昭信中郎：即昭信中郎将简称。

【译文】

褚瑶任乌伤县令，离任时，只坐一条船回来。老朋友太子中庶子
羊衡向他索要乌伤土特产，褚瑶从船上抽出一根竹竿给他，说："东
南一带的好东西只有细竹，最正直而且有节，幸而还耐深冬寒冷。"
羊衡秘密派人窥看褚瑶行李，发现船上只有一顶竹笠，几件苇制蓑衣。
于是羊衡任用褚瑶为昭信中郎将。

说不送礼

张庄简公悦^{（一）}在宪、孝两朝声望甚重，孝庙深知之。为吏部
侍郎时，尝缺尚书，孝庙意欲用之。中官揣知上意，即差人来言：
"爷爷[1]要你做天官[2]，我知张侍郎是清官，与人没往来，然手帕
亦须送我们一对，在爷爷面前好说话。"庄简不往。中官又差人来
言："张侍郎既无人事，帖子亦送我们一个。"竟不往。

【校勘】

（一）张庄简公悦：应为"张庄简公说"。"说"与"悦"虽为古今字，

但用如人名，一般写作"说"。张说，字时敏，号定庵，明朝华亭人，官至南京兵部尚书，谥庄简。

【注释】

[1] 爷爷：明朝太监在一般对话中有时面称或私称皇帝为"爷爷"。

[2] 天官：吏部尚书古称。

【译文】

庄简公张说在宪宗、孝宗两朝有很高的声望，孝宗对他很了解。他任吏部侍郎时，吏部尚书出缺，孝宗想要任用他。有宦官揣测到皇上的心意，就派人来说："万岁爷要你做吏部尚书，我知道张侍郎是清官，和别人没有往来，可是手帕也要送我们一对，在万岁爷面前说说好话。"庄简公不理。宦官又派人来说："张侍郎既然没有礼物相送，拜帖也要送我们一个。"庄简公最终也没有成行。

采蘋之舟

曹时中 [1] 公入城，必令二人操小舟，身自持舵。其或祭祀，则亲操蘋藻 [2]。久之，舟坏，公尝徒步往来。太守吴公钺 [3] 送以舟，署曰采蘋。恐公不纳，乃令士大夫题咏成帙，而后致之。公重守雅意，惟采拾事宗庙则驾，否则宁阁 [4] 也。

【注释】

[1] 曹时中：初名节，字时中，以字行，号定庵，明朝华亭人，官至浙江海道副使，工诗书。

[2] 蘋藻：蘋与藻，皆水草名，古人常采作祭祀之用，也泛指祭品。

[3] 吴公钺：即吴钺：明朝崇仁人，官至松江知府。

[4] 阁：通"搁"。

【译文】

曹时中入城，必定让两个人驾小船前往，亲自掌舵。他有时在祭祀时，就亲自驾船采蘋藻。时间长了，船坏了，他就徒步往来。松江知府吴铖送给他一条船，给这条船题名为采蘋。恐怕他不接受，知府就让士大夫们作诗，然后印成书册，再把船送给他。曹时中尊重知府情意，只有在采摘祭祀宗庙的蘋藻时使用，否则宁可搁置不用。

两张尚书

濠上 [1] 父老尝言：里有汪姓，家固贫落 [2]，而邑奸胥赋以大徭。张谢 (一) 两尚书悯焉，曰："无令吾里中有贫而徭者。"官闻而罢之。汪感两尚书德甚厚，操豚蹄菓 [3] 酒为谢。私谋于家人曰："一豚蹄酒菓耳，而谢两尚书。令先一受者，则次难更办矣。南张尚书悦 (二)，介绝交际，盍先以往？"遂往庄简公，公辞焉，曰："吾第谓吾里不当有贫而徭者，奈何言报也？"色甚峻。已往谢庄懿公鋈 [4]，公曰："为邑赋徭不平，公言之耳，不宜当尔谢。然而馈我既办矣，夫田家岂堪虚此供具哉？吾当受。"出金一两酬之。至今里中谓两尚书一洁而有守，一和而善恤人也。

【校勘】

（一）谢：当为"姓"之讹。

（二）张尚书悦：应为"张尚书说"。"悦"与"说"虽为古今字，但用如人名，一般写作"说"。张说，见本集"冰操"之"说不送礼"条。

【注释】

[1] 濠上：典出《庄子·秋水》。庄子与惠子游于濠梁之上，见儵鱼出游从容，因辩论鱼知乐否。后多用"濠上"等比喻别有会心、自得其乐之地。

[2] 贫落：贫穷衰败。

[3] 菓：同"果"。

[4] 庄懿公鋈：即张鋈，字廷器，号简庵，明朝松江府华亭人，官至刑部尚书，谥庄懿。

【译文】

有处于自得其乐之地（华亭县）的父老说：乡里有汪家本来就贫穷衰落，而县里奸猾小吏向他家大征徭役。张姓两位尚书（张说和张鉴）很同情他，说："不要让我乡间有贫穷却承担徭役的人。"官府听说后免除了这人的徭役。姓汪的人感激两位尚书厚德，就备办猪蹄、果品、酒水来致谢。他私下里跟家人谋划说："只有一桌菜肴果品酒水罢了，却要谢两位尚书。假如一位先接受了，那么就无力再谢另一位了。住在南边的兵部尚书庄简公张说，为人正直，和别人断绝交往，为什么不先去拜访他呢？"于是，就先去拜谢庄简公张说，张说予以拒绝，说："我只是说我乡间不应当有贫困而承担徭役的，为什么说要报答呢？"张说神色严厉。之后，他去拜谢庄懿公张鉴，张鉴说："因为县里赋税徭役不公平，是出于公心说话，不应当接受你的答谢。可是礼物你已经买下了，庄户人家怎么能承受这买礼物的费用呢？我应当接受下来。"张鉴拿出一两银子酬谢他。到现在乡间认为两位尚书一位廉洁有操守，一位平和并善于关爱别人。

钱塘叶清

叶宗行[1]令钱塘，按察使周新[2]风采严重，尤重之。尝候宗行出，潜至其舍，视室中无长物，惟笠泽[3]银鱼干一裹。新叹息，携少许而去。明日召以食，曰："此君家物也。"饮之至醉，出三品仪仗，道之归。宗行辞，不许，曰："此位可至，奚辞焉？"时呼"钱塘一叶清"。

【注释】

[1] 叶宗行：名宗人，以字行，明初华亭人，著名水利专家，曾任钱塘县令。
[2] 周新：初名志新，字日新，明初广东南海人，官至浙江按察使，人称"冷面寒铁"。
[3] 笠泽：吴淞江源头古称。

【译文】

叶宗行任钱塘县令时，为人严厉稳重的按察使周新，非常看中他。周新趁叶宗行外出时，秘密地来到他寝舍，看到室内没有多余的东西，只有吴淞江鱼干一包。周新赞叹，拿了一点就离开了。第二天召见他一起吃饭，说："这鱼干是你家的东西。"两人饮酒至醉，周新用三品仪仗（此指浙江按察使仪仗）送叶宗行回去。叶宗行拒绝，周新不答应，说："这个官位你可以做到，为什么拒绝呢？"当时称他为"钱塘一叶清"。

颢无供张

程颢知扶沟县，内侍王中正按阅保甲，权焰震灼[1]，诸邑竞侈供帐悦之。主吏来请，颢曰："吾邑贫，独有令故青帐可用耳。"中正亦知颢廉正，数往来境上，竟不入。

【注释】

[1] 震灼：震动并光耀，指威势之盛。

【译文】

程颢任扶沟知县时，宦官王中正来巡视保甲法落实情况，权势气焰嚣张，各县竞相招待讨好他。主管属吏请求怎么办，程颢说："我县贫困，只有县令原有青帐可用罢了。"王中正也知道程颢清廉正直，多次路过扶沟县境，最终没有进入县衙。

孟宗麦饭

孟宗[1]尝为光禄[2]，与朝士会，有强之酒者。饮一杯便吐，半是麦饭。上闻叹息曰："清德如此耶？"

【注释】

[1] 孟宗：字恭武，三国时期荆州江夏郡鄳县人，官至吴国司空。

[2] 光禄：即光禄勋，负责守卫宫殿门户的宿卫之臣，后演变为总领宫内事务。

【译文】

孟宗做光禄勋时，曾经与朝官相会，有个人强迫他饮酒。孟宗喝了一杯，就开始呕吐，吐出的东西一半是麦饭。皇帝听后赞叹说："他高尚的德行就像这样吗？"

不愧隐之

李勉[1]，岭南节度使，以廉谨率属，门杜私交。赴召入舟，尽搜家人所蓄，投之江中，曰："毋令吴隐之[2]笑我。"

【注释】

[1] 李勉：字玄卿，唐朝宗室，德宗时官至宰相，爵封汧国公，谥贞简。

[2] 吴隐之：字处默，东晋濮阳鄄城人，著名廉吏。吴隐之任广州刺史多年，离任返乡时，小船上仍是初来时简单行装。唯有妻子买的一斤沉香，不是原来物件，隐之认为来路不明，立即夺过来丢到水里。

【译文】

李勉任岭南节度使时以清廉谨慎引导手下僚属，在家杜绝个人交往。他赴召离任上船后，把家人存储财物都扔到江里，说："不要让吴隐之笑话我。"

拒贿辞官

严宗[1]为上高簿，受代[2]，漕使以试官缺留宗，校文寓萧寺[3]。有富家子因寺僧致恳，许以五十万，宗笑曰："请其人面议之。"翌早来谒，叱之曰："三岁大比[4]，公卿由此而出，汝辈不潜心力学，乃欲以贿进乎？"其人惭退。宗即日辞漕使行。

【注释】

[1] 严宗：字伯宗，南宋赣县人，绍定（理宗年号）间为上高县主簿。

[2] 受代：旧时谓官吏任满由新官代替。

[3] 萧寺：唐李肇《唐国史补》卷中："梁武帝造寺，令萧子云飞白大书'萧'字，至今一'萧'字存焉。"后因称佛寺为萧寺。

[4] 大比：每三年举行一次的科考。

【译文】

严宗任上高县主簿，任期已满等新官替代，转运使因考官出缺留下了严宗担任，让他在佛寺阅卷。有个富家子弟通过寺里僧人恳切致意，如果让他考中，回报五十万钱，严宗笑笑说："请那人来当面谈谈。"那人第二天早晨前来拜谒，严宗斥责说："三年一大考，公卿都由此而出，你们不潜心力学，竟然想靠贿赂进身吗？"那人惭愧而退。严宗当天就辞别转运使离开了。

范宣受绢

范宣[1]，丹之后。太守殷羡[2]见宣茅茨[3]不完，欲为改室，宣固辞。韩豫章[4]遗绢百匹，不受；减至一匹，亦不受。韩后与范同载，就车中裂二丈与范，云："人宁可使妇无裈[5]邪？"范笑而受之。

【注释】

[1] 范宣：字宣子，东晋陈留人，安贫乐道的名儒。

[2] 殷羡：字洪乔，东晋陈郡长平人，官至豫章太守。

[3] 茅茨：茅草盖的屋顶，亦指茅屋。

[4] 韩豫章：即韩伯，字康伯，晋代颍川人，曾任豫章太守、领军将军。

[5] 裈（kūn）：古代称裤子。

【译文】

范宣，东汉廉吏范丹（实应为范冉）后人。太守殷羡见他家茅屋破败，想替他改建住房，范宣坚决推辞。豫章太守韩伯送给他百匹绢，他不接受；减到一匹，他还是不接受。韩伯后来和范宣一起乘车，在车中撕下两丈绢送给他，说："人难道可以让妻子没有裤子穿吗？"范宣笑笑，接受了。

不受钩致

刘元公^{（一）}当宣和间^{（二）}，梁师成[1]贵震一时，因吏吴可[2]自京书抵公，欲钩致大用。可至三日，方敢出书，且道所以来意，大概以诸孙未仕为言动公。公谢曰："若为子孙计，则不至是矣。吾废斥几三十年，未尝^{（三）}一点墨与当朝权贵。吾欲为元祐全人，不可破戒。"还书不答。

【校勘】

（一）刘元公：当为"刘元城公"，"城"为夺字。刘元城，即刘安世，字器之，号元城，北宋著名谏官。

（二）宣和间：据王崇庆《元城行解录》，三字后当补"自岭南归"四字。

（三）尝：字后夺"有"字。

【注释】

[1] 梁师成：字守道，北宋末年宦官，为"六贼"之一，官至检校太傅。

[2] 吴可：字思道，号藏海居士，宋代金陵人，诗人。

【译文】

刘元城在宣和（宋徽宗年号）年间从岭南回来，当时梁师成权势煊赫，通过官员吴可从京城捎书信给刘安世，表示要予以拉拢重用。吴可到达三天后，才敢把书信拿给刘安世看，并且说明自己到来的用意，大概用刘安世孙辈还没有做官为话题来打动他。刘安世拒绝说："如果为子孙考虑，我就不会到今天这地步了。况且我被废斥贬谪几近三十年，不曾给当朝权贵写过片言只语。我想做元祐党的完人，不可破戒。"把信送还吴可，没有复信。

西山论菜

真西山[1]论菜云："百姓不可一日有此色，士大夫不可一日不知此味。"余(一)谓："百姓之有此色，正缘士大夫不知此味。若自一命[2]至公卿，皆得咬菜根之人，则必知职分所在，百姓何愁菜色？"

【校勘】

(一)余：此则采编自南宋罗大经《鹤林玉露》(甲编卷二)，故当代指罗大经。

【注释】

[1]真西山：即真德秀，字实夫，号西山，南宋福建浦城人，官至参知政事。
[2]一命：周时官阶从一命到九命，一命为最低官阶。

【译文】

真西山论菜说："百姓不可一日有菜色（饥饿的脸色），士大夫不可一天不知菜味。"我说："百姓之所以有菜色，正是因为士大夫不知有菜味。若果从基层小官到公卿大官，都是能够吃得菜根的人，那一定知道自己的职分，百姓还愁什么会有菜色？"

许镒廉介

隆庆中嘉善令许镒[1]廉介刚直，来任止携一子一仆。冬月，其子畏寒，乞公从外索炭。公命库中取一木棍与之，曰："踏此旋转，足自温矣。"岁除，子从外索火炮，公曰："振竹于门，亦自响也。"

入觐，既渡河，度囊中赀不任乘舆，竟骑一驴而去。

【注释】

[1] 许镃：字国器，号白塘，明朝石屏人，曾任嘉善县令、江西副使等职。

【译文】

　　隆庆（明穆宗年号）年间嘉善县令许镃清廉刚直，上任只带一个儿子和一个仆人。寒冬腊月，儿子怕冷，求他向外边索要炭火。许镃命人从库房中拿一根木棍给他，说："踩踏木棍不断旋转，腿脚自然温暖。"过年时，儿子求他向外边索要爆竹，他说："拿竹竿在门上敲打，也自然有声响。"他入京朝见皇帝时，已经渡过黄河，估计口袋中的钱不够坐车费用，最后骑一头驴子而去。

死无葬银

　　海瑞以南京都御史卒于官。金都王用汲[1]入视，葛帏敝簏[2]，有寒士所不堪者，叹息泣下。启其箧，仅十余金，士大夫醵金为殓具。士民哭之，罢市者数日。丧出江上，箪食壶浆之祭，数百里不绝。苏人朱良作诗吊之，曰："批鳞直夺比干[3]心，苦节还同孤竹[4]清。龙隐海天云万里，鹤归华表[5]月三更。萧条棺外无余物，冷落灵前有菜羹。说与傍人浑[6]不信，山人亲见泪如倾。"先是，京师解一水妖神来就公讯，曰神在御园为祟，上历举诸大臣名，皆不惧，惟云送南京海瑞处，则无声。

【注释】

[1] 王用汲：字明受，明朝晋江人，累官至南京刑部尚书，谥恭质。

[2] 簏（yíng）：箱笼一类竹器。

[3] 比干：子姓，名干，沫邑人，商纣王叔叔，官少师，因直谏被处死。

[4] 孤竹：借指清高之士伯夷、叔齐。

[5] 鹤归华表：喻人去世。晋陶潜《搜神后记》："丁令威，本辽东人，学道于灵虚山。后化鹤归辽，集城门华表柱。时有少年，举弓欲射之。鹤乃飞，徘徊空中而言曰：'有鸟有鸟丁令威，去家千年今始归。城郭如故人民非，何不学仙冢累累。'"

[6] 浑：全。

【译文】

海瑞以南京都御史的官位死在任上。佥都御史王用汲进入海瑞寝室，看到用的是葛布帷帐，箱笼破旧，连贫穷的读书人也难以忍受，为此叹息流泪。打开箱子，只有十多两银子，士大夫们凑钱为他准备丧葬用具。读书人及其他民众为他悲伤哭泣，罢市好几天。灵柩从江边路过，用筐盛着食物，用壶盛着酒水来祭祀的人绵延几百里不断。苏州人朱良作诗吊唁，说："批鳞直夺比干心，苦节还同孤竹清。龙隐海天云万里，鹤归华表月三更。萧条棺外无余物，冷落灵前有菜羹。说与傍人浑不信，山人亲见泪如倾。"海瑞死之前，京城押送一个水怪来南京交由海瑞审讯，说是水怪在御花园作乱，皇帝一一把大臣名字说出来压制水怪，水怪都不怕，只是说到送南京海瑞那里时，水怪就不出声了。

继宗吞丸

杨继宗知嘉郡，有圉卒[1]馈熟彘首（一），夫人受之。继宗归而食之，问所自，夫人以告，继宗大悔，声鼓集僚吏告曰："继宗不能律家，使妻纳贿，陷其身不义。"因吞皂荚丸出之。即日遣妻子归。镇守太监至，告曰："此地民贫，不能供公之一日。地方无事，有则知府当之，不以累公也。"

【校勘】

（一）熟彘首：据吕毖《明朝小史》，为"熟鹅彘首"，"鹅"为夺字。

【注释】

[1] 圉卒：养马士卒。

【译文】

　　杨继宗任嘉兴知府时，有个养马的士卒送来熟鹅猪头，他夫人接受了。杨继宗回来后，食用了一些，问这是从哪里来的，夫人把实情告诉他，杨继宗听后非常后悔，叫人击鼓，召集同僚下属说："杨继宗不能约束家人，让妻子接受了贿赂，这使我陷于不义境地。"于是他就吞下皂荚丸，把吃下的东西吐出来。当天，他就把妻子儿女打发回家了。镇守浙江的太监到来，杨继宗对他说："这地方百姓贫困，不能供应您一天用度。地方上没有事情，有的话知府一人承担，不把这事打扰您。"

死不受银

　　两广流贼乱广东，副使毛吉[1]杀贼战死。初吉出军时，给官银千两，充军饷，委官徐文（一）司之，已费及半。文悯吉死无归，以所余银密授其仆，俾为丧具。是夜，仆妇忽出中堂，据正席坐，举止如吉状，顾左右曰："请夏宪长[2]来。"举家惊惶，顷之，夏至，乃起揖而言曰："吉受国恩，不幸死于贼，固无余憾。但徐文所遗官银，已付吾家（二），我负污辱于地下矣。愿亟还官，毋污我。"言毕，忽仆地，少顷妇苏。

【校勘】

（一）官徐文：据《明史·列传第五十三》（卷一百六十五），当为"驿丞余文"。

（二）家：字后夺"仆"字。

【注释】

[1] 毛吉：字宗吉，明朝余姚人，官至广东按察使副使，谥号忠襄。

[2] 夏宪长：即按察使夏埙。夏埙，字宗仁，号介轩，明朝浙江天台人，官至右副都御史。宪长，指按察使。

【译文】

　　两广流寇扰乱广东时，按察副使毛吉杀贼战死。当毛吉出兵时，带了千两官银，充为军饷，委托驿丞余文管理，已用了一半。毛吉死后，余文可怜他无法归葬，把剩下的银子秘密地交给毛吉仆人，让他带回去准备丧葬器具。这天晚上，仆人妻子突然走出中堂，坐在正席上，举止就像毛吉的样子，回头对左右的人说："请按察使夏埙来。"全家惊慌失措，不久夏埙赶到，仆人妻子起身作揖说："毛吉身受国恩，不幸被贼人杀死，本来没有遗憾。只是余文把所剩下官银交给了我家仆，这让我在地下蒙受侮辱。愿马上交还国家，不要玷污我。"说完，她倒在地上，过了一会儿苏醒了过来。

不拜阉寺

　　陈选[1]督学山东，清介绝俗。会倖阉汪直[2]巡郡国，都御史以下咸匍匐拜谒，选独长揖。直怒曰："尔何官，敢尔？"选曰："提学。"直愈怒曰："即提学，宁尊于都御史耶？"选曰："提学固非都御史比，但宗主斯文[3]，为世表率，不可屈节。"直见选词气抗厉，而诸生群集署外，不可犯，遂改容曰："先生无公务相关，自后不必来。"选徐步而去。

【注释】

[1] 陈选：字士贤，号克庵，明朝临海人，官至广东布政使，谥号恭愍。

[2] 汪直：广西瑶族人，明代权宦之一，历任御马监掌印太监、西厂提督。

[3] 斯文：指礼乐教化。

【译文】

　　山东督学陈选清廉正直，超越流俗。适逢宦官汪直巡视地方，都御史以下官员谒见他时都行跪拜礼，陈选只是作揖。汪直发怒说："你是什么官，敢这样？"陈选说："提学。"汪直更加愤怒地说："即便是提学，难道比都御史还尊贵吗？"陈选说："提学本来不能与都御史相比，只是提学主管礼乐教化，为世人表率，不可失去节操。"汪直看到他语气刚直严厉，并且读书人在官署外聚集，不可冒犯，就改变脸色说："先生没有相关公务，自今以后不必再来。"陈选缓步离去。

风裁整峻

　　顾宪副耐庵公讷[1]风裁[2]整峻[3]，不肯假借人。居东门外茅屋三楹：一楹以居子舍，一楹作卧室，中一楹则以延宾客而已。郡邑有司廉而贤者来，则肃衣冠迎之，坐谈不倦；其居官无称者来谒，则据床拥被坐，听其自至卧室，但曰："老夫抱病，不得送迎。"谒者惭而去。

【注释】

[1] 顾宪副耐庵公讷：即顾讷，号耐庵，曾官按察副使，推测当为明朝人。
[2] 风裁：指刚正不阿的品格。
[3] 整峻：端庄严正。
[4] 假借：谓借助他力或凭借势力。

【译文】

　　按察副使顾讷，号耐庵，为人刚正不阿，端庄严正，不肯仰仗他人之力。他住在东门外的三间茅屋里：一间让儿子住，一间当自己的卧室，中间一间用来招待客人罢了。郡县里廉洁且有能力的官员来拜访，他就整肃衣冠去迎接，与他们坐谈，不知疲倦；那些没有好名声的官员来拜访，他就靠在床上拥被而坐，任由他们自己走进卧室，只说："我年老有病，不能迎送客人。"拜访人惭愧离去。

东老廉洁

沈东老[1]为闽中海道[2]，镇守中官得危疾，余赀分遗三司[3]，
霁不受。有简御史者，移文海道：凡市番船，每只应索税百两。霁
曰："得无攫金于海邪？吾司风纪，何以训也？"简衔之，劾霁有
守而无才。改黔臬[4]，半挑行李就道。中有锡壶一把，公于途见之，
曰："此闽物也。"即令投诸水。

【注释】

[1] 沈东老：即沈霁，字子公，自号东海老人，时人称为东老，明朝华亭人，
　　曾任海道副使、贵州兵备道道员等职。
[2] 海道：指海道副使，虽为按察司之副使，不受按察使节制，职掌督查海
　　防，监督沿海文武官员，管理水陆官兵粮饷等。
[3] 三司：明代各省设都司（都指挥司）、布政司（承宣布政使司）、按察
　　司（提刑按察使司），分主军事、民政、司法，合称三司。
[4] 臬：即臬台，按察使。

【译文】

沈东老任福建海道副使时，镇守太监得病危重，把余钱分给三司，
沈霁不接受。有位简姓御史，向海道衙门发来公文：凡是做海外贸易
的船只，每艘船应收税百两。沈霁说："恐怕是向海里挖金子吧？我
们主管风纪，怎么来训导呢？"简姓御史怀恨他，弹劾沈霁有操守却
没有能力。沈霁被调任贵州按察使，只带着半挑子行李上路赴任。行
李中有一把锡壶，沈霁路上才看到，说："这是福建的东西。"他当
即命令仆人把锡壶扔到江中。

张纮躬耕

张太守约斋公纮 [1]，陆文裕公 [2] 师也，后文裕一科第进士。厌邑中浮靡，去邑北数里居焉。多种木绵花 [3]，躬自锄收。初任建昌守，建昌人来迎，公适在田，问守居何所。公指示之，潜归，从后门入，冠带出见。其人睹新太守貌，即田中叟也。

【注释】

[1] 张……纮：即张纮，字文仪，号约斋，明朝松江府人，曾任建昌知府。

[2] 陆文裕公：即陆深，字子渊，号俨山，明朝南直隶松江府人，累官四川左布政使，谥文裕。

[3] 木绵花：即棉花。

【译文】

知府约斋公张纮，是文裕公陆深的老师，比文裕公晚一科中进士。张纮厌恶城里的浮华奢靡，到离城北几里的地方居住。他种了许多棉花，亲自锄草收摘。刚担任建昌（今江西南城）知府时，建昌府的人来迎接，适逢张纮在田间劳作，来人问知府住在什么地方。张纮指给来人看，然后暗中回家，从后门进入，穿戴好官服官帽相见。来人看到新知府相貌，才知就是田间那个老头。

北野隐居

有直使 [1] 具书币 [2]，遣一生谒周北野 [3]。莫觅其居，遍访始得北城濠畔，矮屋数椽，疏篱草树。应门寂然，谒者扬声扣户，遥见篱落间一老人角巾 [4] 拱立摘豆，徐整衣而出。谒之，即北野先生也。

【注释】

[1] 直使：即直指使者，巡按御史。

[2] 书币：写礼单，泛指修好通聘问的书札礼单和礼品。

[3] 周北野：即周佩，字鸣玉，号北野，明朝华亭人，官至刑部郎中。

[4] 角巾：方巾，有棱角头巾，为古代隐士冠饰。

【译文】

　　有个巡按御史备好书信和礼品，派一个读书人去拜见周北野。没法找到他居所，广ази询问才知他住在北城沟畔，几间矮屋，为疏篱草树所环绕。一片寂静，无人应门，拜见人大声呼喊，用力敲门，远远地看见一位头戴方巾老者正在篱笆下弯腰摘豆，听到敲门声后整顿衣衫出来迎客。拜见后，才知这老者就是周北野先生。

承恩廉静

　　嘉靖中华亭徐君 [1] 为大宗伯 [2]，其同邑孙公承恩 [3] 亦以大宗伯掌詹 [4]，二公对巷而居。徐公宾客甚盛，延接不暇；孙公生平寡交，退食 [5] 闭门深卧而已。一日，著一布袍，负暄 [6] 读书，其仆窃语曰："同为尚书，他家车马盈门，相公第中，鬼亦不至，我曹何望？"孙公闻之，呼其仆曰："任尔等他往，留我一人在此，教鬼负去。"其廉静如此。

【注释】

[1] 徐君：指徐阶，字子升，号少湖，明松江府华亭人，官至内阁首辅，谥号文贞。

[2] 大宗伯：礼部尚书古称。

[3] 孙公承恩：即孙承恩，字贞甫，号毅斋，松江人，官至礼部尚书兼掌詹事府，谥文简。

[4] 詹：即詹事府，主要从事皇子或皇帝的内务服务，置詹事、少詹事等官职。

[5] 退食：退朝就食于家，指公余休息。

[6] 负暄：晒太阳。

【译文】

嘉靖年间华亭人徐阶任礼部尚书，同县人孙承恩也任礼部尚书，同时兼任詹事府詹事，二人同巷对居。徐阶家宾客众多，招待应接不暇；孙承恩平时交往很少，公休之余只是闭门卧床休息而已。一天，孙承恩身着布袍，晒着太阳读书，他仆人私下里谈论说："同时做尚书，他家车马满门，我们尚书家里，鬼也不来，我们还有什么盼头？"孙承恩听到后，招呼仆人说："随你们到别地方去，留我一个人在这里，让鬼把我背走。"他廉正清静就像这样。

名缰利锁

名韁[1]未断，赢得牛马走[2]惫形；利锁抛开，免为豚犬儿[3]益过[4]。

【注释】

[1] 韁：同"缰"。

[2] 牛马走：像牛马一样奔走服役的人。走，奔走服役的人。

[3] 豚犬儿：指不成器儿子。典出《三国志·吴书·吴主传》："十八年正月，曹公攻濡须，权与相拒月余。曹公望权军，叹其齐肃，乃退。"裴注：《吴历》曰："……权行五六里，回还作鼓吹。公见舟船器仗军伍整肃，喟然叹曰：'生子当如孙仲谋，刘景升儿子若豚犬耳。'"

[4] 益过：增加过错。典出司马光《资治通鉴》："贤而多财则损其志，愚而多财则益其过。"

【译文】

追求名声的缰绳不曾断绝，只落得像奔走服役的牛马一样身体疲惫不堪；抛开追求钱财的锁链，免得为不成器儿子增加过错。

古人用心

康斋先生[1]隆冬夜寒，腹以冻疼，取夏布幛，加于其上，无一怨心。一峰先生[2]著新衣，遇道上殣人，脱以掩之。古人用心，大率如此。

【注释】

[1] 康斋先生：即吴与弼，字子傅，号康斋，明朝崇仁人，理学家。

[2] 一峰先生：即罗伦，字彝正，号一峰，明朝吉安永丰人，官至翰林院修撰，理学家。

【译文】

康斋先生在深冬寒夜里，肚子被冻得疼痛，拿来夏天的布帐子，盖在肚子上，却没有一丝忧怨的心。一峰先生刚穿上新衣服，适逢路上有冻死的人，把衣服脱下来给冻死的人盖上。古人用心，大抵是这样。

长之高风

阮长之[1]宋文帝时为武昌太守，后迁临海太守，在官尝拥败絮。时郡田禄以芒种为断，此前去官者，一年禄秩，皆入后人。长之去武昌郡，代人未至，以芒种前一日辞印绶去。初发都，亲故或以器物赠别，得便缄录。后归，悉以还之。

【注释】

[1] 阮长之：字茂景，南朝陈留尉氏人，刘宋时官至临海太守。

【译文】

阮长之在南朝宋文帝时做武昌太守，后来迁任临海太守，在官任上曾拥败絮取暖。当时郡县官吏俸禄，以芒种节气作为期限，在此之前离任的人，一年的俸禄皆归后面继任者，在此后离任的，俸禄归前任者。阮长之离职武昌郡时，继任者还没有到，就在芒种之前一天离任。刚从京城出发前，亲朋故旧有的拿器物来送别，阮长之收到后就封存起来并做好记录。后来回来，全部归还他们。

为政清省

任昉[1]为义兴太守，岁荒，产子者不举。昉严其制，罪同杀人，孕者供其赀费，济者千室。及被代登舟，止有绢七疋、米五石。至都无衣，镇军将军沈约[2]遗裙衫迎之。出为新安太守，不事边幅，卒然(一)曳杖，徒行邑郭。通辞讼者，就路决焉，为政清省。卒于官，无以为殓，遗言不许以新安一物还都。杂木为棺，浣衣[3]为殓。阖境痛惜。

【校勘】

（一）卒然：据《梁书·任昉传》，为"率然"之误，形近致讹。率然，洒脱，飘逸貌。

【注释】

[1] 任昉：字彦升，乐安郡博昌人，南朝著名文学家。
[2] 沈约：字休文，吴兴武康人，南朝文学家。
[3] 浣衣：多次洗过的衣服，指旧衣，亦指穿旧衣。

【译文】

任昉任义兴郡（治所今江苏宜兴）太守时，适逢荒年，百姓生下孩子不去养育。任昉制定严格的法令，规定不养育孩子与杀人同罪，对怀孕妇女供给钱财，获得救助的有上千家。等他离任登船时，只有七匹绢、五石米。到都城时没有衣服穿，镇军将军沈约迎接他时送来裙衫。后来他出任新安太守，不修边幅，常常自在地拖着手杖在所属各县徒步巡行。有呈递诉状的，任昉就在路边判决，为政清平。最后任昉死在官任上，穷得没法装殓，留下话说不许把新安一件东西拿到都城。棺材用杂木做成，穿旧衣入殓。全郡百姓为他悲痛惋惜。

文节高论

李文节[1]《燕居录》云："缙绅不苟求，犹人不为丐耳，不足为高；不苟取，犹人不为盗耳，不足为廉；不求多（一）乡人，犹不为暴耳，不足为德。"

【校勘】

（一）求多：疑为"多求"。

【注释】

[1] 李文节：明朝万历年间礼部尚书李廷机谥号为文节，故称。

【译文】

李文节在《燕居录》中说："士大夫不随便求人，就像人不做乞丐罢了，算不上是高洁；不随便拿取东西，就像人不偷窃罢了，算不上廉洁；不过多骚扰乡亲，如同是不做强横的事，算不上有德行。"

苦节自厉

海忠介公由乡科[1]历主政，敷陈切直，廷杖几死。穆庙[2]登极，擢巡抚江南。戎衣练兵，不用八舁四掖[3]，且多乘马。寻常牍牒，草纸可书，不计边幅也。民冤赴愬，沿途可鸣，不立崖岸[4]也。家僮粗布短袖，能艺业者工作；不能者种植，不坐食也。自奉止蔬菽，经旬略用鱼腥。公服外无绮縠，节侈用，严邮驿，革馈遗送迎。转大中丞[5]，主仆二人到任，冠服不备，躬诣肆中市买，人无议（一）者。

至莅任，众始知之。

【校勘】

（一）议：据《人谱类记》，为"识"之讹。

【注释】

[1] 乡科：指乡试，此指举人。

[2] 穆庙：明穆宗朱载垕。

[3] 八舁四掖：八抬大轿，四人扶掖。

[4] 崖岸：比喻孤高难以让人接近的态度。

[5] 大中丞：明清时用作巡抚别称。明朝都察院副都御史职位相当于御史中丞，常用作巡抚加衔，故有此称。此指应天巡抚。

【译文】

　　忠介（海瑞谥号）公海瑞由举人任户部主事，因急切谏言，被处以廷杖，几乎被打死。明穆宗即位，提拔他巡抚江南。他身穿军装，训练士卒，不用八抬大轿，也不要四人挽扶，而且常骑马。一般公文，就写在草纸上，不太计较公文用纸尺寸规格。百姓要控诉冤屈，沿途可以诉冤，平易近人。家僮穿短袖粗布衣服，有手艺的就做工；没有手艺的就种植，不能白吃饭。他平时吃的是蔬菜和豆子，十天半月才略微吃点鱼肉。官服以外没有华丽的丝绸衣服，节约奢侈用度，严格驿站管理，革除馈赠、迎来送往等陋习。他转任应天巡抚后，主仆二人到任上，衣帽不周全，亲自到店铺里购买，没有人能认出他。上任后，人们才知道。

体面之过

　　世人只为"体面"二字百事勉强，身心为之疲劳，名行为之隳裂[1]。试问供张应付，费从何来？饶者既匮赢余，乏者遂亏产业。若作宦，则窃帑藏，朘[2]闾阎[3]；居乡（一）事居间，恣渔猎。护惜小体面，伤大体面而不顾，岂不大错?

【校勘】

（一）乡：字后夺"则"字。

【注释】

[1] 隳（huī）裂：败坏。

[2] 朘（juān）：剥削。

[3] 闾阎：指平民老百姓。

【译文】

世人只为"体面"二字事事勉强，身心为之疲劳，品行为之败坏。试问酒宴应酬，费用从哪里来？富人把余财弄得匮乏，穷人使产业亏损。如果做官，就窃取官库财物，剥削百姓；住在乡间就居中调停事务，借以尽情渔猎钱财。为护惜小体面，却不顾伤害大体面，难道不是大错误吗？

文节贤妻

李文节致政归，卒之日所遗宦橐仅四十四金，语林夫人曰："以二十金治木，以二十四金治丧。"夫人唯唯惟谨。时泉州守蔡公，公所举士也，觅上次二副杉枋[1]，以备夫人选用。林夫人致谢曰："治木治丧，太师原有成命。侯[2]岂不知大师生平乎？"往复再四，夫人终执前议。蔡公曰："昔门人欲厚葬颜渊，夫子不能禁。岂某麾守[3]兹土，而敢以俭薄待吾师乎？"夫人鉴其意肫笃[4]，因俞（一）其次者。夫人生于永春之名族，乃翁生而奇之。尝走郡城，访其友许东溪，为觅快婿，东溪即以文节对。时文节年十四，东溪遂为订盟。翁素喜蓄书琴古珍玩，东溪戏云："吾今以活宝授汝。"越日而前辈黄徐山先生急欲以女婿公，闻已聘林，乃大惋惜。不意极品夫人乃在桃源山中。与文节公砥砺清苦，穷达始终若一，可以观刑于^[5]之风矣。公在政府时，武林为八闽孔道，从未见李阁下^{（二）}一行李僮仆戒^{（三）}途者，公之清能行于妻奴如此，岂非千古一人哉？

【校勘】

（一）俞：当为"取"之误。

（二）阁下：当为"阁老"之误。阁老，明代对阁臣的称谓。李廷机曾任东阁大学士。

（三）戒：疑为"借"之讹。

【注释】

[1] 杉枋：杉木和枋木，此指棺材。

[2] 侯：古代对士大夫尊称。

[3] 麾（huī）守：此指做知府。麾，古代指挥用的旌旗，这里指出任地方官符节。

[4] 肫（zhūn）笃：诚恳笃厚。

[5] 刑于：指夫妇和睦。语出《诗·大雅·思齐》："刑于寡妻，至于兄弟，以御于家邦。"郑玄笺："文王以礼法接待其妻。"

【译文】

　　文节（李廷机谥号）公李廷机退休回乡，死时家里只有四十四两银子，死前他对妻子林夫人说："用二十两银子去买棺材，二十四两做办丧事。"林夫人小心谨慎地答应下来。当时泉州知府蔡公，是李廷机荐举的人才，就找了上等和次等两口棺木，让林夫人选用。林夫人致谢说："采办棺木，办理丧事，太师原本有成命。您难道还不晓得太师生平为人吗？"送来送去好多次，林夫人坚持先前自己的意见。蔡知府说："从前孔子门人想厚葬颜渊，孔子没能禁止。难道我在这里做知府，敢薄葬我先生吗？"林夫人看他诚恳笃厚，就取用了那次等棺木。林夫人出身永春有声望的家族，她父亲见她一出生就认为不俗。他曾到泉州府，拜访朋友许东溪，托许东溪寻找乘龙快婿，许东溪回说李廷机可以。当时文节公李廷机只有十四岁，在许东溪主持下，定下了婚约。林夫人的父亲平素喜欢收藏书籍、古琴、古玩等东西，许东溪开玩笑说："我现在拿个活宝给你。"过些日子，前辈黄徐山先生着急地想把女儿嫁给李廷机，听说已与林家订婚，于是感到非常惋惜。没有料到林氏后来成了桃源（永春旧称）山中一品夫人。林夫人与文节公李廷机一起接受清苦生活砥砺，无论是处境艰难还是仕途顺利都始终如一，可以看到他们夫妻和睦的风尚。李廷机主政时，武林（杭州别称）为出入八闽（福建别称）的通道，不曾见到李廷机家的一件行李或仆人托付驿站的公差。李廷机的清廉就是这样实行到妻子奴仆那里，难道不是千古一人吗？

谬用其心

取不义之财以供不肖妻儿妄费，取不义之财以充权贵苞苴，取不义之财以斋设徼福[1]：皆谬用其心者也。

【注释】

[1] 徼福：求福。

【译文】

拿不义之财用来供养不成器的妻子儿女胡乱享用，拿不义之财来贿赂权贵，拿不义之财来向僧人施舍以求福祐：都是用错了心。

不爱轻肥

张咏寝室中无侍婢、服玩[1]之物，阒如[2]也。李畋尝侍坐庑下，因谓："公寝，禅室不如。"公哂曰："吾不为轻肥[3]，为官以至此。吾往年及第后，以诗寄傅逸人[4]云：'前年失脚下渔矶[5]，苦恋明时[6]未得归。寄语巢由[7]莫相笑，此身不是爱轻肥。'岂今日之言也？"

【注释】

[1] 服玩：服饰器用玩好之物。

[2] 阒（qù）如：空寂貌。

[3] 轻肥："轻裘肥马"的省略，穿着轻暖的皮袄，骑着肥壮的好马。形容
　　 生活阔绰。

[4] 傅逸人：即傅霖，北宋青州人，少与张咏同学，隐居不仕，大中祥符间
　　 始出，历官翰林学士、婺州太守。逸人，隐士。

[5] 渔矶：可供垂钓的水边岩石。

[6] 明时：指政治清明时代。古时常用以称颂本朝。

[7] 巢由：巢父和许由，上古两位著名的隐士。此指傅霖。

【译文】

　　张咏寝室中没有服侍的婢妾，也没有服饰器用玩好的东西，一派空寂。李畋曾经在廊庑下陪侍而坐，对他说："你的寝室，禅房也比不过。"张咏微笑说："我不是为了过阔绰的生活，做官到了这地步。我以前科举及第后，把所做的诗寄给隐士傅霖说：'前年失脚下渔矶，苦恋明时未得归。寄语巢由莫相笑，此身不是爱轻肥。'难道不是说现在的话吗？"

茂叔简约

　　周茂叔[1]宰南昌，尝得疾，更一日夜始苏。友人潘兴嗣[2]视其家服御之物，止一敝箧，钱不满数百。

【注释】

[1] 周茂叔：即周敦颐，北宋道州营道人，字茂叔，号濂溪，谥号元，理学家。

[2] 潘兴嗣：字延之，北宋南昌新建人，幼承庭训，通经史，工诗文。

【译文】

　　周茂叔做南昌县令时，曾经得病，过了一天一夜才苏醒过来。友

人潘兴嗣来探望，看到他家里穿的用的东西，只够装满一个破箱子，铜钱不过几百枚。

伊川辞缣

吕汲公[1]以百缣遗伊川，伊川辞之。时族兄子公孙在傍，谓伊川曰："勿为已甚，姑受之。"伊川曰："公之所以遗颐者，以颐贫也。公为宰相，能进天下之贤，随材而任之，则天下受其赐也。何独颐贫也？天下贫者亦众矣，公帛固多，恐公不能周也。"

【注释】

[1]吕汲公：即吕大防，字微仲，北宋京兆府蓝田人，爵封汲郡公，官至宰相。

【译文】

汲郡公吕大防拿百匹缣帛送给伊川（程颐号伊川），伊川没有接受。当时伊川族兄的儿子程公孙在旁边，对伊川说："不要做得太过分，姑且接受下来。"伊川说："汲郡公之所以送给我缣帛，因为我程颐贫穷。汲郡公身为宰相，能让天下贤才到朝廷来，根据其才能任用他们，那天下人都享受到他的恩赐，哪里只是程颐独自贫穷呢？天下贫穷人也太多了，尽管他缣帛本来够多，恐怕他也不能全部救济。"

种德卷之三

种德卷首题记

胸次是良田，广植善根，百尺莲台随地建。心头饶谷种，多飞法雨，大千金界自中生。虽势有偏全，未必触水尽波；乃心无慈忍，所能印川皆月耳。纂种德第三。

康靖厚德

赵康靖公[1]厚德长者，口未尝言人短。与欧阳文忠公同知制诰，后亦同秉政。及文忠被谤，康靖密申辩理，至欲纳平生诰敕[2]而保之，而文忠不知也。

【注释】

[1] 赵康靖公：即赵概，字叔平，北宋虞城人，官拜观文殿学士，谥康靖。
[2] 诰敕：朝廷封官授爵的敕书。

【译文】

康靖公赵概是德行宽厚的长者，不曾说人短处。他和文忠公欧阳修一起主管给皇帝起草诏书，后来也一起任参知政事。等到文忠公被诽谤，康靖公替他秘密申述辩白，甚至想献出朝廷封官受爵敕书来为欧阳修担保，而文忠公当时并不知道。

林积活人

林积^(一)循州判官，尝覆大狱，多平反，忤部使者^[1]意。使者初欲荐积，因是已之。积笑曰："失一荐剡^[2]而活五十余人，吾复何憾？"

【校勘】

（一）林积：字功济，北宋尤溪人，官至河南转运使。此二字后夺"为"字。

【注释】

[1] 部使者：即提刑，全称为提点刑狱公事，设于各路，主管所属各州司法、刑狱和监察。

[2] 荐剡（yǎn）：推荐人的文书。

【译文】

林积任循州（今广东惠州）判官时，曾经负责复核一桩大案，平反了好多人，触犯了提刑心意。提刑当初想要推荐林积升迁，因这事作罢。林积笑笑说："失掉一份推荐书，却让五十多人活了下来，我还有什么遗憾？"

蔚章焚书

钱蔚章^[1]初贬江州^[2]，李宗闵^[3]、杨汝士^[4]令蔚章以段文昌、李绅私书进呈，上必开悟。蔚章曰："苟无愧心，得丧一致。修身慎行，安可以私书相证耶？"即令子弟焚去。

【注释】

[1] 钱蔚章：即钱徽，字蔚章，中唐浙江吴兴人，曾任中书舍人、礼部侍郎等职。

[2] 贬江州：长庆元年，礼部侍郎钱徽专门负责科考。前刑部侍郎杨凭为保

儿子杨浑之考试成功，忍痛将一批极珍贵字画送给宰相段文昌。段文昌
多次写信推荐杨浑之，还亲自到钱徽家中说情。结果钱徽不徇私情。段
文昌极为愤怒，上奏说钱徽选取的进士都是学识浅薄的官宦子弟，把钱
徽贬为江州刺史。

[3] 李宗闵：字损之，远支宗室，牛李党争时牛党代表人物，唐文宗时官至
宰相。

[4] 杨汝士：字慕巢，唐代虢州弘农人，官至刑部尚书。

【译文】

钱蔚章当初被贬为江州刺史时，李宗闵、杨汝士都让他将段文昌、
李绅写给他的书信呈给皇上，皇上看后自然会明白。钱蔚章说："如
果无愧于心，得失是一样的。修养品德谨慎行事，怎么可以拿私人书
信去为自己作证呢？"随即命令子弟们将书信烧掉。

义仆延嗣

赵邻几 [1] 舍人 [2] 子来之（一）有文名，以职事死塞下。家极贫，
三女皆幼，无田以养，无宅以居。仆赵延嗣者，竭力营衣食以给之。
十余年，三女皆长，延嗣未尝见其面。一日至京师访舍人之旧，谋
嫁三女。见李翰林白（二）、杨侍郎徽之 [3]，发声大哭，具道所以。
二公惊谢曰："吾被儒衣冠，具（三）与舍人友，而不能恤舍人之孤，
不逮汝远矣。"即迎三女归京师，求良士嫁之。三女皆有归，延嗣
乃去。

【校勘】

（一）来之：据宋代王辟之《渑水燕谈录》，为"东之"之误。

（二）李翰林白：当为"宋翰林白"。宋翰林白：即宋白，字太素，北宋
大名人，官至兵部尚书。

（三）具：据《渑水燕谈录》，为"且"之误。

【注释】

[1] 赵邻几：字亚之，五代至北宋初年郓州须城人，太宗时官至知制诰。

[2] 舍人：即中书舍人，此指知制诰。

[3] 杨侍郎徽之：即杨徽之，字仲猷，北宋建州浦城人，官至翰林待读学士，谥文庄。

【译文】

　　中书舍人赵邻几儿子东之有文名，因尽忠职守死在边疆。他家极其贫穷，三个女儿都年幼，没有用来供养的田地，没有可供居住的房屋。赵家有个叫赵延嗣的仆人，竭力经营为她们提供衣食。过了十多年，三个女儿都长大成人，赵延嗣从未与她们见面（按，因男女有别）。一天，赵延嗣到京师拜访舍人旧日朋友，为三个女儿谋划出嫁的事。见到翰林宋白、侍郎杨徽之，大声哭泣，细说了事情原委。二人惊讶并道歉说："我们作为士大夫，而且与舍人是朋友，而不能抚恤赵家孤儿，比你差远了。"（他们）立即把三个女子接回京师，把她们嫁给了好的读书人。三个女子都有了归宿，赵延嗣才离开。

仁荣高风

　　周仁荣[1]筑一室，才落成。友人杨公道舆疾[2]造门，曰："愿假君新宅以死。"仁荣让正寝居之，妻子有难色，先生弗顾。未几，杨死。箱财二十有八，莫适主者。杨之弟请求分财，仁荣曰："若兄寄死于我，意固在是。丧事之费，悉自已出，终不敢利其一毫。"乃对众封籍[3]。自平阳呼其子来，悉付与之。

【注释】

[1] 周仁荣：字本心，元代临海人，官至集贤待制，谥康节。

[2] 舆疾：抱病登车。

[3] 封籍：封好并造册登记。

【译文】

周仁荣建造了一所房子，刚刚建成。友人杨公道抱病登车来到门上，说："想借你新宅一住，并想在这里终老。"周仁荣让出正房让他居住，妻子儿女都面有难色，他不予理会。不久，杨公道死了。杨公道遗财有二十八箱，没有人适合主管。杨公道弟弟前来，请求分割财产，周仁荣说："你兄长愿意客死在我家，用意本来就在这里。丧葬费用，我自己已付过了，终究不敢占有一丝一毫。"于是当众把钱财封好并造册登记。周仁荣从平阳叫来杨公道儿子，把财产全部交给了他。

仁医严锁

严锁[1]潜心医术，多起[2]人危疾，不受谢。好义乐施，人求疗者，即舍药与之。如遇贫人，加银五分施之，以为粥饵[3]之费。

【注释】

[1] 严锁：不详。

[2] 起：治愈。

[3] 粥饵：粥饭。

【译文】

略。

应垵仁厚

屠应垵[1]存心仁厚。邻人负其子孟玄银，以屋基及小茔立契偿之。子长者，不肯受，告邻人曰："汝欲卖房坟，吾当另酬汝直，前银送汝也。"邻人感其高谊，以实诉云："吾房实只值若干，前因推(一)债，故多写耳。"孟玄益高其谊，复曰："汝不读书，尚知理义，不欲虚受吾直。况吾读书识字，肯见利忘义，减汝之直乎？"

固与之，邻人感激。及埈归，邻人诉其子之厚德，且叙感激之衷。埈惊曰："房已售尔，今何居？"曰移某所，埈命其子取前契还之，且为筑其坟墓，戒家人曰："世世毋相犯。"今其坟尚在居傍，无羌。

【校勘】

（一）推：当为"催"之误。

【注释】

[1] 屠应埈：字文升，号渐山，明朝浙江平湖人，官至右春坊右谕德兼侍读。

【译文】

屠应埈存心仁厚。邻居欠他儿子屠孟玄银子，拿房基及小片坟地写下券契偿还他。屠孟玄是个长者，不肯接受，告诉邻居说："你想卖房子坟地，我应当另外给钱。以前欠的钱就送你了。" 邻居感动于他的高尚德行，将实情告诉他说："我的房子实际上只值若干钱，前因催债，故意多写了钱数罢了。"屠孟玄风格更高，又说："你没有读书，还懂得道理，不想多要我钱。何况我读书识字，肯见利忘义，少给你钱吗？"坚决把钱给了邻居，邻居感激。等到屠应埈回来，邻居告诉他屠孟玄德行深厚，并且表达了感激心意。屠应埈吃惊地说："房子已经卖掉，现在住哪里？"邻居说搬到了某处。屠应埈命令他儿子拿来先前券契还给他，并且替邻居建造坟墓，告诫家人说："世世代代不要冒犯。"现在邻居的坟墓还完好无损地保存在屠应埈家附近。

培植富贵

汪少宰[1]闲斋语曰："人家富贵如牡丹花，今春开盛，要当培植，为来春膏液，恐为凋谢之渐。"

【注释】

[1] 汪少宰：即汪伟，字器之，号闲斋，明朝弋阳人，官至少宰（吏部侍郎

古称）。

【译文】

　　吏部侍郎汪闲斋说：“人家富贵如同牡丹花，今春盛开，应当细心栽培管理，为来年春天储备汁液，要不然，今春盛开恐怕就是凋谢苗头。”

董朴教子

　　明董朴[1]参江藩[2]，时子士毅[3]为举人。家食[4]，遣仆候公宦邸。公召至榻前，问举人家居何为。仆对云：“里中比年大侵[5]，饿殍塞途。举人日募工瘗殍骼，几千计矣。”公恻然，又问曰：“举人故窭甚，募工费何能办？”曰：“每一殍计工费，谷若干斛，皆贷于族叔某也。”公曰：“是义当为者。”因还书勉之，云：“凡义所当为者，暗然默而行之，更勿以章[6]示人。若微有取名意，则浅陋甚矣。”

【注释】

[1] 董朴：字汝淳，明朝麻城人，官至参政。
[2] 参江藩：即任江西参政。参政，布政使属官，从三品。
[3] 士毅：即董士毅，字惟远，号三泉，明朝麻城人，官至蓬州知州。
[4] 家食：不食公家俸禄，指赋闲在家。
[5] 大侵：严重歉收，大饥荒。
[6] 章：通“彰”。

【译文】

　　明朝的董朴任江西参政时，他儿子董士毅已是举人了。董士毅赋闲在家时，派仆到董朴官邸问候。董朴把仆人召到榻前，问举人在家里干什么。仆人回答说：“家乡近年来饥荒严重，饿死的人布满了道路。举人每天募集人工掩埋饿死人尸骨，接近几千具了。”董朴听后十分同情，又问："举人原本非常贫困，募集人工费用怎样筹措？"回答说："每掩埋一具尸骨计工费，稻谷若干斛，都从族叔某人那里借来。"董朴说："这是应当做的义举。"于是写回信勉励董士毅，说："大凡当行义举，要暗中去做，更不要给人看。如果稍微有邀取名声念头，就浅陋得厉害了。"

孙郚福报

永乐中有孙郚[1]者业商，舟泊襄江。见楹间系一囊，解之，得金钗二，郚因留坐待之。薄暮，一女奴号哭而至。郚验实，偿之。女诘其姓氏，不对。女曰："愿失身以报君。"郚亟驰去。及抵南阳，获利数倍而归，偕数客舟，复过其处。女适浣衣江浒，识郚貌，语言款洽而去。余舟先行者遇飓风悉覆，郚独得不死。

【注释】

[1] 孙郚：据《古禾杂识》，为明朝初年浙江嘉兴秀水人，经商为业。
[2] 款洽：亲密，亲切。

【译文】

永乐年间有个叫孙郚的商人，有次他把船停在襄阳江口。他看到柱子间拴有一个布囊，解开后，发现有两只金钗，就坐下来等待失主。傍晚，有个女奴哭着到来。孙郚查验核实，就把金钗还给了她。那女奴问他姓名，他不回答。女子说："愿意舍身报答。"孙郚听后赶紧离开。到了南阳，生意获利数倍，然后回归，和几条商船一起，又过襄阳江口。适逢那女奴在江边洗衣服，女子认出孙郚，亲切交谈好长时间才离开。其他先走船只遭遇飓风都翻了，只有孙郚得以活命。

义嫁妻妹

宋乐京[1]为布衣时，乡里称其行义[2]，事母至孝。妻张氏家绝，挟女弟自随，京未尝见其面。妻死，京寝食于外，为择婿嫁之。

【注释】

[1] 乐京：北宋荆南人，曾任长葛县令，品行高尚。

[2] 行义：品行，道义。

【译文】

北宋乐京还是百姓时，乡间称赞他的品行，侍奉母亲极尽孝道。他妻子张氏娘家没有人，只得把妹妹带在身边，乐京不曾见过妻妹的面。妻子死后，乐京食宿在外，为妻妹择婿嫁出。

更替相报

贫富无定势，产业无定主。凡人卖产非得已者，为富不仁之人邀[1]其急而阳拒阴钩之，以扼其价。既成契，则姑还直之半，延引累日，或以他物高价补偿。而卖主所得零微，随即耗散，向之准拟以了此事者，今不复办矣。而又往来跋涉，费居其半。富家方自喜以为善谋，不知天道好还，近则及其身而获报，远亦不宥其子孙矣。

【注释】

[1] 邀：趁着。

【译文】

贫富没有固定形势，产业没有固定主人。大凡出卖田产的往往是被逼没有办法，为富不仁的人趁着别人的急难，表面拒绝而暗中谋求，来压低价钱。成交后，就暂且给一半价钱，拖延多日，有的用其他物品抬高价格来补偿另一半。而卖主得到的一点钱财，随即耗散，原先打算出卖田产来了结的事项，现在办不成了。而卖主又被催讨往来奔波，那费用就占去了一半。富家正沾沾自喜，认为自己善于谋划，不知道天道好还，时间近的自身得报应，时间远的老天也不会宽恕他子孙。

急人之难

刘翊[1]，舞阴人。张季礼远赴师丧，遇寒冰车毁，委顿道路。翊即以车与之，不告姓氏，季礼意其为子相也。后造谢，还所借车，翊杜门不纳。自陈留守罢归，见一士人病亡途次[2]，翊以马易棺，脱衣治敛。又逢故人困乏，遂杀所驾牛，以济其急。从者止之，翊曰：“视难不救，非志士也。”竟徒步枵腹而归。

【注释】

[1] 刘翊：字子相，东汉后期颍川郡颍阴人，官至陈留太守。

[2] 途次：路上。

【译文】

刘翊，是舞阴（河南泌阳）县人。张季礼要到远方赶赴老师丧礼，遇上寒冰，车子坏了，在路上遭受困顿。刘翊将自己车子给了张季礼，而且没有说自己名字，张季扎猜想他是刘子相。事后，他登门道谢，归还所借车子，刘翊关上门，不接纳。自陈留太守位上回家时，刘翊发现一位士大夫病死在路上，就用自己的马换了棺材，脱下衣服将死者收敛了。又遇到一个朋友遭受困乏，刘翊将驾车的牛杀了，用来解除这人急难。随从劝阻，刘翊说：“见他人遇上灾难而不救助，这可不是志士做派。”最终，刘翊饿着肚子徒步回家。

吴玨仁厚

孝丰吴玨（一），南山君[1]之父也。一日，自外过其别墅，望见栗园中有人正在树偷栗，亟勒马，转迂路三四里抵家。语其故，且曰：“设我过而彼见之，必仓皇坠地，非死则重伤矣。恣其所取，损我能几何耶？”

【校勘】

（一）孝豊吴玨：据陈良谟《见闻纪训》，为"孝豐"之误。孝豐，即孝丰，
　　旧县名，今浙江省湖州市安吉县。吴玨，为吴玒（hóng）之误。

【注释】

[1] 南山君：即吴松，字寿卿，号南山，明朝中期孝丰人，授吏部员外郎衔。

【译文】

　　孝丰县的吴玒，是南山公吴松父亲。一天，吴玒从外面回来经过
自家别墅，远远望见栗子园里有人正在树上偷栗子。吴玒赶紧勒住马，
迂回三四里路才到家。吴玒说明原委，还说："假如我从那穿过，那
个人看到我，一定会惊慌失措掉下来，摔不死也得重伤。任凭他拿一
些栗子，我能损失多少呢？"

身兼三德

　　傅尧俞[1]知徐州，前守侵军饷。尧俞至，为偿之，未足罢去，
尧俞竟亦不辩。司马光谓邵雍曰："清、直、勇，人所难兼，吾于
钦之见矣。"雍曰："钦之清而不耀，直而不激，勇而能温，是为
难耳。"

【注释】

[1] 傅尧俞：字钦之，宋朝郸州须城人，官至中书侍郎，谥宪简。

【译文】

　　傅尧俞任徐州知州时，前任知州侵占军饷。傅尧俞到任，替他偿还，
因不能还完被罢免离任了，傅尧俞最终也不为自己申辩。司马光曾经
对河南的邵雍说："清廉、正直、勇敢，人很难兼备，我却在傅尧俞
身上见到了。"邵雍说："钦之清廉而不炫耀，正直而不偏激，勇敢

却能温和，这是难能的地方。"

周助贫乏

人有患难不能济，困苦不能诉，贫乏不自存，而其人朴讷怀愧[1]，不能自言于人者。吾^{（一）}虽无余，亦当随力周助。若其人本非穷乏，而以干谒为业，挟挥喤[2]佞之术，遍投富贵之门，干谒州县，有所得则谓已能，无所得则谓仇怨。当以不恤不顾待之，不必割吾之不敢用，以资彼之浪用耳。

【校勘】

（一）吾：此则采编自北宋贾昌朝《戒子孙》，故当指贾昌朝。

【注释】

[1] 怀愧：此指腼腆。
[2] 喤（jìng）：胡言乱语。

【译文】

有人遇到祸患无法度过，有了困苦无法诉说，贫穷困乏无法自养，而本人又质朴木讷，非常腼腆，不能向人求助。我虽然也不宽裕，也应尽力去帮助周济。如果那人本不贫穷困乏，只是专门进行钻营谒见，凭借阿谀奉承的手段，游走趋赴富贵之门，到州县拜谒请托，有所获得就认为自己有才能，没有获得就与人结下仇怨。对待对这种人可以不体恤不顾念，不必割舍出我平时都不敢用的钱财，去帮助他胡乱使用。

江上丈人

子胥[1]奔吴，得江上丈人[2]渡，解剑酬之。不受，曰："楚国之法，得伍胥者爵执珪[3]，金千镒[4]，吾尚不取，何用剑为？"员命其勿露，遂覆舟而死。员至吴，每食辄祭，曰："名可得闻而不可得见，江上丈人乎！"

【注释】

[1] 子胥：即伍员，字子胥，本春秋末期楚国椒邑人，后为吴国大夫，军事家。

[2] 江上丈人：江边老人。江上，江边。

[3] 执珪：春秋战国时楚国爵名，又称上执珪，为楚最高爵位。珪，卿大夫举行典礼时所执玉版。

[4] 镒：古代重量单位，合二十两（一说二十四两）。

【译文】

伍子胥逃往吴国，得到江边老人帮助而渡江，伍员解下佩剑酬谢老人。老丈不肯接受，说："依照楚国法令，捉到伍员的人封爵上执珪，赏金千镒，我尚且不要，还要剑做什么呢？"伍员让老人不要显露行迹，老人就把船弄翻淹死了自己。伍员到吴国后，每逢吃饭时就祭奠老人，说："名可以听到而不能相见，恐怕只有这位江边老人吧！"

大愉快事

罗惟德[1]任宁国时，一日谒刘寅[2]，喜动颜色，曰："今日一大愉快事。"寅问何事，罗曰："近贫宗有十数人，以饥荒远来乞周比[3]。积俸余施散殆尽，家大人[4]以下及诸眷属无一阻挠我者，为是鬯然[5]耳。"

【注释】

[1] 罗惟德：即罗汝芳，字惟德，号近溪，明朝江右南城人，官至云南右参政。

[2] 刘寅：字敬甫，号直庵，明朝潜江人，曾任山东道御史、江西南安府等职。

[3] 周比：周济照顾。

[4] 家大人：家父。

[5] 鬯（chàng）然：舒畅貌。鬯，通"畅"。

【译文】

罗惟德在任宁国府知府时，有一天去拜见刘寅，满脸欢愉，说："今天我有一件大喜事。"刘寅问是什么事，罗惟德回答说："近来十多位贫穷族人，因家乡闹饥荒，从远地来向我乞求周济照顾。俸禄余银差不多都分发给了他们，家父以下以及各位眷属没有一人阻止我，因此心情愉快。"

教民葬亲

范忠宣公知太原府，河东土狭，民众惜地，不葬其先。公遣属吏收无主烬骨[1]，别男女，异穴以葬。又檄一路诸郡皆仿此，葬以数万计，刻石以记岁月。

【注释】

[1] 烬骨：骨灰。

【译文】

忠宣（范纯仁谥号）公范纯仁任太原知府时，河东一带土地狭小，百姓珍惜土地，不葬他们先人。范纯仁命令属下官吏收集无主尸骨，分别男女，异穴安葬。又下令一路各郡都要照此安葬，安葬了几万人，在石碑上刻上安葬年月。

不辱邻女

镇江靳翁[1]踰五十无子，训蒙于金坛。其夫人鬻钗梳，买邻女为侍妾。翁以冬至归家，夫人置酒于房，以邻女侍。告翁曰："吾老，不能生育。此女颇良，买为妾，或可延靳门之嗣。"翁颊赤，俛[2]首。夫人谓己在而翁赧也，遂出而反扃其户。乃翁继起，户已闭，遂踰窗而出，告夫人曰："汝用意良厚，不特我感汝，我祖考[3]亦感汝矣！但此女幼时，吾尝提抱之，恒愿其嫁而得所。我老，又病多，不可以辱[4]。"遂谒邻而还其女。踰年，夫人自受妊，生贵[5]。十七岁发解[6]，明年登第（一），为贤宰相。

【校勘】

（一）明年登第：此系误记。靳贵于孝宗弘治三年（1490）中庚戌科钱福榜进士第三人，时年27岁。

【注释】

[1] 靳翁：名靳瑜，明朝丹徒人，曾任温州府经历，明武宗时阁臣靳贵父亲。

[2] 俛：同"俯"。

[3] 祖考：祖先。

[4] 辱：辱没。

[5] 贵：指靳贵，字充遂，号戒庵，明朝丹徒人，官至户部尚书兼武英殿大学士，谥文僖。

[6] 发解：中举人。

【译文】

略。

卫护友妻

张连倡乱[1]，书生汪一清[2]被执。中一妇人，乃清友人妻也，因绐[3]贼曰："此吾妹也，无污之以待赎。否则，吾与妹俱碎首于此。"贼信之，并置一室。相对月余赎归，终不乱。

【注释】

[1] 张连倡乱：嘉靖四十一年，潮州张连联合连江之众数万人举事，粤中大

震，后被陈璘平定。

[2] 汪一清：据明末张岱《快园道古》，为漳州人，被俘时为秀才。

[3] 绐（dài）：通"诒"，欺骗。

【译文】

略。

仁医金辂

山阴金辂号仰轩，精保婴术，以济世终其身。不计财利，不避寒暑，不先富后贫。凡求治者，即急赴之。越俗医家多出入肩舆，辂年八十犹步行，曰："吾欲使贫家子稍受此半镪[1]惠耳。"遇有危症，贫不能服参者，竟自备，密投剂中，且终不使知之，所活者无计。一日入市，见有鬻妻以偿官钱者，即如数代偿之，令完好如初。后辂享年八十有七，梦金童五女迎之，逝异香满室。后代簪缨[2]隆起。

【注释】

[1] 镪：通"繦"，穿钱的绳子，引申为成串的铜钱。

[2] 簪缨：指头簪和束发缨络，古代达官贵人冠饰，借指高官显宦。

【译文】

山阴人金辂号仰轩，精通儿科，终生都救助世人。行医不考虑钱财，出诊不回避严寒酷暑，诊治病人不先富后贫。大凡有需要医生出诊的病人，金辂就急忙奔赴病家。越地（浙江一带）风俗是医生出诊要坐轿子，金辂到八十岁还是步行出诊，说："我想使贫穷人家稍微接受我半吊钱（雇轿子的钱）恩惠。"遇到危重病症，家境贫穷不能服食人参的，金辂竟然自备人参，秘密地投入药剂当中，而且最终不让病家知道，救活的人无法计算。一天，他到市场去，看到有人为偿还官府的钱而出卖妻子，就替他足额偿还，令夫妻团聚如初。后来，金辂享年八十七岁，临终前梦到金童玉女来迎接他，逝世时，奇异香气充满了屋子。后代出了很多高官显宦，兴旺发达。

舍官活吏

周必大^[1]字洪道，庐陵人。绍兴中监^{（一）}安府和剂局^[2]，局门内失火，延烧民家。逮吏论死，未报。必大问寺吏^[3]曰："假设火自官致，当得何罪？"吏曰："当除籍为民。"必大遂自诬伏，坐失官，吏得免死。必大归，刻苦读书，中博学弘词科^[4]。历官至宰相，封益国公。

【校勘】

（一）监：据《贤弈编》，字后夺"临"字。

【注释】

[1] 周必大：字子充，一字洪道，自号平园老叟，南宋吉州庐陵人，官至左丞相，爵封益国公，谥文忠。

[2] 和剂局：宋官署名，属太府寺，掌配制药品出卖。

[3] 寺吏：大理寺小吏。

[4] 博学弘词科：简称词科，也称宏词或宏博。科举考试制科之一种。

【译文】

周必大字洪道，是庐陵人。绍兴（宋高宗年号）年间他监管临安府和剂局，局门内失火，大火蔓延，烧了民房。把相关吏员逮捕，判了死罪，还没有批复。周必大问大理寺小吏说："假如说失火是由主官导致的，该判什么罪？"小吏说："罢官为民。"周必大就故意说责任在自己，因此获罪被罢官，那吏员得以免掉死罪。周必大回家后，刻苦读书，考取了博学鸿词科。最后累官至宰相，爵封益国公。

空入宝山与暴殄天物

家富不施仁义，岂非空入宝山？才高惟习绮靡[1]，大是暴殄天物。

【注释】

[1] 绮靡：华丽，浮艳 (多指诗文)。

【译文】

略。

方竹释盗

顾方竹[1]冬夜起庭中，见树上栖一人，呵问之。其人惧而坠地，乃邻家子也，慰抚之曰："尔虽贫，奈何为此？尔第归，质明[2]来，当有以济尔。"翌日密与其人钱粟，终不为人言。后病易箦[3]时，呼子侄戒之曰："人不勤苦自立，一旦饥寒迫身，斯为所不可为者有矣，如我所遇邻家子是也。"因(一)言其事，征其姓名，卒不答，曰："尔辈第识(二)为戒，何用知若人？"

【校勘】

(一) 因：据《客座赘语》（卷七），字后夺"具"字。
(二) 识：为 "臆" 之讹。

【注释】

[1] 顾方竹：名不详，方竹当为雅号，明朝江宁人，《客座赘语》作者顾启
元曾祖父。
[2] 质明：天刚亮时。

[3] 易箦：更换床席，用来作病危将死。

【译文】

顾方竹夜里起身到院子里小解，看见树上藏有一个人，就予以呵斥责问。那人害怕，坠落地上，顾方竹认出那人是邻家孩子，安慰他说："你虽然贫困，怎么能干这个？你只管回去，天亮后再来，我会帮助你。"第二天顾方竹秘密送给那人钱和粮，终究不对人说出这事。后来，顾方竹将死时，把子侄叫过来告诫说："人不勤苦自立，一旦被饥寒所逼，就会干出不可以干的事，就像我遇到的邻家孩子那样。"于是把那事详细说出，问那人姓名，顾方竹不回答，最后说："你们只要在心里警戒就可以了，哪里用得着知道这人名字？"

大开手者

冯犹龙[1]有言："天下无穷不肖事，皆从舍不得钱而起；天下无穷好事，皆从舍得钱而做。自古无舍不得钱之好人也。吴之鲁肃[2]、唐之于頔、宋之范仲淹，都是肯大开手[3]者。"

【注释】

[1]冯犹龙：即冯梦龙，字犹龙，明朝苏州府吴县人，号墨憨斋主人，文学家。
[2]鲁肃：字子敬，东汉末年临淮郡东城人，曾任汉昌太守、横江将军。
[3]开手：请人做事给的酬劳。

【译文】

冯梦龙说："天下无穷不像样的事情，都是从舍不得钱而引起；天下无穷好事，都是从舍得钱而做起。自古以来，没有舍不得花钱的好人。吴国的鲁肃、唐朝的于頔，宋朝的范仲淹，都是舍得花大钱请人做事的人。"

周人急难

李疑居南京通济门外，贫甚，然独好周人急。耿子廉械逮至京，其妻孕将育，众拒门不纳，妻卧草中以号。疑归谓妇曰："人孰无缓急[1]，安能以室庐自随哉？倘为风雨所感，将^{（一）}母子俱死。吾宁舍之而受祸，何忍死其子母^{（二）}？"俾妇邀以归，产一男子。疑命妇事之惟谨。踰月，辞去，不取其报。

【校勘】

（一）将：据宋濂《李疑传》，为"则"之误。

（二）子母：据《李疑传》，为"母子"。

【注释】

[1] 缓急：偏义复词，偏指"急"，"缓"无词义。

【译文】

李疑居住在南京通济门外，十分贫困，但特别喜欢周济别人急难。耿子廉戴着刑具被押赴京城，此时，他怀孕的妻子即将生产，众人都关上大门不肯收容，耿妻卧在草中大声哭泣。李疑问清原委，回家对妻子说："人谁没有急难时，怎能随身带着自家房子？如果在生育时被风雨侵袭，就很容易造成母子丧命。我宁可冒着连坐风险收留他们，怎忍心看着母子死去呢？"于是，李疑让妻子将耿妻带回家中，结果生下一男婴。李疑让妻子谨慎小心地照顾耿妻和婴儿。过了一个多月，耿妻辞别，李疑不要耿妻的报酬。

吉人天相

豫章大祲[1]，新建县一民乡居窘甚。家止存一水桶，售银三分。计无复之，乃以二分银买米，一分银买信[2]，将与妻孥共一饱食而死。

炊方熟，会里长至门索丁银[3]。里长远来而饥，欲一饭而去，辞以无。入厨见饭，责其欺，民摇手曰："此非君所食。"流涕而告以故。里长亟倾其饭而埋之，曰："若何遽至此？吾家尚有五斗谷，随我去负归，可延数日。"民感其意而随之，得谷以归，出之则有五十金在焉。民骇曰："此必里长所积偿官者，误置其中。渠救我死，我安忍杀之？"遽持银至里长所还之，里长曰："吾贫人，安得此银？此殆天以赐若者。"其人固不肯持去。久之，乃各分二十五金，两家皆得饶裕。

【注释】

[1] 豫章大祲（jìn）：豫章郡闹大饥荒。大祲，大饥荒。
[2] 信：信石，即砒霜。因江西上饶盛产砒霜，而上饶古称信州，故称信石。
[3] 丁银：人头税。

【译文】

豫章郡闹大饥荒，新建县一百姓生活非常窘迫。他家里只存有一只木桶，卖了三分银子。考虑到没法再活下去，就用二分银子买了米，一分银子买了砒霜，将要与妻子儿女共吃一顿饱饭后服毒自杀。饭刚做熟，适逢里长到门上来索要人头税。里长远路而来，很是饥饿，要吃一顿饭后再走，那人拒绝说没有饭可吃。里长到厨房里看见了刚做好的饭，责备那人欺骗自己。那贫民说："这不是你该吃的。"流着眼泪把原委告诉里长。里长赶紧把那饭倒掉并且掩埋，说："你怎么着急干这个？我家里还有五斗稻谷，跟我去背来，可延命几天。"那贫民感其厚意随他前去，把稻谷背回来，往外倒稻谷时发现里面有五十两银子。贫民非常吃惊地说："这一定是里长储存用来偿还官府的钱，误放在稻谷中了。他救了我命，我怎么忍心杀掉（欠官银要被杀掉）他呢？"急忙把银子交还里长，里长说："我是穷人，怎么会有这么多银子？这大概是上天赐给你的。"那贫民坚决不肯拿回去。争执许久，就两人各分得二十五两，两家都得以生活宽裕。

务行长厚

刘千户苍[1]，务行长厚。僚佐有支军粮误浮本数，当抵法。公适不与，乃自补署文案[2]。事白，人异其故，公曰："某素谨，且吾儿方称奉法吏，人信为误。若诸君何以自白？"又尝得遗牒于途，乃远方人入粮户部所给者。公往候其处三日，一人号顿[3]至，且曰："某家坐此死狱者五六人矣，复失奈何！"公验实还之，其人出金帛谢，不受。子麟[4]，官尚书。

【注释】

[1] 刘千户苍：即刘苍，字伯春，明朝江宁府人，官至千户。

[2] 补署文案：自己在文件上补上署名。

[3] 号顿：痛哭颠蹶。

[4] 麟：即刘麟，字元瑞，号南垣，明朝江宁府人，嘉靖朝官至工部尚书，谥清惠。

【译文】

千户刘苍做人致力于恭谨宽厚。手下有幕僚支取军粮时误超本数，应该按律治罪。刘苍刚好和这事没关系，竟然在文件上补署自己名字。事情弄清后，人们对他这样做感到奇怪，刘苍说："那僚属平素谨慎，并且我儿子（指刘麟）是奉公守法的官员，我一署名，人们就相信这是失误导致。像你们几位，遇到这样的事怎么能自我表白呢？"又曾经在路上捡到他人丢失的文牒，那是远方人向户部交完粮后，户部发给的凭证。刘苍就到捡到文牒的地方等了三天，看到一人来到后痛哭颠蹶，并且说："我家因此判死罪的会有五六人，文牒丢失了怎么办呢？"刘苍验明属实，就交还了那人，那人拿出金帛致谢，刘苍不接受。刘苍儿子刘麟，官做到尚书。

魏公仁爱

韩魏公合族百口，衣食均等，无所异。嫁孤女十余人，养育诸侄，比如己子。所得恩例，先及旁族。及终，子有褐衣未命[1]者。故旧之子孙寒窭无所托，而依以为生者，常十数家。

【注释】

[1] 褐衣未命：身为百姓，未得官职。

【译文】

魏国公（韩琦爵位）韩琦全族有百口人，吃穿一样，没有不同。嫁孤女十多人，养育各个侄子，等同于自己孩子。所得皇帝恩赐，必定先给旁族。到他临死时，儿子还有没做上官的。亲朋故旧子孙贫寒无依，靠他接济生活的，常有十几家。

郑公活民

邵伯温[1]曰："富郑公使虏，功甚伟，而每不自以为功。至知青州，活饥民五十余万，则每自言之曰：'过于作中书二十四考[2]矣。'"

【注释】

[1] 邵伯温：字子文，洛阳人，北宋名士邵雍之子，官至利州路转运副使。
[2] 中书二十四考：谓人长期担任中书令。《新唐书·郭子仪传》载，郭子仪任中书令久，主持官吏考绩，达二十四次。

【译文】

邵伯温说："郑国公（富弼爵位）富弼出使辽国，功劳很大，可他常常不自认为有多大功劳。到任青州知州时，救活饥民五十多万，就常常自己提起这事时说：'超过长期做中书令了。'"

王质饯别

范文正公贬饶州，朝廷方治朋党，士大夫莫敢往别，王待制质[1]独扶病饯于国门。大臣责之曰："君长者，何自陷朋党？"王曰："范公天下贤者，质何敢望之？若得为范公党人，公之赐质厚矣。"闻者为之缩舌（一）。

【校勘】

（一）舌：据王辟之《渑水燕谈录》，为"颈"之讹。

【注释】

[1]王待制质：即王质，字子野，北宋莘县人，曾任天章阁侍制、陕州知州等职。

【译文】

文正公范仲淹被贬到饶州时，朝廷正纠治朋党，士大夫没有谁敢前去告别，只有待制王质独自抱病在京城门外为范仲淹饯行。大臣们责怪他说："你是长者，何必要自甘沦为范仲淹朋党呢？"王质说："范仲淹是天下贤人，我王质哪敢奢望成为他的朋党，如果能够成为其朋党，他赏赐给我的东西太优厚了。"听到的人都惭愧得缩脖子。

必为三公

王晋公祐（一）以知制诰使魏州，太祖许以还与王溥[1]相职。魏州节度使符彦卿[2]有飞语闻于上。公往别太宗于晋邸[3]，太宗却左右，欲与之语，公径趋出。公至魏，得彦卿家僮一人挟势恣横，以便宜决配而已。及还朝，太宗（二）问曰："汝能保符彦卿无异意乎？"祐曰："臣与符彦卿家各百口，愿以臣之家保符彦卿。"又曰："五代之君多因猜忌杀无辜，致享国不长。愿陛下以为戒。"帝怒其语直，贬华州安置[4]。赴时，亲宾送都门外，谓公曰："意公作王溥官职矣。"公笑曰："祐不做，儿子二郎必做。"二郎者，文正公也。公素知其必贵，手植三槐于庭，曰："吾子孙必有为三公者。"

【校勘】

（一）王晋公祐：据《邵氏闻见录》，为"王晋公祜"之误。王祜，字景叔，五代至北宋时大名莘人，丞相王旦之父，三槐王氏始祖，因儿子王旦，被追赠晋国公。

（二）太宗：为"太祖"之误。

【注释】

[1] 王溥：字齐物，五代至宋初并州祁人，官至宰相，爵封祁国公，谥文献。

[2] 符彦卿：字冠侯，宛丘人，北宋初年官至太师，谥号忠宣，其女儿嫁赵光义为继室。

[3] 晋邸：晋王王府。宋太宗未即位前曾被封晋王。

[4] 安置：宋时官吏贬谪，轻者送某州居住，重者称安置，更重者称编管。

【译文】

晋国公王祜以知制诰身份出使魏州，太祖（赵匡胤庙号）答应回来后把王溥曾担任过的宰相职位给他。魏州节度使符彦卿有不臣的流言在京城传播。王祜到时任晋王的宋太宗（赵光义庙号）王府告别，太宗屏退左右，跟他有话要说，王祜径直奔出。王祜到达魏州后，通过调查，只是发现符彦卿一个仆人借助权势恣意横行，凭钦差便宜行事的权力把这个奴仆判决流放了。等回朝后，太祖问他说："你能保证符彦卿没有其他意图吗？"王祜说："我家和符彦卿家各有百口人，我愿意拿我全家为符彦卿做担保。"又说："五代君主多因猜忌滥杀无辜，致使享国时间不长。希望陛下引以为鉴。"宋太祖为他说话太刚直而恼怒，把他贬到华州安置。当时他要到魏州去时，亲友宾客都到都门外送行，对王祜说："估计你快担任王溥做过的宰相了。"王祜笑笑说："我王祜不会做宰相，我二儿子一定会做宰相。"他二儿子就是后来的文正（王旦谥号）公王旦。王祜平素知道王旦必定会地位尊贵，亲手在院子里栽种三棵槐树，说："我子孙一定有做三公的。"

徽商奇遇

有徽商过九江，见江干 [1] 有舟被劫，商泊而救焉。内有孝廉七人，各给以衣食，且赠路资而去，初不问七人为谁。明岁癸未，登第六人，其一为莆田方万策 [2]。久之，万策分巡嘉湖，屠宪副冲阳譙 [3] 之。其时，商以资尽，自鬻于屠为奴矣。方公见其侍譙，骇之，呼至几前，细审来历，因曰："尔曾记八年前活数人否？"商曰："某已忘之。"良久乃云："曾在九江救失盗者。"方公出席，长跪曰："我恩兄也。七人之中，我与焉。"即告屠，赎至公廨。款月余，赠数百金，又柬同难者赠之。商某大富，仍归于徽。

【注释】

[1] 江干：江岸。

[2] 方万策：明朝莆田人，曾任海北巡道道台、广东右参议等职。

[3] 譙：同"宴"。

【译文】

有个徽州商人路过九江，看见江岸边有条船遭到抢劫，商人停船去搭救。船内有举人七人，商人发给他们衣食，并送路费让他们回家，当初也没问他们是谁。第二年是癸未年，被搭救的七个举人中有六人考中进士，其中一人为福建莆田人方万策。过了好长时间，方万策巡视嘉兴湖州一带，按察副使屠冲阳设宴招待他。当时，商人已经破产，自己卖身给屠冲阳为奴。方万策一见他在席间侍候，大吃一惊，赶紧招呼到桌前，细问他来历，并提醒他："还曾记得八年前救活过几人的命吗？"商人说："我已经忘了。"过了很久才说："曾在九江搭救过遭抢劫的人。"方万策就离席，长跪说："你是我恩兄。被你搭救的七人中，就有我。"于是将情况告诉屠冲阳，出资将商人赎回官署。款待一个多月后，赠送数百两银子，并写信给同遭抢劫者捐助他。商人从此大富，又回到了徽州。

行善得子

闻人仿[1]，安易[2]之曾孙也。家资百万，名园甲第，有半州之号。轻财好施，周人艰厄。闲行闾里，具知贫乏者，辄实金交钞[3]于橐，遇夜户隙投入。其家得之，以为天赐。及知而诣谢，则佯为不知。中年未有子，有相者谓："仿额后有黑子十一，必得子。"后果得子如黑子之数。

【注释】

[1] 闻人仿：复姓闻人，字彦则，南宋嘉兴人。

[2] 安易：即闻人安易，复姓闻人，北宋嘉兴人。

[3] 实金交钞：现银和纸币。交钞，即交子，宋代使用的纸币。

【译文】

闻人仿是闻人安易曾孙。他家财百万，有名园豪宅，号称占有半个州的财富。他轻视财物，爱好施舍，周济处于艰难困厄中的人。平时在乡间闲逛，详尽地知道了贫穷困乏的人，就把银子和钞票放在口袋里，趁夜里从门缝扔进去。那获得的人家，认为是老天赐给的。等知道后，上门道谢，闻人仿就装作不知道。闻人仿中年时还没有儿子，有相面的说："闻人仿下巴后面有十一颗黑点，一定会有儿子。"后来闻人仿儿子与黑点数一样多。

仲益还银

御史柳彦辉[1]贷陆坦银五十两，不立券，独柳子仲益知之。后彦辉卒，仲益戍辽阳，数年赦还，贫甚。丝积粒聚，得银五十两，拜坦墓，纳还金。坦子以无券辞，仲益曰："若虽不知，吾实知之，吾翁与若翁知之。吾弗偿，异日何面目见两翁于地下也？"

【注释】

[1] 柳彦辉：即柳华，字彦辉，明朝吴县人，曾任湖广布政司参议。

【译文】

御史柳彦辉借了陆坦五十两银子，没有写借券，只有柳彦辉儿子柳仲益知道。后来柳彦辉死了，柳仲益戍守辽阳，几年后被赦免归还，贫穷得厉害。省吃俭用，一点点积累，攒了五十两银子，到陆坦坟前祭拜，归还欠银。陆坦儿子因为没有借券拒绝接受，柳仲益说："你虽然不知道这事，我是知道的，我父亲和你父亲知道。我如果不偿还，他日有什么脸面到地下见两位老人呢？"

迁行曲巷

吴文定 [1] 在吏部，以丧归。过西偏一曲 [2]，诸媱 [3] 妪奔避。公语驺从："彼亦贫迫，不得已耳，吾既不能济而革之，安可沮其糊口计耶？"命回车迁行，戒勿行此。

【注释】

[1] 吴文定：即吴宽，字原博，号匏庵，明代长洲人，官至礼部尚书，谥号文定。
[2] 曲：曲巷，指妓院。
[3] 媱：淫。

【译文】

文定公吴宽在吏部任职时，因丧事回家乡。路过偏西部的一处妓院，那些卖淫女子奔逃回避。文定公告诉车驾随从："她们也是为贫穷所迫，不得已罢了，我既然不能救助她们，把妓院革除，怎么可以妨碍她们糊口的生计呢？"命令调转车头绕行，告诫手下不要再从这里经过。

刘翁盛德

　　蜀刘翁业屦[1]。夜有盗入，翁曰："有米十余升，君可取去。肯留一升，且日饷二子，幸矣。"后盗遇翁，问曰："公曾被盗乎？"曰："无也。"曰："取公米，公曰留一升，有之乎？"曰："无也。"曰："盗即我也。公盛德若此，忍取公米乎？"悉还之。翁曰："实无是事，敢受君米？"卒却之。

【注释】

[1] 业屦：编织鞋子作为职业。

【译文】

　　略。

仲辂守密

　　麻城刘庄襄[1]赠翁[2]仲伦（一）家贫。初婚之夕，有偷儿入室，起视乃素识者。公曰："乃汝耶？"即检夫人首饰数件与之，命速去，许以不言。垂老，夫人问为谁，公曰："业已许不言，奈何问及？"

【校勘】

（一）仲伦：为仲辂（yǐ）之讹。刘仲辂，明景泰癸酉举人，曾任崇德知县。

【注释】

[1] 刘庄襄：即刘天和，字养和，号松石，明朝湖广麻城人，嘉靖朝官至兵部尚书，谥庄襄。
[2] 赠翁：刘天和祖父以孙刘天和贵而获赠太子太保、兵部尚书、都察院左都御史。

【译文】

麻城人庄襄公刘天和被封赠的祖父刘仲锜家境贫寒。成婚之夜，有小偷入室偷窃，刘仲锜起来一看，小偷是他平素认识的人。他对小偷说："竟然是你吗？"当即从夫人首饰中挑出几件给了小偷，让他赶快离开，并且答应他不会说出去。到了垂暮之年，夫人问小偷是谁，他说："我业已答应他不告诉别人，为什么还要问呢？"

廷举笃厚

吴[一]廷举[1]平生笃友谊。游太学，时南城罗玘[2]年四十，以资贡，公与之交。会玘病痢，从者亦死。公为煮粥饷之，负之登厕，一昼夜十数返，不为劳。玘语人曰："玘四十年前生我者父母，四十年后生我者吴公也。"

【校勘】

（一）吴：此则摘编自明人李鹗翀《涀词记事抄·吴尚书传》。由于苟简，文字不甚通顺，且有不准确处。

【注释】

[1]吴廷举：字献臣，号东湖，明朝梧州人，嘉靖年间官至工部尚书，谥号清惠。
[2]罗玘（qǐ）：字景鸣，号圭峰，明朝南城人，官至南京吏部右侍郎，谥文肃。

【译文】

吴廷举平生看重友谊。他在学太学读书，当时南城人罗玘四十岁，是拿钱捐的贡生，吴廷举和罗玘是朋友。适逢罗玘害痢疾，仆从也死了。吴廷举煮粥给罗玘吃，背着他上厕所，一昼夜十几次，都不抱怨劳苦。罗玘对人说："对我罗玘来说，四十年前生我的是父母，四十年后让我活下来的是吴廷举。"

当官尤甚

凡人施恩于不报之地，便是积阴德以遗子孙；使人敢怨而不敢言，便是损阴德处。随事皆然，当官尤甚。

【译文】

大凡施人恩德，别人不知道，不渴望回报，就是给儿孙积累下阴德；使人心里怨恨却不敢说出，就是损伤阴德的地方。事事都是这样，当官尤其厉害。

富弼救灾

富弼被谤出知青州，河朔大水，饥民流东京〔一〕。择所部丰稔者三州，劝民出粟，得十万斛，蓥〔二〕以官廪，随所在贮之。得公私庐舍十余万区，散处其人，以便薪水[1]。其官吏皆书其劳，约为奏请，使他日得受赏于朝，率五日以酒肉劳之。流民死者，为大冢葬之，谓之丛冢[2]。有〔三〕劝弼非所以处疑弭谤，祸恐不测。弼曰："吾岂以一身易六七十万人之命哉？"卒行之愈力。

【校勘】

（一）东京：据宋代叶梦得《避暑录话》，为"京东"，指京东路。

（二）蓥：为"益"之讹。

（三）有：此字前夺"从者如归市"五字，此五字不可删，正因为有此五字，说明富弼太得人心，后面才会有人劝说。

【注释】

[1] 薪水：打柴汲水，此指日常生活。

[2] 丛冢：许多死者葬在一起的大坟。

【译文】

富弼被诽谤出任青州知府时，黄河以北地区遭受大水灾，饥饿的百姓流浪到京东路。富弼选择管区获得丰收的三个州，鼓励百姓献出粮食，获得了十万斛救灾粮，增建官仓，各州自行储存。找到了公房私房十多万处，分散安置流民，以便他们生活。对部下救灾的官吏，富弼就记载他们的功劳，约定以后替他们上奏朝廷以获赏赐，每隔五天就派人拿酒肉犒劳救灾官员。对死亡流民就建大坟集中埋葬，这被称为丛冢。百姓归附他就像赶集一样。有人劝富弼说这不是对待猜忌消除诽谤的做法，恐怕会遭遇不测。富弼说："我难道会拿自身来换六七十万人性命吗？"最终他干得越加卖力。

孙泰高风

孙泰[1]有古贤之风。泰妻即姨之女也。先是，姨老以二女为托，曰："其长幼损一目，汝可娶其女弟。"姨卒，泰娶其姊。或诘之，泰曰："其人有废疾，非泰何适[2]？"尝于都市遇铁灯台，买之。既磨洗，银也，泰往还之。中和中，将家于义兴，置一别墅，用钱二百缗，既半授之矣。泰游吴兴郡，居两月回，复以余资授之，俾其人他徙。于时睹一老妪长恸数声。泰惊诘之，妪曰："老妇尝逮事吾姑于此，子孙不肖，今为他人所有，故悲耳。"泰怃然久之，因绐曰："吾适得京书，已别除官，固不可驻此也，所居见[3]命尔子掌之。"言讫而去，不复返矣。

【注释】

[1] 孙泰：唐朝山阳人，有德操。

[2] 适：嫁。

[3] 见："现"的古字。

【译文】

　　孙泰有古代贤人风尚。孙泰妻子是他姨母的女儿。在此之前，姨母年纪老了，把两个女儿托付给孙泰，说："那年长的幼时一只眼睛瞎了，你可以娶她妹妹。"姨母去世了，孙泰娶了长女为妻。有人问他原因，孙泰说："姐姐眼睛有毛病，除了嫁给我还能嫁给谁呢？"孙泰曾经在都城集市遇见一座铁灯台，买了下来。磨洗后，发现原来是银制品，孙泰前去归还卖主。中和（唐僖宗年号）年间，孙泰将在义兴安家，购置一座别墅，用了两百贯钱，已经付了半价。孙泰往吴兴郡游览，过了俩月回来，又把余资交给房主，让那人搬到别处。在这个时候，看到一个老妇人连声痛哭。孙泰吃惊，叫她来问，老妇人说："我老妇人曾经赶上在这里侍奉过婆婆，子孙不成器，现在使别墅被别人买去，因此悲伤。"孙泰感伤了很久，就骗她说："我刚好收到京师文书，已经另外授官，本不能住在这里，所住地方现在让你儿子管理。"说完离去，不再回来。

王修品高

　　孔融与王修[1]友。修闻融有难，夜往奔融。融初谓左右曰："能冒难来，惟王修耳。" 言讫而修果至。王修游学南阳，止张奉舍。奉举家得疾病，至戚无相视者。修亲隐恤[2]之，直俟其病愈乃去。

【注释】

[1] 王修：字叔治，东汉后期北海营陵人，官至郎中令。
[2] 隐恤：指哀怜抚恤。隐，同情。

【译文】

　　孔融与王修是朋友。王修听说孔融遭遇危难，连夜赶往孔融那里。孔融当初对身边人说："能冒着危难赶来的，只有王修罢了。"话刚说完，王修就到了。王修年轻时到南阳郡游学，住在张奉家里。张奉全家人生病，至于亲戚没有谁能照顾他们。王修亲自精心照顾他们，一直等到他们病好后才离开。

杨荣重义

杨荣[1] 从文皇[2] 北征，与胡广[3]、金纯[4]、金幼孜[5] 迷失道，入穷谷中。幼孜堕马，胡、金二公不顾而去。公下马，为整鞍辔。不数步，幼孜复堕马，鞍尽裂。公即以所乘马让之，自乘骣马[6]，从夜至旦，不胜其疲。翼日谒上，幼孜备奏。上嘉公之义，公谢曰："僚友之分，谊所宜然。"上曰："广、纯独非僚友耶？乃不顾而行也。"

【注释】

[1] 杨荣：字勉仁，明初建安人，官至内阁首辅，谥文敏。

[2] 文皇：指朱棣，朱棣谥号为文皇帝。

[3] 胡广：字光大，号晃庵，明朝江西吉水人，官至文渊阁大学士，谥文穆。

[4] 金纯：字惟人，号德修，泗州人，官至刑部尚书兼太子宾客。

[5] 金幼孜：名善，以字行，号退庵，江西峡江人，官至礼部尚书，谥号文靖。

[6] 骣（chǎn）马：没有鞍具的马。

【译文】

杨荣随文皇帝朱棣北征时，与胡广、金纯、金幼孜迷路，进入幽深山谷中。金幼孜从马上跌下，胡广和金纯两位头也不回地离开。杨荣下马，替他整理鞍辔。没走几步，金幼孜又从马上跌下，马鞍都裂开了。杨荣便把自己所骑的马让给他，自己骑没有鞍具的马，从夜里到天亮，非常疲劳。次日拜见皇帝，金幼孜把详情上奏。朱棣赞许杨荣义举，杨荣婉拒说："这是僚友情分，从友情来说应该这样。"朱棣说："胡广、金纯难道不是僚友吗？竟然不回头径自前行。"

世人自贼

包孝肃公尹京时，民有自言："以白金百两寄我者死矣，予其子，不肯受，愿召其子予之。"尹召其子，辞曰："亡父未尝以白金委人也。"两人相让久之。吕荣公^{（一）}闻之，曰："世人喜言'无好人'三字者，可谓自贼^[1]者矣。"

【校勘】

（一）吕荣公：为"吕荥公"之误，因"荣""荥"形近致讹。吕荥公，
　　　即吕希哲，字原明，北宋寿州人，学者称荥阳先生，曾任光禄少卿。

【注释】

[1] 贼：残害。

【译文】

孝肃（包拯谥号）公包拯任开封府尹时，有个百姓自己说："把百两白银放在我这里的人死了，我把钱给他儿子，他儿子不肯接受，希望官府把那人召来交给他。"府尹把那人儿子召来，他推辞说："我已死的父亲不曾把白银放在别人那里。"两人相互推让了好长时间。吕荥公听到后，说："世上喜欢说'无好人'三字的人，可算是残害自己了。"

不负死友

罗道琮^[1]贞观末徙岭南。同徙一友人死荆襄间，临殁泣曰："人生有死，我独委骨异壤乎？"道琮曰："吾若得还，终不使君独留。"瘗路左^[2]去。岁余，遇赦归，方霖潦，失殡处。道琮恸诸野，沸^[3]忽起波中。道琮曰："尸在，可再沸。"祝已，水复沸，乃得尸还。中路宿旅店，仿佛见友谢，曰："君德生死不易，名位将不止此也。"

寻擢明经，知名当世。

【注释】

[1] 罗道琮：唐朝蒲州虞乡人，官至太学博士。

[2] 路左：路边。

[3] 沸：水泡。

【译文】

罗道琮在贞观末年被流放到岭南。一同被流放的一个友人在荆襄一带病死了，临终时哭着对罗道琮说："人生来都会死去，我独自把尸骨扔到异地吗？"罗道琮说："我如果能够回来，终久不让你尸骨留在这里。"他把友人葬在路边离去。一年后，遇上大赦回归，时当大雨，积水严重，找不到临时埋友人的所在。罗道琮在野地里痛哭，路边水中忽然冒起水泡。罗道琮祷告说："如果尸骨在这个地方，可再冒水泡。"祷告完毕，又冒了水泡，于是找到尸骨返回。路上住到旅店里，他仿佛看到有人道谢，说："你的恩德生死不变，名声和地位将不止于此。"不久，罗道琮通过了明经科考试，在当世知名。

危境济溺

吴粲[1]仕吴，为曲阿长，同吕范[2]拒魏将于河口。值天大风，诸船绠绝，军多溺水，攀粲舟请援。左右谓船重必败，粲曰："船败当俱死耳。奈何弃之？"所活甚众。

【注释】

[1] 吴粲：字孔休，三国时吴郡乌程人，孙权时官至太子太傅。

[2] 吕范：字子衡，汝南细阳人，三国时期东吴重臣，爵封南昌侯。

【译文】

吴粲出仕吴国，担任曲阿县长，与吕范在河口一起抵御曹魏将军的进攻。遇上大风，各船缆绳被吹断，好多士兵掉进水里，攀爬吴粲的船请求救援。吴粲身边人说船太重就会沉没，吴粲说："船沉没，就一块儿死罢了。怎么能抛弃他们呢？"救活的人很多。

终不言惠

陈重[1]举孝廉，有同舍郎负子母钱[2]数十万，债主日逼，重密为偿之。郎后觉而造谢，重曰："非我也，或有同姓名者。"终不言惠。

【注释】

[1] 陈重：字景公，东汉豫章宜春人，被征为司徒，担任过侍御史。

[2] 子母钱：利钱和本钱。

【译文】

陈重被推举为孝廉时，有位同在郎署的郎官欠利钱和本钱多达数十万，债主每天都来逼债，陈重便暗自帮他还了钱。那郎官知道后来道谢，陈重说："不是我做的，可能是同姓名的人做的。"他始终不说是自己的恩惠。

文正恤下

范文正公知越州，时有属官孙居中卒于官，子幼家贫。助以俸钱百缗，且具舟遣牙较（一）送之归，并作诗曰："十口相依泛巨川，来时暖热去凄然。关津[1]不用询名氏，此是孤儿寡妇船。"

【校勘】

（一）牙较：为"牙校"之误。牙校，低级武官。

【注释】

[1] 关津：指水陆交通必经的关口和渡口，泛指关卡。

【译文】

文正公范仲淹任越州知州，当时有个叫孙居中的属官死在官任上，孩子幼小，家庭贫困。范仲淹拿出百贯钱的俸禄予以资助，并且派船只让牙校送他全家回原籍，并且作诗说："十口相依泛巨川，来时暖热去凄然。关津不用询名氏，此是孤儿寡妇船。"

默全三贤

陆埧[1]出知常德，以才调武昌，寻徙岳州。先有巨木飘入郡界，前守不知为皇木，送侍郎方锐（一）起坊。督木使者误论埧，埧不辨。人或讽之奏白，埧曰："三公[2]皆贤者，奏则彼将得罪。吾负罪以归可也。"久之得白。以一默而全三贤，陆公之盛德至矣。

【校勘】

（一）侍郎方锐：为"尚书方钝"之误。方钝，字仲敏，号砺庵，湖南巴陵人，官至户部尚书，谥简肃。

【注释】

[1] 陆埧（bāng）：字秀卿，号簨斋，明朝浙江嘉善人，曾任光禄卿、佥都御史等职。

[2] 三公：指前任岳州知府、尚书方钝和督木使者。

【译文】

陆埧出官常德知府，后因有才干调任武昌知府，不久又调任岳州知府。之前，有根大木头飘入岳州地界，前任知府不知为皇家建筑用材，送给尚书方钝建了牌坊。监管运木材的使臣误认为是陆埧弄走木材，陆埧不予分辨。有人委婉地告诉他要上奏说明情况，陆埧说："涉及的三人都是贤德的人，一旦上奏他们都将获罪。我来承担罪责被免官回家就可以了。"过了好长时间，事情真相大白。以一己沉默而保全三位贤者，陆埛德行好到极点了。

智周分俸

高智周[1]举进士，累补费县。念丞、尉俸薄，以己所入均分之，政化大行。

【注释】

[1] 高智周：唐代常州晋陵（今江苏宜兴）人，高宗时曾任黄门侍郎、御史大夫等职。

【译文】

高智周考中进士，辗转做到了费县县令。他考虑到县丞、县尉俸禄太微薄，就拿出自己俸禄与其均分，结果政令教化推行得很好。

石皋火籍

石皋（一）守定州，唐县凶恶谋为乱，书其县人姓名于籍，无虑[1]数千人。其党持籍诣州发之，皋主鞫治。是时冬月，皋抱籍上厅事，佯为顿仆，覆其籍炉火中，尽焚之。不可复得其姓名，止坐为首者，余皆得释。

【校勘】

（一）石皋：金朝定州人，补郡吏，廉洁自将，称为长者，金世宗宰相石琚父亲。据《金史》，"石皋"二字后夺"随"字。原文为"石皋随完颜阇母守定州"。

【注释】

[1] 无虑：大概。

【译文】

石皋随人守定州时，唐县凶恶的人谋划叛乱，把县里人名写到花名册上，大概有几千人。他的党羽拿着花名册到州里去告发，石皋主持审讯。这个时候正值冬天，石皋抱着花名册上办公厅堂，假装跌倒，把花名册扔到了火炉中，全部烧掉了。不能再找出花名册上人的姓名，只把带头的人治了罪，其余的人都获释了。

彝救弃儿

刘彝[1]所至，多善政。其知处州（一）也，会江西饥歉，民多弃子于道上。彝揭榜通衢，召人收养，日给广惠仓[2]米二升，每月一次，抱至官（二）看视。又推行于县镇，细民利二升之给，皆为字养[3]，故一境间子（三）无夭阏[4]者。

【校勘】

（一）处州：据魏泰《东轩笔录》，为"虔州"之误。刘彝不曾到处州为官。

（二）官：字后夺"中"字。官中，官府。

（三）间子：为"凡弃子"之讹。

【注释】

[1] 刘彝：字执中，北宋福州人，官至都水丞。

[2] 广惠仓：中国古代官府设置用于慈善救济的一种粮仓。

[3] 字养：抚养。

[4] 夭阏（è）：夭折。

【译文】

刘彝做官所到的地方，多留下善政。他任虔州知州时，适逢江西歉收闹饥荒，好多老百姓把孩子抛弃路上。刘彝在在街口贴出告示，号召收养弃儿，收养人可以每天到广惠仓领两升米，每月把孩子抱到官府验看一次。又把此措施推行到县里镇上，小民贪求每天两升米的好处，就都养育孩子了，所以全境中所有弃儿没有夭折的。

号为王佛

王致远[1]知慈溪县。嘉熙庚子[1]浙东大饥，死殍成丘。致远延请邑贤士大夫，分僧寺置局，为粥以食饥者。始日食千人，既而邻民坌至[2]，日至八千人。己俸不足，复诣台[3]借助，券[4]巨室出米以续之，迨麦熟始罢。寻置居养院，给薪米以处老弱之无归者；置慈幼院，厚乳哺以活婴孩之委弃者。病与医药，死为殓埋。山谷穷民感恩流涕，称为王佛。

【注释】

[1] 王致远：字任道，号九山，南宋永嘉县人，官至太府寺丞。
[2] 坌（bèn）集：聚集。
[3] 台：台垣，高级官署。
[4] 券：署券，签署券约。

【译文】

王致远任慈溪知县。嘉熙（宋理宗年号）庚子年浙东一带闹大饥荒，饿死的人堆积成山丘。王致远延请乡间士绅，分派僧寺设救济局，做粥来给饥饿人吃。开始时供应上千人喝粥，不久邻县饥民聚集而来，每天食粥的人达到八千。自己的俸禄搭进去了，还不够，又到高级官署请求援助，向大家族立券契借粮来延续下去，到麦子成熟时才作罢。不久设置居养院，供给柴米来安置老弱又无家可归的人；设置慈幼院，来好好养活哺育那被抛弃的婴儿。给生病的人配备医生与药物，将死亡的人装殓埋葬。山谷间穷困百姓感恩流泪，称他是王佛。

性中建梁

蒋给事性中[1]，第进士告归，有司举故事，为立表于门。时罨窦湖[2]病涉久，公曰："荣吾家曷若利吾乡乎？"即移所费为石梁于湖上，往来便之。

【注释】

[1]蒋给事性中：即蒋性中，字又和，号检庵，明朝松江府人，曾任兵科给事中。
[2]罨窦湖：常作"莺窦湖"，位于黄浦江中游北岸。

【译文】

兵科给事中蒋性中，当年考中进士告假回家乡，当地官员按照惯例要在他家门前建立牌坊。当时莺窦湖不便行走好长时间了，蒋性中说："让我家荣耀哪里赶得上让乡亲们便利呢？"他就把官府拨给的费用在莺窦湖岸边建了石桥，乡亲往来很便利。

救人救彻

友山居士张璞[1]，字廷采。自京南还，有同舟者兄弟二人，兄病亟，且无所给，众欲置之岸。居士诤曰："置于岸即死。"遂给其费而调护之。将分途，其弟恸哭，分必死。居士复与傲舟，又探白金，佐之行。但曰温州人，竟不告名姓而去。

【注释】

[1]张璞：字廷采，自号友山居士，明朝松江府人，正统年间为陈、沂两州学正。

【译文】

友山居士张璞，字廷采。他从京城回来，有兄弟二人同船而行，二人中的兄长病得厉害，而且不能付船费，船上众人都想把他扔到岸上。张璞坚持说："把他扔到岸上，他就会死掉。"于是给他费用并护理他。将要分手时，那弟弟伤心痛哭，料到一旦分手兄长定会死掉。张璞又给他们雇船，又拿出白银来资助其行程。他只说自己是温州人，最终没告诉他姓名而离开。

暴禾酬直

赵轨^(一)袁州司马。尝夜行，从骑逸入田中，暴人禾。乃驻马待旦，访禾主，酬直而去。

【校勘】

（一）赵轨：隋朝河南洛阳人，官至寿州总管长史。据《隋书·赵轨传》，"赵轨"二字后夺一"授"字，"袁州"后夺"总管"二字。。

【译文】

赵轨受任袁州总管司马。他曾经夜行，手下人的马跑到了田地里，糟蹋了百姓的禾苗。赵轨停下马匹等待天亮，然后找到庄稼主人，赔偿后才离开。

卖物无欺

魏陈元方^(一)东郡卖小宅，家人将就直矣，元方曰："此宅甚好，但无出水处。"买者固辞不买。北齐皇甫亮^[1]所居宅洿下^[2]，标榜卖之。买者问故，亮答："宅中水淹不泄，雨即流入床下。"宅终不售。司马光令老兵卖所乘马，云："此马夏来有肺疾。若售者，先语之。"老兵笑其拙。辽萧韩家奴^[3]始仕，家有一牛，不任驱策，其奴得善价鬻之。韩家奴曰："利己误人，非吾所欲。"乃归直取牛。

【校勘】

（一）魏陈元方：当为"汉陈元方"之误。据《鸿胪陈君碑》，陈元方建安四年卒，故为东汉人。陈元方，名纪，字元方，颍川许昌人。

【注释】

[1] 皇甫亮：字君翼，北朝安定朝（zhū）那（nuó）人，曾任北齐任城太守。

[2] 洿（wū）下：低洼。

[3] 萧韩家奴：字休坚，契丹族，辽国学者，官至归德军节度使。

【译文】

东汉陈元方在东郡卖一所小宅院，家人就要收钱时，陈元方说："这宅子很好，只是没有地方出水。"买主坚决拒绝购买。北齐皇甫亮所住宅子地势低洼，他贴出告示要出卖。有意的买主问他出卖原因，他回答："宅子中的积水排不出去，雨水能流到床下边。"宅子最终没有卖出去。司马光命令老兵卖自己所骑的马，说："这马夏天有肺病。如果有买主，要先告诉他实情。"老兵笑话他愚拙。辽国萧韩家奴刚做官时，家里有头牛，不堪驱使，他仆人以好的价钱把牛卖出了。萧韩家奴说："自己谋利，欺骗他人，我不想这样做。"就归还了牛钱，把牛牵了回来。

赵抃仁爱

赵清献公嫁兄弟之女以十数，皆如己女。在官为人嫁孤女二十余人。居乡葬暴骨，及贫无以殓且葬者，施棺给薪 [1]，不知其数。

【注释】

[1] 给薪：给予生活费。

【译文】

清献（赵抃谥号）公赵抃嫁兄弟女儿有几十个，就像嫁自己女儿。他在官任上自己出资嫁孤女二十多人。他在乡间居住时埋葬暴露的尸骨，以及向没有能力装殓安葬亲人的穷苦人施舍棺材，发放生活费，不知有多少。

蔡齐缓狱

蔡文忠公[1]为通判维州（一），民有告某氏刻伪税印，为奸税已逾十年，连蔓至数百人。公叹曰："尽利于民，使无所逃，是上之过也。"为缓其狱，得减死者十余人，余皆释而不问。

【校勘】

（一）维州：为"潍州"之误，今山东省潍坊市。

【注释】

[1]蔡文忠公：即蔡齐，字子思，北宋莱州胶水（今山东平度）人，官至参知政事，谥号文忠。

【译文】

文忠公蔡齐任潍州通判时，有老百姓告发某人伪造税印，牟取利益已经超过十年，株连蔓延到几百人。蔡齐叹息说："从百姓那里榨尽利益，让百姓无处可逃，这是执政者的过错。"他用宽松态度处理案件，免于死罪的有十多人，其余的人都予以释放不加追究。

罗循宽厚

吉水罗双泉循[1]，上计春官[2]，亡其囊中赆褐[3]。同舍生不自安，物色其窃去者。绐循访之，比入座，故探其囊，出褐示循，曰："是不类君物耶？"循趋而出，慰其人，曰："物偶相类，生醉语耳。"归语生曰："我失褐，初无所损；彼得恶声，尚得为士人耶？"生始谢不能及。后生子罗念庵[4]，大魁[5]天下。

【注释】

[1]罗双泉循：即罗循，字遵善，号双泉，明朝吉水人，仕至山东按察司副使。

[2] 上计春官：此指参加礼部会试。春官，礼部别称。

[3] 罽（jì）褐：用羊毛织成的布衫。

[3] 罗念庵：即罗洪先，字达夫，号念庵，明朝吉水人，曾任翰林院修撰。

[4] 大魁：中状元，罗洪先中嘉靖己丑科状元。

【译文】

吉水罗循，号双泉，参加礼部会试时，丢失了行囊中的罽褐。同住一起的考生内心很不安，寻找偷窃的人。那偷窃的人哄罗循去寻找，等入座后，故意从自己行囊中拿出罽褐，给罗循看，说："这不像你的东西吧？"罗循赶紧过去，安慰那偷东西的人，说："东西偶或相似，你说醉话罢了。"回来时，他众人说："我丢失了罽褐，原本算不了什么；如果他获取一个坏名声，还能做读书人吗？"同舍生认为赶不上他。后来罗循儿子罗念庵，中了状元。

失子复得

密云有富翁，一子数岁失去，求之勿得，翁念殊切。值天暑，数人歇凉于其门，坐久竟去。翁见门后一黄袋，盛银数锭。少顷，一人号泣曰："我津卫解边饷者，适与同伴借此歇凉，解袋置后门(一)，快行忘取。倘长者收得，愿与均分。"翁验还之。其人拜谢，且恳所以报德。翁俛[1]首久之，曰："老拙久失一子，但觅清秀孩童一二，赐我足矣。"其人铭刻而去。事毕回，至(二)途见人携小童请鬻。其人计翁恩厚，遂买。联骑送到翁门，下马，儿遂竟(三)入室中，举家号泣，始知鬻儿即翁子也。翁大喜，复厚赠其人。

【校勘】

（一）后门：据上文，当为"门后"。

（二）至：疑当为"于"。

（三）竟：疑当为"径"。

【注释】

[1] 俛：同"俯"。

【译文】

　　密云有一富翁，几岁的儿子丢失了，没有找到，富翁非常思念。适逢暑天，几个人在他门边歇凉，坐了好长时间最终离去。富翁看见门后有个黄袋子，盛着几个银锭。不久，一人到来，哭着说："我是天津卫往边防解送银两的，刚才和同伴在这里歇凉，把袋子解下来放在门后边，走时匆忙忘了拿去。如果长者收存，愿意平半分开。"富翁查实后就把银子还给了他。那人跪拜道谢，并且恳求报答。富翁低头沉思好久，说："老拙我好久前丢失了一个儿子，只要能发现一两个清秀小孩，买来赐给我，我就满意了。"那人牢牢记住离开。事情办毕回来的路上，看见有人卖小孩。那人考虑到富翁的厚恩，就把孩子买了下来。然后两人一同骑马来到富翁家门前，下马后，那小孩径自走进内室，全家痛哭流泪，才知道这孩子就是老翁儿子。富翁非常高兴，又厚赠那人。

至宝良田

　　善为至宝，一生用之不尽；心作良田，百世耕之有余。

【译文】

　　略。

周济惟馨

　　沈惟馨[1]博学，老而奇穷，数至钱鹤滩[2]家，随所须给之，无倦色。一日，鹤滩北上，将戒行[3]，怜其贫，谓之曰："君第居此，三日内有相赒[4]者，皆君物也。"惟馨居三日，会天连雨，赒者罕至，只一乡亲馈布二端。鹤滩以授惟馨而叹曰："君之穷，命也。吾无如君何，愿君安之而已。"

【注释】

[1] 沈惟馨：即沈悦，字惟馨，明朝松江府人，有诗名。
[2] 钱鹤滩：即钱福，字与谦，号鹤滩，明朝松江府华亭人，弘治庚戌科状元。
[3] 戒行：辞行。
[4] 赆：临别时馈赠财物。

【译文】

沈惟馨博学，年老后极端穷困，多次到钱鹤滩家，钱鹤滩满足他的要求，没有厌倦神色。一天，钱鹤滩要到北方去，将要辞行，可怜他贫困，对他说："你只管住在这里，三天内有送东西赠别的，送来的东西都归你。"沈惟馨住了三天，适逢连天下雨，很少有送东西的人到来，只有一个乡亲馈赠了两匹布。钱鹤滩把布匹送给沈惟馨并感叹说："你的穷困，是命啊。我也没有办法，希望你安守穷困罢了。"

文简克己

孙文简[1]所居之左为太清道院，当路欲举其地畀公。公曰："此童时所息游也，其羽流亦旧所交与。吾既不能营葺，忍夺之乎？"又一葬地，与公第密迩。公荣归，其人欲徙去。公不许，乃筑墙以障之。

【注释】

[1]孙文简：即孙承恩，字贞甫，号毅斋，明朝松江人，官至礼部尚书，谥文简。

【译文】

文简公孙承恩住宅左侧为太清道院，当地官员想把那地方送给孙承恩。孙承恩说："这是我小时候休憩游玩的地方，那道士们也是旧日结交的朋友。我既然不能修葺，忍心夺掉吗？"又有一块墓地，与孙承恩府邸邻近。孙承恩荣归故里，墓地主人想要把墓地迁走。孙承恩不答应，于是建了堵墙予以遮挡。

王缮庇贤

王缮[1] 为沂录事参军，时鲁简肃公[2] 为司户参军。家贫，食口[3] 众，禄俸不给，每贷于王。犹不足，则又恳王予贷俸钱。鲁御下严，库吏深怨之，诉鲁私贷缗钱[4]，州并劾王。王谕鲁曰："第归罪某，君无承也。"鲁曰："某贫不给，以干于公，过实自某，公何辜焉？"王曰："某碌碌经生，仕无他志，苟仰俸入，以养妻子，得罪无害，矧以官物贷人，过不及免。君年少有志节，明爽方正，实公辅[5] 器，无以轻过辄累远业，并得罪何益？"卒明鲁不知，而独受私贷之罪，鲁深愧谢不自容。王处之裕如，无慊恨色，由是沉困铨曹二十余年。

【注释】

[1] 王缮：北宋潍州人，仕至省郎，累典名郡。

[2] 鲁简肃公：即鲁宗道，字贯之，北宋亳州人，官至参知政事，谥简肃。

[3] 食口：不劳动而吃闲饭的人。后亦指家口。

[4] 缗钱：指以千文结扎成串的铜钱，汉代作为计算税课单位。后泛指税金。

[5] 公辅：古代三公、四辅，均为天子之佐。借指宰相一类的大臣。

【译文】

王缮任沂州录事参军，当时简肃公鲁宗道担任司户参军。鲁宗道家里很穷，供养的人多，俸禄不够家用，常常向王缮借贷。还是不够，鲁宗道就又恳求王缮把俸金预先借给他。鲁宗道管理属下严厉，库吏十分怨恨他，就控告他私自挪用公款，州府连同王缮一起弹劾。王缮告诉鲁宗道说："只归罪我一个人，你不要认罪。"鲁宗道说："因为我家里穷，俸金不足养家，才向你求助，过错实出自我，你有什么罪呢？"王缙说："我碌碌无为，得过且过，做官没有别的大志，苟且依靠俸禄来养活妻儿老小，获罪也无大妨碍，况且把公物借给别人，过错不致于罢官。你年轻有志向节操，明智豪爽正直端方，确实有宰相才干，不要因为小过而牵累了远大事业，何况一起获罪又有什么好处呢？"最终王缙表明鲁宗道不知实情，独自蒙受私自借钱的罪过，鲁宗道深表惭愧，致以歉意，感觉无地自容。王缙非常豁达，毫无怨恨不满神色，因此沉沦吏部下僚不被提拔达二十多年。

重处奴仆

晏元献公殊[1]以言者斥其非相才，罢枢政，守洛。有一举人行囊中物不税，为仆夫所告。殊曰："举人应举，孰无所货之物？未可深罪。若奴告主，此风不可长也。"僚属曰："犯人乃言官子。"意欲激之，殊不答，但送税院，仍治其奴罪而遣之。

【注释】

[1]晏元献公殊：即晏殊，字同叔，北宋抚州临川人，官至宰相，谥元献，词人。

【译文】

元献公晏殊由于言官指斥并非宰相才干，被罢免了枢密使职务去任洛阳任知府。有个举人行囊中的东西没有交税，被仆人告发。晏殊说："举人应举，谁没有出卖的东西？不可重惩。至于奴仆告主人，这风气不可助长。"僚属说："这举人是指斥你言官的儿子。"想来激怒晏殊，晏殊不予答复，只是把这举人交付税院（让其补税），仍旧对那奴仆治罪，然后将那举人打发走。

子罕厚德

士尹陁[1]为荆[2]使于宋，司城子罕[3]觞[4]之。南面之墙犨[5]于其前而不直，西家潦[6]注于庭下而不止，问其故，子罕曰："南家，鞔^[7]工也。吾徙之，其父曰：'吾恃鞔而食三叶^[8]矣。今徙，求鞔者不知吾处，吾将不食。'故不徙也。西家高，吾宫^[9]卑，潦注吾宫。禁之，水道无所出，故不禁也。"荆适举兵攻宋，尹陁归谏而止。孔子闻之，曰："夫修之庙堂之上，折冲^[10]千里之外，其司城子罕之谓乎！"

【注释】

[1] 士尹陁（yǐ）：春秋时期楚国官员，有隐德。陁，古同"陀"。

[2] 荆：指楚。此则选编自《吕氏春秋》，为避秦庄襄王子楚的讳，故称楚为"荆"。

[3] 司城子罕：即乐喜，子姓，乐氏，字子罕，春秋时期宋国的卿。司城，即司空，因宋武公名司空，故改名为"司城"。

[4] 觞：宴请。

[5] 犨（chōu）：突出。

[6] 潦（lǎo）：积水。

[7] 鞔（mán）工：做鞋的工匠。

[8] 三叶：三代。叶，世。

[9] 宫：房屋。

[10] 折冲：打退敌人的战车，指抵御敌人。

【译文】

士尹陁为楚国出使宋国，司城子罕宴请他。子罕南邻的墙向前突出，却不拆了来取直，西邻的积水流过子罕院子，他却不制止。士尹陁询问原因，司城子罕说："南边邻居家是做鞋的工匠，我要让他搬家，他父亲说：'我家靠做鞋谋生已经三代了。现在如果搬家，那些买鞋的，就不知道我的住处了，我家将不能谋生。'所以没有让他搬家。西邻家房子地势高，我家房子地势低，积水就往我家流。如果禁止，西邻家的积水就流不出去，所以没有制止。"士尹陁回到楚国时，楚王正要发兵攻打宋国，他劝阻楚王放弃了攻打宋国的打算。孔子听后，说：

"在朝廷上修养自己的品德，却能在千里之外战胜敌军，这大概说的就是司城子罕吧！"

黄氏兄弟

黄葵阳[1]学士庄仆失火，庄舍烬焉，愿输家产以偿所失，犹亏三百金。与参[2]中丞时为诸生，读书萧寺[3]，闻之特归，为之求免，曰："出于不意，赀煨[4]家籍，实可悯也。幸姑赐免，异日，折产（一）愿减应受，一如其亏数。"学士赦之，乡人靡不戴中丞之恤灾而颂学士之从善者。明岁中丞联第。

【校勘】

（一）折产：当为"析产"之误。析产，分家。

【注释】

[1] 黄葵阳：即黄洪宪，字懋中，号葵阳，明代浙江秀水人，官至少詹事。

[2] 与参：即黄承元，字与参，黄洪宪之弟，官至副都御史。

[3] 萧寺：佛寺。

[4] 煨（huǐ）：烧。

【译文】

黄葵阳学士田庄的仆人失火，把田庄房屋都烧成了灰烬，仆人愿意献出家产来偿还损失，还亏欠三百两银子。当时中丞黄与参还是秀才，在佛寺读书，听说后特意回家，为仆人求情，要求免掉欠银，说："失火是出于不意，烧毁了财物，他的家产也被籍没，实在可怜。希望姑且免掉欠银，他日分家时愿意从应得的财物中扣除欠银数目。"黄葵阳学士宽恕了仆人。乡亲们没有谁不感戴黄与参体恤灾情，而歌颂黄葵阳学士从善如流的。下一年，黄与参科考接连高中。

士文清刻

高齐库狄干[（一）]子士文[1]，性清苦，不受公料[2]。其子尝啖官厨饵，士文枷之于狱累日，杖二百，步送还京。发摘奸诡，尺布斗粟之赃，无所宽贷。至奏配千人岭南，皆瘴疠[5]死，亲属唯哭。士文捕搦[4]箠楚盈前，而哭者弥甚。上闻曰："士文暴过獥[5]兽矣。"坐免。昔闻长者言："上官贪，百姓尚有生路；清而刻，即生路绝矣。"古今清吏子孙或多不振，正坐刻耳。

【校勘】

（一）库狄干：据《隋书·厍狄士文传》，为"厍（shè）狄干"之误，"厍"与"库"因形近致讹，厍狄为复姓。厍狄干，北朝善无人，鲜卑族，官至太宰，谥景烈。

【注释】

[1] 士文：即厍狄士文，北齐时官至领军将军，入北周后官随州刺史，入隋曾任贝州刺史。

[2] 公料：公家给予官吏俸禄外的一种津贴。

[3] 瘴疠：感受瘴气而生疾病。亦泛指恶性疟疾等病。

[4] 捕搦：捕捉。

[5] 獥（dú）：兽名。

【译文】

高齐（即北齐，因皇帝为高姓，故称）厍狄干儿子厍狄士文，生性清廉刻薄，不接纳俸禄外的津贴。他儿子曾经吃了官厨中的饼，厍狄士文在他的脖子上套上枷锁送到狱中关押多天，还打了二百杖，又徒步把他押送回京城。揭发指责坏人坏事，有一尺布一升粟这样点滴的贪污，他不予宽容。他上奏皇上把千人发配到岭南。这些人因瘴气而死，于是死者亲属哭骂厍狄士文。厍狄士文抓捕哭骂者，被鞭打的人塞满堂前，可这些人哭骂得越发厉害。隋文帝听到后说："士文的暴政比猛兽还厉害。"厍狄士文因此被免职。从前听长者说："如果官员贪婪，百姓尚且还有活路；如果官员清廉却刻薄，百姓就断了生路。"古往今来清廉官吏子孙好多不兴盛，正因为刻薄的缘故。

收养弃儿

《德生社收弃儿疏》[1]云：旱踵水灾，翳饿[2]与流莩[3]相望，疫因饥发。夫妻偕父子俱离所。最惨者道上婴孩气奄奄而犹泣，路旁仁德心恻恻以徒嗟。甚至死妇抱生雏，岂是卢家之鬼子[4]；乃有饿夫抛馁豎[5]，宁同郭氏之埋儿[6]？有口不能言，真称无告；有足不能举，洵是穷民。虽上天不能齐物[7]之情，在仁人岂能立视其死？兹于袁酒巷[8]民房特开收弃厂公所，量招老媪，广集群儿，施荐席于两傍，作粥糜于数镬。病需方药，诊疗属之良医；幼必啼号，抚鞠责之众妪。思近日寇氛劫掠，何曾为守虏[9]留财？考古来善事吉祥，端不外德门流庆。仰乞轸念[10]沟中赢瘠（一），曲为恤其疾苦，或能特省厨下盘飧[11]，施之此种流离。将见多男应兆，祚必衍于螽斯[12]；盛德世昌，门定高于驷马[13]矣。

【校勘】

（一）赢瘠：当为"羸瘠"之误，瘦弱疲病。

【注释】

[1]《德生社收弃儿疏》：不知何人何时所上奏章，由内容看不早于南宋。

[2] 翳饿：在翳桑之下饿死的人，此指本地饿死的人。

[3] 流莩：流浪而饿死的人。莩，同"殍"。

[4] 卢家之鬼子：梁武帝《河中之水歌》："十五嫁为卢家妇，十六生儿字

阿侯。"后来卢妇忧愁而死,剩下阿侯。不确知是否来源于此。

[5] 馁豎:挨饿的孩子。豎,同"竖",非成年的人。

[6] 郭氏之埋儿:最早见于《搜神记》。晋代孝子郭巨因养儿子而妨碍了行孝,就要把儿子埋掉,幸好,孝行感天,得获黄金。

[7] 齐物:此指一样看待。

[8] 袁酒巷:位于今杭州上城区,因南宋临安知府袁韶在此设酒库卖酒而得名。

[9] 守虏:守财奴。

[10] 轸(zhěn)念:悲痛思念。

[11] 飧:同"餐"。

[12] 螽(zhōng)斯:绿色或褐色昆虫,繁殖能力极强。此喻指子孙众多兴盛。

[13] 驷马:指显贵者所乘的驾四匹马的高车,表示地位显赫。

【译文】

《德生社收弃儿疏》说:旱灾继水灾接踵而来,本地饿死的人与流浪饿死的人到处都是,瘟疫也因饥饿而发生。夫与妻、父与子一起流离失所。最惨的是路边婴儿已经气息奄奄却还在哭泣,道旁有仁爱的人只能心怀恻隐而徒唤奈何。甚至有已经死去的妇人抱着还活着的婴儿,难道是卢妇留下的孩子;还有饥饿男人抛弃的孩子,就像当年郭巨埋儿一样?这些婴孩有口却不会说话,真称得上求告无门;有腿不能走路,确实是走投无路的人。虽然上天对人不能一样看待,但仁慈的人怎能忍心站在一边看着这些婴孩死去呢?现在在袁酒巷民房中特意开设收弃厂公所。适量招收老妇,把众多的失养婴孩收集起来,在两边摆放垫席,用几口大锅煮粥。病了的时候,供给方药,把诊治的事嘱托良医;幼小的孩子定会哭闹,责成众位老妇养育。想到近日盗贼气焰很盛,到处抢劫,哪里肯给守财奴留下财物?考察古往今来的好事福祐,确实不外乎品行高尚之家留下的吉庆。向上请求陛下悲痛地思念沟壑中瘦弱疲病的人,用心地体恤他们的疾苦,有时能省下厨房的餐饭,来施舍给这些流离失所的人。那必将会出现多生儿子的征兆,福气一定能传给绵延不尽的子孙;德行广布,世代昌盛,就永远门第显赫。

三韭德厚

姚三韭[1]本姓卞,博学善诗文,馆于怀氏。有女常窥之,卞岸然不顾。一日晒履于庭,女作书纳鞋中。卞得之,托以他事辞归。怡杏翁作诗咏其事,有"一点贞心坚匪石,春风桃李莫相猜"之句。卞不受诗,且答书力办^(一)其无此事。怡杏翁缄其书而题云:"德至厚矣。"生子谌[2]及曾孙锡[3]皆登进士,至今青衿[4]尚济济也。

【校勘】

(一)办:当为"辨"之讹,因办字的繁体"辦"与"辨"形近致讹。

【注释】

[1]怡杏:即袁祥,字文瑞,号怡杏,明朝嘉善人,有诗名,哲学家袁了凡祖父。

[2]谌:即卞谌,字信卿,明朝弘治十五年进士,曾任广信府推官。

[3]锡:即卞赐,字叔孝,号豹山,嘉善人,嘉靖三十五年进士,选任吏部稽勋司主事。

[4]青衿:青色交领长衫。古代学子和明清秀才的常服,借指学子,明清亦指秀才。

【译文】

姚三韭本姓卞,学问渊博,擅长诗文,曾在怀姓人家教书。那家有个女子常常偷偷地看他,他神情严正不予理睬。一天,他在庭院里晒鞋,女子写了一封信塞进他鞋内。姚见到信后,就借故辞职了。袁怡杏写了首诗吟咏这事,其中有"一点贞心坚匪石,春风桃李莫相猜"这样的句子。姚不接受这诗,回信极力分辩并无此事。袁怡杏将他的回信封好,并题词于上:"德行极其深厚了。"后来,姚的儿子谌,曾孙锡,都考中进士,至今卞门学子人才济济。

忠厚气象

富贵^(一)之家常有穷亲戚往来，便是忠厚。

【校勘】

（一）富贵：此则文字见于《小窗幽记》。元朝史弼《景行录》云："富贵之家，有穷亲戚往来，便是忠厚有福气象。"

【译文】

　　略。

褆躬端方

　　江夏贺对扬^[1]先生褆躬^[2]端方，与人诚信。为广文^[3]时，体惜两明经寅友^[4]备至。诸生问字^[5]者，毫不计修脯^[6]，而于两斋^[7]则惓惓谕以从厚。语人云："余致敬同寅有故，一与家严同庚，一与家慈同庚，俨然父母式临^[8]其上耳。"噫！即先生处同官一事。其居家孝友，真无惭衾影矣^[9]。晋秩宗伯^[10]，寓所仆从仅三人，皆诸生时所服役者。其标封字皆细楷，柳公权云"心正则笔正"，伊川云"写字亦有正心诚意之学"，先生有焉。

【注释】

[1] 贺对扬：即贺逢圣，字对扬，明朝江夏人，礼部尚书兼东阁大学士，谥文忠。

[2] 褆（zhī）躬：立身。

[3] 广文：明清时因称教官为"广文"，亦作"广文先生"。

[4] 寅友：即同寅，同僚。

[5] 问字：典出《汉书·扬雄列传下》："汉扬雄校书天禄阁时，多识古文奇字，刘棻曾向扬雄学奇字。"后来称从人受学或向人请教为"问字"。

[6] 修脯：旧时称送给老师的礼物或酬金。

[7] 两斋：古时教育将国子学分下、中、上三等六斋。下等两斋叫"游艺""依仁"；中等两斋叫"据德""志道"；上等两斋叫"时习""日新"。

[8] 式临：在现场。式，无实意。

[9] 无惭衾影：指行为光明，问心无愧。

[10] 宗伯：礼部尚书旧称。

【译文】

　　江夏贺对扬先生立身方正，与人讲诚信。做教官时，体谅照顾两个明经出身的僚友极其周到。秀才们请教时，毫不计较礼物，对学业却恳切晓谕，细心关照。他告诉人说："我对待同僚朋友恭敬有原因，一是与父亲同龄的人，一是与母亲同龄的人，就像是父母在现场一样。"唉！这就是先生对待同僚的一件事情。他居家孝顺双亲，友爱兄弟，也真正做到了问心无愧。他晋升礼部尚书后，寓所仆从只有三人，都是自己当秀才时的仆从。他封装东西写字时都用细笔小楷，柳公权说"心正则笔正"，伊川（北宋程颐之号）说"写字亦有正心诚意之学"，对扬先生做到了。

吁请施棺

　　赤城 [1]《施棺引》云：慨夫夭厉 [2] 流灾，老稚或填沟壑 [3]，兼之世风不古，狗马孰被盖帏 [4]？岂骨不媚之虞翻，蝇为吊客 [5]？抑鲜克终之小白，虫蒉诸孤 [6]？既非盗刺自屠，漫哭谁人收视 [7]？未尝郫邬盈贯，何当经月陈尸 [8]？况败肉秽腥风，忍见一方惊闭户？使孤魂啼夜月，蚤教十里断行人。斯宁直水旱仍祲 [9]，多哀原隰 [10]？如果其里仁为美 [11]，曷解痀瘝 [12]？予犹忆乙卯甫上公车 [13]，正值两东 [14] 剧遭荦饿，时尚罄途资以拯垂毙，且徧 [15] 市糖饼以疗啼饥。岂彼初心转昧？今日愿兹伊始，发念施棺。额虽俭于三百之钱，意少追乎七寸之制 [16]。所及者由市城以迄附郭，来报者必排里以暨地方。因念问舍求田，徒自苦儿孙襟裾[17]；即令饭僧佞佛，更何若胞与[18]慈悲？果其四顾酸伤，何不减厨中之厩马(一)；倘或一班[19]燮理[20]，宁仅赠馆人以脱骖[21]。予方快好施者之用得其方，又不特无归者之死安其所，因摅[22]恻念，再告同心。

【校勘】

（一）减厨中之厩马：此句不通。疑当为"减厩中之肥马"，"厨"与"厩"因形近致讹。

【注释】

[1] 赤城：即夏鍭，字德树，晚号赤城，明朝天台县人，曾任南京大理寺评事，著有《赤城集》。

[2] 夭厉：夭疠，指因遭疾疫而早死。

[3] 填沟壑：死的婉辞。典出《战国策》（卷二十一）："愿及未填沟壑而托之。"

[4] 被盖帏：指被予以装殓。

[5] 骨……吊客：此指生前没有知交，死后没人照顾的人。《三国志·吴书·虞翻传》裴松之注引《虞翻别传》："自恨疏节，骨体不媚，犯上获罪，当长没海隅。生无可与语，死以青蝇为吊客。"虞翻，字仲翔，三国会稽余姚人，曾任吴国骑都尉，学者。

[6] 鲜……诸孤：据《史记·齐世家》记载，齐桓公不能善始善终，晚年重用小人，被饿死后，五子争位，忙于攻战，尸体无人收殓，在床上六十七日，尸虫爬出门外。此指人死后，儿子不成器或年幼而不能尽安葬义务。小白，齐桓公名字。藐诸孤，众孤儿太小（无能力安葬逝者）。

[7] 盗刺……收视：典出《史记·刺客列传》。聂政行刺韩国国相侠累后，怕死后连累姐姐，就毁坏面容，挖出眼睛，剖开肚皮，壮烈赴死。他姐姐为不使弟弟聂政英名被埋没，伏尸痛哭，后撞死在聂政尸前。自屠，自己剖开肚子。

[8] 郿邬……尸：典出《后汉书·董卓列传》："使皇甫嵩攻卓弟旻于郿坞，杀其母妻男女，尽灭其族，乃尸卓于市。天时始热，卓素充肥，脂流于

地。守尸吏然火置卓脐中，光明达曙，如是积日。"郿坞，同"郿墺"，董卓迁都长安后在长安西建立的别墅。何当，为什么。经月，满月。

[9] 仍祲（jìn）：多灾。仍，屡次。

[10] 多衰原隰（xí）：指原野堆积了很多尸体。原隰，广平与低湿之地，亦泛指原野。典出《诗·小雅·常棣》中"原隰裒矣，兄弟求矣"。

[11] 里仁为美：居处在仁爱的邻居乡里中才是美。《论语·里仁》："里仁为美，择不处仁，焉得知？"《集释》郑曰："里者，民之所居也。居于仁者之里，是为善也。"

[12] 痌（tōng）瘝（guān）：同义复合词，痛苦。痌，古同"恫"，痛苦。瘝，痛苦。

[13] 公车：因汉代曾用公家车马接送应举的人，后以"公车"代指举人进京应试。

[14] 两东：是指闽东、浙东，还是其他地方，难以确指。

[15] 徧：同"遍"。

[16] 七寸之制：古礼棺材板厚度为七寸。

[17] 襟裾：指襟裾马牛，像马牛穿上人的衣服，比喻没有头脑和无知。典出唐代韩愈《符读书城南》："人不通古今，马牛而襟裾。"

[18] 物与："民胞物与"略称。语出北宋张载《西铭》："民吾同胞，物吾与也。"指以民为同胞，以物为朋友。此指同类。

[19] 一班：同样。

[20] 燮理：协和治理。

[21] 赠……骖：《礼记·檀弓上》："孔子之卫，遇旧馆人之丧，入而哭之哀，出，使子贡脱骖而赙（fù）之。"谓解下骖马，以助治丧之用。后用为以财助人之急的典实。馆人，店主人。

[22] 摅（shū）：发表。

【译文】

赤城先生《施棺引》说：感慨那些因流行疾疫而早死遭遇灾荒而流离的人，老幼填身沟壑；加上世风不古，这些像狗马一样死去的人有谁被装殓？难道没有像虞翻那样太过刚直导致死后只有拿苍蝇作为吊客的人吗？抑或没有像不能善始善终的齐桓公死后由于儿子不成器而导致虫出的人吗？既然不是像聂政行刺自屠，却陈尸街头，徒然哭泣，又有谁来收殓照看呢？董卓恶贯满盈，被杀死，为什么有人不像董卓这样作恶，却像董卓一样被陈尸一月呢？况且尸体腐败，散发出腥臭的恶劣气味，怎忍心让一方百姓惊怕而关门闭户？致使月夜下的孤魂啼哭，早让十里之内不通行人。这难道是碰上水灾旱灾频发，尸体堆满了原野吗？如果认为居处在仁爱的邻居乡里中才是美的，为什么不解除这痛苦呢？我还记得乙卯年参加进士考试时，正碰上两东一带遭遇严重饥荒，当时尚且用尽路费来拯救快死的人，而且遍买糖饼来疗救饥饿的人。难道仁慈济世的初心反而转为昏昧不明了吗？今天希望从现在开始，发下愿望，施舍棺材。每口棺材价钱虽然不到三百钱，却是符合追念古礼用七寸板材厚度棺材安葬的用意。所涉及的区域由城市一直到城郊，来报告的一定按照路程和地域来安排次序。正因为想到求田问舍，是徒然让儿孙像马牛一样愚蠢的糊涂做法；假使去斋僧讨好佛家，更哪里赶得上怜悯我们同类？果真看到四处裸露的尸身而内心酸楚，为什么不减去马棚中的肥马（指过简朴的生活）呢？倘若一样去协和治理（指做善事），宁可像孔子那样解下骖马，以助店主人治丧之用。我正在为乐善好施者献出的财物用得其所（指施舍棺材）而高兴，又不只是让死后无归的人得以装殓安葬，于是抒发恻隐之心，再次昭告同心同德的人。

舍己为人

费千金为一瞬之乐，孰若散而活冻馁几千百人？处渺^{（一）}躯以广厦，何如庇寒士于一席^{（二）}之地乎？

【校勘】

（一）渺：据林逋《省心录》，为"眇"之讹。通"秒"。眇，微末。

（二）席：为"廛"之讹。一廛之地：古时一夫所居之地，泛指一块土地，一处居宅。

【译文】

耗费千金来追求片时快乐，哪里赶得上施舍出救活成千上百挨饿受冻的人？为一己微末的躯体建高楼大厦哪里赶得上给贫寒百姓一块遮身之地呢？

空庵积德

乌程沈空庵敦[1]积阴德。一日找穷亲之妇来家做丝，妇忽匿数缕，公适遇见，即急却步，私语曰："不该去，不该去。"其夫人讯以故。公复曰："不该去。"夫人促语甚力，公曰："我顷至做丝所，见此妇阴匿我丝。我虽不道破，渠必捏扤[2]，我又不便安慰彼，因此悔。我若不去，亦不相值也。"夫人曰："我以若为不可解之事，此直易易耳。唯俟渠交丝时取看，赞其丝好，倍予之钱。彼妇便以为不见前事矣。"公喜甚，一一如其所言。其隐德多如此。后子孙科第不绝。

【注释】

[1] 沈空庵敦：沈敦，号空庵，乌程人，余不详。
[2] 捏扤：忸怩不安。

【译文】

略。

富而好善

郭宧维蕃家素丰，积谷几千石。遇俭岁，谷价腾踊，郭君止以平价粜之；富岁，则积之以济贫者。遇穷亲友告贷，不难举十余石遗之。其堂弟富与郭宧等。一日宴会，其弟因谷价骤踊，大怒司庾[1]

仆者，云："向颇积多谷，为此奴以三钱五分粜去。若留至今，不倍取息乎？"郭宦曰："我愿兄弟常有谷粜，三钱五分足矣。"

【注释】

[1] 司庾（yǔ）：管理粮仓。

【译文】

　　郭宦，字维蕃，平素家境富裕，积粮几千石。遇到荒年，粮价暴涨，郭宦仅以平价粜卖粮食；遇到丰年，就积累粮食来救济贫困的人。遇到有贫穷亲友来要求救济，不把拿十多石粮食送给人当作困难事。他的堂弟和他一样富有。一天在宴会上，他堂弟因为粮价暴涨，对他管理粮仓的仆人大发脾气，说："以前好不容易积累了这么多粮食，竟然被这个奴才以三钱五分的价格卖掉。如果留到现在，不可以获取加倍的利润了吗？"郭宦说："我希望兄弟常有粮食出卖，三钱五分就足够了。"

鸿宝劝赈

　　倪鸿宝[1]《一命浮图疏》中云：固有穷谷荒村，他乡别井，卧儒游旅，废丐庾囚（一），居远仁者之邻，名逸饥民之籍。鸠鹄[2]在望，殍殣[3]渐繁。谁不有怀，所患无术。今则曲求巧便，别启因缘，不假多施，但占一命：计自春暮以及秋中，为期百有四旬；量米日才五合[4]，不过七斗，已阅三时。今以万钱，广施万众，万腹仍枵。苟只一桥专渡一蚁，一缗即足。为此功德胜于浮图。

【校勘】

（一）庾囚：当为"瘐囚"之讹，因形近致讹。瘐囚，病饿的囚犯。

【注释】

[1] 倪鸿宝：即倪元璐，字汝玉，号鸿宝，明末浙江上虞人，曾官户、礼两

部尚书，谥号文正。

[2] 鸠鹄：指久饥枯瘦的人。

[2] 殍殣（jìn）：饿死的人。

[4] 合（gě）：容量单位，十分之一升。

【译文】

倪鸿宝《一命浮图疏》中说：本来在偏僻的山谷和荒凉的村落中，有些背井离乡的人，像卧病的书生，流浪的旅客，残废的乞丐，病饿的囚犯，这些人都不是仁爱者的邻居，名字也不在饥民的登记册上。因此久饥枯瘦的人随处可见，饿死的日渐增多。谁不心怀怜悯，所担心的是没有办法。现在另想一个巧妙方便的办法，别开因缘，不依靠多加施舍，只就一条人命计算：算来自春末以到中秋，为期一百四十天；算来每天吃米才五合，总计不过七斗，已能度过春夏秋三时。现在拿万钱，广施万众，每人仍然饥饿。如果修一座桥专渡一只蚂蚁，一贯钱就够了。做这功德胜过建造佛塔。

专门利人

严养斋[1]有子，起一书房于花园中，已落成矣，接养斋公一看。公登楼望之，即命工人拆去此楼。不知其故，人问之曰："且拆了，我说及。"拆后问之，曰："邻家有张姓者，亦青衿[2]也，正在此侧。我以其不利于彼，故命拆之耳。"

【注释】

[1] 严养斋：即严讷，字敏卿，号养斋，明朝江苏常熟人，官至吏部尚书兼武英殿大学士，谥文靖。

[2] 青衿：此指秀才。

【译文】

略。

正宜三思

张汤 [1] 一酷吏，而史称其推贤扬善，固宜有后；陈平一贤相，而史述其多阴谋，后世即废：皆迁 [2] 固议大体，关世教处。此理正宜三思。

【注释】

[1] 张汤：西汉杜陵，著名酷吏，汉武帝时官至御史大夫。

[2] 迁：即司马迁。

【译文】

张汤是一个酷吏，而《史记》上称赞他推举贤人宣扬善行，本来应该有后代；陈平是一位贤相，而《史记》上讲述他多玩弄阴谋，不存后代：这都是司马迁坚守议论大体，关心世道人心教化的地方。这道理正应该多思考。

慈爱容忍

一点慈爱，不但是积德种子，亦是积福根苗。试看那有不慈爱的圣贤？一念容忍，不但是无量德器 [1]，亦是无量福田。试看那有不容忍的君子？

【注释】

[1] 德器：道德修养与才识度量。

【译文】

略。

瘞殣之文

《瘞殣文》^(一)有云：父精母血，非不爱此皮囊^[1]；决疣溃痈^[2]，无计藏兹委蜕^[3]。数里地抛千万骨，一家人哭两三般。田庐散尽，难归夜雨之魂；妇子偕亡，谁入春闺之梦^[4]？为虫臂，为鼠肝^[5]，四大^[6]原非我有；饱乌鸢^[7]，饱蝇蚋^[8]，发肤孰与归全^[9]？甚至^(二)脍肝益跖君之膳^[10]。强弱相煎，忍心分羊子之羹^[11]？兔狐不恤^[12]，岂凤殃之招感，致^(三)业报^[13]之如斯？维是百年同尽，一性无亏^[14]。普观一切，一切悉有我身；偏逮十方^[15]，十方皆同佛性。所赖弘慈长者，硕德檀那^[16]，破尽悭吝心，空诸苦恼障。泚露颡边^[17]，好是^[18]前生曾骨肉；痛连肌内，漫^[19]从死后结因缘。脱馆人之骖，辍邻氏之杵^[20]，各怀匍匐^[21]之遗；五百斛范麦^[22]，四十万郭钱^[23]，共效扶持之谊。自今敛魄潜形，莫露些儿穷骨相；从此天空野旷，渐消昔日苦肝肠。行见白杨衰草，几番梦熟黄粱^(四)？更期脱体换胎，再世生逢乐岁。

【校勘】

（一）《瘞殣文》：当为《瘗（yì）殣文》，为埋葬饿死的人而写的文字，作者不详。

（二）至：据骈体文格式，字后夺去四字。

（三）致：据骈体文格式，字前夺去四字。

（四）梦熟黄粱：为"梦熟黄粱"之误。典出唐朝沈既济《枕中记》。

【注释】

[1] 皮囊：皮袋，佛教比喻人体躯壳。

[2] 决疣溃痈：比喻腐败之极。语出《庄子·大宗师》：彼以生为附赘悬疣，以死为决疣溃痈。

[3] 委蜕：谓自然所付与的躯壳。《庄子·知北游》："孙子非汝有，是天地之委蜕也。"

[4] 春闺之梦：春闺中女子梦到不知已死的情郎。语出唐朝陈陶《陇西行》："可怜无定河边骨，犹是春闺梦里人。"

[5] 为虫臂，为鼠肝：即虫臂鼠肝，典出《庄子·大宗师》。指造物赋形，变化无定，人亦可以成为微不足道的虫臂鼠肝。只有随缘而化，才能所遇皆适。

[6] 四大：佛教指地、水、风、火，认为一切物质都是四大所生。此指一切物质。

[7] 乌鸢：乌鸦和老鹰，均为贪食之鸟。

[8] 蝇蚋：苍蝇和蚊子。

[9] 归全：归到完善的、原本的样子。

[10] 脍肝益跖君之膳：语出《庄子·杂篇·盗跖》：盗跖曰："……不然，我将以子肝益昼哺之膳。"大意为：要不然，我将把你心肝挖出来增加午餐的膳食。

[11] 羊子之羹：《说苑·贵德》(卷五)："乐羊为魏将以攻中山。其子在中山，中山县其子示乐羊，乐羊不为衰志，攻之愈急。中山因烹其子而遗之羹，乐羊食之尽一杯。"

[12] 兔狐不恤：不能做到兔死狐悲，指同类不相体恤。

[13] 业报：指业因与果报。

[14] 一性无亏：本性以有染而丧失，专心修持以返其初。一，专一。性，本性。

[15] 十方：佛教用语，佛教原指十大方向，即上天、下地、东、西、南、北、生门、死位、过去、未来。

[16] 硕德檀那：德行广大的施主。檀那，施主。

[17] 泚（cǐ）露颡（sǎng）边：在额头边流出汗水，表示心中惭愧、惶恐。典出《孟子·滕文公上》："其颡有泚，睨而不视。"

[18] 好是：恰是，正是。

[19] 漫：全。

[20] 辍邻氏之杵：即辍舂，古代舂筑（即打夯）时，以歌相和，以杵声相送，用以自劝。里中有丧，则舂筑者不相杵。后用以表示对死者哀悼。见汉朝贾谊《新书·春秋》。

[21] 匍匐：尽力。

[22] 五百斛范麦：即纯仁与麦，典出宋释惠洪《冷斋夜话》（卷十）："范文正公在睢阳，遣尧夫于姑苏取麦五百斛。尧夫时尚少，既还，舟次丹阳，见石曼卿，问：'寄此久近？'曼卿曰：'两月矣。三丧在浅土，欲葬之西北，顾无可与谋者。'尧夫以所载舟付之，单骑自长芦捷径而去。到家拜起，侍立良久。文正曰：'东吴见故旧乎？'曰：'曼卿为三丧未举，留滞丹阳，时无郭元振，莫可告者。'文正曰：'何不以麦舟付之？'尧夫曰：'已付之矣。'"

[23] 四十万郭钱：据《新唐书·郭震传》："（郭震）十六岁入太学。家送资钱四十万，适有丧服者叩门，自言五世未葬，愿假资以治丧。震举以与之，亦不质其姓氏。"

【译文】

《瘗殣文》说：人都是由父精母血而生成的，非不爱这躯壳；躯壳腐败到极点，却没有办法埋葬。方圆几里的土地上扔下了千万具尸骨，每一家人哭泣的原因却各不相同。田地房屋化为乌有，雨夜中魂灵无归；儿子儿妇都已死去，谁又能出现在春闺梦中？人可化为虫臂，可化为鼠肝，一切东西原不归我有；或是让乌鸦和老鹰饱食，或是让蚊子和苍蝇饱食，身体发肤靠谁来保全？甚至心肝被像盗跖那样的人当作午餐吃掉。强者折磨弱者，忍心像乐羊一样吃同类的肉？同类不相体恤，难道是前世怨恨感召致使业因与果报像这样？只是生命百年同归无有，本性返回无亏的初始状态。普观一切，一切都有我身；遍及十方，十方同有佛性。所仰仗的是慈悲宽宏的长者，德行深厚的施主，破尽悭吝的心思，破除苦恼的魔障。心生惭愧，明白前生恰是骨肉亲人；痛连内心，全从死后结下因缘。像孔子一样解下车子的边马帮助宾馆主人办丧事，像停止春杵一样对邻家的丧事予以哀悼，各怀尽力相帮的心意；就像范纯仁赠送五百斛麦子，郭震赠送四十万铜钱一样，共同献出扶持的情分。从现在被埋葬后，收敛了魂魄，藏匿了形体，不要显露些儿穷骨相；从此以后，天空旷野，渐渐消除掉以前痛苦的心情。魂灵行走时看到白杨枯草，几次做黄粱美梦？更期望早日脱体投胎，再生时遇上快乐的丰收年景。

先待窭人

莆田有朱上舍[1]，家巨富。每粜谷时，或有人粜数十石者，或有人粜数石及升斗者，上舍每于粜升斗者，虽极冗忙，亦必拨冗先与之。人问其故，朱答曰："粜几十石与几石者，有余之家也，非转贩求赢(一)，即家可宿饱。若升斗，必系窭人[2]，立需饔飧[3]者。我若迟延，家必受饿，故尔独先耳。"人服其德。今子孙蕃盛，科名不绝。

【校勘】

（一）赢：当为"赢"之误。

【注释】

[1] 朱上舍：不详。据《宋史·选举志三》，宋代太学分外舍、内舍和上舍，学生可按一定的年限和条件依次而升。明清因以"上舍"为监生别称。

[2] 窭（jù）人：穷苦人。

[3] 饔（yōng）飧（sūn）：做饭。

【译文】

莆田有个朱监生，家境非常富有。他每次卖米时，有人买几十石，有人买几石，以及有人买几升几斗的，他不管多么忙，总是放下别的顾客而先照顾买几升几斗的顾客。人们问他原因，他说："买几十石、几石的人，都是家境富裕的，要么买去贩卖求利，要么家中还有粮食；而买几升几斗的顾客，大都是穷人，需要等米做饭。我如果迟一点卖给他，他家人就会挨饿，所以我唯独先卖给他。"人们很佩服他的德行。现在他家子孙兴盛，考中科举的人不曾断绝。

天理阴骘

凡事存一念天理心，虽不必责报于后，子孙赖之；每日说几句阴骘[1]话，纵未能尽施于人，鬼神鉴[2]之。

【注释】

[1] 阴骘：阴德。
[2] 鉴：鉴察。

【译文】

凡事心存一点天理，虽然不一定要求后来有所报答，子孙依赖这个；每天说几句积阴德的话，纵然未必能对人完全有用，鬼神会鉴察到。

不争民利

田野小民，斗粟尺布[1]，入市营求，一家性命所系。我却要在他身上去讨便宜，能有几何？顾令人当面嗟咨[2]，背后谈论，孰为多寡（一）？入市买办者，务使人争售之，勿使人望而避匿也。

【校勘】

（一）孰为多寡：此则采编自沈文端公（明朝沈鲤，谥号文端）《驭下说》，据此，此四字为衍文。

【注释】

[1] 斗粟尺布：一斗粟，一尺布。此指微小的利润。
[2] 嗟咨：赞叹。

【译文】

乡间百姓，进入市场谋求一丁点儿利益，而这却是全家人活命的指望。我却要在他身上讨便宜，又能讨到多少呢？只是让人当面赞叹，背后议论。进市场采办东西的人，一定要让穷苦百姓争着来卖东西，不要让他们远远地看见就躲藏起来。

谢混规箴

桓玄[1]欲以谢太傅[2]宅为营，谢混[3]曰："召伯[4]之仁，犹惠及甘棠[5]；文靖之德，更不保五亩之宅？"玄惭而止。

【注释】

[1] 桓玄：字敬道，东晋谯国龙亢人，权臣桓温之子。

[2] 谢太傅：即谢安，字安石，陈郡阳夏（今河南太康）人，东晋名相，追赠太傅，谥号文靖。

[3] 谢混：字叔源，谢安之孙，东晋名士，累官至尚书左仆射。

[4] 召伯：姬姓，名奭，又称召公，西周宗室，曾与周公姬旦共同辅佐周成王。

[5] 惠及甘棠：即甘棠遗爱。据《史记·燕召公世家第四》（卷三十四）："召公之治西方，甚得兆民和。召公巡行乡邑，有棠树，决狱政事其下，自侯伯至庶人各得其所，无失职者。召公卒，而民人思召公之政，怀棠树，不敢伐，歌咏之，作甘棠之诗。"

【译文】

桓玄想把太傅谢安住宅作为军营，谢混说："召伯的仁慈，还能惠及甘棠树；文靖公谢安的德行，还保不住自己五亩宅地？"桓玄感到惭愧，于是作罢。

敦本卷之四

敦本卷首题记

身不托空桑，自家佛不供养及时，迨至废蓼莪而已晚。性岂甘燃豆同根生？不滋培置力，能无歌蝉蟹以生惭？古人急象贤，施干蛊，咏棠棣，赋鹡鸰。每一开函，泫然泪下。纂敦本第四。

孝弟醒语

颜伯子 [1]《孝弟醒语》云：但念得身从何来，父母从何往，新枝既起，旧本为枯，菽水承欢 [2]，何能报答，则孝心自然疼痛；但念得茫茫大造 [3]，出世几时，渺渺人寰，同胞几个，幼相濡沫，老共护持，则友弟自然肫恳 [4]。

【注释】

[1] 颜伯子：即颜茂猷，字壮其，号完璧居士，福建漳州平和人，思想家。

[2] 菽水承欢：用豆子和水来奉养父母，博取父母欢心，指身虽贫寒而尽心孝养父母。典出《礼记注疏》卷十："啜菽饮水，尽其欢，斯之谓孝。"菽，豆类的总称；菽水，豆和水，指最平凡的食品；承欢，博取欢心，特指侍奉父母。

[3] 大造：指天地，大自然。

[4] 肫（zhūn）恳：诚厚恳挚。

【译文】

　　颜茂猷在《孝弟醒语》中说：只要想到自身从何而来，父母又到何处去，新枝已经生出，老根就会枯萎，尽心孝养父母，又怎能报答，那么孝心自然会被激发；只要想到茫茫天地中，人生在世又有多长时间，悠远人世间，又有几个同胞，幼年时相濡以沫，老年后相互保护扶持，那么兄弟情谊自然会诚厚恳挚。

预借官银

　　赵卫公融[一]微时，竭力奉母，贫不能给，对妇泣，计无所出。一日扫舍，获银一锭，重二十余两，遂以充甘毳[1]。其后大拜，赐帑银百锭，受之而缺其一。是夕，梦左藏库[2]神曰："某年月日，相公借用银一锭。"觉而征之，与获银日正同。

【校勘】

　　（一）赵卫公融：据明朝张凤翼《梦占类考》，为"赵卫公雄"之讹。赵雄，
　　　　字温叔，南宋资州人，官至右丞相，封卫国公。

【注释】

[1] 甘毳（cuì）：同"甘脆"，甘芳松脆。此指美味食品。
[2] 左藏库：古代国库之一，以其在左方，故称。

【译文】

　　卫国公赵雄卑微时，竭力奉养母亲，家境贫困，无力周备供养，对着妻子流泪，只是想不出办法来。一天，打扫屋子时，意外得到一个银锭，银锭重达二十多两，于是能够给母亲提供美味食品。后来他拜相时，皇帝赐给他百锭官银，他接收后发现缺少了一锭。这天晚上，他梦见管理左藏库的神灵对他说："某年月日，宰相您借用一锭官银。"赵雄醒来后验证了一下，那时间和自己意外得到银锭的日子正相符合。

李谘安亲

李谘[1]有至性。父克捷出其母，日夜号泣，食饮不入口。父怜之，而还其母。举进士，真宗见其名曰："是能安其亲者。"擢第二⁽一⁾，除大理寺评事[2]，累官至户部侍郎。

【校勘】

（一）第二：《宋史·食货志》记为第三。

【注释】

[1] 李谘：字仲询，北宋新喻人，官至户部侍郎，谥号成献。

[2] 大理寺评事：大理寺的属官，在宋代为正八品，出使推按，参决疑狱。

【译文】

李谘有极其真纯的性情。父亲李克捷曾经休了他母亲，李谘就日夜哭泣，不吃不喝，父亲很怜悯他，就接回了他母亲。李谘考中进士时，宋真宗看到他的名字说："这是能安保母亲的孝子。"把他提升为第三名，授给大理评事官职，积累资历，做到了户部侍郎。

二贤友于

姚襄[1]战马中流失，弟苌[2]下马，授襄曰："天下可无我，不可无兄。"裴安祖[3]年八岁就师读《诗》，至《鹿鸣》[4]篇，语兄曰："鹿得食相呼[5]，况人乎？"自此未尝独食。

【注释】

[1] 姚襄：字景国，羌族，十六国时期南安赤亭人，后秦武昭帝姚苌之兄。

[2] 姚苌：字景茂，羌族，南安赤亭人，十六国时期后秦开国君主。

[3] 裴安祖：河东闻喜人，北魏名士，《魏书》有传。

[4]《鹿鸣》：即《诗·小雅·鹿鸣》，为《小雅》首篇。

[5] 鹿得食相呼：指《鹿鸣》篇中的"呦呦鹿鸣，食野之苹""呦呦鹿鸣，食野之蒿""呦呦鹿鸣，食野之芩"几句。

【译文】

略。

幼知孝母

唐许法谨[1]，甫三岁已有知。时母病，不饮乳，惨惨有忧色。或以珍饵诡说之，辄不食，还以进母。后亲丧，庐于茔，有甘露、嘉禾、灵芝、连理木、白兔之祥。天宝中，表异其闾。

【注释】

[1] 许法谨：唐朝沧州清池人，孝子，《新唐书·孝友列传》有传。

[2] 庐：墓庐，此指建墓庐居住。古人为守父母、师长之丧，筑室墓旁，居其中以守墓。

[3] 连理木：即连理枝，指枝条连生一起的两棵树。因极其少见，古以为祥瑞。

【译文】

唐朝人许法谨，才三岁就知道孝顺母亲。当时他母亲生病，他就不吃奶了，脸上有忧愁神色。有人拿好吃的东西哄他高兴，他不吃，把好吃的东西给母亲吃。后来他父母死了，他就在墓地旁建庐居住，有甘露、嘉禾、灵芝、连理数、白兔这类祥瑞出现。天宝（唐玄宗年号）年间，官府表彰其家乡与众不同。

张鷟断狱

张京兆公鷟[1]少贫，尝躬耕以养父母。及登第，为应天府丞〔一〕。时有兄弟相嫉，因弟酗酒忤母，兄乃唆母讼其不孝，入狱。公知之，呼母为囚理发。母执梳便潸然泪下，遂悔悟，求息。乃薄惩而遣之。母子如初。

【校勘】

（一）应天府丞：据王鏊《南京刑部郎中进应天府丞中宪大夫张君黼墓志铭》，张黼升官为应天府丞，却未就任。所以此事应发生在他南京刑部郎中任上时。

【注释】

[1] 张京兆公黼：指张黼，字孟昭，明朝松江府人，升应天府丞（未就任），故称京兆公。

【译文】

应天府丞张黼年轻时家境贫寒，曾亲自耕地供养父母。考中进士后，累官至应天府丞（未上任就死去）。他任南京刑部郎中时，有兄弟两个相互嫉恨，由于弟弟酗酒冒犯了母亲，哥哥就唆使母亲告发弟弟不孝，弟弟被逮捕入狱。张黼知道后，叫母亲到狱中为身为囚犯的儿子理发。那母亲一拿起梳子就潸然泪下，于是后悔醒悟，请求撤诉。张黼对那人予以较轻处罚，把他打发走了。母子和好如初。

劝人行孝

唐王中书[1]《劝孝篇》云：世有不孝子，浮生空碌碌。不念父母恩，何殊生枯木。百骸未成人，十月居母腹。渴饮母之血，饥食母之肉。儿身将欲生，母身如杀戮。父为母悲辛，妻对夫啼哭。惟恐生产时，身为鬼眷属。一旦见儿面，一命喜再续。自是慈母心，日夜勤抚鞠。母卧湿簟席，儿眠干衿褥。儿睡正安稳，母不敢伸缩。潜身在臭秽，不暇思沐浴。横簪与倒冠，形容不顾陋。动步忧坑井，举足畏颠覆。乳哺经三年，血汗计几斛。辛苦万千端，年至十五六。性气渐刚强，

行止 [2] 难拘束。朋友外追游，酒色恣所欲。日暮不归家，倚门至昏旭 [3]。儿行千里程，母心千里逐。一娶得好 [4] 妻，鱼水情和睦。看母面如土，观妻颜似玉。母若责一言，含嗔怒双目。妻或骂百般，赔笑不为辱。母披旧裙衫，妻著新罗縠。不避人憎嫌，不解人羞忸 [5]。父母或鳏寡，长夜守孤独。健或与一饭，病则与一粥。弃置在空房，犹如客寄宿。将为泉下鬼，命若风中烛。快快至无常 [6]，孤魂殡山谷。魂灵在幽壤，谁念缠桎梏。才得父母亡，兄弟分财禄 [7]。不识二亲恩，惟言我之福。咸谓此等人，不如禽与畜。 慈乌尚反哺，羔羊尤 (一) 跪足。劝汝为人子，经书勤览读。黄香夏扇枕，冬预温衾褥。王祥卧寒冰，孟宗 [8] 泣枯竹。郭巨尚埋儿，丁兰 [9] 曾刻木。如何今时人，不学古风俗。勿以不孝头，枉戴人间屋。勿以不孝身，枉著人衣服。勿以不孝口，枉食人五谷。天地虽广大，不容忤逆族。蚤蚤悔前非，莫待天诛戮。

【校勘】

（一）尤：当为"犹"之误。

【注释】

[1] 唐王中书：不详。

[2] 行止：行为。

[3] 昏旭：此指从晚上到早晨。

[4] 好：美。

[5] 忸：忸怩。

[6] 无常：此指死去。

[7] 财禄：此指财物。

[8] 孟宗：三国时湖北鄂城人，官居吴国司空，素仁孝。二十四孝之一的"哭竹生笋"指的就是孟宗为其母求笋的故事。

[9] 丁兰：相传为汉代人，籍贯说法不一。二十四孝之一的"刻木事亲"说

的就是其孝行故事。

【译文】

略。

宗伯敦睦

韩宗伯[1]云："让自美德，忍征大受[2]。况吾宗族中，诸父昆弟，岂伊异人？即一言之忤，一事之盭[3]，试追念数世前，原是一身，自然冰消雾释。若不能平心回虑，一涉眦睚[4]，操戈同室，无论胜负，皆为他人笑端，所损多矣。"

【注释】

[1] 韩宗伯：即韩日缵，字绪中，明代广东博罗人，累官至礼部尚书。宗伯，礼部尚书古称。
[2] 大受：有大担当。
[3] 盭（lì）：违背。
[4] 眦睚：常作"睚眦"，怒目而视，亦借指微小怨忿。

【译文】

礼部尚书韩日缵说："能够谦让本是美德，能够忍耐是有大担当的征兆。何况我宗族中，各位堂兄弟，难道是外人吗？即使是一句话不和睦，一件事与心愿相违背，试着追想一下，几代以前原本是一人繁衍而来，自然就会像冰一样融化，像雾一样消退。如果不能以平和的心态反思，一旦涉及微小的怨忿，内部争斗，无论胜负，都会成为外人笑话的对象，那损失就太大了。"

节焚家报

包蒙泉[1]性至孝。因劾中官廖彬（一），戍湟中[2]。其母夫人年八十余在堂，每问及公，家人辄胡卢以居官对也。公在戍，每得家报[3]，不开，止问太夫人安否，报曰安，则取火焚之。曰："幸老亲无恙，勿以他事乱吾意也。"

【校勘】

（一）廖彬：据《明史·包节传》，为"廖斌"之讹，嘉靖朝宦官，曾任显陵守备。

【注释】

[1] 包蒙泉：即包节，字元达，号蒙泉，明代浙江嘉兴人，官至监察御史。

[2] 湟中：即庄浪卫，治所在今甘肃永登。

[3] 家报：家里的回信。

【译文】

包蒙泉生性极其孝顺。他因为弹劾宦官廖斌，被贬谪戍守庄浪卫。当时他母亲八十多岁了，还健在，每问起他来，家人就含混地说在官任上来应付。他在戍所，每当收到家里回信，先不打开，问送信人太夫人身体是否安好，如果送信人回复说太夫人身体安好，他就把回信烧掉。他说："幸好老母亲身体无恙，不要让其他事扰乱我心志。"

毕构乳妹

毕构[1]性至孝。初，丁继亲忧，其萧氏、卢氏两妹皆在襁褓，亲乳之，乳为之出。及其亡也，二妹皆恸哭绝者久之，言曰："虽兄弟无三年之礼，吾荷鞠育，岂同常人？"遂三年服。朝野之人，莫不涕泗。

【注释】

[1] 毕构：字隆择，唐朝河南偃师人，唐玄宗时官至户部尚书。

[2] 鞠育：抚养，养育。

【译文】

毕构生性极其孝顺。当初，他遭遇继母丧事时，他的萧氏、卢氏两个妹妹（随娘改嫁的妹妹）还都在襁褓中，他亲自给两个妹妹哺乳，乳汁为之流出。等到毕构死时，两个妹妹都痛哭，哭昏过去好长时间，说：“虽然兄弟之间没有服丧三年的礼仪，我们蒙受兄长养育，哪里能等同普通人？”两位妹妹都为他服丧三年。朝廷内外没有谁不被感动得流泪。

诚心化下

韦景骏[1] 为贵乡令，有母子相讼者。景骏曰：“令少不天[2]，常自痛。尔幸有亲，而忘孝耶？”因呜咽流涕，授《孝经》，使习大义。母子感悟，请自新，遂为慈孝。

【注释】

[1] 韦景骏：雍州万年人，唐朝人，玄宗时官至房州刺史。
[2] 不天：不为天所护佑，此指幼年丧父母。

【译文】

韦景骏任贵乡县令时，有一对母子前来诉讼。韦景骏对那儿子说：“我年少丧父母，自己常常心痛。你幸而有母亲在，却忘了孝道吗？”他边说边呜咽流泪，给那人一本《孝经》，让他学习孝亲大义。母子感动醒悟，请求自新，于是成了慈母孝子。

李充出妇

李充[1] 兄弟六人同爨[2]。妻窃谓充曰：“今贫居如此，难以久安。妾有私财，幸图分箸[3]。”充伪许之，曰：“当置酒会族，共议其事。”

妇遂欣然布席。充于坐中跪白母曰："此妇无状，教充离间骨肉，
罪合遣。"妇衔涕而去。

【注释】

[1] 李充：字大逊，东汉陈留人，曾任侍中、中郎将等职。

[2] 同爨：大家一起过日子，不分家。

[3] 分箸：指分家另过。

【译文】

　　李充兄弟六人一起过日子。李充妻子私下对他说："现在这样过
穷日子，难以长久安心。我有私财，希望分家另过。"李充假装答应地，说：
"应当摆下酒席，聚会族人，一起商量分家的事。"他妻子高兴地备
办宴席。李充在席间跪下对母亲说："我妻子不像样，让我离间骨肉亲人，
按罪责应该被休掉。"他妻子含泪离去。

敛物送盗

　　赵谘[1]少孤，有孝行。盗尝夜劫，谘恐母惊，迎盗谢曰："母
老且病，乞置衣粮。妻子物，一无所吝。"盗惭而去。谘追与之，不及。

【注释】

[1] 赵谘：字文楚，东汉东郡燕人，历官敦煌太守、东海相。

【译文】

　　赵谘年幼丧父，有孝母的品行。盗贼曾经夜晚到赵家抢劫，赵谘
害怕惊吓了母亲，于是迎接强盗，对强盗请求说："我母亲年老有病，
请求留下点供养母亲的衣服粮食。妻子儿女的物品，全不吝啬。"强
盗心生惭愧而离去。赵谘追出去送东西给他们，但没有赶上。

刘琎束带

刘琎^[1]，字子璥，刘瓛^[2]弟。瓛尝隔壁夜呼之，琎下床着衣立，然后应。兄怪其久，曰："顷束带未竟。"其操立如此。

【注释】

[1] 刘琎：字子璥，沛国相人，南朝齐散文家。
[2] 刘瓛（huán）：字子珪，沛国相人，南朝齐学者。

【译文】

刘琎，字子璥，是刘瓛弟弟。刘瓛曾经在夜里从隔壁房间喊他，刘琎下床穿衣站定，然后答应。哥哥刘瓛对他许久才回应感到奇怪，刘琎说："刚才腰带没有系好。"他尊重兄长的操行就像这样。

陈氏百犬

江州陈氏宗族七百口，每食设广席^[1]，长幼以次坐而共食之。有畜犬百余，共一牢^[2]食，一犬不至，诸犬为之不食。

【注释】

[1] 广席：众多座席。
[2] 牢：养畜生的圈。

【译文】

江州陈氏宗族有七百口人，每次吃饭是设置众多座席，按年龄大小次序一块儿坐下吃饭。家里养了一百多条狗，这些狗都到一个圈里进食，一条狗不到，其他狗因为这个就不进食。

王裒孝友

王裒[1]，字伟元，修[2]之孙，城阳营陵人也。父仪[3]以直言忤司马昭见杀，裒终身未尝西向而坐，示不臣晋也。庐墓悲号，涕泪著树，树为之枯。读《诗》至"哀哀父母，生我劬劳[4]"，则三复呜咽，门人辄废《蓼莪》[5]篇。母存日畏雷。殁后，每雷震，即造墓曰："裒在此。"有门生为本县所役，求裒属令。裒曰："卿学不足以庇身，吾德不足以庇卿，属之何益？"乃步担送生到县。令以裒请(一)己，出迎。裒具言门生为县役，故来送。因执手涕泣而去，令即放还此生。

【校勘】

（一）请：据《晋书·孝友传》，为"谒"字之误。

【注释】

[1] 王裒：字伟元，城阳营陵（今山东昌乐）人，西晋学者。

[2] 修：即王修，字叔治，东汉后期北海郡营陵人，官至郎中令。

[3] 仪：即王仪，字朱表，三国时期曹魏时人，曾任司马昭参军。

[4] 哀……劬劳：可怜我的父母，生养我受尽辛苦。语出《诗经·小雅·蓼莪》。

[5] 《蓼（lù）莪（é）》：即《诗·小雅·蓼莪》，抒发不能终养父母的痛极之情。

【译文】

王裒，字伟元，是王修孙子，城阳郡营陵县人。他父亲王仪因为触犯司马昭而被杀害。王裒终身从不面向西坐，表示不臣服晋朝。他在父亲墓侧搭起草庐居住，悲痛号哭，眼泪粘在树上，树都因此枯萎。读《诗经》到"哀哀父母，生我劬劳"时，每次都再三流泪，门人弟子就为此不学《蓼莪》篇。他母亲活着时怕打雷。母亲死后，每次打雷，他立即到墓前说："我在这里（不用怕）。"有个学生被本县派了差役，求王裒向县令关说。王裒说："你学问不足以庇护自身，我德行浅薄不足以庇护你，关说有什么益处？"于是徒步担着干粮送服役学生到县里，县令以为他来拜见自己，出来迎接。王裒详尽告诉县令那学生被县里派了差役，特意把他送来。于是拉着门生的手流泪，然后告别离去，县令当即就把那学生放了。

子平笃孝

海虞令何子平[1]母丧去官，哀毁踰礼。每哭踊[2]，顿绝[3]方苏。属[4]大明[5]末，东土饥荒，继以师旅，八年不得营葬。昼夜号哭，常如祖括[6]之日，冬不衣絮，暑不就清凉，一日以米数合为粥，不进盐菜。所居屋败，不蔽风日，兄子伯兴欲为葺理，子平不肯，曰："我情事未申，天地一罪人耳，屋何宜覆？"蔡兴宗[6]为会稽守，甚加矜赏，为营冢圹。

【注释】

[1] 何子平：南朝刘宋庐江灊（qián）人，官至海虞令。

[2] 哭踊：古代丧礼，亦称"擗（pǐ）踊"。顿足拍胸而哭，表示极大的悲哀。《汉书·礼乐志》："哀有哭踊之节，乐有歌舞之容。"颜师古注："踊，跳也。哀甚则踊。"

[3] 顿绝：突然昏死过去。

[4] 属（zhǔ）：适逢。

[5] 大明：南朝刘宋孝武帝年号。

[6] 祖括：古丧礼，死者已小敛（称死者入棺而未加盖），吊丧者袒衣括发（束发）而吊。语出《礼记·檀弓上》："主人既小敛，袒，括发。"

[6] 蔡兴宗：字兴宗，济阳郡考城县人，南朝宋明帝时官至尚书右仆射。

【译文】

海虞令何子平在母亲去世后辞官居丧，他哀悼母亲都超过了常礼。

每次顿足拍胸哭丧时，常常昏死过去，好半天才苏醒过来。适逢刘宋孝武帝大明末年，东部地区闹饥荒，接着又是战乱，他八年都无法安葬母亲。这期间，他昼夜号哭，就如同吊丧期间一样。他冬天不穿绵衣，暑天不乘凉，每天仅吃几合米煮的粥，不吃咸菜。他所住的房屋破败不堪，不能遮蔽风雨挡阳光。他侄儿伯兴想为他修房子，何子平不答应，说："我安葬母亲的事还没有完成，是天地间一个有罪的人，怎么能住好房子呢？"这时蔡兴宗担任会稽太守，对他大加夸赞和欣赏，并为他母亲修建墓穴。

缪肜自挝

缪肜[（一）]少孤，兄弟四人皆同财业。及各人娶妻，诸妇分异，又数有争斗之言。肜深怀忿叹，乃掩户自挝，曰："缪肜，汝修身谨行，学圣人之法，将以齐整风俗，奈何不能正其家乎？"弟及诸妇闻之，悉叩头谢罪，更为敦睦之行。

【校勘】

（一）缪肜：当为"缪肜（róng）"之误，因形近致讹。缪肜，字豫公，东汉汝南召陵人，官至中牟令。

【译文】

缪肜幼年丧父，兄弟四人一直没有分家。等到各自娶妻，妯娌之间不和睦，又多有纷争言语。缪肜深感愤怒叹息，于是掩上门，自己打自己说："缪肜，你自己修身养性，做事谨慎，学圣礼法，希望将来用以整顿天下风俗，却怎么不能教育好家人呢？"弟弟及弟妇听到这些话，都跪下来磕头，向他请罪，于是家人变得相互亲善和睦了。

摧肝堕泪

杖何不痛[1]，思伯俞之语，土偶亦当摧肝；绵定奇温[2]，绎[3]

百年之悲，石人允堪[4]堕泪。

【注释】

[1] 杖何不痛：典出西汉刘向《说苑·建本》。

[2] 绵定奇温：典出《宋书》：朱百年与孔颛友善，百年家室素贫，母以冬月亡，衣并无絮，自此不衣绵帛。尝寒时就颛宿，衣悉夹布，饮酒眠，颛以卧具覆之，百年不觉也。既觉，引卧具去体，谓颛曰："绵定奇温。"因流涕悲恸，颛亦为之感伤也。

[3] 绎：抽绎，寻思。

[4] 允堪：确实能够。

【译文】

杖打为什么疼痛，想想韩伯俞的话，土偶也应该伤心；丝绵一定是出奇地温暖，寻思朱百年的悲伤，石人确实能够落泪。

友于兄弟

堂联华萼[1]，慎勿视如路人；野急哀鸰[2]，何况兴为雠敌。聆煮豆燃萁[3]之咏，良可痛心；怀作粥焚须[4]之风，固当起敬。

【注释】

[1] 华萼：萼和花同生一枝，且有保护花瓣的作用，故常以"花萼"比喻兄弟或兄弟间和睦友爱的情谊。语出《诗·小雅·常棣》："常棣之华，鄂不韡韡。凡今之人，莫如兄弟。"

[2] 野急哀鸰：语出《诗·小雅·常棣》："鹡鸰在原，兄弟急难。"喻急难时思念兄弟来救助。

[3] 煮豆燃萁：用豆萁作燃料煮豆子。比喻兄弟间自相残杀。语出《世说新语·文学》。

[4] 作粥焚须：又作"煮粥焚须"，为煮粥把自己的胡须烧着了，比喻手足情深。出自《新唐书·李勣传》。

【译文】

同堂友爱的兄弟，千万不要视为路人；急难时会思念兄弟来救助，何况兄弟之间的矛盾因仇敌而起。聆听"煮豆燃豆萁"的吟咏，确实让人痛心；怀想煮粥焚须的风尚，本来应当肃然起敬。

归钺孝友

归钺[1]蚤丧母，父更娶，而钺失爱。家贫，食不赡。每灶突[2]烟举，继母数钺不休。父怒逐之，钺困顿道中，比归复诉，曰："有子不居家，在外作贼耳。"又杖之。父卒，继母独与其子居。钺摈不见，因寓盐市中。时私从其弟问母饮食状，致甘鲜焉。后大饥，母弟不能自活，钺涕泣奉迎，母惭感。钺每得食，先母弟，而己有饥色。

【注释】

[1] 归钺：此则采编自归有光《归氏二贤传》。可推知，归钺为明代苏州府昆山人，与归有光同族。

[2] 灶突：灶上烟囱。

【译文】

归钺早年丧母，父亲另娶了后妻，归钺失去了关爱。家境贫寒，食物不够吃的。每当灶上烟囱冒烟，继母就没完没了地数说归钺过错。父亲大怒，赶走他，归钺在路上遭遇困顿。等到回来后，父亲又骂他："有儿子不在家里，到外面作贼罢了。"又用棍子打他。父亲死去，后母只和亲生儿子居住。归钺被摈弃在外，于是寄寓在盐市上。时常偷偷地见他弟弟，询问继母饮食状况，送给他们甘甜鲜美的食物。后来闹大饥荒，继母、弟弟不能养活自己，归钺哭泣流泪恭敬地去迎接，继母自感惭愧。归钺每当得到食物，先给继母和弟弟，而自己有挨饿脸色。

死不简尸

王世名[1]父为族侄俊欧（一）死。孝子恐残父尸，不忍就理[2]，乃佯听其输田议和。凡田所入，辄易价封识。私绘父象[3]自象，带剑侍立，悬密室，朝夕泣拜。购一刃，铭"报仇"字。母妻不知也。服阕，游邑庠[4]，手书忠孝格言一篇佩之。既而生子，甫数月，谓母、妻曰："吾已有后，可以死矣。"一日，俊醉归，孝子挥刃碎其首以号于众。归白其母，遂出向所封识租价馈值，首状赴邑请死。邑令验实，曰此孝子也，上其事当道。委金华汪令[5]往讯。孝子曰："复何言？吾事毕矣，只俟一死。"汪曰："简[6]若父尸有伤，子未应得死。"孝子曰："吾忍痛六年，不忍残父尸也。以吾命抵雠命，奚简为？"遂乞归故里，拜父辞母，抚子嘱妻，绝吭[7]而死。

【校勘】

（一）欧：为"殴"之误。

【注释】

[1] 王世名：字时望，明朝万历年间金华府武义县孝子。他为父报仇及宁死不愿检验父亲尸身的故事轰动当时，明人王世贞、张凤翼、刘文卿、王同轨等人的文集、笔记均载有其事，且各家文字内容有不少出入。凌濛初、陆人龙都以此题材创作了通俗小说。

[2] 就理：到官府诉讼。

[3] 象：通"像"。

[4] 游邑庠：指考中秀才。

[5] 汪令：即汪可受，字以虚，号以峰，湖北黄梅人，曾任金华县令，官至兵部侍郎。

[6] 简：检验。

[7] 绝吭：自刭。

【译文】

　　王世名父亲被族侄王俊殴打致死，王世名担心验尸会毁坏父亲尸身，不忍心到官府诉讼，就假装同意接受王俊赔偿田地私下了结。凡是田地收入，王世名都换成钱做上记号封存起来。他私下里绘成父亲画像和自己画像，自己画像佩戴宝剑侍立在父亲画像旁边。他把画像悬挂在密室里，早晚哭泣跪拜。他购买了一把刀，上面刻上"报仇"二字。母亲和妻子都不知道。服完丧，他考取了秀才，亲手书写忠孝格言一篇随身佩带。不久，他生下儿子。在儿子才几个月时，他对母亲和妻子说："我已经有后人，可以去死了。"一天，王俊自外醉归，王世名挥刀砍碎了王俊脑袋并且在人群中大声哭号。他回家告诉母亲，就拿出先前封识好的钱财以及王俊曾经馈赠礼物所值钱财，到县里自首，请求受死。知县验明情况，说这是孝子，就把这事上报金华府。知府委派金华知县汪可受前来审讯。王世名说："还有什么可说的呢？我的事已经完结了，只等一死。"汪可受说："如果检验到你父亲尸体上有伤，你就不用去死了。"孝子王世名说："我忍痛六年，就是不忍心父亲尸体因受检验而遭到毁坏。拿我的命抵偿王俊的命，哪里用得着检验尸体呢？"于是要求回家拜祭父亲，辞别母亲。他抚摸着儿子，嘱托妻子，然后自刭而死。

夏旸笃孝

　　夏旸[1] 严冬侍父寝，温溺器怀中俟用。既死，奉主如生存，大小事启而后行。母久病，亲侍汤药，不入妻室者三年。雪夜，母忽思荔。越城叩市，惮寒无应者，旸哭请乃得。旸子为弟忿殴至毙，恐伤母(一)心，含泪不言。

【校勘】

（一）母：据《阐幽录》，为"父"之讹。

【注释】

[1] 夏旸：字国辉，明朝南通州人，嘉靖年间孝子。

【译文】

　　夏旸在严冬时侍奉父亲睡觉时，把尿壶放在怀里保温，等待父亲使用。父亲死后，供奉父亲神主就像父亲活着时一样，大小事情向父亲神主汇报后再施行。母亲长久生病，夏旸亲自服侍汤药，三年不入妻子卧室。大雪之夜，母亲忽然想要吃荔枝干。夏旸翻越城墙，敲店铺大门，店主怕冷不起来应门，夏旸哭泣请求才得到荔枝干。夏旸儿子被愤怒的弟弟殴打致死，他恐怕父亲知道后伤心，含泪隐忍不说。

苦守墓庐

　　孙惟忠^{（一）}父葬，结庐其侧，苫块^[1]旷野中。深夜月泠，哭声依依^{（二）}，随悲风远闻，人为泣下。日啜淖糜^[2]二盂，晨起掬雪盥面已，辄诣墓前拜。久之，手足皲瘃^[3]，形容憔悴。或劝其返，哭不对。事闻县令，夜半携二苍头往廉之，孝子萧然块处^[4]风雪中，叹息而去。

【校勘】

（一）孙惟忠：据明代何乔远《名山藏》，为"孙惟中"之误，字伯庸，
　　　　元末明初昌邑人，曾任宁海州典史。
（二）依依：为"依稀"之讹，指隐隐约约。

【注释】

[1] 苫块："寝苫枕块"的略语。古礼，居父母之丧，孝子以草荐为席，土
　　块为枕。苫，草席。块，土块。
[2] 淖（nào）糜（mí）：烂糊粥。
[3] 皲（jūn）瘃（zhú）：手足受冻坼裂，生冻疮。

[4] 块处：孤独地居处。

【译文】

孙惟中父亲下葬后，他就在墓侧修建墓庐，在旷野中寝苫枕块。深夜里，在清冷的月光下，孙惟中隐隐约约的悲哭声，随着凄厉的风从远处传来，让听到的人流下眼泪。每日喝两碗烂糊粥，早晨起来，捧积雪洗脸后，即至墓前行礼跪拜。时间一长，手足皲裂，生了冻疮，形体容貌憔悴。有人劝他回家，他哭而不答。此事传到县令那里，县令在半夜带领两个仆人前往查看，发现孝子孙惟中孤独冷寂地居处在风雪中，赞叹感慨地离去。

当尽孝道

选地青鸟，不若蚤安窀穸[1]；归诚白业[2]，何如实孝椿萱[3]？朝出暮还，倚闾[4]近殷仃望；客至归迟，啮指遥传心痛[5]。逼榆亲[6]苟在堂，折柳枝[7]无绝裾[8]。

【校勘】

（一）青鸟：为"青乌"之讹。青乌，指堪舆之术。此指吉祥葬地。

【注释】

[1] 窀（zhūn）穸（xī）：墓穴。
[2] 白业：佛教语，谓善业。
[3] 椿萱：代称父母。
[4] 倚闾：指父母望子归来之心殷切。闾，古代里巷的门。
[5] 啮指遥传心痛：指"二十四孝"中的"啮指心痛"。
[6] 逼榆亲：接近桑榆晚景的父母。
[7] 折柳枝：古人有折杨柳枝送别的传统，此指分别。
[8] 绝裾：扯断衣襟，形容离去态度十分坚决。语出《世说新语·尤悔》。

【译文】

选择吉祥葬地，不如早早入土为安；归心善业，哪里赶得上实心孝敬父母？早出晚归，双亲就会倚闾殷切地长久站立盼望；客人到来，曾参不回，曾母着急啮指，在远方的曾参就会感到心痛。逼近桑榆晚景的双亲如果健在，就不要断然离别。

乳姑不怠

柳玼[1]曰："崔山南[2]昆弟子孙之盛，乡族罕比。山南曾祖王母[3]长孙夫人年高无齿，祖母唐夫人事姑孝，每旦栉縰[4]笄拜于阶下，即升堂乳其姑，长孙夫人不粒食[5]数年而康宁。一日疾病，长幼咸萃，宣言：'无以报新妇恩，愿新妇有子有孙皆得如新妇孝敬。'则崔氏之门安得不昌大乎？"

【注释】

[1] 柳玼（pín）：晚唐京兆华原人，官至御史大夫。
[2] 崔山南：名琯，唐代博陵人，官至山南西道节度使，故人称"山南"。
[3] 王母：祖母。
[4] 栉縰（xǐ）：指事奉父母起居。栉，梳发。縰，用缯束发髻。
[5] 粒食：以谷物为食。

【译文】

柳玼说："崔山南兄弟子孙的兴盛，同乡其他家族少有能比的。崔山南的曾祖母长孙夫人，年事已高，牙齿脱落，祖母唐夫人侍奉婆婆十分孝顺，每天早晨盥洗梳理簪发后，都上堂用自己的乳汁喂养婆婆，长孙夫人几年不吃谷物，身体依然健康。一天，长孙夫人患病时，将全家大小召集在一起，说：'我无法报答新妇之恩，但愿新妇子孙也像她孝敬我一样孝敬她。'那崔家门庭怎么能够不昌盛宏大呢？"

狗彘不食

世人之贫难者无论已。亦有富而贵者常罗樽俎[1]，会集人客，虽日费万钱，略不挂意。至于同胞兄弟，分门拆⁽一⁾户，视若路人，或因寸土尺地，斗粟尺布，计较不已。此辈狗彘所不食[2]也。

【校勘】

（一）拆：为"析"之误。

【注释】

[1] 樽俎：指宴席。樽，用来盛酒的器皿。俎，用来盛肉的器皿。

[2] 狗彘所不食：即狗彘不食其余，狗猪都不吃他剩下的东西。形容人极其卑鄙龌龊。

【译文】

世上生活贫困艰难的人不用说了。也有富有并且尊贵的人常常摆下宴席，会集宾客，即使是每天破费万钱，完全不放在心上。至于同胞兄弟，分家另过，看成路人，有时因一点点土地，一点点东西，计较不停。这类人连猪狗都不吃他剩下的东西。

之章孝贤

沈之章[1]幼继从叔思贤。倭夷蹒[2]焚掠，思贤为倭所得。之章奔救，同行止之曰："父子俱死，无益也。"之章痛哭曰："宁同死耳。"遂挺身抵倭垒，见父方缚拟刃[3]，抱头哀哭，愿身代父死。倭为解缚，使携登岸，得归。后思贤有子，章归宗。不受继父寸土，本宗复无分，惟甘贫以死。

【注释】

[1] 沈之章：不详，推测当为明代中后期东南沿海一带人。

[2] 蹒（lán）：指越人。

[3] 拟刃：将要杀害。

【译文】

　　沈之章从幼年时就过继给堂叔沈思贤。倭寇越入县境焚烧抢劫，沈思贤被倭寇抓获。沈之章奔走挽救，同行人制止他说："父子一块儿去送死，没有用处。"沈之章痛哭说："宁可一同死掉。"于是他挺身奔赴倭寇营垒，见到沈思贤被捆缚，将要被杀，他抱住父亲的头悲哭，愿意替父亲去死。倭寇被感动，解开捆缚的绳索，让沈之章带父亲登岸，得以回家。后来，沈思贤生下儿子，沈之章回归本宗。离开时，他没有接受过沈思贤的一点土地，本宗也没有分给他田产，他甘于过贫穷日子，一直到去世。

孝过季伟

　　乐颐[1]，邓人。少日，父亡郢中，即号泣徒步而往，负归茔⁽一⁾葬。尝得疾，忍而不言，啮被至碎，恐母闻之⁽二⁾也。吏部郎虔果之⁽三⁾造访，颐设具，惟菜菹⁽四⁾而已。果之不能食，母出其膳，果之曰："卿过于茅季伟[2]，顾我非郭林宗[3]。"

【校勘】

（一）茔：据《南齐书》（卷五十五），当为"营"之讹。

（二）之：字后夺"哀己"二字。

（三）虔果之：为"庾杲之"之误。庾杲之，字景行，南朝宋齐时期新野人，曾为尚书吏部郎。

（四）菹：为"菹"（zū）之误。菹，腌菜，酸菜。

【注释】

[1] 乐颐：字文德，南朝宋齐时期涅阳人，著名孝子。

[2] 茅季伟：即茅容，字季伟，东汉陈留人，孝子。《后汉书·郭林宗传》："旦日，容杀鸡为馔，林宗谓为己设，既而以供其母，自以草蔬与客同饭。林宗起拜之曰：'卿贤乎哉！'"

[3] 郭林宗：即郭泰，字林宗，原郡介休县人，东汉名士。

【译文】

　　乐颐，邓州人。年少时，父亲死在郓中，乐颐就哭号徒步前往，背负父亲尸骨回来谋求安葬。他曾经得病，忍痛不说，疼得把被子都咬碎了，担心母亲听到后为自己伤心。吏部郎庾杲之前来拜访他，乐颐备办饭食招待他，菜肴只有蔬菜腌菜罢了。庾杲之吃不下，乐颐母亲拿出自己吃的饭菜来招待他，庾杲之说："你超过了茅季伟，只是我不是郭林宗。"

至孝感天

　　临川民吴姓者，侍母至孝。一夕，梦神告知曰："汝明午刻当为雷击死。"吴以母在，乞救护。神曰："此天命不可免也。"吴恐惊其母，清晨具馔以进，白云："将暂诣妹家。"母不许。俄黑云四集，雷声阗阗 [1] 然。吴益虑惊母，乃闭户，自出田中以待其罪。顷之，云气开朗，吴竟无祸。夜复梦神曰："汝至孝感天，已宥宿恶 [2]，宜加敬重也。"遂得终身孝养焉。

【注释】

[1] 阗（tián）阗：形容声音洪大。

[2] 宿恶：旧恶。

【译文】

略。

善应孝慈

赵善应[1]，汉王元佐之孙(一)。性纯孝，尝刺血和药[2]愈母。母畏雷，雷辄走护之。寒夜归，恐击门惊母，露坐达旦。官江西兵马都监[3]，每四方水旱警报，辄不食。同官燕会[4]，颦蹙曰："此岂为乐时耶？"

【校勘】

（一）汉王元佐之孙：据《宋史·赵汝愚传》，为"汉恭宪王元佐六世孙"。汉王元佐，即汉王赵元佐，字惟吉，初名赵德崇，宋太宗赵光义长子，曾被封为汉王，谥恭宪。

【注释】

[1] 赵善应：字彦远，南宋江西余干县人，官终修武郎、江西兵马都监。
[2] 和（huò）药：制丸块。
[3] 兵马都监：掌管本地所属屯驻、兵甲、训练、差役之事的中级军官。
[4] 燕会：宴饮会聚。燕，古同"宴"，宴饮。

【译文】

赵善应是汉王赵元佐六世孙。他生性至孝，曾经刺血和药为母亲治好了病。母亲畏惧打雷，一旦打雷赵善应就跑过去保护母亲。寒夜回家，恐怕敲门声会惊吓母亲，他就在露天里坐到天亮。他任江西兵马都监时，每当接到四方水旱警报，就担忧得吃不下饭。同僚聚会宴饮，他就皱眉说："这难道是享乐的时候吗？"

戚敬纯孝

戚敬[1]母病，医药弗效，刲[2]股肉以进，母不能食而死，敬痛绝再三。既葬，结庵墓旁，伏匿其中。墓产白芝五本。又欲象[3]母事之，工莫能也。敬伏墓号哭不已，母忽见梦于工，明日工肖而像焉，敬奉之如生。士诚[4]陷吴，将逼秀水，里人皆遁。敬曰："吾忍舍父母坟墓耶？"乃散财集弟子，保乡里。寇至，多所焚掠，敬所居白苎乡独完。有司论其功，谢曰："敬为墓坟计，敢希赏乎？"

【注释】

[1] 戚敬：据徐一夔《戚孝子记》，字秉肃，元末明初浙江秀水白苎里人，著名孝子。

[2] 刲（kuī）：割取。

[3] 象：通"像"，画像。

[4] 士诚：即张士诚，泰州兴化白驹场人，元末割据豪强，后为朱元璋所败。

【译文】

戚敬母亲病了，医药无效，他就割取大腿肉进献给母亲，母亲已不能食用而死去，戚敬多次伤心得昏死过去。安葬后，他在墓旁修建墓庐，伏身藏匿其中。墓旁生出五棵白灵芝。他又想把母亲相貌画出来进行侍奉，可是画工无法画出来。戚敬伏在墓地不停哭号，母亲忽然在画工梦中现身，第二天画工就描摹梦中形貌画出了像，戚敬就像母亲活着时一样来侍奉画像。张士诚攻陷了吴地，将要逼近秀水，同乡人都跑了。戚敬说："我能狠心离开父母坟墓吗？"于是他散出家财集结子弟，保卫乡里。盗贼到了，焚烧劫掠非常严重，戚敬所居住的白苎乡独得保全。有司给戚敬叙功，他拒绝说："我戚敬这么做是出于保护父母坟墓的考虑，哪敢希求奖赏呢？"

孝悌为根

人生不从孝弟起根，如脆墙秋叶，不耐风雨，非落则圮[1]矣。他复何问？

【注释】

[1] 圮（pǐ）：塌坏，坍塌。

【译文】

人生不从孝悌生根，就像脆弱的墙体、秋天的树叶一般，耐不住风雨，不是倒塌就是落下。还用问其他的吗？

先供父母

宋大本圆照禅师（一），人（二）有饭僧[1]者，必告知曰："汝先养父母，次办官租。如欲供僧，以有余及之。徒众在此，岂无望檀那[2]之施？须先为其大者。"

【校勘】

（一）大本圆照禅师：当为"宗本圆照禅师"之误，俗姓管，常州无锡人，为慧林宗第一祖，北宋高僧。

（二）人：此字前当夺"见""遇"等动词。少此动词，则不合文法。

【注释】

[1] 饭僧：向和尚布施斋饭。
[2] 檀那：梵语音译，施主。

【译文】

北宋宗本圆照禅师看到有人向和尚布施斋饭，一定会告诉他说："你要先供养父母，然后备办好公家租税。如果想要供养僧人，有余力了再去做。徒众都在这里，难道不希望施主施舍吗？需要先做重大的事情。"

王艮自省

王艮[1]冬日至亲所，亲有急务，盥凉水，乃痛哭曰："艮为人子，令亲天寒盥凉水而不知，尚得为人乎？"遂出代亲役，入奉养惟谨。

【注释】

[1] 王艮：字汝止，号心斋，明朝泰州安丰场人，心学泰州学派创始人。

【译文】

王艮冬天到父亲那里去，看到父亲有急事，用凉水盥洗，就痛哭说："王艮作为人子，让父亲在寒天用凉水盥洗却不知情，还算得上合格的儿子吗？"于是他奔出替父亲处理急事，回来后谨慎地奉养父亲。

年迈思子

洪浩[1]熙宁中游太学，十年不归。其父作诗寄浩曰："太学何蕃[2]且一归，十年甘旨误庭闱[3]。休辞客路三千远，须念人生七十稀。腰下虽无苏子印[4]，箧中幸有老莱衣[5]。归期定约春前后，免使高堂赋式微[6]。"浩得诗即归养。钱塘吴惴[7]，洪武间官四川，其父敬夫[8]思之，作诗云："剑阁凌云鸟道边，路难闻说上青天。山川万里身如寄，鸿雁三秋信不传。落叶打窗风似雨，孤灯背壁夜如年。老怀一掬钟情泪，几度沾衣独泫然。"敬夫卒，而惴始以丁忧还家。嗟乎！世之宦游者多矣，衔命[9]千里，亲老不获从，甚则倚庐陟屺[10]，目穷心折[11]，终不敢少露于宾客笑语及邮筒笔楮[12]之间。而子或浮沉宦辙^[13]，垂五载十载，出而裾绝，入而室虚^[14]者，岂少哉？则前诗可念也。

【注释】

[1] 洪浩：北宋钱塘人，曾游太学，余不详。

[2] 蕃：屏障，篱笆。

[3] 庭闱：内舍，多指父母居住处。此指父母。

[4] 苏子印：官印，借指官职。语出《史记·苏秦列传》（卷六十九）。

[5] 老莱衣：老莱子穿的五彩衣。相传春秋时楚国隐士老莱子，七十岁时还身穿五彩衣，模仿小儿动作和哭声，以使父母欢心。

[6] 式微：语出《诗·邶风·式微》："式微，式微，胡不归？"

[7] 吴恺：钱塘人，明朝洪武年间曾在四川为官。

[8] 敬夫：即吴敬夫，元末明初钱塘余姚人，官至知州，有诗名。

[9] 衔命：接受使命。

[10] 陟屺（qǐ）：《诗·魏风·陟岵》："陟彼屺兮，瞻望母兮。"郑玄笺："此又思母之戒，而登屺山而望也。"后因以"陟屺"为思念母亲之典。此指母亲思念儿子。

[11] 心折：心惊，心碎。

[12] 笔楮（chǔ）：犹笔纸。

[13] 宦辙：仕宦之路。

[14] 室虚：屋里没人，此指双亲去世。

【译文】

略。

君实爱兄

宋司马光兄伯康^[1]年将八十，奉如严父，保如婴儿。兄每食，少顷，则问曰："得无饥乎？"天少冷，则扪其背曰："衣得无薄乎？"

【注释】

[1] 伯康：即司马旦，字伯康，宋陕州夏县人，司马光之兄，官至知州。

【译文】

宋代司马光哥哥伯康年纪将近八十岁，司马光侍奉兄长就如同侍奉严父一样，照顾他就像照顾婴儿一样。伯康每次吃饭，过一会儿，司马光就会问候他："该不会饿了吧？"天气稍微寒冷，司马光就轻拍他的背说："衣服该不会太单薄吧？"

为亲疗疾

宋李虚己[1]母丧明，己旦日舐睛不懈，二年母目复明。李行简[2]父患痛[3]，极痛。行简吮其败膏，不唾于地，疾寻平。

【注释】

[1] 李虚己：字公受，北宋福建建安人，官至尚书工部侍郎。
[2] 李行简：字易从，北宋同州冯翊人，官至给事中。

【译文】

北宋李虚己母亲眼睛失明，他每天早晨不停地舔舐母亲眼睛，两年后母亲眼睛复明。李行简父亲生了脓疮，极其疼痛。李行简吸吮腐烂的脓血，不吐到地上，父亲的病不久平复了。

体恤族人

范文正公尝语诸子弟曰："吾吴中[1]宗族甚众，以吾祖宗视之，则均是子孙，安得不恤其饥寒哉？且自祖宗积德百余年，而始发[2]于吾，得至大官。若独享富贵，而不恤宗族，异日何以见祖宗于地下？今亦何颜以入家庙乎？"

【注释】

[1] 吴中：今苏州一带。

[2] 发：发迹。

【译文】

略。

侍亲色养

晋^{（一）}王延^[1]侍亲色养^[2]，夏则扇枕席，冬则身温被。延隆冬盛寒体无全衣，而亲极滋味。

【校勘】

（一）晋：当为十六国时期。王延曾任十六国时期汉赵官员。

【注释】

[1] 王延：字延元，十六国时期西河人，曾任汉赵金紫光禄大夫。

[2] 色养：人子和颜悦色奉养父母。

【译文】

十六国时期的王延能和颜悦色地侍奉父母，夏天就给父母扇凉枕席，冬天就用身体为父母暖被。王延在隆冬严寒的日子里，没有完整的衣服，而父母亲却吃得很好。

不容已情

父殁而不能读父之书，母殁而杯棬^[1]不能饮^[2]：皆人子不容已之情也。刁少雍^{（一）}少为祖父绍先^[3]所爱，绍先性嗜羊肝，常呼少雍共食。及绍先卒，少雍终身不食肝。鲜于文宗^[4]七岁丧父，以种芋时亡，至明年芋时，对芋呜咽，如此终身。薛元超[5]祖道衡[6]为内史[7]时，省中有磐石，尝踞以草制。薛元超为中书舍人[8]，每见此石，未尝不流涕。张根[9]父病盅，戒盐，根为食淡。母方病，至鸡鸣则少苏，后不忍闻鸡声。赵善应[10]父终肺疾，每膳不忍以猪(二)肺为馔。母生岁卯，善(三)谓卯兔神，终身不食兔。徐积[11]以父讳石，平生不用石器，遇石则避而不践，或问："天下用石多矣，必避之然后为孝欤？他日山行奈何？"徐曰："吾岂固避之哉？吾遇之怵然伤吾心，乃思吾亲，不忍加足其上耳。"

【校勘】

（一）刁少雍：据《魏书》为"辛少雍"，字季和，北魏陇西狄道人，官至给事中，孝子。

（二）猪：《宋史·列传》（卷一百五十一），为"诸"之讹。

（三）善：字后夺"应"字。

【注释】

[1] 杯棬：亦作"杯圈"，一种木质饮器，尤多指酒杯。

[2] 前两句：语出《礼记·玉藻》："父殁而不能读父之书，手泽存焉尔；母殁而杯圈不能饮焉，口泽之气存焉尔。"

[3] 绍先：即辛绍先，北魏陇西狄道人，下邳太守，加宁朔将军。

[4] 鲜于文宗：东汉渔阳人，著名孝子。

[5] 薛元超：名振，以字行世，唐朝蒲州汾阴人，高宗时官至宰相，谥号文懿。

[6] 道衡：即薛道衡，字玄卿，河东汾阴人，历仕北齐、北周，隋朝建立后，任内史侍郎，加开府仪同三司，诗人。

[7] 内史：即内史侍郎，为中书省长官中书监、中书令之副职，隋代改称内史或内书侍郎。

[8] 中书舍人：隋唐时在中书省掌制诰，多以有文学资望者充任。

[9] 张根：字知常，北宋饶州德兴人，官至淮南转运使，加直龙图阁，有孝行。

[10] 赵善应：见本集"敦本"卷之四"善应孝慈"。

[11] 徐积：字仲车，北宋楚州山阳人，自号南郭翁，楚州教授。

【译文】

父亲死了，不能读父亲读过的书；母亲死了，不能使用母亲的饮器：这都是出于为人子者难以克制自己的纯真孝情。辛少雍年少时被祖父辛绍先喜爱。辛绍先爱吃羊肝，常叫辛少雍一起食用。等到辛绍先死后，辛少雍终生不吃羊肝。鲜于文宗七岁丧父，因父亲是在种芋头时死的，到下一年种芋头时，他就对着芋头呜咽，一生都是这样。薛元超祖父薛道衡任内史侍郎时，中书省中有块磐石，曾经倚靠磐石为皇帝起草命令。薛元超当了中书舍人后，每见这块石头，未尝不流泪。张根父亲患蛊病，不能吃盐，就和父亲一起食淡。母亲在病中，到鸡鸣时就稍微清醒一点，后来他不忍听鸡鸣声。赵善应父亲患肺病而死，他每当吃饭时不忍心吃用各种肺做的食物。母亲卯年出生，善应认为卯属兔神，便一辈子不食兔肉。徐积因为父亲名字叫石，平生便不用石器，遇到石头就躲避而不践踏，有人问他："天下用石头太多了，一定要躲避石头才算得上是孝道吗？以后走山路时怎么办？"徐积说："我难道是故意躲避石头吗？我遇到石头便突然刺痛了我的心，就思念起我的父亲来，不忍心把脚放在石头上罢了。"

奉先至孝

李奉先[1]天性至孝。父卒既葬，窃自叹曰："奉先儿时，父尝戒家人曰：'儿幼，勿令独入林野，虑其惊恐。'今亲殁，一旦弃于林野，吾心安所忍乎？"乃结庵于墓侧，昼夜临哭[2]其中。植树数百株，时呼为"孝子林"。

【注释】

[1] 李奉先：据《河南通志》，元代叶县人，孝子。
[2] 临哭：同义复词，哭。

【译文】

略。

诵孝经观

杨贞复[1]《论读孝经》（一）曰："每日清晨默坐，闭目存想：从自身现今年岁，回想孩提爱亲时，光景如何；又逆想下胎一声啼叫时，光景如何；又逆想在母腹中，母呼亦呼、母吸亦吸时，光景何如。到此情识俱忘，只有绵绵一气，忽然自生欢喜[2]。然后将身想作个行孝的曾子，侍立在孔子之侧，无限恭敬，无限爱乐。"

【校勘】

（一）《论读孝经》：为《诵孝经观》之误，杨起元写的关于《孝经》的著作。本则与原文相比，有不少出入。

【注释】

[1] 杨贞复：即杨起元，字贞复，号复所，明朝惠州归善人，万历朝累官至礼、吏部右侍郎摄二部尚书事。

[2] 欢喜：佛教术语，为接于顺情之境而感身心喜悦。

【译文】

略。

戴华痴孝

戴君实（一）兄夭死，独身与父母居。弱冠不娶，曰："奈何舍二亲与儿女子[1]处乎？"父殁，华痛哭垂绝者数四。已仰见母发垂白，勉自抑，或独身之野外痛哭，归而以欢颜对母。又十余年，母病，君实哭甚哀，声达于巷。是日，忽阒然[2]无声，户竟日不启。邻父排闼入视：其母已死；华伏母傍，面覆著床上。候[3]其息似将绝者，急灌以汤，得甦[4]。邻父责以大义，曰："毁不灭性[5]，若即死，鬼其馁乎？"不得已勉进米。既免丧，邻父老力劝其娶妻存祀，相与^(二)里中，得女，曰："是可以配孝子。"君实遂有室。是时，贫甚，炊烟屡断，啖粗粝不能饱。而岁时伏腊，几筵必极丰洁。上食时，又痛哭呕血如初丧。路人闻之，无不挥泪。

【校勘】

（一）载君实：据《嘉兴县志》，为"戴君实"之误，"戴""载"形近致讹。戴君实，名华，字君实，明朝嘉兴县人，孝子。

（二）相与：一起。此二字后当有"寻""觅"之类动词。

【注释】

[1] 儿女子：相当于"娘们儿""妇道人家"，对女子的蔑称。古汉语中，用"儿"限定"女子"，使整个词语带有贬义。

[2] 阒（qù）然：寂静的样子。

[3] 候：察看。

[4] 甦：同"苏"，苏醒。

[5] 毁不灭性：指居丧不能过分悲伤而失去本性。毁，旧指居丧过于哀痛。语出《孝经·丧亲》。

【译文】

　　戴君实哥哥早年夭亡，独身与父母居住。他到了弱冠之年（二十岁）没有娶妻，说："怎么能舍弃双亲与女人相处呢？"父亲死后，戴华痛哭，伤心得多次昏死过去。自己看到母亲头发接近全白，勉强压住自己的感伤情绪，有时跑到野地里痛哭，回来却用笑颜面对母亲。又过了十多年，母亲病了，他哭得非常悲哀，哭声传到巷子里。这天，他家里忽然静寂无声，整天没有开门。邻居家老人推开门观看：发现戴华母亲已经死了；戴华伏在母亲身边，脸贴在床上。察看他的气息好像快要断了，赶紧灌下热水，戴华得以苏醒过来。邻居老人拿孝的大道理责备他，说："居丧悲哀却不能丧失本性，你如果死了，父母魂灵难道不饥饿（指得不到祭祀）吗？"戴华不得已才勉强吃饭。服完丧，邻人父老努力劝他娶妻留后，一起在乡间帮他物色，找到一个女子，说："这可以配给孝子。"戴君实于是有了妻室。这时，他贫穷得厉害，经常断炊，连粗米饭都吃不饱。可是年节祭祀，桌案上祭品一定极其丰盛干净。进献食物时，又痛哭得吐血，就像父母刚去世时一样。路人听到他的哭声，无不挥手拭泪。

代兄受死

唐陆南金[1]，元感[2]子也。开元初，少卿卢崇道[3]抵罪使（一）岭南，逃还，伪称吊客，突入金舍，金匿之。事觉，诏侍御史捕按，金当坐法，弟赵璧自言："匿崇道者我也，请死。"金固言弟自诬不情，御史怪之，赵璧曰："母未葬，妹未归，兄能办之，我生无益，不如死。"御史上状。玄宗并宥之。

【校勘】

（一）使：据《新唐书》（卷一百九十五），为"徙"之讹。

【注释】

[1] 陆南金：唐朝苏州吴县人，曾任太常奉礼郎。

[2] 元感：即陆元感，字达礼，唐朝吴县人，官至护军。

[3] 卢崇道：唐睿宗朝曾任太常寺少卿，因受牵连流放岭南，后私还都下，事败，敕杖至殒。

【译文】

唐朝陆南金是陆元感儿子。开元（唐玄宗年号）初年，少卿卢崇道被治罪贬谪到岭南，逃回（东都洛阳），（陆南金为母守丧），卢崇道假装成吊唁宾客，奔入陆南金家中，陆南金把他藏了起来。实情被告发，下诏令让侍御史捉捕审讯，陆南金应该处以重法，弟弟陆赵璧自首说："藏起卢崇道的人是我，请把我处死。"陆南金坚持说弟弟自诬不合实情，侍御史觉得很奇怪，陆赵璧说："母亲没有安葬，妹妹没有出嫁，哥哥能办这些事，我活着没有用，不如去死。"御史上奏此事，唐玄宗把他们都赦免了。

问劳兄长

温公家居日，常处于赐书阁下东畔小阁。侍史[1]惟一老仆，一更二点[2]，即令老仆先睡。看书至夜分，乃自罨[3]火灭烛。而睡至五更初，即自起发烛[4]，点灯著述，夜夜如此。天明即入宅起居[5]其兄，且或坐于床前问劳。话毕，仍回阁下。

【注释】

[1] 侍史：古时侍奉左右、掌管文书的人员。

[2] 一更二点：古代把一夜分为五更，又把每更分为五点。每更就是一个时辰，相当于现在两个小时，每点只占 24 分钟。一更二点相当于晚上的 7 点 48 分左右。

[3] 罨（yǎn）：覆盖，掩盖。

[4] 发烛：此指生火。削松木为片，尖端涂上硫磺，名曰"发烛"，无论形状和作用，都类似今天的火柴。

[5] 起居：向尊长问候。

【译文】

温国公司马光家居时，曾经住在赐书阁东畔一处小阁上。侍史只是由一位老仆充任，一更两点，就让老仆人先睡下。自己看书到夜半，才熄灭烛火就寝。而睡到五更初，就自己起身，点起灯火进行著述，夜夜都是这样。天亮后就进入宅内问候哥哥的生活起居状况，并且有时坐在床前慰问。慰问完毕，仍旧回到赐书阁下。

不孝成因

不孝所以习成者有四：一曰骄宠。为父母怜悯过甚，常顺他性；骤[1]而拂[2]之，则不堪。常让他便宜[3]，任他佚豫[4]；令之执劳[5]，则不习。出言稍有过失，父不忍唐突[6]子也；子乃[7]敢唐突其父。文行[8]艺能，父誉子，惟恐不在我上也；子必欲父之出我下。积此骄妒[9]，他人处，展[10]不出手；独父母处，展得出手。遂真谓老成人无闻知矣。二曰习惯。语言粗率惯，便敢冲突。动作简易[11]惯，便敢放恣。父母分甘绝少[12]惯，遂不复忆其甘旨[13]。父母扶病任苦惯，遂不复问其痛痒。三曰乐纵。见同辈不胜意气[14]，对双老而味薄[15]。入私室[16]千般趣态，映(一)高堂而机室[17]，甚且明以父子兄弟为俗物者矣。四曰忘恩记怨。夫恩习愈忘，怨习愈积(二)，人情然也。故一饭见德，习久则龃龉[18]起。一施感恩，常济则多寡生[19]。一迎面见亲，累日则猜嫌[20]重。况父母兄弟，生而习之。以亲爱为固常[21]，且有忧我而获拂者矣；有誉我而被厌者矣，有强预我事而怒躯(三)者矣。眼前大恩，恬然罔识[22]，况能推及胎养之劳、褓哺之苦[23]、弱质惊魂之痛[24]者哉？故人情有至颠倒而不自觉者，子之于父母是也。此数者皆近人情，且其人未尝无真性也，积久不知其误耳。是宜急急唤醒，戞戞克治[25]，时思冲下[26]，时念原本[27]，时时入亲肺腑中。其不为大孝者鲜矣。

【校勘】

（一）映：疑为"迎"之讹。

（二）恩习……积：当为"恩习久愈忘，怨习久愈积"，"久"为夺文。

（三）怒躯：当为"怒眈"之误，怒目而视。

【注释】

[1] 骤：突然。

[2] 拂：违背，不顺。

[3] 便（biàn）宜：便利，方便合适。

[4] 佚豫：悠闲安乐。

[5] 执劳：操劳。

[6] 唐突：冒犯，顶撞。

[7] 乃：竟然。

[8] 文行：文章与德行。

[9] 妬：同"妒"。

[10] 展：施展。

[11] 简易：疏略轻慢。

[12] 分甘绝少：好吃的东西让给人家，不多的东西自己不享受。形容自己刻苦，待人优厚。绝，拒绝，引伸为不享受。甘，好吃的。

[13] 甘旨：美味的食物，经常特指养亲的食物。

[14] 不胜意气：尽情馈送财礼。

[15] 味薄：滋味淡薄。

[16] 私室：自己的卧室，妻子所居之地。

[17] 机窒：毫无意趣。

[18] 餍嗛（xián）：厌烦，不足。

[19] 常……生：经常救济帮助，就开始计较救济帮助的多少了。

[20] 猜嫌：猜忌嫌怨。

[21] 固常：本来，常态。

[22] 恬然罔识（zhì）：跟没事一样，完全不记在心上。识，通"志"，记。

[23] 襁哺之苦：在襁褓哺育的辛苦。

[24] 弱……之痛：指生育时的凶险与痛苦。

[25] 克治：克制私欲邪念。

[26] 冲下：谦虚，谦下。

[27] 原本：根本。

【译文】

略。

季铨孝母

唐沈季诠^{（一）}少孤，事母孝。未尝与人争，皆以为怯。季诠曰："吾怯乎？为人子者可遗忧于亲乎？"贞观中，侍母渡江，遇暴风，母溺死。季诠号泣，投江中，少顷，持母臂浮出水上。都督谢叔方[1] 异其孝感，具祭礼^{（二）}而葬之。

【校勘】

（一）沈季诠：当为"沈季铨"之误。因"铨"有铨衡之义，与其字"子平"有关系，而"诠"为诠释，与"子平"无干。唐朝洪州豫章人，著名孝子。

（二）祭礼：当为"礼祭"之误。"礼""祭"二字需互乙。

【注释】

[1] 谢叔方：唐朝雍州万年人，官至广州都督。

【译文】

唐朝的沈季铨年少时丧父，侍奉母亲非常孝顺。他从不与人争执，人们都认为他怯懦。他说："我怯懦吗？做人儿子的人怎么能给母亲带来忧患呢？"贞观年间，侍奉母亲渡江，遇到风暴，母亲被淹死。沈季铨哭号着投入江中，不久，其尸身手臂挽着母亲手臂浮出水面。都督谢叔方认为这是诚孝感动上天的奇事，备办礼品祭祀他，然后埋葬了他母子。

搤虎救父

宋 [1] 南乡县 [2] 民杨丰与息女 [3] 香于田获粟，为虎所噬。香年甫十四，手无寸刃，乃搤 [4] 虎颈，丰因获免。香以孝感，猛兽为逡巡。太守赐帛谷，旌其门。

【校勘】

（一）宋：为"晋"之误。

【注释】

[1] 南乡县：今河南淅川县东南一带。一说杨香家在河南焦作沁阳。

[2] 息女：亲生女儿。

[3] 搤：同"扼"。

【译文】

略。

行可救父

冯孝子行可 [1]，当父上疏论诸贵人，诏下狱问死时，孝子年十四，随祖母吴太孺人 [2] 至京。太孺人击登闻鼓 [3]，愿代儿，上弗听。孝子刺臂血上书曰："臣父戆 [4]，罪万死。念臣祖母已八十余，臣父死，臣祖母亦死，臣宁得不死？惟愿陛下置臣于辟 [5] 而赦臣父。陛下戮臣，不伤臣心；臣死，不伤天下法。"上手其奏，绕殿者三，使廉视其臂血，乃下法曹 [6] 议。末 [7] 减戍雷阳。

【注释】

[1] 行可：即冯行可，明朝松江府华亭人，官至应天府通判。

[2] 孺人：古时称大夫妻子，明清时为七品官母亲或妻子封号。

[3] 登闻鼓：悬挂在朝堂外的一面大鼓。击登闻鼓，是中国古代重要的直诉方式之一。

[4] 戆（zhuàng）：憨厚而刚直。

[5] 辟：杀头。

[6] 法曹：古代司法机关或司法官员的称谓。

[7] 末：最后。

【译文】

冯孝子，名字叫行可，他父亲冯恩上书弹劾众贵人，皇帝命令将冯恩下狱，判处死罪，这时冯行可才十四岁，跟随祖母吴太孺人到京城来。太孺人击登闻鼓，愿意代替儿子受死，嘉靖皇帝不听从。冯行可刺臂出血，写血书上奏说："我父亲愚直，罪该万死。考虑到祖母已经八十开外，如果我父亲死了，我祖母就会死去，那样我怎能不死呢？希望陛下把我杀头而赦免我父亲。陛下杀我，我不伤心；我被处死，不会损害天下法令。"皇上手拿他的奏章在殿上绕行多圈，派人查看他胳膊出血状况，就命令执法部门研究处理。最终减轻处罚，让冯恩去戍守雷阳（今广东雷州）。

津女救父

赵简子伐楚，与津吏期。津吏醉卧不能渡，简子欲杀之。其女娟请以身代，曰："妾父尚醉，恐不知非，而体不知痛也。"简子释其父。

【译文】

赵简子要攻伐楚国，与管理渡口的小吏约定了渡水时间。到渡水的时候，管理渡口的小吏喝醉了，不能渡水，赵简子要杀掉他，他的女儿名娟，请求代替父亲受死，说："我父亲还在醉酒中，恐怕没有意识到过错，而他的身体也感受不到疼痛。"赵简子释放了她父亲。

虎避孝子

杨威[1]少失父，事母至孝。尝与母入山采药，为虎所逼，自计不能御，于是抱母且号且行。虎见其情，遂弭耳[2]而去。

【注释】

[1] 杨威：汉代上虞人，著名孝子。

[2] 弭耳：犹帖耳，指驯服貌。

【译文】

杨威幼年丧父，侍奉母亲极其孝顺。他曾经与母亲一起上山采药，被老虎逼迫，自己估计不能抵御，于是抱持母亲边呼号边逃跑。老虎见到这情状，就驯顺地离开了。

从易除名

郑从易[1]母、兄俱亡岭外，岁余讣闻，请行服。神宗曰："父母在远，当朝夕为念。经时[2]无安否之问，以至逾年不知存亡邪？"特除名。

【注释】

[1] 郑从易：北宋人，曾任内殿崇班（武臣阶官）。

[2] 经时：周年。

【译文】

郑从易母亲、兄长都死在岭南，一年多后收到讣告，请假去服丧。宋神宗说："父母在远方，应当朝夕思念。一周年没有安否的问候，以至过了一年还不知死活吗？"特意予以除名。

不娶抚孤

殷近仁[1]家贫，与弟原善友爱无间。洪武初，近仁举孝弟授知平遥县，寻擢广西参政。与妻皆卒官所，遗三男一女，咸幼。原善遂不娶，抚诸孤如己出。亲友讽之娶，原善泣曰："使我娶而不贤，则诸孤将安托哉？且娶者以为后也，诸孤当有为我后者，娶复何益？"

【注释】

[1] 殷近仁：明初嘉兴人，曾任平遥知县，官至广西参政。

【译文】

殷近仁家境贫寒，与弟弟原善友爱，亲密无间。洪武初年，殷近仁因孝悌被举荐任平遥知县，不久被提拔为广西参政。殷近仁和妻子都死在官任上，留下三个儿子和一个女儿，都很幼小。殷原善就没有娶妻，抚养几个孤儿就像是自己生的孩子。亲友劝他娶妻，原善哭泣说："假使我娶妻却不良善，那几个孤儿将怎么托身呢？况且娶妻是为了有后，众孤儿中定会有人做我后代，娶妻又有什么用处呢？"

孝友为本

孝友[1]如饮食衣服，一日不足，便有性命之忧。其他如锦绮珠玉，有之足备观美，无之亦不甚害。今人事事要好，却于父子兄弟间都不加意。譬如树木根本已枯，虽剪綵[2]为花，能有几日好看？

【注释】

[1] 孝友：事父母孝顺，对兄弟友爱。
[2] 綵：同"彩"。

【译文】

略。

侍死如生

宋徐积[1]母以疾终，积号恸呕血，绝而复苏，水浆不入口七日。庐墓三年，卧苫枕块[2]，衰绖[3]不去身。雪夜哀号，伏墓呼太夫人，问寒否如平生，颠委僵仆，手足皆裂，不顾也。所居茅舍不蔽风雨，而农夫樵父瞻仰如神，有争讼者必造之。积以义裁决，皆悦服而去，不复造有司。太守迎积入学。积居州学舍，尚设考妣几筵[4]，晨昏起居，执爨[5]涤器，馈食如生。冬以火温衾，夏挥扇去蚊蚋，思母平时所甘旨以供祀，未尝一日不奉酒也。

【注释】

[1] 徐积：见本卷"不容已情"。
[2] 卧苫枕块：睡在草荐上，头枕着土块。古时宗法所规定的居父母丧礼节。
[3] 衰（cuī）绖：指丧服。
[4] 几筵：几席。
[5] 执爨（cuàn）：烧火做饭。

【译文】

宋朝徐积母亲因病去世，他大声哭泣悲痛得吐血，昏死过去又活了过来，水浆不入口长达七天。待在庐墓三年，卧在草荐上头枕土块，丧服不离身。他在雪夜哀号，伏在墓前呼喊太夫人（指徐积母亲），像平时一样问是否寒冷，跌倒趴伏，手脚都冻裂了，顾不上这些。他所住茅屋遮不住风雨，而种田人和砍柴人像对待神一样瞻仰他，争讼的人一定到这里来听他决断。徐积用道义来裁决，争讼的人都喜悦佩服离去，不用再到官府那里诉讼。知州把徐积迎入官学。徐积在州学学舍里，依然设置摆放祭品的几席，早晚起居，烧火做饭，洗涤器皿，像父母活着一样进献食物。冬天用火烤暖被子，夏天挥扇赶走蚊子，想着把母亲平时喜欢吃的食物进行供奉祭祀，不曾一日不供奉酒。

孝感盗贼

何伦[1]天性至孝，居父忧，哀毁[2]踰礼。忌日辄咨嗟涕泣，如初丧。夜盗入室窃器物。伦觉其人而不呼，将取釜，始曰："盍留此备吾母晨炊？"盗赧然，尽还其器物，大声曰："盗孝子者不祥。"自是其人不复为盗。

【注释】

[1] 何伦：字宗道，号东山，明朝浙江江山人，事亲至孝。
[2] 哀毁：谓居亲丧悲伤异常而毁损其身。后常作居丧尽礼之辞。

【译文】

何伦生性极其孝顺，居父丧时，超越常礼。每逢忌日就叹息流泪，就像父亲刚去世时一样。夜里有盗贼进入他屋子偷窃器物。他发觉有人偷窃后没有声张，在小偷要把锅偷走时，才说："为什么不把锅留下让我明天能给母亲做早饭呢？"小偷很惭愧，就把所偷东西都还给了他，大声说："偷盗孝子是不吉祥的。"从此，那人不再做盗贼。

丘铎纯孝

丘铎[1]葬母于鸣凤山之原，哭曰："铎生也，咫尺不离吾母膝下；今逝矣，可委体魄于无人之墟乎？"乃结庐墓侧，朝夕上食如生时。当寒夜月黑，悲风萧飕，铎恐母岑寂也，辄巡墓号曰"铎在斯"。其地多虎，闻哭声，即避去。

【注释】

[1] 丘铎：字文振，明初汴之祥符人，著名孝子。

[2] 萧飀（sōu）：形容风吹树木的声音。

【译文】

丘铎把母亲安葬在鸣凤山间平地上，哭泣说："我丘铎自出生后，不曾离开母亲膝下咫尺；现在母亲去世，可以把母亲遗体扔到没有人待的坟墓里吗？"他就在坟旁建造墓庐，早晚像母亲活着时候一样进献食物。当月黑的寒夜，悲风萧飀，丘铎担心母亲会感到静寂，就巡视墓侧，哭喊说"丘铎在这里"。那地方多有老虎，听到哭声，就躲避离开了。

李氏断臂

五代王凝妻李氏。凝家青、齐之间。为虢州司户参军，以疾卒于官。凝素贫，一子尚幼。李氏携其子，负遗骸以归。东过开封，过^(一)旅舍，主人不与其宿，牵其臂而出之。李氏恸曰："我为妇人，不能守节，此手为人执耶？不可以此手并辱吾身。"遂引斧断其臂。开封尹闻之，厚恤李氏而笞主人。

【校勘】

（一）过：当为"遇"之误。"过"的繁体"過"与"遇"因形近而致讹。

【译文】

五代时期王凝的妻子是李氏。王凝的家在青州、齐州之间。他任职虢州（今河南灵宝）司户参军，因病死在官任上。王凝平素贫寒，一个儿子尚处幼年。李氏携带儿子，背负王凝遗骨回家。向东走路过开封时，遇上旅店，店主人不让她们母子住宿，店主拉她的胳膊让她出去。李氏痛心地说："我是女人，不能守节，这只手能让人抓吗？

不可因这手在身上而侮辱了自己。"于是拿起斧头砍断了自己胳膊。开封尹听说事，优厚地抚恤了李氏并且用板子责打了店主。

苏氏谱序

苏老泉[1]序《苏氏谱》有云：吾所与[2]相视如途人者，其初兄弟也；兄弟，其初一人之身也。悲夫！一人之身，分而至于途人(一)，势，无如之何也。幸未至于途人也，使之无至于忽忘焉，可也。系之以诗曰："吾父之子，今为吾兄。吾疾在身，兄呻不宁。数世之后，不知何人。彼死而生，不为戚欣[3]。兄弟之亲，如足与手，其能几何？彼不相能[4]，彼独何心！"

【校勘】

（一）途人：此两字后夺"势也"二字。

【注释】

[1] 苏老泉：即苏洵，字明允，自号老泉，北宋眉州眉山人，文学家。

[2] 所与：结交。

[3] 戚欣：忧伤和快乐。戚，忧伤，与前句"死"相对。欣，快乐，与前句"生"相对。

[4] 相能：和睦。

【译文】

略。

姜肱共被

后汉姜肱[1]与弟仲淘、季江各娶，兄弟相恋，不能别寝。作一布被，寝则共之。兄弟以孝友著。

【注释】

[1] 姜肱：字伯淮，东汉后期彭城广戚人，著名孝友之人。

【译文】

略。

燕门节妇

《南史》[1]：卫敬瑜妻[2]年十六而夫亡。父母舅姑[3]欲嫁之，乃截耳为誓，不许。户有燕巢（一），常双飞，后忽孤飞。女感其偏栖，乃以缕系脚为志。后岁，此燕果复来，犹带前缕。女为诗曰："昔年无偶去，今春又独归。故人恩义重，不忍更双飞。"当时朝廷闻之，旌为"燕门节妇"。

【校勘】

（一）燕巢：当为"巢燕"。

【注释】

[1]《南史》：合南朝宋、齐、梁、陈四代历史为一编的纪传体史著，作者为唐人李延寿。
[2] 卫敬瑜妻：据《南史》卷七十四《列传·孝义》载，为霸城人。
[3] 舅姑：公公和婆婆。

【译文】

《南史》记载：卫敬瑜妻子十六岁时就死了丈夫，父母及公婆都打算让她改嫁，她就截断耳朵立誓，决不改嫁。她家门内有一窝燕子，燕子常常是双双伴飞，后来忽然变成了单飞。此女有感于它的孤处，就用丝线系在燕足上作记号。第二年，这只燕子果然又飞回来，仍然带着以前的丝线，她写诗说："昔年无偶去，今春又独归。故人恩义重，不忍更双飞。"当时朝廷听说此事，旌表她为"燕门节妇"。

庾衮侍兄

晋咸宁中大疫。庾衮[1] 二兄俱亡，次兄毗复危殆。疠气方炽，父母诸弟皆出于外，衮独留不去。诸父强之，乃曰性不畏病，遂亲自扶持，昼夜不眠。复抚柩，哀临[2] 不辍，如此十有余旬。疫势既歇，家人乃返。毗病得差[3]，衮亦无恙。

【注释】

[1] 庾衮：字叔褒，晋朝颍川鄢陵人，著名孝友之人。

[2] 哀临：到场为死者举哀。

[3] 差（chài）：通"瘥"，病愈。

【译文】

晋朝咸宁（晋武帝年号）年间，瘟疫横行。庾衮两个哥哥都感染疫病死了，二哥庾毗又病危。当时疫气盛烈，父母和弟弟们都到外边去躲避瘟疫，只有庾衮留下不肯离去。他伯父叔父们硬要他也出去躲避，他说生性不怕疫病，于是亲自照料生病的二哥，日夜不睡。还抚摸亡兄灵柩，哀哭不停。这样过了一百多天，瘟疫过去了，家里人才回来。庾毗病已经痊愈，庾衮也没有什么事。

夫贤妇随

归绣[1] 字华伯，与弟纹、纬友爱无间。纬以不法坐系，华伯力为营救。纬又不自检，犯者数四。华伯转卖营救，终始无愠容。华伯妻朱氏，每制衣必三袭[2]，令兄弟均平，曰："二叔[3] 无室，岂可使郎君独被完洁耶？"叔某亡，妻有遗子，抚爱之如己出。

【注释】

[1] 归绣：字华伯，明朝苏州府昆山县人，与归有光同族。

[2] 袭：量词，指成套的衣服。

[3] 二叔：两位小叔子。

【译文】

　　归绣字华伯，与弟归纹、归纬友爱无间。归纬因为犯法获罪入狱，华伯大力营救。归纬对自己又不加约束，多次犯法。华伯转卖家产，予以营救，终始无恼怒脸色。华伯的妻子朱氏，每做衣服一定是做三套，让兄弟们都有，说："两位弟弟没有妻室，难道可以让郎君独自穿得整洁吗？"有个小叔子死去，他妻子留下个儿子，朱氏抚养爱护他如同亲生。

事母谨严

　　徐积[1]事母谨严，非有大故，未尝去其侧。日具太夫人所嗜，或不获，即奔走阛市[2]。人或慕其纯孝，损直以售之。太夫人饮食时，率家人在左右为儿戏，或讴歌以说之。故太夫人虽在穷巷，而奉养与富贵家等，无须臾不快也。应举贡礼部，不忍一日去其亲，遂徒步载母西入京师。

【注释】

[1] 徐积：见本卷第"不容已情"。

[2] 阛（huán）市：街市。阛，市场的围墙，也借指市场。

【译文】

　　徐积侍奉母亲谨慎仔细，没有大的事情，不曾离开母亲身边。每天备办母亲喜欢吃的食物，有时买不到，就在市场上奔走不停。人们有的仰慕他诚孝，把东西减价卖给他。他母亲进餐时，他率领家人在旁边做游戏，有时唱歌来取悦母亲。所以他母亲虽然生活在穷苦的乡间，而供养与富贵家一样，没有片刻的不愉快。徐积参加礼部考试，一天也不忍心离开母亲，于是就徒步用车子载着母亲一同向西进入京城。

束发封帛

贾直言[1]妻董氏。直言坐事，贬岭南。以妻少，乃诀曰："生死^(一)不可期，吾死，可别嫁。"董不答，引绳束发，封以帛，使直言署曰"非君手不解"。直言贬三十^(二)年乃还，署帛宛然。及以汤沐，发堕无余。

【校勘】

（一）死：据《新唐书·列女传·贾直言妻董》，为"去"之误。

（二）三十：为"二十"之误。

【注释】

[1] 贾直言：中唐河朔人，累迁太子宾客。太和九年卒，赠工部尚书。

【译文】

贾直言妻子是董氏。贾直言因罪，被贬到岭南。他认为妻子年轻，就诀别说："我这一去生死都无法预料，如果我死了，你可另嫁人。"妻子董氏不回答，拿来绳子把头发捆束起来，再用布帛封住，让贾直言亲手在上面签上"非君手不解"五个字。贾直言被贬岭南二十年后才回家，发现自己签字的布帛还像原先一样。等到用热水洗发，头发全部掉光了。

杜衍执帽

杜衍[1]幼时，祖父脱帽，使执之。会山水暴至，家人散走。其姑投一竿与之，使挟以泛。衍一手挟竿，一手执帽，漂流久之，救得免，而帽不濡。

【注释】

[1] 杜衍：字世昌，北宋越州山阴人，仁宗朝官至宰相，爵封祁国公，谥号正献。

【译文】

略。

与从弟书

宋黄文节公庭坚[1]尝与从弟书曰："十二伯母岭后幽居，今何如？五哥稍完葺庐舍否？五哥才力不在人后，但因困顿，遂潦倒如此。兄弟间稍从容者，便当助其甘旨。吾侪所以衣冠而仕宦者，岂己力哉？皆自高曾以来积累，偶然冲和[2]之气在此一枝耳。每过马鞍坟[3]前，思之，未尝不汗愧也。"

【注释】

[1] 黄……坚：即黄庭坚，字鲁直，号山谷道人，北宋洪州分宁人，谥文节，文学家。

[2] 冲和：祥和。

[3] 马鞍坟：黄庭坚家祖坟，因地形似马鞍而得名。

【译文】

北宋的文节公黄庭坚曾经在给他堂弟写信说："十二伯母在山后独居，现在状况怎么样？五哥对他房舍稍加修葺了没有？五哥才华能力不在别人之后，只因困苦挫折，于是像现在这样潦倒。兄弟间手头稍微宽裕，就应当送他些养亲的食物。我辈之所以成为士大夫担任官职，难道是凭借自己的力量吗？自从高祖曾祖以来积累的德行、祥和之气偶然聚集到我们这一支人身上罢了。每当路过马鞍祖坟前，思想起来，不曾不流汗惭愧。"

诒谋卷之五

诒谋卷首题记

粉壁璇题居停主，曾有几时？五更灯火为孙谋，谁来褫夺？铜山金穴，田舍翁终无百世；半亩心田承祖泽，那个坠倾？昔贤谓积书以遗，犹非远计。顾令纳邪长傲、甘舐犊以忝厥先猷乎？纂诒谋第五。

慎择所与

朱晦翁^{（一）}云："广积不如教子。"盖父兄督教子弟，惟在慎择所与，广延端方博闻者与之游处[1]。化赤邻丹，为黔迩墨[2]，名师胜友[3]相与薰习[4]，不觉久而俱化矣。

【校勘】

（一）朱晦翁：即朱熹，字元晦，号晦庵，南宋大儒。据《省心铨要》，"广积不如教子"为北宋林逋的话。这句话已是格言，究竟作者是谁，难以查考。

【注释】

[1] 游处：交游相处。

[2] 化……墨：即近朱者赤，近墨者黑。丹，朱砂。迩，近。

[3] 胜友：良友，益友。

[4]薰习：熏陶染习。薰，此处通"熏"，熏陶。

【译文】

林逋说："广积不如教子。"父兄督促教导子弟，只在于为其谨慎地选择所交往的人，广泛地延请品行端庄方正学识渊博的人与其交游相处。近朱者赤，近墨者黑，名师益友一起熏陶染习，自己意识不到变化，可时间一久，彼此就化为一体了。

朱母有识

朱温[1]父诚以《五经》教授乡里，号朱五经。为节度使，其母王氏犹佣食[2]萧县刘崇家。始迎以归，温举觞为寿，启曰："朱五经平生读书，不登一第，有子为节度使，无忝[3]于先人矣。"母恻然良久，曰："汝能至此，可谓英特[4]，然行义[5]未必如先人也。"贤哉，此媪！深哉，此言！其于朱五经之学，必尝有闻矣。

【注释】

[1] 朱温：又名朱全忠，宋州砀山人，五代后梁建立者。
[2] 佣食：做雇工谋生。
[3] 忝：辱。
[4] 英特：才智超群。
[5] 行义：品德。

【译文】

朱温父亲朱诚在乡间教授《五经》，号称朱五经。朱温做了节度使时，他母亲王氏尚且在萧县刘崇家里做雇工谋生。朱温刚把母亲迎回来时，举杯向母亲敬酒，禀告母亲说："父亲一辈子读书，没有考中功名，有我这样做到节度使的儿子，也算不辱先人了。"朱母感伤了好长时间，说："你能到今天这样，才智超群，但是品行未必赶得上你的先父。"贤德啊，这位老妇！深刻啊，这番话！朱母对丈夫朱五经的学问一定是听说过。

勿计子孙

何元朗[1]云："士大夫积财无非为子孙计耳，然古人[2]有云：'贤而多财则损其志，愚而多财则益其过。'又黄山谷言：'男女缘(一)渠侬[3]堕地。自有衣食分齐[4]，其不应冻饿沟壑者，天不能杀也。'此者万金良药，士大夫不可不知。"

【校勘】

（一）缘：据《苕溪渔隐丛话前集》（卷第四十八），字前夺"婚嫁"二字。

【注释】

[1] 何元朗：即何良俊，字元朗，华亭人，曾任南京翰林院孔目，著有《四友斋丛说》。

[2] 古人：指西汉疏广。后面的话出自《汉书·疏广传》。

[3] 渠侬：吴越方言，指第三人称，他或她。

[4] 分（fèn）齐（jì）：指恰当界限。

【译文】

何元朗说："士大夫积聚财物无非为子孙考虑罢了，可是古人说：'子孙贤能而财物多，就会损害他的志向；子孙愚昧而财物多，就会增加他的过失。'黄山谷又说：'男女婚嫁从出生后就定下了。本有衣食方面恰当的界限，那些不应该冻饿而死的人，上天不能杀掉他。'这是万金良药，士大夫不可以不知道。"

包母训子

包蒙泉[1]侍御持节按滇，墨吏望风解绶[2]。按楚，为中贵诬，谪戍凡十年。其弟孝，字子敬，为南道御史[3]，有风力[4]，后以乞养母归松。人所谓"两路风霜，一天雨露"者也。然兄弟奉母至孝，母训二子绝严。一日问二郎席间坐何人，家人答曰某甲；又问谈何事，曰适某所有一女子，谓可买为姬。夫人大怒，呼二子数之，曰："某甲者以巧舌诳人者也。不亲贤人君子而亲此辈，不谈文史道德而言买姬媵[5]耶？吾不忍坐视若败而[6]家。"经月不与其子语。次子朝夕匍匐跪床头，其兄亦为涕泣求解，必绝某不与通而后已。故松人云："一贤母宜乳两名御史也。"

【注释】

[1] 包蒙泉：即包节，字元达，号蒙泉，明朝浙江嘉兴人，官至侍御史。

[2] 解绶：解下印绶，指辞去官职。

[3] 南道御史：指江南道监察御史。

[4] 风力：气概和魄力。

[5] 姬媵：姬妾。

[6] 而：通"尔"。

【译文】

　　包蒙泉侍御史持节巡查云南时，贪墨官员听到风声就辞职了。他巡查楚地（湖北）时，被中贵（指太监）诬陷，被贬谪长达十年。他弟弟包孝，字子敬，做江南道御史，有气概和魄力，后来因乞养母亲回到松江府。这就是人所说的"两路风霜（峻厉），一天雨露（恩德）"。然而兄弟二人奉养母亲极其孝敬，母亲训导儿子也极其严格。一天，母亲问到二郎席间坐的是什么人，家人回答说是某甲；又问谈论的是什么事，回答说适逢某地有一女子，以为可买来作为姬妾。夫人大怒，叫来二儿子进行责备，说："某甲是靠说假话骗人的人。不亲近贤人君子却亲近这类人，不谈论文史道德却谈论购买姬妾吗？我不忍心坐视你败坏你的家庭。"满一月不与二儿子说话。二儿子早晚匍匐跪在床头，他哥哥也为此哭泣流泪请求母亲宽解。母亲一定让二儿子与某甲断绝往来不再交往才罢休。所以松江府的人说："一位贤德的母亲无怪乎养育了两位有名的御史。"

平泉诫子

陆平泉[1]子彦章[2]己丑第后，时方开馆。公贻书戒之，有云："于家则虞满盈，于国则妨英俊，毋趋捷径，毋暱[3]权门，乃吾子也。澹泊静退此吾四字家传箴，儿谨佩之，足也。"书至，同榜盈坐，发视之，皆叹服不置。

【注释】

[1] 陆平泉：即陆树声，字与吉，号平泉，明代后期松江华亭人，官至礼部尚书，谥号文定。
[2] 彦章：即陆彦章，字伯达，华亭人，陆树声之子，官至南京刑部侍郎。
[3] 暱：同"昵"。

【译文】

陆平泉儿子陆彦章己丑年考中进士后，他正开馆授徒。陆平泉写信告诫儿子，有话说："对家庭来说就担心满盈，对国家而言就是妨碍了贤路，不要趋附捷径，不要巴结权门，才是我儿子做派。澹泊静退这四个字是我的传家箴言，儿子把这箴言小心地佩带在身上，就够了。"陆彦章收到书信时，满座都是同榜进士，打开信一起观看，都赞叹不停。

却金堂箴

张侗初[1]云："吾家却金堂旧有四箴，先太史[2]本其意而润饰之。箴曰：士大夫当为子孙造福，不当为子孙求福。谨家规，崇俭朴，训耕读，积阴德，此造福也；广田宅，结姻援[3]，争什一[4]，鬻[5]功名，此求福也。造福者澹而长，求福者浓而短。士大夫当为此生

惜名，不当为此生市名。敦诗书，尚气节，慎取与，谨威仪，此惜
名也；竞标榜，邀津贵[6]，骛矫激[7]，习模棱，此市名也。惜名者
静而休，市名者躁而拙。士大夫当为一家用财，不当为一家伤财。
济宗党，广束修，救饥荒，助义举，此用财也；靡宫苑，教歌舞，
奢宴会，聚宝玩，此伤财也。用财者损而盈，伤财者满而诎[8]。士
大夫当为天下养身，不当为天下惜身。省嗜欲，减思虑，戒忿怒，
节饮食，此养身也；规利害[9]，避劳怨，营窟宅，守妻子，此惜身也。
养身者啬而大，惜身者癯而细。"

【注释】

[1] 张侗初：即张萧，字世调，号侗初，明后期松江华亭人，官至南京吏部
右侍郎。

[2] 先太史：指张萧故去父亲张煦，因张萧得封赠太史。

[3] 结姻援：与富贵家结儿女亲家。

[4] 争什一：指经商夺取十分之一利润。

[5] 鬻：盗取。

[6] 邀津贵：巴结权贵。

[7] 矫激：奇异偏激，违逆常情。

[8] 诎：不足。

[9] 利害：偏义复词，"利"无义。

【译文】

张侗初说："我家却金堂（张家堂号）原有四则箴言，是先太史
根据其原意而加以修饰写成。箴言说：士大夫当为子孙造福，不当为
子孙求福。谨守家规，崇尚俭朴，训导耕读，积累阴功，这是造福；
广购田宅，与权贵家结儿女亲家，经商夺取十分之一的利润，盗取功名，
这是求福。造就的福澹泊而长久，求取的福浓厚而短暂。士大夫当这
一生珍惜名声，不当为这一生沽取名声。勉励诗书，崇尚气节，谨慎取与，
谨严威仪，这是珍惜名声；竞相标榜，巴结权贵，追求违逆常情，学

习油滑世故，这是沽取名声。珍惜名声的人宁静而吉庆，沽取名声的
人急躁而拙劣。士大夫当为一家用财，不当为一家伤财。救济同宗乡亲，
广出教资，救助饥荒，帮助义举，这是用财；广建房舍园林，教授歌舞，
举办奢侈宴会，聚集宝贝珍玩，这是伤财。用财的人会使财物由缺损
变为盈余，伤财的人会使财物由盈余变为不足。士大夫当为天下养身，
不当为天下惜身。节省嗜欲，减少思虑，戒绝忿怒，节制饮食，这是养身；
规避害处，躲避劳怨，营建宅院，守恋妻子儿女，这是惜身。养身的
人节俭而高大，惜身的人名恶而卑琐。"

送子会试

尝读张东海[1]《送子弘宜[2]会试》诗，真可谓忠孝训其子矣。
诗曰："出守南安便道归，治装送尔赴春闱[3]。舟车到处须防险，
爵禄随天每慎微。直道逊辞真要诀，权门利路是危机。传家数世惟
清俭，富贵休忘著布衣。""尔祖当年爱尔深，尔将成就祖消沈[4]。
我今白发空垂泪，尔正青年要尽心。辛苦一兄支世业[5]，参差诸弟
向儒林。立身事主无多说，忠厚清修是好音。"

【注释】

[1] 张东海：即张弼，字汝弼，家近东海，故号东海，明朝松江府华亭人，
　　官至南安知府。

[2] 弘宜：即张弘宜，字时措，号后乐，张弼仲子，官至广西按察副使，善书法。

[3] 春闱：春天在京城礼部举行的会试。

[4] 消沈：指去世。

[5] 世业：世代相传的事业。

【译文】

略。

不知禄养

尹焞[1]尝应举，发策[2]有诛元祐诸臣[3]议。不对而出，归告其母。母曰："吾知汝以善养，不知汝以禄养[4]也。"尹川先生闻之曰："贤哉，母矣！"

【注释】

[1] 尹焞（tūn）：字彦明，两宋之间洛人，号和靖处士，高宗朝官至礼部侍郎。
[2] 发策：发出的策问。
[3] 元祐诸臣：即元祐党人，宋哲宗元祐年间，以司马光为首的政治派别。
[4] 禄养：以官俸养亲，古人认为官俸本为养亲之资。

【译文】

尹焞曾参加进士考试，发出的策问有诛杀元祐党人议题。尹焞没有回答就出来了，回来把情况告诉了母亲。母亲说："我知道你用善行供养，不知道你用俸禄供养。"尹川先生程颐听说后说："贤德啊，尹焞母亲！"

防害远嫌

叔姬，羊舌子[1]之妻，叔向[2]、叔鱼[3]之母也。羊舌子好直，不容于晋，去而之三室之邑[4]。三室之邑人相与攘[5]羊而遗之，羊舌子不受。姬曰："不如受而埋之。"羊舌子曰："何不饷胖与鲋？"叔姬曰："不可。南方有鸟名曰吉乾（一），食其子，不择肉，子多不义（二）。今胖与鲋，童子也，随大人而化，不可食以不义之肉。"于是乃盛以瓮，埋垆阴[6]。后攘羊事败，吏至发而视之，舌尚存。吏曰："君子哉，羊舌子！不与攘羊矣。"叔向名胖，叔鱼名鲋。

【校勘】

（一）吉乾：据刘向《列女传·晋羊叔姬》，为"乾吉"之误，鸟名。

（二）义：为"遂"之讹。遂，顺利长成。

【注释】

[1] 羊舌子：即羊舌职，春秋时期晋国大夫，曾任中军尉佐。

[2] 叔向：即羊舌肸（xī），复姓羊舌，名肸，字叔向，又称叔肸，春秋晋国政治家。

[3] 叔鱼：羊舌鲋，字叔鱼，春秋晋国大夫，曾代理司寇。

[4] 三室之邑：小城，在何地不详。

[5] 攘：偷。

[6] 垆阴：土台子阴面。

【译文】

　　叔姬，是羊舌职的妻子，是叔向、叔鱼的母亲。羊舌职生性正直，晋国不能容他，他离开晋国到了名叫三户的小城。这个小城的人一起偷羊送给羊舌职，他不接受。叔姬说："你不如接受了那只羊，然后埋掉。"羊舌职说："为什么不给叔向和叔鱼吃呢？"叔姬说："不可以。南方有一种鸟，叫乾吉，喂养幼鸟时，不选择肉食，所以幼鸟总也长不大。今天叔向和叔鱼，还是小孩子，跟着大人学，不能把不合道义的肉给他们吃。"于是就把羊肉装进瓮里，埋在土台阴面。后来，偷羊的事情败露了，吏员来到，发掘出来一看，羊舌还存在。那吏员说："君子啊，羊舌职！没有参与偷羊的事。"叔向名叫肸，叔鱼名叫鲋。

庞遗子孙

　　庞德公[1]未尝入城府，夫妻相敬如宾。刘表[2]候之，因释耕于垄上，而妻子耘于前。表指而问曰："先生苦居畎亩[3]而不肯官禄，后世何以遗子孙？"庞公曰："世人皆遗之以危，余独遗之以安。虽所遗不同，未为无所遗也。"表叹息而去。

【注释】

[1] 庞德公：又称庞公，东汉末年荆州襄阳人，名士，隐居于鹿门山。
[2] 刘表：字景升，东汉山阳郡高平人，割据群雄之一。
[3] 畎亩：田间。

【译文】

庞德公不曾进入城市官府，夫妻相敬如宾。刘表亲自去拜访他，他于是在田垄上停止劳作，妻子儿女在面前除草。刘表指着他的家人问庞德公："先生辛苦地住在田间，不肯做官，有什么能够留给子孙呢？"庞德公回答："世上人都把危险留给子孙，我只把安全留给子孙。虽然遗留有所不同，不算没有遗留东西。"刘表叹息而去。

无可奈何

天下有好茶，为凡手焙[1]坏；有好山水，为俗子妆点坏；有好子弟，为庸师教坏：真无可奈何耳。

【注释】

[1] 焙（bèi）：用微火烘烤。

【译文】

天下本来有好茶，却被平庸的制茶师烘烤坏了；有好的山水，却被凡夫俗子修饰妆点坏了；有好的子弟，却被平庸的老师教导坏了：真是无可奈何。

孙父田母

胶东啬夫[1]孙性[2]素孝。一日，私赋民钱，市衣以归，进其父。

父怒曰："为吏而剥民以奉我，我宁寒死不愿衣若衣也。"促归伏罪。后性卒以廉谨称。可谓贤父矣。田子相楚^(一)，得金百镒^[3]，奉其母。母曰："子安得此？"对曰："禄也。"母曰："为相三年，不食乎？治官如此，非吾欲也，子其去之。"田子愧，造朝还金。后为贤相。可谓贤母矣。

【校勘】

（一）田子相楚：据西汉刘向《列女传·母仪》，即田稷子，战国时期齐国人，曾为齐相，并非为楚相。

【注释】

[1] 啬夫：秦汉时期郡县级以下乡官。

[2] 孙性：东汉时期胶东人，孝子。

[3] 镒：古时重量单位，二十两为一镒。一说十二两为一镒。

【译文】

（东汉）胶东啬夫孙性平素孝顺。一天，他私下里向百姓们征收了钱，买衣服回来，进献给他父亲。父亲大怒说："做官吏而盘剥百姓来奉养我，我宁可冻死也不穿这衣服。"他父亲催促他回去认罪。后来孙性凭借廉洁谨慎被称道。孙父可算是贤德的父亲。田稷子担任齐相，得到百镒金子，献给他母亲。母亲问他说："你怎么得到这些金子的？"他回答说："这是我俸禄。"母亲说："当宰相三年，难道不吃饭吗？当官获取这么多钱财，这不是我所想要的，你还是把这金子拿走吧。"田稷子很惭愧，到朝堂上退还金子。他后来成了贤明宰相。田母可算是贤德的母亲。

怀梅家训

怀梅丁公^[1]家训：非勤俭难免饥寒，非学问难希令善，非心地难邀福祉，非积庆难延门祚^[2]。

【注释】

[1] 怀梅丁公: 即丁衮, 字龙卿, 号怀梅, 明朝后期嘉善人。

[2] 门祚: 家运。

【译文】

　　丁怀梅公家训说: 如果不勤俭就难免饥寒, 如果不累积学问就难以希求美善, 如果心地不良善就不能邀来幸福, 如果不积累德行就难以延长家运。

母子英烈

　　陈文龙[1]知兴化, 元兵至, 通判曹澄孙[2]开门降, 执文龙与其家人至军。元人欲降之, 不屈, 左右凌挫之, 文龙指其腹曰: "此皆节义文章也, 可相逼邪?" 寻命左右引就馆。元帅唆都[3]往来谕意, 且以母老子幼感动之。文龙曰: "宋无失德, 三宫北狩[4], 二邸深入瘴烟[5], 何必穷兵至此? 我家世受国恩, 万万无降理, 母老且死, 先皇三子岐分南北, 我子何足关念?" 情词慷慨。唆都愀然改容, 乃械系送杭州。文龙去兴化即不食, 至杭饿死。其母系送尼寺中, 病甚, 无医药, 左右视之泣下。母曰: "吾与吾儿全[6]死, 又何恨哉?" 亦死。众叹曰: "有斯母, 宜有是儿。" 为收瘗之。

【注释】

[1] 陈文龙: 字君贲, 号如心, 南宋后期福建兴化人, 抗元名将。

[2] 曹澄孙: 宋末元初瑞安人, 曾任婺州路同知、兴化通判等职, 后降元。

[3] 唆都: 即札剌亦儿·唆都, 蒙古人, 元朝灭南宋的重要将领, 谥襄愍。

[4] 三宫北狩: 指的是恭宗 (赵㬎)、谢太皇太后 (宋理宗皇后)、全太后 (宋度宗皇后) 被蒙古人俘获。

[5] 二邸深入瘴烟: 指宋度宗的两个儿子赵昰、赵昺逃到南方瘴烟之地。

[6] 仝：同"同"。

【译文】

　　陈文龙任兴化军知军时，元朝军队一到来，通判曹澄孙打开城门投降，抓住陈文龙及其家人，送到元军那里。元人想要陈文龙投降他们，陈文龙不屈服。身边元人凌辱折磨他，陈文龙指着自己腹部说："这里面都是节义文章，能够逼迫我吗？"元人不久命令手下人带领他到馆舍住下。元军统帅唆都派人前来劝降，并且以母老子幼来打动他。陈文龙说："宋朝皇帝没有失德，三宫北狩，两位皇子深入瘴烟之地，何必滥用武力到这地步？我家世代享受国恩，万万没有投降的道理。母亲年老，将要去世，先皇（指宋度宗）三个儿子分居南北，我儿子哪里值得挂记思念？"他感情言词激动奋发。唆都神情变得很不愉快，于是给他戴上刑具，送到杭州。文龙离开兴化军时就不进食，到杭州就饿死了。他母亲被拘系押送到尼姑庵中，病得严重，没有医药，身边的人看到这境况流下了眼泪。陈母说："我和我儿子同时死去，又有什么遗憾呢"陈母也死去了。众人赞叹说："有这样的母亲，就应该有这样的儿子。"众人收殓埋葬了他们母子。

戒贪花酒

　　桂学士[1]戒子诗云：戒汝休贪酒与花，才贪花酒便忘家。多因酒醉花心动，自[2]是花迷酒性斜。酒后看花情不厌，花前酌酒兴无涯。酒残花谢黄金尽，花不留人酒不赊。

【注释】

[1] 桂学士：即黄桂，字海梅，号崖山，宋末元初福建莆田人，累官至翰林院学士。

[2] 自：本来。

【译文】

　　略。

警世文箴

警世文云：读书知礼之人，不可慢他；年高有德之人，不可轻他；忠言逆耳之人，不可恼他；无父无君之人，不可近^(一)他；乍富欺贫之人，不可作^(二)他，不识高低之人，不可採[1]他；轻诺寡信之人，不可听他；对面两语[2]之人，不可托他；时运未来之人，不可欺他；谈量[3]人家之人，不可惹他；饮酒不正之人，不可请他；恃力放泼之人，不可理他；来历不明之人，不可留他；贫穷性急之人，不可告他；凡有落难之人，须可扶他。

【校勘】

（一）近：据司马光《他箴》，为"饶"。

（二）作：当为"近"字之误。

【注释】

[1] 採：通"睬"。

[2] 对面两语：指过后反覆。

[3] 谈量：喜欢别人短长。

【译文】

略。

日用两戒

求田问舍，士大夫所耻也，然就寻常日用间亦有两戒：价不足数，银不足色；卮漏[1]于僮仆，蠹酿于子孙。不可不察也。

【注释】

[1] 卮漏：盛酒器有漏洞。此指僮仆舞弊。

【译文】

　　谋求田地房产，这是士大夫所感到耻辱的，但是日常生活有两点要引起警戒：花的钱与买的东西数目不符，银子的成色不够；僮仆舞弊，给子孙遗留蛀虫。不可不察。

文章与桃李

　　文章旧价 [1] 留鸾掖 [2]，桃李 [3] 新阴在鲤庭 [4]。

【注释】

[1] 旧价：长久的价值。此两句为唐代杨汝士《宴杨仆射新昌里第》颔联。

[2] 鸾掖：犹鸾台，门下省别称。

[3] 桃李：《韩诗外传》卷七："夫春树桃李，夏得阴其下，秋得食其实。"后遂以"桃李"比喻栽培的后辈和所教门生。

[4] 鲤庭：指孔子教训他的儿子孔鲤要学诗、学礼的故事。后因以"鲤庭"谓子受父训，亦可指门生受师训。

【译文】

　　（杨仆射）写的文章，具有长久的价值，将在门下省施政中长期起作用；（杨仆射）桃李满天下，如今又有门生在接受师训。

安于不足

　　家业兴于不足，败于太足，故须常教有些不足处。若十分像意 [1]，便有不恰好 [2] 事出来。

【注释】

[1] 像意：如意。

[2] 不恰好：不正当。

【译文】

略。

教子爱书

　　贺相国 [1]《致乡亲戚友书》中有一段云："据今日耳目观听，岂不谓逢圣阁员矣？乃逢圣固自有根本不可忘者。高曾以上，事不及知，先大父大母 [2]，前嘉靖乙巳度荒年，三日仅黄豆一升，岁除一母鸡易米二升五合，先中宪所刊祠堂对联'当年鸡豆休忘念，此日儿孙勿妄思'者。逢圣今日不念，是自绝其祖父母之泽也。先中宪赤贫诸生，授馆四十年，每岁正月朔六 [4] 日始，十二月廿四日止，一领青布直衣 [5]，坐处方方一块蓝色。先恭人 [6] 让居于婶，周旋数尺陋室中，下湿上漏，炊爨即在床前，烟薰眼泪，逢圣哽咽不能书。今日不念，是自绝其父母之泽也。即逢圣戊戌馆于钟祥，己酉馆于嘉善寺，或御冬以绨 [7]，或六月荐草。癸卯晓揭，则先日绝粮；丙辰报至，则深夜丐酒。今日不念，忽作两截人 [8]，是自绝其子孙之绪也。念之若何？亦曰：'罔敢作业而已。'不作业若何？亦曰：'救得一物是一物，救得一事是一事而已。'救之若何？亦曰：'服膺先中宪之训，饿死事小，家中没饭吃，宁用米磨羹度命，切不可错动了念头而已。'不错动念头若何？亦曰：'公门无一事之干，本宅无生事之仆，钱粮无分毫升合之逋欠。马递水驿，不往索一骑一舟；山场湖地，不讨管一尺一寸；大江上下，无营运装载之一船。其或 [9] 非意相加，则力诫子孙闭门谢过而已。'此极猥琐事，逢圣何胪列乃尔？先正有言：'孝子一步不忘亲，积之成大孝；忠臣一事不顾私，积之成纯忠；廉官一铢不苟拾，积之成清白；烈女一笑不闻音，积之成贞节。'天下事皆起于微，成于慎微；微之不慎，星火燎原，蚁穴溃堤。吾畏其卒，故怖其始也。"

【注释】

[1] 贺相国：即贺逢圣，字克繇，一字对扬，明朝湖广江夏人，崇祯年间两度入阁参政，谥文忠。

[2] 大父大母：祖父祖母。

[3] 中宪：即中宪大夫，贺逢圣父亲因贺逢圣所获取的封赠。

[4] 朔六：初六。

[5] 直衣：有护领的过膝长衣。

[6] 恭人：明清如封赠四品官之母或祖母称太恭人。此处指贺逢圣母亲所得的封赠。

[7] 绤（chī）：细葛布做的衣服。

[8] 两截人：前后不一之人。

[9] 其或：间或有的。

[10] 先正：指前代贤人。

【译文】

贺逢圣相国《致乡亲戚友书》中有一段话说："根据今天耳朵听到的眼睛看到的，难道不认贺逢圣是内阁阁臣吗？可是我贺逢圣本来有不能忘记的根本。高祖曾祖以上，事情太久远，我不知道。先祖父祖母，在前嘉靖乙巳度荒年时，三天仅靠一升黄豆，除夕拿一只母鸡换来二升五合米，先父中宪大夫所刻的祠堂对联是'当年鸡豆休忘念，此日儿孙勿妄思'。我贺逢圣今日不记着，是自绝于我祖父母的恩泽。先父中宪大夫极其贫困，以秀才身份，教书四十年，每年从正月初六开始，到腊月二十四结束，身着一领黑布直衣，坐的地方有块方方的蓝色补丁。先母恭人把居所让给婶母，在几尺陋室中周旋，那陋室下边潮湿上边漏雨，烧火做饭就在床前，烟薰得眼睛流泪，贺逢圣哽咽流泪不能书写。今日不记着，这是自绝我父母的恩泽。就我贺逢圣自己来说，戊戌年在钟祥开馆教书，己酉年在嘉善寺开馆教书，有时靠絺衣抵御寒冬，有时六月铺草席。癸卯年中举消息传来时，前一天就断粮了；丙辰年考中进士的喜报到来时，深夜赊酒。今日不记着，忽作前后不一样的人，是自绝于我子孙的余绪。记着不忘，该怎么办呢？也就是说：'不敢作孽罢了。'不作孽，该怎么办呢？也就是说：'救得一物是一物，救得一事是一事罢了。'救物救事，该怎么办呢？也就是说：'衷心信服先父中宪大夫的教训，饿死事小，家中没饭吃，宁可用米磨粉煮粥活命，千万不可错动念头罢了。'不错动念头，该怎么办呢？也就是说：'公门不接受一字的请托，本宅无生事的仆从，钱粮无分毫升合的拖欠。水路驿站，不前去勒索一匹马一条舟；山场湖地，不讨取一尺一寸；大江上下，无营运装载的一条船。间或有出乎意外的事到来，就力戒子孙闭门谢过罢了。'这极细小的事，我贺逢圣为什么竟然这样罗列在此？前代的贤人有这样的话：'孝子一步不忘双亲，积累成就大孝；忠臣一事不顾及私情，积累成就纯忠；廉官一铢不苟且取得，积累成就清白；烈女一笑，不让别人听到笑声，积累成就贞节。'天下事都是从细微处引起，从细微谨慎处得以成就；细微之处不加谨慎，星火燎原，蚁穴溃堤。我害怕那结局，所以害怕那开始。"

村居家训

张村居[1]先生，东海[2]父也。居乡治家，卓然不苟，所立家训颇多。其略曰：为我后人者，生子虽多，不可无教；生女虽多，不可不学。娶妇必德门，不必富贵；嫁女仅可给衣衾，不必过丰。疾必迎医，勿事祷禳[3]；丧祭必依礼，勿用僧道。故旧不可忽遗，势要不可趋附。其乡人多传诵之。

【注释】

[1] 张村居：即张熊，字维吉，号村居，明朝松江府华亭人，性坦夷，嗜吟咏。
[2] 东海：即张弼：字汝弼，号东海，明朝松江府华亭人，曾官南安知府。

[3] 祷禳（ráng）：祈祷鬼神求福除灾。

【译文】

张村居先生是张东海父亲。他居乡治家，卓然不俗，全不苟且，所立家训很多。家训大略是：作为我的后人，生儿子即使很多，不可不教育；生女儿即使很多，不可不学习。娶妇必定是出于有德行的家庭，不必是富贵家庭；嫁女仅供给衣服妆查，嫁妆不必过于丰厚。生病一定要迎请医生，不要祈祷鬼神求福除灾；丧事祭祀定要依礼而行，不用僧道做法事。故旧不可忽略遗弃，势要不可巴结攀附。他同乡人多传诵他的家训。

崔氏化下

房景伯[1]为清河太守，有民母讼子不孝。景伯母崔（一）曰："民未知礼，何足深责？"召其母，与之对榻共食，使其子侍立堂下，观景伯拱（二）食。未旬日，悔过求还，崔曰："此虽面惭，其心未也，且置之。"凡二旬余，其子叩头出血，母涕泣乞还，然后听之。卒以孝闻。

【校勘】

（一）崔：字后夺"氏"字。
（二）拱：为"供"之讹。

【注释】

[1] 房景伯，字良晖，北魏清河东武城人，有孝行，官至清河太守。

【译文】

房景伯为清河太守，有个百姓的母亲起诉儿子不孝。房景伯母亲崔氏说："百姓不知礼仪，怎么能够深加责罚？"房母把那母亲召来，与她对榻共食，让她儿子侍立堂下，观看房景伯供食伺候。不到十天，男人悔过，要求回家。崔氏说："这人虽然脸上有惭愧神色，他心里还没有变化，暂且留他一段时间。"总共呆了二十多天，那人儿子叩头出血，母亲也哭泣，要求回家，然后房母准许了他们。最终那人凭孝行闻名。

仁瞻斩子

刘仁瞻[1]在寿州，围久不解，愤郁得疾。少子崇谏夜泛小舟渡淮，谋纾家祸，为军校所报（一）。仁瞻命腰斩之，监军使周廷构哭于中门，又求救于仁瞻妻薛氏。薛氏曰："幼子固所不忍，然贷其死，则刘氏为不忠之门。"促命斩之，然后成丧。观者皆为涕。

【校勘】

（一）报：据《南唐书·刘仁瞻传》，为"执"之误。

【注释】

[1] 刘仁瞻：字守惠，彭城人，五代时期南唐大将，宋代加谥忠肃。

【译文】

刘仁瞻守卫寿州，后周军队围困长久不能解除，气愤忧郁生病。刘仁瞻的儿子刘崇谏在夜里划小船过淮河，谋划解除家庭灾祸（即投降），被军校抓住。刘仁瞻命令将他腰斩，监军使周廷构在中门哭泣，又向刘仁瞻夫人薛氏求救。薛氏说："对幼子本来不忍心行刑，然而宽恕他的死罪，那刘家便是不忠之家。"催促丈夫下令斩杀，然后办丧事。观看的人都为这事流泪。

曙庵训子

徐曙庵[1]训铨部公[2]有云："数千里违亲赴选[3]，非素富贵者逸乐之比。临书停笔一思，觉三十年险阻艰难光景，近在目前，不禁黯然涕流也。得意之日，常想不遇时之苦，自然有退一步法。时凛[（一）]冰兢[4]以留福泽子孙，勿随波逐流也。”

【校勘】

（一）凛：疑当为“临”之讹。

【注释】

[1] 徐曙庵：明朝后期浙江嘉兴人，号曙庵，名不详，殉明志士徐石麒父亲。

[2] 铨部公：此指徐石麒，字宝摩，号虞求，明末嘉兴人，官至吏部尚书，谥忠襄。铨部，指吏部。

[3] 赴选：指前往吏部听候铨选。

[4] 冰兢：表示恐惧、谨慎之意。语出《诗·小雅·小旻》：“战战兢兢，如临深渊，如履薄冰。”

【译文】

　　徐曙庵训导后曾任吏部尚书儿子徐石麒说：“跋涉数千里，舍弃侍奉父母，前往吏部听候铨选，并非平素富贵人安逸享乐可比。临书停笔一想，悟道三十年险阻艰难光景，近在眼前，不禁神情黯淡，留下眼泪。得意日子，要常常想到没发迹时受的艰辛痛苦，自然有退一步方法。面临考验时，小心谨慎，把福泽留给子孙，不要随波逐流。”

覆宗与诒谋

　　人谓子孙愚懦者覆宗[1]，不知覆宗偏在巧而愎者；人谓祖父厚积者诒谋[2]，不知诒谋偏在薄于取者。

【注释】

[1] 覆宗：毁败宗族。

[2] 诒谋：为子孙妥善谋划，使子孙安乐。

【译文】

人们认为子孙愚笨懦弱会毁败宗族，不知道毁败宗族偏偏在于子孙巧诈和刚愎；人们认为祖辈父辈厚积财物是为子孙妥善谋划，不知道为子孙妥善谋划偏偏在于不看重谋取财物。

王苏二母

王珪[1]之母李氏谓人曰："吾儿必贵，未知所与游者何如人。"异日，房玄龄、杜如晦到其家，李惊喜曰："二客公辅[2]才，汝贵不疑。"宋苏易简[3]之母召入禁中，太宗问曰："何以教子，遂成令器？"对曰："幼则束以礼让，长则教以诗书。"上顾左右曰："今之孟母也。"赐金千两。

【注释】

[1] 王珪：字叔玠，唐朝扶风郿人，太宗时名相，谥号懿，爵封永宁郡公。
[2] 公辅：古代三公、四辅，均为天子之佐。借指宰相一类大臣。
[3] 苏易简：字太简，北宋梓州铜山人，太宗时官至参知政事。

【译文】

王珪母亲李氏对人说："我儿子将来定会显贵，只是不知道跟他交往的都是什么样的人。"一天，房玄龄、杜如晦到家里来拜访。李氏又吃惊又高兴地说："这两人都有宰相之才，你与他们交往，将来必定显贵。"北宋苏易简母亲被召入宫中，太宗问她说："怎么来教育孩子，才能成为美好的人才？"苏母回答说："年幼时用礼让来约束他，长大时用诗书来教导他。"皇上看了看身边人说："你真是当今孟母。"赏赐给她千两金子。

欧母教子

郑夫人，欧阳修之母也。少寡，修甫四岁，尝雪夜拨寒灰画字以教。尝泣告修曰："而父廉而好施与，吾不及事舅姑，然知而父之能养也。吾不能必而之有成^(一)，然知而父之当有后也。吾归^[1]而父，而父免丧踰年，每祭必泣，遇酒肴尝泣下，盖以不及养为恨也。始犹以为新免丧耳，延之终身，莫不然，以此知而父之能养也。汝父居官，视刑书每叹曰：'吾求其生而不得，是可哀耳。'吾抱汝立于旁，指而言曰：'吾命蚤^[2]夭，恐不及见儿之立也，当以吾言告之。'以此知而父当有后也。"修乃感泣奋学，举进士。以直谏贬，夫人笑曰："贫贱素也，汝其安之。"后修卒以忠正为贤相，封母越国太夫人。

【校勘】

（一）必……成：当为"知而之必有成"。而，通"尔"。

【注释】

[1] 归：嫁。
[2] 蚤：通"早"。

【译文】

郑夫人是欧阳修母亲。郑夫人年轻守寡时，欧阳修才四岁，曾经在雪夜拨开寒灰画字教导欧阳修。郑夫人曾经哭着告诉欧阳修说："你父亲廉洁而且爱好施舍，我没赶上侍奉公婆，但是知道你父亲能够孝养双亲。我不能知道你定能有成就，但是知道你父亲应当有后代。吾嫁给你父亲时，他服完丧刚过一年，每当祭祀一定会哭泣，遇到美酒佳肴时曾经流下眼泪，大概因为把来不及孝养作为遗憾的事。开始我还认为是刚服完丧，延续到终生，都是这样，凭这个知道你父亲能够孝养。你父亲做官时，看到死刑判决书时常常叹息说：'我想求得让他活下来，不能做到罢了，这是让人悲哀的事。'我抱着你站在他旁边，他指着你说：'我命该早早夭亡，恐怕来不及看见儿子长大成人了，应当把我的话告诉他。'凭借这个知道你父亲应当有后代。"欧阳修于是感动哭泣，奋发力学，考中进士。后来因直谏被贬官，郑夫人笑着说："素来贫贱，你应该安守贫贱。"后来欧阳修最终凭忠正做了贤明宰相，让母亲获封越国太夫人。

李母有识

李太宰邦彦[1]家起于银工。既贵，其母尝语贫寒(一)事，诸孙以为耻。母曰："宰相家出银工，则可羞；银工家出宰相，正为嘉事，何耻焉？"

【校勘】

（一）贫寒：据宋朝无名氏《朝野遗记》，二字处为"昔"字。

【注释】

[1] 李太宰邦彦：即李邦彦，北宋怀州人，字士美，徽宗时官至宰相。太宰，徽宗时指左仆射。

【译文】

太宰李邦彦出身于银匠家庭。富贵后，他母亲经常跟人家说起从前贫寒的事情，孙子们都感到耻辱。李母说："宰相家里如果出银匠，那是耻辱的事情；银匠家里出宰相，正是值得嘉许的事情，有什么可耻呢？"

安石绝嗣

宋王安石与程明道商政(一)，其子雱囚首(二)携妇人冠出，问何事。

公曰："新法不行，故议之程君。"雱大言曰："枭韩琦、富弼之头于市，则法行矣。"凡安石乱政，雱多助成之。尝私与其党攻吕惠卿，为惠卿所讼。上问及，安石不知，谢无有，归诘得实。安石咎不置，雱愤恚，疽发背死。遂绝嗣。

【校勘】

（一）商政：此则故事采编自《邵氏闻见录》，梁启超在《王安石传》中已驳斥此则故事为无稽之谈。

（二）囚首：据《邵氏闻见录》，此二字前脱"跣足"二字。囚首，指头发蓬乱，形同囚犯。

【译文】

北宋的王安石与明道先生程颢商量政事时，王安石儿子王雱光着脚丫子头发蓬乱拿着女人戴的帽子出来，问谈论什么事。荆国公（王安石爵位）说："新法不被推行，与程君商量。"王雱大声说："把韩琦、富弼的头砍下在市场上示众，那新法就被推行了。"大凡王安石扰乱政事，王雱多所帮助而成。王雱曾经私下里和他的党羽攻击吕惠卿，被吕惠卿告发。神宗皇帝问及此事，王安石不知道，回答说没有此事，回家后问王雱才得知实情。王安石认为是王雱过错，对此事搁置不理，王雱愤怒，背上毒疮发作而死。于是王安石绝后。

父子异性

《朱子语录》〔一〕中载：东坡子过[1]、范纯夫〔二〕子温[2]皆出入梁师成[3]门下，以父事梁。梁妻死，欲以母礼为服，忌某人而衰绖以往。文公语门人："惜其名人之子有此。"我朝〔三〕兵部尚书茹瑺[4]，衡州衡山人也。太宗[5]靖难，首先劝进即位，遂封忠诚伯。后死，召其子铺袭爵。铺以父在功罪之间[6]，不肯受。又宋晟[7]以父开国功袭都督，定远人也。建文时，通谋于燕，其子瑄乃以力战死于灵璧。苏、范可谓见辱乃尊，茹、宋可谓有愧乃子，不知平日家庭之教何如也。

【校勘】

（一）《朱子语录》：当为《朱子语类》，朱熹与其弟子问答语录汇编。

（二）范纯夫：当为"范纯父"，即范祖禹，字淳甫（淳，或作醇、纯，甫或作父），北宋成都华阳人，史学家。

（三）我朝：此则故事采编自明朝郎瑛《七类修稿》。据此，当指明朝。

【注释】

[1] 过：即苏过，字叔党，号斜川，北宋眉州眉山人，苏轼三子，时称小坡，官至定州通判。

[2] 温：即范温，字元实，北宋华阳人，范祖禹幼子。

[3] 梁师成：字守道，北宋末年宦官，为"六贼"之一，官至检校太傅，时称"隐相"。

[4] 茹瑺：字良玉，号恕庵，明朝湖广衡山藻江人，官至兵部尚书，爵封忠诚伯。

[5] 太宗：指朱棣最初庙号，嘉靖年间改为"成祖"。

[6] 在功罪之间：茹瑺后来因家人告发及陈瑛弹劾曾受朝廷惩处。

[7] 宋晟：字景阳，明朝定远人，官至平羌将军、西宁侯。

【译文】

《朱子语类》中记载：苏东坡儿子苏过、范纯父儿子范温都巴结梁师成，以父礼侍奉梁师成。梁师成妻死，他们想要用母礼来服丧，因顾忌某人而只是穿着丧服前往出席葬礼。朱文公对门人说："可惜他们身为名人之子却做出这事来。"我朝（明朝）兵部尚书茹瑺是衡州衡山人。太宗朱棣靖难，攻进南京后，他首先劝朱棣登皇帝位，于是被封为忠诚伯。茹瑺后来死去，朝廷召见他儿子茹鏞承袭爵位。茹鏞因为父亲处在功罪之间，不肯接受。另外，宋晟凭借父亲开国功劳袭封都督，是定远人。建文帝时，他与燕王朱棣通谋，他儿子宋瑄竟然在灵璧与朱棣军队战斗而死。苏过、范温可算是侮辱了他们父亲，茹璯、宋晟可算是对他们儿子要心生惭愧，不知平日家庭教育怎样。

减福之举

子弟负美质，教以不务实。进取猎浮名，钻营逞[1] 妙术。凌压加文弱，排挤在同室。鬼躁[2] 又神幽[3]，福算[4] 减阴骘[5]。

【注释】

[1] 逞：施展，卖弄。
[2] 鬼躁：此指年少轻狂。
[3] 神幽：此指阴险诡秘。
[4] 福算：指寿命。
[5] 阴骘：冥冥之中。

【译文】

略。

过严终吉

家人[1] 卦初九[2] 曰：闲有家[3]，悔亡。九三曰：家人嗃嗃[4]，厉吉（一）。上九[5] 曰：有孚威加吉（二）。大率治家过严，虽非中而吉。

【校勘】

（一）厉吉：当为"悔厉，吉"，"悔"为夺文。意为使家人愁苦多怨，最终却是吉祥的。
（二）有……吉：为"有孚威如，终吉"之误，误"如"为"加"，"终"为夺字。有孚，有诚信。威如，威严的样子。

【注释】

[1] 家人：是《周易》六十四卦中第三十七卦，下离上巽，内容是论治家之道。

[2] 初九：在《易经》中是爻题名。

[3] 闲有家：提防家里出事。闲，防范。有，于。

[4] 家人嗃（hè）嗃：众口愁怨声。

[5] 上九：《易经》卦在第六位的阳爻。

【译文】

家人卦初九说：提防家里出事，就没有悔恨。九三说：治家严厉，使家人愁怨，是吉祥的。上九说：治家有诚信有威严，最终是吉祥的。大概治家过于严厉，虽然有失中和，却是吉祥的。

自保其墓

吴仲圭[1]将殁，命置短碣塚上，曰"梅花和尚之塔"。人或怍[2]之，曰："此有意，久当自验。"未几，杨髡[3]毁掘江南诸坟，即林和靖[4]孤山之骨不免发露。而仲圭以碣所署，疑为释流[5]，竟免。

【注释】

[1] 吴仲圭：即吴镇，字仲圭，元朝嘉兴人，自号梅花道人，善书画。

[2] 怍：同"怪"。

[3] 杨髡：即杨琏真珈，元朝人，任江南总摄，曾盗掘南宋诸皇帝皇后陵寝、公侯卿相坟墓。

[4] 林和靖：即林逋，字君复，后称和靖先生，北宋钱塘人，隐逸诗人。

[5] 释流：指僧徒。

【译文】

吴仲圭临死时，命令在坟墓上立一块短碑，碑上刻有"梅花和尚之塔"这样的文字。人们有的对他的做法感到很奇怪，他说："这是我有意这样做的，时间一长应当自然得到验证。"不久，杨琏真珈毁坏挖掘江南众坟，即使是林和靖埋在孤山的遗骨也不免发掘暴露。但是吴仲圭墓因短碑上题字，被疑为一座僧人坟墓，最终免于盗挖。

严震有识

严震[1]镇山南，有一人乞钱三百千，去就过活[2]。震召子公弼等问之。公弼曰："此患风耳，大人不足应之。"震怒曰："尔必落吾门，只可劝吾力行善事，奈何劝吾吝惜金帛？且此人不辨，向吾乞三百千，的非凡也。"命左右准数与之。于是三川之士，归心恐后。

【注释】

[1] 严震：字遐闻，中唐梓州盐亭人，德宗时官至司空，爵封郧国公，谥忠穆。
[2] 去就过活：举止过当。活，适当。

【译文】

严震镇守山南道，有一个人向他讨要三十万钱，举止过当。严震叫来儿子公弼等人问怎样处理。严公弼说："这人患疯癫的病，父亲大人不能够答应他。"严震生气地说："你一定会败坏我这门风，你只应该劝我多做好事，怎么能够劝我吝惜金钱呢？况且此人不申辩理由，就向我要三十万钱，确实不一般。"于是就命令手下人如数给他。在这种情况下，三川人才，争先恐后归附严震。

丑行宜戒

洪九霞[1]先生《示儿家居十二简》：卯辰饮酒，未晚脱巾，近午梳栉，向三光[2]及西北方溲溺，信口秽骂。喜闻仆辈传说人家阴事及衙门新闻。箕踞横股，倚跛[3]而坐。当食发叹[4]，见客不长揖[5]。聚谈淫亵，及食案舞剧。诋毁人文行以佐谈锋，妄想不可为不可行之事。

【注释】

[1] 洪九霞：即洪都，号九霞，明朝南直隶青浦人，官至台州知府。

[2] 三光：指日、月、星。

[3] 倚跛：立歪斜不正，倚靠于物。指不端庄的样子。

[4] 当食发叹：这违背《礼记·曲礼》"当食不叹"规矩。

[5] 长揖：拱手高举，自上而下行礼。

【译文】

　　洪九霞先生在《示儿家居十二简》中说：卯辰饮酒，还不到晚上脱巾就寝，第二天接近正午才起身梳头，在不合适的地方撒尿，随口用污言秽语骂人。喜欢听闻仆人们传说人家隐私以及衙门新闻。箕踞横腿，斜身而坐。对着食物叹气，会见客人礼貌不周。聚谈淫荡猥亵的事情，以及吃饭时不守规矩。诋毁他人文章品行来佐助言谈的劲头，胡乱思想不可以做、不可以施行的事情。（这是应该摒弃的行为。）

品高有识

　　赵逢龙 [1] 官侍讲致仕。丞相叶梦鼎 [2] 出其门，尝谓师宅卑陋，欲市其邻，拓之。逢龙曰："邻里初安，一旦惊扰，非吾愿。"或问何以裕后，笑曰："吾忧子孙行 (一) 不进，不患其饥寒也。"

【校勘】

（一）行：据《宋史·赵逢龙传》，为"学行"，"学"为夺文。

【注释】

[1] 赵逢龙：字应甫，南宋庆元府鄞人，官至宗正少卿兼侍讲。

[2] 叶梦鼎：字镇之，号西涧，南宋浙江宁海人，孝宗时拜右丞相兼枢密使。

【译文】

　　赵逢龙自侍讲官位上退休。丞相叶梦鼎是他的门人，曾经说老师住宅卑下简陋，想买下邻居房产，来扩建。赵逢龙说："邻里从当初就和睦安处，一旦因此受到惊扰，不是我愿意的。"有人问他怎么为后代儿孙造福，赵逢龙笑着说："我担忧子孙们学业品行没有上进，不发愁他们会挨饿受冻。"

痛绝闲杂女流

正家之道宜痛绝闲杂女流，不可容其出入。盖此流多阴智，能揣妇人意，且巧为词说，又能鼓动人。妻孥无识，未有不堕其术中者。故骨肉之离间，邻里之忿争，皆此流构之也。抑或甚焉，或为贼之导，或为奸之媒，其害有不可胜言者。

【译文】

端正家风的方法应该彻底断绝与闲杂女流往来，不能准许她们进出家门。大概这些人多有阴谋诡计，能揣摩女人心思，并且能说会道，又能蛊惑他人。妻子儿女没有见识，没有不落入她们圈套的。所以骨肉亲人被离间，邻里之间发怒争斗，都是这等人造成的。甚至还更为严重，有的作为盗贼向导，有的作为奸情媒介，她们的祸害说不尽。

家范六则

《朱文公家范》：一曰妻妾无妒则家和，二曰嫡庶无偏则家兴，三曰奴仆无纵则家尊，四曰嫁娶无奢则家足，五曰农桑无休则家温[1]，六曰宾祭[2]无惰（一）则家良。

【校勘】

（一）惰：当为"坠"之讹。

【注释】

[1] 温：指温饱。

[2] 宾祭：招待贵宾和举行大祭。

【译文】

《朱文公家范》：一是妻妾无嫉妒则家庭和睦，二是对待嫡出庶出不偏心则家庭就兴旺，三是对奴仆不放纵则家主尊贵，四是嫁女娶妇不奢侈则家庭丰足，五是耕作养蚕不休歇则家人温饱，六是招待贵宾和举行大祭不废坠则家风优良。

死有大别

奉天之围，将军高重捷与朱泚[1] 将李日月力战城下，两人皆死。重捷之死也，贼斩其首，弃其身去。德宗抚其身哭，结莆为首葬之。朱泚见其首哭，结蒲为身葬之。忠义之士不惟哀动人主，即寇敌亦感焉。日月之死也，朱泚归其尸于长安，厚葬之。其母不哭也，骂曰："奚奴[2]！国家何负于汝而反？死已晚矣！"悖逆之臣不惟上干天诛，即父母亦恶焉。

【注释】

[1] 朱泚（cǐ）：唐朝幽州昌平人，唐朝中期节度使，后发动泾原兵变反叛。
[2] 奚奴：奴才。

【译文】

奉天城（今咸阳乾县）被围时，将军高重捷与朱泚将领李日月在城下奋力厮杀，两人都战死了。高重捷战死后，叛贼砍下他首级，弃其尸身而去。唐德宗抚尸大哭，结蒲草为头颅，埋葬了他。朱泚见高将军首级后哭泣，束蒲草为身子来下葬。忠臣义士不仅使君主受感动，即使是叛贼也为之感动。李日月战死后，朱泚派人载他尸体回长安下葬。他母亲不哭泣，骂道："奚奴！国家有什么辜负你的地方而你却反叛？早就该死了！"悖逆臣子不只是招来上天惩罚，即使是父母也是厌恶的。

非一家物

罗栗斋 [1] 训子："富贵非一家物，需要看得破。"

【注释】

[1] 罗栗斋：即罗用俊，字舜臣，别号栗斋，明朝泰和人，曾任国子助教。

【译文】

略。

教授童子

童子读书，先令蒙师逐字粗解。不惟理明易熟，大凡从幼识得，便终生不忘，大来究解行文，亦自省力。

【译文】

略。

太后谦退

唐穆宗 [1] 大渐 [2]，内臣议请郭太后临朝 [3]。太后曰："向者武后妖惑高宗，擅亲庶政；及中宗践位，遽行迁逮，几于革命。每闻其说，未尝不疾首痛心。奈何今日骤兴此议？今皇太子 [4] 聪睿，卿等各宜慎择耆旧 [5]，亲侍左右，违屏邪佞。宰相任名贤，内官勿干时政。吾所愿也。"遂取制裂之。时太后兄刘 ^{（一）} 任太常卿，闻其议，密进疏于太后曰："果徇此请，当率子弟纳官爵，归田园。"太后览疏，泣曰："我祖尽忠于国，余庆钟于我兄。"

【校勘】

（一）刘：为"钊"之误。郭钊，华州郑县人，汾阳王郭子仪之孙，父郭暖，
　　母升平公主。

【注释】

[1] 唐穆宗：原名李宥，后改李恒，唐宪宗第三子。

[2] 大渐：病势危重。

[3] 临朝：即临朝称制。特指皇室女性亲临朝廷处理政事。

[4] 皇太子：即唐穆宗长子李湛，后来的敬宗。

[5] 耆旧：年高望重者。

【译文】

　　唐穆宗病势危重时，宦官请郭太后临朝称制。太后说："以前武则天用妖言蛊惑高宗皇帝，擅自处理众多朝廷事务，等到中宗皇帝即位，她就匆忙把中宗皇帝废黜贬谪，几乎改变了天命。每当听到那说法，未曾不痛心疾首。怎么今天突然生出这种论调来？现在皇太子聪明睿智，爱卿等应该各自谨慎地选择年高望重大臣，亲自侍奉皇帝左右，远离邪佞臣子。任用有名的贤人做宰相，宦官不要干预时政。这是我的愿望。"于是把制书撕掉。当时太后娘家哥哥郭钊担任太常卿，听到议论，秘密向太后上疏说："如果真的屈从了这请求，就当率领子弟交出官爵，归隐田园。"太后看了奏章，流泪说："我祖父为国家尽忠，留下来的福泽都集中在哥哥身上。"

不冒军功

　　陈寿[1]巡抚延绥[2]，与虏战三胜。或讽寿注子弟姓名籍中，当有功赏。寿曰："吾子弟不谙弓马。"竟不许。

【注释】

[1] 陈寿：字本仁，明朝新淦人，官至南京兵部侍郎。

[2] 延绥：军镇名，明九边之一。

【译文】

　　陈寿巡抚延绥时，与蒙古人连战三胜。有人劝他把子弟姓名写入立功将士的名单中，应该会有封赏。陈寿说："我的子弟不熟悉弓马作战。"最终没有答应。

有母有子

　　唐仆固怀恩 [1] 反，母曰："我戒汝勿反，国家酧 [2] 汝不浅。"提刀逐之，曰："吾为国杀此贼，取其心以谢军中。"李怀光 [3] 初蓄异志，其子璀从帝启曰："臣父必负陛下，愿蚤为之备。"及怀光败而璀死。君子谓："怀恩有母，怀光有子。"

【注释】

[1] 仆固怀恩：铁勒仆骨部人，唐朝中期名将，在安史之乱时随郭子仪作战，屡立战功，后被逼叛唐，不久病死。

[2] 酧：同"酬"。

[3] 李怀光：渤海靺鞨人，本姓茹，其先徙幽州，以战功赐姓李氏，唐德宗时任节度使，后反叛被杀。

【译文】

　　唐朝的仆固怀恩谋反后，他母亲说："我告诫你不要反叛，国家待你不薄。"提刀追杀他，说："我为国家杀这个反贼，挖取你的心向军中谢罪。"李怀光当初怀有谋反想法，他儿子李璀向皇帝唐德宗启奏说："我的父亲必定要辜负陛下，希望陛下早做准备。"等到李怀光兵败，李璀自杀而死。君子说："怀恩有母，怀光有子。"

《悲哉行》诗

白乐天《悲哉行》[1]：沉沉朱门宅，中有乳臭儿。状貌如妇人，光明膏梁（一）肌。手不把书卷，身不擐[2]戎衣。二十袭封爵，门承勋戚[3]资。春来日日出，服御何轻肥[4]？朝从博徒饮，暮有娼楼期。平封[5]还酒债，堆金选蛾眉。声色狗马外，其如（二）一无知。山苗与涧松[6]，地势随高卑。古来无奈何，非君独伤悲。

【校勘】

（一）梁：为"粱"之误。

（二）如：为"余"之讹。

【注释】

[1]《悲哉行》：白居易做于元和年间的一首政治讽刺诗。此则节选自《悲哉行》后大半部分。

[2] 擐（huàn）：穿。

[3] 勋戚：有功勋的皇亲国戚。

[4] 轻肥：出自《论语·雍也》中的"乘肥马，衣轻裘"，用以指豪奢生活。

[5] 平封：耗尽资财。

[6] 山苗与涧松：出自左思《咏史八首》之二："郁郁涧底松，离离山上苗。以彼径寸茎，荫此百尺条。……"

【译文】

略。

见微知著

张安世[1]长子千秋[2]与霍光子禹[3]俱为中郎将，将兵随度辽将军范明友[4]击乌桓。还，谒大将军光。问千秋战斗方略、山川形势，千秋口对兵事，画地成图，无所忘失。光复问禹，禹不能记，曰皆有文书。光叹曰："霍氏世衰，张氏兴也。"

【注释】

[1] 张安世：字子儒，西汉京兆杜陵人，昭帝时封富平侯，累官至大司马，谥敬侯。

[2] 千秋：即张千秋，西汉杜陵人，张安世长子，初荫父爵为中郎将侍中。

[3] 禹：霍禹，祖籍河东平阳人，霍光之子，官至大司马，后因谋反叛被杀。

[4] 范明友：霍光女婿，因功封平陵侯，宣帝时封关内侯，后自杀。

【译文】

　　张安世的儿子张千秋与霍光的儿子霍禹都担任中郎将，率领军队追随度辽将军范明友攻打乌桓。回来后，拜见大将军霍光。霍光向张千秋问起战斗方略、山川形势，张千秋随口回答军务，随手在地上画成图，没有遗漏。霍光又来问霍禹，霍禹记不起来，说都记在文书上了。霍光感叹说："霍家一代代衰颓，张家要兴盛了。"

荣衰悬殊

　　邓高密[1]首翊[2]汉光，郭汾阳[3]再恢唐祚，勋名富贵相当也。顾高密子十三人，各执一艺，以自食其力。汾阳子二十有四，皆骄纵侈肆而不知俭其末也。追高密之美，奕世[4]显荣；悼汾阳之衰，古槐疏冷[5]。何大相悬哉？

【注释】

[1] 邓高密：即邓禹，字仲华，东汉河南新野人，云台二十八将第一位，封高密侯，谥号元。

[2] 首翊（yì）：辅佐的首位功臣。邓禹为云台二十八将第一位。翊，辅佐。

[3] 郭汾阳：即郭子仪，因功封汾阳王，故称。

[4] 奕世：累世，代代。奕，重。

[5] 古槐疏冷：语出晚唐诗人赵嘏《经汾阳旧宅》："今日独经歌舞地，古
　　槐疏冷夕阳多。"

【译文】

　　高密侯邓禹是辅佐光武帝刘秀中兴汉朝的首位功臣，汾阳王郭子
仪恢复了唐朝的帝业，功勋名声富贵相当。只是高密侯邓禹有十三个
儿子，各人都有一项谋生的技艺，靠此来自食其力。汾阳王郭子仪有
二十四个儿子，都骄傲放纵奢侈不知在衰微时节俭。追寻高密侯后世
的兴盛，累世显赫荣耀；悼念汾阳王后世的衰落，宅第只剩古槐萧条
冷落。为什么差异这样大呢？

孝肃家训

　　包孝肃[1]公家训云："后世子孙仕宦，有犯赃滥[2]者，不得
放归本家[3]；亡没(一)之后，不得葬于大茔[4]之中。不从吾志，非
吾子孙。"其下押字[5]："仰[6]珙[7]刊石，竖于堂屋东壁，以诏后
世。"

【校勘】

（一）没：据《能改斋漫录》，为"殁"之讹。

【注释】

[1] 包孝肃：即包拯，北宋庐州合肥人，字希仁，官至枢密副使，谥孝肃。
[2] 赃滥：贪污财物。滥，贪。
[3] 本家：老家。
[4] 大茔：此指祖坟。
[5] 押字：在文书上签字。
[6] 仰：希望。
[7] 珙：即包珙，包拯儿子。

【译文】

略。

敬姜戒子

文伯[1]之母[2]老而犹绩[3]，文伯曰："以歜⁽一⁾之家而主犹绩乎？"其母叹曰："鲁其亡乎！使童子备官而未之闻也。居，吾语汝。民劳则思，思则善心生；逸则淫[4]，淫则恶心生。沃土之民不才[5]，淫也；瘠土之民莫不向义，劳也。是故王后亲织玄紞[6]，公侯之夫人加以纮綖[7]，卿之内子[8]为大带，命妇[9]成祭服，列士[10]之妻加之以朝服，自庶士以下，皆衣其夫。社[11]而赋事[12]，烝[13]而献功[14]，男女效绩[15]，愆则有辟[16]，古之制也。吾冀而[17]朝夕修⁽二⁾曰：'必无废先人。'尔今曰：'胡不自安？'以是承君之官，予惧穆伯[18]之绝嗣也。"

【校勘】

（一）歜：为"歜"之误，形近致讹。歜，公父文伯名字。

（二）修：当为"修我"之误。"我"为夺字。修，提醒。

【注释】

[1] 文伯：即公父文伯（又作公甫文伯），姬姓，公父氏，名歜（chù），谥曰文，鲁国大夫，父亲为公父穆伯，母亲为敬姜。

[2] 母：即敬姜，齐侯之女，谥敬，姓姜，公父穆伯妻子，公父文伯母亲。

[3] 绩：纺麻。

[4] 淫：过度享乐。

[5] 不才：劳动效率不高。

[6] 玄紞（dǎn）：古代礼冠上系瑱（塞耳玉）的黑色丝带。古代有王后亲织玄紞之事，后因以玄紞指女红。

[7] 纮綖（yán）：古代冠冕上装饰的绳带。纮，系于颔下的帽带。綖，古代覆盖在帽子上的一种装饰物。

[8] 内子：指妻子。

[9] 命妇：泛称有封号妇女。

[10] 列士：周代士的等级内，又分为上士、中士、下士，上士亦称列士，下士亦称庶士。

[11] 社：春天祭祀土地神。

[12] 赋事：分配劳作之事。《国语·鲁语下》："社而赋事，烝而献功。"韦昭注："事，农桑之属也。"

[13] 烝：冬天进行的祭祀。

[14] 献功：冬祭时奉献谷、帛等。

[15] 效绩：展示劳动成果。

[16] 愆则有辟：有过失就要避开。愆，罪过，过失。辟，后作"避"，避开。

[17] 而：通"尔"。

[18] 穆伯：即公父穆伯，姬姓，名靖，公父氏，春秋鲁国三桓季悼子之子。

【译文】

公父文伯母亲年老了还在纺麻，文伯说："像我公父歜这样的人家还要主母亲自纺麻吗？"他的母亲叹气说："鲁国大概快要灭亡了吧！让你这样的孩童充数做官却不把做官之道讲给你听。坐下来，我讲给你听。老百姓要劳作才思俭约，思俭约那善良想法就会产生；闲散安逸会导致人们过度享乐，过度享乐那邪恶想法就会产生。居住在肥沃土地的百姓劳动效率不高，是因为过度享乐；居住在贫瘠土地上的百姓，没有谁不向往道义，是因为勤劳。因此王后亲自编织冠冕上用来系填的黑色丝带，公侯的夫人还要编织系于颔下的帽带以及覆盖帽子的装饰品。卿的妻子做系腰的大带，所有贵妇人都要亲自做祭祀服装，各种士人的妻子还要做朝服，自下士以下人的妻子都要给丈夫做衣服穿。春天祭祀土地时分配劳作任务，冬季祭祀时献上谷物和牲畜，男女都要在冬祭上展示自己的劳动成果，有过失就要避开，不能参加祭祀。这是上古传下来的制度！我希望你早晚提醒我说：'一定不要废弃先

人的传统。'你今天却说:'为什么不自图安逸呢?'以你这态度承
担君王官职,我恐怕你父亲穆伯要绝后了。"

方峻之祷

方峻[1] 于所居东北凿一井。既成,着公服焚香而祷之曰:"愿
子孙居官清白,有如此水。"

【注释】

[1] 方峻:字景通,北宋莆田县人,曾任秘书郎,藏书家。

【译文】

方峻在居所东北角凿了一眼水井。水井凿成后,方峻身着官服焚
香祈祷说:"希望子孙居官清白,就像这井水。"

兄弟异性

文文山[1] 死宋,烈矣。其嗣子陞[2] 仕元,为仁宗集贤学士。
或挽之云:"地下修文[3] 同父子,人间读史各君臣。"史载,文山
子俱亡,治命[4] 以陞为后,而陞者其弟璧[5] 叔子[6] 也。璧附元,
当时有诗云:"可惜梅花各心事,南枝向暖北枝寒[7]。"则陞之仕
元有自矣,文山不幸以为嗣耳。

【注释】

[1] 文文山:即文天祥,南宋吉州庐陵人,字宋瑞,自号文山,民族英雄。

[2] 陞:即文陞,文天祥继子,文璧之子,元仁宗时官至集贤殿直学士,死
后爵封蜀郡侯。

[3] 修文:旧以"修文郎"称阴曹掌著作之官,故以"修文"指文人之死。

[4] 治命:指人死前神智清醒时的遗嘱。与"乱命"相对。后亦泛指生前遗言。

[5] 璧:即文璧,号文溪,文天祥二弟,权户部尚书,降元后任临江路总管

兼府尹。

[6] 叔子：三子。

[7] 可惜……寒：针对文天祥早年写的《新居上梁文》"江上梅花各自好，
   莫分枝北与枝南"而发。

【译文】

   文文山为宋而死，死得壮烈。他继子文陛做了元朝的官，元仁宗
时官至集贤殿直学士。他死后有人写挽联说："地下修文同父子，人
间读史各君臣。"史载，文天祥儿子都死了，生前遗命以文陛为后，
而文陛就是他弟弟文璧的三子。文璧归附元朝，当时有诗句说："可
惜梅花各心事，南枝向暖北枝寒。"那么文陛做元朝的官就有根由了，
文天祥不幸让文陛做了继子。

温叟得名

   刘温叟[1]之生也，其父岳曰："吾老矣，他无所欲，但冀世治
民和，与此儿皆为温洛[2]之叟，耕钓烟月[3]，酣咏太平之化[4]足矣。"
温叟忆父语，遂为名臣。

【注释】

[1] 刘温叟：字永龄，五代至宋初河南洛阳人，官至御史中丞。

[2] 温洛：古代传说，谓王者如有盛德，则洛水先温，故称"温洛"。代指洛阳。

[3] 烟月：云雾笼罩的月亮。

[4] 化：风俗。

【译文】

   刘温叟出生时，他父亲刘岳说："我老了，没有其他想法，只是
希望世道太平百姓安乐，与这个孩子都为洛阳老叟，在朦胧月色下耕
地钓鱼，尽情歌咏太平世道就够了。"温叟记住了父亲的话，于是成
了名臣。

论好子弟

罗状元伦[1]及第初，尝与叔父书曰："所谓好子弟者，非好田宅、好衣服、好官爵，一时夸耀闾里尔（一）也；谓有好名节，与日月争光，与山岳争重（二），与天壤（三）争久云。"

【校勘】

（一）尔：据罗伦《戒族人书》，为"者"之讹。

（二）重：为"高"之讹。

（三）天壤：为"霄垠"之讹。

【注释】

[1] 罗状元伦：即罗伦，字彝正，号一峰，明朝永丰人，成化初年状元及第，官修撰。

【译文】

状元罗伦刚及第时，曾给叔父书信说："所谓好子弟，不是有好田宅、好衣服、好官爵，一时被乡亲夸耀罢了；而是被认为有好名节，与日月争光芒，与山岳争高大，与天地争久远罢了。"

叔度教子

义熙中何叔度[1]官太常致政。子尚之[2]为吏部，归省。叔度谓曰："闻汝行日，倾朝相送，可有几人？"对曰数百。叔度笑曰："此送吏部尔，非为何德彦（一）也。昔殷浩[3]作豫章，郊饯者甚众；及渡，泊江亭，积日乃故旧无复相窥者。"世谓尚之立身简约，实本叔度之教云。

【校勘】

（一）何德彦：据《南史》（卷三），为"何彦德"之误。

【注释】

[1] 何叔度：南朝庐江灊人，刘宋时曾任吴郡太守，恭谨有德。

[2] 尚之：何尚之，字彦德，南朝庐江灊人，刘宋时官至侍中。

[3] 殷浩：字渊源，东晋陈郡长平人，曾任豫章太守、扬州刺史等职。

【译文】

义熙（晋安帝年号）年间，何叔度在太常官位上退休。他儿子何尚之当时任吏部郎，回家探望。何叔度对他说："听说你临行那天，满朝官员送你，大约有多少人？"何尚之回答说有几百。何叔度笑着说："这是送吏部郎罢了，不是送何彦德。从前殷浩作豫章太守时，到郊外饯行的人很多；等到被贬时，渡江，停泊江亭，多日竟然没见到有亲朋故旧相送的。"世人说何尚之立身简约，实在本自何叔度的教导。

粪之际遇

苏叔党过[1]尝读《南史》[2]，东坡卧听之，谓叔党曰："王僧虔[3]居建业中马粪巷，子孙贤实谦和，鉴人称马粪诸王为长者，而巷得佳名。东汉赞论[4]李固[5]云：观胡广[6]、赵戒[7]如粪土[8]。粪之秽也，一经僧虔，便为佳号，而比胡、赵，则粪有时而不幸。汝可不知乎？"

【注释】

[1] 苏叔党过：即苏过，字叔党，号斜川居士，北宋眉州眉山人，苏轼第三子。

[2]《南史》：唐朝李延寿撰，记载宋、齐、梁、陈四朝史事。

[3] 王僧虔：琅邪临沂人，刘宋、萧齐时期官员，谥简穆。

[4] 赞论：即史论，是对某一史实加以评论，提出作者看法的文字。

[5] 李固：字子坚，汉中城固人，官至太尉，东汉名臣。

[6] 胡广：字伯始，南郡华容人，东汉名臣，谥号文恭。

[7] 赵戒：字志伯，东汉蜀郡人，历仕汉安、顺、冲、质、桓五帝。

[8] 如粪土：李固临死前曾指责胡广、赵戒虽居高位，却性格软弱，不敢与
　　大将军梁冀抗争，致使天下大坏。所以《后汉书》作者范晔说"观胡广、
　　赵戒如粪土"。

【译文】

　　苏过曾读《南史》，苏东坡卧听，对他说："王僧虔居住建业城
中马粪巷，子孙贤能诚实谦虚平和，评价的人称马粪巷众王姓子弟为
长者，而马粪巷得了好名声。范晔在《后汉书·李固传》赞论部分说：
看胡广、赵戒就像粪土一样。粪这脏东西，一经和王僧虔有关，马粪
巷就成为佳号，而与胡广、赵戒的比方看来，那粪有时是幸运的，有
时是不幸的。你可以不知道吗？"

书须常有

　　宋左丞蒲宗孟[1]其家多书，建清风楼以贮之。尝作训，戒子弟
曰："寒可无衣，饥可无食，书不可一日失。"

【注释】

[1]蒲宗孟：字传正，北宋阆州新井人，官至尚书左丞，加资政殿学士，谥恭敏。

【译文】

　　略。

沉几远睹

　　宋艺祖初修汴京，赵普奏图，取四面方直。上览而不悦，取笔
涂之，命以一纸作大圈，纡曲纵斜，旁注云："依此修筑。"人咸
罔测。及奸臣蔡京擅权，撤而方之如矩。虽甚藻饰，无复曩时之坚

朴矣。靖康胡马南牧，粘罕^[1]、斡离不^[2]扬鞭城下，有得色，曰：
"是易攻下。"令植炮四隅，随方而击之。城既引直，一炮所望，
一壁皆不可立，竟以此失守。艺祖沉几^[3]远睹，至是始验。

【注释】

[1] 粘罕：即完颜宗翰，本名黏没喝，女真人，金朝名将。

[2] 斡离不：即完颜宗望，本名斡鲁补，女真人，金太祖次子，名将。

[3] 沉几：指冷静观察事物，明察事物前兆。沉，沉着。几，事物变化前兆头。

【译文】

宋艺祖赵匡胤初修筑汴京时，赵普献上规划的图纸，城墙取四面
方直。皇上看了图纸，不高兴，拿笔涂抹掉，命人在一张纸上画了个大圈，
大圈弯曲纵斜，旁注说："依照这个修筑。"人们都不能推测皇帝用意。
等到奸臣蔡京擅权，把汴京城城墙改成方方的矩形。虽然多加美化，
不再如当初坚固质朴了。靖康年间金人南侵，粘罕、斡离不扬鞭城下，
有得意神色，说："这容易攻下。"命令在正对城墙四角安置炮台，
向有棱角的地方攻击。城墙已经引直，一炮击打上去，一面墙壁都立
不住，最终因此失守。艺祖深谋远虑，到这时才得到验证。

万年教子

陈咸^[1]，万年^[2]子，抗直，数言事，讥刺近臣。万年尝病，召
咸床下，语至夜半，咸睡，头触屏风。万年怒曰："乃公教汝，睡不听，
何也？"咸跪谢曰："具晓所言，大要教咸谄耳。"官至御史中丞。

【注释】

[1] 陈咸：字子康，西汉沛郡浚县人，元帝时官至御史中丞。

[2] 万年：即陈万年，西汉宣帝时任御史大夫。

【译文】

陈咸，是陈万年儿子，性情刚直，多次上书言事，指责讥讽皇帝身边大臣。他父亲有次生病，召唤陈咸到床前教诲，说到半夜时，陈咸打瞌睡，头碰到了屏风上。陈万年生气地说："你父亲教诲告诫你，你反倒打盹，不听我话，为什么？"陈咸跪地谢罪说："我全明白您所说的话，主要就是教我谄媚罢了。"陈咸官至御史中丞。

"逆"字最妙

徐曙庵[1] 封君[2] 训铨部公[3]，摘略云：最妙是一个"逆"字。《易》曰："数往者顺，知来者逆[4]。"以往与顺有尽，而来与逆无穷也。今人处顺境，富厚荣华，现成受享，有何意味？唯逆则艰难险阻中陶练[5] 得几许不朽事业。是以豪杰一遇逆境，便看作天心仁爱，喜不自胜，打起精神，不肯当面错过。逆来顺受四字随处当书之，以粘于座右。庶触目警心，随在[6] 当有自得处。吾祖宗千百年血脉长发[7] 汝身，勿效福浅之辈，一得志便逐纷华。血食[8] 之躯，受用有数，而将来无穷之福，已暗暗消炼[9] 于此中矣。天与汝以富贵，汝答天以婾[10] 惰，鬼神能无不平乎？

【注释】

[1] 徐曙庵：见本卷"曙庵训子"。

[2] 封君：泛指拥有爵位和封地的人。此指徐曙庵因儿子徐石麒任高官而获得的封号。

[3] 铨部公：指徐石麒，详见本卷"曙庵训子"。

[4] 数……逆：以数推算过去之事为顺势，预知未来为逆势。

[5] 陶练：陶冶习练。

[6] 随在：随处。

[7] 长发：抚育培养。

[8] 血食：血肉。

[9] 消炼：即消炼，销熔。

[10] 婾：同"偷"，苟且。

【译文】

徐曙庵封君教导曾任吏部尚书徐石麒。摘取大略说：最妙是一个"逆"字。《易经》说："数往者顺，知来者逆。"因为过往与顺境是有尽头的，而未来与逆境是没有穷尽的。现在人们处于顺境时，富贵荣华，现成受享，有什么意味？只有身处逆境，从艰难险阻中陶冶习练，做出若干不朽事业。因此豪杰一旦遇到逆境，便看作是上天对自己心生仁爱，喜不自胜，打起精神，不肯当面错过。逆来顺受四字随处应当书写出来，用以粘到座右。希望触目惊心，到处有所心得。我祖宗千百年血脉对你抚育培养，不要学习福气浅薄的人，一得志就追求奢华。血肉之躯受用是有数的，而将来无穷福祉已暗暗销熔在奢华里面了。上天给你富贵，你拿苟且怠惰报答上天，鬼神能没有不平吗？

当发深省

释氏云：要知前世因，今生受者是。吾谓昨日以前，而[1]父而祖皆前世也。释氏云：要知后世因，今生作者是。吾谓今日以后，而子而孙皆后世也。所当发深省者。

【注释】

[1] 而：通"尔"。

【译文】

佛家说：要知前世因缘，看今生的受享就知道了。我所说的昨日以前，你父祖都是前世。佛家说：要知后世因缘，看现在做派就知道了。我所说的今日以后，你子孙都是后世。这应当发人深省。

自侮人侮

李文节[1]《燕居录》云：每见士大夫一捐馆舍[2]，其子弟往往向人称外侮。人亦为之伤世态之炎凉，叹人情之薄恶。予以为不然。君子生则人敬，殁则人思。彼寂寞于生前，而荣华于身后，为人尸祝[3]俎豆[4]者，何人哉？人必自侮，而后人侮之。向使恃位挟势，欺凌侵夺。人无奈何，直待其子孙，方与覆算[5]。此所谓悖出悖入[6]，出尔反尔[7]。而称外侮，非矣。

【注释】

[1] 李文节：见本集"宦泽"卷之"老成之见"条。

[2] 捐馆舍：死亡的婉辞。

[3] 尸祝：祭祀。

[4] 俎豆：俎和豆。古代祭祀、宴飨时盛食物用的两种礼器。引申为崇奉。

[5] 覆算：覆核帐目。喻指清算并做出相应处理。

[6] 悖出悖入：用不正当手段得来的财物，又被别人以不正当手段夺去。此指报应。

[7] 出尔反尔：此指你怎样对待人家，人家就会怎样对待你。

【译文】

略。

兄弟俱贤

李（一）文节《燕居录》云：余弟自秀才至出贡[1]廷试[2]，余未尝出一力就教。时有友铨司[3]，暮过余，问弟不置，意甚厚。余辞以有数存焉，幸无留意。及选，得邵阳，余教以官方。弟得士心，监司[4]拟荐，而直指[5]恶余，削之。既而升翁源，余为索文凭[6]

于少宰，少宰讶余何不相闻，可以善地处也。余尝谓："兄弟三人，二人有官，余复居此地，天下大官小官俱吾家做了。"子叔疑为政，不用，使子弟为卿，季孙异之^[7]。况为政而用者乎？余盖欲以公倡百僚，而弟恬然不言，不得善地不愠，家庭间语不及利。出京之任，皆自僦^[8]夫马，辛苦淡薄，至于没身。贤如吾弟者亦少矣。

【校勘】

(一) 李：原书此则与下面三则"兄弟相成""日杀子孙"及"家有三声"
存在错简现象，特需注意。

【注释】

[1] 出贡：秀才成为贡生，就不再受儒学管教。

[2] 廷试：由皇帝亲自策问，在朝廷上举行的考试。

[3] 铨司：主管选授官职官署，指吏部。

[4] 监司：明朝布政使、按察使亦因有监察官吏之权被称监司。

[5] 直指：指监察御史。

[6] 文凭：委任状。

[7] 季孙异之：语出《孟子·公孙丑》：季孙曰："异哉，子叔疑！使己为
政，不用，则亦已矣，又使其子弟为卿。"大意为：季孙曾经说过："子
叔疑，真奇怪！使自己执掌国政，不用，也就算了，却又让自己子弟去
做卿大夫。"季孙与子叔疑，均为人名，不可考。

[8] 僦：租。

【译文】

　　文节公李廷机《燕居录》说：我弟弟自秀才至出贡，参加廷试，我不曾出一点力求过人。选官时，有朋友在吏部主管铨选，晚上来拜访我，不停地问弟弟情况，关心的情谊很真切。我认为自有天数存在，希望不用留意。等选官结果出来，弟弟得任邵阳令，我教给他做官方法。弟弟得到读书人的拥戴，监司打算向上推荐他，而监察御史因和

我关系不好，削除了他的升迁机会。不久他升任翁源知府，我为他向吏部侍郎索要委任状，吏部侍郎很惊讶我为什么不早告诉他，早告诉的话可以安排个好地方。我曾经说："兄弟三人，两人有官位，我又担任宰相，天下大官小官都让我家人做了。"子叔疑想要执掌国政，没有被任用，让子弟担任卿，季孙感到很奇怪。何况我执掌国政又让弟弟做官呢？我想要用公正来倡导百官，而弟弟心里恬淡，不说什么，没有被分到好地方为官也不恼怒，家庭间相处从来不谈利益。出京到任所去，都是自己雇佣仆夫马匹，辛苦淡泊，直到去世。像我弟弟一样贤德的人也少了。

日杀子孙

人每临终时，忧子孙异日贫苦，不思子孙贫苦从何而来。乃从祖父积恶中来。平日专事苛刻，计便宜 [1]；凡损人利己之事，靡所不为：是日日杀子孙也。平时杀子孙，至临终则忧子孙。自我杀之，复自我忧之，不惑之甚 [2] 哉？

【注释】

[1] 计便宜：尽力谋求利益。
[2] 惑之甚：糊涂得厉害。

【译文】

略。

兄弟相成

李文节有仲弟，布衣也。大拜 [1] 后，其弟自家候公，方巾 [2] 鲜衣 [3] 以见。公询家事及寒温慰劳后，讶其巾服。因诘以所自，曰："游泮 [4] 乎？纳粟 [5] 乎？抑九载 [6] 乎？"弟皆曰否否。公曰："既不出此，

则谁不知李九我 [7] 弟为布衣，而顾乃易冠服乎？"诘以原帽何在，曰在袖中。公曰："仍冠此，无徇俗 [8] 也。"弟奉命惟谨。夫以元老 [9] 之弟，即属布衣，何嫌儒服？公绳以本等巾服，了无难色。公弟之醇谨正两相成哉！

【注释】

[1] 大拜：指担任丞相。

[2] 方今：明代有功名儒生所配戴头巾。

[3] 鲜衣：美服。

[4] 游泮：明清科举制度，经州县考试录取为生员者就读于学宫，称游泮。也指考中秀才。泮，学宫。

[5] 纳粟：指纳粟获得监生资格。

[6] 九载：即三考，古代的考试制度，为三年考一回，九年考三回。

[7] 九我：李廷机的号。

[8] 徇俗：屈从流俗。

[9] 元老：此指宰相。

【译文】

文节公李廷机的二弟是个没有功名的普通百姓。李廷机拜相后，他二弟打从家里到京城来问候哥哥，头顶方巾，身着鲜衣进去拜见。李廷机问了他家里事情及寒暄慰劳后，对他弟弟的方巾衣服很为奇怪。于是他就问他弟弟："你考中秀才了吗？捐粮食获得监生资格了吗？还是通过三考了呢？"他弟弟一一否定。李廷机说："既然不是这样，那谁不知道李九我的弟弟是一介布衣，反而换了儒服儒冠了？"李廷机问弟弟原来的帽子在哪里，弟弟说放在袖筒里了。李廷机说："你仍旧戴上这个，不要屈从流俗。"他弟弟小心谨慎地接受了命令。凭借宰相弟弟身份，即使属于布衣，身穿儒服又有什么妨害呢？李廷机用本等巾服约束他，弟弟接受命令，完全没有为难的神色。李廷机弟弟的淳朴与谨慎可以和兄长两相成就啊！

家有三声

象山先生 [1] 尝谓人家要有三声：读书声，孩儿声，纺织声。盖闻读书声，觉圣贤在他口中，在我耳中，不觉神融；闻孩儿声，或笑或泣，俱自然籁动天鸣，觉后来哀乐情致，较此殊远；闻纺织声，则勤俭生涯，一室儿女，觉有豳风七月 [2] 景象。最可厌者：妇女啐骂 [3] 声也，恶也；饮酒喧奴（一）声也，狂也；街巷谈说（二）声也，谲 [4] 也；妖冶 [5] 歌唱声也，淫也。与其闻此，不若聆犬声于夜静，闻鸡声于晨鸣，令人有清旷之思。

【校勘】

（一）喧奴：据《坚瓠三集》卷之二，为"喧呶"之讹。喧呶（náo），闹嚷。

（二）谈说：为"笑谈"之讹。

【注释】

[1] 象山先生：即陆九渊，字子静，号象山，南宋抚州金溪人，理学家，谥文安。

[2] 豳风七月：即《诗·豳风·七月》，反映了周部族早期农业生产和农民日常生活情况。

[3] 啐（cuì）骂：指用粗鄙的话骂人。

[4] 谲：欺诈。

[5] 妖冶：指妖媚而不庄重。

【译文】

陆象山先生曾经说居家过日子要有三种声音：读书声，孩儿声，纺织声。大概听到读书声，感觉圣贤在他口中，在我耳中，不觉精神与圣贤融为一体；听到孩儿声，时笑时哭，都是自然天真的声音，感觉长大后的哀乐情致，与此相差很远；听到纺织声，那勤俭生涯，一室儿女，感觉有《诗·豳风·七月》景象。最可讨厌的是以下声音：妇女唾骂声，这是凶恶的声音；饮酒喧闹声，这是发狂的声音；街巷的谈笑声，这是诡诈的声音；妖冶女子的歌唱声，这是淫荡的声音。与其听到这些声音，不如聆听静夜中犬吠，听闻清晓鸡鸣，那会令人生发清新旷远神思。

古斋教子

万士和[1]、士亨[2]举进士，其父古斋公[3]每遗书云："若辈为好人，不但愿若辈为好官。"

【注释】

[1] 万士和：字思节，号履庵，明朝宜兴人，万历年间官至礼部尚书，谥号文恭。

[2] 士亨：字思通，号希庵，与兄万士和同年中进士，官至吏部稽勋司员外郎。

[3] 古斋公：即万吉，号古斋，明朝宜兴人，曾任桐庐训导。

【译文】

万士和、万士亨考中进士后，他们父亲古斋公常写信给他们说："你们要做好人，不只希望你们做好官。"

诗礼传家

武康骆乾沙[1]宗伯[2]宦于京，巡盐田直指[3]其门人也。一日，以院胥缺[4]一名为两公子寿，公子以未有父命辞。直指笑谓之曰："此聊为两世兄[5]蔬果资，曾区区者而亦闻之老师乎？"两公子终不受，而分之戚党，不敢重达直指意也。噫！今之伪作父书以干泽[6]，比比而是，如骆公子岂非浊世之翩翩者哉？然亦可想见其传家之诗礼矣。

【注释】

[1] 骆乾沙：即骆从宇，字宇咸，号乾沙，明代浙江武康人，官至南京任礼部尚书。

[2] 宗伯：礼部尚书古称。

[3] 巡盐田直指：即巡盐御史。

[4] 院胥缺：盐院胥吏的名额。据明朝陈仁锡《无梦园初集·九江盐法》记载，明末不同的胥吏有不同的价，而且明码标价。肥缺价钱高，没油水的则价钱较便宜。当时盐院书吏一名，顶银一万两，盐道书办八千两，广盈科两千两，其他房科，最少亦四五百两。

[5] 世兄：称世交、晚辈或老师儿子。

[6] 干泽：此指牟取利益。

【译文】

　　武康人骆乾沙在京城任礼部尚书，巡盐御史是他学生。一天，巡盐御史把出卖一名盐院胥吏名额所得金钱向骆乾沙两公子送礼，两公子以没有父亲的命令拒绝。巡盐御史笑着对他们说："这个姑且为两位世兄买办蔬菜水果，这样小小礼物还值得向老师说吗？"两位公子终究没有亲自接受，而把这钱分给了亲戚和乡亲，不敢把巡盐御史的想法报告父亲。哎！今天伪作父亲书信来牟取利益的，到处都是，像骆乾沙儿子难道不是浊世中的翩翩公子吗？但也可想见骆乾沙诗礼传家的风尚了。

立脚之始

　　昔有某初拜官将行，其兄戒之曰："人言官品定于生初，我谓人品定于官初。作官全在立脚之始，起处不失脚，便终身不错趾[1]。"

【注释】

[1] 错趾：走错路。

【译文】

从前有个人刚被授给官位，将要赴任，他兄长告诫他说："有人说官位品级在刚出生时老天就定好了，我认为人品是从刚开始做官时定下的。做官如何全在立脚开始时，起处不失脚，便终身不会走错路。"

节行为大

贾文元[1]公《戒子孙文》云："古人重厚朴直乃能立功立事，享悠久之福。世人所贵，节行为大。轩冕[2]失之，有时而复来；节行失之，终身不可得矣。"缙绅以为名言。

【注释】

[1] 贾文元：即贾昌朝，字子明，北宋真定获鹿人，仁宗朝官至宰相，爵封魏国公，谥文元。

[2] 轩冕：原指古时大夫以上官员车乘和冕服，后借指荣华富贵。

【译文】

文元公贾昌朝在《戒子孙文》中说："古人凭稳重浑厚质朴正直才能建功立业，保享久远福祉。世人所看中的，品行为大。荣华富贵失掉了，有时还可以再来；品行丧失了，一辈子不可再得。"士大夫认为这是名言。

多财损志

吾友某某诸子皆美质高才，可芥拾一第[1]，而或终于子衿[2]，或以他途自致，则多钱为之祟也。自少而长，宫室衣服饮食妻妾之奉拟于王侯，岂复能苦心力学，与寒士争一日之短长？疏广[3]有言："贤而多财，则损其志。"信夫！

【注释】

[1] 芥拾一第：把科举中第看得像从地上拾草一样容易。

[2] 子衿：指秀才。

[3] 疏广：字仲翁，西汉东海兰陵人，官至太子太傅，信奉黄老学说。

【译文】

　　我朋友某某各个儿子都有好的资质才华，把科举中第看得像从地上拾草一样容易，可是有的最终只是个秀才，有的凭读书外的其他途径发迹，那都是钱多作怪。自幼小到年长，房舍衣服饮食妻妾的供奉可以与王侯相比，难道还能苦心力学与贫寒书生争一时高低吗？疏广有话说："贤能而多财就会消磨他的志气。"真的呀！

家有严母

　　余[1]宗韩夫人，御史中丞云谷[2]公、少宰念斋[3]公之母。性严毅，课子诵读，不中程[4]辄被挞。中丞公未冠，尝拥罏[5]坐。夫人见之谯让加以棰楚。后中丞归老于家，闻其子妇挞儿，辄泫然曰："吾不闻此声久矣。"后其孙路叔[6]亦登第。家人有严君[7]，则子孙必循礼法。唐刘敦儒[8]事亲孝。亲心绪不宁，辄鞭之见血，则一日悦畅。敦儒敛衣受杖，曾不变容。李道枢[9]母卢氏性严。道枢声名已闻，又在班列，宾客至门，往往值其受杖。如此家风，何可易得？

【注释】

[1] 余：陶母韩夫人的事，不知郑瑄抄自何处，故"余"代指不详。

[2] 云谷：即陶大顺，字景熙，号云谷，明朝浙江会稽人，官至广西巡抚。

[3] 念斋：即陶大临，字虞臣，号念斋，陶大顺之弟，官至吏部侍郎，谥文僖。

[4] 中程：合乎要求、规格。

[5] 罏（lú）：同"垆"，旧时酒店里安放酒瓮的土台子。

[6] 路叔：即陶崇道，字路叔，号虎溪，陶大临孙子，官至福建右布政使。

[7] 严君：此指严厉的母亲。

[8] 刘敦儒：唐朝徐州人，史官刘知己之孙，著名孝子。

[9] 李道枢：唐朝赵郡人，曾任河南少尹、浙东观察使等职。

【译文】

　　我同宗韩夫人是御史中丞云谷公陶大顺、少宰念斋公陶大临母亲。她生性严厉坚毅，督促儿子诵读，不符合要求就责打。中丞公陶大顺未冠时曾到酒店饮酒，让母亲看见后，被责骂，并施以杖刑。后来中丞退休回家，听到儿媳妇打孙子的声音，就泫然流泪说："我好长时间没有听到这声音了。"后来，陶大临孙子陶路叔也考中进士。家里有严厉的母亲，那么子孙必定遵循礼法。唐朝刘敦儒奉事母亲孝顺，母亲心绪不宁时，就鞭打他见血，然后就会一天都心情愉快。刘敦儒整饬衣衫，接受杖打，不曾改变面容。李道枢母亲卢氏性情严厉。李道枢声名已经很显赫，又在朝廷任官，宾客到门，往往碰到他受母亲杖责。这样的家风，怎能容易得到？

甚于三变

　　唐五经[1]尝言："不肖子弟有三变：第一变为蝗虫，谓鬻庄而食也；第二变为蠹鱼，谓鬻书而食也；第三变为大虫，谓鬻奴婢而食也。"今人言败家子，始为蚯蚓食土，鬻田地者是；继而白蚁食木，鬻屋宅者是；继为鲤鱼食鲲鲕[2]，鬻子女者是；后遂为虎狼，为枭獍[3]，无所不至，何但三变而已？

【注释】

[1] 唐五经：据《北梦琐言》载，为晚唐荆州书生，估计"五经"为绰号。

[2] 鲲鲕（ér）：小鱼。

[3] 枭獍：亦作"枭镜"。旧说枭为恶鸟，生而食母；獍为恶兽，生而食父。
　　比喻忘恩负义之徒或狠毒的人。

【译文】

　　唐五经曾说："不成器子弟有三次变化：第一次变为蝗虫，说的是靠卖田庄生活的子弟；第二次变为蛀虫，说的是靠卖先人书籍生活的子弟；第三次变为老虎，说的是靠卖奴婢生活的子弟。"现在人们说的败家子，开始就像蚯蚓食土一样，卖田地的子弟就是这样；继而就像白蚁吃木头，卖房屋的子弟就是这样；继而就像鲤鱼吃小鱼，卖子女的就是这样；后来就变为虎狼，变为枭獍，无所不至，哪里只是三次变化而已？

厚褥大被

　　孟恭武宗[1]从李肃[2]学，母为作厚褥大被。人问之，母曰："小儿无德致客，学者多贫，故为广被，庶可气类相接。"后宗为大儒。今人有别业园亭，靳不与人，读书恐毁伤其薪木，令子弟日与气类相隔，是其智不若妇人。无惑乎书种之终归断绝也。

【注释】

[1] 孟恭武宗：即孟仁，字恭武，本名宗，避吴主孙皓字（孙皓字元宗），改名仁，三国时江夏人，曾任吴国光禄勋。

[2] 李肃：字伟恭，三国时南阳人，曾任吴国选曹尚书、零陵太守等职。

【译文】

　　孟宗追随李肃求学，孟母为儿子制作厚褥大被。人问她原因，孟母说："小儿没有德行招来宾客，有学识的人大多贫困，所以制作大被，希望儿子与有学识的人可意气相互交融。"后来孟宗成了大儒。现在人有别墅园林亭阁，心生吝啬，不与人共享，一块儿读书恐毁伤草木，令子弟一天天与有学识的人意气相互隔绝，这是他智慧不如女人。对读书种子断绝不要感到疑惑了。

无起精舍

士大夫子弟类[1]欲起精舍[2]读书，不知科第人中十九是借人屋读书者。正如僧家，闲却许多僧寮[3]不肯住，却欲造静室修行。真修行人岂须静室？深公[4]有言："未闻巢由[5]买山而隐。"

【注释】

[1] 类：大都。

[2] 精舍：精致幽雅的房舍。

[3] 僧寮：僧舍。

[4] 深公：即竺法深，俗姓王，名潜，或称道潜，字法深。琅邪郡人，东晋名僧。

[5] 巢由：巢父和许由，相传皆为尧时隐士，尧让位于二人，皆不受。后指代隐士。

【译文】

士大夫子弟大多想要建精舍读书，不知科举中第人十分之九是借他人房屋读书。正如僧人，空了很多僧房不肯住，却想造静室修行。真正修行人哪里需要静室？竺法深说过："不曾听说巢父许由是买山隐居的。"

省华教子

陈尧佐[1]父秦国公省华[2]三子，长子曰尧叟[3]，同中书门下平章事；季曰尧咨[4]，为节度使：皆举进士第一。及第三子已贵，秦公尚无恙。每宾客至其家，公及伯季侍立左右，坐客蹙踖[6]不安，求去。秦公笑曰："此儿子辈尔。"故天下皆以秦公教子为法，而以陈氏为荣。

【注释】

[1] 陈尧佐：字希元，号知余子，北宋阆州阆中人，省华次子，官至同中书门下平章事，谥文惠。

[2] 省华：即陈省华，字善则，北宋阆州阆中人，官至左谏议大夫，爵封秦国公。

[3] 尧叟：即陈尧叟，字唐夫，省华长子，官至同中书门下平章事。

[4] 尧咨：即陈尧咨，字嘉谟，省华三子，官至节度使。

[5] 蹵踖（sù）：局促。

【译文】

　　陈尧佐父亲秦国公陈省华有三个儿子，长子叫尧叟，官至同中书门下平章事，小儿子叫尧咨，官至节度使。这两个儿子都考中了状元。等到第三子已尊贵，秦国公还健在。每当宾客到他家里，尧佐与哥哥、弟弟三人侍立在陈省华左右，坐客感到局促不安，要求离去。秦国公笑笑说："这是儿子们罢了。"所以天下人都把秦国公教子作为榜样，并认为陈家荣耀。

诸子侍立

　　窦仪[1]为人性严重，家法整肃。每对客坐，即二侍郎、三起居[2]、四参政[3]、五补阙[4]皆侍立焉。

【注释】

[1] 窦仪：字可象，五代至北宋初期蓟州渔阳人，官至礼部尚书。

[2] 起居：即起居舍人，属中书省，掌记录皇帝所发命令。

[3] 参政：宋代为参知政事简称。

[4] 补阙：有左右之分，掌供奉讽谏，北宋时改为司谏。

【译文】

　　窦仪为人生性严厉持重，家法整饬严肃。每当与客人对坐，就让任侍郎的二子、任起居舍人的三子、任参政的四子、任补阙的五子都站在身旁服侍。

器识为先

刘赞[一]教子孙先行实[1]，后文艺，曰："士当以器识[2]为先，一号为文人，无足观矣。"

【校勘】

（一）刘赞：为"刘挚"之误，字莘老，北宋永静东光人，哲宗朝官至宰相，谥号忠肃。

【注释】

[1] 行实：品行朴厚。

[2] 器识：器量与见识。

【译文】

刘挚教导子孙把品行朴厚放到前面，把学习文艺放到后面，说："读书人当把器量与见识看成首要的，一旦被称为文人，便没有观赏的地方了。"

陈襄绝笔

宋陈襄[1]将终，妻子环泣，求所以语后者。公索纸笔，书"先圣先师"四字，付其子而绝。

【注释】

[1] 陈襄：字述古，号古灵先生，北宋侯官人，理学家。

【译文】

略。

冯氏教子

陈尧咨精于弧矢[1]，自号小由基[2]。为知制诰，出守荆南回，其母冯氏问之曰："汝典名藩[3]，有何异政？"尧咨曰："州当孔道，过客以尧咨善射，无不叹服。"母曰："汝父训汝以忠孝辅国家，今不务仁政善化，而专卒伍一夫之技，岂汝先人之意耶？"以杖击之，金鱼[4]坠地。

【注释】

[1] 弧矢：弓箭。
[2] 由基：即养由基，嬴姓，养氏，字叔，名由基，春秋时期楚国神射手。
[3] 名藩：指地方重镇。
[4] 金鱼：指金鱼袋，唐宋时官员佩戴的证明身份之物。

【译文】

陈尧咨精于弓箭，自称小由基。他在京城任知制诰，外调任荆南知州回来后，母亲冯氏问他说："你主管地方重镇，有什么不俗政绩？"尧咨回答说："荆南州面临通道，过客认为我善射，没有谁不叹服。"母亲曰："你父亲教导你用忠孝辅佐国家，现在不致力于施行仁政，用善行教化百姓，而擅长一介武夫的技艺，难道这是你先人的用意吗？"用手杖击打他，金鱼袋都落到地上。

留有余意

不肖子不作家[1]，无论已。至如有作家者，十分精紧[2]，一丝不漏，亦不是好消息，其家必有奇祸。须是从宽一分，留有余不尽之意，祚[3]方绵远。

【注释】

[1] 作家：过日子。

[2] 精紧：精明苛刻。

[3] 祚：福气。

【译文】

略。

雅淡为贵

宦家子弟凡居屋、器用、仆从、舆马[1]之类，俱贵雅淡，不宜使俗气扑人。

【注释】

[1] 舆马：车马。

【译文】

略。

是大经济

一家之中安顿得许多人口，无失所，无闲言[1]，便是大经济[2]。然非细心体察不能。

【注释】

[1] 闲言：不满意的话。

[2] 经济：谋划管理的手段。

【译文】

一家之中安顿得下许多人口，各安其所，没有不满意的话，便是谋划管理的大手段。但是如果不细心体谅明察就办不到。

治家非计

治家当先治守家之人。不汲汲[1]于此,而孜孜[2]于彼者,非计也。

【注释】

[1] 汲汲:着急的样子。

[2] 孜孜:努力的样子。

【译文】

治家应当先整治好管家的人。不忙着干这个,却在别处用力,这是不会谋划。

昨非庵日纂
译注·三集

中　册

【明】郑瑄⊙著

王立东⊙译注

九 州 出 版 社
JIUZHOUPRESS

坦游卷之六

坦游卷首题记

惊涛骇浪，贾竖色变，渔父视若安澜；峭壁悬岩，行客车回，樵夫步同平地。噫！忘机以游，鸥鸟且自亲人，从未有褊衷而怒飘瓦者。纂坦游第六。

难倒端明

司马温公家居时，春夏多在洛，秋冬在县 [1]。每日与从学者讲书，用竹筒贮签，签上书学生姓名。讲后一日，即抽签令讲，讲不通，亦微数责之。公每五日作一暖讲 [2]，一杯一饭一面，肉菜各一而已。温公先垅在鸣条山，坟所有余庆寺。公一日省坟止寺中，有父老五六辈上谒云："欲献薄礼。"乃瓦盆盛粟米饭，瓦罐盛菜羹也。公享之如太牢 [3]。既毕，复前启曰："某等闻端明 [4] 在县日为诸生讲书，村人不及往听，今幸略说。"公即取纸笔，书《孝经·庶人》章 [5]讲之。既已，复前白曰："自《天子章》[6]以下各有毛诗四 (一)句，此独无有，何也？"公默然，少项，谢曰："某平生虑不及此，当思其所以奉答。"村父笑而去，每见人曰："我讲书曾难倒司马端明。"公闻之，略不介意。

【校勘】

（一）四：据《孝经》，为"两"之误。

【注释】

[1] 县：夏县（今山西夏县），司马光原籍。

[2] 暖讲：谓以酒食与听讲者相慰劳。

[3] 太牢：古代祭祀，牛羊豕三牲具备谓之太牢。此指美味的祭品。

[4] 端明：司马光在宋神宗朝曾任端明殿学士，故称。

[5]《孝经·庶人》章：《孝经》第六章，专讲庶人孝道。

[6]《天子》章：《孝经》第二章，专讲天子孝道。

【译文】

　　温国公司马光家居时，春天夏天大多在洛阳，秋天冬天多在夏县。每天向从学的人讲书，用竹筒存满竹签，签上书写学生姓名。讲后一天，就抽签令听讲的人讲述，讲得不通顺，也稍加责备。司马光每五天作一暖讲，一杯酒一碗饭一碗面，肉菜、素菜各一个罢了。司马光的祖坟在鸣条山，坟旁有余庆寺。司马光一天上坟时在余庆寺稍作停留，有五六个乡亲谒见说："想要献上点微薄礼物。"礼物是用瓦盆盛的粟米饭，用瓦罐盛的菜羹，司马光吃起来就像吃太牢祭品一般。吃完后，父老又上前陈说："我等听说端明学士在县里每天为秀才讲书，村野中人来不及去听，现在希望简单说说。"司马光就取来纸笔，写出《孝经·庶人》章讲说起来。讲说已毕，有个父老又上前陈说："自《天子》章以下各有《毛诗》两句，唯独这《庶人》章没有，为什么呢？"司马光沉默了一会儿，道歉说："我平生没有思考这个问题，将来想出原因后答复您。"村中老父笑笑离去，每见人就说："我讲书曾难倒司马端明学士。"他听后，一点不介意。

史痴嫁女

　　金陵[1] 史忠，人呼为"史痴"。女笄[2] 当嫁，婿贫不能具礼。

史诡携观灯，同妻送至婿家，取笑而别。

【注释】

[1] 史忠：本姓徐，名端本，字廷直，号痴翁，明代金陵人，善画云山图。
[2] 笄：及笄，古代女子满 15 岁结发，用笄贯之，表示成年，可以结婚。

【译文】

金陵人史忠，人呼为"史痴"。女儿年已及笄，应当出嫁，女婿贫困不能备办礼仪。史痴谎称携女儿观灯，和妻子一起把女儿送到女婿家里，逗乐取笑，然后离去。

不异常人

夏原吉治水江南，至昆山，寓千墩寺中。公所居不陈仪从，坐一室观书，如常人。有乡民数人来寺游观，杂坐其旁。既而，问僧尚书何在，僧曰："观书者是也。"民惶惧奔走，公殊不[1]为意。

【注释】

[1] 殊不：全不。

【译文】

夏原吉到江南治水，来到昆山，住在千墩寺里。他住的地方不设置仪仗随从，坐在一间屋里看书，像普通人一样。有几个乡间百姓来寺里游玩参观，杂坐在他身边。不久，那百姓问尚书在哪里，僧人说："看书的人就是。"乡民惶恐奔逃，夏原吉完全不在意。

须髯无置

蔡君谟[1]美须髯。一日，属[2]清闲之燕，上顾问曰："卿髯甚美长，夜覆之于衾下乎，将置之于外乎？"君谟无以对。归舍，暮就寝，思圣语，以髯置之内外，悉不安，一夕不能寝。盖无心与有心异也。

【注释】

[1] 蔡君谟：即蔡襄，字君谟，北宋兴化仙游人，官至礼部侍郎，书法家。

[2] 属：恰逢。

【译文】

　　蔡君谟须髯生得很美。一天，适逢清闲的宴会，仁宗皇上回头问他说："你胡须长得又好又长，夜里是放在被子里边呢，还是放在被子外边呢？"蔡君谟无法回答。他回到家里，晚上就寝，想起皇帝问话，把胡须髯放在被子内外都不妥当，整夜不能安眠。这大概是有心和无心不同造成的。

勿犯人忌

　　凡人燕会交接之间，人品[1]不齐：或行检[2]有玷，或相貌不全，或今虽贵显而出身微贱，或先世昌盛而后裔流落。以类推之，人所忌讳甚多。用心检点一番，勿犯人所忌，令其愧恨。亦君子长者之厚道也。

【注释】

[1] 人品：人的品类。

[2] 行检：品行。

【译文】

　　大凡人在宴饮聚会交往时，遇到的人不一样：有的品行有污点，有的相貌有残缺，有的现在虽然尊贵显达却出身卑微下贱，有的先世昌盛而后代衰落。以此类推，人们忌讳很多。用心检点一番，不要触犯别人忌讳，令其惭愧怨恨。这也是出于君子长者厚道的想法。

允文安贫

俞允文[1]家贫，不治生产，其配洴澼洸（一）助之，犹不给也。允文独夷然曰："不能三食乎？则姑二食。"乃至不二食乎（二）？则又曰："姑一食。"

【校勘】

（一）洴（píng）澼（pì）洸：为"洴澼絖（kuàng）"之误，在水上漂洗绵絮。洴澼，漂。絖，絮。

（二）乎：字为"衍文"。

【注释】

[1] 俞允文：字仲蔚，自号紫芝，明代后期昆山人，书法家。

【译文】

俞允文家境贫困，不治产业，他妻子漂絮帮助过活，还是不能保障自给。俞允文竟然平淡地说："不能够吃三顿饭吗？姑且吃两顿好了。"有时竟然两顿饭都吃不上，他又说："姑且吃一顿吧。"

处心为重

处世要牛马恁（一）呼，处心却鸟鱼自适[1]。不能鸟鱼自适，必不能牛马恁呼。此却与众浮沉者迥别。

【校勘】

（一）牛马恁呼：为"牛马凭呼"之误，"凭"与"恁"因形近致讹。牛马凭呼，即呼马呼牛，称我牛也好，称我马也好。比喻别人责骂也好，称赞也好，决不计较。语出《庄子·天道》："昔者子呼我牛也，而谓之牛，呼我马也，而谓之马。"

【注释】

[1] 自适：悠然闲适而自得其乐。

【译文】

处世要毁誉由人，悉听自然；处心要悠然闲适，自得其乐。不能处心悠然闲适，自得其乐，就一定不能做到毁誉由人，悉听自然。这与随波逐流的人相差很远。

私计与过疑

余几番见某事，以为必如此然矣，而卒不然；几番料某事以为必出若人矣，而卒非其人。乃知事不可私计，人不可过疑。

【译文】

我几番见到某事，认为一定会这样，而最终却不这样；几番预测某事，认为一定出于某人，而最终却不出于那人。才知道事不可私自盘算，人不可过于猜测。

慵开眼与只点头

饱谙世故，一任覆雨翻云，总慵[1]开眼；会尽人情，随教叫牛唤马，只是点头。

【注释】

[1] 慵：懒。

【译文】

熟知世故，完全由他覆雨翻云，总是懒于睁眼；看透人情，任凭叫牛唤马，只是点头。

五著箴言

大著[1]眼睛看，缩著嘴头说，硬著脊梁担，放著肚皮纳，立著脚跟做。

【注释】

[1] 著：同"着"。

【译文】

略。

一切心主

冤家[1]恩爱，心常作平等之观；上帝悲田[2]，眼不见可憎之物。性鲜贪嗔[3]，六时[4]畏作恶业（一）；趣（二）能领略，四季都是良辰。昔人不云乎"此老终当以乐死（三）"？

【校勘】

（一）恶业：据《婆罗馆清言》，为"恶趣"。恶趣，恶道，指地狱、饿鬼、畜生三道。

（二）趣：为"心"之讹。

（三）此……死：原为"我卒当以乐死"，语出《晋书·王羲之传》。

【注释】

[1] 冤家：情人。

[2] 悲田：佛教词语，三福田之一。指以悲悯之心施惠于贫穷的人，则得无量之福，故称。

[3] 贪嗔：佛教语，谓贪欲与嗔恚。

[4] 六时：佛教分一昼夜为六时：晨朝、日中、日没、初夜、中夜、后夜。

【译文】

　　冤家对头与恩爱之人，心常存平等的看法；上帝悲悯，眼里看不到让人憎恨的东西。生性少贪婪与嗔恚，全天难为恶趣；内心能够欣赏晓悟，四季都是良辰。前人不是说过"我卒当以乐死"的话吗？

度量广狭

　　商君载甲操戟 [1]，李暠一夕九徙 [2]，每出剑戟自随。李林甫重关复璧（一），仍一夕十徙，出入金吾 [3] 清道。其视韩魏公之揭帏示刺客 [4]，郭令公赴鱼朝恩宴 [5]，止家僮数十人，度量广狭何如哉？

【校勘】

（一）重关复璧：为"重关复壁"之误，安两重门，建两层墙壁。语出《资治通鉴》（二一五卷）："（李林甫）自以多结怨，常虞刺客……居则重关复壁，以石甃地，墙中置板，如防大敌。"

【注释】

[1] 商君载甲操戟：语出《史记·商君列传》（卷十八）："君之出也，后车十数，从车载甲，多力而骈胁者为骖乘，持矛而操闟（xì）戟者旁车而趋。"

[2] 李暠（hào）一夕九徙：《资治通鉴·汉纪四十九》（第五十七卷）："暠迁大司农，不韦匿于廥中，凿北旁达暠之寝室，杀其妾并小儿。暠大惧，以板藉地，一夕九徙。"李暠，东汉后期魏郡人，官至大司农。

[3] 金吾：本指执金吾，秦汉时率禁兵保卫京城和宫城官员。此指卫士。

[4] 韩……客：见《昨非庵日纂译注》（一集）汪度卷之十第 22 则"坦然对刺客"。

[5] 郭……宴：见《昨非庵日纂译注》（一集）坦游卷之六第 2 则"至诚待人"。

【译文】

　　商鞅出行时追随的车子上载着身穿甲衣的卫士，骖乘（居右边陪乘的人）手拿长戟护卫，李嚣一夜要多次换睡觉的地方，每当出行让带剑戟的卫士跟随自己。李林甫住的地方安两重门，建两层墙壁，常常一夜十次转换地方，出入让卫士清道。他们与魏国公韩琦揭开帷帐给刺客看相比，与中书令郭子仪赴鱼朝恩宴会，只带几十个家僮相比，度量宽窄怎么样呢？

此心安处

王巩 [1] 字定国，坐苏轼党，贬宾州。轼临北归，别巩，出侍儿柔奴进酒。轼问柔奴："岭南应是不好？"柔奴曰："此心安处，便是吾乡。"轼因作《定风波》一词以赠。

【注释】

[1] 王巩：字定国，自号清虚先生，北宋莘县人，有画才，长于诗。

【译文】

王巩字定国，因是苏轼同党，被贬宾州（今广西宾阳）。苏轼快要北归时，与王巩告别，王巩让侍儿柔奴出来献酒。苏轼问柔奴："岭南应该不是很好吧？"柔奴说："这心境安稳处，就是我家乡了。"苏轼于是写了《定风波》一首词来赠给她。

心安无怪

程伊川父程晌〔一〕尉庐邻〔二〕，廨中多怪。一日，家人忽告郡君 [1] 有鬼执扇者，郡君曰："天热，故尔。"又一日，报曰鬼鸣鼓，郡君曰："予之枹 [2] 自是。"家人不敢复言，怪亦绝。

【校勘】

（一）程晌：为"程珦"之误。程珦，字伯温，洛阳人，曾任庐陵县尉，官至太中大夫。"珦"为玉名，字为伯温。"玉"与"温"有关系，而与"晌"无干，"晌"必为"珦"之误。

（二）庐邻：《宋史·程颢》（列传第一百八六），为"庐陵"之误，音
近致讹。

【注释】

[1] 郡君：旧时妇女封号。宋仁宗曾追封程颐母亲侯氏为上谷郡君。

[2] 枹（fú）：鼓槌子。

【译文】

　　伊川先生程颐的父亲程珦任庐陵县尉时，官署中多有怪异。一天，
家人忽然报告郡君说有鬼拿扇子扇风，郡君说："天气炎热，所以这
样。"又一天，家人报告说鬼击鼓响，郡君说："我家鼓槌子本来这样。"
家人不敢再说，怪异也没有了。

祸生于激

　　历代缙绅之祸，多肇[1]于言语文字之激。是故诽谤激坑焚之祸，
清谈激党锢之祸[2]，台谏激新法之祸，清流激白马之祸[3]，东林激
逆阉之祸。祸生于激，何代不然？其始也，一人倡之，群起而和之。
不求是非之归，乃欢[4]焉狂焉，牢不可破。其卒也，不可收拾，则
所伤多矣。

【注释】

[1] 肇：开始。

[2] 党锢之祸：指东汉桓帝、灵帝时，士大夫对宦官乱政现象不满，与宦官
　　发生党争的事件。

[3] 白马之祸：唐朝末期朱温在天祐二年（905年）被李振鼓动，在白马驿
　　杀死了三十多位大臣，并投尸于黄河，史称"白马之祸"，见于《新唐书·裴
　　枢传》。

[4] 欢：喧哗。

【译文】

历代士大夫的灾祸，大多从言语文字的激发开始。因此诽谤激发了焚书坑儒的灾祸，清议激发了党锢的灾祸，御史台和知谏院官员的进谏激发了王安石新党对司马光旧党迫害的灾祸，清流官员激发了白马之祸，东林党激发了魏忠贤迫害的祸患。祸患从言语激发出来，什么时代不这样？那言语激发开始时，一人倡导，众人追随附和。不求是非的旨归，于是喧哗胡来，坚不可破。到最后，不可收拾，伤害太多。

康节之数

邵康节会有四不赴谓：官府公会，不相识会，大众广会，劝酒醉会。又有四不出谓：大寒，大暑，大雨，大风。有五乐谓：乐生中国，乐为男子，乐为士人，乐见太平，乐闻道义。有五喜谓：喜见善人，喜见好事，喜见美物，喜见嘉景，喜见大礼。有四幸谓：幸长年 [1] 为寿域 [2]，幸丰年为乐国 [3]，幸清闲为福德 [4]，幸安康为福力 [5]。有三惑谓：年老不歇为一惑，安而不乐为二惑，闲而不清 [6] 为三惑。

【注释】

[1] 长（zhǎng）年：老年人。
[2] 寿域：指人人得尽天年的太平盛世。
[3] 乐国：指乐土。
[4] 福德：指福分，福气。
[5] 福力：神明赐予的福祐之力。
[6] 清：清净。

【译文】

略。

丁谓拂须

寇平仲、丁谓同列，尝会食中书，平仲羹污须，谓徐起拂之。平仲笑之曰："参政，国之大臣，为长官拂须耶？"谓大惭恨，遂成嫌隙。愚谓此过在平仲也。拂须之事，虽媚寔[1]敬。憸人[2]如谓，知敬事公寔难，从而斥之。设多行无礼，将若之何？异日到海之行[3]怨恨于此，岂独孤注[4]者为哉？有味哉，不恶而严[5]也！

【注释】

[1] 寔：同"实"。

[2] 憸（xiān）人：小人，奸佞的人。

[3] 到海之行：乾兴元年，寇准被丁谓从道州贬到了南部海滨雷州。

[4] 孤注：把所有的钱并作一次赌注。语出司马光《涑水记闻》卷六：（王钦若）数乘间言于上曰："澶渊之役，准以陛下为孤注与敌博耳。"

[5] 不恶而严：并不恶声恶气，但很威严，使人知敬畏。语出《周易·遁》："君子以远小人，不恶而严。"

【译文】

寇平仲（寇准字平仲）、丁谓同为朝臣，曾经（有一次）在中书省聚餐，羹汤弄脏了寇准胡须，丁谓慢慢起身，为寇准擦试掉了汤水。寇准笑着说："参知政事，是国家大臣，是为官长捋胡子的吗？"丁谓很是羞愧怀恨，于是有了仇怨。我（不知郑瑄采编自何处，故指代不明）认为这事的过错在寇平仲。拂须这事，虽然有点媚态，实际也是尊敬。像丁谓这奸佞小人，知道恭敬地事奉寇平仲实际上很难，寇平仲随即斥责他。假设多行无礼的话，寇平仲将会怎么做呢？后来他被丁谓贬到海边的雷州，就是丁谓从此心生怨恨，难道只是王钦若说的"以陛下为孤注"的谗言导致的吗？有深味啊，"不恶而严"这句话！

处世楷模

山涛[1]晚与尚书和逌交，又与钟会[3]、裴秀[4]并申款昵。以二人居势争权，涛平心处中，各得其所，而俱无恨焉。白乐天与杨震卿（一）为姻家[5]，而不累于震卿。与元稹、牛僧孺相厚善，而不党于元稹、僧孺。为裴晋公所雅重[6]，而不因晋公以进。李文饶[7]素不乐而不为文饶所深害。处世如二公，亦足矣。

【校勘】

（一）杨震卿：当为"杨虞卿"之误，字师皋，唐朝虢州弘农人。

【注释】

[1] 山涛：字巨源，魏晋时期河内郡怀县人，"竹林七贤"之一，官至司徒，谥号康。

[2] 和逌（yōu）：三国汝南郡西平人，官至曹魏吏部尚书，爵封上蔡伯。

[3] 钟会：字士季，三国颍川长社人，曹魏名将。

[4] 裴秀：字季彦，河东闻喜人，魏晋时期名臣。

[5] 姻家：指联姻的家族或其成员。白居易妻子杨氏是杨虞卿堂妹。

[6] 雅重：很器重。

[7] 李文饶：即李德裕，字文饶，唐代赵郡赞皇人，宰相，爵封卫国公。

【译文】

山涛晚年与尚书和逌交往，又和钟会、裴秀都友好亲近。由于他俩居高官争权力，山涛以平正心态处在他们当中，各得其所，而都没有憾恨。白乐天与杨虞卿有姻亲关系，却没有被杨虞卿牵累。他与元稹、牛僧孺关系好，却不跟元稹、牛僧孺结党。他被晋国公裴度器重，却不凭他而进身。李德裕平素不喜欢他，却不严重迫害他。处世像山涛、白居易这两位，也就够了。

虚舟自闲

张洪阳[1]曰："我无是心而人疑之，于我何与？我无是事而人诬之，于我何惭？纵火烧空，何处着热？风波汹涌，虚舟[2]自开[一]。"

【校勘】

（一）自开：当为"自闲"之误。繁体"閒"与与繁体"開"形近致讹。

【注释】

[1] 张洪阳：即张位，字明成，号洪阳，明朝江西新建人，万历朝官至礼部
  尚书，谥文庄。

[2] 虚舟：无人驾御船只。常用来比喻恬淡旷达的胸怀。

【译文】

张洪阳说："我没有这种心思而别人怀疑我有，这对我来说有什么关系呢？我没有这事而别人诬陷我有，这对我来说有什么惭愧呢？放火烧空，什么地方受热呢？任凭风波汹涌，虚舟本自悠闲。"

高士郭文

郭文[1]，河内轵人，隐大涤山中。尝有猛兽张口向文，文视其中有横骨，乃以手探去之。明日，兽置一鹿以报。王导闻其名迎至[一]，朝士观者如堵。文颓然[2]箕踞，旁若无人。一日，忽求去，结庐临安穷谷间。及苏峻[3]反，破余杭，而临安独全。人以为先见。

【校勘】

（一）至：据《晋书 · 隐逸传》，为"之"之讹。

【注释】

[1] 郭文：字文举，晋朝河内郡轵县人，隐士。

[2] 颓然：颓放不羁貌。

[3] 苏峻：字子高，长广郡掖县人，曾任东晋鹰扬将军，后反叛被杀。

【译文】

郭文，河内郡轵县人，在大涤山中隐居。曾经有猛虎向郭文张大嘴巴，郭文看到其中卡着骨头，就用手拔掉。第二天，老虎送来一头鹿作为报答。王导听说他的名声后把他迎到京城，围观的朝臣很多。郭文颓放不羁，箕踞而坐，旁若无人。一天，忽然要求离去，到临安偏僻的山谷间盖房居住。等到苏峻反叛时，攻破了余杭，而临安独获保全。人们认为他有先见之明。

宗道不欺

鲁宗道[1]真宗时为谕德[2]，尝遣使召之。宗道方与乡人饮酒肆，使者曰："上讶来迟，何辞以对？"宗道曰："第以实告。饮酒，乃人之常情；欺君，臣子之大罪。"使者如其言〔一〕。上加忠实，拜参知政事。举朝惮之，目为"鱼头参政"。

【校勘】

（一）言：此字后夺"对"字。

【注释】

[1] 鲁宗道：字贯之，北宋亳州人，官至参知政事，世称"鱼头参政"，谥简肃。

[2] 谕德：负责教育太子的官。

【译文】

鲁宗道做谕德时，宋真宗曾经派使臣召见他。此时他正和同乡在酒店饮酒，使臣说："皇上对你晚来感到惊讶时，用什么话来回答？"鲁宗道曰："只是实言相告。饮酒，是人之常情；欺君，可是臣子的大罪。"使臣把他的原话告诉皇上。皇上赞赏他忠诚实在，授给参知政事官职。

全朝官员害怕他，称他是"鱼头参政"。

洒脱省事

天者付之天，不与我事；人者付之人，不与我事；子孙者付之子孙，不与我事：方谓之息机[1]，方谓之省事汉[2]，方谓之了心人[3]。

【注释】

[1] 息机：息灭机心。

[2] 省（xǐng）事汉：通晓事理的人。

[3] 了心人：思想通达的人。

【译文】

略。

不可过求

有心应物[1]，不如无心；甘心履危[2]，未必逢祸；纵意[3]处安，未必全福。

【注释】

[1] 应物：待人接物。

[2] 履危：置身于险境。

[3] 纵意：刻意。

【译文】

有心待人接物，不如无心；甘心置身于险境，未必碰上灾祸；刻意谋求安稳，未必保全福气。

元定淡定

蔡元定[1]从朱熹游。韩侂胄秉政，逐朱熹，伪（一）学之禁。元定曰："吾其不免乎？"及闻贬，怡然就道。熹与从游者百余人饯别萧寺[2]，多唏嘘泣下者。熹微视元定，不异平时，因喟然曰："友朋相爱之情，季通不挫之志，可谓两得矣。"贻书诸子曰："独行不愧影，独寝不愧衾，勿以吾得罪故，遂自懈弛也。"

【校勘】

（一）伪：字前夺"立"字。立伪学之禁，当时朝廷把朱熹理学看成伪学，予以禁止。

【注释】

[1] 蔡元定：字季通，号西山，南宋建宁府建阳县人，理学家。

[2] 萧寺：唐朝李肇《唐国史补》："梁武帝造寺，令萧子云飞白大书'萧'字，至今一'萧'字存焉。"后因称佛寺为萧寺。

【译文】

蔡元定向朱熹学习理学。韩侂胄执政后，放逐朱熹，把理学定为伪学，禁止传播。蔡元定说："我大概免不了贬谪了。"等听到贬谪的消息，他高兴地上路了。朱熹与一百多弟子在佛寺中为蔡元定饯行，送行人多有叹息流泪的。朱熹暗中观察蔡元定，看他与平时没有什么不同，于是长叹说："友朋相爱的感情，季通不被折服的志向，可算是两得了。"后来蔡元定写信劝导众同学说："独自行走时对影子不心生惭愧，独自就寝时对被子不心生惭愧，不要因为我获罪的缘故，就懈怠放纵。"

善处忧患

东坡在惠与参寥[1] 书云："贬所便过一生也得。人惧瘴疠病人，北方何尝不病？是病皆死得人，何独瘴气？若苦无医药，京师国医手里死汉尤多。"若坡公者，可谓善处忧患矣。

【注释】

[1] 参寥：即参寥子，宋僧道潜别号。道潜，善诗，与苏轼、秦观为诗友。

【译文】

苏东坡在惠州贬所时，给参寥子写信说："就是在贬所过一生也可以。人们害怕瘴气让人生病，在北方何尝不生病？大凡得病都会让人死去，哪里只是瘴气会让人死？如果苦于没有医药，京师国医手里死的人尤其多。"像苏东坡这样的人，可算得上擅长应对忧愁祸患了。

晓谕世祖

太祖既庙祀历代帝王，自伏羲以下皆塑像。至元世祖，其面屡污泪痕，塑工频修饰，越宿如故。上闻之，幸庙，对之曰："痴鞑子[1]，尔以胡人入主中国，传祚几百[2]，可谓幸矣。今日历数[3] 在予，汝之子孙，曾不加害，但驱还漠北，我之待胜国[4]，亦可谓恩而有礼矣。汝复何恨？宜自宽释，毋再啼哭为也。"明日视之，泪痕遂灭。

【注释】

[1] 鞑子：旧时汉族人对蒙古人、满族人的蔑称。

[2] 几百：接近百年。

[3] 历数：天数，天命。

[4] 胜国：即亡国，为今国所胜，故称"胜国"。后因以指前朝。

【译文】

明太祖已经建庙祭祀历代帝王，自伏羲以下都要塑像。到元世祖忽必烈时，塑像面部多次被泪痕玷污，塑工频繁修饰，过夜又像原来一样。明太祖听说后，来到庙里，对元世祖塑像说："痴心鞑子，你凭胡人身份入主中原，传位接近百年，可算是幸运了。今天天命在我这里，你的子孙，我不曾加害，只是赶回大漠以北，我对待前朝，也可算是有恩德并且有礼。你又有什么遗憾呢？应该自我宽解，不要再为失掉帝位啼哭。"第二天一看，泪痕就消失了。

十事相赠

胡邦衡[1]谪新州，李弥逊[2]书十事以赠：一曰有天命，有君命，不择地而安之；二曰唯君子困而不失其所亨[3]；三曰名节之士犹未及道，更宜进步；四曰境界违顺，当以初心对治；五曰子厚居柳，筑愚溪，东坡居惠，筑鹤观，若将终身焉；六曰无我方能作为大事；七曰天将任之，必大有摧抑；八曰建立功名，非知道者不能；九曰太刚恐易折，须养以浑厚；十曰学必明心，记问辨说皆余事也。

【注释】

[1] 胡邦衡：即胡铨，字邦衡，号澹庵，南宋吉州庐陵人，名臣，谥忠简。
[2] 李弥逊：字似之，号筠西翁，宋代吴县人，高宗朝官至户部侍郎。
[3] 君子……亨：语出《易经》第四十七"泽水困卦"，象曰："困，刚揜也。险以说，困而不失其所亨，其唯君子乎！"大意是，象传说："困穷，阳刚被掩蔽。面临险境而心情依然洒脱，如此处于困境而不失亨通的境界，大概只有君子能做到吧！"

【译文】

胡邦衡被贬谪新州，李弥逊写了十件事来赠别：一是有上天的命令，有君主的命令，不管是什么地方都要安处；二是只有君子遭受困顿时而不失亨通境界；三是名节之士还未悟道，更应进步；四是境界违顺，当用初心对症治疗；五是子厚（柳宗元的字）居柳州，建造愚溪，苏东坡居惠州，建造鹤观，就像是终生在那里居住一样；六是舍掉自我，才能做大事业；七是上天要交给大任，一定先使其遭受严重挫折和压抑；八是建立功名，不是明白大道的人不能做到；九是太过刚强了恐怕容易折断，要用淳朴敦厚来涵养；十是求学必须明心见性，记忆问辨论说都是余事。

异心有无

山堂禅师[1]曰："蛇虎非鸥鸢之雏，鸥鸢从而号之。何也？以其有异心故。牛豕非鹦鹊（一）之驭，鹦鹊集而乘之。何也？以其无异心故。是故疑于人者，人亦疑之；忘于物者，物亦忘之。古人与蛇虎为伍者，善达此理也。"

【校勘】

（一）鹦鹊：当为"鸜鹊"之误。

【注释】

[1]山堂禅师：即道震禅师，号山堂，俗姓赵，金陵人，宋代临济宗黄龙派僧人。

【译文】

山堂禅师说："蛇虎不是鸥鸢的仇敌，鸥鸢追随它们发出叫号声。为什么呢？因为它们都有异心的缘故。牛猪非鹦鹊所驾驭的，鹦鹊落在它们身上而骑乘它们。为什么呢？因为它们没有异心的缘故。因此怀疑别人的人，别人也怀疑他；忘记外物的人，外物也忘记他。古人与蛇虎为伍的，很通晓这种道理。"

静台有道

杜静台 [1] 先生曰："恼怒只害得自己，何尝害得人？其能害人者，必自恼怒生出枝节也。"先生书斋对联："无求胜在三公 [2] 上，知足常如万斛余 [3]。"

【注释】

[1] 杜静台：即杜伟，字道升，明朝吴江人，官至工部主事，学者称静台先生。
[2] 三公：指中央政府高官，不同时代，所指内含有所不同。
[3] 万斛：极言俸禄之多。古代以十斗为一斛，南宋末年改为五斗为一斛。

【译文】

略。

安乐之法

道人 [1] 居尘涉世，须心坎中自作一活计 [2]：事到随宜应之；既罢，得片席，便据以为安。大都与出作入息为缘，是安乐法。

【注释】

[1] 道人：有道之人。
[2] 活计：修行功课。
[3] 出作入息：日出而作，日入而息。泛指日常生活。

【译文】

有道之士处在尘世中，须要在心坎中自作一修行功课：事情到了，随宜应对；已经结束，得一片席子，便可据以安居。大都与日出而作日入而息为缘，这是安乐法。

设机陷物

黄山山涧中生斑鱼，如蝘蜓 [1] 而无足，善含水，登木隐树杪丛叶中，仰口水汪汪然。渴鸟过而饮之，辄箝翕曳而入水，恣其噄嚼 [2]。小虫 [3] 设机陷物，隐惨乃尔，可畏哉！

【注释】

[1] 蝘（yǎn）蜓（tíng）：亦称"铜石龙子"，一种捕食昆虫的爬虫。
[2] 噄（chán）嚼：贪婪地咀嚼。噄，馋。
[3] 虫：动物。

【译文】

黄山山涧中生有一种斑鱼，像蝘蜓却没有腿，善于含水，爬到树上在树梢叶丛中隐身，张开嘴巴，显出水汪汪的样子。饥渴的鸟路过而饮水，这种斑鱼就闭紧嘴巴把鸟拖入水中，尽情贪婪地咀嚼。这种小动物设置圈套陷害鸟类，竟然这样隐蔽狠毒，可怕呀！

名位天定

人生堕地，名位分数 [1] 已定，非他人能提携，亦非他人所摧败 [2]。把柄在我，进退有命。小人枉用算计，君子无劳准备。

【注释】

[1] 分（fèn）数：天命，天数。
[2] 摧败：挫败。

【译文】

略。

方中有圆

程明道终日坐，如木人焉，操行甚严毅。及接宾客，令人如在春风中，未尝稍以意气加人。故党人之祸 [1]，触不及焉。

【注释】

[1] 党人之祸：指以王安石为首的变法派对以司马光为首的保守派的打击迫害。

【译文】

明道先生程颢终日像木刻人一样静坐，品行极严厉刚毅。可到接待宾客时，让人觉得如沐春风，不曾对人稍微意气用事。所以来自新党的祸患，只有他没有遭受到。

教坏仆人

温公有一仆，二十 (一) 年只称君实秀才。苏子瞻学士来谒，因闻而教之。明日改称大参公相 (二)。公惊问，以实告。公曰："好一仆，被苏东坡坏 (三) 了。"

【校勘】

（一）二十：据《南村辍耕录》，为"三十"之误。

（二）大参公相：为"大参相公"之误。大参相公，对宰相敬称。

（三）坏：字前夺"教"字。

【译文】

温国公司马光有一仆人，三十年来对司马光只称君实（司马光字君实）秀才。翰林学士苏子瞻来拜谒，听到称呼后顺便教导司马光仆人不该这样称呼主人。第二天仆人对司马光改称大参相公。司马光吃惊地问为什么改变称呼，仆人以实情相告。温国公说："好好一个仆人，被苏东坡教坏了。"

平心后语

韩持国[1]知颍州，时查彦[（一）]以状元及第判州事，每称状元。持国怒道："状元无官邪？自是改呼签判[2]。"彦终身衔之。马涓[3]亦以状元及第判秦州，亦呼状元，秦帅吕晋伯[4]曰："状元者，及第未除也。既为判官，则勿称之矣。"涓愧谢之。二事绝类，而一衔一谢，固自其品不同，然持国厉声而咤之，故其人多怨；晋伯平心以道之，故其人多悦。程子曰："凡为人言者，理胜则事明，气忿则招拂[5]。"此之谓也。

【校勘】

（一）查彦：为"时彦"之误，"查"为衍字。时彦：字邦彦，北宋河南开封人，神宗元丰二年己未科状元，官至吏部尚书。

【注释】

[1] 韩持国：即韩维，字持国，北宋开封雍丘人，官至门下侍郎。

[2] 签判：宋代各州、府选派京官充当判官时称签书判官厅公事，简称"签判"，掌诸案文移事务。

[3] 马涓：字巨济，北宋四川阆中保宁人，哲宗元祐六年辛未科状元。

[4] 吕晋伯：即吕大忠，字晋伯，北宋京兆蓝田人，曾任陕西路转运副使、宝文阁直学士等官。

[5] 拂：通"怫"，愤恨。

【译文】

韩持国做颍州知州，当时时彦以状元身份被任命为颍州签判，常常自称状元。韩持国发怒说："状元没有官位吗？从此后要改称签判。"

时彦终身怀恨这事。马涓也是以状元身份任秦州签判，也自称状元，秦州转运副使吕晋伯对他说："状元称号，是考中进士还没有委任官职时用的。现在你已经做签判，不可以再对别人自称状元。"马涓向吕晋伯惭愧地道歉。两件事情极其相似，而一人怀恨，一人道谦，本来跟他们人品不同有关，但是韩持国历声呵斥时彦，所以他多有怨恨；吕晋伯心平气和地来开导马涓，所以他多有喜悦。明道先生程颢说："凡事对人说话时，若有道理事情就容易弄清楚，发怒就容易招来愤恨。"说的就是这个。

无招怨毒

蛇虎非噬人，人先藏杀意。逢人料必死，先发求生地。若与共忘机，怨毒无报施。虺蝎[1] 变吉祥，和气消阴鸷 [2]。

【注释】

[1] 虺（huī）蝎：本指蛇蝎，此指祸害。
[2] 阴鸷：阴险、凶狠。

【译文】

略。

色不可失

心不负人，面无惭色；志不骄人，面无德色（一）；气能自胜，面无惧色；量能容人，面无怒色：所务在内，面无惭色（二）。故曰"君子不失色于人 [1]"。

【校勘】

（一）德色：当为"得色"，得意的神色。
（二）面无惭色：当为"面不失色"之误。

【注释】

[1]君子……人：君子在众人面前要神色庄重，不出过失。语出西汉戴圣《礼记·表记》。

【译文】

　　内心不辜负别人，脸上就没有羞惭神色；得志时对人不傲慢，脸上就没有得意神色；能控制住自己情绪，脸上就没有恐惧神色；心胸能够包容别人，脸上就没有愤怒神色：致力于内心修养，脸上就不会有不当神色。所以说"君子不失色于人"。

非丈夫事

　　或问："'妬[1]嫉'字皆从'女'，何居？"曰："女子阴性，多妬嫉，故字旁从'女'。"明其非须眉丈夫事也。以丈夫而同女子之行，岂不可耻？

【注释】

[1]妬：同"妒"。

【译文】

　　有人问："'妒嫉'这两个字都从'女'字旁，出于什么用意？"回答说："女子属阴性，多有妒嫉心理，所以这两个字偏旁从'女'。"这就说明妒嫉和男子汉大丈夫没有关系。身为男子汉，却与女子一样妒嫉，难道不可耻吗？

姚崇无隐

　　唐开元间，黄门监[1]魏知古[2]本起小吏，因姚崇引荐，以至同为相。崇意轻之，请知古摄吏部尚书，知东都选事[3]，知古衔之。

崇二子分司东都，恃其父有德于知古，颇招权 [4] 请托。知古归，悉以闻。它日，明皇从容问崇："卿子才性如何？今何官也？"崇揣知上意，对曰："臣有三子，两在东都，为人多欲不谨，是必以事干 [5] 魏知古。臣未及闻 (一) 耳。"明皇始以崇必为子隐，及闻崇奏，喜问："卿安从知？"对曰："知古微时，臣卵而翼 [6] 之。臣子愚，以为知古必德臣，容其为非，故敢干耳。"明皇于是以崇为无私，而薄知古负崇，欲斥之。崇故 (二) 请曰："臣子无状，挠陛下法，陛下赦其罪，已幸矣。苟因臣逐知古，天下必以陛下为私于臣，累圣政矣。"明皇久乃许之。知古罢为工部尚书。

【校勘】

（一）闻：据《资治通鉴》（卷二百一十一），为"问"之讹。

（二）故：为"固"之讹。

【注释】

[1] 黄门监：门下省长官侍中别称，相当于宰相。唐玄宗开元元年，改门下省为黄门省，其长官侍中为黄门监。

[2] 魏知古：唐朝深州陆泽人，官至宰相，谥号忠。

[3] 选事：官吏铨选之事。

[4] 招权：揽权。

[5] 干：求取。

[6] 卵而翼：即卵翼，指鸟孵出幼雏，用翅膀保护幼雏。比喻养育或庇护。

【译文】

　　唐玄宗开元年间，黄门监魏知古本是小吏出身，凭借姚崇引荐，才与姚崇同朝为相。姚崇心里轻视他，请皇上让魏知古代理吏部尚书，负责主持东都洛阳铨选事务，因此魏知古怀恨姚崇。姚崇两个儿子在分设于东都洛阳的中央官署任职，倚仗父亲对魏知古有恩，大肆揽权，接受请托。魏知古回到长安后，把这全部报告唐玄宗。一天，玄宗漫不经心地问姚崇："爱卿儿子才干品性怎么样？现在担任什么官职？"姚崇揣摸到了皇上心思，回答说："我有三个儿子，其中有两个在东都任职，他们为人欲望很大，行为不检点，因此他们一定是有事私下嘱托魏知古。我还没有来得及过问罢了。"唐明皇原先以为姚崇一定会为儿子隐瞒，等到听了他这番回答后，高兴地问："您怎么知道这件事呢？"姚崇回答说："魏知古地位卑微时，我曾经多方关照他。我儿子愚鲁，认为魏知古一定会因此而感激我，会容忍他们为非作歹，所以才敢向他请托。"唐明皇因此认为姚崇没有隐瞒私情，而看不起魏知古对姚崇忘恩负义，想要罢免他的职务。姚崇坚决制止皇上说："我儿子不像样，破坏陛下法度，陛下赦免他们罪过，已是万幸；如果由于我的缘故而斥逐魏知古，天下人一定会认为陛下偏袒我，这会累及陛下政务。"唐明皇沉吟了很久才答应了他的请求。魏知古被降为工部尚书。

师事动物

师蚁马[1]之智虑，切莫忽略下人；观龙蛇之蛰伸[2]，何得欺他贫士？

【注释】

[1] 蚁马：蚂蚁和老马。典出《韩非子·说林上》（第二十二）：管仲、隰朋从于桓公而伐孤竹，春往冬反，迷惑失道。管仲曰："老马之智可用也。"乃放老马而随之，遂得道。行山中无水，隰朋曰："蚁冬居山之阳，夏居山之阴，蚁壤一寸而仞有水。"乃掘之，遂得水。

[2] 蛰伸：蛰伏与伸展。

【译文】

略。

宽厚坦荡

人人赋性，宁容 [1] 一例苛求？事事凭天，未许预先打算。

【注释】

[1] 宁容：哪里能够。

【译文】

人人天赋秉性不同，哪里能够一样严格要求？事事凭天决定，不容预先打算。

切莫烦心

弥天罗网，何劳妬彼高才？遍地货泉 [1]，奚事 [2] 忌他富室？分付 [3] 都由造物，相形 [4] 切莫烦心。

【注释】

[1] 货泉：钱财。泉，泉布，钱。
[2] 奚事：哪里用得着。
[3] 分付：安排。
[4] 相形：与人比较。

【译文】

满天都是罗网，哪里需要苦苦嫉妒他高超的才能？遍地都是钱财，哪里用得着嫉妒他家庭富有？一切都由造物主安排好了，与他人相比千万不要心生烦恼。

代人喜忧

闻侪人 [1] 行一善事，睡梦代渠 [2] 喜欢；见同类作一非为，寝食替他忧恼。

【注释】

[1] 俦人：同类人。

[2] 渠：他。

【译文】

　　略。

禅语智答

　　或问生死，曰昼夜；或问今生来生，曰今日来日；或问佛土，曰清净慈悲；或问地狱，曰贪浊[1]忿怒；或问快乐，曰知足；或问尊荣，曰无求；或问报应，曰形影；或问久长，曰如常；或问享福，曰无祸；或问寿考，曰不朽。衡山石头希迁大师[2]，有僧问："如何是解脱？"师曰："谁缚得汝？"又问："如何是净土？"师曰："谁垢汝？"又问："如何是涅槃[3]？"师曰："谁将生死与汝？"予（一）爱禅家此语，亦设一问："如何得心地清凉？"当答曰："谁令汝热恼[4]？"又问："如何得心地安净？"当答曰："谁令汝频动？"

【校勘】

（一）予：此则后半截采编自宋朝晁迥《法藏碎金录》（卷二），故当指晁迥。
　　　晁迥，字明远，北宋澶州清丰人，仁宗朝官至礼部尚书，谥文元。

【注释】

[1] 贪浊：佛教词语，谓世间凡人之身心有浊乱贪欲之烦恼。

[2] 衡……师：又称无际大师，俗姓陈，唐代端州高要人，曾于衡山南台寺
　　修行，禅宗第八代祖师。

[3] 涅槃：梵语音译，意为圆寂，指经过修道，能彻底断除烦恼，具备一切功德，超脱生死轮回，入于"不生不灭"佛家修证最高境界。

[4] 热恼：亦作"热脑"，谓焦灼苦恼。

【译文】

有人问什么是生死，回答说就像是昼夜一般；有人问今什么是今生来生，回答说就像是今日明日；有人问什么是佛土，回答说清净慈悲就是；有人问什么是地狱，回答说贪欲烦恼就是；有人问什么是快乐，回答说知足就是；有人问什么是尊贵荣耀，回答说无欲无求就是；有人问什么是报应，回答说形影相随就是；有人问怎样才能维持久长，回答说像平常那样就能维系久长；有人问什么是享福，回答说无祸就是；有人问什么是长寿，回答说不朽就是。有僧人问衡山石头希迁大师："怎样才是解脱？"大师说："是谁把你捆缚了？"又问："怎样才是净土？"大师说："是谁把你弄脏了？"又问："怎样才能获得涅槃？"大师说："是谁把生死给你的？"我爱禅家这类语句，也设一问："怎样获得心地清凉？"应当回答说："是谁让你焦灼苦恼了？"又问："怎样获得心地安净？"应当回答说："是谁让你多动不安的？"

尽听与俱安

直道不乏心知，评凤评鸦[1]尽听；横目[2]概多肉眼[3]，呼牛呼马俱安。

【注释】

[1] 评凤评鸦：赞誉和批评。

[2] 横目：指民众。

[3] 肉眼：指世俗的眼光或平庸的眼光。

【译文】

正道不缺乏有心人理解，赞誉还是诬毁无所谓；民众大多是肉眼凡夫，笑骂毁誉随便。

相得交济

人有偏才，相得交济。昔有寇至，人窜，独遗躄[1]者、盲者待死耳。然躄者指盲者，盲者负而走，两人皆免。乃知两相为用，则无偏废之才[2]。

【注释】

[1] 躄（bì）：跛脚。

【译文】

人有偏才，相互弥补，更有效果。从前有强盗到来，人们都逃窜，只剩下一个瘸子、瞎子等死。可是瘸子给瞎子指路，瞎子背瘸子一起逃跑，两人都免于祸患。才知道互相弥补，就没有偏废人才。

适可而止

绸缪[1]太多，转是道谊[2]之薄；检点[3]愈密，益深变诈[4]之忧。

【注释】

[1] 绸缪：此指交往繁密。

[2] 道谊：情谊。

[3] 检点：检查，约束。

[4] 变诈：诡变巧诈。

【译文】

略。

弘之分鱼

王弘之[1]，会稽上虞人，性好钓。每垂纶时，人问："鱼师得鱼卖否？"弘之曰："亦自不得，得亦不卖。"日夕载鱼入上虞郭，经故旧门，各以一两头置门内而去。

【注释】

[1] 王弘之：字方平，原籍琅琊人，生在会稽上虞，晋安帝时任乌程县令，入刘宋后归隐。

【译文】

王弘之是会稽上虞人，生性爱好垂钓。每当垂钓时，有人问他："渔夫钓的鱼卖不卖？"王弘之回答："本来也难钓到鱼，钓到了也不卖。"太阳落山时，他载着鱼进入上虞外城，经过亲朋故旧门口，分别放一两条鱼在门内，然后离开。

吴兢直书

吴兢[1]，祥符人，尝与刘子玄[2]撰《武后实录》，叙张昌宗诱张说诬执魏元忠事。后说为相，问兢曰："刘生书魏公事，不少假借，奈何？"兢曰："子玄已亡，不可受冤地下，兢实书之。"闻者叹其直。

【注释】

[1] 吴兢：唐朝汴州祥符人，曾任邺郡太守，史学家。
[2] 刘子玄：即刘知几，字子玄，唐朝彭城人，曾任左散骑常侍，史学家。

【译文】

吴兢是祥符人，曾与刘子玄撰写《武后实录》，叙写了张昌宗（武则天面首，人称六郎）引诱张说诬陷抓捕魏元忠的事情。后来张说做了宰相，问吴兢说："刘子玄书写的魏元忠的事情，有不少假借之词，怎么办呢？"吴兢说："刘子玄已经死了，不可在地下受冤枉，这是我吴兢据实书写。"听说的人都赞叹他正直。

最为高手与安有敌头

世局棋新，不著[1]最为高手；人心兵险，无求安有敌头[2]？

【注释】

[1] 著（zhuó）：下子。
[2] 敌头：对头。

【译文】

世事像棋局一样新，不下子最是高手；人心像兵器一样凶险，无欲无求，哪来冤家对头？

恩怨超脱

我于人一切宽解成就，谊[1]合如此，不足为恩；人于我一切横逆[2]诽诋，实无所伤，未足为怨。非恩而望报，祇怠我之先施；非怨而报人，复生彼之攻击。

【注释】

[1] 谊：道义上。
[2] 横逆：横暴无理的行为。

【译文】

我对于别人的一切宽容成就，道理上应该这样，不值得当成恩惠；别人对我的种种横暴无理，诽谤诋毁，实在没有多少伤害，不值得怨恨。不是有恩于人却而渴望回报，只是怠慢了我向人先施好处的初心；不是怨仇却向人报复，又引发了他对我的攻击。

裴度归隐

裴度东都留守，因阉竖擅威，力请罢。治第集贤里，日与白居易、刘禹锡文酒相欢，不问户外事。每使臣自洛来，上必问度安否。临卒，谓门人曰："吾死无所系，但午桥庄[1]松云岭未成，软碧池繡鱼[2]尾未长，《汉书》未终篇，为可恨耳。"

【注释】

[1] 午桥庄：唐裴度别墅名，故址在今河南省洛阳市南。
[2] 繡鱼：色彩绚丽的鱼。繡，同"绣"。

【译文】

裴度任东都（洛阳）留守，因宦官擅作威福，努力请求退职。他在洛阳集贤里建了宅第，每天与白居易、刘禹锡文酒相欢，不问门外事情。每当使臣从洛阳来，皇上一定要问裴度身体好不好。裴度临死时，对门人说："我死了没什么挂念的，只是午桥庄松云岭还没有建成，软碧池彩鱼的尾巴还没长长，《汉书》还有读完，这是遗憾的事罢了。"

守静待诚

人处斯世，终日在戈矛中。若一披甲拥楯[1]，以不肖之心待人，未有不中其伤者。一味清洁本原，守以静而待以诚，浑浑焉无所露，庶可免于患乎？

【注释】

[1] 楯：同"盾"。

【译文】

人处在这个世界上，终日在戈矛攻击之中。如果一味地披甲拥盾，以敌对的心对待别人，未有不受伤害的。如果一味清洁本源，以宁静自守而以诚心相待，浑厚纯朴，没有不肖之心，大概可以免除祸害了吧？

涞复旧礼

范涞 [1] 为南昌太守。先是，府官自前，抚踞见 [2]；之后，庭谒 [3] 拜俱远在蓬（一）外，风雨不问。涞欲复旧制。乃于新抚初上任时，各官俱聚门，将见，涞且进且顾曰："诸君今日随我行礼。"进至堂下，竟入蓬内行礼。各官俱随而前，旧制遂复。涞退至门外，与众官作礼为别，更不言及前事而散。

【校勘】

（一）蓬：为"篷"之误，帐篷。

【注释】

[1] 范涞：字原易，号晞阳，明朝安徽屯溪人，官至浙江布政使。

[2] 踞见：踞坐见客，形容待人傲慢。

[3] 庭谒：即庭参，封建时代下级官员趋步至官厅，按礼谒见长官。

【译文】

范涞担任南昌知府。在这之前，知府自前，巡抚踞坐见客；之后，庭参时跪拜都远在帐篷外边，不管刮风下雨，都是如此。范涞想恢复旧制。就在新任巡抚初上任时，各官都聚集在门前，将要拜见，范涞一边前进一边回头说："各位今天随我行礼。"前行到堂下，竟然入帐篷内行礼。各官都跟随向前行礼，旧的礼制就恢复了。范涞退到门外，与众官作揖告别，也没有说一下刚才的事就散了。

简约为政

李孝基[1]所治郡邑，虽甚剧，至午即却扫[2]隐几[3]，庭无人迹。有问其术者，曰："吾治无他，省事而已。"

【注释】

[1] 李孝基：唐高祖李渊堂弟，曾任陕州总管、鸿胪卿等职，谥号壮。

[2] 却扫：不再扫径迎客。

[3] 隐几：倚靠几案。

【译文】

李孝基所治理的郡县，虽然政务很烦难，却每天到午时就不用扫径迎客而且可以靠着几案休息了，庭院中不再有人迹。有问他治理办法的，他说："我治理没别的办法，省事罢了。"

藏亲墓侧

曹公时中[1]年入（一）十时作寿，藏于亲墓侧。每日餐罢，往坐片时，曰："此中无朝无暮，无春无秋，恍似天地未判之初。我复于初，且得侍先人，无不适矣。"

【校勘】

（一）入：乃"八"字之误，形近致讹。

【注释】

[1] 曹公时中：即曹时中，明朝华亭人，初名节，以字行，号定庵，官至浙江海道副使，书家。

【译文】

曹时中八十岁时过生日，藏到了双亲墓侧。每天吃完饭，就前往墓侧坐片刻，说："这里面无朝无暮，无春无秋，完全像天地未开辟之前的初始状态。我又回到这初始状态，并且能够侍奉先人，没有什么不舒适。"

大冶良工

拣好事做，遇不称心事便困踬；拣好人接，遇不如意人便烦恼。只此已在事物炉鏞^{（一）}中，如何能炉鏞事物？故曰："大冶^[1]不择金，良工不择玉。"

【校勘】

（一）炉鏞：为"鑪铸"之误。炉铸，冶炼铸造。

【注释】

[1] 大冶：古称技术精湛的铸造金属器工匠。

【译文】

拣好事情做，遇到不称心事就会遭受困顿；拣好人交往，遇到不如意人就心生烦恼。只这已在事物的冶炼铸造中，如何能冶炼铸造事物？所以说："精湛的冶炼金属工匠不选择金属，技艺精良的玉工不选择玉石。"

有无恩怨

人苟平心，便觉有恩无怨；徒知有我，便觉恩假怨真。

【译文】

人如果公平持心，就觉得别人对自己有恩德无仇怨；如果只知道有自己，就觉得别人对自己的恩德是假的而仇怨是真的。

尚书拜年

张庄简公悦与庄懿公蓥[1]一时皆以尚书同居东南城河外，中隔数十武。两公元旦入城祝釐[2]，则偕出而往朱待诏家拜节。待诏者，吾[3]松栉工之称也。两公与为老邻，肃章服[4]拜之。栉老则戴老人头巾接两尚书，具茶，修宾主而出。当时风俗之厚此。

【校勘】

（一）张庄简公悦：应为"张庄简公说"。"悦"与"说"虽为古今字，但用如人名，一般写作"说"。张说，字时敏，号定庵，明朝华亭人，官至南京兵部尚书，谥庄简。

【注释】

[1] 庄懿公蓥（yíng）：即张蓥，字廷器，号简庵，明朝松江府华亭人，官至刑部尚书，谥庄懿。
[2] 祝釐（xǐ）：祈求福佑，祝福。釐，古同"禧"，吉祥。
[3] 吾：指陈继儒。
[4] 章服：绣有日月、星辰等图案的古代礼服。

【译文】

庄简公张说与庄懿公张蓥同时都以退休尚书身份同居松江府城东南河外，中隔几十步。两位尚书元旦入城祝福，就一起出门前往朱待诏家拜年。待诏是我松江府一带对栉工（制造梳子的工匠）称呼。两位尚书与朱待诏曾是老邻居，恭敬地穿好礼服向朱待诏拜年。朱待诏戴老人头巾接待两位尚书，备办茶水，修宾主礼仪然后送出。当时风俗淳厚就像这样。

异人沈恺

沈恺[1]为宁波守，有惠政。高旷明爽，诗文妙天下。其堂中有春帖云："身入儿童斗草[2]社，心如太古结绳时。"凤老[3]和易坦荡，真有苏长公[4]眼中未尝见一不好人[5]之意。遇儿童走卒，亦煦煦然仁爱之。每蚤起即作诗写字，稍暇则粘碎石为盆池小景，令人悠然有林壑之思。凡燕席中有戏剧，即按拍节歌，有不叶[6]则随句正之。终日无一俗事在心，终岁无一俗人到门。寿登八十，常如小儿。盖近代异人也。

【注释】

[1] 沈恺：字舜臣，号凤峰，明朝华亭人，曾任宁波知府，官至参政，善书法。

[2] 斗草：又称斗百草，中国民间流行的一种游戏。

[3] 凤老：对沈恺敬称，因其号为"凤峰"故。

[4] 苏长公：对苏轼敬称。"长公""次公""少公"与"伯""仲""季"排行呼名相类。

[5] 眼中未尝见一不好人：宋人高文虎《蓼花洲闲录》："苏子瞻……尝言：'上可陪玉皇大帝，下可以陪卑田院乞儿。'子由（其弟苏辙）晦默少许可，尝戒子瞻择友，子瞻曰：'眼前见天下无一个不好人，此乃一病。'"

[6] 不叶：音韵不协和。

【译文】

沈恺任宁波知府，行政对百姓有恩德。他生性高洁旷达明朗爽直，所作诗文被天下人称道。他堂屋中有幅春联说："身入儿童斗草社，心如太古结绳时。"凤峰老先生随和平易，坦坦荡荡，真有苏长公眼中未尝见一不好人意趣。遇到小孩走卒，也和悦仁爱对待。（辞官后）每天早起就作诗写字，稍有空闲就粘碎石做盆池小景，让人悠然有山林谷壑雅思。凡宴席中有戏剧，即按唱的曲子打节拍，有音韵不协和处就随句纠正。整天心间没有一件俗事，整年没一个俗人到门。寿至八十，经常像小孩一样天真。他大概是近代异人。

平泉和易

陆平泉[1]九旬之外，每遇佳风日，即乘兜子[2]，子孙扶掖，家僮簇拥，飘飘乎仙也，随观者百千人。一日，坐门首，有老者熟视，请问："老爷何道至此上寿[3]？"公第云："食龙眼当有效。"老者曰："贫人何能得此？"公亲以一掬畀之。

【注释】

[1] 陆平泉：即陆树声，字与吉，号平泉，明代松江华亭人，官至礼部尚书，谥号文定。

[2] 兜子：只有坐位而没有轿厢的便轿。

[3] 上寿：三寿中之上者。《庄子·盗跖》："人上寿百岁，中寿八十，下寿六十。"

【译文】

陆平泉九十多岁后，每当遇到晴好日子，就乘坐便轿，由子孙扶掖，家僮簇拥，飘逸得就像神仙，跟随观看的有百千人。一天，他坐在门前，有位老人仔细观看后，求教："老爷有什么方法获得这高寿？"他只说："吃龙眼应当有效。"老人说："贫穷人怎么能得到这个？"陆树声亲自把一捧龙眼送给他。

龙阳附舟

蔡公龙阳[1]由浙辖迁蜀，时江陵[2]严禁驿递[3]，公微服，率苍头，持行李，附蜀商归舟。舟中与商人迭为宾主，了无城府[4]。及抵省，守道官吏来迎者千人。商惊怕，叩头请罪。公曰："今不用驿递，欲独买一舟则太费，说明又不便相与，所以不言，何必介意？"

【注释】

[1] 蔡公龙阳：即蔡汝贤，字思齐，号龙阳，明朝松江华亭人，万历朝任南京兵部侍郎。

[2] 江陵：即张居正，因其为湖广江陵人，故称。

[3] 驿递：旧时供传递公文的人中途休息、换马的地方。

[4] 城府：城池和府库。比喻人的心机。

【译文】

　　蔡龙阳由浙江辖地转到四川任职时，当时由于张居正实行严格的驿递制度，他身穿便装，率领仆人，带着行李，搭蜀商回蜀地的商船。船中与商人互为宾主，全无机心。等到达省城，各级官吏来迎接的有上千人。商人惊怕，磕头请罪。他说："现在公家不让用驿递，想独自雇一条船就太浪费，说明情况又不方便相处，所以没有说明，何必在意呢？"

扬善隐恶

　　邵康节先生曰："闻人之谤未尝怒，闻人之誉未尝喜，闻人言人之恶未尝和，闻人言人之善则就[1]而和之，又从而喜之。"故其诗曰："乐见善人，乐闻善事，乐行善意。闻人之恶，如负芒刺。闻人之善，如佩兰蕙[2]。"

【注释】

[1] 就：从。

[2] 兰蕙：兰和蕙，都是香草。

【译文】

　　康节先生邵雍说："听到别人诽谤不曾发怒，听到别人赞誉不曾高兴，听到别人说他人恶行不曾附和，听到别人说他人善行就从而附和，又从而高兴。"所以他的诗说："乐见善人，乐闻善事，乐行善意。闻人之恶，如负芒刺。闻人之善，如佩兰蕙。"

见峰妙语

王见峰[1]云："跛者羡行，徒者羡乘。不跛不徒，复有所羡。人心何尝有足时？会做受用人，急事化缓事，大事化小事，小事化无事。以电光泡影[2]视幻身[3]，以浮云秋水视世态，盈虚消息[4]，坎止流行，随其所止，坦然自得。"

【注释】

[1] 王见峰：即王之垣，字尔式，号见峰，明代山东桓台人，万历朝官至刑部尚书。

[2] 电光泡影：指很快消失的事物。

[3] 幻身：佛教词语，指形骸。谓身躯由地、水、火、风假合而成，无实如幻，故曰幻身。

[4] 盈虚消息：指事物盛衰变化或行为出处进退。盈，充满。虚，空虚。消，消减。息，增长。

[5] 坎止流行：遇坎而止，乘流则行。比喻依据环境逆顺而确定进退行止。

【译文】

王见峰说："跛脚人羡慕正常行走，徒步人羡慕骑马。不跛脚不徒步的人，又有羡慕的东西。人心哪曾有满足时呢？会享福的人，急事能变成缓事，大事能变成小事，小事能变成无事。用电光泡影看待形骸，用浮云秋水来看待世态，盛衰变化，遇坎而止，乘流则行，得到自己所处的境界，就会坦然心安。"

知足之歌

《知足歌》云：人生尽受福[1]，人自不知足。思量事累苦，闲著[2]便是福。思量饥寒苦，饱暖就是福。思量病时苦，健著便是福。思量危难苦，平安便是福。思量监禁苦，放[3]著便是福。思量死来苦，活著便是福。也不必高官厚禄，也不必堆金积玉，看来一日之间，许多自然之福。只因看不破，譬喻一譬喻。五行[4]以分定，知机[5]便是福。终日竟戚戚，惟是不知足。本是无事人，讨得恼心曲。本是温饱人，弄得缺食服。本是强健人，纵[6]得病拘束。本是平安人，干[7]得危险辱。本是无罪人，惹得入牢狱。本是长寿人，作[8]得死催促。世间能几人，会享自然福。我劝世间人，不要不知足。富贵非力求，迷途空碌碌。

【注释】

[1] 受福：接受天地神明的降福。

[2] 著：通"着"。

[3] 放：自由。

[4] 五行：旧时星相家以五行生尅推算命运，因亦用以称命运。

[5] 知机：谓有预见，看出事物发生变化的隐微征兆。

[6] 纵：放纵。

[7] 干：求得。

[8] 作（zuō）：自找。

【译文】

略。

复古之诗

警世语云：风波境界立身难，处世规模要放宽。万事尽从忙里错，此心须向静时闲。路当平处行便稳，人有长情耐久看。直到始终无悔吝[1]，总生枝叶便多端（一）。吾生落落果何为（二），世事纷纭没了期。

少算人皆嘲我拙，多求我却笑人痴。庭花密密疏疏叶，溪柳长长短短枝。万事欲齐齐不得，天机正在不齐时。

【校勘】

（一）总……端：此句在内的前八句来自宋代戴复古《处世》："风波境界立身难，处世规模要放宽。万事尽从忙里错，一心须向静中安。路当平处经行稳，人有常情耐久看。直到始终无悔吝，旁生枝叶便多端。"文字不同处，以戴复古《处世》原文为佳。

（二）吾……为：此句在内的后八句来自戴复古《少算》："吾生落落果何为，世事纷纷无了期。少算人皆嘲我拙，多求我却笑人痴。庭花密密疏疏蕊，溪柳长长短短枝。万事欲齐齐不得，天机政在不齐时。"文字不同处，以戴复古《处世》原文为佳。

【注释】

[1] 悔吝：灾祸。

【译文】

略。

自处亦然

屏之张也，直则不可立，必也回而曲之；轮之转也，方则不可行，必也揉而圆之。处世亦然。虽然，屏必有幅，轮必有轴，屏虽欲曲不可不齐，轮虽欲圆不可不正。君子自处[1]也亦然。

【注释】

[1] 自处：立身自持。

【译文】

屏风张开时，如果屏风太直了就立不住，一定要弯曲；车轮转动时，如果轮子是方形的就不能行走，一定要揉成圆的。处世也是这样。虽然这样，屏风一定有幅扇，车轮一定有车轴，屏风虽然要弯曲但不可不整齐一致，车轮虽然要揉成圆形却不可不端正。君子立身自持也应该这样。

大受之器

当乐境而不能享，毕竟薄福之人；当苦境而反觉甘，方是大受[1]之器。

【注释】

[1] 大受：享大福。

【译文】

略。

越添郁闷与多遗悔恨

事势已成败局，就该撇下，留在胸中，越添郁闷；事机未有头绪，当听自然，强去营为，多遗悔恨。

【译文】

略。

自登彼岸

听不平事徒恼胸臆，接不平人徒减餐眠，此没身〔一〕涉世不了之苦海也。吾安能以一身当之哉？不听不接，自登彼岸[1]。

【校勘】

（一）没身：为"设身"之误，因形近致讹。

【注释】

[1] 彼岸：佛家以有生有死境界为"此岸"；超脱生死，即涅槃境界为"彼岸"。也比喻所向往的境界。

【译文】

听闻不平事只是惹人心烦，交往不平人只是减少吃饭和睡眠，这是设身处世没有完结的苦海。我怎么能拿自己一身去应对呢？如果不听闻不交往，自然就会达到令人向往的境界。

纷生于激

《郁离子》[1]曰："石激水，山激风，法激奸，吏激民，言激戎，直激暴：天下之纷纷生于激。是故小人之作乱也，由其操之急，抑之甚，而使之东西南北而无所容也。"

【注释】

[1]《郁离子》：元末明初刘基写的一部寓言集。

【译文】

《郁离子》上说："岩石激发流水，大山激发风气，法律激发奸邪，官吏激发民众，言语激发争斗，直行激发强横，天下纷乱由激发生成。因此小人作乱，是由于对他们应对的办法太过急切，压抑得太过厉害，从而使他们东西南北无所容身。"

两情冰炭

友谊之薄，缘订盟之滥，而责报之奢。夫滥于订盟，既视之太轻；奢于责报，又视之太重。两情冰炭，并用之一人，即父子兄弟不能强其遂愿[1]，况泛泛者乎？

【注释】

[1] 遂愿：满足心愿。

【译文】

友谊变得淡薄，缘于订盟太随意，并且责求太多回报。随意订盟，就把交情看得太轻了；要求太多回报，又看把交情得太重了。两情水火不容，同施加到一人身上，即使是父子兄弟也不能勉强满足心愿，何况是一般人呢？

速忿益顽

事有急之不白者，宽之或自明，毋躁急以速其忿；人有操之不从者，纵之或自化，毋操切以益其顽。

【译文】

事情有紧急不能说明的，宽缓一下或许自然明白，不要急躁来招致他的忿怒；人有坚持自己意见不能听从的，放松一点或许他自己能改变，不要操切来增强他的愚顽。

学力未到

能与善人居，不能与恶人处，毕竟是学力未到。夫恶人如蛇蝎猛兽，戾气所钟，造物犹不能绝，第当善待之，使不能为害。而或介介[1]疾视，若旦夕不可容，多见其不广也。

【注释】

[1] 介介：有所感触而不能忘记。

【译文】

能与好人生活在一起，不能与坏人生活在一起，毕竟是学力修养未到的表现。坏人像蛇蝎猛兽，集中了暴戾之气，造物主尚且不能灭绝，只应当善待他，使他不能为害。有时候耿耿于怀怒目而视，像是旦夕不可相容，那是更多显露自己心胸不广阔。

失得在彼

文清[1]曰：“或谓：‘人有慢己者，何以处之？’曰：‘使己有可慢之事，则彼得矣。己无可慢之事，则彼失矣。失得在彼，己何与焉？’”

【注释】

[1] 文清：即薛瑄，字德温，号敬轩，明代河津人，官至礼部尚书，理学家，谥文清。

【译文】

文清公薛瑄说：“有人说：‘有人怠慢自己，怎么办呢？’回答说：‘假使自己做了可让人怠慢的事，那么他的做法就对了。自己没有做可让人怠慢的事，那么他就错了。错对都在他那里，和我有什么关系呢？’”

攘利揭私

伤心之怨，莫如攘利[1]；没世[2]之恨，莫如揭隐。发人隐私，谁人容我？夺人利益，人谁甘我？出尔反尔[3]，戒之哉！

【注释】

[1] 攘利：夺取利益。
[2] 没世：到死，终生。
[3] 出尔反尔：你怎样做，就会得到怎样的后果。尔，你。反，通“返”，回。

【译文】

伤心的怨恨，没有什么比得上利益被夺走的；终生的仇恨，没有什么比得上隐恶被揭发的。揭发他人隐私，谁能容得下我？夺取他人利益，谁能对我甘心呢？你怎样做，就会得到怎样的后果，应该引起警惕啊！

积阴功与绥末路

普济人利物[1]之泽，以积阴功；养优闲澹漠[2]之衷，以绥末路。

【注释】

[1] 济人利物：指救助别人，对世事有益。
[2] 澹漠：恬淡寡欲。

【译文】

推广济人利物的恩泽，来积累阴功；涵养优闲澹泊的情怀，来安定末路。

积诚御物

兔死狗烹，鸟尽弓藏[1]，越王汉祖之事[2]，后世往往有之。谋臣猛将以此终，悔者多矣。东魏邙山之战[3]，彭乐[4]以数千骑入魏军。魏军既败，高欢使乐追宇文泰。泰窘，谓乐曰："痴男子，今日无我，明日岂有汝耶？"乐从言，遂归。涡水之战[5]，慕容绍宗[6]以骑五千夹击侯景，景众大溃，以数骑自硖石济淮，使人谓绍宗曰："景若就擒，公复何用？"绍宗乃纵之。乐、绍宗之不忠臣事，罪则有在，抑由后世君臣之间有不足相信者，遂至如此。乐、绍宗岂独欲养寇自资？而留患自救之心不能无也。高欢临死，谓世子澄曰："彭乐心腹难得，宜防护之。堪敌侯景者，唯慕容绍宗，我故不贵之，留以遗汝。"欢之疑乐，盖自其追黑獭 [7] 时，已深噤断 [8]。知绍宗之才，而故不之贵，使澄私其恩而为澄用。然竟何益？高氏父子若积诚御物 [9]，物以诚应，彭乐自可腹吾赤心，绍宗亦何必庸此行迹预使激诱？吾有机心于此，苟非顽然者，亦岂不知，而肯一一堕吾计中？欢之所言，徒毙乐耳。绍宗非陈元康 [10] 安其意，其肯为澄用耶？

【注释】

[1] 兔……藏：比喻事情成功后，把出过力的人抛弃或杀死。《史记·越王勾践世家》："蜚鸟尽，良弓藏；狡兔死，走狗烹。"

[2] 越……事：越王勾践灭吴后，逼死功臣文种，另一功臣范蠡逃亡；汉高祖刘邦取得天下后，杀戮韩信、彭越等功臣。

[3] 邙山之战：南北朝时期西魏柱国大将军宇文泰对东魏发动的战役，西魏军大败。

[4] 彭乐：字子兴，北朝安定人，勇健猛悍，曾追随高欢，后为北齐太尉，终因谋反被杀。

[5] 涡水之战：南北朝时期东魏将军慕容绍宗与叛臣侯景之间的战役，侯景大败。

[6] 慕容绍宗：鲜卑人，南北朝时期东魏名将，入北齐后官至尚书左仆射，谥号景惠。

[7] 黑獭：西魏权臣宇文泰小名。

[8] 噤断（yín）：闭口不言。

[9] 御物：对待众人。

[10] 陈元康：字长猷，广崇人，高欢重要幕僚。高欢死后，侯景叛乱，陈元康推荐慕容绍宗率军平叛。

【译文】

兔死狗烹，鸟尽弓藏，越王勾践、汉高祖刘邦的这类事，后代往往出现。谋臣猛将因此而死、悔恨的太多了。东魏邙山之战，彭乐带领几千骑兵冲入西魏军队。西魏军队溃败后，高欢命令彭乐追击宇文泰。宇文泰困窘，对彭乐说："傻家伙，今天没了我，明天难道还会有你吗？"彭乐听从宇文泰的话，就撤军了。涡水之战时，慕容绍宗率领五千骑兵夹击侯景，侯景军队大败，带领几兵骑从硖石渡淮河，侯景派人对慕容绍宗说："侯景如果被擒，你还有什么用处呢？"慕容绍宗于是把侯景放了。彭乐、慕容绍宗不忠于臣下职事，有罪责，也是由于后世君臣之间不够相互信任，于是出现这情况。彭乐、慕容绍宗难道只想留着敌人为自己谋生计？可是保留祸患用来自救的心思不能没有。高欢临死时，对太子高澄说："彭乐难以得到他的诚心，应该提防他。能够对付侯景的，只有慕容绍宗，我有意不重用他，留着他来让你对他施以恩遇。"高欢猜疑彭乐，大概起自他追宇文泰时，自己深加克制闭口不言罢了。高欢知道慕容绍宗有才干，而有意不予重用，使高澄对其施以恩遇，让慕容绍宗被高澄所用。可是最终又有什么用处呢？高氏父子如果积蓄诚心应对众人，众人也以诚心回应，彭乐本来可以坦诚相见，对慕容绍宗也何必用这做法来预先激发诱使呢？我这里有了机诈心思，如果不是愚顽的人，难道会不知道，而肯全部落入我的圈套中吗？高欢所说的话，只是让彭乐被杀死罢了。慕容绍宗如果不是陈元康让他安心，难道肯被高澄使用吗？

平和之福

随缘[1]方便，念念[2]宽和，时时利济[3]，俯而从人，日循易[4]而可亲日良，莫错会了。审如秋荼[5]，察见渊鱼[6]，非所以养平和之福。

【注释】

[1] 随缘：指随其机缘，不加勉强。

[2] 念念：每一个心念。

[3] 利济：利人济物，广施恩泽。

[4] 循易：随和平易。

[5] 秋荼：即"秋荼密网"，法令就像秋天繁茂茅草白花一样多，就像渔网

网眼一样细密。比喻刑罚繁苛。荼，茅草上白花。

[6] 察见渊鱼：能看清深水中的鱼。比喻为人过于精明。《史记·吴王濞列传》："且夫察见渊鱼，不祥。"

【译文】

随其机缘，给人方便，居心宽厚平和，时时利人济物，俯首听从他人意见，一天天随和平易就让人一天天亲近，不要领会错了。严苛像秋荼密网，明察能见渊鱼，不是用来培养平和福气的方法。

随缘度日

人世无一刻不是缘，无一处不是缘，无一人不是缘。为世间人，只好随缘度日，何必强生分别，打破缘因？

【译文】

略。

随缘少事

四海和平之福，只在随缘；一生牵惹之劳，只因好事[1]。

【注释】

[1] 好事：多事。

【译文】

略。

欲速不达

人有未可遽格[1]者，巽[2]以入之；事有未可易处者，静以制之；效有未可骤致者，安以待之。

【注释】

[1] 遽格：快速改变错误。格，变革，纠正。

[2] 巽：顺从，附和。

【译文】

人有不可匆忙使他改正错误的，先顺从附和使他接受意见；事情有不容易处理的，用安静来对待它；成效有不可突然获得的，安心来等待它。

触事三等人

余每言人触事有三等：太上如张网，任风东西吹，听其直过，都不兜惹[1]；次如火炮，焠[2]着即发，发过即休；最下如气球，盛却[3]一肚皮气，紧拴却口，不至爆裂，终不消也，噫！亦苦矣。

【注释】

[1] 兜惹：招惹。

[2] 焠（cuì）：点着。

[3] 却：了。

【译文】

我常常说人遇上事情有三种做法：最上等的像张网，任风东西吹，任凭它直过，全不招惹；其次像火炮，点着就爆炸，爆炸完就作罢；最下等的像气球，盛一肚皮气，紧紧拴住进气口，不至于爆裂，终久也不会消失，唉！这也太苦恼了。

长者之论

唐玄宗于端午日赐丞相钟乳。宋璟既拜赐，命付医人合炼。子弟曰："上所赐当珍，付其家，必遭窃匿。"璟曰："持诚示信，尚惧见猜，以猜示人，其可得乎？尔勿以此待人。"真长者之论。

【译文】

唐玄宗在端午这天把钟乳石赏赐给丞相。宋璟拜谢赏赐后，命令交付医生回家合炼。宋璟家的子弟说："皇上所赏赐的钟乳石应当看重，让他拿回家去，必定会遭受盗窃藏匿。"宋璟说："拿诚信示人，尚且担心被猜疑，拿猜疑示人，难道合适吗？你们千万不要拿这个对待别人。"这真是有德行的人说的话。

饶有光景

应事接物[1]，须是以静待动，以闲处忙，如水流而境自静，云急而月自迟，饶有无限光景。

【注释】

[1] 接物：与人打交道。
[2] 光景：情味。

【译文】

略。

念人之长

人之性行，虽有所短，必有所长。与人交游，若常见其短而不见其长，则时刻不可同处；若常念其长，不顾其短，虽终身与之游可也。

【译文】

略。

早转念与留余地

人要有转念，转念蚤，则愁烦中可觅潇散[1]境界；不然，恐俗障沓来，祇徒忧而无益。人要有余地，余地留，则驰骤[2]中可存从容趣味；不然，恐快心事过，或涉险而难收。

【注释】

[1] 潇散：潇洒散淡。
[2] 驰骤：奔竞。

【译文】

人要有转念，转念早些，那么愁烦中可觅得潇洒散淡的境界；不然，恐俗障纷纷到来，只是白白增加忧愁却没有好处。人要有余地，余地留下，那么奔竞中就可存有从容趣味；不然，恐快心事过，或许涉险时难以挽回。

器之唯诚

温公尝言刘器之[1]平生只是一个"诚"字，更[2]扑不破。居尝杜门屏迹，不妄交游。人罕见其面，然田夫野叟、市井细民谓："若过南京不见刘侍制（一），如过泗州不见大圣。"及公殁，士庶女妇持薰[3]剂颂佛经而哭者，日数千人。后二年，虏人驱坟户发棺，见公颜貌如生，咸惊曰："必异人也！"盖棺而去。公尝自谓曰："安世除谏官，三日有大除拜[4]，安世便入文字[5]。"及得罪，章惇必欲见杀。人言"春循梅新[6]，与死为邻；高窦雷化[7]，说着也怕"，八州要地，安世遍历七州，然未尝一日病。年几八十，坚悍不衰。何以至此？曰"诚"而已。

【校勘】

（一）侍制：为"待制"之误。刘安世曾任宝文阁待制。

【注释】

[1] 刘器之：即刘安世，字器之，号元城，北宋魏县人，著名谏官，谥忠定。

[2] 更：再。

[3] 薰：通"熏"。

[4] 大除拜：拜相。

[5] 入文字：指上弹劾的奏章。

[6] 春循梅新：岭南的四个州。春，春州。循，循州。梅，梅州。新，新州。

[7] 高窦雷化：岭南的四个州。高，高州。窦，窦州。雷，雷州。化，化州。

【译文】

　　温国公司马光曾经说刘器之平生只是一个"诚"字，再颠扑不破。刘器之平时曾闭门不出，不乱交往。人们很少见到他，可是田夫野老、市井小民说："如果路过南京（今天河南商丘）不见刘待制，就如同路过泗州的曲阜没有见到孔子一样。"到他死的时候，士民女如持熏香颂佛经而哭的，每天几千人。死后二年，金人赶走看坟的人家，打开他的棺材，看到刘器之公面貌像活着时一样，都吃惊地说："这一定是奇异的人！"全无所动，盖上棺材离开了。刘器之曾经自己说："安世授任谏官后，三日后朝廷有新丞相，我就上弹劾新丞相的奏章。"等到获罪后，宰相章惇一定要杀掉他。人们说"春循梅新，与死为邻；高窦雷化，说着也怕"，八个荒凉的州，刘安世被贬到了其中的七个，可是未曾一日生病。年龄将近八十，结实强健不衰。怎么做到这样？只是靠"诚"罢了。

无心自在

　　视天下事皆如飘瓦虚舟 [1]，顺逆偶然，葛藤 [2] 尽扫，便令来去无心；视天下人皆为前因宿果，冤亲平等，罣碍 [3] 都捐 [4]，得了多少自在。

【注释】

[1] 飘瓦虚舟：比喻凭空加害于人而又无从追究的事物。"飘瓦"语出《庄子·达生》："虽有忮心者不怨飘瓦。""虚舟"语出《庄子·山木》："方舟而济于河，有虚船来触舟，虽有偏心之人不怒。"

[2] 葛藤：比喻事物纠缠不清。

[3] 罣碍：常做"挂碍"，内心存在的种种困惑、烦恼和障碍。

[4] 捐：抛弃。

【译文】

　　把天下事都看成是飘瓦虚舟，顺境逆境都出自偶然，把纠纷全部扫掉，就可以做到来去无心；把天下人都看成是因缘注定，仇家亲人平等对待，把挂碍全部抛弃，就可获得许多自在。

心上无愧

　　人生世上，那[1]管得许多，那好得许多；那能使人说好，使人不说吾不是。只要做事十分不差，心上无愧便了。

【注释】

[1] 那：后来写作"哪"。

【译文】

　　略。

处世之术

　　遇事只一味[1]镇定从容，纵纷若乱丝，终当就绪；待人无半毫矫伪欺隐，虽狡如山鬼，亦自献诚[2]。

【注释】

[1] 一味：唯一无二。

[2] 献诚：献出诚心，即坦诚相见。

【译文】

略。

善人李昉

卢多逊与昉[1]相善，昉待之不疑，多逊知政多毁昉。人以告昉，昉不信之。后太宗语及多逊事，昉颇为解释。太宗说："多逊毁卿一钱不直。"昉始信之。太宗由是目昉为善人。

【注释】

[1] 昉：即李昉，字明远，北宋深州饶阳人，著名宰相，谥号文正。

【译文】

卢多逊与李昉友善，李昉对待他不怀疑，卢多逊当宰相后多诋毁李昉。人们把这事告诉李昉，李昉不相信。后来宋太宗说到卢多逊的过失，李昉多方为他解释。太宗说："卢多逊诋毁你一钱不值。"李昉才相信了。太宗因此认为李昉是正派人。

衰世之言

昔闻一长老云："人情有何难知，但从不好一边求之，即得矣。"此衰世之言也。

【译文】

从前听一位年长的人说："人情有什么难以知道的，只从不好的一边去想，就可以知道了。"这是风俗颓败时代的话。

上界真人

心无机事，案有好书，饱食宴眠，时清体健：此是上界真人。

【译文】

内心没有机诈的事，案头有好书，饱食安眠，时代清平，身体健康：这就是天上仙人。

勿贪名声

廉所以惩贪，我果不贪，何必标一廉名以来贪夫之侧目？让所以息争，我果不争，又何必立一让的[1]以致暴客之弯弓？

【注释】

[1] 的：箭靶。

【译文】

廉洁是用来惩罚贪婪的，我果真不贪婪，何必标榜一个廉洁的名声来招致贪婪人的侧目而视？谦让是用来平息争夺的，我果真不争夺，又何必树立一个箭靶来招致凶狠人开弓射击呢？

沆无私心

或荐梅询[1]可用，真宗曰："李沆尝言其非君子。"时沆没二十余年矣。欧阳文忠尝问苏子容[2]云："宰相没二十年，能使人主追信其言，以何道？"子容言："独以无心耳。"

【注释】

[1] 梅询：字昌言，北宋宣州宣城人，官至两浙转运副使。

[2] 苏子容：即苏颂，字子容，北宋泉州同安人，哲宗朝入阁拜相，天文学家，谥文简。

【译文】

有人推荐梅询可用为宰相，宋真宗曰："李沆曾说他不是君子。"当时李沆已经死掉二十多年了。文忠公欧阳修曾经问苏子容说："宰相死了二十年，能使君主追信他的话，靠的是什么办法？"苏子容说："只是靠得他没有任何私心罢了。"

衣食分齐

黄鲁直[1]云："人生岁衣十匹，日饭两盂，而终岁苶然疲役[2]，此何理也(一)？男女婚嫁缘，渠侬[3]堕地，自有衣食分齐[4]。所谓'诞寘之隘巷，牛羊腓字之[5]'，其不应冻饿沟壑者，天不能杀也。今蹙眉终日，正为百草忧春雨耳。青山白云，江湖之湛然，可复有不足之叹邪？"

【校勘】

（一）也：据《苕溪渔隐丛话前集》，为"邪"之讹。

【注释】

[1] 黄鲁直：即黄庭坚，字鲁直，号山谷道人，晚号涪翁，北宋洪州分宁（今九江市修水县）人，著名文学家、书法家，江西诗派开山之祖。

[2] 苶（nié）然疲役：辛勤劳苦。苶，疲倦，精神不振。

[3] 渠侬：吴地方言，他或她。

[4] 分（fèn）齐：上天赋予的与其命运、身份相应的能力、际遇等。

[5] 诞……之：将他丢在小巷里，牛羊庇乳他不死。语出《诗·大雅·生民》。寘，同"置"。腓，通"庇"。字，喂乳。

【译文】

黄鲁直说："人生每年穿十匹布，每天吃两碗饭，却整年辛勤劳苦，这是什么道理呢？男女婚嫁的缘分，从人出生，上天就把一切安排好了。正如《诗经》所说的'诞寘之隘巷，牛羊腓字'，他不应受冻饿死在沟壑之中，上天不能杀掉他。现在整天愁眉不展，正是替百草担忧春雨不来罢了。山青云白，湖水清澈，可还有不满足的感叹吗？"

魏公之教

孙和甫 [1] 奉使虏中，过魏，请教于韩魏公。公曰："勿以为夷狄而鄙薄之，甚善。"

【注释】

[1] 孙和甫：即孙固，字允中，北宋郑州管城（今河南郑州）人，官至枢密副使，谥温靖。

【译文】

孙和甫奉命出使辽国，路过魏地（今河北大名），向魏国公韩琦请教。韩琦说："不要因为对方是夷狄就予以鄙薄，这就很好了。"

吾师园丁

吾 [1] 辈治家，于凡五谷果茹 [2] 之类皆须自为料理。至于下人偷窃，自不能免，但不至太甚则可矣。慈湖先生 [3] 曰："先君尝步至蔬圃，谓园丁曰：'吾蔬每为人盗取，何计防之？'园丁曰：'须拼 [4] 一分与盗者乃可。'先君因欣然顾某曰：'此园丁吾师也。'"作家者亦宜知此意。

【注释】

[1] 吾：此则采编自明代陶奭龄的《小柴桑喃喃录》，故当代指陶奭龄。陶
　　奭龄，字君奭，一字公望，号石梁，又号小柴桑老，明代会稽人，学者。

[2] 果茹：瓜果蔬菜。

[3] 慈湖先生：即杨简，字敬仲，南宋慈溪人，晚年筑室慈湖上，学者称慈
　　湖先生，任宝谟阁直学士，封爵慈溪县男，卒谥文元。

[4] 拼：豁出去。

【译文】

　　我辈治家，对于大凡五谷瓜果蔬菜这类东西都必须亲自料理。至
于下人偷窃，本来不能避免，只不过不至于太厉害就可以了。慈湖先
生说："先父曾经步行到菜园里，对园丁说：'我的蔬菜常常被人盗取，
有什么办法可以预防呢？'园丁说：'必须把一分豁出去给偷窃的人
就可以了。'先父于是高兴地回头看看我说：'这园丁是我的老师。'"
过日子也应该知道这个意思。

包容永叔

　　韩魏公晚与永叔相知，而相亲最深。永叔深服公之德量，尝曰：
"累百欧阳修何敢望韩公？"公曰："永叔相知无他，琦以诚而已。"
公知永叔不以《系辞》为孔子书[1]，又多不以《文中子》[2]为可取，
中书[3]相会累年，未尝与之言及也。

【注释】

[1] 永叔……书：欧阳修认为《易经·系辞》非孔子所作。

[2]《文中子》：隋代思想家王通所著，亦称《中说》，系王通和门人问答笔记。

[3] 中书：中书省的政事堂，是宰相们办公的地方。

【译文】

　　魏国公韩琦晚年与欧阳永叔（欧阳修字永叔）相知，并且相亲最

深。欧阳永叔深深佩服韩琦的德行度量，曾经说："百个欧阳修加起来怎么敢望韩魏公项背？"韩琦说："与永叔相知没有别的，韩琦以诚相待罢了。"韩琦知道欧阳永叔不认为《易经·系辞》为孔子所作，又认为《文中子》多不可取，在中书省政事堂相处多年，不曾向欧阳修提起过这事。

君子无饰

瓦砾在道，过者皆弗见也；裹之以纸，人必拾之矣；十袭而椟之，人必盗之矣。故藏之，人思亡之；掩之，人思检之；围之，人思窥之；障之，人思望之。惟光明者不令人疑。故君子置其身于光天化日之下（一）。

【校勘】

（一）下：据毛坤《呻吟语》，此字后夺"丑好在我，我无饰也，爱憎在人，我无与也"十六字。

【译文】

瓦砾在路上，路过的人都看不见；把它用纸裹起来，人一定会拾起来；包裹十层然后装在匣子里，人一定会盗窃它了。所以藏起来，别人就会要弄丢它；遮起来，别人就想检阅；围起来，别人就想偷窥；隔开来，别人就想观望。只有光明正大的人不受怀疑。所以君子把自己置身在光天化日之下，美丑在我，我没有修饰，爱憎在别人，跟我无关。

难比国都

奇峰峻岭止可偶一登之，国都皆宽平广大者。

【译文】

奇峰峻岭只可偶一登临，国都都宽平广大。

大率相半

天下之乱，庸庸者酿成之，皎皎 [1] 者激成之，两项大率相半。嗟乎！庸庸者何足责？皎皎者又托于君子而不可责。可若何？

【注释】

[1] 皎皎：突出的人。

【译文】

天下的乱子，由平庸的人酿成的，由突出的人激成的，两项大体上各占一半。唉！平庸的人哪里值得责备？突出的人又往往托口是君子而不能责备。可怎么办呢？

不必惊异

一切顺逆得丧，毁誉爱憎，要知宇宙古今圣贤凡民都有的，不必辄自惊异。

【译文】

略。

不了了之

吾人身家之累，思前虑后，有许多未了勾当 [1]。此须以不了了之。随身有无，随家丰俭，随缘顺应，一毫不起非望之想、分外之求，则身家之事一时俱了。若只在身家事上讨求完全称意，日出事生，终身更无了期。

【注释】

[1] 勾当：事项。

【译文】

我们身家的牵累，思前虑后，有许多未了事项。此须用不了的方法予以了结。随自身有无，随自家富裕寒俭，随缘顺应，一毫不起望外的想法，分外的奢求，那么身家的事情一时都会了结。若只在身家事上讨求完全称意，日出时事情就会生发，终身更没有了结的期限。

预裕则济

处天下事，前面常长处一分，此之谓预；后面常余出一分，此之谓裕。如此则事无不济，而心有余乐；若尽杀分数做去，必有后悔。处人亦然，施在我有余之恩，则可以广德；留在人不尽之情，则可以全好。

【译文】

处理天下的事情，事前常常要长处一分，这就叫做"预"；事后常常留出一分，这就叫做"裕"。这样做，没有做不成的事，而心里有轻松自得的快乐；如果完全可着分数去做，必然后悔。对待人也是一样，在我来说，施以有余的恩遇，就让人越发感激；在人来说，不让人太过吃力，就可以保全美好。

待小人难

待君子易，待小人难。待有才之小人则更难，待有功之小人则益难。

【译文】

略。

事贵有度

求治不可太速，疾恶不可太严，革弊不可太尽，用人不可太骤[1]，听言不可太轻，处己不可太峻。

【注释】

[1] 骤：急，迅速。

【译文】

求得太平不能太快，痛恨罪恶不可太严，革除弊端不可太尽，用人不可太急，听从言论不可太轻，对待自己不可太苛。

勿以气加

云间陆学士[1]谓：凡处人己之间，事之可否，以理裁之则可，以气加之则不可。如魏沈介（一）以舟行，遇风绝粮，从姚彪[2]贷百斛盐以易粟。姚命覆盐于江中，曰："明吾不惜，惜所与耳。"弗与已矣，而以恶言辱之，为不仁矣。晋王修龄[3]贫乏，陶范[4]以一船米遗之，却曰："王修龄虽饥，当就谢仁祖[5]索食，何须陶胡奴？"此皆以气加之者也。

【校勘】

（一）**魏沈介**：据《太平广记》（卷一百六十五），为"吴沈珩"之误。沈珩，三国时期吴国吴兴人，以出使魏国有称，封永安乡侯，官至少府。

【注释】

[1] 陆学士：即陆树声，字与吉，别号平泉，晚明松江华亭人，官至礼部尚书，谥号文定。因其会试第一，被选庶吉士，翰林院授编修，故称学士。

[2] 姚彪：不详，猜测当为三国时期吴国官员。

[3] 王修龄：即王胡之，字修龄，东晋琅琊临沂 (今山东临沂) 人，历任吴兴太守、侍中、丹阳尹，颇有作为。

[4] 陶范：即陶胡奴，胡奴为其小名，东晋名将陶侃之子，太元年间曾任光禄勋。

[5] 谢仁祖：即谢尚，字仁祖，陈郡阳夏 (今河南太康) 人，东晋名士，曾官居镇西将军。

【译文】

云间陆树声学士说：大凡处人己之间，事可以办不可以办，用道理裁断是可以的，用意气来处理就不可以了。像吴国沈珩行船的时候，遇风断粮，向姚彪借百斛盐来换粮食。姚彪命令把盐倾倒到江中，说："这表明我不吝惜这些盐，吝惜的是要借给沈珩罢了。"不借给就罢了，却用恶言侮辱他，这就不仁厚了。东晋的王修龄生活贫乏，陶范运一船米去送给他，王修龄拒绝说："我王修龄虽然饥饿，应当到谢仁祖那里要吃的，哪里要陶胡奴的米？"这都是用意气处理事情的人。

治小人法

治小人宽平自在，从容以处之。事已则绝口不言，则小人无所闻以发其怒。

【译文】

略。

颐真卷之七

颐真卷首题记

心如朗月连天，净养到后，名缰利锁，欲海爱河，总还乌有先生；性如寒潭止水，同悟来时，玉洞金丹，交梨火枣，不借白衣童子。昔黄帝内视三月而后道成，家有真金，无用餐霞饵药也。纂颐真第七。

养护阴精

人身视听吸齅[1]、言动思想俱属阳火；内中精髓血脉，则阴精也。阳一动便能烁[2]阴，专恃阴精充溢，足供其挥运耳。《素问》曰："阴精所奉，其人寿；阳精所降，其人夭。"降者，降伏之降。阴不足而受阳之制，立见枯竭矣。

【注释】

[1] 齅：古同"嗅"。

[2] 烁：销熔。

【译文】

人体的视听吸嗅、言动思想都属于阳火；体内的中精髓血脉，那属于阴精。阳火一动就会销耗阴精，专门依靠阴精充溢，来提供运动生发的动力罢了。《素问》说："阴精供养充足，那人就会长寿；阴精被阳火降伏，那人就会夭亡。"降是降伏的降。阴精不足，就会导致被阳火压制，很快就会枯竭。

骄阳耗阴

水中所生之火，冲融酝酿[1]，真阳也。真阳生阴。离水独制之火，烧灼焦熬[2]，骄阳也。骄阳耗阴。人见美丽及淫亵事，炽然举一念，不独阳道[3]兴举，而四体尽觉焚如。稍久，即火逼金熔[4]，关元[5]已渗泄矣。若原无一念而肾中真气自生薰然[6]，遍体畅不可言。以意炼之，即丹母[7]也。

【注释】

[1] 冲融酝酿：冲和恬适，涵育调和。

[2] 焦熬：因受熬煎而发焦。形容极为干燥。

[3] 阳道：指男性生殖器。

[4] 火逼金熔：心火太盛，使肺气销熔。

[5] 关元：经穴名，作用是培补元气，导赤通淋。

[6] 薰然：融合。

[7] 丹母：指炼丹的元母。

【译文】

水中所生的阳火，冲和恬适，涵育调和，这是精纯之阳。精纯之阳会滋生阴精。脱离开水滋润而独自生成的阳火，烧灼而干燥，这是酷烈之阳。酷烈之阳消耗阴精。人见美丽的女子以及淫亵的事情，强烈的淫欲刚一产生，不只是阴茎勃起，而全身都觉得像焚烧一样。时间稍长，心火太盛，使肺气销熔，元气就从关元穴渗泄了。如果本无一点欲念而肾中真气自然生成融合，遍体通畅，妙不可说。用意念固守凝结，就是炼丹的元母。

放翁旷达

电转雷惊 [1]，自叹浮生，四十年 [2]。试思量往事，虚无似梦，悲欢万状，合散如烟。苦海无边，爱河无底，流浪看成百漏船 [3]。何人解，问无常 [4] 火里，铁打身坚，须臾便是华颠 [5]，好收拾形体归自然。又何须著意，求田问舍，生须宦达，死要名传? 寿夭穷通，是非荣辱，此事由来都在天。从今去，任东西南北，作个飞仙。

【校勘】

（一）四十年：此则本为陆游词《大圣乐》。据此，为"四十二年"，"二"为夺字。

【注释】

[1] 电转雷惊：形容时光匆匆。惊，起。

[2] 百漏船，处处渗漏的船。喻极多烦恼的人生。佛教称烦恼为漏。

[3] 无常：此指世间一切事物不能久住，都处于生灭变异之中。

[4] 华颠：头发上黑白相间，指年老。

【译文】

时光飞逝，自己感叹，人生已过了四十二年。试着思量一下那过去的事情，似梦寐一般虚幻，种种悲欢，聚合分散像烟雾一般。苦海没有边际，爱河没有尽头，那流动的浪头就像无尽的烦恼。什么人懂得，为什么处在生灭变异之中的人，任凭身体像铁打似坚强，可是须臾之间就会头白老去，须得好好收拾形骸返归自然。又何必在意经营产业，活着必须追求荣华富贵，死了要千古留名? 长寿与夭亡，困窘与通达，是非与荣辱，这些事从来都是由老天决定的。从今以后，任凭东西南北，都要做个自有快活的飞仙。

石林卓见

叶石林[1]住吴兴。山水幽绝处，终日听泉弄石，读书谈道。晚而有得，慨然曰："自无知求有知易，自有知入无知难。"其见解卓矣。

【注释】

[1] 叶石林：即叶梦，字少蕴，苏州吴县人，自号石林居士，宋代词人，官至江东安抚大使。

【译文】

略。

云膏霞液

白石生[1]辟谷[2]默坐，人问之不答。固问之，乃云："世间无一可食，亦无一可言。采云膏霞液，精神自往来而已。"余（三）以为精神自往来，即云膏霞液也，熟读《黄庭》[3]，乃见此理。

【校勘】

（一）余：此则抄自李日华《紫桃轩杂缀》，故当指李日华。李日华，字君实，号竹懒，明朝后期浙江嘉兴人，官至太仆少卿，书画家。

【注释】

[1] 白石生：道教传说中的仙人，曾煮白石作为果腹之米，住在白石山中，得号"白石生"。

[2] 辟谷：不食五谷，道教的一种修炼术。

[3]《黄庭》：即《黄庭经》，又名《老子黄庭经》，道教养生修仙专著。

【译文】

白石生辟谷静坐，人问他，他不答。坚持问他，他就说："世间没有一样东西是能吃的，也没有一样事情是能说的。采云膏霞液而食，独与天地精神相往来罢了。"我认为独与天地精神相往来，就是云膏霞液，熟读《黄庭经》，就可以看出这个道理。

金醴玉浆

道书极贵口中津液，谓之"金醴玉浆"。无事静坐，漱而自咽，不徒灌溉五脏，亦能止灭心火，不使飞焰 [1]，乃既济 [2] 之理也。然非淡素自茹 [3]，缄默自摄 [4]，则焦吻塞喉，正恐无唾可咽耳。

【注释】

[1] 飞焰：指火焰升腾。
[2] 既济：为《易经》第六十四卦卦名，为上坎下离。坎为水，离为火。
[3] 淡素自茹：此指自甘澹泊。
[4] 自摄：自养。

【译文】

道家的书籍非常看重口中的津液，认为这是"金醴玉浆"。无事的时候静坐，用唾液漱口然后自己咽下，不只是灌溉五脏，也能止灭心火，不使心火升腾，符合既济卦的道理。可是如果不能做到自甘澹泊，保持缄默，自我调养，就会口干舌燥，正担心没有唾液可供下咽罢了。

兀兀坐作此观

种荷万柄，荫蕉 [1] 半亩。日夕起居其间，能令魂梦馨香，肌肤翠绿。每六月，思逃暑不得，辄兀兀 [2] 坐作此观。

【注释】

[1] 荫蕉：有浓阴的芭蕉。
[2] 兀兀：静止貌。

【译文】

种万柄荷花，半亩芭蕉。早晚起居其中，能让人魂梦都充满了馨香，肌肤仿佛变得翠绿。每当六月，考虑到无法逃避酷暑时，就静静地坐着这样想。

心有恬适

心中须常令有一种恬适处，绝糈[1]不忧，山崩不愕。此是自身大受用，却勉强不得，亦对人说不得。

【注释】

[1] 糈（xǔ）：粮。

【译文】

心中必须常常保持一种恬淡自适的状态，即使是断粮也不忧愁，山体崩塌也不惊愕。这对自身来说有大用处，却勉强不得，也对人不易说清楚。

淡然相求

嗜欲之来，熏心动魄，如不可忍。及所之既倦[1]，便似嚼蜡。故久宦思田，困酒思眠也。惟学道者，淡然相求，久而不厌。

【注释】

[1] 所之既倦：对所追求的东西已经感到疲倦。

【译文】

嗜欲到来的时候，熏心动魄，好像不能忍受。等到欲望满足后就会感到厌倦，就像嚼蜡一样无味。所以官做久了，就想着归隐田园；被酒所困，就渴望睡眠。只有学道的人，追求澹泊，长久了都不会心生厌倦。

阳明训养

阳明曰："今日之训养者，多是厚食浓味，剧酣谑浪[1]，或竟日偃卧。如此是挠气昏神长惰^(一)而召疾也。岂摄养精神之谓哉？务须绝饮酒，薄滋味，则气自清；寡思虑，屏嗜欲，则精自明；定心志^(二)，少眠睡则神自澄。君子未有不如此而谓之^(三)致力于学问者。"

【校勘】

（一）惰：此则摘自王守仁《示徐曰仁应试》，为"傲"之讹。

（二）志：为"气"之讹。

（三）谓之：为"能"之讹。

【注释】

[1] 谑浪：戏谑放荡。

【译文】

王阳明说："今天教导养生的，多是让人吃滋味浓厚的食物，尽情饮酒，戏谑放荡，或整天躺卧。像这样是阻挠了身体气息的运行、使精神昏昧、增长傲慢并且召致疾病的做法。难道能说是调养精神吗？一定要戒绝饮酒，饮食清淡，那自然会神气清爽；减少思虑，屏除嗜欲，那精神自然会明朗；守住心气，减少昏睡，那心地自然明澈。君子没有不这样而能致力于学问的。"

乃能闲适

壁拈[1]又曰："心从收处放，身向静中忙。"故养性存心[2]，唯有戒慎恐惧，朝乾夕惕[3]，乃能闲适逍遥。

【注释】

[1] 壁拈：即面壁拈花的略语。此指佛家偈语。"拈花"语出《五灯会元》
（卷一）："当年佛祖释迦牟尼在灵聚众说法，曾拈花示众，听者莫名
其妙，唯迦叶默然神会，微微一笑。""面壁"语出《从容庵录》（卷
一）："菩提达摩初至金陵，见梁武帝，帝问：'如何是圣帝第一义？'
达摩答以无圣。帝又问：'对朕者谁？'达摩又答不识，于是帝不契。
达摩遂渡江至少林，面壁九年。"

[2] 存心：养心。存，养。

[3] 朝乾夕惕：形容一天到晚勤奋谨慎，没有一点疏忽懈怠。乾，乾乾，即
自强不息。惕，小心谨慎。语出《周易·乾》："君子终日乾乾，夕惕
若厉，无咎。"

【译文】

　　佛家偈语又说：心思朝旷达处放，身体向宁静中忙。所以培养心性，
只有戒慎恐惧，朝乾夕惕，才能做到内心闲适从容。

慈湖箴言

　　慈湖[1]有言："人生不可被一区宅子、几亩田园贮却自己。"
此于学人分上直是浅浅事，鲜能克究[2]。能不为宅子田园所贮者，
方能不为宇宙牢笼、世情羁绁[3]，无古无今，浩然天地。

【注释】

[1] 慈湖：即杨简，字敬仲，号慈湖，慈溪（今属宁波）人，南宋理学家，
谥文元。

[2] 克究：深究。

[3] 羁绁：本指马络头和马缰绳，比喻被拘禁、被控制。

【译文】

　　慈湖先生杨简有话说："人生不可被一处宅子、几亩田园限制住

自己。"这对于学人的职分来说只是浅显的事，少有人能深究。能不为宅子田园局限，才能不被宇宙拘禁、世情束缚，使自己的眼光胸襟超越古今，涵盖广阔的天地。

贪极致祸

予^{（一）}以不贪之故获善利者三：不涉畏途，不履危机，一也；量入自足，身闲气和，资养生之道，二也；习静悟空[1]，深知理性[2]之法，三也。万事贵得中，日过午则昃，月过盈则亏，物过盛则衰，器过满则溢：必然之理也。世人升高位，积羡财，不务得中，贪极致祸者多矣，宜自戒之也。

【校勘】

（一）余：予：此则采编自北宋晁迥《法藏碎金录》，故指晁迥。晁迥，
　　　字明远，澶州清丰（今山东巨野）人，累官至礼部尚书，谥文元。

【注释】

[1] 悟空：佛教用语，指了然于一切事物由各种条件和合而生，虚幻不实，
　　变灭不常。

[2] 理性：涵养性情。

【译文】

我认为不贪婪的好处有三点：不会让自己走上畏途，不会让自己身陷危机，这是第一点；量入为出，自给自足，身闲气和，有助于养生，这是第二点；习养静寂的心性，悟得人生的虚幻不实，深深懂得涵养性情的方法，这是第三点。万事贵在适中，太阳过午就会转向偏斜，月亮过满就会亏损，事物过盛就会转向衰颓，器物过满就会盈溢：这是必然的道理。世人升上高位，积攒余财，不求适中，过度贪婪导致灾祸的太多了，应该自我警戒。

安乐自适

吾^(一)居静境，可比华胥[1]之境；吾为逸民[2]，可比葛天[3]之民；吾闻和声，可比钧天[4]之声；饮食节约，无求滋味，寝兴顺适，何须外嬉？不改其乐，永锡难老，动与吉会，其如予何？

【校勘】

（一）吾：此则采编自北宋晁迥《法藏碎金录》，故指晁迥。

【注释】

[1] 华胥：即华胥国，传说中虚拟的上古理想国度，最早见于《列子·黄帝》。

[2] 逸民：遁世隐居的人。

[3] 葛天：即葛天氏，传说中远古部落名。

[4] 钧天：即"钧天广乐"，指天上的音乐，仙乐。钧天，在古代中国神话传说指天之中央。广乐，优美而雄壮的音乐。

【译文】

我居住在安静的境地，可比得上华胥国的境地；我作为逸民，可比得上葛天氏时代的百姓了；我听到和谐的声音，可比得上钧天广乐的声音；饮食节约，不追求特别的滋味，睡眠起床顺适时令气候，哪里需要借助外来的嬉戏？不改自己原有的安乐，上天赐予长寿，动辄与吉祥会合，能把我怎么样呢？

二家妙用

百骸导引贵乎动，久久必和柔，此道家之妙用也；一心检摄[1]贵乎静，久久必凝明，此禅家之妙用也：非二妙用，吾^(一)何所归？

【校勘】

（一）吾：此则采编自北宋晁迥《法藏碎金录》，故指晁迥。

【注释】

[1] 检摄：约束，涵养。

【译文】

全身的导引贵在运动，久久练习必致和柔，这是道家的妙用；整个内心的约束涵养贵在宁静，久久练习必致精神固守澄明，这是禅家的妙用：假如没有这两家妙用，我将归附到哪里去？

身肖天地

心去肾八寸四分，天去地八万四千里。人自子至巳则肾生气，自午至亥则心生血。阳生子而地气上升，至巳而亢[1]；阴生午而天气下降，至亥而极：人身肖天地也。

【注释】

[1] 亢：达到极点。

【译文】

心距离肾有八寸四分，天距离地有八万四千里。人从子时到巳时这段时间肾气生，从午时到亥时这段时间心血生。阳气从子时生而地气上升，至巳时而达到极点；阴气从午时生而天气下降，至亥时而达到极点：人的身体是模仿天地的。

心不受累

白香山自言："久宦苏州，不置一片太湖石。"人[1]曰："如此累心事，香山不做。"余（一）深服此言。然则天下事累心者多矣，都丢下不做，可使心不受累。

【校勘】

（一）余：此则采编自明代江盈科《雪涛谈丛》，当指江盈科。江盈科，
　　　字进之，号绿萝山人，湖南桃源人，官至四川提学副使，"公安派"
　　　作家。

【注释】

[1] 人：据《雪涛谈丛》，指张凤翼，字伯起，号灵墟，长洲（今江苏苏州）
　　人，明代戏曲作家。

【译文】

　　香山居士白居易自己说："久在苏州做官，没有购置一片太湖石。"
有人说："像这样牵累心神的事情，香山居士不会做。"我深深地佩
服这句话。既然这样，那么天下事牵累心神的太多了，都丢下不做，
可使心神不受牵累。

道心坚贞

　　陈抟，唐僖宗封为清虚处士。赐宫女三人，先生以诗谢云："雪
为肌体玉为腮，深谢君王送到来。处士不知巫峡梦，虚劳云雨[1]下
阳台。"高僧巍（一）戒行严洁。尝有一女寄宿，自称天女，以上人[2]
有德，天遣我来劝勉。巍曰："吾心若死灰，无以革囊[3]见试。"

【校勘】

（一）巍：据梁代释慧皎《高僧传》（卷十一），为"慧嵬"之误。

【注释】

[1] 云雨：指男女欢会。《文选·宋玉〈高唐赋〉序》："去而辞曰：'妾
　　在巫山之阳，高丘之岨，旦为朝云，暮为行雨。朝朝暮暮，阳台之下。'"
[2] 上人：持戒严格并精于佛学的僧侣之尊称。

[3] 革囊：佛教称人的躯体。

【译文】

陈抟，被唐僖宗封为清虚处士。唐僖宗赐给他三名宫女，陈抟先生用诗谢绝说："雪为肌体玉为腮，深谢君王送到来。处士不知巫峡梦，虚劳云雨下阳台。" 高僧慧巍戒行严格高洁。曾经有一个女子来寄宿，自称天女，因为上人有德行，上天派我来劝勉。慧巍说："我的心像死灰一样，不要用躯体来试我了。"

圆修论险

卞令^{（一）}凤林寺，唐时禅师圆修^[1]居此，栖息松上。白乐天守杭尝往参之，曰："太^{（二）}师居甚险。"师曰："太守险。"白曰："弟子居处高堂，何险之有？"师曰："心火相构^[2]，识浪^[3]不停，得非险乎！"乐天深服之。

【校勘】

（一）卞令：当为"杭"之误。

（二）太：当为"大"之误。

【注释】

[1] 圆修：唐代禅僧，福州人，俗姓潘。禅师之事迹，各史传所载有所不同。

[2] 构：聚集。

[3] 识浪：佛学术语，以心体之真如，譬如海；诸识之缘动，譬如波浪，故称。

【译文】

杭州的凤林寺，唐时禅师圆修居住在这里，栖息在松树上。乐天居士白居易任杭州太守时曾经前往拜访他，说："大师住得太危险。"禅师说："太守您才危险。"白居易说："弟子我住在高堂上，有什么危险呢？"禅师说："心中的烦闷交相聚集，各种欲念如波浪不停，恐怕危险吧！"白乐天深深佩服他。

康节高见

邵康节先生诗^(一)曰："闲居慎勿说无妨，才说无妨便有妨。爽口物多终作疾，快心事过辄为殃。争先径路机关恶，近^(二)后语言滋味长。揣其病后能服药，不若病前能自防。"

【校勘】

（一）诗：下引诗为邵雍《养生》诗。只是错把原诗的颔联当成了颈联。

（二）近：为"退"之讹。

【译文】

略。

勇除积习

杨升庵 [1] 书 [2] 云："年来万虑灰冷，惟文字结习 [3] 未忘，颇以此自累而招罪。不当与而与，当与而不与，皆罪也。不工则不可出，工则疲精敝神，皆累也。用是勇念，书壁云：'老景病魔^(一)，难亲笔砚；神前发愿，不作诗文。'自今以始，朝粥一碗，夕灯一盏，作在家僧 [4] 行迳 [5]，惟持庞公 [6] '空诸所有 [7]'四字，庶余年耋齿，得活一日是吾一日。不然，则扰扰应酬，又何异于尘劳仕路哉？纵使艺文志书，家传人诵，尽为我^(二)制，何补真我 [8] 哉？"

【校勘】

（一）魔：据杨慎《与张含书》，为"磨"之误。

（二）我：为"众"之误。

【注释】

[1] 杨升庵：即杨慎，字用修，号升庵，四川新都（今成都新都）人，明代文学家。

[2] 书：此则采编自杨慎的《与张含书》，文字与原文有不少出入。

[3] 结习：多指积久难除之习惯。

[4] 在家僧：戏称持戒谨严的佛教居士。

[5] 行迳：行为。迳，此同"径"。

[6] 庞公：即庞蕴，字道玄，唐朝衡阳郡（今湖南衡阳）人，禅门居士，素有"东土维摩"之称。

[7] 空诸所有：对一切不可太执着。

[8] 真我：佛教语，亦称"大我"，与"妄我"相对，谓出离生死烦恼的自在之我。

【译文】

　　杨升庵在信中说："近年来万念灰冷，只有写作的结习没有忘却，很是因为这个牵累自己而招致责怪。不应当给写的却给写了，应当给写的却没有给写，都被责怪。写得不好就拿不出手，写得好就得耗费心血，疲劳精神，都是牵累。因此，有了大胆的念头，题写在墙壁上说：'老景病磨，难亲笔砚；神前发愿，不作诗文。'从现在开始，早晨吃一碗粥，晚上点一盏灯，行为就像在家僧，只是坚守庞公'空诸所有'四字，希望剩下的晚年岁月，能活一天就是自己的一天。不这样，那就忙忙乱乱地应酬，又与身在官场尘世的劳累有什么不同呢？纵使所写的艺文志书家家传播人人诵读，都是为众人写的著作，对出离生死烦恼的自在之我有什么补益呢？"

致寿之道

　　人主寿者汉武帝七十余，梁武帝、宋高宗八十余岁。汉武尝言：服药节食可少病。梁武敕贺琛[1]曰："朕不与女人同室寝，亦三十余年。"此致寿之道，不系⁽⁻⁾好仙佛也。高宗之寿亦由禀厚而寡欲尔。

【校勘】

（一）系：据明人龙遵辑录《食色绅言》，字后夺"其"字。

【注释】

[1] 贺琛：字国宝，南朝会稽山阴人，萧梁时曾任步兵校尉、云骑将军等职。

【译文】

　　君主长寿的有活到七十岁多一点的汉武帝，梁武帝萧衍、宋高宗赵构活了八十多岁。汉武帝曾说："服药节食可少得疾病。"梁武帝告诫贺琛说："我不与女人同室而寝，也有三十多年了。"这是获取长寿的办法，和他好仙好佛没有关系。宋高宗长寿也是由于禀赋优厚并且色欲淡薄罢了。

岁时佳候

　　立夏日，儿童绕邻乞米，拔篱笋，寸断之，杂煮作百家饭，老幼分啖，云食之可一夏无疾。村民亦竞采草木嫩荑[1]，揉粉制饼饵相馈遗。时梅已如弹，朱樱的皪[2]，可爱阴森中，忽一风来，作百和⁽⁻⁾香，不辨何树。戴胜[3]黄鹂，远近呷哑[4]。不衫不履，徙倚[5]林塘幽绝处，亦岁时最佳候也。若营营[6]碌碌者，竟成错过而已。

【校勘】

（一）百和：当为"百合"。

【注释】

[1] 荑（tí）：茅草的嫩芽。

[2] 的（dí）皪（lì）：光亮、鲜明貌。

[3] 戴胜：头顶凤冠状羽冠的一种鸟。

[4] 咿哑：象声词，鸣叫声。

[5] 徙倚：来回地走，逡巡。

[6] 营营：指追求奔逐。

【译文】

立夏那天，儿童绕邻求米，拔篱间竹笋，切成一寸寸的样子，杂煮百家饭，老幼各自食用，说是吃后可以整个夏天不生疾病。村民也竞相采摘草木嫩芽，揉粉制成糕饼，互相馈赠。当时梅子已经像弹丸，红色的樱桃光亮鲜明，可爱阴森中，忽然一阵风来，就像百合的香气，不知来自哪种树。戴胜黄鹂，远近咿哑。不穿长衫不穿鞋子，在山林池塘极为幽静的地方来回散步，也是一年当中最好的时候。至于那些追逐名利忙碌的人，最终错过了这样的好时候。

卫生之要

凌恒达 [1] 不乐举业，入计筹山 [2] 学老庄。道既通，玉守诚 (一)、吕仲实 [3]、博士张翥 [4]、危素 [5] 数从问卫生之要术。应曰："形骸者，气血也。金丹者，草木金石也。血气有时衰耗，草木金石岂能延驻之耶？"又曰："虚静恬淡，寂寞无为，天地清宁，万物化育，是之谓大药上丹 [6]，卫生之要也。"

【校勘】

（一）玉守诚：当为"王守诚"之误。王守诚，字君实，太原阳曲（今山西阳曲）人，元朝文学家，累官礼部尚书，谥文昭。

【注释】

[1] 凌恒达：不详。推测为元朝道士。

[2] 计筹山：道教名山，在浙江湖州德清武康镇。

[3] 吕仲实：即吕思诚，字仲实，元朝平定州（今山西平定）人，官至大司农，谥号忠肃。

[4] 张翥：字仲举，晋宁（今山西临汾）人，元代诗人，曾任翰林学士承旨。
[5] 危素：字太朴，号云林，江西金溪人，官至参知政事，元末明初史学家。
[6] 大药上丹：道家上等的金丹。

【译文】

凌恒达对科举考试没有兴趣，进入计筹山学道。道术学成后，王守诚、吕仲实、博士张翥、危素屡次向他询问卫生的要术。他回答说："躯体，是由气血主宰的。金丹，是由草木金石炼成的。血气有时会衰减耗竭，草木金石难道能延长留住生命吗？"又说："虚静恬淡，寂静无为，天地清朗安宁，万物才会繁衍生长，这就是所谓道家上等的金丹，卫生的要诀。"

佛印致书

东坡在惠时，佛印[1]致书云："子瞻中大科[2]，登金门[3]，上玉堂[4]，远放寂寞之滨，权臣忌子瞻为宰相耳。人生一世间，如白驹之过隙，二三（一）十年功名富贵，转盼（二）成空。何不一笔勾断，寻取自家本来面目，万劫常住，永无堕落？纵未得到如来地[5]，亦可以骖驾鸾鹤[6]，翱翔三岛，为不死人，何乃胶柱守株[7]，待入恶趣[8]？昔有问师：'佛法在什么处？'师云：'在行住坐卧处，著衣吃饭处，屙[9]屎撒尿处，没理没会处，死活不得处。'子瞻胸中有万卷书，下笔无一点尘。到这地位，不知性命所在，一生聪明要做甚么？"

【校勘】

（一）二三：据《宋人轶事汇编》（卷二十），当为"三二"。
（二）盼：为"盼"之讹。

【注释】

[1] 佛印：法名了元，字觉老，俗姓林，饶州浮梁(今江西景德镇)人，宋代云门宗高僧，朝廷赐号"佛印禅师"。

[2] 中大科：此指考中进士。

[3] 金门：即金马门，汉代宫门名，学士待诏之处。此指翰林院。

[4] 玉堂：玉饰的殿堂，泛指宫殿。

[5] 如来地：菩萨修行过程中次第所经十地之最高境界。

[6] 骖鸾驾鹤：驾驭鸾鹤云游。

[7] 胶柱守株：即"胶柱鼓瑟"与"守株待兔"的略语。比喻拘泥成规，不知灵活变通。

[8] 恶趣：佛学词语，又作恶道，即由恶业所感，而应趣往之处所。趣，往到之义。

[9] 屙(ē)：排泄。

【译文】

东坡被贬到惠州时，佛印给他写信说："子瞻考中了科举，选为翰林，在朝堂为官，终被流放到偏远荒凉的海边，只是因为当权的大臣猜忌你会当上宰相。人生一世，就像白驹过隙，三二十年的功名富贵，转眼成空。为何不对往事一笔勾销，去追求万年常在、永不堕落的本性呢？纵使没有能达到能去西天极乐世界的境界，也可以驾驭鸾鸟和仙鹤云游，在蓬莱、方丈、瀛洲三座仙山上飞翔，变成不死的神仙。为什么要执着于往事，等着进入恶道呢？曾经有人问法师：'佛法在什么地方？'法师说：'佛法在行住坐卧的地方，在穿衣吃饭的地方，在屙屎撒尿的地方，在没有理会的地方，在你求生不得求死不能的的地方。'子瞻胸中有万卷书，下笔无一点尘俗气。到这地位，不知本性在哪里，要一生聪明要做什么呢？"

未易优劣

贵人文高获第，隐士心薄功名；贵人歌朱雀 [1]，隐士盟白鸥；

贵人拥天禄 [2] 著书，隐士据虎皮 [3] 谈《易》；贵人侍玉皇香案，隐士礼绣佛高斋；贵人五色宫袍，隐士四时氄衲 [5]；贵人高车，隐士高枕；贵人千钟 [6] 五鼎 [7]，隐士鸡黍 [8] 肥豚。较对雌雄，未易优劣也。

【注释】

[1] 朱雀：传统文化中的四象之一，《三辅黄图》所谓的"天之四灵"之一。

[2] 天禄：即天禄阁，西汉未央宫内建筑名，属于中国最早的国家图书馆。

[3] 虎皮：虎皮交椅，讲席的代称。

[4] 宫袍：古代官员的礼服。

[5] 氄（cuì）衲：指毛织衲衣，僧人所服。

[6] 千钟：即千钟粟，指优厚的俸禄。钟，中国古代计量单位。

[7] 五鼎：即五鼎食，古代行祭礼时，大夫用五个鼎，分别盛羊、豕、肤(切肉)、鱼、腊五种供品，形容高官贵族的豪奢生活。典出《汉书·主父偃列传》（卷六十四上）。

[8] 鸡黍：指饷客的饭菜。

【译文】

贵人看中才高中第，隐士内心淡薄功名；贵人歌咏朱雀，隐士与白鸥结盟；贵人坐拥天禄阁著书，隐士据讲席谈《易》；贵人侍奉玉皇的香案，隐士在高斋礼拜刺绣的佛像；贵人穿五色宫袍，隐士四时着衲衣；贵人身坐四马高车，隐士高枕而眠；贵人食粟千钟，列五鼎食，隐士待客鸡豚米饭。两相比较，难分优劣。

随觉而止

已往事勿追思，未来事勿迎想，见 [1] 在事勿留念。随觉而止，习以为常。久久弥坚，不烦多学。

【注释】

[1] 见：后来写作"现"。

【译文】

已经过去的事不要追想，未来的事不要预想，现在的事不要留心。对三种念头随时克制，习以为常。时间一久，意念更加坚定，不烦多学。

先要学懒

道士吴涵虚[1] 好睡终日，人号之吴猱。其言曰："人如要闲，必先学懒；若不懒，定不得闲也。"

【注释】

[1] 吴涵虚：字含灵，江西 (今江西省) 人，唐末五代时道士。

【译文】

道士吴涵虚喜欢整天睡觉，人们称他为吴猱。他说："人如果要清闲，一定得先学懒散。如果做不到懒散，一定不会得到清闲。"

闲适之乐

趺坐[1] 宜霜根[2] 老树，偃仰[3] 宜漏月疏林。寝室曲傍岩阿[4]，书案平张松下，阶除步步芳草，轩槛处处名花。语鸟一笼，半睡半醒中著耳；文鱼弥沼，无情无绪处凭栏。掌帙[5] 理签[6]，必须雪子[7]。赓吟[8] 共钓，悉是烟流[9]。怒则拔剑挥空，曰丈夫适志，须富贵何时；喜则短琴横膝，曰高山流水，定有知音。但持僧偈，何必作酸馅[10] 领头[11]；虽顶儒冠，定不下冷猪[12] 注脚[13]。盟诸心矣，宁费口词？

【注释】

[1] 趺坐：盘腿端坐。
[2] 霜根：白色的草木根，此指裸露的根。

[3] 偃仰：俯仰。代指游乐。

[4] 岩阿：山的曲折处。

[5] 掌帙：手捧书卷。

[6] 理签：整理书签。

[7] 雪子：即温伯雪子。《庄子·田子方》中的一个高士。

[8] 赓吟：相继唱和。赓，继续。

[9] 烟流：洒脱隐逸的人。

[10] 酸馅：即"酸馅气"的略语，多被用来形容由僧人创作的格调酸腐、意境凡近、内容及技巧缺乏创新的诗歌。

[11] 领头：带头的人。

[12] 冷猪：即"冷猪肉"的略语，指文庙供奉孔圣人的猪肉。旧时，一个文人道德高，学问精，成就大，死后牌位便可入文庙，置于两庑之下，有资格分享供奉孔圣人的冷猪肉吃。

[13] 注脚：解释字句的文字。

【译文】

端坐应该在老树的裸根处，游乐应该在漏下月光的稀疏的树林中。寝室建在山曲处，书案平摆在松下，台阶步步有芳草，栏杆处处有名花。鸣鸟满笼，半睡半醒中鸟语声萦绕耳畔；带花纹的鱼布满池沼，在无聊时可以凭栏观望。一起读书的，必须是温伯雪子这样的高士。相继唱和垂钓的全是洒脱隐逸的人。发怒的时可以拔出长剑，在空中挥舞，说男子汉适意罢了，要富贵得等到什么时候；高兴时就把短笛横放膝上，说高山流水，定有知音。只说佛家偈语，何必作充满酸馅气文章的领头人；虽头顶儒冠，一定不比因擅长著述而能吃冷猪肉的人差。心里已经结好盟誓，哪里用得着再赘言词？

了置安心

俗事有宜急了者，有宜姑置者。了之，所以安心也；置之，亦所以安心也。不了又不置，终日萦怀，扰扰苦矣，究竟于事亦无益。

【译文】

世间的事情有的应该赶紧了结，有的应该姑且搁置。了结它，是安心的办法；搁置它，也是安心的办法。不了结也不搁置，整天萦绕心间，纷纷扰扰，内心太苦了，最终对事情也没有补益。

不死之道

每旦，日将出时，向明端坐，两手交握两肘腕，紧缩尾闾[1]，令肾气由夹脊[2]上升至泥丸[3]中，下贯两目，旋转数四。想目有金光，微启眦，见日中金光注射，雨(一)光内外相合，仍入两目。从上腭降下腹中，至气穴[4]而住。仍稍用意存之，如此不拘遍数，久之觉有红日一规常在胸怀间。此不死之道也。鸾圭[5]云："人所以生者，得阳精耳。"日为阳宗，常存之，安得死？

【校勘】

（一）雨：为"两"之讹。

【注释】

[1] 尾闾：长强穴别称，督脉之络穴，别走任脉，位于尾骨尖与肛门中点。

[2] 夹脊：即夹脊穴为经外奇穴之一，位于背部脊椎两旁即自第1胸椎至第5腰椎棘突下两侧。

[3] 泥丸：道教术语，脑神的别名。道教以人体为小天地，各部分皆赋以神名，称脑神为精根，字泥丸。经常代指脑。

[4] 气穴：人体下腹部的穴位名。

[5] 鸾圭：即刘鸾圭。据《六研斋笔记》载，刘鸾圭为明朝湖北麻城人，寿至110岁。

【译文】

每天早晨，太阳将要出来的时候，面向东方光明之处端坐，两手交握两肘腕，紧缩尾闾部位，令肾气经夹脊穴上升至脑中，向下贯注两目，反复旋转多次。拟想目有金光，微微睁眼，见日中金光注射，两种光内外相合，仍入两目。从上腭降到下腹中，至气穴而住。多次缓缓用意保存它，像这样反复多次，时间一长，就会觉得有一轮红日常在胸怀间。这是不死的方法。刘鸾圭说："人能活着的原因，能获取阳精罢了。"太阳是阳精宗主，常常保存阳精，怎么会死去？

治病之枢

《内经》曰^(一)："膀胱者，决渎之官，化物出焉。"其言肺，又曰："通调水道^[1]，下输膀胱。" 盖人身所化之物，唯溺为多，以其为湿蒸之气酝酿而成。若大肠所出，则物之渣滓耳，非所化者。若肾之精、肝之泪、肺之涕、心之汗，则又各乘感而生^[2]，非顺^(二)化所出者。是以化物，独属之^(三)膀胱之溺。余^(三)尝深察之：膀胱一脏，不独化和气为物而溺出之，亦化病气为物而溺出之。凡病气重则小便必涩^[3]，病气苏则小便渐通。人之一身，能泄病气无如膀胱者。膀胱之水泄，则脾土^[4]实；脾土实，则肺金^[5]清，而心火^[6]降：百骸自理矣。是故养生则以实脾为枢，治病则以疏膀胱为枢。

【校勘】

（一）《内经》曰：引文混乱。原文为："小肠者，受盛之官，化物出焉。肾者，作强之官，伎巧出焉。三焦者，决渎之官，水道出焉。膀胱者，州都之官，津液藏焉。"可见，引用者把小肠、三焦、膀胱的功能作用给混淆了。明代医学家张景岳注："膀胱位居最下，三焦水液所归，是同都会之地，故曰州都之官。"

（二）顺：为"气"之讹。

（三）之：从语法看，此"之"字为衍文。

（四）余：此则辗转抄自《罗谦甫治验案》。罗天益，字谦甫，元代真定路藁城（今河北藁城）人，医学家。故当指罗天益。

【注释】

[1] 通调水道：语出《素问·经脉别论》，其文曰："饮入于胃，游溢精气，上输于脾，脾气散精，上归于肺。通调水道，下输膀胱。水精四布，五经并行。"一般中医理论认为，肺的通调水道功能，是指肺的宣发和肃降对水液的输布、运行和排泄起着疏通和调节的作用。不过张效霞、王振国在《中医药学刊》发表的《通调水道考析》一文认为，"通调水道"即"水道通调"，其本意是说下焦功能正常，水液（包括津液）归于膀胱。所谓"肺主通调水道"，其实是由于对《素问·经脉别论》一段经文的误读所致。

[2] 乘感而生：交互感应生成。

[3] 涩：不通畅。

[4] 脾土：即脾脏。中医以五行之说释五脏，脾属土，故称。

[5] 肺金：即肺脏。肺的宣发肃降功能与五行中金的肃杀相对应，同属西方，故为肺金。

[6] 心火：中医学指人体的内热。常表现为烦热、咽干、口燥、口舌生疮等症。中医"有心在地为火"之说，故称。

【译文】

　　《内经》说："膀胱，就像都会之地，全身水液都来汇聚。"《内经》谈到肺，又说："下焦功能正常（即水道通调），水液（包括津液）归于膀胱。" 大概人的身体转化的东西，只有尿液是最多的，因为它是湿蒸之气酝酿生成的。至于大肠所排出的东西，只是糟粕罢了，不是身体转化的东西。像与肾相关的精液、与肝相关的泪液、与肺相关的鼻涕、与心相关的汗液，那又各是交互感应生成，不是气化生出的东西。因此身体的津液，只有汇注到膀胱中的尿液了。我曾经深深地考察过下面的现象：膀胱这一脏器不只是化和气为尿液而尿出去，也把病气转化成尿液而尿出去。大凡病气深重，那么小便必定不通畅；病气减轻，小便就会渐渐畅通。人全身的器官，能排出病气的没有赶得上膀胱的。膀胱的尿液能通畅排泄，那么脾脏就充实；脾脏充实，那么肺脏就会清平，并且心火下降：全身自然就太平了。因此养生就应该把充实脾脏作为关键，治病就应该把疏通膀胱作为关键。

食服须温

食服常温，一体皆春；心气常顺，百病自遯[1]。

【注释】

[1] 遯（dùn）：同"遁"。

【译文】

食物要常保持温暖，这样全身就有暖意；心情保持平和，百病自然逃开。

长生之诀

东坡居岭外，问长生诀于吴复古[1]。复古告之曰安曰和：安则宁一，而精神不扰；和则优柔[2]而情思不躁。即老氏致虚守静[3]之旨也。

【注释】

[1] 吴复古：字子野，号远游，北宋海阳（今汕头龙湖）人，学者。
[2] 优柔：从容。
[3] 致虚守静：达到心境空明宁静状态。语出《道德经》第十六章："致虚极，守静笃。"

【译文】

苏东坡谪居岭南，向吴复古问长生秘诀。吴复古告诉他说要做到"安心"与"平和"：安心就能宁静专一，而精神就不会被搅扰；平和就能从容而情思不躁动。也就是老子所说的"致虚极，守静笃"的宗旨。

忘恶吏道

佳木有荫，浅水有纹，坐凉风，临清流，而意不在吏道[1]之恶也。

【注释】

[1] 吏道：此指官路。

【译文】

佳木有浓阴，浅水有波纹，坐在凉风之下，面临清流，能让人忘掉官路险恶。

真在屎尿

语云"道在屎尿[1]"，余(一)察之，道真在屎尿也。东坡云："要长生，小便清；要长活，小(二)便洁。要延年，清小便。"麻衣和尚[2]之师乃山中一老僧，每十日半月一解大便。其矢圆洁如弹丸，落地硌硌然，如砖石。此经真火久炼，若土之经窑烧造为砖坯耳。其人年二百余岁，不疾而化。麻衣尚为童子时也。

【校勘】

（一）余：此则采编自明代李日华《六研斋笔记》（卷四）。据此，当指李日华。如李日华采编他处，则不知指代何人。

（二）小：据《六研斋笔记》，为"大"之讹。

【注释】

[1] 道在屎尿：也做"道在屎溺"，语出《庄子·外篇·知北游》。比喻道之无所不在，即使是在最低贱事物中都有"道"存在。

[2] 麻衣和尚：唐末至宋初活跃在山陕地区一个极富传奇色彩的僧人，相传陈抟为其弟子。

【译文】

　　《庄子》上说"道在屎尿"，我考察了一下，养生之道真在屎尿中。苏东坡说："要长生，小便清；要长活，大便洁。要延年，清小便。"麻衣和尚的老师是山中修行的一位老僧，每十天半月解一次大便。那屎团圆滑得就像弹丸，落地发出硌硌声，就像砖石一样。这是经过真火长久烧炼，就像泥土经过火窑烧造成砖坯罢了。那人寿命到二百多岁，无疾而终。麻衣和尚当时还是小孩子。

难买清闲

　　春去春来⁽一⁾，朱颜容易改；花落花开，白头空自哀。世事等浮埃，光阴如过客。休慕云台 [1]，功名安在哉？休访蓬莱，神仙安在哉？清闲两字钱难买，何苦深拘碍 [2]？只恁 [3] 过百年，便是超三界 [4]，此外别无闲计策。

【校勘】

（一）春去春来：此则辗转抄自唐伯虎曲子《叹世词》（曲牌为对玉环过清江引）四首第一首，字句多有舛错。据《唐伯虎全集》，原文为：春去春（一作秋）来，白头空自挨；花落花开，朱（一作红）颜容易衰（一作改）。世事等浮埃，光阴如过客。休慕云台，功名安在哉！休访蓬莱，神仙莫浪猜。清闲两字钱难买，苦（一作枉）把身拘碍。只恁过百年，便是超三界，此外别（一作更）无他（一作闲）计策。

【注释】

[1] 云台：汉宫中高台名，汉明帝时因追念前世功臣，画邓禹等二十八将于　　南宫云台。后用以泛指纪念功臣名将之所。

[2] 拘碍：束缚阻碍。

[3] 恁：如此。

[4] 三界：指众生所居之欲界、色界、无色界。

【译文】

略。

有违情理

世间唯财与色能耗人精气，速人死亡。而方士之言曰："金银可点化以济世，少女可采药以长生。既快嗜欲，又得超胜[1]，何惮而不为耶？"予(一)以理情揆之，恐无此大便宜事，不敢信也。

【校勘】

（一）予：此则采编自李日华《紫桃轩杂缀》，当代指李日华。

【注释】

[1] 超胜：得道成仙，上升天界。

【译文】

世间只有钱财和女色能消耗人精气，加速人死亡。可是道家术士说："金银可有别物点化用来救世，少女可用来采炼药物获取长生。既纵情淫乐，又能得道升仙，为什么害怕不敢做呢？"我从天理人情推测，恐怕没有这样便宜事，不敢相信。

褒禅山僧

予(一)游褒禅山，石岸下见一僧，以纸轴枕首，跣足而卧。予坐久之，乃惊觉起相向，熟视予曰："方听万壑松声，泠然而梦，梦见欧阳公，羽衣[1]，折角巾[2]，杖藜[3]，逍遥颍水之上。"予私揣曰："此道人识欧公，必不凡。"乃问曰："师寄此山几年矣？道具何在？伴侣为谁？"僧笑曰："出家欲无累。公所言，滚滚(二)多事人也。"

曰："岂不置钵耶？"曰："食时寺有碗。"又曰："岂不畜经卷耶？"曰："藏中自备足。"曰："岂不备笠耶？"曰："雨即吾不行。"曰："鞋履亦不用耶？"曰："昔有之，今弊弃之，跣足行殊快人。"予愕曰："然则手中纸轴复何用？"曰："此吾度牒[4]也，亦欲睡枕头。"予甚爱其风韵，恨不告我以名字。

【校勘】

（一）予：此则采编自宋朝惠洪《冷斋夜话》，故当指惠洪。惠洪，字觉范，号寂音尊者，江西宜丰人，北宋诗僧。

（二）滚滚：为"衮衮"之讹。衮衮，纷繁众多貌。

【注释】

[1] 羽衣：此指道服，即道士所着之服。

[2] 折角巾：简称"折巾"，即林宗巾。典出《后汉书·郭太列传》（卷六十八）。

[3] 杖藜：指用藜老茎做的手杖，质轻而坚实。

[4] 度牒：官府发给僧尼证明身份的文件。

【译文】

我游褒禅山，在石崖下看见一位僧人，用纸轴当枕头，光脚而睡。我坐了好长时间，那和尚才醒过来，起身面对我，仔细看看我，说："才听万壑松声，在清凉氛围中睡去入梦，梦见了欧阳修，他身穿道衣，头戴折巾，手扶藜杖，在颍水岸边自在而行。"我私下盘算："这个僧人认识欧阳修，一定不平凡。"于是问他说："您住这座山几年了？修道用的东西在哪里？伴侣是谁？"僧人笑笑说："出家人想要没有牵累。您所说的，是众多的多事人看法。"问："难道不置办钵盂吗？"回答说："吃饭时寺里有碗。"又问："难道不储备经卷吗？"回答说："胸中原来储备就够了。"问："难道不置备斗笠吗？"回答说："下雨时就不出行。"问："鞋子也不用吗？"回答说："从前有过，现在破旧，扔掉了，光脚比穿鞋人走得更快。"我吃惊地说："既然这样，手中纸轴又有什么用处？"回答说："这是我的度牒，也是想睡时来枕头。"我很喜欢他的风度韵致，遗憾是他没有把名字告诉我。

如此贪多

坐多于行，默多于语，质多于文[1]，恩多于威，让多于争，介多于泛[2]，闭门多于出户，欢喜多于怒嗔。如此常贪多，获福自无量。

【注释】

[1] 质多于文：质朴多于文饰。

[2] 介多于泛：意志坚定多于浮泛。介，坚定。泛，浮泛，不切实际。

【译文】

略。

清净斋铭

了尘[1]吟云：半（一）间屋，六尺地，虽不庄严，却也精致。蒲作团，布作被，日里可坐，夜间可睡；灯一盏，香一炷，石磬数声，木鱼几击；窗常关，门常闭，好人放参，恶人回避；发不剃，肉不忌，道人心肠，儒者服制；上无师，下无弟，不传衣钵，不立文字。不参禅，不说偈，但无妄想，亦无妄意；不贪荣，不图（二）利，无挂碍，无拘系，了清净缘，作解脱计。闲便来，忙便去，省闲非，省闲气。也非庵，也非寺，在家出家，在世出世；即此（三）上乘[2]，即此三昧[3]。日复日，岁复岁，过（四）我这生，任我（五）后裔。

【校勘】

（一）半：据林洪《清净斋铭》，为"一"之讹。林洪，字龙发，号可山，南宋晋江人，绍兴年进士。

（二）图：为"贪"之讹。

（三）即此：与下句的"即此"，均为"此即"。

（四）过：为"毕"之讹。

（五）我：为"他"之讹。

【注释】

[1] 了尘：不详。猜测当是僧人法号。

[2] 上乘：佛教用语，即大乘，一般借指高妙境界或上品。

[3] 三昧：佛教用语，要领，真谛。

【译文】

　　了尘吟诵说：一间房屋，六尺地方，虽然没有宏伟庄严境界，却也精致；蒲团白天可以坐，布被夜里可以睡；点一盏灯，焚一炷香，石磬击数声，木鱼敲几下；佛龛常关，家门常闭，好人放进来参拜，恶人就让他回避；头发不剃，荤腥不忌，僧人心肠，儒生服饰；向上没有老师，向下没有弟子，不传衣钵，不留文字；不参禅悟，不说偈语，没有妄想，也没有妄意；不贪求荣华，不图谋利益，没有牵缠，没有束缚，了结清净缘分，作解脱的打算；清闲时就进门来，忙碌时就走出去，省却是非，也避免闲气；也不是草庵，也不是佛寺，在家就像出家，在世就像出世：这就是上等境界，这就是佛法真谛。日复一日，年复一年，如此这般地过完我这一生，哪管他后代子孙。

道人训子

　　道人[1]训于子曰："尔能居室如寄，使仆如假[2]，起处如在途，饮食如受乞，即无病矣。"

【注释】

[1] 道人：即于慎行，字可远，号无垢道人，明朝平阴人，万历朝官至内阁首辅。

[2] 使仆如假：役使仆人就像借来的。

【译文】

略。

且自从容

满目^(一)经纶 [1]，且寄花开叶落；当场啸傲 [2]，那知鸟去云来？

【校勘】

（一）目：当为"腹"之误。

【注释】

[1] 经纶：整理过的蚕丝。代指抱负与才干。
[2] 啸傲：放歌长啸，傲然自得。指行为旷达，不受世俗礼法拘束。

【译文】

略。

不足之过

墨子曰^(一)："非无安居也，无安心也；非无足财也，无足心也。"世之人，衣不过被体，衣千金之裘犹以为不足，不知鹑衣 [1] 缊袍 [2] 者固自若；食不过充肠，罗万钱之珍犹以为不足，不知箪食瓢饮 [3] 者固自乐；室不过蔽风雨，峻宇雕墙 [4] 犹以为不足，不知绳枢瓮牖 [5] 者固自安；器不过适用，玉杯象箸犹以为不足，不知污尊杯饮^(二)者固自适。惟其不足，是以心之放僻 [6]、意之奔驰无所不至，以有限之年济无厌之欲，何时足耶？岁月易迈，狂迷不复，悲夫！

【校勘】

（一）墨子曰：三字后引文出自《墨子·亲士》，原文为"非无安居也，我无安心也；非无足财也，我无足心也"，"我"字为夺文。

（二）污尊杯饮：为"污尊抔饮"之误，"杯""抔"形近致讹。谓掘地为坑当酒樽，以手捧酒而饮。尊，通"樽"。

【注释】

[1] 鹑衣：补缀的破旧衣衫。

[2] 缊袍：古代以乱麻、乱絮做成的袍子，为贫者所服。

[3] 箪食瓢饮：语出《论语·雍也》："一箪食，一瓢饮，在陋巷，人不堪其忧，回也不改其乐。贤哉回也！"后用为生活简朴，安贫乐道的典故。

[4] 峻宇雕墙：高大屋宇和彩绘墙壁，形容所处豪华奢侈。宇，屋檐。

[5] 绳枢瓮牖：用绳子系门，来代替转轴；墙上装上破瓮，当作窗子。形容住房条件十分简陋。

[6] 放僻：放纵地去为非作歹。

【译文】

墨子说过："不是不能安居，是我不能安心的缘故；不是财物不足，是我内心不知满足的缘故。"世上人，衣服不过遮蔽身体罢了，穿千金裘还认为不满足，不知穿鹑衣缊袍人本可以安然自若；吃饭不过用来填饱肚子罢了，罗列价值万钱的美味还认为不满足，不知箪食瓢饮人本可以自我安乐；房子不过是用来遮蔽风雨罢了，楼宇豪华还认为不满足，不知住房简陋人本来可以自我安心；器物不过适合使用罢了，玉制酒杯象牙筷子还认为不满足，不知掘地为坑当酒樽、以手捧酒而饮本来可以自我安适。只是自己不满足，因此内心放纵，胡作非为，欲望无所不有，拿有限的生命去成就没有满足的欲望，什么时候才能满意呢？岁月易逝，狂乱昏迷，不复本心，可悲呀！

守分随缘

《人伦要鉴》云："人心不足蛇吞象，世事到头螳捕蝉。无药可延卿相寿，有钱难买子孙贤。家常守分随缘过，便是逍遥自在仙。"

【校勘】

（一）《人伦要鉴》：不知何人所编。六句话节选自罗洪先《醒世歌》。前四句与后两句在原歌中并不相连。罗洪先，字达夫，号念庵，明代江西吉水人，学者。

【译文】

略。

强不可恃

陶楠林[1]云："色身强者多病，酒量大者多醉，有所恃也。"语云："善游者溺，善骑者堕。"

【注释】

[1] 陶楠林：不详。

【译文】

陶楠林说："身体强壮的好色人多生病，酒量大的人易喝醉，因为有所依靠。"谚语说："擅长游泳人多溺水，擅长骑马人多坠落。"

养精气神

孙真人[1]云："怒甚偏伤气，思多太损神。神疲心易役，气弱病相萦。勿使悲欢极，当令酒（一）食均。再三防夜醉，第一戒晨嗔。"故养生之道，必寡思虑以养神，寡嗜欲以养精，寡言语以养气。

【校勘】

（一）酒：据孙思邈《真人铭》，为"饮"之讹。

【注释】

[1] 孙真人：唐代著名医学家孙思邈，因其为著名道士，故称。

【译文】

略。

养生机括

养生者贵开发其生机。生机一发，则源源不穷，此谓浚于不涸之府[1]。生机有二：使此心常自怡适，而不以忧郁窒其生机，一也；助养脾土，以兹化源，则四脏都有生气，二也。若不知此机括[2]，虽日服补益良剂，所补曾几何？

【注释】

[1] 府：本指仓库，此指源泉。
[2] 机括：弩上发矢机件，喻治事权柄或事物关键。

【译文】

养生人贵在开发自己的生机。生机一开发，就源源不穷，这就叫做疏浚不涸源泉。生机来源有两处：使自己心情常保持快乐安适，而不因为忧郁窒塞自己的生机，这是第一处；助养脾脏，来培养化解食物的原动力，那么心、肝、肺、肾四个脏器都会有生气，这是第二处。如果不知道这个关键，即使每天服食上等补药，最终能有多少补益呢？

可书座右

王圣俞[1]《会心言》有云："伐天和[2]以成就世事，如割肉饰俎，刺血染裳，然究竟成就，亦归虚幻，徒自伐天和而已。"语有之："宁可疏慵乖物议[3]，莫将性命当人情。"此二言可书座右。

【注释】

[1] 王圣俞：字纳谏，号观涛，江都人，晚明学者。

[2] 天和：体之元气。

[3] 物议：众人议论。

【译文】

　　王圣俞的《会心言》中有话说："杀伐元气来成就世事，就像割肉来装饰案板，刺出血液来染红衣裳，而最终成就的东西，也归于虚幻，空自戕伐元气罢了。"谚语这样说："宁可疏懒违背舆论，不要把性命当人情来送。"这两句话值得写在座右。

闲中清福

　　坐水边林下，尘世可忘；步芳径闲庭，情怀自逸。鸟啼花落，且开病里幽襟 [1]；酒洌茶香，共享闲中清福。

【注释】

[1] 幽襟：愁闷的心情。

【译文】

　　略。

少欲年高

　　穷山深谷之人多高年者，嗜欲少故也。

【译文】

　　住在偏僻幽深山谷之间的人大多长寿，嗜欲少的缘故。

善用三短

李谐[1]，字虔和，清丰人。风流文辩，历中书侍郎。因瘿[2]而举颐[3]，因跛而缓步，因蹇⁽一⁾而徐言，人言李谐善用三短。

【校勘】

（一）蹇：为"謇（jiǎn）"之误，口吃。

【注释】

[1] 李谐：字虔和，顿丘（今河南清丰）人，北魏学者，官至尚书侍郎。

[2] 瘿：颈瘤，俗称大脖子。

[3] 举颐：仰着下巴（显得脖子长）。

【译文】

李谐，字虔和，清丰人。风度洒脱，言辞巧妙，曾任中书侍郎。他因脖子肿大就有意扬起下巴，因为跛脚就有意慢走，因为口吃就有意慢说，人们说李谐善于运用三个短处。

都下沧州

马远公[1]云：天地偏以岩壑云树娱天下之幽人逸士，非当贵人所可染指，散吏逐臣犹可窃取一二。吾辈未肯为幽人，但一日游览亦一日清福。余当年虽在都下[2]风尘中，日与西山一段秀逸之气脉脉还往，无论清游香碧诸山，别有趣味，即燕市园林中，多有高树，坐挹[3]深绿，便觉不同。一日，与澹真[4]兄坐一小园，李花熳烂[5]，如雪照人，酌小楼上，望西山翠尖[6]欲滴，因谓澹真曰："金门亦有沧洲[7]耶？"

【注释】

[1] 马远公：不详。推测为明代人。

[2] 都下：京城。

[3] 挹：牵引。

[4] 澹真：即马德澧，字澹真，号以容，浙江平湖人，万历丁未进士，官至刑部郎中。

[5] 熳烂：同"漫烂"，鲜明美丽貌。

[6] 翠尖：碧绿山峰。

[7] 沧洲：近水的地方，常喻指隐士的居处。

【译文】

马远公说：天地偏偏用岩壑云树来娱天乐下幽居隐逸的人，不是贵人所能染指的，散淡的官员与被放逐的大臣还可窃取一二。吾辈未肯做隐士，只是一天游览也是一天清福。我当年虽然在京城风尘中，每天和西山一段秀逸多情来往，无论清游香碧众山，都别有趣味，即使是燕市园林中也多有高树，正好坐赏深绿，便觉趣味不同。一日，与澹真兄坐一个小园中，李花烂漫，如雪照人眼明，在小楼上饮酒，望西山山峰翠绿欲滴，于是对澹真说："学士待诏也有隐居的地方吗？"

畏解不畜

殷仲文[1]劝宋武帝[2]畜妓，帝曰："我不解声。"仲文曰："但畜自解。"帝曰："畏解故不畜。"

【注释】

[1] 殷仲文：陈郡长平（今河南西华）人，东晋大臣，诗人。

[2] 宋武帝：南朝刘宋政权建立者刘裕谥号。此时刘裕还是东晋大臣。

【译文】

殷仲文劝后来的宋武帝刘裕蓄养歌妓，刘裕说："我不懂音乐。"

殷仲文说："只要蓄养了，自然能懂。"刘裕说："害怕能懂，所以不蓄养。"

薄享延寿

士大夫于世法 [1] 中惟廉取薄享 [2]，可迓续寿之源，何从更慕长生？

【注释】

[1] 世法：佛教称人世间的一切。
[2] 廉取薄享：少攫取少享受。

【译文】

士大夫于世间法中只有少攫取少享受，才可以迎来延长寿命的根源，哪会另有办法渴慕长生？

长寿之道

轩辕集 [1] 隐居罗浮山，年百余岁。宣宗召问之，对曰："彻 [2] 声色，薄滋味，哀乐不过，德刑无偏，尧、舜、禹、汤皆登上寿 [3] 者，用此道也。"善饮酒，百升不醉，夜则垂发盘中，酒沥沥而出。

【注释】

[1] 轩辕集：河南归德府睢州人，唐朝道士。
[2] 彻：断绝。
[3] 上寿：三寿中之上者，谓最高年寿。

【译文】

轩辕集隐居在罗浮山，年纪一百多岁了。唐宣宗召见他，向他问长寿之道，回答说："断绝音乐女色，饮食清淡，哀乐不过头，施德

与惩罚没有偏颇，尧、舜、禹、汤都能活到上寿，就用这方法。" 轩
辕集善长饮酒，喝百升不醉，夜里就把头发垂放盘中，酒一滴滴渗出。

知哀知乐

人不极思，不知吾生之可哀；人不极思，不知吾生之可乐。知
哀吾生者，可与破尘情[1]矣；知乐吾生者，可以破圣谛[2]矣。

【注释】

[1] 尘情：尘缘。

[2] 圣谛：佛家出世思想。

【译文】

如果人不竭尽心思，缜密思考，就不知我的生命可悲；如果人不
竭尽心思，缜密思考，就不知我的生命快乐。知道生命可悲，就能破
除尘缘；知道生命快乐，可破除出世思想。

参佛读《易》

长参大乘，《楞严》十卷可以留心；闲坐小窗，羲《易》一编
休教去手。

【译文】

长参佛理，十卷《楞严经》可以留心；小窗下闲坐，伏羲氏《易经》
一编不要离手。

摄心摄目

摄心[1]须摄目，《阴符经》[2]曰"机在目[3]"三字，丹法之要也。

【注释】

[1] 摄心：控制心志，收敛心神。

[2]《阴符经》：又叫做《黄帝阴符经》，成书何时，作者为谁，学界无定论，全书以隐喻论述养生。

[3] 机在目：心机全在眼睛里。

【译文】

收敛心神需要管控住眼睛，《阴符经》说的"机在目"三字，是炼丹法关键。

却病十法

《却病十法》云：静坐观空 [1]，觉四大原从假合 [2]，一也；烦恼现前，以死譬之，二也；常将不如我者，巧自宽解，三也；造物劳我以生，遇病稍闲，反生庆幸，四也；宿业（一）现逢，不可逃避，欢喜领受，五也；家室和睦，无交谪 [3] 之言，六也；众生各有病根，常自观察克治 [4]，七也；风寒谨防，嗜欲淡泊（二），八也；饮食宁节毋多，起居务适毋强，九也；觅高朋亲友，讲开怀出世之谈，十也。

【校勘】

（一）宿业：或作"宿孽"。前世的善恶因缘，佛教相信众生有三世因果，认为是前世所作的善恶。多指恶业。

（二）泊：或作"薄"。以"薄"为佳。

【注释】

[1] 观空：要觉知诸法无常性，了不可得性，进而放下对法相执着心，离一切心缘相，自性清净。

[2] 四大原从假合：世间一切相法，皆是地火水风四大元素假合而成，缘起则生，缘尽则散，无常幻起幻灭。

[3] 交谪：大家相互责备。

[4] 克治：攻治。

【译文】

略。

求教方家

读书家解得寻仲尼、颜子乐处，即无事；向长桑^[1]家商卫生却疾之方，亦无事；向神仙家问长生久视^[2]之诀^{（一）}。

【校勘】

（一）诀：从上文看，此字后疑有夺文"亦无事"三字。

【注释】

[1] 长桑：战国时神医。长桑君后来就成为良医代名词。

[2] 久视：不老，耳目不衰。形容长寿。

【译文】

读书人懂得寻找孔子、颜回的快乐之处，就没什么事；向良医咨询商讨卫生却病方法，也没什么事；向修仙人询问如何求得长生的秘诀，也没什么事。

自调自守

心苟无事则息自调，念苟无欲则中自守。

【译文】

胸中如果无事，那气息自然协调；心里如果没有欲望，那内心自然平和。

须做闲事

清闲之人不可惰其四肢，又须以闲人做闲事。临古人帖，温昔年书，拂几微尘，洗砚宿墨，灌园中花，扫林中叶。觉体少倦，放身匡床[1]上，暂息半晌可也。

【注释】

[1] 匡床：安适的床。或曰方正的床。

【译文】

清闲人不可使四肢懒惰，心闲人又必须做些闲事。临古人字帖，温习昔年读过的书，擦拭几案上微尘，洗掉砚台里旧墨，浇灌园中花朵，扫掉林中落叶。感觉身体稍微困倦，就可在舒适的床上躺一下，可以暂时休息片刻。

饿餐倦睡

饿乃加餐[1]，菜食美于珍味；倦然后睡，草荐胜似重茵。

【注释】

[1] 加餐：进餐。

【译文】

饿了进餐，感到饭菜胜过美味佳肴；疲倦了再睡觉，草席胜过多重茵褥。

捐虑自得

斗室中，万虑都捐[1]，说甚画栋飞云，珠帘卷雨[2]；三杯后，一真[3]自得，唯知素琴横月，短笛吟风。

【注释】

[1] 捐：抛弃。

[2] 画……雨：王勃《滕王阁诗》"画栋朝飞南浦云，珠帘暮卷西山雨"的缩略。

[3] 真：真性情。

【译文】

斗室中，万虑都抛弃，说什么画栋飞云，珠帘卷雨；三杯酒后，一点真性情自然流露，只知月光下弹奏素琴，清风中吹奏短笛。

学打坐法

初学打坐，须厚铺软座，宽衣解带，结跏趺坐 [1] 或半跏趺坐。令腰脊头项骨节相拄，耳与肩对，鼻与脐对，舌抵上腭，唇齿相著。目须微开，不可全闭；若全闭，恐易昏睡。身须平直，状似浮屠。坐要安舒，任其自然。息从鼻通，不可麄 [2]，不可促，不可闭，不可抑，出入往来，务要绵绵不断，亦不可着意为之。一切善恶都莫思量，念之即觉，觉之即无。久久忘缘，自成一片。出定 [3] 之时，徐徐动身，安详而起。若得此意，自然四大 [4] 清爽，所谓安乐法也。

【注释】

[1] 跏趺坐：又称莲花坐。即互交二足，将右脚盘放于左腿上，左脚盘放于右腿上的坐姿。又称交一足为半跏趺坐、半跏坐。

[2] 麄：同"粗"。

[3] 出定：佛家以静心打坐为入定，打坐完毕为出定。

[4] 四大：此指有地、水、风、火做成的天地宇宙。

【译文】

初学打坐，须厚铺软座，穿宽松的衣服，解开衣带，采用跏趺坐或半跏趺坐坐姿。让腰脊头颅脖子的骨节相互支撑，让耳朵与肩部相对，鼻子与脐部相对，舌抵上腭，唇齿相互附着。眼睛要微微睁开，不可闭合；如果完全闭合，最易昏睡。身体要保持平直，就像和尚打坐样子。坐要安稳舒适，任其自然。气息要通过鼻腔，不可太粗，不可太急，不可闭气，不可抑气，出入往来，一定要绵绵不断，也不可刻意处理。一切善恶都不要思量，一旦考虑到马上警觉，警觉后马上消除。久久练习，就会忘掉尘缘，自成一种境界。打坐完毕时，慢慢动身，安详而起。如果得到这种意趣，自然感到宇宙清爽，这就是所说的安乐法。

真境真机

何地非真境？何物非真机 [1]？芳园半亩，便是旧金谷 [2]；流水一湾，便是小桃源。林中野鸟数声，便是一部清鼓吹 [3]；溪上闲云几片，便是一幅真画图。

【注释】

[1] 真机：真趣味。

[2] 金谷：即金谷园，西晋富豪石崇在洛阳的别墅，为其与文人雅士集会宴饮之所。

[3] 鼓吹：乐曲声。

【译文】

略。

伴书安眠

闲中觅伴书为上，身外无求睡最安。

【译文】

略。

参勘谙练

从五更枕席上参勘[1]心体[2]，气未动，情未萌，才见本来面目；向三时饮食中谙练^{（一）}世味，浓不欣，淡不厌，方为切实工夫。

【校勘】

（一）谙练：熟习，熟练。"谙"原文为"从纟，音声"的一个形声字，为"谙"
　　之误字。

【注释】

[1] 参勘：检查比对。
[2] 心体：思想。

【译文】

清晨在床榻上检查比对自己的思想，外气尚未萌动，内在欲望尚未萌发，才能显现本有心性面目；在一日三餐中熟习人世滋味，滋味浓厚不欣喜，滋味淡薄不厌烦，才是实实在在修养功夫。

性命为要

神农经"上药养命，中药养性"^{（一）}，诚谓^{（二）}性命之理，因辅养以通也。而世人不察，惟五谷是先^{（三）}，声色是耽，目眩玄黄[1]，耳务淫哇[2]；滋味煎其腑脏，醴醪煮^{（四）}其肠胃；馨香^{（五）}腐其骨髓，喜怒悖其正气；思虑消其精神，哀乐殃其平粹[3]。夫以蕞尔之躯，而攻者非一途；易竭之身，而内外受敌。身非木石，何能久乎？

【校勘】

（一）神农经"上药养命，中药养性"：采编自晋代嵇康《养生论》。原
　　文此处为"（故）神农曰'上药养命，中药养性'者，诚知性命之理"，

  "经"字为"曰"，"者"字为夺文。

（二）谓：《养生论》原文为"知"。以下文字与《养生论》亦有出入，
    如与原文意思无多大出入，则不予注出。

（三）先：原文为"见"。

（四）煮：原文为"鬻"，烧灼。

（五）馨香：原文为"香芳"，此代指美色。

【注释】

[1] 玄黄：比喻外表，非本质的东西。

[2] 淫哇：淫邪之声，多指放纵的乐曲诗歌。

[3] 平粹：平和纯正。

【译文】

  神农氏所说的"上品药保养天命，中品药调养性情"的话，实在
是深知养性保命的道理，要靠药物辅助养护来达到养生目的。可是世
人不去明察，只看到五谷的作用，沉溺于音乐女色里面，眼睛被天地
间非本质东西所迷惑，耳朵致力于欣赏淫邪音乐；让美味佳肴煎熬他
们的脏腑，让美酒烧灼他们的肠胃，让女色腐蚀他们的骨髓，让喜怒
扰乱他们的正气，让思虑损耗他们的精神，让哀乐伤害他们平和纯正
的本性。就小小的身体来说，摧残它的东西不是来自一路；精气容易
耗竭的身体，却要受到来自内外的攻击。身体不是木石，怎能长久呢？

花引清兴

  庭前幽花[1]时发，披览既倦，每啜茗对之。香色撩人，吟思忽
起，随^{（一）}歌一古诗，以适清兴。

【校勘】

（一）随：据《小窗幽记》，为"遂"之讹。

【注释】

[1] 幽花：不知名野花。

【译文】

略。

不能割断

胸中只摆脱一"恋"字，便十分爽净，十分自在。人生最苦处，只是此心沾泥带水，明是知得，不能割断耳。

【译文】

略。

爱惜精神

晦庵先生曰："中年以后，为学且须爱惜精神，恐忽有大事来，无以应之。"阳明方讨宁藩，谓二司曰："某向在长安马上时，目光不敢过马首。今羽檄交驰 [1]，不交睫者七昼夜矣，而形神如旧，幸有平日之养耳。"抽绎 [2] 二公之言，吾辈荡心暴气 [3] 之事，安得不猛自省改？

【注释】

[1] 羽檄交驰：比喻军情紧急繁忙。羽檄，插上鸟羽的紧急文书。
[2] 抽绎：玩味。
[3] 荡心暴气：内心狂荡，气焰嚣张。

【译文】

晦庵先生朱熹说："中年以后，做学问还必须爱惜精神，担心忽然有大事到来，没办法应对。"王阳明（王守仁号阳明）在讨伐宁王朱宸濠时，对手下两位官员说："我以前在京城骑马时，目光不敢高过马头（指惜护精神）。现在军务紧急繁忙，不能合眼已经七昼夜了，而身体精神像往常一样，幸而有平日养护罢了。"玩味两位先贤的话，我们做内心狂荡、气焰嚣张的事，怎能不猛然省察悔改呢？

有生之乐

人生太闲则别念窃生，太忙则真性不见。故士君子不可不抱虚生之忧，亦不可不知有生之乐。

【译文】

人生太闲，杂念就私下里生成，太忙则真性就不见了。所以君子不可不抱生命虚度的忧虑，也不可不知活着的乐趣。

暗损精神

金柱手摩日细，石栏绠锯痕深。喜事多言好怒，那知暗损精神？

【译文】

用手摩挲金柱，它会一天天变细，水井的石栏，绳索一天天拉扯，会锯出深深的痕迹。喜欢多事，多说话语，容易发怒，哪里知道暗中会损减精神？

嗜酒者戒

吾[1]见嗜酒者，晡而登席，夜则号呼，且而病酒。其言动如常者，午未二晷耳。以昼夜而仅二晷，如人则寿至百年，仅敌人二十也。而举世好之不已，亦独何哉？

【注释】

[1] 吾：此则采编自明朝谢肇淛《五杂组》，当指谢肇淛。

[2] 晡：申时，即午后三点至五点。

[3] 午未二晷：午时和未时两个时辰（从 11 点至 15 点）。

【译文】

我看见嗜酒人，申时就上床睡觉，夜里号呼欢饮，白天就害酒病。他言语行动正常的时候，只有午时和未时两个时辰罢了。拿一昼夜仅有两个时辰来看，如果他活到百岁，仅相当于他人二十年。可是整个世上的人嗜酒不停，究竟是什么原因呢？

超脱自得

是非场里，出入逍遥；逆顺境中，纵横自在。竹密何妨水过？山高不碍云飞。

【译文】

略。

《莲华经》序

真西山 [1] 跋《莲华经》（一）曰：余少时读普门，品《观世音经》。虽未能深解其义，然以意测之，曰："此佛氏之寓言也。"昔唐李文公 [2] 问药山禅师 [3] 曰："如何是恶风吹船漂落鬼国？"师曰："李翱小子问此何为？"文公勃然怒，形于色。师笑曰："发此嗔恚心，便是黑风吹船飘入鬼国也。"吁！药师可谓善启发人矣。以是推之，则知利欲是火坑，贪爱是苦海。一念清净，烈焰成池；一念惊觉，船到彼岸。灾患缠缚，随寓而安；我无怖畏，如械自脱。恶人侵凌，待以横逆[4]；我无忿嫉，如兽自奔。读是经者作如是观，则知普陀大士[5]真实为人，非浪言者。

【校勘】

（一）跋《莲华经》：当为"序《莲华经》"之误。

【注释】

[1] 真西山：即真德秀，字实夫，号西山，宋末福建浦城人，理学家，官至参知政事，谥文忠。

[2] 李文公：即李翱，字习之，唐朝陇西成纪人，谥号文，文学家。

[3] 药山禅师：即惟俨，别号药山，唐代高僧，绛州人。

[4] 横逆：指横暴无理行为。

[5] 普陀大士：即观世音菩萨。

【译文】

　　真西山为《妙法莲华经》做的序文说：我年轻时在普门寺读书，品读《观世音经》。虽然不能深解其经义，可是用我的心意推测，说："这是佛家寓言。"从前唐朝李文公问药山禅师说："怎样才是恶风吹船漂落鬼国？"禅师说："李翱小子问这个干什么？"李文公勃然大怒，表现在脸色上。禅师笑笑说："这种发怒心理，就是黑风吹船飘入鬼国。"唉！药山禅师可算是善于启发他人。拿这个推广开来，就知道利欲熏心就是火坑，贪婪吝啬就是苦海。一念清净，烈焰会变成莲池；一念惊醒，船就会到达彼岸。灾患缠缚，随遇而安；我没有畏惧心理，就像刑械自己解开一样。恶人侵夺欺凌，任他粗暴无理；我没有愤恨，那就像野兽一样自己跑开。读这部佛经的人应当有这看法，就知道这是观音大士真实为人而说的，并不是随意乱说。

保养五脏

　　宠辱不惊，肝木自宁；动静以敬，心火自定；饮食有节，脾土不泄；调息寡言，肺金自全；怡神寡欲，肾水自足。毋以妄想成真心，毋以客气[1]伤元气。

【注释】

[1] 客气：中医术语，指侵害人体的邪气。

【译文】

不把荣耀与耻辱放在心上，肝木（肝在五行中与木相应）自然安宁；以诚敬之心对待行为，心火（心在五行中与火相应）自然淡定；饮食有节制，脾土（脾在五行中与土相应）不会泄露；调和气息且减少言语，肺金（肺在五行中与金相应）自然安全；怡养心神并且澹泊色欲，肾水（肾在五行中与水相应）自然丰足。不要把妄想当成真心，不要让邪气伤害元气。

不敢不乐

徐昌谷[1]构别墅，实邑之北邙[2]，前后冢累累。或馨感（一）曰："目中每见此辈，定不乐。"徐笑曰："不然，目中日见此辈，乃使人不敢不乐。"

【校勘】

（一）感：据《古今谭概》，为"蹙"之讹。

【注释】

[1] 徐昌谷：即徐祯卿，字昌谷，吴县（今江苏苏州）人，明代文学家。

[2] 北邙：又名邙山，横卧于洛阳北侧，为古代帝王理想中的埋骨处所。此代指墓地。

【译文】

徐昌谷建造别墅，地址实际在县城墓场，坟墓前后累累。有人皱眉说："眼中每见这坟墓，定不快乐。"徐昌谷笑笑说："不对，眼中每天见到这些坟墓，就让人不敢不快乐。"

黄州养炼

东坡云："吾侪渐衰，不可复作少年调度[1]，当速用道书方士之言，厚自养炼。谪居无事，颇窥其一二。已借得本州大庆观道堂三间，冬至后，当入此室，四十九日乃出。自非废放，安得就此？太虚[2]他日一为仕宦所縻，欲求四十九日闲，岂可复得耶？"

【注释】

[1] 调度：格调，气度。

[2] 太虚：指秦观，早年字太虚，后改字少游，高邮人，北宋词人，苏门四学士之一。

【译文】

苏东坡说："我们这辈人渐渐衰老了，不可像年轻人做派，应当赶快用道书上的话及方士的话，厚自保养修炼。谪居无事，很是窥得保养修炼的一点知识。已借来本州（指黄州）大庆观道堂三间，冬至后，就会入住这屋子，修炼四十九天再出来。如果不是被废置流放，怎么能够做这个？太虚他日一旦被官职羁縻，想要找四十九天的闲，难道还可得到吗？"

须忍与遣

不忍祸从外至，不遣[1]病从内出。

【注释】

[1] 遣：排解心中的郁闷。

【译文】

不能忍受，祸患就会从身外而来；不能排解心中郁闷，疾病就会从体内生发出来。

降火速剂

凡遇不得意事，试取其更甚者譬之，心坎自然凉爽。此降火最速之剂。

【译文】

略。

精乃血化

人未交感 [1]，精涵于血中，未有形状；交感之后，欲火动极，而周身流行之血至命门 [2]，而变为精以泄焉。故以人所泄之精，贮于器，拌少盐酒，露一宿则复为血矣。左有肾属水，右有命门属火。一水一火，一龟一蛇，互相橐籥 [3]。膀胱为左肾之腑 [4]，三焦 [5] 有脂膜，如掌大，正与膀胱相对。有二白脉 [6]，自中而出，夹脊而上贯于脑。上焦在膻中 [7]，内应心。中焦在中浣（一），内应脾。下焦在脐下，即肾间动气 [8]。人身之血，散于三焦。昼夜流行，各有常度。百骸之内，一毛之小，无弗贯彻。及欲事既作，命门火动，翕撮 [9] 三焦，一身之血至命门，化为精而输将以去。人之血盛，则周身流溢，生子毕肖其父；血微则形骸有不贯之处，生子不能相肖；血枯则不能育矣。

【校勘】

（一）中浣：为"中脘"之误，即中脘（wǎn）穴，属奇经八脉之任脉。

位于上腹部，肚脐和胸骨下端连接线的中点。

【注释】

[1] 交感：性欲。

[2] 命门：即命门穴，属督脉，别称属累，位于第二、三腰椎棘突间。

[3] 橐龠（yuè）：古代鼓风吹火用的生活器具。这里是相互调节的意思。橐，以牛皮制成风袋。龠，原指吹口管乐器，这里借喻橐的输风管。

[4] 腑：府库。

[5] 三焦：为六腑之一，是上、中、下三焦的合称。

[6] 白脉：人体经脉有黑白之分，所谓白脉是指大脑、小脑、延脑、脊髓以及各种外周神经。

[7] 膻（dàn）中：即膻中穴，在前正中线上，两乳头连线的中点。

[8] 肾间动气：又称原气，是两肾间所产生的一种热能和动力，是生命的根源。

[9] 翕撮：全部调动。

【译文】

　　人没有性欲时，精液溶在血液中，没有形体；人产生性欲后，欲火达到极点时，而全身流行的血液涌集命门穴，就变成精液排泄而出了。所以把人所排泄精液，贮存到器皿中，拌上一点盐酒，露天一宿就又变成血液了。左有肾，属水；右有命门，属火。一水一火，一龟一蛇，互相调节。膀胱是左肾仓库，三焦有块油膜，像巴掌大，正与膀胱相对。有两条白脉，自中而出，夹脊而上贯通脑部。上焦在膻中穴一带，与心脏内应。中焦在中脘穴一带，与脾脏内应。下焦在脐下，即主管肾间动气。人身的血液，散布到三焦。昼夜流行，各有常规。全身内部，哪怕是小到一根毫毛，无不贯通。等性事进行的时候，命门火动，全部调动三焦，全身的血液涌至命门，变成精液而排泄出去。人的血气强盛，则全身流溢，生的孩子完全像父亲；血气衰微，那么身体中有不能贯通的地方，生下的孩子不像自己；血气枯竭就不能生育了。

当知息怒

主闭藏者，肾也；主疏泄者，肝也。二脏皆有相火 [1]，而其采 (一) 上，属于心。心，君火也。怒则伤肝，而相火动，动则疏泄者用事，而闭藏不得其职。虽不合 [2]，亦暗流而潜耗矣。是故欲保元精 [3]，当知息怒。

【校勘】

（一）采：据元代朱震亨《格致余论·阳有余阴不足论》，为"系"之误。

【注释】

[1] 相火：语出《素问·天元纪大论》："君火以明，相火以位。"相火与君火相对而言。君，指最高主持者。火，指事物生长和变化的动力。君火，使事物生长和变化的最高主持者和动力。相火，在君火指挥下具体完成、促进人体生长发育的火。

[2] 合：指男女媾和。

[3] 元精：人体精气。

【译文】

主管闭藏精气的是肾脏，主管疏通宣泄精气的是肝脏。肾脏和肝脏都有相火，且向上与心脏相连，属心脏管制。心脏含有君火。人在大怒时可损伤肝气而使相火妄动，相火动则肝主疏泄为主导，肾却失去其闭藏职能。即使男女间没有交合，但阴精却已暗自外流而消耗了。因此想要固保元精，应当知道要平息愤怒。

寝少言笑

寝卧不得多言笑。譬 (一) 五脏如钟磬，不悬则不可发声。

【校勘】

（一）磬：疑为衍字。

【译文】

睡眠时不能过多地谈笑。五脏就像钟磬一样，不悬挂起来就不可以发声。

老人饮食

老人之食，大抵宜温热熟软，忌粘硬生冷。其应进饮食，不可顿饱[1]，但频频与食，使脾胃易化，谷气[2]常存。若顿令饱食，则多伤胃，老人肠胃虚薄，不能消运[3]，故易成疾。然尤大忌杂食，杂则五味相挠，更易生患。

【注释】

[1] 顿饱：一下子吃得太饱。

[2] 谷气：中医指胃气。

[3] 消运：消化输送。

【译文】

略。

冬夏保辅

夏月尤宜保辅[1]，当居虚堂静室。水次[2]木阴，洁净之处，自有清凉，不可当风纳凉。饮食勿令太饱，尤戒生冷、粗硬、油腻及勉强饮食。渴饮粟米汤、豆蔻热水[3]为妙。冬月最宜密室温净，衾服轻软，仍要暖裹肚腹。早眠晚起，以避霜威。朝宜少饮醇酒，然后进粥；临卧，服凉膈 [4] 化痰之剂。其炙煿燥毒 [5] 之物，尤切戒之。

【注释】

[1] 保辅：卫护。

[2] 水次：水边。

[3] 豆蔻热水：即豆蔻热茶，有防暑降温作用。

[4] 凉膈：即凉膈散，为清热剂。

[5] 炙煿（bó）燥毒：经炙煿的食物，性多燥热，偏嗜会损耗胃阴，发生内热病症。炙煿，烧烤一类食物制作方法。

【译文】

略。

信佛养生

白居易暮节惑浮图，至经月断荤。及致仕，与香山僧如满 [1] 结香火社 [2]。士大夫晚年少参禅理，断荤则肠胃清虚 [3]，亦可却病；与僧结社，则尘缘灭息，并可避嚣，所谓"心持半偈万缘空 [4]"者。非耶？

【注释】

[1] 如满：即佛光如满禅师，唐代高僧。

[2] 香火社：佛教徒的结社。

[3] 清虚：清洁虚空。

[4] 心持半偈万缘空：出自唐代郎士元《题精舍寺》。半偈，释迦牟尼在灵山修菩萨道时，帝释曾为之诵半偈："诸行无常，是生灭法。"释迦牟尼愿舍身而闻后半偈。帝释为之宣说："生灭灭已，寂灭为乐。"

【译文】

白居易晚年迷于佛教，至于整月不食荤腥。等到退休后，与洛阳香山的如满禅师结香火社。士大夫晚年稍微参悟禅理，断绝荤腥，肠胃就会清洁虚空，也可以防御疾病；与僧人结社，那么尘缘就会灭绝，并且可以避开尘世的嚣乱，就如郎士元所说"心持半偈万缘空"了。不是这样吗？

昔人三乡

昔人以酒为醉乡，以闺房为软温乡，以任官为帝乡。谓之乡者，言处之易而去之难耳。然麴蘖腐肠，粉黛伐性[1]，孤犊而见被文绣[2]，辞隐而取讥北山[3]，其谓之何？唯如彭泽之赋归去来[4]，宋玉之赋襄王[5]，康节之咏微酡[6]，涉而不存，庶无害于情之正乎？

【注释】

[1] 麴……性：美酒会使肠子腐烂，女色会戕伐性命。麴蘖，酒的代称。粉黛，年轻美貌女子的代称。语出枚乘《七发》："皓齿蛾眉，命曰伐性之斧；甘脆肥醲，命曰腐肠之药。"

[2] 孤……绣：《庄子·列御寇》：或聘于庄子，庄子应其使曰："子见夫牺牛乎？衣以文绣，食以刍菽。及其牵而入于太庙，虽欲为孤犊，其可得乎？"

[3] 辞……山：南朝刘宋时孔稚珪写《北山译文》讽刺假隐士周颙的典故。

[4] 彭……来：指陶渊明辞掉彭泽令，而写下《归去来兮辞》。

[5] 宋玉之赋襄王：宋玉在《高唐赋序》中写到楚襄王梦与巫山神女相遇之事。

[6] 微酡：微醉。北宋邵雍《小车吟》："性喜饮酒，饮喜微酡。"

【译文】

前人把酒当成是醉乡，把闺房看成是软温乡，把担任官职看成是帝乡。之所以称为乡，是说容易安处而离开困难罢了。可是美酒腐肠，女色伐性，牺牛被披上文绣而想做孤犊却不能，周颙辞职归隐却招致北山神灵讥讽，那是为什么呢？至于陶渊明辞掉彭泽令而赋《归去来兮辞》，宋玉《高唐赋》写楚襄王梦见巫山神女，康节先生邵雍歌咏微酡，涉及三乡而不存讥讽，恐怕是与正当人情无妨害的缘故吧？

逍遥之趣

无牵缠者即为解脱，除热脑[1]者便获清凉。虽未成静定[2]之功，而[3]且得逍遥之趣。

【注释】

[1] 热脑：烦恼。

[2] 静定：指佛教的澄心静虑，坐禅入定。

[3] 而：可是。

【译文】

略。

塞此三路

病者所由适于死之路也，欲者所由适于病之路也，迩[1]声色者所由适于欲之路也。塞此三路，可以延生。

【注释】

[1] 迩：近。

【译文】

生病的人走的是通向死亡的道路，纵欲的人走的是通向生病的道路；喜欢亲近淫荡音乐与女色的人走的是放纵欲望的道路。堵住这三条道路，可延长生命。

静观卷之八

静观卷首题记

金张谢而许史乘，转盼无不销冰雪；卫霍炎而窦田冷，回头皆倏换沧桑。予齿夺角，丰足杀翼。吾子枉费机心，此公只凭记性。纂静观第八。

见不足凭

尧夫诗[1]云："才更十次闰[2]，已换一番人。圮族[3]绮纨[4]旧(一)，朱门车马新。"信哉，是言！眼见三十年间，更变几番事体，去来几番冠冕，喧寂几番人事，厚薄几番风俗。今日眼前所见，全不足凭。人顾横生艳羡鄙厌，岂得其真哉？

【校勘】

（一）旧：据《与人话旧》，为"故"之讹。

【注释】

[1] 尧夫诗：所引四句来自邵雍《与人话旧》颔联与颈联。

[2] 十次闰：指近三十年，因为十九年七闰。

[3] 圮（pǐ）族：衰败的家族。

[4] 绮纨：华丽的丝织品，亦指绮纨所制之衣。

【译文】

邵尧夫（邵雍字尧夫）诗句云："才更十次闰，已换一番人。杞族绮纨故，朱门车马新。"真的呀，这话！眼见三十年间，事体几番更变，官员几番去来，人事几番喧闹冷寂，风俗几番淳厚浇薄。今日眼前所见，完全靠不住。人们只是无端生出艳美与鄙厌的心，难道得到了世态本真吗？

《一世歌》词

唐伯虎[1]《一世歌》云：人生七十古来少，前除幼年后除老。中间光景不多时，又有炎霜与烦恼。过了中秋月不明，过了清明花不好。花前月下且高歌，急须满把金樽倒。世上钱多赚不尽，朝里官多做不了。官大钱多心转忧，落得自家头白蚤。请君（一）细点眼前人，一年一起埋青（二）草。草里高低多少坟，年年一半无人扫。

【校勘】

（一）请君：据《一世歌，》此二字前夺"春夏秋冬弹指间，钟送黄昏鸡报晓"
这两句。

（二）青：为"荒"之讹。

【注释】

[1] 唐伯虎：即唐寅，字伯虎，号六如居士，明代苏州府吴县人，画家、书
法家、诗人。

【译文】

略。

真帝王言

秦王欲以一至万[1]，新莽推三万六千岁历纪[2]，宋明帝给三百

年期[3]：其愚一也。汉世祖[4]曰："日复一日，安敢远期十岁乎？"
真帝王之言哉！

【注释】

[1] 秦……万：《史记·秦始皇本纪》："朕为始皇帝。后世以计数，二世
三世至于万世，传之无穷。"

[2] 新……纪：《汉书·王莽传》记云："莽见盗贼多，乃令太史推
三万六千岁历纪，六岁一改元，布天下。"历纪，经历一纪。极言历
时之久。古历法以十九年为章，四章为蔀，二十蔀为纪。

[3] 宋……期：南朝刘宋明帝刘彧曾把"南苑"借给"张永"，说："暂且
借用三百年，到期后再作更换。"

[4] 汉世祖：即光武帝刘秀，庙号为世祖。

【译文】

秦始皇想要从一代至万代做皇帝，新朝王莽让太史推三万六千岁
经历一纪，宋明帝给三百年的借期：他们愚蠢是一样的。汉世祖刘秀说：
"日子一天又一天地过，怎么敢远远期望十年呢？"这真是帝王说的
话啊！

甚不快活

桑维翰[1]谓交亲曰："居宰相职位，有似著新鞋袜。外望虽好，
其中甚不快活。"

【注释】

[1] 桑维翰：字国侨，河南府洛阳人，五代十国时期后晋宰相。

【译文】

略。

早死是福

陈述[1]为大将军王敦椽⁽一⁾,甚见爱重。及亡,郭璞往哭之,呼曰:"嗣祖,焉知非福!"俄王敦作乱,晋明帝亲征破之,其党钱凤、沈克等皆伏诛。噫!述不蚤逝,将与凤、克均被大戮矣。

【校勘】

(一)椽:为"掾"之误。

【注释】

[1]陈述:字嗣祖,晋朝颍川许(今河南长葛)人,曾任大将军王敦属官。

【译文】

陈述任大将军王敦属官,受到王敦的特别喜欢和重视。到他死后,郭璞去吊丧,哭喊说:"嗣祖,怎么知道这不是福气!"不久大将军王敦作乱,晋明帝亲征,打败王敦,他的党羽钱凤、沈克等都伏罪被杀。唉!假如陈述不早死,将和钱凤、沈克等一起被杀死。

尤为可怜

杨愿[1]与秦桧善,至饮食动作悉效之。桧尝食,因喷嚏失笑,愿亦阳喷饭而笑,左右哂焉。桧亦厌之,讽御史击去。顾雍[2]为人寡言,动静操持⁽一⁾,孙权叹服之。每饮晏,恐酒失为雍所见,不敢肆情。权尝曰:"顾公在坐,使人不乐。"其见惮如此。大丈夫处世,谈笑言论,常防识者在旁,如顾自使人心畏,杨自使人心鄙。至于取讥君子,而反不见容⁽二⁾小人,尤可怜也。

【校勘】

(一)动静操持:据陈继儒《读书镜》,为"动静特当"之误。

（二）容：字后夺"于"字。

【注释】

[1] 杨愿：字原仲，楚州人，生于北宋末年，依附秦桧，官至参知政事。

[2] 顾雍：字元叹，吴郡吴县（今江苏苏州）人，三国时吴国重臣。

【译文】

　　杨愿与秦桧交好，至于对秦桧饮食动作全都模仿。秦桧曾经吃饭时因打喷嚏而失笑，杨愿也假装喷饭而笑，身边人嘲笑他。秦桧也厌恶他，暗中让御史弹劾他离职。顾雍为人寡言语，行为举止特别得当，孙权赞叹佩服他。每此饮宴时，恐饮酒有失被顾雍看见，不敢尽情饮酒。孙权曾经说："顾公在座间，使人不快乐。"他让人惧怕像这样。大丈夫处世，谈笑言论，要常常防备有见识的人在身边，像顾雍自然让人心生敬畏，杨愿自然让人心生鄙薄。至于杨愿被君子讥笑，而且不被小人容纳，尤其可怜。

知未来事

　　人有所作之梦，明日忽然闻见与所梦相应者，世俗谓之解梦。吾[1]因此似得二理：一则表事有所定，一则表神有所通。若澄心至清，能知未来之事。其理不虚也。

【注释】

[1] 吾：此则采编自北宋晁迥《法藏碎金录》（卷二），故指晁迥。

【译文】

　　有夜里做梦的人，第二天忽然听到看见与所梦情境相应，世俗说这是解梦。我通过这个事好像明白两个道理：一则表明事情早先定好了，一则表明精神能通晓未来。如果澄澈内心达到极其清明时就能预知未来的事。那道理不假。

公道神明

韩琦每诫其子曰：“穷达祸福，固有定分，枉道求之，徒丧所守，谨勿为也。予以孤忠自信，未尝有夤缘[1]凭藉，而每遭人主为知己。今忝[2]三公，所恃者，公道与神明而已。”

【注释】

[1] 夤缘：攀援。比喻拉拢关系，阿上钻营。

[2] 忝：辱。表谦敬词语。

【译文】

韩琦常告诫他儿子说：“穷达祸福，本来有定分，用不正方法去谋求，白白丧失了操守，千万不要去干。我凭借孤忠自信，未曾阿谀攀附找靠山，常常被君主引以为知己。现在辱列三公，我所依靠的，公道和神明罢了。”

王直自得

王文端公[1]致政家居，年逾八十，每与夫人各乘肩舆，循观阡陌，子孙称觞上寿[2]。一日，观澄江洪涨，谕子孙曰：“初东里先生[3]不欲我同事内阁，时不能平。然使我在内，则天顺初元[4]，当坐首祸，今日安得与汝曹观水为乐哉！”

【注释】

[1] 王文端公：即王直，字行俭，号抑庵，明朝江西泰和人，英宗朝官至吏部尚书，谥文端。

[2] 称觞上寿：举杯祝酒。

[3] 东里先生：即杨士奇，名寓，字士奇，号东里，江西泰和人，官至内阁首辅，谥文贞。

[4] 天顺初元：明英宗天顺元年。正统十三年，明英宗亲征也先时，命王直留守北京。旋即发生"土木之变"，时局变幻仓猝，当时群臣朝议上奏，都以王直为首。景泰八年英宗复位，王直因未居内阁而免于贬谪，不久后去职回乡。

【译文】

文端公王直退休家居，年过八十，常常和夫人各乘小轿，沿着田间小路观看风景，子孙举杯祝酒。一天，坐观澄江（泰和县河流）江洪上涨，告诉子孙说："当初东里先生不想和我同在内阁共事，当时内心不能平复。但是假使我在内阁，那天顺元年，会遭遇大祸，今天怎么能够与你们观水取乐呢！"

练心之处

高原陆地不生莲花，粪壤之中种植滋茂。因知苦恼之会，正是练心之处。

【译文】

高原陆地不会生长莲花，莲花在粪土污泥当中种植才会繁茂。于是知道遭遇痛苦烦恼，正是修炼心性时候。

可以一视

杜少陵诗[1]云："莫笑田家老瓦盆，自从盛酒长儿孙。倾银注玉惊人眼，共醉终同卧竹根。"盖言以瓦盆盛酒，与倾银壶而注玉杯者同一醉耳。由是推之，蹇驴布鞯[2]，与金鞍骏马同一游也；松床莞[3]席，与绣帷玉枕同一梦（一）也；紫阁黄扉[4]，与蓬门荜户同一寄也。知此，则贫富贵贱，升沉显晦，可以一视矣。

【校勘】

（一）梦：据罗大经《鹤林玉露》（乙编卷二），为"寝"字之误。

【注释】

[1] 杜少陵诗：后面四句出自杜甫《杂曲歌辞·少年行三首》。

[2] 鞯：垫马鞍的东西。

[3] 莞：指水葱一类植物，可用来编席。

[4] 紫阁黄扉：唐代曾改中书省为紫微省，中书令为紫微令，因称宰相府第
　　为紫阁。古代丞相、给事中等高官办事地方，以黄色涂门上，故称黄扉。

【译文】

　　杜少陵的诗说："莫笑田家老瓦盆，自从盛酒长儿孙。倾银注玉惊人眼，共醉终同卧竹根。"大概是说用瓦盆盛酒，与倾银壶而注玉杯同样一醉罢了。由这个推论，瘸驴布鞯，和金鞍骏马同样一游；松床莞席，与绣帷玉枕同样一睡。紫阁黄扉，与蓬门荜户同样一住。懂得这个，那贫富贵贱，升降荣辱，可同样看待。

最不幸处

　　人最不幸处是偶一失言，而人不察；偶一失谋，而事幸成；偶一恣行，而获小利。后乃视为故常，恬不为意，则败行丧检[1]，莫大之患。

【注释】

[1] 败行丧检：丧失德行，失去检点。

【译文】

　　略。

处世良言

　　冤家多由夙世，亦多结自目前。欲知未来，请看已往。常见富贵之家大都宽仁，每见贫贱之辈多由惨刻 [1]。见食憎厌是福薄相，随遇而安乃有道气 [2]。

【注释】

[1] 惨刻：凶狠刻毒。
[2] 道气：有德有才或通达事理。

【译文】

　　略。

计较可息

　　周雙营产，原从车子而偿逋 [1]；韩相卜居，乃为木工而定碳 [2]。凡事前定如斯，世人计较可息。

【注释】

[1] 周……逋：典出《搜神记》：昔有周雙（chōu）者，家甚贫，夫妇夜田。天帝见而矜之，问司命曰："此可富乎？"司命曰："命当贫。有张车子财，可以假之。"乃借而与之。期曰："车子生，急还之。"田者稍富，致赀巨万。及期，忌司命之言，夫妇辇其赇以逃。与行旅者同宿，逢夫妻寄车下宿，夜生子。问名于夫，夫曰："生车间，名车子也。"从是所向失利，遂便贫困。

[2] 韩……碳（chuǎng）：出自何典不详。

【译文】

　　周雙经营某产业，原来都是从张车子借来而偿还拖欠的；韩相买下居所，竟然所做的一切都是为那木工在忙碌。凡事前定像这样，世人计较可以停息了。

安可著此

明道先生尝憩一僧寺，夜闻察察有声，烛之，乃鼠于佛脐内衔一书欲出。取视，乃丹书也。先生如其法炼月余，人见其夜屋有光，以为火，往救，非火也，因不复炼。以将成之丹涂银器，所涂处辄成金。或讽令服食，先生曰："吾腹中安可著此？"一道士拟传^(一)之，比至，先生已易箦^[1]矣。

【校勘】

（一）传：为"傅"之讹，因"传"的繁体"傳"与"傅"形近。

【注释】

[1] 易箦：用来作病危将死的典故。此指死亡。

【译文】

明道先生程颢曾经在一僧寺休息，夜间听到察察有声，命人点上烛火来照视，发现老鼠从佛脐内衔一本书想要出来。明道先生拿来一看，发现是一本关于炼丹的书。明道先生按照书上记载的办法炼习了一月有余。人们发现他在的地方夜晚有光，认为是失了火，前往救火，到达后发现并非是失火，明道先生就不再炼习了。把将要炼成的丹涂在银器上，所涂的地方就变成金质。有人委婉地劝他服食，明道先生说："我的肚腹中怎么可以安放这东西？"一名道士打算向明道先生学习，等来到后，明道先生已经死了。

悔不同死

正统中，刘忠愍公球^[1]以直谏为王振所诬死。先是，球与同馆

钟公复 [2] 雅厚，封事实约与偕。疏成，为妻所窥，泣劝乃止。明日，公如其家，复他往，妻大骂曰："汝自干事，何得累及他人乎！"公惊叹曰："钟固谋妻孥耶！"遂独举。未数日，钟病死。妻每号辄曰："蚤知若是，曷与刘侍讲同死？"

【注释】

[1]刘忠愍公球：即刘球，字求乐，明朝江西安福人，英宗时著名谏臣，谥忠愍。

[2]钟公复：即钟复，字弘彰，号玉川，明朝江西永丰人，曾任授翰林院编修。

【译文】

　　明英宗正统年间，忠愍公刘球由于直谏被王振诬陷迫害致死。在这之前，刘球与同在翰林院的钟复平素交情深厚，弹劾的奏章实际想约定联名而上。奏章写成后，被妻子偷偷看到，妻子哭泣劝说，于是作罢。第二天，刘球来到钟复家，钟复已不知去向，钟复妻子大声骂："你自己干事，为什么要连累他人呢！"刘球吃惊叹息说："钟复竟然与妇人商量吗？"遂独自一人递上奏章。不几天，钟复患病死去。钟复妻子每次号哭时就说："早知这样，为什么不与刘侍讲同死呢？"

笠倾之误

　　元胡石塘 [1] 应聘入京。世祖召见，不觉戴笠倾侧。及问所学，对曰："治国平天下之学。"上笑曰："自家一笠尚不端正，又能平天下耶？"竟不用。

【注释】

[1] 胡石塘：即胡长孺，字汲仲，号石塘，谥号纯节，永康人，宋末元初思想家、教育家。

【译文】

　　元朝时，胡石塘入京应聘。元世祖召见时，他没有觉察到戴的笠子倾斜到了一边。等元世祖问他学了什么时，他回答说："治理国家平定天下的学问。"皇上笑笑说："自家的一顶笠子还戴不端正，又能平定天下吗？"最终没有任用他。

巧谋成拙

金宪[1]龙西溪[2]尝语棟塘先生[3]曰："仆往年在京师时，同年友某行人[4]一日过邸，谋曰：'近有湖广差，我将避，吾注门籍[5]几日，何如？'仆曰："湖广非险远，况尊君[6]在堂，便道一省觐，岂不美？"行人曰：'吾闻吏部将选科道[7]，若差此，恐不得与选，吾且避之。其次，杨子山当行也。'仆不敢阻，行人竟称病注籍。才二日，吏部遽开选。行人势不可出，杨因应选，遂得吏科给事中。行人徒抚膺恨恨而已。"

【注释】

[1] 金宪：金都御史美称。古时称御史为宪台，明代都察院设有左右金都御史，故称为金宪。此指按察金事。

[2] 龙西溪：即龙霓，字致仁，号西溪，明朝上元（今南京古县名）人，曾任浙江按察金事。

[3] 棟塘先生：即陈良谟，字士亮，号棟塘，明代鄞县人，崇祯朝曾任四川道监察御史。

[4] 行人：官职名。明代设行人司，下有"行人"若干，掌管捧节奉使之事。

[5] 注门籍：明代陈良谟《见闻纪训》："凡京官俱书名簿上，置长安门（即大明门），谓之门籍。有病注'病'字在名下，不朝参，谓之注门籍。"

[6] 尊君：对别人父亲的尊称。

[7] 科道：明、清六科给事中与都察院十三道监察御史总称。

【译文】

按察金事龙西溪曾经对棟塘先生说："我往年在京城时，同年友人某行人一天到我官邸来拜访，跟我商量说：'近来有到湖广的差使，我将要避开，我注门籍几天，怎么样？'我说：'湖广不是险远的地方，何况你父亲健在，便一道看望，难道不是好事？'行人说：'我听说吏部将要选拔科道御史，如果担任这差事，恐怕不能够参与选拔了，我暂且避开这差事。按照次序，杨子山应远行应差。'我不敢阻拦，行人最终称病注籍。才过两天，吏部很快开选。行人从形势看不可复出，杨子山去应选，于是获取吏科给事中。行人空自拍胸遗憾罢了。"

淡中得趣

淡中得趣弥真，浓处回头味短。饱食即厌烹鲜 [1]，乐极翻嫌丝管 [2]。

【注释】

[1] 烹鲜：指美味佳肴。

[2] 丝管：指音乐。

【译文】

略。

佐妻斥子

锦衣王佐 [1] 卒，陆炳 [2] 代理卫篆 [3]，势焰张甚。佐子不肖，有别墅三。炳欲尽得之，乃陷以罪，并捕其母。母膝行前，道其子罪甚详。子号呼曰："儿顷刻死矣，母忍助虐耶？"母指炳座而顾曰："而父坐此非一日，作此等事亦非一，生汝不肖子，天道也。何多言？"炳面赤。

【注释】

[1] 王佐：嘉靖皇帝龙潜时旧人，后受皇帝信任，任锦衣卫都指挥使。

[2] 陆炳：字文明，平湖人，明朝锦衣卫都指挥使，谥武惠，赠忠诚伯。

[3] 卫篆：锦衣卫大印。此代指锦衣卫都指挥使。

【译文】

　　锦衣卫都指挥使王佐死了，陆炳代理锦衣卫都指挥使，气焰十分嚣张。王佐儿子不成器，有三所别墅。陆炳想完全占有，于是用罪名陷害他，并逮捕了他母亲。那母亲膝行向前，很详尽地数说儿子罪责。儿子哭喊说："儿子很快要死了，母亲忍心助纣为虐吗？"他母亲指着陆炳坐过的座位并回头说："你父亲坐这座位不是一天，做这样事也不是一件，生下你这不成器儿子，这是天道。何必多说？"陆炳脸红了。

王黼事主

　　王黼[1] 虽为相，然事徽宗极亵。宫中使内人为市，黼为市令，若东昏[2] 之戏。一日，上故责市令，挞之取乐。黼窘，故曰："告尧舜免一次。"上笑曰："吾非唐虞，汝非稷契[3] 也。"一日，又与逾垣微行，黼以肩承帝迹（一），墙峻，微有不相接处。上曰："耸上来，司马光。"黼应曰："伸下来，神宗皇帝。"由此观之，小人之事庸主也难。窃宠禄，偷威福，而贞邪贤奸之辨，即昏懦，何尝不了了胸中耶？

【校勘】

（一）迹：据宋代无名氏所撰写《朝野遗记》，为"趾"之讹。

【注释】

[1] 王黼（fǔ）：原名王甫，字将明，北宋开封祥符人，徽宗朝宰相，善于巧言献媚。
[2] 东昏：即萧宝卷，字智藏，南齐第六帝，死后，被萧衍贬为东昏侯。宠妃潘玉儿市井出身，萧宝卷为让她重温旧梦，特意在皇宫中搭建了一个市集，让宫人卖肉卖酒卖杂货。

[3]稷契：稷和契并称。稷是后稷，传说在舜时教人稼穑；契，传说舜时掌民治。

【译文】

王黼虽然做了宰相，但是侍奉宋徽宗极不庄重。宋徽宗在宫中让宦官做生意，让王黼做市场管理官员，就像东昏侯萧宝卷那样玩乐。一天，皇上故意责罚市场管理官员，打他取乐。王黼窘迫，故意说："求尧舜饶免一次。"皇上笑笑说："我不是唐尧虞舜，你也不是稷、契。"一天，皇上又和王黼爬墙微服出行，王黼用肩膀托着皇上的脚，由于墙太高，略微有不相接处，皇上曰："耸上来，司马光。"王黼回应说："伸下来，神宗皇帝。"由此看来，小人事奉平庸君主也很困难。小人窃取荣耀俸禄，苟且作威作福，而忠贞邪恶贤良奸诈的分别，即使是昏庸懦弱的君主，何尝不胸中了然呢？

蔡京绝笔

蔡京临卒前，一日作词曰：八十三年初谢，三千里外无家⁽一⁾。孤行骨肉各天涯，遥望神京泣下。金殿五[1]曾拜相，玉堂十度宣麻[2]。追思往日漫[3]繁华，到此番[4]成梦话。

【校勘】

（一）八……家：南宋王明清《挥麈录》（后录卷之八）云："至潭州，作词曰：'八十一年住世，四千里外无家。如今流落向天涯，梦到瑶池阙下。玉殿五回命相，彤庭几度宣麻。止因贪此恋荣华，便有如今事也。'"关于蔡京此词，无名氏《宣和遗事》的记载是："八十衰年初谢，三千里外无家。孤行骨肉各天涯，遥望神京泣下。金殿五曾拜相，玉堂十度宣麻。追思往日漫繁华，到此番成梦话。"两处记载出入甚大，综合考量，《挥麈录》记载可信度较高，《宣和遗事》记载漏洞较多。此则当采编自《宣和遗事》。不过，郑瑄误"衰年"为"三年"，据《宋史》载，蔡京活了八十周岁，虚岁八十一岁。

【注释】

[1] 五：与下文的"十"都是虚数，实际上蔡京只做过四任宰相，四起四落。

[2] 宣麻：指任命宰相。唐宋任免宰相皆由翰林学士以麻纸书写皇帝诏令，在朝廷宣布，故称。

[3] 谩：徒，空。

[4] 番：通"翻"，反而。

【译文】

略。

为法自毙

卢多逊贬朱崖[1]，李符[2]知开封，求见赵普，言："朱崖虽海外而水土无他恶，流窜者多获全。春州在内地，去⁽一⁾者必死。望追改前命，外彰宽宥，实乃置之死地。"普颔之。月余，符坐事贬宣州。上怒未已，令贬岭外。普具述其事，即以符知春州，到郡而卒。寇莱公贬雷州，时丁谓与冯拯[3]在中书，丁谓秉笔，初欲拟崖州。而丁忽自疑，语冯曰："崖州再涉鲸波如何？"冯唯唯而已，丁乃徐拟雷州。丁之贬也，冯遂拟崖州。苏轼责⁽二⁾雷州，僦居民屋，章惇⁽三⁾下州追治。及后惇责雷州，问舍于民，民曰："前苏公来，为章丞相破⁽四⁾我家，今不可也。"商鞅治秦，法严，举国怨之。惠王欲杀商君，商君逃至函谷关，关吏止之曰："商君之法，无符验者坐之。"商君叹曰："为法自毙，一至此！"

【校勘】

（一）去：据南宋周密《癸辛杂识》"改春州为县"条，为"至"之误。

（二）责：以及下文"责"，均为"谪"字之讹。

（三）章惇：据南宋叶寘《爱日斋丛抄》，此二字后夺"以为强夺民居"六字。

（四）破：据《爱日斋丛抄》，此字前夺一"几"字。

【注释】

[1] 朱崖：即珠崖，今海南省海口市。

[2] 李符：字德昌，北宋大名内黄人，官至权知开封府。

[3] 冯拯：字道济，北宋孟州河阳（今河南孟县）人，真宗朝官至参知政事，谥文懿。

【译文】

卢多逊要被贬到珠崖时，李符任开封知府，求见宰相赵普，说："珠崖虽然在海外，可是水土不是特别恶劣，被流放的人多获保全。春州（今广东阳春）在内地，到那里的人必死。希望追改先前的命令，对外来说彰显宽容，实际上是要他的命。"赵普点头同意了他的意见。一月后，李符犯事被贬到宣州。皇上怒气不停，下令把他贬到岭南。赵普详细地讲述了李符对他说过的话，皇帝就把李符贬为春州知州，结果李符到春州后就死了。莱国公寇准被贬到雷州时，丁谓与冯拯在中书省任宰相，丁谓执笔，当初想要把寇准贬到崖州。而丁谓忽然自己犹疑起来，对冯拯说："贬到崖州，让寇准再涉惊涛骇浪，怎么样？"冯拯只是胡乱答应罢了，丁谓于是慢慢地拟定了雷州。等后来丁谓被贬时，冯拯就拟定了把他贬到崖州。苏轼被贬到雷州，租借民房居住，章惇认为苏轼强占民房，下令当地官员对苏轼追究治罪。等到后来章惇被贬到雷州，向老百姓租房子，百姓说："先前苏公到来时，几乎被章丞相摧败了我的家庭，现在不可答应你。"商鞅治理秦国，法令森严，全国人都怨恨他。秦惠王想要杀掉商鞅，商鞅逃到函谷关，守关的小吏制止他说："商鞅的法令规定让没有凭证的人过关，与出逃的人一并治罪。"商鞅叹息说："自己立法反而使自己受害，竟然到了这地步！"

使人心灰

大臣赫赫，甫[1]丘墓便已就荒；文士沾沾，问姓名多云不识。

名利至此，使人心灰。

【注释】

[1] 甫：才。

【译文】

略。

一切无常

美人傅粉涂香，终沦于粪土；猛士格虎剸象[1]，死制于蝼蚁。古镞绣(一)刀，旧日战争之地；蚀钗灰袄，昔时歌舞之场。英雄漠漠[2]精灵，秦晋茫茫岁月。

【校勘】

（一）绣：当为“锈”之误。

【注释】

[1] 格虎剸（tuán）象：杀虎斩象。剸，割断。
[2] 漠漠：寂静无声的样子。

【译文】

美人涂脂抹粉，终究沦为粪土；猛士杀虎斩象，死了被蝼蚁吃掉。从出土的古代箭头与生锈刀枪看，这是旧日的战场；从挖掘的锈蚀金钗与变灰的丝袄看，这是从前的歌舞场。英雄都变成寂静无声的神灵，秦晋消失在茫茫岁月中。

宁为蔗境

人生若行路，前经险阻，则后必通衢。亦似园花，葩艳独先，则零落必蚤。是以达人宁为蔗境[1]，智士不羡华荣。

【注释】

[1] 蔗境：指先苦后乐，有后福。典出《世说新语 · 排调》：顾长康啖甘蔗，先食尾。问所以，云："渐至佳境。"

【译文】

人生就像行路，前面经过险阻，那么后边必定迎来畅通大路。也像花园里的花，独自先开的艳丽花朵，那么早早凋零。因此通达的人宁愿选取后福，有智慧的人不羡慕荣华。

二公通达

唐裴晋公不信术数[1]，每语人曰："鸡猪鱼蒜，逢着则吃；生老病死，时至则行。" 隋韦世康[2]为吏部尚书，常有止足之志，谓子弟曰："禄岂须多，防满则退；年不待暮，有疾则辞。"

【注释】

[1] 术数：也称"数术"，以种种方术观察自然现象，来推测气数和命运。

[2] 韦世康：京兆杜陵人，隋文帝时官至吏部尚书，谥号文。

【译文】

唐朝的晋国公裴度不相信命运，常常对人说："鸡猪鱼蒜，遇上就吃；生老病死，时间到了，就会出现。" 隋朝的韦世康担任吏部尚书时，常常有知止知足的念头，对子弟说："俸禄难道必须很多，为防止满溢就要退身；不必等到暮年，有疾病就可以辞职。"

有意即差

东坡云："余谪居惠州，卓契顺涉江渡领，黧面茧足以来，得书竟(一)还。余问所求，答曰：'契顺惟无求故来惠州，若有求则在都下矣。'予问不已，乃曰：'昔蔡明远鄱阳一校耳，颜鲁公^(三)怜其意，遗以尺书^[1]，天下至今知有明远也。今契顺虽无米与公，然万里之勤，倘可援明远例得数字乎？'余欣然许之，为书《归去来词》^(四)以贻之，庶几契顺托此以不朽也。"庆历中，谏官李兢坐言事谪湖南物务^[2]，内殿承制^[3]范亢时为都监^[4]，念言事坐谪者后多至显官，乃悉倾家与之办行。兢至湖南，寻卒。人笑范亢百万家财，不如卓老僧东坡半纸。此只在无意有意之间。

【校勘】

（一）渡：此则前半部分采编自苏轼《书〈归去来辞〉赠契顺》。据此，为"度"之讹。

（二）竟：为"径"之讹。

（三）颜鲁公：原文此处为"鲁公"，且前面苟且省掉"颜鲁公绝粮江淮之间，明远载米周之"这样的话，致使下文"今契顺虽无米与公"太突兀。郑瑄采编时对东坡原话多有改易。

（四）《归去来词》：原文为《归去来辞》。

【注释】

[1] 尺书：即有名的《报蔡明远帖》。

[2] 物务：宋代职官名，"监当物务"省称。监州府诸场、务、库、粮、料、院等事务。

[3] 内殿承制：为宋代低级武臣官阶。

[4] 都监：宋代地方官名，掌管本路禁军的屯戍、训练和边防事务。

【译文】

苏东坡说："我谪居惠州时，卓契顺跋山涉水，脸面乌黑，脚底生茧，来到惠州（送信），得到我写的回信后径直回去。我问他想要什么，他回答说：'契顺只因无所求取的缘故来到惠州，如果有所求取就不来了。'我不停地反复问他，他才说：'从前唐朝的蔡明远是鄱阳一个军校罢了，鲁国公颜真卿在江淮之间绝粮时，明远载米来周济他。鲁国公颜真卿悲悯他的情意，给他写了一封信，天下至今知道有个蔡明远。现在我卓契顺虽然没有米给您，可是凭借奔波万里的辛劳，如果援引蔡明远旧例，可以得到您几个字吗？'我高兴地答应了他，书写《归去来兮辞》来送给他，希望他凭这个有不朽名声。"宋仁宗庆历年间，谏官李竑因上书言事获罪，被贬到湖南任监当物务，内殿承制范亢当时任都监，考虑到因言获罪贬官的人后来大多会做到显赫官职，就倾尽家财给李竑置办行装。李竑到湖南后，很快死了。我常笑话范亢的百万家财赶不上苏东坡给老僧卓契顺的半张纸。这只是无意跟有意的不同罢了。

《薄薄酒》诗

薄薄酒胜茶汤，粗粗布胜无裳，丑妻恶妾胜空房。五更待漏[1]靴满霜，不如三伏日高睡足北窗凉。珠襦玉匣[2]万人祖送[3]北归邙[一]，不如悬鹑百结[4]独坐负[5]朝阳。生前富贵，死后文章[6]，百年瞬息万世忙。夷齐盗跖俱亡羊[8]，不如眼前一醉，是非忧乐都两忘。

【校勘】

（一）北归邙：此则抄自苏轼《薄薄酒二首并序》。据此当为"归北邙"。北邙，即北邙山，在今洛阳市东北。汉魏以来，王侯公卿贵族多葬于此，后泛称墓地。

【注释】

[1] 待漏：等待皇帝上早朝。漏，即铜壶滴漏，古代用以报时的器具。

[2] 珠襦玉匣：指古代帝后诸侯王的葬服。珠襦，用珠缀串成的短衣。玉匣，汉代皇帝的葬具，即玉衣。

[3] 祖送：饯别，送行。此指送丧。

[4] 悬鹑百结：鹌鹑的羽毛又短又花，因以悬鹑比喻破烂的衣服。

[5] 负：晒。

[6] 生……章：生前的富贵，死后的名声。

[7] 百年：一辈子。

[8] 夷齐盗跖俱亡羊：贤人伯夷、叔齐和强盗跖一样逝去，像歧路亡羊一样不可追回。

【译文】

略。

勘破造化

王文成公[1]老尚乏嗣，人以为忧，公曰："几见千叶石榴（一）结子者乎？"勘破[2]造化。

【校勘】

（一）千叶石榴：疑为"干叶石榴"之讹。

【注释】

[1] 王文成公：即明代大儒王阳明，因谥号为"文成"，故称。

[2] 勘破：看破，参透。

【译文】

文成王阳明公年纪老迈时还没有子嗣，别人以他忧愁，他说："几曾见干叶石榴有结子的呢？"他算是参透了造化。

佗冑谶语

韩佗冑一日过南园山庄，赵师睪[1]偕行。迤至东村别墅，则桑麻掩映，鸡犬相闻，宛然一乡井也。俄见林薄[2]中一牧童骑犊，且行且歌曰："朝出耕田暮饭牛[3]，林泉风月共悠悠。九重虽窃阿衡贵[4]，争得功名到白头[5]？"师罍呵曰："平章[6]在此，谁敢唐突！"牧童笑曰："但识山中宰相[7]，安知朝内平章？"胄曰："汝宰相何人，奈失（一）识荆[8]？"童曰："公如欲见，往（二）驾草庐。"至则竹篱茅舍，石磴藤床，书画琴棋，甚整洁，屏间有二律诗。其一曰："病国妨贤主势孤，生民无计乐樵苏[9]。伪名枉玷朱元晦，谋逆空污赵汝愚[10]。羊质虎皮千载耻，民膏血脉一时枯[11]。若知不可同安乐，早买扁舟去（三）五湖[12]。"二曰："定策微劳总是空，一时狐假虎威风[13]。不知积下滔天罪，尚欲谋成盖世功[14]。披露奸心愚幼主，彰闻恶德辱先公[15]。玉津园内行天讨，怨血空流杜宇红[16]。"胄，韩琦五世孙，后为史弥远[17]诛于玉津园。

【校勘】

（一）失：据《坚瓠六集》（卷一），为"未"之讹。

（二）往：为"枉"之讹。

（三）去：为"客"之讹。

【注释】

[1] 赵师罍（yì）：字从善，南宋人，曾四知临安府。

[2] 林薄：交错丛生的草木，借指隐居之所。

[3] 饭牛：饲养牛。寓意为不慕爵禄，过劳动自适的生活之意。

[4] 九……贵：此句暗讽韩侂胄窃得宰相职位。九重，天的极高处，喻帝王居住的地方。阿衡，商代官名师保之官（类似于后代的宰相）。

[5] 争得功名到白头：此句暗指韩侂胄不得善终。争得，怎得。

[6] 平章："平章军国事"简称。唐代以尚书、中书、门下三省长官为宰相，因官高权重，不常设置，选任其他官员加同中书门下平章事之名，简称"同平章事"，后又称"平章军国事"，相当于宰相。

[7] 山中宰相：南朝梁时陶弘景，隐居茅山，屡聘不出，梁武帝常向他请教国家大事，被称为"山中宰相"。比喻隐居的高贤。

[8] 识荆：敬辞，指初次见面。语出李白《与韩荆州书》："生不用封万户侯，但愿一识韩荆州。"

[9] 病……苏：这两句暗讽韩侂胄祸国殃民。生民无计乐樵苏，语出唐代曹松《己亥岁》。原句为："泽国江山入战图，生民无计乐樵苏。"樵苏，砍柴与割草。

[10] 伪……愚：此两句是指韩侂胄指责朱熹理学为伪学，排挤诬陷宰相赵汝愚，使之被罢免。元晦，朱熹的字。

[11] 羊……枯：此两句是讽刺韩侂胄软弱不中用，力主的"开禧北伐"失败，却使得国家元气大伤，民生凋敝。

[12] 若……湖：此两句是说宋宁宗虽为韩侂胄所拥立，但韩侂胄却不如范蠡明智，不知早早隐退，因为范蠡在灭吴大业成功后，知道勾践其人不可同安乐，于是早早买舟泛游五湖。

[13] 定……风：这两句是说韩侂胄主张"开禧北伐"，虽有功劳，却没有成效，而依靠外戚的身份作威作福。

[14] 不……功：这两句是说韩侂胄不知自己已罪恶滔天，却想建立恢复故土的盖世功业。

[15] 披……公：此两句是说韩侂胄愚弄年幼的宋宁宗，臭名昭彰，侮辱了先祖韩琦。

[16] 玉……红：这两句预示韩侂胄将在玉津园被刺杀，徒自哀怨而已。

[17] 史弥远：字同叔，明州鄞县人，南宋宁宗时权臣，为相十七年。

【译文】

略。

危素见薄

洪武间危素[1]以胜国名卿事上，年高矣。上重其文学，然心颇鄙之。一日，燕坐屏后，素不知也，曳履屏外，甚为舒徐。上隔屏问为谁，素对曰老臣危素。语复雍缓[2]，上笑曰："我道（一）是文天祥来也。"后复忤旨，上曰："素元臣，何不和州守余阙[3]庙去？"

遂谪居之。以此见失节之妇，无不见薄于夫；失节之臣，无不见轻于主。汉祖首斩丁公 [4] 而赦季布 [5]，宋祖首罪王彦升 [6] 而赠韩通 [7]。忠义何负于人哉？

【校勘】

（一）道：据明人祝允明撰《前闻记》，字前夺"只"字。

【注释】

[1] 危素：字太朴，号云林，江西金溪人，元末明初历史学家、文学家，元朝时官至参知政事。

[2] 雍缓：迟缓。

[3] 余阙：字廷心，庐州（今安徽合肥）人，元末官至都元帅府佥事，为守安庆而战死，谥忠宣。

[4] 首斩丁公：出自《史记·季布栾布列传》："季布母弟丁公，为楚将。丁公为项羽逐窘高祖彭城西，短兵接，高祖急，顾丁公曰：'两贤岂相厄哉！'于是丁公引兵而还，汉王遂解去。及项王灭，丁公谒见高祖。高祖以丁公徇军中，曰：'丁公为项王臣不忠，使项王失天下者，乃丁公也。'遂斩丁公，曰：'使后世为人臣者无效丁公！'"后世以"丁公被戮"比喻为臣不忠的下场。

[5] 季布：楚人，曾效力于西楚霸王项羽，多次击败刘邦。项羽败亡后，被汉高祖刘邦悬赏缉拿，后在夏侯婴说情下，刘邦饶赦了他，并拜为郎中。

[6] 王彦升：字光烈，蜀人，曾先后效力于后唐、后晋、后汉、后周，陈桥驿兵变后，因诛杀后周大将韩通被赵匡胤责罚。

[7] 韩通：并州太原人，后周将领。赵匡胤发动陈桥兵变，韩通打算组织军队抵抗，为王彦升所杀。赵匡胤登基后，追赠其为中书令。

【译文】

洪武间危素以前朝名卿的身份侍奉皇上，年纪已经高迈了。皇上看重他的文学才华，可是心里很鄙视他。一天，太祖皇帝闲坐屏风后面，危素不知道，拖着鞋子从屏风外进来，动作很缓慢。皇上隔着屏风问是谁，危素回答说老臣危素。声音也很迟缓，皇上笑笑说："我只当是文天祥来了。"后来又触犯了皇帝的心意，皇上说："危素是元朝大臣，为什么不让他到和州（今马鞍山和县）去为余阙守庙呢？"于是把他贬官到和州居住。由此可见，失节的女子，无不被丈夫瞧不起；失节的臣子，无不被君主轻视。汉高祖刘邦首先斩杀丁公却赦免了季布，宋太祖赵匡胤首先责罚王彦升却封赠了韩通。忠义的臣下哪有被人辜负的呢？

美不兼得

腰缠十万贯，骑鹤上扬州[1]。天下美事，安有兼得之理？夏侯嘉[2]正喜丹灶，又欲为知制诰[3]，尝曰："使我得水银半两、知制诰三日，平生足矣。"二愿竟不遂而卒。白乐天弃冠冕而归，锻炼丹灶未成，除书已到。世事相妨，每每如此。盖造化之工，不容兼取。既欲为官，又欲为仙，安有是理邪？钱惟演自枢密为使相[4]，叹曰："使我于纸尽处押一字(一)足矣。"刘子仪三入黄堂[5]，望大用，颇不怿，称疾不出朝，士候之，刘云："虚热上攻。"石文定[6]在坐云："只消一服清凉散。"谓两府[7]始得用清凉繖[8]也。躁进如此，独不曰："得不得有命乎？"

【校勘】

（一）使……字：当为"使我得于黄纸尽处押一个字"。据北宋魏泰《东轩笔记》载：钱僖公惟演自枢密使为使相，而恨不得为真宰，居常叹曰："使我得于黄纸尽处押一个字足矣。"亦竟不登此位。黄纸，宰相批复公文的用纸。

【注释】

[1] 腰……州：想当官、发财、升仙种种好事集于己身。语出南朝梁朝殷芸《小说·吴蜀人》。

[2] 夏侯嘉：字会之，北宋江陵人，历官至著作佐郎，文学家。

[3] 知制诰：为皇帝起草诏令之官。

[4] 使相：晚唐以后，为了笼络跋扈一时的节度使，朝廷授予他们同平章事的头衔，与宰相并称，号为使相，实际上不行使宰相权力。

[5] 黄堂：古代太守衙门中的正堂，借指太守本人，后来指知府。

[6] 石文定：即石中立，北宋洛阳人，官至参知政事，谥文定。

[7] 两府：在宋代指中书省和枢密院。

[8] 繖：同"伞"。

【译文】

腰缠十万贯，骑鹤上扬州。天下的好事，哪有兼得的道理？夏侯嘉正喜欢炼丹，又想做知制诰，曾经说："使我能够获得半两水银，做知制诰三天，这辈子就够了。"两个愿望没有实现就死了。白乐天弃官而归，炼丹还没成功，拜官受职的文书已到。世上的事相互妨害，常常就像这样，大概造化的巧妙设计，不允许让人兼得。既想做官，又想升仙，哪里有这种道理呢？钱惟演从枢密使调为使相，感叹曰："让我在黄纸的尽头签署一个字就够了。"刘子仪三次当知府，希望被大用，很不满意，称病不上朝，同僚来看望他，刘子仪说："这是虚热上攻导致的。" 文定公石中立在座位上说："只要服用一下清凉散就可以了。"意思是只有中书省和枢密院的官员才能够使用清凉伞（意思是让刘子仪做到两府官员，病自然会好）。急躁冒进像这样，只是不说："是不是有这样的命运呢？"

世事翻覆

卫青少服役平阳公主[1]家，后为大将军，贵显震天下。公主仳离[2]作(一)配，左右以为无如大将军。公主曰："此我家马前奴也，不可。"已而遍择群臣，贵显无逾大将军者，迄归[3]大将军。丁晋公起甲第，钜丽无比。军卒杨杲宗躬负土之役，劳苦万状。后杲(二)以外戚起家，晋公得罪贬海上[4]，朝廷以其第赐杲宗居之。三十年世事翻覆如此！

古诗^[5]云："君不见河阳^[5]花，今如泥土昔如霞。又^{（三）}不见武昌柳，春作金丝秋作絮。人生马耳射东风^[7]，柳色桃花岂^{（四）}长久。"

【校勘】

（一）作：此则采编自罗大经《鹤林玉露》（甲编·卷二）。据此，为"择"字之误。

（二）杲：当为"杲宗"，"宗"为夺字。

（三）又：南宋杨万里《行路难》五首之一为"君"字。

（四）岂：杨万里《行路难》五首之一为"却"字。"却"字与"岂"相较，"却"字为佳。虽"柳色桃花"不能长久，但变幻的人生甚至还赶不上"柳色桃花"长久。

【注释】

[1]平阳公主：汉景帝刘启与皇后王娡的长女，因首任丈夫的爵位是平阳侯，故称。

[2]仳离：此指寡居。

[3]归：嫁。

[4]海上：海边。

[5]古诗：下面所引诗句是南宋杨万里《行路难》五首之一的前六句。

[6]河阳：此指洛阳。

[7]人生马耳射东风：人生变幻莫测，就好像马耳边吹过一阵东风。语出李白《答王十二寒夜独酌有怀》："世人闻此皆掉头，有如东风射马耳。"

【译文】

卫青年轻时在平阳公主家服役，后来做到大将军，地位在全天下无比尊贵显赫。平阳公主寡居，要选择配偶，身边的人认为没有人能赶上卫青。公主说："这人是我家的马前奴，不可以。"不久在群臣当中选择，地位尊贵显赫没有超过大将军卫青的，公主最后嫁给了他。晋国公丁谓建的豪宅，无比富丽堂皇。当时，军卒杨杲宗亲自背土服役，极其劳苦。后来，杨杲宗凭外戚的身份起家，晋国公丁谓获罪被贬到海边，朝廷把丁谓的豪宅赐给杨杲宗居住。三十年间，世事翻覆变化就像这样！古诗说："君不见河阳花，今如泥土昔如霞。君不见武昌柳，春作金丝秋作帚。人生马耳射东风，柳色桃花却长久。"

不取往物

王鑑[（一）]为豫州刺史，镇姑熟。时有发桓公[1]女冢，得金巾箱[2]、织金篾，又有金蚕银茧等物甚多。条以启闻，郁林[3]敕以物赐之。鑑曰："今取往物，后取今物，如此循环，岂可不熟念？"

【校勘】

（一）王鑑：据《南史·齐高帝诸子列传》（卷四十三），为"王铿"之误。王铿，即宜都王萧铿，字宣俨，齐高帝第十六子。

【注释】

[1] 桓公：东晋大司马桓温。

[2] 巾箱：古人放置头巾的小箱子。

[3] 郁林：即郁林王萧昭业，字元尚，齐武帝萧赜之孙，南齐第三帝，即位前曾封郁林王。

【译文】

宜都王萧铿任豫州刺史，镇守姑熟（今安徽当涂）。当时有人盗挖桓温女儿的坟墓，获取了金制巾箱、用金丝编织的篾器，又有金蚕银茧等东西很多。萧铿很详细地上奏朝廷，曾任郁林王的萧昭业下命令把这些东西赐给他。萧铿说："现在的人索取古人的东西，如同后代的人索取今人的东西，如此循环，怎么可不深加思考？"

王庆无赏

唐庄宗时，禁族[（一）]王庆乞叙功赏，曰："往从济河日，臣系第一队；入汴，臣属前锋：乞迁补。"庄宗颔之。后事李嗣源[1]，亦言其劳。明^(二)宗曰："知庆有^(三)功，但每见庆则心愤然，安得更有赐予之意？"因举唐太宗诗曰："待余心肯日，是汝命通时^[2]。"

【校勘】

（一）禁族：据阮阅编撰《诗话总龟》，当为"禁旅"之误。禁旅，禁军。

（二）明：为"庄"之讹。

（三）有：字前夺"薄"字。

【注释】

[1] 李嗣源：代北沙陀人，生于应州金城（今山西应县），五代十国时期后唐第二帝。

[2] 待……时：《全唐诗》（卷一）认为这两句好像出自后人附会，非唐太宗诗。心肯，许可。

【译文】

　　后唐庄宗时，禁军王庆请求叙功赏赐，说："侍从陛下渡黄河时，我是第一队；进入汴梁时，我是前锋：请求升官补阙。"庄宗点头答应（但没有办理）。后来王庆事奉李嗣源，李嗣源也向庄宗说起王庆的功劳。庄宗说："我知道王庆薄有功劳，只是每见到王庆就心里生气，怎么能够再有赏赐的想法？"庄宗又引用唐太宗的诗句："待余心肯日，是汝命通时。"

磨难致福

　　四明^[1]张鄮西先生^[2]曰："如今做人要从苦中饱尝一番，方有受用。故甘自苦来，甘始可久；福由德致，福始可保。故做大官，干大功业的人，俱在贫困里磨难出来。如范文正、司马温公之勋业，皆从齑粥^[3]下帷^[4]中炼成也。"

【注释】

[1] 四明：今浙江省宁波市西南一带。

[2] 张鄞西先生：即张谦，字子受，号鄞西，明朝浙江慈溪人，官至广西参。

[3] 齑粥：即"断齑画粥"的略语，指食物粗简微薄，形容贫苦力学。语出
文莹《湘山野录》："范仲淹少贫，读书长白山僧舍，作粥一器，经宿
遂凝，以刀画为四块，早晚取两块，断齑数十茎啖之，如此者三年。"

[4] 下帷：即"下帷攻读"的略语，指放下室内悬挂的帷幕，表示与外界隔
绝，专心力学。语出东汉·班固《汉书·董仲舒传》："（董仲舒）下
帷讲诵，弟子传，以久次相授业，或莫见其面。"

【译文】

略。

不得善地

杭州朱朝宗[1]博学有声，陆水村公[2]延以训子。后朝宗正德
癸酉乡试，累弗利春官[3]，乃就学职。时陆公为冢宰，唱名至朝宗，
讶曰："子何就是邪？"朝宗具告不获已之故。公叹息良久，复告
左右二卿[4]，盛赞誉焉。既出，同选友咸谓朝宗必得善地。榜出，
乃北地僻陋县也，众莫测所以。时金美之[5]方馆于陆公。公问朝宗
选何所，对以某县，公叹曰："是余之过也。我初欲语郎中择善地
与之，后竟忘。我将更调之。"无何，陆公坐宸濠事谪戍，朝宗竟
卒于官。

【注释】

[1] 朱朝宗：名京，字朝宗，明朝钱塘人，正德癸酉举人，官至寿阳（今山
西寿阳）教谕。

[2] 陆水村公：即陆完，字全卿，号水村，明朝长洲（今苏州）人，武宗朝
官至吏部尚书。

[3] 弗利春官：礼部考试不利。春官，礼部的别称。

[4] 左右二卿：此指吏部左右二侍郎。

[5] 金美之：即金璐，字美之，明代杭州人。

【译文】

杭州朱朝宗博学有声望，陆水村请他来训导儿子。后来朱朝宗在明武宗正德年间考中癸酉科举人，但多次参加礼部的考试却不顺利，于是向吏部请求担任学职。当时陆公为吏部尚书，唱名到朱朝宗时，吃惊地说："你为什么要求担任学职呢？"朱朝宗详细地告诉他礼部考试不顺利的缘故。陆公叹息很久，又告诉身边的左右二位侍郎，盛赞朱朝宗。从吏部出来后，一同选官的朋友都认为朝宗一定会到个好地方任职。等到发榜后，朱朝宗得到的竟然是北方偏僻贫穷县份的学职，众人没有谁测知原因。当时金美之正在陆公的府邸里开馆授徒。陆公问起朱朝宗被委任的职位在什么地方，金美之回答是某县，陆公叹气说："这是我的过错。我当初想告诉吏部郎中选择个好地方给他，最终却忘了。我将给他换个地方。"不久，陆公因为宁王朱宸濠的事被谪戍，朝宗最终死在官任上。

损益常理

有两人年月日时皆同，而荣瘁[1]各异，质之司命[2]者，则曰："生富贵者受用过分，应得落寞；在贫贱者，不曾享福，应得荣寿。"此天道损益之常理也。

【注释】

[1] 荣瘁：盛衰。
[2] 司命：掌管命运的神。

【译文】

有两人出生的年月日时辰都相同，而处境盛衰各自不同，向主管命运的神质问，神回答说："出身富贵的人受用过分，应得落寞；出身贫贱的人，不曾享福，应得荣华长寿。"这是天道减损补益的常理。

女皇之谶

李淳风[1]为太常令，太宗得"女武代王"谶。问淳风，对曰："兆在宫中，当四十年而王，夷唐子孙几尽。"帝欲求杀之，曰："天之所命，不可去也，徒淫及无辜。且四十年则老，老则仁。虽欲易姓，而终不能绝唐。若杀之，恐生壮者，则陛下子孙无遗种矣！"已而果验。

【注释】

[1] 李淳风：唐朝岐州雍人，精通术数，太宗朝官至太常令。

【译文】

李淳风担任太常令时，唐太宗得到了"女武代王"的谶语。太宗拿来问李淳风，李淳风回答说："兆头在宫中，当四十年后称王，把李唐的子孙杀灭近绝。"太宗皇帝要把那人找来杀掉，说："上天的命令，不可舍去，如果把那人杀掉，只是连累了无罪的人。况且过了四十年，那人就会变老，变老后就会仁爱些。虽然想要使天下易姓，可是终究不能灭绝唐朝。如果杀掉，恐怕生出强健的来，那么陛下的子孙就会绝种了！"不久果然应验了。

莫责造物

操履与升沉，自是两途。不可谓操履之正，宜荣贵；操履不正，宜困厄。若以操履责效造物，一不验则怠，而流为小人之归[1]矣。世（一）有愚而富厚，慧而贫寒者，皆属定分。与其角者去其齿，传（二）之翼者两其足：天之生物必有欠缺处，使相制相避，乃为妙理。若一一全，其害尤甚。知此理而安之，则求赢取足[2]之心自灰矣。

【校勘】

（一）世：此字前为一主题，主题为"操履与升沉本两途"，强调的是个人修养问题；此两字后为另一主题，主题为"天之生物有妙理"，强调的是老天公平问题。不知为何，郑瑄把这两个主题的文字混放在一起。

（二）与……足：其中的"传"为"傅"之误，"与"为"予"之讹，且"角"与"齿"的位置要互乙。语出《汉书·董仲舒传》："予之齿者去其角，傅之翼者两其足。"

【注释】

[1]归：旨归。
[2]求赢取足：求取完满。

【译文】

　　操守行迹与地位升沉，本是两条路。不能认为操守行迹正派，自然应该荣耀尊贵；操守行迹不正派，自然应该困苦危难。如果拿操守行迹责求造物有效验，一旦没有效验就慢怠下来，而流为小人的主旨。

　　世上的人有愚昧却富有的，有聪慧却贫寒的，都属于天分决定的。老天赋予兽类锋利的牙齿，就不会再给它有力的犄角；赋予鸟类翅膀了，就只会它两条腿（即不会给它四条腿）：上天生成东西一定要使其有欠缺，使各种东西相互制约相互规避，才是妙理。如果让一种东西方方面面都完美，那祸害非常厉害。明白这种道理而安心对待，那么求取完满的心自然就淡了。

黄大痴语

　　上元姚三老[1]赀甲闾右[2]，买别墅于劳劳亭[3]之北，中有池有亭，有假山，飞阁曲房[4]，药栏[5]花径，逶迤斗折，妆点如画。一日，狂客王大痴（一）来游，留酌池上。酒半酣，曰："乐哉，兹墅！

翁费值几何？"三老曰："费及千金。"曰："二十年前老夫曾觞
咏于此，主者告我费几万金，翁何得之易耶？"三老曰："我谋久矣，
其子孙无可奈何，只得贱售。"大痴曰："翁当效李德裕刻石平泉，
垂戒子孙：'异时无可奈何，不宜贱售。'"三老闻言，愀然不悦。
既而跃然引觞谢之曰："公真达者之言，老悖空与儿孙作马牛矣。"

【校勘】

（一）王大痴：为黄大痴之误，南京话中"黄""王"音近致误。黄大痴，
　　　即黄公望，字子久，号大痴道人，常熟县人，元朝著名画家。

【注释】

[1] 姚三老：名杰，明初著名财主，与沈万三齐名。
[2] 闾右：指居住于闾巷右侧的人家。借指富豪。
[3] 劳劳亭：坐落于今江苏省南京市西南，临近新亭，始建于三国东吴时期，
　　　自古以来即是分别、相送的场所。
[4] 曲房：密室。
[5] 药栏：芍药之栏，泛指花栏。

【译文】

　　姚三老是上元（南京古县名）首富，在劳劳亭的北边购置了一幢
别墅，里面有池塘，有亭台，有假山，飞阁密室，药栏花径，迂回曲
折，装饰点缀得像画一样美丽。一天，有位疏狂的客人黄大痴进来游
玩，主人留他在池边喝酒吟咏。酒喝得半醉时，黄大痴说："让人畅
快啊，这座别墅！主人您买这幢别墅花了多少钱？"答道："一千两
银子。"黄大痴说："二十年前，我也曾在这儿喝酒吟诗，主人告诉我，
建造它花了近万两银子，您怎么买得这样便宜呢？"姚三老说："我
谋求这别墅好久了，他家子孙无可奈何只好贱卖给我。"黄大痴说：
"您应当仿效李德裕在平泉别墅（李德裕在洛阳修的豪宅）石头上刻
字，垂训告诫子孙：'他日无可奈何，不该贱卖。'"姚三老听说后，
伤感不悦。不久，他跳起来持杯道谢说："您说的真是通达人的话语，

我年老糊涂，徒然给子孙当马牛了。"

名义默维

唐樊系^{（一）}为朱泚^[1]草诏，明日仰药^[2]死。宋唐恪^[3]为观文殿大学士，金人逼立张邦昌，恪书名，仰药死。国朝方正学^[4]不肯草靖难诏，而楼琏^[5]草之，琏归，自经死。呜呼！往古^{（二）}今来是何草诏书名者之^{（三）}皆死也？或亦纲常名义默有相维者，心死而身辄死耶？

【校勘】

（一）樊系：据唐朝赵元一《奉天录》，为樊系之。樊系之，唐德宗时任太常少卿，曾为反叛的朱泚起草即位诏书。

（二）往古：当为"古往"。

（三）之：当为衍字。

【注释】

[1] 朱泚（cǐ）：幽州昌平（今北京昌平）人，唐朝中期将领，唐德宗时反叛称帝，后被杀死。

[2] 仰药：指服毒药。

[3] 唐恪：字钦叟，北宋余杭钱塘人，钦宗朝宰相，徽、钦二帝北掳后，金军立张邦昌为皇帝，唐恪予以支持，但在推戴状上签名后就服毒自尽。

[4] 方正学：即方孝孺，字希直，明初浙江宁海人，因书房名为"正学"，世称"正学先生"。朱棣靖难之役中，因不肯为朱棣起草即位诏书，被灭十族。

[5] 楼琏：明初金华人，尝从宋濂学。成祖既杀方孝孺，以草诏属侍读琏，承命不敢辞。归语妻子曰："我固甘死，正恐累汝辈耳。"其夕，遂自经。（《明史·楼琏传》卷一百四十一）。

【译文】

唐朝樊系之为朱泚草诏，第二天就服毒自杀。宋朝的唐恪做观文殿大学士，金人逼迫拥立张邦昌为帝，唐恪在拥戴书上签了名，后来服毒自杀。本朝方正学不肯为发动靖难之役的朱棣草诏，而楼琏为朱棣草诏，可回家后，上吊自杀。唉！古往今来这是什么原因导致为反叛者起草诏有名的人都会自杀呢？或许也是纲常名教暗中有相维系的力量，使得这些人心死继而身亡吧？

警世之歌

善事本好做^(一)，无心做不得。你若做好事，别人分不得。忤逆不孝顺^(二)，天地容不得。王法镇乾坤，犯了休^(三)不得。良田千万顷，死来管^(四)不得。灵前好供养，起来吃不得。钱财过壁堆，临行将不得。命运不相助，却也强不得。儿孙虽满堂，死来替不得。

【校勘】

（一）善事本好做：此则本为德清和尚《警世歌》。本，或作"虽"。德清和尚，即憨山大师，安徽全椒人，明末高僧。

（二）忤逆不孝顺：此句前夺"经典积如山，无缘看不得"。

（三）休：或作"饶"。

（四）管：或作"用"。

【译文】

略。

高识有心

有僧多宝，老僧借观之。毕，拜谢。曰："未与，何谢之有？"老僧曰："尔与我皆只得一观。我观之^(一)，尔藏之，何异^(二)？"

又一小僧具斋饭，约次日请师僧共饭之，师僧不许。小僧曰："此亦常事。"僧师曰："安知吾有明日否^{（三）}？"

【校勘】

（一）我观之：据明代洪垣《洪觉山语录》，此三字后夺一"与"字。

（二）何异：二字后夺"是高识不是常道"一句，当在引号外。此句意为这属于见识高明却不是常理。

（三）否：字后夺"是有心不是无心"一句，当在引号外。此句意为这是出于有心而不是无心。

【译文】

略。

急缓无异

昔二人同舟有所适。一人性急，昼夜计程，稍阻辄愤懑，形为枯瘁；一人性缓，任之，增食甘寝，颜色日泽。既而抵其处，二人同时登岸。故语曰：急行缓行，只有许多路；逆取顺取，命中只有许多财。

【译文】

两人同舟有到某地去。一人性子急躁，昼夜计算行程，稍微有所阻滞就愤懑，形容变得枯槁憔瘁；一人性子和缓，任由它去，饮食增加，睡得香甜，脸色一天天光润起来。不久到达目的地，两人同时登岸。所以谚语说：急行缓行，前程只有这么长的路；逆取顺取，命中只有这么多的财。

叹世之词

极品随朝，谁似倪宫保^[1]？万贯缠腰，谁似姚三老^[2]？富贵不坚牢，达人须自晓。兰蕙蓬蒿，算来都是草；鸾凤鸱鸮，到头^{（一）}都是鸟。北邙路儿人怎逃？及蚤寻欢乐，纵^{（二）}饮千万觞，大唱三千套，无常到来还是^{（三）}少。

【校勘】

（一）到头：据明朝唐寅《叹世词》，为"算来"之讹。

（二）纵：《叹世词》为"痛"，以"痛"为佳。

（三）还是：《叹世词》为"犹恨"，以"犹恨"为佳。

【注释】

[1] 倪宫保：倪谦，字克让，明朝上元人，官至南京礼部尚书，追赠太子少保，谥文僖。

[2] 姚三老：见本卷"黄大痴语"条注释 [1]。

【译文】

略。

恨恨先生

昔有恨恨先生者，见张子野[1]。子野曰："先生何恨？"曰："吾生鲈鱼之乡[2]，不遇吴兴脍手[3]。去阳羡、虎丘、慧麓，皆不踰三百里，而得茶或乏水，有水茶适馨。昔于东京王孙家，携归古桫木琵琶槽[4]，并鸂鶒拨[5]，传^{（一）}以黄桑独茧[6]弦，偶触手，作饿鸱叫，而未传供奉[7]诸曲。中年于嵩少间遇异人，密授容成秘术[8]，而内妒不令有洁婢。二十一史熟滥在口，九塞三关百岛十八溪，抵掌[9]有成画，而未尝一日膺议论之司。如此恨恨非一种。"子野曰："先生休矣。今方有人荐脍，叱以为无酱醢[10]。饮精茶，漱而吐之。听法部坐睡[11]，日夜拥粉狐[12]，不免韩熙载伎俩[13]。身袭金紫[14]，受文武重寄，而出没挤援^[15]恩怨中，碌碌以老，古今成败已陈之局，亦略不相涉。如此较先生所恨孰多？"先生曰："此恨具^(二)恨，当不在彼。"

【校勘】

（一）傅：为"傅"字之误，因形似致讹。

（二）恨：疑为"真"之讹。

【注释】

[1] 张子野：即张先，字子野，北宋乌程人，著名词人。

[2] 鲈鱼之乡：今福建福鼎市。

[3] 脍手：擅长做鱼的厨师。

[4] 琵琶槽：本指琵琶上架弦的格子。此指琵琶。

[5] 鹨鹚拨：由鹨鹚木做的拨子。鹨鹚木，又名相思木，名贵木材。

[6] 独茧：相传仙人园客养蚕得茧大如瓮，一茧缫丝数十日始尽。故以"独茧"指个大丝长之茧。

[7] 供奉：宫廷乐曲。

[8] 容成秘术：即容成子房中术。容成，即容成子，相传为黄帝老师，精通养生法术。

[9] 抵（zhǐ）掌：击掌（表示高兴）。

[10] 酱醯（xī）：醋和酱，亦指酱醋拌和调料。

[11] 法部：即法曲，歌舞大曲一部分，也是隋唐宫廷燕乐的重要形式。

[12] 粉狐：白皙狐媚的女子。

[13] 韩熙载伎俩：韩熙载晚年纵情声色，受到李煜指责，曾把姬妾赶走，后来这些姬妾又都跑了回来。韩熙载，字叔言，青州人，南唐宰相，谥文靖。

[14] 金紫：金鱼袋及紫衣。唐宋佩饰和官服。因亦用以指代贵官。

[15] 挤援：排挤和援引。

【译文】

从前有位恨恨先生，来见张子野。子野说："先生有什么憾恨？"

恨恨先生说："我出生在鲈鱼之乡，却没有遇到吴兴擅长做鱼的厨师。距离阳羡、虎丘、慧麓，都不超过三百里，而有这三处好茶时可是缺好水，有好水时茶叶恰好用尽。从前从东京贵公子家携归古杪木制作的琵琶，并带来了鹈鹕拨，傅上丝弦，偶一触手，传出饥饿猫头鹰叫声，却没有继承宫廷乐师的各种曲子。中年时在嵩山少林寺遇到奇人，秘密传授给我容成子房中术，可是妻子嫉妒不不让我拥有美丽婢妾。熟读二十一史，九塞三关（泛指边塞）百岛十八溪，抵掌而谈，谋略成竹在胸，可是不曾一日担任议论的官员（指谏官）。像这憾恨不是一种。"子野说："先生算了吧。今方有人献给鲈鱼脍，拿没有调料来斥责他。饮好茶，漱漱口而吐掉。听宫廷大曲坐着打盹，日夜拥抱白皙狐媚女子，难免有韩熙载伎俩。身为贵官，担任或文或武的重要使命，却出没在排挤与援引恩怨中，碌碌而老，对古今成败已成为陈迹的格局，心里也全不关心。如此较先生的憾恨谁多呢？"先生说："这种憾恨真是憾恨，应当不在那里。"

不与人全

王圣愈[一]《会心编》有云：天与人半，不与人全。予以智虑足以趋利避害，而又与[二]以不可趋避；与以精英足以殚见洽闻[1]，而又与以不可见闻。

【校勘】

（一）王圣愈：为"王圣俞"之误。王圣俞，即王纳谏，字圣俞，明代江都（今扬州）人，万历三十五年进士，著有《苏长公小品》《会心编》等。

（二）与：此字及文后"与"，均为"予"之误。

【注释】

[1] 精英：此指精神。

[2] 殚见洽闻：形容见多识广，知识渊博。

【译文】

王圣俞的《会心编》说：天给人半，不给人全。给人以智谋能够用来趋利避害，而又把不可趋避的利害给人；给人精神能够用来觇见洽闻，而又把不可见闻的东西给人。

便宜所归

嘉善治前都宪坊，为陆蕢庵^(一)所建也。旧为平政坊，县委公之祖某分修之。工制坚固，为费孔多。或问之，公祖对曰："省得又累后人。"盖不再传，竟自受用矣。以此观之，积德修善之事其不用便宜者，乃世间绝大便宜所归。君子固不为有心之求，造物每巧予有心之报，自作自受。三复斯言 [1]，益为凛凛。

【校勘】

（一）陆蕢（kuì）庵：为"陆簣斋"之误。陆簣斋，即陆坲，字秀卿，号簣斋，明朝浙江嘉善人，官至金都御史。

【注释】

[1] 三复斯言：指反复朗读并体会这句话，形容对它极为重视。

【译文】

嘉善县治前的都宪坊，是陆簣斋所建造的。原为平政坊，县里委任陆簣斋祖父分管修建。工程坚固，花费很多。有人问他为什么这样做，陆簣斋祖父回答说："省下钱财又会连累后人。"大概没传两代，最终自己受用了。由此看来，做积德修善事那些不占便宜的，竟然是世间便宜归结处。君子本来不做刻意求取的事情，造物常常会巧妙回报，自作自受。反复诵读体会，更加让人警惕。

察体《易》理

天之将晓也反暗，此死中有生，圣贤所以大觉；灯之将灭也反明，此生中有死，众庶所以终迷。《易》之理，变化生生不息。故居安虑危，处治思乱，善察《易》理者也；位高能谦，履盛不溢，善体《易》理者也。

【译文】

天快亮时反而黑暗，这是死中有生，圣贤对此有所体悟；灯快灭时反而明亮，这是生中有死，大众对此昏迷不清。《易经》的道理，变化生生不息。所以平居安稳要想到危险，安处太平要想到混乱，是善于考察《易经》道理的人；地位崇高而能谦和，得势却不骄傲，是善于体会《易经》道理的人。

节用廉取

人方困时，所望不过十金之资，计其衣食之费、妻子之奉，出入于十金之中，宽然而有馀。及其一旦稍稍蓄聚，入益众，而所求益以不给，不知罪己用之不节，而以为求之未至也。是以富而愈贫[一]，求愈多而财愈不供。盍反而思之，夫向者岂能寒而不衣、饥而不食乎？

【校勘】

（一）贫：为"贪"之误，"贫"与"贪"因形近致讹。

【译文】

人正处于贫困时，所期望的不超过十两银子资财，计算他衣食费用、供养妻子儿女花销，支出全在十两银子之内，还绰绰有余。等到他一旦渐渐有所蓄积，收入更多，可是需求却更加不能保证供给，不知责备自己不节减用度，反而认为欲求不能实现。因此富裕人更加贪婪，贪求越多而财物更加不能供给。为什么不反过来想想，先前贫困时难道寒冷了没衣服穿、饥饿了没有饭吃吗？

万安邀宠

万安[1]结万贵妃[2]兄弟以固宠，与李孜省[3]深相结，日讲房中之术。宪宗崩，内竖于宫中得疏一小箧，皆房中术也，悉署曰臣安进。上遣怀恩[4]袖至阁下，曰："是大臣所为乎？"安惭汗，不能出一语。已而科道交章劾之，惶遽归第。

【注释】

[1] 万安：字循吉，明代四川眉州人，宪宗朝官至内阁首辅，有"洗屌相公"的恶评。
[2] 万贵妃：青州人，明宪宗朱见深宠妃。
[3] 李孜省：明代南昌人，献淫邪方术，取悦明宪宗，累官至礼部左侍郎。
[4] 怀恩：明代宦官，宪宗时官至司礼监掌印太监，对年幼孝宗有看护恩德。

【译文】

万安巴结万贵妃兄弟来稳固自己被明宪宗宠信的地位，与李孜省深相勾结，每天给皇帝讲房中术。宪宗皇帝驾崩，宫内太监在宫中发现一小箱子奏疏，内容都是关于房中术的，上面全部署"臣安进"字样。孝宗皇帝派怀恩把小箱子放在袖筒里送到内阁，说："这是大臣应该做的吗？"万安惭愧流汗，一句话也说不出。不久科道御史纷纷上奏章弹劾他，他仓惶急迫地告老还乡。

无关子熙

韩子熙[1]为国子祭酒。迁邺之始，百司并给兵刃[2]，时以祭酒闲务，止给二人。或令陈请，子熙曰："朝廷自不与祭酒兵，何关韩子熙事？"

【注释】

[1] 韩子熙：字元雍，北魏昌黎棘城人，曾任国子祭酒、侍讲等职。

[2] 兵刃：此指卫兵。

【译文】

韩子熙担任国子祭酒。都城刚迁到邺城时，百官都配备卫兵，当时因为国子祭酒职务清闲，只配给两人。有人让他去陈请，韩子熙曰："朝廷不给祭酒多配卫兵，跟我韩子熙有什么关系呢？"

岂敢有须

工部侍郎王佑媚事王振[1]，貌美无须，振甚眷之。一日，问佑曰："王侍郎，尔何无须？"佑对曰："翁父无须，儿子岂敢有须？"闾巷闻之传笑。

【注释】

[1] 王振：明朝蔚州（今河北蔚县）人，略通经书，英宗朝专权太监。

【译文】

工部侍郎王佑巴结讨好王振，貌美无须，王振很是眷顾他。一天，问王佑说："王侍郎，你为什么不长胡须？"王佑回答说："父亲大人没有胡须，儿子怎敢有胡须？"百姓听说后，传为笑谈。

市恩贾祸

景泰中，给事中徐正密请召对，言今日臣民有望皇上^{（一）}复位者，有望前太子[1]嗣位者，不可不虑，宜出沂王[2]于沂州。又南城官门之锁，亦宜灌铁。上怒黜为卫经历。复奏请必行，乃谪戍铁岭卫。及天顺复辟，械至京引见，悸甚，便溺皆青，人谓其惊破胆也，遂剐于市。又有某御史，滑县人，亦言南城多树，事叵测，遂尽伐之。时盛夏，上皇常依树凉息，见树伐，得其故，惧甚。复位后，下御史狱，诏杖杀之。颜光衷曰："本以市恩求宠，岂料明镜烛奸？"

【校勘】

（一）皇上：为"上皇"之讹。上皇，太上皇，此指明英宗。土木堡之变，明英宗被瓦剌俘虏，其弟郕王朱祁钰称帝，遥尊英宗为太上皇。后英宗被放回，在南宫被囚禁七年。

【注释】

[1] 前太子：即后来的明宪宗朱见深，明英宗长子。

[2] 沂王：景泰三年，明代宗将朱见深废为沂王，景泰八年，英宗夺门之变后被复立为太子。

【译文】

景泰（明代宗朱祁钰年号）年间，给事中徐正秘密请求召对，说现在臣民有希望太上皇复位的，有希望前太子承继大位的，不可不考虑，应该把沂王迁往沂州。又说南城宫门的锁应该用铁汁浇灌。皇上生气地把他废黜为卫所经历。他又上奏请求定要按自己的意见去办，于是被贬去戍守铁岭卫所。等到明英宗天顺复辟，被戴上刑械到京城见英宗，十分恐惧，排的尿都是青黑色，人说是他被吓破胆了，最后在闹市被凌迟处死。又有某御史，滑县人，又说南宫南墙树很多，易出难以预料的事情，要求把南宫的树都砍掉。时值盛夏，太上皇常常依树歇凉，看见树伐，知道缘故后，害怕得厉害。复位后，把这位御史下到大狱，下诏用杖打死。颜光衷说："本来想要邀买恩宠，哪里料到让皇帝看透了他们的奸邪？"

豆腐闸人

正统土木之变，一戌卒脱归，语其家人曰："乱歼中吾闻神人曰：'尔非此中人，豆腐闸儿人也。'"既而得脱，然莫晓所谓。未几，虏犯土城，官军接战，此卒竟殁于豆腐闸阵中。

【译文】

正统年间土木堡之变中，一戌卒逃回，告诉他的家人说："乱战中我听神人说：'你不是这里的人，你是豆腐闸儿人。'"不久得以脱身，可是不知道那话是什么意思。不久，瓦剌人进犯土城，官军与其交战，这个戌卒最终战死在豆腐闸阵中。

京师裁缝

嘉靖中，京师缝人某姓者，擅名一时，所制长短宽窄，无不称身。尝有御史令裁员领[1]，跪请入台年资[2]，御史曰："制衣何用知此？"曰："相公辈初任雄职，意高气盛，其体微仰，衣当后短前长；在事将半，意气微平，衣当前后如一；及任久欲迁，内存冲挹[3]，其容微俯，衣当前短后长：不知年资，不能称也。"

【注释】

[1] 员领：官服。

[2] 入台年资：进入御史台资历。

[3] 冲挹：谦抑，谦退。

【译文】

明朝嘉靖年间，京城有位裁缝，一时裁衣享有盛名，所裁制衣服长短宽窄，无不称身。曾有位御史让他裁制官服，那裁缝跪下问御史进入御史台年资，御史问："裁制衣服哪里用得着知道这个？"裁缝说：

"老爷们初任要职，心高气盛，他们身体稍微后仰，衣服应当后短前长；任职期限将半，心气稍微平和，衣服应当前后一样；等到任职长久想要升迁，内存谦抑，身体稍微前俯，衣服应当前短后长：不知年资，衣服就不能合体。"

偿他宿逋

有人问某公何故富贵，溟涬子曰："是上帝偿他宿逋[1]底，然不宜索子母息[2]都尽。"可谓妙喻。

【注释】

[1] 宿逋：久欠税赋或债务。

[2] 子母息：利息。

【译文】

有人问某公什么原因会富贵，溟涬子（晚明屠隆号溟涬子）说："这是老天爷偿还他久欠债务，可是不应该把利息都取尽了。"这可算绝妙比喻。

两脚直歌

两脚直[1]，一品朝官做不得。两脚直，万贯家私顾不得。两脚直，孝子贤孙替不得。两脚直，娇妻艳妾恋不得。两脚直，盖世机谋使不得。两脚直，满腹珠玑[2]夸不得。两脚直，美味珍馐吃不得。两脚直，高堂大厦住不得。两脚直，锦绮盈箱著[3]不得。两脚直，宝玩满笥携不得。两脚直，妙舞清歌享不得。两脚直，绿水青山游不得。两脚直，造下罪业撒不得。两脚直，结下冤家解不得。两脚直，阎罗阿旁[4]避不得。两脚直，巧语花言推不得。两脚直，人情关节用不得。两脚直，亲戚势要靠不得。两脚直，刀轮火狱免不得。两脚直，马腹驴胎躲不得。直直直，不限时来不限日。清晨不保午时辰，日中[5]不保申时[6]刻。任汝功业比姬公[7]，任你英雄比项籍；任你钱财过石崇，任你文章过李白；任你苏秦舌万端，任你陈平计六出[8]；任你离娄[9]公输[10]巧，任你管辂[11]君平[12]术；任你君王势滔天，任你后妃色倾国。喉咙但有三寸气，肩头苦费千般力。跨街[13]昨日逞华颜，缠棺[14]今夕眠枯骨。北邙多少高低坟，鸱鸮夜啸青枫泣。千载兴亡蜂蚁场，百年成败狐狸窟。丢开善念不寻思，失去人身难再觅。富贵固是夙生来，享尽亦须防算逼。摩尼[15]百八手中提，弥陀一句心头忆。此生不度何时度，修行及蚤无常迫。儿女尽是冤家债，利名尽是刀头蜜。杀生是啖姻亲肉，淫邪是饮洋铜汁。上床别却鞋和袜，明朝来否事不测。一声去也只索随，求神礼佛毫无益。至亲父子及夫妻，改换重来懵不识。船到瞿塘补漏迟，蹉[16]过许多好时日。轮回件件理分明，因果椿椿无爽忒。迷却多生说现生，痴人无数齐称屈。频呼苦劝不回心，除非等待两脚直。

【注释】

[1] 两脚直：即两腿一蹬，人死亡的婉辞。

[2] 珠玑：比喻才华。

[3] 著：通"着"，穿。

[4] 阿旁：近旁。

[5] 日中：即午时，十二时辰之一，相当于 11 时至 13 时。

[6] 申时：即晡时，十二时辰之一，相当于下午 3 时至下午 5 时。

[7] 姬公：指周公姬旦，周武王弟弟，辅佐周成王，为周朝稳固和制度建设立有大功。

[8] 陈平计六出：曲逆侯陈平曾为汉高祖刘邦六出奇计。

[9] 离娄：传说中视力特强的人。

[10] 公输：即公输班，也即鲁班，著名木匠。

[11] 管辂：字公明，平原（今德州平原）人，三国时期曹魏著名术士。

[12] 君平：即严遵，字君平，西汉蜀郡人，好老庄思想，曾在成都卖卜。

[13] 跨街：指古时状元跨马游街。

[14] 缠棺：抬棺材时要先用绳索缠绕棺材，指即将下葬。

[15] 摩尼：佛珠。

[16] 蹉：蹉跎。

【译文】

略。

敬容背焦

何敬容[1]吏部尚书，性好洁，衣冠必鲜丽。武帝朝，尝有侍臣衣带卷摺。帝怒曰："卿衣带如绳，欲何所缚？"敬容希旨[2]，尝以胶清刷鬓，衣裳不整，伏床熨之。暑月，背为之焦。

【注释】

[1] 何敬容：字国礼，南朝庐江人，萧梁文学家，官至宰相。

[2] 希旨：迎合皇帝的旨意。

【译文】

何敬容任吏部尚书，生性爱好整洁，衣冠一定光鲜美丽。梁武帝上朝时，曾经有位侍臣衣带卷摺，皇帝发怒说："你衣带就像绳子，想要捆绑什么呢？"何敬容迎合皇帝旨意，曾经用胶清刷鬓发，衣裳不平整，趴伏床上熨平。时值暑月，背部被烤焦了。

同归于幻

科目之荣，至状元而极；官爵之贵，至宰相而极。历数古今状元宰相，已觉车载斗量。其泯灭无闻者多矣，即有声施[1]来祀者，亦同归于幻耳。使我有身后名，不如生前一杯酒（一）。晋人之语可谓至言。

【校勘】

（一）使……酒：当为"使我有身后名，不如即时一杯酒"。语出《世说新语·任诞》。

【注释】

[1] 声施：世人传扬的名声

【译文】

略。

把定秤杆

人纵有千乘[1]之贵，不能争晷刻[2]之生；纵有万钟之富，不能加五合[3]之饭。只此两事，造化把定了秤杆。任他说富说贵，说贫说贱，说荣辱，说顺逆，千翻百倒，都是闲事。此之谓大平等。

【注释】

[1] 千乘：兵车千辆。古时中等诸侯拥有千辆兵车。此指王侯。
[2] 晷刻：片刻。
[3] 合（gě）：容量单位，市制十合为一升。

【译文】

略。

神乃知几

密网弥天，不见牵翻凤鹄；数罟[1]布海，何曾张著蛟龙。盖惟神乃知几[2]，匪特[3]圣无死地。

【注释】

[1] 数（cù）罟：密网。数，细密。

[2] 知几：预知事务发展的苗头。

[3] 特：只是。

【译文】

　　密网满天，看不见网到凤凰；细网遍海，看不到网到蛟龙。大概神明的人能预知事物发展苗头，不只是圣明人不会陷入死地。

恒遭天算

　　食物之物，恒为人食；算人之人，恒遭天算。未识朱龙[1]金翅[2]，不见黄雀螳螂。

【注释】

[1] 金龙：不详。

[2] 金翅：指金翅鸟。

【译文】

　　吃别的动物的动物常常被人吃掉，算计别人的人常常被老天算计。不认识朱龙与金翅鸟（指不算计人），自然看不到黄雀螳螂（指被人算计）。

盛衰相依

　　贫儒苦博科名，族姓婣婕[1]辄凭肆恶；寒宗骤致昌显，家门元气定为受伤。叶盛自然花稀，钟鸣何疑漏尽[2]？

【注释】

[1] 婣婕：姻亲。婣，同"姻"。

[2] 漏尽，铜壶滴漏的水没有了，意味天亮。

【译文】

贫穷书生科举成功，族人姻亲就会借此肆意作恶；地位卑微的家族突然显赫荣耀，家门元气定会受伤。叶子茂盛了，自然花朵稀少；晨钟响起，哪里还用怀疑天亮了呢？

观剧有感

解襦剔目[1]，一亚仙迷翻无数乞儿；喝雉呼卢[2]，一寄奴[3]化出无穷败种[4]。高门萧飒，非但天道之必好还；厚积啸呼[5]，亦是钱神之需转运。

【注释】

[1] 解襦剔目：明代薛近兖所撰《绣襦记》情节。郑元和与妓女李亚仙相恋，后郑元和成为乞丐，遭受困顿，雪夜差点冻死，李亚仙解下绣襦裹住郑元和身体，然后剔目劝读，使得郑元和中了状元，亚仙封一品夫人。

[2] 喝雉呼卢：形容赌徒赌兴正酣时的样子。雉、卢，古时捋蒱骰子掷出的两种彩。

[3] 寄奴：即刘裕，字德舆，小名寄奴，丹徒人，少年贫困，喜欢赌博，后为南朝刘宋开国君主。

[4] 败种：败家的人。

[5] 啸呼：大呼。

【译文】

解衣裹体，剔目劝学，一个李亚仙迷倒了无数乞丐；喝雉呼卢，赌性正浓，一个刘寄奴转化出无数败家的人。高门衰颓，不只是天道一定喜欢回还；厚积家财，一下输掉，惊得人大声呼喊，这也是钱神需要转运。

及早收缰

夕阳晓月，无久驻之光；春雪秋花，只暂敷[1]之景。今人邻鸡未唱，出户争先；街鼓[2]遍闻，归程恨蚤。盈箱金玉，病来著甚支当[3]？绕眼(一)儿孙，气急唤谁替代？立刻收缰已晚，临期补漏应迟。

【校勘】

（一）绕眼：当为"绕膝"之误。

【注释】

[1] 敷：铺陈。

[2] 街鼓：置在京城街道的警夜鼓。宵禁开始和终止时击鼓通报。始于唐，宋以后泛指"更鼓"。

[3] 支当：承受。

【译文】

夕阳晓月，没有永久停留的时光；春雪秋花，只是暂时铺陈的景色。现在有人邻鸡未叫时，就争先出门奔忙；街鼓都听到时，遗憾回来太早。金玉满箱，疾病到来时靠什么承当？绕膝儿孙，气息危急时呼唤谁来替代？立刻收缰已经晚了，到时弥补缺漏应该感到迟晚。

赤条条来

生来原自赤条条，只此一句，亦是常人俗话，亦是古德[1]偈语。看破此句，觉道[2]世间宫室之美，妻妾之奉，所识穷乏得我(一)，诸凡富贵利达心肠[3]，都可赴东流水去；又觉道世间臣之死忠，子之死孝，友之死义，从来取义成仁勾当[4]，落得做畅快英雄。虽然赤条条来，赤条条去，圣人、途人[5]、古人、今人，无不同也；抑[6]

知大同之中有大不同者。语不云乎"万般将[7]不去,唯有业[8]随身"?则夫赤条条来,同无所携而来;至赤条条去,或独有所带而去,来时洒落,去时胶黏[9]。譬之纯练[10]落入皂缸,旃檀[11]堕于粪圊[12],体质无改,香色大非,岂不可为悯哉?子舆氏[13]谈我(二)曰无加曰不损[14],夫惟不损乃真无加,两义参配[15],赤条条之义始尽。爰[16]拈四律,首尾环吟。背觉和尘(三)急(四)忙著眼,盖世功勋毕竟消。龙塞将军[17]驰半夜,螭坳[18]学士坐长宵。黄金悬肘[19]荣何益,白雪侵颅贵不饶[20]。热闹一场萧索[21]后,生来原是赤条条。生来原是赤条条,破屋钱财毕竟消。醉里贫儿鼩[22]半夜,寒灯富主[23]算长宵。斗奢崇恺[24]饘[25]无益,受用杨何[26]报不饶。攒积一堆抛掷后,生来原是赤条条。生来原是赤条条,如海恩情毕竟消。骊女有私啼半夜[27],汉姬无宠恨长宵[28]。精华干耗仙[29]难益,欲障[30]缠连鬼不饶。团聚一番分散后,生来原是赤条条。生来原是赤条条,掞(五)汉才名毕竟消。太白彩毫[31]挥半夜,子瞻莲烛耀长宵[32]。神锋切土[33]毫无益,绮口弥天[34]只不饶。扯淡一篇岑寂后,生来原是赤条条。

【校勘】

(一)得我:当为"德我"之讹,感恩于我。

(二)谈我:当为衍字。

(三)背觉和尘:为"背觉合尘"之误。背觉合尘,即贪恋尘世,不思解脱,甘愿轮回。尘,即五欲六尘。觉,即菩提正觉。

(四)急:当为衍字。

(五)掞:为"琰"之误,指蔡琰。蔡琰,即蔡文姬,东汉末期著名才女。

【注释】

[1] 古德:心性好古,普度以德。

[2] 觉道:觉得。

[3] 心肠:念头。

[4] 勾当：事体。

[5] 途人：本指不相识路人，此指俗人。

[6] 抑：还。

[7] 将：拿。

[8] 业：善业或恶业。佛家相信来世因果，善业与恶业都会带到来世去。

[9] 胶黏：像胶那样黏着。常形容心情、感觉等不洒脱。

[10] 纯练：白绢。

[11] 旃（zhān）檀：即檀香。

[12] 粪圊（qīng）：厕所。

[13] 子舆氏：指儒家亚圣孟子，相传孟子字子舆。

[14] 曰无加曰不损：语出《孟子·尽心上》："君子所性，虽大行不加焉，虽穷居不损焉，分定故也。" 君子本性，即使他的主张通行于天下，也并不因此而增加；即使困窘隐居，也不会因此而减损，因其本分已确定。

[15] 参配：匹配。

[16] 爰：句首语气词，无义。

[17] 龙塞将军：即守边将军。龙塞，即龙城。泛指边远地区。

[18] 螭坳：指宫殿螭阶前坳处。朝会时为殿下值班史官所站地方。

[19] 黄金悬肘：指肘悬黄金印。指官位显赫。

[20] 白……饶：语出唐朝杜牧《送隐者一绝》："公道世间唯白发，贵人头上不曾饶。"

[21] 萧索：萧条，冷落。

[22] 齁：打鼾声。

[23] 富主：富人。

[24] 斗奢崇恺：指晋代石崇和王恺斗富。语见《世说新语·汰侈门》。

[25] 羶：腥膻气。羶，此处同"膻"。

[26] 杨何：不详。

[27] 骊……夜：即"骊姬夜哭"，出自《东周列国志》，讲的是晋献公夫人骊姬设计杀害太子申生的故事。

[28] 汉姬：即班婕妤，西汉楼烦（今山西宁武）人，文学家，成帝时选入后宫，始为少使，后为婕妤。

[29] 仙：成仙。

[30] 欲障：色欲，嗜欲。以其为修行障碍，故云。

[31] 太白彩毫：语出明末剧作家《彩毫记》："宝剑秋呼风雨，彩毫夜饮虹霓。"
或出自《李太白醉草吓蛮书》（见《醒世恒言》）。

[32] 子……宵：语出苏轼《海棠》："东风袅袅泛崇光，香雾空蒙月转廊。
只恐夜深花睡去，故烧高烛照红妆。"莲烛，莲炬，状如莲花的火把。

[33] 神锋切土：用宝剑割土。此指写出绝妙的文章毫无用处。

[34] 绮口弥天：绝好的才华。

【译文】

略。

去无消息

寒山[1]诗曰：有酒相招饮，有肉相呼吃。黄泉前后人，少壮须努力。玉带暂时华，金钗非久饰。张翁与郑婆，一去无消息[2]。

【注释】

[1] 寒山：字、号均不详，唐代长安人，著名白话诗僧。

[2] 张……息：指人死后归于空寂。张翁与郑婆，泛指年老男人和女人。

【译文】

略。

兴汉亡秦

圯上书[1]传，黄石助子房[2]兴汉；沙中椎误[3]，苍天留胡亥亡秦。

【注释】

[1] 圯（yí）上书：即圯桥书，典出《史记·留侯世家》：张良尝从容步游下邳圯上，遇一老父，受《太公兵法》。圯上，桥上。

[2] 子房：留侯张良的字。

[3] 沙中椎（chuí）误：《史记·留侯世家》："东见仓海君。得力士，为铁椎重百二十斤。秦皇帝东游，良与客狙击秦始皇博浪沙中，误中副车。"

【译文】

略。

郁山强项

郁山[1]守温州，政以身先，俗为一变。时张文忠公[2]得上宠，于郡大起治第，强市民居。山谓张曰："相公居朝，喜必称伊、傅、周、召，而居家顾不肯为萧何、李沆，何耶？"或谓："张相国旦暮被召，君勤苦半生，甫得一郡，而故与相抗，独不为门族计耶？"山笑谢曰："人生进退荣辱，皆有定分。即如子言，吾便葛巾藜杖，浩然而归，当何所损？子视郁子静，岂驱赤子猎浮荣者哉？"

【注释】

[1] 郁山：字子静，明代华亭人，嘉靖年间曾任温州知府。
[2] 张文忠公：即张璁，字秉用，号罗峰，永嘉永强人，官至内阁首辅，谥文忠。

【译文】

郁山任温州知府时，行政以身作则，风俗为之全变。当时文忠公张璁受到嘉靖皇帝宠信，在家乡温州大建宅第，强买民居。郁山对张璁说："宰相您在朝里居官，高兴时一定称道伊尹、傅说、周公、召公，而居家却不肯做萧何、李沆，为什么呢？"有人劝他："张相国很快会被召回朝廷主政，你辛劳半生，才获得一个知府，却有意和他对抗，难道不为家族考虑吗？"郁山笑笑回答："人生进退荣辱，都是命运决定。就像你说的，我就是头戴葛巾手拄藜杖，坦坦荡荡辞官回乡，会有多少损失？你看郁子静，难道是用驱赶百姓来猎取浮名的人吗？"

筌识禄山

李筌[1]为邓州刺史，常夜占星宿而坐。一夕三更，东南隅忽见异气。明旦，呼吏于郊市，如产男女者，不以贫富，悉取至。过十馀辈，筌视之曰："皆凡骨也。"重令于村落搜访之，乃得牧羊胡妇一子。李君惨容曰："此假天子也。"座客劝杀之，筌以为不可(一)，胡雏必为国盗，若杀(二)恐生真耳。胡雏即安禄山也。

【校勘】

（一）不可：此则采编自唐朝范摅《云溪友议》，文字出入不少。此二字后夺"曰"字。

（二）杀：此字后夺"假"字。

【注释】

[1]李筌：号达观子，唐朝陇西人，道家思想理论家，开元年间，曾任邓州刺史。

【译文】

李筌任邓州刺史时，常常在夜里坐着占看星宿。一天夜里三更天，李筌发现东南角忽然出现一股异气。第二天早晨，李筌命令小吏到郊市，如果发现刚生下来的孩子，不管贫富，都送来观看。李筌看了十多个孩子，说："这都是凡骨。"重新下令到村落搜查寻访，于是发现牧羊的胡人妇女生下的一个孩子。李筌脸色忧伤地说："这个孩子将来是假天子。"座中客人劝他把这孩子杀掉，李筌认为不可以，说："胡儿必定为窃国大盗，如果杀了假的，恐怕会生出真的。"胡儿就是后来的安禄山。

消思易气

眼前花开落，可消人躁急之思；身同世古今，可易人竞俗之气。

【译文】

略。

两语有味

耕牛无宿草[1]，仓鼠有余粮。此为穷困人作一慰语，亦为贪鄙人作一退语。君子落得为君子，小人枉了为小人，此为现在作一安闲语，亦为日后作一究竟语[2]。

【注释】

[1] 宿草：隔夜的草。
[2] 究竟语：终结的话。

【译文】

略。

先贤买宅

两张尚书庄简公悦（一）庄懿公蓥，宅在东门外龟蛇庙左；孙文简公承恩[1]，宅在东门外太清庵右；顾文僖公清[2]，宅在西门外超果寺前。当时与四公同榜同朝者，其居在城市中，皆已转售他姓矣，唯四公久存至此。东海张公[3]世居草荡[4]。既任官，其家买宅于陶行桥。公闻而甚悔之，曰："子孙必败于此。" 公六子五废产，独一子三世传，而贤书不绝。虽不尽如公料，要知城市不如郊郭，郊郭不如乡村。前辈之先见，真不可及也。

【校勘】

（一）庄简公悦：应为"庄简公说"。"悦"与"说"虽为古今字，但用如人名，一般写作"说"。

【注释】

[1] 孙文简公承恩：即孙承恩，字贞甫，号毅斋，松江人，官至礼部尚书，谥文简。

[2] 顾文僖公清：即顾清，字士廉，明朝松江人，官至南京礼部尚书，谥文僖。

[3] 东海张公：即张弼，字汝弼，号东海，明朝松江府华亭人，曾为南安知府，书法家。

[4] 草荡：长满草的浅水湖。

【译文】

（松江府）两位张尚书是庄简公张说和庄懿公张鏊，他们住宅在东门外龟蛇庙左侧；文简公孙承恩住宅在东门外太清庵右侧；文僖公顾清住宅在西门外超果寺前。当时与他们四位同榜同朝住在城市中的人，房子都已转卖给别人，只有他们四位的房子还保留到现在。东海公张弼世代在草荡居住。任官后，他家人在城中陶行桥买了宅子。他听说后很后悔，说："我子孙定会因这事而败家。"张公有六个儿子，五个家产破败，只有一个儿子家产传了三代，而且贤德不绝于书。虽然不完全像张公所料，要知道买房子城市不如郊区，郊区不如乡村。前辈先见之明，真让人难以企及。

有放有收

天地有春必有秋，潮水有来必有去，人身一气有呼必有吸，大英雄作事有放必有收。此还是受造化炉铸处。秦始皇大索博浪客，卜日[一]后须有住时。汉武帝求神仙，伐匈奴，亦寻自悔改。伍子胥覆楚鞭尸，而仍听申包胥复楚[2]。若一味放而不收，便是世间痴汉，后来作何结局？

【校勘】

（一）卜日：当为"十日"之误。《史记·秦始皇本纪》："二十九年，始皇东游。至阳武博狼沙中，为盗所惊。求弗得，乃令天下大索十日。"

【注释】

[1] 炉铸：冶炼铸造。

[2] 申包胥复楚：公元前 506 年，伍子胥灭楚后，申包胥求来秦国帮助，使楚国复国。申包胥，湖北监利人，春秋时期楚国大夫。

【译文】

　　天地有春天定会有秋天，潮水有涨潮定有退潮，人身所有气息有呼出定有吸入，大英雄作事有放开定有收拢。这还是受老天冶炼铸造的手段。秦始皇大事搜索博浪沙刺客，十天后就停止了。汉武帝求神仙，伐匈奴，也最终自我悔改。伍子胥灭楚国，鞭打楚平王尸体，老天却仍听任申包胥把楚国恢复。如果一味放开而不收拢，就是世间傻子，后来怎样结局呢？

解官库吏

　　陶楠林 [1] 云：积青蚨 [2] 为败子费，乃是领批的解官 [3]；赚黄金为悭鬼藏，乃是管钥的库吏。

【注释】

[1] 陶楠林：不详。

[2] 青蚨：钱的别名。

[3] 解官：押解税款、犯人的差官。

【译文】

　　陶楠林说：积攒钱财成为败家子的费用，就是领有批文的解官；赚金钱成为吝啬鬼的收藏，就是掌管钥匙的库吏。

赤水妙语

屠赤水 [1] 云：天上两轮逐电，昼夜不休；人间二鼠啮藤 [2]，刹那欲断。有待而修，终日只^(一)图安乐；无常到也^(二)，问君何以支吾？来今往古，逝者如斯。贵贱贤愚，谁能免此？三尺红罗 [3]，过客来^(三)吊过客；一堆黄土，死人而哭死人。兴言及此，哀哉！立刻修行，晚矣！

【校勘】

（一）只：据屠隆《婆罗馆清言》，为"且"之误。

（二）到也：为"若到"之误。

（三）来：为"而"之误。

【注释】

[1] 屠赤水：即晚明文学家屠隆，赤水为其别号。

[2] 二鼠啮藤：比喻人命无常。昼夜相继，岁月迁流，人命转瞬届终，犹如黑白二鼠之争相啮藤。二鼠，以白鼠喻白昼，以黑鼠喻黑夜。藤喻生命。

[3] 三尺红罗：此指吊丧用的礼物。

【译文】

屠赤水说：天上日月像电一样飞驰，昼夜不停息；昼夜相继，岁月迁流，人命转瞬届终，犹如黑白二鼠争相啮藤。修行有所期待，终日暂且谋求安乐；无常如果到来，问君怎样承当？古往今来，逝者如斯。贵贱贤愚，谁能免掉这个？拿着三尺红罗作祭仪，过客却来吊唁过客；一堆黄土（指坟头），后死人却来哭先死人。话说到这里，让人感伤啊！赶紧修行，已经有点晚了！

有出头时

天但生一物，必有出头时。候 [1] 草极脆嫩，当出时，即巨石亦压他不住。

【注释】

[1] 候：察看。

【译文】

略。

动乎四体

快乐之家辄称抑郁，抑郁终及之；富贵之子骄[1]语贫贱，贫贱终及之。所谓动乎四体[2]，天之道也。

【注释】

[1] 骄：猛地。

[2] 动乎四体：语出《中庸》："见乎蓍龟，动乎四体。"意思是说通过蓍龟预测和行动表现可以看到兴衰征兆。四体，不仅仅是两只手两只脚，它包括体、相、音、形等等。

【译文】

快乐人动辄称抑郁，抑郁最终到了；富贵人猛地说到贫贱，贫贱最终到了。所谓行动表现可以看到兴衰征兆，这是上天的道理。

祸出逸乐

斧斤鸩毒，每在衽席（一）之间；下石关弓[1]，不离笑语之际。

【校勘】

（一）衽席：据洪迈《容斋随笔》："盖斧斤鸩毒，多在于衽席杯觞之间，诩诩笑语，未必非关弓下石者也。"故此二字之后夺"杯觞"二字，"斧斤"与"衽席"相对，"鸩毒"与"杯觞"相对。枚乘《七发》："皓齿蛾眉，命曰伐性之斧；甘脆肥脓，命曰腐肠之药。"衽席，指卧席。

【注释】

[1] 关弓：指拉满弓。

【译文】

略。

丧气荒塚

三寸舌说六国 [1]，无非豪侠之才；八千里望西川，尽是诗书之士 [2]。狐狸队 [3] 荒塚，可怜黄土盖文章；妻妾守孤帏，无复长檠照珠翠 [4]。

【注释】

[1] 三……国：这是说战国后期苏秦游说六国合纵的事。

[2] 八……士：历史上四川盛产文士，比如司马相如、李白、三苏父子。

[3] 队："坠"的古字。

[4] 无……翠：不再有长檠灯照耀头戴珠翠的妻妾。出自唐人韩愈《短檠灯歌》："一朝富贵还自恣，长檠高张照珠翠。" 长檠，即长檠灯。长檠灯照明范围广，多用于宽敞厅室，为高贵富裕之家用具；短檠灯照明范围小，多用于窄间斗室，为寻常百姓家使用。

【译文】

略。

幸与不幸

汉上官桀 [1] 为未央厩令 [2]。武帝尝体不安，及愈，见马多瘦，上大怒："令以我不复见马耶？"欲下吏。桀顿首曰："臣闻圣体不安，日夜忧惧，意诚不在马。"言未卒，泣数行下。上以为忠，由是亲近，至于受遗诏辅少主。义纵[3]为右内史[4]，上幸鼎湖，病久，已而卒起。幸甘泉，道不治，上怒曰："纵以我为不行此道乎？"衔之，遂坐以他事，弃市。二人者其始获罪一也，桀以一言之故超用，而纵及诛，可谓幸不幸矣。

【注释】

[1] 上官桀：字少叔，西汉陇西上邽人，官至左将军，爵封安阳侯。

[2] 厩令：西汉太仆属官，掌管御用马匹。

[3] 义纵：西汉河东郡人，西汉中期著名酷吏，官至左内史。

[4] 右内史：汉代三辅之一，右扶风别称，因在京兆尹之西，故称。今陕西凤翔一带。

【译文】

西汉时，上官桀任未央宫厩令。汉武帝曾患病，病好后到马厩视察，发现马匹大都很瘦，非常恼火，说："厩令认为我不能再看到马匹了吗？"打算将他交付有关部门议罪。上官桀磕头谢罪说："我听说圣体不安，日夜忧愁担心，心思实在没用到马匹身上。"话没说完，已经泪流数行。汉武帝认为他忠诚，从此就亲近他，甚至于让他奉遗诏辅佐年幼的汉昭帝。义纵任右内史时，汉武帝驾临鼎湖，患病，久治不愈，后来突然康复。汉武帝游幸甘泉宫，看到道路没有修理好，大怒说："义纵认为我不能再走这条路了吗？"心里极为恼恨义纵，于是借其他事治罪，并把他斩首示众。这二人刚获罪时情况是一样的，上官桀因一句话的缘故被破格重用，而义纵却被诛戮，可以说幸运和不幸的不同了。

受即是空

佛言受即是空。谓（一）受苦受乐及一切受用也。如食列数味，放箸即空；出多驺从[1]，既到即空；终日游观，既归即空。又如为善，事既毕,其勤劳即空,而善业具在;为恶,事既毕,其快意即空,而恶业具在。予[2]善得此理,故欲与人共之。

【校勘】

(一)谓:据南宋王日休《龙舒净土文》,字前夺一"受"字。

【注释】

[1] 驺(zōu)从:显贵出行时的骑马侍从。驺,古代养马(兼管驾车)的人。
[2] 予:代指王日休。王日休,号虚中,南宋庐州龙舒(今安徽舒城)人,学者。

【译文】

佛家说:受用就是空虚的。受用包括受苦、受乐,以及其他一切受用在内。如食品摆列了好多种,放下筷子就什么没有了;外出时骑马侍从众多,到达目的地就什么没有了;终日游览参观,回来后就什么没有了。又像做善事,事情完毕后,那辛苦劳累就什么没有了,可善业都在;做坏事,事情完毕后,那快意就什么没有了,可恶业都在。我很好地体会到了这道理,所以想与人一起分享。

得意失意

郑礼臣[1]初入内庭[2],矜夸不已,同席诸人咸欢(一)。有妓[3]下筹,指礼臣曰:"学士一时有清贵,亦在人耳。至于李隙、刘承雍亦常为之(二),又岂能增其声价耶?"礼臣因引满自饮,更不复言。杜牧之名闻一时,累中科目[4],意气扬扬。入一寺,有僧静坐者,见之不顾,旁人为言:"此先辈[5]近日甚有名誉。"僧亦不答,牧之茫然自失。

【校勘】

(一)矜……欢:此则前半部分采编自宋末元初小说家罗烨《醉翁谈录》。

据此当为："矜夸不已，致君（谏议大夫王调的字）以下，倦不能对，其减欢情。""咸"乃"减"字之误。

（二）至……之：据《醉翁谈录》，为"至如李骘、刘允承、雍章亦尝为之"之误。

【注释】

[1] 郑礼臣：据《醉翁谈录》，即郑毂，唐代人，曾为右散骑常侍。

[2] 内庭：指进入内廷任翰林学士。庭，通"廷"。

[3] 妓：据《醉翁谈录》，指唐朝名妓郑举举。

[4] 科目：指唐代以来分科选拔官吏的名目。

[5] 先辈：代同时考中进士的人相互敬称先辈。

【译文】

郑礼臣刚刚进入内廷做翰林学士，遇到人便不停地炫耀，一同参加宴会人的欢乐之情大减。有妓女放下酒筹，指着郑礼臣说："翰林学士虽然一时有清高贵重的名声，但也得看什么人担任。至于像李骘、刘允承、雍章这些人，虽然也做过翰林学士，又哪里能提升了他们的名声和身价呢？"郑礼臣于是把满杯酒喝掉，不再说话。杜牧之闻名一时，在科举考试中连连获胜，得意扬扬。进入一座寺庙，有位静坐僧人看见他连头都不回一下，旁边人对僧人说："这位近日名声很大。"僧人也不回答，杜牧之茫然若失。

褚照之讥

褚渊[1]助萧道成篡宋为齐，渊从弟照谓渊子贲[3]曰："不知汝家司空将一家物与一家，亦复何谓？"及渊为司徒，照叹曰："门户不幸，乃复有今日之拜。"

【注释】

[1] 褚渊：字彦回，河南阳翟人，南齐开国功臣，谥文简。

[2] 照，即褚照，字彦宣，褚渊从父弟，少有高节，常非议褚渊身事二朝。

[3] 贲：即褚贲，字蔚先，褚渊长子，少耿介，官至侍中。

【译文】

褚渊帮助萧道成篡夺刘宋皇位，建立齐朝，褚渊堂弟褚照对褚渊儿子褚贲说："我不知道你家司空（褚渊职位）把一家的东西送给另一家，这又怎么说？"等到褚渊当了司徒，褚照叹息说："家门不幸，竟然又有今天这样的授官。"

定命难违

贾太傅[1]年二十而为大中大夫（一），杨太尉[2]五十而应州郡辟，冯唐[3]白首而袴穿郎署[4]，董贤[5]年未二十（二）而为三公，冯元常[6]平生取钱多，官愈进，卢怀慎[7]贵为卿相而终于处贫。修短贫富穷达，其有定命若此。

【校勘】

（一）大中大夫：据《史记·屈原贾生列传》，为"太中大夫"。

（二）年未二十：据《汉书·佞幸传》（卷九十三），董贤任三公时二十二岁。

【注释】

[1] 贾太傅：即贾谊，西汉洛阳人，名政论家，世称贾生，曾为长沙王太傅，故后世亦称贾长沙、贾太傅。

[2] 杨太尉：即杨震，字伯起，东汉弘农华阴人，官至太尉。

[3] 冯唐：西汉代郡人，曾任车骑都尉。

[4] 袴穿郎署：在郎官的位置上，把裤子都坐破了。指长期担任郎官，不得升迁。

[5] 董贤：字圣卿，西汉冯翊云阳人，哀帝宠臣，官至大司马，位列三公。

[6] 冯元常：唐朝相州安阳人，曾任陇州刺史、眉州刺史、广州都督等职。

[7] 卢怀慎：唐朝滑州灵昌人，玄宗初期官至宰相，谥文成。

【译文】

贾太傅二十岁时做到了太中大夫，杨太尉五十岁时才接受州郡征召，冯唐到头白时仍然做郎官，董贤二十二岁位列三公，冯元常平生取钱多而官位升得越快，卢怀慎贵为卿相而最终生活清贫。寿命长短、贫穷富有、穷困通达，那定命就像这样。

富贵天定

苏秦困不得志，如赵，逢其邻子易水上。从贷布一匹，约价千金，邻子不与。夫一布为千金之偿，利极厚矣，而邻子不与。邻子知千金非秦所有，而不知秦能有之于异时也。贫贱之士空言弗信于时，如秦者可胜道哉？卫青少时归其父，使牧牛[（一）]，民母[（二）]之子奴畜之。有一钳徒[1]相青官至封侯。青答[（三）]曰："人奴[（四）]得无笞骂即足矣，安得封侯事乎！"方贫贱时，岂惟人不信，己亦不自信矣。石勒[2]始在田中，每闻鞭[3]铎之声，归告其母，母曰："作劳耳鸣，非不祥征也。"母固不期其为祥征也。王敬则[4]母为女巫，尝谓人云："敬则生时胞衣紫色，应得鸣鼓角。"人笑之曰："汝子得为人吹角可矣。"母固期之，笑之之人固不以为信。韩世忠少时，为省仓负米之役，家贫无生业，嗜酒豪纵，不拘绳检，人呼为"泼韩五"。有日者[6]言其当作三公，世忠以为侮己，殴之。日者诚识世忠矣，然反以殴之，不自信也。己且不自信，而何望于人？然则世人布衣起家，致位通显，回思前日，受人恩，不可忘也；其有怨，不可不忘也。

【校勘】

（一）牛：据《汉书·卫青传》，为"羊"之误。

（二）民母：《史记·卫将军骠骑列传》作"先母"。先，义同"前"，
     先母即前母。

（三）答：据《汉书·卫青传》，为"笑"之误。

（四）人奴：据《汉书·卫青传》，为"人奴之生"之误，"之生"为夺文。

【注释】

[1] 钳徒：被施钳刑而为徒众的人。

[2] 石勒：字世龙，羯族，上党武乡人，十六国时期后赵建立者，史称后赵明帝。

[3] 鞞（pí）：古同"鼙"，鼓名。

[4] 王敬则：南朝临淮射阳人，曾辅佐萧道成取代刘宋建立萧齐，官至侍中。

[5] 鸣鼓角：旧时大人物出行时击鼓吹角奏乐。

[6] 日者：看相算命的占卜者。

【译文】

苏秦困窘不得志时，到赵国去，在易水岸边碰到他邻居儿子。苏秦向他借一匹布，约定日后偿还千金，邻居儿子不借给他。一匹布用千金来偿还，获利极其丰厚，可是邻居儿子不借给他。邻居儿子知道苏秦当时没办法获得千金，却不知苏秦异日能获得。贫贱人说空话不被当时人信任，像苏秦这样的哪能说得完呢？卫青年幼时回到他父亲家里（卫青是他父亲与平阳侯家奴卫媪私通而生），父亲让他放羊，前母儿子待他像奴仆。有一钳徒给卫青相面，认为他日后官至封侯，卫青笑笑说："别人奴才生下的孩子，能够不被打骂就够了，哪里会有封侯的事呢！"卫青在贫贱时，哪里只是别人不相信（日后会封侯），自己也不相信。石勒当初在田间劳作时，耳畔常常听到军鼓金铃声，回去告诉母亲，他母亲说："劳作辛苦耳鸣罢了，并不是不祥征兆。"他母亲本来不期望那是吉祥征兆。王敬则母亲是个女巫，曾经对人说："敬则出生时胞衣紫色，长大后出行时能有击鼓吹角奏乐的待遇。"别人笑话她说："你儿子能够替人当个吹鼓手就可以了。"他母亲坚定地期望王敬则会那样，嘲笑她的人坚定地不认为这是可信的。韩世忠年轻时，从事为官仓背米的苦役，家里贫困，没有赖以谋生的产业，嗜酒放纵，不受约束，人们称他为"泼韩五"。有算命的术士说他日后会官居三公，韩世忠认为是侮辱自己，就殴打他。算命的人实在是能识别韩世忠，可是反而遭殴打，韩世忠自己不相信罢了。自己尚且不相信，哪里能期望别人相信？既然这样，那么世人由百姓身份起家，获取通达显赫地位，回想当年，接受了别人恩德，不能忘掉；有怨恨，不能不忘记。

全忠遭斥

朱全忠[1]受禅，兄全昱[2]顾谓曰："朱三，汝作得否？"与全忠饮博，取骰子击盆而掷之，呼曰："朱三，尔砀山一百姓，遭逢天子用汝，为四镇节度使，何负于汝，而灭唐家三百年社稷？吾将见汝赤其族矣。"

【注释】

[1] 朱全忠：即朱温，宋州砀山人，五代后梁建立者。兄弟行三，故称朱三。

[2] 朱全昱：朱温长兄，曾任山南西道节度使，朱温即位后，被封广王。

【译文】

朱全忠接受禅让时，兄长朱全昱回头对他说："朱三，你做得了皇帝吗？"与朱全忠饮酒赌博，朱全昱取骰子甩到盆子上，喊朱温说："朱三，你是砀山一介百姓，遭逢天子恩遇，让你当四镇节度使，有什么地方对不起你，却灭了唐家三百年社稷？我看将来你会被灭族。"

廷和先见

蜀杨石斋廷和[1]当国，时弟为卿者一，任方面[2]者二，诸子侄又数人皆通显。子慎[3]复成进士第一，贺者填委[4]。公独顰蹙不欢，或问故，公曰："君知傀儡场乎？如方奏技时则次第陈举，曲终而傀儡尽出。人家气数有限，尽泄不宜。我恐今是曲终时也。"未几，以议大礼[5]不合，公罢相。慎戍滇，金事恂[6]以杀人抵大辟[7]。人始服公先见。

【注释】

[1] 杨石斋廷和：即杨廷和，字介夫，号石斋，明朝四川新都人，武宗时官
　　至首辅，谥文忠。

[2] 方面：一个地方的军政要职或其长官。

[3] 慎：即杨慎，字用修，号升庵，杨廷和之子，文学家，谥文宪。

[4] 填委：纷集。

[5] 议大礼：即大礼议，发生在嘉靖初年关于皇统问题的争论，核心是明世
　　宗能否改换父母的重大问题。

[6] 恂：即杨恂，杨慎堂弟，嘉庆五年进士，官至河南佥事。

[7] 大辟：指杀头。

【译文】

　　四川的石斋公杨廷和执政，当时他一个弟弟在京中担任公卿，另
有两个弟弟担任方面大员，众位子侄都担任要职。儿子杨慎又考中状
元，人们纷纷前去道贺。他却独自眉头紧皱，很不高兴，人们问他原因，
他说："你们知道傀儡戏场吗？刚开始演出时，傀儡次第出场表演，
等到乐曲快要终结，所有傀儡都要出场。一个家族运气有限，完全宣
泄是不合适的。我担心现在就是傀儡戏场上乐曲快要终结时。"不久，
因为大礼议与世宗皇帝心意不和，杨廷和被罢免宰相。杨慎被贬到云南，
杨恂因杀人被判死刑。人们开始佩服他有先见之明。

荐刘元城

　　司马温公荐刘元城[1]充馆职[2]，因谓城〔一〕曰："知所以相荐否？"
城曰："某获从公游旧矣。"公曰："非也。光闲居，足下时节问
讯不绝；光位政府，足下独无书。此某之所以相荐也。"

【校勘】

（一）城："元城"为刘安世别号，不当苟简为"城"，当为"元城"。

【注释】

[1] 刘元城：即刘安世，字器之，号元城，北宋魏 (今河北馆陶) 人，著名谏官，谥忠定。

[2] 馆职：宋代史馆、昭文馆、集贤院职位都属于馆职。

【译文】

温国公司马光推荐刘元城担任馆职，趁机问刘元城说："知道我推荐你的原因吗？"元城说："我和您交往好长时间了。"司马光说："不对。我闲居，你过年过节问讯的书信不断；我位居首相，只有你没有问候的书信。这是我推荐你的原因。"

人生如戏

大勾栏 [1] 暂装套出，荣辱何必关心；肉傀儡 [2] 常演家门，线索无劳著眼 [3]。东西南北，浮生到处邮亭 [4]；朱李张王，堕地权时 [5] 名姓。

【注释】

[1] 勾栏：又作勾阑或构栏，宋元戏曲在城市中的表演场所。

[2] 肉傀儡：被定命操纵的人。

[3] 无劳著眼：不用费力看。著，通"着"。

[4] 邮亭：即驿馆，递送文书者投止之处。

[5] 权时：暂时。

【译文】

大戏院台上角色都是演员暂时装扮，荣辱何必关心；被定命操纵的人时常在家内演出，不用费力看那操纵的线索。东西南北，人生四处漂浮，到处都是宾馆；朱李张王，来到世上，名字都是暂时的。

何时是了

巨富翁黄金满窖，愈惜分毫；极品官白雪盈头，弥营窟穴 [1]。算子何时是了，问天亦大难为。

【注释】

[1] 窟穴：巢穴。此指势力范围。

【译文】

大富翁有满窖黄金，却更加吝惜一分一毫；官至极品已满头白发，却更加经营自己的势力。算来你什么时候才是终了，问老天爷也难算出。

贵客闲人

黑雾黄沙，驴屎马尿，长安 [1] 贵客，遍以身尝；清溪碧石，绿柳绯桃，田野闲人，何须钱买？

【注释】

[1] 长安：代指京城。

【译文】

略。

不可妄求

剑戟林 [1]，掉臂游行 [2]，或逢吉而赢为君子；圜溷场 [3]，低头钻穴，或蹈凶而枉作小人。一禄一官，薄命子不能承也；大忠大孝，厚福人乃克为之。

【注释】

[1] 剑戟林：比喻凶险地方。

[2] 掉臂游行：甩动胳膊，自在行游。

[3] 圊（qīng）溷（hùn）场：肮脏地方。圊溷，厕所。

【译文】

　　身处凶险之地，坦然自在行事，也许碰上好运而做成君子；身处肮脏之地，埋头投机钻营，或许碰上厄运而白白做了小人。一点奉禄一个官位，薄命人不能担承；大忠大孝，厚福人才能做得。

相薄骨寒

　　王显[1]相薄，曳金带而即夕告殂[2]；李峤[3]骨寒，卧紫绂[4]而通宵无寐。

【注释】

[1] 王显：字德明，北宋开封人，宣徽南院使兼枢密副使。

[2] 即夕告殂：当晚死亡。

[3] 李峤：字巨山，赵州赞皇人，曾三度拜相，爵封赵国公。

[4] 紫绂：此指华美的织物。

【译文】

　　略。

须施冷眼

　　急而击之，在我多费博浪之椎；徐以观之，在彼自有乌江之剑[1]。须施冷眼，勿动嗔心。

【注释】

[1] 乌江之剑：指项羽自杀。

【译文】

　　急忙出击，在我来说就像当年张良花重金雇力士用铁椎在博浪沙行刺始皇帝一样没有效果；静静去观察，对他来说，就像当年项羽一样会在乌江岸边自杀（自取灭亡）。应该用冷眼观察，内心不要发怒。

生死皆空

　　壮心难挽红轮 [1]，逞 [2] 生前而何益？香名不粘白骨，争 [3] 死后以徒然？

【注释】

[1] 难挽红轮：指时光飞逝。

[2] 逞：施展，炫耀。

[3] 争：怎奈。

【译文】

　　壮心拉不住日头，快意生前有什么用处？美名粘不到白骨上，怎奈死后徒劳无用？

爕惩甄邵

　　李爕 [1] 拜议郎，廉方自守。先是，颍 〔一〕 川甄邵谄附梁冀 [2]，为邺令。有同年 [3] 生得罪于冀，亡奔邵，邵伪纳之，而阴以告冀，冀杀之。未几，邵当迁郡守，会母亡。邵埋尸马屋，先受封，然后发丧。邵还洛阳，爕时为河南尹，途遇邵，使卒投其车沟中，笞捶乱下，大署帛于其背曰"谄贵卖交〔二〕，贪官埋母"。遂表其状，邵竟废锢^[4]终身。

【校勘】

（一）颖：为"颍"之误。

（二）交：《后汉书·李燮传》，为"友"字。

【注释】

[1] 李燮：字德公，东汉汉中郡南郑县人，桓帝时拜议郎，灵帝时拜冀州安
　　平相、河南尹。

[2] 梁冀：字伯卓。东汉安定乌氏人，外戚，权臣。

[3] 同年：本指科举时代同年考中的人的互称。此指同时出仕为官的人。

[4] 废锢：革除官职，终身不再录用。

【译文】

　　李燮被封为议郎，清廉方正，坚持操守。在此之前，颍川人甄邵
谄媚依附梁冀，做邺县县令。有个一同入仕的人得罪梁冀，逃到甄邵
那里，甄邵假装收留，而暗中却向梁冀告发，致使那人被梁冀杀掉。
不久，甄邵在迁任郡守时，恰逢母亲死了。甄邵把母亲尸体埋在马厩，
先受封，然后发丧。甄邵回归洛阳，李燮当时任河南尹，在路上遇到他，
就让吏卒把甄邵车子扔到沟中，对甄邵一顿乱打，在布帛上用大字书
写"谄贵卖友，贪官埋母"八字，把带字布帛粘到他的背部。然后向
朝廷上表章，揭发甄邵的罪过，甄邵结局是终身不再被录用。

不居一日

　　章申公^[1]为相日，营园池所费不赀。及罢相，即罹迁谪，未尝
得一日居。放还寓居严州乌龙山寺，子弟皆遣归干置生事^[2]。死之日，
无人在侧，群妾分争金帛，停尸数日，为鼠食其一指。盛游清地，
必福亚神仙者享之。彼贪恋权势者，营营汲汲^[3]，止供后人消受耳。

【注释】

[1] 章申公：即章惇，字子厚，号大涤翁，北宋浦城人，宰相，爵封申国公。

[2] 干置生事：打理谋生的事。

[3] 营营汲汲：急切求取名利的样子。

【译文】

　　申国公章惇做宰相时，为营造花园池塘所费巨大。等到被罢相，当时就遭受贬谪，所建花园池塘不曾一日居住。被放回来时，寓居严州乌龙山寺，子弟都被打发回老家谋生。章惇死时，没有人在身边，群妾分争金帛，停尸几天，被老鼠吃掉一根手指。风景美丽的清闲地方，定是福分仅次于神仙的人才能享受。那些贪恋权势的人，急切求取，只供后人享受罢了。

枉自奔波

　　礼拜弥陀，也难凭信他；惧怕阎罗，也难回避他。枉自受奔波，回头方是可。口若悬河，不如牢闭着。手惯[1]挥戈，不如牢袖着。越不聪明越快活，省了些闲灾祸。家私那用多，官职何须大？我笑别人人笑我。

【注释】

[1] 惯：常。

【译文】

　　略。

警世之曲

　　暮鼓晨钟，聒[1]得咱耳聋；春燕秋鸿，看得咱眼朦。犹记做顽童，俄然成老翁。休逞[2]姿容，难逃青镜[3]中；休逞英雄，都归黄土中。算来不如闲打哄[4]，枉把机关弄。跳出面糊盆[5]，打破酸齑瓮[6]，谁是惺惺谁蒙懂？

【注释】

[1] 聒（guō）：吵。

[2] 逞：炫耀。

[3] 青镜：即青铜镜。

[4] 打哄：开玩笑。

[5] 面糊盆：面糊桶。比喻纠缠不清的是非之地。

[6] 酸齑瓮：盛腌制咸菜的瓮。此指通过苦读获取功名富贵的想法。

【译文】

　　略。

存心之异

　　王建[1]曰：余为诸生，时岁考后，适有参政某行县。诸生谒见间，惟问案首[2]名姓、帮补[3]进学[4]人数而止。越数日，佥事某继至，亦对诸生言及考事，惟问黜退停降人数而止。诸生私相论曰："二公发问相反如此，吾属识[5]之，且观其后禄位何如。"乃后大参官至户部侍郎，子相继登第；佥事公陕西副使，遇安化王作乱[6]，腰斩之。吁！岂谓一言能致祸福耶？已写[7]其存心仁厚与刻薄矣。

【注释】

[1] 王建：字本立，明朝建德人，余不详。

[2] 案首：古代童生参加县试、府试、院试，凡名列第一者，称为案首，亦有红案之称。

[3] 帮补：候补。

[4] 进学：科举制度中，考入府、州、县学，做了生员，叫做"进学"，也叫做"中秀才"。

[5] 识：通"志"，记住。

[6] 安化王作乱：明朝正德五年安化王朱寘鐇在安化发动的叛乱。

[7] 写：通"泄"，流露。

【译文】

　　王建说：我当秀才时，岁考后，正好有某参政到县里来巡查。秀才们谒见时，某参政只问案首名姓、候补考中秀才人数罢了。过了几日，某佥事紧跟而到，也对秀才们说到考核的事，只问黜退停降人数罢了。秀才们私下议论说："两位大人发问这样相反，我辈记住，将要关注一下他们今后官位怎样。"后来那位参政官至户部侍郎，儿子们在科考中相继成功；那位佥事官至陕西副使，遭遇安化王叛乱，被腰斩了。唉！难道这是所说的一句话能招致祸福吗？话语中已流露出他们宅心仁厚还是刻薄了。

有数存焉

　　汉武帝好儒，至表章[1]六经，置博士，而摈董仲舒不用。其好文也，枚马吾丘[2]之伦，使备侍从，而子长[3]之诗、苏李[4]之诗不见存录。其将将也，穷兵四征，扫清朔漠，而李广不侯。其慕仙也，文成[5]五利[6]之徒讲却老之方，而东方朔日在左右，不知其异，毋乃叶公之龙耶？天下自有真目击而不能喻，有数存焉耳。

【注释】

[1] 表章：崇尚。章，通"彰"。

[2] 枚马吾丘：枚乘、司马相如和吾丘寿王。枚乘，字叔，西汉淮阴人，辞赋家。司马相如，字长卿，西汉蜀郡成都人，辞赋家。吾丘寿王，字子赣，西汉赵（今河北任丘）人，辞赋家。

[3] 子长：司马迁的字。

[4] 苏李：指苏武和李陵。

[5] 文成：即李少翁，西汉方士，齐人，曾被汉武帝封为文成将军。

[6] 五利：即栾大，本胶东王刘寄宫人，西汉方士，曾被汉武帝封为五利将军。

【译文】

汉武帝爱好儒术，至于尊崇六经，设置经学博士，而摈弃董仲舒，不予任用。他爱好文辞，枚乘、司马相如、吾丘寿王这类人，被任命充任文学侍从，而司马迁的诗、苏武、李陵的诗不被保存收录。他任用将领，穷兵黩武，四处出征，扫清北方大漠，而李广没有被封侯。他仰慕神仙，李少翁、栾大这类人讲长生不老方法，而东方朔每天在他身边，不知东方朔的奇异，恐怕是叶公好龙吧？天下本有真目击而不能说清楚的事物，大概是有命数存在的原因吧。

一物多变

嘉靖初，苎村诸公偁[1]布衣时，偕友人郎某出郊，见片纸于地，戏共溲之。坐亭中，有老人至，以杖戳⁽一⁾纸。苎村问曰："戳者何也？"老人曰："红蛇也。"苎村异之。老人去，一少年至，拾而启之，则一荷囊也，内贮大钱四文，遂持以去。苎村语郎曰："此钱非吾与老人所当得。吾视之，纸也；老人视之，红蛇也⁽二⁾。"相与叹息而去。

【校勘】

（一）截：据明朝闵文振《涉异志》，为"戳"之误。

（二）也：字后夺"少年则视荷囊而取之，是当归之少年也"一句。

【注释】

[1] 苎村诸公偁：即诸偁，字杨伯，号苎村，明朝秀水人，官至按察副使。

【译文】

略。

实判知愚

"功名"二字好了多人，误了多人：其实得失，不关巧拙。"命运"二字达了多人，懈了多人：此个委顺[1]，实判知[2]愚。

【注释】

[1] 委顺：顺从适应。

[2] 知：通"智"。

【译文】

"功名"二字成就了多人，耽误误了多人：那实际得失和心机的巧妙和愚拙没有关系。"命运"二字使多人通达，也使多人懈怠：对这个能否顺从适应，实在是判断智慧和愚昧的标准。

有散场时

上场终有散场时，漫道[1]一朝权在手；倚势也有失势日，且开两眼看他行。

【注释】

[1] 漫道：不要说。

【译文】

略。

机缘蹭蹬

事有机缘，不先不后，刚刚凑巧；命若蹭蹬[1]，走来走去，步步踏空。

【注释】

[1] 蹭蹬：困顿。

【译文】

略。

轻重倒置

冶容[1]之妇，行必携镜；啖名之士，袖有绫纹[2]。眉目肤发，尽以供人；而肝胆肺肠，悉非己有。

【注释】

[1] 冶容：打扮得容貌妖艳。
[2] 绫纹：即绫纹刺，带有吴绫纹名片。

【译文】

打扮得容貌妖艳女子，走路时一定带着镜子；贪求虚名人士，袖筒里一定装有绫纹名片。眉目肤发，完全供人来看，而思想感情，全不是自己的。

散场与结果

麟膏凤髓（一）开华宴[1]，向晓定有散场；紫萼红英斗异春，到底须思结果。

【校勘】

（一）麟膏凤髓：为"麟肝凤髓"之误。麟之肝，凤之髓，极言美味佳肴。

【译文】

晚上摆下美味佳肴，大开宴席，临近早晨时肯定会散场；紫花红花在春光里争奇斗艳，到最后要想到结成果实。

籍没苦富

李文节《燕居录》云：关中故尚书杨为族子讦奏[1]，朝籍其家过矣。然杨公致位大卿[2]，无清白之声，而以贿闻。即彼家关中，而于京师拓亩益宅，以为别业。今见都陌比屋黄封[3]，何不雅甚也？昔秦纮[4]都御史（一）亦尝被籍，止有一绢及故衣，反以籍得名。刺虎者惟恐其枪之小也；及得之，又爱其皮，又恨其枪之大也。人苦不富，至籍没，苦不贫。然覆辙相寻，不知鉴也。利令智昏，所由来久矣。利乃不洁之物，故梦污者，其占为得财。

【校勘】

（一）都御史：据《明史》，秦纮只担任过副都御使，不曾任都御史。

【注释】

[1] 讦奏：告讦上奏。

[2] 大卿：俗称中央各寺正职长官，此指尚书。

[3] 黄封：皇家封条，其色黄，故称。

[4] 秦纮：字世缨，明代单县人，官至户部尚书。

【译文】

文节公李廷机在《燕居录》中说：关中已故杨姓尚书被族中子弟告发，朝廷籍没了他家产，有些过分。但是杨公官至尚书，没有清白名声，却因收受贿赂出名。尽管他家在关中，可是在京师大肆经营田宅，以为别墅。今见京郊一座座相连房屋被贴上皇家封条，这是多么不雅啊？从前秦纮任副都御史时也曾被籍没家产，家产只有一匹绢和旧衣服，反而因籍没家产获得了清廉名声。刺虎的人惟恐他的枪头太小；等捕得老虎，又爱好虎皮，又遗憾他的枪头大。人们苦于不富，到籍没家产时，却苦于不贫穷。覆辙很多，却不知道引以为戒。利令智昏，由来很久了。利益是不干净的东西，所以梦到脏东西时，解梦的人会说将要发财。

出于至陋

李文节《燕居录》云：甲午典试应天还京，过阙里[1]，时直指新颜庙，前有陋巷坊[2]，丹饰金书，焕如也。余因念颜子家无一坊之资，至华出于至陋。故曰：穷只穷得一时，富便富了万世。

【注释】

[1] 阙里：孔子故里，在今山东曲阜城内阙里街，因有两石阙，故名。
[2] 陋巷坊：明万历二十二年，在颜回故居曲阜城北门内陋巷所建，以表达对复圣颜回安贫乐道敬仰之情。

【译文】

文节公李廷机在《燕居录》中说：甲午年主持应天府乡试后回北京，路过阙里，当时巡按御史翻新颜回庙宇，前有陋巷坊，上题红底金字，光彩焕发。我于是想到颜子当时家里没有一座牌坊资产，真是极端华美出于极端简陋。所以说：穷只穷得一时，富便富了万世。

其天者全

常州宜兴县黄土村，东坡北归，尝与单秀才步行（一）至其地。地主饷酒曰：“此红友[1]也。”坡曰：“此人知有红友，而不知有黄封[2]，可谓快活。”余（二）尝因是言而推之，金貂[3]紫绶，诚不

如黄帽 [4] 青蓑；朱毂 [5] 绣鞍，诚不如芒鞋藤杖；醇醪养牛 [6]，诚不如白酒黄鸡；玉户金铺，诚不如松窗竹屋。无他，其天 [7] 者全也。

【校勘】

（一）步行：据罗大经《鹤林玉露》（卷八），为"步田"之改，从田间小路步行。

（二）余：当指罗大经。

【注释】

[1] 红友：酒别称。

[2] 黄封：酒名。宋代官酿，因用黄罗帕或黄纸封口，故名。

[3] 金貂：汉以后皇帝左右侍臣冠饰。诗词中多以金貂称侍从贵臣。

[4] 黄帽：黄色的冠帽，多为道士戴用。

[5] 朱毂（gǔ）：指古代王侯贵族乘坐的装饰华丽的车子。比喻显贵。

[6] 养牛：御厩所养用来祭祀的牲牛。

[7] 天：天性。

【译文】

常州宜兴县黄土村，苏东坡从南方贬谪地北归时，曾经与单秀才从田间小路步行到过那地方。当地主人拿来酒犒劳说："这是红友。"苏东坡说："这人知道有红友，却不知道有黄封，可算快活。"我曾由这话推论，金貂紫绶，实在不如黄帽青蓑；朱毂绣鞍，实在不如芒鞋藤杖；醇酒养牛，实在不如白酒黄鸡；玉户金铺，实在不如松窗竹屋。没有别的，那天性完全罢了。

善建不拔

李文节《燕居录》云：范文正公捐宅基为姑苏府庠 [1]。至今人士教育其中。向使公为私第，不知今落在何氏。故曰善建者不拔 [2]。

【注释】

[1] 府庠：府学。

[2] 善建者不拔：善于为自身制定合乎道德规范的人，坚决不会动摇。拔，动摇。语出自老子《道德经》第五十四章："善建者不拔，善抱者不脱，子孙以祭祀不辍。"

【译文】

文节公李廷机在《燕居录》中说：文正公范仲淹把宅基捐出作为苏州府府学。到现在那府学还在培育人才。以前假使范仲淹建成个人宅邸，不知现在落到了什么人手中。所以说善建者不拔。

沃桃获实

孙北野[1]由郎署分司荆南。女方十岁，戏于庭。有小桃树寸许，且且沃水。母笑曰："儿欲啖其实耶？"未几，北野迁去。女后适钟西星[2]。西星成进士，亦为是官，携家入署。正值夏月，桃阴满庭，其实累累。夫人攀桃，且喜且泣曰："此吾手植也。"以二笼饷其亲，且告曰："儿所沃桃，今果获其实矣。"

【注释】

[1] 孙北野：明代人，号北野，曾任郎官，余不详。

[2] 钟西星：钟阳庚，字西星，明朝嘉兴秀水人，曾任刑部郎中、镇江知府。

【译文】

孙北野由郎官分司荆南。女儿才十岁，在庭院里玩耍。庭院里有棵小桃树才高一寸左右，女孩天天为小桃树浇水。她母亲笑笑说："孩子你想吃那树上结的桃子吗？"不久，孙北野调职离开。女孩后来嫁给钟西星，钟西星考中进士后，也做了孙北野所做官职，带领家口进入官署。正值夏天，桃阴布满庭院，桃子累累。钟西星夫人攀住桃枝，边喜边哭说："这是我亲手所种的。"摘了两筐送给双亲，并告诉他们说："我所浇的桃树，现在可以摘桃子了。"

祸福安知

李文节《燕居录》云：人世间祸福得失，茫昧不可知，故曰前程事暗如漆。《列子》^{（一）}称塞翁失马，《庄子》^{（二）}称骊姬始为晋所获，涕泣沾襟，及与主同筐床^[1]，食刍豢^[2]，而后悔其泣。人能达此，则不以目前为悲喜矣。

【校勘】

（一）《列子》：为《淮南子》之误。

（二）《庄子》：所引文字出自《庄子·齐物论》。原文为："丽之姬，艾封人之子也。晋国之始得之也，涕泣沾襟，及其至于王所，与王同筐床，食刍豢，而后悔其泣也。"丽，丽戎，春秋时小国。"丽之姬"即丽姬，宠于晋献公，素以美貌称于世。艾，地名。封人，封疆守土的人。子，女儿。

【注释】

[1] 筐床：亦写作"匡床"，方正而又安适的床。

[2] 刍豢：指肉类食品。

【译文】

文节公李廷机在《燕居录》中说：人世间祸福得失，茫昧不可预知，所以说前程事暗如漆。《淮南子》称塞翁失马，《庄子·齐物论》说丽姬刚被晋侯所俘获时，泪流沾襟，等到她和晋侯睡在舒适的床上，吃着美味佳肴，而后悔当初哭泣。人能明白这些，就不会为眼前情况而或悲或喜了。

得于无心

玄珠得之象罔[1]，佳婿得之东床[2]。尘世浮荣，亦往往类此。

【注释】

[1] 玄……罔：只有无心才能获得道的本体。玄珠，比喻道的本体。象罔，指无心。语出《庄子·天地》。

[2] 佳……床：语出《晋书·王羲之传》：太尉郗鉴使门生求女婿于导（王导）。导令就东厢遍观子弟。门生归，谓鉴曰："王氏诸少并佳，然闻信至，咸自矜持；惟一人在东床坦腹食，独若不闻。"鉴曰："正此佳婿邪！"访之，乃羲之也。遂以女妻之。

【译文】

略。

天道使然

择官之人终受好官[1]之累，矜名[2]之士多露败名之根。天道使然也。

【注释】

[1] 好官：热衷做官。

[2] 矜名：夸耀自己名声。

【译文】

略。

天道亏损

讨了人事的便宜，必受天道的亏；贪了世味[1]的滋益[2]，必招性分^[3] 的损。

【注释】

[1] 世味：社会人情。

[2] 滋益：滋养补益。

[3] 性分：天性。

【译文】

略。

有味诗句

丹徒丁角镇壁间有无名子诗云："积钱养子望身安，子大钱多转^[1] 不闲。"又钱塘店中有贴诗云："富饶须念贫穷日，安乐当思病苦时。"不知谁作，皆有理也。

【注释】

[1] 转：反而。

【译文】

略。

当不得真

七贵五侯^[1]，不过一番黄梁^{（一）}梦一本；玉壶冰^[2] 金谷^[3] 华林^[4]，不过一滴草头露，一瞬眼前花。诗^[5] 不云乎"眼看春色如流水，今日残花昨日开"？履盈满^[6] 者思之。

【校勘】

（一）梁：当为"粱"之误。

【注释】

[1] 七贵五侯：泛指权贵显宦。

[2] 玉壶冰：指美酒。

[3] 金谷：即金谷园，故址在今洛阳西北，西晋富豪石崇别墅，繁荣华丽极
    一时之盛。

[4] 华林：即华林园，宫苑名，三国吴建，故址在今南京市鸡鸣山南古台城
    内。南朝宋元嘉时扩建，筑华光殿、景阳楼、竹林堂诸胜。其后齐梁诸
    帝，常宴集于此。

[5] 诗：引用诗句出自唐代崔惠童《宴城东庄》。全诗为："一月主人笑几
    回，相逢相识且衔杯。眼看春色如流水，今日残花昨日开。"

[6] 履盈满：即履盈蹈满，谓荣显至极。

【译文】

权贵显宦，不过是像一出黄粱美梦的戏剧一般；金谷园或是华林
园的美酒宴饮，不过是一滴草头露水，只开瞬间的花朵一般。诗句不
是有"眼看春色如流水，今日残花昨日开"这样的话吗？荣显至极的
人好好思考一下。

紧要事同

富贵之胜于贫贱皆无紧要事耳，至大利害亦与贫贱者一。老也，
病也，死也，皆最紧要事，不以富贵移异者，且因富贵加速焉。

【译文】

富贵胜过贫贱的没有紧要的事，至大利害的地方富贵人也与贫贱
人一样。年老，生病，死亡，都是最紧要事，不因为富贵而不同，还
会因为富贵，这些紧要事会加速到来。

富贵无常

富贵无常，忽而易失[（一）]，此如传舍，所阅多矣。河阳之花昔日如霞，谁知今如泥土乎？武昌之柳[1]，秋来作帚，亦知其春作青丝否？

【校勘】

（一）失：依《汉书·盖宽饶传》，当为"人"之误。

【注释】

[1] 武昌之柳：即武昌柳。语出《晋书·陶侃传》："尝课诸营种柳，都尉夏施盗官柳植之于己门。侃后见，驻车问曰：'此是武昌西门前柳，何因盗来此种？'施惶怖谢罪。"后泛称杨柳为"武昌柳"。

【译文】

富贵无常，很快会换人，这像宾馆，所经历的人太多了。河阳的花以前像朝霞，谁知现在像泥土了呢？武昌的柳树，秋来枝条硬得可做扫帚，也知道那在春天时是青丝吗？

落日浮云

欲海无边，填七尺于羶淫[1]，何不举头看落日？尘心难扫，耗五官于营算，岂知过眼即浮云。

【注释】

[1] 羶淫：恶淫。

【译文】

欲海无边，把七尺之躯浸淫填塞到里边，为什么不抬头看看落日？

尘心难以扫除，耗精神去谋求算计，哪知过眼就是浮云。

乘除之理

应^{（一）}高年享富贵之人，必少壮时尝尽艰辛，未有自少享富贵安逸至老者。蚤年登科，必于中年龃龉；或仕宦无龃龉，亦必其生事窘薄^[1]，忧饥寒，虑婚嫁。若蚤年宦达，不历艰辛，及承父祖生事之厚，更无不如意者，多不获高寿。造物乘除^[2]之理类如此。间亦有始终享富贵者，乃是大福之人，亦千万中一二而已。今人往往机心巧谋，皆欲不受辛苦，即享富贵至终身。而又非理计较，欲为其子孙计，尤大蔽惑也。

【校勘】

（一）应：据袁采《袁氏世范》，为"膺"之误。膺，获。

【注释】

[1] 窘薄：窘迫。

[2] 乘除：比喻自然的盛衰变化，此消彼长。

【译文】

获得长寿享受富贵的人，必是年轻时历尽了艰辛，从没有从小就享受安逸富贵直到老年的。早年科举及第，必定在中年时遭遇挫折坎坷；或许仕途没有挫折，也一定是生活困窘，常为饥寒发愁，担忧婚嫁的事。如果早年仕途顺利，没有经历过艰辛苦难，又继承了父辈的丰厚家业，更没有不如意的事，这种人大多不长寿。造物主安排人命运的道理就像这样。间或也有人自小到老始终享受荣华富贵，这是有大福分的人，千万个人中一两个罢了。现在的人往往机关算尽，巧妙谋求，都想着不经历劳苦艰辛，就至老享受荣华富贵。按照这种不合道理的方式计较，想要为子孙考虑，这尤其是蒙昧糊涂人。

旨哉斯言

人生穿衣吃饭所费几何？此外尽为长物[1]，尽为他人。乐天云："故旧欢娱童仆饱，始知官爵为他人。"岂惟官爵，凡一应多积而此身无用者，尽为他人造业，而自己招报也。佛经云："万般将不去，只有业随身。"旨哉，斯言！

【注释】

[1] 长（zhàng）物：多余的东西。

【译文】

人生穿衣吃饭所费有多少呢？此外都是多余的东西，都是为了他人。白乐天说："故旧欢娱童仆饱，始知官爵为他人。"哪里只是官爵，凡是所有多积累的而此身没用的东西，都为他人造业，而自己招受报应。佛经上说："万般将不去，只有业随身。"有味啊，这话！

如儿作息

王荆公过故人家，小憩水亭。顾水际沙间有馔器数件，意吏卒所窃。使人问之，乃小儿适聚于此食枣栗，尽弃之而去。谓俞秀老[1]曰："士人阅富贵，如群儿作息[2]乃可。"

【注释】

[1] 俞秀老：即俞紫芝，字秀老，北宋金华人，少有高行，笃信佛教。
[2] 作息：劳作和休息。此指无心做派。

【译文】

荆国公王安石拜访朋友家，在水亭边小憩。回头看到水边沙间有几件食器，猜测是吏卒偷来的。派人过问此事，得知是小孩刚才聚集在这里吃枣和栗子，然后把食器扔到一边就离开了。王安石告诉俞秀老说："读书人看待富贵，就像这群孩子无心的做派就可以了。"

乞丐浩然

赵廷实[1]曰："予性好施乞丐。每见其悲号未乞之时，常有傲睨自如之色；或僮仆呵之，往往不逊而去。因叹天地间浩然之气犹赖此辈存得。人生世上，身家愈重，则负累愈多，忍气忍疼，摆脱不下。彼乞人者，光光只有一条性命，前无所希，后无所顾，要活便活，要死便死。看他十字街头讨半碗冷饭残羹，何愧蚓壤螬李[2]？真个上不怕天，下不怕地；天地为蘧庐[3]，阴阳为逆旅[4]。试想受万钟[5]者昼夜乞哀、吮痈舐痔[6]的光景，伸头缩颈，提心吊胆，比那叫化子，那个有浩然之气？及至阎罗王来请，将当朝宰相、百万财主一牌[7]拘去，空拳赤手，即刻同行。那化子笑欣欣无愧无怍，比活时不曾少带了一件；那富的、贵的哭啼啼怕冤，怕对比化子，不曾多带得一件。好[8]妇人，不曾带得一根发，他[9]自要嫁别人；好屋舍，不曾带得一片瓦，不肖子还要卖与人。所识穷乏，好便来吊一陌[10]纸，不好的还要摆布你儿子。追想当初，好没来由，曷不舍王位而证菩提[11]？人便皈依吾家孔孟，真真说尽，没有一人听也。不亦哀哉！"

【注释】

[1] 赵廷实：曾任工部都水司郎中，余不详。

[2] 蚓壤螬李：指战国时期高洁之士陈仲子的事。语出《孟子·滕文公下》：匡章曰："陈仲子岂不诚廉士哉？居於（wū）陵，三日不食，耳无闻，目无见也。井上有李，螬食实者过半矣，匍匐往，将食之。三咽，然后耳有闻，目有见。"孟子曰："于齐国之士，吾必以仲子为巨擘焉。

虽然，仲子恶能廉？充仲子之操，则蚓而后可者也。夫蚓，上食槁壤，
下饮黄泉。"

[3] 蘧（qú）庐：指旅舍。

[4] 逆旅：宾馆。

[5] 万钟：俸禄有万钟，代指高官。

[6] 吮痈舐痔：以口吸痈疽，以舌舔痔疮而祛其毒。后形容卑屈媚上的龌龊
行为。语出《庄子·杂篇·列御寇》："秦王有病召医，破痈溃痤者得
车一乘，舐痔者得车五乘，所治愈下，得车愈多。子岂治其痔邪，何得
车之多也？子行矣！"

[7] 牌：索命牌。

[8] 好：美。

[9] 他：后来写作"她"。

[10] 一陌：旧时一百纸钱之称。亦泛指一串纸钱。陌，通"佰"。

[11] 证菩提：指修行人修成正果。

【译文】

略。

打破了断

人生打不破名利关，不知名利关一座好园林也。古诗云："试
将杖履西园看，万紫千红一夜风[一]。"人生撇不断是情欲帐，不
知情欲帐一筵好酒席也。古诗云："大[二]白浮[三]杯人酕醄[1]，
碧桃洞口日衔西。"

【校勘】

（一）风：为"空"之误。诗句出自南宋白玉蟾《胡中隐庵中伤春》。

（二）大：为"太"之误。诗句出自白玉蟾《寓息庵送春》。太白，即太白酒，
传统名酒。

（三）浮：为"十"之误。

【注释】

[1] 酕（máo）醄（táo）：大醉样子。

【译文】

略。

藏不得拙

任你极聪明伶俐，卖得巧，到底藏不得拙。故伊川云："凡人粧^[1]成十分好，不如真色一分好。"

【注释】

[1] 粧：同"妆"。

【译文】

任你极聪明伶俐，卖得巧，到底藏不得拙。所以伊川先生程颐说："大凡人妆扮成十分美，不如真色一分美。"

守财虏愚

不结良因与善缘，苦贪名利日忧煎。岂知住世金银宝，借汝闲看七十年。凡财积虽多而用不到，即是看也，马援^[1]谓之守财虏^[2]。贪而造业，用又不到，闲看七十年，而为守财虏，真愚也哉！

【注释】

[1] 马援：字文渊，扶风茂陵人，官至伏波将军，爵封新息侯，东汉开国功臣。

[2] 守财虏：即守财奴。

【译文】

略

皆有定数

郑端简公晓[1]之父出贡[2]，往云南司训[3]。一日天暮雨骤，宿路旁空屋。夜半有神语曰："予藏神，为汝守此金钱久矣。"公曰："果吾分内物乎？今赴任恐犯怀璧之罪[4]，可仍烦守，至归时取否？"神欣诺之。公因记数而去。抵任年余，知长公[5]晓发解[6]，公解任至原寓处，藏神出原物付之。公视前数少四百余金。神曰："公任中所得，非即此中物乎？"此与唐太宗赐尉迟敬德银一藏[7]，内少二百(一)借约相似。可知财帛饮啄[8]，实实是有数，全不关乎智巧。人徒坏心术，以作损人利己之事，而苍苍之天，旋[9]有因少而夺其多者。谚云："鹭鸶忙忙，何曾饿死青鹪[10]？"又云："蚱蜢干[11]跳折了腿，蜒蚰[12]不动自然肥。"都可拍醒睡汉。

【校勘】

（一）二百：据《太平广记》（卷第一百四十六），为"五百"之误。

【注释】

[1] 郑端简公晓：即郑晓，字窒甫，号淡泉，明朝海盐人，嘉靖朝官至刑部尚书，谥端简。

[2] 出贡：屡试不第贡生，可按年资轮次到京，由吏部选任杂职小官。某年轮着，叫"出贡"。

[3] 司训：明清时县学教谕别称。

[4] 怀璧之罪：把璧玉藏在身上，因而招惹罪祸。现在比喻因才遇祸。语出《左传·桓公十年》。

[5] 长公：行次居长。

[6] 发解：明清时乡试举人第一名称为解元，考中举人第一名为"发解"。泛指乡试考中举人。

[7] 银一藏：银一库。此事见《昨非庵日纂译注》（一集）静观卷之八"阿

堵有分限"条。

[8] 饮啄：饮水啄食。引申为吃喝。

[9] 旋：很快。

[10] 青鹣：即信天翁。

[11] 干：徒然。

[12] 蜒蚰：俗称鼻涕虫。

【译文】

端简公郑晓父亲出贡，前往云南任司训。一天傍晚雨下得很急，住在路旁空屋里。半夜有神对他说："我是藏神，替你保存这笔金钱好长时间了。"张公说："果真是我分内东西吗？现在去赴任，如果带着大量钱财，恐怕会犯怀璧的罪过，可仍麻烦保存，能否等我回来时再收取？"藏神高兴答应了。张公就记下数目离去。到任一年多，获知大儿子张晓考中举人，张公解职回到来时住的地方，藏神拿出金钱交给他。张公发现钱数比以前少了四百多两。藏神说："您任上所得，难道不是这里边的吗？"这跟唐太宗赐尉迟敬德一库钱的事相似，库里面少了五百贯，与借约数目相一致。可知财帛生活所费，实在是有定数，完全跟智巧没有关系。人们徒然败坏心术，来做损人利己的事情，而苍天很快就会因本来很少而剥夺他多占有的。谚语说："鹭鸶忙忙，何曾饿死青鹣？"又说："蚱蜢干跳折了腿，蜒蚰不动自然肥。"这些话都可以拍醒睡汉。

海中女树

海中有女树，天明生婴儿，日出能行，食时[1]成少年，日中成壮年，日晚成老年，日没而死。明日出复然。人生一世间，亦何以异是？

【注释】

[1] 食时：时辰名，相当于 7 时至 9 时。

【译文】

略。

无异作戏

优人登场，有为唐明皇者，下场便不肯与诸优同坐，众皆笑之。世间公孤[1]卿贰[2]，时至则为之。此与逢场作戏，亦复何异？而盛修边幅，岸然于亲故之中，恐未免为诸伶之所窃笑。昔沈庆之[3]为三公，归里。乡人见者，皆扶伏（一）膝行。庆之笑曰："故是昔时沈公。"知是昔时沈公，彼磬折（二）之态可嗤，此倨傲之容亦无味。

【校勘】

（一）扶伏：为"匍匐"之误，伏地爬行。

（二）馨折：为"磬折"之误，身体弯曲似磬，形容卑躬屈膝。

【注释】

[1]公孤：指重臣。公，指三公，古代中央三种最高官衔的合称。孤，少师、少傅、少保。

[2]卿贰：次于卿相的朝中高官。

[3]沈庆之：字弘先，吴兴武康（今浙江德清西）人，南朝刘宋名将，官至侍中。

【译文】

优伶登场，有扮演唐明皇的，下场后就不肯与众位优伶同坐，众人都笑话他。世间达官显宦，时机到来时就去担任。这和逢场作戏，又有什么不同？而大讲排场，傲视亲朋故旧，恐怕未免被众位优伶私下里嘲笑。从前沈庆之做到了三公，回归故里。同乡人见到他，都伏地爬行。沈庆之笑着说："还和当时的沈公一样。"知道这是从前的沈公，那卑躬屈膝的姿态是可笑的，这倨傲态度也很没意思。

眼前论人

嘉靖间，钱塘陆姓为郡吏，毛经历[1]爱重之。陆有女，经历有子，纳聘，约为婚。未几，经历提问[2]，落魄归，时欲娶女以行。而陆妻变计，觅他女代之，经历不知也。既归，而其子学日进，取科第，官至操江都院[3]。移檄郡中取陆，陆惊喜且惧。及至，操都偶他出，先入见夫人。夫人曰："我父切莫提前事。"陆惶恐曰："何敢言？全赖夫人看顾也。"操院归，礼意甚渥，赠三百金送回，且曰："后尚有所贻。"归而陆之亲女至，陆对所馈金，潜然泪下曰："悲汝命薄耳。"女亦悲不自胜，郁郁而亡，陆亦继亡。后有复来赠金者，竟以无人而返。夫兴衰靡定，安可以眼前论人？方陆易女时，为避其衰，孰知乃避其兴乎？

【注释】

[1] 经历：明清都察院、通政使司、布政使司、按察使司等所设置的属官，职掌出纳文书。

[2] 提问：传讯审问。

[3] 操江都院：即提督操江，明朝都察院所设官职，以副金都御史充任，主管上下江防。

【译文】

明朝嘉靖年间，钱塘府有位陆姓府吏，毛经历喜欢他看重他。陆府吏有个女儿，毛经历有个儿子，毛经历纳了聘礼，约为儿女亲家。不久，毛经历被传讯审问，落魄而归，当时想要娶陆女而上路。可是陆府吏妻子变了卦，另找了其他女子代替自己女儿，毛经历不知真情。回老家后，毛经历儿子学业一天天长进，科考成功，官至提督操江。下檄文给钱塘府要陆府吏来见，陆府吏既惊喜又害怕。等到了提督操江府邸，趁操江提督偶或他出，先入见夫人。夫人说："父亲切莫提先前的事。"

陆府吏惶恐地说：“敢说什么呢？全赖夫人照看。”操江提督回来，礼遇情意很是优厚，赠三百两银子把他送回，并且说：“以后还会有馈赠。”回来后，陆府吏亲生女儿到来，陆府吏对着所馈赠的金钱，潸然泪下说：“为你薄命而悲伤。”女儿也悲不自胜，郁郁而死，陆府吏也相继而死。后来有再来赠送金钱的，最终因没有人接收就回去了。兴衰没有定准，怎么可以拿眼前状况评判人？当陆府吏换女儿时，是为了躲避其衰败，哪里知道竟然是躲避其兴盛呢？

冢上碑石

颖〔一〕川姚尚书冢上碑石甚厚，侍郎某莹〔二〕墓，请于官求解三分之一。官命解其二，或问之，曰：“使后人更剖其半耳。”此足警世痴肠。

【校勘】

（一）颖：当为“颍”之误。

（二）莹：当为“营”之误。

【译文】

颍川姚尚书坟墓上碑石很厚，某侍郎经营墓地，向当地官员请求锯下碑石三分之一。官员命令锯下三分之二，有人问他原因，他回答说：“让再后来的人还可以锯下一半。”这足够惊醒世上痴心人。

如翻车转毂

声势所辖[1]，其往复之机，如翻车[2]转毂[3]。从闲处静观，皎然易睹；而一尘翳目，便投足懵如[4]，非大有识人，未易脱然其外也。往往见如市之门，遮拥[5]不前，求闯其阃[6]而未得，而其人偶败，则争指其先入者而诟厉之。是以驽蹄而嘲捷足，未尝不始恨其迟，终幸其后也。

【注释】

[1] 辏：车轮的辐条聚集到中心，引申为聚集。

[2] 翻车：我国古代最著名的农业灌溉机械之一。

[3] 转毂（gǔ）：飞转的车轮。比喻行进迅速。

[4] 懵如：懵懂的样子。

[5] 遮拥：拥聚阻拦。

[6] 阈（yù）：门坎。

【译文】

　　声势聚集，那往复的机运，就像翻车转动的车轮。从闲处静观，看得清楚；可是一粒尘土遮住眼睛，就举动懵懂，不是大有见识人，不容易超然其外。常常看见像市场门口，拥聚阻拦不能前行，寻求闯进门槛却不能够，而其人偶然失败就争着指责那先进入的人，进行辱骂。因此跑得慢的人嘲笑跑得快的人，不曾不开始遗憾自己动作迟缓，最终侥幸自己落在了后面。

<h3 style="text-align:center">好缘未来</h3>

　　人情多忘见在，好缘未来；未来之境，愈上而愈有。虽至卿贰，而未来之境自在。盈天地间止不足，更无有余也。若是高官厚禄可以解之，则今九棘三槐 [1] 宜皆潇洒快活，而眉之不展、心之多事、忧谗畏讥、弥缝 [2] 顾虑者，日以益甚。士大夫聪明大者算计大，算计大者心中劳苦益大。既图其身，又忧子孙，反不如三家村里痴人，三餐一宿以外，不晓图度者，翻为享福。及至无常卒 [3] 至，落汤螃蟹，投火风蛾，手忙脚乱，苦不可言。其所处愈尊，则恋人世也愈甚，其抛四大 [4] 也愈难。一权相在时，忽辗转以面壁 [5]，干笑曰："一场扯淡。"又有一贵人，年九十岁而死，曰："我并不见前八十九岁在何处。"故知但属于死，决未有自念身已贵，年已高，而自安

者也。

【注释】

[1] 九棘三槐：古代皇宫外朝种植棘树和槐树，作为臣子朝见皇帝时所居位
　　置的标志。后泛指三公、九卿等高级官职。

[2] 弥缝：调和，斡旋。

[3] 卒：通"猝"。

[4] 四大：佛教用语，指"地、水、火、风"的四大物质因素。泛指世上一切。

[5] 面壁，佛教用语，指的是面对墙壁默望静修。

【译文】

　　人之常情多忘掉现在，喜欢攀扯未来；未来的境况，地位越高的越有。虽然做到卿相之位的高官，而对未来境况的渴求自然存在。这种渴求充盈天地间只是不足，更无有余的。如果是高官厚禄可以解除，那么现在的三公九卿应该都会潇洒快活，可是眉头不展、心里多事、忧谗畏讥、弥缝顾虑的人，一天天变得更多。越精明的士大夫越会算计，越会算计的人心中劳苦更大。既为自身图谋，又为子孙担忧，反而不如三家荒村里的笨人，三餐一宿而外，不知道图谋思虑，反而享福。等到催命的无常突然到来，就像落到热水锅里的螃蟹，投火的风中飞蛾一样，手忙脚乱，苦不可言。那些人地位越尊贵，就贪恋人世越厉害，要做到四大皆空也越难。一位权相在世时，忽然反复思考面壁静修，干笑说："一场扯淡。"又有一位贵人，活到九十岁死去，临死时说："我并没有看见以前的八十九岁在哪里。"所以只知道人最终是死掉，决不会考虑到自己身分已尊贵，年寿已高迈，而自我安心的。

如何得下

　　上虞陈五山[1]侍郎治第宏壮，上梁百余人邪许[2]，经日不能起。其子在旁诧曰："今上如此其难，异日拆时如何得下？"人传笑之，不知此达人之言也。宋郭进[3]造第，宴工人于上曰："此造宅者。"

坐子弟其下，曰："此卖宅者。"陈氏之子言即进意也。

【注释】

[1] 陈五山：推测为明代上虞人，"五山"为别号，官至侍郎，余不详。

[2] 邪（yé）许（hǔ）：劳动时众人一齐用力所发出的呼喊声。

[3] 郭进：深州博野（今河北博野）人，五代末年至北宋初年高级将领。

【译文】

上虞陈五山侍郎建造的宅第宏伟壮丽，上梁时百多人一起喊号子用力，整天不能把房梁架起。他儿子在旁边吃惊地说："现在上梁这样艰难，他日拆房子时怎么弄下来？"人们互相传播嘲笑，不知这是通达人话语。宋朝郭进建造宅第，竣工后在上座招待工匠，说："这是建宅子的人。"让自己的子弟在下位，说："这是卖宅子的人。"陈家儿子的话就是郭进的用意。

临死攘夺

吴宁[1]门人李丹仲之族有自武林归者，舟覆于江，幸水尚未入，生死在呼吸间。见一人方以所赍银物系腰间，旁一人起而攫之。救至，偶得不死，来言其事。又余族有佣者病甚，主人惧其死于家，迁之庙社，气息惙然[2]，待尽而已。前有丐者新毙，敝衣蔽体，尚匍匐往将取之。悲夫！世人于石火电光[3]中交征攘夺，作子孙牛马，皆此两人类也。

【注释】

[1] 吴宁：字永清，歙人，明朝宣德五年进士，官至兵部右侍郎。

[2] 惙然：微弱的样子。

[3] 石火电光：燧石的火，闪电的光。比喻事物瞬息即逝。

【译文】

吴宁门人李丹仲族中有自武林（杭州别称）回归家乡的，乘船在江里翻掉，幸而江水还没进入船舱，死亡就在片刻之间。看到一个人正把所携带的银钱拴在腰间，旁边一人起身夺取。救援的人到了，偶获不死，来说那事。又我族人有打工病得厉害的，主人担心他死在自己家里，就把他迁到土地庙中，气息微弱，快要死了。面前有个乞丐刚死掉，旧衣蔽体，还匍匐前往将要获取乞丐身上的旧衣。可悲啊！世人在生命即将消失的瞬间尚且互相争夺，为子孙作牛马，都是这两人一类的人。

不动一眄

见富贵者辄神涩形茹[1]，不觉自失。固是其人识卑，亦缘其人福浅。古寒士狎万乘[2]，贫衲[3]师帝王，视之直似僚友侪辈。初不觉其崇高，非徒挟吾道以藐之，盖其人福德原在帝王之上也。南阳忠国师[4]云："老僧在帝释[5]殿前见粟散天子[6]如麻似菽。"陆信州[7]云："道人尚不贪释梵天王之位，何况人王？"地位如是，眼界如是，区区轩冕之荣，曾足动其一眄否？

【注释】

[1] 神涩形茹：神色不畅，形体疲软。形容拘谨害怕的样子。茹，软。

[2] 万乘：代指帝王。

[3] 贫衲：此指贫士。

[4] 忠国师：即慧忠国师，唐代越州诸暨人，俗名冉虎茵，法名慧忠，世称南阳慧忠国师。

[5] 帝释：亦称"帝释天"，佛教护法神之一，佛家称其为三十三天之主，居须弥山顶善见城。

[6] 粟散天子：即粟散王，即现世界各国统治国土者。其数甚多，如散布其粟，故而得名。

[7] 陆信州：即陆法和，南北朝时枝江百里洲人，曾助梁武帝平定侯景之乱。

【译文】

看见富贵人就拘谨害怕，不觉失掉自我。本来是那样的人见识卑下，也是因为福分浅薄。古代寒士轻视天子，贫士做帝王师，看待帝王简直像僚友同辈。当初没有觉得他们崇高，不只是挟持儒道来藐视帝王，大概那人福德原在帝王之上。南阳慧忠国师说："老僧在帝释天殿前见现世君王像麻和豆子一样多。"陆法和说："得道的人尚且不贪释梵天王位，何况是人间君王？"地位像这样，眼界像这样，区区高官显宦的荣耀，能值得让他看一眼吗？

非可据物

寒士一经遴擢[1]，遂忘寒士之体；经^(一)镌削[2]，仍作简倨[3]之容。夫假则俱假，真则俱真，不应寒士独假，贵人独真也。且一予一夺，俱出朝廷。本无而予之则有，偶有而夺之还无。彼青华[4]之选，原非可据之物，而一日为之，便终身认为已有，亦可笑矣。朱平涵[5]言赵文肃[6]以词林迁谪，后入南铨，不肯折节冢卿[7]。彼学道人而犹若是，信习气之难除也。

【校勘】

（一）经：此字之前夺"贵人一"三字。

【注释】

[1] 遴擢：选拔。

[2] 镌削：降级，削职。

[3] 简倨：傲慢。

[4] 青华：此代指官位。

[5] 朱平涵：即朱国桢，字文宇，号平涵，明朝浙江吴兴人，官至首辅。

[6] 赵文肃：即赵贞吉，字孟静，号大洲，明朝四川内江人，穆宗时官至礼

部尚书兼文渊阁学士，谥文肃。

[7] 折节：屈己下人。

[7] 冢卿：上卿，六卿中掌国政的人。此指首辅高拱。

【译文】

身份低微人一旦经过选拔，于是就忘掉了本来就身份卑微；富贵人一经降职，仍然保持傲慢姿态。假的就都是假的，真的就都是真的，不应该身份卑微人独假，富贵人独真。而且一给予一夺取，都出自朝廷。本来没有而朝廷给予就有了，偶然拥有而朝廷夺取就回归没有。那些被授予的官位，原本不是可以依靠的东西，而一旦拥有，便终身认为属于自己，也太可笑了。朱平涵说文肃公赵贞吉以翰林学士身份被迁谪，后来进入南京吏部任职，不肯向首辅屈服。那学道的人尚且像这样，确实这习气难以除掉。

能几何哉

终年制火炮，止图末后一声响耳；终日筑瓶花，只图眼前一霎红耳。季子[1]六国印，末后之一响也；淮阴假齐王[2]，眼前之一红也。求一偿刺股之勤[3]、出胯之辱[4]，能几何哉？

【注释】

[1] 季子：即苏秦，字季子，战国时期洛阳人，纵横家。

[2] 淮阴假齐王：在楚汉战争相持阶段，韩信曾要挟刘邦封他为代理齐王（即假齐王），在张良、陈平等人启发下，为拉拢韩信，刘邦封其为齐王。

[3] 刺股之勤：刺大腿的辛劳。语出《战国策·秦策》。

[4] 出胯之辱：从别人两腿之下爬过的耻辱。形容奇耻大辱。典出《史记·淮阴侯列传》。

【译文】

终年制爆竹，只图最后一声响罢了；终日养瓶花，只图眼前一霎花红罢了。苏秦佩六国相印，就像是爆竹最后一响罢了；韩信任假齐王，就如同眼前一霎花开罢了。求得一偿刺股的辛劳、爬出胯下的耻辱，又能有多少意义呢？

生平计拙

秦氏之并六国，大似富翁欲基构[1]之方圆[2]。今日以计诱东邻，明日以利啖西舍，后日又以势胁前后诸家，费却几多心力，始成方幅[3]，起屋造宅，将图永远传之子孙。而死骨未寒，他人已扫除堂宇[4]，安坐而有之。使骊山痴鬼[5]有灵，不哑然自笑其生平之为计拙也。

【注释】

[1] 基构：建筑物的基础和结构，比喻基业。

[2] 方圆：谋划，筹划。

[3] 方幅：指幅员，疆域。

[4] 堂宇：殿堂的顶棚，亦指殿堂，此指厅堂。

[5] 骊山痴鬼：指安睡骊山陵墓的痴心的始皇帝。

【译文】

秦朝吞并六国，非常像富翁想要谋划基业。今天用计谋诱骗东邻，明天用利益诱惑西邻，后天又用势力胁迫前后各家，费了多少心血力量，才完成了统一，起屋造宅将图谋永远传给子孙。可是死后尸骨还没有寒冷，他人已扫除厅堂，安坐占有了。假使骊山陵墓中痴鬼有灵的话，会忍不住笑话自己生平谋划的拙劣。

余英失算

李士衡[1]奉使高丽，武人余英为之副。凡高丽所得礼币[2]等一切委之英。英虑过海船漏，尽以士衡之物藉船底，己物置其上。无何，遇大风，船几覆。舟人急请减所载。仓忙间拈出，弃之中流。

少顷风定，简验，只所弃皆英物，士衡之物无一失者。

【注释】

[1] 李士衡：字天均，北宋秦州成纪（今甘肃天水）人，官至尚书左丞。

[2] 礼币：礼物。

【译文】

李士衡出使高丽，武官余英做他的副使。大凡高丽赠送财物，李士衡都委托给副使余英去处理。余英担心船底破漏，全把李士衡的东西垫在船底，把自己的东西放在上边。不久，遇到了大风，船将要倾覆。船工们急忙请求把所载东西扔一些到海里去。在匆忙慌张间，把船里的东西投到海里去。过了不长时间，风停了，检查所投的东西，只是扔到海里的都是余英的东西，而李士衡的东西一无所失。

一时万古

栖守[1] 道德者，寂寞一时；依阿[2] 权势者，凄凉万古。

【注释】

[1] 栖守：遵循安守。

[2] 依阿：依附阿谀。

【译文】

略。

枉却一生

世路中人或图功名，或治生产，尽自正经，争奈天地间好风月、好山水、好书籍，了不相涉，岂非枉却一生？

【注释】

[1] 风月：男女情爱。

【译文】

　　世间人有的图谋功名，有的整治家业，原本都是正经事，怎奈天地间美好的男女情爱、美好的山水、美好的书籍，与这些完全不相关，难道不是白白活一辈子？

败子已长

　　萧道成为相王[1]，镇东府，郁林[2]已五岁，床前戏。道成令人拔白发，问之曰："儿言我谁耶？"答曰："太翁。"道成笑谓左右曰："岂有为人作曾祖而拔白发者乎！"即掷镜镊。此时道成正经营禅代，而持天位授人者，其人已在其前，正如人家祖父方刻苦谋生时，败子已长，可叹也。

【注释】

[1] 相王：此指宰相。

[2] 郁林：即郁林王萧昭业，字元尚，南齐第三任皇帝。萧昭业即位前曾被封为郁林王，故称。

【译文】

　　萧道成（齐高祖，南朝齐开国君主）在南朝刘宋担任丞相，镇守东府，当时萧昭业五岁，在床前玩耍。萧道成正让左右侍从给他拔白头发，就问萧昭业说："孩子你说我是谁？"萧昭业回答说："太爷爷。"萧道成笑着对左右说："难道有做别人曾祖父却要拔掉白头发的吗！"随即扔掉镜子和镊子。这时，萧道成正在谋划让刘宋皇帝禅位给他的事，而把天子之位传给别人的郁林王萧昭业已在眼前，正像人家祖辈父辈正刻苦经营产业时，败家子已经长成，真让人感叹。

人己之辨

向时越中 [1] 绝无园亭，近始多有，然其间亦有人己之辨。菜径棘篱，林木蓊翳，内有清池数亩，修竹数竿，洞房素闼，具体而微。北牖延风，南荣 [2] 宾日 [3]。身可休老，子孙可诵读，亲朋过从亦可觞咏。为己者也。若为雕栏绮榭，杰观危楼；修廊引带其间，花径寅缘 [4] 而入；标奇踞胜，带蜺 [5] 欲云。使夫望之者欲就，就之者欲迷，主人有应接之烦，无燕处之适。此为人者也。吾意智者营之，自当舍此而就彼矣。

【注释】

[1] 越中：一般指浙江绍兴地区。

[2] 南荣：房屋南檐。荣，屋檐两头翘起的部分。

[3] 宾日：把太阳当宾客相对，此指晒太阳。

[4] 寅缘：沿着某物盘桓或顺着某物行进。

[5] 蜺：同"霓"。此比喻天桥。

【译文】

从前越中一带完全没有园林亭台，近来才多起来，但是其中也有为人为己的分别。路径边有菜地，篱笆上爬满荆棘，树林茂盛浓密，里面有几亩清池，几竿长竹，房子幽深房门朴素，形体具备而规模较小。面北窗户迎来清风，南面檐下可以晒太阳。自己可以在此养老，子孙可以在此诵读，亲朋交往也可在此饮酒赋诗。这是为自己的园林亭台。至于栏杆要雕刻，亭榭要绮丽，楼台要高耸；长长的走廊在其中穿引，花径盘桓而入，争奇斗胜，高高的天桥如同要生出云彩。使那些远望的人想要近观，近观的人想要沉迷，主人有接待的麻烦，没有闲处的舒适。这是为别人而建的园林亭台。我想明智的人营造园林亭台，本来应当舍弃为别人的做法而选择为自己的做法。

嗜利可悲

嗜利者酷如乳虎 [1]，诡若穿窬 [2]，谀同厮仆，至死耽耽不休，欲百世无替 [3] 也。乃身不能享，子孙藉之骄淫，不逾时而家业萧然。偷儿丐子殒命辱先者皆其裔也。今人欲起九原 [4] 视之，悲哉！

【注释】

[1] 乳虎：处于哺乳期的母虎。
[2] 穿窬：打洞穿墙行窃，比喻人鄙陋苟且，亦借指鄙陋苟且的人。
[3] 替：消亡。
[4] 九原：指春秋时晋国卿大夫的墓地，后泛指墓地。亦指九泉，黄泉等。

【译文】

嗜利的人凶暴得像乳虎，诡诈像穿窬的人，谄媚如同厮役仆人，到死沉迷不休，想要百代没有消亡。竟然自身不能享用，子孙凭借这个骄奢淫逸，用不了多长时间家业就会萧条。做窃贼乞丐，性命不保且侮辱先人的人都是他的后代。今人要让他从九泉之下活过来看一看，可悲啊！

穷通之路

强项 [1] 者未必为穷之路，屈膝者未必为通之路。故铜头铁面 [2]，君子落得做个君子；奴颜婢膝，小人枉自做了小人。

【注释】

[1] 强项：后脖颈子硬，形容刚强不屈。
[2] 铜头铁面：形容铁骨铮铮。

【译文】

强项人未必走的是困窘道路，屈膝人未必走的是通达道路。所以铁骨铮铮，君子落得做个君子；奴颜婢膝，小人徒自做了小人。

窦仪有识

窦仪[1]为翰林学士，时赵普专政，帝患之，欲闻其过。一日，召仪，语及普所为多不法，且誉仪夙负才望之意。仪盛言普开国元勋，公忠亮直[2]，社稷之重〔一〕，帝不悦。仪归，言于诸弟，张酒引满，语其故曰："我必不能作宰相，然亦不诣朱崖[3]，吾门可保矣。"既而召学士卢多逊，多逊尝有憾于普，又喜其〔二〕进用，遂攻普之短。果罢相，出镇河阳。多逊遂参知政事，作相。太平兴国七年，普复入相，多逊有崖州之行，是其言之验也。

【校勘】

（一）重：则据宋朝杨亿《杨文公谈苑》，为"镇"字之误。镇，根本。

（二）其：为"于"之讹。

【注释】

[1] 窦仪：字可象，蓟州渔阳（今天津蓟县）人，后晋进士，宋太祖时，官至工部尚书。

[2] 亮直：诚实正直。

[3] 朱崖：即珠崖，今海南省海口市。

【译文】

窦仪做翰林学士时，赵普专政，皇帝赵匡胤为此事担忧，想要听到赵普的过错。一天，皇帝召见窦仪，说到赵普的所作所为多不合法规，并且赞扬窦仪很早负有才华声望，有用为宰相的心意。窦仪大谈赵普是开国元勋，公正忠诚正直，是国家根本，皇帝很不高兴。窦仪回到家，让各位弟弟摆下酒席，斟满酒，告诉他们缘故说："我一定不能作宰相，可是也不会被贬到朱崖，我们窦家可以保住了。"不久，皇帝召见翰林学士卢多逊，卢多逊曾经与赵普有嫌隙，又喜欢飞黄腾达，于是指责赵普的短处。赵普果真被罢免宰相，由京城调出镇守河阳。多逊于是担任了参知政事，继而担任了宰相。到了太平兴国（宋太宗年号）七年，赵普又回到朝廷担任宰相，卢多逊就被贬到崖州，这样窦仪的话得以应验。

尽食钓饵

王安石[一]知制诰。一日赏花钓鱼宴，内侍各以金碟盛钓饵药，安石食尽之。明日，仁宗谓宰辅曰："王安石诈人也！使误食钓饵一粒则止矣，食之尽，不情也。"常不乐之。

【校勘】

（一）王安石：据邵伯温的《闻见录》，"石"字后夺"为"字。梁启超驳斥此为诬陷王安石之语。

【译文】

王安石任知制诰。一天，参与赏花钓鱼宴，内侍各用金碟盛着钓鱼饵药献上来，王安石把自己身前的饵药全部吃光。第二天，宋仁宗对宰辅大臣说："王安石是个奸诈的人！假如误食钓饵，一粒就可以停止了，把所有饵药都吃掉，不符合人之常情。"好久不喜欢他。

诗句应验

寇准南行至雷阳，吏以图献，阅视之，首载郡东南门抵海岸凡十里。准恍然悟曰："吾少时有'到海祇十里，过山应万重'之句，乃今日应尔！人生得丧岂偶然耶？"

【译文】

寇准南行到达雷阳时，小吏把地图拿给他看，寇准阅视地图，地图首载雷州郡东南门到海岸总共十里。寇准恍然大悟说："吾年轻时有'到海祇十里，过山应万重'的句子，竟然是与今天相应！人生得失难道是偶然吗？"

梦卜举贤

仁宗问王素[1]曰："大僚中孰可命以相事者？"公曰："唯宦官宫妾不知姓名者，乃可充选。"帝怃然，有间，曰："唯富弼耳。"公下拜曰："陛下得人矣。"既告大廷相富公，士大夫皆举笏相贺，或密以闻，帝益喜曰："吾之举贤于梦卜[2]矣。"

【注释】

[1] 王素：字仲仪，王旦之子，北宋莘县人，官至工部尚书，谥懿敏。

[2] 梦卜：古代有殷高宗因梦见傅说，周文王占卜得吕尚的传说，后因以"梦卜"比喻帝王求得良相。

【译文】

宋仁宗问王素说："大臣中谁可以被任命为宰相呢？"王素说："只有宦官宫妾不知名的人，才可以充任。"皇帝有些失意，过了一会儿，说："只有富弼合适。"王素下拜说："陛下得到合适人选了。"等到在朝堂上宣布任命富弼担任宰相时，士大夫都举起笏板祝贺，有人密秘地把这告诉了仁宗，仁宗更加高兴地说："我求得贤才做宰相了。"

九江碑工

九江有碑工刻字甚工，黄鲁直题其居曰"琢玉坊"。崇宁初，诏郡国刊元祐党籍姓名。太守呼使劖[1]之，工曰："小人家旧贫，止因开[2]苏内翰[3]、黄学士[4]词翰，遂至饱暖。今日以奸人为名，诚不忍下手。"守义之，曰："贤哉，士大夫之所不及也！"遂馈之酒肉，而从其请。

【注释】

[1] 劖（chán）：刻写。

[2] 开：刻写。

[3] 苏内翰：指苏轼，因苏轼曾任翰林学士，故称。内翰，唐宋对翰林的称呼。

[4] 黄学士：指黄庭坚，字鲁直，号山谷道人，洪州分宁人，北宋文学家。

【译文】

　　九江有碑工刻字很是工巧，黄鲁直给他的居所题名为琢玉坊。崇宁（宋哲宗年号）初年，下诏全国各地刊刻元祐党人（以司马光为首的旧党）姓名。九江知府叫碑工来刻写，碑工说："小人家境贫困，只因刻写苏翰林、黄学士的诗文，于是能够达到温饱。现在把他们放在奸人名录里，实在不忍下手。"九江知府认为他很守道义，说："贤德啊，士大夫也赶不上！"知府赠给他酒肉，并且答应了他的请求。

五家共业

　　佛典以人生现前产业为五家所共：一曰王，二曰水，三曰火，四曰盗贼，五曰不肖子儿。人辛苦做家[1]，自谓可以常守，不知不觉常为此五家负之而趋，故曰共也。夫寻常家业，犹不免共之者，况得之横求[2]者乎？

【注释】

[1] 做家：谓持家节俭。

[2] 横求：非分得来。

【译文】

　　佛典认为人生现有产业为五家所共有：一是王，二是水，三是火，四是盗贼，五是不肖儿孙。人辛苦持家，自认为财富可以常相保有，不知不觉常常被这五家背负而走，所以说共有。正常家业，尚且不免五家共有，何况那些非分得来的家业呢？

合得分限

前人谓得便宜事莫得再做，休说莫得再，只先一次，已是错了。世间岂有得便宜底理？汝既多取了他人底，便是欠下他底，随后却要还他。世间人都有合得的分限[1]，你如何多得他底？

【注释】

[1] 分限：界限，限度。

【译文】

略。

一定之期

人（一）凡世事，勿论巨细险夷[1]，成就迟速，自有一定之期，一毫人力决着不得。制事者主张既定，又要得事外之意，方不受累。

【校勘】

（一）人：为“大”字之误。

【注释】

[1] 险夷：难易。

【译文】

大凡世上事，不论大小难易，成就迟或速，本有一定期限，事情不受一毫人力的决定影响。处理事情的人主张已经确定，又要获得事外的意趣（指事自有一定之期），才不受牵累。

绝无此理

世间之财，人所共见闻者，取之犹可享用。何者？以其无廉名也。人所不见不闻者，取之必不可享用，且反有祸。何者？以其无贪名也。既享厚利，又得显名，绝无此理。好名而未经败露者，其后人必不昌。

【译文】

世间钱财，人们共同见到听到的，拿取过来还可以享用，为什么呢？因为他没有廉洁名声。人们看不见听不到的，拿取过来一定不可以享用，如果享用了将反而招受灾祸。为什么呢？因为他没有贪婪名声。已经享用了厚利，又要获得显赫的好名声，绝对没有这道理。有好名声，享有厚利事实却没有败露的人，他的后人一定不会昌盛。

神翁献诗

宋高宗在潜邸，遇道人徐神翁[1]，甚礼敬之。神翁临别，献诗曰："牡蛎滩头一艇横，夕阳西去待潮生。与君不负登临约，同上金鳌背上行。"当时不解其意。后高宗避金狄之难，将游于海，次章安镇，阁[2]舟滩上，以避晚潮，问舟人曰："此何所？"曰："牡蛎滩。"遥见楼阁巍然，问居人曰："此何阁？"曰："金鳌阁。"高宗登焉。见大书神翁往年所献诗在壁上，墨痕如新。即此而观，人生行止祸福，自有定分，非偶然者。

【注释】

[1] 徐神翁：名徐守信，泰州海陵（今江苏如皋）人，北宋后期著名道士。
[2] 阁：通"搁"。

【译文】

宋高宗还是皇子时，遇到道人徐神翁，对他礼敬有加。徐神翁临别，向他献诗说："牡蛎滩头一艇横，夕阳西去待潮生。与君不负登临约，同上金鳌背上行。"当时不理解诗句意思。后来高宗避金人进犯，躲藏到海边，驻扎在章安镇，把船停在浅滩上，来躲避晚潮，问划船人说："这是什么地方？"回答说："牡蛎滩。"遥见楼阁高竿，问居民说："这是什么楼阁？"说："金鳌阁。"高宗登上金鳌阁。看见大字书写的徐神翁当年所献诗句就在墙壁上，墨痕像是刚写的。就此看来，人生行动祸福，自有定分，并不偶然。

苦我以生

婴儿落地，未笑先哭，岂非大造[1]苦我以生，才一出世，便入哭境乎？嗣后笑事少，哭事多；笑时少，哭时多。到钟鸣漏尽[2]，毕竟大哭一场而散。非我哭人，即人哭我。往往来来，交相哭也。

【注释】

[1] 大造：指天地，大自然。
[2] 钟鸣漏尽：晨钟已经敲响，滴漏的水也已滴完。比喻死亡时分。

【译文】

婴儿落地，未笑先哭，难道不是造化让我活着受苦，才一出世，就进入哭境吗？那以后笑事少，哭事多；笑时少，哭时多。到死亡时，最终大哭一场而散。不是我哭别人，就是别人哭我。往往来来，互相哭泣。

希夷赠诗

张咏入试科场，自谓当夺大魁[1]。有司以对偶题失黜之，咏乃毁裂儒服，趣趵[2]林谷，师事陈希夷[3]。希夷谓曰："子当为贵公卿，一生辛苦，此地非栖憩之所也。"后果及第。希夷遗以诗曰：
"征吴入蜀是寻常，鼎沸^[4]笙歌^[5]救火忙。乞得江南佳丽地，却
应多谢脑边疮。"后咏两入蜀，又急移余杭。累乞闲地，后以脑边
疮乞归金陵，方许之。

【注释】

[1] 大魁：状元。

[2] 趵（bào）：足迹。

[3] 陈希夷：即陈抟，字图南，号扶摇子，赐号希夷先生，五代至北宋前期
　　道家学者。

[4] 鼎沸：指局势不稳定、不安定。

[5] 笙歌：此指热闹。

【译文】

　　张咏参加科举考试，自认为会中状元。有司认为对偶出现显过失，
没有录用他，张咏就毁掉儒服，趋迹山林幽谷，师事陈希夷学道。陈
希夷对他说："你命当为贵公卿，一生辛苦，这地方不是你休憩场所。"
后来，张咏果真及第。陈希夷赠给他诗句说："征吴入蜀是寻常，鼎
沸笙歌救火忙。乞得江南佳丽地，却应多谢脑边疮。"后来张咏两次
入蜀，又被紧急调到余杭。多次请求朝廷将他调到闲地休养，后来因
为脑边疮请求归养金陵，朝廷才答应了他。

雕挟两兔

　　李林甫以便佞^[1]进用，每嫉张九龄、裴耀卿^[2]，阴害之。三相
入朝，二相磬折^[3]趋而入，独林甫在中，轩傲^[4]无少让，喜津津。
观者窃谓："一雕挟两兔焉。"少选，传诏出，九龄、耀卿皆罢，
林甫嘻而笑曰："尚^{（一）}左右丞相耶？"

【校勘】

（一）尚：此则采编自唐人郑处诲《明皇杂录》，由于苟简太多，多处表
　　　意不甚明朗。原文此字处为"犹为"。

【注释】

[1] 便（pián）佞：用花言巧语逢迎人。

[2] 裴耀卿：字焕之，绛州稷山（今山西稷山）人，唐玄宗朝官拜宰相。

[3] 磬折：弯腰。表示谦恭。

[4] 轩傲：高傲。

【译文】

　　李林甫凭借花言巧语逢迎人得以进身被任命为丞相，常常嫉恨张
九龄、裴耀卿，暗中陷害他们。三位丞相入朝，张、裴二相弯腰急趋
而入，只有李林甫在中间，很高傲，没有丝毫谦让，洋洋自得。观看
的人私下里说："一只雕挟持两只兔子。"不久，诏令传出，张九龄、
陈耀卿都被罢免，李林甫笑出声说："还是左右丞相吗？"

郭昱矫激

　　郭昱狭中[1]诡僻[2]，登进士，耻赴常选。献书于宰相赵普，自比巢、
由，朝议恶其矫激[3]，故久不调。后复伺普，望尘自陈，普笑谓人曰：
"今日甚荣，得巢、由拜于马首。"

【注释】

[1] 狭中：心胸狭窄。中，内心。

[2] 诡僻：邪僻诡诈。

[3] 矫激：犹诡激。奇异偏激，违逆常情。

[4] 望尘：指望尘而拜。

【译文】

郭昱心胸狭窄邪僻诡诈，考中进士后，耻于参加常规的选官程序。他就给宰相赵普写信，自比巢父、许由，朝会讨论时大家厌恶他矫情偏激，有意长久不给他安排官职。后来他又伺察到赵普出行，望尘而拜，自我陈说，赵普笑着对人说："今天很荣耀，能让巢父、许由这样的人拜倒在马前。"

极必有反

大凡人之举动异常，每为不祥之兆。余一邻家仕为令，其子携家属归，前堂梨园[1]，后庭丝竹，略[2]无虚日。余谓友人曰："此邻不久其有哭声乎？"居无何，而其父卒于官。盖歌之反为哭，未有极而不反者。

【注释】

[1] 梨园：戏班。

[2] 略：全。

【译文】

大凡人举动异常，常常是不祥兆头。我一个邻居在外当县令，他儿子带领家属回来，前堂有戏班演戏，后庭奏乐，没有一天不如此。我对朋友说："这邻家不久大概会有哭声吧？"过了不久，那父亲死在官任上。大概歌唱的反面是哀哭，事物没有达到极点而不向相反方向转化的。

惜福卷之九

惜福卷首题记

殿上刻耕夫，一箸半餐，念夏畦几番挥汗；屏中绘织女，寸缣尺帛，思寒窗无数抛梭。昔人示俭有草，戒侈有铭，无非为此身留余地。勿谓布被皆诈也。纂惜福第九。

矫奢防贪

温公真率之会[1]馔不过五，子瞻养福之箴肴止用三[2]，山谷五观[3]自(一)节敬[4]斩只鸡留啖，魏文靖[5]之一肉一菜不为俭[6]，张庄简[7]不抬饭不宰牲[8]以为酣：匪直存淡薄而可久，亦将矫奢靡而防贪。

【校勘】

（一）自：从上下文看，应为"之"字之讹。

【注释】

[1]真率之会：即真率会，北宋司马光罢政在洛，常与故老游集，相约酒不过五行，食不过五味，号"真率会"。

[2]养福之箴肴止用三：《东坡志林》记载："东坡居士自今日以往，不过一爵一肉。有尊客，盛馔则三之，可损不可增。有召我者，预以此告之，主人不从而过是者，乃止。"

[3] 五观：指黄山谷的《食时五观》。强调在用餐时所应起的五种观想，即食存五观。五观之意为：一是思念食物来之不易，二是思念自己德行有无亏缺，三是防止产生贪食美味念头，四是对饭食只作为疗饥的药，五是为修道业而受此食。

[4] 节敬：旧时称逢节日向所聘请者赠送的钱物。

[5] 魏文靖：即魏了翁，字华父，号鹤山，邛州蒲江人，南宋理学家，爵封秦国公，谥文靖。

[6] 一肉一菜不为俭：据明代刘元卿《贤弈编》记载："魏文靖公居家，客至必留饭，止一肉一菜。"

[7] 张庄简：即张说，字时敏，号定庵，明朝华亭人，官至南京兵部尚书，谥号庄简。

[8] 不抬饭不宰牲：据明代龙遵《食色绅言》记载：张庄简公性素清约，见风俗奢靡，益崇节俭，以率子孙。书屏间曰："客至留馔，俭约适情。肴随有而设，酒随量而倾。虽新亲不抬饭，虽大宾不宰牲。匪直戒奢侈而可久，亦将免烦劳以安生。"抬饭，提高饭食规格。

【译文】

略。

衣食无择

英宗谓李贤[1]曰："朕视朝退则朝母后，毕复亲政务。既罢，进膳。饮食随时（一），未尝拣择去取。衣服亦随便（二），虽着布衣，人不以为非天子也。"

【校勘】

（一）时：此则采编自《明英宗实录》（卷327）。据此，为"分"之误。

（二）便：为"宜"之误。

【注释】

[1] 李贤：字原德，邓（今河南邓州）人，明宪宗时官至吏部尚书兼华盖殿

大学士，谥文达。

【译文】

明英宗对李贤说："朕早朝回来后拜见母后，完毕后再亲自处理政务。处理完政务后，进膳。饮食依照本分，不曾有拣择去取。衣服依照合适的要求，即使身着布衣，人们不认为我不是天子。"

董朴感省

董朴[1]成进士，后差过岳州，闻刘忠宣[2]宅忧在里，造谒焉。忠宣留之饭，饭麦糈[3]，馈惟糟虾一器。朴感省，终生持雅操。视昔胡纮[4]嗛[5]朱晦翁无只鸡斗酒之供[6]，酿成伪学之禁(一)，相去何如哉？

【校勘】

(一)酿……禁：这种说法不对，朱熹理学被看成伪学的主要原因是他卷入了韩侂胄与赵汝愚之间的党争，而胡纮攻击朱熹并非是受了慢待，关键是他想依附韩侂胄，为韩侂胄出力。

【注释】

[1] 董朴：字汝淳，明朝成化年间进士，官至参政，所至称"廉直"。

[2] 刘忠宣：即刘大夏，字时雍，号东山，湖广华容人，明孝宗时官至兵部尚书，谥忠宣。

[3] 糈（xǔ）：粮。

[4] 胡纮：字应期，浙江庆元人，南宋宋隆兴元年进士，曾任监察御史、吏部侍郎等职。

[5] 嗛：古同"衔"，怀恨。

[6] 朱……供：当年朱熹在武夷山讲学，伙食非常简单："待学子惟脱粟饭，至茄熟，则用姜醯浸三四枚共食。"（《四朝闻见录》）胡纮拜访朱熹，也受到这样的待遇，后来攻击朱熹："此非人情，只鸡樽酒，山中未为

乏也。"（《四朝闻见录·胡纮李沐》）

【译文】

董朴考中进士，后来出差路过岳州，听说忠宣公刘大夏在家乡丁忧，就去拜见他。忠宣公留下他吃饭，吃的是面饭，菜肴只是一碟糟虾。董朴感动省悟，终生保持高雅节操。比起从前的胡纮怀恨朱晦翁（朱熹号晦翁）没有只鸡斗酒的招待供应，酿成朱熹学说被禁，两者相差怎样呢？

抑畏节省

凡生于富贵之家，子弟已享用太过，苟能抑畏[1]节省，只守布衣菽粟[2]之分，一意存心读书，与（一）贫苦书生更加倍精进。即妻室亦不要听他搜求珠翠，衣被文锦，糜（二）费金银，亦如百姓家妇女用力用劳，则后来还可增益显达。如不知止足，徒于躯壳口舌上争华侈，甚至踰越法礼，毁坏性真[3]，戕贼身命[4]，僮仆邻里先从旁窃笑之。况天地之高明，鬼神之正直，宗亲之众多，祖父之尊严（三），有不贱而恶之，灾而祸之者鲜矣。

【校勘】

（一）与：此则采编自张郿西《抑情自损诲言》，与原文有较大出入。据《抑情自损诲言》，为"比"字之误。

（二）糜：为"糜"之误。

（三）祖父之尊严：为"祖宗之严，父母之尊"的苟简。

【注释】

[1] 抑畏：谦抑敬畏。

[2] 布衣菽粟：指生活必需品。比喻极平常而又不可缺少的东西。菽粟，豆和小米，泛指粮食。

[3] 性真：指纯真的天性。

[4] 身命：生命。

【译文】

大凡生于富贵之家，子弟已享用太过分，如果能够谦抑敬畏节省，只守布衣菽粟的本分，一心一意来读书，比贫苦书生更加倍努力进取，即使妻室也不许她们搜求珍珠翡翠，穿着锦绣衣服，浪费钱财，也应该像百姓家妇女用力劳作，那么后来还可有所补益，地位会显达。如果不知止知足，只在口体之奉上争华丽奢侈，甚至逾越法礼，毁坏天性，戕害生命，僮仆邻里就会先从旁窃笑。何况天地高明，鬼神正直，宗亲众多，祖宗严厉，父母威严，有不受到轻视厌恶，从而带来灾祸的很少了。

寿安责子

胡寿安[1]初任信阳，调获鹿，永乐中任新繁，在官未尝肉食。其子自徽来省，居一月，烹二鸡。胡怒曰："饮食之人，则人贱之矣。吾居官二十余年，常以奢侈为戒，犹恐弗能令终。尔好大嚼如此，不为吾累乎？"

【注释】

[1] 胡寿安：字克仁，明初安徽黟县人，著名廉吏。

【译文】

胡寿安初授信阳知县，转调获鹿知县，永乐年间任新繁知县，在官任上不曾吃过肉食。他儿子从安徽老家来看望他，住了一月，其间，煮了两只鸡吃。胡寿安大怒说："讲究吃喝的人，就会被人瞧不起。我做官二十多年，常常以奢侈为戒，还怕不能有好的结局。如今你这样大吃大喝，岂不是牵累我吗？"

盘饤山水

唐有净尼^(一)出奇思，以盘饤^[1]簇成山水，每器占《辋川图》^[2]中一景。人多爱玩，至腐臭不食。吴越戚里孙承祐^[3]者，豪奢炫俗，用龙脑^[4]煎酥，制小样^[5]骊山。水竹屈木桥道^(二)人物，纤悉具备，所谓刻冰镂脂^[6]之技，以博人俄顷嗟赏。愚夫！

【校勘】

（一）净尼：此则采编自李日华《紫桃轩杂缀》。"辋川小样"则是李日华摘自五代陶谷《清异录》。据《清异录》，为"比丘尼梵正"。梵正，指法号。

（二）屈木桥道：据《紫桃轩杂缀》，为"屋宇桥梁"之讹。

【注释】

[1] 盘饤（ding）：盘盛果品食物的统称。

[2]《辋川图》：唐代诗人王维晚年以其陕西蓝田辋川别墅为依据绘成的山水画。

[3] 孙承祐：杭州钱塘人，因吴越王钱俶纳其姐为妃而擢处要职，后随钱俶归顺北宋。

[4] 龙脑：又名冰片，名贵的中药。

[5] 小样：模型。

[6] 刻冰镂脂：在冰片（即龙脑）及树脂上进行雕刻。指繁琐新奇而又无用的技艺。

【译文】

唐朝有个叫梵正的尼姑有奇思妙想，用盘里的食物凑成山水模型，每个盘子对应《辋川图》中的一个景点。人们好多喜爱玩赏，以至于那食物腐臭变质不能食用。吴越王亲戚孙承祐，豪华奢侈，向俗众炫耀，用龙脑煎酥，制成骊山模型。水流、竹子、房屋、桥梁、人物，无不具备，这就是所说的刻冰镂脂这样的技艺，用来博取人片刻的赞赏。愚昧呀！

富庶之地

荆州衣冠之薮(一)，人言琵琶多于饭甑，措大[1]多于鲫鱼。武林[2]繁庶，人言日用千猪万米(二)，丈二研槌[3]。又目西湖为"销金涡[4]"，以其歌舞费日消千金也。

【校勘】

（一）薮：据唐朝张鷟《朝野佥载》，为"薮泽"之误，"泽"为夺字。薮泽，犹渊薮。喻人或物荟聚之处。

（二）千猪万米：为"千猪百羊万担米"苟简。"千猪百羊万担米"经常用来形容消费旺盛的俗语。

【注释】

[1] 措大：旧指贫寒失意的读书人，此处指读书人。
[2] 武林：旧时杭州别称，以武林山得名。
[3] 研槌：在钵里用来研磨东西的木棒。
[4] 销金涡：又作"销金窝"，指大量花费金钱的处所。

【译文】

荆州是士大夫的渊薮，人们说琵琶比饭锅还多，读书人比鲫鱼还多。武林繁华富庶，人们说日用千猪百羊万担米，用丈二长研槌。又把西湖看成是为"销金窝"，因其歌舞费用每天消耗千金。

常守先训

甲戌(一)上退朝坐右顺门[1]，所服里衣袖敝垢，纳而复出。侍臣有赞圣德者，上叹曰："朕虽日十易新衣，未尝无，但自念当惜福，故每浣濯更进。昔皇妣躬补葺(二)故衣，皇考见而喜曰：'皇后居富贵，勤俭如此，正可以为子孙法。'故朕常守先训，不敢忘。"

【校勘】

（一）甲戍：为"甲戌"之误。据《明太宗宝训》，此事发生在永乐十二
　　　年二月癸亥，不为甲戍。

（二）葺：据《明太宗宝训》，为"缉"之误。

【注释】

[1] 右顺门：今北京故宫熙和门。

【译文】

　　癸亥日，皇上（明成祖朱棣）退朝坐在右顺门，所穿内衣衣袖又
脏又破，往里掖掖，一会儿那衣袖又露出来。侍臣有赞扬皇帝节俭德
行的，皇上叹息说："我即使每天十次换新衣，没有什么问题，只是
自己考虑到应当珍惜福分，故每次洗涤后再让人拿来穿上。从前，逝
去的母后（指马皇后）亲自缝补旧衣服，父皇（指朱元璋）见了高兴
地说：'皇后身居富贵，还这样勤俭，正可做子孙榜样。'所以我常
常保守先人训戒，不敢忘记。"

欢乐难足

　　饮酒达鸣鸡^{（一）}，娇艳 [1] 芙蓉褥。日晡 [2] 系裙带，欢乐恨不足。
供帐 [3] 拂雕鞍，演妓流觞曲 [4]。昼夜恬茫茫 [5]，篯龄 [6] 尚闲促。

【校勘】

（一）鸣鸡：为"鸡鸣"之讹。鸡鸣，古代的一个时辰，相当于凌晨一点
　　　至三点。

【注释】

[1] 娇艳：指美女。

[2] 日晡：同"日餔"，日交申时而食。指申时（相当于下午三点至五点）。

[3] 供帐：陈设供宴会用的帷帐、用具、饮食等物。亦谓举行宴会。

[4] 流觞曲：即曲水流觞。

[5] 茫茫：久远。

[6] 籛（jiān）龄：像彭祖一样长寿。籛，指籛铿，即彭祖，相传活了八百多岁。

【译文】

喝酒喝到鸡鸣时分，然后在有美女相伴的芙蓉褥上安歇。到日晡时分才穿衣起床，还遗憾欢乐不够多。宴会用的帷帐飘拂到精致的马鞍上，艺伎们在曲水流觞的宴会上尽情表演。昼夜享乐时间这样久长，即使是彭祖那样的寿命还嫌短促。

无识甚矣

古人太违时，今人太趋时。袖倏小倏大，巾倏短倏高，衣带之阔几如领，扇骨之长几如笏，非服妖(一)而何？此风流子弟市井恶少所创为，而缙绅学较[1]，翕然宗之，无识甚矣。

【校勘】

（一）服妖：疑为"妖服"之讹。

【注释】

[1] 学较：学习竞逐。较，通"角"，竞逐。

【译文】

古人太背离时尚，今人太趋附时尚。袖子忽小忽大，头巾忽短忽高，衣带宽得几乎像衣领，扇骨长得几乎像笏板，不是穿戴妖异的服饰，又是什么呢？这是风流浮浪子弟及市井恶少首先倡导，而士大夫跟着学习竞逐，一起尊崇其做派，太没见识了。

蔬为旧友

余^(一)尝入会稽，探禹穴，止一僧寺。其寺诸生借寓读书者十余人。据余辈^(二)所见会食俱用菜腐，旬日或设咸鱼，不知有肉味也。而江右士大夫居显官，亦不忘贫贱，呼蔬菜曰旧朋友。可羡！可羡！

【校勘】

（一）余：此则采编自明朝后期李乐《见闻杂记》，故当指李乐。

（二）辈：字前夺"仆"字。

【注释】

[1] 禹穴：相传为夏禹葬地。在今浙江绍兴之会稽山。

【译文】

我曾经进入会稽山，探访禹穴，住在一座僧寺中。那寺里有借住读书的秀才十多人。据我仆人们所见，他们聚餐时吃的都是青菜豆腐，每隔十天有时准备咸鱼，没有肉菜。而江西士大夫身居显官，也不忘贫贱，称呼蔬菜为旧朋友。值得羡慕！值得羡慕！

苦倍饥寒

入百钱，费不百钱，守己乐同富足；进万镒^[1]，出逾万镒，求人苦倍饥寒。

【注释】

[1] 镒（yì）：秦始皇时通用货币，也是古代重量单位，合二十两（一说二十四两）。

【译文】

收入百钱而花费不到百钱，安分守己的快乐如同富足；收入万镒，花费超出万镒，求人借贷的苦恼是饥寒的数倍。

以布易锦

姚希得[1]知静江，官署旧以锦为幕，希得曰："吾起家书生，安用此！"命以布易之。日惟啖菜，一介[2]不妄通（一）也。

【校勘】

（一）通：此则源自《宋史》（卷四二一），又见于张岱《夜航船·政事部》（卷七）。据此，为"取"之误。

【注释】

[1] 姚希得：字逢原，南宋潼川人，累官参知政事。
[2] 一介：指微小的事物。介，通"芥"。

【译文】

姚希得任静江知府时，官署原本用锦做帘幕，姚希得说："我是读书人起家，哪里用得着这个！"命令用布制的帘幕换下来。每天只吃青菜，不向人妄取一丝一毫。

收藏败物

贝恒[1]为东河（一）令，在官虽小物必思及民。营缮有余弃废铁、败皮、朽索、故纸之类，悉存之。工匠闲暇，令煮皮为胶，铸铁为杵，捣纸索为穰，贮之库。会车驾巡幸北京，敕使督建席殿，所贮悉济急用，而民不费。

【校勘】

（一）东河：据《东里文集·东阿知县贝君墓志铭》（卷十九），为"东阿"之误。

【注释】

[1] 贝恒：字秉彝，明初开封人，先任邵阳县令，后任东阿县令，官声颇佳。

【译文】

　　贝恒任东阿县令时，处理政务中即使是小东西也想到惠及百姓。营建修缮时有剩余弃用的废铁、腐败的皮子、朽烂的绳索、破旧的纸张这类东西，全部收存。工匠闲暇时，贝恒就命令他们把皮子煮成胶，把废铁铸成杵，把故纸朽索捣成穰，然后贮存到库房里。适逢皇帝（指明成祖朱棣）巡幸北京，下令东阿督建席殿（用席子搭制得简陋殿堂），贝恒所贮备东西全部用来应急，而百姓没有破费。

省且休钱

　　魏中孚 [1] 为永州判官，清洁自好。同官有兴制器用之物，中孚未能无意。每欲为之，先令匠作者计工用若干赀，各具公私之数呈，辄判以且休且休（一）。及解官，检一任所供且休，且休钱不知省几千百缗。

【校勘】

（一）且休且休：据范公偁的《过庭录》，为"且休二字"之讹。

【注释】

[1] 魏中孚：字诚老，北宋人，曾任永州判官。

【译文】

　　魏中孚任永州判官时，洁身自好。同僚有兴办制造器物的，魏中孚未能无意。每当想要兴办制作时，他先让工匠计算费用，各把公家个人承担的数目呈上来，看后就批示暂且作罢。等到他离任时，检查在永州判官任上他批示的暂且作罢器物，费用不知节省了几千贯。

对案不食

张载[1]嘉祐初为云岩县令，岁歉。家人恶米不凿[2]，将舂之。先生亟止之曰："饿殍满野，虽蔬食且自愧，又安忍有择乎？"甚或咨嗟，对案不食者数四。

【注释】

[1] 张载：字子厚，世称横渠先生，北宋理学创始人之一。
[2] 凿：舂米使之精白。

【译文】

张载嘉祐（宋仁宗年号）初年任云岩县令时，遇上荒年。家人嫌米不够精白，将要再舂舂。张载先生急忙制止他们说："饿死的人布满原野，即使吃蔬菜尚且自愧，又怎么忍心有所选择呢？"甚至有时嗟叹，多次对着桌上的食物不能食用。

天骏待客

张宗伯天骏[1]居东门外三里桥。郡公[2]访之，时已及午矣。公曰："寒家离城远，亲友至者必留午饭，然止肉腐而已。老公祖[3]下顾，须宰一鸡，幸勿讶其非。"郡公忻然饱去。世两高之。

【注释】

[1] 张宗伯天骏：即宗伯张骏。张骏，字天骏，号南山，明朝华亭人，官至礼部尚书。宗伯，礼部尚书古称。
[2] 郡公：此指知府。
[3] 老公祖：明清官场中对地方长官尊称。

【译文】

宗伯张天骏居住在松江府东门外三里桥。知府来拜访，当时已经到了正午。张天骏说："寒舍离城远，亲友到访的必定留下吃午饭，但是只有豆腐炖肉罢了。知府大人屈尊拜访，要宰一只鸡，希望不要对我的慢待吃惊。"知府高兴地吃饱离去。世人对主人与客人都很赞赏。

不食鲳鱼

蔡公龙阳[1]历宦三十余年，始一归省。食淡衣素，无异寒儒。后晋南少司马归，见市上有卖鲳鱼者，偶向仆言之，其子烹以进。公大怒曰："此时鱼价必高，穷口腹若此，非与吾共守家业者也。"弃不食。

【注释】

[1] 蔡公龙阳：蔡汝贤，字用卿，号龙阳，明后期松江华亭人，官至南京兵部侍郎。

【译文】

蔡公龙阳做官三十余年，才一次回家探望亲人。他饮食简单，衣着朴素，与贫寒书生没有不同。后来晋升为南京兵部侍郎，退休家居，看见集市上有卖鲳鱼的，偶然向仆人提到，他儿子把鲳鱼烹制好献给他。他大怒说："此时鱼价一定很高，像这样穷极口腹之欲，不是和我共同保守家业的人。"他把鱼弃掉不食用。

勤俭箴语

《勤俭箴》云：人生天地间，富贵（一）谁不欲？己力不经营，日用安能足？成立最艰难，破荡真迅速。贫穷因懒惰，借贷遭耻辱。俭用胜求人，奢丽（二）莫随俗。男若勤耕种，饥不愁谷粟。女若攻纺绩，寒不虑衣服。勿谓长少成（三），光阴如转轴。男大婚事逼，女大嫁期促。双亲有老病，百费相继续。临期欲副（四）用，闲时须积蓄。勉旃[1]

复勉旃，慎勿惮劳碌。

【校勘】

（一）富贵：《勤俭箴》为北宋赵抃所写。或为"衣食"，当以"衣食"为佳，因下文并没有谈及富贵的事，而只谈居家过日子的事。

（二）奢丽：或为"奢华"，从音韵看，以奢华为佳。

（三）成：为"年"之误。

（四）副：或为"敷"，当以"敷"为佳。敷，足。

【注释】

[1] 勉旃（zhān）：努力。多于劝勉时用之。旃，语助，之焉的合音字。

【译文】

略。

过侈踰闲

每见巨室豪家，宾朋宴集，歌舞盈前堂，帏隔于一帘，喧笑彻于内外。非第过侈，深恐踰闲[1]，滥觞[2]滋蔓，更不忍言。

【注释】

[1] 踰闲：亦作"逾闲"，越出法度。

[2] 滥觞：指江河发源处水很小，仅可浮起酒杯。比喻事物的起源。

【译文】

常常见到巨室大家，宾朋宴饮聚会，歌舞充满前堂，与内室只隔一个帘子，喧笑声响彻内外。这不只是过于奢侈，深深地担心会超越礼法，这苗头滋长蔓延，更让人不忍心说出。

莫好华侈

章文懿[1]尝言："学者奉身[2]，不可好华侈。苟好华侈，必致贪得，他日居官，决不能清白。"

【注释】

[1] 章文懿：即章懋，字德懋，号瀫滨遗老，明朝浙江兰溪人，著名大儒，谥号文懿。
[2] 奉身：立身。

【译文】

略。

省而易办

林和靖隐居孤山，种梅三百六十株。梅熟售价一株作一封[1]，供一岁之用。又有一禅僧，种芋三百六十科[2]，日用足以给食，尤省而易办。夫口腹之欲何穷之有？每加节俭，便觉有余。

【注释】

[1] 封：旧时用于计量银子量词，相当于"包"。
[2] 科：丛。

【译文】

林和靖（林逋谥和靖）隐居在孤山，种梅树三百六十棵。梅子成熟，每棵梅树的果子卖一封银子，供一年日用开销。又有一个禅僧，种了三百六十丛芋头，足以供应日常吃饭，尤其减省且容易办到。口腹欲望哪里有尽头呢？常加节俭，就会觉得有剩余。

贫不貌富

贫不貌富，可以长贫。牵裾肘见，纳屦踵见，不为友愧；杀鸡饲母，摘蔬饲客，不为客愧。夫惟不愧，乃见古人风格之妙。近世士凭陵意气[1]，涂饰[2]耳目，贫于家不贫于身，贫于亲不贫于宾，为不露寒酸本色。能自拔俗，而其末难持，恐不能不别开径窦[3]。

【注释】

[1] 凭陵意气：意气发扬。凭陵，发扬貌。
[2] 涂饰：着意修饰装扮。
[3] 径窦：门径。

【译文】

贫穷不装富有，可以长久安守贫穷。拉拉衣襟露出手肘，提提鞋子露出脚跟，面对朋友不觉惭愧；杀鸡侍奉母亲，摘蔬菜招待客人，面对客人不觉惭愧。只有不惭愧，才看出古人风格高妙。近世读书人意气发扬，着意装饰，取悦耳目，家里贫穷而自身装作不贫穷，对待双亲显贫穷而对客人却不显贫穷，为的是不暴露寒酸本色。有的能超拔世俗，而最后难以坚持，恐怕不能不投机钻营。

三韭三白

昔人（一）请客，柬以具馔二十七味。客至，则惟煮韭、炒韭、姜醋韭耳。客曰："适云二十七味，可一菜乎？"主曰："三韭非二十七耶？"钱穆父[1]尝请东坡食皛[2]饭，子瞻以为必精洁之物，至则饭一盂、萝卜一碟、白汤一盏。坡笑曰："此三白为皛耶？"相对閧然[3]。三韭三白可为绝对。

【校勘】

（一）昔人："三韭"典出《南齐书·庾杲之传》。南齐人庾杲之为尚书
驾部郎时，"清贫自业，食唯有韭菹、瀹韭、生韭杂菜。或戏之曰：
'谁谓庾郎贫，每食鲜常有二十七种。'言'三九'也"。

【注释】

[1] 钱穆父：即钱勰，字穆父，北宋杭州人，积官至朝议大夫，爵封会稽郡
开国侯。

[2] 晶（xiǎo）：明亮。

[3] 閧然：常作"哄然"，大笑的样子。

【译文】

略。

范氏家风

范氏自文正公贵显，以清苦俭约称于世，子孙皆守其家法。忠
宣正拜 [1] 后，尝留晁美叔 [2] 同匕箸 [3]，美叔退谓人曰："丞相变家
风矣。"或问之，晁答曰："盐豉棋子 [4] 上有肉两簇，岂非变家风
乎？"闻者大笑。

【注释】

[1] 正拜：正式授官。此指正式拜相。

[2] 晁美叔：即晁端彦，字美叔，清丰人，嘉祐二年与苏轼同登进士。

[3] 匕箸：食具，羹匙和筷子。代指饮食。

[4] 盐豉棋子：状如棋子的盐豉。盐豉，即豆豉，用黄豆煮熟霉制而成，常
用以调味。

【译文】

略。

暴殄之报

天宝中，诸贵戚竞进食相尚。玄宗命宦官姚思艺为进食使。水陆珍馐数千盘，一盘费中人十家之产。嗟夫！汉文帝欲作露台，惜中人十家之产而不为；而玄宗以一盘之奉费之。末年失国[1]，出奔至咸阳，日中犹未食，杨国忠市胡饼以献，民始献粝饭[2]，杂以麦豆，皇孙争以手掬食之，须臾而尽，犹未能饱，至相视而泣。前日进食使何在乎？天子不能无暴殄之报，而况于人乎？

【注释】

[1] 失国：指都城长安陷落。国，京都。
[2] 粝（lì）饭：糙米饭。

【译文】

唐玄宗天宝年间，众贵戚争相向皇帝进献食品。玄宗命令宦官姚思艺做进食使。一顿饭山珍海味有数千盘，一盘菜就耗费普通人家十家产业。唉！当年汉文帝想建露台，因舍不得耗费普通人家十家财产而予以放弃；而玄宗为了供奉一盘菜却去耗费。玄宗末年，长安失守，他们出逃到咸阳，时到正午还没有饭吃，杨国忠买来胡饼献给皇帝，百姓开始献上杂以麦豆的糙米饭，皇孙争着用手捧着吃，很快吃光了，还没能吃饱，至于相互对视哭泣。先前的进食使在哪里呢？贵为天子不能因为糟蹋东西而不受报应，何况一般人呢？

文帝却马

文帝时，有献千里马者。文帝曰："鸾旗[1]在前，属车[2]在后。吉行[3]五十里，师行三十里。朕乘千里马，独先安之？"于是还其马与道里费，下诏曰："朕不受献。其令四方毋复来献也。"

【注释】

[1] 鸾旗：天子仪仗中的旗子，上绣鸾鸟，故称。

[2] 属车：帝王出行时的侍从车。

[3] 吉行：为吉事而行。

【译文】

汉文帝时，有人向他进献一匹千里马。文帝说："我出行时，有鸾旗在前面引导，后边跟着侍从的车子。为吉事而行时，一天五十里，出征行军一天三十里。我骑着千里马，独自先要往哪儿跑呢？"于是把千里马及路费还给了那人，下诏说："我不接受进献，还是下令四方不要再来进献东西了。"

见禄来福

见^[1]在之禄^[2]，积自我祖宗，受享不可过尽；将来之福，贻与尔子孙，节约当使有余。

【注释】

[1] 见：后作"现"。

[2] 禄：福。

【译文】

略。

病只在增

其^{（一）}夫好饮酒，其妻必贫。其子好臂鹰，其家必困。剩养一仆，日饭三瓯，岁计千瓯。率是，则必告乏而聚怨。病在于增，不在于损。

【校勘】

（一）其：此则已收于《昨非庵日纂》（二集）"惜福"卷，此又重出，由纂者记忆失误所致。

【译文】

略。

不得老贵

人生未老而享既老之福，则终不得老；未贵而享已贵之福，终不得贵。

【译文】

略。

不似先贤

《喃喃录》[1]云："先府君[2]以八座[3]家居，一敝袴十年不易，绽补几无完处。朱少傅衡岳（一）里居侍养，官已三品，客至或身自行酒[4]。近时贫士，偶猎科名，辄暴殄天物，穷极滋味，服饰起居，无不华焕，袗衣[5]亵服[6]，红紫烂然。至于梳头裹脚，亦使童奴代为，不知闲却两手何用。如此举止，名位安得尊崇？寿命安得长永？一叶之舟载得几许物事？"

【校勘】

（一）朱少傅衡岳：指朱燮元，字懋和，号衡岳，明朝浙江绍兴人，官至兵部尚书，加少保，崇祯朝进少师，谥号襄毅。"少傅"为"少师"之误。

【注释】

[1]《喃喃录》：又名《小柴桑喃喃录》，作者为明代后期陶奭龄。

[2] 先府君：对亡父尊称。此指陶奭龄已故父亲陶承学。陶承学曾任南京礼部尚书。

[3] 八座：明清用作对六部尚书称呼。后世文学作品多以指称尚书之类高官。

[4] 行酒：依次斟酒。

[5] 衵（rì）衣：贴身内衣。

[6] 褻服：家居穿的便服。

【译文】

《喃喃录》说："先父以南京礼部尚书身份退休家居，一条旧裤子穿了十年都没换过，缝补破烂处几乎到处都是。朱衡岳少师在家乡居住侍养双亲，当时他官位已达三品，客人到来，有时亲自依次给客人斟酒。近来一两个贫寒的读书人，偶然猎取科名，就随便糟蹋东西，穷极口腹的欲望，日常服饰，无不华丽光鲜，连贴身内衣和居家便服都红紫灿烂。至于梳头裹脚，也使僮奴代劳，不知闲了两手做什么。这样的做派，名声地位哪里能够尊贵崇高？寿命怎么能够长久？一叶小船能装载多少东西？"

难于立身

今寒士一旦登第，凡舆马仆从饮食衣服之数（一），即欲与膏粱（二）家争为盛丽，秋毫皆出债家。谒选之官（三），债家即随之而至，非盗窃帑藏，朘剥闾阎[1]，何以偿之？及其罢官归休，则恣横于乡党，居间请托，估计占夺，无所不至。安得国有廉吏，乡有端人？昔人言："受恩多，难以立朝。"吾（四）亦曰："举债多，难于立身。"

【校勘】

（一）数：据《小柴桑喃喃录》，"数"乃"类"之误。

（二）粱：为"粱"之误。

（三）官：为"后"之误。

（四）吾：代指陶奭龄。

【注释】

[1] 朘（juān）削闾阎：指盘剥百姓。朘，减少。

【译文】

现在贫寒的书生一旦科举高中，大凡车马仆从饮食衣服之类，就想与富裕家庭争为盛丽，秋毫费用都出于举债而来。选官之后，债主就随之而来，如果不盗窃官库的钱，盘剥百姓，拿什么来偿还？等到他们罢官回家，就在乡间恣意蛮横，居间说人情，算计强占他人财物，无所不至。哪里能够做到国家有廉洁官吏，乡间有正派人物？前人说："接受别人恩惠多，难以在朝堂为官。"我也说："借债多，难于立身。"

毋忘家世

家本农桑，虽宦达，当记得先人栉风沐雨；世守^(一)耕读，纵富贵，莫忘却平日淡饭黄虀^[1]。

【校勘】

（一）守：此联为崇祯朝礼部尚书贺逢圣所撰。"守"原作"原"，从平仄看，以"原"为佳。

【注释】

[1] 黄虀：又名咸虀，为雪里蕻腌制的咸菜。

【译文】

略。

众妙之门

俭之一字，众妙之门：无求于人，寡欲于己，可以养德；淡泊明志，清虚毓神[1]，可以养志；刻苦自励，节用少求，可以养廉；忍不足于前，留有余于后，可以养福。

【注释】

[1] 清虚毓神：清淡虚无，可培育精神。毓，孕育。

【译文】

略。

日繁因由

天下生齿[1]日繁。即以吾族计之，国初始祖仅一人，今男女且万指[2]，相距未三百年，已千倍于曩时。然而山川土田如故，所产之毛不增于前也，而取以供千倍之众，物焉得不尽，人焉得不穷？况又益之以侈靡：以宫室，曩朴斫[3]，今雕镂矣；以衣服，曩疏布，今锦绮矣；以饮食，曩奉宾客多不过六肴，今至加笾[4]无算矣。共此一物也，向一人享之，加撙（一）缩焉；今千人共之，加屑越[5]焉。即神运鬼输，且不能给。此取求所以日急，而盗贼所以日繁也。

【校勘】

（一）樽：为"撙"之误。撙（zǔn），节省。

【注释】

[1] 生齿：古时把已经长出乳齿的男女登入户籍，后借指人口。

[2] 指：食指，指家庭人口。

[3] 朴斫：简单砍削。

[4] 加笾（biān）：礼遇厚于常时。《左传·昭公六年》："夏，季孙宿如晋，拜莒田也。晋侯享之，有加笾。"杜预注："笾豆之数，多于常礼。"笾，竹制食器。

[5] 屑越：轻易捐弃，糟踏。

【译文】

天下人口日益增加。就拿我的家族算来，国初（指明朝初年）始祖仅是一人，现在男女将近万人，相距不到三百年，已是昔时千倍。然而山川土地还是原数，所产指粮食比以前没有增加，却拿来供养千倍的人口，财物哪能不用尽，人们哪能不困窘？何况又加上奢侈：拿房屋来说，原先只是简单砍削，现在雕镂了；拿衣服来说，原先用粗布，现在用锦绮了；拿饮食来说，原先招待宾客至多不过六味菜肴，现在菜肴丰厚得无法计算。共同享用一样多的东西，以前一人享用，还节约着用；现在千人共同享用，却变得随意糟蹋东西。即使鬼神运输，尚且不能供给。这就是取求一天天紧急，而盗贼一天天繁多的原因。

奢华之害

贪得者无厌，总是一念好奢所致。若是恬淡知足，要世间财利何用？清风明月不用钱，竹篱茅舍不费钱，读书谈道不求钱，洁己爱民不要钱，济人利物不余钱。如是存省 [1]，则世味 [2] 脱然，贪心又何自而生乎？奢华损德，奢华折福，奢华害人，戒之哉！

【注释】

[1] 存省：存心省察。

[2] 世味：指对奢华富贵的眷恋。

【译文】

略。

一生得此力

受些穷光景，每事节省尽过得。临事着一"苟"字便坏，自身享用着一"苟"字便安。吾^{（一）}一生得此力。

【校勘】

（一）吾：据《高攀龙年谱》，代指高攀龙。据《高攀龙年谱》，"临事"前夺一"凡"字，"一生得此力"后夺"故随遇而安"五字。

【译文】

略。

食少汗多

佛典^[1]言：思惟此食，垦植耘除，收获蹂治，春磨淘汰，炊煮乃成，用功甚重。计一钵之饭，作夫流汗，集合量之，食少汗多。

【注释】

[1] 佛典：指《大智度论》。

【译文】

佛典上说：思量这饭，经过垦植、耘除、收获、蹂治，春磨、淘汰、炊煮才做成，劳作很多。计算一钵饭，是劳作人辛苦流汗做成，总的衡量起来，食物少而汗水多。

海瑞受贺

海瑞晋南冢宰，以币物^[1]贺者俱不受，名纸用红者，亦以为侈而恶之。邹元标^[2]以青蚨^[3]三十文入贺，出诸袖中。海见之，喜曰：

"如此方是。"乃受之。越数日，置酒酬邹，惟肴四盂，市饼一盘，酒数巡而已。

【注释】

[1] 币物：钱财礼物。

[2] 邹元标：字尔瞻，号南皋，明代江西吉水人，东林党首领之一，谥号忠介。

[3] 青蚨：本为虫名。传说青蚨生子，母与子分离后必会聚回一处，人用青蚨母子血各涂在钱上，涂母血的钱或涂子血的钱用出后必会飞回，所以有"青蚨还钱"之说。后代指铜钱。

【译文】

海瑞晋升为南京吏部尚书后，不接受用财物充当的贺礼，名片用红纸的人，也认为奢侈而厌恶。邹元标拿三十文铜钱来祝贺，从袖子里边拿出时，海瑞看到，高兴地说："像这样才对。"于是接受了。过了几天，海瑞摆酒酬谢邹元标，只有四盘菜肴，一盘买来的饼，几杯酒罢了。

汪度卷之十

汪度卷首题记

淆弗浊，澄弗清，纳斯世入山薮，奚止容卿百倍？喜不形，怒不见，等此身如蕉鹿，任他过客频来。倘唾面愧娄公，呕茵惭丙相，天下事岂可浅衷办耶？纂汪度第十。

宗谔自隐

李翰林昉，其父文正公秉政时^{（一）}，避嫌远势，出入仆马，与寒士无辨。一日中途逢文正公，前驺^[1]不知其为公子，遽呵辱之。是后每见斯人，必自隐蔽，恐其知而自愧也。

【校勘】

（一）李……时：据吕希哲《吕氏杂记》（卷下），为"李翰林宗谔，其
　　　父文正公昉秉政时"。李宗谔，字昌武，深州饶阳人，北宋名相李
　　　昉之子，累拜右谏议大夫。

【注释】

[1] 前驺：指古代官吏出行时在前边开路的侍役。

【译文】

　　李宗谔翰林父亲文正公李昉当宰相时，李宗谔为了躲避嫌疑远离

权势，出入的仆从马匹，与贫寒书生没有分别。一天半路上他遇见父亲文正公出行，为他父亲开路的侍从不知道他是宰相公子，就上前辱骂他。这以后，李宗谔每当见到这个人，必定先躲藏起来，恐怕那人知道自己身份后而自愧。

慎言焚书

方谨言[一]为侍御史，时丁谓贬遣。谨言籍其家，得士大夫书，多干请关通者，悉焚之，不以闻。世称其长者。

【校勘】

（一）方谨言：为"方慎言"，后人为避宋孝宗赵慎讳而改。方慎言，字应之，北宋莆田人，曾任侍御史。

【译文】

方慎言任侍御史，当时丁谓被贬官流放。方慎言籍没丁谓家产时，查抄到士大夫给丁谓的书信，多是请托关说的，把书信全部烧掉，没有上报。世人称他是长者。

浩荡境界

仁人心地宽舒，便福厚而庆长，事事成个宽舒气象；鄙夫念头迫促[1]，便禄薄而泽短，事事得个迫促规模。韩魏公自言其生平未尝见一不好人，可想其浩荡境界。

【注释】

[1] 迫促：狭隘短浅。

【译文】

仁爱的人心地宽厚舒徐，就会福庆深厚久长，事事成个宽厚舒徐气象；鄙陋的人心胸狭隘短浅，就会福泽短暂浅薄，事事得个狭隘短浅规模。魏国公韩琦自己说他生平未曾见到一个不好的人，可以想见他宽广恢弘的境界。

一说便俗

倪元镇[1]既却张士信[2]之请（一）。一日，士信与诸文士游太湖，闻小舟中有异香。士信曰："此必一胜流。"急傍舟近之，乃元镇也。士信大怒，即欲手刃之。诸人力为营救，然犹鞭元镇（二），元镇竟不吐一语。后有人问之曰："君被士信窘辱，而一语不发，何也？"元镇曰："一语（三）便俗。"

【校勘】

（一）请：据冯梦龙《古今笑史》，字后夺"士信深衔之"五字。

（二）镇：字后夺"数十"二字。

（三）语：为"说"之讹。

【注释】

[1] 倪元镇：即倪瓒，字元镇，号云林子，元末无锡人，工诗善画。

[2] 张士信：元末割据军阀张士诚之弟，张士诚称王后，曾任丞相。

【译文】

倪元镇拒绝张士信的请求后，张士信痛恨他。一天，张士信与众文士游太湖，闻到一条小船中有奇异香气。张士信说："这船里必定有一名流。"急忙下令把自己的船靠近小船，发现小船上的人居然是倪元镇。张士信大怒，当即想亲手杀掉他。众人努力营救，可是仍然鞭打了倪元镇几十下，他最终不说一句话。后来有人问他说："你被张士信逼迫污辱，可是一语不发，为什么呢？"倪元镇说："一说便俗。"

蓝田有容

晋王蓝田 [1] 与谢无奕 [2] 以事不相得。谢性粗强，自往数蓝田，肆言极骂。蓝田正色面壁，不敢动。半日，谢去。良久，转头问左右小吏曰："去未？"答曰："已去。"然后复坐。

【注释】

[1] 王蓝田：即王述，字怀祖，东晋太原晋阳（今山西太原市）人，官至尚书令，爵封蓝田侯。

[2] 谢无奕：指谢奕，字无奕，东晋河南太康人，曾任安西将军。

【译文】

东晋的王蓝田与谢无奕因事彼此不和睦。谢无奕性情粗暴固执，亲自前去数落王蓝田，肆意攻击谩骂。王蓝田表情严肃，（转身）面对墙壁，不敢动。过了半天，谢无奕离去。过了好久，他回头问身旁小吏说："走了没有？"小吏回答说："已经走了。"然后坐回原处。

一节之验

樊伷 [1] 叛（一），吴主权召问潘濬，濬请五千兵足成擒。吴主曰："卿何轻之（二）？"濬曰："伷昔尝为州人设馔，比至日中，食不可得，而十余自起，此亦侏儒（三）一节之验也。"濬往，果擒之。

【校勘】

（一）叛：据自冯梦龙《智囊》，字后夺"州督请以万人讨之"八字。

（二）之：据《智囊》，字后夺"甚也"二字。

（三）侏儒一节："侏儒"后夺"观"字。侏儒观一节，比喻能从事物局部观测全貌。出自桓谭《新论·道赋》："侏儒见一节，而长短可知。"

【注释】

[1]樊伷(zhòu)：三国时南阳人，孙权袭杀关羽得荆州后，樊伷为武陵郡从事，后反叛被潘濬擒杀。

[2]潘濬：武陵人，被孙权封为辅军中郎将，平樊伷后官至太常。

【译文】

　　樊伷叛乱，州都督请求以万人的兵力去讨伐，东吴君主孙权召问潘濬。潘濬请求用五千人就能够擒获樊伷。孙权说："你怎么轻视他这样厉害呢？"潘濬回答说："樊伷从前曾经设置酒宴招待州人，可是等到日至中天，还没见酒饭到来，他十几次站起来观望。这也是从一个小事上看出他才能低下的验证。"潘濬率兵出征，果然擒获了樊伷。

器识不凡

　　步骘[1]避乱江东，与广陵卫旌[2]相善，俱以种瓜自给。会稽焦征羌[3]，郡之豪族。骘与旌求食其地，惧为所侵，乃共修刺，奉瓜以献。征羌方内卧，驻之移时。旌欲去，骘止之，曰："本所以来，畏其强也。今去，以为高，只取怨耳。"良久，征羌开牖见之，隐几坐帐中，设席（一），坐骘、旌于（二）外。旌愈耻之，骘辞色自若。征羌自享大案，肴膳（三），骘（四）、旌，惟菜茹[4]而已。旌不能食，骘极餐致饱乃辞出。旌怒曰："能忍此乎？"骘曰："吾（五）贫贱，是以主人以贫贱遇之，固其宜也，当何所耻？"后骘为相，而旌卒以无闻。盖士之致远者，其器识必与凡庸迥异矣。

【校勘】

（一）席：据《三国志·吴书·步骘传》，此字后夺"致地"二字。

（二）于：字后夺"牖"二字。

（三）膳：字后夺"重沓"二字。

（四）罱：字前夺"以小盘饭与"五字。

（五）吾：字后夺"等"字。

【注释】

[1] 步罱：字子山，临淮淮阴人，三国时期吴国著名将领，曾担任丞相。

[2] 卫旌：字子旗，广陵人，三国时官至吴国尚书。

[3] 焦征羌：即焦矫，东汉后期会稽人，曾担任过征羌令，人称焦征羌。

[4] 菜茹：菜蔬。

【译文】

步罱在江东躲避战乱，与广陵人卫旌交好，都靠种瓜谋生。焦征羌家是会稽郡豪族。步罱与卫旌在其地盘上谋生，担心被他侵凌，于是共同备好名帖，带着瓜果前往献给焦征羌。（到达后，）焦征羌正在室内睡觉，两人在门外面等了好长时间。卫旌想要离去，步罱制止他说："我们来的初衷就是畏惧他势力强大。如今拜访未果而离去，就是想表示自己清高，只会与他结怨罢了。"过了很久，焦征羌开窗看见了他们，自己倚靠几案坐在帐中，命人在窗外地上设席位，让步罱与卫旌坐下。卫旌越发觉得耻辱，而步罱神色言谈自若。焦征羌自己享用大案，佳肴美味很丰盛，却用小盘盛饭给步罱、卫旌，只有少许蔬菜茹罢了。卫旌难以下咽，而步罱尽情吃饱后才辞去。卫旌发怒说："能忍受这种侮辱吗？"步罱回答："我等本是贫穷卑贱的人，因此主人用卑贱的礼仪招待我等，本来是应当的。会有什么可耻辱的？"后来罱做了宰相，而卫旌最终没有多大名声。大概读书人能实现远大志向，他的器量与见识必定与平庸人差别很大。

恨不蚤识

陈恭公[1]素不喜欧阳公。知陈州，时欧阳自颖（一）移南京过陈，拒而不见。后公还朝做学士，陈为首相，公遂不造其门。已而，陈出为亳州，罢使相[2]。公当草制，陈自谓必不得其美词。至云："杜门却扫，善避权势以远嫌；处事执心，不为毁誉而更变。"陈大惊喜，曰："使与我相知深者不能道此。"手录一本，寄其门下客李中师^(二)，曰："吾恨不蚤识此人。"

【校勘】

（一）颖：为"颍"之误。

（二）李中师：据《墨庄漫录》，为"李师中"之误。李师中，字诚之，北宋宋州楚丘（今山东曹县）人，曾任提点广西刑狱。

【注释】

[1] 陈恭公：即陈执中，字昭誉，北宋洪州南昌人，累官至同平章事兼枢密使，谥号恭。

[2] 使相：宋代，亲王、留守、节度使等加侍中、中书令、同平章事者，都称为使相，不参预朝政和签署朝政命令，只在朝廷除授大臣的诏令上副署，这种副署多是形式性质的。

【译文】

　　恭公陈执中平素不喜欢欧阳修。陈恭公任陈州知州时，欧阳修自颖州移官南京（今河南商丘），拜访陈恭公，陈恭公拒而不见。后来欧阳修还朝做学士，陈恭公做宰相，欧阳修就没有到其门上拜访。不久，陈恭公调出任亳州知州，罢免了使相。欧阳修正好草拟诏书，陈恭公自认为必定不能获得欧阳修赞美的话。至于诏书中说到："闭门退扫，善避权势来远离嫌疑；处事秉持公心，不为毁誉而更变操守。"陈恭公非常惊喜，说："即使跟我相知深厚的人也不能说出这样的话。"他亲手抄录一份诏书，寄给自己的门下客李师中，说："我遗憾没有早结识这个人。"

东洲教谕

　　胡东洲^[1]提学两浙，时有士子不率教，惩以夏楚^[2]。明年，其人及第翰苑。东洲以述职至京师，其人设席款之，以新得古哥窑盘盏行酒，且曰："此器世所宝，但俗眼不识耳。"应曰："以老夫观之，此器脆薄易破，不若良金美玉之器可为宝也。"其词严而不迫，听者安得不惭？

【注释】

[1] 胡东洲：即胡荣，字希仁，号东洲，明朝江西新余人，官至广西参政。

[2] 夏（jiǎ）楚：教师使用的教鞭。夏，通"檟"。楚，荆条。语出《礼记·学记》："夏楚二物，收其威也。"

【译文】

　　胡东洲任两浙学政，当时有个书生不听从教导，用教鞭惩处了他。第二年，那人考中进士，并进入翰林院。东洲因述职到京城，那人设席款待东洲，拿新得的古哥窑盘盏敬酒，并且说："这件器物是世间的宝物，只是俗眼不认识罢了。"东洲回应："以老夫看来，这件器物脆薄易破，不如良金美玉那样的器物值得看中。"他的话庄重而不紧迫，听话的人怎能不惭愧？

伊川教谕

　　张思叔绎[1]诟詈仆夫。伊川曰："何不动心忍性？"思叔惭谢。

【注释】

[1] 张思叔绎：即张绎，字思叔，北宋寿安（今河南宜阳）人，为程颐高足。

【译文】

　　张绎责骂仆人，伊川先生程颐说："为什么不磨练自己的心性？"张绎惭愧谢罪。

忍含万善

佛言[1]:"重以恶来者,吾重以善往。福德之气,常在此也。"白沙[2]诗曰:"若无天度量,争得圣胚胎?"朱仁轨[3]曰:"终身让路,不枉百步;终身让畔[4],不失一段。"谚曰:"忍事敌灾星。"又曰:"戒酒后语,忌食时嗔;忍难忍事,顺不明[5]人。"内典[6]曰:"忍含万善,默定千差[7]。"尤隐括[8]奥妙。

【注释】

[1] 佛言:后面的两句话出自《佛说四十二章经》。

[2] 白沙:即陈献章,字公甫,号石斋,广东新会人,明代理学家,因曾居白沙村,人称白沙先生。所引诗句出自《赠黎萧二生别》。争得,怎得。

[3] 朱仁轨:字德容,唐代永城人,终生未仕,隐居养亲,私谥孝友先生。

[4] 让畔:古代传说由于圣王的德化,种田人互相谦让,在田界处让对方多占土地。

[5] 不明:痴顽。

[6] 内典:佛教徒称佛经为内典。

[7] 千差(cī):各种纷乱。

[8] 隐括:概括。

【译文】

略。

礼食孰重

陈镐[1]督学山东,夜至济阳公馆。庖人供膳,忘置箸,恐怒责,请启门外索。公弗许,庖人乃削柳条为箸。公曰:"礼与食孰重?"竟不夜餐,啖果数枚。

【注释】

[1] 陈镐：字宗之，号矩庵，明朝会稽人，官至右副都御史。

【译文】

陈镐任督学山东时，曾经在夜里到达济阳公馆。厨师上饭，忘记放筷子，担心陈镐发怒责罚，请求开门到外面找筷子。陈镐不答应，厨师就把柳条削为筷子。陈镐说："礼法与吃饭哪个更重要呢？"最终他没有吃夜餐，只吃了几个果子。

文康不辩

嘉靖初，言官联疏劾梁文康[1]假宸濠护卫兵。公不辩，惟曰："余只致仕去已矣。"不论卫兵事由也。久之，始知主其事者杨石斋[2]。

【注释】

[1] 梁文康：即梁储，字叔厚，号厚斋，明代广东顺德人，官至吏部尚书，谥文康。
[2] 杨石斋：即杨廷和，字介夫，号石斋，明代成都府新都人，官至首辅。

【译文】

嘉靖初年，言官联名上疏弹劾文康公梁储给宁王朱宸濠拨发护卫兵。梁储没有为自己辩白，只说："我只退休离去罢了。"不分辩卫兵事由。过了好久，才知道主持那事的是杨石斋。

亦与进呈

李春芳[1]廷试后，同志集饮。适某堂上[2]遣官至，延入内，与语而别。人皆知来报传胪[3]之信，贺之，李坦然曰："谓拙卷亦与进呈之列耳。"神色不动。

【注释】

[1] 李春芳：字子实，号石麓，明代扬州兴化人，隆庆朝官至内阁首辅，谥文定。

[2] 堂上：官署长官。

[3] 传胪：进士殿试后，按甲第（亦即考试成绩先后排名）唱名传呼召见。

【译文】

李春芳参加殿试后，同年集会饮酒。适逢某官署长官派遣官员到来，把李春芳请入内室，谈话后别去。人们都知道报告高中的信使到了，向他祝贺，李春芳坦然地说："我的考卷也被进呈给了皇上。"神色不变。

程皓有德

程皓[1]性周慎，不谈人短。每于侪类中见人有所訾，未曾应对，候其言毕，徐为辩曰："此皆众人妄传，其实不尔。"更说其人美事。曾于席（一）坐被人酗骂，席上愕然，皓徐（二）避之，曰："彼人醉耳，何可与言？"

【校勘】

（一）席：据宋代王谠《唐语林》，为"广"之讹。

（二）徐：据《唐语林》，此字后夺"起"字。

【注释】

[1] 程皓：唐朝中期人，曾任太常博士、检校刑部郎中等官。

【译文】

程皓生性周密谨慎，不谈论别人短处。每逢同辈中见到有人说他人坏话时，他从不回应，等那人说完后，慢慢地为他人分辨说："这都是大家胡乱传说，那事实不是这样。"然后再说一番他人的好处。他曾在稠人广众中被酗酒的人辱骂，席面上的人都惊愕，程皓慢慢站起身来躲避那人，说："他喝醉了，怎么可以和他计较呢？"

子仪谕下

郭子仪据兵方镇[1]，尝奏除一官，不报，僚佐意不能平。子仪曰："自兵兴(一)来，方镇武臣多跋扈，凡有求，朝廷委曲从之；此无他，疑之也。今子仪所奏事，人主以其不可从，置之，是不以武臣相待而亲厚之也，诸君可贺矣。"

【校勘】

（一）兴：字后夺"以"字。

【注释】

[1] 方镇：指掌握兵权、镇守一方的军事长官。

【译文】

郭子仪任地方军事长官统帅军队时，曾经上奏授给一人官职，朝廷没有批复，他手下僚佐心怀不平。子仪说："自战乱以来，方镇武将多骄横跋扈，凡有所求，朝廷委曲听从；这没有别的，疑心罢了。现在我郭子仪上奏的事情，君主认为不可以听从，就作罢，这是不把我看成跋扈的武将，而亲近厚爱我，各位可向我道贺。"

不吝瑰宝

裴行俭[1]初平都支[2]、遮匐[3]，获环(一)宝不赀。蕃酋将士愿观焉，行俭因宴，遍出示坐者。有玛瑙盘广二尺，文彩粲然，军吏趋跌，盘碎，惶怖，叩头流血。行俭笑曰："尔非故也，何至是？"色不少吝。

【校勘】

（一）环：据《新唐书·列传第三十三》（卷一百二十一），为"瑰"之误。

【注释】

[1] 裴行俭：字守约，唐朝绛州闻喜人，高宗时名臣。

[2] 都支：即阿史那都支，突厥人，西突厥的十姓可汗。

[3] 遮匐：即李遮匐，西突厥首领，姓阿史那氏，降唐后赐姓李。

【译文】

　　裴行俭当初平定都支、遮匐，获得价值无法计算的瑰宝。蕃酋将士希望看看，裴行俭于是摆下宴会，把瑰宝都拿出来给在座的人观看。有个玛瑙盘宽二尺，花纹灿烂，拿盘子的军吏走路跌倒，把盘子摔碎了，非常害怕，叩头至于流血。裴行俭笑笑曰："你不是有意摔碎，怎么至于这样？"没有一点吝啬表情。

假称飞虫

　　神宗[一]一日御垂拱殿，御衣有虫自襟沿至巾。帝拂之至地，亟曰："此飞虫也。"

【校勘】

（一）神宗：此则采编自《续资治通鉴长编》（卷二九八），由于苟且省简，致使表意不明。原文："元丰二年五月癸酉，群臣奏事垂拱殿，见御衣有虫自襟沿至御巾，上既拂之至地，视之，乃行虫，其虫善入人耳，上亟曰：'此飞虫也。'盖虑治及执侍者而掩之，实非飞虫也。"行虫，爬行的虫子。

【注释】

[1] 垂拱殿：宋代皇宫大殿名称，乃皇帝平日处理政务、召见众臣之所，于福宁殿南。

【译文】

　　略。

天和有容

刘庄襄公天和[1]总制三边[2]，时驰健卒取其孤孙暨一孤侄抚于任。过华州，仆夫偶棰门役。役者肤诉[3]，守怒，弗为礼，封扃其门，即薪米不为供。二孤至饥渴甚，令从者窃踰垣，乞食素所知家(一)，微遯[4]去。守随投牒公所，备陈纵仆虐门役状。二孤抵任，则环公夫人泣诉为守苦，夫人甚心怜之。未几，守以事谒公，家众跂足侧窥，计必督过守。公乃礼遇有加，后复特荐其贤能于朝。

【校勘】

（一）知家：据张萱《西园闻见录》，为"知交家"之误。

【注释】

[1] 刘庄襄公天和：即刘天和，字养和，号松石，明朝湖广麻城人，官至兵部尚书，谥庄襄。

[2] 总制三边：明代特有的官职名称，后改为"总督陕西三边军务"。三边为延绥、宁夏和甘肃三镇。

[3] 肤诉："肤受之诉"的略语。切肤般地控诉。

[4] 遯：同"遁"。

【译文】

庄襄公刘天和任三边总督，当时派精壮的士卒把他唯一的孙子及唯一的侄子接到官任上抚养。路过华州时，仆从偶或鞭打看门人。看门人把自己遭受的痛苦向知州控诉，知州大怒，对他们不加礼遇，封锁了住所大门，即使是柴火米粮也不供应。孙子和侄子饥渴得厉害，让仆从偷偷地翻墙而出，向平素有交情的人家讨饭吃，暗中逃出华州。知州随即向刘天和的衙门投递公文，详细陈述他们放纵奴仆虐待看门人的情况。孙子和侄子到达任所，围在刘天和夫人身边哭诉被州官折磨的情况。夫人很是心疼他们。不久，知州因公事来拜见刘天和，刘家许多人都抬起脚后跟从旁边偷看，心想刘天和一定会责罚知州。刘天和竟然对知州礼遇有加，后来又特意向朝廷推荐说他有才能。

学须反己

一士人尝动气责人，王阳明儆之曰："学须反己，勿徒责人。能反己，方见自己有许多未尽处，何暇责人？舜能化象，其机栝[1]只是不见象的不是。若要正他奸恶，则文过掩慝[2]，乃恶人常态，反去激他恶性起来，如何感化得他？若能于己用功，则恶人自化，何动气之有？"

【注释】

[1] 机栝：计谋，心思。

[2] 掩慝（tè）：掩饰邪恶。

【译文】

一个书生曾经生气责备他人，王阳明警戒他说："修养要反求自己，不要一味责备别人。能反求自己，才能看见自己有许多没有做到位的地方，哪有闲暇责备别人？舜能感化桀骜不逊的弟弟象，他的心思只是不见象的不是。如果要纠正他的奸恶，他就会掩饰过错邪恶，这是恶人常态，反而把他的恶性激发起来，怎么能够感化他？如果能在自我修养上下功夫，那么恶人会自我转化，哪里还会生气？"

观于山水

尝观山势高峻直截，生物必不畅茂；其势奔赴溪谷合辏[1]回环者，草木必蕃。盖高峻者气散难聚，故生物力薄；回环者元气蓄藏独多，故生物力厚。水亦然。滩石峻则水急，而鱼鳖不留；渊潭深，则鱼鳖之属聚焉。以是验人，其峭急浅露者，必不能容物，作事亦（一）

轻易而寡成；宽缓深沉者，于物无所不容，作事则安重有力^(二)。善学者观山水之间，可以进德矣。

【校勘】

（一）亦：据明代薛瑄《读书录》，为"则"之讹。

（二）力：字后夺"而事必成"四字。

【注释】

[1] 合辏：聚集。

【译文】

　　曾经看到山势高峻陡峭处，生长的东西必定不茂盛；那山势舒缓溪谷聚集环绕处，草木必定繁茂。大概山势高峻，气散难聚，所以生长东西的力量薄弱；山势回环处元气蓄积独多，所以生长东西的力量深厚。水也是这样。滩石陡峻就水流湍急，而鱼鳖不能居留；潭水深，则鱼鳖之类就能聚集。拿这个来检验人，那些性情急躁没有涵养的，必定不能容人，作事就轻率而少有成就；性情宽缓涵养深沉的，于人无所不容，作事就稳重有力而事情必定成功。善长学习的人在山水之间观察，可以让德行进步。

皇甫德薄

　　唐皇甫湜[1]恃才傲物，为郎时，乘酒使气忤同列。及醒，不自适，求分务东洛。值伊澜[2]岁歉，俸微，困悴且甚。裴度时保厘[3]洛宅，辟为留守府从事。修福先寺，将致书白居易为碑。湜在座，大怒曰："近舍湜而远就居易，何也？"度婉词谢曰："初不敢以仰烦长者，虑为大手笔见拒。今既尔，是所愿也。"湜即请斗酒，饮酣，立就。度赠车马缯采甚厚。湜叱使者曰："自吾为顾况集序，未尝许人。今碑字三千，字值三缣，侍中何遇我薄耶？"度卒如数酬之。尝为蜂螫指，购小儿敛蜂，捣取其液^(一)。一日命子录诗，一字误，诟跃呼杖，杖未至，则啮臂血流。其暴戾若此。故虽为文古雅，而举世薄之。

【校勘】

（一）液：此则来源于唐朝高彦休《阙史》，文字出入极多。据《阙史》，此字后夺"以酬其痛"四字。

【注释】

[1] 皇甫湜：字持正，唐朝睦州新安（今浙江淳安）人，散文家、诗人。
[2] 伊瀍（chán）：伊水与瀍水，位于河南，均入洛水，也指该两河流域地区。
[3] 保厘：治理百姓，保护扶持，使安定。

【译文】

唐朝人皇甫湜仰仗自己有才能瞧不起别人，任郎中时，乘酒使气，冒犯同事。等到醒酒后，自己觉得不自在，请求到东都洛阳去任职。正赶上伊水、瀍水流域欠收，皇甫湜薪俸低微，生活非常困顿愁苦。裴度任东都留守，施行保民安政措施，聘请他为留守府幕僚。裴度出资修葺福先寺，将要写信请白居易为重修的佛寺写碑文。当时，皇甫湜也在座，大怒说："舍弃近在你身旁的皇甫湜，远求白居易，为什么呢？"裴度委婉地向皇甫湜表示歉意说："起初，我不好意思有劳老先生。考虑您是大手笔，怕遭到您拒绝。现在既然您提出愿意撰写碑文，这也是我的初衷。"皇甫湜当即要了一斗酒，乘着醉意挥笔撰写碑文，一气呵成。裴度赠给皇甫湜车马织物，很优厚地答谢他。皇甫湜斥责送礼物的使者说："自从给顾况的集子写过序外，还没有再为什么人写过。碑文有三千字，每个字需付润笔费三四缣，侍中为什么薄待我呢？"裴度最后如数酬谢。皇甫湜曾被蜂子螫了手指，就花钱雇小孩捉蜂子，把蜂子捣碎，取出汁液，来解除螫手的愤怒。一天，皇甫湜让他儿子抄录诗歌，发现有一个错字，跳跃大骂，要拿棍棒来责打，一时找不到棍棒，用牙将儿子的手臂咬得淌血。皇甫湜性情急躁乖戾，就像这样。因此，虽然他写得文章很古雅，世人都看不起他。

尽可优容

观世间极恶事，则一眚[1]一慝[2]，尽可优容；念古来极冤人，则一毁一辱，何须计较？

【注释】

[1] 一眚（shěng）：小过失。眚，本指目病生翳，引申为过错。
[2] 一慝（tè）：小邪恶。

【译文】

看见过人世间罪大恶极的事，那么对那些不大的过失和邪恶，尽可以宽容；一想起古往今来蒙受奇冤大苦的人，那么对一点毁谤侮辱，哪里值得计较？

难避诋毁

释迦蒙诋调达[1]，何况凡夫？仲尼见毁叔孙[2]，宁论中士？太虚无物，随他把火烧空[3]；群小流言，任彼弯弓射影。

【注释】

[1] 调达：《佛说太子墓魄经》中的婆罗门，叫调达，与佛陀世世为怨。
[2] 叔孙：即叔孙武叔，姬姓，叔孙氏，名州仇，谥号武，史称叔孙武叔，曾多次诋毁孔子。
[3] 把火烧空：与后文"弯弓射影"意思一样，均指徒劳无益。把，拿。

【译文】

释迦牟尼蒙受调达诋毁，何况是一般人？孔子被叔孙武叔毁谤，普通人怎么值得说？天空没有东西，随他举火烧空；众多小人散布流言，任其弯弓射影。

羊侃宽厚

羊侃[1]还至涟口，遇友张孺才，置酒舟中。孺才醉后失火，延烧十[(一)]余艘，所燔金帛不可胜数。侃怡然不介意，孺才惭惧自逃。侃慰使还，待之如故。

【校勘】

（一）十：据《南史·羊侃传》，该字前夺"七"字。

【注释】

[1] 羊侃：字祖忻，泰山梁父（今山东泰安）人，南朝梁名将。

【译文】

羊侃返回涟口（在今江苏省涟水县）遇到友人张孺才。羊侃在舟中设酒招待他。张孺才醉后失火，连带烧了七十多艘船，烧毁金银财帛不计其数。羊侃听说后心情平和，不以为意。张孺才既惭愧又害怕，便逃走了。羊侃派人安慰他，让他回来，仍像当初一样对待他。

成全之境

处家制事，遭一番魔障，益长一番练达；御人接物，容一番横逆，益增一番器度。此皆动心忍性，成身成德之境，不可轻易视过。

【译文】

略。

性躁害事

细观理乱绳，知性躁者之害事。

【译文】

略。

养深与大

自家好处，要掩藏几分，这是含蓄以养深；别人不好处，要掩藏几分，这是浑厚以养大。

【译文】

略。

昭符雅量

陆昭符[1]郡（一）刺史，一日坐厅事，雷雨暴至，电光如金蛇绕案，左右皆震仆。昭符自若，抚案叱之。雷电忽散，得铁索重百斤许，徐命纳库中。人服其雅量。

【校勘】

（一）郡：据明代陆应阳所辑《广舆记》，字前夺"为"字。

【注释】

[1]陆昭符：据《江南通志》载，金陵人，五代时曾任南唐常州刺史，后归北宋。

【译文】

陆昭符任郡刺史时，一天坐在办公厅里，雷雨突然到来，电光像金蛇一样缠绕桌案。身边人都被震倒，他神情自若，抚案呵斥。雷电忽然散去，看到厅堂上多了一条重百斤左右的铁索，他不慌不忙地下令把铁索收入库房。人们佩服他有雅量。

才器诚服

当^{（一）}繁迫时，使聋聩人；值追逐时，驰瘦病马；对昏残灯，理烂乱丝。而能意念不焦，声色不动，亦不后事^[1]者，其才器真不可及。

【校勘】

（一）当：此则采编自晚明学者吕坤《呻吟语·应务》，错讹多处。原文为：当繁迫事，使聋瞽人；值追逐时，骑瘦病马；对昏残烛，理烂乱丝。而能意念不躁，声色不动，亦不后事者，其才器吾诚服之矣。

【注释】

[1] 后事：耽误事。

【译文】

略。

不可蹊刻

张九龄以功名忠义奋振一时，可谓君子矣。然或者谓其处士大夫之有辜者，必致穷绝之地，以故一念不洪，遂至无嗣。人心不可蹊刻^[1]如此。

【注释】

[1] 蹊刻：刻薄。

【译文】

张九龄凭借功名忠义名扬一时，可算是君子。可是有人认为他对待有罪的士大夫，必定致使他们身陷绝境，因为一个念头不够宽宏，于是绝后。人心不可像这样刻薄。

费祎对弈

费祎[1]当魏军次于兴平,祎(一)率众往御。光禄大夫来敏[2]至祎许[3]别,求(二)围棋。于时羽檄交驰,严驾[4]已趣(三),祎从容对弈,无厌倦意。敏曰:"聊(四)试卿耳,信自可人,必能辨(五)贼。"

【校勘】

(一)祎:此当为衍字。

(二)求:据《三国志·费祎传》,此字后夺"共"字。

(三)趣:为"讫"字之讹。

(四)聊:此字后夺"观"字。

(五)辨:为"办"之讹。因"办"字繁体"辦"与"辨"形体相近。

【注释】

[1] 费祎:字文伟,江夏鄳(méng)县(今河南罗山)人,封成乡侯,三国蜀汉名臣。

[2] 来敏:字敬达,义阳新野人,三国时曾任蜀汉官员。

[3] 许:处。

[4] 严驾:指整备车马。

【译文】

费祎在魏军驻扎兴平时,率领军队前往御敌。光禄大夫来敏来到费祎处告别,要求和费祎一起下围棋。当时军书纷驰,车驾已经整备停当,费祎从容对弈,没有疲倦神色。来敏说:"姑且观察试试你罢了,确实令人满意,必定能打败敌人。"

牧有仁心

钟离牧[1]居永兴,躬自垦田,种稻二十余亩。临熟,县民有识认之，牧曰："本以田荒，故垦之耳。"遂以稻与县人。县长闻之，召民系狱，欲绳以法，牧为之请。长曰："君自行义事，仆当以法率下，何得寝公宪而从君邪？"牧曰："此是郡界，缘君意顾，故来暂住。今以少稻而杀此民，何必(一)复留？"遂出装，还山阴。长自往止之，为释系民。民惭惧，率妻子春所取稻得六十斛米，送还牧。牧闭门不受。民输置道旁，莫取者。

【校勘】

（一）必：据《三国志·吴书·贺全吕周钟离传》，为"心"之误，因形近致讹。

【注释】

[1] 钟离牧：字子干，会稽郡山阴县人，三国时期吴国将领，封都乡侯。

[2] 郎署：汉唐时宿卫侍从官公署。

【译文】

钟离牧在永兴县居住，亲自开垦田地，种二十多亩稻子。稻米将要成熟时，有一个县民向钟离牧声称土地是他的，钟离牧说："本来认为是荒田，所以才开垦耕种。"于是把稻子交给那人。永兴县长听说后，将该县民收捕入狱，要依法处罚，钟离牧却为他求情。县长说："你自做仁义的事情，我应用法令约束百姓，怎能舍弃国家法令而顺从您的心愿呢？"钟离牧说："这里是会稽郡内，我因你眷顾百姓，所以才来暂住。你现在却因少许稻谷而杀这百姓，我还怎能有心留在这儿？"钟离牧说完，出来整顿行装，准备回故乡山阴县。县长亲自前往家门劝阻他，并将那位关押的县民释放。那县民感到十分的惭愧和畏惧，带领妻儿把那些稻子春成六十斛米，送还钟离牧，钟离牧关起门不接受，那位县民把米运到他家路边，无人拿取。

吴良不谄

吴良[1]以清白守正称，为郡议曹掾[2]。正旦，掾^(一)吏入贺，门下掾王望举觞上寿曰："齐郡遭罹盗贼，今明府视事五年，家给人足。"良跪曰："门下掾佞谄，明府勿受其觞。盗贼未尽，人庶困乏，今良为议曹掾尚无袴。"望曰："议曹惰窳[3]，自无袴，宁是为不家给人足耶？"太守以良言是，赐良鳆鱼[4]百枚。

【校勘】

（一）掾：此处及下文的"掾"，均为"掾"字之误。

【注释】

[1] 吴良：字大仪，东汉齐国临淄人，初为郡吏，后为议郎。
[2] 议曹掾：郡守属吏，简称"议曹"。
[3] 惰窳（yǔ）：懒惰懈怠。
[4] 鳆鱼：即鲍鱼。

【译文】

吴良凭借廉洁清白操守正直被称道，担任郡里的议曹掾。大年初一，掾吏进入郡守的府邸拜年，门下掾王望举杯祝贺说："齐郡遭遇盗贼，现今郡守上任五年来，家给人足。"吴良跪下说："门下掾奸佞谄媚，明府您不要接受他的祝酒。盗贼没有平息，民众困乏，现在我吴良身为议曹掾尚且没有完好的裤子。"王望说："议曹懒惰懈怠，本应没有完好的裤子，难道因为这个就不是家给人足了吗？"太守认为吴良说得对，赐给吴良百只鲍鱼。

不责醉人

张庄懿公鎣[1]为南京参赞，时有妄少年醉辄侮骂人，市之人不堪也。会公出，少年饮既醉，众绐之曰："而能夺取尚书藤[一]，不能不得谓而豪。"少年踉跄当前导，掣公一藤去，公不问。明日，酒既醒，视之，则尚书藤也。怖欲死，乃自反接，长跪，以藤置其首，候公于途。俄传呼尚书来，则双藤缺一矣。公见跪者，问故，仍收起藤，遣之。

【校勘】

（一）藤：不知此则出处，据文意此字后当夺"谓而豪"三字。藤，藤棒，仪仗用物。

【注释】

[1] 张庄懿公銮：即张銮，字廷器，明松江府华亭县人，官至南京兵部尚书，谥庄懿。

【译文】

　　庄懿公张銮任南京兵部尚书，参与机务，当时有个狂妄的年轻人醉酒后就侮辱责骂他人，市上的人不能忍受。正好碰上张銮外出，那年轻人已经喝醉，众人诓骗他说："你能夺取尚书的藤棒就算你是英豪，不能的话就不能算你是英豪。"那青年人踉踉跄跄面对张銮的引路人，抽出一根藤棒离去，张銮没有过问。第二天，酒醒后，他看那藤棒，才发现是张銮尚书的。他害怕得要死，就自己反捆，跪直身子，把藤棒顶在头上，在路上等候张銮。不久传来尚书到来的喝道声，看到尚书的仪仗两根藤棒缺一根了。张銮看见有人长跪，问明因由，仍旧收好藤棒，把那人打发走了。

不计窘辱

　　蒋给事性中[1]清贫，刻厉家居。尝驾一小舟入城，只带村仆二人。遇潮落，水逆，船不得进。遣二仆上岸牵挽，蒋自到舟尾梢船[2]。

适一粪船过，偶触之。蒋本村仆，乡人不知，大加窘辱。二仆厉声言曰："此是蒋老爹，如何无礼？"蒋骂家人曰："奴哄人，此处那得个蒋老爹？"促家人牵船径去。

【注释】

[1] 蒋给事性中：即蒋性中，字用和，号检庵，明朝华亭人，初任兵科给事中，官至江西布政司参议。

[2] 梢船：撑船。

【译文】

给事中蒋性中清贫，家居时严格要求自己。他曾经驾一条小船进城，只带两名村仆。遇到潮落，逆水行船，船不能前进。他命令两名仆人上岸拉船，蒋性中亲自到舟尾撑船。适逢一条运粪船经过，蒋性中的船偶然碰到了运粪船。蒋性中本是村仆装束，乡人不知，大加窘迫污辱。两名仆人厉声说："这是蒋老爹，怎么这样无礼？"蒋性中骂家人说："奴才骗人，这里哪会有个蒋老爹？"催促家人拉船，径直离去。

宋瑛睦邻

宋南野瑛[1] 为御史，极有风裁。还家，家有牛蹊柳氏田。柳氏格杀牛而遣其子弟诣毁，君敕家人无出与竞。柳氏有狂子，醉骂良久，跃(一)入水中。瑛使人援出之，易以己衣，迎之上坐，谓曰："与而家世好，即奈何以小忿堕(二)之？"呼牧牛儿鞭之数十，使人以肩舆送柳氏子归，且谢其父老。其父老大惭。

【校勘】

(一) 跃：此则又见于明末清初吴肃公《明语林》。据此，为"堕"字之讹。

(二) 堕：据《明语林》，为"弃"字之讹。

【注释】

[1] 宋南野璟（lì）：即宋璟，字克纯，号南野，明朝松江府华亭县人，曾任御史。

【译文】

　　宋璟担任御史时，极有风度。家居时，家里有牛糟蹋了柳家庄稼。柳家把牛打死并且派遣其子弟诟骂诋毁，宋璟命令家人不要出去与柳家争竞。柳家有个狂妄子弟，醉骂好久，堕入水中。宋璟让人把他救出，给他换自己的衣服，把他迎到上座，对他说："与你家世代友好，怎么因小的愤怒就抛弃这友好呢？"叫来牧牛儿鞭打几十下，让人用轿子送这柳家子弟回家，并且向柳家父老道歉。柳家父老非常惭愧。

忍是快活路

　　《忍辱撮要》[1]云：忍是快活路，世上少人行（一）。舌柔常在口，齿折只为刚。思量这忍字，好个快活方。片时不能忍，烦恼日月长。愚浊生嗔怒，皆因理不通。休添心上焰，只作耳边风。长短家家有，炎凉处处同。是非无实相，究竟终成空。

【校勘】

（一）行：此则采编自《归元直指集·劝行忍辱撮要》部分。此字后夺"忍是心之宝，不忍身之殃"两句。

【注释】

[1]《忍辱撮要》：即《劝行忍辱撮要》，明朝和尚宗本撰。

【译文】

　　略。

雅量消灾

临江胡季山祖秘校[1]，与客围棋。有佃客恶声相加，问之，曰："来算簿。"公曰："少待。"未几，其人直前推局，大骂。客不堪，怒。公（一）诘曰："想尔不欠租，欲勾薄乎？"曰："然。"公即取簿勾之，仍与斗米遣焉。还至半途，遇其妻抱子号哭而来，问何以不死，即言其故，入门气绝。盖服毒来也，不忍祸立见矣。

【校勘】

（一）公：据明朝王同轨《耳谈》，字后夺"徐"字。

【注释】

[1] 秘校：秘书省校书郎。

【译文】

临江胡季山祖父曾任秘书省校书郎，一天与客人下围棋。有佃客恶声相加，问他，回答说："来算账。"季山祖父说："稍微等待一下。"不久，那人径直上前推翻棋局，破口大骂。客人不能忍受，大怒。季山祖父慢慢地说："想来你不欠租子，想销账吗？"那人说："是这样。"季山祖父当即取过账簿勾掉，还给一斗米把他打发走。回到半路上，遇到他的妻子抱着孩子号哭而来，问他为什么没有死去，那人就对妻子说了那缘故，入门气断。大概是服毒后来的，不忍的话祸患立刻就会出现。

不及刘邦

沛公见秦宫室子女[1]，欲居之，器亦小。但肯从谏亟还，终有天下。英布一见踞床，即悔欲自杀。及得供御如汉王，便大喜过望[2]。易歉易盈，宜其及矣。

【注释】

[1] 子女：美女。

[2] 英布……望：语出《史记·黥布列传》。原文："淮南王（指英布）至，上方踞床洗，召布入见，布大怒，悔来，欲自杀。出就舍，帐御饮食从官如汉王居，布又大喜过望。"

【译文】

沛公刘邦见到秦朝的宫殿美女，想要占有，器量也小。只是他肯听从谏言急忙出宫，最终拥有天下。英布一见刘邦箕踞床上，就后悔得想要自杀。等到他看到待遇像汉王，就大喜过望。轻易不满轻易满足，最后的结局（因反叛被杀）是应该的。

神闲意定

刘元城于杀己者钟声不闻，鼾鼻熟睡；薛敬轩[1]缚至西市，神色自若；韩琦问"谁杀我，持吾头去"。三公颠沛时，神闲意定如此，卒亦未罹其害。

【注释】

[1] 薛敬轩：即薛瑄，字德温，号敬轩，河津（今山西万荣）人，明代理学家，河东学派创始人，谥文清。

【译文】

刘元城（刘安世号元城）在有人杀自己时连钟声都听不到，鼾声如雷；薛敬轩被绑缚至西市，神色自若；韩琦问"谁杀我，把我的头拿去"。三位遭受困顿时，神闲意定像这样，最终也没有遇害。

必有福寿

遇事而能静能忍，其人必福寿。何者？静忍，则思虑宛曲[1]而事必成，酬应安闲而祸不作，福寿不亦宜乎！先正 [2] 有言："凡矜己忌人，粗疏执拗，及浮誉即作沾沾之态，小不堪即呈忿忿之色者，皆薄命之人也。盖为此等人，事必不能成，祸必不能免。夫人而无成事之门及免祸之道，非命薄而何？"

【注释】

[1] 宛曲：本义为曲折婉转。此指详尽周密。

[2] 先正：泛指前代贤人。

【译文】

遇事而能静能忍，那人必定有福而长寿。为什么呢？能静能忍，就会思虑周详而事情必定成功，酬应安闲而祸事不起，有福长寿不也应该吗？先贤有话说："大凡夸耀自己嫉恨他人，粗疏执拗，及有点虚名就沾沾自喜，小有不忍就呈现愤愤不平之色，都是薄命人。大概作为这类人，事情一定不能成功，祸事一定不能避免。人如果没有成事的门径和没有免祸的方法，不是薄命是什么呢？"

应对横逆

凡有横逆 [1] 来侵，思 (一) 所以取之之故，即思所以处之之法，顺而受之，不可便动性气。遭一番魔障，长一番练达；容一番横逆，增一番器度。

【校勘】

（一）思：据茅坤《呻吟语》，此字前夺一"先"字。

【注释】

[1] 横逆：横暴无理的行为。

【译文】

大凡有横暴无理的行为来侵犯，先思考招致其到来的原因，继而思考应对办法，顺应形势从而接受，不可轻易生气。遭受一番魔难，增长一番练达；容忍一番横逆，增大一番器度。

蘅斋雅量

潘蘅斋[1]公一日乘肩舆出，与人偶触一狂生，狂生逐(一)舆谩骂，抵舍入厅，毁其椅(二)而去。明日学师闻之，率狂生来请罪，先生曰："昨趾未曾出户也，安得有谩骂而毁器者？"谢学师，送之出，狂生羞而欲死。

【校勘】

（一）逐：据清代李延柏撰《南吴旧话录》，字前夺"乘醉"二字。
（二）椅：此字前夺"桌"字。

【注释】

[1]潘蘅斋：即潘允哲，字伯明，别号蘅斋，明朝后期华亭人，官至学政。

【译文】

潘蘅斋公一天乘小轿外出，轿夫不经意碰到一位狂妄的书生，狂生乘醉追赶轿子谩骂，到家入厅，毁掉潘蘅斋的桌椅后离开。第二天官学的老师听说后，带领那狂妄的书生来请罪，先生说："昨天我不曾出门，哪里会有遭受谩骂毁坏器物的事？"潘蘅斋与学师道别，送他们出去，那狂妄的书生羞愧得要死。

时中忍骂

曹公时中[1]邻有悍生，修其先世怨，以垩书公名于牛后，向其童而加挞，因极口肆詈^(一)。童归以告，公徐曰："人詈我而若述之，是重詈我也。速往谢彼：'无劳君^(二)齿颊，吾仆也不敢传言。'"生不能难，然必欲逞志乃已。公每于日小迁，则幅巾倚杖，独立门屏^(三)。生修尺一，若为候者，而中则痛诋极毁。俟公出时，令人跽上之。公不发，曰："候我童来。"既而从者至，命火燔之，曰："知若主于我无慰好言也，老年人不能答，聊自解耳。"生愧而止。

【校勘】

（一）詈：据明人杨慎《艺林伐山》，字后夺"欲以激公怒"五字。

（二）君：为衍文。

（三）屏：字后夺"之"字。

【注释】

[1] 曹公时中：即曹节，字时中，明代松江华亭人，官至浙江按察副使，书画家。

[2] 小迁：古人认为日出于旸谷，至昆吾而日光正中，至西南方鸟次之山，则日光偏西，称"小迁"。

【译文】

曹时中有个凶悍的邻居，因为祖上与曹家有旧怨，就用白石灰把曹时中的名字写在牛屁股上，面对童仆然后鞭打那头牛，并对曹时中极尽谩骂。童仆回去后把（这事）告诉曹时中，曹时中慢慢说："别人骂我，你再转述，这是又骂了我一次。你快去向那人道歉：'你不要再费口舌了，我是仆人，不敢传话。'"他邻居发现不能激怒他，可是一定想要满足自己的心愿才罢休。曹时中每天在日头偏西时，就头戴幅巾，扶握手杖，独自站在大门前回避那邻居。那邻居就写了一封信，像是拜访曹时中的样子，那信实则是痛骂诋毁他。等到曹时中出门时，让人长跪递给曹时中。曹时中并不打开信看，说："等从人来了再说。"不久，侍从到来，曹时中命令把信烧掉，对送信的人说："我知道你主人对我没有好话说，老年人不能回复，姑且自我解脱。"他邻居心生羞愧而作罢。

张说拜灶

张庄简公悦[一]元旦拜灶，有家犬坐于灶上。众大诧，公具冠服拜灶如故。未几，犬下灶遂死，众又诧，公亦如故。子孙问之，曰："见怪不怪，其怪自败。"

【校勘】

（一）张庄简公悦：应为"张庄简公说"。"悦"与"说"虽为古今字，但用如人名，一般写作"说"。张说，字时敏，号定庵，明朝华亭人，官至南京兵部尚书，谥庄简。

【译文】

略。

不奏私书

唐钱徽[1]于穆宗时典贡举，四川节度使段文昌[2]以书属所善士于徽。及榜出不预，文昌私怨之，谮徽不公，徽坐贬。或谓徽当奏发其书，徽曰："事苟无愧，得丧一致，奈何奏人私书？"

【注释】

[1] 钱徽：字蔚章，唐朝浙江吴兴（今湖州市）人，官至吏部尚书。
[2] 段文昌：字墨卿，西河（今山西汾阳）人，唐穆宗宰相。

【译文】

　　唐朝的钱徽在唐穆宗时掌管科举考试，四川节度使段文昌写信给钱徽推荐与自己交好的读书人。等到放榜时，段文昌嘱托的人不在录取名单上，段文昌私下里极为愤怒，上奏诬陷钱徽不公正，钱徽因此被贬官。当时，有人告诉钱徽把段文昌写给他的书信呈给皇上看，钱徽说："事情如果无愧于心，得和失一样。怎么可以拿私人书信去为自己作证呢？"

自讨无趣

成祖一日得[一]建文时群臣封事[1]千余通，令解缙等检阅。凡言兵食事宜者留览，其词涉干犯者，悉焚不问。因从容问缙及修撰李贯[2]等曰："词涉干犯者尔等宜皆有之。"众未对，贯独顿首曰："臣贯实未尝有也。"上曰："尔以无为美耶？食其禄，当任其事，独无一言，可乎？"

【校勘】

（一）得：据《明史·列传第三十一》，为"出"字。

【注释】

[1] 封事：密封的奏章。古时臣下上书奏事，防有泄漏，用皂囊封缄，故称。

[2] 李贯：江西吉安人，明建文二年科举考中探花，曾任建文帝近侍，后曾任永乐朝修撰官。

【译文】

明成祖一天拿出建文帝时群臣密封的奏章千余件，命令解缙等检阅。凡是涉及军队经济事宜的留下参看，那些言词涉及冒犯当今皇上的，全部烧掉不予过问。皇上于是从容问解缙及修撰官李贯等说："奏章言词涉及冒犯我的你们应该都有。"众人没有回应，李贯独自磕头说："臣李贯实际上不曾有。"皇上说："你认为没有就好吗？吃他的俸禄，就应当为他做事，只有你没有一篇奏章，可以吗？"

光庙移鹤

光庙[1]年十三岁，讲筵[2]日，每阁臣一人入直看讲。讲案前有铜双鹤。故事,叩头毕,从铜鹤下转东西面立,一阁臣误出铜鹤上,帝瞩^{（一）}内侍曰："移铜双鹤可近前些。"虽不明言,众皆叹服。

【校勘】

（一）瞩:当为"嘱"之误。

【注释】

[1] 光庙:明光宗朱常洛,明朝第十四位皇帝,年号泰昌,庙号光宗。
[2] 讲筵:特指天子的经筵。

【译文】

　　光宗十三岁时,在开经筵的日子,每阁臣一人当值经筵讲官。讲案前有铜双鹤。旧例,叩头完毕,从铜鹤后边转到东边,面向西站立。一阁臣误经铜鹤前边,皇帝嘱咐内侍说:"可把铜双鹤移到离我近前些。"虽然不明说,众人都赞叹佩服。

立身敦厚

　　何武^[1]与戴胜^{（一）}不合,胜毁武于朝,武闻之,终不扬其恶。而胜子宾客为郡盗,逮系庐江,胜自以子必死。武平心出之,胜惭服。国朝指挥门达^[2]构陷袁松^{（二）},及松出狱,而达得罪,当遣戍,袁送之如故交。房景伯^[3]守清河,郡民刘简虎^{（三）}曾无礼于景伯,闻其临郡,阖家逃之。景伯督县属追访之,而署其子为西曹椽^{（四）}。士大夫立身敦厚,处心和平,每事须出人意表,无令小人之心可以相测也。斯善矣。

【校勘】

（一）戴胜:为"戴圣"之误。戴圣,字次君,汉代今文经学开创者,梁国睢阳（今河南睢阳）人,曾任九江太守。

（二）袁松：据《明史·列传第五十五》，为"袁彬"之误。袁彬，字文质，明朝江西新昌（今江西宜丰）人，官至前军都督府金事掌府事。

（三）虎：据《北史卷·列传第二十七》，为"武"之误。

（四）椽：为"掾"之讹。

【注释】

[1] 何武：字君公，蜀郡郫县人，西汉晚期大臣，爵封汜乡侯。

[2] 门达：丰润（今河北丰润）人，明英宗天顺年间，任锦衣卫指挥，怙宠骄横。

[3] 房景伯：字良晖，清河东武城（今河北故城）人，曾任北魏清河太守。

【译文】

何武与戴圣不和睦，戴圣在朝堂上诋毁何武，何武听说后，始终不宣扬他的恶行。而戴圣儿子的宾客在郡里做盗贼，受牵累被逮捕拘系在庐江府，戴圣自己认为儿子必定会被处死。何武平心审理，把戴圣儿子放出，戴圣惭愧佩服。国朝（指明朝）锦衣卫指挥使门达构陷袁彬，等到袁彬出狱，而门达获罪，应当被贬谪戍边，袁彬像老朋友一样送他。房景伯任清河郡太守，郡民刘简武曾对他无礼，听说房景伯来当郡守，全家逃亡。房景伯责成县里属官追访他，而任命他儿子为西曹掾。士大夫立身温柔宽厚，居心和平，每事要出人意外，不要让小人心理能揣测到。这话说得好。

自期须大

吕东莱[1]曰：有杯盂之量，有池沼之量，有江海之量，有天地之量。雨瀑（一）而沼溢，酒瀑而卮翻。踰其限而过其分，虽欲不满，不可得矣。我不为沼，何忧乎十日之霖？我不为卮，何忧乎千酿[2]之醴？吾以是知自期之不可小也。

【校勘】

（一）瀑：据《左氏博议》，文中"瀑"字均为"暴"字之讹。

【注释】

[1] 吕东莱：即吕祖谦，字伯恭，世称东莱先生，南宋婺州人，理学家。

[2] 千酿：酿造千瓮酒。《史记·货殖列传》："通邑大都，酤一岁千酿。"
张守节正义："酿千瓮。"

【译文】

吕东莱说：有杯盂大小的容量，有池沼大小的容量，有江海大小的容量，有天地大小的容量。雨大池沼就会满溢，酒多酒杯就会翻倒，超越了容量，超过了分限，就是想不满，不可能做到。我不是池沼那样的容量，怎么会担忧十天的雨水？我不是酒杯大小的容量，怎么会担忧千瓮的美酒？我凭借这个知道自我期望不可太小。

仲衡长厚

丁仲衡[1]为主事，时御史张政过其门，适逻者来报，闻公失彘，今获盗者，需公认。公曰："吾家未尝失也。"辞不往。政问故，公曰："时禁，盗彘者死。宁亡吾彘，不忍其死也。"张叹曰："公仁人也。"因荐起为御史。

【注释】

[1] 丁仲衡：即丁璇，字仲衡，明朝上元（南京古县名）人，官至都御史。

[2] 张政：字平夫，明朝安徽广德人，官至山西按察史。

【译文】

丁仲衡任主事，当时御史张政来他家拜访，适逢巡逻的人来报告，听说丁仲衡丢失了头猪，现在捕获了盗贼，需要丁仲衡认领。丁仲衡说："我家不曾丢失猪。"拒绝去认领。张政问缘故，丁仲衡说："时下禁令规定，盗猪者要处死。宁可丢失我的猪，不忍心盗贼被处死。"张政赞叹说："你是仁爱的人。"他就向朝廷推荐起用丁仲衡当御史。

成之有量

宋古成之 [1] 结庐罗浮，力学不倦，作诗多惊人语。登梁灏 [2] 榜第二，预闻之，有张某嫉居其上，乃召成之饮，密置哑药酒中。比黎明胪唱 [3]，成之暗，不能应。上怒扶出，或劝自明其事，成之曰："司命有定，非人所能与也。"众服其量。

【注释】

[1] 古成之：字亚奭，北宋河源人，曾任青州益都知县、绵州魏城知县等职。

[2] 梁灏：字正伟，润州（今江苏镇江）人，五代至北宋时期人，八十二岁被宋太祖钦点状元。

[3] 胪唱：科举时，殿试之后，皇帝传旨召见新考中进士，依次唱名传呼，也叫"传胪"。

【译文】

北宋古成之在罗浮山建房居住，努力学习，不知疲倦，作诗多有惊人语句。他考中梁灏榜进士第二名，事先听说了这事。有个张姓进士嫉妒古成之名列自己之前，就召古成之饮酒，秘密把哑药放在酒中。等（第二天）黎明早朝胪唱时，古成之喑哑，不能回应。皇上发怒，命人把他扶出。有人劝他把那事自我说明，古成之说："司命神自有定数，不是人力能起作用的。"众人佩服他的度量。

魏公乞退

苏魏公 [1] 为宰相，因争贾易 [2] 复官事持之未决。御史杨畏 [3] 论苏故稽诏令，苏即上马乞退。吕微仲 [4] 语苏："可见上辨之，何遽去？"苏曰："宰相一有人言，便为不当物望，岂可更辨曲直？"宣仁 [6] 力留之，不从。

【注释】

[1] 苏魏公：即苏颂，字子容，北宋福建同安人，官至宰相，爵封魏国公。

[2] 贾易：字明叔，北宋后期无为县人，曾任殿中侍御史、刑部侍郎等职。

[3] 杨畏：字子安，北宋遂宁人，曾任殿中侍御史。

[4] 吕微仲：即吕大防，字微仲，北宋京兆府蓝田人，官至宰相。

[5] 物望：人望，众望。

[6] 宣仁：即宣仁太后高滔滔，北宋英宗皇后，宋哲宗前期曾临朝称制。

【译文】

魏国公苏颂担任宰相，因争议贾易复官的事愁而未决，御史杨畏弹劾苏颂故意扣押诏令，苏颂就立刻请求退休。吕微仲对苏颂说："可面见皇上分辨清楚，为什么匆忙离去？"苏颂说："宰相一旦有人弹劾，便是不符合众望，怎么可以再辨明曲直？"宣仁太后尽力挽留他，他不答应。

应对詈辱

有人问吕荣公^{（一）}曰："为小人所詈辱，当何以处之？"公曰："上焉者，知人与己本一，何者为詈，何者为辱，自然无忿怒心也；下焉者，且自思曰我是何等人，彼是何等人，若是答他，与他一等，如此自处[1]，忿心自消。"

【校勘】

（一）吕荣公：据吕本中编写的《童蒙训》，为"吕荥阳公"之讹。吕荥阳公，即吕希哲，字原明，北宋寿州（今安徽凤台）人，学者称荥阳先生，曾任右司谏、光禄少卿等职。

【注释】

[1] 自处：对待自己。

【译文】

有人问荣阳公吕希哲说："被小人所辱骂，应当怎么对待？"荣阳公说："修养最好的人，知道别人与自己本为一体，什么是骂，什么是辱，自然就没有忿怒心理；修养差点的人，将自我思考说我是什么样的人，他是什么样的人，如果这样回应他，还与这人一样，这样对待自己，愤怒自会消除。"

虽胜亦非

元祐时，西边儒帅[1]有以威敌斥境[2]，请于公者，忠宣公答曰："大辂[3]与柴车[4]较逐，鸾凤与鸥枭争食，连城与瓦砾相触，君子与小人斗力，不惟不能胜，兼亦不可胜，不惟不可胜，虽胜亦非也。"儒帅大服。

【注释】

[1] 儒帅：即边帅，北宋有文臣统兵的传统，故称。
[2] 威敌斥境：威慑敌人，开疆拓土。
[3] 大辂（lù）：亦作"大路""玉辂"，天子所乘之车。
[4] 柴车：粗劣的车。

【译文】

元祐（宋哲宗年号）年间，西部边帅有向宰相范纯仁提出威慑敌人、开疆拓土建议的，忠宣（范纯仁谥号）公回答说："大辂与柴车争竞，鸾凤与鸥枭争食，连城之璧与与瓦砾相碰，君子与小人斗力，不只是不能胜利，加上也不可能胜利，不只是不可能胜利，即使胜利也是错的。"边帅非常佩服。

称赞林瀚

陈宪副伯献[1]称林文安瀚[2]曰："贱者即之，不知公贵；卑者即之，不知公尊；不肖者即之，不知公贤且智；非意相干[3]者即之，始知公凛然不可犯也。"

【注释】

[1]陈宪副伯献：即陈伯献，明朝福建莆田人，字惇贤，官至广西提学副使。
[2]林文安瀚：即林瀚，字亨大，号泉山，明朝闽县人，官至南京礼部尚书，谥文安。
[3]非意相干：意外的无故冒犯。

【译文】

宪副陈伯献称赞文安公林瀚说："地位低贱的人接触他，不知他地位高贵；官位低的人接触他，不知他官位尊显；不成器的人接触他，不知他贤能且明智；意外无故冒犯的人接触他，才知道他凛然不可冒犯。"

吾在度中

陈镒[1]王文[2]同掌内台[3]，陈或后至，王辄命鸣鼓，集诸道御史升揖[4]。一日，陈先至，堂吏请击鼓，公曰："少需。"诸道咸不平。王至，知之，曰："吾在陈公度中矣。"

【注释】

[1]陈镒（yì）：字有戒，明朝吴县人，官至右都御史，谥僖敏。
[2]王文：字千之，明朝束鹿人，官至左都御史，谥毅愍。
[3]内台：御史台别称。
[4]升揖：行礼升堂。

【译文】

陈镒与王文同掌御史台，陈镒有时后到，王文就命令击鼓，召集各道御史行礼升堂。一天，陈镒先到，堂吏请击鼓，陈镒说："稍微等一下。"诸道御史都为陈镒心怀不平。王文到来，知道情况后，说："我在陈公度量中了。"

王翱任人

王忠肃[1]召为冢宰，舟次济宁。都水主事[2]法，以先后序过闸，虽贵官不得越。人怪之，公曰："彼立法，安忍坏之？"至部，即调为考功[3]。

【注释】

[1] 王忠肃：即王翱，字九皋，明代盐山人，官至吏部尚书，谥号忠肃。
[2] 都水主事：工部都水司属官，主管水利。
[3] 考功：即考功主事，吏部考功清吏司主事，负责官员考评事务。

【译文】

忠肃公王翱被召到京城任吏部尚书，坐船路过济宁。都水主事按法规，让船以先后次序过堰，即使贵官不得超越次序。人们感到奇怪，王翱说："他立下法规，怎么忍心破坏呢？"他到达吏部后，就调都水主事为考功主事。

刮落纱帽

张庄懿公銮巡按东省。初到临清，偶酒家酒标掣落其纱帽，左右失色。旦日，州守缚此人待罪。公徐曰："此是上司过往处，今后酒标须高挂。"迳[1]遣出。

【注释】

[1] 迳：同"径"。

【译文】

　　庄懿公张鏊到巡按山东。他刚来到临清时，不经意纱帽被酒家的酒招子刮了下来，随从人见状都大惊失色。第二天，当地知府捆绑着酒店老板前来请罪。张鏊口气和缓地说："这里是上司官员过往的地方，今后那酒招子要挂得高一点。"直接把那人放出。

诸兄当勉

　　嘉禾[1]叶春[2]尝为府椽（一），后仕至参议。宣德中，与大理少卿熊概[3]巡抚东南。一日，同至嘉兴公馆，概痛笞郡吏，犹辱骂不已。叶从容谓郡吏曰："诸兄当勉，某昔在此吃了多少打骂（二）。"概大赧，盖忘叶之为吏也。

【校勘】

（一）椽：为"掾"之讹。

（二）骂：据明代王錡《寓圃杂记》，字后夺"今日至是"。

【注释】

[1] 嘉禾：嘉兴古称。

[2] 叶春：明朝海盐人，起家掾吏，官至刑部右侍郎。

[3] 熊概：字元节，明朝前期丰城人，官至右都察御史，掌南都察院事，后又代理刑部。

【译文】

　　嘉兴人叶春曾经做府里的掾吏，后来官做到通政司参议。宣德年间，他与大理寺少卿熊概巡抚东南。一天，同到嘉兴公馆，熊概痛打郡吏，还辱骂不停。叶春从容对郡吏说："各位老兄应好好干，我在这位置上吃了多少打骂，今天才做到参议官。"熊概非常羞愧，大概忘了叶春出身掾吏。

竟曙不寐

张鎣为刑部尚书，有狱事须急报。夜坐秉烛，趣[1] 吏治文书，迟蚤朝奏。夜半书既就，吏袖拂烛覆于书，书不可奏，吏叩头请死。公曰："误耳。"趣再书之，坐待怡然，竟曙不寐。

【注释】

[1] 趣：通"促"。

【译文】

张鎣任刑部尚书时，有案件须要紧急上奏。夜坐秉烛，督促吏员整治文书，最迟早朝上奏。夜半文书写好，吏员的衣袖把灯烛带翻，文书被弄脏，不可以上奏，吏员叩头请求处死。张鎣说："失误罢了。"张鎣督促其再次书写，心情轻松平和地坐等，直到天亮不睡。

若幸遇我

周叔业[1] 元旦肩舆出市中，亡[2] 赖少年指先生曰："夫夫[3] 名为善者，吾试众辱之。"乃呼其名。先生归而使人召之来，好谕之曰："若幸遇我，毋为犯他冠盖[4]，恐不汝宥也。"笑而遣之。

【注释】

[1] 周叔业：即周思兼，字叔夜，号莱峰，明朝松江府华亭人，曾官湖广金事，私谥贞静先生。

[2] 亡：通"无"。

[3] 夫夫：这个人。

[4] 冠盖：官员的冠服和车乘。指仕宦，贵官。

【译文】

周叔业元旦乘轿子路过市中，有个无赖青年手指先生说："这个人名为好人，吾尝试当众污辱他。"于是直呼先生姓名。先生回家后，派人把那人召来，好言教导他说："你幸而遇上我，不要冒犯其他官员，恐怕不会原谅你。"笑着把他打发走了。

鹤滩雅量

吾^{（一）}松一老儒薛姓，号河东，贫而无赖，谒无锡富室邹氏。自称钱状元^[1]师，托以他往，便履一叩。彼信礼之，张筵相款。未终，适有报钱状元至，此老起谓主曰："吾当往其舟，谒而偕来。"主唯唯，任其往，即以真情告之。公欣然应曰："此何妨？"遂同往，主迎之。公执礼甚谨，侧坐谈笑，至尽醉而终，略无可疑之色。

【校勘】

（一）吾：不知指代何人。

【注释】

[1] 钱状元：即钱福，字与谦，松江府华亭人，自号鹤滩，明代弘治三年状元，官翰林修撰。

【译文】

我松江府有一薛姓老儒，号河东，生活贫穷，没有依靠，拜见无锡富家邹氏。他自己谎称是状元钱鹤滩的老师，托口说到别的地方去，顺便一拜访。邹氏相信了他的话，以礼相待，设筵款待他。宴席还没结束，适逢有人通报状元钱鹤滩到了，这位老儒生起身对主人说："我应该到他船上，与他相见而一起来。"主人答应，任他前往，他一见钱鹤滩，就把真情相告。钱鹤滩欣然答应说："这有什么妨害？"于是一同前往，主人迎接。钱鹤滩很恭敬地执弟子礼，在侧座上谈笑，至喝醉席散，完全不露可疑神色。

奚足大事

罗洪先[1] 作鼎元[2]，时外舅[3] 会（一）太仆趋告，曰："喜吾婿干此大事。"罗面发赤，徐对曰："丈夫事业，更有许[4] 大在[5]，此等三年一人，奚足大事也？"是日犹袖米，偕何、黄二公，联榻萧寺[6] 中讲学。

【校勘】

（一）会：据《明史·罗洪先传》，为"曾"之误。罗洪先岳父为太仆卿曾直。"曾"与"会"字繁体"會"因形近致讹。

【注释】

[1] 罗洪先：字达夫，号念庵，汉江西吉安府吉水人，嘉靖八年己丑科状元，谥文庄。

[2] 鼎元：科举制度中状元的别称之一，因居鼎甲之首而得名。

[3] 外舅：指岳父。

[4] 许：甚，非常。

[5] 在：虚词，无实意。

[6] 萧寺：佛寺别称。

【译文】

罗洪先考中状元，当时他岳父太仆卿曾直跑来说："高兴的是我女婿干了这大事。"罗洪先脸发红，缓缓说："大丈夫的事业，有比这更大的。状元三年就有一个，怎么能算大事呢？"这天罗洪先还是袖筒里装着米，与何、黄两位友人，在佛寺中连榻讲学。

酒户难堪

洪武选蒸[1] 为诸生时，家有徭役，谒令君[2] 求免。不许，曰：

"此户易办。"其秋，武选举于乡，令君歌鹿鸣[3]以宴举者。次第行酒至武选，武选逡巡避席曰："别户易办，酒户故难堪也。"令君愧形于色，同举薄之。后成进士，竟卒于武选。

【注释】

[1] 洪武选蒸：即武选洪蒸。洪蒸，人名，不详。武选，即兵部武选司，职掌武官选任，此指洪蒸担任的武选司郎中。

[2] 令君：对县令的尊称。

[3] 歌鹿鸣：即举办鹿鸣宴，科举制度中规定的一种宴会。起于唐代，明清沿此，于乡试放榜次日，宴请新科举人和内外帘官等，歌《诗经》中《鹿鸣》篇，故称"鹿鸣宴"。

【译文】

武选郎中洪蒸还是秀才时，家里要服徭役，他去拜访县令，请予以免除。县令不答应，说："这户人家容易办到。"那年秋天，洪蒸在乡试中考中举人，县令举办鹿鸣宴来招待中举的人。县令按次序敬酒，轮到洪蒸时，他离席拒绝说："别户易办，酒户难以承受。"县令面露愧色，一同中举的人都瞧不起洪蒸。洪蒸后来考中进士，最终死在武选郎中职位上。

补脾圣药

凡脾位好处，百物通吃得去。见天下人可恶可恼处，多必其脾位有不受者也。我无知无能，同于混沌[1]，是为真土[（一）]第一补脾圣药也。

【校勘】

（一）真土：当为"真士"之讹。真士，有修养的人。

【注释】

[1] 混沌：古代传说中央之帝混沌，又称浑沌，生无七窍，日凿一窍，七日
　　凿成而死。比喻自然淳朴的状态。

【译文】

　　大凡脾脏功能好，什么东西都能吃下去。见天下人可恶可恼的地
方，大多一定是其脾脏有不能接受的东西。自己无知无能，与混沌相同，
这是有修养的人第一补脾好药。

中郎善喻

　　圣人见人，皆圣人也；贤人见人，或贤或不肖；不肖人见人，
则皆不肖矣。袁中郎[1]言："譬如人脾气强盛者，蔬粝(一)亦皆甘美；
否则，美者恶，甘者苦，至于败坏之极，虽珍滑之物，亦不复能可
口矣。"真善喻也。

【校勘】

（一）蔬粝：当为"疏粝"之讹。疏粝，粗劣食物。

【注释】

[1] 袁中郎：即袁宏道，字中郎，号石公，明代湖广公安人，公安派作家。

【译文】

　　圣人见到的人，都是圣人；贤人见到的人，有的是贤人，有
不成器的人；不成器的人见到的人，就都是不成器的人。袁中郎说："像
脾脏功能强盛的人，粗劣食物都觉得甜美；否则，美味也觉得难吃，
甘甜也觉得苦涩，至于脾脏功能坏到极点的人，即使是珍贵滑爽的食物，
也觉得不再可口。"真是好比喻。

开拓胸次

宋栗庵纁[1]为吏部尚书，至长安街，有老妇著面衣，乘驴不下。从者误为男子，呵之，老妇大诟，曰："我住京师五十余年，见了千千万万，希罕你这蚁子官儿！"宋至部，语同僚，笑曰："官亦不蚁子矣。"此妇人眼孔大，所谓见惯浑闲事也。若深山穷巷人，见一顶纱帽，便战栗失措。祇缘经常少，眼界不宽，故学者先开拓胸次。

【注释】

[1] 宋栗庵纁：即宋纁，字伯敬，号栗菴，河南商丘人，明万历年间官至吏部尚书，谥庄敬。

【译文】

栗庵宋纁任吏部尚书时，到长安街，有老妇戴面巾，乘驴不下。随从误认为是男子而呵斥她，老妇大骂，说："我住京师五十多年，见了千千万万，谁希罕你这蚂蚁大小的官！"宋纁至部里与同僚谈起，笑着说："官也不算蚂蚁大小了。"这妇人眼孔大，所谓见惯了就觉得是等闲事了。如果是住在深山穷巷的人，见到一顶纱帽，就吓得发抖，不知所措。只因为经历得少，眼界不宽，所以求学的人应该先开阔胸襟。

无志与量

让[1]古人，便是无志；不让今人，便是无量。

【注释】

[1] 让：谦让。

【译文】

略。

攻伐勿甚

医书言：去病之七八分，即须止，余俟正气复，听其自除；若去病至尽，即正气受伤。国家治恶人，革弊政，正宜得此意。从古以攻伐太甚，致伤元气，本以求治，而反致攘乱者，往往而是。士君子不得不执其咎也。

【译文】

医书上说：除病气到七八分时，就必须停止，剩下的等身体正气恢复，听任剩下的病气自除；如果把病气除尽，身体正气就受损伤。国家整治恶人，革除弊政，正应该符合这个道理。自古以来，因攻伐太厉害，致使元气受伤，本来要求得太平，而反致混乱，到处都是。执政的人物不得不担其过错。

胡宿渊涵

宋胡肃[一]端重渊涵，客有造公者，具公服鞾[1]版，而忘记不易帽。公与之对语，尽礼而退，终未尝色动。

【校勘】

（一）胡肃：据宋代李幼武《宋名臣言行录》，为"胡宿"之讹。胡宿，字武平，常州晋陵（今江苏常州）人，官至枢密副使，谥文恭。

【注释】

[1] 鞾：同"靴"。

【译文】

北宋胡宿端庄稳重，有涵养。客人有来拜访他的，穿好了公服朝靴，拿好了手版，而忘记了换上官帽。胡宿和他对谈，尽礼而退，始终不曾改变脸色。

量胜潞公

魏公潞公俱尝镇北门。魏公时，朝城令决[1]一守把兵士，方二下，辄悖骂不已，县以解府。魏公使前，问云："汝骂长官，信否？"曰："当时乘忿，实有之。"公即于解状判处斩，从容平和，略不变色。潞公时，复有解一卒犹前者。潞公震怒问之，兵对如实，亦判处斩。以此见二公之量不同。如魏公则彼自犯法，吾何怒之有？不惟学术之妙，亦天资之高尔。

【注释】

[1]决：行杖责罚。

【译文】

魏国公韩琦与潞国公文彦博都曾经镇守北部边防要地。韩魏公时，朝城县令杖责一守把兵士，刚打两下，那人就悖逆辱骂不停，县令把他解送府里。韩魏公让他上前来，问："你辱骂长官，真的吗？"那人说："当时由于愤怒，确实有这事。"韩魏公当即在解状上判以处斩，从容平和，神色一点不变。文潞公时，又有县里解送来一个兵卒，像前例那样。文潞公震怒问他，士兵如实回答，也判了处斩。凭借这个可以看出二公度量不同。像韩魏公，就是那人自犯法，我发什么怒呢？不只是学养妙处，也是天资高妙罢了。

尧夫遗言

尧夫疾革，程伊川又问："从此永诀，更有见告乎？"康节举两手示之，伊川曰："何谓也？"先生曰："面前路径须令宽，路窄则自无著身处，况能使人行也。"

【译文】

邵尧夫（北宋理学家邵雍字尧夫）病势沉重，伊川先生程颐又问："从此要永别了，还有告诉我的话吗？"邵康节（邵雍谥号）举两手示意，程颐问："这是什么意思？"先生说："面前的路要宽阔，路窄就没有自我安身的地方，何况还得能让他人行走。"

太祖伟度

赵普秉政，江南后主以银五万两遗普。普白太祖，祖曰："此不可不受，但以书答谢，少赂[1] 其来使可也。"既而后主遣弟从善[2] 人（一）贡，常赐外，密赍白金，如遗普之数。江南君臣始震骇上（二）之伟度。

【校勘】

（一）人：当为"入"之讹。
（二）上：据《谈薮》，此字前夺"服"字。

【注释】

[1] 赂：赠送财物。
[2] 从善：即李从善，字子师，南唐后主李煜之弟。

【译文】

赵普当政时，江南（即南唐）李后主拿五万两银子送给赵普。赵普禀报太祖赵匡胤，太祖说："这不可不接受，只是写信答谢，稍微给来使赠送点财物就行了。"不久，李后主派遣弟弟李从善入朝进贡，常规赏赐外，秘密送给他白银，数目跟李煜送给赵普的一样。南唐君臣开始震惊恐怖，佩服太祖的宏伟度量。

清简为务

吕端为相持重，识大体，以清静简易为务。每奏对同列多异议，公罕所建明[1]。一日内出手札，戒曰："自今中书事必经吕端详酌，乃得闻奏。"公让不敢当。

【注释】

[1] 建明：提出建议或陈述主张。

【译文】

吕端担任相时，行事稳重，识大体，追求清静简易。每当奏对，同列多有异议，吕端少有建白。一天，宫内送出皇帝手札，告诫大臣们说："从今往后，中书省的事情必经吕端详细斟酌，才得上奏。"吕端谦让，不敢承当。

不学不是

王旦在中书，寇公在密院。中书偶倒用了印，寇公须勾吏人行遣[1]。后枢密吏亦倒用印，中书吏人呈覆，亦欲行遣。公问吏人："汝等且道密院当初行遣倒用印者是否？"曰："不是。""既(一)不是，不可学他不是。"

【校勘】

(一)既：据宋赵善僚编《自警编》，此字前夺"文正公曰"四字。

【注释】

[1] 行遣：发落。

【译文】

王旦在中书省负责，寇准在枢密院负责。中书省不经意盖倒了印，寇准必定召来吏员处罚。后枢密院吏员也倒用了印，中书省吏人呈报，也想处罚枢密院吏员。王旦问吏员："你们且说枢密院当初行文处罚倒用印的人，对还是不对？"回答说："不对。" 文正（王旦谥号）公说："既然不对，不可学他的错误。"

思永雅量

宋彭思永[1]始就举时，贫无余赀，惟持金钏数只。栖于旅舍，同举者过之，众请出钏玩。客有坠(一)其一于袖间者，公视之，不言。众莫知也，皆惊求之。公曰："数止此耳，非有失也。"将去，客袖者揖而举手，钏坠于地。众服公之量。

【校勘】

（一）坠：据《宋史·彭思永传》，为"匿"之讹。

【注释】

[1] 彭思永：字季长，北宋江西庐陵人，官至户部侍郎。

【译文】

宋朝彭思永当初参加科举考试时，贫寒没有余钱，只带了几只金镯子。他住在旅店里，一同参加科举考试的来拜访他，众人请他拿出金镯子赏玩。有个客人在袖子里偷藏了一只金镯子，彭思永看到了，但没有说出。众人没有谁知道，都在吃惊地寻找。彭思永说："只是这个数目，没有丢失。"临分手时，袖藏镯子的客人举手作揖道别，镯子落地。众人佩服彭思永的雅量。

无量以容

胸中不平，辄要鸣；胸中有得，辄要说：只是无量以容。

【译文】

略。

养者至此

于东汉君子无所容中，方见一黄叔度[1]；于武后用法汤沸火热中，方见一娄师德。平时言德宇宽洪，亦难以指名，非有养者，不能至此。

【注释】

[1] 黄叔度：即黄宪，字叔度，号征君，慎阳人，东汉著名贤士。

【译文】

在东汉君子无所包容中，才见一个黄叔度；在皇后武则天执法汤沸火热中，才见一娄师德。平时说器宇宽大，也难以指出，非有修养的人，不能到这地步。

清浊并蕴

处世不可太生拣择。麒麟凤凰，虎狼蛇蝎，蕃然[1]并生。只如一身，清浊并蕴，若洗肠涤胃，尽去浊秽，只留清虚，便非生理。

【注释】

[1] 蕃然：繁茂的样子。

【译文】

处世不可太生挑拣选择。麒麟凤凰，虎狼蛇蝎，一起旺盛地生存。只像一身，清浊并藏，如果洗肠涤胃，全部除去浊秽，只留清洁空虚，就没有活下去的道理。

胸中欠大

自己杜门，嫌人出路；自己绝滴，怪人添杯；自己吃素，恼人用荤：只是胸中欠大。

【译文】

自己闭门不出，却嫌人外出走路；自己滴酒不沾，却怪人痛饮；自己吃素，却恼人用荤：只是心胸不够宽广。

广慈卷之十一

广慈卷首题记

广厦卜欢娱，曾念露宿风餐之苦？华堂供宴笑，谁怜釜中砧上之呼？彼斯丐性岂殊？人乃蠡虮，原是佛子，恤孤问疾，渡蚁济蛇，其在吾胞吾与者乎？纂广慈第十一。

宫中避蚁

程伊川在经筵，闻哲宗在宫中盥漱喷水避蝼蚁，因毕讲，请曰："有是乎？"曰："然。诚恐伤之尔。"颐曰："推此心以及四海，帝王之要道也。"

【译文】

伊川先生程颐在任经筵讲官时，听说哲宗在宫中盥洗漱口喷水时避开蝼蚁，于是在讲完后，问皇帝："有这个吗？"哲宗说："是这样。实在担心伤害它们罢了。"程颐说："把这种仁爱的心推广到天下，这是做帝王的要道。"

先德后刑

陆宣公^[1]曰："国之令典，先德后刑。所后者，法应舒迟，故决事^{（一）}不得驰驿行下；所先者，体宜疾速，故赦书日以五百里为程^[2]。"

【校勘】

（一）事：据《陆贽文集·再奏量移官状》，为"罪"之讹。

【注释】

[1]陆宣公：即陆贽，字敬舆，苏州嘉兴（今浙江嘉兴）人，中唐宰相，谥号宣。

[2]程：限度。

【译文】

陆宣公说："国家的典章法令，需要先布德行后施刑罚。放在后边的，惩罚的法令应该舒缓，所以处决罪人的法令不能驾乘驿马疾行向下传达；放在前面的，宣布德行的体式应该疾速，所以赦免的命令每天应该以传递五百里为限度。"

岂甘就死

射鹑者引弓入林，则一林之鸟皆鸣；屠狗者带索行市，则一市之狗皆嗥；彼物岂甘就死亡哉？而世之悍夫忍人^[1]，乃诬物为无知，何也？

【注释】

[1]忍人：狠心人。

【译文】

射鹌鹑的人拉开弓进入树林，那全树林中的鸟都鸣叫；屠狗人手拿狗绳在市场上行走，那整个市场上的狗都嗥叫；那动物难道甘心接受死亡吗？可世上强悍狠心的人，竟然谬称动物无知，为什么呢？

行广福崇

随所见物，发慈悲心；捐不悭财，行方便事。或恩周多命，则大积阴功；若惠及一虫，亦何非善事？苟日增而月累，自行[1]广而福崇。慈满人寰，名通天府。荡空怨障[2]，多祉萃于今生；培渍[3]善根，余庆及于他世。

【注释】

[1] 行：品行。

[2] 怨障：怨仇业障。

[3] 培渍：培养。

【译文】

略。

梯航功德

习俗成风，宿根难拔。一片慈悲，若泥牛之入海，久绝行踪；万端贪恋，如饭鼠落窝(一)，终无出理。悭囊自惜，睹悲鸣曾不掉头；饮啖方奢，见脍剥正为摩腹。始以忍而成悭，复以饕而毁戒。抑不思欲海沉沉，犹波逐浪；业风[1]忽忽[2]，如影随形。欲于无梯航处设梯航[3]，宜在有功德中为功德。

【校勘】

（一）饭鼠落窝：当为"饭鼠之落窝"。

【注释】

[1] 业风：佛教语，恶业所感之猛风。

[2] 忽忽：急速貌。

[3] 梯航：梯与船。登山渡水工具。

【译文】

习俗成风，旧根难拔。一片慈悲，像泥牛入海，久绝行踪；各种贪恋，像饭入鼠窝，终无出理。自己吝惜钱财，看到动物悲鸣连头都不回；吃喝正奢侈，看见切细的肉却正在按摩肚腹。开始因狠心而成悭吝，又因贪吃而毁掉戒行。竟然不思欲海沉沉，像水波逐浪；业风迅疾，如影子随形。要在无梯航处设置梯航，应在有功德中做功德。

此亦人子

陶潜为彭泽令，送一力[1]，给其子书曰："汝旦夕之费，自给为难。今遣此力，助汝薪水之劳。此亦人子也，可善遇之。"

【注释】

[1] 一力：一个仆人。

【译文】

陶潜担任彭泽县令时，送了一个仆人给他的儿子，并写信给他说："你每天早晚的费用，做到自给会有困难。现在派来这个仆人，可帮助你解决生活问题。但他也是别人的孩子，要好好待他。"

当戒肉食

一断不可再续，霏脧形躯[1]，片片是含悲向尽；既毁岂能复完，肢分炮烙，物物都抱苦就终。夫五谷供人，尚且难消一粒；况群生自命，安得妄毁毫端？诚念彼死者，历万劫不能更生；吾食者，一刹那已化乌有。方求生而不得，岂睹死而甘心？

【注释】

[1] 霏脍形躯：飞扬的切细的动物形体上的肉片。

【译文】

一旦割断不可再接上，飞扬的细肉，片片都是诉说动物生命将尽的悲苦；已经毁坏的难道能再恢复完整，分割肢体进行烧烤，万物都心怀痛苦接受死亡。五谷供人，尚且难以浪费一粒；何况各种动物自有性命，怎么能随意毁坏丝毫？实在想那死亡的动物，历万劫不能再生；我吃的肉食，一刹那已化乌有。正求其生存而办不到，难道能甘心看它死亡？

羊鳝爱子

白龟年[1]因入仙洞，得一轴《素书》[2]，遂能辨九天[3]禽语、九地[4]兽言。一日过潞州，太守知其能，延与坐。适将史驱三十羊过庭下，中一羊，鞭不肯行，且悲鸣。守曰："羊有说乎？"龟年曰："羊言腹有羔，将产；俟产讫，甘就死。"守乃留羊不杀，验之。果生二羔。周豫[5]学士，尝煮鳝，见有鞠身向上，以尾首就汤者。剖之，见腹中有子。乃知鞠身避汤者，以爱子故也。

【注释】

[1] 白龟年：能解鸟兽语言的异人。见南宋曾慥《类说》卷五二所引《翰府名谈》。

[2]《素书》：一部类似语录体的书，相传为秦末黄石公所作，流布广远。

[3] 九天：天的中央及八方，即整个天空。

[4] 九地：遍地。

[5] 周豫：北宋常州宜兴人，与苏轼为同榜进士，曾任集贤校理、楚州知州等官。

【译文】

白龟年因入仙人洞，得到一轴《素书》，就能听明白天空中禽语、大地上兽言。一天他路过潞州，太守知道他的特殊才能，请他共坐。适逢将史驱赶三十只羊从庭院里过，其中有一只羊，鞭打也不肯前行，又悲哀地鸣叫。太守说："羊有话说吗？"白龟年说："羊说腹内有羔，将要生产；等产羔完毕，甘心受死。"太守就留下这头羊没有屠杀，用来检验。不久，果真生下两只羊羔。周豫学士曾经煮鳝鱼，看见有的鳝鱼向上弯曲身子，以尾首接触热水。剖开一看，见鳝鱼腹中有子，才知鳝鱼弯曲身子躲避热水，是爱子的缘故。

当知护生

以彼肥甘，恣我口腹，试思昨日之泳跃翱翔，今归何地？恍见生前之飞鸣饮啄，已化瓯中。则八珍[1]罗前，尽属呼号冤业；五鼎[2]在列，皆为宛转游魂。自然心恻，岂复下咽？抑且臂缩，不能染指。

【注释】

[1] 八珍：即"珍用八物"，是指牛、羊、麋、鹿、马、豕、狗、狼。
[2] 五鼎：古代行祭礼时，大夫用五个鼎，分别盛羊、豕、肤（切肉）、鱼、腊五种供品。

【译文】

拿动物做成肥美食物，来尽情满足我口腹的欲望，试想昨天它们还游泳跳跃翱翔，现在又到哪里去了？恍惚间看到它们生前飞翔鸣叫饮水啄食，现已化为瓯中食物。那么，八珍罗列在面前，都是呼号的怨家对头；五鼎在列，都是徘徊不去的游魂。自然心生同情，难道还能下咽？或者会缩手，不能去品尝。

兼照无漏

桂古山 [1] 自言："近日收得净军 [2] 三千入内，亦是一大事。"湛甘泉 [3] 不以为然，古山云："吾固怜之。"甘泉曰："固是恻隐之心，今年既收入三千，明年必有奄 [4] 割三万者，则此三万何辜？"可知一念之爱不必凭，须得全体兼照无漏。

【注释】

[1] 桂古山：即桂萼，字子实，号古山，明朝饶州府安仁县人，官至吏部尚书，谥文襄。

[2] 净军：由太监组成的军队。

[3] 湛甘泉：即湛若水，字元明，号甘泉，明代增城人，理学家，历任南京礼、吏、兵三部尚书，谥文简。

[4] 奄：通"阉"。

【译文】

桂古山自己说："近日收得净军三千入内廷，也是一件大事。"湛甘泉不以为然，古山说："我本来怜悯他们。"甘泉说："固然是恻隐之心，今年已经收入三千，明年必会阉割三万人，那这三万人有什么罪？"可知片面的爱意靠不住，须得全体都照顾到，没有遗漏才好。

感子瞻诗

苏子瞻诗 (一) 曰："卷帘归乳燕，穴窗出痴蝇。爱鼠常留饭，怜蛾不点灯。"吾辈常作此观，何患民胞物与 [1] 之念不从此生，伤人害物之心不从此灭？

【校勘】

（一）苏子瞻诗：下四句诗出自苏轼《次韵定慧钦长老见寄八首其一》，

与原诗句文字亦有出入。原诗为："左角看破楚，南柯闻长滕。钩帘归乳燕，穴纸出痴蝇。为鼠常留饭，怜蛾不点灯。崎岖真可笑，我是小乘僧。"

【注释】

[1] 民胞物与：民为同胞，物为同类。泛指爱人和一切物类。语出北宋张载《西铭》："民吾同胞，物吾与也。"

【译文】

略。

习累所异

吴越甘蛙，齐人见之毛起；幽燕嗜蝎，越士睹而寒心。此岂嗜性故殊？良由习累所异。诚思同性不忍伤性，有生岂以供生？凤锢一开，六根[1]顿净。欲网重重，金刚剑不挥自裂；杀机种种，长生国不涉诞登[2]。

【注释】

[1] 六根：指六种感觉器官，或认识能力。眼、耳、鼻、舌、身、意。眼是视根，耳是听根，鼻是嗅根，舌是味根，身是触根，意是念虑之根。
[2] 诞登：意为登上。诞，语助词，无实义。

【译文】

吴越一带的人喜欢吃蛙，齐人看到后吃惊得毛发竖起；幽燕一带的人特喜欢吃蝎子，越国人看到会寒心。这难道是嗜好本性原来就有不同？实在是由习性牵累导致的不同。实在应该想到同类不忍伤害同类，有生命的东西难道能用来供养其他生命？原本的禁锢一开，六根立刻清净。不用挥舞金刚剑，重重欲网自然裂开；杀机多有的人，不会到达长生国。

莫诃婢仆

人生世间，愚浊[1]者多，而况婢仆，尤无可奈何。便不称意，且莫谴诃；付之一笑，心气平和。

【注释】

[1] 愚浊：愚昧昏浊。

【译文】

略。

弃食驴肠

国朝穆宗[1]尝食驴肠而甘，左右请诏光禄[2]，曰："若然，则光禄当日杀一驴，以备宣索，吾不忍也。"

【注释】

[1] 穆宗：即朱载垕，明朝第十二位皇帝，庙号穆宗。
[2] 光禄：即光禄寺，掌酒醴膳羞之政。

【译文】

本朝（指明朝）穆宗皇帝曾吃到驴肠，觉得味道好，左右请求下诏给光禄寺，穆宗说："如果这样，那光禄寺会每天杀一头驴子，来供应求索，我不忍心这样做。"

何蔽我为

元余阙[1]守安庆，号令严信，与下同甘苦。尝（一）战，矢石交下，士以盾蔽阙，必却之，曰："汝辈亦有命，何蔽我为？"故人争用命。

【校勘】

（一）尝：据《元史·余阙列传》，为"当"之讹。

【注释】

[1] 余阙：字廷心，生于庐州（今安徽合肥），元末人，为守安庆与红巾军作战而殉国，谥忠宣。

【译文】

元朝余阙守安庆时，治军号令严明，与下属同甘共苦。每次出战，箭石乱下如雨，军士们执盾牌为他挡蔽，余阙一定让他们退后，说："你们也有命，为什么为我挡箭？"所以将士争着拼死作战。

东坡戒杀

苏东坡曰[（一）]："余少不喜杀生，然未能断也。自得罪下狱，始意不免。既而得脱，遂自此不复杀一物。有馈蟹蛤者，放之江中。虽无活理，庶几万一，便不活，愈于煎烹也已。亲[（二）]患难，不异鸡鸭之在庖厨，何忍复以口腹之故，使有生之类，受无量怖苦耶？"

【校勘】

（一）曰：此则采编自苏轼《书南史卢度传》。文字与原文出入较大。

（二）亲：字后夺"经"字，致使文句不通。

【译文】

苏东坡说："我年轻时不喜杀生，但是没能断绝。自从得罪下狱，开始心里认为不免于死。不久得以免祸，于是从此不再杀一物。有馈赠蟹蛤的，我就把蟹蛤投到江水中。即使没有活下来的道理，但是还希望万一有活下来的，即便不活，也比煎烹要好。亲经患难，与鸡鸭在厨房等待屠杀没有差别，怎么忍心再因口腹之欲的缘故，使有生命的东西，遭受无数恐怖的痛苦呢？"

赞燕世子

洪武中，太祖尝召秦、晋、燕、周[1]四世子入侍。一日，令燕世子阅皇卫卒，还奏迟，问："何后也？"对曰："且寒甚，卫士方食，俟食既，乃阅，以故迟。"太祖喜曰："善。孺子知恤下人乎？"又令阅奏疏，独取言及民瘼者，上白。太祖喜曰："儿生长深宫，乃亦知民间有疾苦事乎？"

【注释】

[1] 秦晋燕周：秦王朱樉（shǎng），晋王朱棡（gāng），燕王朱棣，周王朱橚（qiū）。

【译文】

洪武年间，太祖曾经召见秦、晋、燕、周四王的世子入宫侍奉。一天，太祖令燕王世子（朱高炽）检阅皇城守卫士卒，回来奏报迟了，太祖问："为什么晚了呢？"燕世子回答说："早晨天冷得厉害，卫士正在吃饭，等他们吃完后才检阅，所以晚了。"太祖高兴地说："好。小孩子知道体恤下人吗？"又令检阅奏疏，燕王独取谈到民间疾苦的，报告太祖。太祖高兴地说："孩子生长深宫之中，竟然也知道民间有疾苦事吗？"

农夫不易

耕夫血成汗，减价粜新谷。忍寒典冬衣，依限免敲扑[1]。正额假开销，羡余[2]饱鼠腹。那怕饥魂诉，纸钱多预蓄。

【注释】

[1] 敲扑：鞭打的刑具，短曰敲，长曰扑。此指敲打鞭笞。
[2] 羡余：地方官吏向百姓勒索的正额税赋外的各种附加税。

【译文】

略。

放生池喻

莲池大师[1]云：予作放生池，疑者谓鱼局于池，无活泼趣，不若放之湖中。予谓池虽隘，网罟不入；湖虽宽，昼夜采捕。陋巷贫而乐，金谷[2]富而忧，故利害均也。又疑无活泼之趣，则有一喻：坐关[3]僧住室中，循环经行，随意百千里而不穷，徜徉自得，安在其不活泼也？今（一）幸处平世，城中之民，以城门之启闭为碍；一旦寇兵压境，有城者安乎，无城者安乎？渔喻寇，池喻城，人以城为卫，何局也？鱼可知矣。

【校勘】

（一）今：此则采编自明代云栖袾宏《竹窗随笔》。文字与原文出入较大。
      此字前夺"复有一喻"四字。

【注释】

[1] 莲池大师：即云栖袾宏，俗姓沈，名袾宏，别号莲池，因久居杭州云栖寺，又称云栖大师，明代高僧。
[2] 金谷：指金谷园，晋代富豪石崇别墅。
[3] 坐关：指佛教徒在一定时期内，与外界隔离，独居静坐，一心念佛或参禅。又称闭关。

【译文】

莲池大师说：我开凿了放生池，怀疑的人认为鱼局限于池中，没有活泼趣味，不如把鱼放到湖中。我认为池虽然狭隘，可渔网不入；湖虽然宽广，人们昼夜采捕。身居陋巷贫穷而快乐，身处金谷园富足却忧愁，所以利害均等。又怀疑没有活泼的趣味，就有一个比喻：闭关的僧人住在室中，循环经行，随意百千里而没有穷尽，徜徉自得，他哪里有不活泼呢？又有一个比喻：现在幸而处在太平时代，城中百姓，把城门开启关闭作为障碍；一旦强盗匪兵压境，有城池安全呢，还是没有城池安全呢？捕鱼好比强盗，放生池比喻城池，人用城来防卫，有什么局限呢？鱼可以知道了。

将人比畜

每馔烹羊羔〔一〕，未见长肌肉。今朝血溅地，明日仍枵腹[1]。彼命纵微贱，痛苦不能哭。杀我待如何，将人试比畜。

【校勘】

（一）烹羊羔：此则来自苏轼《戒杀诗》。此三字原文为"必烹鲜"。鲜，鱼与羊等。

【注释】

[1] 枵（xiāo）腹：饥饿。枵，空虚。

【译文】

略。

人物无异

予〔一〕初不举[1]罪福报应，但请于执杖磨刀捕捉搏击之时，暂试回心一观。观彼众生逃窜飞透〔二〕，投冥入隙[2]，恨天不赐梯，地不借孔，与人类怖畏王法，闻有擒追，魂散魄震者，有异无异。观彼众生，党类[3]相怜，栖啄相并。如割一鸡，则众鸡惊啼；屠一猪，则群猪不食。与吾人类被执向官，阖门彷徨，或当死别，六亲踊哭[4]，平日眷爱，难割难舍，有异无异。观彼众生，临缚被刀，宛转悲鸣，冀或见赦，血沥命断，声犹汶汶[5]，时[三]或动掣，与人类疾病无措，号神念佛，庶几保护，神识告离，迸眼努唇，手足牵引，以冀或存，有异无异。若谓有异，是未尝观，即今请观；若谓无异，恻忍安在？即今请断。

【校勘】

（一）予：此则采编自明代严绍庭《戒杀文》，文字有些出入。据此，当指严绍庭，江西分宜人，严嵩孙，严世蕃次子。

（二）透：为"投"之讹，音近致讹。

（三）时：为"身"之讹，音近致讹。

【注释】

[1] 举：言。

[2] 投冥入隙：指升天入地。冥，通"溟"，沧溟，指天空。

[3] 党类：同类。

[4] 踊哭：顿足痛苦。

[5] 汶汶：此指声音渐渐消亡的样子。

【译文】

我当初不谈罪福报应，只请求人在执杖磨刀捕捉搏击时，暂且尝试转心一观。看那众生物逃窜飞投，想升天入地，只恨天不赐梯子，地不借孔洞，与人类畏惧王法，听说有擒捉追捕，魂飞魄散情况，有无不同。看那众生，同类相怜，栖息进食在一起。如果宰杀一只鸡，那么众鸡就惊恐哀啼；屠杀一头猪，那群猪就不肯进食。与我人类被抓面官，全家彷徨，或当生死离别，亲戚顿足痛苦，平日眷爱，难割难舍，有无不同。看那众生，临绑被杀，感伤悲鸣，希望或许被赦免，血流命绝，哀号声还在持续，身子时或抽搐，与我人类遭遇疾病，没有办法，求神念佛，希望得到保护，神志告别，瞪眼努唇，手足牵拉，希望或许活命，有无不同。如果说有不同，这是不曾观察，现在请观察一下；如果说没有不同，恻隐之心在哪里？现在请断绝杀的念头。

仁宗爱民

淮徐、山东饥，仁宗[1]坐西角门召大学士杨士奇，令草诏，免税粮之半，及罢官买。士奇对曰："可令户部、工部与闻。"帝曰："救民穷当如救焚拯溺，不可迟疑。有司虑国用不足，必持不决之意。卿等姑勿言。"命中官具纸笔，令士奇等西角楼书诏，用玺，遣使赍行。上顾士奇曰："汝可语户、工二部，朕悉免之矣。"

【注释】

[1] 仁宗：即明仁宗朱高炽。

【译文】

淮徐、山东一带闹饥荒，仁宗驾临西角门召见大学士杨士奇，让他起草诏书，免掉税粮半数，以及罢免官方采购。杨士奇回奏说："可令户、工二部知道。"皇帝说："救民困窘就像救助遭受水火灾祸的人，不可迟疑。有关官员考虑到国用不够，一定不能决断。爱卿等姑且不要说了。"命令太监拿来纸笔，让杨士奇等在西角楼书写诏书，用印，派使者带走执行。皇上回头看看杨士奇说："你可以告诉户、工二部尚书，我把灾民税粮全免了。"

急民所急

仁宗为太子时，至凤阳谒陵毕，过邹县。见民男女持筐，路拾草实者，驻马问所用。民跪对曰："岁荒以为食。"太子恻然，下马入民舍，视民男女皆衣百结[1]，灶釜倾仆，叹曰："民隐不上闻至此乎？"顾中官赐之钞，而召乡老，问其疾苦，撤所食赐之。时山东布政石执中[2]来迎，责之曰："为民牧[3]而民穷如此，亦动念否？"执中言："凡被灾处，皆已奏乞停止今年秋税。"太子曰：

"民饿且死，尚及征税耶？速发官粟赈之。"执中请人给三斗，曰："且与六斗，汝毋惧擅发仓廪，吾见上当自奏也。"

【注释】

[1] 百结：形容衣多补缀。

[2] 石执中：字惟一，明代兰州人，官至山东布政使。

[3] 民牧：地方长官。

【译文】

明仁宗为太子时，至凤阳拜谒祖陵后，路过邹县。他见百姓男女持筐，在路上捡拾草籽，就停马问捡草籽有什么用处。百姓跪下回答说："年成不好，用来食用。"太子悲悯，下马进入民舍，看到男女百姓都穿着打有很多补丁的衣服，锅灶倾倒，感叹说："百姓苦难不能上奏朝廷到了这地步吗？"回头让太监赐给百姓钱钞，并且召集乡间父老，问他们疾苦，撤下自己的食物赐给他们。当时山东布政使石执中来迎接，太子责备他说："做地方长官而百姓这样贫困，内心触动也没有？"石执中说："凡是遭受灾难的地方，都已上奏乞求免征今年秋税。"太子说："百姓挨饿将死，还要征税吗？快散发官仓的粟米来赈济他们。"石执中请求每人给三斗，太子说："暂且每人给六斗，你不要惧怕擅自打开官仓的罪过，我见到皇上会自己上奏。"

可杀自寡

或谓物类克塞[一]，恐无所容。岂知现前被杀之众俱是前生好杀之俦？轮回之理，言之痛心。若戒杀之人既多，则可杀之物自寡，是故虎虽残而知徙，鳄虽暴而可驱。若虑人不食兽，兽将逼人，何不虑人不食人，人将相碍乎？

【校勘】

（一）克塞：乃"充塞"之讹。充塞，塞满、充满。

【译文】

有人认为世上充满各种动物，恐怕不能包容。哪里知道眼下被杀的都是前生好杀的？轮回的道理，说来令人痛心。如果戒杀的人已经很多，那么可杀的物类自然会很少。因此虎虽然残暴，却知道迁徙，鳄鱼虽然暴虐，却可以驱逐。如果担心人不吃兽，兽将逼人，为什么不担忧人不吃人，人将相互妨碍呢？

均此灵光

善生人类，恶生物类，托生均此灵光[1]。物多人杀，人多鬼杀，畏死同兹怖念。夸珍说味，谁肯持刀戕自己形躯？戒杀禁镵[2]，免得转世酬众生冤债。

【注释】

[1] 灵光：佛教指人良善本性。谓在万念俱寂时，良善本性会发出光耀。
[2] 镵（chán）：刺。此指杀。

【译文】

多有善行灵魂会托生人类，多有恶行灵魂会托生物类，托生均靠这灵光。物多为人杀，人多为鬼杀，怕死是人物同样的可怕念头。夸说珍味，谁肯拿刀戕害自己躯体？戒绝杀戮，免得转世报偿众生的冤债。

门户清宁与胤嗣繁盛

燕莺巢[1]产，尽护惜弱息[2]娇雏；蝼蚁穴居，各栖止安窝乐舍。惊栖发蛰，奚望门户清宁？覆卵伤胎，难冀胤嗣繁盛。

【注释】

[1] 巢：古同“巢”。

[2] 弱息：原指年幼弱小的子女。

【译文】

燕莺巢中生产，尽护惜幼弱雏鸟；蠓蚁穴居，各栖息自己安乐窝。惊动栖息鸟，发掘蛰居虫，怎么期望门户清宁？破卵伤胎，难以期望子孙繁盛。

佛家护法

黄汝楫[1]赎还千人，方可称给孤[2]长者；曹武穆（一）不伤百物，此之谓天大将军[3]。

【校勘】

（一）穆：为"惠"之误。曹武惠，指北宋名将曹彬，谥武惠。张光祖《言行龟鉴》记载：曹武惠王……尝曰："自吾为将，杀人多矣，然未尝以私喜怒辄戮一人。"其所居堂屋敝，子弟请加修葺，公曰："时方大冬，墙壁瓦石之间，百虫所蛰，不可伤其生。"

【注释】

[1]黄汝楫：北宋诸暨人，官任朝议郎，所生八子均有功名，其中五个为进士，居官显赫。张岱《夜航船》记载："方腊犯境，（黄）汝楫出财物二万缗，赎被掠士女千人。夜梦神告曰：'上帝以汝活人多，赐五子科第。'"
[2]给孤："给孤独园"简称，佛教语，古印度佛教五大道场之一，常用作佛寺代称。
[3]天大将军：佛教护法神。

【译文】

略。

当念他痛

人身有一疾，呻吟彻眠梦。买药与呼医，告佛仍设供。诸佛虽不语，悯汝颠倒重。杀羊食其心[1]，何不念他痛？

【注释】

[1] 杀羊食其心：此诗为宋代僧人怀深所作《古风》第十七。怀深自注：法进禅师，开皇中，蜀王临益州，以妃患痛，命医，方士符咒都无效，乃请进。进辞曰："某住山今八十岁，与木石等。愿报大王不及也。"王再三请，进坚不行。王遂怒，欲斩之。既见进，王不觉身颤汗下，遂回心曰："妃病心痛，日夕呻吟。诚不忍闻，愿师慈悲，救此苦。"进曰："大王每日杀羊食心，岂不苦痛？一切众生皆是佛子，何因此妃生此偏爱？"王忏悔谢。进曰请王先行，进随入。妃一见师汗流，因尔便愈。王与妃见师足离地四五寸。见《高僧传》。

【译文】

略。

脏腑化人

俣羽毛鳞介名曰"五虫[1]"。天地生之，均之为子。岂其生各种之子供一种之子之食？岂其忧一种之子之素餐而死，忍令各种之子之负痛捐生？今人不至杀人而食，不过畏法不敢，畏因果不习[（一）]。设其不尔，屠酤[2]之肆且悬人肉如林，若黄巢置舂磨寨[3]，秦宗权载盐尸给军[4]，杨完者掠人为粮[5]。迤若山东大饥，父子夫妻递相杀食，便安然食人，无少颦蹙，将人亦天生以供人食者耶？今人过尸林义冢，骸骼狼藉，无不秽呕疾趋，乃不悟食啖众生，日以脏腑为众生尸林义冢，形则人而脏腑化众生久矣。一旦眼光堕地[6]，命命填偿，诸趣[7]遍历，如游园观镬汤炉铁，雨剑风刀，无有出期，噬脐无及矣。岂不哀哉？

【校勘】

（一）习：当为"虚"之讹。

【注释】

[1] 五虫：古人把动物分为五类：倮虫（倮同"裸"，即无毛覆盖，指人类及蛙、蚯蚓等），羽虫（禽类）、毛虫（兽类）、鳞虫（鱼类及蜥蜴、蛇等具鳞的动物，还包括有翅昆虫）、介虫（指有甲壳的虫类及水族），合称"五虫"。

[2] 屠酤：屠宰牲畜和买卖酒浆。

[3] 春磨寨：《旧唐书·列传第一百五十》："贼（指黄巢起义军）围陈郡百日，关东仍岁无耕稼，人饿倚墙壁间，贼俘人而食，日杀数千。贼有春磨砦（"寨"字或体），为巨碓数百，生纳人于臼碎之，合骨而食，其流毒若是。"

[4] 秦……军：据明朝徐应秋《玉芝堂谈荟》记载："秦宗权遣将四出，所至屠戮殆尽，行兵未尝转粮，止载盐尸以从。"秦宗权，河南郡许州人，唐末军阀。

[5] 杨完者：苗族，元朝末年将领，字世杰，元末武冈路赤水（今湖南城步）人，本是元代农民起义将领，后受招安为官，初授千户，官至元帅。

[6] 眼光堕地：即投胎托生。

[7] 诸趣：六道轮回别称。

【译文】

裸羽毛鳞介名叫"五虫"。天地生下他们，都是天地生养的动物，难道生各种动物供一种动物来食用吗？难道担忧一种动物素食而死，忍心令各种动物承受痛苦抛弃生命？现在的人不至杀人而食，不过畏惧法令不敢，畏惧因果报应不虚。假设不是这样，宰牲畜和卖酒的铺子里会悬人肉如林，就像黄巢设置春磨寨，秦宗权载盐尸供应军队，杨完者掠夺人口作为粮食。近来像山东遭遇大饥荒，父子夫妻互相杀食，便坦然吃人，连眉头都不皱，把人也当成生来供人食用的动物吗？今人过尸林义冢，见骨肉狼藉，无不觉得肮脏呕吐赶快离开，却不省悟食用众生的肉，一天天把脏腑当成了众生的尸林义冢，形体还是人而脏腑转变成众生的尸林义冢已好久了。一旦转生投胎，命命相抵偿，六道遍历，像游园观汤锅铁炉，雨剑风刀，没有出期，便后悔不及了。难道不悲哀吗？

拟寒山诗

《拟寒山诗》[1]：老翁死却儿，昼夜搥[2]胸哭。痛心彻骨髓，叫云我孤独。何不返思量？恣啖猪羊肉，羊岂不思儿？猪亦有眷属。

【注释】

[1]《拟寒山诗》：宋代慈受怀深禅师所作。

[2] 搥：同"捶"。

【译文】

略。

屠二万牛

孝宗朝，诏婺州市牛筋五千斤。时李侍郎椿[1]为婺守，奏："一牛之筋才四两，今必求此，是欲屠二万牛也。"上悟，为收前诏。

【注释】

[1] 李侍郎椿：李椿，字寿翁，宋朝洺州永年人，进士起家，官至吏部侍郎。

【译文】

宋孝宗时，朝廷下诏要买五千斤牛筋。后来担任侍郎的李椿当时任婺州知府，上奏说："一头牛的筋才四两（当时十六两为一斤），这要杀二万头牛。"皇上醒悟，因此收回先前诏令。

燕客避丧

蒋给事性中[1]在京燕客，已卜日矣。适邻家子丧，公言："彼方悲哭，而吾何忍欢笑？"遂止之。数日，丧去，乃召客也。

【注释】

[1] 蒋给事性中：见本卷三"性中建梁"条。

【译文】

给事中蒋性中在京举行宴会宴客，已看好日子了。适逢邻家子丧，蒋性中说："他家正悲伤哭泣，可我怎忍心欢笑？"于是他就中止举办宴会。几天后，丧事办完，他才请客。

时中蔬食

正德己巳大水，乡民饥。曹公时中贷米百石，又力劝诸大夫行赈，乡民赖以全活者甚众。亲党招饮，皆不赴，曰："民绝粒，而我辈乃列筵哉？"日食亦止蔬食，候岁稔始如常。

【译文】

正德己巳年遭遇大水灾，乡民饥困。曹时中借米百石，又力劝众乡绅进行赈灾，乡民赖以保全活命的很多。亲朋招他饮酒，他都不赴宴，说："百姓绝粮，可我辈竟然可以列筵而食吗？"他每天也只吃素食，等丰收后才像平时一样。

平时仁爱

怒既累德，亦复伤生。欲令当境和平，须在平时仁爱。

【译文】

　　愤怒既连累修养德行，又戕害生命。要想面对境况心平气和，须在平时加强仁爱的修养。

爱惜雀命

　　镇江军士范某妻，病劳瘵[1]，濒死。有医者云："用雀百头，制药末饲之，至三七日，服其脑，当瘥[2]。然一雀莫减也。雀有死者，旋买之以充数。"范依言笼雀。妻闻之，恚曰："以吾一命残物百命，宁死，决不为此也。"夺笼放之。未几，病自痊，且怀妊，生男。男两臂中，各有黑痣如雀形，一飞一俛[3]，羽毛分明，不减刻画。

【注释】

[1] 劳瘵（zhài）：常作"痨瘵"，即肺结核病。

[2] 瘥（chài）：病愈。

[3] 俛：同"俯"。

【译文】

　　镇江军士范某妻子，害肺痨，快死了。有医生说："用雀百只，制药末来吃，至逢三逢七日子，服用雀脑髓，会痊愈。可是一只雀也不能减少。如果其间有雀死掉，要赶紧买来充数。"范某依言买雀，装在笼中。妻子听后，发怒说："为我一条性命残害百雀性命，宁愿死掉，决不这么干。"夺过笼子，把雀放飞。不久，病自然痊愈，而且怀孕，后来生了儿子。儿子两臂里侧，各有黑痣像雀形，一飞扬，一俯冲，羽毛分明，不比刻画得差。

轸恻百姓

　　民饥而我^{（一）}粱肉，如茹荼毒[1]；民寒而我褐裘[2]，如披荆棘；

民愁而我歌拍[3]，如闻喑咽；民劳而我安闲，如在恫瘝[4]。故临民者终日屹屹[5]，惟上念头上之彼苍，下轸眼前之我赤[7]。

【校勘】

（一）我：此则中"民饥……如在恫瘝"出自明代茅坤任大同知县时所写《左右二铭》之《左铭》部分，故代指茅坤。

【注释】

[1] 荼毒：毒害。荼，一种苦菜。毒，螫人之虫。

[2] 裼（tì）裘：古行礼时，袒外衣而露裼衣，且不尽覆其裘，谓之裼裘。此指裘皮大衣。

[3] 歌拍：唱歌拍手。

[4] 恫瘝：病痛，疾苦。

[5] 屹屹：犹矻矻，勤奋不懈貌。

[6] 轸（zhěn）：轸恻，怜悯关心。

[7] 赤：赤子，即百姓。

【译文】

百姓饥饿而我吃白米肥肉，如同吃苦菜毒虫；百姓寒冷而我穿裘皮大衣，如同身披荆棘；百姓忧愁而我唱歌欢乐，如同听闻呜咽；百姓劳苦而我安闲，如同身患病痛。所以治理百姓的官员终日勤奋不懈，要向上想到头上那苍天，向下关心眼前我的百姓。

干不弃民

邹干[1]为兵部郎中，英庙北狩[2]，京城戒严。干超迁本部右侍郎，凡处繁应变，多不待奏报而行。一日，乡民万余欲避虏城中，守者难之。干曰："立城本以卫民耳，急而拒民于外，可乎？"力主纳之，全活者众。

【注释】

[1] 邹干：字宗盛，明代余杭人，官至礼部尚书，正直爱民。

[2] 英庙北狩：指明英宗北征瓦剌惨败的婉辞。

【译文】

邹干做兵部郎中时，明英宗被瓦剌俘获，京城戒严。邹干被破格提拔为兵部右侍郎，大凡处理应对繁难事务，多不等待奏报就施行。一天，一万多乡民想到城中躲避瓦剌人，守城人不让进城。邹干说："建城本是为保卫百姓，今有急难，把百姓挡在城外，可以吗？"邹干力主接纳他们，保全了很多人性命。

不取不放

梁武帝遣人放生于石头城下洲，置十户在洲旁，掌谷粟以饲鱼禽，名长命洲。魏李恕来朝，帝适放生，问曰："北主颇事此乎？"恕对曰："本国不放亦不取⁽一⁾。"

【校勘】

（一）不放亦不取：据南北朝顾野王所编《舆地志》，为"不取亦不放"。

【译文】

梁武帝派人在石头城（南京古城）下沙洲边放生，安置十户人家住在洲中，掌管用谷米来喂养放生动物，所以称呼这洲为长命洲。北魏派使臣李恕来朝见，适逢梁武帝放生，梁武帝问李恕："北方君主爱干这个吗？"李恕回答说："我国不取也不放。"

如割自身

鸡造杀业，不免一刀；而我不杀鸡，则固已省己之一刀耳。是故佛氏见杀如割自身，不独为受杀者代其见时[1]之痛，又为造杀者代其将来之痛。众生未及知，而慈父[2]如眼数雨，见之了了矣。

【注释】

[1] 见时：现在，眼下。

[2] 慈父：指佛陀。

【译文】

　　鸡前生造下杀业，不免一刀；而我不杀鸡，则本来已经省掉自己的一刀罢了。因此佛陀见杀如割自身，不独为挨杀的代其现在的痛苦，又为造杀的代其将来的痛苦。众生未及知，而佛陀如眼数雨，看得很清楚了。

不焚库积

　　宾筵苦醉饱不堪，则何不携杯盂一二，以施之饿而欲死者？使足干(一)半菽[1]可生也。何不以残杯冷汁(二)施之于平生不知肉味者，使其知人间之有此味也。

【校勘】

（一）干：为"于"之误。

（二）汁：为"炙"之误。

【注释】

[1] 半菽：谓半菜半粮，指粗劣饭食。菽，豆。

【译文】

　　客人在宴会上醉饱不能忍受，为什么不携带一些，来施舍给饿得快死的人？让他们得到粗劣饭食就可以活下来。为什么不拿残羹冷炙施舍给平生不知肉味的人？以使他们知道人间有这种味道。

口德卷之十二

口德卷首题记

攻隐慝，造蜚谣，舌底逞龙泉，须防鬼瞷；诋潜修，扬中冓，腹间藏蜂虿，自取数穷。彼一语兴戎，何如片言挟纩？吾辈当浑默精深，勿徒效仰天之唾也。纂口德第十二。

造物示意

利泰西^(一)云："造物者制人，两其手，两其耳，而一其舌，意使^(二)多闻、多为而少言也；其舌又置之口中奥深，而以齿如城、唇如郭、须如垒，三重围之，诚欲甚警之，使讱^[1]于言矣。不尔，曷此严乎？"

【校勘】

（一）利泰西：乃"利西泰"之讹。利西泰，指利玛窦，号西泰，意大利天主教耶稣会传教士，明朝万历年间来到中国传教。

（二）使：据利玛窦《畸人十篇之五君子希言而欲无言》，为"示之"之讹。

【注释】

[1] 讱（rèn）：出言缓慢谨慎。

【译文】

利玛窦说："造物主造人，造了两只手，两只耳，而只有一条舌头，意在向人表明要多听、多做而少说话；那舌头又放在口中深奥处，而把牙齿当成内城，把唇当成外城，把胡须当作营垒，三重包围，实在是想严厉地警告人，使人出言缓慢谨慎。不这样，为什么包围得这么严密呢？"

兜率泥犁

著警劝书，拔众灵超业海[1]，虽细善应生兜率[2]；作绮艳语，导群盲[3]入爱坑，任高才定堕泥犁[4]。

【注释】

[1] 业海：比喻使人沉沦的种种罪恶。

[2] 兜率：欲界的第四天。释尊成佛以前，在兜率天，从天降生人间成佛。

[3] 群盲：谓无知的人们。

[4] 泥犁：即地狱。

【译文】

略。

邓析之教

洧水[1]之滨，有富人溺死。得其尸者，索赎千金。其家患之，谋于邓析[2]。析曰："第安之，必无买此者。"求赎者见其不动，亦谋于析。析曰："第安之，必无更卖此者。"余见今世憸[3]人，遇两争之家，而阴为主画，必令相持不下，然后恣其颠倒眩乱之说，彼此线索，尽在握中，以收其利。此皆邓析之教也。

【注释】

[1] 洧（wěi）水：中国最古老河流之一，即今双洎河。

[2] 邓析：河南新郑人，郑国大夫，春秋末期名家学派先驱人物。

[3] 憸（xiān）：奸邪。

【译文】

涌河河边，有个富人被淹死了。有人打捞起富人尸体，索要赎金千金。富人家属担忧这事，让邓析来帮忙谋划。邓析对他说："你只可放心，必定没有买尸体的。"得尸体的人见富人家没有动静，也来请邓析出主意。邓析说："你只可放心，再无别处卖尸体的。"我见到现今世上奸邪人，遇到两相争斗的家庭，而暗为主人谋画，必令相持不下，然后恣其错乱迷惑的说辞，彼此的线索，都操纵在他手中，来收取利益。这都是邓析教的。

语伤谶刻

南部考察，刑部出^{（一）}一郎中。时刘公忠 [1] 为太宰，人问刘何以得其情而黜之，㧑之 [2] 曰："王顾左右而言他 [3]。"时考功 [4] 王韦 [5]、验封 [6] 顾璘 [7] 为刘所信任，故云。言洽和而语伤谶刻 [8] 矣。

【校勘】

（一）出：据明代顾起元《客座赘语》（卷三），为"黜"之误。

【注释】

[1] 刘公忠：即刘忠，字司直，明朝陈留人，官至吏部尚书兼文华殿大学士，谥文肃。

[2] 㧑之：即黄谦，字㧑之，明朝江宁人，曾官户部主事人。

[3] 王顾左右而言他：指离开话题，回避难以答复的问题。此指身边的王、顾二位郎中说的。

[4] 考功：指吏部考功司郎中，为考功司主官，总掌百官功过善恶之考法及其行状。

[5] 王韦：字钦佩，号南原，明代上元(今江苏南京)人，官至河南提学副使。

[6] 验封：指吏部验封清吏司郎中，为验封清吏司主官，掌文职官员之封爵、议恤、褒赠、土官世职及任用吏员等事。

[7] 顾璘：字华玉，号东桥居士，明代长洲（今江苏吴县）人，官至南京刑部尚书。

[8] 谗（chán）刻：刻薄。

【译文】

南京各部官员考察时，刑部罢免一郎中。当时刘忠做太宰（吏部尚书古称），有人问刘忠凭借什么得知那郎中不称职的实情，从而罢免他的，黄搞之说："王顾左右而言他。"当时考功郎中王韦、验封清吏司郎中顾璘被刘忠所信任，所以这样说。说得洽和而言辞有伤刻薄。

鼠拖生姜

工部主事黄谦[1]，会试时，过书肆，有《菊坡丛话》[2]四册，持阅之。傍一人从公借阅，视其貌寝甚，调之曰："老鼠拖生姜。"讥其无用也。其人微笑，私问公姓名。后与黄同第，官刑部。会公以夤缘[3]事发，参送法司。其人坐黄受贿削籍[4]。过司日，大声曰："老鼠拖生姜。"黄始悟结怨之由。

【注释】

[1] 黄谦：见上条注[2]。

[2]《菊坡丛话》：明代单宇撰。单宇，字时泰，号菊坡，临川人。

[3] 夤缘：指攀附上升，后喻攀附权贵，向上巴结。

[4] 削籍：革职。

【译文】

工部主事黄谦，当年参加会试时，路过书店，店里有《菊坡丛话》四册，就拿起阅读。旁边一人向黄谦借阅，黄谦看那人相貌极其丑陋，调笑他说："老鼠拖生姜。"讥笑他读书没有用处（老鼠不会吃生姜）。那人微笑，私下里问黄谦姓名。后那人与黄谦同榜中第，在刑部任官。适逢黄谦因攀附的事被揭发，被弹劾送司法机关处理。那人判定黄谦受贿革职。黄谦过堂那天，那人大声说："老鼠拖生姜。"黄谦才明白结怨因由。

得饶人处

绍兴末，朝士多饶州人。时人语曰："诸公皆不是痴汉。"又有监司发荐[1]京官状，以关节欲与饶州人。或规其当先孤寒，监司者愤然曰："得饶人处且饶人。"

【注释】

[1] 发荐：被荐举。

【译文】

南宋绍兴（宋高宗年号）末年，在朝中当官的多是饶州人。当时有人说："众人都不是傻子。"又有一个监司推荐京官的任命人选，因为人情关系要给饶州人。有人规劝主管的人应先给出身低微的人，那个监司发怒说："应当用饶州人时就起用饶州人。"

后有不同

闻君子议论，如啜苦茗，森严[1]之后，甘芳溢颊[2]；闻小人谄笑，如嚼糖冰，爽美之后，寒冱[3]凝腹。

【注释】

[1] 森严：威严。此指苦涩。

[2] 溢颊：满齿颊。

[3] 寒冱（hù）：严寒冻结。

【译文】

略。

滥言舌枯

宋民有祝期生者，儇薄[1]好彰人短。人有体相不具者，讥笑之；妍美者，嫉毁之；愚者，侮之；智者，訾之；贫贱者，鄙薄之；富贵者，讪谤之。官僚则讦阴邪，士友则发隐曲[2]。其门阀才望无可拟议[3]者，则必巧摘其短，曰乃祖微人也，乃父鄙人也，母家工商也，妻家驵侩[4]也，弟不良也，子不肖也。有小过者，必增饰以成其短，甚至以无为有，以十为百，以疑似为端的[5]，以偶然为故犯，以不得已为优为[6]，以错误为情实。度其人可欺，即面折[7]之，众辱之。待他人如此，待亲族亦如此。平生知识[8]，无不在其贬剥之中，甚者目父母为顽嚚[9]，目兄弟为管蔡[10]；教人兴讼，己复和之；教人诅骂，己复证[11]之。习之既久，不以为异。晚年忽病舌黄，每作，必须砭刺，出血数升乃已。既而复作，又须刺之。一岁间作者五七，痛苦切至，竟至舌枯而卒。

【注释】

[1] 儇（xuān）薄：轻佻。

[2] 隐曲：隐私。

[3] 拟议：比拟。

[4] 驵（zǎng）侩（kuài）：原指马匹交易经纪人，后泛指经纪人、市侩。

[5] 端的（dì）：确实。

[6] 优为：愿意做。

[7] 面折：当面责备。

[8] 知识：熟人。

[9] 顽嚚（yín）：愚妄奸诈。

[10] 管蔡：周武王之弟管叔、蔡叔，因二人叛乱，后常代指忤逆的弟弟。

[11] 证：作证（以消除恶毒的谩骂）。

【译文】

略。

人宜守口

夏阁老^(一)谨言行，语^(二)云：人生宜守口，话言当自考。多知多是非，少管少烦恼。布德反为仇，施恩成不好。相逢但寒温，万事皆默了。不必揭人恶，切莫夸己善。行人口似碑，好歹悉皆见。禄厚恐祸生，言深虑交浅。何如藏舌锋，彼此无欣怨。

【校勘】

（一）夏阁老：似当指夏原吉。夏原吉，字维喆，湖南省湘阴人，明初重臣。不过，夏原吉不曾入阁，不当称为"阁老"。称"夏阁老"的可以是嘉靖时期首辅夏言，但夏言不是言行谨慎人。

（二）语：下面十六句中，前八句见于宋代怀深禅师《古风》之六十二。原诗："守口要如瓶，语言当自保。多知多是非，少出少烦恼。东平乐为善，司马只称好。相逢但寒温，万事皆默了。"怀深自注：东平王苍（指光武帝之子刘苍），显宗（汉明帝刘庄的庙号）弟。显宗问："卿在家以何事最乐？"苍云："为养最乐。"帝叹之。后汉司马徽口不谈人之短。与人语，无问好恶，皆言好。有人问安否，答曰好。有人自陈子死，答曰好。妻责之曰："人以君有德，故问。何故闻人子死，亦言好？"徽曰："卿言亦大好也。"此后八句见于怀深禅师《古风》之一三八。原诗："不必扬人恶，切忌伐己善。行人口似碑，好丑悉皆见。禄厚恐祸生，言深虑交浅。不如省事休，彼此无欣怨。"

【译文】

略。

谢氏笞儿

吴庠[1]妻谢氏，其子名贺。贺与宾客言及人之长短[2]，夫人屏间窃闻之，怒笞贺一百。或解夫人曰："臧否[3]，士之常。忍笞之若是？"夫人曰："爱其女者，必取三复白圭[4]之士而妻之。今独产一子，使知义命[5]，而出语忘亲[6]，岂可久之道哉？"因泣涕不食。贺由是恐惧谨默。

【注释】

[1] 吴庠：不详。此故事最早见于宋代吕祖谦《辨志录》，可推吴庠为宋及宋以前时人。

[2] 长短：偏义复词，指短处。"长"无意义。

[3] 臧否（pǐ）：褒贬，评论。

[4] 三复白圭：指慎于言行。语出《论语·先进》："南容三复白圭，孔子以其兄之子妻之。"何晏集解引孔安国曰："《诗》云：'白圭之玷，尚可磨也；斯言之玷，不可为也。'南容读诗至此，三反复之，是其心慎言也。"

[5] 义命：天命。泛指本分。

[6] 出语忘亲：指口出恶言。语出《礼记》："一出言而不敢忘父母，是故恶言不出于口，忿言不反于身，不辱其身，不羞其亲，可谓孝矣。"

【译文】

吴庠的妻子谢氏，有儿子名叫吴贺。吴贺与宾客谈论他人的短处，谢氏在屏风后私下里听到，怒打吴贺一百板子。有人劝解夫人说："褒贬人物，这是读书人常有的事。怎忍心这样打他？"夫人说："爱自己女儿的，一定择取三复白圭慎于言行的人士嫁给他。今只生一子，要让他知道本分，可是口出恶言，难道是长久之道吗？"于是哭泣绝食。吴贺从此变得小心谨慎，沉默不语了。

当绝四语

士大夫处世能绝四语，可与论道矣。一曰耳语，一曰目语，一曰手语，一曰足语。呫[1]嗫而谈者，私也；睇笑而谈[2]者，险也；握手而道者，伪也；蹑足而告者，昵也。言堂满堂，言室满室，在朝言朝，在家言家，君子之言如是。

【注释】

[1] 呫（tiè）嗫（niè）：附耳细语。

[2] 睇笑而谈：使眼色谈笑。

【译文】

士大夫处世能弃绝四语，才可以和他谈论道理。一是耳语，一是目语，一是手语，一是足语。附耳细语，是不公正的表现；使眼色而谈笑，是奸诈的表现；握手谈话，是虚伪的表现；跺脚而告，是过分亲昵的表现。在堂屋说话要让满堂屋的人都听到，在室内说话要让整个室内的人都听到，在朝堂就说朝堂上的话，在家里就说家里的话，君子说话就像这样。

纵意游口

纵意之嚬笑[1]，成千古之忧；游口之春秋[2]，中一生之毒。

【注释】

[1] 嚬笑：皱眉和欢笑。借指厌恶和喜欢。嚬，古同"颦"，皱眉。

[2] 春秋：褒贬。《春秋》用字，意寓褒贬，因借其意。

【译文】

尽情表达好恶，会造成永远的忧患；随口进行褒贬，会招致一生的祸害。

惟口兴戎

金性虽质，处剑即凶；水德虽平，经风即险；人性虽善，惟口兴戎[1]。

【注释】

[1] 兴戎：引起争端。

【译文】

金属本性虽然质朴，但做成剑，就会变得凶狠；水属性虽然平和，但遇上风，就会变得险恶；人本性虽然善良，但随口乱说话，会引起争端。

多年老冰

刘贡父[1]幕次[2]与三卫[3]相邻，诸帅玩一水晶盂，问何物（一）而莹洁如此。贡父应声曰："此乃多年老冰[4]也。"四字伤若干和，结若干怨。

【校勘】

（一）物：据北宋何薳所撰《春渚纪闻》，字后夺"所成"二字。

【注释】

[1] 刘贡父：即刘攽（bān），字贡父，号公非，临江新喻人，北宋史学家。
[2] 幕次：临时搭起的帐篷。
[3] 三卫：宋代对"三衙"别称，指掌管禁军殿前司、侍卫亲军马军司、侍卫亲军步军司。
[4] 多年老冰：双关，讥刺说话的统帅为"多年老兵"。

【译文】

刘贡父临时搭起的帐篷与三衙统帅相邻，诸帅玩赏一只水晶盂，一人问是什么东西做成而这样晶莹光洁。刘贡父应声说："这就是多年老冰做成的。"四字伤若干和气，结若干怨恨。

不谈人短

徐孟章有言曰："仕路乃毒蛇聚会之地，君[一]平昔心肠条直[1]，全不使乖[2]，今却不宜如此。坐中非但不可谈论人长短得失，虽论文谈诗，亦须慎之。不然，恐谤议交作矣。"

【校勘】

（一）君：此则摘自明代陆容《菽园杂记》，故代指陆容。

【注释】

[1] 条直：直爽。
[2] 乖：乖滑。

【译文】

徐孟章有话说："仕途是毒蛇聚会的地方，你平昔心肠爽直，全不使用乖滑，现在却不应该像这样。座中非只不可谈论别人短处与过失，即使论文谈诗，也应该谨慎。不然，恐诽谤议论会纷纷而起。"

慎防泄露

韩朝侯[一]与棠磎公语，而终夜独寝，虑寱[1]言泄于妻妾也。孔光[2]不对温室之树，恐言之泄于左右也。吕公著不答语次嘉问之问[3]，恐言论意指之窥测于门客子弟也。

【校勘】

（一）韩朝侯：为"韩昭侯"之误，姬姓，韩氏，名武，战国时期韩国君主。

【注释】

[1] 㜲（yì）：古同"呓"，梦话。

[2] 孔光：字子夏，西汉后期曲阜人，官至大将军。据《汉书》（卷八十一）记载：沐日归休，兄弟妻子燕语，终不及朝省政事。或问光："温室省中树皆何木也？"光默不应，更答以他语，其不泄如是。

[3] 吕……问：陆游《老学庵笔记》（卷二）："吕正献平章军国时，门下客因语次，或曰：'嘉问败坏家法，可惜。'公不答，客愧而退。"嘉问，即吕嘉问，字望之，北宋寿州人，官至宝文阁待制。吕公弼对王安石新法有异议，打算上疏反对，属稿甫就，吕嘉问窃其稿以助安石，被吕家称为"家贼"。

【译文】

韩昭侯与棠磎公谈话，而终夜独睡，担心说梦话时被妻妾听到。孔光不回答温室里有什么树木，担心言语泄露给身边人。吕公著不回答门客在谈话之际对吕嘉问的问讯，担心言论主张被门客子弟窥测。

不可深据

清慎如卢怀慎矣，而世有伴食[1]之诮；忠勤如李文靖矣，而世有无口瓠之讥。恒人之言顾可深据哉？

【注释】

[1] 伴食：陪同进食。唐时朝会毕，宰相率百僚集尚书省都堂会食，后遂以指居宰辅之位而无所作为。

【译文】

清廉谨慎如卢怀慎，而世人有伴食宰相讥讽；忠诚勤勉如文靖公李沆，而世人有无口瓠瓜讥刺。常人的话难道可以深为依据吗？

不可着口

凡一事而关人终身，总^{（一）}实见实闻，不可着口；凡一语而伤我长厚，虽闺^{（二）}谈酒谑，慎勿形言。

【校勘】

（一）总：当为"纵"之讹。

（二）闺：当为"闲"之讹。

【译文】

略。

溢流难收

清献公座右铭有曰：盛怒中勿答人简，既形纸笔，溢语^{（一）}难收。荀子谓："伤人之言，甚于矛戟。"况形于纸笔乎？

【校勘】

（一）语：据《忍经》，为"流"之讹。

【译文】

清献公赵抃座右铭说在愤怒时不要写信给别人，如果已经成了白纸黑字，就像流出去的水那样难以收回。荀子说："伤人的话，比矛戟厉害。"何况用笔写在纸上呢？

真油嘴也

夏学正[1]病，有传方，焚漆头巾[2]作灰，酒服之，烦^{（一）}躁而卒。学正少与南太宰张公滧[3]同舍，因为志其墓，其铭曰："少学于学宫，既官于学宫，今也卒于学宫。呜呼，夏公！"黄伪之^(二)为改数字：
"少学于头巾，既官于头巾，今也卒于头巾。呜呼，夏君！"太宰
闻之，叹曰："真油嘴也。"

【校勘】

（一）烦：据顾起元《客座赘语》，字前夺"其子取服，顷之"六字。
（二）伪：为"撝"字之讹。

【注释】

[1] 学正：负有训导之责的学官。
[2] 头巾：指明清时规定给读书人戴的儒巾。有时代指儒生。
[3] 张公濂：即张濂，字仲湜，号泾川，广西平南平人，官至尚书，谥文懿。

【译文】

　　夏学正生病，有个流传的方子，说把漆头巾焚烧为灰，用酒服下，
可治。他儿子给他拿来，让他服下，不久，他就烦躁而死。学正年轻
求学时与南京吏部尚书张濂同住一舍，张濂于是为他题写墓志，墓志
铭文说："年轻时学习在学宫，后来做官在学宫，现在死在学宫。呜呼，
夏公！"黄撝之为铭文改了几字："少学于头巾，既官于头巾，今也
卒于头巾。呜呼，夏君！"张濂听说后，叹惜说："真是油嘴滑舌。"

大为可惜

　　闻人谈一善事，述一善人，必巧为无端不可解之语，逆夺之，
使满座哄然，而谈者色沮，然后为快。既造口业，亦增意业^[1]。一
生聪明用之此处，大可惜矣。

【注释】

[1] 意业：意所起之业，有善有恶。此指意恶业，即贪欲、嗔恚、邪见等。

【译文】

听人谈一善事，谈一善人，一定巧说无来由不可理解的言语，指出其破绽，让满座人哄笑，而谈话人神色沮丧，然后自己内心快乐。既在口头上造下恶业，也增加心里恶业。一生聪明用在这里，大为可惜。

称赏李泌

唐德宗尝称李泌云："朕言当，卿常有喜色；不当，常有忧色。虽时有逆耳之言，而气色和顺，无陵傲好胜之志，直使朕中怀已尽而屈服，不能不从。"吁，彼以直戆[1]为忠者难为君矣！

【注释】

[1] 戆（zhuàng）：憨直。

【译文】

唐德宗曾经称赞李泌说："我的话得当，爱卿卿常有喜色；不当，常有忧色。虽然时有逆耳的话，而神气脸色温和恭顺，没有凌压傲慢好胜想法，简直使得我内心毫无保留而屈服，不能不听从。"唉，那些把憨直看成忠诚的人难为君主啦！

永塞祸本

《水浒》一编倡市井萑苻[1]之首，《会真》[2]诸记导闺房桑濮[3]之尤。安得罄付祖龙[4]，永塞愚民祸本？

【注释】

[1] 萑（huán）苻：泽名。《左传·昭公二十年》："郑国多盗，取人於萑苻之泽。"一说，凡丛生芦苇之水泽，皆可谓之萑苻之泽。后以称盗贼出没处。进而借指盗贼。

[2]《会真》：即《会真记》，又名《莺莺传》，唐人元稹所作爱情传奇。

[3] 桑濮：即桑间濮上。桑间在濮水之上，古代卫国地方。后来用"桑间濮上"指淫靡风气盛行的地方。

[4] 祖龙：特指秦始皇嬴政。此指烧掉，因始皇曾焚书，故言。

【译文】

《水浒》一部书是倡导民众为盗贼的大恶，《会真记》等作品是引导妇女淫荡的元凶，怎么才能全都付之一炬，永绝百姓祸害本源？

莫寻闲话

对人无可说话，慎勿强寻闲话来说。不是承迎世人，求为欢悦，便是自家无着落，消遣不过。

【译文】

略。

口无过错

陈了翁[1]曰："言满天下无口过，非谓不言也，但不言人是非长短利害，所以无口过。"

【注释】

[1] 陈了翁：即陈瓘，字莹中，号了斋，北宋福建沙县人，谥号忠肃。

【译文】

略。

德进言简

虚斋[1]曰："有道德者必不多言，有信义者必不多言，有才谋者必不多言，惟见夫细人、狂人、佞人乃多言耳。"明道曰："德进则言自简。"

【注释】

[1] 虚斋：即蔡清，字介夫，号虚斋，明朝福建晋江人，官至江西提学副使。

【译文】

　　虚斋说："有道德人必定不多说话，有信义人必定不多说话，有才谋人必定不多说话，只有见到那小人、狂人、佞人才会多说话罢了。"明道先生程颢曰："德行进步了，那话语自然会少。"

慎勿多言

　　宁鸠子[1]曰："喜极勿多言，怒极勿多言，醉极勿多言。"晦翁曰："觉言语多便简点[2]。"

【注释】

[1] 宁鸠子：即贾三近，明朝山东峄县人，字德修，别号宁鸠子，官至兵部右侍郎。
[2] 简点：此指约束克制。

【译文】

　　略。

言语慎重

　　人情(一)厚密之时，不可尽以密私之事语之，恐一旦失欢，则前言得凭为口实。至失欢之时，亦不可尽以切实之语加之，恐忿平复好，则前言可愧。大抵忿怒时，最不可指人隐讳，反暴其父祖之愆。盖一时怒气所激，惟恐语之不深，事之不切，而不知彼之怨恨已深入于骨髓。古人谓"伤人之言，深于矛戟"，俗亦谓"打人莫打膝，道人莫道实"是也。

【校勘】

（一）人情：采编自宋代袁采《袁氏世范》，文字与原文有出入。

【译文】

略。

口曰二字

古人制"口"字，虚其中；"曰"止加一，原不争多。

【译文】

古人造"口"字，虚空其中；造"曰"字，内里只加一横，原本不争多有。

毋忘慎密

蝉之为物，吟风吸露，最称无求，犹不免螳螂之患，为其噪也。故君子不以清高而忘慎密。

【译文】

蝉这东西，在风中吟唱，吸食露水，可说是最无欲无求，尚且不免螳螂捕食的祸患，因为其吵闹。所以君子不因清高而忘记谨慎周密。

言谈要旨

不妄语，不多语，不道人隐事，不摘人微过，不言己无干涉事，不言人有关系事。论人无拾短而弃长，论己无登枝而忘本。交浅者毋以轻言，调别[1]者无与强言，阴刻者毋以言衷情，轻疏者无以言密事。语财不及非分，语色不及邪缘。弹射[2]官箴[3]，月旦[4]人品，不及^{（一）}爱憎，不及^{（二）}风闻。谈经济[5]外，宁谈艺术，可以给用[6]。谈日用外，宁谈山水，可以息机[7]。谈心性[8]外，宁谈因果，可以作^{（三）}善。

【校勘】

（一）及：或为"偏"，以"偏"为佳。

（二）及：或为"偏"，以"偏"为佳。

（三）作：或为"劝"，以"劝"为佳。

【注释】

[1] 调别：意见情趣不一致。

[2] 弹射：弹劾，指摘。

[3] 官箴：官员应守的礼法。

[4] 月旦：即月旦评，谓品评人物。典出《后汉书·许劭传》："初，劭与（李）靖俱有高名，好共覈论乡党人物，每月辄更其品题，故汝南俗有月旦评焉。"

[5] 经济：经世济民。

[6] 给用：受用。

[7] 息机：平息机诈之心。

[8] 心性：此指品德修养。

【译文】

略。

戏谑致仇

元祐中，黄廷^{（一）}坚与赵挺之[1]俱在馆阁[2]。黄以其鲁人，意常轻之。每庖吏来问食次，赵必曰来日吃蒸饼。一日聚饮行令，先生云："欲五字，从首至尾各一字，复合成一字。"赵沉吟久之，曰："禾女委鬼魏。"先生应声曰："来力勑正整[3]。"协赵之音，合坐大笑。赵又尝曰："乡中最重润笔，每一志文成，则太平车[4]中载以赠之。"先生曰："想俱是萝葍[5]与瓜齑[6]尔。"赵衔之切骨，其后挤排不遗余力，卒致宜州之贬。

【校勘】

（一）廷：为"庭"之讹。

【注释】

[1] 赵挺之：字正夫，北宋密州诸城人，徽宗前期官至宰相。

[2] 馆阁：北宋以后掌管图书、编修国史之官署。

[3] 整：同"整"。

[4] 太平车：山东流行的木制独轮车。

[5] 萝葍：即萝卜。

[6] 瓜齑：酱瓜，一种咸菜。

【译文】

元祐年间，黄庭坚与赵挺之都在馆阁任职。黄庭坚因为赵挺之是山东人，在心里常轻视他。每当厨师来问饭食时，赵挺之必定说来日吃蒸饼。一天，聚饮行酒令，黄庭坚说："酒令要五个字，从首到尾各一字，复合成一字。"赵挺之沉吟好久，说："禾女委鬼魏。"黄庭坚应声说："来力勑正整。"协合赵挺之"来日吃蒸饼"发音，坐客都大笑。赵挺之又曾说："乡中最重润笔，我每当一志文写成，别人就用太平车满载东西赠送我。"黄庭坚说："想都是萝卜与酱瓜罢了。"赵挺之对黄庭坚切骨怨恨，其后挤排他不遗余力，最终导致他被贬到宜州。

言语当慎

言语之当慎，正在当快意时，遇快意人，说快意事。

【译文】

略。

无轻议人

飞语无凭，必稽其实；一人毋信，尚审诸同。行事可疑，更度其时势；一节可指，必考其生平。君子慎无轻议人也。况是非臧否，有一时不定而定于数十载之后，有当世不明而明于数百载之下者。君子甚^{（一）}无轻议人也。

【校勘】

（一）甚：一作"慎"。以"慎"为佳。

【译文】

飞语不可凭借，必定要考察其实情；一人不能相信，还要向众人问明。行事可疑，更要考虑当时的形势；一处可指摘，必定要考察其生平。君子千万不要轻易评定人。何况是非褒贬，有一时不定而定于数十年之后的，有当世弄不清而几百年之后弄清楚的。君子千万不要轻易评定人。

面谀背议

面谀之词，有知^{（一）}者未必感^{（二）}；背后之议，衔之^{（三）}者常至刻骨。

【校勘】

（一）知：当为"识"。

（二）感：当为"悦心"。

（三）之：当为"憾"。

【译文】

对当面奉承，有见识人未必高兴；对背后非议，怀恨人常刻苦铭心。

劝人不废

一时劝人以口，百世劝人以书。较之与人为善，虽有形迹，然对症发药[1]，时有奇效，不可废也（一）。

【校勘】

（一）也：据《了凡四训》，字后夺"失言失人，当反吾智"。

【注释】

[1] 对症发药：针对病根下药。比喻针对缺点错误采取相应办法。

【译文】

一时劝人用语言，百世劝人要靠书册。劝善同与人为善相比，虽然有形迹，但对症下药，时常有奇效，不能废置。劝人言语失当，或者未去劝人，都应反省我的智慧是否够用。

成物智处

不面斥朋友之失，而以他事动其机，亦是成物之智处。

【译文】

不当面斥责朋友过失，却用其他事来打动他的念头，也是成就他人智慧之举。

毋宁减之

凤凰终日鸣，即非祥瑞；虎豹终日叫，亦不惊人。言虽至当，毋宁减之。

【译文】

略。

三论须知

论理要精详，论事要剀切[1]，论人须带二三分浑厚。

【注释】

[1] 剀（kǎi）切：切中事理。

【译文】

略。

昨非庵日纂

译注·三集

下　册

【明】郑瑄⊙著

王立东⊙译注

九州出版社

JIUZHOUPRESS

内省卷之十三

内省卷首题记

千圣示心灯，三省九思，教我津中觅岸。寸腔悬胆镜，畏衾羞影，尽人衣里藏珠。刻刻提防，念念返照，过于闪电中天，何止闻钟清夜？纂内省第十三。

子韶置像

张子韶^[1]先生于书室中置孔颜诸儒像，晨夕瞻敬，心志肃然。有一毫愧心，其见诸人也，如市朝之挞。

【注释】

[1] 张子韶：即张九成，字子韶，号无垢，南宋理学家，官至权礼部侍郎兼刑部侍郎，爵封崇国公，谥文忠。

【译文】

张子韶先生在书房中设置孔子颜回及众大儒画像，早晚瞻观敬仰，心志整肃。内心有一毫惭愧，他见众人画像，就像在公共场合受责打一样。

张弛有度

人不可无所期待，无所期待则一味悠悠^{（一）}；人又不可有所期待，有所期待则终日拮据。会须将宇宙事业看作一力担当，却不将宇宙事业看作一生占尽。

【校勘】

（一）悠悠：当为"优游"之误。

【注释】

[1] 拮据：此指紧张。

【译文】

略。

心上无悔

人生世上那[1]管得许多，那好得许多，那能使人人说好，那能使人不说吾不是。只要做事十分不差，心上无愧便了。圣人也只说得一个寡悔[2]耳。此道明白，心中便得宽平快活。

【注释】

[1] 那：后来作"哪"。

[2] 寡悔：少懊悔。语出《论语·为政》："子曰：'多见阙殆，慎行其余，则寡悔。'"

【译文】

略。

志士祖逖

祖逖，字士雅（一），慷慨有志节。尝与刘琨[1]共卧，闻鸡鸣，蹴琨曰："此非恶声也。"因共起舞。元帝时，为豫州刺史，渡江击楫，誓曰："不清中原而复济者，有如此江！"

【校勘】

（一）士雅：当为"士稚"之讹。"逖"通"狄"。《书·顾命》："狄
设黼扆缀衣。"孔传："狄，下士。"孔颖达疏："《礼记·祭统》
云：'狄者，乐吏之贱者也。'是贱官有名为狄者，故以狄为下士。"
以"士稚"应"狄"，正谓士之卑小者。此示撝谦。"稚"与"雅"
因形近致讹。祖逖，字士稚，东晋范阳遒县人，官至征西将军。

【注释】

[1] 刘琨：字越石，中山魏昌人，西晋名士。

【译文】

祖逖，字士稚，慷慨奋发，有志向气节。他曾与刘琨共卧，听到鸡鸣，
用脚踢醒刘琨说："这不是坏声音。"于是一起起身舞剑。晋元帝时，
他做豫州刺史，渡江击楫，发誓说："不能肃清中原敌人再渡江回来，
就像这江水，一去不回头！"

神福形福

人生真实受用，无大于身无病苦，心无愧怍。俯仰泰然，梦魂
恬稳，此是神福。眼明脚健，食寝甘适，此是形福。此外都不关吾事。
死生之事，昔人谓之火传[1]。吾今譬之徙宅。一友云："不知新居
何如？"余曰："旧宅做得人家，新居自然无恙。不然如荡败子弟，
弃其金堂朱户，而僦一破屋荒庐，必有不可堪者矣。"

【注释】

[1] 火传：《庄子·养生主》："指穷于为薪，火传也，不知其尽也。"
王先谦集解："形虽往而神常存，养生之究竟，薪有穷，火无尽。"此
喻养生者随变任化，与物俱迁，形体虽有生灭，而精神如火种绵延不绝。

后因以"火传"指品质、道理或事业代代流传。

【译文】

人生真实受用，没有什么大过身无病苦，心无愧怍。行为从容自如，梦魂恬淡安定，这是神福。眼睛明亮腿脚矫健，食睡甘甜舒适，这是形福。这以外都不关我事。死亡的事，前人看成是火传。我现在把它比成搬家。一个朋友说："不知新居怎么样？"我说："在旧宅能过生活，新居自然无恙。不然，像荡产败家子弟，舍弃了豪华房子，而租借一所破败房舍，这一定不可忍受。"

受用宝诀

有以名利之说来者，勿问大小，悉宜应以淡心；有以是非之说来者，勿问人我，悉宜处以平心；有以学问之说来者，勿问合否，悉宜受⁽一⁾以虚心。此大受用宝诀。

【校勘】

（一）受：据吕坤《呻吟语》，为"承"字。

【译文】

略。

即心即佛

大梅法常禅师[1]住山[2]，马祖[3]闻之，令僧问："和尚得⁽一⁾个什么，便住此山？"师云："马师向我道'即心是佛[4]'，我便向这里住。"僧云："马师近日佛法又别。"师云："作么生[5]别？"僧云："近日又道'非心非佛[6]'。"师云："这老汉惑乱人未有了日。任汝非心非佛，我只管即心即佛。"其僧回，举似[7]马祖。

祖曰："梅^(二)子熟也。"

【校勘】

（一）得：据《景德传灯录》，字前夺"见马师"三字。

（二）梅：字前夺"大众"二字。大众，诸位。马祖用"梅子熟也"来称法常，
　　　说明非心非佛仍然只是破除修行者妄念执着，是方便施设而已。

【注释】

[1] 大梅法常禅师：马祖道一法嗣，著名高僧，唐代襄阳人，俗姓郑。

[2] 住山：隐居山上修行。

[3] 马祖：即马祖道一，禅宗洪州宗祖师，俗姓马，唐代汉州什方人，谥大
　　 寂禅师。

[4] 即心是佛：即"见性成佛"，马祖道一的佛学主张，相信人人都有佛性，
　　 不假他求，能明心见性，自己就是佛。

[5] 作么生别：有什么分别。生，无实义。

[6] 非心非佛：也是马祖道一的佛学主张，意在破除修行者知解执着，是为
　　 见性成佛提供方便施设而已。

[7] 举似：奉告。

【译文】

　　大梅法常禅师住山修行，马祖道一听说后，派僧人去问他："和
尚见到马祖道一师父获得了什么，便住此山？"禅师说："马师向我说'即
心是佛'，我就向这里住。"那僧人说："马师近日佛法又有别的主张。"
禅师说："有什么别的主张？"僧人说："近日又说'非心非佛'。"
禅师说："这老汉惑乱人未有了结日子。任你非心非佛，我只管即心
即佛。"那僧人回去，奉告马祖。马祖说："众位，梅子熟了。"

非有道德

　　"恩仇分明"此四字，非有道者之言也；"无好人"三字，非

有德者之言也。后生 [1] 戒之。

【注释】

[1] 后生：年轻人。

【译文】

略。

好试金石

遇好色 (一) 于密室，逢千金于旷野，临大敌于猝然，闻仇人于垂毙：好一块试金石。

【校勘】

(一) 好色：据洪应明《菜根谭》，为"美色"。

【译文】

略。

不容矜伐

"矜 [1]"字从矛，"伐 [2]"字从戈。心中如何容得这个物事 [3]？

【注释】

[1] 矜：自大。
[2] 伐：夸耀。
[3] 物事：东西。

【译文】

略。

热肠冷眼

热肠以救万物[1]危苦，冷眼以观世态炎凉。

【注释】

[1] 万物：万众。

【译文】

　略。

霍光谨慎

　霍光出入禁闼二十余年，小心谨慎，未尝有过。为人沈[1]静详审。出入下殿门，进止有常处。郎、仆射[2]窃识[3]视之，不失尺寸。

【注释】

[1] 沈：通"沉"。
[2] 仆射：此指侍从官。
[3] 窃识：辨别识认。

【译文】

　霍光出入皇宫二十多年，小心谨慎，不曾有过错。为人沉静，周详审慎。出入下殿门，进止有固定地方，郎、仆射等侍从官私下里辨别识认，每次不差尺寸。

需友鼓舞

　陈仲醇[1]与诸友登塔绝顶，谓友曰："大抵做向上人，决要士君子[2]鼓舞。只如此塔甚高，非与诸君子乘兴览眺，必无独登之理。

既上四五级，若有倦意，又须赖诸君怂恿，此去绝顶不远。既到绝顶，眼界大，地位高，又须赖诸君子提撕[3] 警惺[4]，跬步[5] 少差，易至倾跌。只此是做向上一等人榜样也。"

【注释】

[1] 陈仲醇：即陈继儒，字仲醇。

[2] 士君子：指有学问而品德高尚的人。也泛指读书人。

[3] 提撕：提携。

[4] 警惺：提醒。

[5] 跬（kuǐ）步：半步。

【译文】

陈仲醇与几位朋友登上高塔绝顶，感叹说：大凡做一个向上攀登的人，定需要士君子激励鼓舞。只像这宝塔高耸入云，如果不是与各位乘兴远眺，绝无独登塔顶道理。爬过四五级台阶，如果感到疲倦，又需要朋友们在一旁鼓励，说这离塔顶不远了。爬到塔顶，眼界开阔，地形高峻，又亏得朋友们扶持提醒，稍一失足，就容易跌倒。这就是做向上一等人榜样。"

德盛与薄

德盛者心和平，见人皆可交；德薄者心刻鄙，见人皆可訿[1]。人静夜自念，我所许可者多，则我德日进矣；我所未满者多，则我德日减矣。

【注释】

[1] 訿（zī）：同"訾"，指摘。

【译文】

略。

乃可见品

乍交，不为小人所悦；久习，不为君子所鄙。如是乃可见品。

【译文】

　　刚开始交往，不被小人喜欢；长久交往，不被君子鄙视。像这样，才可看出品格。

静定凝重

　　大凡应大变，处大事，须是静定凝重，如周公之赤舄几几[1]是也。汉武帝因不移步识霍光，因不转盻(一)识金日磾[2]，亦是窥见他静定凝重处，故逆知可以托孤寄命[3]。

【校勘】

（一）盻：为"盼"之误。

【注释】

[1] 周公之赤舄（xì）几几：语出《国风·豳风·狼跋》："公孙硕肤，赤舄几几。"公孙，周公。赤舄，贵族所穿赤色鞋。几几：朱熹《诗集传》以为是"安重貌"。

[2] 金日（mì）磾（dī）：字翁叔，匈奴休屠王太子，深受汉武帝喜爱器重，后封秺（dù）侯，为托孤大臣。《汉书·霍光金日磾传》："日磾等数十人牵马过殿下，莫不窃视，至日磾独不敢。"

[3] 托孤寄命：临终前，将孤儿及重要事情相托。霍光与金日磾均为托孤大臣。

【译文】

　　大凡应对大变故，处理大事情，必须是沉静安定端庄稳重的人，像《诗经》歌咏周公"赤舄几几"一样的人。汉武帝因立位不差跬步而识拔霍光，因不窃视识拔金日磾，也是窥见他们能沉静安定端庄稳重，所以预知他们可托孤寄命。

赠遗有道

公孙弘[1]举贤良[2]，家贫，不能行。国人邹长倩解衣衣之，脱冠履与之；又赠生刍一束，素丝一穗（一），扑满[3]一枚，作书告之曰："刍之为物，纵则乱，束则谨。人情无以异此，纵则穷滥而富骄，谨则高而不危，满而不溢。十忽为丝，夫丝至微也，十忽而后成，则物未有不积微以至著者，而况善乎？积善则名斯成，行斯显。加素焉，则为玄为黄，为朱为紫，又待人而成也。扑满者，以土为器，而用蓄钱也。其有入穴，无出窍（二）。夫土，微物也；钱，重货也。以微物蓄重货，入而不散，则有倾覆之败，而况于人？知此三者，以之修身，以之应事，以之守富贵，无人非，无物累，君宜宝之。"

【校勘】

（一）穗：此则来源于《西京杂记》，与原文多有出入。据此，此字当为"禭"字之讹。禭（suì），本为古代贯穿佩玉丝织绶带，此做量词，相当于"束"。

（二）窍：此字后夺"满则扑之"四字。

【注释】

[1]公孙弘：字季，一字次卿，西汉齐地菑川人，官至丞相，爵封平津侯。

[2]贤良：即贤良方正，汉文帝下诏推举能直言极谏者，后成为科举名目。

[3]扑满：指蓄钱瓦器。形制不一，蓄满时扑碎取钱。

【译文】

公孙弘被推举为贤良方正，由于家里贫困，不能成行。同乡人邹长倩解下自己衣服给他穿，脱下帽子、鞋子给他；又赠给他一束青草，一襚素丝，一个扑满，并且写信告诉他说："草这种东西，约束松了就乱长，约束紧了就长得规矩。人的实情跟这个没有两样，如果放纵，那么贫困的就胡作非为，而富有的就会骄纵，如果谨慎，那么位高却不危险，饱满而不盈溢。十忽为一丝，丝极其细微，积累到十忽就会成为一丝，那么东西没有不能积微小以成显著的，而况是善行呢？积累善行，那名声就能成就，品行就能显赫。更加上素这种白绢，变成黑变成黄，变成朱变成紫，又全凭人作为。扑满这种东西，用土做成，用来储存铜钱。它有入口，没有出口，满了就得打破。土，是微贱东西；钱，是重要财物。用微贱东西来储蓄重要财物，只入而不散，就会有败亡结果，更何况是人呢？懂得这三种东西的特性，用来修养品德，用来应对世事，用来守住富贵，就会没有他人非议，没有他物牵累，你应该珍视这三种东西。"

作假难为

伪道学何从办^(一)，功名到手，半化为泥塑孔周；假气魄不难知，祸患临头，尽转做兜坚[1]龙比[2]。节无巢许[3]，遂令枯隐多充；才有^(二)萧曹[4]，因使猾胥饰假。狐技宁能掩尾，羊质何事蒙皮？

【校勘】

（一）办：为"辨"之讹。因"办"繁体"辦"与"辨"形近致讹。

（二）有：为"无"之讹。

【注释】

[1] 兜坚："磨兜坚"略语，诫人慎言的意思。语出宋朝袁文《瓮牖闲评》卷八："唐刘洎少时，尝遇异人谓之曰：'君当佐太平，须谨磨兜坚之戒。'谷城国门外有石人，刻其腹曰：'磨兜坚，慎勿言。'故云。"

[2] 龙比：龙逄和比干合称。龙逄，即关龙逄，夏之贤人，因谏而被桀所杀，后用为忠臣之代称。比干，子姓，沬邑（今河南淇县）人，因直谏被商纣王剖心而死。

[3] 巢许：巢父和许由并称，传说隐逸之士。后代指隐士。

[4] 萧曹：西汉开国功臣萧何与曹参。秦末，二人都曾为小吏，萧何曾任狱
    吏，曹参曾任狱掾。

【译文】

伪道学从什么地方辨别，功名到手，有一半化为泥塑孔子周公；
假气魄不难识别，祸患临头，都变成诚人慎言的龙逢和比干。没有巢
父和许由的节操，只是让假隐士充数；没有萧何与曹参的才干，于是
让猾吏假冒。有狐狸装人技艺，难道能掩饰住它的尾巴；生就绵羊本质，
怎能蒙上虎皮来招摇？

莫错时机

见义勇为才蹉跎[1]，虑明日阴晴难定；当仁不让稍退却，惧他
年懊悔靡追。博得淳于[2]志愿酬，酣睡已将醒矣；等待尚平婚嫁(一)
了，名山能果游乎？

【校勘】

（一）尚平婚嫁：为"向平婚嫁"之讹。"向平婚嫁"又称"向平之愿"，
    向平，即东汉时向长，字子平。儿女婚嫁既毕，即出游不知所终。
    后以父母对子女婚嫁的考虑。语本《后汉书·向长传》。

【注释】

[1] 蹉跎：虚度。

[2] 淳于：即淳于棼，唐代传奇小说《南柯太守传》主人公。淳于棼梦到在
    大槐安国娶了公主，做南柯太守，享尽富贵，醒来方知为南柯一梦。

【译文】

本该见义勇为，但时光虚度，想到明天阴晴难确定；本该当仁不让，
但稍作退却，害怕他年懊悔，没法追补。博得像淳于棼那样梦想实现，

酣睡已快醒了；等待像向平那样儿女婚嫁事毕了，果真能再进名山游玩吗？

劝惜字纸

用圣典拭几糊窗，定阴削一生寿算；刻淫书灾梨贼枣[1]，必远遗七祖灾殃。故武安[2]愿天生好人，文昌[3]劝世惜字纸。

【注释】

[1] 灾梨贼枣：指出版无用甚至有害的书籍。贼，祸害。梨木、枣木因质地坚硬，常用来雕版印书。
[2] 武安：即武安圣君，关羽封号，一说为唐代张巡的封号。
[3] 文昌：即文昌帝君，民间和道教尊奉的掌管士人功名禄位之神。

【译文】

用圣人典集擦拭桌案，糊窗子，定会暗中削减一生寿数；刻印淫秽书籍，祸害梨枣，一定会给七世祖先带来灾祸。所以武安圣君愿天生好人，文昌帝君劝世惜字纸。

克制酒色

骂座挥拳，为欢之酒为祸。枯精竭髓，生人之色杀人。故爱惜精神，留此身担当宇宙；昏蒙[1]志气，将何物报答君亲？

【注释】

[1] 昏蒙：神志不清。

【译文】

挥拳打骂一起参与宴会的人，制造欢乐气氛的酒酿成了祸事。沉溺女色，弄得精髓枯竭，生人的女人成了杀人的人。所以要爱惜精神，留下自身来担当大事；沉溺酒色，神志昏沉，拿什么来报答君主亲人？

汉亡宋灭

姜车骑^(一)为汉讨贼，直至破胆军庭^[1]，始是汉亡之日；文丞相^[2]为国存孤直，至落头柴市，方为宋灭之年。每想斯人，辄为流涕。

【校勘】

（一）姜车骑：即姜维，字伯约，天水冀县人，三国末期蜀国名将。但姜维没有担任过车骑将军，而是官至大将军。

【注释】

[1] 破胆军庭：《世说新语》记载："维死时见剖，胆如斗大。"

[2] 文丞相：即文天祥，字宋瑞，号文山，江西吉州庐陵人，官至右丞相，封信国公。

【译文】

大将军姜维为蜀汉讨贼，直至被敌军剖胆，才是蜀汉灭亡的日子；右丞相文天祥为国家保存孤直，至柴市被杀头，才算南宋灭亡时间。每想到这样的人，就为他们流泪。

做平等观

诋缁黄^[1]之背本宗，或襟带^[2]坏圣贤名教；罟青紫^[3]之志^(一)故友，乃衡茅^[4]伤骨肉天伦。请做平等之观，勿轻^(二)责备之口。

【校勘】

（一）志：为"忘"之讹。

（二）轻：字后夺"开"字。

【注释】

[1] 缁黄：指僧道。僧人缁服，道士黄冠，故称。

[2] 襟带：此代指读书人。

[3] 青紫：本为古时公卿绶带之色，因借指高官显爵。

[4] 衡茅：简陋居室。指贫寒之家。

【译文】

　　辱骂僧道背弃本宗，有时读书人会败坏圣贤名教；斥骂高官忘记旧友，地位低下人有时会伤害骨肉天伦。请做平等看待，不要轻易开口责备他人。

可笑可愍

　　屠纬真[1]曰：凡夫迷倒有极可笑极可愍者。昏夜食猴羹，以为犬肉也，则食之而美；及明而知其猴肉也，则呕吐。夜饮髑髅之水[2]，而清甘；明而见髑髅也，则大生厌恶。一弥子瑕[3]也，当其爱之，则见孝亲，不见矫驾，见爱己，不见余桃；及其恶之，则见矫驾，不见孝亲，见余桃，不见爱己。其人美也，则一过之处有余香，一见之后有余想。其人丑也，则经用之器亦嫌，坐卧之处必避。男女之身一也，发则欲其黟然而黑，而皮肉则否；皮则欲其皙然而白，而毛发则否。男人之巾帻与女子之冠髻一也，当其高时，则见低者而笑；当其低时，则见高者而笑。尊官临卑，是官尊非我尊也，而我荣；卑官奉尊，是官卑非我卑也，而我耻。同一进贤冠[4]也，在公卿之首，则冠美；在尉丞之首，则冠丑。鹤与鹭同形也，见鹤服[5]则作华想，见鹭服则作不华想。蔬食菜羹同味也，出富贵之庖，则作美想；出贫贱之庖，则作不美想。臭秽一也，遭之于路，则嫌其臭秽；惑于男女[6]，则不啻香洁。爱身（一）也，则蚊蚋思其伤灯火；

思其灼迷[7]于利欲也，则刀兵水火不顾，熬煎油鼎甘心。子女一也，子则视为骨肉，女或视为路人。兄弟与朋友孰亲？昵狎则朋友胜于兄弟，争产则兄弟化为仇雠。以一念慈悲故，则爱惜肖翘[8]，如同一体；以一念残忍故，则戕杀子女，不及肖翘。爱则祝愿，恶则诅咒，俨若我操造化之权。阿所好则誉，忌才美则毁，岂谓人全无人伦之鉴？苦而愁，明知愁之无益，而不能不愁；喜而乐，明知乐之无度，而不能不乐。日出而作，依然仗俩（二），而夜来[9]谋虑万端，一息不来，便无明日；而刻下[10]经营千岁，迷惑种种。聊指出以问人。

【校勘】

（一）身：当为"生"之误。

（二）仗俩：当为"伎俩"之误。伎俩，技能本领。

【注释】

[1]屠纬真：即屠隆，字长卿，一字纬真，号赤水，浙江鄞县人，明后期文学家。

[2]髑髅之水：用骷髅头盖骨盛的水。

[3]弥子瑕：晋士，曾仕卫为将军，名牟，子瑕为其字。《韩非子·说难》："弥子有宠于卫。卫国法，窃驾君车，罪刖。弥子之母病，其人有夜告之，弥子矫驾君车出，灵公闻而贤之曰："孝哉！为母之故犯刖罪。"异日，与灵公游于果园，食桃而甘，不尽，以其半啖君。灵公曰："爱我忘其口味以啖寡人。"及弥子瑕色衰而爱弛，得罪于君，君曰："是尝矫驾吾车，又尝食我以余桃者。"

[4]进贤冠：古时朝见皇帝的一种礼帽。

[5]鹤服：据《明会典》记载：文官官员补子绣禽，以示文明：一品仙鹤，二品锦鸡，三品孔雀，四品云雁，五品白鹇，六品鹭鸶，七品𪆂𪆵，八品黄鹂，九品鹌鹑。

[6]男女：指性欲。

[7]灼迷：热迷。

[8]肖翘：纤细微小的动物。

[9] 夜来：夜里。

[10] 刻下：目前。

【译文】

略。

骄吝难除

罗念庵[1]先生每自言："二十年苦功方磨去得状元两字。此两字去，然后可以用世，可以出世。"以公天性之笃，亦须二十年功夫始得，则知骄吝在常人，何可易言无也？

【注释】

[1] 罗念庵：即罗洪先，字达夫，号念庵，江西吉水人，嘉靖八年状元，地理学家。

【译文】

罗念庵先生常常自己说："二十年苦功才磨去状元两字。没有了这两字，然后可以积极用世，可以淡然出世。"凭借罗念庵笃厚天性，也须二十年功夫才能做到，就知道骄傲与吝啬对于平常人，怎么可以轻易说没有呢？

亦称俗物

争财利而同市井，征色发声，固是鄙夫；逞学问而向庸愚，论古评今，亦称俗物。

【译文】

与世井中人争夺财物利益，露怒色发恶声，固然是鄙陋人；向平庸愚昧人显示学问，评古论今，也称得上是俗气人。

不易承当

粒粟民汗，寸帛民皮，一镮[1]民骨髓，固知爵尊禄厚，不易承当；圆盖我父，方舆我母，庶类我弟昆，只此耳聪目明，尽难消受。

【注释】

（一）镮（huán）：铜钱。多用作币量词。

【译文】

一粒粟米就像百姓的汗水，寸帛仿佛是百姓皮肤，一枚铜钱就像是百姓骨髓，本来就知道爵尊禄厚，不容易承当。苍天是我父，大地是我母，民众是我兄弟，只这耳聪目明，完全难以受用。

肉厨纸筏

读书不晓世务，名曰肉厨；学道不办诚心，号为纸筏。

【译文】

略。

可无警省

梦里指羊作驷[1]，四大分离[2]日，那有主张？病中度日如年，三餐调适时，可无警省？

【注释】

[1] 指羊作驷：即指羊作马，意为贪婪。

[2] 四大分离：此指死亡。

【译文】

梦里都贪婪不已，临死时，哪能做得主人？病中度日如年，三餐调适时，可无警惕反省吗？

王陶负友

王陶[1]微时苦贫，寓京师教小学。其友姜愚气豪乐施。一日大雪，念陶寒馁，雪行二十里访之。陶母子冻坐，日高无炊烟。愚亟出解所衣锦裘(一)，市酒脯、薪炭，与附火对食，又损百千为之娶。及陶既贵，尹洛。愚老而贫，且失明，自卫州新乡往谒之，意陶必厚遇。陶对之邈然，但出尊酒而已。此等人读《韩王孙传》[2]，宁不愧死？

【校勘】

（一）裘：据明代胡我琨《钱通》，字后夺"质钱"二字。

【注释】

[1] 王陶：字乐道，北宋京兆万年人，宋神宗时官至权三司使。
[2]《韩王孙传》：此指《史记·淮阴侯列传》。韩信封王后曾以千金厚报当年落魄时给自己带饭的漂母。

【译文】

王陶微贱时生活贫苦，寄寓京城教私塾。他朋友姜愚性情豪放，乐于施舍。一天下大雪，姜愚考虑到王陶会遭受寒冷饥饿，冒雪行二十里来拜访王陶。王陶母子寒冷中枯坐，太阳很高了还无法烧火做饭。姜愚赶紧解下自己华美的皮裘，抵押了钱，买来酒肉、薪炭，与王陶母子烤火相对吃饭，又耗费十万为王陶娶妻。等王陶地位尊贵后，做洛州地方行政长官。此时，姜愚年老贫困，且双目失明，从卫州新乡前来拜见王陶，心想陶必厚待他。王陶待他显得很疏远，只是摆酒招待罢了。此等人读韩信传记，难道不惭愧死吗？

玄龄忠谨

太宗征辽东，时房玄龄为留守。或有上书谮其谋反者，玄龄问之，曰："我乃奏君。"不发封而付之。太宗接奏，问所告何人，曰房玄龄，不启书而斩之。

【译文】

唐太宗征辽东，当时房玄龄为京城留守。有人上书诬陷房玄龄谋反，房玄龄问那人，那人说："我是举报你的。"房玄龄没有开封就转交唐太宗。太宗接到奏报，问检举什么人，那人回答是房玄龄，没有开封阅看就把那人杀掉了。

官箴始基

国家设官凡部衔皆以清吏 [1] 二字，其饬簠簋 [2] 之意稔重。然清乃官箴之始基，犹贞乃女德之始基，不足恃也。居官者以廉之一节自满，而种种戾气粃政 [3] 伏焉，则是妇人无淫行而遂可詈翁姑，压夫子，叫噪于姒娌间矣。谚曰："清官无后。"夫刑官无后，宜也。清官而罹绝嗣之报，岂天道爽哉？所以致此者，可深思也。

【注释】

[1] 清吏：明代制度，中枢六部均分司办事，各司分别称为某某清吏司。

[2] 簠（fǔ）簋（guǐ）：两种盛黍稷稻粱的礼器。此指贿赂。

[3] 粃政：不良政治措施。粃，同"秕"。

【译文】

国家设官凡部下各司职衔都加上清吏二字，那申饬贿赂的用意很深厚了。可是清廉是官箴基础，就像贞节是女德基础一样，不值得依靠。做官的人拿清廉这一点来自满，就会有种种充满暴戾之气的恶政潜伏下来，就像是妇人没有淫行就可以辱骂公婆，欺压丈夫，在妯娌之间宣扬不休。谚语说："清官无后。"说执法官员无后应该。身为清官却遭受绝后报应，难道是天道错了吗？导致这个的原因，值得深思。

不关贵贱

死忠死孝，隶卒人奴，尽属山河正气；如鬼如蜮，王侯将相，胥[1]为坑厕阴魔。

【注释】

[1] 胥：都。

【译文】

略。

不得其道

高阁置书，封仓箱而枵腹[1]；瞒心[2]挣产，衣宝玉以焚身。

【注释】

[1] 枵腹：饿肚子。
[2] 瞒心：昧着良心。

【译文】

略。

一刻千金

东郭公[1]云："古人惜阴云（一），一刻千金。"一年之间，有许多金子，既不卖人，又不受用，不知放在何处，只是花费无存。可惜，可惜！

【校勘】

（一）云：据黄宗羲《明儒学案·甘泉学案三》（卷三十九），"云"为衍字。

【注释】

[1] 东郭公：不详。

【译文】

　　略。

余非我事

　　人人有一片洁白自受用地，断非他人所能分享；人人有一撇不下担子，断不能雇倩[1]与人。其他可揽可推，任情起倒[2]者，皆世界中事，非我事也。

【注释】

[1] 雇倩：出钱雇请。
[2] 任情起倒：任意随俗俯仰、浮沉。

【译文】

　　略。

应世不可

　　至道之用啬[1]，鄙细不可；吉人之调寡，深密不可；节侠之生轻，斗狠不可；才子气高，矜傲不可；廉吏守严，刻剥不可。

【注释】

[1] 啬：有余不尽用之意。

【译文】

修养极高人讲究要有余裕不尽用，不可太过琐细；吉祥人话语少，不可深密谈话；有气节侠士轻视生命，不可斗狠；才子心高气傲，不可傲慢；廉洁官员操守严格，不可刻薄。

不知反己

市中哄而诟。甲曰尔无天理，乙曰尔无天理，甲曰尔欺心，乙曰尔欺心。阳明先生闻之，谓弟子曰："听之，夫夫谆谆^(一)讲学也。"弟子曰："诟也，焉学？"曰："汝不闻乎？曰'天理'曰'心'，非讲学而何？"曰："既学矣，焉诟？"曰："夫夫也，惟知责诸人，不知反诸己故也。"

【校勘】

（一）谆谆：当为"谆谆"之误，恳切教导。

【译文】

市场中有人吵闹并且辱骂。甲说你没有天理，乙说你没有天理；甲说你欺心，乙说你欺心。王阳明先生听到了，对弟子说："听听，那些人在谆谆教导讲学。"弟子说："这是在辱骂，哪里是讲学？"阳明先生说："你没有听到吗？说'天理'说'心'，不是讲学是什么？"弟子说："既然是讲学，哪里用得着辱骂呢？"阳明先生说："那些人，只知道责求别人，不知反求自己的缘故。"

易胜君子

君子不能胜小人，小人常易胜君子。故置膏兰^[1]于莸^[2]中，不闻香气；杂纤铅于金内，便减精光。

【注释】

[1] 膏兰：油脂与香草。此指香草。

[2] 莸：同"莸"，古书上指有臭味的草。

【译文】

略。

是大罪过

赤子初生，光光只有此身，更无美衣美室各项带来；及其既殁，亦光光只有此身，更无美衣美室各项带去。中间惟有此心此理，全生全归[1]，可以带去者，却又为美衣华屋各项弄坏，岂不是大罪过？

【注释】

[1] 全生全归：指生可带来，死可带去。

【译文】

略。

众恶之门

世人死酖(一)者，千万而一；死于宴安者，天下皆是。地之于车，莫仁于羊肠，而莫不仁于康衢；水之于舟，莫仁于瞿唐(二)，而莫不仁于溪涧。盖戒险则全，玩平则覆也。端居[1]之暇，尝试思之，使我志衰气惰者谁欤？使我功隳[2]业废者谁欤？使吾纵欲忘返而流于恶者谁欤？使我弛备忘患而陷于祸者谁欤？是宴安者，众恶之门。以贤入者以愚出，以明入者以昏出，以刚入者以懦出，以洁入者以污出。杀身灭国，项背相望，岂不甚可畏耶？

【校勘】

（一）酖：据吕祖谦《东莱博议》，为"鸩"之讹。

（二）瞿唐：今作"瞿塘"。

【注释】

[1] 端居：平常居处。

[2] 隳（huī）：崩毁。

[3] 项背相望：形容行人拥挤，接连不断。

【译文】

　　世人死于毒酒的，千万个中有一个罢了；死于安逸快乐的，天下到处都是。大地对于车子来说，没有什么比羊肠小道更仁慈，而没有什么比康庄大道更不仁慈；水对于船只来说，没有什么比瞿塘峡更仁慈，而没有什么比溪涧更不仁慈。大概对危险保持警戒就能安全，对平易疏忽就会覆亡。平居闲暇时，尝试思考一下，使我志气衰惰的是什么呢？使我功业败坏的是什么呢？使我放纵欲望难回本心而流于罪恶的是什么呢？使我放松戒备忘记忧患而陷于灾祸的是什么呢？是安逸快乐，这是招致众恶的门户。以贤明进入的以愚昧出，以明白进入的以糊涂出，以刚强进入的以懦弱出，以干净进入的以肮脏出。杀身灭国，接连不断，难道不太可怕了吗？

不如于禁

　　魏于禁[1]降关羽，惟庞德[2]不屈而死。后孙权害羽获禁，送还魏文帝。先令诣邺，谒高陵，预于陵屋画关羽战克、庞德愤怒、禁降服状。禁见，惭恚死。唐克复两京，令百官受贼官爵者皆脱巾徒跣，立于含元殿[3]前，帷（一）首请罪。甄济[4]布衣，不受伪职，诏起诣京师，上命馆于三司[5]，令受贼官爵者列拜，以愧其心，旌别[6]若此。当时列拜，曾无一人能为于禁之愧死者，盖其心死固已久矣。

【校勘】

（一）帏：据《资治通鉴》（卷第二百四），为"顿"之误。

【注释】

[1] 于禁：字文则，泰山钜平人，魏国武将，襄樊之战中，投降关羽。

[2] 庞德：字令明，南安郡狟道县人，三国魏国武将，后被关羽斩杀。

[3] 含元殿：唐朝大明宫前朝第一正殿，唐长安城标志建筑。

[4] 甄济：字孟成，唐代定州无极县人，有操守，不接受安禄山伪职。

[5] 三司：唐代以御史大夫、中书、门下为三司。

[6] 旌别：区别。

【译文】

　　魏国于禁投降了关羽，只有庞德不屈而死。后来孙权杀害关羽，俘获于禁，送还给了魏文帝曹丕。曹丕先命令于禁到邺郡，拜谒曹操陵墓，预先在陵墓旁房间里画关羽战胜、庞德愤怒、于禁降服情状。于禁见后，惭愧生气而死。唐朝收复长安、洛阳两京后，让接受反贼安禄山官爵的百官都脱掉头巾，光脚站在含元殿前磕头请罪。布衣甄济不接受安禄山的官职，皇上下诏让他到京城来，让他住到三司官署里，让接受安禄山官爵的官员罗列而拜，来使其心惭愧，区别像这样。当时罗列而拜的官员竟然没有一人能像于禁那样惭愧而死的，大概他们的羞耻心本来已经死掉很久了。

二帝才具

　　元顺帝阅宋徽宗画，称善，巙巙^{（一）}进曰："徽宗多能，惟一事不能。"帝问何事，对曰："独不能为君。"周正夫[1]曰："仁宗皇帝，百事不会，只会做官家[2]。"

【校勘】

（一）巙巙：据《元史·巙巙传》为"巙（náo）巙"之误。巙巙：康里巙巙，字子山，号正斋，元康里部人，顺帝时为翰林学士承旨，善书画，谥文忠。

【注释】

[1] 周正夫：南宋施德操所撰《北窗炙輠录·跋语》记载："周正夫者，谢上蔡（指北宋学者谢良佐）之弟子。其人姓氏仅一见于横浦之集（南宋学者张九成文集为《横浦集》），而是书载其言甚富，皆能发名正学。"

[2] 官家：臣下对皇的尊称。上文的仁宗皇帝指宋仁宗赵祯。

【译文】

略。

祸鬼二门

地上有门曰"祸门"，而作恶者自投之，孰驱而纳之？地下有门曰"鬼门"，而好色者自趋之，孰引而置之？此二门者，皆一入而不出者也。

【译文】

略。

古今勤俭

持家者持二字符，曰勤曰俭。夫孳孳[1]乎种德布惠，而后为"勤"；淡淡乎声利百好，而后为"俭"。今之所谓勤俭，贪耳吝耳。

【注释】

[1] 孳孳：同"孜孜"，勤勉。

【译文】

维持家庭要守住两字符诀，就是"勤"和"俭"。努力不懈地培植德行广布恩惠，而后才可称为"勤"，对声色利益各种爱好淡薄，而后才可称为"俭"。现在所说的"勤俭"，贪婪和吝啬罢了。

私恩公怒

毋多受小人私恩，受不可酬；毋一犯士君子公怒，犯不可救。

【译文】

略。

自有畏途

人但知口里有剑，不知枕里藏刀。床褥间谑浪不根之语，或乘醉饱，过为铺张。一入妇人之耳，彼即信为必然，执为终身詈口把柄；或甚之，生心启衅。余[一]往往见之，乃知闺阃中自有畏途，祸门不第在外人齿颊也。

【校勘】

（一）余：此则文字又见于清代《人范须知》。据此，代指于静之，其为何许人，不详。

【译文】

人只知口里有剑，不知枕里藏刀。床褥间戏谑浮浪没有根据的言辞，有时乘酒醉，过为铺张。一旦进入女人耳中，她就信以为真，抓住作为终身骂詈把柄；有时更严重，导致生异心启争端。我常常见到，才知道卧房中本有畏途，祸门不只在外人口中。

慧剑斩魔

黄叔相[1]尝为吾[2]言："士君子当功名富贵、得丧毁誉、死生祸福之冲[3]，须是临崖撒手，慧剑斩魔，方不牵缠葛藤，堕落坑堑。"吾诵其言，洞然有悟。

【注释】

[1] 黄叔相：即黄吉士，字叔相，号云蛟，明朝内黄人，官至顺天府尹。
[2] 吾：指代不详。
[3] 冲：本指冲要之地。此指关键时刻。

【译文】

黄叔相曾经对我说："士大夫处在功名富贵、得丧毁誉、死生祸福关键时刻，应该临崖撒手，用慧剑斩掉心魔，才不牵缠葛藤，堕落坑沟。"我吟诵他的话，豁然有所省悟。

言行楷式

父祖做的便是子孙楷式[1]，主人行的便是厮仆效法。非礼之言切莫内谈[2]，醉饱之语慎勿外泄。

【注释】

[1] 楷式：榜样。
[2] 内谈：在卧室内谈。

【译文】

略。

应之有异

乐意相关，须得一种收敛念头；烦鉅[1]当前，须有一番宽和气象。

【注释】

[1] 烦鉅：烦难大事。

【译文】

略。

方开口与莫动心

对天可说方开口，与性无加[1]勿（一）动心。

【校勘】

（一）勿：或为"莫"。

【注释】

[1] 与性无加：对品性修养没有帮助。

【译文】

略。

仆隶言与妻孥计

处富贵莫听仆隶之言，值贫贱莫信妻孥之计。恐妻孥之计短，而仆隶之言贪且险也。

【译文】

处在富贵地位，不要听取仆役言语，遭遇贫贱不要相信妻子儿女谋划。担心妻子儿女谋划短浅，而仆役言语贪婪而且险恶。

为官安重

文清[1]曰："为官最要安重，下所瞻仰，一发言不当，殊愧之。"又曰："接下不可一语冗长。"又曰："待隶卒，公事外不可与交一言。"

【注释】

[1] 文清：即薛瑄，字德温，号敬轩，明代河津人，理学家，谥文清。

【译文】

　　文清公薛瑄说："为官最要安稳凝重，下级瞻仰，一旦发言失当，很是让人惭愧。"又说："对待下属，不可有一句冗长的话。"又说："对待仆役，公事外不可与他们交谈一句。"

立志自奋

　　天下事，大都命制我者十之五，我[1]诿命者十之八，故行先立志，学惟自奋。

【注释】

[1] 我：指代不详。

【译文】

　　天下事情，一般说来命运控制我的力量占十分之五，我推托命运的力量成分占十分之八，所以修养品行先确立志向，求学只要自我奋发。

切磋之资

　　尤西山[1]曰："毁誉皆切磋之资。誉者，指我以前途；毁者，告我以险阻。"

【注释】

[1] 尤西山：即尤时熙，字季美，号西川，明代洛阳人，理学家。

【译文】

　　尤西山说："毁誉都是进德修业凭借。赞誉是指我以前进动力；

诋毁是告我以世路险阻箴言。"

药石诗句

康节诗：立身要为^{（一）}真男子，临事无为浅丈夫。又：施为 [1] 欲似千钧弩，磨砺当如百炼金。又：在 [2] 寻常时观执守，当仓卒处看施为。又：不 [3] 作风波于世上，自无冰炭到胸中。又：生 [4] 平不作皱眉事，天下应无切齿人。又：谁 [5] 将酷烈千般毒，化作恩光一派深。又：既 [6] 爱且憎皆是病，灵台何日得从容。又：稍邻美誉休多取，才进清欢莫^{（二）}剩求。又：果然得手性情上，更 [7] 肯理^{（三）}头利害间。又：才 [8] 高正被聪明使，身贵方为利害移。又：大 [9] 得却须防大失，多忧元只为多求。又：欲 [10] 为天下屠龙手，肯读人间非圣书。又：照 [11] 破万古事，收归一点真。又：祸 [12] 福眼前事，是非身后名。又：无 [13] 疾之安，无灾之福。又：多 [14] 与招吝，多取招损。言言皆可药石 [15]。

【校勘】

（一）要为：为"须作"之讹。此两句出自邵雍《何如吟》。浅丈夫，指
　　　没有担当的人。

（二）莫：为"与"之讹。此两句出自邵雍《名利吟》。剩求，多求。清欢，
　　　清雅恬适之乐。

（三）理：为"埋"之讹。此两句出自邵雍《思山吟》。

【注释】

[1] 施为：出自邵雍《何事吟》。

[2] 在：出自《首尾吟》。

[3] 不：出自《安乐窝中自贻》。

[4] 生：出自《诏三下答乡人不起之意》。

[5] 谁：出自《凭高吟》。

[6] 既：出自《利名吟》。

[7] 更：岂。

[8] 才：出自《思山吟》。正，反。

[9] 大：出自《答友人劝酒吟》。却，正。

[10] 欲：出自《闲行吟》。

[11] 照：出自《赠富翁》。

[12] 祸：出自《独坐吟》。

[13] 无：出自《无疾吟》。

[14] 多：出自《多事吟》。

[15] 药石：药剂和砭石。泛指药物。

【译文】

略。

心空与乱

敬斋[1]曰：无事时不教心空，有事时不教心乱。

【注释】

[1] 敬斋：即胡居仁，字叔心，号敬斋，明朝余干县梅港人，理学家。

【译文】

略。

二护之法

外护其身，如惜干霄[1]茂树，勿纵一斧之伤；内护其行，如惜渡海浮囊，勿容一针之漏。修道之士，要知二护之法。

【注释】

[1] 干霄：直冲云霄。

【译文】

略。

预知微行

孝陵[1]好微行。尝以夜出，暂止逆旅，枕石眠草藉上。中夜有两人起共语，一曰："今夜此翁又出矣。吾视玄象，当在民舍中，头枕石，脚踹藉而卧。"上闻而异之，即以首足易位而寝。又一人曰："君误矣！此翁头枕藉，脚踹石耳。"上不觉汗浃于背，即还宫。

【注释】

[1] 孝陵：此以陵墓来称皇帝，指明太祖朱元璋。

【译文】

孝陵喜欢微服出访。他曾经在夜里外出，暂时住在旅店里，头枕石头睡在草席上。半夜有两人起来一起说话，一个人说："今夜这老头又出来了。我看天象，应当在民房中，头枕石头，脚蹬草席而卧。"皇上听后感到很惊奇，就头脚易位而寝。又一人说："你错了！这老老头头枕草席，脚蹬石头罢了。"皇上不觉汗流浃背，当即还宫。

智而有礼

江阴周凤犯罪，官司捕之。岁久稍懈，暮夜潜归，妻设酒食尽欢。凤欲就宿，妻曰："不可。君在外久矣，一宿后倘有身，何以自明？且人闻妾生子，将踪迹君，为累不小。"世谓其智而有礼。

【译文】

江阴人周凤犯了罪，官府捕捉他。年头久远，追捕渐渐松懈，周凤夜里偷偷跑回家，妻子摆下酒食招待他，极尽欢乐。周凤要就寝求欢，妻子说："不可。你在外头好长时间了，一旦睡后我有身孕，怎么能自我表明？况且别人听说我生下孩子，将要追踪你，连累不小。"世人认为她有智慧且懂礼法。

有二颠倒

世人有二颠倒：一，少年当勤以图身，反自放逸。古诗云："少年经[一]岁月，不解[1]蚤谋身。晚岁成无益，低眉向世人。"一，老当逸以就安，反自劳役。古诗云："可怜七八[二]十，齿堕双眸昏。朝露贪名利，夕阳忧子孙。"唯此二事知之不难，而知者尚少，何况深妙之理乎？

【校勘】

（一）经：当为"轻"之讹，因形近致讹。
（二）七八：据北宋晁迥《法藏碎金录》，为"八九"之讹。

【注释】

[1] 解：能。

【译文】

略。

处世良方

舍事以清心，断欲以宁神，便是扁鹊医，不消请他。明里不伤人，暗里不亏心，便是阎罗王，不须怕他。有时不妄用，无时守得

定，便是陶朱公 [1]，不须求他。葭苇 [2] 不妄拔，鸡犬不妄杀，便是
南无佛 [3]，不消念他。

【注释】

[1] 陶朱公：即春秋时期范蠡，晚年居于定陶，经商致富，自号陶朱公。

[2] 苇：古同"秆"。

[3] 南无佛：此指佛祖。南无，梵语 Namo 的音译，念成"那摩"，意义是"敬
礼"。

【译文】

　　减少事务来清净内心，断绝欲望来安定精神，就是神医扁鹊，不
用请他。明里不伤人，暗里不亏心，就是阎罗王，不用怕他。有钱财
时不乱用，无钱财时守得定，就是巨富陶朱公，不用求他。芦苇秆不
乱拔，鸡犬不乱杀，就是佛祖，不用念他。

存心远异

　　东坡谪海南，故人巢谷 [1]，年已七十〔一〕。自蜀往唁 [2] 之，徒
步万里，访二苏于瘴海之上，死而不悔。伊川编管 [3] 涪州，或讽其
故人邢恕救之。恕曰："便斩程颐万段，恕亦不救。"君子小人存
心岂不远哉？

【校勘】

〔一〕七十：据苏辙《巢谷传》，为"七十三"之讹，"三"为夺字。

【注释】

[1] 巢谷：字符修，北宋眉山人，其事迹主要见于苏辙《巢谷传》。

[2] 唁：对遭遇变故者予以慰问。

[3] 编管：宋代对犯错误官员惩罚措施，犯错官员被流放，户口编入流放地，
　　受当地政府管束，无人身自由，形同囚犯。

[4] 邢恕：字和叔，北宋郑州原武人，官至御史中丞。

【译文】

苏东坡被谪海南时，老朋友巢谷，已是七十三岁高龄，从蜀地前去慰问，徒步万里，到布满瘴气的海边拜访苏轼、苏辙，死了也不后悔。伊川先生程颐被编管涪州，有人讽劝他的老朋友邢恕救程颐。邢恕说："即使把程颐砍为万段，我邢恕也不救他。"君子小人存心难道不差得太远吗？

不堪再说

范丞相语云："人做好事不堪再说著(一)，说著便不中。"此语最到(二)。

【校勘】

（一）著：据《宋元学案·高平学案》，为衍字。著，相当于"了"。

（二）此语最到：颇为不辞。疑"到"后夺"家"字。

【译文】

范丞相（指范纯仁）说："人做好事不能够再说，说了就不符合道德要求。"这话最到家。

怕无根本

无根本底气节，如醉汉殴人，醉时勇，醒来索然，无分毫气力；无学问底识见，如庖人炀灶[1]，面前明，背后左右，无一些照顾。而无知者赏其一时，惑其一偏，每击节叹服。吁，难言也！

【注释】

[1] 庖人炀灶：厨师烧火。

【译文】

无根本的气节，像醉汉打人，醉时勇猛，酒醒时勇气全没，没有分毫气力；无学问的见识，像厨师烧火，面前明亮，背后左右，没有一处能照到光亮。可是无知人欣赏那一时表现，被那一点偏长迷惑，常常击节赞叹佩服。唉，难说呀！

欲当念及

欲止奢，当念贫及；欲止欲，当念病及；欲止忿，当念祸及；欲止邪，当念谤及；欲止恶，当念死及。

【译文】

要制止奢侈，应当考虑到贫困；要制止情欲，应当考虑到疾病；要制止愤怒，应当考虑到灾祸；要制止邪僻，应当考虑到舆论；要制止罪恶，应当考虑到死亡。

持不净观

经[1]曰：佛告沙门："慎无视女人（一），当如莲花不为泥所污。老者以为母，长者以为姊，少者如妹，幼者如女，敬之以礼。意[2]殊当谛惟观[3]，自头至足，彼身何有，唯盛恶露[4]诸不净种，以释其意矣。"

【校勘】

（一）人：此则采编自《佛说四十二章经》，文字与原文出入较大。原文为：佛告诸沙门：慎无视女人。若见无视，慎无与言。若与言者，敕心正行。曰吾为沙门处于浊世，当如莲花不为泥所污。老者以为母，长者以为姊，少者为妹，幼者为子，敬之以礼。意殊当谛惟观，自头至足自视内。彼身何有，唯盛恶露诸不净种，以释其意矣。

【注释】

[1] 经：此指《佛说四十二章经》。

[2] 意：色欲。

[3] 当谛惟观：用真谛来看待。

[4] 恶露：佛教谓身上不净之津液。

【译文】

略。

百字之铭

申阁老[1]《百字铭》云：欲寡精神爽，思多血气衰。少杯不乱性，息（一）气免伤财。贵是勤中得，富从俭里来。温柔终益己，强暴必招灾。善处真君子，刁唆是祸胎。暗中休使箭，乖里放些呆。养性须修善，欺心莫吃斋。衙门休出入，乡党要和谐。安分身无辱，闲非口莫开。世人依此劝，灾退福重来。

【校勘】

（一）息：或为"忍"。

【注释】

[1]申阁老：即申时行，字汝默，号瑶泉，明朝南直隶苏州府人，官至内阁首辅。

【译文】

略。

劝世之文

李太白（一）劝世文云：千般营运[1]，不如浅种深耕；死后披麻，不如在生孝顺；结义他人，不如自己骨肉；买命放生，不如存心莫杀；发愿修行，不如还了宿债；千般计较，不如本分做人。

【校勘】

（一）李太白：应为伪托李太白所做。常见版本，"深耕"后为"造冥修斋，不如恭敬父母"，"莫杀"后夺"看经念佛，不如在世济人"。

【注释】

[1] 营运：指打算。

【译文】

　　略。

讨便宜处

　　语云："讨便宜处 [1] 失便宜。"此"处"字极有意味，盖此念才思讨便宜，便自坏了心术，自损阴骘 [2]，大失便宜即在此处矣。不必到失时见之也。

【注释】

[1] 处：时。
[2] 阴骘：阴德。

【译文】

　　略。

张说自信

　　张庄简公悦（一）督浙江学政，始以觖名较士 [1]，寻去之，曰："我且自疑，人谁信我？"请托屹不为动，而士皆帖服。任留都，镇定简静，虽中官亦皆敬礼。守备陈某者，尝设席延公，子弟问更召何人，曰："他人岂可同此席？"为时所重如此。

【校勘】

（一）悦：当为"说"。人名用字一般写作"说"。

【注释】

[1] 翻名较士：指匿名考试选拔人才。翻，同"糊"。

【译文】

　　庄简公张说任督浙江学政时，开始靠匿名考试办法选拔人才，不久就不用匿名了，说："我尚且自疑，谁人相信我？"他坚持原则，不为请托所动，而读书人都服帖。他在南京任职时，镇定简静，即使宦官也都礼敬他。守备陈某，曾经设席延请张说，子弟问还请什么人，陈某说："他人怎可与张说同席？"他像这样被当时人看重。

姜桂之性

　　陈祭酒询[1]忤王振[2]，谪安陆同知，同僚饯之。或倡为酒令，各用二字分合，以韵相协，以诗书一句终之。陈学士循[3]云："轰字三个车，余斗字成斜。车车车，远上寒山石径斜。"高学士谷[4]曰："品字三个口，水酉字成酒。口口口，劝君更尽一杯酒。"陈祭酒云："矗字三个直，黑出字成黜。直直直，焉往而不三黜[5]？"盖姜桂之性如此，故廖太史道南[6]赞之曰："秉德为恒，履险不倾[7]。"

【注释】

[1] 陈祭酒询：即祭酒陈询，字汝同，明朝华亭人，官至国子监祭酒。
[2] 王振：明朝蔚州人士，英宗朝司礼监掌印太监。
[3] 陈学士循：即学士陈循，字德遵，明朝江西泰和人，景泰年间任内阁首辅。

[4] 高学士谷：即学士高谷，字世用，明朝江苏兴化人，官至谨身殿大学士。

[5] 焉往而不三黜：语出《论语·微子》。原文为：柳下惠为士师，三黜。人曰："子未可以去乎？"曰："直道而事人，焉往而不三黜？枉道而事人，何必去父母之邦？"

[6] 廖太史道南：即太史廖道南，字鸣吾，明代蒲圻人，累官至侍讲学士。太史，明清对翰林院官员称呼。

[7] 秉德……不倾：德行有恒定操守，身临险境而不会倾覆。

【译文】

略。

不立轻重

陆慧晓[1]历辅五政，立身清肃。僚佐以下造诣，必起送之。或曰："长史贵重，不宜妄自谦屈。"答曰："我性恶人无礼，不容不以礼处人。"未尝卿[2]士大夫，或问其故，慧晓曰："贵人不可卿，而贱者乃可卿，人生何容立轻重于怀抱？"

【注释】

[1] 陆慧晓：字叔明，南朝齐梁间吴郡吴县人，萧齐时官至辅国将军。
[2] 卿：此指称呼为卿。

【译文】

陆慧晓历辅五朝，立身清廉整肃。幕僚以下人造访，必定起身相送。有人说："长史（陆慧晓职位）身份贵重，不应该随意降低身份。"陆慧晓回答："我生性厌恶别人无礼，不能容不以礼待人。"他不曾称士大夫为卿，有人问他缘故，陆慧晓曰："贵人不可称卿，而贱者才可称卿，人生怎能在心里对人有轻重看法呢？"

尽可积德

语言间尽可积德，妻子辈亦是[一]。涉世不必渡蚁，好生不必出门多阻[二]。

【校勘】

（一）语言……亦是：为"语言间尽可积德，妻子间亦是修身"之讹。

（二）涉世……多阻：为"好生不必渡蚁，涉世不必出门"之讹。

【译文】

平时与人谈话时，完全可以积累德行；平日与妻子儿女相处，也是修身。有好生之德不必渡蚁，经历世事不必出门。

自家受苦

士人大病只是自己不肯认差，所以多郁多怒。夫自责自修有何不妙，而必以客气争胜也？天下雄心客气[1]都是资禀中大病，不会将学问工夫磨炼一番，却原是自家受苦。

【注释】

[1] 雄心客气：好胜的一时意气、偏激情绪。

【译文】

略。

老识长胆

处事不能得大体，当观古名相传，以老[1]吾识；行事不能决大计，当观古名将传，以长吾胆。识为主，胆为用，事无难矣。

【注释】

[1] 老：厚。

【译文】

　　略。

修身四戒

　　昔人云：腹不饱诗书，甚于馁；目不接前辈，谓之瞽[1]；身不远声利，甚于阱；骨不脱俗气，甚于痼。

【注释】

[1] 瞽（gǔ）：瞎子。

【译文】

　　略。

理到之言

　　杨敬仲[1]先生曰：仕宦以孤寒为安身，读书以饥饿为进道，居家以无事为平安(一)，朋友以相见疏为久要。理到之言也。

【校勘】

（一）居……安：据宋末元初仇远《稗史》引杨简语录，为"骨肉以不得信为平安"之讹。

【注释】

[1] 杨敬仲：即杨简，字敬仲，号慈湖，南宋慈溪人，学者，谥文元。

【译文】

略。

足需超逸

阳明云："人在功名路上，如马行淖泥中，脚起脚陷，须有超逸之足， 始能绝尘而奔。得意场中，能长人意气，亦能消^(一)灭人善根。"

【校勘】

（一）消：疑为衍字。

【译文】

略。

落得油滑

文成五彩，搦[1]笔生花；辩溢四筵，开谈泻水。精工言语，于行事了不相干；照管皮毛，与性灵全无^(一)关涉。落得一场油滑，怎逃万转轮回？

【校勘】

（一）全无：或为"有何"。

【注释】

[1]搦：握，持。

【译文】

文章写成，像五彩锦绣，握笔生花；巧妙言语声闻四座，开谈如瓶泻水。语言精妙，对做事情一点关系都没有；只是照管了皮毛，与品德修养全无关联。只落得一场油滑，怎么逃脱无休止轮回？

慈心媚骨

合下[1]见慈心，任说沽名邀福；生来无媚骨，岂关立异为高？

【注释】

[1]合下：实时，当下。

【译文】

当下显露慈心，任凭人说这是沽名钓誉，邀取福祐；生来没有取悦人的骨头，和以标新立异为高妙有什么关系？

正嫌太浅

铁杵磨残[1]，方就谪仙[2]学业；墨池蘸涸[3]，方成逸少声名。古人岂必生[4]知？我辈正嫌太浅。

【注释】

[1]铁杵磨残：即铁杵磨针，出自南宋祝穆《方舆胜览》："磨针溪，在眉州象耳山下。世传李太白读书山中，未成，弃去。过小溪，逢老媪方磨铁杵，问之，曰：'欲作针。'太白感其意，还卒业。媪自言姓武。今溪旁有武氏岩。"

[2]谪仙：专指李白。语出唐朝孟棨《本事诗·高逸》。

[3]墨池蘸涸：语出晋朝卫恒《四体书势》云："弘农张伯英（张芝字伯英）者，因而转精其巧，凡家之衣帛，必先书而后练之。临池学书，池水尽墨。"

[4]生：深。

【译文】

铁杵磨成针，才成就李白学业；墨池蘸干，才成就了王逸少（王羲之）声名。古人难道一定深深懂得？我辈正嫌用功太浅。

不接异色

当官不接异色人最好，不止巫祝[1]、尼媪⁽一⁾，至工艺之人，用之以时，不宜久留。与之神⁽二⁾狎，皆能变易听闻，簸弄是非。儒士固当礼接，亦有本非儒者，或假文辞，或假字画以媒进[2]。一与之款洽，即堕其述⁽三⁾中。房琯[3]为相，因一琴工黄庭兰⁽四⁾出入门下，依倚为非，遂为相业之玷。若此之类，可不审察疏远?

【校勘】

（一）媪：此则采编自明人薛瑄《读书录》，与原文有不少出入。据此，此字后苟且省简"宜疏绝"三字。

（二）神：为"亲"之讹。

（三）述：为"术"之讹。

（四）黄庭兰：为"董庭兰"之讹。董庭兰，陇西人，盛唐著名琴师。

【注释】

[1] 巫祝：古代称事鬼神者为巫，祭主赞词者为祝；后连用以指掌占卜祭祀的人。

[2] 媒进：借某种关系以谋求进身。

[3] 房琯：字次律，今河南偃师人，唐玄宗朝官至宰相。

【译文】

当官不与各色人等交往最好，不止巫祝、尼姑应该疏远断绝交往，至于工匠艺人，按时使用他们，不应该让他们久留家中。与他们亲近，都能影响听闻，制造是非。读书人本当按照礼仪与他们交往，读书人中也有本非儒生，有的假借诗文，有的假借字画来谋求进身。一旦与他们亲密接触，就落到他们的圈套中。房琯做宰相，由于一个琴师董庭兰出入他们门下，依仗他为非作歹，于是成为宰相事业污点。像这样的人，可不审察疏远吗?

崇尚笃行

读万卷书，不如识一字。说千丈，不如行一尺。勤修百亿功果，不如济一饥渴穷民；广交天下英才，不如近一笃实先辈。

【译文】

略。

药言警句

祝发 [1] 弃父母，浮生一弹指。乃其利欲心，浓于在朝市。机械反倍 [2] 身，趋营 [3] 死方已。言颜行跖 [4] 儒，孽案差相似。

【注释】

[1] 祝发：指断发，谓削发出家为僧尼。

[2] 倍：通"背"，此指祸害。

[3] 趋营：奔走钻营。

[4] 言颜行跖：说话像颜回，而行为却像盗跖。

【译文】

剃发出家抛弃父母，人生弹指一挥间。向往利欲的心情，比在朝堂和市场还强烈。运用心机反而祸害自身，奔走钻营到死才终结。说话像颜回，而行为却像盗跖的读书人，造孽与盗跖相似。

颠倒弗顾

贾人之海而遇风，尽投宝而不惓 [1]，以身重于宝也。樵者为毒蛇所啮，断指而不惜，以全体重于一指也。人当仓卒 [2]，权利害缓急甚真，至平居何颠倒而弗顾乎？

【注释】

[1] 悆：同"吝"。

[2] 卒：通"猝"。

【译文】

　　有商人在海上遇风，把宝物都投到海里而不吝啬，因为性命比宝物重要。樵夫被毒蛇所咬，砍断被咬手指而不吝惜，因为整个身体比一根手指重要。人在紧张忙碌之时，权衡利害缓急很认真，至于平时为什么颠倒轻重缓急而顾不上权衡呢？

言动之间

　　韩歆[1]事光武，指天画地[2]，帝不能容，至于自杀。白乐天事宪宗，尝曰："陛下错矣。"帝大怒，贬之。陈执中[3]罢相，荐吴育[4]自代，召之赴阙，因侍宴醉而坐睡，忽惊顾拊床，呼其从者。仁宗愕然，遂斥不用。曹利用[5]在帘前每以手（一）击腰带，太后不悦，后亦贬死。四臣皆一时名士也，言动之间偶失简（二）点，遂致得罪君父，身名俱损。盖可以忽乎哉？

【校勘】

（一）手：据陈继儒《读书镜》，字后夺"指"。《宋史·列传第四十九》："利用奏事帘前，或以指爪击带鞓。"

（二）简：为"检"之讹。

【注释】

[1] 韩歆：字翁君，东汉南阳人，官至大司徒。

[2] 指天画地：形容说话没有顾忌，目中无人。

[3] 陈执中：字昭誉，北宋洪州南昌人，仁宗朝官至宰相。

[4] 吴育：字春卿，北宋建州浦城人，仁宗朝官至参知政事。

[5] 曹利用：字用之，北宋赵州宁晋人，官至宰相。

【译文】

韩歆事奉光武帝刘秀，说话时毫无顾忌，皇帝不能容忍，至于被逼自杀。白乐天事奉唐宪宗，曾经对皇帝说："陛下错了。"皇帝大怒，把他贬谪。陈执中被罢相后，推荐吴育替代自己，皇帝召吴育进宫，因侍宴醉酒而坐着打盹，忽然惊醒回头拍打坐具，呼喊他的随从。宋仁宗很吃惊，于是斥逐不任用。曹利用在帘前（宋真宗死后，章献太后刘娥曾垂帘听政）常常用以手指击打腰带，致使太后不高兴，后来也被贬身死。这四位大臣都是一时名士，言行之间偶失检点，于是导致得罪君王，身名俱损。在君主面前言行谨慎可以忽视吗？

寇准冒年

寇莱公年十九举进士。太宗取人，年少者往往罢遣 [1]。或教公增年，公曰："吾初进取，可欺君耶？"莱公年三十余，受知太宗，欲使为相，嫌其年少。公乃服地黄与芦菔 （一）以反之，髭发寻白。夫不冒年于十九之时，而速化三十之后，何十年间而前后迥别耶？甚哉，不变塞之难也！

【校勘】

（一）服……菔：此则又见于宋人王君玉《国老谈苑》。据此，为"服地黄，兼饵芦菔"。芦菔，萝卜。萝卜辛甘性平，辛能发散，下气消谷，宽胸化积；熟地黄滋阴补血，生地黄凉血清热。两者性味功能皆不相合。

【注释】

[1] 罢遣：遣散，放遣。

【译文】

莱国公寇准十九岁考中进士。宋太宗录用人，年轻的往往不予重用。

有人教导寇准假增年龄，寇准说："我刚踏上仕途，难道可以欺君吗？"莱国公到了三十多岁，被太宗赏识，想要让他做宰相，嫌他年轻。寇准就服地黄，同时吃药性相反的萝卜，很快胡子头发都白了。在十九岁时，不假冒年龄；而在三十之后迅速变化，为什么十年间前后差别这么大呢？厉害呀，保持不变的困难！

钱镠勤勉

吴越王镠自少在军中，夜未尝寝，倦极则枕圆木小枕，或枕大铃，寐熟则欹而寤，名曰警枕。置粉盘于卧内，有所记则书盘中，比[1]老不倦。或寝方酣，外有白事者，令侍女振纸即寤。时弹铜丸于楼墙之外，以警直更者。尝微行，夜扣北城门，吏不肯启关，曰："虽大王来亦不可启。"乃自他门入^{（一）}。

【校勘】

（一）入：据《资治通鉴》（卷二百七十），字后夺"明日，召北门吏，厚赐之"九字。

【注释】

[1] 比：到。

【译文】

吴越王钱镠从年轻在军中时，夜里不曾安寝，困倦时就枕上一个小圆木，或枕上一个大铃休息一下，睡熟后小木枕或大铃一倾斜，就惊醒了，把这种枕头叫作"警枕"。他在卧室内放一个粉盘，如有什么需要记下来的写在粉盘中，到老都不倦怠。有时睡得正香，外面有人来报告事情，让侍女振动纸张就能醒来。有时他把铜丸弹到楼墙外面，用这种办法来提醒打更的人。他曾经微服出访，半夜里敲北城门，守门官不肯开门，说："即使是大王来也不能开门。"于是他从别的城门进去。第二天，召见守北城门吏员，予以厚赏。

镴枪头与豆腐脚

俗之徒能言而不能行者曰"铁嘴豆腐脚"，谓退缩而不敢前者曰"镴枪头[1]"。呜呼！草玄准易[2]，似知道矣，而刘棻[3]之累，遽穷蹙以投阁。八角磨盘[4]似有守矣，而丁谓之召，遽仓皇以便液。是亦一镴枪头而豆腐脚也。

【注释】

[1] 镴（là）枪头：即银样镴枪头，样子像银子实际是焊锡做的枪头。比喻外表很好看，实际上不中用。镴，焊锡。

[2] 草玄准易：指西汉扬雄模拟《易经》而写下《太玄经》。准，模拟。

[3] 刘棻：西汉国学大师刘歆之子，王莽时任侍中，尝从扬雄学作奇字。《汉书·扬雄传》：刘棻擅自作作符命，与刘泳、丁隆、甄寻皆被王莽杀害，扬雄亦受到牵连，跳楼几死。

[4] 八角磨盘：指文学家杨亿。杨亿通禅学，曾作偈语："八角磨盘空里走，金毛师子变作狗。"八角，指乾坤。磨盘，指轮回。

[5] 便液：屎尿。据苏辙《龙川别志》卷上："丁谓夜乘妇人车与曹利用谋之，诛（周）怀政，黜（寇）准，召（杨）亿至中书。亿惧，便液俱下，面无人色。"

【译文】

世间把只能说却不能做的人称"铁嘴豆腐脚"，称退缩而不敢向前的是"镴枪头"。唉！扬雄模拟《易经》而写下《太玄经》，似乎得道了，而遭受刘棻牵累，就困窘得几乎跳楼而死。被称为八角磨盘的杨亿似乎有禅学修养了，而丁谓召见他时，就吓得屎尿横流。这也是一镴枪头与豆腐脚。

乖崖自抑

乖崖帅蜀，时给浣濯缝纫二人。乖崖悦一姬，中夜心动，绕屋行，但云："张咏小人，张咏小人。"将归，出帖子议亲云："某家室女，房奁五百千。"以礼遣之，果未尝有犯也。国朝曹鼐[1]"不可不可"，堪敌张咏"小人小人"。

【注释】

[1] 曹鼐：字万钟，明朝真定府宁晋县人，英宗朝官至吏部左侍郎兼翰林学士，谥文忠。据《续太平广记·厚德部·曹鼐》：曹鼐为泰和典史，因扑盗，获一妇，甚美，目之心动，辄以片纸书"曹鼐不可"四字，火之，如是者数十次。终夕，竟不及乱。

【译文】

乖崖（北宋名臣张咏的号）做蜀地安抚使，当时公家配给供浣濯缝纫两个女子。乖崖喜欢其中一个，半夜心动，绕屋而行，只说："张咏小人，张咏小人。"等到离任时，出帖子给那女子议嫁："我家的女孩，嫁资五十万钱。"乖崖按礼仪把她嫁出去，最终不曾冒犯这个女子。国朝（指本朝）曹鼐"不可不可"，堪敌张咏"小人小人"。

颙拒幸赏

叶颙[1]初主南海簿，摄尉。二广籍盐策[2]充赋，捕赏颇重，前尉有累，捕获转至员外者，或欲以所获盗授颙。颙曰："仕途发轫[3]，如造屋建柱石，柱石不正，屋随以倾。吾方入仕，岂宜自欺？"闻者叹服。

【注释】

[1] 叶颙：字子昂，南宋兴化仙游人，官至尚书左仆射兼枢密使，谥文简。

[2] 盐策：盐务。

[3] 发轫（rèn）：拿掉刹车木，使车启行。借指出发。轫，刹车木。

【译文】

　　叶颙当初任南海主簿，代理县尉。两广借盐务充赋税，对捕获盗贼奖赏很重。前任县尉有罪责，其捕获的盗贼转给其他人员，有人想要把前任县尉所捕获盗贼名额转到叶颙名下。叶颙曰："仕途刚开始，像造屋立柱石，柱石不正，屋随之而倒。我刚走上仕途，难道该自欺吗？"听到的人赞叹佩服。

后悔不得

　　一失脚^{（一）}成千古恨，再回头是百年身。莫^{（二）}放过了亲切底工夫，莫虚度了少壮底时日。

【校勘】

（一）脚：当为"足"。明人杨仪《明良记》："唐解元寅既废弃，诗云：'一失足成千古恨，再回头是百年人。'"比喻一旦犯下严重错误或堕落，就成为终身憾事。百年，一辈子。

（二）莫：含有此字的两句当为"莫放过了合做底亲切工夫，莫虚度了难得底少壮时日"。合做，应该做。

【译文】

　　略。

应世四毋

　　毋厚养生以累虫蛆，毋悖积财以累盗贼，毋阴行险以累鬼神，毋巧取名以累造化。

【译文】

　　不要厚养生命来麻烦蛆虫吃掉，不要错积财物来麻烦盗贼偷窃，不要阴行险恶来麻烦鬼神惩治，不要巧取名声来麻烦天地谴责。

好人好事

　　彭执中[（一）]云："住世一日，则做一日好人；居官一日，则做一日好事。"

【校勘】

（一）彭执中：据罗大经《鹤林玉露》卷之二甲编"好人好事"条："豫章旅邸，有题十二字云：'愿天常生好人，愿人常做好事。'邹景孟表而出之，以为奇语。吾乡前辈彭执中云：'住世一日，则做一日好人；居官一日，则做一日好事。'亦名言也。"彭执中，不详。

【译文】

　　略。

不如虏盗

　　金人入洛，禁勿犯司马光宅；张商英[1]辈乃欲发其棺。虏盗谢达[2]犯惠州，葺东坡白雪故居[（一）]，致奠而去；而吕惠卿之徒，乃欲置之鼎镬[3]。

【校勘】

（一）白雪故居：据洪迈《夷坚志》，当为白鹤故居。苏东坡雪堂在黄州，不在惠州。

【注释】

[1] 张商英：字天觉，号无尽居士，北宋蜀州新津人，宋徽宗时官至宰相。

[2] 虔盗谢达：据洪迈《夷坚志》载："绍兴二年，虔寇谢达陷惠州。民居官舍，焚荡无遗，独留东坡白鹤故居，并率其徒葺治六如亭，烹羊致奠而去。"谢达，南宋初年，虔州农民起义领袖。

[3] 鼎镬：古代酷刑。用鼎镬烹人。

【译文】

金人攻入洛阳，下禁令不要冒犯司马光住宅；张商英等人竟然要把他棺材挖出来。虔州盗贼谢达进犯惠州时，修葺苏东坡白鹤故居，祭祀后离开；而吕惠卿这类人，竟然想把他置之死地。

温荆二公

温公退居于洛十七年。荆公罢政，归金陵亦十余年。温公不唯天下重望归之，其心乐道，真得退居之适。荆公不唯得罪公议，其心负愧良多，而^(一)心无一日之乐。观二公出处，可以为鉴。

【校勘】

（一）而：据宋人倪思《经鉏堂杂志》，字前夺"身虽逸"三字。

【译文】

温国公司马光引退洛阳十七年。荆国公王安石罢相，归隐金陵也有十多年。温国公不仅天下重望归附，他内心喜欢圣贤之道，真得退居舒适快乐。荆公不只是得罪舆论，他内心负愧很多，身体虽然安逸，而内心没有一天快乐。看二公做官与退隐，可引以为鉴。

克己工夫

赵清献^[1]欲绝欲，挂父母画像于卧床中以自监。赵康靖^[2]中岁常置黄黑豆于几案，以验善恶。欧阳文忠暮年，有小疾，不服药，只孤坐习忘以却之。文节^[3]构枯木庵死心寮，以为养疴之所。伊川^[4]

于室中置尖物，刘元城 [5] 谪炎瘴，举念绝欲。东坡谪瘴乡，惟尽绝欲念，为万全之良药。古人克己工夫如此。

【注释】

[1] 赵清献：清献为北宋名臣赵抃谥号。元人胡炳文《纯正蒙求》记载："赵清献欲绝欲不能，乃挂父母画像于卧榻，偃仰其下，而父母具衣裳监视于上，不亦渎乎？"

[2] 赵康靖：即赵概，字叔平，北宋南京虞城（今商丘虞城）人，官拜观文殿学士，谥康靖。元人张光祖《言行龟鉴》记载："赵康靖公概，厚德长者，口未尝言人短。中岁常置黄黑二豆于几案间，自旦数之，每兴一善念，则投一黄豆，兴一恶念，则投一黑豆。暮发视之，初黑豆多于黄豆，渐久反之。"

[3] 文节：黄庭坚谥号。

[4] 伊川：程颐人称伊川先生。据《二程遗书》（卷二）记载：目畏尖物，此事不得放过，便与克下，室中率置尖物，须以理胜它，尖必不刺人也，何畏之有？

[5] 元城：北宋名臣刘安世的号。《纯正蒙求》记载：宋刘元城先生谪岭表，慨然自念奉父母遗体而投南荒，恐不生还。忽忆先正云"北人在瘴烟中，惟绝欲，可以不死"，自是绝，至于今，更不复作。

【译文】

　　赵清献想要断绝情欲，就把父母画像挂在卧床中来监视自己。赵康靖中年时常置把黄豆黑豆在桌案上，来检验善恶。欧阳文忠晚年，有点小病，不服药，只独坐静思来治疗。文节公黄庭坚建造构枯木庵死心寮，来作为养病处所。伊川先生程颐在屋中放置尖物，刘元城被贬谪炎热烟瘴地方，发念断绝情欲。苏东坡被贬谪烟瘴地方，把完全断绝欲念作为万全良药。古人克己工夫像这样。

书屏警语

　　吕申公 [1] 书古诗于屏风曰："好衣不近节士体，梁谷似怕腹中书。"富郑公[2]年八十犹书座屏曰"守口如瓶，防意[3]如城"，又语有"群居闭口，独坐防心"，二句最吃紧。

【注释】

[1] 吕申公：指北宋名臣吕公著，爵封申国公，故称。

[2] 富郑公：指北宋名臣富弼，爵封郑国公。

[3] 防意：防御各种不良欲念。

【译文】

略。

读书妙喻

陈继儒曰："读未见书，如得良友；见已读书，如逢故人。"

【译文】

略。

尤物移人

项王有吞岳渎[1]意气，咸阳三月火，骸骨乱如麻，哭声惨怛天日，而眉容不改，是必铁作心肝者。然当垓下诀别之际，宝区血庙[2]，了不经意，惟眷眷一妇人[3]，悲歌怅饮，情不自禁。高帝非天人与(一)？能决意于太公、吕后，而不能决意于戚夫人。杯羹可分[4]，则笑嫚[5]自若。羽翼已成[6]，则歔欷不止。乃知尤物移人，虽大智大勇不能免。世上无如人欲险，信哉！

【校勘】

（一）与：据罗大经《鹤林玉露》，为"欤"之讹。

【注释】

[1] 岳渎：山河。

[2] 宝区血庙：指江山社稷。

[3] 妇人：指虞姬，楚汉之争时期西楚霸王项羽美人。

[4] 杯羹可分：《史记·项羽本纪》载，楚汉相争，汉军断绝楚军粮草，项羽把刘邦的父亲放在高高的肉案上，对刘邦说："今不急下，吾烹太公。"刘邦说："吾与项羽俱北面受命怀王，曰'约为兄弟'，吾翁即若翁，必欲烹而翁，则幸分我一杯羹。"

[5] 嫚（màn）：轻侮，傲慢。

[6] 羽翼已成：鸟的羽毛和翅膀已长全。比喻力量已经巩固。《史记·留侯世家》："多欲易之，彼四人辅之。羽翼已成，难动也。"

【译文】

　　西楚霸王项羽王有气吞山河意气，咸阳三月大火，骸骨乱陈如麻，哭声惨怛天日，而毫不动容，这人必是铁作心肝。然而当垓下诀别之际，江山社稷，完全不放在心上，只对虞姬这一女子眷眷难舍，为她悲歌怅饮，悲情不能自禁。汉高帝难道不是才能超群的人吗？能舍得下父亲刘太公、妻子吕雉，而不能得下戚夫人。可分父亲的一杯羹，笑傲自若。当看到太子羽翼已成（没办法换太子），则叹气不止。才知道尤物移人，即使是大智大勇之人也不能免俗。世上没有什么像人的情欲那样险恶，真的呀！

清献熏衣

　　赵清献好焚香，尤喜熏衣。所居既去，辄数月香不灭。衣未尝置于笼，为一大焙[1]，方五六尺，设熏炉其下，常不绝烟，每解衣投其间。谓人："神气四体诚不可使不洁净。"清正如公，而犹不免此。甚哉，一无嗜好之难也！

【注释】

[1] 大焙：大号熏笼。

【译文】

清献公赵抃喜欢焚香，尤其爱好熏衣。所住地方在他离开后，就数月香气不灭。他衣服不曾放在箱子里，他制作了一个大号熏笼，方圆五六尺，下设熏炉，常不绝香烟，每每解下衣服就投到大熏笼中。他对人说："神气四体实在不可使不洁净。"清廉正直如赵抃，尚且不免有这嗜好。厉害呀，完全没有嗜好的困难！

搏牛之过

先正有言："权贵之门，虽系通家知己，也须见面稀、行踪少就好。常爱唐诗有'终日^{（一）}帝城里，不识五侯门'之句。"

【校勘】

（一）终日：为"终年"之讹。诗句出自唐人张继《感怀》。

【译文】

前代君子说："对于权贵人家，即便是世交知己，也是少见面、少来往为好。常常喜爱唐诗里'终年帝城里，不识五侯门'这句话。"

不雅绰号

王方庆^[1]迁左丞，无他政事，但不许令史^[2]驴入台门，终日迫逐，时号"驱驴宰相"。侯思正^{（一）}食笼饼^[3]，必令缩葱加肉，号"缩葱侍郎^{（二）}"。赵霈绍兴间为谏议大夫，上言："自来祈祷断屠，止禁猪羊，今后请并禁鹅鸭。"胡致堂时在西掖，见之，笑谓"鹅鸭谏议"。严升期则天时为御史，巡察江南，嗜牛肉而多受金，时号"金牛御史"。嘉定察院罗相[4]上言："越州多虎，乞行下措置，多方捕杀。"正言[5]张次贤[6]上言："八盘岭乃禁中来龙[7]，乞禁行人。"太学诸生遂有"罗擒虎""张寻龙"之对。吁！身居政府而优游伴食[8]，宠擢言路，而蔓衍塞责，毫无益于世道人心者，对此可发深省。

【校勘】

（一）侯思正：为"侯思止"之讹。侯思止，雍州醴泉人，武周时酷吏，官任侍御史。

（二）缩葱侍郎：据《太平广记·嗤鄙》，为"缩葱侍御史"之讹。侯思止曾任侍御史，不曾任侍郎。

【注释】

[1] 王方庆：即王綝，字方庆，雍州咸阳人，唐朝武周时宰相，藏书家。

[2] 令史：宋元以来官府中胥吏通称。

[3] 笼饼：包子。

[4] 罗相：号容谷散人，南宋余杭人，曾官监察御史。

[5] 正言：宋初改唐代左、右拾遗为左、右正言，明代沿置，职掌规谏皇帝。

[6] 张次贤：字子斋，南宋仙居人，曾任右正言兼侍讲、左司谏等职。

[7] 来龙：指龙脉来源。旧时堪舆家以山势为龙，称其起伏绵亘姿态为龙脉。

[8] 伴食：陪着吃饭。对任职不管事或能力低下高官的讽刺。

【译文】

　　王方庆升任左丞相，没有其他政事时，只是不许胥吏的驴子入宰相府大门，终日催促驱逐，当时号称"驱驴宰相"。侯思止吃包子，必定下令少放葱多加肉，当时称他为"缩葱侍御史"。赵霈在南宋绍兴年间任谏议大夫，上提案说："以前对屠宰这件事，只禁止宰猪羊而不管鹅鸭，请一并禁止屠宰。" 胡致堂时在西掖（中书省别称），看到提案，称他为"鹅鸭谏议"。严升期在武则天主政时担任御史，巡察江南，特喜欢吃牛肉，并且接受了很多金钱，当时号称"金牛御史"。

嘉定（宋宁宗年号）年间，都察院御史罗相上提案说："越州多有老虎，请示下安排，从各方面进行捕杀。"正言张次贤向皇上说："八盘岭（在杭州）是我朝龙脉，乞请下令禁止行人过往。"太学生们便有了"罗擒龙""张寻龙"的对子。唉！身居宰相府而无所事事，被选拔为荣耀的言官，却敷衍塞责，对世道人心没有丝毫用处的人，对此应该深刻反省。

恶心之作

冯道作《长乐老传》（一），自叙其无耻。蔡京作《太清楼侍宴》（二）《保和殿延福宫典宴记》（三），自明其不臣。元稹作《会真记》[1]，郑禧作《春梦录》，自表其失行。牛僧孺作《周秦行记》（四），自陈其荡志。愚[3]读之，不能不为之抵案作恶也。

【校勘】

（一）《长乐老传》：当为《长乐老自叙》，为干佑三年夏，冯道写的自传。

（二）《太清楼侍宴》：当为《太清楼侍宴记》，"记"为夺字。

（三）《保和殿延福宫典宴记》：当为《保和殿曲宴记》与《延福宫曲宴记》，误"曲"为"典"。曲宴，古代宫廷赐宴的一种。

（四）《周秦行记》：当为《周秦行纪》，唐代传奇，旧题牛僧孺撰。

【注释】

[1]《会真记》：又名《莺莺传》，唐人元稹著，传奇名篇，后人多以为是写元稹亲身经历。

[2]《春梦录》：元代人郑禧创作的小说类作品。

[3] 愚：谦辞，相当于"我"。不知指代何人。

【译文】

冯道作《长乐老自叙》，自叙其无耻。蔡京创作《太清楼侍宴记》《保和殿曲宴记》与《延福宫曲宴记》，自己表明其不臣之心。元稹创作《会真记》，郑禧创作《春梦录》，自己表明其丧失品行。牛僧孺作《周秦行纪》，自陈心志放荡。我读后，不能不为之击案，感到恶心。

难论本末

李密 [1] 为祖母陈情解官，而后以迟迟怨望获罪 [2]。方望 [3] 谏隗嚣称王，而后立刘林 (一) 以死。李迥秀 [4] 为母出忤妇，而晚为张阿臧私夫 [5]。刘殷 [6] 孝子，而以二女奉刘聪，至太保。房玄龄妻为夫病剔目 [7]，而后以妒闻，太宗胁之以毒 [8] 而不惧。臧质 [9] 之守盱眙，奚减耿恭 [10]？孔觊 [11] 之清节，何愧羊续 [12]？袁顗 [13] 之才气亦不下其舅蔡兴宗 [14]：而卒以从乱诛。人固不可以本末 [15] 论也。

【校勘】

（一）刘林：据《后汉书·隗嚣公孙述列传第三》（卷十三），为"刘婴"之讹。刘婴，即孺子婴，汉宣帝玄孙。

【注释】

[1] 李密：字令伯，犍为武阳（今四川彭山）人，初仕蜀汉为尚书郎。蜀汉亡，晋武帝召其为太子洗马，李密写下《陈情表》，以祖母年老多病、无人供养而力辞。后仕晋为汉中太守。

[2] 迁……罪：《晋书·列传第五十八》（卷第八十八）：密有才能，常望内转，而朝廷无援，乃迁汉中太守，自以失分怀怨。及赐饯东堂，诏密令赋诗，末章曰："人亦有言，有因有缘。官无中人，不如归田。明明在上，斯语岂然！"武帝忿之，于是都官从事奏免密官。

[3] 方望：东汉平陵人。天水人隗嚣起事，请其为军师。后来，方望辞官而走，与安陵人弓林聚众数千立刘婴为天子，终被击败，被杀。

[4] 李迥秀：字茂之，唐朝泾阳人，武周时，官至凤阁侍郎，中宗朝，官至宰相。《新唐书·列传第二十四》（卷九十九）：母少贱，妻尝詈媵婢，母闻不乐，迥秀即出其妻。或问之，答曰："娶妇要欲事姑，苟违颜色，何可留？"

[5] 张阿臧私夫：武则天面首张易之父亲死得早，母亲阿臧多年守寡，看上

了年轻俊秀的凤阁侍郎李迥秀，李迥秀果真充当了臧氏情夫。

[6] 刘殷：字长盛，新兴人，十六国时期前赵名士，官至太保、录尚书事。他的两个女儿嫁给了前赵昭武帝刘聪。

[7] 剜目：剜出眼珠。《新唐书·列女传·房玄龄妻卢》："玄龄微时，病且死，诿曰：'吾病革，君年少，不可寡居，善事后人。'卢泣入帷中，剜一目示玄龄，明无它。"

[8] 太……毒：《隋唐嘉话》记载："梁公（房玄龄爵封梁国公）夫人至妒，太宗将赐公美人，屡辞不受。帝乃令皇后召夫人，告之媵妾之流，今有常制，且司空（房玄龄官至司空）年暮，帝欲有优诏之意。夫人执心不回。帝乃令谓之曰：'若宁不妒而生，宁妒而死。'曰：'妾宁妒而死。'乃遣酌卮酒与之，曰：'若然，可饮此鸩。'一举便尽，无所留难。帝曰：'我尚畏见，何况玄龄！'"

[9] 臧质：字含文，东莞莒人，南北朝时期刘宋名将。元嘉北伐时，臧质坚守盱眙，抵抗北魏皇帝拓跋焘，后反叛被杀。

[10] 耿恭：字伯宗，扶风茂陵人，东汉名将，曾坚守金蒲城，对抗匈奴军队。

[11] 孔觊（yǐ）：字思远，南朝宋会稽山阴人，官御史中丞，为官清廉，后因谋反被诛。

[12] 羊续：字兴祖，东汉兖州泰山郡平阳人，有"悬鱼太守"的美誉。

[13] 袁顗：字景章，陈郡阳夏人，南朝刘宋时官至吏部尚书，后兵败被杀。

[14] 蔡兴宗：济阳郡考城人，南朝刘宋时官至吏部尚书。

[15] 本末：此指先后。

【译文】

李密为奉养祖母陈述衷情而辞官，可后来却因为升迁迟滞心生怨恨而获罪。方望进谏隗嚣称王，而后却立刘婴，并因此被杀死。李迥秀为了母亲休掉忤逆的妻子，而后来却做了阿臧的情夫。刘殷是孝子，却把两个女儿嫁给了刘聪，从而官至太保。房玄龄妻子早年为丈夫病中安心，剜眼明志，而后以嫉妒出名，唐太宗用毒酒威胁而不怕。臧质守盱眙时，忠勇哪里比耿恭差？孔觊清廉的节操，与羊续相比，有什么惭愧？袁顗才气也不低于他舅舅蔡兴宗；而这些人最终因追随叛乱的人被诛杀。人本来不可以拿先后表现来作评定。

何以厌欲

《家颐^(一)语录》云："薄于修人事而厚于责天报者，举世皆是，使造物何以厌其欲？"

【校勘】

（一）家颐：为"家愿"之讹，因"愿"的繁体"願"与"颐"形近致讹。
家愿，字处厚，北宋眉山人，官至阆州知州。

【译文】

《家愿语录》说："不讲求修养人事，而对上天回报要求很严格的人，全世上人都是这样，使造物主怎么满足他们的欲求？"

难得一致

陶柟林^[1]曰：居家为妇女们爱怜，朋友必多怒色；做官为衙门^(一)欢喜，百姓定有怨言。

【校勘】

（一）门：此字后夺一"人"字。

【注释】

[1]陶柟林：不详。"柟林"当为号，"柟"同"楠"。

【译文】

略。

财利公共

财利等物，世间公共，原非一己所得而有。你看生前积聚，死后何曾带得分毫？且今生既无利泽及人，来世亦无福禄利己。循转之理，凿凿不爽。悭惜自苦者，可发深思。

【译文】

　　财利等物，世间公有，原不是一己所得而拥有。你看生前积聚，死后何曾带去分毫？况且今生既没给他人带来利益恩泽，自己来世也不会有福禄。循转的道理，明确而没有差错。吝啬自苦的人，可深发思考。

真君谕言

　　许真君[1]谕言：心头不善，念经无益；违法欺公，修身无益；不善（一）取财，布施无益；不明自性[2]，问禅无益；不惜元气，服药无益；心高气傲，广学无益；时运不通，枉求[3]无益；无心出世，学道无益；生不孝亲，死祭无益；不断杀生，戒荤无益。

【校勘】

（一）不善：当为"非义"之讹。

【注释】

[1] 许真君：即许逊，字敬之，晋代江西南昌人，为净明教教祖。
[2] 不明自性：不能够做到自性清明。
[3] 枉求：用不正当手段求取。

【译文】

　　略。

赤水妙语

　　屠赤水[1]云：入道场而随喜[2]，则修行之念勃兴；登丘墓而徘徊，则名利之心顿尽。故诸念不清，宜以佛理而淘洗；六根未净，可取戒香 [3] 而熏蒸。

【注释】

[1] 屠赤水：晚明屠隆号赤水。

[2] 随喜：佛教语。谓见到他人行善而生欢喜之意。

[3] 戒香：谓戒律。佛教谓戒律能涤除尘世污浊，故以"香"喻。

【译文】

屠赤水说：入道场而心生欢喜，那修行的念头就勃然兴起；登上坟墓而徘徊，那么追求名利的兴致就立刻消失。所以各种念头浑浊，应该用佛理而淘洗；六根不净，可取戒香来熏蒸（指用戒律来清除）。

方可有济

天下事无一件不是人做，然必宽绰 [1]、细腻、真实 [2]、宁耐 [3]，一一从首至尾，节次调停 [4]，方可有济 [5]。

【注释】

[1] 宽绰：器量宽宏。

[2] 真实：务实，脚踏实地。

[3] 宁耐：忍耐。

[4] 节次调停：逐一安排处理。

[5] 有济：成功。

【译文】

略。

柟林佳言

陶柟林云：人有怕死一念，生平极要做的事毕竟做将 [1] 不去；

人有丑穷[2]一念，生平极不要做的事，只顾做将出来。

【注释】

[1] 将：助词，用在动词和"出来""起来""上去"等中间。

[2] 丑穷：以困窘为羞耻。

【译文】

略。

烦简心生

宋儒[1]曰："耐烦是学脉。"簿书钱谷，烦莫甚焉。见以为烦，未免生厌；才有厌心，便生热恼[2]；事滋纷，而烦乃滋甚。须知事本无烦简，烦简从心生。若心事宁耐，随事日为处，分毫不犯手[3]，何烦之有？即此是学，即此是政。"耐"之一字，吾辈最宜服膺。

【注释】

[1] 宋儒：此指南宋大儒陆九渊。

[2] 热恼：烦恼。

[3] 犯手：沾手。

【译文】

宋儒说："耐烦是做学问根脉。"文书钱粮，没有什么比这更烦琐。看到就以为烦琐，未免心生厌倦；才有厌心，便生烦恼；事情越纷烦，而烦恼越厉害。须知事本无烦简，烦简从心而生。如果心能忍耐，事情随日处理，分毫不沾手，有什么烦恼？做学问是这样，处理政务是这样。"耐"这一字，我辈最应心服。

尽其在我

诚实以启人信我(一)，乐易[1]以使人亲我。虚己以听人教我，自反以息人罪我。逊言以免人忌我，危行以消人鄙我。励操以去人污我，量力以济人求我。天下之事尽其在我。

【校勘】

（一）我：此则采编自司马光《我箴》，与原文出入较多。《我箴》原文：诚实以启人之信我，乐易以使人之亲我。虚己以听人之教我，恭己以取人之敬我。自检以杜人之议我，自反以免人之罪我，容忍以受人之欺我。勤俭以补人之侵我，警戒以脱人之陷我。奋发以破人之量我。逊言以息人之詈我，危行以销人之鄙我。定静以处人之扰我，从容以待人之迫我。游艺以备人之弃我，励操以去人之污我。直道以伸人之屈我，洞彻以解人之疑我。量力以济人之求我，尽心以报人之任我。弊端切勿创始于我，凡事不可祖私于我。圣贤每存心于无我，天下之事尽其在我。

【注释】

[1] 乐易：平易和蔼。

【译文】

略。

无病是忧

大段[1]观人，宁取有瑕之玉，不取无瑕之石。周身妆点，不见破败，岂不见好？识者望而视之，莫掩矣。白沙先生[2]曰："多病为人未足羞，遍身无病是吾忧。"可自省也。

【注释】

[1] 大段：重要的，主要的。
[2] 白沙先生：即陈献章，字公甫，号石斋，广东新会人，明代硕儒，人称白沙先生。

【译文】

观察人重要方法是，宁取有斑点美玉，不取无斑点石头。全身妆点，不见破败，难道不被看好吗？有见识人远远就能看到其毛病，遮掩不了。陈白沙先生说："多病为人未足羞，遍身无病是吾忧。"值得自我反省。

方宜世境

看破人情时，不可说破；完得道境后，方宜世境。涉世深，无一可交之人，乃无一不可交之人；炼情久，无一可己之事，乃无一不可己之事。

【译文】

看破人情时，不可说破。获得道境后，才会应对世俗社会。涉世深，觉得没有一个可交往的人，就是没有一个不可交往的人；世情磨炼久了，觉得没有一件符合自己心意的事情，就是没有一件不符合自己心意的事情。

北行有感

顾东江[1]举壬子解元，北上京师。寄同学一书，纪述所过风物，感慨而寓策励之意。今读其书，慷慨激烈，洵交道所无也。书末（一）段有云：东平而上，赤地弥目，风景萧然。直抵恩县，望德州居民始觉有生意。而景、献、河间上下，乘风尘以御人[2]于薄暮者尤多。车行二十（二）里，顿撼[3]风沙之外，又有卒然不虞之想。因思生长东南，习惯优逸，此来忝预计偕[4]，兼值和暖，犹且不堪。若缘徭役转输，或值患难，无车马以代步，无僮仆以给使，令穷寒冱阴[5]，风霰交集，其为凄凉，何可言也？又见缘途人家子弟，未出十四五者，往往驱逐驴骡奔走道路，或拾不洁。眉目亦不甚恶，间有教童子者，所习虽百家姓，亦手写而读之。如此，虽有美质，欲成就难矣。南方书籍，汗牛充栋。鲜衣美食，净几明窗。父兄师友优养期待，视彼何如？而前此皆悠悠度日，莫肯奋励。不因此行，孰知一向之惭愧邪？昔太史公周游海内，览观山川形胜、古今遗迹，而后文章益大肆。仆此来，乃并于人事而有感焉。敢悉以告我同志，互相策励，以无负天之所以厚我之意。而暌离^[6]契阔之私，固有不足言者。

【校勘】

（一）未：据顾清《到京寄同学书托以祥转呈》，为"末"之误。

（二）十：为"千"之讹。

【注释】

[1] 顾东江：即顾清，字士廉，号东江，明朝松江华亭人，官至南京礼部尚书，谥号文僖。

[2] 御人：指充当脚力帮人运输。

[3] 顿撼：摇动颠簸。

[4] 计偕：语出《史记·儒林列传》："郡国县道邑有好文学、敬长上、肃政教、顺乡里、出入不悖所闻者，令相长丞上属所二千石，二千石谨察可者，当与计偕，诣太常，得受业如弟子。"司马贞索隐："计，计吏也。偕，俱也。谓令与计吏俱诣太常也。"后遂用"计偕"称举人赴京会试。

[5] 沍（hù）阴：阴冷之气凝聚不散。

[6] 暌（kuí）离：分离。

【译文】

　　顾东江考中壬子（明朝弘治五年）解元后，北上京师，寄给同学一封信，信中记述路途所见到的风光景物，感动奋发而寄寓了鞭策鼓励用意。现在读他这封信，那激动奋发的情怀，实在是交友之道没有的。信的末段说：由东平北上，赤地满眼目，风景萧条冷落。直抵恩县，望见德州居民才觉有生意。而景县、献县、河间县一带，冒风尘在傍晚充当脚力帮人运输的尤其多。车行两千里，在风沙之中摇动颠簸，又忽然有以前难以预料的感想。于是想到生长在东南，习惯过优游安乐生活，此次有幸来参加朝廷会试，加上适逢天气暖和，还难以忍受。如果因服徭役运输财物，或者遇上灾患，没有车马来代步，没有僮仆供役使，假使天气阴沉严寒，风雪交集，那种凄凉境况，怎么可说呢？又见沿途人家子弟，不过十四五岁，常常驱逐驴骡在道路上奔走，有的拣拾牲口粪便。眉目也不很粗恶，间或有教导孩子的老师，所教的虽然是百家姓，教材也是手写而成，用来教读。像这样，即使有好的禀赋，想要成才太难了。南方的书籍，汗牛充栋，学童有鲜衣美食，明窗净几。父兄师友从容培养，殷切期待。与他们相比怎么样呢？而之前，全在优游度日，不肯奋励。不因这次北上，哪里知道会有刚才的惭愧呢？从前太史公司马迁周游天下，观看山川形胜、古今遗迹，而后文章更加大气。我此次北来，竟然还对人事而有所感触，冒昧地把全部感触告诉与我志同道合的人，互相勉励，以不辜负苍天厚待我等用意。而长久分离导致的思念，本来就说不尽。

如意宝珠

愚夫妇见搬戏 [1] 听说衍古 [2] 本，到哀苦处，泪霏霏下。这滴滴点点都是如意宝珠 [3] 也。今人见此等人，便笑以为呆，正是日用而不知。

【注释】

[1] 搬戏：演戏。

[2] 听说衍古：以传闻古事为内容的戏剧。

[3] 如意宝珠：佛教、印度教中记载的能如自己意愿变出珍宝，且有除病、去苦等功德的宝珠。

【译文】

愚昧的男女夫妇看到以传闻古事为内容的戏剧，到情节悲苦地方，不断流泪。这滴滴点点眼泪都是如意宝珠。现在人们见到这类人，便笑话他们痴呆，这正是日常教化他们的功用，却不知道。

定情造命

气清天朗，悲者无限凄凉；怪雨冽风，乐者恣情觞咏。优游闲坐，短日渐长；劳攘[1] 奔波，修景亦促。无有差殊，影事妄情[2]，遂生分别，人且不能定情，如何造命[3]？

【注释】

[1] 劳攘：辛劳忙碌。

[2] 影事妄情：因尘世间虚幻如影的事妄生感情。

[3] 造命：掌握命运。

【译文】

天朗气清，悲伤的人感到无限凄凉；怪雨冷风，快乐的人恣情饮酒歌唱。无事闲坐，短暂的时间也觉漫长；劳碌奔波，长时间也感到短促。本来没有差别，因虚幻如影的事而妄生感情，于是造成分别。人还不能守定自己感情，怎么能掌控自己命运？

厚自堤防

人生高不论科名，卑不论一命[1]；达不论轩冕，穷不论布衣。但令居身无玷，乡里效慕，穷贱亦尊；若使毁弃堤防[2]，寡廉丧耻，通显亦辱。斯理昭然，而人不悟，良可叹也。然士人不能简身，大都为衣食所累，未遇则思温饱，既遇则恋繁华，竟不能宝其身为无瑕之玉。所以吕正献公[3]尝引古人诗曰："好衣不近节士体，梁[一]谷似怕腹中书。"人能不以衣食自累，而读书厚自堤防，则置身洁白而与圣贤同归矣。

【校勘】

（一）梁：当为"粱"之讹。

【注释】

[1] 一命：周时官阶从一命到九命，一命为最低官阶。

[2] 堤防：指对自己约束克制。

[3] 吕正献公：指北宋名臣吕公著，谥号为正献，故称。

【译文】

人生高不论科举名次，卑不论一命小官；通达不论富贵，困窘不论百姓。只令持身没有污点，乡里人效法羡慕，即使身份穷贱也尊贵；如果抛弃对自己克制约束，寡廉鲜耻，地位通达显赫也是耻辱。这道理很明显，而别人不省悟，实在可叹。可是读书人不能约束自己，大都被衣食所牵累，不得志时就想获得温饱，得志后就贪恋繁华，最终不能守住品德，使其像一块无瑕美玉。所以正献公吕公著引用古人诗说："好衣不近节士体，粱谷似怕腹中书。"人能不被衣食自累，而通过读书厚加自我克制，那就立身洁白而与圣贤同路了。

反照自己

想自己身心，到后日置之何处；顾本来面目，在古人像个甚人。

【译文】

想自己的身心修养，被后人怎样看待；看本来面目，放在古人那里，像个什么样人。

思前想后

一生在君父恩中，问何报称[1]；百事有（一）儿孙分上，劝且从容。

【校勘】

（一）有：或为"看"字。

【注释】

[1] 报称：报答。

【译文】

略。

二字可味

官^{（一）}守二字可味，操守之守要清心，守待^[1]之守要耐心。乙丑病中，题壁自慰，十数年来，皆觉得力。

【校勘】

（一）官：当为"守"之讹。

【注释】

[1] 守待：等待。

【译文】

守守二字值得玩味，操守的"守"要清心，守待的"守"要耐心。乙丑年生病时，把这题写到墙壁上自我安慰，十几年来，都觉得对修养有用。

不足与可

贫不足羞，可羞是贫而无志。贱不足恶，可恶是贱而无能。老不足叹，可叹是老而虚生。死不足惜，可惜是死而无补^[1]。

【注释】

[1] 补：补益。

【译文】

略。

做第一等

自古圣贤做功夫 [1]，岂止数行书着力？从今宇宙皆吾事，莫将第一等让人。

【注释】

[1] 做功夫：指进德修业。

【译文】

自古圣贤进德修业，哪里限于在几行文字上用力？从今而后宇宙都是我关注事，做人做事要争取头等。

自开惠逆

荣枯倚伏，寸田 [1] 自开惠逆 [2]，何须历问塞翁 [3]；修短参差，四体 [4] 自造彭殇 [5]，似难专咎司命 [6]。

【注释】

[1] 寸田：方寸之田，指心田。

[2] 惠逆：吉凶。

[3] 塞翁：指擅长算命的人。

[4] 四体：本为四肢，此指自身。

[5] 彭殇：长寿与夭亡。彭，彭祖，古代传说长寿的人。殇，夭折。

[6] 司命：神话传掌管人生命的神。

【译文】

荣枯互为倚伏，心田自会开启吉凶，何必一一去问擅长算命的人？寿命长短参差不齐，都是自身决定长寿和夭亡，好像难以专门责怪掌管生命的神灵。

皆有因由

子孙不肖，还是祖父余殃，莫止嗔恨子孙；主师[1] 不录，总是时命未顺，莫便怨望主师。

【注释】

[1] 主师：科举考试时主考官。

【译文】

子孙不成器，还是祖辈父辈余下的灾殃作祟，不要只是恼恨子孙；考官不录取，总是时机命运不顺导致，不要随便怨恨考官。

风霜自挟

苍蝇附骥，捷则捷矣，难辞处后之羞；茑萝依松，高则高矣，未免仰攀之耻。所以君子宁以风霜自挟[2]，毋为鱼鸟亲人。

【注释】

[1] 苍蝇附骥：苍蝇附在千里马的尾巴上，可以很快地到达千里之外。比喻依靠别人的声望而成名。骥，千里马。

[2] 自挟：自持。

【译文】

苍蝇依附在千里马尾巴上，快是快了，但却难以避免依附在马屁股后的羞耻；茑萝缠绕松树生长，高倒是高了，却免不了仰仗攀附的耻辱。所以君子宁可以傲视风霜自持，不愿像缸中鱼、笼中鸟一般亲附于人。

偷闲取静

忙里要偷闲，须先向闲时讨个把柄[1]；闹中要取静，须先从静处立个主宰。不然未有不因境而迁，随事而靡者。

【注释】

[1] 把柄：此指寄托。
[2] 主宰：主见。

【译文】

忙碌时，要设法抽出点空闲时间，让身心安闲时求个寄托；喧闹中要能保持冷静头脑，必须先在内心宁静时立个主张。不然没有不内心因境况变化而变化，随事而乱的。

君子兢兢

老(一)来疾病，都是壮时招的；衰后罪孽，都是盛时造的。幼而好学，日出之光，须兢兢[1]焉。

【校勘】

（一）老：此则来自洪应明《菜根谭》。原文为："老来疾病，都是壮时招的；衰后罪孽，都是盛时造的。故持盈履满，君子尤兢兢焉。""幼而好学，日出之光"，语出西汉刘向的《说苑·建本》，原文为："少而好学，如日出之阳；壮而好学，如日中之光；老而好学，如炳烛之明。"不知为何窜入本则。

【注释】

[1] 兢兢：小心谨慎。

【译文】

略。

处世受用

闲中不放过，忙处有受用；静中不落空，动处有受用；暗中不欺隐，明处有受用；少时不怠惰，老来有受用。

【译文】

略。

宋氏兄弟

宋郊[1]居政府，上元夜在书院读《周易》。其弟学士祁点华灯，拥歌妓，醉饮达旦。翊[2]日，谕所亲，令诮让云："相公寄语学士，闻昨夜烧灯夜燕[3]，穷极奢侈，不知记得某年上元，同在某州学内吃齑煮饭时否？"学士笑曰："却须寄语相公：不知某年同某处吃齑煮饭为甚底？"愚[4]谓："此一语视王曾一生不在温饱，张咏一生不为轻肥，何如？而郊所记上元吃齑煮饭，亦是何事？此处最可猛省。"

【注释】

[1] 宋郊：即宋庠，初名郊，字伯庠，后改字公序，北宋湖北安州安陆人，官至宰相，谥元宪。与弟弟宋祁俱有文名，世称"二宋"或"大小宋"。

[2] 翊：古同"翌"，明日。

[3] 燕：古同"宴"。

[4] 愚：谦辞，指代不详。

【译文】

宋郊任宰相后，某年正月十五夜在书院读《周易》。他弟弟学士宋祁点燃华灯，怀拥歌妓，醉饮达旦。第二天，宋郊告诉亲近的人，让他去责备宋祁："宰相传话给学士，听说昨夜燃灯夜宴，穷极奢侈，不知还记得某年正月十五，和我同在某州学堂内吃咸菜煮饭的情况吗？"学士笑笑说："却正要传话给宰相：不知某年同在某处吃咸菜煮饭为的是什么？"我认为："这一句话与王曾一生不在温饱上用心，张咏一生不置办轻衣肥马，怎么样呢？而宋郊所记元宵节吃咸菜煮饭，又是什么事？这地方最值得猛然反省。"

禁此二害

害莫大于婢子造言而妇人悦之，妇人附会而丈夫信[一]。男正乎外，女正乎内。禁此二害，家政肃矣。

【校勘】

（一）信：字后当夺"之"字。

【译文】

祸害没有什么比奴婢造谣而主妇喜欢听，主妇附会谣言而家主听信的更大了。家主处理外事端正，主妇处理内务端正，禁绝这两种祸害，家政就整肃了。

后路迥异

穷汉知所经营，来路便量他不得；名流趋有径窦[1]，后路便保他不得。

【注释】

[1] 径窦：不正当门径。

【译文】

略。

文节警语

李文节《燕居录》云："在公堂行一私，枉一法，瞒不过吏胥；在私宅行一法，受一物，瞒不过童仆。夫惟可使吏胥见，可令僮仆知，则庶矣。"

【译文】

文节公李廷机《燕居录》说："在公堂行一偏私事情，歪曲一下法令，瞒不过吏胥；在私宅歪曲一下法令，接受一件财物，瞒不过童仆。可让吏胥看见，可令僮仆知道，就差不多了。"

文节立意

李文节《燕居录》云："钱也是天下一件好东西，廉者辞之以为廉，仁者施之以为惠。余欲作《钱神论》，将此立意。"

【译文】

文节公李廷机《燕居录》说："钱也是天下一件好东西，廉洁人拒绝它来成就廉洁，仁慈人施舍它成就恩惠。我想作篇《钱神论》，把这作为主旨。"

知足与俭

今日居官受禄，须思当日秀才时，又须思后日解官 [1] 时。思前则知足，思后则知俭。此过去心、未来心，似不可无。

【注释】

[1] 解官：免除官位。

【译文】

略。

练就上品

士君子有超迈之才，闳博[1] 之学，必须与佳山水、好风月两相映发，荡我机神；又须神交身觌[2] 古今圣贤豪杰，为磨砻[3] 洗发之藉；又须从猛风逆浪老雨穷途中簸练[4] 一番，庶几心性动忍，不驱使于气质，不没溺于庸陋。若第悠悠忽忽，虚憍[5] 恃气，未见安身立命，确有处所，何所得参上流品格乎？

【注释】

[1] 闳博：宏伟博大。

[2] 觌（dí）：相见。

[3] 磨砻：淬火和磨砺，比喻刻苦磨炼。

[4] 簸练：颠簸历练。

[5] 憍：古同"骄"。

【译文】

士大夫有卓越高超才华，宏伟博大学问，必须与好山水、好风景相映生发，荡我心机精神；又必须与古今圣贤豪杰神交或亲自见面，作为切磋琢磨开脱发扬的凭借；又必须从猛风逆浪大雨穷途中颠簸历练一番，差不多能做到动心忍性，不被习气驱使，不被平庸浅陋没溺。如果只是悠闲懒散，虚伪骄傲，意气用事，看不到安身立命，确有根基，怎么能练就上流品格呢？

文节自警

李文节《燕居录》云："丁酉年，余五十六岁。因念人生七十古来稀，今去七十，十余年耳。即为善，已恐来日无多，何暇为不善乎？"

【译文】

略。

功名浮物

功名浮物，非驻足地。先周望[1]登第后寓书与余（一）谓："向时迷陋，视一科名，以为究竟，正如海师妄认鱼背，谓是洲岸。吾辈须大开眼目，提起此身在公卿大夫之上。勿令为些小得意事压倒，即前头有无穷进步地矣。"

【校勘】

（一）余：此则采编自陶奭龄《歇庵集·先兄周望先生行略》。据此当指陶奭龄。

【注释】

[1] 周望：指陶望龄，字周望，号石篑，明会稽人，官至国子监祭酒。

【译文】

功名是虚浮不实的东西，并非立足地方。以前周望登第后给我写信说："以前迷陋，视一科名，以为是最终目标，正如航海水手妄认鱼背，认为是洲岸。我辈必须大开眼界，振作此身在公卿大夫之上。不要让一点得意事压倒，那前头将会有无穷进步的地方。"

意断有无

魏文帝以为火性酷烈，无含生[1]之气，疑世所传火浣布[2]为不然，著之《典论》[3]，刊石太学庙门。及齐王芳[4]时，西域来献此布，诏大将军、太尉临试以示百僚，遂刊灭[5]此论，天下笑之。时人耳目短浅，所不经见，辄以意断其有无，如后儒谓无鬼神及天堂地狱之说，皆《典论》类也。此病俗儒尤甚。

【注释】

[1] 含生：含育生命。

[2] 火浣布：指用石棉纤维纺织而成的布。由于其具不燃性，在火中能去污垢，史书中称之为"火浣布"。

[3]《典论》：魏文帝曹丕所作，主要是指讨论各种事物法则。

[4] 齐王芳：指曹芳，字兰卿，曹魏第三位皇帝，即位前曾被封为齐王，后又被废为齐王，故称。

[5] 刊灭：删除。

【译文】

魏文帝认为火性酷烈，没有含育生命特性，怀疑世上所传火浣布不燃烧的说法，把这写进《典论》，刊刻在太学庙门外石碑上。等到齐王芳当政时，西域来献火浣布，下诏大将军、太尉当场试验给百官看，就删除了魏文帝关于火浣布的议论，天下都笑话这事。现在人见识短浅，没有亲眼见到的东西，就凭自己主观意愿判断其有无，如后代儒生认为没有鬼神及天堂地狱的说法，都是上述《典论》这类。这毛病平庸儒生尤其厉害。

读书至乐

世间极闲适事，如临泛游览，饮酒弈棋，皆须觅伴寻对；只读书一事，止须一人。可以竟日，可以穷年，环堵[1]之中而览观四海，千载之下而觌面[2]古人。其精微者，可以斧藻性灵；其宏肆者，可以开阔见闻。天下之乐无过于此，而世人不知，殊可惜也！

【注释】

[1] 环堵：四周环着每面一方丈土墙。形容狭小简陋的居室。

[2] 觌面：相见。

【译文】

世间极闲适事情，像临水泛舟游览，饮酒下棋，都必须有人陪伴；只有读书一事，只需一人。可以尽日看，可以整年看，在狭小居室中观览四海，千载之下与古人相见。那些内容精微的，可以修养美化心灵；那些内容宏大舒展的，可以开阔见闻。天下快乐没有超过这个的，可是世人不知道，太可惜啦！

伊庵垂涕

伊庵权[1]禅师，用功甚锐。在众，未尝与人交一言。至晚必流涕曰："今日又只恁废空过。"嗟乎！吾(一)辈犬马之齿[2]已长，空过从前多少日子，都不觉知，都不鞭策，不知来日尚有几何，不知后来作何结果，念之心悸。

【校勘】

（一）吾：此则采编自明代云栖袾宏《竹窗随笔》。据此，代指云栖袾宏。

【注释】

[1] 伊庵权：宋代华藏寺有权禅师，号伊庵，俗姓祁，临安昌化人。

[2] 犬马之齿：称自己年龄。语出《汉书·赵充国传》。

【译文】

伊庵权禅师，用功很是精勤。与众人相处时，他不与人随便交谈一句话。到晚他必定流泪说："今天又只这么空过。"唉！我辈年龄已经老大，空过从前多少日子，都不觉知，都不鞭策，不知将来还有多少日子，不知后来结局怎样，考虑到这个心里惊怕。

怪其不来

富贵之家，其阍人[1]面目已见可憎；而主宾相对，作势利谈，亦觉无味。故士君子于此可以无求，便宜少往，所谓宁令怪其不来，无令厌其数至也。

【注释】

[1] 阍（hūn）人：守门人。

【译文】

富贵人家，其守门人面目已露可憎神色；而宾主相对，谈一些势利的话，也觉得没有意思。所以有修养的读书人对此可以没有需求，就应该少到富贵人家去，所说的宁令对方对自己没有到来感到奇怪，不要让对方嫌弃自己来的次数多。

夜卜梦寐

盛寅[1]先生夜梦有寄椒于家者，急欲椒，遂私发用之。寤而深自咎曰："岂义心不明以至此邪？"迄不能寐。此与某节妇夜梦有男子调之，起自悔责，至毁其容相似，真所谓独寝不愧衾者。夜卜诸梦寐，学者于此亦不得草草略过。

【注释】

[1] 盛寅：字启东，明朝吴江人，名医。

[2] 卜：推测。

【译文】

　　盛寅先生夜里梦到有人把花椒寄存在自己家里，家里急需花椒，于是私自开封取用了花椒。醒后，他深深地自我责备说："难道是不明道义导致做这梦吗？"始终不能再睡。这与某守节妇女夜里梦到有男子调戏她，起床后悔自责，至于毁掉自己容貌相似，真是所说的独睡对被子不惭愧的人。通过梦到的东西来推测自己心理，求学的人对这个也不能草草略过。

人当勤勉

　　富贵家儿蚤眠宴起，朝不见辰^{（一）}曦，晚不见夕魄。人生几何，昼夜分半。又以其有用日力，强半付醉梦中。以此为学，学业荒；以此治生，生事蹙。诗^[1]云："夙兴夜寐，无忝尔所生。"尚勖^[2]之哉！

【校勘】

（一）辰：当为"晨"之讹。

【注释】

[1] 诗：诗句出自《诗经·小雅·小宛》，意思是：清晨早早起床，忙到深夜才睡觉，就为了不羞辱生育你的父母。

[2] 勖（xù）：勉励。

【译文】

　　富贵家人早睡晚起，早上不见朝阳，晚上不见月亮。人生有多少日子，昼夜各占一半。又因那可用日子及力量，大半耗费在醉梦中。那这态度来学习，学业会荒废；那这态度来谋生，生活会窘迫。《诗经》上说："夙兴夜寐，无忝尔所生。"还需要勉励呀！

须带饥寒

谚云："若要小儿安，长[（一）]带三分饥与寒。"士君子亦须带得几分饥寒，然后骨坚神紧，内可以炼性真，外可以经世务。若向肥甘软滑中罨却[1]，悠悠忽忽，便断送一生矣。

【校勘】

（一）长：当为"常"之讹。

【注释】

[1] 罨（yǎn）却：退却。

【译文】

谚语说："若要小儿安，常带三分饥与寒。"有修养的读书人也须带得几分饥与寒，然后骨头坚实，精神凝聚，对内可锻炼品性，对外可处理世务。若果向肥甘软滑中退却，轻松自在，便断送一生了。

为婢所恶

宋[（一）]盖巨源为县令，因买罗于公厅，手自拓量[1]。其侍婢从屏间见之，恶曰："不意今日却事一罗绢牙郎[2]。"因求去，不可留。

【校勘】

（一）宋：据《北梦琐言》及《盖巨源墓志铭》，为"唐"之讹。盖巨源，字匡济，唐朝后期清河人，官至侍御史。

【注释】

[1] 拓量：以手推开丈量。

[2] 牙郎：旧时居于买卖人双方之间，从中撮合以获取佣金的人。又叫牙侩。

【译文】

唐朝盖巨源为县令，因在办公厅买绫罗，亲手推开绫罗丈量。他的侍婢从屏风间看到，厌恶地说："不料今天却服侍一绫罗牙侩。"于是要求离开，主人留不下。

供案史官

诗书乃圣人^{（一）}之供案，妻妾乃屋漏^[1]之史官。

【校勘】

（一）人：或为"贤"，以"贤"为佳。

【注释】

[1]屋漏：古代室内西北隅施设小账，安藏神主，后用来指为人所不见的地方。

【译文】

诗书是想做圣贤桌上的供品，妻妾是没有外人时记录自己言行的史官。

换一世界

武士无刀兵气，书生无寒酸气，女郎无脂粉气，山人^[1]无烟霞^[2]气，僧家无香火气^[3]：换出一番世界^[4]，便为世上不可少之人。

【注释】

[1]山人：一般指隐士或与世无争的高人。

[2] 烟霞：指红尘俗世。

[3] 香火气：此指苛求布施的习气。

[4] 一番世界：此指另外的样子。

【译文】

略。

总是吾徒

儿女情，英雄气，并行不悖；或柔肠，或侠骨，总是吾徒 [1]。

【注释】

[1] 吾徒：我辈。

【译文】

儿女情长，英雄气概，两者并行不悖；时或柔肠，时或侠骨，总是我辈。

色目反观

坡公云（一）："黄沙枯髑髅，本是桃李面。而今不忍看，当时恨不见。"色目者宜为一反观。

【校勘】

（一）云：此字下面诗句源于苏轼《髑（dú）髅赞》。原诗为："黄沙枯髑髅，本是桃李面。而今不忍看，当时恨不见。业风相鼓转，巧色美倩盼。无师无眼禅，看便成一片。"髑髅，死人头盖骨。

【译文】

苏东坡说："黄沙中的头盖骨，本是桃李一样艳丽的美人面。而今却不忍心看，当时遗憾没有看到头盖骨的样子。"沉迷女色的人应该反过来看一下。

开甲涤尘

面上扫开十层甲 [1]，眉目才无可憎；胸中涤去数斗尘 [2]，语言方觉有味。

【注释】

[1] 甲：喻指伪装。

[2] 尘：喻指庸俗念头。

【译文】

略。

清贫高洁

肝胆煦若春风，虽囊乏一文，还怜茕独，气骨清如秋水，纵家徒四壁，终傲王侯。

【译文】

心肠温暖如春风，虽然口袋没有一文钱，还关心孤寡人；气节如秋水般清澈，即使家境贫寒，一无所有，最终可以傲视王侯。

事须有度

忧勤是美德，太苦则无以适性怡情；澹泊是高风，太苦⁽一⁾则无以济人利物。

【校勘】

（一）苦：为"枯"之讹。

【译文】

忧劳勤奋是美德，太苦就会使精神得不到调剂而丧失生活乐趣；澹泊是高风亮节，过分清心寡欲，对社会人群也就没有什么帮助。

诫世十著

诫世十著[1]云：第一著，忍些好：多忍耐，少烦恼；艰苦自家知，便益（一）随人讨；放松肚皮[2]谨开口，不怕撞着无理鸟[3]。第二著，宽些好：是个大，容的（二）小；肚肠空窄撇（三），较量多与少；一条大路尽人行，荆棘丛中要（四）跌倒。第三著，静些好：是非场，多闹炒（五）；无事早关门，有饭休尽饱；闲闲散散乐陶陶，何苦奔波满街跑。第四著，淡些好：滋味淡，无价宝；酒淡不醉人，菜淡少病恼；淡淡交情耐久长，富贵秾华[4]难守保。第五著，省些好：费用多，来路少；精神休逞强，心机休弄巧；省些福分与儿孙，免得自身都使了。第六著，平些好：做蹊跷，成懊恼；路见有不平，铲削定是蚤[5]；老佛[6]指出平等心，免人堕落畜生道。第七著，让些好：路径窄，回避蚤；驴马望（六）前挤，一定挤个倒。凭人向上我抽身，傀儡[7]戏场先看饱。第八著，痴些好：会使乖，偏不巧；除夜卖痴呆[8]，收买如活宝；痴人从来有痴富，伶俐奸欺穷到老。第九著，笑些好：锁愁眉，容易老；镇日[9]笑嬉嬉，睡到日出卯；花前月下篱笆边，拍手打掌齐叫好；第十著，穷些好：免经营，没处讨，无字入公门[10]，有幸眠芳草；梁上君子不下顾，化缘僧道静悄悄。

【校勘】

（一）益：当为"宜"之讹。

（二）的：当为"得"之讹。

（三）窄撒：当为"窄瘪"之讹，因音近致讹。窄瘪，狭窄。

（四）要：当为"防"之讹。

（五）炒：当为"吵"之讹。

（六）望：当为"往"之讹。

【注释】

[1] 著（zhāo）：通"着"，计策，办法。

[2] 放松肚皮：指多吃饭。

[3] 无理鸟：比喻不讲道理的人。

[4] 秾华：此指繁华。

[5] 蚤：通"早"。

[6] 老佛：此指佛祖。

[7] 傀儡：木偶。

[8] 除夜卖痴呆：宋以来吴中民俗，除夕小儿绕街呼叫卖痴卖呆，意谓将痴呆转移给别人。据宋范成大《腊月村田乐府十首序》载："其九《卖痴呆词》：分岁罢，小儿绕街呼叫云：'卖汝痴！卖汝呆！'世传吴人多呆，故儿辈讳之，欲贾其余，益可笑。"

[9] 镇日：整天。

[10] 无字入公门：指不给官府写信，做请托照顾的事。

【译文】

略。

同人老友

书是同人[1]，每读一篇，自觉寝食有味；佛为老友，但窥半偈[2]，转思前境真空。

【注释】

[1] 同人：情趣相投契的人。

[2] 偈：偈语，佛经唱颂词，附缀于佛经的读后感或把修行体悟写成的语句。

【译文】

略。

救败图成

救已败之事者，如驭临崖之马，休轻策 [1] 一鞭；图垂成之功者，如挽上滩之舟，莫少 [2] 停一棹。

【注释】

[1] 策：鞭打。

[2] 少：略。

【译文】

挽救已经失败的事情，就像驾驭临近山崖的马匹，不要轻打一鞭；图谋接近完成的功果，就像拉上滩的船只，不要略停一桨。

须常将来

圣人之言，须常将来 [1]，眼头过，口头转，心头运。

【注释】

[1] 将来：拿来。

【译文】

略。

豪杰施为

士君子当使此衷如杲日 [1] 当空，寒潭彻底。纵观千古，下审来兹，将成败得失是非尽呈眉睫之间，恣我酌取。事来则为迎刃，事过则为虚舟[2]。旋乾转坤，纤毫不动。此乃是豪杰施为[3]，亦是圣贤实用。

【注释】

[1] 杲日：明亮的日头。

[2] 虚舟：无人驾御自由飘荡的船只。此喻指任其过去，毫无挂碍。

[3] 施为：应世本领。

【译文】

有修养的读书人当使此心像明日当空，寒潭彻底。纵观千古往事，下察现在事务，将成败得失是非完全呈现在眼前，任凭我选取借鉴。事情到来，就让事情迎刃而解；事情过去，就任其过去，内心毫无挂碍。扭转天地，也不能使内心发生纤毫动摇。这才是豪杰的应世本领，也是圣贤之道的实际应用。

最讨便宜

天下之最讨便宜者，莫如做好人。特人未之思耳。

【译文】

略。

人生四关

仁厚刻薄是修短关，谦抑盈满是损益关，勤俭奢惰是贫富关，保养纵恣是人鬼关。

【注释】

[1] 人鬼：生死。

【译文】

居心仁厚与存心刻薄是福气长久与短暂关口，谦虚克制与骄傲自满是减损与补益关口，勤劳节俭与奢侈懒惰是贫穷与富有关口，保养身心与放纵恣欲是生存与死亡关口。

文节达语

李文节《燕居录》云："翰林官[1] 能坏人。衙门冷则易苟，体面好则易傲，无政事则易懒，无风波则易放。"

【注释】

[1] 翰林官：指翰林学士、翰林院编修等皇帝的文学侍从官。

【译文】

文节公李廷机《燕居录》说："翰林官能毁坏人。衙门清冷就容易苟且，体面堂皇就容易傲慢，没有政事就容易懒散，没有风波就容易放纵。"

余得力处

李文节《燕居录》云："余生而贫寒，故忍得贫。才不贫，便足。见人贫，怜之。余晚成，故有耐性。其在馆中读书，或急于散馆[1]，予偏爱同年之聚，乐课业之长益。其在仕途，尽称顺，然未尝有速化[2]意也。我未有子，因念孑然一身耳，所需几何，广积财帛以遗何人，故有所不受不取，为无用也。凡此皆余缺陷处，然皆余得力处。"

【注释】

[1] 散馆：明清时翰林院设庶常馆，新进士朝考得庶吉士资格者入馆学习，三年期满举行考试后，成绩优良者留馆，授以编修、检讨之职，其余分

发各部为给事中、御史、主事，或出为州县官，谓之"散馆"。

[2] 速化：快速出仕做官。

【译文】

文节公李廷机《燕居录》说："我出生时家境就贫寒，所以能忍受贫寒。才脱离贫寒，就心满意足。看到他人贫寒，就心怀怜悯。我晚有成就，所以有耐性。自己在庶常馆中读书时，有人急于散馆，我偏爱与同年聚在一处，对学业长进感到高兴。自己在仕途，尽管可称顺利，可是不曾有快速出仕做官想法。我没有儿子，于是想到孑然一身，所需有多少，广积财帛来送给什么人，所以不收受不索取钱财，认为那无用。大凡这些都是我有缺陷的地方，然而也都是我修养得力的地方。"

守此十常

居富贵常怜贫困，受快乐常恐灾祸；见在[1]常生知足，未来常思戒惧；冤结常求解脱⁽一⁾，衣食常思来处；起念常教纯正，出语常思因果；逆境常当顺受，动静常付无心。守此十常，更无烦恼。

【校勘】

（一）脱：此则抄录宋人陈录《善诱文·对治十常》。据此，为"免"之讹。

【注释】

[1] 见在：今写作"现在"。

【译文】

略。

立名心急

士大夫损德处，多由立名心太急。

【译文】

　　略。

廷相教诲

　　武林张恭懿公，名瀚[1]。释褐[2]，观政[3]都察院。其时台长[4]为仪封王公廷相[5]，一见即器重公。延坐，语之曰："昨雨后出街衢，一舆人蹑新履，自灰厂历长安街，皆择地而蹈，兢兢恐污其履。转入贯城[6]，渐为泥泞，偶一沾濡，更不复顾惜。居身之道，亦犹是尔；倘一失足，无所不至矣！"公佩服其言，终身弗忘。

【注释】

[1] 瀚：即张瀚，字子文，明朝仁和人，官至吏部尚书，谥恭懿。

[2] 释褐：指进士及第授官。

[3] 观政：指士子进士及第后并不立即授官，而是被派遣至六部九卿等衙门实习政事。

[4] 台长：古时御史台长官，一般指御史大夫，明代罢御史台，置都察院，则称左右都御史。

[5] 廷相：即王廷相，字子衡，号浚川，明朝河南仪封人，"前七子"之一，官至都察院左都御史，谥肃敏。

[6] 贯城：刑部别称，因贯索星主刑狱，故名。

【译文】

　　武林(杭州古称)人恭懿公，姓张名瀚。他进士及第后到都察院实习。当时都御史为仪封人王廷相，一见到张瀚，就很器重。王廷相请他坐下，对他说："昨天雨后从街上过，一个轿夫穿了新鞋，从灰厂经长安街，都是看好下脚地方再踩下去，小心谨慎，担心弄脏了他的新鞋子。转入刑部衙门所在地时，道路渐渐变得泥泞，偶一沾湿，再不顾惜。立身道理，也像这样罢了；如果一旦失足，就无所不做了！"张瀚佩服他的话，终身不忘。

虚过百年

春至时和，花尚铺一段好色，鸟且啭几句好音。士君子幸列头角[1]，复遇温饱，不思立好言，行好事，虽是在世百年，恰似未生一日。

【注释】

[1] 头角：指优胜者。

【译文】

春天到来时，天气暖和，花还铺成一片美丽春色，鸟还发出几声好听的鸣叫。有修养的读书人幸而科举高中，又能获得温饱，不思立下好言语，做出好事业，即使是在世百年，恰似未生一天一样。

平生大病

一味不耐烦，是我〔一〕平生大病。日用应酬，虽极鄙琐，能从此处寻出一团精细光景，才是学问工夫。若徒避事避人，自图安静，此暴弃[1]之尤，所宜痛改。

【校勘】

〔一〕我：据宋林逋《省心录》，为"人"之讹。

【注释】

[1] 暴弃：不求上进，不自爱。

【译文】

一味不耐烦，是人一辈子大毛病。日常应酬，即使极其细小琐屑，能从这里边找寻出一团精细认真情况来，才是修养的工夫。如果只是躲避事情躲避他人，自己图谋安静，这是不自爱到极点，应该彻底改过。

消怨思奋

事稍拂逆^{（一）}，便思不如我的人；心稍怠荒，便思胜似我的人。则风斜雨急处，要立得脚定；花浓柳艳处，要著^[1]得眼高；路危径险处，要回得头蚤^[2]。

【校勘】

（一）拂逆：此则抄自明人洪应明《菜根谭》。原本是两则，此处纠缠为一则，一则漏了两句，另一则前加了"则"字。一则原文是：事稍拂逆，便思不如我的人，则怨尤自消；心稍怠荒，便思胜似我的人，则精神自奋。另一则原文是：风斜雨急处，要立得脚定；花浓柳艳处，要着得眼高；路危径险处，要回得头蚤。

【注释】

[1] 著：通"着"。

[2] 蚤：通"早"。

【译文】

事情稍不顺心时，就去想想那境遇不如我的人，那么心中埋怨责怪就会自然消失；精神懒散懈怠，就想想那比自己强的人，精神就自然振作起来。

在风斜急雨地方，要站稳脚跟；在花浓柳艳温柔乡，要放眼高远；在路径危险地方，要及早回头。

更须谨严

阴阳家有言："千里来龙^[1]须看到头一节^[2]"。"士大夫晚节末路，比少年初任，更须谨严。

【注释】

[1] 来龙：指龙的来源。旧时堪舆家以山势为龙，称其起伏绵亘姿态为龙脉。

[2] 到头一节：最后一节。指结穴地方。

【译文】

  风水家有话说："千里长的龙脉要看看结穴地方。"士大夫晚节末路，比青年刚刚任职，更须谨慎严格。

愤世之谈

  京中一大僚云：近日士大夫不要孔庙两庑[1]吃得肉，只要阎罗殿前过得堂，便是好汉。此虽愤世之谈，实警世之论。

【注释】

[1] 孔庙两庑：大成殿东西两侧房子叫"两庑"，后世供奉先贤的地方。配享的贤儒大都是儒学中著名人物。

【译文】

  京城中一位大官说：近日士大夫不要配享孔庙，吃冷猪肉；只要阎罗殿前能顺利过堂，就是好汉。这虽是愤世嫉俗谈吐，实在是警世言论。

摄心有道

  东坡谪海外，以陶柳集为友；张子韶[1]列诸圣贤像于座上，朝夕对之；又有室中置杨伯起[2]影[3]者，又有置范文正公像，每日拱向三次两次者。古人摄心皆有道矣。

【注释】

[1] 张子韶：即张九成，字子韶，宋朝开封人，理学家。

[2] 杨伯起：即杨震，字伯起，东汉弘农华阴人，名臣，有"关西夫子"之誉。

[3] 影：画像。

[4] 摄心：控制心志。

【译文】

　　苏东坡被贬谪到海外时，把陶潜和柳宗元的集子作为朋友；张子韶把列众圣贤的画像陈列在座上，与之朝夕相对；又有人在室中放置杨伯起画像的，又有放置文正公范仲淹画像的，每天向画像拱手行礼两三次。古人控制心志都有办法。

借帽断根

　　欲远小人，且借他[1]一顶君子帽；欲为君子，须掘断万种小人根。

【注释】

[1] 他：虚指，无实意。

【译文】

　　想要远离小人，暂且借一顶君子帽子；想要做君子，必须挖断万种小人恶根。

实践为难

　　以宇宙第一流人品自期，方仅免为龌龊汉子；以宇宙第一流事业自砥，方仅免为温饱前程。固是取法乎上，仅得其中，亦是立志非难，实践实难。

【译文】

　　拿宇宙第一流人品自我期待，方才免为品行差劲汉子；以宇宙第一流事业自我砥砺，方才免为仅是温饱前程。本来是取法于上，仅得其中，也是立志不难，实践实在是难的道理。

方外利用

张敬夫[1] 几席不正，虽深夜必使人移之。薛敬轩[2] 见器物少有不正，心便不安，必移正之。方外[3] 利用[4] 之功要如此。

【注释】

[1] 张敬夫：即张栻，字敬夫，号南轩，南宋汉州绵竹人，谥曰宣，学者。
[2] 薛敬轩：即薛瑄，字德温，号敬轩，明代河津人，理学家，谥文清。
[3] 方外：使身外事物合乎规范。语出《易·坤》："君子敬以直内，义以方外。"
[4] 利用：尽物之用。此指为自己修养服务。

【译文】

张敬夫几案席子不正，即使是深夜必定让人移正了。薛敬轩见器物稍有不正，心里就不安，必定移正过来。使身外事物合乎规范，为自己修养所用功夫要这样。

有为当下

待有余而后济[1] 人，终无济人之日；待有暇而后读书，终无读书之时。

【注释】

[1] 济：救助。

【译文】

略。

自省危言

尝与友人闲谈云：我[1] 辈读书博一第，褎然[2] 居四民[3] 之上，自谓朝廷倚任，生灵利赖。而孰知日日行的是害人事，件件行的是折福事，时时做的是违心事。在在[4]做的是背理事。此虽某下愚自省之危言[5]，然亦可为中人[6]针砭[7]。

【注释】

[1] 我：指代不详。

[2] 褒（bāo）然：出众的样子。

[3] 四民之上：即四民之首，指士，在士农工商四民中，士占首位。

[4] 在在：处处。

[5] 危言：直言。

[6] 中人：普通人。

[7] 针砭：比喻发现并指出错误，劝人改正。

【译文】

　　曾经与友人闲谈说：我辈读书人在科举考试中获取成功，显赫地列于四民首位，自认为朝廷倚重任用，百姓依赖。可是谁知道天天行的是害人事，做的件件都是折福事，时时做的是违背良心事，处处做的是背理事。这虽然是我自我反省的直言，但是也可以当作普通人的药石针砭。

皆当劳苦

　　祖义[1]云："人生贵贱，皆当劳苦。只这一碗饭，皆自劳苦来。若不劳苦，何以消[2]之？"此言有理也。

【注释】

[1] 祖义：不详。

[2] 消：受用。

【译文】

略。

自然寡过

终日端坐，略无劳事。未饥而饭至，未寒而得衣，饮酒食肉，呼奴使婢，居有室庐，出有舟舆，可谓色色如意。不于此为善，更且使性气，纵喜怒，甚者造罪业，岂不大可惜乎？常兴此念，久久自然寡过。

【译文】

终日端坐，全无劳累事。还未饥饿而饭就到了，还未寒冷而衣服就到了，饮酒吃肉，使唤奴婢，居住有房屋，出行有车船，可说是样样如意。不在这个时候做善事，反而使性子，放纵情绪，甚至制造罪业，难道不太可惜吗？常常兴起这个念头，时间久了，自然少犯过错。

从柔处伏

大恶多从柔处伏，哲士须防绵里针；深仇常自爱中来，达人宜远刀头蜜。

【译文】

略。

寻退出路

当得意时，须寻一条退路，然后不死于安乐；当失意时，须寻一条出路，然后可生于忧患。

【译文】

略。

君谟书笺

蔡君谟尝书小吴笺[1]云："李及[2]知杭州市白集一部，乃为终身之恨，此清节可为世戒。张乖崖镇蜀，当游时士女环左右，终三年未尝回顾，此重厚可以为薄末^{（一）}之简押^{（二）}。"

【校勘】

（一）末：据北宋人彭乘《续墨客挥犀》，为"夫"之讹。

（二）简押：据《续墨客挥犀》，为"检押"之讹。检柙，法度。

【注释】

[1] 吴笺：吴地所产之笺纸。常借指书信。

[2] 李及：字幼几，北宋新郑人，官至御史中丞。

【译文】

蔡君谟（北宋名臣蔡襄，字君谟）曾经在一张小吴笺上写道："李及任杭州知州时，买了《白乐天集》一部，竟然成为他终身遗憾的事，这清高节操可作为世人鉴戒；张乖崖（北宋名臣张咏，号乖崖）镇守蜀地，在遨游时年轻女子环绕左右，三年任职终了，不曾回头看一下，这深厚德行可作为浮薄人法度。"

以诗言志

韩魏公为相，作《久旱喜雨》^{（一）}诗，断句[1]云："须臾慰满三农[2]望，收敛神功寂似无。"人谓此真做出宰相事业也。在北门[3]，重阳有诗^{（二）}云："不羞老圃秋容淡，且看寒花晚节香。"公居常谓保初节易，保晚节难，故晚节事事尤著力。又作《喜雪》^(三)诗云："危石^[4]盖深盐虎^[5]重，老枝擎重玉龙寒。"人谓公身在外，自任以天下之重如此。

【校勘】

（一）《久旱喜雨》：为《喜雨》之误。韩琦既有《喜雨》诗，又有《久旱喜雨》诗。《喜雨》诗见于《安阳集》（卷十八），《久旱喜雨》诗见于《安阳集》（卷十九）。

（二）诗：诗句出自韩琦《九日水阁》。"寒"为"黄"字之讹。

（三）《喜雪》：为《壬子十一月廿九日大雪方洽》之讹。"重"为"陷"之讹，对句亦有"重"字，故出句不能有"重"字。

【注释】

[1] 断句：零碎的句子。

[2] 三农：古代指山农、泽农、平地农，泛指农民。

[3] 北门："北门锁钥"简称。指北方军事要地。

[4] 危石：高耸的石头。

[5] 盐虎：银白色的虎。此处为喻体。

【译文】

魏国公韩琦做宰相时，作《喜雨》诗，有句子说："须臾慰满三农望，收敛神功寂似无。"人们说这真是做出宰相事业人所能说出的。他在镇守北方军事要地时，重阳节赋诗说："不羞老圃秋容淡，且看黄花晚节香。"韩琦平居常说早年保节操容易，晚年保节操难，所以对有关晚节的任何事尤其用力。又作《壬子十一月廿九日大雪方洽》诗说："危石盖深盐虎陷，老枝擎重玉龙寒。"人们认为韩琦此时虽然身在朝堂之外，自己承担天下重任就像这样。

心不偏向

心不可有一毫之偏向，有则人必窥而知之。余^(一)尝见一走卒稍敏捷，使之稍勤，下人即有趋重之意。以是知为官者当明白正大，不可有一毫偏向。

【校勘】

（一）余：此则采编自《薛文清公从政名言》，故代指薛瑄。

【译文】

心不可有一毫偏向，如果有，那么别人一定窥知。我曾经看到一走卒办事稍微敏捷干练，用他稍微频繁一些，下人就有趋重这个走卒的想法。凭这个知道做官人应当光明正大，存心不可有一毫偏向。

精勤自约

宋陈瓘[1]有斗余酒量，每饮不过五爵。虽会亲戚，间有欢适，不过大白[2]满引[3]，恐以长饮废事。每日有定课，自鸡鸣而起，终日写阅，不离小斋。倦即就枕，既寤即兴，不肯偃仰枕上。每夜必置行灯[4]于床侧，自提就案。人或问公："何不呼唤使令者？"公曰："起止不时，若涉寒暑，则必动其念，此非可常之道。偶吾性安之，故不欲劳人也。"

【注释】

[1] 陈瓘：字莹中，号了斋，沙县人，北宋徽宗朝曾任左司谏。

[2] 大白：大酒杯。

[3] 满引：指斟满饮尽。

[4] 行灯：夜行照明灯。

【译文】

陈瓘有一斗多酒量，可是每此饮酒不过五杯。每当与内亲外戚相会，间或有欢乐适意时，不过满饮一大杯罢了，恐以长久饮酒耽误事情。

每日有固定课业，自鸡鸣起身，终日写作阅读，不离小书斋。累了就躺躺，醒后就立即起来，不肯躺卧床上。每夜必在床侧放置夜行照明灯，自提灯走到书案前。有人问他："为什么不呼唤仆役？"他说："起来没有固定时间，如果是酷暑或严寒，那么动了一定要起身念头，这不是常规做法。适逢我内心对自己这样做习惯了，所以不想劳烦他人。"

不及家兄

二程随侍太中[1]知汉州，宿一僧寺。明道入门而右，从者皆随之，先生入门而左，独行至法堂上相会。伊川先生自谓："此是某不及家兄处。"盖明道和易，人皆亲近；先生严重，人不敢近也。

【注释】

[1] 太中：此指二程的父亲太中大夫程珦。

【译文】

程颢、程颐二兄弟陪伴追随太中大夫程珦到汉州任知州时，住在一座寺院中。明道先生（指程颢）从右门进入，随从都跟着他进入；伊川先生（指程颐）从左门进入，独行至法堂上与家人相会。伊川先生自己说："这是我赶不上家兄的地方。"大概明道先生温和平易，人都亲近他；伊川先生庄重严肃，人不敢亲近。

方有进益

近来学者，多是以自家合做底事报与人知。如有饭不将来自吃，只要铺摊在门前，要人知我家里有饭。打叠[1]得此意尽，方有进。

【注释】

[1] 打叠：收拾。

【译文】

近来求学的人，多是把自家该做的事通报给人知道。就像有饭不自己拿来吃，只管在门前显摆，要别人知道我家里有饭。收拾尽这种想法，才有长进。

应世五法

宁耐，是思事第一法；安详，是处事第一法；谦退，是保身第一法；涵容，是处人第一法；置富贵、贫贱、死生、常变于度外，是养心第一法。

【译文】

略。

静定后看

静定后，看自家是什么一个人。

【译文】

略。

存心之处

君子与小人就行迹上观，节义、廉洁、文章、政事之类，君子能之，小人抑或能之，常易相混。惟一点存心处，则善恶悬绝[1]，若黑白之相反。

【注释】

[1] 悬绝：差别极大。

【译文】

略。

诸如此利

凡多积阴德，诸福自至，这一般[1]利是取之于天；尽力农事，加倍收拾[2]，这一般利是取之于地；善教子孙，后嗣昌盛，这一般利是取之于人。诸如此利，俱不用文约[3]，不废赀本，不定分数[4]，不用追讨，不伤和气，不取怨恶，不招词讼，不致坑陷，不怕花费；却正大光明，传得久远。

【注释】

[1] 一般：一种。
[2] 收拾：收获。
[3] 文约：文书契约。
[4] 分数：天命，天数。

【译文】

略。

忍过必乐

嗜欲萌生，遂[1]后必悔，忍过必乐。忿怒亦然。

【注释】

[1] 遂：满足。

【译文】

略。

事有法程

世间事无巨细，都有古人留下底法程[1]。诵诗书时，便想曰："此可以为我某事之法，可以药[2]我某事之病。"如此则临事时，触之即应，不待思索。

【注释】

[1] 法程：办法。

[2] 药：治疗，救治。此指改正。

【译文】

略。

耐烦做去

或劳先生[1]人事之繁，先生曰："大凡事只得耐烦做将去，才起厌心，便不得。"

【注释】

[1] 先生：此则出自《朱子语类》，指朱熹。

【译文】

有人慰劳朱熹先生人事烦琐杂乱，朱熹说："大凡事情只得耐烦做去，刚有厌烦的想法，事就做不成。"

怒时忘体

怒时言语都忘体。怒后思之，自家鄙琐肺肠，全被人觑破了。

【译文】

怒时言语都忘记了体面。怒后想来，自己鄙琐的心理，都被人看破了。

身为射的

身为士大夫，则此身便为射的 [1] 矣。一言一动，不可不慎。

【注释】

[1] 射的：射箭的靶子。

【译文】

略。

虚度可惜

宋太宗尝谓宰相曰："流俗有言：'人生如病疟，于大寒大暑 (一) 中过岁，寒暑迭变，不觉渐成衰老。'苟不竞为善事，虚度流年 [1]，良可惜乎！"

【校勘】

（一）暑：或为"热"。

【注释】

[1] 流年：如水般流逝的年华。

【译文】

略。

与圣人异

今人怕死，至伤生之事却敢为；圣人于伤生事不敢为，到临死却不怕。

【译文】

略。

常思慎重

端居丈室^[1]，如担百二十斤担子，从独木桥上过，脚蹉手跌，则和^[2]自家性命不可保。况复与人抽钉拔楔^[3]，救济他人也^{（一）}？

【校勘】

（一）也：据明人瞿汝稷《指月录》，为"耶"之讹。

【注释】

[1] 丈室：犹斗室。言房间狭小。

[2] 和：连。

[3] 抽丁拔楔：比喻解决疑难。丁，"钉"的古字。

【译文】

平居斗室，如担一百二十斤的担子，从独木桥上过，偶有失手失足处，就连自家性命不可保住。何况再给人解决疑难，救济他人呢？

得不猛省

人在世间，日失一日，如牵牛羊以诣屠所，每进一步，去死转近。得不猛省？

【译文】

略。

看看到我

四邻日日见有死者，常于此儆省，自无歇手处耳。古教云："我见他人死，我心热 [1] 如火。不是热他人，看看又到我。"

【注释】

[1] 热：内心有很大触动。

【译文】

见四邻日日有死去的人，常常在这个时候反省，自然就不会白白空过时间了。古人教导说："我见他人死，我心热如火。不是热他人，看看又到我。"

主人自在

十二时 [1] 茫茫万绪，亦知闲世界何存；百千念滚滚六尘 [2]，须识真主人自在。

【注释】

[1] 十二时：指一整天，因一整天有十二个时辰。
[2] 六尘：指色、声、香、味、触、法等六种境界，能引起感官与心灵感觉、思维的对象，因为它们具有污染情识的作用，有如尘埃一般，所以称为"六尘"。

【译文】

整日事情千头万绪，也要知道清闲世界在哪里；被各种世俗念头缠绕，须识得没有世俗念头人的自在。

人世三累

第一，为身口 [1] 所累；其次；为眷属所累；又次为家火 [2] 所累。这三种累，累杀天下人。忙了一世，闹了一世，苦了一世，干弄 [3] 了一世，空过了一世。何况又因这三种累，起了无量 [4] 贪瞋痴 [5]，造了无量大小恶业。

【注释】

[1] 身口：身体和口腹。
[2] 家火：家产。
[3] 干弄：白忙活。
[4] 无量：无数。
[5] 贪瞋痴：贪欲、瞋恚与愚痴三种烦恼。此三者毒害人最剧，故称三毒。

【译文】

略。

善医善筮

文中子 [1] 曰："北山黄公善医，先寝膳而后针药；汾阴侯生善筮 [2]，先人事而后为卦说。"

【注释】

[1] 文中子：即王通，字仲淹，道号文中子，隋朝河东郡龙门县人，思想家。
[2] 善筮：擅长占卜。

【译文】

文中子说："北山黄公擅长医术，给人看病时先调理寝食，然后才是针灸服药；汾阴侯生擅长卜筮，占卜时先考察人事而后说卦象。"

守雌卷之十四

守雌卷首题记

时事如半局残棋，妄斗雌雄，局更何分胜负？世途直一场幻梦，强争头角，醒后那见输赢？袴下兴刘，卧薪返越，《易》所以戒触藩也。为腹不为目，犹龙氏其我师乎？纂守雌第十四。

东方戒子

东方朔[1]戒子曰："明者处事，莫尚于中，优哉游哉，与道相从。首阳为拙[2]，柳惠[3]为工。饱食安步，以仕代农。依隐玩世[4]，诡时不逢[5]。是故才尽者身危，好名者得华；有群者累生，孤贵者失和；遗余者不匮，自尽者无多。圣人之道，一龙一蛇[6]，形见神藏，与物变化，随时之宜，无有常家[7]。"

【注释】

[1] 东方朔：字曼倩，西汉平原厌次人，汉武帝时名臣，性情诙谐，应对敏捷。

[2] 首阳为拙：伯夷、叔齐饿死于首阳山，这是笨拙的。

[3] 柳惠：即柳下惠，姬姓，展氏，名获，字禽，春秋时期鲁孝公儿子公子展后裔。"柳下"为食邑，"惠"为谥号。

[4] 依隐玩世：依顺心意在朝堂上隐居，玩身于世。

[5] 诡时不逢：行与时诡而不逢祸害。

[6] 一龙一蛇：忽而像龙飞腾，忽而像蛇蛰伏，变化多端。

[7] 常家：常态。

【译文】

东方朔告诫儿子说："明智人的处世态度，没有比合乎中庸之道更可贵，从容自在，与中庸之道相符合。所以，像隐居首阳山的伯夷、叔齐那样清高，是处世笨拙的；像柳下惠那样处世是高明巧妙的。能吃饱饭，缓步徐行，就很满足，做官治事代替隐退耕作。身在朝廷而恬淡谦退，过隐者的生活，虽不迎合时势，却也不会遭到祸害。因此锋芒毕露，会有危险；有好名声，便能得到华彩。得到众望的，忙碌一生；自命清高的，失去人和。凡事留有余地的，不会匮乏；凡事穷尽的，立见衰竭。圣人处世的道理，忽而像龙飞腾，忽而像蛇蛰伏，形体显现而精神收藏，能随着万物、时机变化，用最适宜的处世之道，而不是固定不变。"

擅权者危

汉田蚡[1]荐人或起家至二千石[2]，权移主上。武帝曰："君除吏尽未？吾亦欲除吏。"蚡之得无诛，幸尔。宋颜竣[3]久执朝政，庾徽之[4]奏其豫闻[5]中旨，罔不宣露，罚则委上，善必归己。寻于狱赐死。

【注释】

[1] 田蚡：西汉时期长陵人，官至丞相，孝景王皇后胞弟。
[2] 二千石：汉官秩，又为郡守（太守）的通称。
[3] 颜竣：字士逊，琅邪临沂人，南朝刘宋孝武帝一朝重臣。
[4] 庾徽之：颍川鄢陵人，南朝刘宋时任御史中丞。
[5] 豫闻：参与闻知。豫，通"与"。

【译文】

西汉田蚡推荐人做官，有的一开始就做郡守，把皇上权力转移到自己手里。汉武帝说："你授完官职了吗，我也想授任官职。"田蚡没有被处死，侥幸罢了。刘宋朝颜竣久掌朝政，庾徽之上奏他参与朝廷核心机密，无不宣扬泄露，惩罚就推给皇上，好事必归于自己。不久，颜竣在狱中被赐死。

不受来贺

唐岑文本[1]既拜中书令，还家有忧色，母问故。文本曰："非勋非旧，滥[2]荷宠荣，位高责重，所以忧惧。"亲宾有来贺者，文本曰："今受吊，不受贺也。"

【注释】

[1] 岑文本：字景仁，唐朝邓州棘阳人，官至宰相。

[2] 滥：过度。

【译文】

唐朝岑文本授官中书令后，回家有忧虑神色，母亲问缘故。岑文本说："没有功勋，也跟君主没有交情，过度蒙受尊宠荣耀，地位高，责任重，这是忧惧原因。"亲朋宾客有来祝贺的，岑文本说："现在接受吊唁，不接受祝贺。"

深藏身名

自古豪杰之士，立业建功，定变弭难，以无所为而为之者为高。三代人物，固不待言。下此如范蠡霸越，而扁舟五湖；鲁仲连[1]下聊城而辞千金之谢，却帝秦而逃上爵之封；张子房颠嬴蹶项，而飘然从赤松子游：皆足以高出秦汉人物之上。左太冲诗[2]云："功成不受赏，长揖[3]归田庐。"李太白诗[4]云："事了拂衣去，深藏身与名。"可想见其人。

【注释】

[1] 鲁仲连：战国末期齐国高士，曾助田单复兴齐国，义不帝秦，说赵、魏两国联合抗秦。据《史记》记载，鲁仲连功成不受封赏，飘然而去。

[2] 左太冲诗：诗句出自左思《咏史》八首第一首。左太冲，即左思，字太冲，西晋齐国临淄人，诗人。

[3] 长揖：拱手高举继而落下的一种敬礼。

[4] 李太白诗：出自李白《侠客行》。

【译文】

古代豪杰，建功立业，安定变乱，消弭灾难，之后，采取退隐无为行事态度的是高人。夏商周时代人物，本不用说。之后，像范蠡帮越国称霸后，乘扁舟到五湖归隐游乐；鲁仲连帮助攻下聊城而拒绝千金酬谢，使秦王放弃称帝做法而逃避上爵的封赏；张子房帮刘邦灭秦，击败项羽，而洒脱地追随赤松子学习修仙：这些人都足以高出秦汉人物之上。左太冲有诗句说："功成不受赏，长揖归田庐。"李太白有诗句说："事了拂衣去，深藏身与名。"读诗句可以想象到那些人的风度。

尤当韬晦

天下惟妒善者多，服善者少。故文士尤当韬晦。刘孝标[1]与梁武帝策锦被事[2]多十余事，帝失色，遂不复引见。后沈约[3]与帝征粟事（一），约少帝三事，出语人曰："此公护短，不让即羞死。"后帝闻之，亦怒。唐孟诜[4]以识药金[5]，左迁台州司马。穴徐（二）摘经史百家，答对如流，卒为朱异[6]所忌，出为郡守。以此知韬晦二字，文士所当尽心。鲍昭（三）多累句[7]，僧虔用秃笔[8]，岂其无见？

【校勘】

（一）征粟事：据马端临的《文献通考·经籍考五十五》（卷二百二十八），"粟"

为"栗"之讹。征栗事，征引有关栗子典故。齐、梁间士大夫之俗，喜征事以为其学浅深标志。

（二）冗（rǒng）徐：当为"大徐"字之讹。大徐，即徐摛：字士秀，东海郯人，南朝"宫体"诗代表人物之一，子徐陵称"小徐"。

（三）鲍昭：为鲍照之讹。鲍照，字明远，南朝东海郡人，诗人。

【注释】

[1] 刘孝标：即刘峻，字孝标，南朝梁平原人，学者，以注《世说新语》著闻于世。

[2] 策锦被事：（让大家）说说关于锦被的典故。《南史·刘峻传》载："会策锦被事，咸言已罄，帝试呼问峻，峻时贫悴冗散，忽请纸笔，疏十余事，坐客皆惊，帝不觉失色，自是恶之，不复引见。"

[3] 沈约：字休文，吴兴武康人，南朝文学家。

[4] 孟诜：唐代汝州梁县人，医学家。据唐代韩琬《御史台记》记：时凤阁侍郎刘祎之卧疾，诜候问之，因留饭，以金碗贮酪。诜视之，惊曰："此药金，非石中所出者。"祎之曰："主上见赐，当非假金。"诜曰："药金仙方所资，不为假也。"祎之曰："何以知之？"诜曰："药金烧之，其上有五色气。"遽烧之，果然。祎之以闻。则天以其近臣，不当旁稽异术，左授台州司马。

[5] 药金：主要成份是铜锌合金，俗称黄铜，从外观上看和金相似，常被误认为是黄金。

[6] 朱异：字彦和，吴郡钱塘人，南朝梁大臣，诗人。

[7] 累句：病句。《宋书·鲍照传》记载："世祖（指孝武帝刘骏）以照为中书舍人。上好为文章，自谓物莫能及，照悟其旨，为文多鄙言累句，当时咸谓照才尽，实不然也。"

[8] 僧虔用秃笔：《南齐书·王僧虔传》记载：僧虔善隶书。孝武欲擅书名，僧虔不敢显迹，常用掘笔（秃笔）书，以此见容。僧虔，即王僧虔，琅邪临沂人，南朝书法家。

【译文】

天下人嫉妒别人长处的多，佩服他人长处的少。所以文士尤其应当韬光养晦。刘孝标与梁武帝在征引有关锦被典故时比梁武帝多十多个，梁武帝变了脸色，于是不再接见他。后来沈约与梁武帝征引有关栗子典故，沈约比梁武帝少了三个，出来对人说："皇上这个人护短，不让他一下就会羞死。"后来皇帝听闻后，也生气了。唐朝孟诜因为能识别出药金，被贬为台州司马。徐摛经史百家，答对如流，最终被朱异忌恨，被调出京城担任郡守。因此知韬晦二字，文士应当尽心。鲍照为了不胜过皇帝故意多写病句，王僧虔故意用秃笔写字，难道他们没有见识吗？

应世妙策

好辩以招尤，不若讱默[1]以怡性；广交以延誉，不若索居以自全；厚费以多营，不若省事以守俭；逞能以受妒，不若韬精以示拙。

【注释】

[1] 讱（rèn）默：少说话或不开口。

【译文】

好辩会招来责怪，不如少说话来怡养性情；广泛交往来求得声誉，不如离群索居来自我保全；花费大精力来营谋产业，不如减省用度来守住节俭；炫耀才能会遭受嫉妒，不如涵养精明来示人朴拙。

齿堕舌存

韩非子（一）问于叔向[1]曰："刚与柔孰坚？"对曰："臣年八十矣，齿堕而舌尚存。"

【校勘】

（一）韩非子：据《说苑·敬慎》，"韩非子"为"韩平子"之讹。韩平子，名须，春秋晋国韩氏领袖，仕晋定公。

【注释】

[1] 叔向：复姓羊舌，名肸，字叔向，春秋绛州人，晋国贤大夫。

【译文】

　　韩平子问叔向说："刚强与柔弱哪个更持久？"叔向回答说："我八十岁了，牙齿堕落而舌头还在。"

俯仰从容

　　张子房，盖侠士之知义，策士之知几者。故早年似荆轲，晚岁似鲁仲连。得老氏不敢为天下先[1]之术，不代大匠斫[2]，故不伤手，善于打乖[3]。荆公诗[4]云："汉业存亡俯仰中，留侯于此每从容。固陵始议韩彭地[5]，复道方谋雍齿封[6]。"盖因机乘时，与之干(一)旋，未尝自我发端，故消弭事变，全不费力。朱文公云："子房只是占便宜，不肯自犯手做，如为韩报秦，撺掇高祖入关；及项羽杀韩王成[7]，又使高祖平项羽。两次报仇，皆不自做。后来定太子事，他亦自处闲地，又只教四老人[8]出来做。后来诛戮功臣时，更讨他不着。邵康节之学，亦与子房相似。康节本是要出来有为之人，又不肯深犯手做。凡事直待可做处，方试为之，才觉难，便抽身退。如《击集》(二)中以道观道[9]等语，是物各付物[10]之意，盖自家都不犯手，又凡事只到半中央便止，如看花勿看离披[11]是也。"

【校勘】

（一）干：为"斡"之讹。

（二）《击集》：为《击壤集》之讹，"壤"为夺字。《击壤集》，全名为《伊川击壤集》，北宋邵雍的集子。

【注释】

[1] 不……先：语出老子《道德经》第六十七章："吾有三宝：一曰慈，二曰俭，三曰不敢为天下先。"

[2] 代大匠斫：语出《道德经》第七十四章："夫代大匠斫者，希有不伤手矣。"大匠，本谓手艺高明之木工。

[3] 打乖：机变。

[4] 荆公诗：指荆国公王安石的诗《张良》。

[5] 固……地：据《史记·留侯世家》载，固陵战役中，张良向刘邦提议对韩信、彭越进行分封。分封扭转了汉军劣势。

[6] 复……封：刘邦建立天下后，人心不定，张良向刘邦建议先封与刘邦有怨的雍齿，以使臣下安心，从而避免了一场确有可能发生的内乱。

[7] 韩王成：姬姓，韩氏，名成，韩国王室后裔，秦末被拥立为韩王，称韩王成。项羽后封韩王成为韩王，都阳翟。后项羽认为韩王无大功，而张良为刘邦谋臣，将其杀死。

[8] 四老人：即商山四皓，秦末四位信奉黄老之学隐居于商山的博士东园公唐秉、夏黄公崔广、绮里季吴实、用（lù）里先生周术。刘邦要废太子时，张良曾向吕后推荐此四人。他们曾经向汉高祖刘邦讽谏不可废去太子刘盈。

[9] 以道观道：语出《击壤集》序。指按照道的本性去观察道。

[10] 物各付物：语本《二程集·遗书》卷十八。要按照事物本来面目去认识对待事物，不能夹杂人主观臆断。

[11] 看……披：源于"赏花慎勿至离披"，出自邵雍《安乐窝》："……饮酒莫教成酩酊，赏花慎勿至离披。离披酩酊恶滋味，不作欢欣只作悲。"离披，花开得繁盛的样子。

【译文】

张子房，大概是知道道义的侠士，能预知征兆的策士。所以他早年做派似荆轲，晚年做派似鲁仲连。懂得老子不敢为天下先学说，不代木匠砍斫，所以不伤手，善于机变。荆国公王安石有诗说："汉业存亡俯仰中，留侯于此每从容。固陵始议韩彭地，复道方谋雍齿封。"

他大概能趁着时机，巧妙周旋，不曾自我发端，所以消弭大事变故，全不费力。文公朱熹说："子房只是占便宜，不肯亲手去做事，如为韩国灭亡向秦报仇，鼓动汉高祖刘邦进入函谷关；等到项羽杀掉韩王成，又使高祖平定项羽。两次报仇，都不是亲自去做。后来安定太子的事，他也自处闲地，又只教商山四皓出来做。后来刘邦诛戮功臣时，更找不着他。康节公邵雍的学问，也与子房相似。康节公本是要出仕有所作为的人，又不肯亲手去做。凡事直等到可做时，才尝试做来，才觉难，便抽身而退。如《击壤集》中以道观道等话，是物各付物的用意，大概自家都不动手，又凡事只到过半便停下，像看花不要看到盛开这样。

惟忍与节

情境难当处[1]，惟忍是药[2]；逸乐难制处，惟节[3]乃佳。

【注释】

[1] 处：时。

[2] 药：药物。此比喻应对办法。

[3] 节：节制。

【译文】

略。

懒残有识

懒残[1]唐天宝初居衡岳寺，为众僧执役。退食，即收所余而食，性懒而食残，因名懒残。李泌[2]寓衡，尝夜访懒残，方拨牛粪火煨芋，出半芋食之，曰："慎勿多言，领取十年作(一)相。"后果然。

【校勘】

（一）作：据《唐南岳山明瓒传》，为"宰"之讹。

【注释】

[1] 懒残：唐代禅僧，法号明瓒，为普寂法嗣，居于衡山寺庙。

[2] 李泌：字长源，京兆人，唐朝名相、道家学者，爵封邺侯。

【译文】

懒残禅师在唐朝天宝初年居住在衡山寺庙中，为众僧打杂服役。众僧吃完饭后，他就收拾剩余食物吃掉，生性懒惰，且吃残留食物，于是得名懒残。李泌住在衡山，曾经在夜里拜访懒残，当时他正拨牛粪火煨芋头，拿出半个芋头给李泌吃，说："千万不要多说话，领取十年宰相。"后来果真这样。

无为之道

老子曰：无为名尸[1]，无为谋府[2]，无为事任[3]，无为智主[4]。藏于无形，行于无怠[5]，不为福先，不为祸始；始于无形，动于不得已；欲福先无祸，欲利先远害。其文好者皮必剥，其角美者身必杀，甘泉必竭，直木必代（一）；石（二）有玉，伤其山。黔首[6]之患，固在言前。黎民之所以蒙祸者，以妄议国家典法故也。故凡人之道，心欲小志欲大，智欲圆行欲方，能欲多事欲少。

【校勘】

（一）代：此则抄编自《文子》。据此，为"伐"字之讹。最后一整句出自《文子·微明》，前面的话出自《文子·符言》。《文子》，春秋时文子所著，在唐代被尊为《通玄真经》。

（二）石：此字之前夺"华荣之言后为愆"七字。愆，过失。

【注释】

[1] 名尸：名誉之主，谓囿于名誉。尸，牌位。

[2] 谋府：谋虑集中的地方。

[3] 事任：承担职务。

[4] 智主：后天知识的牌位。

[5] 无怠：无穷之道。

[6] 黔首：战国时期和秦代对百姓称呼。

【译文】

老子说：不要为名声牵累，不要成为谋略集中的地方，不要为职务牵累，不要成为后天知识的牌位。藏在无形之中，行于无穷之道，无名无誉。不为福先而妄行，不为祸始而妄动。以无形开始，迫而后动，不得已而往；要想得福必须先无祸，要想得利必须先远害。那些纹饰美丽的野兽皮必然会被剥下，那些犄角美丽的动物必然被杀掉，甜美泉水必然会被喝干，直挺高大的树木必然会被伐倒，言辞华丽的背后必然有错误，山有含玉石头，必然会被开凿。百姓的祸患，本来就在言语面前。黎民百姓之所以蒙受灾祸，是胡乱议论国家典章法规的缘故。大凡一个人的处事之道，内心要谨慎，志向要远大，智虑要圆通，品行要方正，才能要多，所做的事要少。

不可贪取

务博之学，不精；好大之愿，不副；过望之福，不享。

【译文】

追求渊博的学问，不能做到精深；好大喜功的愿望，难以实现；超过期望的福份，难以享受。

第一等人

云何是第一等人，曰本分人是。云何是本分人，曰走江湖不如理田园，炼丹砂不如惜五谷，结权贵不如乐妻孥，奉仙佛不如歆 [1]祖考。

【注释】

[1] 歆：飨，祭祀时神灵享受祭品、香火。

【译文】

　　问什么是第一等人，说本分人是。问什么是本分人，说走江湖不如打理田园，炼丹砂不如珍惜五谷，结交权贵不如使妻子儿女快乐，尊奉仙佛不如祭祀祖先。

定遭黜落

　　世传文昌帝君[1] 部从[2] 者为天聋地哑[3]，盖帝君所司定为人间爵禄之籍，以为凡享爵禄者必须笨钝昏塞[4]。不然，亦是狡黠、装聋作哑一辈。若炫聪明，定遭黜落[5]。

【注释】

[1] 文昌帝君：道教尊奉的掌管士人功名禄位之神。

[2] 部从：服侍追随的人。

[3] 天聋地哑：文昌帝君的两个侍童，一个掌管文人录运薄册，一个手持文昌大印。能知者不能言，能言者不能知。文章科举，关系富贵贫贱，保密问题很重要，以免天机泄漏。

[4] 昏塞：昏聩闭塞。

[5] 黜落：旧指科场除名落第，落榜。

【译文】

　　世传文昌帝君侍童为天聋地哑，大概帝君所掌管定为人间爵位俸禄簿册，认为凡是享受爵位俸禄人必须是笨拙迟钝昏聩闭塞人。不这样，也是狡黠、装聋作哑一类人。如果炫耀聪明，定遭落榜。

须师羊马

西域人养羊供馔，既肥泽[1]，辄系狼，时一怖之。羊得怖，漫脂[2]消尽，肉益美。北虏得良马，日间小驰骤[3]之，夜则系前足，便不得跳踯，又系其衔勒[4]，令不能水草，如此旬月。浮膘悉去，脊背日强，虽日驰数百里，饥(一)渴不困。吾辈(二)处林泉，逸居饱食，正须劳(三)以登涉，散以啸咏，漱以清泉苦茗，空寒之味[5]以涤其昏钝。即文章翰墨未尝不贵多闻博涉，亦必济以苦思，稿(四)坐于虚寂中，索摸[6]得些子，方有自由分[7]。不然，则凡气不断，所谓漫脂浮膘未除故也。

【校勘】

（一）饥：据明人李日华《紫桃轩又缀》，字前夺"五六日"三字。

（二）吾：代指明人李日华。李日华，字君实，号竹懒，浙江嘉兴人，文学家。

（三）劳：此字前夺一"小"字。

（四）稿：为"槁"之误。

【注释】

[1] 肥泽：体肉肥润。

[2] 漫脂：肥油。

[3] 驰骤：驰骋，疾奔。

[4] 衔勒：马嚼口和马络头。

[5] 空寒之味：寂静清冷情味。

[6] 索摸：又作"索莫"或"索寞"，空乏穷尽貌。

[7] 自由分：不受约束的自在地步。

【译文】

西域人养羊供饭，羊已养得体肉肥润时，就拴匹狼来，时不时吓唬一下。羊受惊吓，肥油消尽，肉更好吃。北方蒙古人得到良马，白天稍让它驰骋，夜里就捆住前腿，让它不能上下跳跃，又拴紧马嚼口和马络头，让它不能得到水草。如此十天至一个月，浮膘全部除去，脊背日渐强健，即使每天奔驰几百里，五六天不吃不喝也不困顿。我辈居处山林与泉石之间，安居饱食，正要用登山涉水稍劳苦一下，用歌咏排遣心情，用清泉苦茶漱口，用寂静清冷情味来清洗自己的昏昧愚钝。就是文章笔墨未尝不以多闻博涉为贵，也必定用清虚寂寞苦思静坐来帮助，得些空乏穷尽，才会达到不受约束的自在地步。不这样，那么俗气不断，所说的肥油浮膘未除去的缘故。

过满则折

势到七八分便止，如张弓然，过满则折。

【译文】

略。

可当大事

必能忍人不能忍之触忤，斯能为人不能为之事功。闻事不喜不惊者，可以当大事。

【译文】

必须能忍受他人不能忍受的冒犯，这才能做他人不能做出的功业。听到事情不表现出喜悦惊奇的人，可以承担大事。

专一有力

造化翕寂 [1] 专一，则发育万物有力；人心宁静专一，则穷理做事有力。

【注释】

[1] 翕寂：和顺静默。

【译文】

略。

只要吃亏

林退斋[1]先生临终，子孙跪膝前请曰："大人何以训儿辈？"先生曰："无他言，若等只要吃亏；从古英雄只为不能吃亏，害了多少事？"

【注释】

[1] 林退斋：即林云同，字汝雨，号退斋，明朝城关后埭人，官至南京刑部尚书。

【译文】

略。

须慢慢行

费鹅湖[1]公初第时，修谒彭文宪[2]公，彭曰："清年[3]妙才高科皆天下第一事也。殿上金阶滑，须漫漫（一）行。倘放步失跌，便急切爬不起来。"费公年少，有意气，颇不平其语。后历官宰辅，久于仕途，常举此以告仕进者曰："此前辈善诱人家法[4]也。"

【校勘】

（一）漫漫：为"慢慢"之讹。

【注释】

[1] 费鹅湖：即费宏，字子充，号鹅湖，明朝江西铅山人，状元，官至内阁首辅。

[2] 彭文宪：即彭时，字纯道，号可斋，明代庐陵安福人，宪宗时任内阁首辅。

[3] 清年：盛年。

[4] 家法：传统。

【译文】

鹅湖公费宏初第时，备好礼物拜见文宪公彭时，彭时说："盛年妙才高科都是天下第一好事。殿上金阶滑，要慢慢行。如果迈大步跌跤，就急切爬不起来。"费公当时年轻，意气飞扬，对他的话不以为意。后来他先后连任宰辅，久在仕途，常常拿这话来劝告在仕途中进取的人说："这是前辈擅长教育人的传统。"

壁蜗蝜蝂

好上而枯，叹壁蜗何无智识；任重以毙，笑蝜蝂 [1] 直恁痴迷。

【注释】

[1] 蝜蝂：柳宗元寓言《蝜蝂传》记录的一种喜欢背负东西的小动物。

【译文】

喜欢攀高而至于枯干，叹壁蜗怎么没有智慧见识；承担重物而死，笑蝜蝂竟然这样痴迷。

浑如闲事

宰相归山，觉德机 [1] 之俱杜；儒童应试，每气焰之横飞。功名途本无涯，见惯浑如闲事。

【注释】

[1] 德机：生机。

【译文】

宰相归隐山林，感到生机全部闭绝；年轻书生应试，常常意气扬扬。功名道路本来没有边际，见多了完全像闲事。

处世良言

先者众恶之锋，下者百祥之海；贪者杀身之刃，廉者保命之符。朘剥[1]成家，放利儿何曾长世；睚眦修怨，健讼[2]子无不倾宗。

【注释】

[1] 朘（juān）剥：盘剥。
[2] 健讼：喜好打官司。

【译文】

好为人先是众恶的刀剑，为人谦下是各种祥瑞的海洋；贪婪是杀身利器，清廉是保命的神符。靠盘剥做成家业，放高利贷的人何曾历世久远；因点滴怨恨结仇，喜欢打官司的人无不遭受灭族灾祸。

经世妙策

明而晦用之，刚而柔用之，此经世妙策也。孙登[1]谓嵇康曰："君性烈而才儁，其能免乎？"涉世持身，不可不深思此语。

【注释】

[1] 孙登：字公和，东晋汲郡共人，人称苏门先生，隐士。
[2] 儁：同"隽"，才智出众。

【译文】

精明而暗用，刚强而柔用，这是处理世上事务妙策。孙登对嵇康说："你性情刚烈而才智出众，难道能免于灾祸吗？"涉世立身，不可不深思这话。

顽猴见巧

吴王浮于江，登乎狙^(一)之山。众狙见之，恂^[1]然弃而走，逃于深蓁。有一狙焉，委蛇攫搔^[2]，见^[3]巧乎王。王射之，敏给^[4]搏矢。王命相者趋^[5]射，狙执^[6]死。王顾谓其友颜不疑曰："之狙也，伐其巧，恃其便，以敖^[7]予，以至此殛也。戒之哉！嗟乎，无以汝色骄人哉！"

【校勘】

（一）狙：据《庄子·徐无鬼》，本则中"狙"均为"狙"之误。狙，古书上说的一种猴子。

【注释】

[1] 恂：恐惧。

[2] 委蛇（yí）攫搔：从容转身手舞足蹈的样子。

[3] 见：后写作"现"。

[4] 敏给：敏捷。

[5] 趋：通"促"，急。

[6] 执：通"即"

[7] 敖：通"傲"。

【译文】

吴王渡过长江，登上猴山。群猴看见吴王一行，惊惶地四散奔逃，躲进了荆棘丛林深处。有一只猴子留下，从容不迫地腾身而起，跳来跳去，在吴王面前显示它的灵巧。吴王用箭射它，它敏捷地接过射来的利箭。吴王下命令左右随从一起射它，猴子躲避不及，当即被射死。吴王回身对他朋友颜不疑说："这只猴子夸耀它的灵巧，仗恃它的敏捷而蔑视我，以至于这样被杀。要以此为戒啊！唉，不要用傲气对待他人啊！"

首标潜字

三百八十四爻，首标潜字[1]，全《易》秘奥都在个[2]里。

【注释】

[1] 首标潜字：指乾卦之第一爻，潜龙勿用。

[2] 个：这。

【译文】

《易经》三百八十四爻，首爻是潜龙勿用，整部《易经》奥妙都在这里。

守拙全身

恃(一)才妄作，如救火披蓑；守拙全身，如操舟带瓠[1]。高山峻岭以持躬[2]，广谷大川以蓄物，澄潭止水以养性，深溪绝壑以藏用。

【校勘】

（一）恃：此则本为两则混合而成。第一句为一则，第二句为另一则。

【注释】

[1] 瓠：瓠瓜，即大葫芦。

[2] 持躬：律己，要求自己。

【译文】

依仗才华却乱来，就像披着蓑衣救火；守住朴拙保全性命，就像驾船带着大葫芦。

像高山峻岭那样要求自己，像广谷大川那样来包容外物，用澄潭静水来颐养性情，用深溪绝壑来掩藏才华。

今愧孙登

孙登，字公和。性无怒，人或投之水中，大笑而出。与之语，不答[一]。嵇康从游三年，将别曰："先生终不言乎？"登曰："子知火乎？生而有光，不用其光，以全其光。今子才高识寡，难乎免于今之世！"及康系狱，自责云："昔惭柳下，今愧孙登。"

【校勘】

（一）与……答：此则采编自《晋书·列传第六十四》。苟简严重。原文为：文帝闻之，使阮籍往观，既见，与语，亦不应。

【译文】

孙登，字公和。他性情温良，从不发脾气，有人把他投入水中，他笑着从水中爬起来。司马昭听说后，命阮籍前往拜访，与他谈话，却默不作声。嵇康跟随他交往学习三年，将离别时，对他说："先生难道终究没有临别赠言吗？"孙登说："你知道火吗？火生而有光芒，不用它的光芒，用来保全它的光芒。现在你才华高妙而见识寡浅，深恐难免误身在当今时代！"等到嵇康被关进监狱，自责说："从前惭愧面对柳下惠，现在惭愧面对孙登。"

高退一步

立身当高一步，立方超迈[1]；处世当退一步，处方安乐。

【注释】

[1] 超迈：卓越高超，不同凡俗。

【译文】

略。

难以为继

飘风骤雨，倾洞[一]不能终朝；艳卉鲜葩，烂漫那堪卒日？就此已足矣，敢萌半点儿邪心？求为继可也，须积下十分善行。

【校勘】

（一）倾洞：为"澒（hòng）洞"之误。澒洞，弥漫无边。

【译文】

疾风骤雨，积水弥漫无边，不会持续一个早晨；鲜艳花朵，盛开哪能一整天？到这地步已经满足了，怎敢萌生半点儿邪心？求得可以继续下去，必须积下十分善行。

庆之损抑

沈庆之[1]以司空致仕，柳元景[2]、颜师伯[3]造访，鸣笳[4]列卒。庆之在田间见之，曰："吾与公并起贫贱，一时显贵至此，惟当共思贫贱损抑，车服之盛何为乎？"插杖而芸，不顾。方其未遇，乡里轻之，后见皆膝行而前。庆之曰："故是昔时沈公，安用如此？"

【注释】

[1] 沈庆之：字弘先，南朝吴兴武康人，刘宋名将，官至太尉，封始兴郡公。
[2] 柳元景：字孝仁，南朝河东解县人，官至尚书令，封巴东郡公。
[3] 颜师伯：字长渊，南朝琅邪临沂人，官至尚书右仆射。
[4] 鸣笳：吹奏笳笛。古代贵官出行，前导鸣笳以启路。

【译文】

沈庆之以司空身份退休，柳元景、颜师伯前来拜访，鸣笳开路，随从众多。沈庆之在田间耕作时看见，说："我与你们都起身贫贱，一时显贵到这地步，只应当共思当初贫贱情形，谦虚退让，车马服饰这样张扬是为什么呢？"插杖除草，头都不回一下。在他还没有发迹时，乡里人轻视他，后来见到他都跪行而前。沈庆之说："本来是原来沈公，哪里用得着这样？"

君平卖卜

严君平卖卜[1]城(一)都市。有富人罗冲馈以车马衣食，却之曰："益我货者损我神，生我名者杀我身。"时为名言。

【校勘】

（一）城：据晋代皇甫谧《高士传》。此，为"成"之讹。

【注释】

[1]卖卜：以占卜谋生。

【译文】

（汉朝人）严君平在成都集市靠占卜为生。有富人罗冲赠给他车马衣食，他拒绝说："给我钱财的人损害我精神，让我出名的人戕害我生命。"这话当时传为名言。

四不可尽

无以仇隙而语尽，无以新交而欢尽，无以小人过误而法尽，无以顺风使帆而力尽。

【译文】

不要因为有仇隙就把话都说尽了，不要因为是新交往朋友就用尽欢好，不要因为小人错误就用尽法令，不要因为顺风行船就用尽力量。

逊避横逆

汲长孺 [1] 廷折天子，长揖 [2] 大将军，九卿列侯靡不抗诤。其为二千石 [3]，与周阳由 [4] 同列，阳由骄暴，长孺、司马安 [5] 未尝敢均茵（一），非畏阳由也，能逊避横逆，然后能完养节气耳。异时河东太守胜屠公 [6] 与阳由角，卒并就戮。玉石不俱焚哉！

【校勘】

（一）均茵：当为"均茵伏"之讹。《史记·酷吏列传》："（周阳由）与汲黯俱为忮，司马安之文恶，俱在二千石列，同车未尝敢均茵伏。"司马贞索隐："均，等也。茵，车蓐也。伏，车轼也。言二人与由同载一车，尚不敢与之均茵轼也，谓下之也。"后因以"均茵伏"喻指同列为伍。

【注释】

[1] 汲长孺：即汲黯，字长孺，西汉濮阳人，敢于直言进谏的名臣。
[2] 长揖：拱手高举，处上而下，多数用于平辈之间的礼仪。
[3] 二千石：汉官秩，又为郡守（太守）的通称。
[4] 周阳由：西汉人，本姓赵氏，后其父以淮南厉王刘长舅父身份而被封为周阳侯，遂改姓周阳氏，后因在河东郡做都尉时与太守申屠公争权，而被治罪，处以弃市之刑。
[5] 司马安：濮阳人，汲黯表兄，官四至九卿，在河南太守任上去世。
[6] 胜屠公：《史记·酷吏列传》："由后为河东都尉，时与其守胜屠公相告言罪。"司马贞索隐引《风俗通》："胜屠即申屠。"

【译文】

汲长孺在朝廷上顶撞天子，与大将军卫青采用对等礼节，对九卿列侯无不直言相争。他做俸禄为二千石的官员，与周阳由同列，周阳由骄横，汲长孺、司马安不曾敢和他列，不是害怕周阳由，而是能对横暴不顺理的人谦逊退让，然后能保全培养气节罢了。后来，河东太守胜屠公与周阳由争斗，最终一块儿被杀戮。玉石不俱焚啊！

皆无常境

苦乐无常境，得失无定形。秀才进学[1]喜不了（一），尚书不升恼不了。有常境耶？塞翁之失马，宋人之产犊[2]，有定形耶？人处苦境时，望彼境以为至乐；及到彼境，则相习以为固然，久之又成苦境矣。相递而上，在在皆然。谚云："别人骑马我骑驴。仔细思量，我不如回头只一看，又有挑脚汉[3]。"人能常作如是观，则无日而不自得矣。

【校勘】

（一）秀才……了：据明人吕坤《续小儿语》，当为"童生进学喜不了，尚书不升终日恼"。童生，明清科举制度规定，凡是习举业读书人，不管年龄大小，未考取生员（秀才）资格之前，都称为童生。

【注释】

[1] 进学：科举制度中，考入府、州、县学，做了生员，叫作"进学"，也叫"中秀才"。

[2] 宋人之产犊：语出《淮南子·人间训》：昔有宋人，家无故而黑牛生白犊，以问先生。先生曰："此吉祥，以飨鬼神。"居一年，其父无故而盲。牛又复生白犊，其父又复使其子问先生。其子曰："前听先生言而失明，今又复问之，奈何？"其父曰："圣人之言，先忤而后合。其事未究，固试往，复问之。"其子又复问先生。先生曰："此喜祥也，复以飨鬼神。"归告其父。其父曰："行先生之言也。"居一年，其子又无故而盲。其后楚攻宋，围其城。丁壮者死，老病童儿皆上城，牢守而不下，楚王大怒。城已破，诸城守者皆屠之。此独以父子盲之故，得无乘城。军罢围解，则父子俱视。

[3] 挑脚汉：挑夫。

【译文】

苦乐没有固定境况，得失没有固定情形。童生考中秀才高兴得不得了；尚书不能升官就懊恼得不得了。有固定境况吗？塞翁失马，宋人产犊，得失有固定情形吗？人处在困苦境地时，望那境况，认为极快乐；等到了那境况，就习以为常，认为本来就是这样，时间一长又成苦境。以此类推，到处都是这样。谚语说："别人骑马我骑驴。仔细思量，我不如回头只一看，又有挑脚汉。" 人能常这样看待事情，就没有哪一天不心安理得了。

享福多矣

寒风淅沥，雨滴空阶，雪霰敲窗，孤灯清寂，坐无暖气，一衾萧然。当此之际，想念行旅修途，孤舟远泊，鸡声茅店[1]，人迹板桥。又或百事冗集，万无措办；欲出门而打头连夜[2]，欲坐待而回肠竟夕：无不惊魂凄魄，截耳攒心。而今者幸得无事，静坐读古人书，晤言[3]多名理，炉有未死之灰，床有可拥之絮，耳热酒后，茶沸鼎间，即此享造化之福多矣。而犹不自爱惜，更生嗟叹，抑何不知足也？

【注释】

[1] 鸡声茅店：源于温庭筠《商山早行》，原文为："鸡声茅店月，人迹板桥霜。"
[2] 打头连夜：打头风与连夜雨，格言"屋漏偏逢连夜雨，船迟又遇打头风"略语，指不断遭遇挫折。
[3] 晤言：见面谈话。

【译文】

淅沥凄冷风雨滴到空阶上，霰雪敲打寒窗，清寂中孤灯荧荧，围衾枯坐。在这种境况下，想到长途奔波，孤舟远泊，鸡声茅店月，人迹板桥霜；又有时百事繁忙聚集，完全没有筹划办理；想要出门而遭受打头风与连夜雨，想要坐等而整夜愁闷：时刻精神凄苦，心痛无比。而现在幸而能够无事，静坐读古人书籍，如同与古人见面谈论道理，有可以取暖的火炉，有可以拥卧的棉被，在畅饮之后，可以饮茶，这就享受造化的福气太多了。可是还不自我爱惜，更生叹息，却怎么不知满足呢？

袁闳谦抑

袁闳[1]，安[2]之后。父贺为彭城相，徒步往省，至府门累日，吏不为通。偶老妪出见，白夫人，乃呼入。比辞去，遣车送之，不肯乘，郡人无有知者。僻居力学，从父逢[3]、隗[4]并贵，盛饷闳。一切不纳，常叹曰："吾先公福祚[5]，后世不能以德守之，而竟为奢纵，此即晋之三郤[6]矣。"遂散发[7]绝世，筑土室四周于庭，不为户，自牖纳饮食而已。黄巾贼起，相戒不入其闾。

【注释】

[1] 袁闳：字夏甫，东汉汝南汝阳人，隐士。

[2] 安：即袁安，字召公，东汉汝南汝阳人，历任太仆、司空、司徒等职。

[3] 逢：即袁逢，字周阳，后汉汝南汝阳人，袁绍和袁术生父，灵帝时任太仆，后为司空。

[4] 隗：即袁隗，后汉汝南汝阳人，官至太傅。

[5] 福祚：福分。

[6] 三郤：春秋中期晋国的一个权臣集团，主要由郤锜、郤犨、郤至三人构成。

[7] 散发：披散着头发，指解冠隐居。

【译文】

袁闳是袁安后人。他的父亲袁贺做彭城王的相，他徒步前往看望父亲，到达府门几天，小吏不为他通报。适逢有老妪出门见到他，告诉夫人，才把他叫进去。等到他告辞离开，他父亲派车子送他，他不肯乘坐，郡里人没有知道的。他住在偏僻地方努力学习，叔父袁逢、袁隗都地位尊贵，赠给袁闳很多东西。他全不接纳，常常叹息说："我们先人的福分，后世不能用德行守住，而争为奢侈放纵事，这就是晋代的三郤了。"于是他解冠隐居，与世人断绝往来，在院子里建筑了一座土屋，不设门，从窗户里接受饮食罢了。黄巾军起义，相互告诫不进入他里巷。

李怿自谦

李怿[1]，京兆人，官学士。时张文宝[2]知贡举，所收（一）进士，有覆落[3]者，乃请下学士院作诗赋为贡举格，命怿为之。怿笑曰："余少登科，盖偶然尔。假令余（二）就礼部试，未必不落第，安能与英俊作式？"

【校勘】

（一）收：据《新五代史》（卷五十五）当为"放"之误。放，放榜录取。

（二）余：字后夺"复"字。

【注释】

[1] 李怿：京兆（今西安）人，唐末举进士，在后梁、后唐任翰林学士，后迁刑部尚书。

[2] 张文宝：后唐时曾任散骑常侍、吏部侍郎等职。

[3] 覆落：指科举考试及第后经复核而落第。

【译文】

李怿是京兆人，任官翰林学士。当时张文宝主管科举考试，所录用进士，有经复核而落第的，于是请皇上下旨让翰林院公布考试中诗赋样本，命令李怿来写。李怿笑着说："我年轻时考中进士，大是偶然罢了。假使我再参加礼部考试，未必不落第，怎么能给俊杰作样本呢？"

譬之赌者

不求甚富，乃所以善贫；不求甚贵，乃所以善贱；不求极荣，乃所以免辱。譬之赌者，刻意求赢，则输随之；不赌则无赢，而输何自来？此谷那律[1]所谓以瓦为之则不漏，而相国寺道人卖赌不输方，但止采头〔一〕者也。

【校勘】

（一）但止采头：为"但止乞头"之讹。意思是在"乞头"时就停止，即不赌。《东坡志林》"记道士戏语"条载："绍圣二年五月九日，都下有道人坐相国寺卖诸禁方，缄题其一曰'卖赌钱不输方'。少年有博者，以千金得之。归，发视其方，曰'但止乞头'。道人亦善鹖术矣，戏语得千金，然亦未尝欺少年也。"乞头，宋朝时赌场老板向赢钱赌徒按比例抽的钱，俗称"抽头子"。

【注释】

[1] 谷那律：复姓谷那，东夷人，魏州昌乐人，唐朝大儒。《旧唐书·儒林列传》记载："（谷那律）尝从太宗出猎，在途遇雨，因问：'油衣若为得不漏？'那律曰：'能以瓦为之，必不漏矣。'意欲太宗不为畋猎。"若为，怎么样。

【译文】

不求太富有，就是善处贫寒做法；不求太尊贵，就是善处低贱做法；不求太荣耀，就是免除耻辱做法。就像赌博的人，刻意求赢，那么输就跟随而来；不赌当然不会赢，而输又从哪里来？这就是谷那律所说的用瓦作油衣就不漏雨，与相国寺道人卖赌不输方"但止乞头"一样。

小安乐法

才气属阳，本为发舒，而人复纵之以驰骤，如骛[1] 八骏 [2] 而奔瑶池 [3]。心神属火，本为炎上，而人又重之以躁想，如促炙膏而沃烈焰。有不行进如驰，而不亡待尽乎？诚于当下，按鞍回缰，撤薪去膏，即为小安乐法。

【注释】

[1] 骛：纵横奔驰。
[2] 八骏：相传为周穆王八匹名马。八骏之名，说法不一。
[3] 瑶池：神话传说中西王母住所，在昆仑山上。

【译文】

才气属阳，本来是放纵的，可是人又放任驰骋才能，就像使纵横驰骋的八骏奔赴瑶池。心神属火，本来向上燃烧，可是人又用狂躁思想加重其燃烧势头，如同加速烘烤膏油而使烈焰更旺一样。有不行进如奔驰，而不消亡待尽的吗？实在应该在当下，放下马鞍挽回缰绳，撤去柴火，除掉膏油，这是小安乐法。

多得快活

学得一分痴呆，多一分快活；学得一分退让，多一分便宜。

【译文】

略。

容忍二字

见人不是处，只消一个"容"字；处己难过处，只消一个"忍"字。

【译文】

略。

御者之妻

晏子出，其御[1]之妻从门间[2]而窥其夫，意气扬扬自得。既而归，其妻请去，曰："晏子身相齐国，名显诸侯。观其志，常有以自下者。子为人御，自以为足，妾是以求去也。"御者乃重自抑。晏子怪而问之，以实对，荐为大夫。

【注释】

[1] 御：车夫。

[2] 门间：门缝。

【译文】

晏子有一次出门时，他车夫的妻子从门缝里窥视她丈夫，意气扬扬，很是自满。不久回家，他妻子请求离婚，说："晏子做齐国国相，在诸侯中名声显赫。我看他态度谦和，常处于人下。你是人家车夫，自感满足，这是我要求离开你的原因。"车夫便深深地自我克制。晏子感到奇怪，便问车夫原因，车夫如实回答，晏子就推荐他做了大夫。

夏侯损挹

夏侯详[1]迁湘州刺史。详善吏事，在州四载，为百姓所称。州城南临水，有峻岭。旧传云："刺史登此山，辄代。"是山历政莫敢到，详于其上起台榭，延僚属，以表损挹[2]之志。

【注释】

[1] 夏侯详：字叔业，谯郡铚（今安徽濉溪）人，南梁开国功臣，谥号景。

[2] 挹：此同"抑"，谦退。

【译文】

夏侯详调任湘州刺史。他擅长处理政务，任职四年，被百姓称道。州城南临河，河边有座高山。旧有传说："刺史登上这座山，就会被替代。"这座山历任刺史没有谁敢登上去，夏侯详在那山上建起台榭，邀请宴集幕僚下属，来表示谦虚退让的心志。

忍耐闪开

艳色令人慕，只消忍耐十年；逆来令人忿，略要闪开一我。

【译文】

艳丽容貌让人羡慕，只用忍耐十年；无理待遇到来令人愤怒，只要略微抛开自我。

方是佳士

何元朗[1]先生云："士君子读书出身，虽位至卿相，常得一分秀才气[2]，方是佳士。"

【注释】

[1] 何元朗：即何良俊，字元朗，号柘湖，明代江苏华亭人，戏曲理论家。
[2] 秀才气：清寒气。

【译文】

略。

常留有余

少必老，盛必衰，富必贫，乐必哀。此天地必至之事也，如何能从中挽回？曰：只是留他常有余，其实不曾增益一些，以其常余，故享用独久。古人以我造命[1]，命不可造，而当徐徐斟酌也。

【注释】

[1] 造命：掌握命运。

【译文】

　　年轻一定会变衰老，强盛一定会变衰亡，富有必定会变贫穷，欢乐必定会变悲哀。这是天地间必定会发生的事情，怎么能从中逆转呢？回答说：只是留他常有余地，那实际上不曾增加一点，因为长留余地，所以享用独自长久。古人认为自我可以掌握命运，命运不可掌握，而应当慢慢斟酌。

文贞戒孙

　　徐文贞[1]孙元春[2]举进士，戒之曰："无竞之地，可以远忌；无恩之身，可以远谤。"

【注释】

[1] 徐文贞：即徐阶，字子升，号少湖，明松江府华亭人，官至内阁首辅，谥文贞。
[2] 元春：即徐元春，徐阶长孙，万历二年进士，官至太常卿。

【译文】

　　文贞公徐阶孙子徐元春考中进士，徐阶告诫他说："没有争竞的位置，可以远离忌恨；自身没有皇帝的恩宠，可以远离诽谤。"

尽则无余

　　饮酒不尽则有余味，出言不尽则有余地，居官不尽则有余荣，

受福不尽则有余荫 [1]。

【注释】

[1] 余荫：指树木枝叶广大的庇荫，比喻前辈惠及子孙恩泽。

【译文】

略。

耐则能久

凡人须是有坚忍不拔之操，天下事方有干济 [1]。坚忍不拔，俗所谓耐。耐之义，谓耐饥，耐寒，耐烦，耐劳，耐辱，耐穷，耐心，耐事，耐官职，总之曰耐久。不耐则脆薄轻佻，风雨燥湿皆得侵蚀，未有能久者也。故识得此，上之为圣贤定静之学，下 (一) 亦不失作忍耐汉。

【校勘】

（一）下：字后夺"之"字。

【注释】

[1] 干济：成就。

【译文】

大凡人应有坚忍不拔节操，天下事才有成就。坚忍不拔，世俗所说的忍耐。忍耐的含义，是指忍耐饥饿，忍耐寒冷，忍耐麻烦，忍耐劳累，忍耐侮辱，忍耐贫穷，有忍耐心理，能忍耐事情，能忍耐官职卑下，总体来说忍耐能长久。不能忍耐就脆薄轻佻，风雨干湿都会来侵蚀，未有能持久的。所以懂得这个，向上可做圣贤安定沉静学问，向下也不失作个忍耐汉。

缺陷世界

人生世间，自有知识[1]以来，莫不有不如意事。小儿叫号，皆有不平。自幼至老，如意之事常少，不如意之事常多。虽大富贵之人，天下之所仰羡，以为神仙，而其不如意处较贫（一）人更甚。故谓之缺陷世界。人生世间，总无足心满意者。达此理而顺受之，可少安矣。

【校勘】

（一）贫：据袁采《袁氏世范》，字后夺"贱"字。

【注释】

[1] 知识：指辨识事物能力。

【译文】

人生世间，从有辨识事物能力以来，没有谁没有不如意事。小孩儿哭喊，都是因为心里不满。自年幼到年老，如意事常少，不如意事常多。即使是有大富贵人，天下人所仰慕艳羡，认为是神仙，而他不如意处比贫贱人更厉害。所以才有缺陷世界的说法。人生世间，总的来说没有心满意足的人。通晓这个道理并顺应接受，内心就可以稍微安定了。

议论平平

新昌有一士，少年负气，筮仕[1]得岩邑[2]。濒行，谒梁石门[3]先生请教。石门曰："清慎勤居官三字符也。"士人曰："天德[4]王道[5]之要，独不可闻乎？"石门微笑曰："言忠信，行笃敬，天德也；不伤财，不害民，王道也。"士人退，语人曰："石门议论平平耳。"越三年，士人以不简（一）归，乃语人曰："我不敢再见石门先生也。"

【校勘】

（一）不简：据《明史·儒林列传》（卷一百七十），为"不检"之误。不检，
　　不注意约束自己言行。

【注释】

[1] 筮仕：古人将出做官，卜问吉凶。指初出做官。

[2] 岩邑：难治理的县。

[3] 梁石门：即梁寅，字孟敬，新喻（今江西新余）人，元末明初名学者，
　　因结庐石门山，人称石门先生。

[4] 天德：天的德性。

[5] 王道：仁政。

【译文】

　　新昌有一个读书人，年轻不肯屈居人下，一出仕就得到一个难治
理的县。临行前，拜谒石门先生梁寅，请教为官办法。石门先生说："清
慎勤是做官三字符。"那人说："天德王道根本，难道不说给我听听吗？"
石先生门微笑回答说："言语忠信，行为笃敬，就是天德；不伤财，
不害民，就是王道。"那人回来后，对人说："石门先生言谈平淡无奇。"
过了三年，那人因不注意约束自己言行而被罢免回家，就告诉人说："我
不敢再见石门先生。"

亦以远祸

　　不蹈无人之室，不入有事之门，不处藏物之所：非以避嫌，亦
以远祸。

【译文】

　　不进无人房间，不入有事家门，不处藏物处所：不为躲避嫌疑，
也是为远离灾祸。

淡泊谦退

淡得一分，乃能胜得浓艳一分；退得一步，方能受得荣进[1]一步。

【注释】

[1] 荣进：荣耀进升。

【译文】

略。

得大自在

争先的路径窄，退后一步自宽平一步；浓艳的滋味短，清淡一分自悠长一分。

【译文】

略。

岳飞死因

岳飞平杨么[1]还，在路细疏章草。及上殿读札，则谓高宗久缺胤嗣，请简宗贤立之。高宗不悦，飞下殿面如死灰去。霍光迎立宣帝，祸萌骖乘[2]。李德裕辅赞武宗（一），衅起捧册（二）。飞所处嫌畏，视二人益殊矣。乃其所请事利害，则又甚焉。飞之死，虽秦桧为之，高宗者，岂略无意也？又张魏公[4]之出督[5]也，陛辞与高宗约曰："臣当先驱清道，望陛下六龙[6]凤驾，约至汴京作上元。"飞闻之，曰："相公得非睡语乎？"于是魏公憾[7]之终身。此皆不自悔[8]任忠过而远嫌疎（三）者也。

【校勘】

（一）武宗：当为"宣宗"。《新唐书·李德裕传》："宣宗即位，德裕
　　　奉册太极殿。帝退，谓左右曰：'向行事近我者，非太尉邪？每顾我，
　　　毛发为森竖。'"

（二）捧册：据《新唐书·李德裕传》，当"奉册"。奉册。双手恭敬地
　　　捧着册文。

（三）踈：为"疏"之讹。因"疏"的异体"疎"与"踈"形近致讹。踈，
　　　同"迹"。

【注释】

[1] 杨么：又作杨幺，名太，南宋龙阳人，义军首领，追随钟相起事，后战死。

[2] 祸萌骖乘：《汉书·霍光传》："宣帝始立，谒见高庙，大将军霍光从
　　骖乘，上内严惮之，若有芒刺在背。" 骖乘，陪乘的人。

[3] 利害：关系，干系。

[4] 张魏公：即张浚，字德远，世称紫岩先生，南宋汉州绵竹人，宰相，谥
　　忠献，爵封魏国公。

[5] 出督：指南宋绍兴初年督师出征。

[6] 六龙：古代天子车驾为六马，马八尺称龙，因以为天子车驾代称。

[7] 憾：怨恨。

[8] 自悔：自我反省。

【译文】

　　岳飞平定杨么回来，在路上仔细起草奏章。等到上殿读奏章时，
说到高宗久缺后嗣，请求在宗室中选拔贤明人立为太子。高宗听后不
高兴，岳飞下殿离开时面如死灰。霍光迎立汉宣帝，祸患从陪乘时萌生。
李德裕辅助唐宣宗即位，祸患从奉册时产生。岳飞所处位置让皇帝猜
疑害怕，比以上二人更是不同。他所陈述请求事情，比起来干系更为
重大。岳飞的死，虽然是秦桧造成，难道宋高宗一点想法也没有吗？
另外，魏国公张浚督师出征时，与宋高宗辞别约定说："臣当为陛下
清除道路，望陛下车驾早日动身，相约到汴京过元宵节。"岳飞听到后，

说："宰相该不会在说梦话吧？"于是魏国公张浚终身怨恨他。这都是岳飞不自我反省，忠诚过头而避嫌不够的原因。

宗乔谢教

杨宗乔[1]尹新乡，质任峭直，与人议论不能下气[2]。监临者[3]恶其不逊，同列又从而交构[4]其间，势如骑虎，不可收拾。一日桂古山[5]过之，宗乔告以故。古山曰："譬如对弈，且饶一着；譬如争路，且退一步：便无事矣。"宗乔惕然谢教。

【注释】

[1] 杨宗乔：不详。

[2] 下气：态度恭顺，平心静气。

[3] 监临者：负有监察临视责任的官吏。

[4] 交构：互相构陷。

[5] 桂古山：即桂华，字子朴，号古山，明代安仁人。

【译文】

杨宗乔任新乡尹，生性刚直，与人议论不能心平气和。负有监察临视责任的官吏厌恶他不谦逊，同僚又从而说坏话，势如骑虎，不可收拾。一天，桂古山拜访他，杨宗乔把情况告诉他。桂古山说："譬如下棋，暂且让一着；譬如争路，暂且退一步：这样就无事了。"杨宗乔听后惊讶地感谢桂古山的教导。

五知先生

李若拙[1]奇伟，尚气节，历两浙转运使。自以浮沈[2]许久，作《五知先生传》，谓知时、知难、知命、知退、知足也。

【注释】

[1] 李若拙：字藏用，北宋京兆万年人，曾任两浙转运使、谏议大夫等职。

[2] 浮沈（chén）：埋没。

【译文】

　　李若拙奇特伟岸，崇尚气节，曾历两浙转运使。自以为埋没许久，作《五知先生传》，五知是知时、知难、知命、知退与知足。

忍用大哉

　　兴刘灭项之功，谋则首推留侯，战则首推淮阴，然其蕴藉 [1] 处乃在圯下胯下，忍之时用 [2] 大哉！陈余不欲受笞而待蹑于张耳 [3]，便不能忍，故终无成功。

【注释】

[1] 蕴藉：含而不露。

[2] 时用：为世所用。亦指治世之才。《易·坎》："王公设险，以守其国。险之时用大矣哉。"

[3] 陈余……张耳：《史记·张耳陈余列传》（卷八十九）记载：张耳、陈余乃变名姓，俱之陈，为里监门以自食。两人相对。里吏尝有过笞陈余，陈余欲起，张耳蹑之，使受笞。吏去，张耳乃引陈余之桑下而数之曰："始吾与公言何如？今见小辱而欲死一吏乎？"陈余然之。

【译文】

　　兴刘灭项的功劳，谋略则首推留侯张良，作战则首推淮阴侯韩信，可是他们藏而不露的地方在于圯下拾履与受胯下之辱，忍为世所用的价值太大了啊！陈余不想受笞而有待于张耳踩脚提醒，便是不能忍的人，所以最终没有成功。

付之谨默

贵人之前莫言穷，彼将谓我求其荐矣；富人之前莫言贫，彼将谓我求其福^(一)矣。是以群居之中淡然漠然，付之谨默可也，穷也贫也皆命也，非告人而可脱也。

【校勘】

（一）富：据明人王达《笔畴》，为"济"字之讹。

【译文】

贵人面前不要谈困窘，要不然贵人将认为我求他推荐了；富人面前不要谈贫穷，要不然富人将认为我求他救济了。因此群居时保持淡然漠然，交付给谨慎静默就可以了，困窘贫穷都是命中注定，并非告诉别人就可以摆脱。

熟思缓处

文清曰："应^(一)事最当熟思缓处，熟思则得其情，缓处则得其当。事最不可轻忽，虽至微至易者，皆当以慎重处之。"

【校勘】

（一）应：据薛瑄《从政录》，为"处"字之讹。

【译文】

文清公薛瑄（薛瑄谥文清）说："处理事情最当深思熟虑缓慢行事，深思熟虑就能得到实际情况，缓慢行事就能得到恰当的应对方法。对待事情最不可轻率随便，即使是最细微最容易的事情都应当慎重处理。"

无事乃仙

谈宾有云："辩不如讷，语不如默，动不如静，忙不如闲。"予[一]爱之重之，因作五言二句云："不言成吉庆，无事是神仙。"

【校勘】

（一）予：此则抄自宋人晁迥《法藏碎金录》（卷三）。据此，指晁迥。

【译文】

略。

二难二患

王昶[1]《家戒》[2]曰："夫立功者有二难，功就而身不退，一难也；退而不静，务伐其功，二难也。乐毅[一]帅弱燕之众，东破强齐，收七十余城，其功盛矣，知难而退，保身全名。张良杖[二]剑建策，光济大汉，辞三万户封，学养性之道，弃人间之事，卒无咎悔[3]。何其绰绰有余豫[三]哉！治家亦有患焉。积而不能散，则有鄙吝之累；积而好奢，则有骄上之罪。大者破家，小者辱身，此二患也。"

【校勘】

（一）乐毅：据王昶《家戒》，二字前夺"若"字，"若"字之前夺"且怀禄之士，耽宠之臣，苟患失之，何所不至"17 个字，共夺 18 字。怀禄，留恋爵禄。耽宠，贪恋荣宠。

（二）杖：为"仗"之误。

（三）豫：据《家戒》，为"裕"之误。

【注释】

[1] 王昶：字文舒，太原郡晋阳人，曹魏大臣，官至司空，谥穆侯。

[2]《家戒》：曹魏时期王昶的一篇关于家庭教育的文章。

[3] 咎悔：祸患。

【译文】

王昶在《家戒》中说："建立功业的人有两个难处，功成而不身退，这是第一个难处；身退而不宁静，致力于夸耀自己功劳，这是第二个难处。而且留恋爵禄的人们，贪恋荣宠的臣子，如果害怕失去，什么手段不运用呢？就像乐毅率领弱小的燕国军队，向东打败强大的齐国，占领七十余座城池，那功劳太大了，知难而退，保全自身保全名声。张良仗剑献策，帮助建立大汉，辞掉三万户封地，学习养生方法，抛弃人世间事务，始终没有祸患。这两位先贤是多么绰绰有余裕啊！处理家务也有祸患。积累财物而不能分散，那么就有鄙陋吝啬负担；积累财物而喜欢奢侈，那么就有对上骄傲的罪过。从大方面来说破家，从小方面来说辱身，这是两个祸患。"

樊宏戒子

樊宏[1] 戒其子曰："富贵盈溢，未有能终者。吾非不喜荣势[2]也，天道恶满而好谦，前世贵戚皆明戒也。保身全己，岂不乐哉？"

【注释】

[1] 樊宏：字靡卿，东汉南阳湖阳人，光武帝舅父，爵封寿张侯。

[2] 荣势：显贵权势。

【译文】

樊宏告诫他儿子说："富贵盈满，未能有好结局的。我不是不喜欢荣耀权势，天道厌恶盈满而喜欢谦虚，前世贵戚都是明显鉴戒。保全自身，难道不快乐吗？"

卖宅避悍

有与悍者邻，欲卖宅而避之。人曰："是其贯将满矣，子姑待之。"答曰："吾恐其以我满贯[1]也。"遂去之。

【注释】

[1]满贯：指钱币穿满绳子，比喻达到了极限，多指罪恶。贯，穿钱币的绳子。

【译文】

有个与凶悍人做邻居的人，想把房屋卖掉，以图躲开他。有人说："这人就要恶贯满盈了，您姑且等待一下。"那个人回答说："我担心他将我作为他恶贯满盈的靶子。"于是便把房屋卖掉，搬走了。

天地秘惜

孙樵[1]《与贾秀才书》曰："物之精华，天地所秘惜。故蒙金以沙，锢玉以璞；珊瑚之丛必茂(一)重溟，夜光之珠必颔骊龙。抉而不知已，积而不知止，不穷则祸，天地雠也。"

【校勘】

（一）茂：为"藏"之讹。

【注释】

[1] 孙樵：字隐之，晚唐关东人，文学家。

【译文】

孙樵在《与贾秀才书》中说："万物精华，天地藏匿珍惜。所以金必夹在沙里；玉必藏在石中；珊瑚必生在海底，夜明珠必生在龙颔下。搜刮不停，积累不止，贪得无厌，不是处境艰难就是遭受灾祸，天地会仇恨他。"

箕子佯醉

纣为长夜之饮，七日七夜，失亡[一]历数[1]，不知甲乙[2]，问于左右，莫知。使问箕子[3]，箕子谓其私人曰："为天下主，而一国皆失日，天下危矣；一国不知而我知之，我其危矣。"亦辞以醉。

【校勘】

（一）亡：据皇甫谧《帝王世纪》，为"忘"之讹。

【注释】

[1] 历数：岁时节候次序。

[2] 甲乙：次第。

[3] 箕子：名胥余，殷商末期人，纣王叔父，官太师，封于箕。

【译文】

纣王不分昼夜饮酒，持续七日七夜，忘记了时间，分不清日子次序，问身边人，没有谁知道。使人问箕子，箕子对他亲近的人说："作为天下君主，而全国都忘掉了日子，天下危险了；全国都不知道，可我知道，我大概危险了。"箕子也以喝醉拒绝回答。

近于达者

王涣之[1]曰："乘车常以颠坠处之，乘舟常以覆溺处之，仕宦常以不遇处之，无事矣。"此言近于达者。

【注释】

[1] 王涣之：字彦舟，北宋常山人，曾任吏部侍郎。

【译文】

王涣之说："乘车常以颠覆坠落对待，乘舟常以翻船溺水对待，做官常以没机会做官对待，就没有烦心事了。"这是近于通达者的话。

不拒饷遗

杜预镇襄阳，数饷洛中[1]权贵。所亲或谏之，预曰："吾非所以求益也，欲免祸耳。"后唐郭崇韬至汴洛，颇受藩镇馈遗。所亲或谏之，崇韬曰："吾位兼将相，禄赐巨万，岂藉外财？但以伪梁之季，贿赂成风，今河南藩镇皆梁之旧臣，主上之仇雠也；若拒，其意能无惧乎？吾特为国家藏之私室。"及将祀南郊，崇韬首献劳军钱十万缗。

【注释】

[1] 洛中：此指西晋京城洛阳。

【译文】

杜预镇守襄阳时，多次给京城洛阳权贵送礼。他亲近的人向他提意见，杜预说："我不是用来求得利益，想要免祸罢了。"郭崇韬刚到汴梁、洛阳时，接受了很多藩镇给他的馈赠。亲信中有人规劝他，郭崇韬说："我兼任将军宰相，俸禄无数，怎么要搜刮外财呢？只是因为梁朝（指朱温建立的后梁）末期，贿赂成风，现在黄河以南藩镇都是原来梁旧臣，当今皇帝的仇人；如果拒绝他们馈赠，他们心里能不害怕吗？我只不过为国家先收藏在我家里。"等到皇帝快要到南郊祭天时，郭崇韬带头献钱十万贯慰劳军队。

无受利地

孙叔敖疾，将死，戒其子封必无受利地，而请寝丘[1]，曰："此其地不利，而名甚恶，可长有也。"后封，果十世不绝。

【注释】

[1] 寝丘：春秋时楚地名，在今河南固始、沉丘两县之间，以贫瘠著称。后
　　常指贫瘠土地。

【译文】

　　孙叔敖病重，要死了，告诫他儿子接受封地时一定不要接受好的，
而要请求封给寝丘，他说："这地方不肥沃，而名声很坏，可长期保有。"
后来接受寝丘这块封地，果然传了十代，不曾断绝。

炫露招损

　　象以牙而成擒，蚌以珠而见剖，翠以羽而招网，龟以壳而致亡，
雉以尾而受羁，鹦以舌而取困，麝以脐而被获，犀以角而就烹，金
铎以声自毁，膏烛[1]以明自煎。故勇士死于锋镝[2]，智士败于壅蔽[3]，
好水者溺于水，驰马者堕于马。君子慎勿以炫露而招损也！

【注释】

[1] 膏烛：蜡烛。
[2] 锋镝：指兵器。锋，刀口。镝，箭头。
[3] 壅蔽：隔绝蒙蔽。多指用不正当手段有意隔绝别人视听，使人不明真相。

【译文】

　　象因牙珍贵而被擒，蚌因腹内有珍珠而被剖，翠鸟因为羽毛美丽
而招受网罗，龟因为壳有用而招致死亡，野鸡因尾羽美丽而受捆缚，
鹦鹉因为有巧舌而自取困顿，麝因为脐含香料而被捉，犀牛因为角珍
贵而被煮杀，金铃因为声音好听而自取敲毁，蜡烛因为明亮自取煎熬。
所以勇士死在兵器上，智士失败在隔绝蒙蔽上，水性好的人淹死在水中，
打马飞奔的人坠落马下。君子千万不要炫露才华而招致损毁呀！

安世处世

张安世 [1] 炳国政，以谨密自周。每决大画，辄移病出。闻有诏令，乃惊，使吏之丞相 （一） 问焉，大臣莫知其与议也。常有所荐引，其人来谢，安世大恨，绝不与通。有郎功高不调，来自言，安世曰："此明主事，臣何与知乎？"不许。已而，郎果迁。又每匿人过失，务从宽贷。自以父子封侯，太盛，辞禄。而身弋绨 [2]，夫人自纺绩，以故 （二） 富于大将军，而天子甚亲信之。

【校勘】

（一）相：此则采编自《汉书·张汤传》（卷五十九），苟且省简颇多。此字后夺"府"字。

（二）以故：原文此两字处为"家僮七百人，皆有手技作事，内治产业，累积纤微，是以能殖其货"25字。

【注释】

[1] 张安世：字子孺，西汉京兆杜陵人，封富平侯，累官至大司马、领尚书事，谥敬侯。

[2] 弋绨：古代黑色丝织物名。弋，黑色。绨，古代丝织物名。

【译文】

张安世执掌国政，凭借谨慎细密自我保全。与皇帝决定完大事，就称病避开。每当听到皇帝诏令，就装作吃惊样子，派吏员到丞相府问情况。即使朝廷大臣没有谁知道他曾参与此事决策。张安世常向朝廷举荐人，被举荐人前来道谢，张安世非常不满，坚决不与其交往。有位郎官功劳很大，却没有调升，自己跑来求张安世为他说话。张安世对他说："这是皇上的事，臣子怎么能参与获知？"没有答应他。不久，这位郎官果然升官了（张安世假装拒绝，实际给他升了官）。他又常常替人隐藏过失，致力于宽恕容忍。他自认为父子都被封侯，权位太盛，请求辞去俸禄。他身穿黑绨，夫人亲自纺织，家奴七百人，都有手艺，从事劳作，内治产业，从一丝一毫累积财物，因此能增殖产业，比大将军霍光还富，天子在心里很是亲近他。

退步安身

陶栴林[1]云：取人时饶得一分，神明自慊[2]；说人时留得一句，梦寐自安。

【注释】

[1] 陶栴林：不详。栴，同"楠"。

[2] 自慊（qiè）：自足，自快。

【译文】

陶栴林说：取用人时宽容一分，精神自然愉快；说人时留得一句，梦寐自然安闲。

息谤之法

或问黄鲁直[一]息谤，鲁直曰："退一步行安乐法，说三个好喜欢缘。"

【校勘】

（一）黄鲁直：南宋诗人刘过《赠术士》："一性圆明俱是佛，四方落魄总成仙。逢人只可少说话，卖卜不须多觅钱。退一点行安乐法，道三个好喜欢缘。老夫亦俗挑包去，若要相寻在酒边。"故黄鲁直应是刘过之误。挑包，肩挑包裹。

【译文】

有人问黄鲁直（黄庭坚字鲁直）止息谤言的方法，黄鲁直说："退一步走是安乐法，说三个好结喜欢缘。"

老子三宝

王见峰[1]云："鸿飞冲天，矰缴[2]得而加之；虎豹之猛，猎夫得而制之。世之偃蹇[3]骄亢[4]者，安知其免于世也？老子有三宝[5]：曰俭，曰慈，曰不敢为天下先。"

【注释】

[1] 王见峰：即王之垣，字尔式，号见峰，明代山东桓台人，官至刑部尚书。

[2] 矰缴：古代用来射鸟的拴着丝绳的短箭。

[3] 偃蹇：骄横傲慢，盛气凌人。

[4] 骄亢：骄纵不逊。

[5] 三宝：老子《道德经》第六十七章："我有三宝，持而保之：一曰慈，二曰俭，三曰不敢为天下先。"

【译文】

王见峰说："鸿鹄一飞冲天，才会被弓箭射到；虎豹凶猛，猎人得以制服它们。世上骄横傲慢不逊的人，怎会知道免于世上灾难呢？老子有三件宝物：一是节俭，二是慈爱，三是不敢为天下先。"

野樵慧语

曾野樵[1]云："遇沉沉不语之士，切（一）莫输心[2]；见悻悻自好[3]之夫（二），应须防口。"

【校勘】

（一）切：或为"且"。

（二）夫：或为"徒"。以"徒"为佳。

【注释】

[1] 曾野樵：不详，野樵应是别号。

[2] 输心：敞开心扉。

[3] 悻悻自好：刚愎傲慢，自以为是。悻悻，刚愎傲慢。

【译文】

略。

老父巧谏

孙叔敖为楚令尹[1]，一国吏民皆来贺。有一老父[2]后来，曰："身已贵而骄人者，民亡（一）之；位已高而擅权者，君恶之；禄已厚而不知足者，患处之。"叔敖再拜曰："敬受命，愿闻余教。"父曰："位已高而意益下，官益大而心益小，禄已厚而慎不取。谨守此三者，足以治楚矣。"

【校勘】

（一）亡：据西汉刘向《说苑·敬慎》，为"去"字之讹。

【注释】

[1] 令尹：楚国官名，相当于宰相。

[2] 老父：老人。

【译文】

孙叔敖担任楚国宰相，全国官吏百姓都来祝贺。有个老人，来得很晚，说："身份已经很高贵但待人骄傲的人，人民会离开他；地位已经很高但擅弄职权的人，君主会厌恶他；俸禄已经优厚但不知足的人，祸患就会和他共处。"孙叔敖向老人拜了两拜，说："（我）恭敬地接受您命令，愿意听您余下的教诲。"老人说："地位越高，越要为人谦恭；官职越大，心里越要小心谨慎；俸禄已很丰厚，千万不要索取分外财物。认真地遵守这三条，就能够把楚国治理好了！"

慎轩妙联

西蜀黄慎轩[1]先生斋中一联云：有三闲，门以冷闲，官以拙闲，心以澹闲；无诸苦，能忍不苦，能俭不苦，能譬不苦[2]。

【注释】

[1] 黄慎轩：即黄辉，字平倩，一字昭素，号慎轩，明代南充人，诗人。

[2] 能譬不苦：能与不如自己的人相比而不觉得苦。

【译文】

略。

众妙之门

天子宰相可生杀人，犹当酌三斗酽醋[1]，况其他乎？故忍众妙门[2]也。

【注释】

[1] 酌三斗酽醋：宋吕本中《官箴》："王沂公常说：'吃得三斗酽醋，方做得宰相。'盖言忍受得事。"王沂公，北宋名臣沂国公王曾。

[2] 众妙门：即众妙之门，一切奥妙变化的总门径。

【译文】

天子的宰相可决定人生死，尚且应饮三斗浓醋，何况其他人呢？所以忍是众妙之门。

审自而为

争名利，要审自己分量，休眼热别个，更生嫉妒之心；撑门户，要算自己来路，莫步趋他人，妄起掤扯[1]之计。

【注释】

[1] 掤（bīng）扯：勉强支撑。

【译文】

　　争名利要先审视自己分量，不要眼热别人，更起嫉妒心理；支撑门户，要估量自己本事，不要盲目追随他人，胡乱起勉强支撑的打算。

谦退路宽

　　退一步，前路愈宽；紧十分，到头难解。

【译文】

　　略。

到八九分

　　行法到八九分，使知警戒便罢，漫言[1]灭门刺史破家县令[2]；使风到八九分，留些余地更稳，莫致临崖失马船到江心[3]。

【注释】

[1] 漫言：不要说。
[2] 灭……令：指横暴的地方官。
[3] 临……心：谚语"悬崖勒马早已晚，船到江心补漏迟"的略语。

【译文】

　　执行法令到八九分，使知警戒，便罢手，不要说做灭门刺史破家县令那样的人；张帆行船，利用风力到八九分，留些余地更稳，不要到悬崖勒马江心补漏的地步。

抑斋教益

周叔夜 [1] 赴楚臬，请益于杨抑斋 [2]，答曰："独阳不生，独阴不成 [3]，凡事不可太要好。"

【注释】

[1] 周叔夜：即周思兼，字叔夜，号莱峰，明朝南直隶松江府华亭人，曾任湖广按察佥事，累官至广西提学副使。

[2] 杨抑斋：即杨允绳，字翼少，号抑斋，松江府华亭人，曾任兵科给事中。

[3] 独……成：唐孔颖达在《礼记·礼运》"阴阳之交"疏注中称："阴阳，则天地也。据其气谓之阴阳，据其形谓之天地。独阳不生，独阴不成，二气相交乃生。"指单凭一方面因素或条件促成不了事物生长或出现。

【译文】

周叔夜赴任湖广按察佥事，向杨抑斋请教，杨抑斋回答说："独阳不生，独阴不成，凡事不可太要好。"

能为剧县

袁甫 [1] 自言能为剧县。荀最 (一) 曰："唯欲宰县，不为台阁职 [2]，何也？"甫曰："人各有能有不能。譬绘 (二) 中之好莫过锦，锦不可以为帱 [3]；谷中之美莫过稻，稻不可以为蘸 [4]。是以圣王使人，必先以器，苟非周材，何能悉长！黄霸 [5] 驰名于州郡，而息誉于京邑。廷尉之材，不为三公，自昔然也。"最 (三) 善其言，除松滋令 [6]。

【校勘】

（一）荀最：据《晋书·列传第二十二》（卷五十二），为"何勖"之误。何勖，西晋扬州庐江郡潜人，官至车骑将军兼中领军。

（二）绘：为"缯"之讹。缯，丝织品总称。

（三）最：为"勖"之误。

【注释】

[1] 袁甫：字公胄，晋朝淮南人，曾任淮南国郎中令。

[2] 台阁：汉魏时指尚书台，后亦泛指中央政府机构。

[3] 帕（tāo）：古代的一种帽子。

[4] 虀：古同"齑"，捣碎的姜、蒜、韭菜等。

[5] 黄霸：字次公，西汉淮阳阳夏人，善于治理郡县，为官清廉，政绩突出。

[6] 松滋：今湖北省荆州市管辖县级市。

【译文】

袁甫自己说能治理政务繁难的县份。何勖曰："只想管理一县政务，不做中央政府机构职务，为什么呢？"袁甫说："人各有擅长和不擅长的地方。就像丝织品中没有什么比锦更好的，但锦不可以用来做帽子；谷物中味道没有什么比稻更美，但稻不可以用来做虀。因此圣王使用人才，必定先看看他是什么样人才，如果不是全才，哪能方方面面都擅长？黄霸治理州郡很有名，但担任京官没有声誉。做廷尉的材料，就不可做三公，从前就是这样。"何勖认为他说的话很好，就授给他松滋令职务。

德庄名言

赵德庄 [1] 尝宰余干，赵忠定 [2] 是其邑子 [3]。忠定初冠多士 [4]，适德庄在朝，忠定往谒谢。德庄语之曰："慎勿以一魁先置胸中。"时以为名言。

【注释】

[1] 赵德庄：即赵彦端，字德庄，号介庵，汴人，南宋代诗人，官至尚书省左司郎。

[2] 赵忠定：即赵汝愚，字子直，饶州余干人，南宋宗室名臣，谥忠定。

[3] 邑子：治下的百姓。

[4] 初冠多士：当初为多士之冠，指考中状元。多士，古指众多贤士。

【译文】

　　赵德庄曾经任余干县令，忠定公赵汝愚曾是他治下百姓。赵汝愚当初考中状元时，适逢赵德庄在朝廷任官，赵汝愚前往拜谒。赵德庄对他说："千万不要把考中一个状元先放在胸中。"这话当时被认为是名言。

休邑智尼

　　休邑[1]有智尼拥高资，与贵室往还，深垣密扃[2]，虽白昼莫能窥也。曾一罹暴客[3]，邻人集炬捍之。既散，尼割一书册给众，令明旦相质取酬金。自是，岁每一二发，率割质如故。一少尼廉其非盗，实邻者伪张以取酬。因欲相诘。尼曰："不可。吾岁捐所余，以豢若曹[4]，令远近知盗终不胜捍，犹树兵[5]意也。诘之，是自撤⁽一⁾备而树怨，吾不复安枕矣。"

【校勘】

（一）撤：为"撤"之讹。

【注释】

[1] 休邑：今安徽休宁县。

[2] 密扃：密锁。扃：同"扃"。

[3] 暴客：强盗。

[4] 若曹：你们这些人。

[5] 树兵：本来为引起战乱之意。此处指显示防卫力量。

【译文】

休宁县有个聪慧尼姑拥有很多钱财，与地位尊贵人家相往来，高墙密锁，即使是白昼也不能窥探。她住处曾一度遭遇强盗，邻人聚集火把来抵御强盗。强盗被赶走后，尼姑割裂一书册给众人，让他们明天以此为凭借来领取酬金。从此，一年常常发生一二次遭遇强盗事件，每次都是割裂书册给人作为领取酬金的凭借，像原先那样。一个年轻尼故查明那并非强盗，实际上是邻居装强盗来骗取酬金，就想去告发他们。那老尼说："不能这么做。我每年舍弃钱财剩下的，用来豢养你们这些人，令远近知道强盗终究突不破防御，如同是显示防卫力量的用意。告发他们，这样是自己撒掉了防备而招来怨恨，我将不能再睡安稳觉了。"

但求精彩

韩魏公判淄川（一），入直集贤院，监左藏库。时方贵高科[1]，多为显职，公独滞管库，处之自若，于职事未尝苟且。及为开府（二）推官，理事不倦，暑月汗流浃背。府尹王博文[2]重之，曰："此人要路[3]在前，而治民如此，真宰相器也。"士无问为高官不为高官，委吏[4]秉田[5]，即一日之职务，但求职务内生出精彩，莫于官爵上先讨便宜。

【校勘】

（一）川：据《宋史·韩琦传》，为"州"之讹。

（二）开府："开封府"之苟简。

【注释】

[1]高科：科举考试时考中的较高名次。韩琦考中宋仁宗天圣五年第二名进士。

[2] 王博文：字仲明，北宋曹州济阴人，曾任开封府尹、同知枢密院事等职。

[3] 要路：显要地位。

[4] 委吏：管理仓库。

[5] 秉田：管理畜牧。

【译文】

魏国公韩琦当初任淄州通判，后来当值集贤院，监管左藏库（国库之一）。当时正看中进士高第，名次高的进士大多担任了显要职位，韩琦独自滞留在管库职位上，能平静地对待这件事，对工作不曾马虎。等到他做开封府推官时，处理政务不知疲倦，暑天汗流浃背。府尹王博文看重他，说："这人的显赫地位在前面，而像这样治理百姓，真是宰相器材。"士人无论做高官不做高官，哪怕是做管理仓库、管理畜牧的小官，即使是一天的工作，只求得职务内生出精彩，不要在官爵上先讨便宜。

不称之德

史称曹操用兵如不欲战，故常以此取胜。操非知老子之学，但知用之法耳。老子曰^(一)："善为士^[1]，不武；善战者，不怒；善胜敌者，不与^[2]争；善用人者，为之下。是谓不称之德^[3]，是谓用人之力。"

【校勘】

（一）老子曰：出自老子《道德经》第六十八章。原文为："善为士者，不武；善战者，不怒；善胜敌者，不与；善用人者，为之下。是谓不争之德，是谓用人之力，是谓配天古之极。" 配天古之极，符合自然道理。一说，"古"字是衍文。

【注释】

[1] 士：即武士，这里作将帅讲。

[2] 不与：意为不争，不正面冲突。

[3] 不称之德：没有称誉的功用。

【译文】

史称曹操用兵像是不想战的样子，所以常凭借这个取胜。曹操并非懂得老子学说，只是懂得运用老子思想罢了。老子说："善于带兵打仗的将帅，不逞勇武；善于打仗的人，不轻易被激怒；善于战胜敌人的人，不在于动辄跟敌人争斗；善于用人的人，对人表示谦下。这被认为是不被人称道的作用，这被认为是用人得力的地方。"

刘麟访友

刘麟[1] 解尚书归里，常衣白布袍，首乌纱巾，徒步过其友赵守家。已而，某参政者突至，舆从[2] 赫奕，不知其为刘公也，颇易之，公逡巡[3] 一揖而退。主人送客入，参政问揖者为谁，答曰："南坦(一)公也。"参政大惭沮。

【校勘】

（一）坦：乃"垣"之讹。

【注释】

[1] 刘麟：字元瑞，号南垣，明朝江西饶州府安仁人，官至工部尚书。
[2] 舆从：车马随从。
[3] 逡巡：从容，不慌忙。

【译文】

刘麟解任尚书，回归家乡，常穿白布袍，头戴乌纱巾，徒步到他的朋友赵守家里去拜访。不久，某参政突然到来，车马随从显耀张扬，不知他是刘公，很轻视刘麟，刘麟从容地一揖而退。主人送客回来，参政问作揖人是谁，回答说："他是刘南垣。"参政非常惭愧沮丧。

散财避祸

元末吴有陆叟[1]，富甲江左。沈万三[2]出其门，为运筹典计[3]。一日，叟叹曰："老矣，横积必酿祸。"悉推以与万三。卜筑[4]陈湖[5]之上，为黄(一)以老。

【校勘】

（一）黄：据《吴郡甫里志》，为"黄冠师"之苟且省简。黄冠师，指道士。

【注释】

[1] 陆叟：据明人朱国桢《涌幢小品·陈湖道士》（卷三十七），陆叟指陆德原。陆德原，字静远，长洲籍，元末富翁。

[2] 沈万三：本名沈富，字仲荣，俗称万三，吴兴南浔人，元末明初巨富。

[3] 典计：主管家计财物。

[4] 卜筑：指择地建筑住宅，即定居之意。

[5] 陈湖：即今澄湖。因该地古为陈县（或云陈州）而名陈湖。

【译文】

元末吴地有陆叟，富甲江南。沈万三出其门下，为他出谋划策，主管家计财物。一天，陆叟叹气说："我老了，肆意积财必定会酿成祸患。"他把所有财物推让给沈万三，在澄湖岸边建房，做道士终老。

不庇外孙

王翱[1]典选，外孙赖某欲得给事中，祈夫人言之。后选县令，大不乐。夫人咎翱曰："身为冢宰，不能庇一外孙也？"翱正色曰："妇人安知大计，赖生年少登第，为长令，于分过矣。如肯留心民事，吾位可到，何荣一给事乎？"

【注释】

[1] 王翱：字九皋，明代盐山人，官至吏部尚书，谥号忠肃。

【译文】

王翱主管选拔官员时，外孙赖某想得到给事中，请求王翱夫人为自己说一下。后来结果是赖某被选为县令，心里非常不高兴。夫人责备王翱说："身为吏部尚书，不能庇护一个外孙吗？"王翱严肃地说："妇人哪里知道大谋划，赖生年少登第，做个县令，已经过分了。如果肯留心民事，我的地位也可以达到，何必看重一个给事中呢？"

英气害事

文清[1]曰："英气甚害事，浑涵不露圭角[2]最好。第一要浑厚，包含从容广大之气象，只观其气象，便知涵养之深浅。"

【注释】

[1] 文清：明代理学家薛瑄谥号。
[2] 圭角：圭的棱角。泛指棱角。比喻锋芒。

【译文】

略。

可久焚书

葛可久[1]、朱彦修[2]皆名医。葛脉一人曰："子三年疽发背，不救矣。"朱教以日饮梨汁，不致大害，后果无恙。葛知其故，叹曰："竟出朱公下，何医为？"悉取平生所论著焚之，曰："留之，适以祸人。"

【注释】

[1] 葛可久：即乾葛孙，字可九，元代平江路人，医学家，著有《十药神书》。

[2] 朱彦修：即朱震亨，字彦修，号丹溪翁，元代婺州义乌人，医学家。

【译文】

　　葛可久、朱彦修都是名医。葛可久给一人号脉说："你三年后背上会生毒疮，那时就不救了。"朱彦修教他每天饮梨汁，不致有大妨害，后来果真无恙。葛可久知情后，叹息说："最终赶不上朱公，还做什么医生呢？"就拿来平生医学论著全部烧掉，说："留下来，正祸害人。"

宜从淡素

　　凡事宜从淡素。食甘蔗先食淡头，曰渐到甘处。若一时便要足意，无论势不能，此后亦无余味矣。

【译文】

　　略。

得意需思

　　莺花马首[1]，便想清华[2]，不念长安道上尚有骑驴书生[3]。月露毫端[4]，原非究竟，当知瀛海洲中[5]岂[6]畜斗鸡学士（一）。

【校勘】

（一）斗鸡学士：为"斗酒学士"之讹，指酒量大的文士或名臣。《新唐书·王绩传》："以前官待诏门下省，故事，官给酒三升。或问：'待诏何乐邪？'答曰：'良酝可恋耳。'侍中陈叔达闻之，日给一斗，时称'斗酒学士'。"

【注释】

[1] 莺花：莺啼花开。此用美丽春日景色喻指科举中第。

[2] 清华：指清高显贵。

[3] 骑驴书生：此代指科举失意落魄的书生。

[4] 月露毫端：月亮露出一点儿光芒，指月露一钩。

[5] 瀛海洲中：指朝堂中。瀛海，大海。

[6] 岂：曾。

【译文】

科举中第后，马头前莺啼花开，就想清高显贵，没有想到长安道上还有落第的骑驴书生；月露一钩，原本不是月亮的全貌，当知朝堂中曾养有斗酒学士。

至言名语

"如今便可耳，何用毕婚嫁[1]？"韩昌黎[2]达人至言。"贫者士之常，登枝勿捐本（一）。"殷仲堪[3]诲子名语。

【校勘】

（一）登……本：出自《世说新语·德行》：（殷仲堪）每语子弟云："勿……贫者士之常，焉得登枝而损其本？尔曹其存之。"捐，抛弃。存，心里记住。这本是两个主题，韩愈的话是说人生要洒脱，殷仲堪的话是说人不要忘本。故本应是两则。

【注释】

[1] 如……嫁：见唐韩愈《县斋有怀》诗："如今便可尔，何用毕婚嫁。"毕婚嫁，见于《后汉书·逸民列传·向长》（卷八十三），原文："建武中，男女娶嫁既毕，（向长）敕断家事勿相关，当如我死也。于是遂肆意，与同好北海禽庆俱游五岳名山，竟不知所终。"

[2] 韩昌黎：指韩愈，韩愈郡望为昌黎，故称。

[3] 殷仲堪：陈郡长平人，东晋末年将领，官至荆州刺史。

【译文】

"如今就可以归隐罢了，哪里用得着等到儿女婚嫁完毕？"这是韩昌黎这通达人极有道理的话。

"贫困是士人的常态，不要登上枝头就损坏根本。"这是殷仲堪教诲儿子的名言。

智者应世

智者不与命斗，不与法斗，不与势斗。以患难时心居安乐，以贫贱时心居富贵，则无往[1]而不泰矣；以渊谷[2]视康庄，以疾病视强健，则无往而不安(一)矣。

【校勘】

（一）安：此则采编自吕坤的《呻吟语》，原本为两则，郑瑄混合成了一则，且有夺文讹字若干。一则为：智者不与命斗，不与法斗，不与理斗，不与势斗。另一则为：以患难时心居安乐，以贫贱时心居富贵，以屈局时心居广大，则无往而不泰然。以渊谷视康庄，以疾病视强健，以不测视无事，则无往而不安稳。

【注释】

[1] 无往：无论走到哪里。
[2] 渊谷：深谷。

【译文】

明智的人不和命运对抗，不与法律对抗，不与道理相抗，不和趋势对抗。

以患难时心态居安乐地，以贫贱时心态居富贵地，以窘迫时心态居宽松地，就无论走到哪里都安泰；以身处深谷心情来看待康庄大道，以身患疾病心情来看待强健，以身处难以意料变故心情来看待无事，就无论走到哪里都安稳。

应世有度

求治不可太速，疾恶不可太严，革弊不可太尽，用人不可太骤[1]，听言不可太轻， 处己不可太峻。

【注释】

[1] 骤：突然。

【译文】

追求社会太平不能过于迅速；憎恶邪佞，不能过于严厉；革除弊端，不能太过彻底；任用人才，不能过于突然（指提拔太快）；听人言语，不能轻易相信；对待自己，不能过于严厉。

至人四贵

齿以坚毁，故至人[1]贵柔；刃以锐摧，故至人贵浑[2]；神龙以难见称瑞，故至人贵潜；沧海以汪洋难量，故至人贵深。

【注释】

[1] 至人：圣人。
[2] 浑：浑厚。

【译文】

牙齿因坚固被毁，所以圣人看贵柔弱；刀刃因锐利而被崩摧，所以圣人看贵浑厚；神龙因为难见而被称为祥瑞，所以圣人看中潜藏；沧海因为浩瀚而难以测量，所以圣人看重深沉。

器识文艺

王勃[1]、杨炯[2]、卢照邻[3]、骆宾王[4]皆以有文名，谓之"四杰"。裴行俭[5]曰："士之志远（一），先器识而后文艺。勃等虽有文才，而浮躁浅露，岂享爵禄之器耶！杨子沉静，应至令长，余得令终为幸。"其后勃溺南海，卢照邻投颍水，骆王被诛，炯终盈川县令任上。果如其言。

【校勘】

（一）志远：据《旧唐书·文苑上》（卷一百九十），当为"致远"之讹。

【注释】

[1] 王勃：字子安，唐代文学家，古绛州龙门人，"初唐四杰"之首。

[2] 杨炯：字令明，唐代华州华阴人，文学家，官至盈川县令，"四杰"之一。

[3] 卢照邻：字升之，幽州范阳人，"四杰"之一。

[4] 骆宾王：字观光，婺州义乌人，"四杰"之一。

[5] 裴行俭：字守约，绛州闻喜人，官至礼部尚书兼检校右卫大将军，谥号献。

【译文】

王勃、杨炯、卢照邻、骆宾王都凭借文才出名，被称为"四杰"。裴行俭说："读书人要想担当重任，首先在于度量见识而后才是才艺。王勃等虽有文才，而气质浮躁浅露，哪里是享受爵位俸禄的人才？杨炯沉静，应该可以做到县令；其余人能得善终就算幸运了。"后来王勃溺南海而死，卢照邻投颍水自尽，骆宾王被杀，杨炯死在盈川（今重庆彭水）县令任上。果真像他说的一样。

处之如一

李文节《燕居录》云："有炎然后有凉，有繁华然后有衰落。

诚当得意时，做得冲冲淡淡，清清冷冷，寂寂寞寞。后来亦不过冷淡寂寞止矣。故曰：'富贵贫贱，处之如一[1]。'"

【注释】

[1] 富……一：语出宋人周敦颐《通书·颜子》："见其大则心泰，心泰则无不足，无不足则富贵贫贱处之一也。"

【译文】

文节公李廷机《燕居录》说："有炎热然后有寒冷，有繁华然后有衰落。果真在得意时，做得冲冲淡淡，清清冷冷，寂寂寞寞，后来也不过冷淡寂寞罢了。所以说：'富贵贫贱，应同样来应对。'"

速其祸败

李文节《燕居录》云："人处富贵，已是不好消息[1]到了。倘能谦恭忠厚，好行其德，犹可少延。乃有乘势乘时，以欺人牟利，彼以为操刀不割，失利之期，不知益速其祸败耳。故曰：'马将骇，又惊之；绳将绝，重镇之(一)。'此之谓也。"

【校勘】

（一）马……之：见于西汉枚乘《上书重谏吴王》："马方骇，鼓而惊之；系方绝，又重镇之。"镇，压，指加上重量。

【注释】

[1] 消息：征兆。

【译文】

文节公李廷机《燕居录》中说："人处富贵，已是不好征兆出现了。如果能谦恭忠厚，喜欢做好事，还可以稍微延缓祸患到来。竟然有乘借形势乘借时机，来欺人牟利的人，他们认为手拿快刀，却不割东西，是失掉了取利机会，不知更加速了他们祸败的到来。所以说：'马就要受惊，却去击鼓惊吓它；系物的绳将要断绝，还要给它增加重量。'说的就是这个。"

弢光善下

专气致柔[1]，弢光善下[2]，直[3]把身做至愚至贱，无知无识，甘于受白之垢（一），受天下之不详，随所遇的都是，圣人都要爱敬供奉他。如此自然毁誉不营，荣辱不争，自然与物同春，仁礼之意，不被私我[4]意气减却也。

【校勘】

（一）白之垢：当为"不白之垢"之讹，"不"为夺字。不白之垢，指没有得到辩白或洗刷的耻辱。

【注释】

[1] 专气致柔：结聚精气使身体柔顺。语出《老子》："载营魄抱一，能无离乎？专气致柔，能如婴儿乎？"河上公注："专守精气使不乱，则形体应之而柔顺。"

[2] 弢光善下：韬光养晦，善处下位。弢，同"韬"，弓袋。

[3] 直：有意。

[4] 私我：自我。

【译文】

结聚精气，可使身体柔顺，韬光养晦，善处下位，有意把自己置于极愚昧极低贱无知无识境地，甘于接受没有得到辩白的耻辱，接受天下不好的事情，遇到什么都坦然接受，这样连圣人都要爱敬供奉他。像这样，自然毁誉不萦绕于心，不争荣辱，自然与外物共同繁盛，仁爱守礼的心意，就会不被自我任性的情绪所减却。

应敌一奇

秦昭王 [1] 患楚使多健辩，谋之甘茂 [2]。甘茂曰："其健者来使，王弗听；其懦弱者来使，则王听之。斯懦弱者用，而健者不用矣。"此用拙以折其所使也。宋江南徐铉 [3] 有才名，致贡中朝。及归，廷臣虑伴使乏才。艺祖 [4] 乃取殿侍中不识字者一人，趣令渡江。铉恃其词令，终日与语，其人辄不答。此使短以破其所恃也。二事皆老子余智 [5]，亦应敌一奇。彼争妍恃才，殆未谙制人之术者。

【注释】

[1] 秦昭王：即秦昭襄王，嬴姓，赵氏，名稷，秦国国君，始皇帝曾祖。

[2] 甘茂：姬姓，甘氏，名茂，战国中期下蔡人，曾任秦国左丞相。

[3] 徐铉：字鼎臣，广陵人，初仕南唐，后归宋，官至散骑常侍，文字学家。

[4] 艺祖：太祖或高祖的通称。此指太祖赵匡胤。

[5] 余智：小手段。

【译文】

秦昭襄担心楚国使臣擅长辩论，跟甘茂谋划对策。甘茂回答说："那些能言善辩的人来出使，大王不要听他们的话；那些懦弱不善言辞的人来出使，大王就听从他们的话。这样，懦弱不善言辞的人受到任用，而能言善辩的那些人就不会被任用了。"这是任用愚拙来折服对方使臣。北宋时南唐徐铉有才名，到北宋朝廷来进贡。等到回去时，朝廷大臣担心伴随徐铉回复的使臣缺乏有文才的人选。宋太祖就选取殿中一个不认字的侍从充当伴使，催促他们上路渡江。徐铉依仗他擅长的辞令，整天与伴使谈话，那伴使就不予回答。这是使用短处来攻破对方长处。这两件事都是老子的小手段，也是应对敌人的一个奇招。那些争美恃才的，大概不熟悉克制敌人的办法。

只认一件

李文节《燕居录》云："凡生计只认一件，便勾^(一)一生受用。若兼为并及，营此图彼，必至两失。即有所就，算来只与认一件者一般，盖分定也。自士农工商以及他事皆然。人知此理，自无妄念矣。"

【校勘】

（一）勾：据《燕居录》，为"够"之讹。够，古同"够"。

【译文】

文节公李廷机《燕居录》说："大凡谋生手段只认取一种，就够一生受用。如果同时认取两种，做着这种图谋那种，必定导致两种都做不好。即使有所成就，算来只与认取一种的人一样，大概是上天注定的。自士农工商以及其他事都是这样。人懂得这个道理，自然就没有虚妄念头了。"

晦养深厚

文成^[1]公与人书："后生美质，须令晦养深厚。天道不翕聚，不能发散。花之千叶者无实，为其英华太露耳。余尝与门人言：'人家酿得好酒，须以泥封口，莫令丝毫泄露，藏之数年，则其味转佳，才泄露便不中用，亦此意也。'"

【注释】

[1] 文成：指明代大儒王守仁的谥号。

[2] 翕聚：会聚。

【译文】

文成公王守仁在给人的信中说："天资聪颖的年轻人，必须让他深深地掩藏才华，养成深沉持重气质。上天的规律是，不善于聚合，就难以发散。那些有着许多叶子的花木常常不结果实，是因为它的精华全都显露在外表了。我曾经对门人说：'人家酿成好酒，必须用泥封住酒坛开口，不让丝毫酒气泄露，藏上几年，那味道转美，一旦泄露便不行了，也是这个意思。'"

尚可耐久

莲之始开也，至暮则复合，至不能合则落矣。余^(一)语张栻之曰："人家富贵，须如莲之始开，便常有收敛意，尚可耐久。若一开不可复合，吾惧雕落不远也。"

【校勘】

（一）余：据明人张岱《快园道古》，此话为陶石梁所说。陶石梁，即陶奭龄，字君奭，号石梁，会稽人，明代学者，王阳明之三传弟子。

【译文】

莲花刚开放时，到傍晚就会复合，到不能复合时就凋落了。我对张栻之说："人家拥有富贵，必须像莲花刚开放时，就常有收敛意图，还可耐久。如果一开放就不可复合，我害怕离凋落不远了。"

自处衰季

国有漏网之奸，野有不简之利，皆盛世事。人家当隆贵时，田或不税，债或不偿。逮其子孙，一一简察^[1]，丝毫无复遗漏，往往笑其祖父之拙，而不知已自处于衰季之世^[2]矣。

【注释】

[1] 简察：即检察。
[2] 衰季之世：衰微末世。

【译文】

国家有漏网奸邪，民间有弃取利益，都是盛世气象。人家当兴盛尊贵时，有田不收租税，有债不用偿还。到他子孙时，一一检察，丝毫不再有遗漏，往往笑他祖辈父辈笨拙，而不知自身已经处于衰微末世了。

浅水长流

俗语有"浅水长流"之说，余[一]深有味其言。每见精神太用者，无何而竭矣；恩意太浓者，无何而绝矣；势焰太熏灼者，无何而灭矣；受用太丰者，无何而歇矣；进迁太捷疾者，无何跲[1]矣。唐人诗[一]："一团茅草乱蓬蓬，蓦地烧天蓦地空。争[2]似满炉煨榾柮[3]，慢腾腾地暖烘烘。"亦正此意。

【校勘】

（一）余：据明人张岱《快园道古》，代指陶奭龄。

（一）唐人诗：据（宋诗纪事）（卷九十六）记载，此诗题写在嵩山峻极中院法堂后檐壁间，作者已不可考，并非唐诗。

【注释】

[1] 跲（jié）：绊倒。

[2] 争：怎。

[3] 榾（gǔ）柮（duò）：木柴块，树根疙瘩。可代炭用。

【译文】

俗语有"浅水长流"说法，我对此话有深深的体会。常见太用精神的人，不久精神就衰竭了；获得恩宠太盛的人，不久恩宠就会断绝；权势气焰盛大逼人的人，不久权势就会消失；享福太过头的人，不久福气就消失停歇了；职务升迁太迅疾的人，不久就会摔跟头了。宋人有诗说："一团茅草乱蓬蓬，蓦地烧天蓦地空。争似满炉煨榾柮，慢腾腾地暖烘烘。"也正是这个意思。

速念之祟

自南池入云门[1]，步过覆釜岭[2]，忆龙溪[3]先生语："凡登高，虽千仞，眼所看止脚下一步地，则形神相守而不劳。"遵而行之，倏然[4]过岭如平地。因悟平日上山，所以气喘足酸，数十武[5]后，便欲踞地坐者，只缘心目驰骤，策尻舆[6]以从之，欲速之念为之祟也。《楞严经》云："使如流转，心目为咎[7]。"信然！信然！

【注释】

[1] 云门：即云门山，云门山在秦望山南麓，为越中胜地。

[2] 覆釜岭：又名太平岭，旧时为山阴会稽两县界岭，位于秦望山北。

[3] 龙溪：即王畿，字汝中，号龙溪，明代山阴人，理学家，心学"浙中派"创始人。

[4] 倏然：迅疾貌。

[5] 武：古以六尺为步，半步为武。泛指脚步。

[6] 尻舆：把臀部作为车子，又作尻轮，语出《庄子·大宗师》："浸假而化予之尻以为轮，以神为马，予因以乘之，岂更驾哉？"

[7] 使……咎：让你在生死轮回中流转，就是心和眼睛的过错。语见《楞严经》。

【译文】

自南池入云门山，翻过覆釜岭，记得龙溪先生说过："大凡登高，即使山高千仞，眼睛只看脚下一步地，那么形神相守而不劳累。"遵照这话来做，很快地翻山岭，如同行走平地。于是悟到平日上山，累得气喘足酸，数十步后，便欲蹲坐地上，只是心目驰骋，催促自己追随，想加速行走的念头在作祟。《楞严经》说："使如流转，心目为咎。"真的呀！真的呀！

须留余地

世间事，须留余地，有余地则动转自如。如饮食小节，若过于醉饱，使腹中无余地，真气[1]不舒，往往致病，甚至闷绝[2]而死者有之。世人事事欲尽兴，爱使满帆，一时岂不快心？第忧其难为转身路耳。

【注释】

[1] 真气：真元之气，中医认为维持人体生命活动最基本物质，人之有生，全赖此气。

[2] 闷绝：晕倒。

【译文】

世间事，必须要留余地，有余地就动转自如。就像饮食稍微节制一样，如果过于醉饱，使腹中没有余地，真气得不到抒发，往往致病，甚至晕倒而死的都有。世人事事想要尽兴，喜欢使满风帆，一时难道不心情畅快？只是担心他们难有转身退路罢了。

反向而思

能于热地[1]思冷，则一世不受凄凉；能于淡处求浓，则终身不落枯槁[2]。

【注释】

[1] 热地：比喻权势显赫地方。

[2] 枯槁：此指穷困潦倒。

【译文】

略。

常作病想

人在病中，百念灰冷。虽有富贵，欲享不可，反羡贫贱而健者。是故人能于无事时常作病想，一切名利之心，自然扫去。

【译文】

略。

冷淡作活

学道人宜向冷淡中作活[1]，莫钻入暖热中去。世间冷淡处误人少，暖热处误人多。《慈先训》（一）云："世间如梦，人并非不知，但见暖热，又且去矣。自古暖热处误却[2]多少人？"

【校勘】

（一）《慈先训》：为《慈湖先训》之讹。《慈湖先训》指的是《慈湖先生遗书·纪先训》（卷之十七）。慈湖先生，指杨简，字敬仲，南宋慈溪人，学者慈湖先生。

【注释】

[1] 做活：此处为修养，下功夫。

[2] 却：相当于语气词"了"。

【译文】

略。

损福杀身

饱肥甘，衣轻暖，不知节者损福；广积聚，骄富贵，不知止者杀身。

【译文】

略。

四第一法

安详是处事第一法，谦退是保身第一法，涵容是处人第一法，洒脱是养心第一法。

【译文】

略。

心计闲耳

文章穷而后工。非穷之能工也，穷则门庭冷落，无车尘马足之嬲[1]；事务简约，无簿书酬应之繁；亲朋断绝，无征逐游燕[2]之苦；生计羞涩[3]，无求田问舍[4]之劳。终日闭门兀坐，与书为仇[5]，欲其不工，不可得已。不独此也，贫文胜富，贱文胜贵，冷曹[6]之文胜于要津[7]，失路之文胜于登第。不过以本领省而心计闲耳。

【注释】

[1] 嬲（niǎo）：纠缠。

[2] 征逐游燕：朋友频繁交往，相互宴请。燕，通"宴"。

[3] 生计羞涩：指生活困难。

[4] 求田问舍：求购田地与房子。比喻没有远大志向。

[5] 仇：伴侣。

[6] 冷曹：指不重要又无实权的闲散官员。冷，受冷遇。曹，分科办事的官署。

[7] 要津：重要渡口，喻指担任显要职务的官员。

【译文】

　　文章只有在作者处境困窘时才会精妙。不是处境困窘能使文章精妙，处境困窘时就会门庭冷落，没有车马来往的纠缠；事情简单，没有信件公文应答的繁琐；亲友不相来往，没有频繁交往、相互宴请的劳累；生活困难，却没有经营家产的辛苦；整天闭门端坐，与书为伴，想要文章不工巧，是不可能的。不止穷窘如此，贫穷时的文章胜过富有时，低贱时的文章胜过尊贵时，担任冷曹职务时的文章胜过担任要职时的文章，无路可走时的文章胜过科举中第时的文章。不过是因为应对世务本领粗疏却内心多有清闲余裕罢了。

抱残莫争

　　乾坤是缺陷世界，休择便求全[1]；长安[2]是名利战场，莫冲锋陷阵。

【注释】

[1] 择便求全：择取顺利，求取完满。

[2] 长安：代指都会。

【译文】

　　略。

淡简二字

　　但带得一个"淡"字来，一生歇宿[1]有余；但守得一个"简"字定，一生受用不尽。

【注释】

[1] 歇宿：住宿。此指在世上立身。

【译文】

略。

留有余味

张文饶[1]曰："处心不可着[2]，着则偏；作事不可尽，尽则穷。"邵尧夫云"夏去休言暑，冬来始觉（一）寒"，则心不着矣；"美酒饮交（二）微醉后，好花看到半开时"，则事不尽矣。

【校勘】

（一）觉：为"讲"之讹。"夏去休言暑，冬来始讲寒"意为夏季过去了，就不要再去说那经历过的暑热，冬季到来时，就开始讲究御寒方法。诗句出自北宋邵雍《重九日登石阁三首·其二》。

（二）交：为"教"之讹。诗句出自邵雍《安乐窝中吟》。

【注释】

[1] 张文饶：即张行成，字文饶，人称观物先生，南宋临邛人，曾任兵部郎中，学者。

[2] 着：即执着，指固执或拘泥。

【译文】

张文饶说："立心不可执着，执着就会偏；作事不可尽绝，尽绝就会窘迫。"邵尧夫说的"夏去休言暑，冬来始讲寒"，就是心意不拘泥了；"美酒饮教微醉后，好花看到半开时"，就是事情不会窘绝了。

应世良言

交市人不如交（一）山翁，谒朱门不如谒（二）白屋；听街谈巷语，不如闻樵歌牧咏；谈今人失德过举，不如述古人嘉言懿行。

【校勘】

（一）交：据明人洪应明《菜根谭》，为"友"字之讹。

（二）谒：据《菜根谭》，为"亲"字之讹。

【译文】

交友市井商人不如交友山翁，亲近权贵不如亲近寒士；听街谈巷语，不如闻樵夫牧人歌唱；谈今人失德过失，不如讲述古人嘉言懿行。

超达安乐

立身不高一步立，如尘里振衣，泥中濯足，如何超迈[（一）]？处世不退一步处，如飞蛾投烛，羝羊触藩[1]，如何安乐？

【校勘】

（一）迈：据明人洪应明《菜根谭》，为"达"字之讹。

【注释】

[1] 羝羊触藩：公羊角缠在篱笆上，进退不得。语出《周易·大壮》："羝羊触藩，不能退，不能遂。"羝羊，公羊。藩，篱笆。

【译文】

略。

让人为妙

世路风波，翻覆莫测，细思惟有让人为妙；让则争者息，忿者平，怨者解。天下莫大之祸，俱消于让之一字中矣。此圣贤大学问，常人得之，亦可以免祸获福。

【译文】

略。

进则思退

着手时先图放手，子房[1]脱履（一）虎之危机；进步处便思退步，长源[2]免触藩之祸阱。

【校勘】

（一）履：当为"骑"之讹。

【注释】

[1]子房：兴汉三杰之一张良的字。张良不恋权势，功成后从赤松子学道而去。
[2]长源：唐代名相李泌的字。李泌为全身避祸，谦退处世。

【译文】

略。

戒好争讼

凡人有好争讼者，此不可晓。小事闲气，往往争告累年，不以是非为曲直，惟以胜负为强弱，甚至牵累至（一）死，破产殆尽，伤情害气[1]，而不顾不恤者，此愚人之极也。昔有诗曰："些小争差[2]莫若休，不经府县与经州。费心（二）吃[3]打陪茶酒，赢得猫儿卖了牛。"最可念诵。

【校勘】

（一）至：为"致"之讹。
（二）心：清人钱德苍辑录《解人颐》亦收录此诗。《解人颐》"心"字处为"钱"字，以"钱"字为佳。

【注释】

[1] 气：情谊。

[2] 争差：纠纷。

[3] 吃：挨。

【译文】

略。

精沉为先

见事敏捷，应答如流，案无留牍，亦似可喜。然忙中十有九错，还须以精详沉重 [1] 为先。

【注释】

[1] 沉重：沉静庄重。

【译文】

识别事势敏捷，应答如流，案头没有积压的文件，也像是可喜的事。但是忙中十有九错，还要以精密详审沉静庄重为先。

对天无愧

吕本中 [1]《当官箴》(一)云：当官处事，不与人争利者，常得利多；退一步者，常进百步；取之廉者，得之常过其初；约于今者，必有垂 [2] 报于后，不可不思也。惟不能少自忍者必败，此实未知利害之分、贤愚之别也。

【校勘】

（一）《当官箴》：为《官箴》之讹，谈居官格言的著作，宋代吕本中撰。

【注释】

[1] 吕本中：字居仁，寿州（今安徽凤台）人，祖籍莱州，世称东莱先生，南宋道学家。

[2] 垂：赐予。

【译文】

吕本中的《官箴》说：当官处事，不与人争的人，常得利多；退一步的人，常进百步；取财廉洁的人，获得常常超过当初；现在取财简约的人，后来必会有赐予的报答，不可不思考。只是不能稍微自我忍受的人必定失败，这实在是不知利害界限、贤愚分别。

狄青谦退

狄青为韩、范所知，后位枢密。或告以当推狄梁公[1]为祖，公愧谢曰："青出田家，少为兵，安敢祖狄梁公哉？"或劝去鬓间字，则曰："青虽贵，不忘本也。"每至韩公家，必拜于庭庭之下，入拜夫人甚恭，以郎君[2]之礼待其子弟。其异于人如此。

【注释】

[1] 狄梁公：即武则天时期狄仁杰，爵封梁国公。

[2] 郎君：对官吏、富家子弟的通称。

【译文】

狄青被韩琦、范仲淹所了解，后来官做到枢密使。有人告诉他应当把梁国公狄仁杰追认为远祖，狄青惭愧拒绝说："我狄青出身农家，年轻时当兵，怎么敢追认狄梁公为祖先？"有人劝他把鬓间早年刺配的字除掉，狄青就说："我狄青虽然地位显贵，但不能忘本。"他每到韩琦家里，一定在庭庭之下行跪拜礼，进内室拜见韩琦夫人很恭敬，用对待郎君的礼仪对待韩琦子弟。他就是这样与常人不同。

认错称好

两人相非，不破家亡身不止，只回头认自己一句错，便是无边受用；两人自是，不反面^{（一）}稽唇^[1]不止，只温语称人一句好，便是无限欢忻。

【校勘】

（一）面：为"目"之讹。

【注释】

[1] 稽唇：原指反过来责问对方。稽，计较。

【译文】

略。

忍耐受福

世界原自缺陷，能忍耐便补得一半。自古成大事立大功者，何人不从忍耐中得来？语云^{（一）}："登山耐仄^[1]路，踏雪耐危桥，闲居耐俗汉。"则忍耐之乐受福，宁有量哉？盖世界缺陷，一忍耐便能退步，甘清淡。争先的经^{（二）}路窄，退后一步，自宽平一步；浓艳的滋味短，清淡一分，自悠长一分。

【校勘】

（一）语云：《小窗幽记》："读史要耐讹字，正如登山耐仄路，踏雪耐危桥，闲居耐俗汉，看花耐恶酒，此方得力。"

（二）经：为"径"之讹。

【注释】

[1] 仄：不平。

【译文】

略。

盈满即倾

敧器 [1] 一满即倾，常虑亏从盈处伏；谦卦 [2] 六爻 [3] 皆吉，须知益自损中来。

【注释】

[1] 敧（qī）器：一种盛水的器皿，空着时会倾斜，装了一半水就会正立，装满水就会翻倒。

[2] 谦卦：《易经》六十四卦之第十五卦。卦体中上卦为坤为地，下卦为艮为山。

[3] 六爻：《易》卦之画曰爻。六十四卦中，每卦六画，故称。

【译文】

敧器一满就会倾覆，常想亏损从盈满处潜伏；谦卦六爻都是吉祥的，须知补益从缺损中生出。

不妄进取

陈尧佐 [1] 居官不妄进取，为太常丞 [2] 者十三年不迁，为起居郎 [3] 者七年不迁。自 [4] 议钱塘堤，为丁谓所绌 [5]，后丁益用事，专威福，故人子弟以公久于外，多勉以进取。公曰："唯久然后见吾守。"如是十五年。后谓败，公乃见召用。

【注释】

[1] 陈尧佐：字希元，号知余子，北宋阆州阆中人，官至宰相。

[2] 太常丞：太常的属官。太常，掌宗庙礼仪之官。

[3] 起居郎：宋代负责记录皇帝言行的官。

[4] 自：因。

[5] 绌：古同"黜"，罢免。

【译文】

　　陈尧佐做官不苟且升迁，做太常丞十三年不获升迁，做起居郎七年不获升迁。因议钱塘堤事，被丁谓罢免，后来丁谓更被重用，擅自作威作福，朋友子弟认为他长久担任地方官，多鼓励他积极进取。陈尧佐说："只有久不升迁，这样而后可以看出我操守。"像这样有十五年。后来丁谓垮台，陈尧佐才被召见任用。

落便宜处

　　康节尝诵希夷[1]之语曰："得便宜事不得再作，得便宜处不可再去。"又曰："落[2]便宜是得便宜。"故康节诗云："珍重至人尝有语，落便宜处（一）得便宜。"盖可终身行之也。

【校勘】

（一）处：诗据邵雍《伊川击壤集·六十三吟》（卷之十），为"是"之讹。

【注释】

[1] 希夷：即陈抟，字图南，号扶摇子，被赐号希夷先生，北宋道家学者。

[2] 落：失。

【译文】

　　略。

退步安稳

凡是名利之地，退步便安稳，只管向前便危险。事势[1]定是如此。

【注释】

[1] 事势：事情的趋势。

【译文】

略。

识人之术

好胜必愚，智者不争；好辩必暗，明者必不言；好谀必贪，廉者必不苟[1]；好怪必僻，通[2]者必不异。

【注释】

[1] 苟：苟且。
[2] 通：通达。

【译文】

略。

恐富求归

王秀之[1]为晋平[2]。期年求还，或问其故，曰："此邦丰壤，珍阜[3]日至。人所昧者财，财生则祸逐。吾山资[4]已足，岂可久留？"时人以为王晋平恐富求归。

【注释】

[1] 王秀之：字伯奋，南朝琅邪临沂人，曾任刘宋侍中、吴兴太守等职，谥

号简子。

[2] 晋平：即晋平郡，南朝宋泰始四年改晋安郡置，治侯官县，属扬州。

[3] 珍阜：丰盛财宝。

[4] 山资：过隐居生活所需费用。

【译文】

王秀之任晋平郡太守。一年后要求辞官回家，有人问他原故，他说："晋平郡这个地方土壤肥沃，丰盛财宝一天天到来。人所糊涂的是钱财，有了钱财，祸患就会紧跟而来。我过隐居生活所需费用已经够了，哪里能够长久留任？"当时人认为晋平郡太守王秀之怕富求归。

留些余意

美酒饮教[1]微醉后，好花看到半开时。

【注释】

[1] 教：到。

【译文】

略。

故旧可保

不邀人敬，不受人慢。大抵情不可过，会不可数，抑情以止慢，疏会以增敬。终身守此，然后故旧[1]可保。

【注释】

[1] 故旧：老熟人，老朋友。

【译文】

不求取别人敬意，不受别人轻慢。大概交情不可太过，会面不可太频繁，克制过头交情来制止轻慢，减少会面来增强敬意。终身保守这个，这样而后朋友可以保住。

醒易于醉

醉以混俗，醒以行独。醒易于醉，醉非深于《易》者不能。汉郭林宗，晋陶渊明，唐郭令公[1]，宋邵康节，善醉也夫！

【注释】

[1] 郭令公：即唐朝名将郭子仪，因其担任过中书令，故称。令公，对中书令尊称。

【译文】

醉酒人混迹于世俗，清醒的人独守操行。清醒比醉酒容易，借醉酒混迹于世俗不是深深领悟《易经》道理的人办不到。东汉郭林宗，晋朝陶渊明，唐朝郭子仪，北宋康节公邵雍，都是擅长醉酒的人啊！

造物所吝

清名清福，造物所吝，如何消受[1]？惟横逆毁谤，庶可解之，独恐不来，来则当以欢喜心领。

【注释】

[1] 消受：享用。

【译文】

清名清福，是造物主所吝啬的，怎么样才能享受得起？只有遭受挫折毁谤，差不多才可以享受，唯恐挫折毁谤不来，如果到来就应用欢喜心情领受。

内典训导

内典[1]曰："闻是非之交攻，聪不如聋；见倾夺之相图，智不如愚。"

【注释】

[1] 内典：佛教徒对佛经称谓。

【译文】

佛经上说："听说正确错误纷纷诘责，耳聪不如耳聋；见倾轧争夺互相图谋，聪慧不如愚昧。"

明不烛物

中黄先生[1]云："明不烛物[2]。"此言极有味。若洞然烛他人之恶，不随他转而已，此外不宜发明[3]太尽。

【注释】

[1] 中黄先生：即黄元吉，字希文，号中黄，豫章丰城人，元代道士。
[2] 明不烛物：精明却不应洞察众人缺点。
[3] 发明：揭露。

【译文】

中黄先生说："精明却不应明察众人缺点。"这话极有味道。如果很透彻地看清他人恶行，不受他影响罢了，此外不应该揭露得太厉害。

庶无越思

每作一官，即以一官为止，庶无越思[1]。

【注释】

[1] 越思：越轨念头。

【译文】

　　每作一个官职，就该有把这一官职当作尽头的想法，希望不要有越轨念头。

道心病生

　　古诗云："此身不欲^{（一）}全强健，全健多生人我^[1]心。"又云："僻居人事少，多病道心生。^[2]"是知体中微苦，未可心情不足。

【校勘】

（一）欲：为"要"字之讹。诗句源于白居易《罢药》："此身不要全强健，强健多生人我心。"

【注释】

[1] 人我：他人与我，借指尘世。
[2] 僻居……心生：出自唐代诗人于良史《闲居寄薛华》。道心，悟道的心。

【译文】

　　略。

解纷卷之十五

解纷卷首题记

争桑起二国之兵，衅以挑而成钜；受爵致斯亡之祸，事无激而不乖。彼憸人乐败利灾，唯端正息争排难。或缨冠救斗，或微言解颐，要使毒焰肝肠化作清凉世界，其造福非鲜浅也。纂解纷第十五。

阳明听讼

乡有父子相诉者，阳明先生听[1]之，未终辞而感哭俱去。柴鸣治问："何言而致感悔之速？"先生曰："我言舜是世间大不孝的子，瞽瞍[2]是世间大慈的父。"鸣治愕然，先生曰："舜自以为不孝，所以能孝：瞽瞍自以为慈，所以不能慈。"

【注释】

[1] 听：审理。
[2] 瞽瞍（sǒu）：亦作"瞽叟"，古帝虞舜之父。

【译文】

乡人有两父子打官司，王阳明来审理，还没等先生的话讲完，这两父子就被感化恸哭，和好离去。柴鸣治问："先生讲了什么话，让他们这么快就悔悟了？"先生说："我说舜是世上最不孝的儿子，瞽叟是世上最慈爱的父亲。"鸣治很惊讶，先生说："舜以为自己不孝顺，所以才能孝顺。瞽叟以为自己慈爱，所以不能慈爱。"

元龙断案

辛元龙^(一)尉京邑，时万俟卨^[1]之孙与岳武穆家争田，岁久不决。府委元龙断，积案如山，元龙并不省视，即判云："岳武穆一代忠臣，万俟卨助桧逆贼，虽籍其家，不足以谢天下，尚敢与岳氏争田乎？田归于岳，券畀^[2]于火。"

【校勘】

（一）辛元龙：为"幸元龙"之讹。幸元龙，字震甫，号松垣，南宋筠州
　　　高安人，官至郢州通判。

【注释】

[1] 万俟（mò qí）卨（xiè）：字元忠，开封阳武人，南宋初年宰相。
[2] 畀：给与。

【译文】

幸元龙任京城所在地方的尉，当时万俟卨孙子与岳武穆（岳飞谥武穆）家争田产，过了好长时间不能判决。府里派幸元龙来断案，案卷堆积如山，元龙并不查看，当即判为："岳武穆一代忠臣，万俟卨帮助秦桧逆贼，即使籍没了他家产，也不能够向天下谢罪，还敢与岳家争田产吗？田产断归岳家，地契扔到火里烧掉。"

使邪自苦

西门豹沉巫于河，不若宋均^[1]下令为妖祠娶妇者皆娶巫家，不沉巫而自息也。孙子秀^[2]火水仙太保之庐，碎其像，沉其人，不若程伯淳^[3]令石佛放光，明年当取其首以视，不火庐而自止也。凡奸诈害民者，害不及身，故以为利。若移其害于彼，彼将自救不暇，

而能害人以自利乎？善治邪者，使邪自苦。

【注释】

[1] 宋均：字叔庠，东汉南阳安众人，曾任九江太守、东海相、尚书令等职。《后汉书·第五钟离宋寒列传第三十一》（卷四十一）记载：浚遒县有唐、后二山，民共祠之，众巫遂取百姓男女以为公姬，岁岁改易，既而不敢嫁娶，前后守令莫敢禁。均乃下书曰："自今以后，为山娶者皆娶巫家，勿扰良民。"于是遂绝。

[2] 孙子秀：字元实，号静见，南宋越州余姚人，官至太常少卿。《宋史·列传一百八十三》记载：（孙子秀）调吴县主簿。有妖人称"水仙太保"，郡守王遂将使治之，莫敢行。子秀奋然请往，焚其庐，碎其像，沉其人于太湖，曰："实汝水仙之名矣。"妖遂绝。

[3] 程伯淳：即程颢，字伯淳，学者称明道先生，北宋理学家。《宋元学案》卷十三《明道学案上》记载：南山有石佛，岁传其首放光，远近聚观。先生谓其僧曰："吾有职事，俟复见，为吾取其首来观之。"自是光不复见。

【译文】

西门豹把巫师沉入河中，不如宋均下令祭祀妖怪时，娶妇都要娶巫家女儿，没有把巫师沉河而陋习自然停息。孙子秀烧毁了水仙太保房子，砸碎了雕像，把那妖人沉到湖中，不如程伯淳让石佛放光，明年当取其头来看视，不烧房子而怪异自然停止。大凡用奸诈手段祸害百姓的人，祸害不关己身，所以用来取利。如果把那祸害移到他们那里，他们将自救不暇，还能祸害别人来取利吗？善治坏人的人，使坏人自己遭受痛苦。

诗谏养鸽

高宗好养鸽，躬自收放。有士人题诗曰："鹁鸽[1]飞腾绕帝都，朝收暮放（一）费工夫。何如养个南来雁，沙漠能传二帝[2]书。"帝闻之，召补官。

【校勘】

（一）朝收暮放：当为"暮收朝放"之讹。

【注释】

[1] 鹁鸽：一种可以家饲的鸽子，身体上面灰黑色，颈部和胸部暗红色。

[2] 二帝：指被金人俘虏的徽钦二帝。

【译文】

　　宋高宗好养鸽，亲自放飞回收。有书生题诗说："鹁鸽飞腾绕帝都，暮收朝放费工夫。何如养个南来雁，沙漠能传二帝书。"高宗听后，召见那书生并给他官做。

叱震导马

　　唐德宗幸梁，中书齐映[1]从驾。至清凉川，见旌旗蔽野，上心骇，乃梁帅严震[2]具军容迎谒。上喜，令震登骑，作朕主人。映叱震与至尊导马。帝后责映以不谙事，映曰："山南士庶，但知有震，不知有陛下，今使蜀地知天子尊耳。"上叹赏。

【注释】

[1] 齐映：瀛州高阳人，唐德宗朝官至宰相。

[2] 严震：字遐闻，梓州盐亭人，唐代中期名臣，官至检校尚书左仆射。

【译文】

　　唐德宗到梁州去，中书令齐映从驾。德宗到达清凉川，见旌旗蔽野，心里害怕，后来发现是梁州节度使严震整军容迎驾谒见。皇帝很高兴，让严震上马作自己的主人。齐映呵斥严震给至尊引导马匹。皇帝后来以不熟悉事体责备齐映。齐映说："山南道民众，只知有严震，不知有陛下，今使蜀地百姓知道天子尊贵罢了。"皇帝表示赞叹欣赏。

不均之均

由礼门 [1] 知秀水，值造册，躬自核实。民有议均里甲 [2] 概及士夫者，公曰："仕民有等 [3]，尔子孙后岂无登仕者乎？优仕于今，政以诒恩于尔后，此不均之均也。"及编审毕，民帖然 [4] 称平。

【注释】

[1] 由礼门：明朝隆庆年间进士，曾任秀水知县。

[2] 里甲：本为明代社会基层组织。此指政府以里甲为单位编派的差役。

[3] 有等：等级差别。

[4] 帖然：顺从服气，俯首收敛。

【译文】

由礼门任秀水知县时，适逢造户口册，亲自核实。百姓有提议官绅与百姓一样承担里甲差役的，由礼门说："仕民有等级差别，你们子孙后代难道没有登第做官的吗？现在优待士绅，正是留下恩德给你们后代，这是不公平中的公平。"等到编审户口册完毕，百姓顺从，称由礼门处事公平。

处世五宜

处难处之事愈宜宽，处难处之人愈宜厚，处至急之事愈宜缓，处至大之事愈宜平，处疑难之际愈宜无意。

【译文】

略。

定己之心

《憬然录》[1] 曰："莫因事变之来，便仓皇失措，要定己之心。

心定，自有区处 [2]。"

[1]《憬然录》：即明人宋纁《古今药言·憬然录》。

[2] 区处：筹划安排。

略。

劝人改过

复所 [1] 曰："凡人正当议论人时，一团盛气。遽阻他，反不投机，更伸其辨，是增人之过，亦己之过也。且自由他，待他气平，方缓与说，更于无人处，私自化之，尚可使改。"

[1] 复所：即杨起元，字贞复，号复所，明代广东省归善人，官至吏部右侍郎兼侍读学士。

复所说："大凡人正在议论他人时，一副盛气凌人样子。匆忙阻止他，反而不投机，更促使他为自己开脱，这是增加他人的过错，也是自己过错。暂且由他，等他心平气和才慢慢地对他说，又要在没有人的地方，私下里转化他，还可以使他改正。"

平甫妙对

王安国 [1]，安石弟，以茂才 [2] 入对。帝问："卿兄秉政若何？"曰："恨知人不明，聚敛太急耳。"荆公与吕惠卿论新法，平甫吹笛于内，兄谕之曰："请学士放郑声 [3]。"平甫即应曰："幸相公远佞人。"

【注释】

[1] 王安国：字平甫，北宋临川人，熙宁进士，诗人。

[2] 茂才：此指优秀人才。

[3] 放郑声：禁绝郑声。郑声，即郑卫之声，指春秋战国时期郑、卫国的民间音乐。因儒家认为其音淫靡，不同于雅乐，故斥之为淫声。

【译文】

王安国是王安石的弟弟，以西京教授的身份入京奏对皇上。宋神宗问："你兄长执政怎样？"回答说："遗憾的是知人不明，聚敛钱财太过急刻罢了。"荆国公王安石与吕惠卿研究新法的事情，王安国在内室吹笛，哥哥教导他说："请学士禁绝郑声。"王安国当即应对说："希望宰相远离佞人。"

文渊判词

何文渊[1]守温州，有兄弟惑妇言而争讼者，何判曰："只缘花底莺[2]声巧，致（一）使天边雁影分[3]。"兄弟悔服。

【校勘】

（一）致：多为"遂"。以"遂"为佳。

【注释】

[1] 何文渊：字巨川，号东园，又号钝庵，明代广昌人，官至吏部尚书。

[2] 莺声：多比喻女子宛转悦耳的语声。

[3] 雁影分：比喻兄弟分离。古人经常用"雁行"指兄弟。

【译文】

何文渊任守温州知府时，有兄弟被妇言所迷惑，而争斗诉讼，何文渊的判词说："只缘花底莺声巧，遂使天边雁影分。"兄弟看后后悔，表示服从。

救人之术

凡善救人者，必先解其怒，而(一)徐示以所乐闻，然后其言不劝自行。若人怒彼不是，我却以为是，何异燎之方盛，又撝[1]膏以炽之也？汉田蚡系灌夫[2]，罪至族，而竇英(二)上书武帝，言夫名冠三军。蚡因盛毁夫所为，灌夫不免。宣帝怒盖宽饶[3]怨谤，郑昌[4]上书，谓宽饶进能忧国，退能死义，特上无许史[5]之属[6]，下无金张[7]之讬[8]。帝怒不听，宽饶自到北阙下。东坡下御史狱，张安道[9]上书救之，谓东坡为天下奇才，令其子恕赍至登闻鼓院[10]，恕徘徊不敢投。东坡出狱，后见副本，吐舌色动，谓深得张恕力。凡此，皆不善救人者也。翟璜(三)面折魏文侯非仁君，以得中山不封弟而封子也。文侯怒，任座谓："君仁则臣直，以知君仁君也。"文侯乃复召翟璜。穆宗时，崔发[11]殴曳中人，因系狱。李勃(四)、张仲、方伦等申救，皆不听。李逢吉[12]独从容言曰："崔发果大不恭，然其母年八十，因子下狱，积忧成疾。陛下方以孝治天下，所宜矜念。"上愍然曰："谏官但言发冤，从未有言其不恭并及其母者，如卿言，朕何为不赦之？"凡此，皆善救人者也。善哉，吴曾之言(五)曰"止骂所以助骂，助骂所以止骂"！又曰："劝人不可指其过，须先美其长。人喜则语易入，怒则执转甚。"观上数事，具验之矣。

【校勘】

（一）而：此字后夺"徐"字。

（二）竇英：为"窦婴"之讹。窦婴：字王孙，清河观津（今河北衡水）人，汉文帝皇后窦氏侄，景帝时任大将军，爵封魏其侯。

（三）翟璜：当与后文的"任座"互乙。《吕氏春秋·不苟论·自知》记载："魏文侯燕饮，皆令诸大夫论已。或言君仁，或言君义，或言君之智也。

至于任座，任座曰：'君，不肖君也。得中山不以封君之弟，而以封君之子，是以知君之不肖也。'文侯不说，知于颜色。任座趋而出。次及翟黄（璜），翟黄（璜）曰：'君，贤君也。臣闻其主贤者，其臣之言直。今者任座之言直，是以知君之贤也。'"翟璜，战国初期，魏国国相，辅佐魏文侯，助其灭了中山国，爵至上卿。

（四）李勃：为"李渤"之讹，字澹之，洛阳人，唐穆宗即位，召为考功员外郎，后曾为虔州刺史、江州刺史等职。

（五）吴曾之言：此四字以下的话非吴曾之言，而是吴曾引用古人的话。见宋人吴曾《能改斋漫录·议论·李逢吉裴度谏穆宗》（卷十）。原文："古人有言曰：'止骂所以助骂，助骂所以止骂。'又曰……"

【注释】

[1] 撝（wéi）：辅佐。

[2] 灌夫：字仲孺，西汉颍川郡颍阴人，曾任太仆、燕国国相等职，后因言行不检，被斩杀。

[3] 盖宽饶：字次公，西汉山东滕州人，宣帝时任司隶校尉，因上书言事，宣帝信谗不纳，被迫引刀自杀。

[4] 郑昌：汉宣帝时曾任谏议大夫，曾上奏章挽救盖宽饶，不果。

[5] 许史：汉宣帝时外戚许伯和史高的并称。后借指权门贵戚。

[6] 属：统"嘱"，嘱托。

[7] 金张：西汉时金日磾、张安世二人并称，二氏子孙相继，七世荣显。后用为显的代称。

[8] 讬：通"托"，请托。

[9] 张安道：即张方平，字安道，号乐全居士，谥文定，北宋应天府南京人，官至参知政事。

[10] 登闻鼓院：宋初立登闻鼓于阙门之前，置鼓司，先以宦官，后以朝臣主管，景德四年始改称登闻鼓院，隶司谏、正言，接受文武官员及士民章奏表疏。

[11] 崔发：唐朝鄠县县令，因得罪逞凶的宦官，被逮捕，后被宦官害死。

[12] 李逢吉：字虚舟，陇西人，唐穆宗时拜门下侍郎、同中书门下平章事。

【译文】

大凡善救人的人，必先解除那人的愤怒情绪，而慢慢地说一些发怒人乐意听的话，然后他的意见不用劝说自然会被发怒的人奉行。如果别人发怒认为那不对，我却以为对，与对方怒火更盛又火上浇油有什么不同呢？西汉的田蚡逮捕灌夫，罪至灭族，而窦婴上书汉武帝，说灌夫名冠三军。田蚡趁机大肆诋毁灌夫的所作所为，最终灌夫不能免罪。汉宣帝因盖宽饶怨谤朝廷而发怒，郑昌上书，认为宽饶进能为国事担忧，退能为道义而死，只不过上无许史家族的嘱托，下无金张家族的请托。汉宣帝发怒不听从，宽饶在宫殿北楼下自杀。苏东坡被关到御史台的监狱里，张安道上书救他，认为东坡是天下奇才，令他的儿子张恕带到登闻鼓院，张恕徘徊不敢投递。苏东坡出狱后，看见副本，惊得吐舌，脸色大变，认为深得张恕不敢投递之力。所有这些，都是不善救人的人。任座当面指责魏文侯不是仁君，因为获取中山后，不封给弟弟却封了儿子。魏文侯发怒，翟璜说："君主仁爱，臣下就会正直，凭这个知道您是仁爱的君主。"魏文侯就又把任座招了回来。唐穆宗时，崔发殴打拖拉宦官，因而被皇帝下令逮捕入狱。李渤、张仲、方伦等申述援救，唐穆宗全不听。只有李逢吉不慌不忙地对皇帝说："崔发真的是大不敬，可是他母亲都八十岁了，因儿子下狱，积忧成疾。陛下正用孝道来治理天下，应该有所怜悯同情。"皇上面露同情之色，说："谏官只说崔发冤枉，从未有说他大不敬以及他母亲情况的，像爱卿所说，我怎么不赦免他？"所有这些，都是善于救人的人。说得好啊，被吴曾引用的古语"用止骂的方法来助骂，用助骂的办法来止骂"！古语又说："劝人时不可指摘他的过错，要先赞美他的长处。人在喜悦时就容易听进别人的话，发怒时会变得更加固执。"从以上几件事看来，都应验了。

晏子使楚

齐晏婴短少^(一)，使楚，楚故为小门延婴。婴不入，曰："使狗国，

狗门入。今臣使楚，不当从狗门入。"王曰："齐无人耶？何使子
也？"对曰："齐择贤者使贤王，不肖者使不肖王。婴不肖，故使
王耳。"顷之，王命缚一人来，曰齐人坐盗。王视婴曰："齐人善
盗乎？"对曰："婴闻，橘生于江南，至江北为枳^(二)，枝叶相似，
其实味甘^(三)不同。水土异也。今此人生于齐不解^[1]为盗，入楚则
为盗，其实不同，土使之然也。"王笑曰："寡人反取病^[2]焉。"

【校勘】

（一）少：当为"小"之误。

（二）橘……枳：此则采编自《晏子春秋》，苟简及乱改之处甚多。原文
　　　本处为："橘生淮南则为橘，生于淮北则为枳。"

（三）甘：据《晏子春秋》，此字衍。

【注释】

[1] 解：能。

[2] 病：辱。

【译文】

　　略。

盛昶擒盗

　　盛昶^[1]为县令，有盗数百夜劫库。昶潜登庭树，赍硃墨二茊^(一)，
俟盗出入，濡笔洒其衣。明旦，闭城门，密命逻者，衣有迹者悉捕
之，不失一人。

【校勘】

（一）茊：清人王鲲《松陵见闻录》亦录此则，据此当为"缶"之讹。

【注释】

[1] 盛昶：字允高，明代苏州府吴江县人，景泰二年进士，曾任监察御史，官至知府。

【译文】

　　盛昶做县令时，有几百盗贼夜里抢劫官库。盛昶暗中爬到院子里的树上，带着两罐朱墨，等盗贼出入时，用濡朱墨的笔把墨点洒到他们衣服上。第二天早晨，关闭城门，秘密下令给追捕巡逻的人，凡是衣服上有墨迹的全部抓捕，没有漏掉一人。

苌年赐牛

　　张苌年 [1] 为汝南太守。刘崇之兄弟分析 [2]，家贫唯一牛，争不能决，讼于郡庭。苌年怆然见之，谓曰："汝曹当以一牛故，致此竞。脱 [3] 有二牛，必不争。"乃以己牛一头赐之。于是境中各相戒约，咸敦敬让 [4]。

【注释】

[1] 张苌年：北魏上谷沮阳人，曾任汝南太守。

[2] 分析：分家。

[3] 脱：如果。

[4] 咸敦敬让：都崇尚恭敬谦让。

【译文】

　　略。

周举易俗

　　周举 [1] 为并州刺史。太原旧俗，以介子推 [2] 焚骸，有龙忌之禁 [3]。

至其亡月，咸言神灵不乐举火，辄一月寒食，岁多死者。举到，作吊书以置子推之庙，言盛冬去火，残损民命，非贤者之意，以宣示愚民，使还温食。于是惑解而俗易。

【注释】

[1] 周举：字宣光，东汉汝南汝阳人，官至光禄大夫。

[2] 介子推：又名介之推，后人尊为介子，春秋时期晋国贤臣，因"割股奉君"，隐居"不言禄"，深得世人怀念。相传"寒食节"因他而来。

[3] 龙忌之禁：指不生火的禁忌。

【译文】

周举升迁并州刺史。当时太原旧俗，因介子推被烧死，有禁火风俗。到了介子推被烧死的月份，都说神灵不喜举火，因此就一个月要吃冷食，每年死不少人。周举到并州，写作吊介子推的祭文，放在他的庙里，说盛冬禁火，损伤百姓生命，这不是贤人用心，向百姓宣传，使他们恢复熟食。于是百姓迷惑得以解除，风俗改变。

走马步地

冯道根[1]守钟离山(一)，魏中山王英[2]率众攻城，梁命韦睿[3]救之，进顿[4]邵阳洲，堑洲为城。道根能走马步地，记马足以赋功，比晓而营立。英大惊曰："是何神也？"围遂解。

【校勘】

(一)钟离山：此则故事与史实出入较大。《梁书·列传第十二》（卷十八）记载："豫州刺史韦睿围合肥，克之。道根与诸军同进，所在有功。六年，魏攻钟离，高祖复诏睿救之，道根率众三千为睿前驱。至徐州，建计据邵阳洲，筑垒掘堑，以逼魏城。道根能走马步地，计马足以赋功，城隍立办。"《南史·列传第四十八》（卷五十八）记载："五年，魏中山王元英攻北徐州，围刺史昌义之于钟离，众兵百万，连城四十余。武帝遣征北将军曹景宗拒之。"由此可知，"钟离山"为"钟离"之误，"山"为衍字。守钟离的为昌义之，不为冯道根，冯道根为韦睿前驱。

【注释】

[1] 冯道根：字巨基，广平酂人，南朝萧梁将领。

[2] 英：即元英，字虎儿，原名拓跋英，代郡平城人，北魏军事将领，曾任征南将军、尚书仆射等，爵封中山王，谥号献武。

[3] 韦睿：字怀文，京兆杜陵人，南朝梁武帝时名将，曾取得钟离大捷。

[4] 进顿：进驻。

【译文】

略。

张毂便民

张毂[1]为判同州，出兵备边。州征箭十万，根(一)以雕雁羽为之。价翔踊[2]，不可得。毂曰："矢，去物也，何羽不可？"节度使曰："当须省报。"毂曰："州距京师二千里，如民急何！万一有责，下官任其咎。"一日之间，价减数倍。尚书省竟如所请。

【校勘】

（一）根：据《金史·列传第六十六》（卷一百二十八），为"限"之误。

【注释】

[1] 张毂：字伯英，许州临颍人，金大定（金世宗年号）二十八年进士，曾任同州观察判官，官至权行六部尚书、安抚使。

[2] 翔踊：物价暴涨。

【译文】

张毂任同州观察判官时，出兵守卫边疆。州里征收十万支箭，限定用雕、雁羽毛制作。雕、雁羽毛价格暴涨，价格高得买不起。张毂说："箭是消耗品，什么羽毛不可以用（来造箭）呢？"节度使说："要上报尚书省（才能用其他羽毛造箭）。张毂说："同州距京城两千里，民情是何等急啊！万一责问，下官我一身担当。"一日之间，雕和雁羽毛价格减了数倍。尚书省最终也听从了张毂建议。

张恺捷智

张恺[1]知江陵，时大军征交趾，所过州县无不遭遣者。道江陵，恺以鼎肉饷军，一军咸喜。总帅[2]奇之，欲试恺仓卒。日晡取火炉及架数百，恺命木工以方漆卓[3]锯半脚，即其中坐铁锅燃火。又取火燎[4]数千，恺遍收民家苇帘应之。又取马槽千余，恺使针工[5]并各^{（一）}妇人，以绵布缝成槽，缀槽口以绳，用木桩张其四角饲马，良^{（二）}便收卷，前路足用。总帅叹曰："真用世奇才。"

【校勘】

（一）各：据《智囊·捷智部》，字后夺一"户"字。

（二）良：为"食"之讹。

【注释】

[1] 张恺：浙江鄞县人，宣德三年，以监生为江陵令，后任工部主事。

[2] 总帅：即总督。

[3] 卓：通"桌"。

[4] 火燎：引火之物。

[5] 针工：裁缝。

【译文】

张恺担任江陵知县时，朝廷大军征伐交趾，所过州县长官无不因为军需供应不力而遭遣责。大军路过江陵时，张恺用熟肉犒劳军队，全军都高兴。总督感到奇怪，想要试一下张恺应对突发事件的能力。

日晡时分，索取火炉及火炉架数百件，张恺命木工用方漆桌锯半脚充当火炉架，在桌面中间坐铁锅烧火。又索要引火物几千件，张恺遍收百姓家苇帘来应对。又索要马槽千多口，张恺命令裁缝和各户妇人，用棉布缝成马槽，马槽口拴上绳，用木桩张挂马槽四角来喂马，喂完马就收卷起来，前路能用。总督赞叹说："真是应对世务的奇才。"

谈言微中

许将[1]，闽县人，举进士第一。欧阳修读其文，曰："王沂公流[2]也。"章惇、蔡卞罪元祐诸人，欲举汉唐故事，大行诛殛[3]。将谏曰："本朝治道远过汉唐，未尝杀戮大臣也。"惇、卞又欲发司马光墓。将谏曰："恐非盛德事。"哲宗嘉纳之。所谓谈言微中[4]者也。

【注释】

[1] 许将：字冲元，北宋福州闽人，官至兵部侍郎，谥号文定。
[2] 王沂公：即沂国公王曾，北宋仁宗景佑间任右相。
[3] 诛殛：诛杀。
[4] 谈言微中：指说话委婉而中肯。

【译文】

许将是闽县人，曾考中第一名进士。欧阳修读了他文章，说："这是沂国公王曾一样的人物。"章惇、蔡卞要惩罚元祐党人，想拿汉唐旧事来说事，大行诛杀。许将进谏说："本朝治道远过汉唐的地方，那是不曾杀戮大臣。"章惇、蔡卞又要挖司马光坟墓。许将建议："这恐怕不是有德行人所做的事。"哲宗赞赏采纳了他的意见。许将就是所说的谈言微中的人。

自言姓名

唐大将田希鉴[1]附朱泚[2]。泚败，李晟[3]以节度使巡泾州，希鉴郊迎。晟与之并辔而入，道旧甚欢，希鉴不复疑。晟伏甲兵而宴，宴毕，引诸将下堂，曰："我与汝曹久别，可各自言姓名。"于是得为乱者三十余人，数其罪，杀之。顾希鉴，曰："田郎不得无过。"并立斩。

【注释】

[1] 田希鉴：唐朝将领，曾任泾原节度使，后因依附朱泚被杀。

[2] 朱泚（cǐ）：幽州昌平，唐朝中期将领、叛臣。

[3] 李晟：字良器，洮州临潭人，中唐名将，因爵封西平郡王，世称李西平，谥号武。

【译文】

　　唐朝大将田希鉴曾依附过朱泚。朱泚失败后，李晟以节度使身份巡察泾州，田希鉴到郊外迎接。李晟与他并辔入城，很愉快地叙旧，田希鉴不再有疑心。李晟埋伏下甲士，举行宴会，宴会完毕，带领众将下堂，说："我和你们分别已久，可各自报出姓名。"于是抓到参与叛乱的三十多人，数说罪责，把他们杀掉。李晟回头看田希鉴，说："田郎不能无罪责。"把田希鉴一并斩杀。

救人妙术

　　楚公子微服过宋，门者难之。其仆操棰[1]而骂曰："隶也不力！"门者出之。晋王廞[2]之败，沙门昙永匿其幼子华[3]，使提衣囊自随。津逻[4]疑之，永诃曰："奴子何不速行！"捶之数十，由是得免。二事相类。若郭子仪杀羊而裴谞劾之[5]，李愬进兵而温造弹之⟨一⟩，亦此意也。

【校勘】

（一）李……之：据《资治通鉴·唐纪五十九》（卷第二百四十三），为"李祐进马而温造弹之"之讹。原文为："夏绥节度使李祐入为左金吾大将军，壬申，进马百五十匹，上却之。甲戌，侍御史温造于阁内奏弹祐违敕进奉，请论如法，诏释之。祐谓人曰："吾夜半入蔡州城取吴元济，未尝心动，今日胆落于温御史矣！"李祐，字庆之，唐中期名将，曾建议李愬袭取蔡州，活捉吴元济，平定淮西。温造，宇简舆，唐朝并州祁县人，官至礼部尚书。

【注释】

[1] 棰：棍杖。

[2] 王廞（xīn）：字伯舆，东晋后期书法家，出身琅琊王氏，官至司徒左长史。青兖二州刺史王恭起兵讨王国宝，王廞响应王恭，不久后王国宝被杀，王恭罢兵，令王廞去职解兵。王廞怒不从命，回兵讨恭，被刘牢之击溃逃走，不知所终。

[3] 华：即王华，字子陵，南朝刘宋琅邪临沂人，曾任镇西将军。

[4] 津逻：古代渡口上巡逻士卒。

[5] 郭……之：据《新唐书·列传第五十五》："时大行将葬陵事，禁屠杀，尚父郭子仪家奴宰羊，谞列奏，帝谓不畏强御，善之。或曰："尚父有社稷功，岂不为庇之？"谞笑曰："非君所知。尚父方贵盛，上新即位，必谓党附者众。今发其细过，以明不恃权耳。吾上以尽事君之道，下以安大臣，不亦可乎？""葬（chǎn），完成。裴谞，字士明，唐朝闻喜人，官至河南尹、东都副留守。

【译文】

楚公子微服过宋，看城门人不让通过。他仆人拿着棍杖骂他："奴才太不得力！"于是看门人就让他出去。东晋王廞失败时，僧人昙永藏起了他幼子王华，让王华提衣服包裹跟着自己。渡口上巡逻的士卒对此心生怀疑，昙永呵斥王华说："奴才为什么不快走！"打了他几十下，因此不被抓获。这两件事相似。至于郭子仪家奴杀羊而裴谞弹劾他，李祐进献马匹而温造弹劾他，也是这个用意。

临变不苟

仁宗灵驾到永昭^{（一）}葬，且有日^[1]。忽传皇堂^[2]栋损，有司忧骇。韩魏公至，诸使见公，钧公旨^[3]，皆欲不问而掩之。公正色曰："不可！果损，当易之。若违葬期，侈所费，此责犹可当；若苟且掩之，后有坏覆，人主致疑心，臣下何以当责！"一坐叹息，服其临变处事不苟。既到，皇堂栋乃不损。

【校勘】

（一）永昭：据宋人强至撰《韩忠献公遗事》，为"永昭陵"，"陵"为夺字。
　　　永昭陵，北宋仁宗陵寝。

【注释】

[1] 有日：指不久。
[2] 皇堂：皇帝墓室。
[3] 钧公旨：此指领受韩琦的命令。

【译文】

宋仁宗灵柩要到永昭陵下葬，已没有多少日子了。忽然传说皇帝墓室柱子折了，主管官员忧愁恐惧。魏国公韩琦到来，负责安葬皇帝使命的各位官员来见韩魏公，要领受韩魏公命令，都想要把柱子折了的事遮盖起来。韩琦神色严肃地说："不可这么做！柱子果真断了，应当换掉。如果违了葬期，增加了花费，这责任还能承当；如果苟且掩盖，后有塌陷，皇上会有疑心，臣下怎么承受罪责呢！"座上人都赞叹，佩服韩琦临变处事不苟且。等灵柩到了寝陵，发现墓室柱子竟然没有断折。

袭夺昆仑

狄青宣抚[1]广西，时侬智高[2]守昆仑关。青至宾州，值上元节，令大张灯烛，首夜燕[3]将佐，次夜燕从军（一），三夜犒军校。首夜乐饮彻晓。次夜二鼓时，青忽称疾，暂（二）如内。久之，使人喻孙元规[4]，令暂主席行酒，少服药乃出，数使勤（三）劳坐客。至晓，各未敢退。忽有驰报者云："是夜三鼓，青已夺昆仑矣。"

【校勘】

（一）从军：据《梦溪笔谈》，为"从军官"之讹，"官"为夺字。

（二）暂：此字后夺"起"字。

（三）勤：为"劝"之讹。

【注释】

[1] 宣抚：朝廷派遣大臣赴某一地区传达皇帝命令并安抚军民、处置事宜。

[2] 侬智高：宋朝时壮族首领，皇佑四年(1052)起兵反宋，自称仁惠皇帝。

[3] 燕：通"宴"，宴请。

[4] 孙元规：即孙沔，字元规，宋朝越州会稽人，曾为湖南安抚使兼广南东路、广南西路安抚使。

【译文】

狄青宣抚广南西路，当时侬智高据守昆仑关。狄青到了宾州（今广西宾阳），正赶上元宵节，下令（军中）大张灯火，第一夜宴请军中将领，第二夜宴请随从军官，第三夜犒劳军校。第一夜饮宴奏乐通宵达旦。第二夜二鼓时分，狄青忽然说（自己）生病了，即刻起来进入帐中。过了很久，（狄青）派人告诉孙元规，要他暂时主持宴席敬酒，说自己稍微服点药就出来，并多次派人向座上宾客劝酒。到了拂晓，将校们都不敢擅自退席。忽然有人飞马前来报告说："当天晚上三更天，狄青已经夺取昆仑关了。"

继宗断案

杨继宗[1]知秀州，富民有患婿贫，告停婚者。继宗责富民输二百金，听别择婿。既语之曰："我以此付尔婿立家，尔女得所矣。"令即日成婚。

【注释】

[1]杨继宗：字承芳，号直斋，明朝山西阳城人累官左金都御史，被称为"天下第一清官"。

【译文】

杨继宗任嘉兴知府时，有个富裕百姓担心女婿贫困，上告官府要求退婚。杨继宗责令那富裕百姓交出二百两银子，准许他另选女婿。既而杨继宗对那富裕的百姓说："我把这钱给你女婿当作立家的资本，你女儿出嫁后生活会有着落了。"下令即日成婚。

伶人解纷

五代徐知诰[1]兼中书令，副都统徐知询[2]数与知诰争权，知诰患之。召知询，饮以金钟，酌酒赐之，曰："愿弟寿千岁。"知询疑有毒，引他器均之，跪献，曰："愿与兄各享五百岁。"知诰变色。左右莫知所为，伶人申渐高径前为诙(一)语，掠二酒，合饮之。怀钟趋出，脑溃而死。

【校勘】

（一）诙：据《资治通鉴·后唐纪五》，字后夺"谐"字。

【注释】

[1]徐知诰：即李昇，初名徐诰，字正伦，徐州人，杨吴权臣徐温养子，后

改名李昇，南唐建立者。

[2]徐知询：徐温亲生次子，试图和徐知诰争权，被徐知诰拘禁且被剥夺军权。

【译文】

五代时徐知诰兼任杨吴政权中书令，副都统徐知询多次与徐知诰争夺权力，徐知诰担心这事。徐知诰把徐知询叫来喝酒，用金杯斟酒给他，说："祝愿弟弟能活千岁。"徐知询怀疑酒中有毒，又拿其他杯子把酒平均分开，随后跪下献给徐知诰，说："祝愿和兄长各享五百岁。"徐知诰脸色都变了。身边人不知该怎么做，伶人申渐高径直走到他们面前说了几句诙谐话，就夺过两杯酒，倒在一起喝下去。然后怀揣金杯很快退出，结果是脑袋溃烂而死。

杀巫灭火

钱元懿[1]牧[2]新定。一日，闾里间辄数起火，居民颇忧恐。有巫杨媪因兴妖言，曰："某所复当火。"适如其言。民竞祷之。元懿谓左右曰："火如巫言，巫为火也，宜杀之。"乃斩媪于市，自此火息。

【注释】

[1] 钱元懿：字秉徽，杭州钱塘人，吴越国武肃王钱镠第五子。

[2] 牧：做地方长官。

【译文】

钱元懿任新定县令。有一天，街巷之间发生数起火灾，居民非常惊恐。有个杨姓巫婆，四下传布妖言，说："某处又会失火。"结果刚好和她的话都一致。百姓竞相求她保佑。钱元懿对身边人说："起火地方都是巫婆说过的地方，这火是巫婆放的。应该杀掉她。"于是在闹市公开处死巫婆，从此火灾不再发生。

不附万安

李文祥[1] 有才能，与万安[2] 之孙弘璧[3] 为同年进士。安欲引为己附，使弘璧延款于家，属题《画鸠》。文祥即奋笔作诗，末云："春来风雨寻常事，莫把天恩作己功。"

【注释】

[1] 李文祥：字天瑞，明朝麻城人，官至兵部主事。

[2] 万安：字循吉，明代眉州人，宪宗朝官至内阁首辅。

[3] 弘璧：即万弘璧，万安之孙，官至翰林院编修。

【译文】

李文祥有才能，与万安孙子万弘璧为同年进士。万安想要拉拢李文祥依附自己，让弘璧把他请到家里来款待，席间让李文祥以《画鸠》为题作诗。李文祥当即奋笔作诗，在诗末说："春来风雨寻常事，莫把天恩作己功。"

严凤敦俗

施佐[1] 与弟佑[2] 俱致仕归家，以田产积隙，亲友分解不能。同邑严凤[3] 素以孝友著。一日，佑告以争产事。凤颦蹙曰："吾兄苦懦，令得如尔兄强毅，尽夺田，吾复何忧！"因挥泪不已。佑乃恻然感悟，遂拉凤诣兄宅，且拜且泣，佐亦垂涕，遂各以田相让，友爱终身。二姓至今蕃衍。

【注释】

[1] 施佐：号葵轩，弘治己酉举人，明代归安人，曾任茶陵知县。

[2] 佑：即施佑，施佐之弟，字翼之，号南村，仕至胶州知州。

[3] 严凤：字季祥，号溪亭，明浙江归安人，弘治举人，官至知府。

【译文】

　　施佐与弟弟施佑一块儿退休回家，因田产问题生成矛盾，亲友不能调解。同县严凤平素以孝友著称。一天，施佑把争夺田产事告诉严凤。严凤皱眉说："我苦于兄长懦弱，假使他能像你家兄长坚强刚毅，把我田产都夺掉，又有什么忧愁呢！"因此不停地擦眼泪。施佑就内心伤感省悟，于是拉严凤到兄长家里，一边跪拜一边哭泣，施佐亦垂泪宽慰解劝，就各拿产田相让，友爱终身。施、严二姓至今繁衍昌盛。

守忠有量

　　安守忠[1]知易州，治尚简静。尝与僚佐宴饮，有军校谋变。阍者仓卒入白，守忠言笑自若，徐顾坐客，曰："此辈酒狂尔，擒之可也。"人服其量。

【注释】

[1] 安守忠：字信臣，北宋并州晋阳人，著名将领。

【译文】

　　安守忠任易州知州时，治理崇尚简约清静。他曾经与僚佐宴饮，有军校图谋变乱。守门人慌忙进来报告，安守忠谈笑自若，慢慢地回头看看座中客人，说："这类人酒醉发狂罢了，把他们抓起来就行了。"众人佩服他有器量。

翁儿无影

　　丙吉[1]知陈留。富翁九十，无男，娶邻女，一宿而死。后产一男。至长，其女曰："吾父娶，一宿身亡，此子非父（一）之子。"争财久而不决。丙吉云："尝闻老翁儿无影，不耐寒。"其时秋暮，取同岁儿解衣试之，老翁儿独呼寒，日中果无影，遂直其事。

【校勘】

（一）父：据《夜航船·政事部·烛奸》，字前夺"吾"字。

【注释】

[1] 丙吉：字少卿，西汉鲁国人，名臣，爵封博阳侯。

【译文】

丙吉任陈留知县。当时，有个富翁九十岁了，没有儿子，娶了邻家女儿，一夜就死了。后来，邻女为富翁生下一个儿子。等孩子长大些，富翁女儿说："我父亲娶后，一夜就死了，这个孩子不是我父亲的孩子。"双方争夺财产，案子久久不能断决。丙吉说："我曾经听闻老翁的孩子没有影子，不耐寒。"当时是暮秋时分，找来同龄儿童解下衣服试验，老翁的孩子独呼寒冷，在太阳下果真没有影子，于是便把案情弄明白了。

延寿化俗

韩延寿[1]守左冯翊[2]，民有昆弟相讼者。韩叹曰："风化大伤，咎在冯翊。"因移疾不视事，闭阁思过。讼者深自悔谢，郡中翕然化之。

【注释】。

[1] 韩延寿：字长公，西汉燕国人，宣帝时期著名循吏。
[2] 左冯（píng）翊（yì）：官名兼行政区名，汉代三辅之一。汉时将京兆尹、左冯翊、右扶风称三辅，即把京师附近地区归三个地方官分别管理。

【译文】

韩延寿担任左冯翊时，百姓中有兄弟相互告状的。韩延寿叹息说："风俗教化大伤，过失在我左冯翊。"就称病不处理政务，把自己关在内室思过。互相告状的人深自悔恨谢罪，郡中风气为之一改。

云才心计

杨云才[1]多心计，每有缮修，略以意指授之，人不知所为。及成，始服其精妙。为荆州同知日，当郡城改拓，时钱谷之额已有成命，而台使者[2]檄下，欲增二尺许。监司谋诣^(一)守令，欲稍益故额。云才进曰："某有别画，不须费一钱也。"次日，驰至陶所，命取其模以献，怒曰："不佳！"尽碎之，而出己所制模付之，曰："第如式为之！"诸人视其式，无以异也。然云才实于中阴溢二分许，积之得如所增数。城成，白其故，监司乃大服。

【校勘】

（一）诣：据明人冯梦龙《智囊·权奇》（卷十五），为"诸"字之讹。

【注释】

[1] 杨云才：明朝广西临桂人，官至荆州同知，有干才。
[2] 台使者：指朝廷监察御史。

【译文】

杨云才聪明点子多，每当有修缮工程时，常出些点子指示负责人员，旁人不明就里。直到工程完成，才佩服杨云才计谋精妙。杨云才任荆州同知时，适逢州中城墙要扩建，当时工程费用额度已经划定，但朝廷的监察御史突来命令，要将城墙增厚二尺左右。主管官员与地方官员商议，要求增加工程费。杨云才进言说："我有一个办法，不须再多花一文钱。"第二天，杨云才骑马来到制砖场所，命场主取制砖模子来察看，生气地指责说："砖模不好！"把所有的砖模摔碎在地上，再将自己预先准备的砖模交给制砖人，说："只照这规格烧制！"旁人看那式样，觉得和原先砖模没有什么差别。可是杨云才已暗中加宽二分左右，累积起来的砖块厚度，恰好是所要求的城墙加厚尺寸。等到扩城工程完成，杨云才向上报告清楚，主管官员就非常佩服杨云才的计谋。

应轸智勇

汪应轸[1]当武宗南巡，抗疏直谏，廷杖几毙。出守泗州，泗州民惰，弗知农桑。轸至劝耕，出帑金买桑，教之艺[2]，募桑妇教之蚕。邮卒驰报，武宗驾且至。他邑彷惶，勾摄[3]为具，民至塞户逃匿。轸独凝然弗动，曰："吾与士民素相信。即驾果至，且夕可集。今驾来未有期，而科派四出，纵吏胥为奸耳。"他邑用执炬夫役以千计，伺侯弥月，有冻饿死者。轸命缚炬榆柳间，以一夫掌十炬。比驾夜历境，炬伍整饬，反过他所。中使[4]络绎道路，恣索无厌。轸计中人阴懦，可慑以威。乃牵壮士百人，列舟次，呼诺之声震远近。中使错愕，不知所为。轸麾从人速牵舟行，顷刻百里，遂出泗境。武宗至南都，谕令泗州进歌女数十人，盖中使衔轸，而以是难之也。轸奏："泗州妇女荒陋，且近多流亡，无以应敕旨。臣向所募桑妇若干人，倘蒙纳之宫中，俾受蚕事，实于王化有裨。"诏且停止。

【注释】

[1]汪应轸：字子宿，号青湖，明朝浙江山阴人，官至江西提学金事，私谥清献。
[2]艺：种植。
[3]勾摄：拘捕，传拿。
[4]中使：宫中派出的使者。多指宦官。

【译文】

汪应轸在明武宗南巡时上疏力谏，被武宗施以廷杖，几乎毙命。后来被外放泗州知府，泗州百姓懒惰，不懂得从事农桑。汪应轸到任后鼓励百姓耕种，然后取公款买桑树，又教百姓种植，招募种桑妇女教百姓养蚕。邮卒飞马报告，武宗南巡车驾快到了。其他各州都惶恐不已，急着征调民夫筹备迎驾的事，许多百姓甚至闭门逃匿。汪应轸独自非常镇定，说："我与百姓向来互相信任。如果皇上真的驾到，迎驾事很快会办妥。现在圣上驾临的日期尚未确定，而四处科敛摊派，这是放纵胥吏们狼狈为奸。"其他各州为了迎驾召来举火把的差役上千人，伺候了整整一个月，有些夫役因此挨饿受冻而死。汪应轸则命人将火把拴在榆柳树上，一个人管理十支火把。等到武宗驾临州境的当夜，火把排列得非常整齐，反而超过其他地方。宫廷宦官在路上络绎不绝，尽情地索取，毫不满足。汪应诊判断这些宦官黯弱，可以用威势来慑服他们。就率领百名壮士，排列在船边，呼应的声音震动远近。宦官们都惊愕不已，不知道该怎么做。汪应轸指挥随从迅速牵着船前行，顷刻之间前进百里，出了泗州边界。武宗到南京时诏令泗州进献数十名歌女，大概是宦官怀恨汪应轸而出的难题。汪应轸禀奏："泗州妇女粗陋，而且最近多流亡外地，无法遵奉圣命，只能进献先前所招募的种桑妇人若干，如果宫中能接纳她们让她们养蚕，实有益于皇上对天下民众的教化。"武宗只好暂且下诏停止此事。

智驱娼妇

明镐[1]知并州，奏择习事者守堡砦。军行，娼妇多从之。镐欲驱逐，恶伤士卒心。会有忿，争杀娼妇者，吏执以白镐，曰："彼来军中，何耶？"纵去不治，娼闻，皆走散。

【注释】

[1] 明镐：字化基，北宋密州安丘人，官至参知政事，谥文烈。

【译文】

明镐任并州知州时，奏请朝廷挑选熟悉军事的人来镇守城堡边寨。行军打仗时，娼妓多随行，明镐想要将她们驱逐，又怕伤了将士们的心。正好有士兵发怒，因争夺而杀了一个娼妓，官吏将他逮捕后报告明镐，明镐说："那些娼妓们来军中，为什么呢？"放了此人，不加惩治，娼妓们知道后，都吓得逃跑了。

智对中使

杨琠[1] 授丹徒知县，会中使[2] 如浙，所至缚守令置舟中，得赂始释。将至丹徒，琠选善泅水者二人，令著耆老[3] 衣冠，先驰以迎。中使怒曰："令安在，汝敢来谒我耶？"令左右执之，二人即跃入江中，潜遁去。琠徐至，绐曰："闻公驱二人溺死江中，方今圣明之世，法令森严，如人命何？"中使惧，礼谢而去。虽历他所，亦不复放恣云。

【注释】

[1] 杨琠：明朝山西祁县人，景泰二年进士，官至江西道御史。
[2] 中使：天子的私人使者，常由宦官担任。
[3] 耆老：年老乡绅。

【译文】

杨琠被任命为丹徒知县时，适逢中使到浙江，所到之处就把州县长官捆绑到船上，直到送给他们财物才释放。中使将要到达丹徒县时，杨琠挑选了两名擅长潜水的人，让他们打扮成年老绅士先跑去迎接。中使生气地说："县令在哪里？你们怎么敢来拜见我？"命令随从把两人抓起来，这两人当即跳入江中潜水逃走了。杨琠慢慢来到，骗中使说："听说刚才被大人赶走的两人已经溺死在江中了，现在天下太平，朝廷律令严明，出了人命该如何是好啊？"中使听了杨琠这番话后，感觉很害怕，连忙施礼告罪离去。虽然到其他地方巡视，再也不敢恣意妄为了。

梁毗哭金

梁毗[1] 为西宁州刺史。先是，蛮夷酋长皆服金冠，以金多者为豪^(一)。递^(二)相陵辱，每寻干戈，毗患之。后因诸酋长相率以金遗之，置座侧，对之恸哭，谓曰："此饥不可食，寒不可衣，汝等以此相灭。今将此来，欲杀吾邪！"一无所纳。于是蛮夷感悟，遂不相攻。文帝闻而善之。

【校勘】

（一）豪：据《北史·列传》（卷六十五），字后夺"俊"字。

（二）递：字前夺"由是"二字。

【注释】

[1] 梁毗：字景和，隋朝安定乌氏人，官至刑部尚书并摄御史大夫事。

【译文】

　　梁毗担任西宁州（治今四川西昌一带）刺史。在此之前，蛮夷的酋长都戴金冠，认为金子多的人是豪杰。因此蛮夷们交相凌辱，常常导致战争，梁毗为此担忧。后来，他趁众酋长都拿金子来送给他的时机，把金子放在座旁，对着金子痛哭，说："这些东西，饿了不能吃，冷了不能穿，你们这些人却为这些东西互相杀灭。现在你们把这些金子拿到这里来，是想杀我吗？"一点都没有收下。在这种情况下，蛮夷们感动醒悟，于是不再互相争斗。隋文帝听说后，认为梁毗的做法很好。

吕陶化俗

　　吕陶^[1]调铜梁令。民庞氏姊妹三人冒隐幼弟田，壮诉官不得直，贫至佣奴于人。陶^(一)一问，三人服罪，弟泣拜，愿以田半作佛事以报。陶晓之曰："三姊皆汝同气，汝幼时，适为汝主之耳；不然，亦为他人所欺。与其捐半供佛，曷若遗姊，复为兄弟，顾不美乎？"弟泣而听命。

【校勘】

（一）陶：据《宋史·吕陶传》，字前夺"及是又诉"四字。

【注释】

[1] 吕陶：字元钧，北宋眉州彭山人，曾任成都路转运副使、中书舍人等职。

【译文】

　　吕陶调任铜梁（今重庆铜梁）县令。当初，百姓庞氏三姊妹假冒隐瞒了年幼弟弟的田产，弟弟长大后向官府诉讼，没有得到公正判决，贫困到给人做雇工的地步。到吕陶任县令时，弟弟又上诉，吕陶一经询问，姊妹三人服罪，弟弟哭泣拜谢，愿意把田产一半做佛事来报答。吕陶开导他说："你三个姐姐都是你至亲骨肉，在你年幼时，正好替你掌管田产。不然的话，也被他人骗去。与其捐出一半来供佛，不如送给姐姐，再为好姐弟，难道不是好事吗？"弟弟感动得流泪，然后听从了吕陶命令。

文聘退敌

　　文聘[1]守江夏，孙权将数万众卒至。时大雨，城栅崩坏，未及补治。聘闻权至，乃敕城中人，使不得见，又自卧舍中不起。权果疑之，语其党曰："北方以此人忠臣，委以此郡。今我至而不动，不有密图，必有外救。"遂不攻而去。

【注释】

[1] 文聘：字仲业，南阳宛人，曹魏名将。

【译文】

　　文聘守江夏，孙权亲自带领数万军队突然来到。当时正值大雨，江夏城栅多已崩坏，来不及补治防御工程。文聘得知孙权来到，下令城中人全都躲起来，不可让孙权察见，自己则卧于府中不起身。孙权见此果然生疑，并向他的部众说："北方（曹氏集团）认为此人是忠臣，所以把这江夏郡托付给他。如今我军到来而他却潜默不动，不是有所密谋的话，那就必然有外援来救。"于是不敢进攻而退去。

道轨焚书

桓谦[1]入寇荆州，刺史刘道轨[2]破斩之。初谦至枝江，江陵士民皆与书，言城中虚实，许为内应。至是简（一）得之，道轨悉焚不视，众乃大安。

【校勘】

（一）简：据《宋书·列传第十一》（卷五十一），为"检"之误。

【注释】

[1] 桓谦：字敬祖，东晋谯国龙亢人，官至荆州刺史。
[2] 刘道规：字道则，东晋彭城，曾任豫州刺史，爵封南郡公。

【译文】

桓谦入寇荆州，刺史刘道轨打败杀死他。当初，桓谦刚到枝江时，江陵士民都给桓谦书信，透露城中虚实，答应给桓谦做内应。到桓谦被打败后，刘道规搜查到那些信件，全部烧掉，看都不看，众人的心就安定下来了。

庾域封仓

庾域[1]守华阳，后魏军攻南郑。时乏粮，人情恟惧[2]。州有空仓数十，域手自封题，指示将士云："此中粟皆满，足支二年，但努力坚守。"众心以安。

【注释】

[1] 庾域：字司大，南北朝时新野人，曾任梁朝宁朔将军，巴西、梓潼二
　　郡太守。

[2] 恟惧：惶恐不安。恟，纷乱。

【译文】

　　庾域代理华阳太守时，后魏(即北魏)军队攻打南郑。当时缺乏军粮，人心惶恐不安。州里有空仓几十所，庾域亲手封题仓库，指示将士说："这里边粮食都是满的，足够支撑两年，只需努力坚守。"众人的心借以安定下来。

李广临敌

　　李广守上郡，匈奴大入。广从百骑，匈奴有骑数千，陈山上。百骑欲还走，广曰："吾去大军数十里，走则彼追射我立尽。我留，匈奴必以我为大军之诱，不敢击。"乃令诸骑前，未到匈奴陈[1]二里止，又令皆下马解鞍。骑曰："虏多且近，有急，奈何？"广曰："彼虏以我为走，今皆解鞍以示不走，用坚其意。"胡骑各引去，不敢击。

【注释】

[1] 陈：战阵。

【译文】

　　李广守上郡时，匈奴大举进犯。李广带领百来骑兵，遭遇匈奴几千骑兵，匈奴骑兵在山上摆开阵势。李广百来骑兵想要往回逃跑，李广说："我们距离大军几十里，逃跑的话，他们就追击，很快就会把我们全部射死。我们留下来，匈奴人一定会认为我们是大军诱饵，不敢攻击我们。"李广就向众骑兵下令迎着匈奴人前进，距离匈奴人战阵二里左右停下来，又下令都下马，并且解下马鞍。李广的骑兵说："敌

人多并且离得近，有紧急情况，怎么办？"李广说："那匈奴人本来认为我们会逃跑，现在都解下马鞍来表明不逃跑，用来坚定他们认为我们是大军诱饵的想法。"匈奴骑兵各自退去，不敢出击。

元轨安人

霍王元轨 [1] 为定州刺史，突厥入寇。州人李嘉运与虏通谋，事泄，高宗令元轨穷其党与。元轨曰："强寇在境，人心不安，若多所逮系，是驱使叛也。"乃独杀嘉运，余无所问，因自劾违制。上览表大悦，谓使曰："朕已悔之，向无王，则失定州矣。"

【注释】

[1] 元轨：即李元轨，唐高祖李渊第十四子，爵封霍王。

【译文】

霍王李元轨任定州刺史时，突厥入侵。州人李嘉运与突厥通谋，事情败露，唐高宗令李元轨穷究李嘉运的追随者。李元轨说："强寇在境，人心不安，如果逮捕多人，这是驱使众人反叛。"于是只杀了李嘉运，其余人不加追究，就自我弹劾违背了皇帝命令。皇帝看到表章后非常高兴，对来使说："我已后悔了，以前假如没有霍王，就失掉定州了。"

智杀悍卒

苏轼通判密郡 [1]，有盗发而未获。安抚使遣三班使臣 [2] 领悍卒数十人入境捕之，卒凶暴恣行，以禁物诬民，强入其家 (一)，畏罪惊散。民诉于轼，轼投其书，不视，曰："必不至此。"悍卒闻之，颇用自安。轼徐使人招出，戮之。

【校勘】

（一）家：据《宋史·列传第九十七》，此字后夺"争斗杀人"四字。

【注释】

[1] 密郡：即密州，今山东诸城。

[2] 三班使臣：宋制，三班指左、右班、供奉班。大小使臣注拟、升移等事，皆归三班院主管，故大小使臣又统称三班使臣。

【译文】

　　苏轼任密州通判时，有盗窃发生却没有捕获盗贼。安抚使派三班使臣率领强悍士卒数十人，入境来捉捕盗贼。那些士卒放纵凶暴，用违禁物品来诬陷百姓，强行进民宅，发生争斗，最后杀了人，犯事后畏罪逃逸。百姓向苏轼控诉，苏轼丢下诉状，看也不看，说："事情不会到这地步。"那些杀人的士卒听到这话，便放下心来。之后，苏轼慢慢派人把他们捉来，将其处死。

杜纮镇定

　　杜纮[1]知郓州，狱系囚三百人。纮至旬日，处决立尽。尝有揭帜城隅，著妖言其上，期为变，州民皆震。俄而，草场白昼火，盖所揭一事也，民益恐。或请大索城中，纮笑曰："奸计正在是，冀因吾胶扰[2]而发，奈何堕其术中？彼无能为也。"居无何，获盗，乃奸民为妖，遂诛之。

【注释】

[1] 杜纮：字君章，北宋濮州鄄城人，官至应天知府。

[2] 胶扰：纷乱。

【译文】

　　杜纮任郓州知州时，监狱中关押囚犯有三百人。杜纮到任后十日，把这些犯人处分安排妥当。曾经有人在城墙一角上张挂旗帜，上写邪说，图谋变乱，州中百姓都被震惊。不久，草场白昼起火，大概是旗帜上所写出的一件事，百姓更加害怕。有人请求在城中大行搜索，杜纮笑笑说："奸计正在这里，希望趁我纷乱时发难，怎么能落入坏人圈套中？他们不会得逞。"过了不久，抓获了盗贼，是坏人做坏事，就把坏人诛杀了。

刘珙弭盗

刘珙[1]知潭州，湖北茶盗数千人入境。珙曰："此非必死之寇，缓之则散而求生，急之则聚而致死。"揭榜谕以自新，声言兵且至，令属州县具数千人食，盗果散去，存者无几。遣兵一战，败之。诛其首恶，余隶军籍。

【注释】

[1] 刘珙：字共父，南宋崇安人，官资政殿大学士，谥忠肃。

【译文】

刘珙任潭州知州时，湖北几千茶盗入境。刘珙说："这不是被逼到死路的盗贼，缓慢应对，就会逃命散去，紧急处理，就会聚集起来拼死抵抗。"张贴告示，晓谕他们自新，声称官兵就要到了，下令所属州县准备几千人的食物，盗贼果然散去，留下的没有多少。刘珙派兵一战，就把他们打败了。把为首的杀掉，其余的编入军籍。

尚宽弭变

赵尚宽[1]知河中府，神勇卒[2]苦大较[3]贪虐，刻匿名书告变，尚宽命焚之，曰："妄言耳。"众乃安。已而奏黜大较，分士卒隶他营。

【注释】

[1] 赵尚宽：字济之，北宋河南人，官至司农卿。
[2] 神勇卒：宋代军伍名。

[3] 大较：即大校，指校尉。此处"较"通"校"。

【译文】

赵尚宽任河中府知府时，神勇卒士兵苦于校尉贪婪、暴虐，刊刻匿名文书称校尉叛变，尚宽下令烧掉上告文书，说："这些都是没有根据的话。"众人才安定下来。不久就上奏罢免那个校尉，并分散士卒到其他的军营。

戴花刘使

刘几[1]知保州。方春，大集宾客，饮至夜分。忽告外有卒谋为变者，几不问，益令折花，劝坐客尽戴，益酒，密令人分捕。有顷，皆擒至。几遂剧饮达旦，人皆服之，号"戴花刘使"。

【注释】

[1] 刘几：字伯寿，北宋洛阳人，官至秘书监。

【译文】

刘几知任保州知州。他曾在春节大宴宾客，饮至半夜。忽然有人密告外面有兵士谋变。刘几不予过问，再让宾客折花，劝座客把花全部戴上，尽欢而饮，同时，他暗地命令吏役分头捕捉谋反的人。不久，谋反的人全被抓获。刘几于是痛饮达旦，人们都佩服他的胆魄，称他为"戴花刘使"。

道根临敌

南梁太守冯道根戌阜陵。初到，修城隍[1]，远斥堠（一），如敌将至，众颇笑之。道根曰："怯防勇战，此之谓也。"城未毕，魏党法宗等众二万奄[2]至城下，众皆失色。道根命大开门，缓服[3]登城，选精锐二百人出与魏兵战，破之。魏人见其意思闲暇，战又不利，遂引去。道根将百骑击高祖珍，破之。魏军粮运绝，引退。闲时忙做，忙时闲做，道根之谓乎！

【校勘】

（一）斥堠：为"斥堠"之误。斥堠，指侦察兵。堠，古代瞭望敌情的土堡。

【注释】

[1] 城隍：指城池。隍，没有水的城壕。

[2] 奄：突然。

[3] 缓服：宽大舒适的官服，与戎装等紧身衣服相对而言。

【译文】

　　南梁太守冯道根戍守阜陵。大军刚到，就修理城池，远远地派侦察兵，就像是敌军将要到来的样子，众人很是笑话他。冯道根说："小心防守，勇敢战斗，就是这个样子。"城池还没有修理完毕，北魏将领党法宗等两万军队突然来到城下，众人都大惊失色。冯道根命令大开城门，穿着宽大的服装登上城墙，选派二百精锐军队出城与北魏军队战斗，把敌人打得大败。北魏人见他神情闲暇，战事又不利，于是退去。冯道根率领百来骑兵追击高祖珍，把敌人打败。魏军粮运断绝，撤退离开。闲时忙做，忙时闲做，大概说的是冯道根吧！

之屏解事

　　周之屏[1]在南粤，时江陵[2]欲行丈量，有司以猺獞[3]田不可问。比入觐，藩、臬、郡、邑合言于朝，江陵厉声曰："只管丈。"屏悟其意，揖而出。众尚嗫嚅，江陵笑曰："去者，解事人也。"众出问云何，曰："君相方欲以法度齐天下（一），肯明言田不可丈耶？伸缩当在吾辈。"众方豁然。

【校勘】

（一）君相……下：据冯梦龙《智囊·捷智部》，为"相君方欲一法度以
　　　齐天下"。相君，对宰相的敬称。

【注释】

[1] 周之屏：字长卿，号鹤皋，明代湘潭人，官至布政使。
[2] 江陵：即张居正，因其为湖北江陵人，故称。
[3] 猺獞：古代对瑶族和壮族蔑称。

【译文】

　　周之屏在南粤时，张居正下令要丈量土地，有关官员认为瑶族人
和壮族人的田地不方便丈量。等到进京觐见皇帝的时候，布政使、按
察使、郡守、县令一起上奏朝廷，张居正严厉地说："只管丈量。"
周之屏领悟张居正的心意，作揖辞别而出。众官还在想说话却不敢说
时，张居正笑着说："刚才走的这个人，是善解事体人。"众人出来
问周之屏是什么情况，周之屏说："相国正想用统一的法度来整治天下，
怎能明说有些田不可丈量的呢？弹性处理，只在我们掌握了。"众官
这才豁然明白。

秀实戢暴

　　段秀实[1]以白孝德[2]荐为泾州刺史。时郭子仪为副元帅，居蒲。
子晞[3]以简较[4]尚书领行营节度使，屯邠州。邠人嗜恶者，窜名伍中，
白昼颉颃[5]于市，辄击伤市人，椎[6]釜鬲瓮盎于道，甚至撞害孕妇。
孝德不敢言。秀实曰："天子以生人付公（一），公见人被害，恬不
为意，如大乱何？"孝德曰："愿奉教。"秀实曰："公以某为都
虞候[7]，某能为公已之。"孝德曰即檄署[8]付军。俄而，晞士入市
取酒，杀酒翁，坏酿器。秀实列卒取之，断首置槊[9]上，植示（二）

门外。一营大噪，尽甲。秀实徐解佩刀，选老躄[10]一人持马，至晞门下。甲者皆出，秀实笑而入曰："杀一老兵，何甲也？吾戴吾头来矣！"甲者愕然。秀实因晓之曰："尚书负若耶？副元帅负若耶？奈何欲以乱败郭氏？"俄而，晞出。秀实曰："副元帅功塞天地，今尚书恣卒为暴，乱天子边，罪及副元帅矣。今邠恶子弟窜名籍中，杀害人，人皆曰：'尚书以副元帅故，不戢[11]士。'然则郭氏功名，其与存者有几？"言未毕，晞载(三)拜曰："公幸教。"随叱左右解甲。秀实曰："吾未晡食[12]，请为我设具。"已食，又曰："吾疾作，愿一宿门下。"遂卧军中。晞大骇，戒候卒击柝[13]卫之。明日，晞与俱至孝德所陈谢。邠州赖以安。

【校勘】

（一）公：据柳宗元《段太尉逸事状》，字后夺"理"字。

（二）示：为"市"字之讹。

（三）载：为"再"字之讹。

【注释】

[1] 段秀实：字成公。唐汧阳人，官至节度使，死后赠太尉。

[2] 白孝德：安西胡人，唐中期名将，官至吏部尚书，封昌化郡王。

[3] 晞：即郭晞，郭子仪第三子，华州郑县人，官至殿中监，封开国公。

[4] 简较：亦作"简校"。察看。

[5] 颉颃：傲慢。

[6] 椎：用椎打击。

[7] 都虞候：唐代后期藩镇节帅以亲信武官为"都虞候"，后指军队中执法官。

[8] 署：暂代。

[9] 槊：长矛。

[10] 躄（bì）：跛脚。

[11] 戢（jí）：管束。

[12] 晡（bū）食：晚餐。晡，申时，下午三至五时。

[13] 柝：古代巡夜打更用的梆子。

【译文】

段秀实因白孝德的推荐担任泾州刺史。当时，郭子仪任副元帅，驻扎在蒲州。他儿子郭晞担任简较尚书职务，代理任行营节度使，屯军邠州。邠州人中那些强暴凶恶的人，窜名军籍，光天化日之下在街市上傲慢胡来，一不满意，就打伤市人，用棍棒把各种瓦器砸得满街都是，甚至还撞死怀孕妇女。邠宁节度使白孝德不敢说什么。段秀实说："天子把百姓交给您治理，您看到百姓受到残暴伤害，却无动于衷。激发民变，怎么办呢？"白孝德说："我愿意听您指教。"段秀实说："假如你任命我为都虞候，我就能替您制止暴乱。"白孝德就下令让他代理军中都虞候职务。不久，郭晞部下进街市抢酒，杀死卖酒老翁，砸坏酒器。段秀实带领手下去抓获这些人，把他们头砍下来挂在长矛上，竖立在市门外。郭晞全军营都骚动起来，军士纷纷披上了盔甲。段秀实慢慢地解下佩刀，挑选了一个又老又跛的士兵牵马，来到郭晞军营门下。全副武装的士兵出来，段秀实边笑边走进营门，说："杀一个老兵，何必全副武装呢？我顶着我头颅来啦！"士兵们大惊。段太尉乘机晓谕他们说："郭尚书难道对不起你们吗？副元帅难道对不起你们吗？为什么要用暴乱来败坏郭家呢？"不久，郭晞出来会见段秀实。段秀实说："副元帅功勋充塞于天地之间，现在您放纵士兵为非作歹，扰乱天子边地，罪将连累到副元帅身上。现在邠州那些坏人窜入军籍，杀害百姓，人们都会说：'白尚书倚仗了副元帅势力，不管束部下。'那么郭家的功名，将还能保存多少呢？"话没有说完，郭晞拜两拜说："幸而您用大道理开导我。"回头呵斥手下士兵全都卸去武装。段秀实说："我还未吃晚饭，请为我备办饭食。"吃完后，又说："我的病又犯了，想在您营中住一夜。"于是就睡在郭晞营中。郭晞非常惊骇，命令警卫敲着梆子保卫段秀实。第二天一早，郭晞和段秀实一起来到白孝德那儿，陈述情况，承认错误。邠州赖以安定。

公孺弭变

　　吕公孺[1]知永兴军，徙河阳。洛口兵千人，以久役思归，奋斧锸排关，不得入，西走河桥，观听汹汹。诸将请出兵掩击，公孺曰："此皆亡命，急即变生。"即乘马东去，遣牙兵数人迎谕之，曰："汝辈诚劳苦，然岂得擅还？一渡桥，则罪不赦矣！太守在此，愿自首者止道左。"皆伫立以俟。公孺索倡首者，黥一人，余复送役所，语其较[2]曰："若复偃蹇[3]者，斩而后报。"众帖息。

【注释】

[1] 吕公孺：字稚卿，北宋寿州人，官至户部尚书。
[2] 较：此处同"校"。
[3] 偃蹇：骄横不法。

【译文】

　　吕公孺任永兴军知军时，将永兴军治所迁到河阳。洛口籍的驻军一千人，因服役时间很久想回家，抡起了斧子冲击城门，无法入城，就又向西奔赴黄河桥而去，看到的、听到的一派气势汹汹。部将们请求出兵追杀，吕公孺说："这些人都是亡命之徒，一激化就会发生叛变。"他立即乘马向东，派几名卫兵迎着洛口兵，晓谕说："你们诚然很辛苦，然而怎么能擅自回家呢？谁要是敢过桥，那就罪不容赦了！知军我就在这里，愿意自首的站到路左边去。"这些人一个个都站到路边等吕公孺发落。吕公孺抓住首犯，刺配一人，其余人仍然送回营中，并告诉军校说："如果再有做骄横不法之事的人，先斩后报。"众人服服帖帖安定下来。

定子决狱

　　高定子[1]知夹江县，时邻邑有争田者十余年不决，部使者[2]

以属定子。定子察知伪为质剂^[3]，其人不服。定子曰："嘉定改元诏三月始至县，安得有嘉定元年正月文书邪？"两造^[4]遂决。

【注释】

[1] 高定子：字瞻叔，南宋邛州蒲邱人，官至参知政事。

[2] 部使者：指中央到地方巡按官员。

[3] 质剂：指地契。

[4] 两造：指原告和被告。

【译文】

高定子任夹江知县时，邻县有件争田案子十多年无法判决，部使者把这个案子交给了高定子。高定子调查得知其中一方伪造地契，那人不认罪。高定子说："嘉定改年号诏书三月才到县里，你怎么会有嘉定元年正月的文书呢？"原告与被告这才结案。

温造平叛

温造^[1]为京兆尹^{（一）}，时戎羯^[2]乱华，诏下南梁起甲士五千人，令赴阙下。将起，师人作叛，逐其帅，因团集拒命岁余。宪宗深以为患，温造请以单骑往。至其界，梁人见止一儒生，皆相贺无患。及至，但宣召敕安存^[3]，一无所问。然梁师负过^[4]，出入者皆不舍器杖，温亦不诫之。他日，球场中设乐，三军并赴。令于长廊下就食，坐筵前临阶南北两行，设长索二条，令军人各于面前索上挂其刀剑而食。酒至数巡，鼓噪一声，两头齐力称^{（二）}举其索，则刀剑去地三丈余矣。军人大乱，无以施其勇，然后合户斩之。南梁人自尔累世不复叛。

【校勘】

（一）京兆尹：此则故事采编自王仁裕《王氏闻见录》。王仁裕所记与史实多有不合。一，温造不曾担任京兆尹。二，温造诛乱兵事在唐文宗太和四年（830），不在唐宪宗年间。三，戎羯乱华不对，当时是南诏国发兵寇成都。四，并非阙下，而是成都。五，"南梁"在唐仅暂置即省，其地在今湖南宝庆，与温造诛乱兵的地点兴元（本为梁州，即今陕西南郑）绝不相及。六，温造平兴元乱军事主要靠的是兴元都将卫志忠，并非单骑前往。

（二）称：据《王氏闻见录》，为"抨"字之讹。抨，弹。

【注释】

[1] 温造：字简舆，号水南山人，唐朝并州祁县人，官至礼部尚书。

[2] 戎羯：戎和羯。古族名。泛指西北少数民族。

[3] 安存：安抚存恤。

[4] 负过：有过错。

【译文】

温造为京兆尹时，戎羯等族扰乱华夏，皇帝下令由南梁征兵五千人入京。军队出发前，突然发生兵变，士兵们驱逐原来的统帅，并且集体抗命，时间长达一年多。宪宗感到非常苦恼，温造请求宪宗准他单身平叛。温造抵达南梁后，南梁兵见他不过是名书生，不由大为宽心，甚至相互道贺，认为没有什么可担忧的。温造到营地后，除了宣读皇帝的敕命表示安抚存恤外，其他事情一概不问。可是，南梁兵自认为有过错，往来出入，兵器都不离手，温造也不加禁止。一天，温造在球场设宴，三军将士都来赴宴。温造让士兵在长廊下就餐，坐席前靠台阶的南北方向，各架设两根长绳，下令士兵先将随身兵器挂在面前的绳索上，然后吃饭。酒喝得尽兴时，只听得唐兵突然一声大喝，将绳索两头用力抖动，于是刀剑纷纷弹出三丈开外，这时南梁兵大乱，手中缺少兵器，根本招架无力，于是温造下令关上大门把南梁兵全部处斩。南梁人从此累世不再反叛。

李亨决狱

李亨[1]为鄞令。民有业圃者，茄初熟，邻人窃而鬻于市。民追夺之，两诉于县。亨命倾其茄于庭，笑谓邻人曰："汝真盗矣，果为汝茄，肯于初熟时并摘其小者？"遂伏罪。

【注释】

[1]李亨：明朝仁寿县人，宣德年间癸丑科进士，曾任鄞县县令。

【译文】

李亨为鄞县县令。有位百姓种菜为业，茄子刚成熟，就遭邻人盗取，并且还运到集市上出卖。百姓追来与邻人争夺茄子，最后两人到官府，互相控诉对方。李亨要他们把茄子倒在院里，看了一眼后，笑着对邻人说："你才是真正盗贼，如果这些茄子真是你所种的，哪会在茄子刚熟时连那些小茄子也一并采摘呢？"邻人听了，只得俯首认罪。

高湝明察

王湝⁽一⁾领并州刺史，有妇人临水浣衣，有乘马行人换其新靴去。妇人持故靴诣州言之。湝召居城诸妪，以靴示之，曰："有乘马人于路被贼劫害，遗此靴焉，得无⁽二⁾亲属乎？"一妪哭曰："儿昨着此靴向妻家也。"捕而获之，时称明察。

【校勘】

（一）王湝（jiē）：据《北齐书·列传第二》，为任城王高湝苟简。高湝，渤海郡蓨县人，北齐奠基者高欢之第十子，受封任城王。

（二）得无：此则抄自冯梦龙《智囊·察智·高湝》（卷三）。然"得无亲属乎"为病句，"得无"表示揣测语气，可译为"该不会……吧"，所以"得无"后夺"无"字，冯梦龙出错，郑瑄因之。据《北史·列传》（卷三十九），此句为"焉得无亲属乎"；郑克撰《折狱龟鉴·高湝留靴》，此句为"焉得无亲戚乎"都是正确句子，可为佐证。

【译文】

北齐时任城王高湝代理并州刺史时，有个妇人河水边洗衣，被一位骑马路过的人换走了她正要刷洗的新靴。妇人于是拿着这双旧靴到州里来告官。高湝召来城中好多妇人，拿出那双旧靴给她们看，说："有位骑马过客，在路上被盗贼劫害，留下这双靴子，这人该不会没有亲属吧？"一名老妇哭着说："我儿子昨天就是穿着这双靴子到他妻子家去的。"高湝立即命人追捕，当时人称高湝明察秋毫。

薛奎安民

薛简肃公奎[1]帅蜀，民有得伪蜀[2]时中书印者，夜以锦囊挂西门。门者以白，蜀人随者者万计，皆汹汹出异语，且观公所为。奎顾主吏藏之，略不取视，民乃止。

【注释】

[1]薛简肃公奎：即薛奎，字宿艺，北宋绛州正平人，官至户部侍郎，谥号简肃。
[2]伪蜀：此指后蜀，又称孟蜀，孟知祥所建，定都成都。

【译文】

简肃公薛奎任西川安抚使时，有百姓得到后蜀时中书省印章的，用锦囊盛放，夜里挂到西城门上。看门人把这报告给薛奎，蜀人随着观看的多以万计，都乱纷纷地说怪异的话，并且观看薛奎如何处理。薛奎让主管官员收藏起来，看都不看，百姓就安定下来了。

希崇明断

张希崇[1]守祁州（一）。郭氏有义子，自孩提抚至成人。因戾不受训，遣之。郭氏夫妇相次俱死，有嫡子已长。时郭氏诸亲与义子相约，云是亲子，欲分其财，助而讼之，前后不能定狱。希崇览其诉状，判云："父在已离，母死不至。假称义子，辜二十年抚养之恩；傥曰亲儿，犯三千条悖逆之罪。生涯[2]并付亲子，讼党依律定刑。"闻者服其明断。

【校勘】

（一）祁州：据《旧五代史·张希崇传》，为"邠州"之讹。

【注释】

[1] 张希崇：字德峰，五代时幽州蓟县人，官至邠宁节度使。

[2] 生涯：此指田产。

【译文】

张希崇任邠州知州。当时，邠州有一户郭姓人家，收留了一个男孩，将他抚养成人。这养子长大后，因乖戾不听教诲，被郭家赶走。后来，郭氏夫妇相继去世，他们的亲生儿子已经长大。当时郭家的一些亲戚与养子合谋，说养子是郭家亲生儿子，想分得遗产，帮助义子打官司，好几任官员不能定案。张希崇看完诉状后，判决说："父亲在时就已离开，母亲死时不来送葬。如果说是养子，就辜负了二十年养育之恩；如果说是亲子，就犯了三千条悖逆罪行。郭氏家产全部由其亲生儿子继承，朋比为奸者按律定罪。"听到判决的人都佩服他剖断明白。

张鷟搜鞍

张鷟[1]在河阳，有客失驴。因捕急，盗乃夜放驴而藏其鞍。鷟令客勿秣驴，夜纵之。驴寻向所喂处，遂捕[一]其家，得鞍。人服其智。

【校勘】

（一）捕：据宋朝桂万荣《棠阴比事》，为"搜"字之讹。

【注释】

[1] 张鷟：字文成，自号浮休子，唐代深州陆泽人，小说家。

【译文】

　　张鷟在河阳县任职时，有客人的驴子失踪了。因为追查得紧急，盗贼就在夜间把驴子放了出来，可仍把驴鞍收藏着。张鷟让客人不给驴投喂饲料，夜里把驴子放开。驴子寻找原来喂它的地方，于是到那户人家搜查，找到了驴鞍。人们佩服他明智。

无名破案

　　天后时，尝赐太平公主宝物两盒，值金百镒，寻为盗所得。天后大怒，长史[1]曰(一)：“三日不得盗，罪死！”长史惧，谓主盗官曰：“两日不得贼，死！”尉谓吏卒曰：“一日不擒获，先死！”吏卒计无所出。遇湖州别驾苏无名，相与请之至县。卒白尉曰：“得盗物者来矣。”尉怒曰：“何诬辱别驾？”无名笑曰：“吾历官，擒奸摘伏[2]有名，此辈请为解厄耳。”尉白长史，无名求见后。对玉阶[3]，乃言曰：“若委臣取贼，无拘日月，且宽府县，令不追求，仍以两县擒盗吏卒，尽以付臣，为陛下取之，亦不出数(二)日耳。”天后许之。无名戒吏卒缓。至月余，值寒食，无名尽召吏卒，约曰：“十人五人为侣，于东(三)北门伺之。见有胡人与党十余，皆衣缞绖[4]，相随出赴北邙[5]者，可蹑之而报。”吏卒伺之，果得，驰白无名，往视之。问伺者诸胡若何。伺者曰：“胡至一新冢，设奠，而哭不哀。既撤奠，即巡行冢旁，相视而笑。”无名喜曰：“得之矣。”因使吏卒尽执诸胡，而发其冢。剖棺视之，棺中尽宝物也。天后问无名：“卿何术而知此盗？”对曰：“臣非有他计，但识盗耳。当臣到都之日，即此贼出葬之时，臣见即知是偷，但不知其葬物处。今寒食节拜扫，计必出城，寻其所之，足知其墓。贼即^{（四）}设奠，而哭不哀，明所葬非^{（五）}也。奠而哭毕，巡冢相视而笑，喜墓无损伤也。向若陛下迫促府县擒贼，计急必取之而逃。今者更不追求，自然意缓，故未将出。"天后悦，赐金帛，加秩二等。

【校勘】

（一）长史曰：据唐人牛肃传奇小说《苏无名》，为"召洛州长史谓曰"之讹。

（二）数：字后夺"十"字。

（三）东：字后夺"门"字。

（四）即：为"既"之讹。

（五）非：字后夺"人"字。

【注释】

[1] 长史：此处指地方官员佐官，亦称别驾。

[2] 摘伏：揭发隐秘的坏人坏事。形容治理政事精明。

[3] 玉阶：玉石砌成或装饰的台阶，亦为台阶美称。此处代指朝廷。

[4] 缞（cuī）绖（dié）：丧服。

[5] 北邙：即邙山。因在洛阳之北，故名。

【译文】

　　天后武则天执政期间，曾赐给太平公主两盒宝物，价值黄金百镒，不久被盗贼盗走。天后大为震怒，立即召见洛州长史说："三日破不了案，就判你死罪！"洛州长史心中非常害怕，对负责捕盗的县尉说："两日内破不了案，我就杀了你们！"县尉对自己部下说："一天之内必须将盗贼擒获，擒不了贼，就先杀了你们！"下属吏卒们都很惊恐，可是谁也想不出办法来。正巧碰到了湖州别驾苏无名，一起把他请到县衙中。吏卒们向县尉禀告说："获取盗贼赃物的人来了。"县尉责怪吏卒说："你们怎么让别驾屈尊到来？"苏无名笑着对县尉说："我任官以来，因揭露隐秘坏事擒拿奸邪之人而有名。这些吏卒把我带来，希望能够解除他们的困顿。"县尉向长史禀告后，苏无名请求见天后。

于是天后在宫殿里见了他，苏无名说："陛下如果委任我抓盗贼，就不要限定日期。对长史、县尉加以宽限，不要让他们追查此案，把负责擒盗的小官员都交由我指挥，不出几十天我为陛下擒拿这些盗贼。"天后答应了苏无名。苏无名告诫差役不要紧急行事。过了一个来月，正好遇上寒食节，苏无名把吏卒都召集起来，命令他们说："每十人五人一组，到洛阳东门和北门一带守候。如果发现有胡人及其十来个追随者穿着孝服一起出城到城北邙山扫墓，就跟踪他们，并派人报告。"吏卒守候，果然发现（有胡人穿着孝服一起出城向北邙山而去），赶紧向苏无名报告，苏无名前去察看，问守候的吏卒这些胡人干了些什么。吏卒回答说："胡人到了一个新墓冢前，设奠扫墓，但是哭得并不哀伤。不久撤掉奠礼，绕墓冢巡行一圈，互相对视而笑。"苏无名高兴地说："大案告破了！"随即下令吏卒将这些胡人尽数拿下，并将这座墓冢挖开，将棺材剖开一看，棺中都是从太平公主府中偷盗的珍宝。天后问苏无名："你用什么手段将盗贼擒获的？"苏无名说：我没有什么其他办法，只是偶然认识这几个盗贼罢了。我到京城时，正好碰见这群胡人出葬，凭表现就知道他们是盗贼，只是不知道藏物地方。现今寒食节，城中居民照例要去祭拜扫墓。料定这伙人肯定要出城到墓地去祭扫，我带人跟踪到墓地，就知道他们藏物地方了。他们既然设奠拜祭，哭却不哀痛，就断定墓中葬的不是人。又见他们祭奠哭完围绕墓冢一周之后，相视而笑，就断定他们认为墓冢财物无损而得意。假若陛下急令府县限期破案擒贼，这伙盗贼必定急忙携物而逃。现在，我们并不严加追查，盗贼们自然不会外逃，所以没有把财物取出。"天后很高兴，赐给苏无名一批金帛等物，并把他连升两级。

刘皓严明

刘皓[1]初为林城〔一〕令，决事严明。会鞫劫盗，狱吏令盗伪通买物者十余人，乞追证[2]，意欲乘时规利。皓佯为无能者，判曰："并要正身[3]，违限重断。"及期，如数勾至，皆衣服鲜洁，豪子也。皓命屏鞫狱吏，别以他吏引贼至庭下认之，皆无识者。皓曰："尔能通姓名而有不识者乎？"贼愕然实告。命尽释之，吏^(二)置重法。一境钦畏，不敢欺。皓谓诸吏曰："我河北村秀才，深知民间利病，尔宜屏缩^[4]，以候来者。"

【校勘】

（一）林城：当为"临城"之误。临城，今河北邢台临城。

（二）吏：据宋人范公偁《过庭录》，字前夺"当行"二字。当行，有经验的。

【注释】

[1] 刘皓：字商父，宋代河北人。

[2] 追证：审讯对证。

[3] 正身：谓确系本人，并非冒名顶替者。

[4] 屏缩：躲避。

【译文】

　　刘皓当初任临城县令时，断事严明。适逢审讯抢劫的盗贼，狱吏让盗贼作假说与买东西的十几个人有勾结，打报告请求一并审讯对证，想要借机牟取利益。刘皓装作不明就里，下令说："一起捉来要验明正身，违限的予以重判。"到了期限，把牵连的人如数捉来，这些人都衣服鲜亮干净，都是富家子弟。刘皓命令隔开审讯狱吏，另让其他差役引领盗贼至庭下认牵连的人，都没有认识的。刘皓说："你们能通姓名却不认识本人吗？"盗贼惊愕，把实情相告。刘皓把牵连者全部释放，把经常作恶的差役严肃处理。全县人对他钦佩敬畏，不敢欺瞒。刘皓对众差役说："我是河北乡间秀才出身，深知民间利害，你们应该小心从事，以观后效。"

张经御倭

　　嘉靖间倭寇大作，张经^[1]巡方至嘉禾。贼目^(一)武塘将逼城，公出酒百余瓮，米五十包，毒之，封包如故。载以二小舟，授数健儿，赍冠服 [2]、文牒，若犒兵者。贼见逐之，健儿浮水遁。贼入舟，见冠服、文牒，信为犒兵也。呼类欢饮俱醉，复作饭食之，一时流血暴死者七八百。余贼知中计，遂相戒，勿食民间遗物。会雨骤至，又无所得食，淋漓饥困，毙者益众，遂去。

【校勘】

（一）目：据明人朱国祯《涌幢小品·平倭》（卷三十），为"自"之误。

【注释】

[1] 张经：字廷彝，号半洲，明朝福建侯官人，官至兵部尚书，抗倭将领。
[2] 冠服：官帽和官服。古代服制，官吏冠服因官爵不同而有别。

【译文】

嘉靖年间，倭寇大肆进犯，张经巡查地方到嘉禾（嘉兴古称）。倭寇从武塘（今嘉善魏塘镇）出发，将逼进嘉善城，张经拿出百多瓮酒，五十包米，里面下了毒药，像平常那样封装。用两条小船装载，交给几个健儿，带着冠服、文件，像是犒劳军队的。倭寇看见小船就追上去，健儿浮水逃跑。倭寇上船，看见冠服、文件，认为真的是用来犒劳军队的。招呼同类，愉快饮酒，直至大醉，又用那米做饭吃。一时流血暴死的有七八百人。剩下的倭寇知道中计，于是相互告诫，不要吃民间留下的东西。适逢大雨突至，又没办法获取食物，遭受雨淋，疲劳困顿，死的人很多，于是撤退离去。

令孤之法

唐宣宗惩阉宦之横，令孤绹 [1] 密奏云："但有罪莫舍，有阙莫填，自然无遗类矣。"此法可行之僧道者，尤可行之于汰兵。

【注释】

[1] 令孤绹：字子直，太和进士，令孤楚次子，唐朝宣宗时累官至同中书门

下平章事。

【译文】

唐宣宗要惩治恣横的宦官，令狐绚密奏说："只要有罪就不赦免，有空缺就不填补，自然就不会有残存的了。"此法可用在管理僧道上，尤其可用在削减军队上。

倒用县印

闻人颖立[1]初簿江都，既擢，知崇德县。时事孔殷[2]，过军哗然邀功，必欲挟邑宰代申希赏。事出仓卒，乃于各人券历中披云："破贼有劳，乞行推赏[3]。"以县印倒用之。洎考功行下诘问，则申以乞验印文正用者是。庙堂奇之。

【注释】

[1] 闻人颖立：复姓闻人，字秀城，宋代嘉兴人，宣和年间进士，曾任崇德令。
[2] 孔殷：很急迫。
[3] 推赏：迁官给赏。

【译文】

闻人颖立最初任江都主簿，不久被提拔，任崇德知县。当时军务急迫，路过军人哗变邀功，一定要要挟县令替他们向朝廷申明来求取封赏。事出仓猝之间，闻人颖立就在各人档案中写道："破贼有劳，乞行推赏。"倒用县印。等到考劾功劳的官员向下行文责问，他就申明请求核验印文正用的确实有功劳（倒用印文者冒功）。朝廷认为他做法不俗。

夷邺斥晟

南唐烈祖[1]殂，孙晟[2]草遗诏，以宋后[3]监国。翰林学士李夷邺[4]曰："此必奸人所为。大行尝云：'妇人预政，乱之本也。'安肯自作祸阶？且嗣君明德闻于天下，汝曹何遽为亡国之计？若遂宣行，吾对百僚裂之必矣。"事遂寝。

【注释】

[1] 南唐烈祖：指李昪。烈祖，古时多称开创基业帝王。
[2] 孙晟：初名凤，又名忌，五代时密州人，曾被南唐李昪、李璟父子任为宰相。
[3] 宋后：李昪皇后宋金福，江夏人宋韫的女儿。
[4] 李夷邺：前唐后裔，嗜酒不羁，南唐元宗保大初年，拜正卿。

【译文】

南唐烈祖李昪死后，孙晟起草遗诏，说先皇意愿是让宋皇后监国。翰林学士李夷邺说："这定是奸邪人的做法。大行皇帝曾经说：'妇人干预政事，是祸乱的根本。'怎肯自作祸乱的梯阶？况且嗣君圣明的德行天下闻名，你们这辈人怎么匆忙做祸害国家的打算？你真的宣布这样的遗诏，我一定面对百官撕裂它。"让皇后监国的事就作罢了。

沈括进谏

宋神宗以北虏将入寇，亟取民车以为战具，民大惊扰。存中[1]入侍，神宗顾曰："卿知籍车事乎？"曰："未知。车将何用？"神宗曰："北虏以多马取胜，唯车可以当之。"曰："敌之来，民父子不保，何暇恤车，姑籍其数而未取，何伤？"神宗曰："卿言有理。"存中曰："车战之利（一），古人所谓轻车者，兵车也，五御折旋[2]，利于轻速。今之民车（二）辎车，重大椎朴[3]，以牛挽之，日不能三十里。少蒙雨雪，则跬步难进，故世谓之太平车。恐（三）兵间不可用耳。"神宗喜曰："无人如此语。"遂免籍民车。执政问存中曰："君何术而立谈罢此事？"存中曰："圣主可以理夺，不可以言争。若车可用，其敢以为非耶？"

【校勘】

（一）利：字后夺"见于历世"四字，致使文脉不通。此则采编自宋人邵博《邵氏闻见录》。

（二）车：为"间"之讹。

（三）恐：字前夺"或可施于无事之日"一句。少此一句，语脉欠通顺。

【注释】

[1] 存中：即沈括，字存中，号梦溪丈人，北宋钱塘人，科学家。

[2] 折旋：来回奔逐。

[3] 椎朴：笨重。

【译文】

宋神宗认为北方的金人将入寇，急忙征集民间车子作为军事装备，百姓大受惊扰。沈括入宫陪侍，神宗回头看看他说："爱卿知道朝廷对民间车子造册登记的事吗？"沈括说："不知。登记车子要做什么用？"神宗说："北方的金人凭马多取胜，只有车子可以抵挡他们。"沈括说："敌人到来，百姓父子不能相保，哪里会有空闲顾及车子？朝廷只说了借车的数量，还没有征取，有什么妨害呢？"神宗说："爱卿的话有道理。"沈括说："车战的好处，见于各个朝代。古人所说的轻便的车子，是兵车，五匹马来拉，来回奔逐，有利于快速进军。如今民间载重车子，重大笨拙，用牛拉挽，每天行进达不到三十里。稍微遭遇雨雪，就半步难进，所以世人称为太平车。或许可以用于没有战事的日子，恐怕军事上不能用。"神宗高兴地说："没有人这样说。"于是停止对民间车子造册登记的事。宰相问沈括说："你用什么办法在这么短的时间里谏止了这事？"沈括说："圣主可以凭道理让他改变意见，不可以直言相争。如果民间车子可用，难道敢认为不可用吗？

适度排击

人主宫闱中少有偏昵，臣子不可过为排击[1]。如汉高祖欲易太子，张子房惟安太子则已耳，不能使帝必去戚夫人也。袁盎惟止慎夫人不与后并坐[2]则已耳，不能使帝必去慎夫人也。盖内阃燕私[3]，人臣自有不敢讼言[4]者。使果能令二帝去二夫人，亦岂人臣之福乎？

【注释】

[1] 排击：指责。

[2] 不与后并坐：据《史记·袁盎晁错列传》："上幸上林，皇后、慎夫人从。其在禁中，常同席坐。及坐，郎署长布席，袁盎引，却慎夫人坐。慎夫人怒，不肯坐。上亦怒，起，入禁中。"

[3] 内阃燕私：指宫内皇帝的私生活。

[4] 讼言：公开说，明说。

【译文】

君主对后宫中妃嫔稍有偏爱，臣子不可过为指责。如汉高祖想换太子，张子房（张良字子房）只是安保太子罢了，不能使汉高祖一定要离开戚夫人。袁盎只是让慎夫人不与皇后并坐罢了，不能使汉文帝一定要离开慎夫人。大概皇帝宫内私生活，本有臣子不便公开谈论的。假使真能让两位皇帝离开二位夫人，难道是臣子福分吗？

陈瓘虑远

陈忠肃[1]公智明虑远，事无大小，必原始要终[2]，验如符契。方赴召命，至阙，闻有旨，令三省缴进前后臣僚章疏之降出[3]者。公谓宰属谢圣藻[4]曰："此必有奸人图盖己愆，而为此谋者。若尽进入，则异时是非变乱，省官何以自明？"因举蔡京上疏请灭刘势

(一)等家族，又妄言携剑入内、欲斩王珪等数事。谢惊悚，即白时宰，录副本于省中。其后京党欺诬盖抹之说，不能尽行，由有此迹，不可泯也。

【校勘】

（一）刘势：据明人冯梦龙《智囊》，为"刘挚"之讹。刘挚，字莘老，
        北宋永静东光人，官至尚书右仆射，谥忠肃。

【注释】

[1]陈忠肃：即陈瓘，字莹中，号了斋，北宋沙县人，曾任右正言，谥号忠肃。

[2]原始要终：探求事物发展的起源和结果。要，与"原"同义，推求。

[3]降出：谓下旨，与"留中不报"相对。

[4]谢圣藻：即谢文瓘，字圣藻，北宋陈州人，曾任濮州知州、集英殿修撰等职。

【译文】

　　忠肃公陈瓘智慧明达，思虑长远，事无大小，一定推求起源和结果，能像符契一样查验。陈瓘接奉圣旨，来到宫门，听说皇帝有道谕旨，命令三省（中书、门下、尚书三省）缴回以前众位大臣进呈给皇帝被下发的奏章。陈瓘对宰相属官谢圣藻说："这一定是奸人为了掩饰自己的过错而想出这个计谋，如果把下发的奏章全数进呈皇上，将来如有是非变乱，三省官员要如何表明自己的清白呢？"陈瓘于是举出蔡京上疏请诛灭刘挚等人家族，又捏造说刘挚带剑入朝廷，想杀王珪等几件事来告诫谢圣藻。谢圣藻听了非常害怕，就对宰相报告这事，然后抄录副本留在三省中。后来蔡京党羽欺诈诬蔑掩饰过失的言辞都不能实行，由于有这些副本存在，而无法消灭罪证。

雍容有度

　　王文正公与人寡言笑，其语虽简，而能以理屈人。默然终日，莫能窥其际。及奏事上前，群(一)臣异同，公徐一言以定。韩魏公与欧、

曾[1]同事两府。欧性素褊，曾则龌龊[2]，每议事，至厉声相攻，不可解。公一切不问，候其气定，徐以一言可否之，二公皆服。

【校勘】

（一）郡：据元人张光祖《言行龟鉴》，为"群"之误。

【注释】

[1] 曾：即曾公亮，字明仲，号乐正，北宋泉州晋江（今福建泉州）人，官至同中书门下平章事，封鲁国公，谥宣靖。

[2] 龌龊：过分谨慎，拘于小节。

【译文】

　　文正公王旦与人少言笑，他的话语虽少，却能以理服人。他终日默然，没有谁能窥测到他的边际。到他在皇上面前奏事时，群臣有不同意见，文正公慢慢地用一句话来拍板。魏国公韩琦与欧阳修、曾公亮在两府（中书省和枢密院）共事。欧阳修生性素来褊急，曾公亮则过分谨慎，每当议事，至于厉声相互攻击，不可解劝。魏国公一切不问，等他们心气平定，慢慢地用一句话来拍板，两人都服从他的意见。

智退元俨

　　真宗不豫[1]，李文定公以宰相宿内祈禳。时太子尚幼，八大王元严（一）者，颇有威名，问疾留禁中，累日不出，执政患之。偶翰林司以金盂贮热水过，问之，曰："王所需也。"文定取案上墨笔搅水中，尽黑。王见之大骇，意其为毒也，即上马去。

【校勘】

（一）元严：为"元俨"之误，即赵元俨，宋太宗第八子，人称"八大王"。

【注释】

[1] 不豫：天子有病讳称。

[2] 李文定：即李迪，字复古，北宋赵郡赞皇人，官至宰相，谥文定。

【译文】

宋真宗生病时，文定公李迪以宰相身份宿宫内祈祷。当时太子还年幼，八大王赵元俨，很有威名，因问病留在宫中，整天不出宫，宰相担心这事。偶逢翰林司用金盂盛热水路过，李迪问用来做什么，回答说："八大王要用的。"李迪拿起案上的墨笔在水中搅动，水都变为黑色。八大王看见后，非常害怕，认为水里有毒，即刻上马出宫。

宗泽临敌

金兀术抵白沙，去汴京密迩，都人震恐。僚属入问计，宗泽对客围棋，笑曰："何事[1]张皇？刘衍等在外，必能御敌。"乃选精锐数千，使绕出敌后，伏其归路。金方与衍战，伏兵起。前后夹击，金果败。

【注释】

[1] 何事：为什么。

【译文】

金兀术抵达白沙（今属河南郑州），距离汴京已经很近，京城人心震动害怕。僚属进来问应对策略，宗泽正在与客人下围棋，笑笑说："为什么惊慌？刘衍等在外，一定能够抵御敌人。"于是选拔几千精锐部队，让他们绕出敌后，在金人归路上埋伏下来。金人正与刘衍战斗，伏兵起来，前后夹击，金人果然大败。

魏公临变

统制 [1] 郦琼 [2] 率诸军缚庐州节制吕祉 [3]，归刘豫 [4]。张魏公浚方宴僚佐，报至，公色不变，徐曰："此有说^{（一）}。"乐饮至夜分，乃为蜡丸^{（二）}，遣死士持遗琼，言："事可成，成之；不可，速全军以归。"虏得书，疑琼，分隶其众，困苦之。边赖以安。

【校勘】

（一）说：据《鹤林玉露》（甲编卷二），"说"后夺"第恐虏觉耳"五字。

（二）蜡丸：为"蜡书"之讹。蜡书，装在蜡丸中的书信。

【注释】

[1] 统制：北宋时，为加强中央集权，皇帝直接控制军队，将领不能专兵。凡遇战事，则在各将领中选拔一人给予"都统制"的名义，以节制兵马。

[2] 郦琼：字国宝，北宋相州临漳人，降金将领。

[3] 吕祉：字安老，北宋建州建阳人，曾任兵部尚书。

[4] 刘豫：字彦游，北宋景州阜城人，曾任殿中侍御使，降金后，被金人册封为齐皇帝。

【译文】

统制郦琼率各路军马捆缚了庐州指挥吕祉，归顺了刘豫。魏国公张浚正设宴招待幕僚，军报到来，脸色不变，慢慢地说："这是有说法的，只是怕金人察觉罢了。"欢饮至夜半，于是写信，用蜡丸封装，派死士拿着送给郦琼，说："事情可以做成，就做成；不可做成，就快把全部军队带回来。"金人截到书信，怀疑郦琼，把他的部众分属他人，让他遭受困苦。南宋边境赖以安定。

增大门键

元丰间，刘舜卿 [1] 知雄州。虏寇夜窃其关锁去，吏密以闻，舜卿置不问，但使易其门键，大之。后数日，虏牒送牒^(一)者，并以锁至。舜卿曰："吾未尝亡锁。"命加于门，则大数寸，并盗还之。虏大惭沮，盗者亦得罪。

【校勘】

（一）牒：据叶梦得《石林燕语》，为"盗"之讹。

【注释】

[1] 刘舜卿：字希元，北宋开封人，官至步军副都指挥使，谥毅敏。

【译文】

　　元丰（北宋神宗年号）年间，刘舜卿任雄州知州。敌方夜间把州城门的锁偷走了。门官秘密地把此事报告给刘舜卿，刘舜卿搁置不问，只是让门官去换一个大些的新门键装上。几天后，辽国发公文把偷锁的人送回雄州，并且把门锁也带回来了。刘舜卿说："我们不曾丢失门锁。"命人拿到城门上去试，门键比锁大了几分，刘舜卿把偷锁的人和门锁又交还给对方。辽人大为惭愧丧气，偷锁的人反被辽人治罪。

从善应急

　　赵从善^[1]尹临安，宦寺欲窘之。一日，索朱红桌三百只，限即日^(一)。从善于市中取茶桌一样三百只，糊以清江纸^[2]，用朱漆涂之，咄嗟^[3]而成。两宫幸聚景园，回索火炬三千枝，限以时刻。从善命于娼家取竹帘束之，顷刻而办。

【校勘】

（一）日：据罗大经《鹤林玉露》（乙篇卷六），错漏及不合情理处甚多。
　　　原文为：赵从善尹京日，宦寺欲窘之，敕办设醮红桌子三百只，内
　　　批限一日办集。从善命于酒坊茶肆取桌相类者三百，净洗，糊以白

纸，用红漆涂之。又两宫（指皇帝与太后）幸聚景园，夜过万松岭，立索火炬三千，从善命取诸瓦舍妓馆，不拘竹帘芦帘，实以脂，卷而绳之，系于夹道松树，左右照耀，比于白日。

【注释】

[1] 赵从善：即赵师𦻏（zé），字从善，南宋人，宋太祖裔孙，自号无著居士，官至兵部尚书。

[2] 清江纸：不详。清江大概是当时有名的产纸之地。

[3] 咄嗟：犹呼吸之间。谓时间仓卒，迅速。

【译文】

略。

魏公遇刺

苗刘之乱[1]，张魏公浚在秀州，议（一）勤王之师。一夕独坐，忽一人持刀立烛后。公知为刺客，徐问曰："岂非苗傅、刘正彦遣汝来杀我乎？"曰："然。"公曰："若是，则取吾首去可也。"曰："我亦知书，宁肯为贼用？恐公防闲[2]不严，有继至者，故来相告耳。"公问："欲金帛乎？"笑曰："杀公，何患无财？""然则留事我乎？"曰："我有老母在河北，未可留也。"问其姓名，不答。摄衣跃登屋，屋瓦无声，时方月明，去如飞。明日，公命取死囚斩之，曰："夜来[3]获奸细。"

【校勘】

（一）议：据明人王世贞《剑侠传》，字后夺"举"字。

【注释】

[1] 苗刘之乱：建炎三年（1129）由苗傅和刘正彦发动，诛杀了宋高宗赵构

宠幸权臣及宦官，并逼迫赵构将皇位禅让给皇太子赵旉，最后苗刘两人
被打败，在建康闹市被处决。

[2] 防闲：指防备和禁阻。防，堤坝。闲，圈栏。

[3] 夜来：夜间。

【译文】

苗傅、刘正彦作乱的时候，魏国公张浚在秀州，筹划发动勤王的
军事行动。一天晚上独坐，突然发现有一人拿刀站在蜡烛后面。张浚
知道这人是刺客，慢慢地问他："你莫不是苗傅、刘正彦派来刺杀我
的人吗？"那人回答说："是这样。"张浚说："如果是这样，就请
你把我的人头拿走吧。"那人说："我也是知书达理的人，难道肯为
叛贼所用？只是担心您的防卫不严，还会有人前来行刺，特意前来告
知。"张浚问："你想要钱财吗？"刺客回答："如果杀了你，还愁
没有钱财吗？""那么你想要留下来为我效力吗？"刺客回答："我
的老母亲还在河北，不能留下。"张公又问他的姓名，他不回答。然后，
提衣跳到屋上去了，连踩瓦片的声音都没有，这时月光正明，刺客行
走如飞。第二天，张浚下令把一个人死刑犯当众斩杀，对外声称："这
是夜里活捉的奸细。"

伊川有识

陕右钱旧以铁，有议更铜者，会所铸，子不逾母[1]，谓亡利遂止。
伊川闻之曰："此乃国家之大利也。利多费省，私铸者众；费多利
少，盗铸者息。民不敢盗铸，则权归公上，非国家之大利乎？"又
有议增解盐[2]之直者，伊川曰："价平则盐易泄[3]，人人得食，无
积而不售者，岁入必倍；增价则反是。"已而果然。

【注释】

[1] 子不逾母：子钱不超过母钱。母钱是古时翻铸大量钱币时，中央和地方
    财政所制作的标准样板钱。子钱是母钱翻砂大批浇铸出来的钱。

[2] 解盐：山西解池出产的盐。

[3] 泄：流通。

【译文】

　　陕西西部的钱原来用铁铸造，有人议论换成用铜来铸造，在实际铸造过程中，子钱不能超过母钱，认为无利可图，就停止了这种铸钱法。伊川先生程颐听后说："这就是国家的大利。利多费省，私铸人就众多；费多利少，盗铸人就没有了。百姓不敢私自铸钱，那么铸造钱的权限归公家，不是国家的大利吗？"又有人议论抬升解盐的价格，伊川先生程颐说："价格低平，那么盐就容易流通，人人能食，不会积压卖不出去，年收入必定翻倍；如果抬高价格，效果与此相反。"不久，发现事实就是这样。

伯鹰古风

　　余[一]友徐伯鹰[1]仕宦三十年，家业不逾中人。宗中两绅争尺寸地，至治兵相攻。伯鹰出橐中赀，人与百五十金，争乃罢，此与古人"毁璧[2]止斗"何异？但难为受者耳。罢官归，诗酒自娱，尝梦中得句曰："风清鸟定泉鸣枕，夜静僧归月满床。"境甚幽，始有所自也。

【校勘】

（一）余：指徐如翰友人刘宗周或陶奭龄等，确指为谁，不得查考。

【注释】

[1] 徐伯鹰：即徐如翰，字伯鹰，号檀燕，明朝浙江上虞人，官至陕西参政。

[2] 毁璧：典出晋干宝《搜神记》："澹台子羽赍璧渡河，风波忽起，两龙夹舟。子羽奋剑斩龙，波乃止。登岸，投璧于河，河伯三归之。子羽毁璧而去。"后以"毁璧"为鄙弃财宝之典。

【译文】

我朋友徐伯鹰做官三十年，家业不超过普通人。家族中两名缙绅为一点儿地产，以至于刀兵相见。徐伯鹰拿出自己的钱财，每人给一百五十两银子，于是争斗停息，这与古人"毁璧止斗"有什么不同？只是难为接受者罢了。罢官回家，诗酒自娱，曾经在梦中得到诗句："风清鸟定泉鸣枕，夜静僧归月满床。"诗句境界很幽静，能梦到写这样境界的诗句是有原因的。

气平之术

见人与人忿争不休者，语之曰："天下事，未有是全在我、不是全在别人之理。但念自己一个不是，即吾之气平；但说自己一个不是，即人之气亦平矣。"

【译文】

看到人与人忿争不休的，告诉他们说："天下事，没有正确全在我、错误全在别人的道理。只要想到自己一个过错，那我的怒气就会平息；只说自己一个过错，别人的怒气也会平息。"

至人四贵

唐时孝子王渐作《孝经义》五十卷。凡乡里有斗讼，渐即诣门高声诵义一卷，多^(一)为惭谢。

【校勘】

（一）多：此则采编自唐人柳宗元《龙城录》。据此，为"反"之讹。

【译文】

唐时孝子王渐作《孝经义》五十卷。凡乡里有争斗诉讼的，王渐就到他们门前高声诵读《孝经义》一卷，争斗诉讼的人反而惭愧谢罪。

果敢勇断

秦王以连环送君王后[1]，求解。君王后对使击碎之，云："已解竟。"齐神武[2]令文宣[3]治乱丝，文宣抽佩刀断之，曰："乱者当斩如此。"胆识不特可以剬[4]繁剧，当艰巨之投(一)，无所疑慑。用以学道，必能悬崖撒手，作自由自在人。不然，瞻顾前后，终放舍身命不得也。

【校勘】

（一）投：为"役"之讹。

【注释】

[1] 君王后：太史敫（jiǎo）之女，战国后期齐襄王王后，齐王建生母。

[2] 齐神武：即高欢，字贺六浑，东魏权臣，北齐王朝奠基人，后被尊为神武皇帝，史称北齐高祖。

[3] 文宣：即齐文宣帝高洋，字子进，北齐开国皇帝，谥号文宣皇帝。

[4] 剬（tuán）：割断，截断。

【译文】

秦王把连环送给君王后，要求解开。君王后面对使者把连环打碎，说："已经解完了。"齐神武皇帝命令文宣帝整理乱丝，文宣帝抽出佩刀把乱丝斩断，说："混乱的东西应当像这样被斩断。"胆识不只可以裁断繁重事务，面对艰巨任务，没有怀疑畏惧情绪。用来学道，必能悬崖撒手，作自由自在的人。不然，瞻前顾后，终究不能割舍身家性命。

冷之妙用

点破无稽不根之论，只须冷语半言；看透阴阳颠倒之行，惟有冷眼一只。

【译文】

略。

赵普置瓮

赵普为相，于厅事坐屏后置二大瓮，凡有人投利害文字，皆置瓮中，满即焚于通衢。

【译文】

赵普做宰相时，在办公厅座位的屏风后设置两个大瓮，凡是看到有人投递的谈兴利除害的意见书，都扔到瓮中，满了就到大街上烧掉。

京师取粟

赵德明[1]言民饥，求粮百万斛。大臣皆曰："德明新纳誓而敢违，请以诏书责之。"真宗以问王旦，旦请敕有司具粟百万于京师，诏德明来取，上大喜。德明得诏，惭且拜曰："朝廷有人。"

【注释】

[1] 赵德明：即李德明，李继迁长子，西夏景宗李元昊之父。因曾被北宋皇帝赐姓赵，故称。

【译文】

赵德明说百姓饥饿，要求朝廷救济粮食百万斛。大臣们说："赵德明刚宣誓归附就敢违抗，请下发诏书责备他。"宋真宗问王旦怎么办，王旦请求下令给有关主管部门在京城准备百万斛粮食，而下诏让赵德明来取，皇上听后大喜。赵德明得到诏书，心生惭愧，并且跪拜说："朝廷有人。"

预支岁给

契丹奏请岁给[1]外别假钱币。上问王旦，旦曰："东封甚近，车驾将出，以此探朝廷之意耳。上曰："何以答之？"公曰："只当以微物而轻之也。"乃于岁给三十万物内各借三万，仍谕次年额内除之。契丹得之大惭。次年，复下有司，契丹所借金帛六万，事属微末，仰[2]依常数与之，今后永不为例。

【注释】

[1] 岁给：指的是北宋每年向契丹人进献的财物。
[2] 仰：旧时公文中上级命令下级惯用辞，意为切望。

【译文】

契丹奏请朝廷每年给他们定额财物外，另外再借些钱财。真宗向王旦征求意见，王旦说："向东封禅泰山的日子很近了，车驾将要出都，拿此事来试探朝廷的意图罢了。"皇上说：怎么答复契丹呢？"王旦说："只把这看成是小事，不放在心上罢了。"可在给他们的三十万岁币外，再各借三万，说明这些财物必须在次年的定额中扣除。契丹得到借的钱财后，感到非常惭愧。第二年，王旦告诉主管官员，契丹所借的六万金帛，数量微不足道，切望还是按往年数字给他们，今后永不为例。

曹玮行兵

曹玮善行兵。当在边，蕃部有过恶者，皆平定之。每以饯将官为名出郊，而兵马次序，以食品为节。若曰"下某食"，即某队发；比至"水饭[1]"，则捷报至矣。

【注释】

[1] 水饭：稀饭。

【译文】

曹玮擅长用兵。他守卫边疆时，对有过失的外蕃部落，都予以平定。每以设酒食送行将官名义出城，而兵马行进次序，按食品的次序。若果说"吃某食"，即某队出发；等到说"水饭"，那捷报就到了。

张咏安民

李顺[1]党中有杀耕牛避罪逃亡者，张咏许其首身。拘母，十日不出，释之；后拘其妻，一宿而来。公断云："禁母十夜，留妻一宵：倚门之望[2]何疏？结发之情何厚？旧为恶党，今又逃亡，许令首身，犹尚顾望，就市斩之。"于是首身者继至，并遣归业，民悉安居。

【注释】

[1] 李顺：北宋青城人，茶农出身，农民起义领袖。

[2] 倚门之望：靠着家门向远处眺望。形容父母盼望子女归来的迫切心情。此指对母亲的关爱之情。

【译文】

李顺的追随者中有杀耕牛避罪逃跑的，张咏准许其自首。把他母亲关押起来，他十天不出来营救母亲，然后把她母亲放出。后来关押他的妻子，才过一个晚上就来救人。张咏断案说："关母亲十夜，不来救援；留妻子一夜，就来救援：对母亲的关爱多么淡薄？对妻子的感情多么深厚？原来是恶党，现在又逃亡，允许让他自首，还犹豫观望，押到闹市上斩杀。"于是自首的人相继而至，张咏打发他们恢复旧业，百姓得以安定生活。

真宗督师

真宗至澶州，贼犹未退。寇准曰："六军心胆在陛下身上，今若登城，必擒贼矣。"上因御澶之北门，将士望见黄屋[1]，皆呼万岁，声震原野，勇气百倍。

【注释】

[1] 黄屋：古代帝王专用黄缯车盖。

【译文】

真宗至澶州时，辽人还没有退去。寇准说："六军的心胆在陛下身上，现在如果登上城墙，定会擒捉敌人。"皇上于是登上澶州的北门，将士望见皇帝黄缯车盖，都呼万岁，声震原野，勇气增加百倍。

薛奎直谏

宋明肃太后[1]欲以衮冕谒太庙。谏疏交上，俱不听。薛奎[2]，关右人，语气明直，不文其谈，独于帘外口奏曰："陛下大谒之日，还作汉儿拜耶，女儿拜耶？"明肃无以答，是夕报罢。

【注释】

[1] 明肃太后：即章献明肃皇后刘娥，宋真宗赵恒皇后，宋朝第一位摄政太后。
[2] 薛奎：字宿艺，北宋绛州正平人，官至户部侍郎，谥号简肃。

【译文】

明肃太后要要穿戴天子衮冕拜谒太庙。进谏奏章纷纷递上，太后全不听从。薛奎是潼关以西人，语气明白直接，话语不加文饰，独自在帘外口上奏说："陛下谒拜太庙时，是行男子跪拜礼呢，还是行女子跪拜礼呢？" 明肃太后无言以答，这天晚上回复说谒太庙时不用天子衮冕。

韩亿断狱

韩亿[1]知洋州。有大较[2]李申以财豪于乡里，诬兄子为他姓，赂里妪之貌类者使认为己子；又醉其嫂而嫁之，尽夺其食橐。嫂、侄诉于州，申行赂，嫂、侄反自诬服，受杖而去。积十余年，公至，又出诉。公察其冤，因取前后案牍视之，皆未尝引乳医为证。一日，尽召其党，立庭下，出乳医示之。众皆伏罪，子母复归如初。

【注释】

[1] 韩亿：字宗魏，祖籍真定灵寿，北宋人，官至参知政事，谥忠献。
[2] 大较：即"大校"，古代军队中次于将军的军官。
[3] 乳医：接生的医生。

【译文】

宋韩亿担任洋州知州。当初，洋州有大校李申凭财产称雄乡里，诬陷他兄长儿子为外姓，花钱让乡间与侄子相貌相似妇女认侄子为自己儿子；又把他嫂子灌醉，乘机把她嫁出去，把她的嫁妆全部夺取。嫂子、侄子到州里告状，李申行贿，嫂子、侄子被逼屈招，受杖责离开。过了十多年，韩亿来当知州，嫂子、侄子又出来告状。韩亿明察他们的冤情，于是取来这案子前后文件查阅，都不曾招来证人接生医生。一天，韩亿把相关人员都叫来，让他们立在庭下，叫出接生医生来证明。众人都认罪，母子像当初那样再回到家里。

狄青度关

狄青之征智高也，自过桂林，即以辨色[1]时先锋行。先锋既行，青乃出帐，受衙罢，命诸将坐，饮酒一卮，小餐，然后中军行，率以为常。及顿军昆仑关下，翌日，将度关。晨^(一)起，诸将立^(二)甚久，而青尚未坐治。至日高，亲吏疑之，遽入帐周视，则不知青所在。诸将方惊愕，俄有军候^[2]至，曰："宣徽^[3]传语诸官，请过关吃食。"方知青已微服，同先锋度关矣。

【校勘】

（一）晨：据宋人魏泰《东轩笔记》，为"辰"之讹。

（二）立：字前夺"张"字。

【注释】

[1] 辨色：犹黎明。谓天色将明，能辨清东西颜色的时候。

[2] 军候：此指通报军情的军官。

[3] 宣徽：指宣徽南院使。狄青平定侬智高前，朝廷给他的职位。

【译文】

狄青征伐侬智高时，自从过了桂林，就在黎明时分让先锋出行。先锋出行后，狄青才出帐，接受部下拜见后，命众将坐下，饮一杯酒，吃点东西，然后中军出行，大抵把这个当作常规。等到驻军昆仑关下，第二天，将要攻下关城。辰时起来，诸将张望站立很久，而狄青还没有坐帐理事。到日头已高，亲近吏员心生疑虑，匆忙进帐环顾，不知狄青在哪里。众将正惊愕的时候，不久有通报军情的军官到来，说："宣徽南院使传语众将官，请过关吃饭。"才知狄青已经微服出行，同先锋部队攻下关城了。

余靖进谏

宋宝塔灾^(一)，得旧瘗舍利，迎入内廷，言有光怪，将复建塔。余靖^[1]言："彼一塔不能自卫，何福可及于民？凡腐草皆有光，水精^[2]及珠之圆者夜亦有光，乌足异也^(二)？"仁宗从之。

【校勘】

（一）宝塔灾：据宋人王辟之《渑水燕谈录》，为"开宝寺塔灾"。开宝寺，
北宋开封城内四大皇家寺院之一。

（二）也：据《渑水燕谈录》，字后夺"梁武造长干塔，舍利长有光，台
城之败，何能致福！乞不营造"23字。

【注释】

[1] 余靖：字安道，号武溪，北宋韶州曲江人，著名谏官。
[2] 水精：即水晶。

【译文】

宋朝开宝寺塔遭受火灾，得到原先埋藏的舍利，把舍利迎入内廷，
说有发光的怪事，将再建塔。余靖说："那一座塔尚且不能自卫，怎
么可以福祐百姓？凡腐草都有光，水晶及圆的珠子夜里也会有光，哪
里值得奇怪？梁武帝曾建造长干塔，舍利长久有光，台城战败，哪能
带来福祐！请不要造塔。"仁宗采纳了他的建议。

匡扶英宗

英宗遇貂珰[1]少恩，左右不悦，多道禁中隐密。虽大臣亦惑之，
韩琦独屹然不动，昌言于众曰："岂有前殿不差了一语，而一入宫
门得许多错来？"帘前亦屡以此为对。人情知公不摇，妄传者遂息。
慈寿（一）一日送密札与公，有"为孀妇作主"之语，仍敕中贵俟报，
公但曰"领旨"。

【校勘】

（一）慈寿：为"慈圣"之误，指宋仁宗的曹皇后，谥号慈圣光献皇后。

【注释】

[1] 貂珰：貂尾和金、银珰，古代侍中、常侍冠饰。此代指宦官。

【译文】

英宗对待宦官少恩，身边宦官不高兴，多说宫中隐密的事。即使是大臣内心也疑惑，只有韩琦屹然不动，大声对众人说："哪里有前殿不曾说错一句话，而一入宫门就会有许多错来？"在太后帘前也多次拿这话来回奏。人们实知韩琦内心不动摇，妄传的话语就平息下来。慈圣皇太后一日送密信给韩琦，里面有"为寡妇作主"的话，仍命令宦官等候回报，韩琦只是说"领旨"。

坚议祈雨

韩魏公潜察英庙[1]已安，而曹后未有还政意。乃先建议英庙曰："可一出祈雨，使天下之人识官家。"上然之，咨太后。太后怒曰："何不先禀？孩儿未安，恐未能出。"公曰："可以出矣。"后曰："人主出不可以不备礼仪，方处丧，素仗未具。"公曰："此小事，朝廷颐旨[2]即办。"不数日，素仗成，上遂幸相国寺。京师之疑已解，太后不久即还政。

【注释】

[1] 英庙：即宋英宗赵曙。
[2] 颐旨：承旨。

【译文】

魏国公韩琦暗中察看英宗已经康复，而曹太后没有还政的想法。于是先建议英宗说："可以外出一起去祈雨，使天下之人知道陛下已经康复。"皇上认为他说得对，向太后征求意见。太后发怒说："为什么不先禀报？孩儿身体不适，怕不能外出。"韩琦说："可以外出了。"太后说："君主外出不可以不备礼仪，正居丧其间，白色仪仗没有准备好。"韩琦说："这是小事，朝廷承旨就可办好。"不几天，白色的仪仗已备好，皇上就到相国寺祈雨。京师的疑问已经解除，太后不久就还政给英宗。

韩琦料事

治平中，夏国泛使[1]至，将以十事闻，未知何事。太常少卿祝谘[2]馆^(一)伴。既受命，先见枢府，已而见丞相韩琦，曰："枢密何语？"谘曰："枢密云：'若使人议及十事，第云受命馆伴，不敢辄及边事。'"公笑曰："岂有止主饮食而不及他语耶？"公乃徐料十事，以授祝曰："彼及某事，则以某辞对；辩某事，则以某辞折。"及宴，使者果及十事，凡八事正中琦所料。夏人竦^(二)服。

【校勘】

（一）馆：据王辟之《渑水燕谈录》，字前夺"主"字。

（二）竦：为"耸"之讹。

【注释】

[1] 泛使：宋代称派往他国临时办理事务的一般使节。

[2] 祝谘：成武人，北宋庆历六年进士，官至太常寺少卿。

【译文】

治平（宋英宗年号）年间，西夏国泛使到来，将拿十件事对宋朝说，不知是什么事。太常少卿祝谘主管接待。他受命后，先见枢密使，继而见丞相韩琦，韩琦说："枢密使说了什么话？"祝谘说："枢密使说：'如果泛使议及十事，只说受命主管接待，不敢谈及边事。'"韩琦笑笑说："哪里有只主管饮食而不谈及其他的话呢？"韩琦就从容地预料了十件事，把应对办法教给祝谘说："他谈及某事，就用某话应对；辩论某事，就用某话驳斥。"等到举行宴会时，使者果真提到十件事，总共有八件事正中韩琦所料。西夏人震惊佩服。

彦博安市

知^{（一）}永兴军，起居舍人毋湜^[1]上言，乞废陕西铁钱。朝廷虽未从，其乡人知之，争以铁钱买物，卖者不肯受，长安闭肆。僚属请禁之，彦博曰："是愈使惑扰也。"召丝绢行人^[2]，出其家缣帛数百匹，使卖之，曰："纳其直，尽以铁钱，勿以铜钱也。"众知铁钱不废，市肆复安。

【校勘】

（一）知：据司马光《涑水纪闻》，字前夺"文彦博"三字。

【注释】

[1] 毋湜：北宋鄂人，曾任起居舍人、两浙转运使。
[2] 丝绢行人：丝绸行业的从业者，其主要职责是"当行祗应（供差）"，承担"科索""回买"等义务。

【译文】

文彦博任永兴军知军时，起居舍人毋湜向朝廷上书，请求废除陕西的铁钱。朝廷虽然没有听从，他家乡的人知道了这事，争着用铁钱买东西，卖东西的人不肯接受，长安店铺为这关门。僚属请求禁止店铺关门，文彦博说："这会越发使人感到困惑纷扰。"召来丝绢行人，拿出自己家帛几百匹，让他卖下，说："付钱时，全要铁钱，不要铜钱。"于是众人知道铁钱并没有废弃，市场又恢复安定。

魏公识断

人内都知^{（一）}任守忠^[1]者，奸邪反覆，间谍两宫^[2]。时司马温公^{（二）}、吕谏议^[3]为侍御史，凡十余章，请诛之。英宗未施行。宰相韩琦一日出空头敕^[4]一道，参政欧阳公已签，参政赵概^[5]难之，问欧阳公曰：

"何知^(三)？"欧阳公曰："第书之，韩公必自有说。"魏公坐政事堂，以头子^[6]勾任守忠者立庭下，数之曰："汝罪当死。责^(四)蕲州团练副使^(五)，蕲州安置^[7]。"取空头敕填之，差使臣即日押行。意^(六)以为少缓则中变矣。

【校勘】

（一）人内都知：为"入内都知"之讹。入内，为"入内侍省"简称，宋宦官官署名，掌宫廷内部侍奉事务。

（二）公：据《邵氏闻见录》，字后夺"知谏院"。

（三）知：为"如"之讹。

（四）责：为"谪"之讹。

（五）蕲州团练副使：据《宋史·列传第二百二十七》为"保信军节度副使"。

（六）意：字前夺"琦"字。

【注释】

[1] 任守忠：字稷臣，荫入内黄门，官至入内都知，北宋仁宗、英宗时期著名宦官。

[2] 间谍两宫：指离间英宗与曹太后之间的关系。

[3] 吕谏议：指吕诲，字献可，北宋幽州安次，曾任右谏议大夫，官至殿中侍御史。

[4] 空头敕：空白敕书。

[5] 赵概：字叔平，宋朝南京虞城人，官至参知政事，谥康靖。

[6] 头子：唐末至宋，枢密使不经由中书直行下达的札子，事大者称"宣"，事小者称"头子"。

[7] 安置：宋时官吏被贬谪，轻者称送某州居住，稍重者称安置，更重者称编管。

【译文】

入内都知任守忠，为人奸邪，颠倒是非，离间英宗与曹太后。当时，温国公司马光掌管谏院，谏议大夫吕诲为侍御史，总共上十几封谏章，请求诛杀他。英宗下不了决心。宰相魏国公韩琦一天拿出空头敕书一道，参知政事欧阳修巳经签署，参知政事赵概感到为难，问欧阳修说："怎么办？"欧阳修说："只管签署，韩公定自有道理可说。"魏国公韩琦坐政事堂，下发头子，逮捕任守忠，让他站到堂下，责备他说："你犯的是死罪，谪保信军节度副使，蕲州安置。"拿过空头敕书填好，差使臣当天押解上路。韩琦认为稍微迟缓，宫中变乱就会生成。

刘敞博学

刘敞[1]奉使契丹。公素知虏山川道里，虏人道自古北口，回曲千余里至都河（一）。公问曰："自松亭[2]趋柳河，甚直而近，不数日可至中京。何不道彼而道此？"盖虏人故迁其路，以地险远夸使者，不虞公之问也。相与惊顾羞愧，吐其实曰："诚如公言。"时顺州山中有异兽，如马而食虎豹。虏人不识，以问公，曰："此所谓驳[3]也。"言（二）其形状声音，虏人益叹服。

【校勘】

（一）都河：据《宋史·列传第七十八》，为"柳河"之讹。柳河，位于吉林省通化市。

（二）言：据《宋史·列传第七十八》，此字前夺"为"字。

【注释】

[1] 刘敞：字原父，临江新喻（今江西樟树）人，北宋史学家、经学家，官至集贤院学士。

[2] 松亭：即松亭关，故址在今河北宽城县西南，地势险要，为战略要地。宋辽时自燕京（今北京）至中京（今内蒙古宁城）的交通要道。

[3] 驳：《尔雅·释畜》："驳，如马，倨（曲）牙，食虎豹。"

【译文】

刘敞奉使契丹。他平素知道契丹山川道路，契丹人取道古北口，迂回千余里到柳河。刘敞问道："自松亭关奔赴柳河，道路很直而且近，不几日可到中京。为什么不取道那里却取道这里？"大概契丹人有意绕远路，以地域险远向北宋使者夸耀，没料到刘敞会责问。契丹人面面相觑，十分羞愧，说实话："确实像您所说。"当时顺州山中有种怪兽，样子像马却能吃虎豹。契丹人不认识，来问刘敞。刘敞说："这就是所说的驳。"刘敞为契丹人说驳的形状声音，契丹人更加赞叹佩服。

肤敏贺寿

金人新和，徽宗命卫肤敏[1]为生辰使[2]。公言："虏生辰后天宁节[3]五天，金人未遣使，而吾反先之，于威重已缺。万一不至，为朝廷羞。请至燕山候之，脱不来，则以币置诸境上。"上然之。金人果不来，公置币而返。

【注释】

[1] 卫肤敏：字商彦，华亭人，宣和元年探花，入南宋后官至礼部侍郎。

[2] 生辰使：为"贺生辰使"简略，宋金和谈后，互派使臣庆贺对方皇帝生日的使臣。

[3] 天宁节：宋时定徽宗诞辰为天宁节。孟元老《东京梦华录·天宁节》："（十月）初十日天宁节。"

【译文】

北宋与金人刚刚讲和，宋徽宗命令卫肤敏任生辰使去给金国的皇帝贺寿。卫肤敏说："金国皇帝生日晚天宁节五天，金国人没有派使臣来贺寿，而我们反而先派出使臣，有损国家尊严。万一金国的使臣不来，那会让朝廷蒙羞。请让我到燕山等候金国的贺寿使臣，如果不来，就把礼物留在边境上。"皇上认为他说得对。金国人果真没有派来贺寿使臣，卫肤敏把礼物放到边境上回来了。

说服税官

鄠县有税官，以贿播闻，然怙力文身，自号能杀人。众皆惮之，虽监司[1]州将未敢发。程明道至，其人不安，辄^{（一）}言曰："外人谓某自盗官钱，新主簿将发之，某势穷，必杀人。"言未讫，先生笑曰："人之为言，一至于此！足下食君之禄，讵肯为盗？万一有之，将救死不暇，安能杀人？"其人默不敢言，后私偿其所盗，卒以善去。

【校勘】

（一）辄：由南宋朱熹、李幼武《宋名臣言行录》，字后夺"为"字。

【注释】

[1] 监司：有监察州县之权的地方长官简称。

【译文】

鄠县（今西安鄠邑）有个税官，以贪污出名，可是依仗力量，且有文身，自称能杀人。众人都害怕他，即使是监司州将没有谁敢揭发他。明道先生程颢来任主簿，那人心里感到不安，就对先生说："外人认为我自盗公家钱财，新主簿将要揭发我的话，我走投无路，肯定会杀人。"他的话还没说完，先生笑笑说："人们的传言，以至于到了这地步啊！足下吃国君的俸禄，怎肯盗用公家的钱？万一有这样的事，救命还来不及，哪能杀人？"那人沉默，不敢说话，后来也私下里偿还了他所盗窃的公家钱财，最后好好地离开了。

王旦弭变

马军副都指挥使[1]张旻[2]，被旨选兵，下令太峻，兵惧，谋为变。上召二府议之。王旦曰："若罪旻，则自今帅府^{（一）}何以御众？急捕谋者，则震惊都邑。陛下数欲任旻以枢密，今若擢而用之，使解兵柄，反侧者当自安矣。"上曰："王且善处大事，真宰相也！"

【校勘】

（一）府：据《续资治通鉴·宋纪》（卷三十二），为"臣"之误。

【注释】

[1] 马军副都指挥使：侍卫亲军马军副都指挥使简称。侍卫亲军马军副都指
挥使为侍卫亲军马军都指挥使司副长官。

[2] 张旻：即张耆，初名旻，字元弼，北宋开封人，官至节度使同平章事，
爵封徐国公，谥荣僖。

【译文】

马军副都指挥使张旻遵奉圣旨挑选士兵，命令太过严厉，兵士们因惧怕而谋划判变，皇上为此召集二府（指中书省和枢密院）商议这事。王旦说："如果处罚张旻，那么帅臣今后还怎么服众？如果匆忙抓捕谋划哗变的人，那么整个京城都会震惊。陛下几次都想提拔张旻为枢密使，现在如果提拔任用他为枢密使，使他的兵权被解除，内心不安的人就自会安定了。"皇上（指宋真宗）说："王旦善于处理大事，真是当宰相的人才呀！"

田叔为相

田叔 [1] 为鲁相，初至官，民以王取其财物讼王者百余人。叔取其渠率 [2] 二十人，各笞二十 [一]，余各博二十，怒曰："王非汝主耶？何敢自言主！"鲁王闻之，大惭，发中府钱，使叔偿之。叔曰："王自使人偿之；不尔，是王为恶而相为善也。"于是王乃尽偿之。

【校勘】

（一）二十：据《史记·田叔列传》，为"五十"之误。

【注释】

[1] 田叔：西汉前期赵国陉城人，官至鲁王相。

[2] 渠率：常作"渠帅"，指首领。

【译文】

　　田叔担任鲁王的相，刚到任，一百多个百姓告发鲁王夺取他们财物。田叔抓住为首的二十个人，每人责打五十大板，其余人各打手心二十下，发怒说："鲁王不是你们的君主吗？怎么敢毁谤君主呢！"鲁王听说后，非常惭愧，从内库中拿出钱来让国相偿还他们。田叔说："君王应该自己偿还；不这样，这是宣扬君王做坏事而国相做好事。"于是鲁王就把财物尽数偿还给百姓。

李崇巧断

　　李崇[1]都督江西。寿春县人苟泰，有子三岁，遇贼亡失，后见在同县赵奉伯家。二家各言己子，并有邻证，郡县不能决。崇令二父与儿各禁别处，经数旬，乃告之曰："君儿昨不幸，遇暴疾死矣。"苟泰闻之，悲号不自胜，奉伯但咨嗟而已。崇遂以儿还泰，奉伯乃款引[2]。

【注释】

[1] 李崇：字继长，小字继伯，黎阳郡顿丘人，北魏外戚大臣。

[2] 款引：从实认罪。

【译文】

　　李崇任江西都督。当时寿春县人苟泰，有个三岁儿子，因遇见强盗丢失了，后来在同县人赵奉伯家见到了儿子。两家都说是自己的孩子，并且都有邻居作证。郡县的官员都断不了这案子。李崇命令将两父一子三人各禁一处，过了几十天，告诉苟、赵二人说："你的儿子昨天遭遇不幸，突然病死了。"苟泰闻讯，忍不住痛哭，而赵奉伯只是叹息罢了。李崇便把孩子判给苟泰，赵奉伯从实认罪。

悔过卷之十六

悔过卷首题记

勿谓镜无鸾，垢去依然鸾在；共知月有兔，云开仍见兔肥。昔阿罗汉半出绿林，而大豪杰曾班蛟虎。乃知放刀成佛，只在念头一转间。慎无以一眚弃终身也。纂悔过第十六。

善变气质

徐庶[1]少时，任侠击剑，几死人手；折节学问，遂与卧龙齐名。胡安国[2]少时桀骜不可胜，其父锁之空室，先有小木数百段，尽取刻为人形；父乃置书万卷其中，三月览尽，为世大儒。张仲举[3]少好蹴鞠、走马、作音乐，父兄以为忧；一旦翻然易业，卒以诗文名海内。故知学问文章俱当善变气质如此。

【注释】

[1] 徐庶：字元直，颍川郡长社人，东汉末年名士。

[2] 胡安国：字康侯，号青山，宋代建宁崇安人，学者，谥文定。

[3] 张仲举：即张翥，字仲举，晋宁（今山西临汾）人，元代诗人，官至翰林学士承旨。

【译文】

徐庶年轻时，行侠仗义，喜欢击剑，几乎被人杀死；后来改变平素志行，追求学问，于是和卧龙诸葛亮齐名。胡安国年轻时桀骜不驯，他父亲把他锁在空屋里，屋里先有小木条几百段，胡安国都拿来刻为人形；父亲就在屋中放了万卷书，胡安国三月看完，后来成了世间大儒。张仲举年轻时喜欢踢球、跑马、演奏音乐，父兄为他发愁；一旦翻然悔悟，最终凭诗文名扬海内。所以可知学问文章就像这样善于转变人的气质。

虚斋箴言

蔡虚斋[1]曰："祸莫大于纵己之欲，恶莫大于言人之非。《坛经》[2]云：'常见自己过，与道[3]即相当。'又云：'若真修行(一)人，不见世间过。'与吾言之旨甚合。"

【校勘】

（一）行：据《坛经·般若品第二》，为"道"之讹。

【注释】

[1] 蔡虚斋：即蔡清，字介夫，别号虚斋，明朝晋江人，官至江西提学副使，理学家。

[2]《坛经》：即《六祖坛经》。

[3] 道：此指得道。

【译文】

蔡虚斋说："灾祸没有什么比放纵自己欲望更大的了，罪恶没有什么比谈论别人过错更大的了。《坛经》上说：'常见自己过，与道即相当。'又说：'若真修道人，不见世间过。'这与我的话主旨很一致。"

抑情就善

仁宗时，一夜三更，有中使于慈圣[1]殿传宣，慈圣起，著背子[2]，不开门，但于门缝中问云："传宣有甚事？"中使云："皇帝起，饮酒尽，问皇后殿有酒否。"慈圣云："此中便有酒，亦不敢将去。夜已深，奏知官家且歇息去 [3]。"更不开门纳中使。仁宗嘉而悔之。元顺帝后弘吉剌氏 [4] 尝从帝时巡 [5] 上京，次中道，帝遣内官传旨，欲临幸，后辞曰："暮夜非至尊往来之时。"内官往复者三，竟拒不纳，帝益贤之。噫，若两君者可谓抑情以就善者矣！

【注释】

[1] 慈圣：即慈圣光献皇后曹氏，宋宋仁宗赵祯第二位皇后，真定人，谥慈圣光献皇后。

[2] 背子：亦作"褙子"，汉族传统服装的一种样式，出现于宋代，流行于宋、元、明三朝。

[3] 去：语气词，没有实在意义。

[4] 弘吉剌氏：即弘吉剌·伯颜忽都，姓弘吉剌，名伯颜忽都，元顺帝第二任皇后。

[5] 时巡：指帝王按时巡狩。

【译文】

　　宋仁宗时，一天夜里三更时分，有宦官到慈圣皇后的宫殿传达宣布圣旨，慈圣皇后起身，穿好褙子，没有打开殿门，只在门缝中说："传达宣布圣旨有什么事？"宦官说："皇帝起身，把酒喝完了，问皇后殿里是否有酒。"慈圣皇后说："这里即使有酒，也不敢拿去。夜已深，奏知皇上暂且去休息。"更不开门让宦官进来。仁宗嘉赏皇后的做法而心生悔意。元顺帝皇后弘吉剌氏曾经跟随皇帝出巡上京，在路上暂住，皇帝派宦官传旨，要临幸皇后，皇后拒绝说："暮夜不是皇上往来的时候。"宦官再三传话，皇后最终拒不接纳，皇帝更认为皇后贤德。唉，像这两个君主可算是抑制自身欲望而成就善行的人啊！

太祖自悔

　　洪武初，朝臣上疏有万余言者，太祖厌其迂衍 [1]，欲罪之。群臣有阿意者，指疏曰："此不敬，此诋谤，罪当诛。"宋^(一)濂对曰："彼应诏上疏，其心为朝廷耳。"太祖乃览疏，中有足采者，召阿意者，骂曰："吾怒时，若等不能谏，乃激吾诛之，何异以膏沃火？向非濂言，几不误罪言者！"

【校勘】

（一）宋：据黄佐《翰林记》，字前夺"上怒未解"。

【注释】

[1] 迂衍：迂腐冗长。

【译文】

　　洪武（朱元璋年号）初年，有个朝臣上的奏章长达一万多字，太祖讨厌奏章写得迂腐冗长，想要治那朝臣的罪。群臣有阿谀皇帝心意的，指着奏章说："这是对皇帝不敬，这是诋毁诽谤，罪应杀头。"皇上怒气未消，宋濂回奏说："那朝臣应诏上疏，出于对朝廷的忠心。"太祖（朱元璋庙号）于是看奏章，发现其中有值得采纳的内容，召来阿谀奉承的朝臣，骂他们说："我发怒时，你等不能进谏，竟然激我杀掉上书人，与火上浇油有什么不同？假如没有宋濂的话，几乎让我错治了上书者的罪！"

缘心未灰

　　浮休居士张芸叟^[1]久经迁责^(一)，既还，怏怏不平。尝内集，分题赋诗。其女得蜡烛，有云："莫讶泪频滴，都缘心未灰。"浮休有惭色。自是无复躁进^[2]意。

【译文】

（一）责：据明朝蒋一葵《尧山堂外纪》，为"谪"之讹。

【注释】

[1] 张芸叟：即张舜民，字芸叟，自号浮休居士，北宋邠州人，曾任右谏议大夫。

[2] 躁进：热衷仕进。

【译文】

　　浮休居士张芸叟久经迁谪，回来后，怏怏不平。曾经有家庭集会，分题赋诗。他女儿分到的题目是蜡烛，有句说："莫讶泪频滴，都缘心未灰。"浮休居士有惭愧神色。从此不再有热衷仕进的念头。

死急做官

　　果老禅师^(一)与张天觉[1]论元祐人材^(二)，因问温公如何。张曰："大贤也。"果^(三)曰："然则相公在台谏[2]时，如何论他？"张曰："公便不会，只是后生时死急要做官，故如此。"

【校勘】

（一）果老禅师：为"杲老禅师"之误。杲老禅师，即宗杲禅师，俗姓奚，宣州宁国人，号大慧，南宋高僧。

（二）材：为"才"之讹。

（三）果：为"杲"之误。

【注释】

[1] 张天觉：即张商英，字天觉，号无尽居士，北宋蜀州新津人，徽宗朝官至宰相。

[2] 台谏：此指谏官。

【译文】

　　宗杲禅师与张天觉论元祐（宋哲宗年号）时的人才，顺便问到温国公司马光怎样。张天觉说："他是大贤才。"宗杲禅师说："既然这样，相公您在任谏官时，是怎样评价他的？"张天觉说"这你就不能领会了，只是年轻时急于要做官，所以才会那样评价他。"

饮酒温克

庾褒^(一)父在，尝戒以酒。后每醉，辄自责曰："余废先父之戒，何以训人？"乃于墓前自责^(二)三十。陶士行侃[1]每饮酒，量有余而限己竭。或问故，曰："少有酒失，慈母见约，故不敢过。"诗[2]曰："明发[3]不寐，有[4]怀二人。人之齐圣[5]，饮酒温克[6]。"

【校勘】

（一）庾褒：据《晋书·列传第五十八》（卷八十八），为"庾衮"之讹。庾衮，字叔褒，颍川鄢陵人，晋朝贤士。

（二）责：据《晋书·列传第五十八》（卷八十八），为"杖"之误。

【注释】

[1] 陶士行侃：即陶侃，字士行，陶渊明曾祖父，东晋名将，官至大司马。

[2] 诗：下面的四句出自《诗·小雅·小宛》。

[3] 明发：天亮。

[4] 有：词头，没有实在意义。

[5] 齐圣：极其聪慧的人。

[6] 温克：善于克制自己以保持温和、恭敬的仪态。

【译文】

庾衮父亲在世时，曾经拿酒来告诫他。后来庾衮每当喝醉，就自责说："我忘记了先父告诫，拿什么来教导别人？"于是就在父亲墓前自打三十杖。陶侃每当饮酒时，都有余量，限制自己喝酒过量。有人问原因，陶侃说："年轻时有喝醉酒的过失，受到过慈母的约束，故不敢过量。"《诗·小雅·小宛》说："直到天明没入睡，又把父母来思念。聪明智慧那种人，饮酒也能见沉稳。"

六悔之铭

寇莱公 [1]《六悔铭》曰："官行私曲 [2]，失时悔。富不俭用，贫时悔。艺不少学，过时悔。见事不学，用时悔。醉发狂言，醒时悔。安不将息 [3]，病时悔。"

【注释】

[1] 寇莱公：指北宋名臣莱国公寇准。

[2] 官行私曲：指做官处事不公正。私曲，偏私。

[3] 将息：保养。

【译文】

略。

原虚改过

江州朱原虚 [1] 为学究 [2]，有诗名。二弟尚幼，而父母死焉。原虚匿父所遗绫锦十余箧，又逐二弟居外，流离不振。一日，邻人降紫姑仙 [3]，原虚适在坐。仙姑降笔曰："何处西风夜卷霜？雁行 [4] 中断各悲凉。吴绫越锦成私箧，不及姜家布被 [5] 香。"原虚得诗皇恐，乃召二弟还家，与之完娶，教之业儒。后二弟俱登科，典州郡，事原虚如事父焉。

【注释】

[1] 朱原虚：据明人刘元卿《贤奕篇》，朱原虚为明朝江州人。

[2] 学究：旧指私塾的教师。

[3] 降紫姑仙：即降乩（jī），中国民间信仰的一种求问神灵方式。紫姑仙，民间传说司厕之神，世人谓其能先知，多迎祀于家，占卜诸事。

[4] 雁行：原指排列飞行的雁的行列，借指兄弟。

[5] 姜家布被：又称"姜肱被""姜被"，指兄弟友爱。典出《后汉书》（卷
五十三）。

【译文】

江州朱原虚做私塾先生，凭作诗出名。他的两个弟弟还年幼时，父母就死了。朱原虚私藏了父亲遗留的十多箱绫锦，又把两个弟弟驱逐居外，致使他们流离失所，生活困顿。一天，邻人降紫姑仙，朱原虚适逢在座。仙姑降笔说："何处西风夜卷霜？雁行中断各悲凉。吴绫越锦成私箧，不及姜家布被香。"原虚得诗后惶恐不安，于是把两个弟弟召回家来，给他们完婚娶妻，教导他们读书。后来两个弟弟都科举中第，任州郡长官，侍奉朱原虚如同事奉父亲。

烈火精锋

破矿良金，惧夹杂铅铜减色；藏山美玉，虑裹包玞石 [1] 埋光。得逢烈火精锋 [2]，方信贤师益友。

【注释】

[1] 玞（fū）石：美石，次玉。

[2] 精锋：锋利的刀剑。

【译文】

略。

过改善进

追思往事，自谓无失者，过不改而善不进也。

【译文】

略。

除欲了贪

欲不除，似蛾扑灯，焚身乃止；贪无了，如猩嗜酒，鞭血方休。

【译文】

略。

但了自心

节使[1]李端愿[2]参达观禅师[3]曰："天堂地狱，毕竟是有是无？"师曰："诸佛向无中说有，眼见空华[4]；大（一）尉就有中寻无，手捞水月。堪笑眼前见牢狱不避，心外闻天堂欲生。殊不知忻怖在心，善恶成境。太尉但了自心，自然无惑。"

【校勘】

（一）大：乃"太"之讹。

【注释】

[1] 节使：节度使的简称。

[2] 李端愿：字公谨，北宋潞州上党人，曾任武康军节度使。

[3] 达观禅师：俗姓丘，宋朝钱塘人，号达观，人称达观昙颖，临济宗高僧。

[4] 空华：亦作"空花"。佛教词语。指隐现于病眼者视觉中的繁花状虚影，比喻纷繁的妄想和假相。

【译文】

节度使李端愿问达观禅师说："天堂和地狱，到底是有还是没有呢？"禅师回答说："诸佛向无中说有，就像是病眼生翳看见了空中花朵一样；太尉从有里寻无，就像是用手去捞水中月亮一样；这也就像是眼前见到了牢狱，却不知道要回避；心外闻说天堂，却想要求生

的情形一样可笑啊！竟然不知道欣喜与恐怖，全都是在心里；而天堂
与地狱，也都是心的善恶所造成的境界啊！只要太尉您能够了悟自心，
自然也就没有困惑了。"

景濂之死

宋景濂[1]安置茂州，道遇高僧，与语曰："吾闻内典，善恶必
报。吾平生所为，自以为无愧，何至是哉？"僧曰："先生于胜国[2]
曾为官乎？"对曰："编修（一）。"僧默然。濂是夜自经死。

【校勘】

（一）编修：据徐永明《宋濂年谱》，元顺帝至正九年（1349），因危素
等举荐，顺帝召宋濂为翰林编修，他以奉养父母为由，辞不应召。
因此，此则故事恐怕失实。

【注释】

[1] 宋景濂：即宋濂，字景濂，号潜溪，别号龙门子，祖籍金华潜溪，明初
文学家。
[2] 胜国：被灭亡的前代国家。此指元朝。

【译文】

宋景濂被安置茂州，路遇高僧，与高僧谈话说："我听佛典上说
善恶必报。我平生所作所为，自认为无愧，怎么到了这地步呢？"高僧说：
"先生在前朝曾做过官吗？"回答说："曾担任过编修。"高僧沉默不语。
宋景濂这天夜里就上吊自杀了。

折箭登仙

许真君[1]少时好畋猎。一日，射中一鹿，鹿母为舐疮痕，良久
不活，鹿母亦死。真君剖其腹视之，肠寸寸断。真君大恨，悔过，

拆[一]弓矢，入山修道，后证仙品[2]。

【校勘】

（一）拆：据《云笈七签》，为"折"之讹。

【注释】

[1] 许真君：即许逊，字敬之，南昌人，晋代道士。真君，又称帝君，在道
  教神仙体系中拥有大高名望者。

[2] 证仙品：修道成为神仙。

【译文】

　　略。

吕岱益友

　　三国徐原[1]慷慨有才志，吕岱[2]知其贤，荐为侍御史。原性忠壮，
好直言。岱时有过失，原辄谏诤，又公论之人前，或以告岱。岱叹
曰："是我所以贵德渊也。"及原死，岱哭之甚哀，曰："德渊，
吕岱之益友。今不幸，岱复何由闻过？"

【注释】

[1] 徐原：字德渊，三国时吴郡人，官至吴国侍御史。

[2] 吕岱：字定公，吴国广陵海陵人，官至大司马。

【译文】

　　三国徐原意气风发，有才华，有志向，吕岱知道他有才能，向朝廷
推荐为侍御史。徐原生性忠义豪壮，喜欢直言。吕岱时有过错，徐原就
直言规劝，甚至还当众评论。有人把这告诉吕岱。吕岱赞叹说："这就
是我器重徐德渊的原因。"后来徐原去世，吕岱哭得很伤心，说"德渊
是吕岱益友。现在他不幸去世，以后吕岱还会从哪里听到自己过失呢？"

德裕之叹

李德裕盛时，宾客不敢忤，惟杜顗[1] 数谏正之。及被谪，李叹曰："门下爱我皆如杜，我岂有今日？"

【注释】

[1] 杜顗（yǐ）：字胜之，唐朝后期京兆万年人，授秘书省正字。

【译文】

李德裕权势盛时，没有人敢触忤他心意，只有杜顗屡次进谏纠正他的过失。等到被贬谪，李德裕感叹说："门下人都像杜顗一样关爱我，我哪会有今天？"

反观速改

陶楠林[1] 云："卒然逢人怒骂之时，一生病痛有父兄所不及诫，师友所不及规者，都被和盘托出。此际正须反观速改，不可草草听过。"

【注释】

[1] 陶楠林：不详。

【译文】

略。

责善服善

吴怀野[1] 先生万历庚辰捷礼闱[2]，不待廷试[3] 而归。阎太尊[4] 月川[5] 公来访，云："公既进一步，须不改旧时光景方好。"怀野谨受命。次日答拜，旧规戴忠靖冠[6]，服锦绣。阁一见，曰："此何衣，出何典？"怀野随易儒衣儒冠。阁公责善，吴公服善，俱有古人风。

【注释】

[1] 吴怀野：即吴炯，字晋明，号怀野，明朝南直隶松江府华亭人，官至南京太仆寺卿。

[2] 礼闱：指古代科举考试的会试，因礼部主办，故称。

[3] 廷试：通常称殿试。科举制度会试中式后，由皇帝亲自策问，在殿廷上举行的考试。

[4] 太尊：明清时对知府尊称。

[5] 月川：即阎邦宁，字仲谧，号月川，明代河南原武人，官至山西按察使司副使。

[6] 忠靖冠：明代嘉靖年间制定的官帽之一。

【译文】

　　吴怀野先生万历庚辰通过了礼部的考试（即考中贡士），没有等到殿试就回乡了。阎知府月川公来访，说："您已进身一步，要不改旧时光景才好。"怀野恭敬地接受了教导。第二天回拜，旧规要戴忠靖冠，穿锦绣衣服。阎知府一见，说："穿的是什么衣服，什么典章规定的？"吴怀野随即换上儒衣儒冠。阎公以善行来要求吴怀野，吴怀野从心里认可这善行，两人都有古人风尚。

虏父使君

　　王洪轨[1]晋阳(一)太守，多昧赃贿，为州所按。大惧，弃郡奔建业。后为青、冀二州刺史，悔前所为，更励清节。州(二)人呼为"虏父[2]使君"，言之咸落泪。

【校勘】

（一）晋阳：据《南史·列传第六十·循吏》（卷七十），当为"为晋寿"

　　三字。"为"是夺字。"晋阳"是"晋寿"之讹。

（二）州：据《南史》，字前夺"洪轨既北人而有清正"九字，致使后文的"虏父"难以理解。

【注释】

[1] 王洪轨：南北朝上谷人，事齐高帝，为青冀二州刺史，励清节，州人呼为"虏父使君"。

[2] 虏父：指古时贱视北人的称呼。

【译文】

　　王洪轨任晋寿太守，多有贪墨，被州人检举。他非常害怕，舍弃官位奔赴建业。后来他任青、冀二州刺史，后悔以前的作为，用清廉的节操克制自己。王洪轨是北方人，却清廉正直，州里人称他呼为"虏父使君"，他死后，百姓说到他时都落泪。

季本讼过

　　季本[1]为建宁府推官，遇事敏决，庭无留狱。尝断重狱，事已丽辟[2]，爰书[3]俱就。后觉其误，大悔之。比擢去，悉为记，达诸司，令后断者得据记以解。其讼过[4]之勇如此。

【注释】

[1] 季本：字明德，号彭山，明代会稽人，官至长沙知府。

[2] 丽辟：判死罪。丽，通"罹"，遭遇。辟，大辟，砍头。

[3] 爰书：古代记录囚犯供辞的文书。

[4] 讼过：自责过失。

【译文】

　　季本任建宁府推官时，处理事情敏捷果断，官府里没有积压案件。他曾经判一件重案，已经定为死刑案，记录囚犯供辞的文书已经完成。后来发觉自己判错了，非常后悔。等到升迁离开时，把案情全记下来，送到有关部门那里，让后来复审的人根据记录免除罪犯死罪。他自责过失就是这样勇敢。

日见无可

宋申颜^{（一）}自谓不可一日不见侯无可 [1]，或问其故，曰："无可能攻人之过，一日不见，则吾不得闻^{（二）}过矣。"俱贫，仅有一衣，相更而服。

【校勘】

（一）申颜：据《宋史·列传第二百一十五》，为"田颜"之讹。田颜，侯无可好友，余不详。

（二）闻：据元人张光祖《言行龟鉴》，字后夺"吾"字。

【注释】

[1] 侯无可：即侯可，字无可，原籍太原盂县，徙居华州华阴，北宋人，官至殿中丞。

【译文】

北宋田颜自认为不能一日不见侯无可，有人问他缘故，他说："无可能指责别人过失，一日不见，那我就不能够听到我的过失了。"两人都很贫困，仅有一件像样的衣服，轮流去穿。

于何闻过

崔瞻 [1] 与赵郡李概 [2] 为莫逆之交。概东还，瞻遗之书曰："仗气使酒，我之常弊，诋诃指切，在卿尤甚。足下告归，吾于何闻过也？"

【注释】

[1] 崔瞻：字彦通，北齐清河东武城人，曾任给事黄门侍郎、吏部郎中等职，

谥号文。

[2] 李概：字季节，北齐赵郡柏人人，曾任殿中侍御史、为太子舍人等职。

【译文】

崔瞻与赵郡李概为莫逆之友。李概要回东方去，崔瞻送去书信说："任性发酒疯，是我老毛病，能申斥指责我的，你尤其厉害。你告假回家，我到哪儿才能听到别人批评我的过错呢？"

常悔德进

人之处世，能常悔往事之非、前言之失、往年之未有知识，则其德之进，所谓长日 [1] 加益，而不自知也。

【注释】

[1] 长日：指日子久了。

【译文】

人们处世，能常悔恨往事的错误、前言的失误、往年不曾有的知识，那么其德行的进步，就像所说的日子久了会更好，而自己却不知道。

弃鸡舌汤

宋吕文穆公微时极贫，故有"渴睡汉"之诮 [1]。比贵盛，喜食鸡舌汤，每朝必用。一夕，游花园，遥见墙角一高阜，以为山也。问左右谁为之，对曰："此相公所杀鸡毛耳。"吕讶曰："吾食鸡几何，乃有此？"对曰："鸡一舌耳，相公一汤用几许舌？食汤凡几时？"吕默然省悔，遂不复用。

【注释】

[1] "渴睡汉"之诮：欧阳修《六一诗话》记载：宋吕蒙正未第时，胡旦

遇之甚薄。客有誉吕曰："吕君工于诗，宜少加礼。"胡问诗之警句。客举一篇，其卒章云："挑尽寒灯梦不成。'胡笑曰："乃是一渴睡汉耳。"后吕蒙正中状元，使人告知胡曰："渴睡汉状元及第矣。"

【译文】

北宋文穆公吕蒙正身份卑微时极度贫困，所以有"渴睡汉"的讥诮。等到他富贵时，喜欢食用鸡舌汤，每天早晨必用。一天晚上，游花园，远远看见墙角一个高堆，认为是假山。问左右谁建造的，下人回答说："这是宰相您所杀鸡留下的鸡毛罢了。"吕蒙正吃惊地说："我吃了多少鸡，竟然有这么多的鸡毛？"回答说："每只鸡只有一条舌头，相公一碗汤用多少条鸡舌？食用鸡舌汤总共多长时间了？"吕蒙正默然省悔，于是不再食用。

蔡齐戒酒

宋蔡齐[1]喜酒，通判济州，日饮醇酎[2]，往往至醉。是时太夫人已年高，颇忧之。贾存道[3]为诗示公曰："圣君恩重龙头[4]选，慈母年高鹤发垂。君宠母恩俱未报，酒如成病悔何追？"公瞿然起谢之。自是，非亲客不对酒，终身未尝至醉。

【注释】

[1] 蔡齐：字子思，北宋莱州胶水人，大中祥符八年状元，官至参知政事，谥文忠。

[2] 醇酎：指味厚的美酒。

[3] 贾存道：即贾同，字希得，北宋青州临淄人，曾任殿中丞、棣州知州等职，门人谥存道先生。

[4] 龙头：此指状元。

【译文】

蔡齐好喝酒，做济州通判，每天喝美酒，经常喝醉。蔡齐母亲年龄已经高迈了，很为这担忧。贾存道写诗劝他说："圣君恩重龙头选，慈母年高鹤发垂。君宠母恩俱未报，酒如成病悔何追？"蔡齐猛醒过来，起身道谢。从此，如果不是陪伴亲朋好友，他不再喝酒，而且再也没有喝醉过。

《论语》移性

吕祖谦[1]少时性气粗暴，嫌饮食不如意，便敢打破家事[2]。后因久病，只将一册《论语》早晚闲看，忽然觉得意思一时平了，遂终身无暴怒。此可为变化气质法。伯恭（一）旧时性极褊[3]，后因病中读《论语》，至"躬自厚而薄责于人"有省，遂如此好。

【校勘】

（一）伯恭：此两字之前的话是朱熹给友人的书信《答潘叔昌》中的话。此两字之后的话是朱熹《近思录》中的话。

【注释】

[1] 吕祖谦：字伯恭，南宋婺州人，理学家。

[2] 家事：家什，器具。

[3] 褊（biǎn）：本意指衣服狭小，此指急躁。

【译文】

略。

回光一照

人到诸事沉溺时，能回光一照[1]，此一照，是起死回生之灵丹。千生万劫[2]不致堕落者，全靠此。

【注释】

[1] 回光一照：指反省。

[2] 千生万劫：指世世代代，永久。

【译文】

人到沉溺众事不能自拔时，如果能反省一下，那么这一反省，是起死回生的灵丹妙药。世世代代不致堕落，全靠这个。

方便卷之十七

方便卷首题记

路逢险处，为人辟一步周行，便觉天空海阔；遇到穷时，使我留三分抚恤，自然理顺情安。盖甘苦唯易地周知，而痛痒以设身立见。有能广开便门，随见莲生火宅。纂方便第十七。

不迫于险

君子不迫人于险。当人危急之时，操纵在我，宽一分，则彼受一分之惠；若扼之不已，鸟穷则攫[1]，兽穷则搏，反噬之祸，将不可救。

【注释】

[1] 攫：以爪抓取。

【译文】

君子不把别人逼到险境。当人处于危急时，如果我有操控权力，宽厚一分，那么他们就多受一分恩惠；如果不停地逼迫，就像鸟窘迫时就用爪子抓人，野兽窘迫时就会拼命搏击，反咬的祸患，将不可挽救。

侍婢续诗

赵葵[1]尝避暑水亭，作诗云："水亭四面朱栏绕，簇簇游鱼戏萍藻。六龙[2]畏热不敢行，海水煎彻蓬莱岛。身眠七尺白虾须[3]，头枕一枝红玛瑙[4]。"六句已成，葵遂睡去。有侍婢续云："公子犹嫌扇力微，行人正在红尘道。"

【注释】

[1] 赵葵：字南仲，号信庵，南宋衡山人，官至右丞相兼枢密使，爵封信国公，谥忠靖。

[2] 六龙：指太阳。神话传说日神乘车，驾以六龙，羲和为御者。

[3] 白虾须：一种白色的席。

[4] 红玛瑙：此指用红玛瑙做的枕头。

【译文】

略。

宋璟同尘

开元间安西都护赵含章冒[1]于货贿，多金帛以赂朝士，九品以上，悉皆有名。后节度范阳，事觉。有司以闻，玄宗加黜责。宋璟一无所受，乃进救焉，玄宗纳之，遂御花萼楼[2]，一切释放。举朝皆谢，公衣冠俨然，独立(一)。翌日玄宗谓公曰："古人以清白遗子孙，今(二)卿一人而已。"公曰："含章之贿偶不至臣(三)，非不受也。"玄宗深嘉之。

【校勘】

（一）独立：据《唐故太尉广平文贞公宋公神道碑侧记》，此二字后夺"不拜"二字。

（二）今：为"乃"之讹。

（三）臣：字后夺"门"字。

【注释】

[1] 冒：贪污。

[2] 花萼楼：唐代长安著名皇家建筑花萼相辉楼简称。

【译文】

开元年间，安西都护赵含章贪污钱财，多拿金帛来贿赂朝官，九品以上，都在受贿的名单里面。后来赵含章任范阳节度使，行贿的事情败露，主管官员把此事报告给唐玄宗，玄宗要对受贿的官员加以罢免问责。宋璟一点贿赂都没有接受，于是进谏挽救他们。玄宗接纳了宋璟谏言，于是登上花萼楼，把相关官员都释放了。全朝官员都谢恩，宋璟衣冠整齐，独立不拜。第二天玄宗对宋璟说："古人把清白节操作为遗产送给子孙，竟然只有爱卿一人能做到。"宋璟说："赵含章的贿赂，恰好没有送到我门上，不是我不接受。"玄宗对他深加赞赏。

反照对治

谛观[1]己之情理，有顺有不顺，而欲人之情理皆顺者，非也。又观人之体候[2]，有和有不和，而欲己之体候常和[3]者，亦非也。反照对治是方便法。

【注释】

[1] 谛观：审视。

[2] 体候：身体状况。

[3] 和：安康。

【译文】

审视自己的情理，有时顺应人意有时不顺应人意，而要别人的情理都顺应自己心意，是不对的。又审视别人身体状况，有时安康有时不安康，而要自己的身体状况常保安康，也是不对的。设身处地来应对是方便法。

听其终制

景云元年，许文贞公苏瑰[1]薨。制起复其子颋[2]为工部侍郎，颋固辞。睿宗使李日知[3]谕旨，日知终坐不言而还，奏曰："臣见其哀毁[4]，不忍发言，恐其陨绝。"睿宗乃听其终制。

【注释】

[1] 苏瑰：字昌容，京兆武功人，睿宗朝宰相，爵封许国公，谥文贞。
[2] 颋：即苏颋，字廷硕，唐玄宗朝官至宰相。
[3] 李日知：唐代郑州荥阳人，睿宗朝官至宰相。
[4] 哀毁：谓居亲丧悲伤异常而毁损身体。

【译文】

景云（唐睿宗年号）元年，文贞公苏瑰死了。皇帝命令正处于守丧期间的苏瑰儿子苏颋为工部侍郎，苏颋坚决推辞。睿宗派李日知传达圣旨，李日知始终在座位上不说话而后回来，上奏说："我看见苏颋因守丧悲哀而使身体受损，不忍说话，担心他会死掉。"睿宗于是准许他守丧完毕后再出来做官。

胡陈二贤

胡文恭公[1]知湖州，前守滕公[2]大兴学较，费钱数千（一）万。未讫，滕公罢去，群小谤滕公用钱不明。自通判以下不肯书其簿，公于坐折之，曰："君佐滕侯[3]几时矣？假侯有不臧[4]，奚不蚤告？阴拱[5]以观，俟其去，乃非之，岂古人分谤[6]之意？"一坐人（二）惭，为公书。长乐陈希颖[7]为果州户曹[8]，有税官弗廉，同僚虽切齿而不言，独户曹数以大义责之，冀其或悛，已而有他隙。后税官秩满将行，厅吏持贪墨状于郡^(三)曰："行箧各有字号，某号箧皆金也。"郡将以其事付户曹，俾于关门之外，罗致其所状字箧，验治之。户曹受命，不乐曰："夫当人居官之时不能惩艾^[9]，而使遂其奸。今去也，反以巧吏^[10]之言害其长，岂理也哉！"因遗^(四)人密晓税官，曰："事无，当自白；不^[11]则早为之所。"税官闻之，乃易置行李，乱其先后之序。既行，户曹与吏候于关外，俾指示其有金者，拘送之官，他悉纵遣。及造郡庭，启视，则皆衣衾也。郡将释然，税官得以无事去。郡人翕然称户曹为长者，而户曹未尝有德色。

【校勘】

（一）千：据《宋史·列传第七十七》卷三百一十八，为"十"之误。

（二）人：据《宋史》，为"大"之误。

（三）郡：据元人吴亮《忍经》，字后夺一"将"字。郡将，指郡守，郡守兼领武事，故称。此指知州。

（四）遗：为"遣"之讹。

【注释】

[1] 胡文恭公：即胡宿，字武平，北宋常州晋陵人，官至枢密副使，谥文恭。

[2] 滕公：据《宋史卷·列传第七十七》（卷三百一十八），指滕宗谅。滕宗谅，字子京，北宋河南洛阳人，官至大理寺丞。

[3] 侯：古代对士大夫尊称。

[4] 不臧：不善，不良。

[5] 阴拱：暗中坐观成败。

[6] 分谤：分担骂名。

[7] 陈希颖：北宋福建长乐人，真宗至道年间为果州户曹。

[8] 户曹：此指司户参军。宋各州置司户参军，掌户籍、赋税、仓库交纳等事。

[9] 惩艾：惩戒。

[10] 巧吏：奸诈的小吏。

[11] 不：通"否"。

【译文】

文贞公胡宿担任湖州知州时，前任知州滕宗谅大力兴办学校，花费钱财几十万。还未完工，滕宗谅被罢官离任，众小人诽谤他用钱不明，不肯在文书上签字。胡宿当面指责他们，说："你们辅佐滕知州多长时间了？如果他有过错，为什么不及早告诉他呢？却暗中围观，等待他离开时就指责他，这难道是古人分担骂名的做法吗？"于是在座的人都非常惭愧，都为他在文书上签了字。长乐人陈希颖任果州司户参军时，州里有个税官不廉洁，同事们咬牙切齿地恨他，却无人说话，只有陈希颖用大义去启发他，希望他或能改悔，因此不久他们之间产生了隔阂。后来，税官任期结束将要离任时，他手下小吏拿着检举信送给知州，说："税官行李有若干个箱子，都编了序号，而其中某号箱子装的都是金子。"知州把这件事交给司户参军陈希颖办理，叫他到关门外面等候，搜查检举信上所说装金子的箱子，然后审问惩办。陈希颖接受命令后，不高兴地说："当他在官任上时不能惩戒他，使他犯了罪。现在他要离任了，反而凭借奸诈小吏的话来祸害他们的上司，真是岂有此理！"于是派人偷偷告诉税官说："如果没有此事，应该自我辩解；如果不是这样，就早做打算。"税官得知，于是改变了箱子编号，打乱了先后次序。等到启程以后，陈希颖与官吏们在关门外等候，指着那个被称为有金子的箱子，扣留下来送到官府，其余的全都放行。等把那只箱子搬到州里的办公厅前，打开来一看，全是衣被之类。知州放了心，税官得以无事离任。郡里人都异口同声地称赞陈希颖为忠厚人，而他本人并未显示出有德于人的神色。

元岩救人

周宣帝[1]昏暴，京兆丞乐运[2]舁櫬（一），诣朝堂谏。帝大怒，将戮之。内史元岩[3]请见帝，曰："乐运知必死，欲取后世名。陛下若杀之，乃成其名，落其术中。不如劳而遣之，以广圣度。"因获免。

【校勘】

（一）舆襯：为"舆梓"之误。舆梓，载棺以随，表示决死或有罪当死。

【注释】

[1] 周宣帝：即宇文赟（yūn），字乾伯，鲜卑族，北周第四帝，谥号宣皇帝。
[2] 乐运：字承业，南北朝时期南阳淯阳人，曾任北周京兆郡丞。
[3] 元岩：字君山，河南洛阳人，曾为北魏内史，入隋后官至兵部尚书。

【译文】

　　周宣帝昏庸残暴，京兆郡丞乐运就载着棺材，到朝堂进谏。周宣帝非常生气，将要杀他。内史元岩到朝堂中请求见宣帝，对宣帝说："乐运知道进谏一定得死，想博取后世名声。陛下如果杀了他，就成就了他名声，落入他圈套中。不如慰劳一下，把他打发走，以显示陛下大度。"于是乐运得以免死。

受得经得

出口侵人，要算人受得；着意凌人，要算人经得。

【译文】

略。

灵素稽首

　　林灵素[1]，永嘉人，以方术得幸徽宗，赐号"金门羽客[2]"。一日，侍宴太清楼[3]下，见元祐党碑[4]，灵素稽首。上怪问之，对曰："碑上姓名皆天上列宿，臣敢不稽首？"

【注释】

[1] 林灵素：原名灵噩，字通叟，北宋永嘉人，道教神霄派领袖。

[2] 金门羽客：仙州道士。金门，仙洲。羽客，道士。

[3] 太清楼：北宋皇宫后苑最主要的藏书处所。

[4] 元祐党碑：宋徽宗时，宰相蔡京给反对他的司马光、苏轼等 309 人扣上"元祐奸党"的帽子，在德殿门外树立"党人碑"，上面刻写党人恶名，昭示全国。

【译文】

林灵素是永嘉人，凭借方术被宋徽宗宠幸，被赐号"金门羽客"。一天，林灵素在太清楼下侍宴，看见了元祐党人碑，他向党人碑行稽首礼。皇上感到很奇怪，问原因，回答说："碑上姓名都是天上的星宿，我怎敢不行稽首礼？"

怪不得他

罗近溪[1]每见人有过，辄提起"怪不得"三字在口，谓："吾侪[2]日居善地，日亲善友，犹不免于有过；而此辈或所遇不得其所，或所交不得其人，或未闻善言，或未见善行，其有过也，如何怪得他？"

【注释】

[1] 罗近溪：即罗汝芳，字惟德，号近溪，明朝江西南城人，理学家，泰州学派代表。

[2] 吾侪：我辈。

【译文】

略。

奖借士类

郭林宗[1]好奖借[2]士类。有茅容[3]避雨危坐，劝令就学；孟敏[4]破甑不顾，泰以为有分决[5]，亦劝令学。俱成名儒。拔申屠蟠[6]于漆工，识庾乘 [7] 于门卒。屠沽士伍 [8]，因泰奖进而成名者甚众，故卒免党诛 [9]，号曰有道 [10]。

【注释】

[1] 郭林宗：即郭泰，字林宗，东汉太原介休人，名士。

[2] 奖借：称赞推许。

[3] 茅容：字季伟，东汉陈留郡人，名士。《后汉书·郭泰传》："（茅容）耕于野，时与等辈避雨树下，众皆夷踞相对，容独危坐愈恭。林宗行见之而奇其异，遂与共言……因劝令学，卒以成德。"

[4] 孟敏：字叔达，钜鹿杨氏人。《后汉书·郭泰传》："（孟敏）荷甑堕地，不顾而去。林宗见而问其意。对曰：'甑以破矣，视之何益？'林宗以此异之，因劝令游学。"

[5] 分决：决断。

[6] 申屠蟠：复姓申屠，名蟠，字子龙，东汉陈留外黄人，高士。《后汉书》（卷五十三）："家贫，佣为漆工。郭林宗见而奇之。"

[7] 庾乘：字世游，东汉颍川鄢陵人，名士。《后汉书·郭泰传》："（庾乘）少给事县廷为门士。林宗见而拔之，劝游学宫，遂为诸生佣。后能讲论，自以卑第，每处下坐，诸生博士皆就雠问，由是学中以下坐为贵。"

[8] 士伍：士卒。

[9] 党诛：即党锢之祸，指东汉桓帝、灵帝时，士大夫、与宦官发生党争的事件。事件因宦官以"党人"罪名禁锢士人终身而得名。

【译文】

郭林宗喜欢称赞推许读书人。有个叫茅容的人避雨时端坐，郭泰鼓励他就学；孟敏摔破甑后不回头，郭泰认为他果敢有断，也鼓励他就学。这两人都成为有名的读书人。郭泰从漆工中提拔申屠蟠，从看门士卒中识别庾乘。屠夫、卖酒的人以及当兵的人，因郭泰奖掖提拔而成名的很多，所以他最终免于党锢之祸，被称为有道之士。

得失老兵

谢奕[1]为桓温司马。温尚南康公主[2]，经年不入其室。奕尝以酒逼温，温逃入主所。奕遂升厅事，引一直兵[3]共饮，曰："失一老兵[4]，得一老兵，何怪也？"主谓温曰："君若无狂司马，我何由得见！"

【注释】

[1] 谢奕：字无奕，东晋陈郡阳夏人，曾任安西将军、豫州刺史。

[2] 南康公主：即司马兴男，晋明帝司马绍女儿，封南康公主，下嫁桓温。

[3] 直兵：旧时王公府里属官。

[4] 老兵：骂人词语，相当于"老家伙""老东西"等意义。

【译文】

谢奕做了桓温司马。桓温娶了南康公主，整年不进公主卧室。谢奕曾经逼迫桓温喝酒，桓温逃进公主的房间。谢奕于是到厅堂上，拉来一个属官一块饮酒，说："跑了一个老兵，又找来一个老兵，有什么奇怪的呢？"公主对桓温说："你如果没有疏狂的司马，我怎么能见到你！"

侠义刺客

五代葛从简（一）为忠武节度使，闻许州富人有玉带，取不可得。遣二卒夜入其家，将杀取之。夜，卒逾垣，隐木间，见夫妇相待如宾，叹曰："吾公欲贪其宝而害斯人，吾必不免。"因跃出告之，使速以带献。遂逾垣去（二）。

【校勘】

（一）葛从简：据《新五代史·杂传第三十五》（卷四十七），为"苌从简"

之讹。芡从简，五代猛将，陈州人，初仕后唐，后世后晋。

（二）去：字后夺"不知其所之"五字。

【译文】

五代芡从简任忠武节度使时，听说许州富人有条玉带，想拥有却得不到。他就派两个士兵夜入富人家，要把富人杀掉，夺取玉带。夜里，两个士兵翻过院墙，在树中藏身，看到富人夫妇相待如宾，叹息说："我们主人要贪富人宝物，让我们杀害这人，我们一定不能免于灾祸。"于是两人跳出来，实情相告，让富人赶快把玉带献出去。然后，两人越墙离开，不知所终。

纵囚葬母

钟离意[1]堂（一）邑令，邑人房（二）广为父报仇，系狱，其母病死，广哭泣不食。意怜之，乃听广归殡。丞掾皆争不可，意曰："罪自我归。"广敛[2]母讫，果还狱。意密以状闻，广竟得减死。

【校勘】

（一）堂：据《后汉书·钟离意传》，字前夺"迁"字。

（二）房：为"防"之讹。

【注释】

[1]钟离意：复姓钟离，名意，字子阿，东汉前期会稽山阴人，官至尚书仆射。

[2]敛：通"殓"，此指安葬。

【译文】

钟离意调任堂邑县令时，县里百姓防广因为父亲报仇，被关押在监狱里。他母亲病死了，防广哭泣，吃不下饭。钟离意同情他，于是准许防广回家处理母亲丧事。丞掾都坚持说不可这么做，钟离意说："我自己担当罪责。"防广安葬完母亲，果真回到狱中。钟离意秘密地把情况报告上级，防广最终得以免除死刑。

日输一钱

李师中[1]知洛川,民负茶税,追系[2]者甚众。师中宽之,令乡置一柜,籍其名,许日输一钱。岁终,逋者尽足。

【注释】

[1] 李师中:北宋宋州楚丘人,曾任提点广西刑狱、摄广西安抚使、河东转运使等职。

[2] 追系:催逼关押。

【译文】

李师中任洛川知州时,百姓拖欠了茶税,被催逼关押的人很多。李师中给他们放宽了期限,让乡里设置一个柜子,登记上拖欠百姓名字,要求每天放进一枚铜钱。到岁终时,拖欠人把茶税都交足了。

潜恤友家

许棠[1]久困名场[2]。马戴[3]佐大同军幕,棠往谒之,一见如旧识。留连数月,但诗酒而已,未尝问所欲。忽一日,大会宾友,命使者以棠家书授之。棠惊愕莫知其来,启缄,乃戴潜遣一价（一）恤其家矣。

【校勘】

（一）一价:据宋人计有功《唐诗纪事》（卷五十四），为"一介"之误。一介,一个。

【注释】

[1] 许棠:字文化,唐代宣州泾县人,诗人,进士及第,曾为江宁丞。

[2] 名场:指科举考场。以其为士子求功名的场所,故称。

[3] 马戴:字虞臣,晚唐定州曲阳人,诗人,官至国子太常博士。

【译文】

许棠参加科举考试好久不顺利。马戴在大同军幕府做副官，许棠前去拜访他，两人一见如故。许棠在马戴处逗留了好几个月，每天只是吟诗饮酒，马戴不曾问许棠有什么要求。忽然有一天，马戴大宴宾客时，让信使把许棠家书交给许棠。许棠当时很吃惊，不知道这家书从何而来，打开信读后才知道，原来马戴已经派了一个人去抚恤他的家庭了。

洞见民隐

祖宗时，荆湖南北、江东西漕米至真、扬下卸，即载盐归。交纳有盛数，官以时值售之。舟人皆私附而行，阴取厚利，故以船为家。一有罅漏，则随补葺之，为经远计。太宗尝谓侍臣曰："倖门[1]如鼠穴，不可塞。篙工柁[2]师有少贩鬻，公（一）不必究问。"非洞见民隐，何以及此？

【校勘】

（一）公：据宋人杨时《龟山集》，字前夺"但无妨"三字。

【注释】

[1] 倖门：指奸邪小人或侥幸者进身门户。此处"倖"同"幸"。
[2] 柁：同"舵"。

【译文】

祖宗时（指北宋初年），荆湖南北两路、江南东西两路漕米运到真州、扬州下卸，就载盐回去。交纳的盐有定数，官府就以当时价格卖出去。船夫都夹带私货而行，暗中牟取厚利，所以以船为家。一旦船只有缝隙漏洞，就随手修补，做长久打算。太宗曾经对陪侍的大臣说："倖门如鼠洞，是堵塞不住的。篙工舵师有少量贩卖，只要不妨碍公务，不必追究。"如果不是深察民生疾苦，哪里会做到这样？

魏公封案

韩魏公判大名，有吏请假娶妻，继有人讼其不法，将引断[1]，乃令封起公案。半年后，取前案行遣[2]。二倅[3]曰："此人自封案后，颇谨厚^(一)，乞恕前罪，如何？"琦乃问二倅曰："知某封案意乎？此人新娶，当时若便断遣[4]，此人与父母必咎其妻，所以封起案卷耳。"二倅起，揖公曰："公恕至此，天不独厚公，后世亦贵显无极矣！"

【校勘】

（一）谨厚：据《韩魏公集·遗事》（卷二十），为"谨愿"之误。谨愿，谨慎诚实。

【注释】

[1] 引断：指依法断案。

[2] 行遣：处置，发落。

[3] 倅（cuì）：此指副职。

[4] 断遣：判决遣发。

【译文】

魏国公韩琦任大名府通判时，有个小吏请假娶妻，继而有人告发他犯了法，将依法断案，就下令封存案卷。半年后，韩琦取出先前的案宗来处理。两个副职说："这人从封存案卷后，很是谨慎实在，请饶恕他罪责，怎么样？"韩琦就问两个副职说："知道我封存案卷的用意吗？这人新娶，当时如果立即判决处理，这人与父母一定会责怪他妻子（认为此女子不吉祥），这就是封那案卷的用意。"两个副职起身，向韩琦作揖说："您宽厚到了这地步，上天不只厚待您，您后代显贵也没有尽头！"

不坏一官

杜衍[1]为都转运使，历知天雄军（一）。自言历官所至，未尝坏一官员。其间不职者，即委以事，使不暇惰；不慎者，谕以祸福，俾之自新（二）；有文章（三）、政事、殊行、绝德者，虽不识面，未尝不力荐于朝；有一善可称、一长可录者，未尝不随所能而荐之，悉得其用。

【校勘】

（一）为……军：颇为不辞，据南宋朱熹、李幼武《宋名臣言行录》应为"历知州提转安抚"。提转安抚：提刑按察使、转运使、安抚使的简称。

（二）新：字后夺"不必绳以法也"六字。

（三）文章：为"文学"之讹。

【注释】

[1]杜衍，字世昌，越州山阴（今浙江绍兴）人，北宋宰相，谥号正献。

【译文】

杜衍曾经任知州、提刑按察使、转运使、安抚使。他自己说做官所至，不曾弹劾罢免过一个官员。其间对不称职的官员，就委派给事务，让他们没空闲懒惰；对不谨慎的官员，就拿祸福来教导他们，使他们自新，不必用法律来制裁；对有文学政事才能突出、品行卓越的官员，即使不认识，未曾不努力向朝廷举荐；对于有一点善行可以称道、一点长处可以录用的官员，未曾不随其能力大小而推荐他们，使他们能力全部得以施展。

一言救人

何承天[1]为刘毅[2]参军。毅尝出行，而县吏陈满射鸟，箭误中直师^{（一）}，虽不伤，法应弃市。承天曰："狱贵情断，疑则从轻。昔有惊汉文帝乘舆马者，张释之劾以犯跸^[3]，罪止罚金，何者？明其无心于惊马也。夫且不以乘舆之重，加人^{（二）}以异制。今满意在射鸟，非有心中人。律，过误伤人，犹三减刑^{（三）}，况不伤乎？应薄罚。"毅可其议。

【校勘】

（一）直师：据《宋书·列传第二十四》，为"直帅"之误。直帅，当值将领。

（二）人：为夺字。

（三）律……刑：据《宋书》，当为："按律，过误伤人，三岁刑。"

【注释】

[1] 何承天：东海郯人，南朝刘宋时期思想家、天文学家、音乐家。

[2] 刘毅：字希乐，沛国沛县人，东晋末年北府兵将领。

[3] 犯跸：指冲撞了皇帝出行车队的罪名。

【译文】

何承天担任刘毅参军。刘毅曾经出行，县吏陈满用弓箭射鸟，箭误中了值勤将领，虽然没有伤到人，但是被处以弃市刑罚。何承天说："案子贵在按实情断决，有疑问就从轻处理。先前有使汉文帝刘恒所乘车子的马受惊的人，张释之以犯跸罪名弹劾，而处罚只是罚金，为什么呢？因为明白他无意惊动帝王车马。不以惊驾重罚惩罚，而是变为用不同的条例来处罚。现在陈满本意在于射鸟，不是有意射人。按照法律，过失伤人，判三年刑，何况还没有伤人呢？应轻微处罚一下就行了。"刘毅采纳了他的意见。

蒋瑶海量

蒋恭靖公瑶^[1]性宽厚，未尝一忤物。守扬时出市，有儿放纸鸢，因落公帽，左右欲执之。瑶曰："儿幼，弗怖也。"有妇泻水楼窗，误溅公衣，缚其夫至。瑶叱左右，去之。或讶公太亵[2]，瑶曰："吾非好名，并此妇亦误耳，况其夫何辜？"

【注释】

[1] 蒋恭靖公瑶：即蒋瑶，字粹卿，号石庵，明朝归安人，官至工部尚书，谥恭靖。

[2] 亵：此指不看重自己。

【译文】

　　恭靖公蒋瑶生性宽厚，未尝有一次触犯别人。他任扬州知府时，有次到市场上去，有儿童放风筝，由于风筝落在蒋瑶的帽子上，身边的人要把他抓起来。蒋瑶说："孩子幼小，不要吓着他。"有妇人从楼上窗子里向外泼水，误溅到蒋瑶衣服上，手下人把她丈夫捆来。蒋瑶呵叱左右把那人放了。有人对他太轻慢自己感到吃惊，蒋瑶说："我不是爱好名声，连这妇女也是失误罢了，何况她夫夫有什么罪？"

烓灶致火

　　程琳[1]知开封府，时禁中失火，根治诸绛（一）人。已诬服，乃送府具狱。琳命工图火所经处，言后宫人多而居隘，其烓[2]灶近板壁，久燥而焚，此殆天灾，不可罪人。上为宽其狱，无死者。

【校勘】

（一）绛：据宋人桂万荣《棠阴比事》，为"缝"之讹。

【注释】

[1] 程琳：字天球，北宋博野人，曾任开封知府、工部尚书、河北安抚使等职，谥文简。

[2] 烓（wēi）灶：风炉。

【译文】

程琳任开封知府，当时宫中失火，穷究众裁缝。众裁缝屈打成招，于是把案子卷宗送到开封府备案。程琳命令画工画出过火路线，说后宫人多，可是居所狭窄，那风炉靠近板壁，长久干燥，导致火灾。这大概是天灾，不可惩罚人。皇上因为程琳提议从宽处理了那案子，没有处死人。

罗研才辨

罗研[1]为郡功曹，事刺史萧藻[2]，颇有才辨[一]。尝诣阙讼萧藻，及藻再为刺史，州人为之惧，研举止自若。藻曰："非我无以容卿，非卿无以事我。"齐苟儿之役[3]，临汝侯[4]嘲之曰："卿蜀人乐祸贪乱，一至于此！"对曰："蜀中积弊，实非一朝。百家为村，不过数家有食。穷迫之人，什有八九。束缚之使，旬有二三。贪乱乐祸，无足多怪。若令家畜五母之鸡、一母之豕，床上有百钱布被，甑中有数升麦饭，虽苏张巧说于前，韩白按剑于后，不能使一夫为盗，况贪乱乎？"

【校勘】

（一）辨：当为"辩"之讹。

【注释】

[1] 罗研：字深微，南朝萧梁时广汉人，官至散骑侍郎。

[2] 萧藻：即萧渊藻，字靖艺，南朝萧梁宗室，官至尚书左仆射。《南史》作者李延寿为避李渊讳，改萧渊藻为萧藻。

[3] 齐苟儿之役：梁武帝大通五年，江阳人齐苟儿反叛，围攻成都，后为萧渊藻所镇压。

[4]临汝侯：萧猷，萧渊藻弟，封临汝侯，曾为益州刺史、侍中、中护军等职。

【译文】

罗研担任益州郡的功曹，为刺史萧藻做事，很有机辩的才智。他曾经赴京都告发萧藻，等到萧藻第二次任益州刺史时，州里的人为他担心，而罗研举止自若。萧藻说："如果不是我，就没法包容你；如果不是你，就无法为我做事。"在平定齐苟儿的叛乱时，临汝侯萧猷嘲笑他说："你们蜀人乐于制造祸乱，竟然到了这地步？"罗研回答说："蜀中相沿的弊病，实在不是一天造成的。百家聚居的村落，不过几家有饭吃。被逼得无路可走的人，占十分之八九。被指派劳役，十天就有二三天。乐于制造祸乱，不值得多加奇怪。如果让每家养有五只母鸡、一头母猪，床上有便宜的布被，瓹中有几升麦饭，即使苏秦、张仪在前面用巧妙言辞游说，韩信、白起在身后按剑逼迫，不能使一个人成为盗贼，哪里还会乐于制造祸乱呢？"

高丰进谏

高丰[1]为酂县狱吏。刺史虞孟[2]行部[3]，以酂县僻，敕酂长将囚徒就所在录见[4]。丰得文书，闭狱下钥[5]，不肯送徒，请(一)曰："使君乘法马(二)骖騑[6]，御(三)理冤，不遗远迩。此古听断阡陌、流爱甘棠[7]者也。今乃遥召囚徒，欲省更繁(四)，毋论疏脱[8]，尤哀瘦损；且普天王土，率土王臣[9]，酂狱非汉地乎？囚徒终不出县，特望朱轩[10]回轮。"孟遂到酂。

【校勘】

（一）请：据《太平御览》（卷六百四十三），字处为"自诣谏"。

（二）法马：为"法驾"之误。法驾，本指天子车驾。此指刺史车驾，因刺史代天子巡狩，故称。

（三）御：字处为"衔命"，讹"衔"为"御"，夺"命"字。衔命，遵奉命令。

（四）繁：为"烦"之讹。

【注释】

[1] 高丰：字文林，汉代人，曾为酇县狱吏。

[2] 虞孟：不详。

[3] 行部：巡行所属部域，考核政绩。

[4] 录见：即录囚，君主或上级长官向囚犯讯察决狱情况、平反冤狱、纠正错案或督办久系未决案的制度。

[5] 下钥（yuè）：下锁。

[6] 骖騑：古代驾车的马若是三匹或四匹，就有骖、服之分。中间驾辕的马叫服，两旁的马叫骖。骖服和骖騑，又泛指拉车的马或车马。

[7] 听……棠：据《韩诗外传》（卷一）：昔者周道之盛，邵伯在朝，有司请营邵以居。邵伯曰："嗟！以吾一身而劳百姓，此非吾先君文王之志也。"于是出而就蒸庶于阡陌陇亩之间而听断焉。邵伯暴处远野，庐于树下，百姓大说，耕桑者倍力以劝。

[8] 疏脱：指因疏忽而致犯人逃脱。

[9] 普……臣：为《诗经·小雅》"普天之下，莫非王土；率土之滨，莫非王臣"诗句省略。

[10] 朱轩：红漆车子，为显贵所乘。

【译文】

高丰担任酇县狱吏。刺史虞孟到所属各县巡察，因为酇县偏僻，下令酇县县长把囚徒送到郡治录囚。高丰收到文书后，关上狱门，并且落锁，不肯去送囚徒，自己到刺史那里进谏说："刺史乘坐马车，遵奉皇命，审理冤案，远近都不落下。这是古时候邵公在阡陌之间断案、在甘棠树下建屋风尚的留存。现在您竟然要把囚徒从远处召来，想自己省事而要麻烦他人，且不论犯人会因管理疏忽而容易逃脱，尤其应当同情那些身体瘦弱的犯人；况且'普天之下，莫非王土；率土之滨，莫非王臣'，酇县监狱难道不是汉朝地方吗？囚徒终究不能出县境，特意希望您车驾到酇县来。"虞孟于是亲自到酇县去了。

宁漏吞舟

王丞相为扬州，遣八部从事之职[1]，顾和时为下传[2]。还，同时俱见。诸从事各奏二千石官长得失，至和独无言。王问顾曰："卿何所闻？"答曰："明公作辅，宁使网漏吞舟[3]，何缘采听风闻，以为察察[4]之政！"丞相咨嗟称佳，诸从事自视缺然也。

【注释】

[1]"王丞相"句：东晋初，王导任丞相军咨祭酒，兼任扬州刺史。扬州当时统属丹阳、会稽等八郡。按当时官制，每郡置部从事一人，主管督促文书、察举非法等事，所以王导分遣部从事八人。之职，到职视事。

[2]"顾和"句：王导任扬州刺史时，调顾和任从事，这是和部从事不同的职务。这里的"下传"，可能指乘传车（驿车）。当时州里有别驾从事一职，刺史视察各地时，别驾就乘传车随行。顾和大概只以从事身份随部从事到部里去。（参看余嘉锡《世说新语笺疏》第566页。）顾和，字君孝，晋朝吴郡吴县人，官至吏部尚书。

[3] 吞舟：指能吞船的大鱼，喻罪行极大的人。

[4] 察察：明辨，清楚。此指苛察。

【译文】

丞相王导任扬州刺史时，派遣八个部从事到各郡任职，顾和当时也随着到郡里去。回来以后，大家一起谒见王导。部从事们各自启奏郡守优劣，轮到顾和时，唯独他没有发言。王导问顾和："你听到什么了？"顾和回答说："大人您辅佐国政，宁可使法网宽松得可以漏过吞舟大鱼，为什么听信道听途说，来苛刻地治理政事呢！"王导赞叹着连声说好，众从事自愧不如顾和。

王珪直谏

唐王珪[1]入燕见[2]，有美人侍帝侧。帝指（一）曰："庐江王瑗[3]之姬也。瑗杀其夫而纳之。"珪避席曰："陛下以庐江纳之，是耶，非耶？"帝曰："杀人，取其妻，何问朕是非也？"对曰："今陛下知庐江之亡，而其姬尚在，何也？"帝赏其言，遂出之。

【校勘】

（一）指：据《新唐书·王珪传》（卷二十三），字后夺"之"。

【注释】

[1] 王珪：字叔玠，唐初河东祁县人，名相，谥懿。

[2] 燕见：古代帝王退朝闲居时召见臣子。

[3] 瑗：即李瑗，字德圭，唐朝陇西成纪人，宗室大臣，被封为庐江郡王，后因谋反被杀。

【译文】

唐朝王珪在李世民退朝后入宫进见，看到有个美人侍奉在皇帝身边。皇帝指着美人说："这是庐江郡王李瑗的姬妾。李瑗杀了她丈夫而收她为姬妾。"王珪离开席位说："陛下认为庐郡王收她做姬妾，是对呢，还是不对呢？"皇帝说："杀了人家，却娶了人家妻子，哪里用得着问我对错呢？"王珪回答说："现在陛下知道庐江郡王败亡，可他姬妾还在您身边，为什么呢？"皇帝赞赏他的话，就把那美人打发走了。

止人出妻

商瞿[1]者，字子木。同门梁鳣[2]，年三十未举子[3]，欲出其妻。瞿曰："子未也。吾齿三十八无子，吾母为吾更娶。父曰：'无忧也。

瞿过四十，当有五丈夫子[4]。'果然。恐子自晚生耳，未必妻过也。"
居二年，而梁果有子。

【注释】

[1] 商瞿：字子木，春秋末年鲁国人，孔子高足，擅长研究《易》。

[2] 梁鳣：字叔鱼，春秋时期齐国人，孔门七十二高足之一。

[3] 举子：生儿子。

[4] 丈夫子：指儿子。

【译文】

商瞿，字子木。他的同学梁鳣，到了三十岁还没有儿子，想要把妻子休掉。商瞿说："你不要这样做。我三十八岁的时候还没有儿子，我母亲为了有后让我另娶妻子。我父亲说：'不用担忧。商瞿过了四十，会有五个儿子。'后来果真这样。恐怕你本是晚来得子，未必是妻子的过错。"过了两年，梁鳣果然有了儿子。

蒙之侠义

赵忠简[1]死珠崖，将葬常山县。郡将[2]张杰（一）希桧旨，阳檄常山尉翁蒙之[3]护其丧，阴令搜取赵公平日知日往来书疏，欲败赵以媚桧。翁之度杰意不可解，或更属他吏，则事有不可为（二），即密告赵氏，夜取诸文书悉烧之，无片纸（三）。翌日，乃佯为搜捕者，而以无所得告。杰怒，乃诬蒙之他罪，徙其官。赵氏竟得无他。

【校勘】

（一）张杰：据《宋史·魏掞之传》，为"章杰"之误。章杰，南宋浦城人，曾任衢州知州、广东转运判官等职。

（二）为：据南宋朱熹、李幼武《宋名臣言行录》，字后夺"者"字。

（三）纸：字后夺"在"字。

【注释】

[1] 赵忠简：即赵鼎，字元镇，号得全居士，解州闻喜人，南宋绍兴年间宰
　　相，谥忠简。

[2] 郡将：东汉魏晋南北朝时期对于地方郡守别称。此指衢州知州。

[3] 翁蒙之：字子功，南宋福建崇安人，历任常山尉、监登闻鼓院、军器监
　　丞等职。

【译文】

　　赵忠简死在珠崖，将要归葬常山县。知州章杰迎合秦桧心意，命令常山县尉翁蒙之以保护赵鼎灵柩为借口，暗地里让他搜查赵鼎平日与朋友往来信件，想要败坏赵家，来讨好秦桧。翁蒙之估计章杰想法难以改变，（自己不敢的话）或许会让其他官吏来办，那事情就不可收拾了，就秘密地告诉赵家人，夜里找来有关材料全部烧毁，片纸无存。第二天，翁蒙之就假装搜查，而上报说一无所获。章杰恼怒，于是拿其他罪名诬陷翁蒙之，降了他的官。赵家最终没出什么事情。

纵民还债

　　苏颂[1]知杭州，一日出，遇百余人遮道泣诉，曰："某等以转运司责所逋市易缗钱[2]，昼系公庭，夜禁厢院[3]，虽死无可偿者。"公曰："吾今释汝，使汝得营生事，衣食之余，悉以偿官，可⁽一⁾乎？"皆曰："不敢负。"于是纵之。转运使大怒，欲奏颂，而民偿债者乃先期而至，遂不复言。

【校勘】

（一）可：据《宋史·苏颂传》，字前夺"期以岁月而足"六字。

【注释】

[1] 苏颂：字子容，宋朝泉州同安人，官至宰相，博物学家。

[2] 市易缗钱：指向市易司缴纳的税金。缗钱，指以千文结扎成串的铜钱，
    汉代作为计算税课单位，后泛指税金。

[3] 厢院：公庭两旁院落。

【译文】

苏颂任杭州知州时，一天出行，遇到百多人拦路哭诉，说："我们因为拖欠市易司税金，而受到转运司责罚，白天被关押在公堂上，夜里被禁闭在厢院里，即使到死也偿还不了。" 苏颂说："我现在放了你们，让你们获得谋生职事，生活所余下的钱，都用来偿还官府，到约定的时间必须还足，可以吗？"那些人都说："不敢辜负您的好心。"苏颂于是放了他们。转运使大怒，想要弹劾苏颂，可那些百姓提前偿还所欠债务，于是不再说话。

强至听谳

强至 [1] 为开封府仓曹参军，时禁中露积油幕夕火，主守者法应死。至预听谳 [2]，疑火所起，召幕工讯之。工言："制幕必杂他药，相困（一）既久，得湿则燔。"至（二）为上闻，仁宗悟，曰："真宗山陵火起油衣中，其事正尔。"主守者遂傅 [3] 轻典 [4]。

【校勘】

（一）困：据宋朝郑克《折狱龟鉴》，为"因"之讹。

（二）至：据《折狱龟鉴》，为"府"字之讹。

【注释】

[1] 强至：字几圣，北宋钱塘人，庆历六年进士，官至三司户部判官。

[2] 听谳（yàn）：审理案件。

[3] 傅：比照。

[4] 轻典：指处罚从宽的法律。

【译文】

强至做开封府仓曹参军，当时皇宫中露天储存的油幕一天晚上起火，主管人员依照法律都应当处死。强至预先审理，怀疑起火原因，召来油幕制作工匠询问。工匠说："制造油幕必须杂用其他药物，相因既久，遇到潮湿就会燃烧。"开封府向皇上报告，仁宗省悟，说："真宗陵墓因油衣起火，正是这原因。"主管人员于是被从轻发落。

纯仁惠政

范纯仁尹洛，多惠政。后为执政，其子自许展省[1]河南，少憩村店。有翁从家出，注视其子，曰："明公容类丞相，非其家子乎！"曰："然。"翁不语，入具冠带，出拜，谓其子曰："昔丞相尹洛，某年四十二，平生粗知守分，偶意外争斗。事至官，得杖罪。吏引某褰裳行刑，丞相召某前，问曰：'吾察尔非恶人，肤体无伤，何为至此？'某以情告，丞相曰：'尔当自新，免罚放出。'非特某得为完人，此乡化之，至今无争斗者。"

【注释】

[1] 展省：省视，看望。

【译文】

范纯仁任洛阳府尹时，多有惠民政事。后来他做了宰相，他儿子从许州到京城来看望他，在村野小店里稍作休息。有个老翁从家里出来，注视范纯仁子，说："您面貌像丞相，该不会是他家子弟！"回答说："是的。"老翁没说话，进屋穿戴好衣帽，出来拜见，对范纯仁儿子说："从前丞相在洛阳做府尹时，我四十二岁，平生粗知安守本分，偶然意外争斗。事情送到官府处理，获杖打的罪责。小吏带我撩起衣服行刑，丞相让我到跟前，问我：'我看你不是坏人，身体没有伤痕，为什么到这地步？'我把实情相告，丞相说：'你应当自新，免于处罚，予以放出。'不只是我得以身体无损，连乡间人都受了教化，到现在没有斗殴的人。"

张酺平恕

张酺为河南尹[1]，数以法正诸窦。及窦氏败，酺上疏曰："方宪[2]等宠贵，群臣阿附，唯恐不及，皆言宪受顾命之托，怀伊、吕之忠。今严威既行，皆言当死，不复顾其前后[3]。臣伏见夏阳侯瑰[4]，每存忠善，检敕宾客，未尝犯法。王政有三宥[5]之义，宜贷宥，以崇厚德。"和帝感其言，瑰独得全。

【注释】

[1] 张酺（pú）：字孟侯，东汉汝南细阳人，曾任河南尹、光禄勋、司徒等职。
[2] 宪：即窦宪，字伯度，东汉扶风平陵人，外戚。
[3] 前后：偏义复词，"后"没有意义。
[4] 瑰：即窦瑰，窦宪之弟，官至光禄勋，封夏阳侯。
[5] 三宥：古代王公家族之人犯法，有宽恕三次之制。

【译文】

张酺任河南府尹时，多次凭借法令纠正诸位窦氏权贵的恶行。等到窦氏败落，张酺上疏说："当窦宪等受宠尊贵时，群臣讨好他们还怕来不及，都说窦宪是顾命大臣，怀有伊尹、吕尚的忠心。现在这些人的权势都已失去，却都说窦宪等该当处死，不再看他们先前的行为。我私下认为夏阳侯窦瑰，常存忠善的心思，能约束宾客，不曾犯法。君王处理政务，尚且有三次赦免的道理，应该予以宽容，以昭显皇上厚德。"和帝被张酺的话打动了，因此窦瑰独得保全。

委曲弥缝

王曾继陈尧咨知大名。府署毁圮[1]者，既旧葺之，无所改作；什器损失者，完补之如数；政有不便，委曲弥缝[2]，悉掩其非。及移守洛帅，陈复为代，睹而叹曰："王公宜为相，我弗及也（一）。"

【校勘】

（一）我弗及也：据元张光祖《言行龟鉴》，苟简之处颇多。当为"我之量弗及"，而且最后尚有"盖陈以昔时之嫌，意谓公必反其故，发其隐也"18字。没有此18字，表意不明。

【注释】

[1] 毁圮（pǐ）：破损倒塌。
[2] 委曲弥缝（féng）：委屈自己，补救他人缺失。

【译文】

王曾继陈尧咨任大名府知府。官署房屋倒塌的，在原有基础上修复，不做任何改动；损坏了的器物，补修得一件不少；原先的政令有不妥之处，就曲意弥补，掩盖陈尧咨做得不对的地方。等他到洛阳当官时，陈尧咨重回大名府任职，看到王曾所做一切，感叹说："王公适合担任宰相，我的度量远远赶不上他。"陈尧咨以为过去他们曾经有隔阂，王曾一定会与他的做法相反，并将他的过失公开出来。

王佐听讼

王佐[1]守平江，长听讼。小民告捕进士郑安国酒。守问之，郑曰："非不知冒刑宪，老母饮药，必酒之无灰[2]者。"佐怜其孝，放去，复问："酒藏床脚笈中，告者何以知之？岂有出入而家者乎？抑而奴婢有出入者乎？"以幼婢对，追至前，得与民奸状，皆仗脊遣。闻者称快。

【注释】

[1] 王佐：字宣子，号敬斋，南宋山阴人，以德政著名。

[2] 酒之无灰者：即无灰酒，是不放石灰的酒。古人在酒内加石灰以防酒酸，但能聚痰，所以药用须无灰酒。

【译文】

王佐任平江军知军时，擅长审理案子。有个百姓报告说进士郑安国私自造酒。王佐把郑安国抓来审问，郑安国说："不是不知道冒犯法令，只是老母吃药必须饮清酒。"王佐同情郑安国的孝心，就把他放走，又问他："酒藏在床脚箱子里，告你的人怎么会知道？难道有人在你家出入？还是有奴婢出入呢？"郑安国回答有年轻的婢女进去。追究结果，查到年轻的婢女与原告有奸情，于是将两人处以杖刑后，打发走了。听到的人都叫好。

与民分痛

杨翼少 [1] 居里，有郡佐竣行敲朴。公贷其榎楚 [2]，曰："家有悍奴，请治之，与民分痛。"

【注释】

[1] 杨翼少：即杨允绳，字翼少，号抑斋，明代松江府华亭人，著名谏官，追谥忠恪。

[2] 榎（jiǎ）楚：分别是灌木名字，古代常用来作为刑具。

【译文】

杨允绳在家乡时，有个府丞专用酷刑。杨允绳向那府丞要借刑具一用，说："我家仆人凶悍，请用刑具惩治，为百姓分担痛苦。"

不暴前非

林一鹗[1]知镇江府，举偏救弊。凡前政之废弛者，次第举之，未尝一言暴前人之非，惟曰："必如是乃是。"

【注释】

[1] 林一鹗：即林鹗，字一鹗，明朝太平人，成化中官至刑部右侍郎，谥恭肃。

【译文】

林一鹗任镇江知府时，纠正偏斜，补救弊端。凡是前任废弛政事，依次兴办，未曾有一句话暴露前人的过错，只说："一定像这样才对。"

随才授用

韩滉[1]在两浙，所辟群佐，各随其长，无不得人。尝有故人子谒之，滉考其能，一无所长。然与之宴，竟席，未尝左右视，因使监库门。其人终日危坐，吏卒无敢妄出入者。

【注释】

[1] 韩滉（huàng）：字太冲，京兆长安人，唐代宰相，谥忠肃。

【译文】

略。

陈瓘抑己

陈忠肃公[1]性谦和，与物无竞。与人议论，率多取人之长，虽见其短，未尝面折，惟微示意以警之，人多愧服。尤好奖进后辈。一言一行，苟有可取，即誉美传扬，谓己不能。

【注释】

[1] 陈忠肃公：即陈瓘，字莹中，号了斋，北宋沙县人，官至右司谏，书法家。

【译文】

忠肃公陈瓘生性谦和，不与他人争竞。与人议论，总是多取他人长处，虽然看见别人短处，不曾当面指责，只是暗中向人示意来予以警戒，人们多惭愧佩服。他尤其喜欢奖掖后辈，后辈一言一行，如果有可取之处，就称誉传扬，说连自己都做不到。

彼此两得

张无垢[1]云："快意事孰不喜为？往往事过不能无悔者，于他人有甚不快存焉。君子所以隐忍详复，不敢轻易者，欲彼此两得也。"

【注释】

[1] 张无垢：即张九成，字子韶，号无垢，南宋海宁盐官人，理学家。

【译文】

张无垢说："痛快的事情谁不喜欢做呢？但是事情过去后自己往往后悔，对他人来说有不愉快存在。君子之所以再三容忍，不敢轻率，想要自我和他人双方都能处理好。"

他日手滑

李文节《燕居录》云："富郑公欲诛晁仲约[1]，范文正公密告富公曰：'祖宗来（一），未尝轻杀臣下，此盛德事。吾与公在此，同心者有几？虽上意未知所定也，而轻导人主以诛戮，他日手滑，吾辈亦未敢保。'时富公不谓然。候富公自河北还，及国门，不得入，未测朝廷意，比夜徬徨不能寐，绕床叹曰：'范六丈，圣人也！'

余见近日有请诬诛[3]大臣者，盖未观范公传耳。"

【校勘】

（一）来：据宋人罗大经《鹤林玉露》甲编（卷五），字前夺"以"字。

【注释】

[1] 晁仲约：字侯延，北宋澶州清丰人，官至兴州知州。
[2] 范六丈：指范仲淹。六，指范仲淹排行。长，对年长者尊称。
[3] 诬诛：同义复合词，诛杀。诬，通"瘗"。

【译文】

　　文节公李廷机《燕居录》说："郑国公富弼要诛杀晁仲约，文正公范仲淹秘密地告诉富弼说：'祖宗以来，不曾轻易杀臣下，这是德行盛大的事。我与你在这里做官，同心同德的有几人？即使是皇上心意也难以确定，而轻易引导皇帝诛杀大臣，他日皇帝手滑，我们也不敢自保。'当时富弼不以为然。等到富弼从河北回来，到达京城城门，却不能进城，富弼不能揣测朝廷用意，连夜彷徨不能入睡，绕床感叹说：'范六丈真是圣人啊！'我见近日有请诛杀大臣的人，大概是没有看过范仲淹的传记。"

以恕存心

　　凡居人上，有势分[1]之临，惟以恕存心，乃可以容下。故行动必先声咳（一），步远则有前导，燕坐则毋帘窥壁听。是故君子不发人阴私，不掩[2]人之所不及也。

【校勘】

（一）声咳：据宋人何坦《西畴老人常言·应世》，为"謦欬"之讹。謦（qǐng）欬（kài），指咳嗽声。

【注释】

[1] 势分：权势，地位。

[2] 掩：乘人不备。

【译文】

凡是身居高位的人，有权势有身份，只有存心宽恕，才可以容下。所以行动前必先咳嗽，走远路要有前导，闲坐就不要向帘内窥视在壁间偷听。因此君子不揭发他人的阴私，不做乘人不备的事。

徒坏心术

见人学好，多方赞成；见人差错，多方提醒；见人丰显，则谈其致福之由；见人苦难，则原其所处之不幸：斯长者之道也。若忌成乐败，何与人事？徒自坏心术耳。

【译文】

见人学好，多方赞成；见人差错，多方提醒；见人成绩显赫，就谈他成功的缘由；见人苦难，就推求他遭受不幸的根源：这是有德行人的处世之道。如果忌妒别人成功，对别人失败感到快乐，对人情事理又有什么帮助呢？徒然自坏心术罢了。

士不可辱

秘书监姜皎[1]得罪，张嘉贞附会权幸[2]意，请加诏杖[3]，俄皎死。会广州都督裴伷先[4]下狱，帝问法当如何，嘉贞复援皎例。张说进曰："臣闻刑不上大夫，以近君也，故曰士可杀不可辱。向者姜皎官三品，亦有微功。若其有犯，应杀即杀，应流即流，不宜廷辱，以卒伍待。况律有八议[5]，勋贵在焉。皎事既不可追，伷先岂容复滥？"上然其言。嘉贞退谓说曰："何言事之深[6]也？"说曰："宰相者，时来即为，岂能长据？若贵臣尽皆可杖，但恐吾等行将及之。此言非为胄先，乃为天下士君子也。"嘉贞有惭色。

【注释】

[1] 姜皎：唐朝秦州上邽人，玄宗初年拜殿中监，封楚国公，后被贬死。

[2] 权幸：指有权势而得到帝王宠爱的奸佞之人。

[3] 诏杖：下诏在朝廷上施以杖刑。

[4] 裴仙先：绛州闻喜人，唐朝大臣，官至尚书。

[5] 八议：封建刑律规定的对八种人犯罪必须交由皇帝裁决或依法减轻处罚的特权制度。

[6] 深：严重。

【译文】

秘书监姜皎获罪，张嘉贞附会权幸心意，请求下诏予以杖刑，不久姜皎就死了。适逢广州都督裴胄先下狱，皇帝问依法应当如何处置，张嘉贞又援引姜皎先例。张说进谏说："我听说刑不上大夫，因为大夫在君王身边，所以说士可杀不可辱。以前姜皎官居三品，也有微功。如果他犯罪，应杀头就杀头，应流放就流放，不应该在朝廷上污辱他，像对待士兵一样。何况法律有八议制度，勋贵在八议涉及的人里面。姜皎的事情已经不可弥补，裴胄先难道能滥用这种处置办法吗？"皇上认为他说得对。张嘉贞退朝后对张说说："为什么把事情说得这样严重呢？"张说说："宰相职位机会到来时就担任，哪里能长久拥有？如果尊贵大臣都可以施以杖刑，只恐怕我们将要受到杖刑。这话不是为裴胄先说的，是为天下士大夫说的。"张嘉贞有惭愧神色。

怨尤自寡

出妻令其可嫁，绝友令其可交。常存此心，怨尤自寡。

【译文】

略。

拙庵谨厚

江右万拙庵[1]谨厚，好行德，一生怕见官府。尝语人曰："我辈一日须行十件方便事，事不在大。当路一砖一石碍人行，去之可也。"村人失牛，家牛相似，村人误牵去之。仆夺以归，公知为己牛，佯曰："我牛汝不蚤牧失在山中？何妄牵人牛也？"还之。寻县捕获牛，惶恐不敢诣，公纵之归，曰："我向说失在山中，今下来矣。"竟不言故。子衣[2]成进士，授刑部主政(一)，公布衣小帽，不改其常。逮覃恩[3]受封，冠带谢恩，拜祖先毕，即珍藏之，仍旧衣帽。乡人讶曰："今受荣封，巾服何妨？"曰："此我镜中面目，我安我山农之分，勿复相苦。"世俗子为官，称其父为老爹，每呼之不应；曰我自万拙庵，不敢当老爹，故不应。比部奉命恤刑[5]湖南，乘便归省。有衡阳囚欲脱罪，家属携重赀，乘起行投轿中，视之，千金也。絷其人，发黄梅县，金贮库中。公骇相谓曰："其人本为减罪，今罹此，不滋重耶？盍释之？"比部唯唯，释其人，还金而去。

【校勘】

（一）政：为"事"之讹。

【注释】

[1] 万拙庵：万衣之父，名不详，号拙庵。

[2] 衣：即万衣，字章甫，号浅原，明朝九江府德化人，官至河南左布政使。

[3] 覃恩：广施恩泽。旧时多用以称帝王对臣民的封赏、赦免等。

[4] 比部：明清时对刑部及其司官的习称。

[5] 恤刑：一般指对于老幼废疾者的减刑和对狱囚的悯恤。

【译文】

江西人万拙庵谨慎厚道，喜欢做好事，一生怕见官府。他曾经对人说："我们一日要做十件方便别人的事，事情不在大小。路上一砖一石妨碍人行，搬开就行。"村里有人走失了一头牛，这牛与万拙庵家牛相似，村人误牵去。万拙庵仆人把牛夺了回来，万拙庵知道那是自己的牛，假装说："我的牛你不是早先放牧时丢失在山中了吗？为什么随意牵别人的牛？"命令仆人把牛还给那人。不久，县里抓到了那人走失的牛，那人惶恐不敢到县里认领。万拙庵把牛认领来，说："我以前说牛走失在山中，现在下来了。"最终不说明原委。他儿子万衣考中进士，授刑部主事。万拙庵布衣小帽，不改常态。等到加恩受封，他穿好官服谢恩，祭拜祖先完毕，就把官服珍藏起来，衣帽仍旧。乡人吃惊地说："现在受到荣耀的加封，穿一下官服有什么妨碍？"万拙庵说："这是我镜中的面目，我安守山野农夫本分，不要再苦劝我了。"一般人做了官，别人称他的父亲为老爹，别人每当称呼万拙庵老爹时，他不答应，说："我本是万拙庵，不敢当老爹，所以不答应。"刑部主事万衣奉命到湖南主持恤刑工作，借机回家看望父母。有个衡阳囚犯要开脱罪责，家属携带重金，乘万衣起行时投进轿子中，万衣一看，足有千金。万衣要把那人捆起来，流放黄梅县，贿金没收入官库。万拙庵惊骇地对万衣说："那人本为减罪，现在遭受这祸患，不更严重了吗？为什么不放了他？"万衣主事只得答应，把行贿的人放掉，把钱还给他，打发他走了。

无量功德

士君子贫不能济物者，遇人痴迷处[1]，出一言提醒之；遇人急难处，出一言解救之：亦是无量[2]功德。

【注释】

[1] 处：时候。

[2] 无量：难以计算，指数量极多。

【译文】

善良高尚的人，因贫穷而没有能力帮助别人，如果遇到别人迷惑犯傻时，说一句好话来提醒他们；遇到别人有急难时，说一句好话来解救他们：功德也无法计算。

作事应知

凡作事第一念为自己思量，第二念便须替他人筹算。若彼此两利，或于己利，于人无损，皆可为之。若利己十九，损人十一，即须踌躇[1]；若人己利害正半，便宜辍足[2]。况利全在己，害全在人者乎？至于损己利人，尤上上人事，愿同志共图之。

【注释】

[1] 踌躇：斟酌。
[2] 辍足：停止。

【译文】

略。

一庵可法

唐一庵[1]与众友夜话，将寝，问曰："此时还有事须料理否？"众曰："无。"一庵曰："夜寒，吾辈饮酒甚乐，从者尚未有寝宿处，焉得不与料理？"昔官人夜饮温室，语人曰："今冬温暖若是，时令不正也。"从人于门外顿足曰："外间时令却甚正。"富贵而能念人饥寒劳苦者盖鲜，一庵先生真可法也。

【注释】

[1] 唐一庵：即唐枢，字惟中，号一菴，明朝归安人，官至刑部主事，学者

【译文】

　　唐一庵与众位友人夜话,将要就寝,问:"这时还有事必须料理吗?"众人说:"没有。"一庵说:"夜寒,我们饮酒很快乐,随从还没有寝宿的地方,怎么能不给他们料理?"从前有个官员在温暖的屋里夜饮,对人说:"今冬像这样温暖,时令不正。"从人在门外冻得跺脚,说:"外面时令却很正。"自身富贵却能考虑到别人饥寒劳苦的人大概很少,一庵先生真值得学习。

赵普谏言

　　太平兴国中朝士祖吉典郡 [1],奸赃事觉,下狱。时郊礼 [2] 将近,太宗怒其贪墨,谕百执政,俾郊赦 [3] 不宥。赵普曰:"败官抵罪,宜正刑辟 [4]。然国家卜郊 [5] 肆类 [6],所以对越 [7] 天地,告休 [8] 神明。吉何人,足改陛下赦令哉?"上善其对而止。

【注释】

[1] 典郡:主管一郡政事,谓任郡守。此指任知州。

[2] 郊礼:指天子祭天地的大礼。

[3] 郊赦:古代帝王举行祭祀大礼时赦宥罪犯。

[4] 刑辟(pì):刑法,刑律。

[5] 卜郊:用占卜选定郊祭的日期。

[6] 肆类:称祭天之礼。

[7] 对越:犹对扬,答谢颂扬。

[8] 告休:报告吉庆。

【译文】

　　太平兴国(宋太宗年号)年间,朝官祖吉出任知州,贪墨的事败露,被关到监狱里。当时郊礼临近,太宗皇帝对祖吉贪墨很生气,晓谕百官执政大臣,要废止郊赦。赵普说:"败坏职务的官员治罪,应该明正刑律。可是国家占卜日期祭祀天地，用来答谢天地，向神明报告吉庆。祖吉是什么人，能够改变陛下的赦令吗？"皇上认为赵普说得好，废止郊赦的事作罢。

回护寇准

莱公因生日为会，有所过当[1]，转运使以闻。上怒，以示王旦。旦览状，笑曰："准许多年纪，尚騃[2]尔！"因请录付准，使自知过。准惶恐待罪。

【注释】

[1] 有所过当：据元人张光祖《言行龟鉴》记载："寇准知永兴军，诞日，排设如圣节仪，晚衣黄服，簪花走马。"

[2] 騃（ái）：呆痴，不明事理。

【译文】

莱国公寇准趁生日时举办宴会，行为有所失当，转运使报告给朝廷。皇上大怒，把转运使的状子给王旦看。王旦看完状子，笑笑说："寇准这样大年纪，还不明事理呀！"于是他请求抄录下来，交付寇准，使他自知过错。寇准惊恐地等待惩罚。

免刑之路

韩琦知郓州，京东多盗。捕盗之法，以百日为三限[1]，限不获者抵罪。盗未必得，而被刑者众。公请获他盗者听折除[2]。捕者有免刑之路，故盗多获。朝廷著为令，至今用之。

【注释】

[1] 三限：最后期限。

[2] 折除：减损。

【译文】

韩琦任郓州知州时，京东路多盗贼。捕盗的法令规定，以百日为最后期限，期限内抓不到盗贼的接受惩处。盗贼不一定抓获，而受刑的人很多。韩琦向朝廷请求抓获其他案子盗贼可以减损惩处。这样，捕获盗贼的差役有免刑出路，所以盗贼多被抓获。朝廷把这建议当成了律令，至今沿用。

回护矜礼

事系幽隐 [1]，要思回护他，着不得一点攻讦的念头；人属寒微，要思矜礼 [2] 他，着不得一毫傲睨的气象。

【注释】

[1] 幽隐：隐晦，隐蔽。
[2] 矜礼：同情，礼遇。

【译文】

事系隐晦，要想着庇护他，存不得一点攻讦的念头；人属寒微，要想着同情礼遇他，存不得一毫傲视的气象。

第一学问

临事肯替别人想是第一等学问。

【译文】

略。

径地卷之十八

此心开百代之祥，金锁玉钩，岂必问平阪于马鬣？寸地造无疆之福，牛眠龙角，何尝恃推步之鸡丸？从来智营力竞，谁甘以尺土让人？而后陵谷忽迁，丰碑频琢。造物若留以有待也，人其清夜一扪心乎！纂径地第十八。

暴露置念

葬者，藏也。人子于其亲之归藏，乃假为身家谋，为后嗣计，一求风水，再求年月。各执其房分[1]，而阻于卦例星辰之吉凶；各持年命[2]，而挠于干支龟筮之生尅[3]。生者祸福未可知，死者暴露堪置念乎？

【注释】

[1] 房分：家族分支。

[2] 年命：寿命年庚，八字年寿命运。

[3] 生尅：五行之间的相生相克。此处为偏义复词，"生"字无实在意义。

　　上文的"吉凶"也是偏义复词，"吉"字无实在意义。

【译文】

安葬，就是埋藏。作为人子对于他双亲的安葬，竟然借替为身家谋划、为后嗣打算，求风水宝地，再求安葬吉日。各自坚持房头利益，而以卦例星辰凶险为名义进行阻碍；各自坚持自己八字年寿命运，而以干支龟筮相赶为借口进行阻挠。活人祸福未可预知，死人暴露可放在心上了吗？

安礼进谏

王安礼[1]宋仁宗时知开封府。帝数失皇太^{（一）}子，太史言民墓多迫京城，故不利国嗣。诏悉改卜，无虑[2]数十万计，众汹惧。安礼谏曰："文王卜世三十[3]，其政先于掩骼埋胔，未闻迁人之冢以利其嗣者。"帝恻然而罢。

【校勘】

（一）太：据《宋史·列传》（卷八十六），为衍字。

【注释】

[1] 王安礼：字和甫，北宋抚州临川人，王安石同母四弟，官至尚书左丞。

[2] 无虑：大概。

[3] 卜世三十：《左传·宣公三年》："王孙满曰：'卜世三十，卜年七百，天所命也。'"

[4] 掩骼埋胔（zì）：指收葬暴露于野的尸骨，为古代恤民之政。《礼记·月令》："（孟春之月）掩骼埋胔。"郑玄注："骨枯曰骼，肉腐曰胔。"

【译文】

王安礼在宋仁宗时任开封府知府。皇上多次死去皇子，太史说民间墓地离京城太近，所以不利于皇家后代。诏令百姓将墓地都改迁，大概有数十万座，民众惶恐不安。王安礼上奏说："文王占卜说要传世三十代，他施政首先就是掩埋路边尸骨，没有听说为了使其后代获利而要迁移百姓墓地的事。"皇上哀怜百姓而撤销迁墓命令。

葬有五虑

葬有五虑，不得不谨。须使他日不为道路，不为城郭，不为沟池，不为贵势所夺，不为耕犁所及。舍五者之外，若斤斤然择地之方位、决日之吉凶，以奉亲为后图，而以利后为急着[1]，岂孝子之用心？

【注释】

[1] 急着（zhāo）：急务。

【译文】

葬地有种五顾虑，不得不谨慎。须使墓地他日不能成为道路，不能成为城郭，不能成为沟池，不被权贵家所夺，不能成为耕地。除此五种情况之外，如果斤斤计较选择葬地方位、决定安葬日期吉凶，以尊奉亲人为名做后来的图谋，而把利于后代当作急务，难道是孝子用心吗？

不如择心

语云："择地不如择心。"又云："可遇而不可求。"地之吉凶皆由人之造作。倘吾心有主，则天意已在，百千年造化从兹定矣。

【译文】

常言说："择地不如择心。"又说："可遇而不可求。"葬地吉凶都由人事行为而定。假如我心由良善做主，那么天意已在，百千年的福气从此确定了。

乔新葬父

何乔新[1]初为南京礼部主事，归葬父，卜地不得吉。有欲粥[2]

其墓地者，众谓："此吉壤。"新曰："暴人父而葬吾父，吾不忍为。"

【注释】

[1] 何乔新：字廷秀，号椒丘，明代江西广昌人，官至刑部尚书，谥文肃。

[2] 粥：通"鬻"，卖。

【译文】

何乔新当初任南京礼部主事时，回家安葬父亲，找不到好的墓地。有要把墓地卖给何乔新的，众人说："这是块吉地。"何乔新说："让别人父亲暴露却用来安葬我父亲，我不忍心这样做。"

不如天理

朱文公知崇安日，有小民贪大姓吉地，预埋石碑于其坟前。数年之后，突以强占为讼。二家争执于庭，不决。文公亲至其地观之，见其山明水秀，凤舞龙飞，意大姓侵夺之情真也。及去其浮泥，验其故土，则有碑记，所书皆小民之祖先名字。文公遂一意断还之。后隐居武夷山，有事经过其地，闲步往观，问其居民，则备言埋石诳告罔上[1]事。文公懊悔无及，乃曰："此地不发，是无地理；此地若发，是无天理。"祝罢而去。是夜大雨如倾，雷电交作，霹雳一声，瓦屋皆响。次日视之，其坟已毁成一潭，连尸棺多(一)不见矣。

【校勘】

（一）尸棺多：据明人刘宗周《人类谱记》，为"石椁都"之讹。

【注释】

[1] 罔上：欺骗长官。

【译文】

略。

愚一至此

葬亲者溺信风水，至侵占他山，伐人冢，弃人祖父母骸骨，怨连讼结，抵死[1]求胜，至于倾家败业而地终不可得。福应尚远，祸应至近。何其愚一[2]至此！

【注释】

[1] 抵死：冒死，至死。

[2] 一：竟然。

【译文】

安葬亲人的人沉溺相信风水，至于侵占他人山林，破坏他人坟墓，抛弃他人祖父母尸骨，结成冤仇，引起诉讼，冒死求胜，至于倾家败业而葬地终究不可得到。福报还遥远不知，祸报却近在眼前。怎么竟然愚蠢到了这地步！

吉地难夺

伪唐[1]有师郭璞术[2]者，卜地宝盖[3]下。或窃之以葬，其人在家，忽耳闻金鼓声，惊曰："此必盗吾地。"往视之，已无及。后偷葬者岁发疫疬。忽大雷雨，见黑龙由墓中涌水而出，遂成溪。

【注释】

[1] 伪唐：指南唐。

[2] 郭璞术：指晋人郭璞的风水学说。

[3] 宝盖：风水学名词，指山岭低矮圆起者。

【译文】

南唐有个学习郭璞风水学说的人，在宝盖下选择一块吉地。有人偷偷地埋葬了自己亲人，那人在家里，忽然耳朵里听到锣鼓声，吃惊地说："这一定是盗用我的吉地。"那人前往查看，可已经来不及了。后来偷葬亲人的人家在这年发生瘟疫。忽然有大雷雨，看见黑龙从墓中随水涌出，于是墓地变成了溪谷。

先观屋下人

刘文定公^{（一）}曰："地惟由于人之术，则通其术者得吉，懵其术者得凶。是地何足为后祇^[1]而能母万类耶？天惟听于地之所役，则葬吉者不复因其恶而降殃，不复因其善而降祥，是天何足为上帝而能父群伦^[2]耶？"余^{（二）}尝曰："惟天之理可括乎地，地之利不可逆诸天。故谚有曰：'未看山头土，先观屋下人。'天生善人，必得吉地；人坏而求诸地，理所无也。故谚又曰：'主者福寿，良师辐辏；主者当衰，盲师投怀。'何莫非天也？"

【校勘】

（一）刘文定公：据明人郎瑛《七修续稿》，为"刘文安公"之讹。刘文安公，即刘龙，字舜卿，明朝山西襄垣人，官至南京吏部尚书，谥文安。

（二）余：代指《七修续稿》作者郎瑛。郎瑛，字仁宝，号藻泉，世人称"草桥先生"，杭州仁和人，明代藏书家。

【注释】

[1] 后祇（qí）：地神。

[2] 群伦：此指各类事物。

【译文】

文安公刘龙说："葬地如果只由看风水人技艺决定，那么通晓看风水技艺的就得到吉地，对看风水技艺懵懂的就得到凶地。这样大地怎么能成为地母而做万物的母亲呢？天如果只听任大地的役使，那么安葬吉地的人，不再因其作恶而降下灾殃，不再因他行善而降下吉祥，这样老天怎么能够成为上帝而能做万物的父亲呢？"我曾经说："天理可以涵盖地理，地理的好处不可与天理相背离。所以有谚语说：'未看山头土，先观屋下人。'天生善人，必得吉地；人不好而求地理，没有这道理。所以谚语又说：'主人是享福寿的人，那么好的风水师就聚集来了；主人应当衰落，那瞎眼的风水师就会到来。'哪里不是天理决定的呢？"

地由乎人

宋王钦若[1]尝代真宗郊祀回，上问："卿家何积累，乃有今日？"对曰："术者言臣祖坟佳。"上令图以进，诀曰："通济桥下水朝流，世代出公侯；睦宦桥下水来冲，分土作三公。"上乃举笔引水出坟前，曰："水何不从此去？"明年水决，遂罢相。地由乎人，何尝有一定也？

【注释】

[1] 王钦若：字定国，北宋临江军新喻人，真宗时宰相，爵封冀国公，谥文穆。

【译文】

北宋王钦若曾经代替真宗郊祀回来，皇上问："爱卿家有什么样的积累，竟然有今天？"王钦若回答说："风水师说我家祖坟好。"皇上命令他把坟地绘成图献上来，图上有歌诀说："通济桥下水朝流，世代出公侯；睦宦桥下水来冲，分土作三公。"皇上于是举笔把水流引出坟前，说："水流为什么不从这里离开？"明年大水决口，于是王钦若被罢相。吉地是由人定的，哪里会有定准呢？

不信风水

杨诚斋素不信风水之说。尝言："郭璞精于风水，宜妙选吉地，以福其身，以利其子孙，然璞身不免于形^{（一）}戮，而子孙卒以衰绝^{（二）}，则是其说已不验于其身矣。而后世方且诵其遗书^[1]而遵^{（三）}信之，不亦惑乎！今之术者言：'坟墓若有席帽山，则子孙必为侍从官。'盖以侍从重戴^[2]故也。然唐时席帽，乃举子所戴，故有'席帽何时得离身^{（四）}'之句。至宋^{（五）}朝都大梁，地势平旷，每风起，则尘沙扑面，故侍从跨马，许重戴以障尘。夫自有宇宙，则有此山，何贱于唐而贵于今耶？"

【校勘】

（一）形：据宋人罗大经之《鹤林玉露》丙编（卷之六），为"刑"之讹。

（二）绝：为"微"之讹。

（三）遵：为"尊"之讹。

（四）席帽何时得离身：宋吴处厚《青箱杂记》（卷二）："宋李巽年轻时累举不第，其乡人讽嘲曰：'李秀才应举，空去空回，知席帽甚时得离身？'后李巽仕至度支郎中，遗乡人诗曰：'当年踪迹困泥尘，不意乘时亦化鳞。为报乡闾亲戚道，如今席帽已离身。'"又明张岱《夜航船·选举部》（卷六）："宋初士子犹袭唐俗，皆曳袍垂带，出则席帽自随。李巽累举不第，乡人曰：'李秀才不知怎时席帽离身？'及第后，乃遗乡人诗曰：'为报乡闾亲戚道，如今席帽已离身。'"李巽有两个，一个是唐人，一个是宋人。李巽，字令叔，唐朝赵郡赞皇县（今河北省赞皇县）人，官至吏部尚书，宰相李德裕族兄。李巽，字仲权，号席帽居士，宋初福建光泽人，历任江南西路提点刑狱、两浙转运使。由以上材料可知，杨万里误把宋人李巽当成了唐人李巽，且误把"如今席帽已离身"记成了"席帽何时得离身"。

（五）宋：为"本"之讹。

【注释】

[1] 遗书：指郭璞留下的风水学著作《葬书》。

[2] 重戴：宋代汉族男子首服服著方式。系于幞头上又加戴大裁帽，故称。

【译文】

　　杨诚斋（杨万里号诚斋）向来不相信风水学说。他曾说："郭璞精于看风水，本应该好好地选择一块好坟地，来福佑自己，使子孙吉利。然而郭璞自己免不了被杀戮，而子孙也因此衰微，那么这就说明风水之说在他自身就不应验了。而后世人还诵读他遗留下的《葬书》而尊重相信他，不也糊涂吗！现在的风水师说：'坟墓若有席帽山，则子孙必为侍从官。'大概因为侍从官重戴的缘故。可是唐时的席帽，是科考的举子所戴，故有'席帽何时得离身'的句子。至本朝定都大梁（今开封），地势平旷，每当风起，就尘沙扑面，所以侍从跨马，允许重戴来遮蔽尘土。自有宇宙以来，就有席帽山，为什么在唐代不被看重而现在却被看重呢？"

吉地人为

　　孙钟[1]，富春人也，幼失父，事母至孝。遭岁歉[2]，以种瓜为业。瓜熟，常以款行者。家事福德神[3]甚虔，瓜熟未献神，不以设也。忽有三少年诣钟乞瓜，钟曰："吾未献神，子姑坐。"即起入献神。引少年入，设瓜及饭。饭讫，三人谓曰："我蒙君厚恩，今示子葬地。葬之，子孙世世贵不可言。"遂令钟下山百步许，勿返顾，见我去，即葬地也。钟去不六十余步，便返顾，见三人并为白鹤飞去。钟记之，遂于此葬母。其地在县城东，冢上常有五色云气属天[4]。钟后生坚[5]，坚母孕，梦肠出，绕吴阊门。以告邻母，曰："安知非吉祥？"坚后生权，权生亮，亮生休，休生和（一），和生皓[6]，皆王于吴。故以其能赈济穷乏，亦以其能敬事神明，故卒成霸王之业如此。

【校勘】

（一）权……和：当为"权生亮、休、和"。孙亮，字子明，三国时期吴国第二帝，孙权少子（七子）。孙休，字子烈，吴国第三帝，孙权第六子。孙和，字子孝，吴国皇太子，孙权第三子，孙皓生父。孙亮、孙休、孙和为兄弟关系。孙和不曾当过皇帝。

【注释】

[1] 孙钟：东汉末年吴郡富春人，乌程侯孙坚父亲，吴大帝孙权祖父。

[2] 岁歉：荒年。

[3] 福德神：在梵语中指大黑天，相传大黑天与他的眷属七母天女，能赐予贫困者福德，故称。

[4] 属（zhǔ）天：连天。

[5] 坚：指孙坚，字文台，吴郡富春人，东汉末年军阀，吴国奠基人。

[6] 孙皓：字元景，吴大帝孙权之孙，废太子孙和之子，吴国末代皇帝。

【译文】

略。

安所事事

赵端肃公[1]自姚[2]徙居郡城，颇经管风水。一日，语人曰："吾昨念之，富贵之家能致地师，千里之外有佳山水处，又能出重资以购之。其人不可，又能以势力强之。得善地已，又将富贵；得富贵已，又将得善地。如环之无端，千百世不绝，皆人与地为政[3]。"于是以手指天曰："此老将安所事事耶？"于是一笑而罢。

【注释】

[1] 赵端肃公：即赵锦，字元朴，号麟阳，明代余姚人，官至刑部尚书，谥号端肃。

[2] 姚：余姚简称。

[3] 为政：把持。

【译文】

端肃公赵锦自余姚迁居郡城（指宁波），很是谋求风水。一天，他对人说："我昨天考虑到，富贵人家能聘请好的风水师，千里之外有好山水的地方，又能出重金买来。主人不愿意出卖，又能凭借势力强买。吉地已经得到了，又将富贵；富贵已经得到了，又将得吉地。这就像圆环没有终点，千百世不断绝，都是靠人与地来把持。"他于是用手指天说："这老天还有事可做吗？"于是对经营风水的事一笑作罢。

无心得之

吾[1]不敢谓风水必无征也，就令[2]祸福之报如影随形，而基福之地祖宗多以无心得之。及已富贵，不惜千金之费，以买一穴，或争讼累年，始获营葬。而既葬之后，子孙往往渐归沦替[3]，则风水之可遇而不可求，亦已明矣。然则子何不循天理以需[4]地理之自应，宅心地以俟阴地之自来，而营营[5]焉劳苦其心力为也？

【注释】

[1] 吾：不知指代何人。

[2] 就令：纵使。

[3] 沦替：衰落。

[4] 需：等待。

[5] 营营：形容内心躁急不安。

【译文】

我不敢说风水必无征验，纵使祸福报应如影随形，而福根之地祖宗多凭无心获得。等到已经富贵，不惜花费千金，来买一墓穴，有的争讼多年，才得以办理安葬事宜。而安葬之后，子孙往往渐渐衰微不振，那么风水可遇而不可求，也已经明白了。既然这样，那么你为什么不遵循天理来等待地理自然回应，居心仁厚来等待吉祥葬穴自然到来，而内心焦躁不安地劳苦心力去寻找呢？

以赞葬母

邓文洁公 [1] 一生隐德 [2] 至行，事事非人所几 [3]。其太夫人丧，买山卜葬。輀车 [4] 已发矣，卖主复小有言 [5]，公曰："吾将以安亲魄，今人情未调，即亲灵未妥。"遂扶柩复归于寝，至其人悔谢，然后营兆 [6] 焉。

【注释】

[1] 邓文洁公：即邓以赞，字汝德，号定宇，明代南昌新建人，理学家，官至吏部侍郎，谥文洁。

[2] 隐德：施德于人而不为人所知。

[3] 几：达到。

[4] 輀（ér）车：载运棺柩车子。

[5] 小有言：指背后议论，说不满的话。

[6] 营兆：营葬。

【译文】

文洁公邓以赞一生有隐德，品行极好，做的每件事别人难以做到。他母亲去世，买山选择好了葬地。丧车已经出发了，卖主又有不满的话，邓以赞说："吾将要安葬母亲遗体，现在人情不协和，这样安葬对亲人灵魂来说不妥。"于是他扶柩又回到母亲寝室，直到卖主后悔道歉，然后才处理安葬事宜。

心吉俱吉

世人立宅营墓，交易婚嫁，以至动一椽一瓦，出行数百里，无不占方向，择日辰，汲汲 [1] 以趋吉避凶为事，不知自已。一个元吉 [2]，主人却不料理。《慈湖先训》[3]云："心吉则百事俱吉。古人于为善者,命曰吉人。是此人通体是吉,世间凶辰恶煞,何处干犯得他?"

【注释】

[1] 汲汲:心情急切貌。引申为急切追求。

[2] 元吉:大吉。元,大。吉,福。

[3] 《慈湖先训》:南宋学者杨简辑录父亲杨庭显的家教语录。慈湖,杨简的号。

【译文】

世人建宅修墓,做买卖,娶妇嫁女,以至动一椽一瓦,出行数百里,无不占卜方向,选择吉日良辰,急切地追求趋吉避凶,不知掌控自己。一个大吉祥,主人却不用心谋求。《慈湖先训》说:"心吉则百事俱吉。古人对于做善事的人,称为吉人。这样的话,这人通体都是吉祥的,世间凶神恶煞,从哪里能干扰触犯他?"

缮治此心

云门湛师[1]喜言风水。余[2]谓之曰:"师言风水,谓得之可福荫子孙耶?吾所以求风水异是,但缮治[3]此心。使生生[4]必当享富贵之福,有好风水处,即往生其家,现成受用,何似世人营营费心力以为,后世不知何人地耶?"师为一笑。

【注释】

[1] 湛师:即圆澄禅师,号湛然,别号散木,俗姓夏,会稽人,明代高僧,曾住持绍兴云门显圣寺。

[2] 余:不知代指何人。

[3] 缮治:整修。

[4] 生生:世世,一代又一代。

【译文】

云门湛然禅师喜言风水。我对他说："大师谈风水，认为得到风水宝地可以保佑荫庇子孙吗？我求风水方法与这不同，只是整治这内心罢了。假使世世代代必当享有富贵的福分，有好风水处，就往生其家，现成受用，多么像世人急切费心力以求，而后世却不知是什么人的风水宝地呢？"湛然禅师为之一笑。

神物护持

范平仲 [1] 云："山川英灵之蕴 (一)，冲和 [2] 之粹，必有神物为之护持，乃宰物 [3] 者秘之以待善人也。岂人力之所能为哉？故吉土之遇，每在夫贫贱之初；凶土之藏，辄卜于富贵之后。若使神功果可夺 [4]，天命果可改，则古今宇宙在一家，而造化之机 [5] 息矣。"

【校勘】

（一）山川英灵之蕴：此则不知出于范平仲何篇著作，有可能郑瑄对原文进行了改编，但舛错疏漏之处甚多。此则还见于后世劝善书《修身宝璧》注文中。《修身宝璧》对"葬而求福，究也父子之恩绝"的原注中提道："（盖）山川英灵之蕴，冲和之萃，必有神物为之护持，乃造物秘之以待善人也。岂人力之所能为哉？故吉壤之遇，每在乎贫贱积善之余；而凶土之藏，辄卜于富贵不仁之后。若使神工果可夺，天命果可改，则古今富贵在一家，而造物之机几息矣。"此注文语句更为畅达，内容更为合理。下面的译文据《修身宝璧》原注来译。

【注释】

[1] 范平仲：即范准，字平仲，号玉溪，明朝休宁人，官至工部主事，理学家。

[2] 冲和：指真气，元气。

[3] 宰物：此指造物。

[4] 夺：改变。

[5] 机：用心。

【译文】

范平仲说："（大概）山川灵秀蕴藏的地方，元气集中的所在，必有神仙为之保护维持，是造物主秘密看护留给善人的。难道是人力所能求到的吗？所以遇到吉地，常常是贫贱行善有余庆的人；而隐藏的凶地，就被富贵不仁者的后人选择到。如果造物的工巧果真可以改变，天命果真可以改变，那么古今富贵就在一家，而造物的用心几近停息了。"

宁我费事

人家新卜得葬地，将安厝 [1]，忽掘见棺木骨骸者，宜即与掩埋之。而权奉新柩为草舍；或即此稍远，另卜穴；或通去此处，另卜地，无不可。盖论已葬与未葬，则我尚可图；论有主与无主，则彼为可悯。故宁须我费事，无遽攘 [2] 泉下之人，使一旦 [3] 流离失所也。安知不更得真穴，不更有佳地？袭穴以葬，毋乃不吉乎？若营域左近 [4]，原有坟冢者，但不逼近，亦自无妨。盖生有邻人，葬有邻鬼，其理一耳。

【注释】

[1] 安厝：安葬。

[2] 攘：赶走。

[3] 一旦：突然。

[4] 左近：附近。

【译文】

人家刚选到墓地，将要安葬，忽然掘见棺木骨骸的，应该立即予以掩埋。而权且把棺椁放在草堂中；或者离此稍远，另选墓穴；或最终离开此地，另找墓地，没有什么不可以。大概从已葬与未葬来说，那我还可以另想办法；从有主与无主来说，那么无主是值得同情的。所以宁可我要费事，不要轻易赶走九泉之下的人，使他突然流离失所。怎知不会另得好的墓穴，不会有更好的葬地呢？沿袭旧穴而葬，恐怕不吉祥吧？如果坟墓附近，原有坟墓，只要离得不是太近，也自然无妨。大概活着有邻人，死了有邻鬼，那道理是一样的。

韬颖卷之十九

韬颖卷首题记

踏层冰而伺禁城晓漏，何如红日三竿，频梦烟霞来往？冒炎日而候贵客寒暄，曾似村醪一斗，任他宦海风波？山色水光，炉烟茗碗，野老渔翁，倘得以闲身，作此中主人，其视刀尖餂蜜者何如？纂韬颖第十九。

绝意仕宦

梁陶弘景隐居华阳，绝意仕宦。高祖往见，问之曰："山中何所有？"弘景答曰："山中何所有？岭上多白云。但可自怡悦，不堪持赠君。"后武帝屡聘不出。

【译文】

梁朝陶弘景隐居在华阳，绝意仕途。梁高祖（梁武帝萧衍庙号）曾经去看望他，问他："山中有什么？"陶弘景回答说："山中有什么呢？山岭上有许多白云。可惜白云只能供我自己欣赏，却不拿来送给你。"后来梁武帝屡次征聘，他没有出仕。

答袁永之

高叔嗣[1]《答袁永之》（一）云："仆高枕丘中，逃名世外，耕稼以输王税，采樵以奉亲颜。于时新谷既升，田家大洽，肥羜[2]烹以享神，枯鱼燔而召友。蓑笠在户，桔槔[3]空悬，浊醪相命，击缶长歌。兹亦鄙人之自快，而故人之所与也。"

【校勘】

（一）《答袁永之》：高叔嗣给袁永之的复信。据明人贺复征《文章辨体汇选》，全信为："金门多暇，持戟自适，勉事圣君，流声当世。使仆夫得高枕丘中，……而故人之所与也。言不尽意，努力自爱。"可见选文对原信掐头去尾，且把"使仆夫得高枕丘中"中的"使"与"夫得"夺掉，使得虚写的内容变成了写实。袁永之：袁袠（zhì），字永之，号胥台山人，南直隶苏州府吴县人，曾任兵部武选司主事。

【注释】

[1] 高叔嗣：字子业，明代开封县人，嘉靖进士，官至湖广按察使。

[2] 羜（zhù）：出生五个月的小羊。

[3] 桔（jié）槔（gāo）：俗称"吊杆"，汲水用具。

【译文】

高叔嗣《答袁永之》的信中说："假使我能高卧田园，在世俗之外逃避名声，靠耕耘稼穑来向朝廷缴纳赋税，靠打柴事奉尊亲。到时新谷登场，农家和谐融洽，用烹熟羊羔祭祀神灵，烧烤干鱼来招待朋友。蓑衣斗笠挂在门上，桔槔高悬在井上，浊酒相招，击缶放歌。这样也是我自己的快乐，而老友共同参与过的。"

归来之晚

沈凤峰[1]曰："夜来月色清绝，一碧无翳，小园诸品，影落清溪，掩映如画。诸弟对影团坐，谈谐杂俗。醒后相笑乐，剧饮无算。命童子以吴音调鹤南飞，声入云杪[2]。因念二十年误落尘网，奔走折腰，岂知有四时之景？今幸得归，苍松白鹤犹笑主人归来之晚。"

【注释】

[1] 沈凤峰：沈恺，字舜臣，号凤峰，明朝松江华亭人，官至太仆少卿。

[2] 云杪（miǎo）：云霄，高空。

【译文】

沈凤峰说："夜来月色清朗极了，碧空如洗，全无遮挡，小园中各种景物，影子落在清澈溪水中，掩映如画。诸弟对影围坐一处，尽情谈笑。醒后相笑乐，畅饮美酒，不计其数。命童子用吴音调鹤南飞，声音直入云霄。于是想到二十年来误落尘网，奔走折腰，哪知有四时景色如此美好？现在幸而能够归来，苍松白鹤还笑主人归来得迟了。"

净修灵心

风翻贝叶[1]，绝胜北阙除书[2]；水滴莲花，何似华清宫漏？一室经行[3]，贤于九衢[4]奔走；六时[5]礼佛，清于五夜朝天。鸣琴流水，疑鲂鲔[6]之来听；散帙[7]当轩，喜竹藤（一）之交戛。瞑目跏趺[8]，落花飘而满几；冥心入定，鼯鼠[9]出而行阶。娟娟[10]月露，下檐蔔[11]而生香；袅袅山风，入松篁[12]而成韵。扫有扫无，即扫字而亦扫；忘形忘物，并忘字而亦忘。斯能所[13]之双冥（二），会灵心于绝代[14]。

【校勘】

（一）竹藤：据屠隆《婆罗馆清言》，为"藤竹"之讹。

（二）冥：为"泯"之讹。

【注释】

[1] 贝叶：本指贝叶经，用贝多罗树叶书写的佛经。后泛指佛经。

[2] 北阙除书：指朝廷任命书。北阙，古代宫殿北面的门楼，为臣子等候朝见或上书奏事之处。用为宫禁或朝廷别称。

[3] 经行：佛教徒因养身散除郁闷，旋回往返于一定之地。

[4] 九衢：纵横交叉的大道；繁华的街市。

[5] 六时：佛教分一昼夜为六时：晨朝、日中、日没、初夜、中夜、后夜。

[6] 鲂（fáng）鲔（wěi）：鳊鱼和鲟鱼。

[7] 散帙：打开书帙。亦借指读书。

[8] 跏趺：佛教中修禅者坐法。此指静坐。

[9] 鼯鼠：本指飞鼠，此指老鼠。

[10] 娟娟：明媚貌。

[11] 檐蔔：即檐卜，植物名，原产西域，花甚香。

[12] 松篁：松竹。

[13] 能所：佛教语，"能"与"所"相对，犹言主客观。

[14] 绝代：冠绝当代。

【译文】

　　阅读佛经，远远胜过接受朝廷的任命书；水滴从莲花滚落的声音，与华清宫漏壶滴水的声音相比怎么样呢？在一室内经行，胜过街市奔走；六时礼佛，比五更天上朝更清净。在水边弹琴，疑鱼儿来听；当轩读书，喜欢青藤竹子一起遮下的浓荫。闭目静坐，听凭落花飘满几案；泯灭俗念，心境宁静，听任鼯鼠出行阶上。月光明媚，露水滴下，檐卜时而生发香气；山风时断时续，吹入松竹，声音和谐悦耳。把有无都扫掉，连"扫"字也扫掉；忘却形体外物，连"忘"字也忘却。这样才能物我两忘，得到无上智慧。

勿败佳思

　　邓旦 [1] 博极群书，绝意进取，日以诗酒自适。士夫竞迎致之，不屑往。卜筑东郭之石岩，扁 [2] 一小斋曰"尚友 [3]"。郡檄下，同侪趣 [4] 行，旦曰："勿复败吾佳思。"

【注释】

[1] 邓旦：字日升，宋代连城人，隐士。

[2] 扁：通"匾"，此指题下匾额。

[3] 尚友：上与古人为友。

[4] 趣：通"促"。

【译文】

邓旦博览群书，学问渊博，对做官已经没了兴趣，每天拿诗酒自娱。士大夫争着迎请他，他不屑前往。定居在东郭外的石岩，给一小斋题写"尚友"匾额。州郡下达征召邓旦的命令，同辈催促他上路，他说："不要再败坏我的好兴致。"

唐臣散淡

崔唐臣，闽人，与苏子容[1]、吕晋叔（一）善。二君登第，崔遂罢举。一日，舣棹[2]河次，二君偶见之，问以别后事，曰："初简[3]囊中，有钱百千。以其半买此舟，以其半居货。往来江湖南（二），贸易自给，愈于应举觅官时也。"次早，二君自署中还，见崔留刺，亟访之，则莫可踪迹矣。视其刺末一绝，云："集贤仙客[4]问生涯，买得渔舟玩（三）岁华。案有黄庭[5]樽有酒，少风波处便为家。"

【校勘】

（一）吕晋叔：为"吕缙叔"之讹。吕缙叔，即吕夏卿，字缙叔，北宋泉州人，曾任兵部员外郎、知制诰、饶州知州等职，史学家。

（二）南：据明人廖用贤《尚友录》，为"间"之讹。

（三）玩：据《尚友录》，为"度"字。"玩"字更有趣味，但与平仄不协。

【注释】

[1] 苏子容：即苏颂，字子容，北宋同安人，宰相，天文学家、药物学家。

[2] 舣（yǐ）棹：停船。

[3] 简：通"检"，查看。

[4] 集贤仙客：指集贤学士等清贵馆职。苏颂、吕夏卿都曾担任过馆职，故称。

[5] 黄庭：即《黄庭经》，又名《老子黄庭经》，道教养生修仙专著。

【译文】

崔唐臣，福建人，与苏子容、吕缙叔友好。苏子容、吕缙叔二人科举中第，崔唐臣放弃了科举。一天，崔唐臣停船河岸，苏、吕二人偶然遇见了他，问起分别后的情况。崔唐臣说："当初查看口袋中有十万钱，拿其中一半买了这条船，另一半用来积货售卖。往来江湖间，靠做买卖生活，比参加科考找官做时要好。"第二天早晨，苏、吕二人从官署中回来，看到崔唐臣留了名片，急忙去拜访他，却无法找到他踪迹了。看那名片末端有一首绝句，诗句是："集贤仙客问生涯，买得渔舟玩岁华。案有黄庭樽有酒，少风波处便为家。"

啸傲自在

余 [1] 一日无山水友朋，便觉灵心不活。每当闷坐闾井 [2]，俗务纠缠，便愤欲死。抑郁之久，一泛轻舟，望见远山新翠，便跃跃欲舞；见一快友，把酒论文，便忘身世。天地大矣，何处不可容余一人，啸傲 [3] 山水友朋之间，以自适志哉！

【注释】

[1] 余：指代不明。
[2] 闾井：指闾里，居民聚居之处。
[3] 啸傲：放歌长啸，傲然自得。指逍遥自在，不受世俗礼法拘束。

【译文】

我如果一天没有山水友朋，就觉得聪慧的心灵难以活泛。每当闷坐乡间，被俗务纠缠，就愤闷要死。抑郁时间长了，一泛轻舟，就望见远山新翠，便心情快乐得想要起舞；见到一爽快朋友，把酒论文，就忘却身世。天地太广大了，什么地方容不下我一人，在山水友朋之间放歌长啸、傲然自得，自娱自足呢！

遗逸之乐

富贵之士，不能放意于江山松竹之乐。而山川怪奇、烟云竹石、诗酒风月[1]，唯遗逸[2]未遇之人始得兼而有之。故天地间雄伟不凡之处，天所以资贤人，而舒其忧愁之思也。

【注释】

[1] 风月：闲适之事。
[2] 遗逸：隐居。

【译文】

富贵的人士，不能纵情于江山松竹的快乐。而山川怪奇、烟云竹石、诗酒风月，只有隐居未遇的人士才能够全部享有。因此天地间雄伟不凡的所在，是上天用来帮助贤士，来舒发他们忧愁情思的。

南安老翁

南安翁，南安人。陈元忠[1]尝赴省试，过南安，日暮宿野人家。主翁麻衣草屦，而举止谈笑颇类士人。迟明[2]别去。元忠以事留泉城，见（一）翁仓惶而走。元忠诘之，曰："长男为关吏[3]所拘，业已送郡。"翁率次儿诣庭下代杖，儿就翁耳语，翁叱之。郡吏（二）疑而问，对曰："大人累典州郡。"翁曰："儿言妄耳。"守询诰敕[4]在否，儿曰："向作一束，置瓮中，埋之山下。"守立遣吏发取，果得之。即延翁上坐，释其子。次日造访，室已虚矣。

【校勘】

（一）见：此则采编自《宋史·列传第二百一十七·南安翁》。由于苟简，致使文脉多处不通。字前夺"翌日"二字。

（二）吏：为"守"之讹。

【注释】

[1]陈元忠：南宋惠安人，宋孝宗淳熙元年甲午(1174)举人，进士陈世德之子。

[2]迟明：黎明。

[3]关吏：管理市场的官吏。

[4]诰敕：朝廷封官授爵敕书。

【译文】

南安翁，南安人。陈元忠曾经到省城去参加乡试，路过南安，傍晚投宿在一农夫家里。主翁穿麻衣着草鞋，而举止谈笑很像读书人。黎明告别离去。元忠因为有事留在泉州城里，第二天看到南安翁在急急忙忙地赶路。元忠问他，他说："大儿子为关吏抓捕，已经送到泉州城里来了。"南安翁率次子到衙门公堂上代替大儿子受杖责，次子靠近南安翁耳语，南安翁斥责他。知州感到纳闷，问说的是什么，南安翁次子回答说："我父亲曾经多次做过州官。"南安翁说："我这儿子胡说罢了。"泉州知州问任命的敕书还在不在，次儿说："以前捆作一束，放在瓮中，埋在了山下。"知州立即派小吏挖掘取来，果然得到了。知州当即请南安翁上坐，放了他儿子。第二天知州前去拜访，已经人去房空。

熙载避相

韩熙载[1]，潍人。官中书令，多畜妓妾，以歌舞自娱。谓僧德明曰："吾为此，欲避入相耳。"僧问故，曰："中原扰乱，一旦真主出，弃甲不暇，吾可作千古笑端。"生平高简自亢[2]，江左称韩夫子。严续[3]尝请熙载撰其父神道碑，以珍货丽鬟[4]为润笔。文成，但叙谱裔品秩，略不道续事业。三乞韩改窜，直以向所赠及姬悉还之。

【注释】

[1] 韩熙载：字叔言，潍州北海人，南唐时名臣，号文靖。

[2] 高简自亢：清高自傲。

[3] 严续：字兴宗，冯翊人，官至南唐宰相，谥懿。

[4] 丽鬟：美女。

【译文】

　　韩熙载，潍州人。他任中书令时，多养妓妾，用歌舞自娱。他对德明和尚说："我做这个，想要回避做宰相罢了。"德明和尚问缘故，他说："中原扰乱，一旦真龙天子出世，连弃甲投降都来不及，我如果做宰相就会成为千古笑柄。"他生平又清高自傲，江南称他为韩夫子。严续曾经请韩熙载撰写他父亲神道碑碑文，用珍宝美女作为润笔费。文稿写成，只叙写谱系官职级别，一点也不提及严续的事业。严续多次请求韩熙载修改，韩熙载径直把原先严续所赠的珍宝连同美女一并还给了他。

贾祸与存身

　　祢鹉[1] 勃鸡[2]，文字最能贾祸[3]；陈驴[4] 林鹤[5]，丘壑大可存身。

【注释】

[1] 祢鹉：指写东汉末年写《鹦鹉赋》的祢衡。

[2] 勃鸡：指初唐诗人王勃。他因戏为《檄英王鸡》，被唐高宗怒逐出府。

[3] 贾（gǔ）祸：自招灾祸。

[4] 陈驴：指五代时期道教学者陈抟，因他有"骑驴倒堕"的典实，故称。

[5] 林鹤：指宋代有"梅妻鹤子"之称的隐逸诗人林逋。

【译文】

　　略。

浮云清磬

我枕曲肱[1]，过眼浮云一片；客开俗口，洗心清磬三声。

【注释】

[1] 曲肱：指弯着胳膊作枕头，多用以比喻清贫而闲适的生活。出自《论语·述而》："饭疏食饮水，曲肱而枕之，乐在其中矣。不义而富且贵，于我如浮云。"

【译文】

我能过曲肱而枕之的清贫闲适生活，那不义富贵就像过眼一片浮云；他人谈庸俗事情，三声清雅悠扬的磬音可以洗涤内心。

马蹄何物

垂柳小桥，纸窗竹屋，焚香燕坐[1]，手握道书一卷。客来则寻常茶具，本色清言，日暮乃归。不知马蹄[2]为何物。

【注释】

[1] 燕坐：闲坐。
[2] 马蹄：代指奔忙的生活。

【译文】

略。

口不轻发

吾辈今日只宜读书静照，明理观时。若朝家事，既非吾所能为，便不可轻易发口。譬幽闺刺绣，而齿及婚姻以后，如何理钱谷，如何课臧获[1]，里之嫔[2]窃昵[3]其春心动矣。每见文坛聚首，辄或谈兵，谈饷，谈将略，谈时事得失，毋论书生遥度[4]，语属瞽揣[5]，即言而有当，不知贾长沙[6]未遇汉文，肯向乡里儿作痛哭流涕[7]语否。且处此疑忌之时，名法[8]渐严，当事者怜才念少，防乱意多，慷慨之奇谈可指为处士之横议。吾[10]深惧其后矣。

【注释】

[1] 臧获：古代对奴婢贱称。指仆隶下人。

[2] 嫔：品德好的妇女。

[3] 昵：狎侮，轻视。

[5] 遥度：在远处规划或推测。

[5] 瞽揣：瞎猜。

[6] 贾长沙：指西汉贾谊，因其曾任长沙王太傅，故称。

[7] 痛哭流涕：形容非常伤心地痛哭。语出东汉班固《汉书·贾谊传》："臣窃惟事势，可为痛哭者一，可为流涕者二，可为长太息者六。"

[8] 名法：名分与法律。

[9] 处士之横议：没有做官的读书人纵论时政。

[10] 吾：不知代指何人。

【译文】

我们今天只应该读书静察，弄清道理，察看时机。至于朝廷的事，既然不是我所能做的，就不可轻易开口。就像幽闺中的女孩在刺绣，却提及结婚以后如何管理钱粮，如何督促奴仆，乡间品行端庄的女子私下里就瞧她不起，认为她的情欲之心萌动了。每见文坛聚首，就有的谈军事，谈军饷，谈将略，谈时事得失，且不说是书生在远处规划，言语属于瞎猜，即使说得得当，不知贾谊没遇到汉文帝时，肯不肯向没有见识的乡间人说痛哭流涕的话。况且处在这遭受疑忌时，名分与法律渐渐严苛，当权者爱才的念头少，防止混乱的想法多，意气奋发的奇妙谈论可被指为读书人的纵情议论。我为他的后路深深担心。

放歌渔者

楚江^[1]有渔者，得鱼换酒，辄自放歌，不言姓氏。江陵守崔铉^[2]问曰："君隐者之渔耶？"对曰："姜子牙、严子陵^[3]世皆以为隐者，殊不知钓其名耳。"

【注释】

[1] 楚江：即长江。因为古代长江中游地带属楚国，所以叫楚江。

[2] 崔铉：字台硕，唐朝博州人，官至宰相。

[3] 严子陵：即严光，字子陵，东汉会稽余姚人，著名隐士。

【译文】

长江边上有个打鱼的人，打到鱼就换酒喝，然后自己放声歌唱，不说自己的姓氏。江陵太守崔铉问他："你是打鱼的隐士吗？"打鱼的人回答说："姜子牙、严子陵世人都认为他们是隐士，竟然不知道他们是钓取名声。"

氾腾杜门

氾腾^[1]，甘州人。属天下兵乱，解官归。郡守造之，闭门不见。尝曰："生于乱世，贵而能贫乃可以免。"悉散家赀，赡其族，灌园读书，澹泊自适。刺史张阆^{（一）}征为府司马，谢曰："门一杜，其可开乎！"

【校勘】

（一）张阆：据《晋书·列传第六十四》（卷九十四），为"张轨"之讹。张轨，字士彦，安定乌氏人，晋朝时任凉州牧，前凉政权实质上的建立者。

【注释】

[1] 氾（fàn）腾，字无忌，甘州人，晋朝隐士。

【译文】

　　氾腾，甘肃张掖人。适逢上天下兵乱，解官回家。郡守来造访，氾腾闭门不见。他曾经说："生于乱世，贵而能贫才可以免祸。"他把家财全部散掉，赡养族人，灌园读书，澹泊自乐。刺史张轨征召他做府司马，他拒绝说："门一旦关上，难道可以再打开吗！"

麋鹿野人

　　陶岘[1]，崐山[2]人，雅好游览。治⁽一⁾三舟，一自载，一置宾客，一贮饮馔。日与孟云卿[3]辈幽探山水，必穷其胜。诸贵人慕而招之，不屑往也。自号麋鹿野人。

【校勘】

（一）治：为"制"之讹。

【注释】

[1] 陶岘（xiàn）：陶渊明九世孙，唐代音乐家，家于昆山，隐逸之士，自
　　号麋鹿野人。

[2] 崐山：今作"昆山"。

[3] 孟云卿: 字升之，唐朝山东平昌（今山东商河）人，肃宗时为校书郎，诗人。

【译文】

　　陶岘，昆山人，平素喜欢游览。他造了三条船，一条自载，一条安置宾客，一条盛饮食。每天与孟云卿等人寻访幽静山水，一定看尽山水美妙之处。众贵人仰慕他，要召见他，他不屑前去。他自称麋鹿野人。

二公好名

杜预刻石为碑^(一)，自纪勋绩 [1]。一沉汉水之中，一置万山之上，曰："后世不有高峰为谷、深谷为陵之事乎？"白居易裒集 [2] 所为诗稿，寄之佛藏 [3]，一在庐山东林寺，一在东都圣善寺，一在苏州南禅院。二公勋业文章，何患无名？犹自标榜若此。嘻，其甚矣！

【校勘】

（一）碑：据《晋书·杜预传》（卷三十四），字前夺"二"字。

【注释】

[1] 勋绩：功绩。

[2] 裒（póu）集：辑集。

[3] 佛藏：佛教经典的总称。

【译文】

杜预刻了两块石碑，拿来记叙自己功劳。一块沉到汉水里面，一块放在万山顶上，说："后世不有高峰变为深谷、深谷变为山陵的事吗？"白居易辑集所写诗稿，与佛经放在一起，一份放在庐山东林寺，一份放在东都圣善寺，一份放在苏州南禅院。凭二人勋业文章，哪里用得着担心没有名声？还这样自我标榜。唉，大概有点过分了！

景兴扪膝

后魏贾景兴 [1] 栖迟 [2] 不仕，每扪膝曰："吾不负汝。"不以拜荣显故也。

【注释】

[1] 贾景兴：北魏广川人，少为州主簿，不求迁升，被葛荣俘获，不拜，后

常以此自负。

[2] 栖迟：淹留，隐遁。

【译文】

北魏贾景兴隐遁不仕，常摸着膝盖说："我没有辜负你。"因不跪荣耀显贵人的缘故。

《易》学在蜀

程颐尝游成都^(一)，见治篾箍桶者挟册，就视之，则《易》也。篾者问曰："若尝了此乎？"因论未济^[1]，颐兄弟爽然^(二)。颐后谓袁滋^(三)曰："《易》学在蜀。" 滋入成都，见卖酱薛翁者，与语，大有得。盖篾叟、酱翁皆蜀之隐君子也。

【校勘】

（一）成都：此则采编自《宋史·隐逸列传·谯定》（卷二百一十八），由于苟简，致使文脉多处不通。原文此处为"初，程颐之父珦尝守广汉，颐与兄颢皆随侍，游成都"。

（二）"篾者……爽然"句：《宋史》原文为：欲拟议致诘，而篾者先曰："若尝学此乎？"因指"未济，男之穷"以发问。二程逊而问之，则曰："三阳皆失位。"兄弟涣然有所省。

（三）袁滋：据南宋薛季宣《袁先生传》，为"袁溉"之讹，《宋史》及引文皆误。袁溉，字道洁，北宋汝阴人，学识渊博。

【注释】

[1] 未济：《易经》六十四卦最后一卦。

【译文】

程颐、程颢弟兄曾经游成都，看见一个编篾箍桶的人带着一册书，就近看去，原来是《易经》。二程兄弟打算向他问难一下，那人抢先说："你们学过《易经》吗？"接着拿《易经》中的"未济，男之穷"相问难，二程答不上来，就向那人请教，那人说："三个阳爻都失位。"二兄弟一下子明白过来。程颐后来对袁溉说："《易经》的学问在蜀地。"袁溉入成都，看见卖酱的薛翁，与他谈论，大有收获。大概箅叟、酱翁都是蜀地隐居的君子吧。

悠闲读《易》

吕希哲[1]退居宿州、真、扬间十余年，一切置之不问。静坐一室，日读《易》一爻，不以毫发事托州县，其诗曰："除却借书沽酒外，更无一事扰公私。"李嵩[2]隐居阳山，以诗酒自娱。日惟独凭一几，焚香玩《易》，所居之室，扁⁽一⁾曰"学易处"。其于死生祸福之说，尤为洞达，尝有诗云："一室焚香几独凭，萧然兴味似野⁽二⁾僧。不缘懒出忘巾栉[3]，免得时人有爱憎。"

【校勘】

（一）扁：为"匾"之讹。

（二）野：据明朝蒋一葵《尧山堂外纪》，为"山"之讹。

【注释】

[1] 吕希哲：字原明，北宋寿州人，学者称荥阳先生，曾典五州，教育家。

[2] 李嵩：据明人顾元庆《夷白斋诗话》，号南所，明朝中期人。

[3] 巾栉：巾和梳篦，泛指盥洗用具，引申为梳洗。

【译文】

吕希哲退居宿州、真州、扬州之间十多年，一切置之不问。静坐一室，每天读《易经》一爻，不拿一点家事嘱托州县官员，他的诗句说："除却借书沽酒外，更无一事扰公私。"李嵩隐居阳山，拿诗酒自娱。每天只靠在一几上，焚香玩索《易经》，所住的房间，题匾额"学易处"。

他对于死生祸福的说法，领悟尤其透彻，曾有诗说："一室焚香几独凭，萧然兴味似山僧。不缘懒出忘巾帻，免得时人有爱憎。"

恬淡生涯

一花一竹一炉一几，诗编经卷，以送残日。交游止于田父，谈话止于烟霞[1]，生涯止于莳艺[2]。朝市升沉之事，绝不到门；即到门，辄有松风吹之使去。

【注释】

[1] 烟霞：烟雾和云霞，此指山水胜景。
[2] 莳（shì）艺：莳弄种植花草。

【译文】

一花一竹一炉一几，诗编经卷，用来打发余下日子。交游人尽限于农父，谈话内容仅限于山水胜景，生活仅限于莳弄种植花草。朝廷升沉的事，绝不到门；即使到门，就有松风把它吹走了。

如在画中

面面溪山缭绕，村村烟树朦胧。身在渊明记[1]里，家居摩诘图[2]中。

【注释】

[1] 渊明记：指陶渊明《桃花源记》。
[2] 摩诘图：指王维（字摩诘）诗画歌所描绘的境界。苏轼《东坡题跋·书摩诘〈蓝田烟雨图〉》："味摩诘之诗，诗中有画；观摩诘之画，画中有诗。"

【译文】

略。

境况心生

无以乐饥[1]，深山之薇，孰禁我采？无以御寒，南檐之日，孰禁我曝[2]？夜行无烛，遥空之月，孰禁我弄[3]？昼寝无簟，幽林之磴，孰禁我眠？炎蒸无翣[4]，虚谷之风，孰禁我乘？饔飧[5]无鱼，长江之钓，孰禁我下？乔松修竹，抚瑶琴也；悬壁飞泉，下玉漏[6]也；小桃间[7]柳，列锦屏也；嫩草护苔，设重茵[8]也；淡草远树，开画图也；鸣鹤翔鸾，呈歌舞也；落花流水，焕文章[9]也；怪石，吾玩器也；古洞，吾离宫[10]也；涧毛[11]，吾珍羞[12]也；鹿豕，吾僮仆也；好鸟[13]相呼，吾朋友也；烟峦拱揖，吾宾主也[14]。

【注释】

[1] 乐饥：疗饥，充饥。乐，通"疗"。《诗·陈风·衡门》："衡门之下，可以栖迟。泌之洋洋，可以乐饥。"高亨注："乐，借为疗。《列女传·贤明》引作疗。"

[2] 曝（pù）：晒。

[3] 弄：常指玩赏。此指照明。

[4] 翣（shà）：古代帝王仪仗中大掌扇。

[5] 饔（yōng）飧（sūn）：早饭和晚饭；饭食。

[6] 玉漏：古代计时滴水漏壶美称。

[7] 间：间杂。

[8] 重茵：指双层的坐卧垫褥。

[9] 焕文章：此指色彩绚丽的丝织品。

[10] 离宫：指在国都之外为皇帝修建的永久性的宫殿，皇帝一般要在固定的时间去居住。也泛指皇帝出巡时的住所。

[11] 涧毛：为"涧溪毛"之省，本指涧溪边的草。此指涧溪边的野菜野果之类。

[12] 羞：通"馐"，精美食品。

[13] 好鸟：美丽的鸟。

[14]"烟峦……"句：雾霭与山峦若即若离，像是拱手揖让，那是我的宾客与主人。

【译文】

略。

希真风致

宋朱希真[1]居嘉禾，陆放翁尝与朋侪诣之。闻笛声自烟波间起，问行者曰："此先生吹笛声也？"顷之，棹小舟而至，则与俱归其家。室中悬琴、筑、阮咸[2]之类，皆希真平日所留意者。檐间有珍禽，皆目所未睹。室中篮缶贮果，实脯醢[3]。客至，挑取以奉客。其诗云："青罗包髻白行缠[4]，不是凡人不是仙。家在洛阳城里住，卧吹铁笛过伊川。"可想见其风致也。

【注释】

[1] 朱希真：即朱敦儒，字希真，号岩壑，宋代洛阳人，官至两浙东路提点刑狱，词人。

[2] 阮咸：一种中国传统乐器，简称阮，相传西晋阮咸善弹此乐器，因而得名。

[3] 脯（fǔ）醢（hǎi）：佐酒的菜肴。

[4] 行缠：绑腿布。古时男女都用，后唯兵士或远行者用。

【译文】

宋朝的朱希真居住在嘉禾（今浙江嘉兴），陆放翁曾经跟朋友们去拜访他。他们听到笛声从烟波间传来，问路人说："这是先生吹奏的笛声吗？"不久，朱希真划小船到来，就与他们一起回到家里。屋内悬挂着琴、筑、阮咸这类乐器，都是朱希真平日所留心的。檐间有珍贵禽鸟，都是人们平日所没有看到的。室中篮子里盛了果子，瓦缶里盛满了下酒菜肴。客人到来，挑取出来待客。他有诗句说："青罗包髻白行缠，不是凡人不是仙。家在洛阳城里住，卧吹铁笛过伊川。"
可想见他的风度格调。

愚公之谷

一寸二寸之鱼，三竿两竿之竹。云气荫于丛蓍[1]，金精[2]养于
秋菊。枣酸梨酢[3]，桃榹李薁[4]。落叶半床，狂花[5]满屋。名为野人[6]
之家，是谓愚公之谷[8]。

【注释】

[1] 丛蓍（shī）：丛生的蓍草。蓍，草名，古代用这种草茎做占卜的工具。
[2] 金精：据晋代葛洪的《玉函方》载，古人把九月上寅日采的甘菊叫金精。
[3] 酢（cù）：古"醋"字。
[4] 桃榹（si）李薁（yù）：即榹桃薁李。榹桃，山桃。薁李，郁李。
[5] 狂花：随风飞舞的花。
[7] 野人：乡野之人，农夫。
[8] 愚公之谷：指隐居的地方。语出《说苑·政理》。

【译文】

略。

销魂之声

论声之韵者，曰溪声、涧声、竹声、松声、山禽声、幽壑声、
芭蕉雨声、落花声，皆天地之清籁[1]，诗肠（一）之鼓吹[2]也。然销魂[3]
之听，当以卖花声为第一。

【校勘】

（一）肠：陈继儒《小窗幽记》作"坛"。

【注释】

[1] 清籁：清音。

[2] 鼓吹：歌咏的对象。

[3] 销魂：此指极度诱人。

【译文】

略。

秋山春鸟

一片秋山能疗病客[1]，半声春鸟偏唤[2]愁人。

【注释】

[1] 病客：指疲病的旅居在外之人。

[2] 唤：唤醒。

【译文】

略。

此亦乐境

辟地数亩，筑室数楹[1]，插槿作篱，编茅为亭，以一亩荫竹林（一），一亩栽花果，二亩种瓜菜，四壁清旷，空诸所有，畜山童灌园剃草[2]，置二三胡床[3]着林树之下，挟书砚以伴孤寂，携琴弈以迟[4]良友。凌晨杖策，抵暮言旋[5]。此亦乐境。

【校勘】

（一）林：陈继儒《岩幽栖事》作"树"，以"树"为佳。

【注释】

[1] 数楹：几间。

[2] 剃草：除草

[3] 胡床：马扎子。

[4] 迟：留住。

[5] 言旋：回还。言，语首助词。

【译文】

略。

自多风致

乌纱帽[1] 挟红袖[2] 登山，前人自[3] 多风致（一）。

【校勘】

（一）前人自多风致：据许贵文《袁宏道〈折花录〉置疑》考证，此则最
　　早来源于明代无名氏之文：袁中郎作吴令，常同方子公（方文僎，
　　字子公）登虎丘，见红袖皆避去，因语方曰：乌纱帽挟红袖登山，
　　前人自多风致，今时不能并，便觉乌纱碍人。

【注释】

[1] 乌纱帽：代指官员。

[2] 红袖：代指美女。

[3] 自：本。

【译文】

略。

正子抽木

吴正子[1] 穷居一室，门环流水，跨木而渡，渡毕即抽之。人问

故，笑曰："士舟浅小，恐不胜富贵人来踏耳！"

【注释】

[1] 吴正子：南宋临川人，理宗时曾任国史校勘，曾笺注《李长吉歌诗》。

【译文】

略。

诗酒高卧

何以消 [1] 天上之清风朗月，酒盏诗筒 [2]；何以谢人间之覆雨翻云，闭门高枕。

【注释】

[1] 消：消受，受用。
[2] 酒盏诗筒：此指饮酒赋诗。诗筒，盛诗稿以便传递的竹筒。

【译文】

略。

清闲受用

竹径松篱，尽堪娱目，何非一段清闲；园亭池榭，仅可容身，便是半生受用。

【译文】

略。

半生一世

皂囊 [1] 白简 [2]，被人描尽半生；黄帽青鞋 [3]，任我逍遥一世。

【注释】

[1] 皂囊：黑绸口袋，代指密封的奏章。汉制，群臣上章奏，如事涉秘密，
　　则以皂囊封之。

[2] 白简：古时指弹劾官员的奏章。

[3] 黄帽青鞋：代指平民自在生活。黄帽，箬冠。青鞋，芒鞋。

【译文】

　　官场中人，被密奏劾章无情描绘；平民百姓，却可任我逍遥一生。

此亦乐事

　　茅屋三间，木榻一枕，烧清香，啜苦茗。读数行书，懒倦便高卧松梧之下，或科头 [1] 行吟。日常以苦茗代肉食，以松石代珍奇，以琴书代益友，以著述代功业。此亦乐事。

【注释】

[1] 科头：指不戴冠帽，裸露头髻。

【译文】

　　略。

不可错过

　　遇名胜地，最不可当面错过；若待日后来游，便不可必 [1]。

【注释】

[1] 可必：可以预料其必然如此。

【译文】

　　略。

清梦浮生

纸帐梅花[1]，休惊他三春清梦[2]；笔床茶灶[3]，可了我半日浮生。

【注释】

[1]纸帐梅花：也称"梅花帐"或"梅帐"，古代文人雅士普遍喜欢的一种床具。

[2]清梦：美梦。

[3]笔床茶灶：搁笔的架子与煮茶的炉灶。此指写字饮茶。

【译文】

略。

三余三乐

夜者日之余，雨者晴之余，冬者岁之余。当此三余，人事稍与疏阔，吾(一)可一意学问，何也？良宵燕坐，篝灯[1]煮茗，万籁俱寂，疏钟时闻。当此情景，对编简而忘疲，撤衾枕而不御，一乐也。至如风雨蔽途，掩关却扫[2]，绝人往还，图史满前，随兴抽简，潺湲在耳，檐花拂砚，如此幽寂，二乐也。又若空林岁宴，微霰密云，枯条振风，寒禽号野，一室拥炉，茗香酒熟，陈编讽诵，宛对良友，顾此景象，三乐也。

【校勘】

（一）吾：多种文献记载此则为闵元衡《玉壶冰》中的文字，故当代指闵元衡。闵元衡及其《玉壶冰》不详。

【注释】

[1]篝灯：置灯于笼中。此指张灯。

[2] 掩关却扫：关上门，停止清扫门径。指不与人往来。

【译文】

夜晚是白天的结余，雨天是晴天的结余，冬天是一年的结余。在这三种时候，各种俗事相对少一些，我可以全心全意地钻研学问，为什么呢？美好的夜晚，悠闲地坐着，点亮烛火，煮好清茶，万籁俱寂，只有稀疏的钟声偶尔传来。在这种情景下，面对着书籍就会忘记疲倦，撤去枕头和被子，因为用不着它们，这是第一乐。至于风雨阻断了交通，关上大门，谢绝宾客，不与人们来往。面前排满了各种书籍，随着兴致任意翻检，淅淅沥沥的雨声在耳边响着，风将檐前雨花吹进屋来，一直飘落到砚台上，这种幽寂，是第二乐。再比如，年终岁末的时候，山林空寂，了无人迹，或者是微微地下些雪霰，或者彤云密布，枯干树枝被呼啸的北风摇动着，山野里传来鸟儿几声冷凄的鸣叫。坐在屋里，炉火正旺，清茶溢香，家酿新熟，诵读诗文，就像是与好朋友促膝谈心，只此景象，是第三乐。

雅俗立判

因花[1]索句，胜他牍奏三千；为鹤谋粮[2]，赢却田耕二顷。

【注释】

[1] 索句：指作诗时构思佳句。
[2] 为鹤谋粮：指谋心。

【译文】

因花构思诗句，胜过他三千奏章；为白鹤谋求食粮，胜过我耕种两项田地。

散淡生涯

入山采药，临水羡鱼，绿树阴中鸟道[1]；扫石弹琴，卷帘看鹤，白云深处人家。

【注释】

[1] 鸟道：小路。

【译文】

略。

山居自乐

晚间，纸窗上月光渐满，花影半横，取蒲团静坐，觉身世又是^(一)境界。

【校勘】

（一）又是：据《群言会粹·养性篇》，为"别有一番"之讹。

【译文】

略。

快心千古

或夕阳篱落^[1]，或明月帘栊；或雨夜联榻^[2]，或竹下传觞^[3]；或青山当户，或白云可庭。于斯时也，把臂促膝，相知几人，谑语雄谈，快心千古^[4]。

【注释】

[1] 篱落：篱笆。
[2] 联榻：指睡在一块。
[3] 传觞：指宴饮中传递酒杯劝酒。
[4] 千古：永远。

【译文】

略。

损事之乐

袁中郎[1]曰："某近来始知损事之乐。所谓损事者，非独人事，田宅子女皆是也。小穷则小乐，大穷则大乐。衣食仅充，余则施之，是谓损事要法。盖有一分余，则有一分兴作图度[2]。小余则造房治室⁽一⁾，大余则为子孙计，无所不至。宅则欲柏欲楠，田则欲膏欲沃；又或谋之不可知之枯骨，以幸其长且久。此无他，资有余而心为之驱使颠倒也。宗少文⁽二⁾云：'吾已知富不如贫，贵不如贱。'始以为矫谈，今乃信之。但⁽三⁾看长安[3]街夜半时，古庙冷铺中，乞儿丐僧齁齁如雷吼；而白髭老⁽四⁾人拥绵下帏，乞一合眼而不可得，则宗少文之言验矣！"

【校勘】

（一）室：此则文字摘自袁宏道《与龚惟学书》。据此，为"产"之讹。

（二）宗少文：据《后汉书·逸民传》，为"向长"之讹。此因袁宏道记忆不准所致。向长，字子平，东汉前期河内朝歌人，著名隐士。

（三）但：字前夺"往曾与黄平倩言"七字。黄平倩，即黄辉，字平倩，号慎轩，明代南充人，能诗善画。

（四）老：字后夺"贵"字。

【注释】

[1] 袁宏道：字中郎，号石公，湖广公安（今湖北公安）人，官至国子博士，晚明公安派文学代表。

[2] 兴作图度：做事的打算。

[3] 长安：代指京城。

【译文】

袁中郎说:"我近来才知做事务的乐趣。所谓少做事务,不只是人事,田宅子女都是这样。小穷就有小乐趣,大穷就有大乐趣。衣食刚够,剩余的就施舍掉,这是所说的少做事务的重要方法。大概有一分余财,就有一分做事的打算。有少量余财就建造房子,营谋产业,有大量余财就为子孙谋划,无所不至。宅子要用柏木、楠木建造,田地买肥沃的;又有的打没有知觉的死人的主意,来希望长久富有。这没有别的原因,钱财有余而内心被钱财驱使而颠倒造成的。向长说:'我已知富不如贫,贵不如贱。'开始我以为是矫情的话,现在才相信了。以前我曾经对黄平倩说,只要看看都城街上夜半时,古庙冷铺中,乞丐僧人鼾声如雷;而白须老贵人在帐下拥绵被而卧,求得一合眼而做不到,那向长的话灵验啊!"

今便快活

如今休去便休去,若觅了时无了时。人能行乐,即今便好快活。身上无病,心上无事,春鸟是笙歌,春花是粉黛。闲得一刻,即为一刻之乐,何必情欲乃为乐事?

【译文】

如今作罢便作罢,如果寻找完了的时间,那是没有完了的时间的。人如果能及时行乐,眼下便好快活。身上无病,心上无事,春鸟是音乐,春花是美女。闲得一刻,就享一刻快乐,何必满足情欲才是快乐呢?

醉吟先生

白香山所居,有池五六亩,竹数千竿,乔木数十林〔一〕。台榭舟车具体而微。先生安焉。性嗜酒,耽琴,淫诗。往往乘兴,肩舁[1]适野,寻水望山,率情便去。抱琴引酌,兴尽而返。自吟咏怀诗云:"抱琴荣启[2]乐，荷锸刘伶[3]达。放眼看青山，任头生白发。不知天地内，更得几年活。从此到终身，尽为闲日月。"吟罢自哂，揭瓮发醅(二)，又饮数杯，兀然[4]自醉，自号"醉吟先生"云。

【校勘】

（一）林：为"株"之讹。

（二）发醅（pēi）：据白居易《醉吟先生传》，为"拨醅"，指舀取未滤过的酒。

【注释】

[1] 肩舁：轿子。

[2] 荣启：即荣启期，字昌伯，春秋时期著名隐士。

[3] 刘伶：字伯伦，沛国人，魏晋时期诗人。《晋书·列传十九·刘伶》记载："常乘鹿车，携一壶酒，使人荷锸而随之，谓曰：'死便埋我。'"

[4] 兀然：昏然无知的样子。

【译文】

　　白香山（白居易号香山）所住地方，有池塘五六亩，竹子数千竿，乔木几十株。台榭舟车形体具备而规模较小罢了。先生在这里安居，生性嗜酒，喜欢弹琴，沉溺诗歌。往往乘借兴致，坐轿子到野外，寻水望山，尽情便去。抱琴饮酒，兴尽而回。自吟胸怀说："抱琴荣启乐，荷锸刘伶达。放眼看青山，任头生白发。不知天地内，更得几年活。从此到终身，尽为闲日月。"吟罢自笑，揭瓮舀酒，又饮数杯，昏然自醉，自号"醉吟先生"。

自在逍遥

　　宋向子忞[1]隐于衡之伊山，乃晋桓伊[2]书堂故基，结茅为堂，置书其中。茂竹幽兰，荫郁前后。春葩秋馥，以时自献。猿啼近嶂，鸥驯曲沼。马埣[3]车喧，杳然云水之外。胡寅[4]韩璜[5]自天柱峰南襆被^[6]枝筇，岁一再往焉。或商较^[7]文义，或把盏赋诗，逍遥徜徉，兴尽而后别。

【注释】

[1] 向子忞（mǐn）：字宣卿，宋朝开封人，官至湖北提点刑狱。

[2] 桓伊：字叔夏，谯国铚县人，东晋名士，曾任江州刺史。

[3] 堁（kè）：尘埃。

[4] 胡寅：字明仲，宋建州崇安人，官至中书舍人，谥文忠，学者称致堂先生。

[5] 韩璜：字叔夏，宋代开封人，曾任右司谏、广南西路转运判官、提点刑狱等职。

[6] 襆被：用包袱裹束衣被，意为整理行装。

[7] 商较：研究比较。

【译文】

宋向子忞隐居在衡阳的伊山，隐居的地方是晋代桓伊读书堂故址，结茅草为屋，把书籍放在其中。茂竹幽兰，遮蔽了前后。春天的花朵，秋天的芳香，按时呈献。猿猴在近处的山峦上啼叫，鸥鸟在曲折迂回的池塘里温驯地游泳。马蹄荡起的尘埃以及车轮滚动的声音，远在云水之外。胡寅、韩璜从天柱峰南用包袱包着行礼，挂着手杖，每年一两次到他这里来。他们或商量研讨文义，或把酒赋诗，自在徜徉，兴尽后分别而去。

永日怡年

旧诗书是吾家有缘物，新见解是吾心最乐事。高朋来座，是吾破愁城之兵；绿竹横窗，是吾入诗囊^[1]之料。以此永日^[2]，不知为乌兔^[3]升沉；借此怡年^[4]，亦任燕鸿来往。

【注释】

[1] 诗囊：贮放诗稿的袋子。语本唐李商隐《李长吉小传》。

[2] 永日：谓消磨时日。

[3] 乌兔：金乌和玉兔，也即太阳和月亮。

[4] 怡年：颐养天年。

【译文】

略。

丘壑涯分

竹楼数间，负山临水；疏松修竹，路屈委蛇[1]；怪石落落[2]，不拘位置；藏书万卷其中（一），长几软榻，一香一茗，同心良友，闲日过从，坐卧笑谈，随意所适，不营衣食，不问米盐，不叙寒暄，不言朝市。丘壑涯分[3]，于斯极矣！

【校勘】

（一）其中：疑此二字为衍文。

【注释】

[1] 委蛇（yí）：曲折。

[2] 落落：洒脱。

[3] 丘壑涯分：隐居的生涯和分限。

【译文】

略。

野人之乐

耕田凿井，晚息晨兴，候南山之朝云，揽北堂之明月。氾胜九谷之书[1]，观其节制；崔寔四时之令[2]，奉以周旋。晨荷蓑笠，白屋黄冠[3]之伍；夕谈谷稼，沾体涂足之伦。浊酒盈樽，高歌满席，

恍兮惚兮 [4]，天地一指 [5]。此野人之乐也。

【注释】

[1] 氾胜九谷之书：即《氾胜之书》，氾胜之所写的农学著作。氾胜之，即氾胜，西汉氾水人，农学家。九谷，古代九种农作物。

[2] 崔寔四人之令：即崔寔撰写的农学著作《四民月令》。崔寔，字子真，涿郡安平人，东汉后期政论家，有农学著作《四民月令》。

[3] 白屋黄冠：代指贫穷低贱的人。

[4] 恍兮惚兮：形容人糊里糊涂的状态。

[5] 天地一指：宇宙人生的真相其实就是"一个手指"的道理。语出《庄子·齐物论》："天地一指也，万物一马也。"大意谓"天地虽大，一指可以蔽之；万物虽多，一马可以理尽"（唐成玄英疏）。

【译文】

耕田而食，凿井而饮，晚上休息，早晨起来，等候南山朝云，手揽北堂明月。看《氾胜之书》的指挥控制，按照崔寔《四民月令》的要求去办。早晨穿戴好蓑衣斗笠，是贫寒卑微的人；傍晚谈论庄稼，是身体腿脚沾满泥巴的人。浊酒盈杯，高歌满席，懵懵懂懂，天地一指。这是农夫的快乐。

无乐可代

志倦^(一)体疲，则投竿取鱼，执纴 [1] 采药，决渠灌花，操斧剖^(二)竹，濯热盥手，临高纵目，逍遥徜徉，惟意所适。明月时至，清风自来，行无所牵，止无所柅 [2]，耳目肺肠，悉为己有。踽踽 [3] 焉，洋洋 [4] 焉，不知天壤之间复有何乐可以代此也。

【校勘】

（一）倦：此则文字摘自司马光《独乐园记》。明代文徵明行书长卷《独乐园记》此字处为"勤"字。"勤"有辛劳之义。由于文徵明可能见到《独乐园记》较早的版本，"勤"字更为可靠。

（二）剖：为"伐"之讹。

【注释】

[1] 执纴：学习纺织。

[2] 柅：阻塞，遏止。

[3] 踽踽：小步慢行貌。

[4] 洋洋：自得貌。

【译文】

神志倦怠，身体疲惫，就投竿钓鱼，学习纺织，采摘药草，挖开渠水，浇灌花草，挥动斧头，砍伐竹子，灌注热水，洗涤双手，登临高处纵目远眺，逍遥自在徜徉漫游，只凭着自己的意愿行事。明月按时到来，清风自然吹拂，行走无所牵挂，止息无所羁绊，耳目思想都为自己所支配。一个人小步慢行，自由自在，不知道天地之间还有什么乐趣可替代这生活。

冥果卷之二十

冥果卷首题记

果报影投形，种兰得香，布棘得刺，定盘星爽过几分？功曹声应响，恶沦诸趣，善证菩提，明镜台放着谁氏？即身前身后，或俟片时；而造福造业，不磨永劫。所愿乘风破浪者牢定枕竿，普告勒马临崖人急收缰勒。纂冥果第二十。

阴德隐恶

阴德须如耳鸣，甫作时蚤有功曹记录；隐恶种成心病，临报日自然冤对现形。

【译文】

不为人知的德行应该像耳鸣，刚作时早有功曹在记录；不为人知的恶行种下心病，报应日子到来时冤家对头自然会现形。

前世今生

身无病，心无忧，凡居顺境，皆从前世修来；衣有布，食有蔬，蚤种善因，莫向今生蹉[1]过。

【注释】

[1] 蹉（cuō）过：错失，错过。

【译文】

略。

张佛冯呆

张八公，家富好施，乡人德之，号张佛。产分二子。每岁禾谷索铜钱六十文一把，其岁歉，乡价八十，其子亦增之。八公坐于门，看籴者出，问其价，曰："略增些少[1]。"公以钱还之。自后，其子价不敢增。后曾玄孙皆登第。黄溪冯公为人本分，亦好施，人以呆称之。其子梦兰[2]登进士。乡人谣曰："八佛子孙享其佛，冯大呆子孙享其呆。"

【注释】

[1] 些少：少许，一点儿。
[2] 梦兰：即冯梦兰，南宋丽水人，中理宗绍定二年（1229）己丑科黄朴榜进士。

【译文】

略。

欢喜承受

王真人[1]曰：依血债^{（一）}负，必然有报。岂止此事，乃至大小喜怒毁谤，打骂是非，见面相嫌[2]，皆是前因所结。旧冤现世要还，须当欢喜承受，不敢辨证[3]。承当忍耐，便是还讫；但有争竞，便同抵债不还。积累更深，冤冤重结，永无了期。

【校勘】

（一）依血债：据《栖云真人王志谨盘山语录》，为"脓血债"之讹。脓血债，即血债。

【注释】

[1] 王真人：即王栖云，元代全真道士，法号志谨，又称栖云真人。

[2] 相嫌：相互怨恨。

[3] 辨证：辨别清楚。

【译文】

略。

雷谴逆妇

福建延平杜氏兄弟三人轮膳[1]一母。三人出耕，三妇辄诟悖[2]相胜，致姑饭粥不给，每欲自尽。忽一日白昼中，轰雷一声，只觉电光红紫眩目。三妇人皆人首而身则一牛一犬一豕。观者如堵。

【注释】

[1] 轮膳：轮流供应饭食。

[2] 诟悖：辱骂，悖逆。

【译文】

福建延平杜氏兄弟三人轮流供给母亲饭食。三人外出耕作，三个儿媳就辱骂婆母，一个比一个厉害，以致于婆母的粥饭都不能保障供给，常常想要自杀。忽然一个大白天，轰雷一声，只觉得电光红紫耀眼。三个儿媳分别变成了人面而身子是一牛、一狗、一猪的怪物。观看的人非常多。

因果镜形

前世杀害多，今报夭折苦。方矜面如花，已见身归土。哭倒白头亲，怨损（一）朱唇妇。因果镜中形，毫发无差误。

【校勘】

（一）损：或作"杀"。

【译文】

前世杀害生命多，今世要受夭折苦难报应。正夸耀青春年少，不久见到身归黄土。让白头双亲哭倒，让年轻妻子哀怨不已。因果报应就像人与镜中形体一样，没有丝毫差误。

黄臻脱险

陈㧜塘^{（一）}先生云："市贾黄臻，为人质直谨愿[1]，好善济人；见恶人辄摇手缩颈，避之。仅一幼子，携之以随。嘉靖戊子德清高坞、石马诸山，水骤溢。余时卧病在家，水出几榻上，几殆。亟乘槎[2]，登业师张先生楼，得免。须臾，一人乘舟过楼下，呼曰：'黄臻父子俱溺死矣！'先生叹息，予独弗信，曰：'斯人万无父子俱死理。'先生曰：'迂哉，子也！颜夭跖寿[3]，可信天道哉？'予曰：'论理之尝^{（二）}，父子决[4]存其一。'须臾，又一人报曰：'臻尚存，其子死矣！'余曰：'是或有之。'须臾，又一报^{（三）}曰：'臻死矣，其子在。'余曰：'是或有之。'诘旦，臻携其子来，自言抱竹漂三十里，值一大树根，遂扪树上；其子骑一梁木，出没凶[5]涛中，逢舟人援之，父子俱得免。谁谓天道人心相远哉！"

【校勘】

（一）陈㧜塘：乃"陈栋塘"之讹。陈栋塘，即陈良谟，字中夫，号栋塘，明代安吉人，官至贵州参议。

（二）尝：当为"常"之讹。

（三）报：据陈良谟《见闻纪训》，字后夺"者"字。

【注释】

[1] 谨愿：谨慎忠厚。

[2] 槎（chá）：木筏。

[3] 颜夭跖寿：颜回早夭，而盗跖长寿。

[4] 决：一定。

[5] 凶：通"汹"。

【译文】

陈栋塘先生说："市上商人黄臻，为人朴实正直谨慎忠厚，喜欢帮助人；看见恶人，就摆手缩颈，躲避开来。他仅有一个年幼的儿子，随身携带。嘉靖戊子年德清县高坞、石马等各山，山洪爆发。我当时卧病在家，水面超出几案床榻，几近危险。我赶紧乘木筏逃脱，后来登上授业老师张先生楼房，得以免祸。不久，一人乘船经过楼下，呼喊说：'黄臻父子都淹死啦！'张先生叹息，我独自不信，说：'这人万无父子都死的道理。'张先生说：'你真迂腐啊！颜回早夭，盗跖长寿，可以相信天理吗？'我说：'从常理来说，父子一定会留下一个。'不久，又一人报告说：'黄臻还活着，他儿子死啦！'我说：'或许有这样的事。'不久，又一人报告说：'黄臻死了，他儿子还活着。'我说：'这或许可能。'第二天早晨，黄臻带他儿子过来，自己说抱着竹竿漂行三十里，碰上一个大树根，于是摸着树，爬了上去；他儿子骑着一根大木头，在汹涌的波涛中出没，碰到船夫而获救，父子都得以免祸。谁说天道人心距离很远呢！"

金陵贾客

金陵贾客归自湘东，有老翁附舟。贾瞯[1]翁多金，邀之同爨，而翁亦寄心焉。行至江中，贾与家僮谋翁堕水，取其金归。是年生子。及长悖逆不孝，荡败家业。里中有降紫姑仙[2]者，贾客叩之，仙降笔曰："六月六日南风恶，扬子江心一念错。老翁鱼腹恨难消，黄金不是君囊橐[3]。"贾客悚然魂夺。

【注释】

[1] 瞯（jiàn）：窥视。

[2] 降紫姑仙：即扶乩，又称"扶箕""降仙""请紫姑"等。

[3] 囊橐：盛钱的袋子。

【译文】

　　金陵（南京古称）商人从湖南东部回来，有老翁搭船。那商人窥视到老翁有很多金钱，邀请他一块儿烧火做饭，而老翁也表示愿意。行至江中，商人与家僮谋害老翁，使其落水，占有他的金钱而回归。这年商人生下了儿子。等到儿子长大后，悖逆不孝，荡空了家业。乡间有降紫姑仙的，商人去叩问，仙姑降下字说："六月六日南风恶，扬子江心一念错。老翁鱼腹恨难消，黄金不是君囊橐。"商人见后害怕得仿佛魂被夺走一样。

郑氏后身

　　嘉靖初，有淮民陆氏奸而横。侵其邻郑氏产，尽撤其居以为己室，唯存嘉木一本[1]。晚岁得子而喑。一日，游于庭，忽指树言曰："树乎，尔犹在耶！"家人大惊。已而复喑，百方诱之，终不出声。及长，荒淫放荡，靡所不为，家罄乃死。人谓郑氏后身云。

【注释】

[1] 一本：一棵。

【译文】

　　略。

总难胜天

亡秦者胡[1]，谁晓冤家即我后；简点天子⁽⁻⁾，那知漏网在眼前。巧力总难胜天，长久无逾积善。

【校勘】

（一）简点天子：为"点检天子"之讹。"点检天子"是谶言"点检为天子"略语。据说病中的周世宗柴荣偶然看到一块木片上写着"点检为天子"五字，顿时警惕起来，对时任殿前都点检的张永德产生了怀疑，让赵匡胤取代了张永德的位置。后来赵匡胤夺取了后周的天下。据史学家考证，此事不可信。

【注释】

[1]亡秦者胡：谶言"亡秦者，胡也"略语。语出《史记·秦始皇本纪》原文："始皇巡北边，从上郡入。燕人卢生使入海还，以鬼神事，因奏录图书，曰'亡秦者，胡也'。始皇乃使将军蒙恬发兵三十万人北击胡，略取河南地。"汉人郑玄认为："胡者，胡亥，二世之名也。秦（始皇）见图书，不知此人名，反备北胡。"

【译文】

略。

投生毛角

称货负心，便结鞭犁[1]种子；淫邪起念，已成毛角[2]胚胎。

【注释】

[1]鞭犁：代指牛马。
[2]毛角：代指畜生。

【译文】

　　称量货物时欺心，就结下来世成为牛马的种子；生出淫邪的念头，来世投生时成为畜生的胚胎已经生成。

难逃鬼神

　　偶尔思伤人害物，铜头铁额[1]已自后随；翻然欲作善行慈，芝炬莲旛[2]辄为前导。

【注释】

[1] 铜头铁额：铜铸的头，铁打的额。形容人勇猛强悍。此指凶神恶煞。

[2] 芝炬莲旛：有兰花图案的火炬，有莲花图案的旗幡。此指福神。旛，同"幡"。

【译文】

　　略。

承逸行善

　　朱承逸居霅[1]之城东门，为本州孔目[2]官，乐善好施。尝五鼓趋郡，过骆驼桥，闻桥下哭甚哀，使仆视之，有男子携妻及小儿在焉。扣所以，云："负势家[3]钱三百千，计息数倍，督索无偿，将并命[4]于此。"朱恻然，遣仆护归，且自往其家，正见债家悍仆，群坐于门。朱因以好言谕之，曰："汝主以三百千钱之故，将使四人死于水，于汝安乎？汝亟归告若主，彼今既无所偿，逼之何益！吾当为代还本钱，可亟以元[5]券来。"债家惶惧听命，即如数取付之。其人感泣，愿终身为奴婢。不听，复以二百千资给之而去。是岁，生孙名服[6]，熙宁登榜第二人。次孙肱[7]，亦登第。遂为吴兴望族。

【注释】

[1] 霅（zhà）：浙江省湖州别称，因境内有霅溪而得名，又称霅上。

[2] 孔目：指衙门中掌管档案目录的官员。

[3] 势家：权势之家。

[4] 并命：同死。

[5] 元：通"原"。

[6] 服：即朱服，字行中，湖州乌程人，熙宁六年进士，官至礼部侍郎。

[7] 肱：朱肱，字翼中，归安（北宋太宗太平兴国年间由乌程分出）人，北宋元祐三年进士，医学家。

【译文】

朱承逸住在湖州城的城东门一带，为湖州孔目官，乐善好施。曾经五更天到州里去，过骆驼桥，听到桥下有令人特别伤心的哭声，让仆人探视，发现有个男子带领妻子及小孩子在那里。朱承逸问他哭的原因，那人说："欠有权势的人家三十万钱，加上利息有几倍了，债主逼迫讨要，无法偿还，将一起死在这里。"朱承逸很是同情，派仆人保护那人回去，并且自己到他家里去，正看见债主家强悍的仆人，一起坐在那人门前索债。朱承逸于是好言解劝，说："你们主人因为三十万钱的缘故，将使四人溺死在水里，你们安心吗？你们赶紧回去报告你们主人，他现在已经无法偿还，逼他又有什么用！我将偿还本钱，可赶快拿原债券来。"债主惶恐，表示愿意听从命令，当即如数取钱来偿付。那人感动流泪，愿意终身做朱承逸奴仆。朱承逸不答应，又以二十万钱资助他，然后离去。这年，他孙子朱服出生，后来熙宁（宋神宗年号）年间考中第二名进士。第二个孙子朱肱，也考中了进士。朱家于是成为吴兴望族。

拾金不昧

刘留台[1]少极贫，专事趋谒[2]，不能自存。一日，往漳泉市浴堂中，拾金一袋。浴毕，托疾卧堂中，终夕不去。翌早，有人号泣而来，自言为商八年，只收得金八十五片，以一袋盛之。昨晚与同行携到此浴，浴罢乘月行三十里，始觉金不见。刘举还焉。及归，乡人愈薄之，责以拾金不能营生，而复来相干[3]。刘答曰："吾平生赋分止合如此，若袭[4]他人之物以为己有，必有祸灾。况商人辛勤所积，忍令一旦失去耶？"一夕，梦神人告知曰："汝平生安分不贪，将有大显，并及汝后嗣。"后果登第，官至西京留台。子孙在仕途者二十三人。

【注释】

[1] 刘留台：留台当为官职，名不详。留台，指古代帝王因故离京，奉命留守京师之官及其机构。此则采编自南宋赵善璙《自警编》，据此可推知刘留台为宋代人。

[2] 趋谒：奔走拜见富贵人以求得帮助。

[3] 相干：相求。

[4] 袭：乘其不意而夺取。

【译文】

刘留台年轻时极其贫困，专门向富贵人那里奔走拜见，不能养活自己。一天，他前往泉州市场中的浴堂去洗浴，拾到一袋金子。洗浴完毕，托病睡卧浴堂中，整夜没有离开。第二天早晨，有人哭泣而来，自己说做了八年商人，只赚得金子八十五片，用一个袋子盛着。昨晚与同行带着袋子到这里洗浴，浴罢乘月色走了三十里，才发觉金子不见了。刘留台把金子全部还给了他。等到回到家乡，同乡人更加看不起他，用拾金不能营生来责备他，说他再来相求（有什么用）。刘回答说："我平生天分只该如此，如果乘别人不注意而占有别人东西，必有灾祸。何况商人辛勤所积，忍心让他一旦失去吗？"一天晚上，他梦见神人告知他说："你平生安分不贪，将有大荣显，并连带到你后代。"后来他果真登第，官至西京（宋代指洛阳）留台。子孙担任官职的有二十三人。

空舟随行

崔公度 [1] 赴宣州守。江行，夜见一舟相随而行，寂然无声。晚船得港而泊，所见之舟亦止近岸。公疑之，遣人视之，乃空舟也。舟中有血痕，于舟尾得皂绦一条，系文字一纸，取观之，乃雇舟契也，因得其人姓名，及牙保之属。至郡，檄巡尉缉捕，尽获其人。盖舟主杀雇舟商，取其物，而弃其舟。遂伏于法。

【注释】
[1] 崔公度：字伯易，宋代高邮人，诗人。
[2] 牙保：宋朝时立契的中介人和保人。

【译文】
崔公度赴宣州任知州。坐船江行，夜里看见一条船相随而行，一点声响也没有。晚上，船进港口停泊，所见到的那条船也靠近岸边停泊。崔公度对这事感到奇怪，派人去查看，发现那只是一条空船。船中有血痕，在船尾找到一条黑丝绦，丝绦拴着一张带字的纸，拿来一看，发现是雇船的契约，于是得知船主姓名及牙保等人。到州里，下令巡尉缉捕，把有关人员全部抓获。原来是船主杀害了雇船的商人，拿走了商人的财物，并把船抛弃了。于是船主伏法。

神祐性中

蒋给事性中 [1] 因公差泊舟江浒 (一)。有一官船继至相并，即过船共弈。适有一女子至江边洗圊桶 [2]，官呼隶人缚之。此女甫到家，即闻岸上有哭声。蒋谓是此女畏责而哭耳，不知已死矣。再三劝解，寻命释之。俄而此女复苏，临别语给事曰："明日我先去，公且未可行。"次日侵晨，见一舟凌风而去，上有旗号曰"江湖刘节度"，公遂不敢解维。是日开船者皆覆溺。盖公之素行通于神明，故此神来告之耳。

【校勘】

（一）江浒：此则文字又收入明人徐复祚《花当阁丛谈》，与《花当阁丛谈》相比，此文存在错简及诸多叙述不合情理处。兹将《花当阁丛谈》该则文字录出：蒋给事性中尝泊船江浒，一使客船继至，给事旧识也，过船共奕。适有女子对船洗虎子，使客怒，令隶缚之。给事力为劝得解。其女耻被缚，既得解，便投河死。给事又使人力救之，良久苏，语使者曰："方困顿中，依稀似有人耳语我为嘱蒋给事'明日且未可行'。"次日，见一舟凌风而去，上有号旗云"江浒刘节使"，遂不敢解维。是日船开者皆覆溺。

【注释】

[1] 蒋给事性中：见本集种德卷之三"性中建梁"条。
[2] 圊（qīng）桶：便溺器。

【译文】

给事中蒋性中曾经泊船江边，有一艘使者的官船紧跟而至，蒋性中与使者是老相识，就过船一起下棋。适逢有一女子到江边来对着官船洗马桶，使者大怒，命令差役把那女子绑来。蒋性中再三劝解，使那女子获释。那女子认为被绑耻辱，获释后，就投河寻死。蒋性中又派人极力营救，过了好长时间那女子才苏醒过来，对侍者说："刚才在挣扎时，仿佛像有人对我耳语让我嘱咐蒋给事'明天暂且不要出行'。"第二天清晨，看见一条船凌风而去，上有旗号是"江浒刘节使"，就不敢解船维开船。这天开出的船都翻到了水中。（据《花当阁丛谈》文译出）

醒世之诗

警世语^(一)云：堪叹人心毒似蛇，谁知天眼转如车。去年妄取

东邻物 今日还归北舍家。不义钱财汤泼雪，强来田地水推沙。若将狡猾为生计，恰似朝开暮落花。

【校勘】

（一）警世语：为《罗状元醒世诗》第二十二首，本则与诗句文字上有些许出入。原诗为：堪叹人心毒似蛇，谁知天道转如车。去年妄取东邻物，今日还归北舍家。分外钱财汤泼雪，骗来田地水推沙。若将狡谲为生计，恰似朝开暮落花。罗状元，即罗洪先，字达夫，号念庵，明代江西吉水人，明嘉靖八年己丑科状元。

【译文】

略。

尹氏还金

历城尹氏家贫，卖糕为生。一日息柳阴，客有啖糕者。会大暑，解鞍饮马，脱衣而休。已，乃驰马去之，遗囊焉。尹氏举之弗胜，知其金也。密徙而覆之，瞑不见人，乃以饧缶装金，坎土埋之，植柳为记。客故山西大驵 [1] 也，行贾 [2] 以万计，乃以稍稍折阅 [3]，收其余，仅五百金，图返其家。失之，不敢复见父母妻子，遂流丐于越。数年，柳且拱矣，客复过故处，尹氏亦仍卖糕。客据地 [4] 而恸，尹氏询之，客语以故。尹氏询所遗金数，与前数合，谓客曰："无恸。"起柳而探之，得金焉。客复恸，据地请曰："奈何有是？惟公取之，与我余可耳。"尹氏不可，中分之，亦不可，曰："我诚贫也，岂其不全掇之，而寡取之，而中分之乎？"客不能强，乃稽首申谢而去。尹氏夜梦神谓之曰："汝之阴德厚矣，当贻汝以贵子。"弥月而生子旻。举进士，为吏部侍郎（一）。

【校勘】

（一）吏部侍郎：据《明史》，为"吏部尚书"之讹。尹旻，字同仁，明
　　　朝济南府历城人，累官至吏部尚书，谥恭简。另，尹旻之父为尹宏。
　　　尹宏，字克宽，历城人，永乐举人，正统初任泉州知府。可见，此
　　　则故事可信度不大。

【注释】

[1] 大驵（zǎng）：驵侩，买卖的中间人。
[2] 行贾：外出经商。
[3] 折阅：商品减价销售。
[4] 据地：席地而坐。

【译文】

　　历城尹氏家境贫寒，以卖糕为生。一天，尹氏在柳阴下休息，有
个客人向他买糕吃。适逢大暑天气，客人解鞍饮马，脱衣休息。休息
后，客人就驰马而去，却把一个袋子忘带了。尹氏举不起那个袋子，
猜知那是银子。尹氏秘密地把袋子覆盖起来，到天黑没有人的时候，
就用糖罐把银子装起来，挖一个洞埋起来，栽上柳树作为记号。客人
本是山西的买卖中间人，拿上万两银子外出做买卖，可是买卖越来越
赔本，收得余资，仅有五百两银子，打算回家。把这余资丢了，不敢
再见父母妻子儿女，于是流浪乞讨到此地。过了几年，柳树快两手相
合那么粗了，客人又路过丢钱的地方，尹氏仍旧卖糕。客人坐在地上
恸哭，尹氏询问他哭的原因，客人就把原委告诉了他。尹氏问他丢失
银子的数量，与自己先前捡到的银子数目一致，对客人说："不要哭
了。"把柳树刨掉，找到了银子。客人又痛哭起来，坐在地上请求说：
"怎么会有这个？你拿走大头，余下的给我就可以了。"尹氏不答应，
对半分也不答应，说："我确实贫寒，如果我想要的话，难道不都拿
来，而会要一点或对半分吗？"客人不能勉强，于是行稽首礼表达谢
意后离开。尹氏夜里梦见神仙对他说："你的不为人知的德行太深厚
了，会赠送给你个贵子。"满月后儿子尹旻出生。后来尹旻考中进士，

官至吏部尚书。

不关诵经

力^{（一）}心为善，何须努力看经？意欲损人，空诵如来一藏^[1]。

【校勘】

（一）力：为"立"之讹。《西游记》第九回有句："心行慈善，何须努
　　力看经？意欲损人，空读如来一藏。"与本联文字有出入。

【注释】

[1]一藏：指一部藏经。

【译文】

略。

璧还芦银

南京聚宝门^[1]军人何姓者^{（一）}。有一富商为讦讼，欲移城北，
念金多，恐有御入于国者。因买芦数万束，束置银两锭，故募以行。
其募人不知，念此芦耳，与其负重以行，孰若弃而更置？何置得一束，
折^{（二）}之则元宝藏焉。私念，此必有故，将一行人芦尽置之。少顷，
见一商徘徊道路，郁郁如有所失，因诘其故，商语之。何曰："弗
虑。我已尽得之矣。"商喜出望外，愿以半赠。何曰："若贪公财，
何为告公？财自有命，贫乃人之常耳。"商感激不已，因捐半修刹，
为何祈福。何后二子一孙，俱登第，冠盖^[2]绵绵不绝。

【校勘】

（一）"南京……何姓者"：此句殊为不辞，缺少动词。由于不知出处，

难以准确补正。推测"军人"前夺"有"或"居"等字。

（二）折：为"拆"之误。

【注释】

[1] 聚宝门：明代南京城城门之一，位于城南。

[2] 冠盖：指官员的冠服和车乘。此指指仕宦。

【译文】

南京聚宝门一带住着一位何姓军人。有一富商因为打官司，想要移居城北，考虑到钱财多，担心被没入国库。于是买来数万捆芦苇，每捆中藏置两个银锭，有意地显示雇人运送芦苇。被雇佣运送的人不知实情，考虑到这只不过是芦苇罢了，与其负重而行，哪里赶得上在南城卖掉到北城再采购？何姓军人买到一捆芦苇，拆开一看，里面藏有元宝。他私下考虑，这一定有缘故，就把一行人运送的芦苇都买了下来。不久，他看见一个商人在道路上徘徊，苦闷得像是丢了东西，于是询问缘故，商人把原委告诉了他。他说："不要担心。我已把那芦苇都买下来了。"那商人喜出望外，愿意拿半数银锭相赠。何姓军人说："我如果贪取的钱财，为什么还会告诉你？钱财自有定命，贫穷是人常有的。"商人感激不已，于是拿出一半钱财来修佛寺，为他祈福。后来，他两个儿子一个孙子，都科举中第，仕宦绵绵不断。

代偿官逋

南渡之后，有张居士[1]者，父令赍钱鬻物。经行林莽[2]，见有人自缢者，急扶而下。及苏，诘之，则为官逋[3]所迫耳。遂以所赍钱赠之，其人拜泣去。张少憩于磐石，俄有操瓢者问云："将无渴否？"即倾瓢内浆，使饮之，曰："不惟止渴，稍[4]有益也。"居士徒手而归，觉异香遍体，精爽非常，自此绝粒[5]，能赋诗。隐居麻姑山，获仙焉。

【注释】

[1] 居士：有德才而隐居不仕的人。

[2] 林莽：大片草木茂盛的地方。

[3] 官逋：指拖欠官府租税。

[4] 稍：表示程度深，相当于"颇""甚"。

[5] 绝粒：犹辟谷。道家以摒除火食、不进五谷求得延年益寿的修养术。

【译文】

　　宋皇室南渡之后，有个张姓居士，父亲让他带钱买东西。他路过一片丛林，见有人上吊，急忙把那人扶下。等到那人醒过来，问他上吊原因，原来是被拖欠官府租税所逼迫罢了。他于是把所带的钱赠给那人，那人跪拜哭泣而去。张居士坐在磐石上小憩，不久发现有人拿着瓢问他说："该不会口渴吧？"就把瓢内水倒给他喝，说："这不止止渴，而且很有好处。"张居士徒手而归，归来后觉得异香遍体，清爽非常，自此辟谷，能赋诗。隐居麻姑山，最后升仙而去。

福报仁孝

　　苏有卖油人祝俸者，窭[1] 不知书，性仁孝。当食时，必待父食然后食。如子归晚，其父亦必待之。虽处贫境，而父子欢然。后值寇乱，挈家避之。他舟皆行，惟祝舟胶不可动，仓皇殊甚，至明始获去。昨之先行者，皆遇寇践灭[2] 矣。

【注释】

[1] 窭（jù）：贫穷得没有体面。

[2] 践灭：摧残，除灭。践，通"翦"。

【译文】

　　苏州有个卖油人祝俸，贫穷得读不起书，生性仁爱孝顺。当吃饭时，一定等到父亲吃后再吃。如果他回家晚了，他父亲也必定等他回来。虽然身处贫境，而父子愉悦。后来碰上盗贼作乱，带领家口避难。其他船都开走了，只有祝俸的船像被胶粘住一样开不动，非常窘急，到天亮船才能开出。昨天先出发的船，都被盗贼摧毁。

好施得福

李公谦值岁荒，出谷千石以贷乡人。明年又荒，人无以偿。公即对众焚券，曰："不须复偿。"及岁熟，人争偿之，一无所受。后复大荒，乃竭家资煮粥，活人以万计。死者复为瘗 [1] 之。一日，梦紫衣人告曰："上帝知汝有阴德，报在汝后。"言讫而去。后谦百岁而终，子孙位皆通显。

【注释】

[1] 瘗（yì）：埋葬。

【译文】

略。

恐惊天神

王海日 [1]，阳明先生父也。馆一富翁家，翁婢妾众而无子。一日（一），遣妾就王借种，王峻词却之。妾曰："此主人意。"出片纸，书云"欲借人间种"，王即援笔书其旁曰"恐惊天上人（二）"。终不纳，明日遂行。后主人修醮 [2]，一道士拜章 [3]，伏地久不起。主人讶之，对曰："适奏章至三天 [4] 门下，遇天上迎状元，久乃得达。"因问状元为谁，道士曰："不敢言。但马前有一联云'欲借人间种，恐惊天上人'。"主人怒（三）王薄德，故泄前言；而王果状元及第，位至大宗伯^(四)。阳明先生封新建伯^[5]，又受封如其爵。

【校勘】

（一）日：此则又见于《渊鉴类函》。据此，为"夕"之讹。

（二）人：据《渊鉴类函》，为"神"之讹。

（三）怒：据《渊鉴类函》，为"疑"之讹。

（四）大宗伯：当为"大冢宰"，吏部尚书古称。大宗伯，礼部尚书古称。

【注释】

[1] 王海日：即王华，字德辉，号实庵，晚号海日翁，明朝浙江余姚人，官至南京吏部尚书。

[2] 修醮（jiào）：指道士设坛作法事禳除灾祟。

[3] 拜章：对鬼神献上祈祷文。

[4] 三天：道教对清微天、禹余天、大赤天的称谓。

[5] 新建伯：王守仁的爵位。

【译文】

　　王海日，阳明先生的父亲。他曾在一富翁家教书，富翁婢妾很多，却没有儿子。一天夜里，主翁派一个婢妾来向他借种，他严词拒绝。婢妾说："这是主人的意思。"她拿出一张纸，上写"欲借人间种"，他立刻提笔在旁写道"恐惊天上神"。他终究没有接纳那婢妾，第二天辞别而去。后来主人请道士设坛作法事禳除灾祟，道士献上祈祷文，趴在地上好长时间没有起身。主人惊问缘由，道士回答说："适逢奏章到三天门下时，遇到天上迎状元，好长时间才上达天听。"主人问状元是谁，道士回答："不敢说。只是马前有副对联，写的是'欲借人间种，恐惊天上神'。"主人怀疑王华德行不好，有意泄露漏了以前的话；然而王华果然状元及第，位至吏部尚书。因儿子阳明先生封新建伯，王华又被加封新建伯爵位。

弗犯处女

程彦宾[1]为罗城使，进攻遂宁之日（一），左右以三处女献，皆有姿色。公谓女子曰："汝犹吾女，安敢相犯？"因手自封锁，置于一室。及旦，访父母还之。皆泣谢曰："愿大守早建旌节[2]。"彦宾曰："旌节非敢望，但得死时无病，便好（二）。"后官至观察使，年九十七，无疾而卒，诸子皆仕。

【校勘】

（一）进攻遂宁之日：据《太上感应篇》，为"进攻遂宁，城下之日"。

（二）便好：为"足矣"之讹。

【注释】

[1] 程彦宾：五代时期后蜀官员，临淄人，官至观察使。

[2] 旌节：指古代使者所持的节，以为凭信。唐制，节度使赐双旌双节，旌以专赏，节以专杀，行则建节，树六纛。亦借指节度使。

【译文】

罗城兵马使程彦宾，进攻遂宁，城池被攻陷那天，部属抢掠三名处女送给他，这三名女子都有姿色。彦宾对三名女子说："你们就像我女儿，我怎么敢侵犯你们？"于是他亲手把这三人锁在同一间屋内。第二天，将她们送回各自父母身边。她们都哭泣感谢说："愿大守早日做到节度使。"程彦宾说："节度使不是我所希望的，只要能够死时无心病，就够了。"后来程彦宾官至观察使，活到九十七，无疾而终，各个儿子都做了官。

王生宣善

李之纯[1]为成都转运使，专以掩骼埋胔为念。吏人徐熙，专为

宣力 [2]。计其所藏，无虑 [3] 万计。一日，金华街王生死复苏，云：
"见冥官曰：'汝以误追，当还人间。阴司事虽禁泄露，然为善之
效，亦欲人知。李之纯葬枯骨有功，与知成都府一任；徐熙督役有
劳，与一子及第。汝宜传与世间。'"后皆如其言。

【注释】

[1] 李之纯：字端伯，北宋沧州无棣人，词人李之仪从兄，官至工部尚书。
[2] 宣力：效力。
[3] 无虑：大概。

【译文】

　　李之纯做成都转运使时，特意把掩埋死人尸骨的事放在心上。小
吏徐熙，专门为这效力，总计所埋藏的尸骨，大概有上万具。一天，
成都府金华街上王生昏死过去，又苏醒过来，说："听见阎王说：'你
因为追命有误，应回到人间。阴间事虽然禁止泄露，可是行善的功效，
也要别人知道。李之纯葬埋枯骨有功劳，让他做一任成都知府；徐熙
督管此事有功劳，让他一个儿子科举及第。你应该在世间宣传。'"
后来的情况就像王生说的一样。

冤仇解释

　　大通慧（一）姓张，弃家祝发 [1]，师令掌厨盥盆。忽有市鲜者沃于盆，
文偶击之，仆地死。文惧，奔西华寺。久之，为长老。忽曰："三十
年前一段公案，令（二）日当了。"众问故，曰："日午自知之。"
一卒持弓至法堂，瞠目视文，欲射之。文笑曰："老僧相候已久。"
卒曰："一见即欲相害，不知何仇？"文告以故，卒悟曰："冤冤
相报何时了，劫劫相缠岂偶然？不若与师俱解释 [2]，如今立地 [3] 往
西天。"视之立逝矣，文即索笔书偈而化。

【校勘】

（一）大通慧：据于明人张岱《夜航船·释解》，为"文通慧"之误。文通慧，
　　　宋代禅师，汴人，俗姓张，名文，法号通慧，出家于洛阳白云寺。

（二）令：为"今"之讹。

【注释】

[1] 祝发：断发。此指剃发。

[2] 解释：消释冤仇。

[3] 立地：马上。

【译文】

　　文通慧禅师俗姓张，弃家断发为僧，师傅让他掌管厕盥盆。忽有
买鲜鱼的人在盆内洗手，文通慧禅师偶然打了他一下，倒地而死。文
通慧禅师害怕了，逃到西华寺。过了好长时间，他成了长老。（一天）
他忽然说："三十年前一段纠纷，今日应当了却。"众人问缘故，他说：
"到正午时候自然知道。"到中午时，一个士卒拿弓箭到了法堂上，
对文通慧禅师怒目而视，要射他。他笑着说："老僧等候你已很久了。"
那士卒说："一见就想杀你，不知有什么仇恨？" 文通慧禅师把缘故
告诉了他，那士卒醒悟后说："冤冤相报何时了，劫劫相缠岂偶然？
不若与师俱解释，如今立地往西天。"再看他马上死了，文通慧禅师
当即用笔写下偈语就坐化了。

陈桱直笔

　　四明陈桱[1]作《通鉴续编》，书宋祖陈桥事，曰"匡胤自立而
还"。方属笔[2]，雷忽震其几子。桱声不变，因厉声曰："老天若
击折桱之臂，亦不改矣。"后昼寝，梦人召至一所，门阙壮丽，如
王者居。门者奔告云："陈先生来矣。"殿上传呼升阶，中坐者冕
旒黄袍，降坐[3]迎曰："朕何负卿？乃比朕篡邪？"桱知其宋祖也，

谢曰:"臣触陛下,罪应死。史贵直笔,陛下虽杀我,不可易也。"
王者俯首,樫下阶,因警觉。

【注释】

[1] 陈樫,字子经,元末明初浙江奉化人,明初曾担任翰林院编修,著有《通鉴续编》。

[2] 属笔:接着写。

[3] 降坐:离开座位。

【译文】

四明(宁波古称)的陈樫写作《通鉴续编》时,写到宋太祖陈桥兵变时,说"匡胤自立而还"。他正要属接着写时,雷忽然击中摇动了他的几案。陈樫脸色不变,于是大声说:"老天即便打折我陈樫胳膊,也不改了。"后来他白天睡觉,梦见自己被人召到一个地方,门楼壮丽,像君王居住的宫殿。看门人奔走报告说:"陈先生来了。"殿上传呼让他走上台阶,坐在中间的人头戴冕旒,身穿黄袍,离开座位,迎着他说:"朕哪里辜负了爱卿?竟然把我看成是篡位呢?"陈樫心知他是宋太祖,谢罪说:"臣触犯了陛下,罪应处死。史贵秉笔直书,陛下即使杀了我,也不可更改。"那君王点头,陈樫走下台阶,于是从梦中惊醒。

各认根苗

袁盎报十世之仇[1],不知虽经万劫而必报;师子偿杀命之债[2],不知虽逋小债而必偿。萌芽各认根苗,点滴不差檐溜[3]。

【注释】

[1] 袁……仇:见《昨非庵译注·一集·人面疮》。

[2] 师……债:见《狮子素驮娑王断肉经》。师子,即"狮子"。

[3] 点……溜:一点一滴不缺,才能形成檐溜。檐溜,屋檐流下的雨水。

【译文】

　　晁错找袁盎报十世仇怨，不知即使经历万劫而一定要报；狮子偿还杀害性命宿债，不知即使拖欠小债而必定偿还。萌芽各由根苗生成，形成檐溜不缺一点一滴雨水。

心迹难藏

　　佛前不但行秽，即放言亦自减算[1]；僻地不但救人，即起念常有天知。

【注释】

[1] 减算：减寿算。

【译文】

　　佛前不只是行为丑陋，即使是胡说八道也本会减少寿命；在偏僻无人地方不只是救人，即使是起个念头老天常会知道。

平泉不苟

　　陆平泉[1]初姓林。会试时王华[2]为松守，梦城隍庭下皆保林善人，问之，名树声。明日，召林外父[3]，问曰："汝婿平日何为？"李曰："只是不苟。"是科，平泉会试第一。

【注释】

[1] 陆平泉：即陆树声，字与吉，号平泉，明朝松江华亭人，万历时期官至礼部尚书。

[2] 王华：见本卷"恐惊天神"条。

[3] 外父：岳父。

【译文】

　　陆树声当初姓林。会试时，王华任松江府知府，梦见城隍庙庭下人都保荐林善人，问他们林善人是谁，回答说是林树声。第二天，王华召见陆树声的岳父李某，问他："你女婿平日为人怎么样？"李某说："只是不苟且。"这一科，陆树声取得了会试第一名。

严恭附钱

　　严光之子恭贾维扬，舟次江浒，市鼋五十而舍之。光家居，一日，披黑衣者五十人送缗钱五千^{（一）}，曰："君之子恭扬州所附。"及恭回，验之，实未尝有，乃悟赎鼋之故，遂舍宅为寺，以田为湖。

【校勘】

（一）千：据南宋梁克家《三山志》，为"十"之讹。据《三山志》，严
　　　光为南朝陈时人。

【译文】

　　严光儿子严恭到扬州做买卖，停船江边，买了五十只鼋，予以放生。严光居家，一天，身披黑衣的五十人送来五十贯钱，说："你儿子严恭从扬州捎来的。"等到严恭回来，进行核验，实际不曾捎钱。于是明白那是赎鼋的缘故，于是捐出宅院作为寺庙，捐出田地作为湖泊。

仲达入冥

　　卫仲达^[1]为馆职。病，梦入冥府，立庭下伺命。有四人坐其上，西向少年者呼朱衣吏谕意，吏捧牙盘^[2]而上，中置红黑牌二。红者以金书"善"字，黑者白书"恶"字。少年指黑，吏持以去。少焉，数人捧簿书出盈庭。即有一秤横前，两首皆有盘。吏举簿置东盘，盘重压至地，地为动^{（一）}。四^{（二）}人皆失色，复谓吏："更与检善看。"

指金字牌，忽西北偶^(三)微明，如落照状，一朱衣道士捧玉盘出，四人皆起立，道士居中而坐。望玉盘中文书仅如箸大，吏持下，置西盘，盘亦压地，而东盘高举，大风欻^[3]卷无存焉。四人起相贺，卫拱手曰："仲达年未四十，平生不敢为过恶，何由簿书充塞如此？"少年曰："举念不正，此即书之，何必真犯？"卫谢曰："敢问善状何事？"少年曰："朝廷兴工，修三山石桥，君曾进谏。此乃奏稿也。"卫曰："虽曾上疏，朝廷不从，何济于事？"曰："事之在君尽矣。"遂遣导归。

【校勘】

（一）动：此则采编自《夷坚甲志·卫达可再生》（卷十六），文字多有出入。据此，"动"字后夺"摇"字。

（二）四：据《夷坚甲志》，为"三"之讹。

（三）偶：据《夷坚甲志》，为"隅"之讹。

【注释】

[1] 卫仲达：字达可，宋代秀州华亭人，官至吏部尚书。

[2] 牙盘：谓雕饰精美的盘子。

[3] 欻（xū）：忽然。

【译文】

　　卫仲达担任过馆职。一次生病时，他梦入阴曹地府，立庭下等候命令。有四人坐在上面，面向西的青年呼穿红衣服役隶示意，役隶捧牙盘上来，牙盘中放了红黑两块牌子。红牌子用黄颜色写"善"字，黑牌子用白颜色写"恶"字。那青年指了一下黑牌子，役隶拿去。不久，几人捧的文书满布庭下。又有一天平秤横放前面，两头都有托盘。役隶把文书放在东边托盘里，盘子重重地压在地上，地因此而动摇。其他三人都改变了脸色，又对役隶说："再给他查验一下善的情况。"指向金字牌，忽然西北角略微明亮，像夕照的样子，一个身穿红衣的道士手捧玉盘出来，四人都起立，道士居中坐下。望见玉盘中文书仅如筷子那样大，役隶拿去，放在天平秤西边托盘上，托盘也被压到地上，而东边的托盘高高翘起，大风忽然吹来，把文书全吹跑了。四人起身向卫仲达祝贺，卫仲达拱手说："我卫仲达不到四十岁，平生不敢做错事恶事，为什么庭下为恶文书这样多呢？"那青年说："起念不正，这里就会书写下来，何必真做恶事？"卫仲达谢罪说："冒昧问一下那为善文书记的是什么事？"少年说："朝廷兴建工程，修筑三山石桥，你曾进谏。这就是那时奏稿。"卫仲达说："虽曾上疏，朝廷没有听从，对事情有什么补益呢？"回答说："事情对你来说，已经尽力了。"于是派人把卫仲达引导回去。

希仲拒色

杨仲希[一]，新津人。微时客成都，某氏主人少妇出而调客，仲希正色拒之。其妻是夕梦一人告曰："汝夫独处他乡，不欺暗室[1]，神明知之，当魁多士[2]。"次年，果擢第一。

【校勘】

（一）杨仲希：据《夷坚丙志·杨希仲》（卷第三），为"杨希仲"之讹。
杨希仲，字季达，宋朝蜀州新津人，神宗元丰年间进士。

【注释】

[1] 不欺暗室：指在没有人看见的地方，也不做见不得人的事。
[2] 多士：众多贤才。

【译文】

杨希仲，新津人。他身份卑微时客居成都，某姓主人家的少妇出来勾引他，杨仲希正色拒绝。他妻子这天夜里梦到一人告诉她说："你丈夫独处他乡，不欺暗室，神明知道了，会让他成为贤才魁首。"第二年，他果真被录取为第一名举人。

打大算盘

世人眼光短，见善恶急于得报。若一时未验，便谓因果无征，不知报之迟速不过四五十年。此数十年，在无穷中直一瞬耳。此老[1]无急性，有记性。人但办一片忍耐心、长远心，打大算盘，归除[2]到底，久久定不错也。

【注释】

[1] 此老：指老天爷。

[2] 归除：珠算中两位或两位以上除数的除法，引申指算计。

【译文】

略。

锡爵祈梦

王文肃锡爵[1]，以子缑山衡[2]病，祈梦[3]于坟（一）。忠肃语之曰："公记靳一单名帖，失活二十七人之命否？"公惘然，盖巡道[4]执海商为盗，众怜之，请一名帖往解，而终不应。二十七（二）皆拷掠死。嗟乎！矜名节人恣忍[5]遂止于此。冥冥之中，盖有识之者矣！

【校勘】

（一）于坟：类似故事见于《漱华随笔·王文肃》。据此，为"于忠肃坟"。于忠肃，即于谦，字廷益，号节庵，明代杭州府钱塘人，官至兵部尚书，谥忠肃。

（二）二十七：据《漱华随笔·王文肃》，为"二十七人者"。

【注释】

[1] 王文肃锡爵：即王锡爵，字元驭，号荆石，明代苏州府太仓州人，官至

首辅，谥文肃。

[2] 缑山衡：即王衡，字辰玉，号缑（gōu）山，明代南剧名家。

[3] 祈梦：向神祈求从梦境中预知祸福。

[4] 巡道：即兵备道。

[5] 忞（mǐn）忍：本指怜悯。此指狠心。

【译文】

文肃公王锡爵，因为儿子缑山先生王衡生病，到忠肃公于谦坟前祈梦。他梦到忠肃公告诉他说："你记得因吝惜一张名帖，致使二十七人死于非命的事吗？"王锡爵当时茫然不解，后来回忆起当年兵备道抓海商，诬陷为盗贼，众人怜悯他们，向自己请求要一张名帖前往解救，而自己最后没有答应。结果，二十七人都被拷打至死。唉！自夸名节的人狠心到了这地步。冥冥之中，大概有记住这类事情的神灵啊！

一钱去赘

奚百三，本一赘者。一日，见一道人诣一铺家乞一文钱，铺家睚眦不与。百三嫉之，乃自探腰间一钱与之。是夕，即梦道者与之去赘。及觉，颐赘果落。

【译文】

奚百三，本是一个生有肉瘤的人。一天，他看见一个道士到一家店铺里乞讨一文钱，店主人怒目相向，不给。奚百三很恨店铺主人，就自己从腰间摸出一文钱给了那道士。这天夜里，奚百三就梦见道士给他除掉了肉瘤。等到他醒后，脸上肉瘤果然掉落了。

畏岩中第

江阴张畏岩有声艺林。甲午应南畿[1]乡试，寓寺中。揭榜无名，大骂试官，以为眯目[2]。有道者从旁微哂曰："相公文必不佳。"张大怒，叱言："汝乌知之？"道者曰："作文贵心气和平。公怒骂，心气如此，文安得工[3]？"张不觉屈服，就而请教。道者曰："中不中有命，然须自己做个转变始得。"张曰："命若不中，如何转变？"道者曰："造命者天，立命[4]者我。力行善事，广积阴德，而又加意谦让，以承休命[5]。何福不可求哉？"张曰："我贫儒，安得钱来行善事、积阴德乎？"道者曰："善事阴功，皆由心造。常存此心。功德无量。且如谦虚一节，并不费钱。你如何不自反[6]，而骂试官乎？"张由此感悟，折节自持[7]。旧处一馆[8]，有服役童子甚悍，时加责詈。后三年在馆，气亦不呵其面。丁酉梦至一室，得试录[9]一册，中多缺行。傍[10]人曰："科第三（一）年一考较[11]，内所缺皆原该中式[12]，新有薄行[13]而去之者也。"后指一行云："汝三年来，持身颇慎，或当补此。珍重自爱。"是科果中一百五名，正傍人所指也。

【校勘】

（一）三：据《了凡四训》，字前夺"阴间"二字。

【注释】

[1] 南畿：犹南都。明代指南京。

[2] 眯目：此指瞎眼。

[3] 工：巧妙。

[4] 立命：修身养性以奉天命。

[5] 休命：美好的命运。

[6] 自反：自我反省。

[7] 折节自持：强自克制，改变平素志行，守住品德。

[8] 馆：学馆，私塾。

[9] 试录：考试录取名单。

[10] 傍：通"旁"。

[11] 考较：考查。

[12] 中式：指科举中第。

[13] 薄行：品行差劲。

【译文】

略。

韩琦投生

冯琢吾[1]侍郎之父，为邑庠生[2]。隆冬蚤起赴学，路逢一人，倒卧雪中，扪之半僵矣，遂解己绵袭衣之，且扶归救苏。梦神告之曰："汝救人一命，出自诚心，吾遣韩琦为汝子。"及生琢吾，遂名琦。

【注释】

[1] 冯琢吾：即冯琦，字用韫，又字琢吾，号琢庵，明代临朐人，万历五朝官至礼部尚书。

[2] 邑庠生：县学学生，即秀才。

【译文】

冯琢吾侍郎父亲，是县学秀才。隆冬时节，他早起上学，路上碰见一人，倒卧雪中，摸上去感觉快冻僵了，于是解下自己大衣给他穿上，并且扶他回去，救醒过来。他梦到神仙告诉他说："你救人一命，出自诚心，我派韩琦做你儿子。"等到儿子生下来，就取名为琦。

鸟啄而死

幸臣司马申[1]，好陷害正人。一日，昼寝于尚书省，忽有一聚恶鸟飞集其身，喙（一）其口吻，血流被席而死。

【校勘】

（一）喙：为"啄"之误。

【注释】

[1] 司马申：字季和，南北朝时河内温人，陈朝时官至右卫将军。

【译文】

　　幸臣司马申，喜欢陷害正人君子。一日，他大白天在尚书省睡觉，忽有一群恶鸟飞落到他身上，啄他的嘴巴，流血满席而死。

思仁入冥

　　尚书姚思仁[1]，病患热，五日不苏。魂忽离体，游于野，见城郭车马人物，一如人世，惟阴蔼（一），无日光。至一宫阙前，多罪人桎梏。忽闻阶下大声称冤，曰："昔为仁杖死者来索命。"仁曰："吾奉天代狩，所执者法。吾昔杖汝时，曾受贿否？"曰无之。"曾受嘱否？"曰无之。"曾徇喜怒否？"曰无之。仁曰："三者皆无，则汝死于法，非死于我也。"因至殿中，与冥王相对而立，曰："幽明一理。仁奉命执法，死于法者，今来索命。大王今日囚徒满前，或砍或剁，惨于人间十倍。异日，此辈亦当为大王索命否？"王命此辈去，即随风灭。仁曰："试为我较勘善恶。"王命持簿来，仁名下所注恶，即一念之动者皆书。仁曰："此未尝为，何为书？"王曰："未为名为过，已为即为罪，不可解矣。"及阅善簿，其大者如题山左之水灾，收河南之开矿，奏疏一一具录。至己亥岁，畿南[2]大荒，仁上疏，请米三十万赈济，列为大善。仁曰："仁仅具名，疏稿乃贺灿然[3]之笔也。"王曰："疏出君名，万一得罪，君当之。归君为是。"仁乃索贺籍阅之。王曰："贺君无子，今与一子，足矣。"即别出，遂苏。贺久艰得子，至来岁果举一子。

【校勘】

（一）蔼：据郑仲夔《耳新》，为"霭"字之误。

【注释】

[1] 姚思仁：字善长，明代浙江秀水人，天启年间官至宰相。

[2] 畿南：京城南部一带。

[3] 贺灿然：字伯暗，明代浙江秀水人，官至吏部员外郎。

【译文】

　　尚书姚思仁，生病发烧，五日不醒。他的灵魂忽然离体而去，在原野游荡，看到的城郭车马人物，全像人世一样，只是笼罩着阴雾，没有阳光。他来到一座宫阙前，看到好多戴着刑具的罪人。忽然听到台阶下有人大声喊冤，说："从前被姚思仁杖打而死的人来索命。"姚思仁说："吾奉天子命令，巡狩地方，所坚守的是法令。我从前用杖打你们时，曾接受过贿赂吗？"回答说没有。"曾接受过嘱托吗？"回答说没有。"曾屈从过自己喜怒情绪吗？"回答说没有。姚思仁说："这三者都没有，那么你们是因犯法而死，不是死在我手里。"接着来到殿中，与阎王相对而立，说："阴间阳间道理一样。我奉命执法，死于犯法的人，今来索命。大王今日囚徒满前，有的被砍，有的被剥，比人间凄惨十倍。他日，这类人也应向大王索命吗？"阎王命令这类人离开，当即随风而灭。姚思仁说："试为我勘验善恶。"阎王命令拿善恶簿来，姚思仁名下所标注的恶，即使心里动一念头都写了下来。姚思仁说："这不曾做过，为什么还要写呢？"阎王说："还没有做的叫作过失，已经做过的就是罪恶，不能解脱了。"等阅到标注善的簿册，大的善行像题本山左的水灾，收河南所开的矿山，奏疏一一都收录。到己亥年，京南遭遇大饥荒，姚思仁上疏，请求拨米三十万用来赈济，列为大善。姚思仁说："我只是署了个名，疏稿是贺灿然写的。"阎王说："奏章上有你名字，万一得罪，你来承担。把善行归给你是为了这个。"

姚思仁就索要贺灿然的善恶簿来看。阎王说："贺灿然没有儿子，现在给他一个儿子，回报他的足够了。"姚思仁当即告别出来，就醒了。贺灿然好长时间得子艰难，到来年果然生下一个儿子。

不妄造语

萧兰，玉山人。家贫，居县前，以书理生涯。逢人做状，先为十分劝息，不得已，方为写状。必叩其情实，然后下笔。尝数日不举火，宁忍饥，不为人妄造一语。后家贫无计，发愤习武，官至都督总兵。

【译文】

萧兰，玉山县人。他家里贫困，住在县衙前，靠书写谋生。碰上为人写状纸，先苦口劝解，以平息争端，没有办法，才为人写状纸。写时，必定问清事实，然后才下笔。曾经几天不能生火做饭，他宁肯忍饥挨饿，不为人乱写一句。后来家境贫寒，无法谋生，发愤习武，官做到都督总兵。

钱一升仙

钱一为皂隶，因秦桧酷刑责人，尝至死。后少悔，只以流血为度。隶乃巧藏猪血在板，如是九年。忽一日，立班中，见其足离地而起。桧呵其为妖，隶以前情白，曰："某今日应上升。"遂乘云而去。

【译文】

略。

行善得子

商文毅公辂[1]之父初为严州府吏，常劝群吏，奉公守法，不可舞文害人。诸县囚解府者，公委曲申救，多所全活。一夕，太守遥见吏舍有光，踪迹之，非火也。翌日，问夜来有何事。对曰："商某生一子。"太守异之，曰："此子必贵，弥月抱来一看。"及抱至堂，太守惊异，命张黄罗伞送至公廨[2]。后举三元[3]，入内阁。

【注释】

[1] 商文毅公辂（lù）：即商辂，字弘载，号素庵，明朝浙江淳安人，官至内阁首辅，谥文毅。

[2] 公廨（xiè）：官员办公场所。此指差役居住地方。

[3] 举三元：即连中三元，接连在乡试、会试、殿试中考中第一名。三元，指解元、会元、状元。

【译文】

文毅公商辂父亲当初任严州府吏时，常常劝告同事，奉公守法，不能舞弄法条祸害别人。各县囚犯押解到府城的，商父刻意申救，保全救活了很多人。一天夜里，知府远远看见吏舍有光，跟踪光芒而去，发现并不是火发出的。第二天，问夜来有什么事。回答说："商某生下一个儿子。"知府感到奇怪，说："这个孩子长大后必定尊贵，满月后抱来看看。"等抱到大堂上，知府非常吃惊，命人张开黄罗伞送孩子到吏舍。后来商辂连中三元，进入内阁。

刀劈聂明

聂明赋性险恶，好勇健讼，以刀笔起家。值岁凶，米价腾涌。明有米数仓，坚执不粜。一日，诣关圣庙问笺："某有米欲粜，近日价方长[1]，如数日内得长二两外一石，乞赐上上。"笺卓立于地，明伛偻拾笺。忽架上大刀若有人推状倒下，正劈明背，内（一）裂骨碎而毙。

【校勘】

（一）内：当为"肉"之讹。

【注释】

[1]长：通"涨"。

【译文】

聂明生性险恶，好勇斗狠，擅长诉讼，刀笔小吏出身。适逢荒年，米价飞涨。聂明有几仓库粮米，坚执不出卖。一日，他到关圣庙求签问卜："我有米粮想要卖出，近日价格正上涨，如果几天内能够涨到一石米二两多，请赐给上上签。"那签条直立地上，聂明弯腰拾签条。忽然架上大刀像有人推了一下，倒了下来，正劈到聂明背上，肉裂骨碎，死掉了。

造物尤巧

暗箭射人者，人不能防；借刀杀人者，己不费力。自谓巧矣，而造物尤巧焉。我善暗箭，造物还之明箭，而更不能防。我善借刀，造物还之以自刀，而更不费力。然则巧于射人杀人者，实巧于自射自杀也。

【译文】

略。

前后算来

凡人之为不善者，造物未必即以所为不善之事报之，而或于别一事报之。别一事又未必大不善也，而得祸甚酷。天公总前后算来，未尝毫发爽也。

【译文】

略。

崔浩果报

崔浩^[1]不信佛法，尝曰："何为事此胡神？"说魏主尽诛天下沙门。一时，长安沙门并塔庙无复孑遗^[2]。浩妻郭氏，敬好释典，时尝^{（一）}诵读。浩怒取而焚之，捐灰于厕中。及浩幽执，置之槛内，送于城南，使^{（二）}卫士数千^{（三）}人溲其上，呼声嗷嗷，闻于行路。自宰司之被戮辱^[3]，未有如浩者。始知为果报云。

【校勘】

（一）尝：当为"常"之讹。

（二）使：句子颇为不词，疑为"时"之讹，但《魏书·列传第二十三》（卷三十五）用的就是"使"。

（三）千：据《魏书》，为"十"字之讹。

【注释】

[1] 崔浩：字伯渊，清河郡东武城人，南北朝时期北魏大臣。

[2] 孑（jié）遗：遗留，残存。

[3] 戮辱：受刑被辱。

【译文】

崔浩不信佛法，曾经说曰："为什么侍奉这外族的神灵？"劝说北魏君主杀尽天下僧人。一时间，长安僧人连同塔庙不再有遗留。而他妻子郭氏敬信喜好佛典，时常在家诵读。有一次，崔浩听到后大怒，夺过来烧了，把灰倒在厕所里。等到崔浩被拘禁，被关在木囚笼里，送到城南，当时数十个卫士在他头上撒尿，呼救声连连，路人都能听到。自古以来，宰相一级官员受刑被辱情形，没有比得上崔浩的。才知这是因果报应。

两路境界

腊月三十日 [1] 到来，恩爱也使不着 [2]，势力也使不着，财宝也使不着，性气也使不着，官职也使不着，富贵也使不着。眼光落地 [3] 时，唯有平昔造善造恶两路境界，一一现前。

【注释】

[1] 腊月三十日：一年到头之日，比喻死亡之时。

[2] 使不着：用不上。

[3] 眼光落地：指人死。

【译文】

略。

跋　语

在《昨非庵日纂译注·一集》的跋语中我说过，写作《昨非庵日纂译注》的初衷纯出于因缘凑泊，是十几年前我读申家仁先生的《〈世说新语〉与人生》一书引发的兴趣，当时感到这部古籍的整理本子衍夺错漏之处甚多，学术含量有待提升。因此，我就发愿整理出一部既有较高学术价值，又能服务广大社会受众的《昨非庵日纂》的译注本子，以期这部古籍发挥出"扶颓俗，醒凡心，以此起教化而正人心"的社会作用。

《昨非庵日纂译注》正式写作始于 2014 年夏天。从开始动笔到 2018 年 4 月《昨非庵日纂译注·一集》由齐鲁书社出版，历时近四年。又经过两年半有奇的努力，到 2020 年 12 月《昨非庵日纂译注·二集》由线装书局出版。现在《昨非庵日纂译注·三集》将于 2024 年岁末由九州出版社出版。《昨非庵日纂译注·三集》的出版，相对于前两集有特殊的意义。第三集的内容比前两集更为宏富，且这一集从未有人整理过，这是属于发轫拓荒的工作。《昨非庵日纂译注》最终完稿，且不说准备时间，单是写作时间就长达十年。十年磨一剑，敝帚亦自珍。十年来，青灯黄卷，茹檗饮冰。本书出版时，由于学校资助经费不足，自出资金为数不少。由于个人水平有限，本系列书可能还存诸种问题，但绝非潦草之作、应景之作。这是我十年心血的结晶，如果能对《昨非庵日纂》这部古籍的整理与传承起一定的作用，那当年我发的宏愿就得以实现了，这是让我深感欣慰的事。本系列的完成根源于我对中国传统文化深挚且持久的爱意。回首往昔，感慨良多，难以言说，真乃如鱼饮水，冷暖自知。

值此《昨非庵日纂译注·三集》出版之际，我对为本书出版做出贡献的人表示深深的感谢。

王立东

2024 年 11 月于山东航空学院

参考文献

（一）版本类

1. 《昨非庵日纂》[M]. 上海：上海古籍出版社，《续修四库全书》影印明崇祯刊本，2002．

2. 《昨非庵日纂》[M]. 北京：北京图书馆出版社，1996.

3. 《昨非庵日纂》[M]. 上海：进步书局，1940.

4. 《昨非庵日纂文白对照全译》（上、下册）[M]. 郑州：中州古籍出版社，1993.

（二）工具书类

5. 故训汇纂 [M]. 北京：商务印书馆，2003.

6. 汉语大字典 [M]. 成都：四川辞书出版社，2010.

7. 汉语大词典 [M]. 上海：上海辞书出版社，1991.

8. 康熙字典 [M]. 上海：上海辞书出版社，1991.

9. 说文解字注 [M]. 上海：上海辞书出版社，1988.

10. 张相 . 诗词曲语词汇释 [M]. 北京：中华书局，1985.

11. 王锳 . 诗词曲语词例释（第二次增订本）[M]. 北京：中华书局，2005.

12. 魏耕原 . 唐宋诗词语词考释 [M]. 北京：商务印书馆，2006.

13. 来新夏 . 古籍整理讲义 [M]. 厦门：鹭江出版社，2003.

14. 蒋礼鸿 . 敦煌变文字义通释（增补定本）[M]. 上海古籍出版社，1997.

15. 郭在贻 . 训诂学 [M]. 北京：中华书局，1995.

16. 王叔岷 . 斠雠学　斠雠别录 [M]. 北京：中华书局，2007.

17. 王欣夫 . 文献学讲义 [M]. 上海：上海古籍出版社，2005.

18. 王重民 . 中国古籍善本书提要 [M]. 上海：上海古籍出版社，1983.

19. 严绍璗 .《日藏汉籍善本书录》[M]. 北京：中华书局，2007.

20. 汉典网 http://www.zdic.net/

（三）史籍类

21. 二十四史 [M]. 北京：中华书局，各史出版时间不一 .

22. 资治通鉴 [M]. 胡三省音注，北京：古籍出版社，1953.

23. 续资治通鉴长编 [M]. 北京：中华书局，1985.

24. 钱海岳 . 南明史 [M]. 北京：中华书局，2006.

（四）先秦古籍

25. 杨伯峻 . 春秋左传注 [M]. 北京：中华书局，1990.

26. 方勇 . 庄子译注 [M]. 北京：中华书局，2010.

27. 汤漳平，王朝华 . 老子译注 [M]. 北京：中华书局，2014.

28. 吕氏春秋 [M]. 上海：上海古籍出版社，1989.

29. 战国策 [M]. 北京：中华书局，2006.

30. 陈涛 . 晏子春秋译注 [M]. 北京：中华书局，2007.

（五）笔记类

31. 向宗鲁 . 说苑校证 [M]. 北京：中华书局，1987.

32. 杨勇 . 世说新语校笺 [M]. 北京：中华书局，2006.

33. 易孟醇，夏光弘 . 颜氏家训注译 [M]. 长沙：岳麓书社，1999.

34. [明] 焦竑 . 国朝献征录 [M]. 扬州：广陵书社，2013.

35. [宋] 欧阳修 . 归田录 [M]. 北京：中华书局，1981.

36. [唐] 张鷟 . 朝野金载 [M]. 北京：中华书局，1989.

37. [宋] 罗大经 . 鹤林玉露 [M]. 北京：中华书局，1983.

38. [宋] 岳珂 . 程史 [M]. 北京：中华书局，1981.

39. 周勋初 . 唐语林校证 [M]. 北京：中华书局，2012.

40. [宋] 魏泰 . 东轩笔录 [M]. 上海：上海古籍出版社，2012.

41. [宋] 郭彖 . 睽车志 [M]，上海：上海古籍出版社，2012.

42. 曹中孚 . 酉阳杂俎校点 [M]. 上海：上海古籍出版社，2012.

43. [明] 黄瑜 . 双槐岁钞 [M]. 上海：上海古籍出版社，2012.

44. [明] 张岱 . 快园道古 [M]. 杭州：浙江古籍出版社，2013.

45. [明] 敖英 . 东谷赘言 [M]. 北京：商务印书馆，1937.

46. [明] 冯梦龙 . 智囊 [M]. 北京：中华书局，2010.

47. [宋] 王定保 . 唐摭言 [M]. 北京：中华书局，1984.

48. [宋] 文莹 . 湘山野录 [M]. 上海：上海书店出版社，2009.

49. [明] 李肇 赵璘 . 唐国史补 因话录 [M]. 上海：上海古籍出版社，1979.

50. [明] 谢肇淛 . 五杂俎 [M]. 上海：上海书店出版社，2009.

51. [宋] 沈括 . 梦溪笔谈 [M]. 长沙：岳麓书社，2002.

52. [元] 辛文房 . 唐才子传 [M]. 哈尔滨：黑龙江人民出版社，1986.

53. [宋] 洪迈 . 容斋随笔 [M]. 上海：上海古籍出版社，1996.

54. [宋] 陆游 . 老学庵笔记 [M]. 北京：中华书局，1979.

55. [明] 朱国祯 . 涌幢小品 [M]. 上海：上海古籍出版社，2013.

56. [明] 曹臣 . 舌华录 [M]. 合肥：黄山书社，1999 年。

57. [明] 屠隆 . 婆罗馆清言 [M]，北京：中华书局，2008.

58. [明] 茅坤 . 呻吟语 [M]. 广州：广州出版社，2001.

59. [明] 袁了凡 . 了凡四训 [M]. 北京：中华书局，2008.

60. [明] 陈继儒 . 小窗幽记 [M]. 上海：上海古籍出版社，1979.

61. [明] 颜茂猷 . 迪吉录 [M]. 孔夫子旧书网：学识斋复印本，1868.

62. [宋] 周密 . 齐东野语 [M]. 北京：中华书局，1983.

63. [元] 陶宗仪 . 南村辍耕录 [M]，北京：中华书局，2004.

64. [宋] 何薳 . 春渚纪闻 [M]. 北京：中华书局，1983.

65. [宋] 王铚 . 默记 [M]. 北京：中华书局，1981.

66. [宋] 郑克 . 折狱龟鉴选 [M]. 北京：群众出版社，1981.

67. [宋] 叶绍翁 . 四朝闻见录 [M]. 北京：中华书局，2011.

68. [宋] 赵令畤 . 侯鲭录 [M]. 北京：中华书局，1985.

69. 丁传靖 . 宋人轶事汇编 [M]. 北京：中华书局，1981.

70. [明] 郎瑛 . 七类修稿 [M]. 上海：上海书店出版社，2009.

71. [明] 李日华 . 六研斋笔记 紫桃轩杂缀 [M]. 南京：凤凰出版社，2010.

72. [明] 江盈科 . 雪涛谈丛 [M]. 长沙：岳麓书社，1997.

73. 陈直 . 三辅黄图校证 [M]. 西安：陕西人民出版社，1981.

74. [明] 焦竑 . 玉堂丛语 [M]. 北京：中华书局，1981.

75. [明] 江东伟 . 芙蓉镜寓言 [M]. 长沙：岳麓书社，2005.

76. [宋] 惠洪 . 冷斋夜话 [M]. 上海：上海古籍出版社，2012.

77. [明] 于慎行 . 谷山笔麈 [M]. 北京：中华书局，1997.

78. [宋] 王明清 . 挥麈录 [M]. 上海：上海书店出版社，2001.

79. [宋] 无名氏 . 宣和遗事 [M]. 北京：中华书局，1985.

80. [明] 焦竑 . 玉堂丛语 [M]. 北京：中华书局，1981.

81. [明] 陈洪谟 . 治世余闻 [M]. 上海：商务印书馆，1931.

82. [宋] 王钦若等 . 册府元龟 [M]. 北京：中华书局，1960.

83. [宋] 赵善璙 . 自警篇 [M]. 北京：中华书局，1985.

84. [明] 江东伟 . 芙蓉镜寓言 [M]. 长沙：岳麓书社，2005.

85. 蒲向明 . 玉堂闲话评注 [M]. 北京：中国社会出版社，2007.

86. [宋] 朱彧 . 萍州可谈 [M]. 北京：中华书局，1985.

87. [宋] 江少虞 . 宋朝事实类苑 [M]. 上海：上海古籍出版社，1981.

88. [宋] 庞元英 . 谈薮 [M]. 北京：中华书局，1991.

89. [宋] 桂万荣 . 棠阴比事 [M]. 杭州：浙江古籍出版社，2018.

90. [晋] 葛洪 . 西京杂记 [M]. 北京：中华书局，1985.

91. [唐] 张鷟 . 朝野佥载 [M]. 北京：中华书局，1985.

92. [宋] 费衮 . 梁溪漫志 [M]. 上海：上海书店出版社，1990.

93. [宋] 上官融 . 会友谈丛 [M]. 北京：中华书局，1991.

94. [唐] 冯贽 . 云仙杂记 [M]. 北京：中华书局，1985.

95. [宋] 袁枢 . 通鉴纪事本末 [M]. 北京：中华书局，1955.

96. [唐] 范摅 . 云溪友议 [M]. 上海：古典文学出版社，1957.

97. [明] 吴自先 . 小窗自纪 [M]. 西安：三秦出版社，2006.

98. [宋] 普济 . 五灯会元 [M]. 北京：中华书局，1984.

99. [明] 屠隆 . 冥寥子游 [M]. 北京：中华书局，1985.

100. [唐] 孙思邈 . 备急千金要方 [M]. 北京：人民卫生出版社，1982.

101. [宋] 张端义 . 贵耳集 [M]. 北京：中华书局，1985.

102. [晋] 张华 . 博物志 [M]. 上海：上海古籍出版社，2012.

103. [汉] 赵歧 . 三辅决录 三辅故事 三辅旧事 [M]. 西安：三秦出版社，2006.

104. [宋] 张杲 . 医说 [M]. 上海：上海科学技术出版社，1984.

105. [宋] 李之彦 . 东谷所见 [M]. 北京：中华书局，1991.

106. [元] 张光祖 . 言行龟鉴 [M]. 沈阳：辽宁教育出版社，2001

107. [明] 陆容 . 菽园杂记 [M]. 北京：中华书局，1985.

108. [宋] 庞元英 . 谈薮 [M]. 北京：中华书局，1991.

109. [明] 余懋学 . 说颐 [M]. 上海：民国中央书店，1935.

110. [宋] 朱弁 . 曲洧旧闻 [M]. 北京：中华书局，1985.

111. [明] 夏树芳 . 酒颠 [M]. 北京：中国书店出版社，2013.

112. [宋] 宋敏求 . 长安志 [M]. 西安：三秦出版社，2013.

113. [明] 陈耀文 . 天中记 [M]. 扬州：广陵书社，2007.

114. [宋] 陶谷 . 清异录 [M]. 北京：中国商业出版社，1985.

115. [宋] 曾敏行 . 独醒杂志 [M]. 上海：上海古籍出版社，1986.

116. [宋] 罗大经 . 鹤林玉露 [M]. 上海：上海古籍出版社，2012.

117. [唐] 范摅 . 云溪友议 [M]. 北京：古典文学出版社，1957.

118. [宋] 王谠 . 唐语林 [M]. 上海：上海古籍出版社，1978.

119. [宋] 倪思 . 经鉏堂杂志 [M]. 长沙：岳麓书社，2005.

120. [宋] 戴孚. 广异记 [M]. 北京：中华书局，1992.

121. [明] 徐应秋. 玉芝堂谈荟 [M]. 上海：上海古籍出版社，1993.

122. [宋] 潘汝士. 丁晋公谈录 [M]. 北京：中华书局，2012.

123. [宋] 赵与时. 宾退录 [M]. 上海：上海古籍出版社，1993.

124. [宋] 庄绰. 鸡肋编 [M]. 上海：上海辞书出版社，2011.

125. [宋] 叶隆礼. 契丹国志 [M]. 北京：中华书局，2014.

126. [宋] 赵溍. 养疴漫笔 [M]. 北京：中华书局，1991.

127. [宋] 张端义. 贵耳集 [M]. 北京：中华书局，1985.

128. [宋] 司马光. 涑水记闻 [M]. 北京：中华书局，1989.

129. [清] 钱泳. 履园丛话 [M]. 北京：中华书局，1991.

130. [宋] 孙光宪. 北梦琐言 [M]. 上海：上海古籍出版社，1981.

131. [宋] 姚宽. 西溪丛语 [M]. 北京：中华书局，2006.

132. [宋] 陶谷. 清异录 [M]. 北京：中国商业出版社，1985.

133. [宋] 曾慥. 道枢 [M]. 北京：中央编译出版社，2016.

134. [宋] 程颢 程颐. 二程遗书 [M]. 上海：上海古籍出版社，2000.

135. [明] 周晖. 金陵琐事 续金陵琐事 二续金陵琐事 [M]. 南京：南京出版社，2007.

136. [元] 张光祖. 言行龟鉴 [M]. 沈阳：辽宁教育出版社，2001.

137. [明] 王锜. 寓圃杂记 [M]. 北京：中华书局，1984.

138. [明] 祝允明. 野记 [M]. 台北：广文书局，1959.

139. [明] 瞿汝稷. 指月录 [M]. 台北：巴蜀书社，2012.

140. [明] 顾应祥. 静虚斋惜阴录 [M]. 北京：北京图书馆出版社，2000.

141. [明] 田汝成. 西湖游览志余 [M]. 上海：上海古籍出版社，1980.

142. [明] 冯梦龙. 古今谭概 [M]. 天津：天津古籍出版社，1995.

143. [唐] 刘餗. 隋唐嘉话 [M]. 北京：中华书局，1979.

144. [宋] 姚宽. 西溪丛语 [M]. 北京：商务印书馆，1959.

145. [宋] 王应麟. 困学纪闻 [M]. 上海：上海古籍出版社，2008.

146. [五代]郭廷海.广陵妖乱志[M].扬州:广陵书社,2015.

147. [明]陈继儒.白石樵真稿[M].北京:首都师范大学出版社,2010.

(六)地方志类

148. 刘琳.华阳国志校注[M].成都:巴蜀书社,1984.

149. [明]周晖.金陵琐事[M].南京:南京出版社,1997.

150. 王云五.浙江通志[M].上海:商务印书馆,1935.

151. 黄惠贤.校补襄阳耆旧记[M].郑州:中州古籍出版社,1987.

(七)论文类

152. 周婕敏.晚明郑瑄《昨非庵日纂》的流传与影响[J].东吴中文线上学术论文,2014(12).

153. 周婕敏.晚明郑瑄《昨非庵日纂》研究[D].台北:成功大学硕士论文.2014.

154. 陈旭东.明代闽人著作12种提要[J].古籍整理学刊,2006(4).

155. 王虎.晋语"老兵"考[J].西华大学学报.2010(4).

156. 何孝荣.元末明初名僧来复事迹考[J].历史教学,2012(12).

157. 赵宗文.南宋状元赵逵籍贯考辨[J].四川文物,1994(2).

158. 杜泽逊.明刊《福寿全书》辨伪[J].文献,1996(3).

159. 郑礼炬,程妹芳.明代嘉靖士人陈良谟的别号[J].史学集刊,2008(5).

160. 胡莲玉.创作与改编:出史入文的明代王孝子故事[J].明清小说研究,2006(3).

161. 孙明材.《全宋诗》中作者"待考"二则[J].文献,2006(7).

162. 丁建川,曾石."儿女子"与小孩无关[J].中学生阅读,2008(23).

163. 侯荣华.明代胥吏制度与明代吏治[J].赤峰学院学报,2003(6).

164. 冯珊珊,陶慕宁."酸馅"与"酸馅气"考释[J].文学与文化,2016(1).

(尚有论文若干篇,恕不一一列举)

(八)其他类

整理过程中,涉及佛藏、道藏、医学著作及文人集子若干,不一一列出。